SUSAN HOWATCH

# UN JARDIN DE ROSES EN HIVER

*roman*

traduit de l'américain par Robert Bré

UNE ÉDITION SPÉCIALE DE LAFFONT CANADA LTÉE

**Titre original : SINS OF THE FATHERS**
**© Susan Howatch, 1980**
**Traduction française : Éditions Robert Laffont, S.A., Paris, 1981**

ISBN 2-89149-203-X

# SOMMAIRE

*PREMIÈRE PARTIE*

# SAM : 1949

# 1

## 1

Je revenais à peine d'Allemagne en ce printemps troublé de 1949, quand mon patron m'a demandé si je voulais épouser sa fille. C'était, je l'ai compris aussitôt, une occasion unique. J'approchais la quarantaine et j'en avais vu de bien des couleurs, mais aucun père ne m'avait encore offert sa fille en mariage à l'insu de celle-ci.

— Eh bien? dit Cornelius pour m'encourager à parler avant que mon mutisme ne devienne embarrassant pour lui et pour moi. Qu'en dites-vous?

Je savais exactement ce que j'avais envie de dire. Les Allemands ont une expression qui convient à la situation : « *Ohne mich* »; je l'avais entendue maintes et maintes fois au cours de mon voyage. « Très peu pour moi. » Et ces mots précis avaient vite symbolisé à mes yeux l'épuisement et les désillusions de l'Europe de l'immédiate après-guerre.

— *Ohne mich!* dis-je machinalement, trop abasourdi pour être diplomate. Heureusement Cornelius ne connaît pas un mot d'allemand. Et comme il me regardait, interdit, je compris que je venais de gagner de précieuses secondes que j'employai aussitôt à reprendre mes esprits. Aussi lorsqu'il me dit froidement : « Pardon? » je répondis sans bégayer : « Quelle idée merveilleuse! » en lui offrant mon sourire le plus cordial. Les vingt-trois ans passés à Wall Street comme banquier d'investissement ont indiscutablement développé mes facultés d'adaptation.

Nous étions dans son bureau, à la banque. Au-delà des portes-fenêtres les rayons obliques du soleil couchant éclairaient le patio. La banque, une énorme relique Renaissance du XIXᵉ siècle, s'élève au numéro un de Willow Street, au coin de Wall Street, mais le bureau de l'associé-gérant, à l'arrière du building, pourrait aussi bien se trouver à une centaine de kilomètres des rues bruyantes de la pointe de Manhattan. Dans le patio, le magnolia en fleur me rappelait des étés irrémédiablement passés; les étés dans le Maine, dans le domaine où mon père était chef jardinier, les étés en Allemagne, dans les jours ensoleillés de l'avant-guerre. La beauté des fleurs du magnolia me paraissait soudain insupportable et je détournais les yeux... En parcourant la pièce du regard, je voyais les meubles lourds et tristes, les violentes couleurs primitives du tableau au-dessus de la cheminée et, de l'autre côté du bureau, le petit homme impatient qui occupait le fauteuil directorial.

— Vous le ferez, Sam? — Il semble sur le point de s'évanouir de soulagement. — Vous feriez cela?

Je songeais aux innombrables questions tout aussi inattendues qu'il m'a posées dans le passé et lorsque je regardais derrière lui dans le patio, ce n'était plus le magnolia que je voyais mais le haut mur noirci par la crasse de la cité et la porte, murée depuis longtemps, qui ouvrait jadis sur la Willow Alley.

— Eh là, une minute! lui dis-je en riant. Ne me bousculez pas — il ne s'agit pas d'une petite affaire! Ce n'est pas tous les jours qu'un célibataire endurci reçoit de son patron une proposition aussi imprévue!

— Sam. Je sais — je suis certain — que c'est la seule solution du problème...

— N'allez pas imaginer que je ne comprends pas votre situation et que je ne suis pas de cœur avec vous. Ce doit être réellement désespérant d'avoir une fille de dix-huit ans qui se fait enlever par un garçon de plage. Cela dit, à titre de l'un de vos plus anciens amis et certainement de collaborateur le plus loyal, je vous dois de souligner que je ne suis peut-être pas le candidat rêvé pour le rôle de gendre. Certes, j'apprécie à sa valeur l'immense compliment que vous me faites...

— Oh, pour l'amour du Ciel! s'exaspère Cornelius. Parlons franchement! Que doit faire un homme lorsqu'il a pour fille une héritière trop jolie? S'il a tant soit peu le sens de sa responsabilité morale, il doit la marier de toute urgence à quelqu'un de confiance avant qu'un fichu gigolo ne lui ait ruiné l'existence.

— Oui, mais...

— Le malheur, c'est qu'il y a peu de gens en qui j'aie confiance. En vérité, les seules personnes à qui je puisse me fier à cent pour cent aujourd'hui sont les trois amis qui m'ont connu dans le temps, avant que Paul ne me laisse sa fortune. Seulement comme Jake est marié, comme Kevin n'aime pas les femmes, il ne me reste que vous. Bon Dieu, Sam, je ne comprends pas pourquoi vous vous faites tirer l'oreille comme ça! Il y a des années que vous dites que vous désirez vous marier et vous savez fort bien que je ferai ce qu'il faut pour que ce mariage vous soit profitable. Qu'est-ce que vous attendez pour l'amour du ciel?

Je pourrais répondre à cela bien des choses mais si j'essaie d'être franc je ne réussirai qu'à prolonger la conversation et je sens bien qu'il faut y mettre fin immédiatement. Il faut laisser à Cornelius le temps de retrouver son calme. Visiblement, l'escapade de Vicky avec le rat de plage l'a plongé dans une panique indescriptible mais si je lui donne le temps de retrouver son équilibre il comprendra bien vite qu'il serait préférable d'oublier ce rêve matrimonial. Je m'éclaircis donc la gorge et à mon corps défendant je me prépare à mentir pour me tirer d'affaire.

— Ce n'est pas la question, dis-je d'un ton conciliant. Je ne suis pas homme à laisser passer une telle chance mais vous m'accorderez bien un jour ou deux pour me laisser me faire à cette idée, non? Je ne suis qu'un homme, pas un robot agencé pour fournir la réponse exacte chaque fois que quelqu'un presse le bouton!

— Voyons, Sam, je ne vous ai jamais vu sous l'aspect d'un robot et j'espère que vous ne me prenez pas non plus pour le savant dément qui presse les boutons à tort et à travers!

Il m'offre son sourire le plus convaincant, le sourire juvénile qui lui donne son air le plus innocent et se levant d'un bond il me tend la main. Son regard gris brille d'affection.

— Mille fois merci, Sam. J'étais sûr que je pouvais compter sur vous.

Au moment où nous allons nous serrer la main, le téléphone blanc sonne sur son bureau pour annoncer qu'on l'appelle sur sa ligne privée.

— C'est sûrement Alicia, dit Cornelius qui se reprend aussitôt. Elle devait m'appeler pour me dire si Vicky avait touché au repas laissé devant sa porte. Si vous voulez bien m'excuser, Sam...

Je me sauve.


# 2


Il n'est pas facile de travailler pour quelqu'un qui a le même âge que le vôtre. Il n'est pas non plus facile de travailler pour son ami le plus proche et tout particulièrement lorsque cette amitié dure depuis vingt-quatre ans. Cornelius et moi — quarante et un ans maintenant tous les deux — nous sommes connus à l'âge de dix-sept ans, en 1925, mais bien que notre travail crée entre nous un lien, la banque, paradoxalement, nous unit et nous divise à la fois. Elle nous contraint à partager une grande partie de notre existence mais, Cornelius étant le patron, ce partage n'est jamais équilibré. Je respecte Cornelius, nous nous entendons très bien mais — je ne suis qu'un homme — il m'arrive parfois de m'irriter de ma situation subalterne et je ne l'ai jamais autant ressenti que le soir où il me pressait d'épouser sa fille.

C'est Paul van Zale, l'oncle de Cornelius, qui nous a réunis pour la première fois. Immensément riche, immensément puissant, possesseur d'une banque d'affaires de Wall Street, époux d'une femme à la beauté spectaculaire, possesseur d'un hôtel particulier sur la Cinquième Avenue et d'une résidence d'été à Bar Harbor, dans le Maine, Paul a eu une profonde influence sur mes jeunes années. Je suis le fils d'émigrés allemands. Mes parents — le chef jardinier et la gouvernante — veillaient sur la résidence de Bar Harbor durant les longues périodes d'absence du maître. Comme je n'étais que le fils de ses domestiques, je n'imaginais guère qu'il pût m'accorder la moindre attention lorsqu'il venait se reposer. Pourtant, lorsque j'atteignis dix-sept ans, il me choisit pour l'un des trois compagnons qu'il recherchait pour son petit-neveu qui devait venir de l'Ohio lui rendre visite cet été-là. Cornelius était son seul parent masculin. N'ayant pas de fils, Paul avait décidé qu'il était temps de chercher à savoir si ce petit-neveu avait les qualités nécessaires pour supporter le fardeau de la fortune des Van Zale et lui succéder à la banque le moment venu.

Au début, je ne savais trop que penser de Cornelius, je ne savais trop que penser non plus des deux autres protégés. Paul paraissait avoir choisi un curieux quatuor et bien que nous eussions tous le même âge, dix-sept ans, il semblait que c'était là tout ce que nous avions de commun. Kevin Daly était le fils d'un riche politicien irlando-américain, il étudiait dans une célèbre institution de la Côte Est qui se trouvait à des années-lumière de mon école secondaire de Bar Harbor. Jake Reischman descendait de l'aristocratie juive allemande de New York et menait, dans un palais de la Cinquième Avenue, une vie dont moi, élevé dans une maison de gardiens aux portes du domaine Van Zale, je ne pouvais avoir la moindre idée. Kevin me paraissait terriblement exubérant et sûr de soi; Jake, infiniment aimable et raffiné. J'étais devant eux très conscient de mon infériorité sociale. Heureusement, Cornelius était avec eux autant mal à l'aise que moi. C'est cela qui m'a empêché d'aller me cacher, épouvanté, dans le chalet familial et de rater ainsi la chance en or que m'offrait Paul van Zale.

Mais Paul nous eut bientôt soudés les uns aux autres. Dès la fin de l'été, nous étions tous unis dans le culte de notre héros, unanimes dans notre désir de faire de notre vie une réussite aussi exemplaire que la sienne. Quand il nous invita de nouveau, en 1926, nous ne tenions plus en place à l'idée de cette seconde réunion.

Mais la réunion ne dura guère. Paul fut assassiné peu après. A cette époque-là, les hommes riches constituaient une telle cible de choix pour les fanatiques bolcheviques que notre protecteur avait toujours un garde du corps, mais les hommes qui s'étaient ligués pour l'assassiner surent habilement déjouer cette précaution élémentaire. Le monde, stupéfait de la mort de Paul, fut encore plus stupéfait peut-être par son testament : il avait choisi Cornelius comme héritier. C'est ainsi que Paul fit savoir pour la première fois qu'il estimait son petit-neveu assez solide pour endosser cette responsabilité et, avec le temps, tout le monde put constater que sa confiance était justifiée.

Cornelius était de santé délicate et paraissait frêle. A dix-huit ans, il avait également le visage d'un enfant de chœur, une façon respectueuse de parler à ses aînés et un sourire qui donnait irrésistiblement aux femmes le désir de le dorloter. Personne ne paraissait plus inoffensif et, comme Paul le remarquait un jour ironiquement, personne n'avait plus que lui l'instinct infaillible du vampire qui va droit à la carotide.

Il fallut à Cornelius quelques années seulement pour se hisser au poste d'associé-gérant de la banque et il n'avait pas encore trente ans que sa vie était déjà une copie rigoureusement exacte de celle de Paul. Il possédait sa banque à Wall Street, une femme d'une beauté spectaculaire, son hôtel particulier dans la Cinquième Avenue et sa résidence d'été à Bar Harbor : il avait toute la fortune de Paul, son succès et sa célébrité.

Je ne m'en tirais pas mal non plus. Après la mort de Paul, en 1926, j'étais venu à New York parce que Cornelius, réaliste, savait qu'il aurait bientôt besoin d'un allié fidèle. De mon côté, j'étais opportuniste et résolu à ne pas laisser passer la chance de réaliser le rêve américain classique de richesse et de succès. Évidemment aucun des associés de Paul van Zale ne nous prenait ni l'un ni l'autre au sérieux. Ils pensaient que nous étions simplement une paire de gamins qui jouaient au banquier. Cela les avait beaucoup fait rire et ils nous avaient ignorés bien vite, persuadés que nos petits jeux étaient voués à l'échec.

Je pense souvent à ces associés de la banque qui riaient de nous en 1926.

Ils sont tous morts aujourd'hui.

Lorsque nous avions fait notre entrée à Willow Street, l'homme le plus puissant de la maison était Steve Sullivan, l'associé préféré de Paul, un homme qui avait vingt ans de plus que Cornelius et moi. Gigantesque, retors, imposant, Steve nous terrifiait tous les deux. Nous avons compris dès le début que c'était là l'homme qu'il nous fallait déloger de la banque si nous voulions que Cornelius s'assoie dans le fauteuil suprême.

— Certes, il sera difficile de l'éliminer, disait Cornelius en ruminant nos plans à longue échéance, mais je ne vois pas pourquoi nous n'y arriverions pas. Qui veut la fin veut les moyens.

Nous y sommes arrivés. Nous l'avons éliminé. Il est mort par la suite. Nous étions indirectement responsables de sa mort, bien que Cornelius n'ait jamais voulu l'admettre, sous le prétexte que ce n'était tout de même pas notre faute si Steve avait jeté sa voiture contre un arbre après avoir vidé une bouteille de scotch. Cornelius n'admet jamais que quelque chose soit sa faute.

— J'ai été amené à faire ce qu'il fallait faire, dit-il toujours, et il parle aussitôt d'autre chose. Il semble avoir un talent illimité pour abolir le passé dont il ne désire pas se souvenir. C'est un talent que je lui envie souvent : c'est avec plaisir que j'emmurerais volontiers non seulement mon complexe de culpabilité à l'égard de Steve Sullivan mais aussi celui d'un Germano-Américain qui n'a pas fait la guerre.

Je revenais alors à New York après avoir passé en Allemagne mes premières vacances depuis la guerre. Je ne cessais de penser à cette Allemagne depuis mon retour et je savais que ces souvenirs continueraient de me hanter dans leur insupportable précision : les villes en ruine, le terrible silence des campagnes écrasées, les soldats alliés riant dans les rues et, pour terminer, le G.I. qui sifflait « Lili Marlène », à côté de moi.

J'y songe en fuyant le bureau de Cornelius ce soir d'avril 1949, et je me dis que, comparée au cauchemar qu'ont été mes vacances en Allemagne, la ridicule suggestion que je doive épouser la fille de Cornelius pourrait presque passer pour une plaisanterie. Mais cette impression comique est de courte durée. Ma position est trop embarrassante et en courant dans l'escalier du hall je me sens essoufflé non seulement par l'effort physique de l'ascension mais aussi par mon état de tension.

J'arrive dans mon bureau. Sur ma table de travail une pile de lettres attendent ma signature, à côté de six feuillets roses de messages téléphoniques et d'un long mémo de mon assistant particulier. Je n'y touche pas mais je me sers un double dry Martini *on the rocks* et je saisis le téléphone.

La sonnerie se répète huit fois avant que Teresa ne décroche.

— Salut, dis-je, c'est moi. Tu es occupée?

15

— Je suis en train de faire un jambalaya[1], et je me demande si Kevin aura la témérité de le manger. Comment vas-tu?

— Très bien. Je peux te voir ce soir?

— Ma foi...

— Ce n'est pas vrai : je ne vais pas très bien. Je suis même au trente-sixième dessous. Je passerais volontiers prendre un verre en vitesse. Je resterais dans la cuisine avec toi.

— Okay, viens alors.

— Tu es la plus chic fille de New York. J'arrive.


# 3


J'ai rencontré Teresa chez mon ami Kevin Daly, il y a quatre mois. La fête de Noël est maintenant la seule occasion qui rassemble Jake Reischman, Cornelius et moi sous le même toit : ils sont loin les temps où ses protégés passaient l'été dans la demeure de Paul van Zale à Bar Harbor.

— La Fraternité de Bar Harbor! s'était exclamé Kevin toujours exubérant lorsque nous nous étions retrouvés après la guerre. Ou bien ne serait-ce pas plutôt la Mafia de Bar Harbor?

Il est vrai que le terme « fraternité » serait une description trop sentimentale des liens qui existent toujours entre nous et l'adjectif « amicale », même, ne peut plus décrire avec précision notre association. Jake et moi ne nous rencontrons jamais sans raison d'affaires et depuis que Jake est devenu le patron de sa propre banque d'investissements, il préfère avoir uniquement affaire à Cornelius. Cornelius rencontre régulièrement Kevin aux réunions du conseil de la Fondation Van Zale, mais il le voit rarement dans le monde. De mon côté, ne m'intéressant pas aux arts, j'avais presque perdu complètement Kevin de vue avant de rencontrer Teresa. Un étranger pourrait penser que Cornelius et moi sommes les plus intimes mais je crois que Cornelius est au fond plus proche de Jake. Ils sont sur un pied d'égalité. Cornelius n'en est pas moins toujours prêt à jurer, surtout après un verre de champagne, qu'il me tient pour un frère et, même sans champagne, il prend grand soin de masquer son rang et de souligner combien je lui suis indispensable, mais lui et moi ne nous faisons aucune illusion sur notre place respective. C'est le côté caché de nos relations, tacitement accepté mais dont nous ne parlons jamais. Personne n'est jamais indispensable. Je sais cela aussi bien que je sais que Cornelius sera toujours le patron et que — avec un rien de bon sens — je serai toujours son bras droit. Cela dit, je ne perds pas de temps à ruminer là-dessus. C'est une vérité à accepter raisonnablement et sans faire d'embarras.

— Ah, ces banquiers! dit souvent Kevin lorsqu'il a bu assez pour se rappeler les événements les moins connus de notre passé commun. Il ne cache pas son mépris pour Wall Street mais il suit pourtant nos carrières

---

1. Ragoût de jambon, autres viandes et riz.

16

avec l'intérêt académique d'un écrivain toujours en quête de sujets nouveaux. En 1929, lorsque Kevin a abandonné les cours de droit d'Harvard pour s'installer à New York, il voulait être romancier mais il n'a jamais écrit qu'un seul roman. Depuis maintenant des années, il écrit des pièces de théâtre; les premières étaient plaisantes, les dernières sont de plus en plus hermétiques. Et il a depuis longtemps quitté son grenier de Greenwich Village pour habiter une élégante maison de briques rouges sur le côté ouest de Washington Square.

Kevin adore sa maison. Cornelius a hasardé un jour que cette maison remplaçait la famille qui n'a jamais pardonné à Kevin de mener une vie qu'elle ne pouvait que désapprouver. Même si cette théorie reste à vérifier, on ne peut pas ignorer que Kevin a dépensé des sommes énormes pour s'offrir une demeure prestigieuse. Et comme il a horreur de la laisser à l'abandon il a converti le dernier étage en un studio destiné à une gouvernante. Les gouvernantes tiennent généralement six mois. Jeunes, jolies, toujours blondes, elles sont écrivains, peintres ou sculpteurs; les musiciennes n'ont pas droit de cité : elles font trop de bruit. Ces demoiselles sont ravies d'avoir un appartement gratuit et des relations sans complications avec un employeur qui ne montre aucun désir de venir tambouriner à la porte de leur chambre mais le différend survient inévitablement lorsque Kevin refuse de leur prêter de l'argent. Kevin peut se montrer impitoyable. J'ai même entendu dire que de jeunes invités avaient été éjectés de la maison avec la même sécheresse. En fait, Kevin semble préférer vivre seul.

Et il vivait seul — si l'on excepte l'habituelle gouvernante — lorsqu'il m'avait invité, l'an passé, pour la Noël. Or, il advint que de ses trois amis de Bar Harbor, je fusse le seul qui ce soir-là eût accepté son invitation. Jako se trouvait au diable, en Californie. Quand à Cornelius, il ne s'était guère amusé l'année précédente et il avait invoqué une excuse pour ne pas venir.

— Je ne vois pas pourquoi vous avez envie d'aller vous mêler à une bande d'homos, dit Cornelius, mais je me suis contenté d'en rire. Les goûts sexuels de mes contemporains ne présentent pour moi aucun intérêt et, d'autre part, les cocktails parties de Kevin sont ce qui se fait de mieux dans notre ville.

Lorsque je suis arrivé chez Kevin, une quarantaine de gens s'interpellaient élégamment dans un vacarme de volière, sous les lustres de cristal du vaste salon meublé d'antiquités précieuses. Kevin fait toujours servir les cocktails favoris des Américains mais le signe particulier de ses fêtes, c'est que les invités peuvent s'abreuver de champagne.

Malheureusement, un client reconnaissant m'avait déjà offert du champagne à satiété pour le déjeuner.

— Donnez-moi un scotch *on the rocks*, dis-je au maître d'hôtel engagé pour la circonstance et je louchais sur une assiette de caviar quand quelqu'un s'est exclamé derrière moi :

— Vous devez être malade! A-t-on jamais vu un type refuser de boire à l'œil du champagne français.

Je me retourne. Une jeune personne rondelette à la chevelure frisée en désordre, dotée d'un grand nez et d'une bouche généreuse, sourit en me regardant. Elle porte une robe cramoisie mal coupée et une chaîne à croix d'or au cou. Ses yeux très rapprochés sont très brillants et très noirs.

— Vous n'appartenez sûrement pas au monde du spectacle! ajoute-t-elle en riant. Ceux-là boivent toujours du champagne!

— Pas possible, je croyais qu'ils le gardaient' pour leur bain. Seriez-vous actrice, Miss...

— Kowaleski.

— Pardon?

— Teresa. Je suis la nouvelle gouvernante.

J'en suis très surpris. Cette fille ne peut pas être plus différente des espèces de lianes blondes que Kevin emploie généralement.

— Qu'est devenue Ingrid, la Suédoise? dis-je en lançant la première chose qui me vient à l'esprit.

— Elle est à Hollywood, répond la brune en m'examinant avec une surprise égale à la mienne. Vous ne faites pas partie de la bande habituelle de Kevin, on dirait? Seriez-vous son avocat ou quelqu'un dans ce genre-là?

— Vous n'êtes pas tombée loin, je suis banquier.

— Vous êtes quoi? Seigneur! le bruit devient infernal! Il m'a semblé vous entendre dire que vous étiez banquier!

— C'est exact. Et vous, que faites-vous, Teresa?

— Je peins des choses. Vrai! êtes-vous réellement banquier? Vous voulez dire que vous restez dans une cage grillée toute la sainte journée pour distribuer du fric?

J'étais charmé de son ignorance. J'ai su plus tard qu'elle l'était par la mienne.

— Vous n'avez jamais entendu parler d'Edward Munch? Ou de Paul Klee?

— Non, mais je suis tout prêt à m'instruire.

Après un ou deux dîners en tête à tête, j'ai commencé à lui expliquer ce que je faisais.

— Cela veut dire que je ne peux pas venir à votre banque avec un billet de dix dollars et y ouvrir un compte?

— C'est notre banque commerciale, la Van Zale Manhattan Trust, qui s'occupe de ce genre de clientèle. P.C. van Zale and Company est une banque d'investissement. Nous procurons des fonds aux grandes sociétés américaines en émettant des titres que le public peut acquérir pour placer son argent.

— Je n'aime pas le capitalisme, affirme Teresa. Cela me paraît immoral.

— La moralité est comme le vison. C'est parfait quand vous avez le moyen de vous l'offrir. — Alors, bien qu'elle ait ri, je ne lui ai plus parlé de ma profession.

Mais elle continuait de refuser de me parler de sa peinture et lorsqu'elle me fit monter un jour à son studio, j'y découvris que les toiles étaient toutes face au mur parce qu'elle les trouvait trop mauvaises pour les montrer. Un jour, pendant qu'elle prenait sa douche, j'ai failli lever le voile qui couvrait une toile à demi terminée sur le chevalet mais j'ai eu peur qu'elle ne s'aperçoive que le voile avait été déplacé et je l'aimais trop pour mettre nos relations toutes nouvelles en péril.

J'aimais son absence d'affectation et son habitude de dire toujours ce qu'elle pensait. Bien qu'elle soit intelligente et loin d'être naïve, elle avait conservé une simplicité d'âme qui me rappelait les filles avec lesquelles je sortais jadis, dans ma jeunesse, à Bar Harbor. J'aurais voulu l'emmener dans les boîtes chics de Manhattan mais elle prétendait préférer les petits bistrots cosmopolites du Village. J'aurais voulu donner un grand dîner chez moi pour la présenter à mes amis mais elle disait préférer nos soirées en tête à tête. J'aurais voulu qu'elle passe plus de temps chez moi mais les domestiques la gênaient, disait-elle. J'avais hésité longtemps à l'inviter parce que j'avais peine à croire qu'elle fût tellement indifférente à la richesse mais finalement, en février, je me risquai à lui offrir de venir écouter quelques disques de ma collection.

Nous avons écouté les disques avec plaisir, nous avons regardé nos émissions de T.V. favorites et lu ensemble le supplément dominical du *New York Times*.

— C'est curieux d'avoir honte d'être riche! dit-elle gentiment au moment où nous nous mettions au lit le dimanche soir.

— Je n'en ai pas honte. C'est mon argent, je l'ai gagné et j'en suis fier mais j'ai connu trop de femmes qui finissaient par trouver mon compte en banque plus séduisant que mon profil.

— Sam, chaque fois que nous abordons un sujet de conversation intéressant nous finissons toujours par parler d'argent. L'as-tu remarqué? Je n'y comprends rien. Je n'arrive pas à m'intéresser à l'argent. Pourquoi faut-il que nous en parlions toujours?

J'ai souri, je me suis excusé et j'ai enfin accepté de la croire.

Teresa ne s'intéresse peut-être pas à l'argent mais elle a des idées bien arrêtées sur la manière de le gagner. Si elle accepte mes invitations à dîner et à l'occasion une babiole, elle refuse mon assistance financière, sous prétexte qu'elle tient à « payer sa part ». Pour faire face à ses besoins élémentaires, elle accepte parfois un emploi temporaire de serveuse qu'elle abandonne dès qu'elle a gagné assez d'argent pour vivre quelques semaines. Un emploi régulier, une vie normale ne paraissent pas l'intéresser et pourtant, malgré cette bohème délibérée et qui me fascine, elle demeure assez conventionnelle pour aimer à faire la cuisine, à s'efforcer de coudre elle-même ses robes et à rester fidèle à des idées désuètes pour ce qui est d'accepter de l'argent des hommes les mieux intentionnés.

Ce curieux cocktail de conservatisme et de bohème me séduit de plus en plus. Si je désapprouve son attitude à l'égard d'un emploi régulier, je respecte son amour de la peinture et bien que je ne pusse accepter sans peine qu'elle fît partie de la population marginale de la ville, j'admire l'habileté qu'elle montre à se débrouiller dans New York et à vivre selon les règles qu'elle s'est fixées.

J'en arrive finalement au moment où il me devient impossible de résister à l'envie de parler d'elle à mes amis.

— Une nouvelle maîtresse? dit Cornelius distraitement. C'est très bien. Pourquoi ne l'amenez-vous pas dîner un soir avec nous?

— Parce qu'il ne l'intéressait nullement de dîner dans un palais de la Cinquième Avenue avec une bande de millionnaires.

— Il n'existe pas de femme qui ne désire pas dîner dans un palais de la Cinquième Avenue avec une bande de millionnaires, répond Cornelius, mais quand je me contente de rire il se persuade que mon attitude vient de ce que Teresa n'est pas présentable et elle cesse aussitôt de l'intéresser.

Pour sa part, Cornelius a été marié deux fois; la première, avec une femme du monde de quatorze ans son aînée, qui l'avait épousé pour son argent avant de lui donner ce qu'aucune fortune au monde ne pouvait acheter — sa fille, Vicky —, et la seconde, avec une beauté de la haute société, sa cadette de deux ans, qui l'a épousé par amour en lui apportant deux beaux-fils, enfants d'un premier mariage.

Vivienne, sa première femme, vit maintenant en Floride et je ne l'ai pas vue depuis des années. Mais je vois fréquemment Alicia, sa seconde femme, dans son rôle de Madame Cornelius van Zale, épouse du millionnaire bien connu et pilier de la haute société de New York. On ne connaît à Cornelius aucune maîtresse. Cornelius est opposé à toute vie privée qui ne respecterait pas les conventions. Certes, il ne m'a jamais dit ouvertement que je devrais me marier, avoir une vie rangée, mais je sais qu'il condamnerait automatiquement l'idée que j'aie une maîtresse aussi bohème que Teresa.

A ce moment-là, les refus aimables mais absurdes qu'oppose Teresa à mes offres d'argent m'agacent de plus en plus. J'aime faire des cadeaux; je n'ai pas de mauvais desseins et je déteste être traité comme si j'en avais. Il me semble que son attitude rabaisse nos relations, d'autant que je ne demande qu'une chose : que notre existence s'écoule le plus agréablement possible dans la voie que nous partageons. Certes, quelques mauvais esprits pourraient faire des commentaires acidulés sur l'intention que j'avais d'installer Teresa dans un luxueux studio à deux blocs de ma penthouse [1] de Park avenue, mais la vérité c'est que je suis las de me faufiler dans la maison de Kevin à n'importe quelle heure de la nuit et j'ai l'impression que Kevin est également las de cette intrusion nocturne et répétée dans sa demeure.

— Écoute, dis-je à Teresa en essayant une fois de plus de lui démontrer que la situation doit être améliorée, nous avons beaucoup de chance! J'ai suffisamment d'argent pour rendre notre existence deux fois plus agréable! C'est une bénédiction et non une pierre à notre cou! Pourquoi la refuser? Pourquoi se gêner inutilement? Ce n'est pas logique! Il n'y a pas de raison! Et cela nous fait perdre un temps infiniment précieux!

Je suis heureux de voir que cela la fait rire mais je comprends bien vite que plaisanter de notre situation n'y changera rien.

— Je n'ai rien contre l'idée de vivre au centre de la ville, dit-elle. En vérité, j'espère même m'y installer un jour mais ce jour-là, c'est moi qui paierai mon loyer.

Je suis tellement exaspéré que je pourrais la frapper. Je perds même assez la tête pour l'accuser de refuser l'appartement que je lui propose afin de venir s'installer chez moi. Mais je sais que c'est idiot avant même de voir son expression de dédain et de l'entendre me dire ce que je peux faire de ma fameuse penthouse. Je sais depuis longtemps qu'elle ne se trouve pas à l'aise chez moi, qu'elle n'aime pas y venir. Son attitude m'a d'abord

---

1. Sorte de petit hôtel particulier construit sur la terrasse d'un immeuble.

blessé mais j'en ai plus tard été soulagé. Je suis peut-être désappointé sur le moment mais je ne suis ni envoûté ni simplet : je sais fort bien qu'un homme dans ma position ne peut espérer installer publiquement chez lui une maîtresse aussi bohème et conserver la considération de son clan. Je n'en suis pas moins résolu à l'installer le plus près de moi possible. Il suffit que le monde puisse accepter la situation avec son indulgente indifférence habituelle.

Je réfléchis à la situation. J'ai réalisé quelques progrès mais il faudra faire bien autre chose pour arracher Teresa à Greenwich Village. Je décide donc que le moment est venu d'aller passer un week-end dans un endroit romantique. Je sais d'expérience qu'un long week-end, glissé dans notre liaison au moment opportun, pourrait me donner la victoire. Alors, encouragé par la perspective du succès, je me mets à la recherche du site favorable. Le Maine, Cape Cod, la Caroline du Nord, la Floride?... Mon esprit arpente rapidement la Côte Est et j'en suis même à un saut dans les Bermudes quand la solution se révèle : l'Europe! Teresa, fille d'émigrants polonais, n'y est jamais allée et elle en meurt d'envie. Ensorcelante, romantique, irrésistible Europe!... quinze jours... et on dit que Paris a été à peine touché par la guerre!

Après un dîner à deux, aux chandelles, dans son restaurant français favori, je fais venir du champagne et je lui propose de m'accompagner en Europe pour mes vacances prochaines. Je ne lui dis pas que l'on m'a déjà réservé des chambres dans des hôtels en Allemagne. Il est toujours possible d'annuler une chambre et un itinéraire peut être modifié. D'ailleurs, je ne lui ai jamais parlé de l'Allemagne sinon pour lui apprendre dès le début que bien que germano-américain je n'ai pas de famille en Allemagne. Je lui ai même menti en lui disant que j'étais né aux États-Unis.

— Paris! souffle Teresa vivement tentée.

Je hume le parfum de la victoire.

— On pourrait voyager tout le temps en première classe et s'offrir partout ce qu'il y a de mieux.

— J'aimerais réellement y aller... soupire-t-elle.

— Parfait. Alors, c'est entendu. Je vais appeler mon agence de voyages!

— ... malheureusement c'est impossible. Je ne marche pas, Sam. Si je me laisse acheter une fois, tu recommenceras... je me laisserai tenter de plus en plus et, avant que je sache ce qui m'arrive, je me retrouverai dans une cage dorée, sur une terrasse d'où l'on voit l'East River, avec un carnet de chèques dans mon sac, un vison sur le dos et un amant qui m'aura achetée, depuis les boucles d'oreilles jusqu'aux escarpins. Ne te méprends pas — je sais que tu ne penses pas à mal et je t'en suis reconnaissante, mais l'indépendance est pour moi plus précieuse qu'une douzaine de voyages en Europe et je n'y renoncerai jamais, même pour toi.

— Mais je la respecterai, ton indépendance, Teresa.

— Et moi, je ne me respecterai certainement plus si elle est à vendre.

L'orage éclate... je suis tellement désappointé. Je pense à annuler mes vacances, tellement l'idée de passer deux semaines sans elle m'est insupportable, mais je me dis aussitôt que je me conduis comme un collégien transi d'amour et qu'il me faudrait un peu de temps pour me reprendre. Je me suis alors longuement interrogé sur le point de savoir si j'étais amoureux d'elle. Logiquement je ne voyais pas comment j'aurais pu l'être. Je m'interroge plus à fond et je finis par découvrir que je me trouve dans une situation où la logique ne joue aucun rôle : je suis fou d'elle et il serait encore plus fou de le nier.

Avoir enfin le courage d'affronter cette vérité déconcertante représente une sorte de victoire mais ce triomphe s'estompe vite car je comprends que je me trouve maintenant dans une autre impasse et sans la moindre idée du moyen qui me permettrait d'en sortir. Je ne peux pas vivre officiellement avec elle. Et il est clair que je n'arriverai pas à la convaincre de vivre avec moi en secret. Mon esprit logique, qui fonctionne tant bien que mal dans cette situation illogique, me révèle qu'il me reste trois lignes de conduite : je peux renoncer à elle. Je peux rester dans ce désagréable statu quo. Ou je peux l'épouser.

Renoncer à elle est inimaginable. Demeurer dans le statu quo m'exaspère rien que d'y penser. Et le mariage est tout autant impossible que de vivre ouvertement avec elle. Mais est-ce si certain ? Oui, bien sûr. Ce mariage ne marchera jamais. L'implacable vérité, que je dois accepter franchement si je veux rester sain d'esprit, c'est que Teresa ne s'adaptera jamais à mon univers. Si nous nous marions, ou elle devra apporter certains changements à sa façon de vivre ou bien je devrai réaliser certains changements dans la mienne et je ne peux vraiment pas lui faire une offre de mariage dans le genre :

— Dis donc, je voudrais bien t'épouser mais il faudra que tu changes du tout au tout avant que je t'amène à l'autel.

Je me demande sincèrement si je ne pourrais pas de mon côté modifier certains aspects de mon existence mais je renonce vite à cette idée. J'aime mon univers tel qu'il est et aucune modification radicale n'en est concevable.

Et puis je suis allé en Allemagne et lorsque pour la première fois depuis dix ans j'ai posé le pied sur le sol de ma terre natale, le choc m'a fait tout oublier : Teresa, Van Zale et ma vie américaine.

Je me croyais pourtant préparé : j'avais lu d'interminables rapports, causé longuement avec des gens qui revenaient d'Allemagne. J'avais attendu que la guerre fût terminée depuis quatre ans pour être certain de pouvoir supporter le chaos que je devinais. J'ai appris que la réalité était pire et que j'étais incapable de l'accepter. Aucun article de journal, aucune série de photos dans *Life*, aucune conversation avec des témoins n'avaient pu me préparer à ces villes en ruine, à l'effondrement de mes souvenirs et à ce G.I. qui sifflait « Lili Marlène ».

— Comment va l'Europe ? me demanda gaiement Teresa à mon retour.

— Elle va bien.

J'étais incapable de lui parler de l'Allemagne mais j'ai essayé de lui parler de Paris. Alors je me suis inspiré des souvenirs de ma première visite avant la guerre.

— Comment va l'Europe ? me demanda à son tour Cornelius en passant.

— Pas si mal.

Mais j'ai su, dès que je suis retourné à Willow et Wall Strett, que je ne pourrais pas soutenir longtemps que rien ne s'était passé. Si je voulais vivre en paix avec moi-même, il me fallait changer radicalement ma vie personnelle et professionnelle.

J'avais envie d'appeler Paul Hoffman, de la A.C.E. [1] qui à l'époque faisait appel aux banques d'investissement pour la reconstruction économique de l'Europe. Je fus même sur le point de décrocher pour demander le numéro de cette organisation à Washington, mais j'ai laissé l'appareil parce que je savais qu'avant de parler à Paul Hoffman il me fallait parler à Cornelius. Il n'est pas question en effet que j'abandonne ma situation chez Van Zale. Van Zale est toute ma vie, le symbole de mon succès, la personnification de ce rêve américain classique qui m'a si longtemps soutenu. Mais il me faut un congé et un seul homme peut me l'accorder.

La perspective de l'inévitable entrevue avec Cornelius ne présente vraiment aucun attrait. Cornelius est isolationniste bien qu'en théorie il ait renoncé à cette attitude après Pearl Harbour pour s'aligner sur la politique officielle américaine. Il n'a jamais été capable d'avancer une justification raisonnable de l'aversion que lui inspire l'Europe, mais il la déteste bel et bien, et je sais qu'il rechignerait à m'accorder un congé pour me permettre d'aller travailler à sa reconstruction. Peu importait qu'il s'accorde officiellement avec les économistes qui prétendent que le bien-être de l'Amérique dépend finalement d'une application généreuse du plan Marshall. Dans la pratique, Cornelius regrette le moindre dollar dépensé pour soutenir des pays qui ont aussi impardonnablement entraîné l'Amérique dans cette Seconde Guerre mondiale.

Son incurable chauvinisme mis à part, je sais qu'il me faudra affronter la réluctance qu'il éprouve à se passer même temporairement de mes services. Il prétend que je lui suis indispensable à Willow Street, ce qui ne me trompe pas une seconde, mais je n'ignore pas non plus qu'aucun de mes collègues ne peut me remplacer comme collaborateur et confident. Cornelius le dit souvent : il y a peu de personnes à qui il puisse se fier entièrement. Et en l'occurrence la malchance veut que je sois de celles-là.

Je pensais que ma situation ne pouvait pas être plus délicate. Je me trompais. Elle devint immédiatement pire lorsque Vicky se mit en tête de se faire enlever par son Apollon de plage et quand Cornelius conçut son ébouriffante proposition matrimoniale.

Loin de songer à ouvrir les menottes qui nous enchaînent tous les deux depuis une éternité, il semble maintenant bien déterminé à jeter la clef au vent. En roulant ce soir-là vers la maison de Kevin pour voir Teresa, je me demande avec désespoir comment je pourrai jamais m'évader de la cage dorée que Cornelius est en train de refermer plus solidement que jamais sur moi à Willow et Wall Street.

Je descends de ma Mercedes-Benz.

— Inutile d'attendre, Hauptmann, je prendrai un taxi pour rentrer à la maison.

Pendant que la voiture s'éloigne, je regarde la rue bordée d'arbres et le ciel pastel. La soirée est merveilleuse et soudain, contre toute attente,

---

1. Administration de coopération économique.

mon désespoir disparaît et je souris même en pensant à ma conversation avec Cornelius. Pensait-il sérieusement qu'il allait me convaincre et me contraindre à épouser sa fille, cette enfant gâtée? Il doit avoir perdu la tête. C'est Teresa que je vais épouser, voyons! C'est pourquoi l'idée de mariage avec une autre me paraît tellement absurde et je comprends alors qu'il y a déjà quelque temps que j'y songeais sans m'en rendre compte. Maintenant je peux m'avouer carrément à quel point je l'aime puisque je n'ai plus à redouter qu'elle ne s'adapte jamais à l'existence fortunée que je mène à New York. Mon existence va changer en effet et je vais changer en même temps. Grâce à ce congé que j'obtiendrai, après une brillante manœuvre diplomatique dont je n'ai pas encore la moindre idée, je vais aller en Europe, me vouer tout entier à l'idéalisme du Plan Marshall et me battre enfin comme un loyal Américain pour cette Allemagne que j'aimais tant avant la guerre.

Et ensuite? Ensuite, le boom inévitable d'après guerre sera à son apogée et je parviendrai d'une manière ou d'une autre à convaincre Cornelius qu'il a maintenant tout intérêt à ouvrir une filiale en Europe... Mon avenir s'étend tout tracé devant moi aussi loin que peut porter mon regard et la porte de Kevin s'ouvre toute grande pour m'accueillir. Teresa est là, elle me sourit et en la voyant il me semble que mon cœur va éclater non seulement de bonheur mais de soulagement, comme si je venais finalement de résoudre tous les problèmes qui me tourmentaient depuis si longtemps.

Ce n'était qu'une illusion, brillante et captivante. Pourtant je n'oublierai jamais cette soirée d'avril 1949 où je voyais Teresa me sourire et où je volais sur les marches jusque dans ses bras.

— Bonsoir, chéri! dit-elle en m'embrassant. Pose ton dernier million de dollars à la porte, entre et je vais te faire un Martini à foudroyer le général Sherman lui-même. Seigneur, tu as l'air aussi crevé que tu le paraissais au téléphone! Qu'est-ce qui se passe, bon sang?

# 2

## 1

Teresa a une tache de poussière au bout de son nez non poudré et du rouge cramoisi sur ses lèvres généreuses. Ses cheveux noirs se hérissent allégrement dans tous les azimuts au mépris des lois de la pesanteur. Sa robe turquoise, avec une ceinture blanche qui s'accorde avec ses sandales, paraît avoir été malmenée par la machine à laver : les coutures s'étirent sur ses hanches et les boutons s'écartent sur sa poitrine. Comme toujours, elle porte sa croix d'or mais aucun autre bijou.

— Tu es belle comme un cœur ! dis-je en l'embrassant encore. Où as-tu trouvé cette robe affriolante ?

— Dans une allée du marché de l'East Side. Et maintenant n'essaie pas d'éviter de répondre à mes questions. Pourquoi semblais-tu tellement catastrophé au téléphone ?

Je n'ai pas envie de me lancer dans une explication de mes relations compliquées avec Cornelius.

— Vois-tu, il y a une grosse société qui s'appelle Hammaco et qui veut lancer un emprunt de quatre-vingt-dix millions de dollars...

— Oh, Seigneur ! Laisse-moi préparer nos verres. Tu es sûr que ça ne t'ennuie pas de rester dans la cuisine ? Je suis en train de cuire le riz pour le jambalaya.

— Où est Kevin ?

— Il n'est pas encore revenu de la répétition, dit-elle en m'emmenant à travers le hall.

La cuisine de Kevin est le chef-d'œuvre de cette maison parfaite. Elle résume toutes les qualités que j'aime y trouver. La pièce est simple et presque nue mais c'est la simplicité ordonnée que seule la fortune peut procurer. C'est la réplique de la cuisine d'une ferme de la Nouvelle-Angleterre qui a plu à Kevin, elle est vaste et aérée. A demi caché par un pan de mur de brique, un fourneau à l'ancienne, purement ornemental, brille d'un beau noir. Les placards sont d'érable massif. Il y a une lourde table rectangulaire avec quatre chaises assorties. Des herbes aromatiques poussent dans des pots sur le rebord de la fenêtre, des casseroles de cuivre brillent aux murs et les carreaux rouges luisent doucement sur le sol. Kevin emploie une femme de ménage et une domestique pour garder à sa maison l'ordre impeccable auquel il tient et que Teresa détruit aussitôt qu'elle prépare un repas.

— Désolée que tout soit dans un tel état, dit Teresa en débarrassant un coin de la table. C'est le jour de repos de la femme de ménage et j'ai proposé à Kevin de lui préparer son repas parce qu'il m'a donné cinq dollars pour m'acheter une paire de chaussures. Les semelles de mon ancienne paire ont fini par me lâcher et le bonhomme du coin de la rue m'a dit qu'on ne pouvait plus les ressemeler... C'est drôle, je suis sûre que j'avais des olives pour ton Martini. Où ai-je pu les fourrer?

— Kevin t'a prêté de l'argent?

— Non, il me l'a donné. Il n'en prête jamais.

— C'est bien ce que je pensais. Mais alors, si tu peux accepter de l'argent de Kevin...

— Mais non. C'est pour le remercier que je lui fais aujourd'hui la cuisine. D'ailleurs, il est grand temps que je cherche du travail car mes économies sont épuisées... Navrée, chéri, mais je ne retrouve pas les olives. C'est le chat qui a dû les manger. Deux glaçons dans ton Martini?

— Oui, merci. Teresa, inutile de chercher du travail. Je viens d'avoir une idée formidable...

D'un coup, elle me fait face.

— J'en ai assez de tes idées formidables! Et j'en ai assez aussi de t'entendre parler d'argent! Excuse-moi mais je suis d'une humeur massacrante... ma peinture ne vient pas comme je le voudrais. C'est pour ça que je vais retourner à ma toile dès que j'aurai servi son dîner à Kevin.

— Eh là, une minute!

Désarçonné par son attaque inattendue, je bafouille un peu en protestant.

— Ce que j'ai à te dire est très important.

Elle plaque la boîte de riz sur la table.

— Mon travail l'est aussi! crie-t-elle. Tu crois que ce n'est qu'un amusant passe-temps parce qu'il ne me rapporte pas d'argent... l'argent, l'argent, l'argent, tu ne penses qu'à ça, jour et nuit! Ou peut-être t'arrive-t-il de penser à autre chose? Mais je veux bien être pendue si je sais à quoi! Il me semble depuis quelque temps déjà que tu ne comprends rien à ce que je suis mais je commence à me demander si, moi, je te comprends, même vaguement. Oh certes, tu parles, tu parles et tu parles, de choses superficielles, mais qu'y a-t-il sous ce charme mondain et ton savoir-faire amoureux? Je n'arrive pas à savoir si tu es un type bien ou un salaud. D'ailleurs, à mon avis il faut plutôt être un sale type pour gâcher son existence dans une profession matérialiste, corrompue, dégoûtante comme la banque mais...

— Une seconde, s'il te plaît!

Je me suis repris maintenant et je sais exactement ce que j'ai à dire. Je n'élève pas la voix mais je change de ton, comme je le fais lorsqu'un client grincheux doit être remis aimablement à sa place.

— Entendons-nous bien. La banque est un excellent métier. Il est possible que tu ne croies pas que ce soit comme la peinture un don céleste fait à l'humanité mais si tu connaissais un peu mieux la banque, si tu te préoccupais moins d'avaler toute cette fallacieuse bouillie marxiste, tu pourrais voir que les banquiers jouent un rôle nécessaire dans l'économie et, par conséquent, pour le pays dans son ensemble. Alors, arrête de me vendre cette salade des années 30 qui accuse le banquier d'être la plaie du genre humain, okay? Prends la peine de réfléchir une minute. Que se passe-t-il précisément en ce moment, en 1949? Eh bien, ce sont ces affreux banquiers qui vont remettre sur pied l'Europe que tous vos héros plus ou moins galonnés et tous les politiciens ont mise en mille morceaux. Et cela m'amène à ce que j'avais l'intention de te dire. J'ai trouvé comment employer ma formation et mon expérience de banquier pour la cause la meilleure qu'il soit...

— Oh, n'en parlons plus. Cette espèce de course au dollar est tellement insignifiante, si futile...

— Pour l'amour du ciel! (Je suis furieux maintenant.) N'essaie pas maintenant de me revendre je ne sais quels bobards pseudo-philosophiques sur la signification de l'existence! Qui donc est fichtre capable de dire ce qu'elle signifie? Tout bien pesé, n'est-il pas aussi futile de peindre un tableau que de gagner un dollar? Je te soupçonne de croire que j'ai toujours été trop occupé à gagner de l'argent pour me poser les questions fondamentales classiques. Eh bien, je ne suis pas le robot fabricant de dollars que tu parais croire et je me suis souvent demandé, surtout ces derniers temps, ce que signifie l'existence. Y a-t-il un Dieu? Cela paraît inconcevable mais s'il y en a un, ses talents d'organisateur paraissent sérieusement contestables. Y a-t-il une vie après la mort? Cela aussi semble inconcevable mais s'il en est ainsi et si c'est Dieu qui l'a créée eh bien, ce doit être une jolie pagaille! Personnellement, je ne m'intéresse pas aux méditations fumeuses mais uniquement aux faits concrets auxquels je peux donner un ordre cohérent. Nous vivons dans une société capitaliste et qui ne changera pas durant notre existence. L'argent est le nerf de cette société. Il faut de l'argent pour vivre, il faut de l'argent pour faire ce que l'on aime, il faut de l'argent pour faire le bien... ce qui me ramène à ce que je suis venu te dire. En Europe, actuellement...

— L'Europe! rage Teresa. Je me fous pas mal de l'Europe! Tout ce qui m'intéresse c'est nous deux et où nous en sommes! Moi, j'ai au moins tenté de t'accepter tel que tu es, avec la banque et le reste. Mais quand as-tu jamais fais l'effort de m'accepter telle que je *suis*, Sam? Quand renonceras-tu jamais à essayer de m'acheter et de faire de moi une sorte d'épouse de la main gauche?

— Seigneur! m'écriais-je, perdant finalement mon sang-froid. Je ne veux pas faire de toi une épouse de la main gauche! Je veux faire de toi ma femme!

En bas, à l'autre bout du hall, la porte d'entrée claque en s'ouvrant.

— Hé, Teresa! appelle Kevin. Devinez un peu qui m'a ramassé dans une Rolls de la taille d'un camion-citerne, au coin de la 42ᵉ et de Broadway!

Dans la cuisine, nous ne faisons plus un mouvement, nous restons à nous regarder fixement. Les lèvres de Teresa sont restées entrouvertes et la petite croix d'or a glissé entre ses seins. J'ai envie de lui faire l'amour.

— Je vais t'attendre là-haut, dis-je à mi-voix. Je n'ai pas envie de voir Kevin.

— Non.

— Teresa...

— Pardonne-moi, je sais que je te fais de la peine mais je n'y peux rien, absolument rien... Ma vie est un tel gâchis. Si encore je pouvais travailler... il faut à tout prix que je travaille ce soir sinon je vais devenir folle.

— Mais, il faut que je te parle!

— Pas ce soir. Je ne peux pas. J'ai besoin d'être seule. Je dois travailler, il le faut.

— Mais je t'aime... je t'aiderai à y voir clair.

— Tu n'as même pas commencé à essayer de me comprendre.

La porte de la cuisine s'ouvre largement et Kevin fait une entrée théâtrale.

— Teresa, mon ange! Quel est cet arôme particulièrement menaçant qui émane du fourneau? Tiens, hello, Sam!... non, ne partez pas! Pourquoi cet air aussi fautif que si je vous avais pris *in flagrante delicto*? Vous savez, le personnel féminin est chez moi parfaitement autorisé à recevoir des gentlemen!

Et comme je tombe sur la chaise la plus proche, il s'exclame en riant, comme si son exubérance allait dissiper la tension qui règne :

— Seigneur! ces ânes de comédiens m'ont vraiment rendu chèvre! Je me demande encore comment je n'ai pas été frappé d'apoplexie!

Kevin ne paraît pas ses quarante et un ans. Brun, plus d'un mètre quatre-vingts comme moi, il a gardé sa ligne et ses cheveux, ce qui n'est pas mon cas. Son air léger est trompeur. Comme Wall Street, Broadway est un monde féroce où seul le plus fort survit. Et sa fossette au menton, ce qui charme paraît-il les deux sexes, se creuse dans une mâchoire inflexible.

— ... et maintenant, devinez qui est ici! dit-il en montrant le seuil de la porte avec le geste du prestidigitateur qui va tirer six lapins blancs de son chapeau.

Je regarde derrière lui et j'aperçois Jake Reischman... en complet impeccable, comme toujours, examinant le monde avec son habituelle expression vaguement amusée, Jake qui, de la porte de la cuisine, inspecte ce nouvel environnement à la manière d'un explorateur aux portes d'une cité interdite. Une cuisine est sans aucun doute un monde étrange pour Jake, il n'a probablement jamais l'occasion d'en visiter une. A l'inverse de Cornelius, qui a vu le jour dans une ferme de l'Ohio et qui a grandi dans un milieu modeste près de Cincinnati, Jake a vécu toute sa vie dans les hautes sphères de l'aristocratie juive allemande de New York.

Nos regards se croisent. Il n'a pas une seconde d'hésitation. Sa bouche dessine un sourire poli mais ses yeux gardent leur éclat bleu glacé.

— *Guten Tag, Sam.*

— Hello, Jake.

Il n'y aura pas de poignée de main.

— Vous connaissez sans doute Teresa, Jake...

— Mais non, je n'avais pas encore ce plaisir.

— Non? fait Kevin, surpris. Voyons, je me rappelle pourtant

parfaitement... Mais non, c'était Ingrid, bien sûr. Alors Jake, permettez-moi de vous présenter Teresa Kowaleski. Teresa, je vous présente Jake Reischman, encore un autre de mes fameux amis banquiers.

— Enchanté, miss Kowaleski, dit Jake aimablement, avec le même sourire conventionnel et en lui tendant la main. La facilité avec laquelle il a prononcé le nom polonais nous laisse béants d'admiration.

— Bonjour, finit par dire timidement Teresa en essuyant vigoureusement sa main avant de la poser dans la sienne.

— Et maintenant, qu'allons-nous boire? demande Kevin, hôte parfait. Jake, j'ai une merveilleuse gnôle sudiste que Teresa m'a fait connaître — elle m'en a apporté une bouteille directement de La Nouvelle-Orléans et je la fais venir maintenant du Kentucky par caisses. Avez-vous jamais goûté le bourbon « Wild Turkey »?

Jake frissonne.

— Je prendrai du scotch, si cela vous est égal... Johnny Walker carte noire, si vous en avez. Ni eau gazeuse, ni eau plate. Trois glaçons.

Pendant qu'il parle, le riz se répand furtivement sur le fourneau et Teresa avec une exclamation consternée court réparer les dégâts. Kevin est allé chercher le scotch et Jake, sans sourciller, enlève une rondelle d'oignon de la chaise la plus proche avant de s'y asseoir. Je regarde ailleurs : j'essaie de trouver un moyen de partir sans qu'on puisse prendre cette retraite précipitée pour une manière de snober Jake. Finalement, m'efforçant gauchement à la cordialité, je me contente de dire :

— Et comment vont les affaires pour vous, Jake?

— Comme ci, comme ça. Espérons que la baisse de la taxe sur les achats de titres décrétée par la *Federal Reserve Bank* va faire sortir la Bourse du pot au noir. Je suis fatigué d'entendre Truman parler du danger d'inflation alors qu'il est clair comme le jour que tout danger d'inflation est passé... On m'a dit que vous reveniez tout juste de vacances en Europe?

— Oui. (Je voudrais en dire davantage mais les mots ne viennent pas.)

— Quelle chance, dit Jake sans s'émouvoir. Au fait, avez-vous lu le *Times* d'aujourd'hui? Des groupes de types bottés et chantant le « Deutschland über alles » paradent dans les rues de l'Allemagne du Nord... comme la vie semble évoluer bien peu parfois! Mais je ne doute pas que vous n'ayez trouvé l'Allemagne changée. C'est bien en Allemagne que vous êtes allé, n'est-ce pas?

— Oui.

Je trempe les lèvres dans mon Martini, mais je n'arrive pas à boire. Je repose le verre sur la table au moment où Kevin revient dans la pièce silencieuse.

— Comment va Neil, Sam? demande-t-il gaiement en parlant de Cornelius. Sa fille a-t-elle enfin réussi à lui donner une dépression nerveuse?

Je parviens tout juste à répondre.

— Elle continue toujours d'essayer.

— Pauvre Neil! Évidemment j'ai vu tout cela venir de loin. Si j'étais à la place de Vicky, ensevelie dans cette relique architecturale antédiluvienne que Neil appelle sa maison, je me serais certainement jeté au cou du premier garçon qui serait passé à bonne portée. Dieu sait que personne n'aime davantage que moi Neil et Alicia mais, franchement, je crois qu'ils n'ont aucune idée de la manière d'élever une adolescente. Quand je pense à mes quatre sœurs...

— Quand je pense à mes deux filles, dit Jake qui a trois enfants bientôt pubères, il me paraît indiscutable que Neil et Alicia se sont fort bien tirés jusqu'à présent d'un rôle très difficile.

— Bah, nous savons tous qu'être père est un enfer, reprend Kevin qui a servi son scotch à Jake et verse généreusement du gin dans mon verre à demi vide. Shakespeare ne s'y est pas trompé lorsqu'il a écrit le rôle de Lear... Teresa, ceci est-il vraiment du jambalaya ? Ça ressemble à un indécent morceau de chèvre... un plat national sans aucun doute, probablement turc ou peut-être libanais.

— Je ne sais comment vous remercier, ami, dit Teresa qui gratte furieusement le fond de la casserole. Voulez-vous de la salade ?

— Ce sera parfait, ma chérie. Voyons, comme je le disais... Sam, pourquoi vous levez-vous ? Vous n'allez pas laisser perdre tout le gin que je viens de déverser dans votre verre ! Pour quelle raison voulez-vous nous abandonner ?

On sonne à la porte d'entrée.

— Et maintenant, qui cela peut-il bien être ? murmure Kevin en ajoutant machinalement un trait de vermouth dans mon verre. C'est peut-être un de mes acteurs qui vient s'excuser d'avoir essayé de massacrer ma pièce.

— Quelqu'un pourrait-il aller ouvrir à ma place ? demande Teresa qui paraît plus empêtrée que jamais : après avoir débordé, le riz s'est soudé au fourneau.

Jake regarde autour de lui comme surpris de ne pas voir un maître d'hôtel ou, au moins, une femme de chambre en tenue aller à la porte.

— Teresa, demande Kevin, n'avons-nous pas une olive pour le Martini de Sam ?

On sonne de nouveau.

— Dites donc, les millionnaires ! L'un d'entre vous pourrait-il lever ses fesses de sa chaise pour aller jusqu'à la porte ? crie Teresa.

Jake la regarde pour la première fois avec un intérêt visible, mais c'est moi qui me lève lorsqu'on sonne pour la troisième fois.

Des pensées confuses ralentissent mes pas lorsque je traverse le hall. Pourquoi voulais-je partir ? Il faut rester, c'est évident. Je ne peux certes pas laisser la conversation commencée avec Teresa sans la terminer. S'il existe des problèmes, il faut que nous en parlions. Le travail peut sûrement attendre que ces problèmes soient résolus... mais de quels problèmes s'agit-il ? Teresa aurait-elle raison de dire que je n'ai même pas commencé à la comprendre ?

Dans une brume de fatigue et d'incertitude de l'avenir je tire la porte à moi et je découvre Cornelius planté sur le seuil. Nous nous fixons un moment, le regard incrédule.

— Que faites-vous ici ? dis-je bêtement.

— Il m'a paru que Kevin était à New York la seule personne capable de me remonter le moral. Mais et vous que faites-vous ici ? Je croyais que Kevin et vous ne vous voyiez presque plus jamais maintenant !

— C'est avec la gouvernante que j'avais rendez-vous.

La porte de la cuisine s'ouvre et Teresa jette un coup d'œil dans le hall.

— Fais-le entrer, Sam, qui que ce soit. Il mangera peut-être du riz. On dirait que j'en ai fait cuire assez pour nourrir le contingent des forces alliées en Europe.

Ne trouvant rien d'autre à dire, je lui réponds :

— Teresa, permets-moi de te présenter Cornelius van Zale.

— Bonsoir, dit Teresa. Aimez-vous le riz ? Entrez donc et prenez un verre de Wild Turkey.

— Un verre de quoi ? me murmure Cornelius en suivant Teresa.

— Un alcool du Sud.

— Mon Dieu ! Est-ce très fort ?

— Cela doit faire dans les 90°.

— Ça m'a l'air d'être exactement ce qu'il me faut pour le moment.

Nous entrons dans la cuisine. Salutations enthousiastes accompagnées de questions discrètes et pleines de tact au sujet de Vicky.

— Je vous aurais bien appelé hier quand vous êtes revenu avec elle, dit Jake, mais je me suis dit que si vous avez envie de parler vous me téléphoneriez.

— Merci, Jake, mais j'en avais perdu la parole. Je n'ai même pas pu aller au bureau aujourd'hui avant midi.

Je fais discrètement le tour de la pièce pour aller près du fourneau où Teresa remue son jambalaya, mais avant que j'y arrive Kevin lève son verre et dit en riant :

— Eh bien, ce n'est pas si souvent que nous nous retrouvons réunis tous les quatre ! Levons nos verres à la Fraternité de Bar Harbor. Puissions-nous continuer de prospérer en adorant l'autel de Mammon ainsi que notre grand bienfaiteur — euh, Méphistophélès ! — le souhaiterait !

Je lève à contrecœur le verre dont je n'ai pas envie au moment où Cornelius riposte aigrement.

— Parlons-en de l'autel de Mammon ! Comme tous ceux qui ont jamais été riches le savent, l'argent ne vous garantit absolument rien sinon une kyrielle de problèmes. Croyez-vous que cette catastrophe serait arrivée à Vicky si elle n'était pas l'héritière de la fortune Van Zale ?

— Sait-on jamais ? dit Kevin. Elle est très jolie. Au fait, qu'est-il advenu du garçon de plage responsable de tous ces ennuis ?

— Je l'ai acheté, naturellement.

Cornelius boit son Bourbon presque aussi vite que son hôte.

— Combien ? demande Jake, intéressé.

— Deux cent mille.

— A un garçon de plage ? Vous avez été trop généreux !

— Ils ne sont pas arrivés tout à fait jusqu'au Maryland, je crois ? veut savoir Kevin plus curieux de l'enlèvement manqué que de ses répercussions financières.

— La police les a rattrapés à la frontière de l'État.

Cornelius vide son verre : il est rempli aussitôt.

— La presse a été écœurante, dit Jake. Quelle sorte de collaborateurs avez-vous donc? Ne pouvaient-ils pas payer les rédacteurs en chef et leur faire publier un seul communiqué plus anodin?

— J'ai mis les responsables à la porte.

— C'est exactement ce que j'aurais fait! Quand on paie les gens pour réparer les pots cassés ce n'est pas pour qu'ils les cassent eux-mêmes.

Teresa n'a plus à faire d'effort pour éviter de me regarder. Elle a oublié ma présence, elle écoute les yeux ronds, tenant dans sa main une laitue pas encore effeuillée.

— Que dites-vous de tout ça, Teresa? lui demande gentiment Kevin pour qu'elle prenne part à la conversation. Vous êtes la seule ici qui ait fait l'expérience de fuir le foyer paternel à dix-huit ans.

Teresa a l'air gêné, comme si elle regardait à travers les rideaux d'une chambre éclairée où se déroulerait une scène obscène mais émoustillante. Je suis saisi d'un accès de colère noire et j'avale machinalement une grande lampée de Martini.

— Eh bien, dit gauchement Teresa avec un regard embarrassé à Cornelius, je dirais que Vicky a de la chance d'avoir un père qui l'aime assez pour courir après elle pour la reprendre.

Cornelius paraît surpris comme s'il n'avait jamais imaginé qu'un père puisse punir sa fille même dans ces circonstances.

— Mais que vous est-il arrivé à vous, lorsque vous vous êtes enfuie de chez vous? demande-t-il de l'air d'un homme qui se croit obligé de poser une question sans trop se soucier qu'on y réponde ou non.

— Je me suis arrêtée dans une grande ville — La Nouvelle-Orléans —, j'ai rencontré un homme qui m'a plu, j'ai vécu avec lui et je me suis mise à faire de la peinture.

— Dieu du Ciel! souffle Cornelius.

— Oh, le gars ne m'entretenait pas! s'empresse de dire Teresa. J'ai trouvé une place de serveuse et nous partagions les dépenses fifty-fifty. Évidemment, je ne propose pas que votre fille suive mes traces mais...

— ... mais un soupçon de sexe par-ci, par-là n'a jamais fait de mal à personne, lance Kevin tranquillement.

— Je suis cent pour cent contre, répond Cornelius très pâle.

— Bon sang! cela ne semblait pourtant pas vous gêner tellement! Quand je pense aux folles soirées que vous donniez vous et Sam en 1929... au fait, Sam, avez-vous toujours ce merveilleux disque de *Miff Mole and his Molers* dans le « Alexander's Ragtime Band »?

— Vous n'y êtes pas du tout, Kevin, dit Jake. Là-dessus, je suis tout à fait d'accord avec Neil... un homme entend que sa fille reste vierge jusqu'au mariage. Neil, vous feriez bien de marier Vicky sans tarder. Vous pouvez sûrement arranger cela, non? Peu importe que le mariage ne dure qu'un ou deux ans. Un mariage même d'aussi courte durée lui donnera l'expérience nécessaire pour affronter les coureurs de dot qui se précipiteront après le divorce.

Cornelius retrouve aussitôt son impassibilité et prend bien soin de ne pas regarder de mon côté.

— Vous n'y êtes pas non plus, ne croyez-vous pas, Jake? reprend Kevin. Si Vicky n'est plus vierge, pourquoi Neil se soucierait-il de cette solution surannée du mariage réparateur? Pourquoi ne pas laisser Vicky vivre à sa guise, commettre ses erreurs et en tirer les leçons?

32

— Ne soyez pas ridicule, répond Jake. Comment pourrait-on laisser ainsi en liberté une héritière de plusieurs millions de dollars? Ce serait de la négligence criminelle! Et qui prétend que Vicky n'est plus vierge? Elle s'imaginait qu'elle pourrait épouser son plagiste après un séjour de vingt-quatre heures dans le Maryland, n'est-il pas vrai? Alors elle se réservait sûrement pour sa nuit de noces.

— Eh bien, si vous pouvez croire ça, lui dit Kevin, vous êtes capable de croire n'importe quoi.

— *Assez!* crie Cornelius si brutalement que tout le monde sursaute. C'est de ma fille que vous parlez et non du personnage d'une pièce de Kevin! Bien sûr que Vicky est encore... cela ne fait pas de doute, absolument aucun doute.

Il repoussa son verre vide et se lève.

— Il faut que je rentre. Kevin, puis-je téléphoner pour dire à Alicia que j'arrive?

— Certainement. Prenez l'appareil dans la bibliothèque.

— Eh bien, ça l'a vraiment secoué! dit Teresa d'une voix étouffée dès que Cornelius est sorti. J'en ai presque oublié que c'est un millionnaire célèbre. On aurait dit un homme comme les autres.

La colère me reprend aussitôt. Je ne comprends pas pourquoi Teresa, que la fortune n'impressionne pas d'habitude, s'étonne tant de ce que la vie privée d'un millionnaire puisse, comme celle du premier venu, avoir ses moments difficiles et je me sens humilié pour elle en voyant combien Jake et Kevin s'amusent de sa naïveté.

— On voit bien que vous ne connaissez pas grand-chose des millionnaires, miss Kowaleski! dit Jake d'un ton d'une telle politesse artificielle qu'il est difficile de croire qu'une femme puisse s'y laisser prendre. Permettez-moi de vous offrir un verre un jour et de faire votre éducation!

— Ne vous fatiguez pas, Jake, intervient Kevin. Il y a déjà quelque temps que Sam s'est chargé d'apprendre à Teresa tout ce qu'elle doit savoir sur les millionnaires. Teresa, comment se présente cette vieille chèvre libanaise dans sa casserole? Jake, restez donc pour partager ce jambalaya avec nous!

— Malheureusement non. J'ai un dîner ce soir. Et, comme Neil, je dois m'en aller... Au revoir, miss Kowaleski, je suis sûr que nous nous reverrons. Bonsoir, Kevin, merci pour le bourbon.

Il se tourne vers moi... une fortune ancienne devant un nouveau riche, un aristocrate de la Cinquième Avenue face à un provincial à peine dégrossi, un Germano-Américain devant un autre Germano-Américain, mais séparés par six millions de cadavres juifs et six années d'enfer en Europe.

— *Auf Wiedersehen*, Sam, dit-il.

J'éprouve le regret amer d'une chose précieuse perdue et pendant une seconde je vois non plus le chef inaccessible de la maison Reischman mais le garçon amical qui m'avait lancé avec enthousiasme, il y a longtemps, à Bar Harbor:

— Viens vivre avec nous... nous te rendrons la fierté d'être allemand!

Et je me rappelle ce que je ressentais en visitant sa maison de la

Cinquième Avenue; je me rappelle avoir bu du vin d'Allemagne; j'entends encore ses sœurs jouant à quatre mains sur le piano à queue et leur père qui me parle en allemand de la culture allemande, à l'âge d'or d'avant 1914.

— Jake..., dis-je.

Il s'arrête et se retourne.

— Oui?

— Nous pourrions peut-être déjeuner un jour... J'aimerais parler à quelqu'un de mes vacances, quelqu'un qui pourrait comprendre... Vous savez que Neil est impossible lorsqu'il s'agit de l'Europe.

— J'ai bien peur que l'Europe ne m'intéresse guère pour l'heure, dit Jake poli et glacial. Paul Hoffman a essayé de m'embaucher pour l'A.C.E. et je lui ai dit franchement de chercher ailleurs. A l'inverse des gens comme vous qui ont choisi de ne pas combattre Hitler, j'ai quitté mon foyer pendant quatre ans et je ne désire qu'une chose aujourd'hui : rester à New York et laisser à d'autres le soin de relever les décombres européens. Et maintenant, si vous le permettez, je dois vraiment m'en aller. Kevin, je vous verrai à la prochaine réunion du conseil de la Fondation artistique Van Zale... ou à la première de votre nouvelle pièce si elle est présentée avant.

— A la condition que je survive aux répétitions! Je vous accompagne jusqu'à la porte, Jake.

Ils quittent la pièce. Je finis mon Martini d'un coup et j'attends. Pas longtemps.

— Dieu Tout-Puissant, Sam! murmure Teresa, bouleversée. Étais-tu partisan des nazis?

Je lance mon verre contre le mur. C'est vrai, j'ai trop bu. Je le comprends lorsque le verre vole en éclats et, me ressaisissant, je dis rapidement :

— Excuse-moi. Ce n'est pas contre toi que je suis en colère mais contre Jake. En 1933, j'ai visité l'Allemagne et j'ai été impressionné de voir Hitler remettre le pays sur pied. Bien des gens étaient aussi impressionnés que moi à l'époque. Et puis, parce que j'avais fait en passant, une banale remarque pro-hitlérienne, Jake s'est immédiatement dressé contre moi et a fait courir d'un coin de Wall Street à l'autre le bruit que j'étais nazi. Je ne le lui pardonnerai jamais. Je suis un authentique patriote américain. Je rejette catégoriquement le thème de propagande qui prétend que tout Allemand qui n'est pas juif est automatiquement pro-nazi. L'armée n'a pas voulu de moi à cause de ma vue et non parce que je suis un fasciste fanatique avec un placard plein de svastikas!

— C'est bon, Sam, fait Teresa, gênée. Ça va. Je comprends.

Mais je ne peux pas abandonner le sujet comme ça.

— C'est vrai, j'étais contre l'entrée de l'Amérique dans la guerre mais c'était avant 1941 et c'était aussi le cas d'une foule d'autres bons citoyens américains... et je suis américain. Je ne suis pas allemand. Je ne suis pas nazi. Je ne l'ai jamais été. Jamais.

La porte s'ouvre, Kevin revient.

— Et voilà, dit-il. Jake s'est évaporé dans sa Rolls, Neil dans sa Cadillac et nous revenons à la normale... non? Sam, on dirait qu'un verre vous ferait du bien. Quelle diable d'idée avez-vous eue d'aborder le sujet de l'Allemagne avec Jake? N'est-il pas avéré que depuis son retour, en 1945, il est resté plus déboussolé que vous par cette foutue guerre?

Je me relève en vacillant.

— Je vous ai cassé un verre, Kevin. Permettez-moi de le remplacer. Je suis vraiment désolé de cet incident.

— Oh, ne dites donc pas de bêtises et rasseyez-vous pour l'amour du ciel! Teresa, j'ai deux scènes à refaire, alors si vous voulez bien me préparer un peu de cette vieille chèvre sur un plateau, je vais m'enfermer dans mon cabinet de travail et vous laisser tous les deux libres de faire l'amour sur la table de cuisine ou tout ce qui peut vous paraître nécessaire pour exorciser cette lourde angoisse teutonne.

— Sam ne reste pas, Kevin. Il faut que je travaille ce soir. Je n'ai pas pu donner un coup de pinceau convenable de la journée.

— Teresa... (Je peux à peine parler.)

— Sam, je suis navrée. J'ai pourtant essayé de t'expliquer...

— Tu n'as rien expliqué.

— Oh, arrête de discuter avec moi, arrête de me persécuter. Arrête, c'est tout. *Arrête!*

— Okay. Bien sûr. Désolé. Je te rappellerai.

Je ne sais pas très bien ce que je dis. Je me dirige à pas hésitants vers la porte.

— A bientôt, Kevin. Merci pour le Martini.

Je suis au milieu du hall quand j'entends Kevin murmurer à Teresa :

— Allez le chercher, idiote! Vous ne voyez pas qu'il est au bout du rouleau?

— Il n'est pas le seul! lui lance Teresa.

La porte claque derrière moi et je trébuche sur les marches du perron. Je reste un instant immobile pour essuyer la buée sur mes lunettes et je marche sans voir vers le centre de la ville.


## 2


En raison de la grève, la moitié des taxis sont restés au garage. Dans la Sixième Avenue, je prends le bus. Les rigueurs du métro sont au-dessus de ce que je pourrais supporter.

Derrière moi, deux commerçants discutent de l'Allemagne et je me demande avec désespoir combien il faudra attendre avant que l'Allemagne cesse d'être un perpétuel sujet de discussions. Même aujourd'hui, quatre ans après la guerre, l'Allemagne abattue, prostrée, semble fasciner autant les Américains que l'Allemagne envahisseuse.

« Même s'ils suppriment l'interdiction d'investir en Allemagne? Le pays est encore occupé, il n'y a que du vent derrière la monnaie allemande et, par ailleurs, il reste trop de questions pendantes... la Ruhr, pour commencer. Si les industries de la Ruhr sont démantelées... oui, je sais que l'A.C.E. est contre le démantèlement, mais allez seulement répéter ça aux Français. Laissez ces salauds d'Allemands à genoux, disent-ils, et qui pourrait leur en vouloir? »

Incapable d'écouter un instant de plus, je descends du bus et je me mets à marcher. Je traverse la ville par la Cinquième et Madison jusqu'à Park Avenue. Autour de moi je perçois plus que je ne le vois réellement New York, riche, étincelant, intact, à des années-lumière de ces villes d'Europe avec leurs misérables rues en ruine. Des souvenirs me reviennent à l'esprit : le café enfumé de Düsseldorf où les hôtesses peinturlurées dansaient avec les trafiquants du marché noir pendant que l'orchestre jouait « Bei mir Bist Du Schön », les soldats américains mastiquant leur chewing-gum dans les rues fracassées de Munich, le touriste anglais qui s'était saoulé sans moi et qui me disait : « Laissez-moi vous raconter ce que j'ai vu aujourd'hui... »

Je m'aperçois tout à coup que je suis arrivé devant mon immeuble. Il est 8 heures et demie. Derrière moi, la circulation gronde toujours dans Park Avenue et devant moi le portier souriant tient la porte ouverte.

— Bonsoir, monsieur Keller... Il y a une dame qui attend Monsieur dans le hall.

Je suis encore tellement perdu dans mes pensées que je le regarde sans comprendre mais avant que je puisse retrouver la parole une voix du passé s'écrie : « Sam ! » et quand je reviens sur terre, je vois une petite silhouette capiteuse et bien connue qui vient vers moi à petits pas sautillants. Des cheveux de jais — ils étaient châtain foncé auparavant — tombent en cascade et encadrent un visage artistiquement remodelé; des yeux bleus étincelants me regardent sans ciller avec un intérêt qui ne parvient pas à dissimuler son air désemparé.

— C'est bien vous, n'est-ce pas, Sam ? demande-t-elle, hésitant tout à coup, et j'en déduis que j'ai propablement changé plus qu'elle depuis dix-huit ans, depuis son divorce avec Cornelius.

— Vivienne !

— Mon chéri ! Vous vous rappelez !

— Comment pourrais-je jamais oublier ?

Le portier écoute ce dialogue artificiel et il exulte positivement en voyant Vivienne se glisser dans mes bras.

— Chéri, c'est tellement merveilleux de vous revoir après toutes ces années ! Et maintenant, mon petit Sam chéri... (Elle me lâche après un baiser en bonne et due forme)... pardonnez-moi de vous avoir tendu cette embuscade mais...

— S'agit-il de Vicky ?

— Vous parlez qu'il s'agit de Vicky ! Ce petit salaud de Cornelius a donné des ordres pour m'interdire la porte de sa baraque de la Cinquième Avenue, mais je vous annonce, mon chéri, je vous déclare *urbi et orbi* que je ne quitterai pas la ville sans avoir vu ma fille et si ce fils de garce qui est mon ex-mari croit que je vais rester à ne rien faire pendant qu'il démolit de fond en comble la vie de ma fille...

Le portier est littéralement hypnotisé, j'entraîne Vivienne vers l'ascenseur pour interrompre ce flot de paroles.

— Montons donc plutôt chez moi, dis-je à contrecœur, et me voilà à l'instant replongé dans le maelström des problèmes intimes de la famille Van Zale.

# 3

Ma penthouse est au vingt-huitième étage. Elle est bien trop grande pour moi mais, au-delà des gratte-ciel de Chrysler, de l'Empire State et de la Metropolitan Life, j'aperçois les tours vaporeuses du bas de la ville. Le living-room de cent mètres carrés est pratique pour les cocktails-parties; on dîne facilement à seize autour de la table de la salle à manger et les quartiers des domestiques sont si confortables que je n'ai aucun mal à garder un couple de premier ordre : j'ai donc une gouvernante et un chauffeur.

En vérité, je vis surtout dans une seule pièce que l'agent immobilier a baptisée bibliothèque. Elle est vaste et ensoleillée et je l'ai meublée de mon fauteuil favori à dossier réglable, d'une lampe de lecture à col de cygne et d'un vieux divan de cuir que ma mère voulait abandonner aux chiffonniers lorsque je lui ai offert un trois-pièces, il y a quelques années. On ne trouve pas de livres dans cette bibliothèque, sauf une collection de vingt années du *New Yorker* reliée en cuir, mais j'ai ma discothèque, deux phonos, trois magnétophones, un appareil de T.V. et la radio. Dans le placard toujours fermé se trouvent mes souvenirs d'Allemagne : une aquarelle de ma cousine Kristina représentant les Siebengebirge, les albums de photos prises dans la petite maison de Düsseldorf, les souvenirs de mes visites à Berlin et en Bavière. Aux murs de ma bibliothèque pendent des photos encadrées : mes parents, mon vieux chien, deux vues de Wall Street au début du siècle et un panorama de l'Ocean Drive de Bar Harbor.

J'aime ce refuge. Je le nettoie et le bichonne tout seul car il me plaît qu'il y ait au moins une partie de ma maison interdite aux domestiques. Je passe le tapis à l'aspirateur chaque dimanche quand la gouvernante est à l'église. Cornelius s'est moqué de cette habitude bizarre mais j'aime manipuler l'aspirateur — en fait, j'aime toutes les machines et plus elles sont efficaces, plus je les aime. A cette époque-là, ma distraction favorite consistait à démonter et remonter mon appareil de télévision. J'aime l'écheveau des fils, le métal brillant et l'exquise logique, la précision de l'ensemble. Lorsque je travaille de mes mains en utilisant les connaissances de l'électronique acquises au cours des années, je peux m'abstraire du reste du monde et oublier les tensions de mes journées à Willow et Wall Street.

Le reste de l'appartement a été meublé par un décorateur en renom. C'est exactement le genre de home que doit avoir un monsieur dans ma position pour impressionner ses clients, ses amis, ses ennemis et aussi les autres, ceux qui savent qu'il a commencé sa vie comme émigrant et dans un logement de domestique. Je ne suis pas snob mais seulement pratique. Puisque j'ai continuellement affaire à des hommes influents, il est essentiel que je leur présente une image personnelle qu'ils puissent respecter. C'est une notion que mon bienfaiteur Paul van Zale m'a inculquée il y a longtemps à Bar Harbor.

— Chéri, quel appartement divin! s'exclame Vivienne quand je la fais entrer dans le living-room. Et quelle merveilleuse jungle vous avez su faire pousser sur cette énorme terrasse! Oh, j'adore la peinture moderne... celle-là, là-bas, derrière le secrétaire, c'est un Picasso?

— Non, elle est d'un type appelé Braque. Neil me l'a offerte pour le vingtième anniversaire de notre association. Il a dit que c'était un bon placement.

Je me rappelle Teresa s'étouffant : « Seigneur!... un Braque! » et s'asseyant, jambes molles, sur le divan. D'un geste brusque j'ouvre le cabinet aux liqueurs.

— Un verre, Vivienne?

— Chéri, j'adorerais un Martini. La seule mention du nom de Cornelius me donne envie de me saouler comme un marines en bordée.

Pendant que je lui prépare son verre, elle m'explique qu'elle a sauté dans le premier train qui quittait la Floride pour aller à New York lorsqu'elle a appris par les journaux la fugue de Vicky. Depuis son arrivée, elle a fait sans succès de nombreux appels sans réussir à entrer chez les Van Zale pour voir sa fille.

— Je me suis pendue au téléphone, bien sûr, ajoute-t-elle, mais je n'ai jamais pu parler qu'à ses assistants ou aux secrétaires. Finalement je me suis souvenue de vous. Vous êtes le seul homme de New York qui puissiez toujours avoir Cornelius au téléphone et je me demande...

— Excusez-moi, Vivienne, mais serait-il réellement utile que vous lui parliez? Il me semble...

— Sam, il faut que je lui parle... pour le bien de Vicky pas pour le mien! Vous pensez bien que je me fous pas mal de ne plus échanger un seul mot avec Cornelius! Mon Dieu, quand je pense à la manière dont il s'est conduit avec moi! Oh, je sais que je l'ai épousé pour son argent, mais je l'aimais beaucoup et j'ai été une bonne épouse, et puis j'étais enceinte de son enfant...

— Je me rappelle, bien sûr...

Je voulais me contenter d'eau gazeuse mais cette rencontre est trop pour moi. Je me lève et je me verse une rasade de scotch.

— ... et c'est à ce moment-là qu'il apprend que je l'ai épousé pour son argent... Okay, j'ai été idiote de le dire mais s'il n'avait pas écouté à la porte...

— Vivienne, croyez-moi, je me rappelle fort bien de tout cela.

— Je parie que ce petit salaud ne vous a jamais dit comment il s'est séparé de moi sur l'heure! « C'est terminé, m'a-t-il dit, froid comme une salade de crabe, c'est fini. C'est tout ce que j'ai à te dire. » Vous voyez ça? Quelle manière de mettre fin à un mariage avec une femme fidèle, affectueuse et enceinte! Et il a même eu le culot de se plaindre lorsque je l'ai traîné en justice. J'aurais voulu qu'il ne lui reste pas un pantalon à se mettre sur les fesses après le divorce! En tout cas c'est à moi que Vicky a été confiée!

— Voyons, tout cela est maintenant de l'histoire ancienne, Vivienne. Je sais que vous avez eu la garde de Vicky à l'origine mais c'est à Cornelius qu'elle a été définitivement confiée depuis sa dixième année et il accueillera fort mal toute intervention de votre part aujourd'hui et à n'importe quel moment.

— Certes, il l'accueillera mal mais qu'il aille au diable! Je ne peux pas accepter de le voir ruiner l'existence de ma petite fille! Écoutez, Sam, j'entends que Vivienne vienne vivre avec moi tant qu'elle n'aura pas oublié ce désastre! Je sais que Cornelius croit que je suis pauvre comme Job parce que j'ai eu le courage de me remarier et de renoncer à une pension alimentaire d'un million de dollars mais mon mari — je veux dire mon dernier mari — m'a laissé un peu d'argent à sa mort et j'ai maintenant la plus charmante petite maison qu'on puisse voir à Fort Lauderdale. Oh, je sais que ce n'est pas Palm Beach mais le pays est charmant, et je connais là-bas des gens délicieux. Vous ne voyez donc pas... je peux donner à Vicky un foyer *normal!* Oh, Sam; vous n'ignorez pas ce qui arrive à toutes ces héritières... les coureurs de dot, les gigolos, les faux princes russes, la boisson, la drogue, les dépressions nerveuses, le suicide...

— Vivienne, Neil a autant envie que vous de donner à Vicky une vie normale et heureuse!

— Cornelius vit depuis vingt-trois ans dans son palais de la Cinquième Avenue avec cinquante millions de dollars pour ses cigarettes, sa banque à Wall Street et toute l'aristocratie de la Côte Est qui se bouscule en Cadillac pour aller lui rendre hommage. Il ne saurait jamais ce qu'est une vie normale si on le lui expliquait pendant mille ans.

— Absurde! Les Van Zale mènent la vie de famille la plus tranquille, la plus heureuse, la moins artificielle de tous les gens que je connais!

— Mais si cela est vrai, me lance violemment Vivienne, pourquoi Vicky s'est-elle sauvée de chez elle à la première occasion? Je ne dis pas que vous mentez, chéri, mais je pense qu'il y a quelque chose qui ne tourne pas rond dans cette baraque et je veux reprendre ma petite fille.

A ma grande surprise, elle se met à pleurer et sa poitrine... (Cornelius m'a confié un jour que cette poitrine lui avait donné plus de rêves érotiques qu'aucun autre détail anatomique qu'il ait jamais vu)... sa poitrine, donc, se lève et s'abaisse à une cadence captivante. Elle a miraculeusement conservé sa silhouette, c'est presque aussi miraculeux qu'un autre détail que je me rappelle de cette époque : elle paraissait plus jeune que moi alors qu'elle était de quatorze ans mon aînée.

— Un autre verre? lui dis-je en pensant que je pourrais être au lit avec Teresa et en essayant de reprendre mes esprits. Et je comprends tout à coup que s'il m'est désagréable d'être mêlé à cette affaire, la situation pourrait aussi tourner à mon avantage. De toute manière, j'y suis déjà mêlé. En effet, si je veux que Cornelius m'accorde ce congé, il faut que je le persuade de renoncer à ses visions matrimoniales et pour cela il faut lui trouver une solution de rechange au problème de Vicky. Sous les larmes théâtrales de Vivienne et ses manières artificielles, je sens un souci sincère de sa fille : il me semble qu'en ce moment l'on pourrait suggérer que de longues vacances en Floride feraient le plus grand bien à Vicky. Certes, il n'est pas sûr que Cornelius se rende à cet argument mais je peux toujours essayer. Qu'ai-je à perdre? Je me lève pour aller au téléphone et je décroche.

— Okay, je vais l'appeler.

— Oh, Sam... *mon chéri!*

Vivienne, tremblante de reconnaissance, traverse la pièce en sautillant pour m'embrasser.

Un assistant de Van Zale répond.

— Ici, Keller, dis-je. Est-il là?

— Chéri! souffle encore Vivienne en tendant la main pour prendre l'appareil mais je l'écarte.

— Si ça ne vous ennuie pas, Vivienne, c'est moi qui vais me charger de l'affaire... Neil? Oui, c'est Sam. Pouvez-vous encaisser une nouvelle renversante sans être renversé? Vivienne est près de moi. Elle désire inviter Vicky à Fort Lauderdale pour quelque temps afin que tout le monde puisse respirer un instant et, personnellement, je ne crois pas que ce soit une si mauvaise idée.

— Avez-vous perdu la tête? Vicky déteste cette garce!

— Peut-être, mais quel mal y aurait-il à autoriser Vivienne à lui présenter elle-même son invitation? Le monde ne s'effondrera pas davantage et, qui sait? Vicky vous en sera peut-être reconnaissante plus tard.

— Passez-moi Vivienne.

— Non. Vous allez vous disputer. Je garde l'appareil pour que vous puissiez passer la communication à Vicky.

— Eh, merde! lance Cornelius mais je l'entends dire à quelqu'un de passer la communication.

J'attends. Finalement le téléphone sonne de nouveau mais personne ne répond.

— Neil? fais-je enfin à tout hasard.

Comme je l'avais deviné, il écoutait.

— Oui, c'est moi, dit-il lourdement. Eh bien, il ne vous reste plus qu'à dire à Vivienne que Vicky ne veut pas lui parler.

— Serait-ce trop vous demander que de vous prier d'aller jusqu'à sa chambre pour lui dire que sa mère est en ligne?

— Oui, ce serait trop me demander! Mais de toute manière il serait peut-être bon que j'aille prendre de ses nouvelles.

Il pose l'appareil et j'entends une porte se refermer au loin. Je profite de cette pose pour dire à Vivienne ce qui se passe.

— Mon Dieu, Sam, croyez-vous qu'elle soit malade? Elle n'avait pas d'idées de suicide, au moins?

— Non. Elle en veut simplement à la terre entière.

Nous continuons d'attendre. Je m'efforce de ne pas penser à Teresa dans sa pauvre robe turquoise et sa petite croix d'or pendue dans le creux de ses seins mais tout aussitôt je me rappelle la dernière fois que nous avons fait l'amour. J'avais bu un peu trop et l'affaire n'avait eu qu'un succès modéré mais Teresa avait affirmé que ç'avait été très bien. Plus tard, lorsque je travaillerai en Allemagne pour l'Administration de Coopération économique et que mes problèmes seront réglés, je laisserai tomber les cigarettes et l'alcool pour ne me permettre qu'un simple verre de vin à l'occasion.

La ligne cliquette. Mon avenir  tout rose s'évanouit et me laisse englué dans le sombre chaos présent.

— Sam! s'exclame Cornelius. Elle est partie!

— Quoi?

— J'ai fait forcer sa porte. La fenêtre était ouverte. Elle est descendue sur la terrasse du dessous par ses draps noués en corde. Oh, mon Dieu! Sam...

— Puis-je vous être utile?

— Oui. Écartez cette garce de Vivienne de mon chemin, dit Cornelius d'une voix tremblante avant de raccrocher.

Je reste à regarder l'appareil pendant que Vivienne demande ce qui se passe. Je me remets enfin suffisamment pour lui dire:

— Vicky s'est de nouveau enfuie.

Elle a d'abord l'air choqué puis incrédule.

— Vous n'imaginez pas que je vais avaler ça, n'est-ce pas? demande-t-elle furieuse. Ce petit salaud a inventé ce bobard pour se débarrasser de moi!

— Pas cette fois. C'est la vérité. Seigneur! J'espère n'avoir jamais de ma vie une fille de dix-huit ans! dis-je en me laissant tomber sur le divan.

— Et alors, que va-t-il faire maintenant, pour l'amour du Ciel? me hurle Vivienne au comble du désespoir. Qu'est-ce qu'il attend?

A ce moment précis, je comprends que j'en ai par-dessus la tête de Vivienne. Je sonne deux fois, un signal qui indique que le chauffeur doit m'attendre avec la voiture le long du trottoir, et je dis d'un ton bref.

— Neil dispose d'une armée de gens qui travaillent pour lui et le chef de la police est un de ses amis personnels. On la retrouvera. Et maintenant, si vous permettez, Vivienne...

— Mais je ne peux m'en aller comme ça! Je veux attendre qu'il vous rappelle pour vous donner des nouvelles!

— Je vous appellerai dès que je saurai quelque chose.

— N'importe quoi pour se débarrasser de la vieille, hein! Pourquoi cette hâte à m'éloigner, chéri? Vous attendez quelqu'un?

— Non.

— Vous êtes sûr? Au fait, voyez-vous toujours ces petites blondes échevelées qui sortent d'endroits aussi impossibles que Brooklyn ou bien vous sentez-vous socialement moins inférieur maintenant et visez-vous un peu plus haut?

— Mon chauffeur va vous reconduire à votre hôtel, Vivienne. Je vous accompagne jusqu'à la porte.

— J'imagine que c'est pour cela que vous ne vous êtes jamais marié, dit-elle nonchalamment. Vous ne vous sentez à l'aise qu'avec ce genre de fille, mais ce genre de fille-là ne se sentirait pas à l'aise ici. Pourquoi pas, au fait? Son regard critique examine le living-room. Une femme se fait à tout quand un homme riche le désire.

— Vous vous êtes mariée pour l'argent, vous devez donc le savoir! dis-je instinctivement.

Elle éclate de rire.

— Oui, chéri, répond-elle sans s'émouvoir une seconde, mais je ne suis pas la seule ici à savoir ce que c'est que d'être l'entière propriété d'un des hommes les plus riches de la ville.

Silence. Alors, sans un mot, je vais dans le hall et je lui ouvre la porte.

— Vous m'appellerez, n'est-ce pas, dès que vous aurez des nouvelles? dit-elle après m'avoir donné le nom de son hôtel et sa question lui rappelle qu'elle a tout intérêt à prendre congé de moi en bons termes. Comme je reste silencieux, elle parvient à sourire et prend un ton cajoleur:

— Allons, Sam! Qu'est devenu ce jeune garçon, cet Américain type que j'ai connu, avec son sourire innocent, son accent de l'Est et ses gentilles manières démodées? Navrée d'avoir été rosse... j'étais tellement désappointée de n'avoir pas pu parler à Vicky. Je suis sûre que votre vie sentimentale est parfaite! Le succès, tout cet argent... et ce charme! (Elle soupire, prend ma main dans les siennes et me regarde rêveusement.) Nous sommes toujours amis, chéri, n'est-ce pas? murmure-t-elle en pressant légèrement ma paume de ses doigts.

— Mais voyons, bien sûr, Vivienne! dis-je, répondant mesure pour mesure à sa fausseté, et je parviens enfin à me débarrasser d'elle.

Je retourne dans la bibliothèque et je m'assieds. Bientôt, la gouvernante frappe à la porte pour m'annoncer que mon dîner m'attend sur la table roulante dans le living-room mais je ne bouge pas du divan. La flèche de Vivienne pénètre toujours plus profondément dans ma conscience comme une plume qui tomberait de très haut et, pour la première fois de ma vie, je souhaiterais n'avoir jamais connu Cornélius et que Paul van Zale soit passé sans me voir quand je taillais les haies dans son jardin, jadis.

Je vois si clairement ce que ma vie aurait pu être. J'habiterais un de ces logements à deux niveaux aux alentours de Bar Harbor ou peut-être d'Ellsworth... Non : à Bar Harbor la mer serait naturellement préférable pour les enfants... car, évidemment, j'aurais des enfants, quatre ou cinq sans doute, et une bonne épouse, excellente cuisinière, et nous allumerions le barbecue le week-end; tous nos voisins seraient nos amis et nous irions à l'église le dimanche. Je ne serais pas allé en Allemagne car, évidemment, avec tous ces enfants, je n'aurais pas pu m'offrir un voyage en Europe. Je serais donc resté un patriote, un type cent pour cent américain; un homme qui se serait volontairement engagé dans l'armée dès 1941, sans attendre d'être appelé; un homme qui aurait méprisé les Germano-Américains qui s'arrangeaient secrètement pour être exemptés; un homme qui n'aurait pas imaginé qu'un millionnaire puisse faire réformer son meilleur ami sur un simple coup de téléphone à quelqu'un de Washington qui lui devait une faveur...

On sonne.

Surpris, je jette un regard à la porte et je vois la gouvernante qui semble hésiter dans le hall.

— Ce doit-être Miss Vicky, Monsieur, murmure-t-elle, effarée. Le portier vient d'appeler pour dire qu'elle montait. Il dit qu'elle a sauté dans l'ascenseur sans qu'il puisse l'arrêter.

— *Miss Vicky*?

— Oui, Monsieur. Miss van Zale, Monsieur.

On sonne de nouveau et sans arrêt cette fois. Je sors de la bibliothèque, je passe devant ma gouvernante, je traverse le hall et j'ouvre la porte.

— Vicky... Seigneur!

— Oncle Sam! gémit Vicky comme si j'étais le dernier être vivant sur cette terre et elle se jette dans mes bras.

# 3

## 1

— Oncle Sam, dit-elle en s'agrippant à ma main comme à un piton rivé au flanc d'une montagne, je suis venue à vous parce que vous êtes la seule personne saine d'esprit que je connaisse. En fait, vous êtes le seul qui puissiez me sauver. Alors, je vous en supplie, ne vous contentez pas de me donner une caresse sur la tête en me renvoyant à papa comme un chien perdu. Si vous faites ça, je suis capable de sauter du pont de Brooklyn.

— Par le Ciel! dis-je, donne-moi le temps de quitter mon armure et de descendre de mon blanc destrier. Prends un verre d'hydromel ou je ne sais quoi ou, mieux encore, que dirais-tu de manger un morceau? Je n'ai pas encore dîné et si je dois voler à ton secours il faut que j'aie le ventre plein.

J'entraîne Vicky vers la bibliothèque en tirant la table roulante et je demande à la gouvernante d'apporter un couvert de plus. Je prends une bobine de Glenn Miller et je la place sur mon magnétophone. La musique, rêveuse et apaisante, se répand dans la pièce et j'indique à mon invitée inattendue la carafe de vin.

— Veux-tu en essayer une goutte?

— Cela ressemble-t-il à cette limonade de Californie que papa sert à la maison?

— Non, c'est du vin français, du bordeaux.

— Ah, oncle Sam, vous êtes tellement Européen, tellement civilisé! C'est merveilleux!

Elle m'offre un sourire d'étudiante en escapade, gêné et excité à la fois, et je vois que, certes, ses ennuis sont réels mais qu'elle ne peut pas résister au plaisir de dramatiser. Je lui retourne son sourire en m'efforçant de voir au-delà de l'étudiante la femme qu'elle sera peut-être un jour mais je ne distingue qu'un uniforme d'adolescente : jupe plissée, chaussettes à mi-jambes et le classique sweater rose et sans forme. Elle a rejeté en arrière sa lourde chevelure dorée qu'un ruban rose retient sur sa nuque. Elle a le nez mutin de sa mère, les yeux gris étincelants bordés de cils noirs de son père, le parfait menton ovale de sa mère et la bouche obstinée de Cornelius qui paraît si trompeusement inoffensive au repos. Je me demande comment j'aurais élevé Vicky si elle était ma fille et j'en arrive à la conclusion décevante que je ne m'en serais probablement pas mieux acquitté que Cornelius.

— Veux-tu de la viande fumée, Vicky? dis-je alors lorsque la gouvernante a apporté le second couvert.

— Oh, je crois qu'il me serait impossible de... Et puis, ma foi oui, ça sent rudement bon. Je n'ai pas mangé depuis des années!

Après avoir fait grand honneur au repas improvisé nous nous installons sur le divan.

— Et maintenant, Vicky, que dois-je faire pour voler à ton secours?

— M'aider à me sauver de la maison.

— Encore? Déjà?

— Il faut que je m'en aille. Ah, oncle Sam...

— Vicky, tu es assez âgée pour te faire enlever jusqu'aux frontières du Maryland, alors tu as aussi l'âge de cesser de m'appeler « mon oncle ». Sam tout court sera parfait à partir d'aujourd'hui.

— Mais il me plaît de penser que vous êtes mon oncle! C'est comme ça que je vous verrai toujours!

Je résiste au désir de dire : « Dieu merci! » pour lui demander :

— Alors qu'est-ce qui ne va pas à la maison? Je sais qu'il y a eu gros temps à Noël lorsque tu as laissé tomber tes cours d'histoire de l'art...

— Ah, mon Dieu oui, ça a été terrible! Le problème c'est que Papa ne veut jamais *m'écouter*. On ne me permet jamais de faire ce que *je* voudrais. Il faut toujours faire ce qu'il veut. Lorsque j'ai terminé mes études chez Miss Porter l'été dernier, je désirais m'inscrire dans un collège de jeunes filles en Europe mais Papa n'a rien voulu savoir, il a dit que l'Europe était un pays décadent et que je pouvais apprendre tout ce que je devais savoir ici même, en Amérique. Alors j'ai demandé à entrer tout de suite au collège et il a refusé : j'étais trop jeune, je devais d'abord passer un an à apprendre à tenir la maison. Alors j'ai eu envie d'aller en vacances en Europe et il n'a pas voulu m'y laisser aller seule mais avec la tante Emily qui me rend folle et avec mes deux cousines qui me rendent encore plus folle. Et puis ça a été l'affaire du cours d'histoire de l'Art. D'abord, ce cours, je n'ai jamais pu le voir en peinture! Comme je l'ai dit et redit à Papa, tout ce que je désire sincèrement c'est aller au collège et étudier la philosophie mais...

— *La philosophie?*

— Bien sûr, c'est la seule matière à laquelle je pense jamais m'intéresser sérieusement. Vous comprenez, on grandit en pensant que tout est normal autour de soi et tout à coup on se met à penser : Pourquoi suis-je riche quand presque tout le monde est pauvre? Et puis on se demande : Et d'abord qu'est-ce que c'est que ce monde-là, de toute manière? Alors, on lit des types comme Marx et ça vous donne à réfléchir et on découvre vite que la philosophie politique n'est qu'un des aspects d'un vaste sujet... Naturellement Papa pense que je suis dingue. Il estime, lui, que la philosophie n'est qu'un passe-temps de ratés. Il veut que j'étudie quelque chose d'utile, que je décroche un diplôme d'espagnol ou un truc pour les femmes, comme la littérature anglaise.

**44**

Il me semble qu'il est temps de rendre justice à Cornelius.

— Mais il a accepté que tu ailles au collège, tu vois que ce n'est pas un tel ogre.

— Il dit qu'il veut que j'aille au collège, c'est vrai. Mais... — elle pose sa fourchette et fixe son verre de vin avant de poursuivre — ... Dernièrement j'ai commencé de croire qu'il avait changé d'avis. En fait, je pense qu'il me mène simplement en bateau. C'est pour ça aussi que je suis tellement désespérée. Je crois... oncle Sam, ne vous moquez pas de moi, je vous en prie, je sais que ça paraît invraisemblable mais je crois qu'il pense à me marier.

Je me rends compte tout à coup que ma fourchette est arrêtée au-dessus de mon assiette de salade. Je me reprends et je pique une tranche de concombre.

— Certes, j'ai envie de me marier, reprend vivement Vicky. J'ai envie d'être une femme et une mère comme n'importe quelle fille normale. Mais je veux aller au collège avant de m'aventurer dans la vie.

— Je te comprends. Ce que je ne comprends pas c'est pourquoi tu penses que ton père veuille te marier.

— Je m'en doutais depuis un certain temps mais la grosse dispute à propos de Jack m'en a convaincue.

— Jack? Le garçon de plage?

— Ne l'appelez pas comme ça. On le prendrait pour un gigolo. Ce n'est pas vrai. C'était un gentil garçon.

— Pardon. Dis-moi exactement ce qui s'est passé pour que je sache bien à quoi m'en tenir. Ton père m'a dit que tu l'avais rencontré dans les îles Caraïbes et il y a à peine deux mois.

— C'est ça. Je n'avais jamais accompagné mon père et Alicia pendant leurs vacances annuelles aux Caraïbes. A ce moment-là, j'étais toujours au collège mais quand j'ai laissé tomber l'histoire de l'Art Papa a dit que je devais partir avec eux parce qu'ils ne pouvaient pas me laisser seule à New York sans rien à faire. Ma foi, ça tombait bien. J'ai horreur de New York au mois de février. Donc, nous étions aux Barbades, et c'est là que j'ai rencontré Jack sur la plage. Il était maître nageur au service d'un des hôtels mais ce n'était qu'un travail temporaire. Il devait retourner au collège en Californie cet automne. Évidemment, je vivais à bord du yacht de Papa mais je descendais à terre tous les jours; je me baignais avec Jack et puis on allait manger une glace en parlant de cinéma. Il est complètement fou de Betty Grable. Il m'a montré un jour les coupures de magazine qu'il gardait d'elle. Mes jambes lui rappelaient celles de Betty, disait-il. Il était si gentil.

— Euh, euh.

— Bref, nous nous sommes beaucoup amusés. Oh, rien de très sérieux, un baiser par-ci, par-là, c'est tout... c'était très romantique!... et puis Papa a dit qu'il était temps de partir pour Antigua et nous nous sommes quittés. Mais je lui ai donné mon adresse et Jack a promis de m'écrire et puis un beau jour, la semaine dernière... vlan! Je l'ai trouvé devant ma porte. J'étais surprise et tellement contente. Il s'était fait transporter à l'œil par un bananier jusqu'à Miami et, de là, il s'était glissé en douce dans un train de marchandises qui allait vers le Nord. Il m'a dit qu'il pensait sans arrêt à moi depuis que j'avais quitté les Barbades. Enfin, tout de même, c'était si gentil à lui d'être venu!... je ne pouvais pas moins faire que de l'inviter à rester quelques jours, pas vrai? Mais à ce moment-là Papa fait une crise et il dit : non, sous aucun prétexte et que Jack aille au diable. Seigneur, il peut être vachement dur quand il veut! J'étais tellement gênée que j'aurais voulu rentrer sous terre. Et quand Jack est allé s'installer à l'Y.M.C.A., Papa et moi nous avons eu une horrible discussion et c'est alors... — Elle s'arrête.

— C'est alors qu'il a dit quelque chose comme : « Je prie le Bon Dieu que tu sois bientôt mariée pour ne plus t'avoir sur le dos. » Non ? Tu n'aurais pas dû prendre cela au sérieux, Vicky. Les gens disent souvent n'importe quoi dans la colère et ton père ne fait pas exception.

— Ça ne s'est pas du tout passé comme ça. Voyez-vous, depuis quelque temps il a une nouvelle lubie : il prétend que le seul rôle d'une femme c'est celui d'épouse et de mère. Bon, okay. Je suis certaine qu'il a raison. Mais il continue de le répéter à tout bout de champ, en lourdes allusions, et je suis déjà tellement fatiguée de sa dictature que ce message publicitaire *sotto voce* sur le mariage a été la goutte d'eau. J'ai senti qu'il fallait faire quelque chose pour qu'il se taise, pour lui rappeler que c'est de ma vie à moi qu'il s'agit et qu'il serait temps qu'il renonce une bonne fois à ses perpétuelles ingérences. Alors j'ai décidé de...

— ... de démontrer ton indépendance en te faisant enlever par Jack.

— Pauvre Jack! C'était méchant de ma part... je ne suis pas amoureuse de lui et je n'ai jamais eu réellement l'intention de l'épouser ni même d'aller avec lui... coucher... vous savez. — Elle rougit. Les larmes lui viennent soudain aux yeux mais elle les retient. — Je sais que je me suis mal conduite mais j'avais perdu la tête... je croyais que cela apporterait un début de solution... mais ça n'a fait que compliquer les choses. Il y a eu une autre scène épouvantable quand nous sommes revenus Cinquième Avenue et c'est à ce moment-là que j'ai senti que je ne pouvais pas, *je ne pouvais pas* y vivre plus longtemps.

— Neil a recommencé à te répéter son histoire d'épouse et mère?

— Oh, cela a été bien pire! Il m'a dit que puisque j'étais si bien décidée à me marier il pouvait me trouver facilement le mari qu'il me fallait. Et c'est alors qu'Alicia a dit... Alicia a dit... Alicia a dit... — Elle devient blanche comme une morte. Je ne songe plus à manger. Finalement, elle parvient à dire : « Alicia a dit que je n'avais qu'à épouser Sebastian. »

— Dieu Tout-Puissant! dis-je en riant. Voilà la meilleure! Pauvre Alicia! Je me demande depuis combien de temps elle chérit cette douce illusion!

— Oncle Sam, dit Vicky d'une voix tremblante — et je me donnerais des coups pour en avoir plaisanté —, il n'y a pas à rire. C'est très sérieux. C'est une question de vie ou de mort.

— Pardonne-moi, ma chérie, je ne voulais pas...

— Vous savez : ce qu'Alicia désire, Alicia l'obtient. Papa est tellement fou d'elle qu'il se met toujours en quatre pour lui être agréable. Aussi lorsqu'elle a déclaré ouvertement qu'elle voulait que j'épouse

Sebastian j'ai été absolument terrifiée. Il est facile, évidemment, de comprendre pourquoi elle veut que j'épouse son fils. Elle se sent coupable parce que, après avoir épousé Papa, elle a appris qu'elle ne pouvait plus avoir d'enfants. Alors elle se dit que si la fille du premier mariage de Papa se marie avec Sebastian, son fils d'un premier mariage, Papa et elle auront au moins des petits-enfants d'eux-mêmes.

Elle frissonne et ce n'est pas affecté. Sa pâleur a pris un reflet verdâtre. Je me demande si elle ne va pas vomir.

— J'exècre Sebastian, murmure-t-elle. Je ne peux pas le voir.

Je décide que la meilleure manière de conduire cette conversation, c'est de se montrer compréhensif et aussi prosaïque que possible. Le mélodrame ne s'accommode pas d'une ambiance de solide bon sens.

— Qu'a donc Sebastian de si affreux? fais-je. Je sais qu'il est timide mais il n'est pas vilain garçon et il est assez intelligent pour faire de très bonnes études à Harvard.

Elle est incapable de répondre. Je commence à être sérieusement perplexe.

— Vicky, ton père connaît-il bien tes sentiments à l'égard de Sebastian?

— Non. Il y a eu un incident il y a quatre ans mais nous sommes tous supposés l'avoir oublié. Nous nous sommes tous promis de ne jamais, jamais plus en parler.

Ma perplexité augmente de minute en minute.

— Tout cela est très joli, Vicky, mais j'ai l'impression que Neil serait horrifié s'il savait que cet incident, quel qu'il soit, est toujours bien présent pour toi. Mais il est au moins un point sur lequel je peux te rassurer. Ton père n'a nulle intention de t'encourager à épouser Sebastian. En fait, je peux t'assurer que Sebastian ne figure absolument pas dans les plans d'avenir qu'il fait à ton sujet.

Son soulagement est presque douloureux à voir.

— En êtes-vous certain?

— Tout à fait. En vérité, rien n'est plus certain pour moi. Je n'ai pas le droit de te révéler certaines conversations confidentielles, mais je te donne ma parole d'honneur que tu te trompes complètement.

— Mais Alicia... — Elle s'interrompt brusquement en entendant sonner. Qui est-ce?

— Je n'en sais rien. La gouvernante va aller voir. Vicky, le rêve d'Alicia est son affaire. Ce n'est pas la tienne.

Un peu de couleur lui revient lentement aux pommettes.

— Je n'en aimerais pas moins m'éloigner de la maison pendant un certain temps... Oncle Sam, vous ne voulez pas m'emmener en Europe?

— En Europe! *Moi!* La merveilleuse idée! Malheureusement, je doute que ton père serait heureux de me voir encore quitter Wall Street alors que j'en étais absent tout récemment. Écoute, pourquoi ne descendrais-tu pas quelque temps en Floride chez ta mère? Ta mère est justement à New York en ce moment... je bavardais avec elle au début de la soirée et j'ai été touché de voir combien elle se soucie de ton bonheur.

— Cette vieille sorcière? Se soucier de moi? Vous plaisantez, j'en suis sûre! Elle ne se soucie de rien sinon de se cramponner à son dernier amant! Allez, j'aimerais mieux prendre des vacances chez les clochards de la Bowerie qu'à Fort Lauderdale avec ma mère!

Ma gouvernante frappe à la porte et passe la tête.

— Excusez-moi, Monsieur, mais les Van Zale sont en train de monter.

— Non! hurle Vicky.

— Dieu nous protège! dis-je en allemand.

On sonne à la porte d'entrée.

## 2

— Je ne veux pas les voir! Je ne peux pas les voir! gémit Vicky.

Je la prends par les épaules et je la secoue un bon coup.

— Calme-toi immédiatement, s'il te plaît. Comme ça. Voilà. Okay, je vais recevoir ton père dans le living-room mais je veux que tu restes ici, dans la bibliothèque. Puis-je compter que tu ne bougeras pas et que tu ne te sauveras pas? Ça m'ennuierait de t'enfermer.

— Je ne bougerai pas, répond-elle d'une petite voix.

— Bien. Et maintenant, rappelle-toi ceci : aussi étrange que cela puisse te paraître, tout ce que veut ton père, c'est ton bonheur. Et rappelle-toi aussi ceci : personne ne peut te contraindre au mariage. Tout ce que tu as à faire est de dire non... ou, au pire, de fermer ton bec quand on attend que tu dises oui.

— Oui, oncle Sam, murmure-t-elle.

Ses grands yeux gris, brillants de larmes contenues, me regardent aussi dévotement que le croyant regarde le prêtre proclamant la parole de Dieu du haut de la chaire et un bref instant je pense de nouveau à tous les enfants que je n'ai jamais eus dans ce logement à deux niveaux aux alentours de Bar Harbor qui n'a jamais existé.

— Très bien, fais-je brusquement, en lui serrant légèrement la main. Et maintenant tu respectes ta promesse et tu restes ici. Et n'écoute pas à la porte!

Montant le volume du magnétophone, je file dans le hall et j'ouvre la porte au moment où Cornelius va sonner pour la seconde fois.

Ils sont côte à côte dans l'antichambre. Cornelius est pâle et épuisé, Alicia est pâle et semble s'ennuyer. Je la connais assez bien pour deviner que l'expression d'ennui est simplement destinée à dissimuler d'autres émotions plus réelles et plus vives et je connais assez bien Cornelius pour être certain que son air épuisé n'est pas feint. Il a encore le complet noir qu'il portait au bureau, indication visible de son désarroi, car il se change d'habitude aussitôt rentré à la maison. Alicia, elle, est impeccable avec vison et diamants.

— Elle est chez vous, n'est-ce pas? interroge Cornelius. Un de mes gardes l'a vue descendre par la fenêtre et plutôt que de la retenir de force il l'a suivie jusqu'ici avant de me rendre compte.

— Entrez.

Je les amène dans le living-room. Ils regardent autour d'eux, impatients.

— Elle est dans la bibliothèque en train d'écouter Glen Miller, dis-je. Neil, Vicky me paraît décidée à quitter la Cinquième Avenue pendant quelque temps et je suis de plus en plus convaincu qu'elle a raison. Je crois vraiment que le mieux qu'elle puisse faire actuellement est de prendre de longues vacances pour que le fracas et le nuage de l'explosion aient le temps de se dissiper. Pensez-vous que votre sœur pourrait vous rendre service ? Si Emily invitait Vicky à Velletria...

— Je crois qu'il est grand temps que Vicky cesse de courir les routes, dit Alicia de son ton le plus impersonnel. — Elle redresse la couture de son gant sans me regarder. — D'ailleurs, elle a horreur du Middle West et les filles d'Emily l'horripilent.

J'ai une idée : je me rappelle la veuve de Paul van Zale.

— Peut-être que Sylvia, à San Francisco... dis-je.

— Sylvia ? fait Alicia sans cesser d'inspecter ses gants, Sylvia est partie en croisière.

— Sam, demande Cornelius d'une voix cassée, avez-vous dit à Vicky que Vivienne voudrait qu'elle descende à Fort Lauderdale ?

— Oui. Elle ne veut pas en entendre parler.

— Dieu merci ! Nous n'aurions pas pu consentir à cela, n'est-ce pas, Alicia ?

— Absolument pas.

— D'ailleurs, je ne veux pas que Vicky s'en aille ! crie Cornelius au moment où j'ouvre la bouche pour reprendre la conversation. Il faut que je lui parle. Je veux qu'elle sache que je ne voulais pas lui faire de peine... qu'elle sache que tout s'arrangera, que nous l'aimons et que nous voulons qu'elle rentre à la maison !

— Certes, mais vous ne voyez donc pas que cela ne résout rien ? Que cela revient à prétendre que le problème n'existe pas !

— Quel problème ?

La porte s'ouvre. Vicky, le visage ruisselant de larmes, jette un regard dans le living-room. Au loin l'orchestre de Glenn Miller joue toujours « Moonlight Serenade ».

— Vicky... chérie, nous étions complètement affolés... Comment as-tu pu nous faire une chose pareille ?... Vicky nous t'adorons ! Je t'en prie, mon amour, pardonne-nous je t'en prie et reviens à la maison !

Alicia prend une cigarette dans son sac et l'allume avec un briquet d'or incrusté d'émeraudes. Je ne l'ai jamais vue fumer en présence de Cornelius qui est asthmatique.

— Ah, Papa...

Elle vient se blottir dans ses bras. L'orchestre de Glenn Miller continue sa sérénade au clair de lune.

— Papa, pardonne-moi, je ne voulais pas non plus te faire de chagrin... Oh, Papa, moi aussi je t'aime...

Alicia va jusqu'au miroir et examine une de ses boucles d'oreilles de diamant. Son regard croise le mien et se détourne aussitôt. Elle remet en place une mèche de sa chevelure sombre puis ajuste la bague de brillants qui étincelle à son doigt.

— Ma chérie, tout va s'arranger, je te le jure... tu n'as qu'à dire ce que tu veux et tu l'auras.

— Cornelius.

— Oui ? dit-il en se retournant vers sa femme.

— Rien... mais si Vicky se sent mieux nous pourrions peut-être rentrer à la maison. Il me semble que nous avons assez abusé de l'hospitalité de Sam.

— Papa, dit Vicky comme si sa belle-mère n'existait pas. Je voudrais aller passer quelque temps en Europe.

— Tout ce que tu voudras, ma chérie. L'Europe ? Je t'y emmènerai moi-même dès que j'aurai pris mes dispositions pour laisser le bureau.

— Non, non, ce n'est pas du tout ce que je veux dire ! Papa chéri, je sais à quel point tu détestes l'Europe et pour rien au monde je ne voudrais t'y entraîner ! Je veux y aller avec oncle Sam..

Cornelius et Alicia tournent la tête d'un même geste pour me regarder. Je m'éclaircis la gorge avec un petit rire embarrassé mais avant que je puisse expliquer que je suis tout à fait étranger à ce projet, Alicia dit d'une voix coupante.

— Ne sois pas ridicule, chérie. Sam est un homme très occupé. Il n'a pas le loisir de te chaperonner à travers l'Europe et, même s'il l'avait, cette idée n'en serait pas moins tout à fait déplacée. Si ton père estime réellement qu'il peut te permettre un autre voyage en Europe, je demanderai à tante Emily si elle peut t'accompagner... en fait, il serait même préférable qu'Emily vienne immédiatement à New York pour nous aider à régler cette situation. Si Sam me permet de me servir de son téléphone, je vais appeler tout de suite Velletria. Et maintenant, va-t'en vite avec Papa et plus de mélodrame ce soir, s'il te plaît. Cornelius, vous pourriez aller m'attendre tous les deux dans la voiture pendant que j'appelle Emily.

— Bien sûr. — Cornelius se tourne vers sa fille et prend sa main dans les siennes. — Viens, ma chérie, tout s'arrangera, je te le promets.

Vicky me regarde par-dessus son épaule et, quand je lui souris pour l'encourager, elle me rend mon sourire.

— Merci de m'avoir écoutée, oncle Sam, dit-elle au moment de se laisser emmener.

Et je peux l'entendre dire avant que la porte se referme :

— Papa, *je t'en prie*, laisse-moi aller au collège pour essayer de décrocher un diplôme de philosophie !

Dans le silence qui suit leur départ, Alicia et moi nous nous regardons, l'air las.

— Mon Dieu, dit-elle, offrez-moi un verre, s'il vous plaît, Sam ! Du xérès fera l'affaire, mais doublez la dose. Je me sens mûre pour l'asile.

Je marmonne quelques mots compatissants et je vais à la recherche de la bouteille de Tio Pepe.

— Je pense toujours que c'est pour elle une erreur d'aller en Europe, mais comme Cornelius lui a promis le soleil, la lune et les étoiles, il ne me reste pas d'autre choix que d'accepter cette idée. Personnellement, comme je l'ai déjà dit, je ne la laisserais partir sous aucun prétexte. Il faut qu'elle apprenne à vivre et à réparer ses fautes sinon elle restera toujours une enfant.

— De la glace ? dis-je en versant du xérès dans un verre.

— S'il vous plaît. Je n'aime pas cette mode européenne qui vous fait tout boire tiède. Et pour ce qui est de l'Europe, pourquoi, je vous prie, veut-elle y retourner ? Et pourquoi, je vous prie, insiste-t-elle sans cesse pour faire des études de philosophie ? Elle sait que Cornelius pense que la philosophie est une ânerie... pourquoi ne choisit-elle pas une matière qui plaise à son père ? De toute manière, je ne vois pas d'intérêt à ce que les jeunes filles aillent à l'université et, en particulier, des filles qui, comme Vicky, sont évidemment destinées à devenir épouses et mères. Cela me paraît une totale perte de temps.

J'avance diplomatiquement :

— Peut-être vaudrait-il mieux qu'elle aille dans quelque cours de perfectionnement en Europe ?

Alicia sursaute, mais il est difficile de dire si c'est à l'idée de l'Europe ou du cours de perfectionnement.

— C'est possible, dit-elle sans plus, mais ce ne serait au mieux qu'une solution toute provisoire au problème de l'avenir de Vicky.

Son verre de sherry à la main, elle va au téléphone :

— Il vaut mieux que j'appelle Emily... Excusez-moi de le faire de chez vous, Sam, mais je préfère lui parler sans que Cornelius essaie d'écouter sur un autre appareil... Allô ? Mademoiselle ? Je voudrais appeler M<sup>me</sup> Emily Sullivan en préavis à Velletria, dans l'Ohio... Merci.

Elle donne son numéro et se met à déguster son xérès avec l'expression d'un chat goûtant du lait dans un bol inconnu. Ses yeux verts, légèrement relevés au-dessus des pommettes, accentuent son air félin. Bien qu'elle ait trente-neuf ans, sa peau satinée couleur d'ivoire et sans défaut la fait paraître plus jeune et sa silhouette mince me rappelle les photos des pages de mode du *New York Times*.

— Évidemment, reprend-elle, tout serait plus simple si Cornelius n'était pas d'une faiblesse aussi désespérante avec elle, mais, vous le savez comme moi, il l'a gâtée depuis le jour de sa naissance. J'ai fait l'impossible pour que notre vie de famille reste normale, mais je n'ai pas eu la garde de Vicky avant qu'elle ait dix ans et sa mère était une calamité... elle laissait Vicky se mettre du rouge à lèvres à huit ans ! Une obscénité ! Pauvre petite fille ! N'importe, je me suis efforcée d'être pour elle une bonne mère, Dieu sait que j'ai essayé ! Cornelius sait que j'ai essayé et je sais, *moi*, combien j'ai essayé, mais... « Allô ? Emily ? Ici Alicia. Emily, pourriez-vous venir à New York le plus vite possible ? J'ai horreur d'avoir l'air de vous imposer une corvée, mais je n'arrive pas à m'en sortir et, bien sûr, la situation dépasse Cornelius. Dieu vous bénisse ! Emily, mille fois merci. Dans combien de temps... vous venez tout de suite ? Emily, je ne peux pas dire à quel point je vous suis reconnaissante... écoutez, je vous rappellerai pour les détails. Je suis chez Sam en ce moment et... Non, elle n'est pas ici, mais quand je vous rappellerai de chez moi vous pourrez évidemment lui parler. Parfait... Merci, chérie... Au revoir. »

Elle raccroche.

— Merci à vous aussi, Sam. Je suis navrée de vous mêler à nos tristes épreuves et tribulations. Pourriez-vous m'offrir un autre verre de xérès, s'il vous plaît ? J'ai besoin de m'asseoir un instant avant d'aller reprendre la voiture. Je suis complètement épuisée.

Son verre à la main, je vais jusqu'au cabinet à liqueurs. Bien que je ne demande qu'à me mettre à leur disposition, je commence à me sentir mal à l'aise. Depuis les dix-huit années que Cornelius a pris une seconde femme, Alicia et moi n'avons jamais eu que de simples relations de politesse et je crains que, lorsqu'elle aura repris sa réserve habituelle, elle ne regrette de m'avoir parlé avec tant d'abandon.

Ce formalisme ne signifie nullement, d'ailleurs, que nous ne nous aimions pas; au contraire, j'admire sa beauté, son chic et je respecte son indiscutable fidélité à l'égard de Cornelius, d'autant que la fidélité n'est pas tellement commune dans la société où évoluent les Van Zale. Mais la réserve d'Alicia m'intimide et la froideur glaciale de cette beauté sévère, luxueuse, sophistiquée suffit à prévenir toute notion de relations moins cérémonieuses. Même si elle n'avait rien de commun avec Cornelius, l'idée ne me viendrait pas d'aller au lit avec elle.

Je m'interroge souvent sur la vie intime des Van Zale, comme sur celle de gens que l'on connaît bien; vainement d'ailleurs puisqu'on ne peut qu'imaginer. Mais comme leur mariage dure depuis dix-huit ans sans trace d'infidélité de part ni d'autre, il faut croire qu'ils s'entendent bien à cet égard. Pourtant je sens bien que leur mariage n'est pas toujours sans à-coups, mais Cornelius n'a jamais fait allusion à quelque difficulté et, bien sûr, je ne l'ai jamais interrogé. Quand nous étions jeunes et jetions notre gourme, il me parlait souvent de ses maîtresses et je lui parlais des miennes, mais depuis son second mariage ce genre de conversation a pris fin. A tel point qu'aujourd'hui je n'imaginerais pas plus de lui parler de Teresa qu'il ne songerait à me parler d'Alicia.

— Voyons, Sam, dit Alicia, comme si elle avait suivi mes pensées, je sais que nous n'avons jamais eu que des relations de politesse mais je me sens tellement perdue que je vais vous demander d'être franc avec moi. Cornelius a-t-il discuté avec vous de ses projets?

Je prends mon air le plus impassible.

— Ses projets?

— Pour Vicky. Oh, mon Dieu, mais il est évident qu'il vous en a parlé... il vous a même probablement vidé le fond de son cœur depuis l'enlèvement! Vous savez certainement qu'il pense que le seul moyen d'éviter un désastre est que Vicky se marie au plus vite!

— Hum, fais-je. Eh bien...

— En vérité, poursuit Alicia qui écoute à peine, en vérité, je suis indécise en ce qui concerne cette idée. Je reconnais que le mariage est la seule solution mais, d'autre part, je sais d'expérience ce que c'est que de se marier jeune et de le regretter par la suite. J'avais dix-sept ans seulement lorsque j'ai épousé mon premier mari et Vicky n'est pas plus mûre aujourd'hui que je ne l'étais alors. Je crois qu'elle devrait attendre sa vingt et unième année avant d'affronter les devoirs et les responsabilités du mariage mais le malheur, c'est que Cornelius et moi ne pourrons pas supporter trois autres années pareilles. Et cela ne fait que commencer, Sam! Aujourd'hui ce n'est qu'une amusette avec un garçon de plage qui a un petit pois dans le crâne et, regardez-nous, nous sommes en pièces. Que se passera-t-il si un play-boy réellement astucieux se présente? L'avenir est un cauchemar.

Je réfléchis rapidement. Alicia voudrait bien que Vicky épouse son fils Sebastian mais celui-ci n'a que vingt ans, et il n'est sans doute pas plus mûr pour le mariage que ne l'est Vicky. Évidemment Alicia préfère l'idée d'une Vicky de vingt et un ans, plus réfléchie, donc, et qui pourrait épouser alors un fort présentable Sebastian de vingt-trois ans, diplômé d'Harvard et lancé dans une carrière prometteuse à la banque. Mais au même moment, Cornelius prétend qu'un délai de trois ans serait un désastre et il suggère que j'épargne à tout le monde une dépression nerveuse en me présentant une bague de mariage à la main. Le dilemme d'Alicia me semble clair : déchirée entre le désir bien naturel de défendre la candidature de Sebastian et la peur également naturelle de nouvelles escapades de sa belle-fille, il lui plairait de connaître maintenant mon opinion sur la situation. Cela l'aidera, espère-t-elle, à trouver la solution de son problème.

Je me demande quelle ligne de conduite adopter. Logiquement, je devrais joindre mes forces à celles d'Alicia et défendre la cause de Sebastian : quiconque est en faveur d'un mari de rechange pour Vicky mérite d'être encouragé. Mais il y a ce sentiment de répulsion que Vicky éprouve à l'égard de Sebastian qui me convainc qu'elle ne devrait l'épouser sous aucun prétexte. Et est-il tellement vrai ? Les jeunes filles changent facilement d'avis. Et Alicia serait une alliée précieuse.

L'opportunisme prend le dessus. Je respire à fond.

— Ma foi, Alicia, dis-je lentement. Je compatis sincèrement à votre situation, c'est un grave problème. Mais que Vicky se marie aujourd'hui ou plus tard, veiller sur elle ne sera pas une sinécure pour le mari et, franchement, comme j'ai l'intention de le dire à Neil, ce n'est pas une situation qui me séduise.

Ses yeux s'arrondissent. Je me sens comme dans un avion qui vient de tomber dans un trou d'air... ou comme si les sables mouvants dans lesquels je me débats depuis cette conversation avec Cornelius venaient finalement de se refermer sur ma tête.

— Vous ? s'exclama Alicia, incrédule. Cornélius a suggéré que *vous* épousiez Vicky ?

Je vois trop tard que la question que se posait Alicia n'était pas : Vicky doit-elle épouser Sébastian ? Elle était seulement incapable de décider s'ils devaient se marier maintenant ou plus tard. Je reprends aussitôt la parole :

— Oh, voyez-vous, Neil envisageait simplement différentes possibilités. Mais nous comprenons fort bien tous les deux que Sebastian est bien préférable.

Alicia repose son verre de xérès et commence à enfiler ses gants. Son visage est lisse comme l'ivoire poli.

— Cornelius n'a jamais aimé Sebastian, dit-elle. J'aurais dû me douter qu'il essaierait de me jouer un tour pareil.

— Alicia...

Elle se tourne vers moi.

— Et vous accepteriez, n'est-ce pas ? dit-elle d'une voix frémissante. Vous l'épouseriez ! Cornelius n'a qu'à claquer le fouet assez fort... mais, j'y songe, non. Pourquoi devrait-il prendre le fouet ? On vous offre une ravissante jeune fille, l'accès à la fortune des Van Zale et la perspective que vos enfants auront tous les privilèges sociaux qui vous ont été refusés !

Il faudrait être un autre homme que vous, Sam Keller, pour repousser une offre pareille!

Je sens le sang me monter à la tête mais je garde mon sang-froid pour lui dire de mon ton le plus poli :

— J'en aime une autre et j'ai l'intention de l'épouser bientôt. Vicky ne présente pas d'attrait particulier pour moi, Alicia. D'autres peuvent voir en elle l'héritière la plus enviable de la Côte Est mais pour moi elle est simplement une petite fille qui ne sait pas trop où elle en est et qui m'appelle oncle Sam.

— Ainsi Cornelius sera obligé de faire claquer le fouet, après tout. Mais qu'importe? Le résultat sera finalement le même. Vous l'épouserez, dit Alicia en sortant et en me claquant la porte au nez.

Je reste un instant à écouter le murmure lointain de l'ascenseur puis j'essuie la sueur de mon front, je rentre dans la bibliothèque et je retire la bobine de Glenn Miller du magnétophone silencieux.

## 3

J'ai envie d'appeler Teresa mais je crains trop de la déranger devant son chevalet et de la fâcher encore plus qu'elle ne l'était tout à l'heure. J'ai envie de boire pour étouffer le désir sexuel qui me tourmente mais j'ai déjà trop bu ce soir. J'ai envie de ne plus penser à la vie que j'aurais pu avoir si Paul van Zale ne m'avait pas remarqué mais je suis tellement abattu que je ne peux que rester enfoncé dans mon divan en pataugeant inutilement dans mes rêves d'une vie domestique bien tranquille.

Je me dis bien que j'idéalise cette vie modeste parce que je suis célibataire mais cette explication très simple n'en rend pas mes rêves moins séduisants. Et puis l'idée me vient que j'embellis cette vie bien tranquille parce que je suis allemand et mes rêves perdent aussitôt leur charme. Je songe qu'il est curieux de voir comment chaque pays exprime à sa manière sa sensibilité propre. Pour les Britanniques, ce sont les animaux. Pour les Français, c'est l'amour. Les Américains sont sensibles à la violence. Ils glorifient le Far West et aujourd'hui la Deuxième Guerre mondiale dans une série sans fin de films et de pièces de théâtre. Je pense à Rodgers et Hammerstein qui ont su si bien jouer de cette corde sensible du subconscient américain en écrivant d'abord *Oklahoma!* et *South Pacific* aujourd'hui — la première est pour demain soir.

Au fait, il faudra que je cherche les billets que j'ai retenus pour cette première. Je voulais en faire la surprise à Teresa. Je la lui ferai tout de même. Mon état de dépression s'allège enfin. Après tout, chacun sait que sur le cardiogramme du bonheur une affaire de cœur même heureuse suit rarement une trajectoire ascendante mais qu'elle tend à fluctuer, comme les cours de la Bourse. Ce n'est pas parce que la tendance du marché faiblit parfois que chacun pense automatiquement à la catastrophe.

Je suis en train de revoir comment je vais demander de nouveau sa main à Teresa au cours d'un souper au champagne, après une triomphale première de *South Pacific*, lorsque le téléphone sonne. Je décroche aussitôt et souffle d'une voix impatiente :

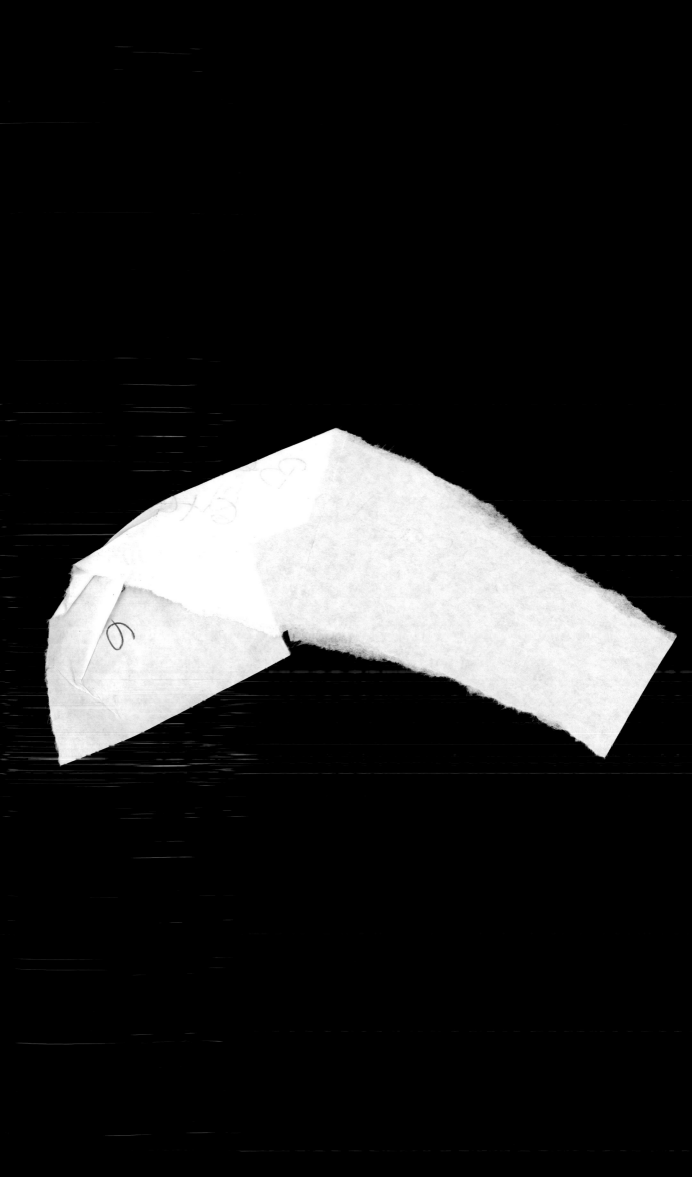

Jaquelin

— Teresa?

— Hein? Non, Sam, c'est Vivienne. Avez-vous des nouvelles? Je suis tout surpris de l'avoir si complètement oubliée.

— Vivienne! dis-je. Seigneur, j'allais justement vous appeler. Vicky va très bien — elle est maintenant rentrée à la maison vous n'avez donc plus à vous inquiéter.

— Quelqu'un a-t-il dit à Vicky que j'étais à New York?

— Je le lui ai dis moi-même mais elle n'a pas l'intention de descendre à Fort Lauderdale pour le moment... elle a décidé d'aller en Europe avec Emily. Je suis navré, Vivienne, mais j'ai fait de mon mieux pour défendre votre cause.

— Vous défendez une seule cause, Sam Keller, dit-elle, amère et sans me croire, et un seul maître! — Et elle raccroche l'appareil aussi violemment qu'Alicia m'a claqué la porte au nez.

Je me mets au lit et je rêve d'un monde dans lequel je serais mon maître... je rêve d'un monde sans Cornelius... et dans mes rêves je franchis le miroir vers le ciel bleu et la mer encore plus bleue de Bar Harbor. Je me mets au lit et je rêve...

## 4

Je retrouve le cauchemar qui hante régulièrement mon sommeil depuis l'entrée de l'Amérique dans la guerre, en 1917. Il s'est modifié au fil des années pour inclure certaines expériences nouvelles, mais il commence toujours par le même incident réel de mon passé. J'avais neuf ans lorsque je suis entré un jour dans ma classe pour découvrir que quelqu'un avait écrit au tableau noir : « HANS DIETER KELLER EST UN SALE COCHON D'ALLEMAND. » Et aussitôt, une bande de garçons plus âgés m'avait roué de coups et j'avais couru me réfugier à la maison en pleurant tout le long du chemin.

A ce point-là de mon rêve, la vérité et moi nous nous séparons et les fantasmes commencent. Ils varient mais toujours sur le même thème... J'approuve le nazisme : c'est une façon d'avoir ma revanche sur ceux qui m'ont frappé, et puis je le rejette parce qu'il a détruit tant de choses que j'aimais. Les scènes dans lesquelles je le regrette sont toujours accompagnées d'images violentes : svastikas tachées de sang, bulldozers poussant des monceaux de corps, cités consumées par les flammes des bombes incendiaires mais, ce soir, lorsque toutes les images familières se déroulent, mon rêve s'engage dans une autre voie atroce et nouvelle. Tout à coup, je suis en train de marcher près d'une petite ville d'Allemagne sur le sol empoisonné et, quand je repense à tous ceux qui sont morts, j'entends à côté de moi le G.I. qui siffle « Lili Marlène ».

Je me réveille suffocant, j'allume toutes les lampes et je gagne à tâtons la bibliothèque. Mes doigts parviennent gauchement à placer un disque sur le phono. Il faut absolument que je joue un air du passé pour conjurer l'épilogue de ce cauchemar, un air heureux d'un passé heureux, alors je prends le disque qui me rappelle les souvenirs les plus insouciants de l'été de 1929, lorsque Cornelius et moi faisions la fête ensemble et que nous célébrions notre vingt et unième anniversaire avec du champagne défendu.

*Miff Mole and his Molers* commencent à jouer « Alexander's Ragtime Band ».

Après avoir écouté le disque trois fois je me sens plus calme, assez calme pour évoquer sans émoi le passé. Les sentiments anti-allemands étaient très répandus en 1917 mais nous en avions probablement moins souffert que d'autres familles germano-américaines car mon père ne s'était pas laissé intimider. Après l'incident de l'école, il avait hissé un grand drapeau américain au-dessus de notre porte, puis il était allé déclarer au directeur que mon droit constitutionnel de citoyen américain exigeait que des mesures soient immédiatement prises pour réprimander mes assaillants. Le directeur, homme équitable, nous avait donné satisfaction et le reste de mon temps d'études s'est déroulé sans incident. C'est mon père qui a suggéré qu'il serait préférable que j'aie un prénom américain. Il aurait aimé Hank, assez semblable à Hans, mais je m'étais battu pour Sam, le cow-boy d'une bande dessinée populaire de ce temps-là.

J'ai consacré les années qui ont suivi à me faire entièrement américain. Mon père m'expliquait que ce n'était pas un cas de conscience puisque l'Allemagne n'avait rien fait pour nous alors que l'Amérique nous avait tout donné. Ce qui lui restait de sa famille, dans une petite ville près de Berlin, avait été anéanti en 1918 mais il refusait d'en parler. Ma mère avait perdu deux frères mais sa sœur de Düsseldorf avait survécu et s'était remariée en 1920. Je me rendais souvent en secret non pas au bureau de poste de Bar Harbor mais à celui d'Ellsworth pour expédier des colis de vivres en Europe. La première fois, il m'avait fallu dix bonnes minutes pour oser pénétrer dans le bureau de poste, tellement j'avais peur de révéler un lien quelconque avec l'Allemagne.

Je devins donc un parfait Américain. J'obtenais d'excellentes notes au collège, j'emmenais la plus jolie fille de la ville au bal des étudiants et je m'arrangeais pour payer mes études de droit en faisant du jardinage dans le domaine de Bar Harbor. Je mangeais de la dinde à la gelée d'airelles pour Thanksgiving Day [1], je tirais des pétards le Quatre Juillet et je chantais la « Star Spangled Banner » plus fort que tout le monde à chaque réunion patriotique. J'avais même voulu parler anglais à la maison quand j'étais seul avec mes parents mais mon père s'y était opposé parce que, disait-il, c'est un gros avantage d'être bilingue et je ne devais sous aucun prétexte oublier ma langue maternelle.

Il n'aimait guère son patron, Paul van Zale, mais comme il avait l'esprit pratique, il acceptait sans sourciller les bienfaits que Paul pouvait offrir à ses employés. Comme jardinier et gouvernante chargés d'entretenir la résidence d'été des Van Zale, mes parents étaient bien payés et lorsque Paul me choisit comme protégé, mon père fut le premier à me féliciter.

— Voilà exactement ce que c'est que d'être américain, Sam, me dit mon père. C'est pour toi une chance de premier ordre. C'est le rêve de chaque émigrant.

---

1. Journée d'actions de grâces, le dernier jeudi de Novembre.

800-268-1133

Et il ajouta que je devrais remercier Dieu à genoux d'être le citoyen d'un des meilleurs pays du monde, où l'homme même le plus humble peut devenir riche et réussir.

Je suis devenu riche. J'ai réussi. J'habite Park Avenue, je dîne dans la Cinquième et je côtoie chaque jour l'aristocratie de la Côte Est qui fréquente le palais de Willow et Wall Street. Mais un certain jour de 1933 je suis sorti de l'univers américain, de mes rêves américains et, lorsque j'y suis revenu plus tard, rien n'était plus comme avant.

Je suis retourné en Allemagne. J'ai revu ma terre natale pour la première fois depuis ma deuxième année; et j'y ai découvert qu'un étrange petit Autrichien avec une moustache en brosse à dents y déclarait qu'il ne fallait pas avoir honte d'être allemand. J'ai découvert aussi que l'Allemagne était belle, plus belle que ce que j'avais jamais rêvé et bien plus belle encore que dans le désir d'oublier leur mal du pays et de faire de moi un bon Américain mes parents n'avaient osé me le dire. Lorsque j'ai retrouvé ma famille allemande qui avait survécu à la guerre, l'Amérique me semblait déjà bien lointaine, une image fugitive dans un brouillard qui s'épaississait et puis, toujours celle de cet étrange petit Autrichien qui me répétait que je devrais être fier d'être allemand, jusqu'à ce qu'enfin, à la fin des fins, j'en sois fier.

Les gens me tiennent probablement pour un homme d'affaires pratique, prosaïque et obstiné; ils ne voient jamais que malgré mon implacable sens des réalités — ou peut-être pour cette raison même — je dois avoir ma part de rêves : mon rêve américain, mon rêve allemand et même mon rêve sentimental de félicité domestique. Pendant la guerre, la propagande a soutenu que les Allemands étaient des machines sans âme. Alors ce sont des machines qui ont édifié ces châteaux féeriques sur le Rhin ou en Bavière? Ce sont des machines qui ont écrit quelques-unes des plus belles pages de la littérature humaine? Et ce sont des machines qui dans les années trente applaudissaient interminablement le Philharmonique de Berlin quand il exécutait la « Neuvième » de Beethoven?

Je ne serai jamais le robot fasciste que mes ennemis veulent absolument croire, jamais. Mes rêves ont pour moi trop d'importance. Aujourd'hui encore, à l'heure où mon rêve est mort et où mon rêve américain se meurt sous mes yeux, j'ai tout de même réussi à trouver un rêve européen pour me soutenir. Une fois de plus, je me vois en train de travailler pour l'Administration de coopération économique et ma dernière pensée cohérente avant de sombrer dans le sommeil est : Dieu merci il n'est pas trop tard pour tout recommencer.

Mais, lorsque le soleil m'éveille le lendemain à sept heures, il me faut bien laisser mon rêve de côté en attendant que les circonstances soient plus favorables. Je m'arrache au divan de la bibliothèque sur lequel je me suis endormi. Je me contrains à respecter le rituel quotidien de la douche, du coup de rasoir, de l'habillage et du petit déjeuner. Puis finalement, lorsqu'il n'est plus possible de retarder l'inévitable, je commande la Mercedes-Benz et je prends une fois de plus le chemin de la banque, à Willow et Wall.

# 5

En entrant dans mon bureau, je sonne mon assistant particulier, je salue et je renvoie ma secrétaire, je goûte ma première tasse de café, j'accroche mon chapeau, jette un coup d'œil au courrier et aux titres du *Wall Street Journal* et je vais au manteau de cheminée pour remettre à l'heure la pendule de porcelaine de Dresde qui appartenait jadis à Paul van Zale. On frappe à la porte au moment où j'ouvre le cadran.

— Entrez!

La porte s'ouvre et je l'aperçois dans la glace : grand comme l'était son père, mais sec et brun, les yeux brillants dans son pâle et mince visage.

— Entrez donc, Scott, dis-je brusquement sans lâcher la pendule de Paul qui retarde d'une minute.

— Désirez-vous l'heure exacte, Sam? demande le fils de Sullivan, toujours empressé à se rendre utile, à donner satisfaction.

— Non, dis-je, ça n'a pas d'importance.

Refermant le cadran, je tourne le dos aux souvenirs de Paul.

— Quelles sont les dernières nouvelles à propos de l'emprunt Hammaco?

— Bridges Mac Cool a définitivement abandonné mais l'autre groupe est toujours dans le ring avec nous... je viens de le vérifier. Ah, voici également le rapport sur la Bourse que vous attendiez.

— Merci. Mais vous voilà complètement hirsute! N'avez-vous pas dormi?

— Si, je me suis endormi sur mon bureau à deux heures du matin.

— Eh bien, que je ne vous voie jamais plus dans cet état! Vous ne ferez bonne impression à personne et surtout pas à moi. Vous avez l'air de sortir d'un asile de nuit de la Bowery!

— J'ai réussi à trouver un rasoir...

— Je ne veux pas savoir comment vous envisagez d'améliorer votre apparence. Arrangez-moi ça et vite!

— Oui, Sam, dit Scott, impeccablement obéissant et respectueux, avant de se retirer.

Je regrette aussitôt ma brusquerie. Scott occupe un rang à part dans la famille Van Zale. Il est le beau-fils d'Emily, la sœur de Cornelius qui partage avec elle depuis 1933 la responsabilité de son éducation. La mère de Scott est morte en 1929; Tony, son jeune frère, a été tué à la guerre; et son père, jadis associé principal de Van Zale, est mort aussi. Il est donc tout naturel qu'avec les années il se soit rapproché de sa belle-mère et de sa famille.

Je pense à son père, Steve Sullivan, qui est mort après s'être battu avec Cornelius pour le contrôle de la banque dans les années trente. Je pense à Cornelius qui disait alors : «Certes, il sera difficile de l'éliminer...» Et je pense au rôle que j'ai joué dans son élimination.

Je me suis bien dit par la suite que je n'avais fait qu'exécuter les ordres mais les procès de criminels de guerre ont depuis longtemps fait justice de cette piètre défense; alors, pour mettre en paix ma conscience, je ne peux guère aujourd'hui qu'essayer d'oublier toute l'affaire. Mais c'est impossible. Même si j'avais la faculté d'oublier ce dont je ne veux pas me souvenir, la présence de Scott à la banque m'empêcherait toujours d'atteindre le stade idyllique de l'amnésie.

Avouer que sa présence me déplaît serait admettre ma culpabilité passée, alors je m'efforce toujours de dissimuler mes sentiments. Je me suis même efforcé d'aimer Scott et j'y ai réussi jusqu'à un certain point mais, en vérité, il me met mal à l'aise et ma gêne n'a pas seulement persisté mais elle s'est accrue avec les années. Il est difficile de préciser pourquoi. Il serait trop simple de dire que c'est qu'il me rappelle un moment de mon passé que je préfère oublier. C'est pourtant exact mais les hommes ont tendance à s'accommoder des circonstances contraires et il y a longtemps que j'ai réussi à ne pas me rappeler la mort de Steve Sullivan chaque fois que Scott entre dans mon bureau.

Dieu merci, Scott ne ressemble pas à son père de manière trop frappante. Il ne fume pas, ne boit pas et, pour autant qu'on le sache, il n'a pas de maîtresse attitrée. Il travaille tard chaque soir et passe souvent ses week-ends à la banque. Ses complets sont stricts, ses connaissances financières captivent les clients et pour la fête des Mères il envoie ponctuellement des fleurs à Emily, sa belle-mère. Aucun jeune Américain ne peut avoir une conduite plus exemplaire... Cornelius me le répète souvent avec une fierté quasi paternelle. Mais je commence à me demander si ce n'est pas justement ce qui me met tellement mal à l'aise : Scott me semble un peu trop beau pour être vrai.

Son rapport sur la Bourse à la main je m'assois et je décroche le téléphone intérieur : « Un peu plus de café. »

La secrétaire de mon secrétaire accourt. Je prends le téléphone rouge que me relie directement au bureau du président.

— Le bureau de M. van Zale, annonce l'un des assistants de Cornelius.

— Ici Keller. Il est là ?

— Non, monsieur, pas encore.

Je raccroche. Mon secrétaire arrive avec du courrier intérieur. Le téléphone sonne.

— Prenez toutes les communications.

Je parcours la nouvelle pile de courrier, je la repousse sur le côté et je prends le rapport de Scott. Le téléphone sonne et continue de sonner. Je déclenche l'appareil intérieur.

— Répondez donc, Bon Dieu !

Le bruit cesse. Revenant au rapport, je constate qu'il est impeccable et je me penche pour enclencher l'appareil intérieur.

— Sam ? répond Scott.

— Venez ici.

Il arrive rasé de frais. Je montre le rapport.

— C'est excellent. Merci. Et maintenant, voyons un peu comment nous allons nous introduire dans le camp adverse pour essayer de savoir comment leur offre se présente. Il faut que nous enlevions cette affaire Hammaco, Scott. Un emprunt de quatre-vingt-dix millions de dollars n'est pas exactement une partie de poker pour des haricots. Avons-nous la liste complète des autres groupes ?

Il l'a apportée avec lui. J'en suis frappé mais je ne dis rien. Je me contente d'examiner les noms de la liste mais, pendant un instant, je me retrouve aux jours lointains d'avant le krach : j'étais debout à la place qu'occupe Scott aujourd'hui et son père était assis dans mon fauteuil. Les souvenirs font boule de neige. Le silence se prolonge. Je continue de fixer la liste.

— Sam ? demande enfin Scott, inquiet. Il manque quelque chose ?

— Non. Non, c'est parfait. Je me demandais simplement quel est le maillon le plus faible auquel nous pourrions nous attaquer pour apprendre ce qui se passe. Voyons... Bonner et Christopherson ?... on pourrait peut-être essayer là. Cornelius est intervenu dernièrement auprès de la *Securites and Exchange Commission* [1] en faveur de Bonner pour le consoler d'avoir battu Christopherson lors de la fusion du groupe Pan Pacific Harvester, en 1943. Christopherson est mort maintenant, c'est vrai, mais Bonner voudrait bien être de notre côté la prochaine fois qu'Harvester aura besoin de capitaux. Appelez Bonner. C'est un coriace mais faites pression sur lui. Je crois qu'il saura voir de quel côté se trouve le manche.

— Ce n'est pas Bonner lui-même qui fait partie de ce groupe, Sam. C'est son gendre, Whitmore.

— Encore mieux. Je connais Whitmore depuis des années : il a autant de ressort qu'une méduse. En fait, c'est par sa faute que Bonner a eu tant d'ennuis avec la S.E.C. Appelez Whitmore et ne vous contentez pas d'une simple pression... serrez-le jusqu'à ce que les os craquent, comme disait à peu près ce brave Lloyd George. Je veux quelqu'un de sûr dans le camp rival dès aujourd'hui, Scott. Peu importe comment vous vous y prendrez mais trouvez-le.

— Entendu, Sam. Ce sera tout ?

Je soupire, je vais jusqu'à la fenêtre et je regarde le magnolia dans le patio, au-dessous.

— Je crois, oui... Mais Dieu que les choses changent ! dis-je sans trop y penser. Quand je n'étais encore qu'un gosse à Wall Street, nous attendions tels des dieux que les clients viennent à genoux nous demander de l'argent. Aujourd'hui, les clients attendent tranquillement et nous laissent nous entretuer pour leur trouver de l'argent. Soumission en concurrence ! Ma parole, Paul van Zale doit se retourner dans sa tombe !

Scott sourit sans hasarder un commentaire, en jeune homme respectueux qui accepte un moment de nostalgie de l'ancienne génération.

— Okay ! dis-je brusquement. C'est tout. Revenez me voir quand vous aurez parlé à Whitmore.

— Entendu, Sam, répond-il en s'en allant.

Je décroche de nouveau le téléphone rouge.

— Le bureau de M. van Zale, débite l'assistant.

— Bon Dieu, il n'est pas encore arrivé ?

Je raccroche et j'appelle mon secrétaire.

---

1. Organisme fédéral semblable à la Commission des opérations de Bourse en France.

— Je dois présider la réunion des associés. Donnez-moi le dossier Hammaco.

Dans la salle de conférence, une douzaine de mes associés circulent autour de la table en parlant golf. Dans le passé, bien avant que je n'entre chez Van Zale, la demi-douzaine des associés d'alors avaient chacun un gros bureau d'acajou dans le grand hall et l'associé-gérant était installé tout seul dans la pièce qui est aujourd'hui le bureau de Cornelius. Plus tard, en 1914, quand la banque a fusionné avec une autre, le grand hall a été assigné au service général des intérêts du groupe et les associés ont eu chacun leur bureau au second étage. Aujourd'hui, la banque s'est encore développée, et l'ensemble a été réorganisé : Cornelius a gardé le bureau directoral au premier étage, les six associés les plus anciens de la société ont toujours leur bureau au second mais les autres associés sont revenus dans le grand hall qu'on appelle « le coin du péché » en souvenir de la fusion.

Cornelius a choisi ses associés avec sa perspicacité habituelle. D'abord, ceux pour la montre : six homme d'une soixantaine d'années qui ont une vieille expérience et une apparence solide et respectable. Au-dessous d'eux, six quinquagénaires, hommes aux méthodes un peu moins orthodoxes mais qui se sont faits à l'idée qu'ils n'occuperont jamais le fauteuil de Cornelius. Restent trois associés qui frisent la quarantaine et qu'il faut surveiller d'un œil vigilant dans le cas où ils auraient la folie des grandeurs et tenteraient de prendre plus de pouvoir qu'il ne conviendrait.

Cornelius et moi sommes toujours les plus jeunes. Cornelius n'a pas encore vu le jour où il se sentira obligé d'engager un associé plus jeune que lui, or, nous avons plus de quarante ans et nous savons que nous devrions donner au groupe une injection de sang neuf avant qu'il ne tombe de vieillesse. Mais Cornelius n'aime pas sentir de jeunes ambitieux, impatients, sur l'échelon au-dessous du sien. Les gens trouvent cela curieux; ils disent que la plupart des hommes dans sa situation seraient ravis d'avoir l'occasion de tenir sous leur coupe des hommes plus jeunes mais je comprends fort bien la répugnance de Cornelius. Comme moi, il sait mieux que quiconque à quel point les jeunes ambitieux peuvent être dangereux.

Lorsque j'entre dans la salle de conférence, les associés se redressent et cessent de parler de golf. Je leur souris cordialement. Ils me sourient cordialement aussitôt. Nous échangeons des politesses pendant qu'un assistant passe les tasses de café et nous ouvrons notre discussion quotidienne.

En fait, ces réunions d'associés sont une perte de temps et je les réduirais volontiers à une par semaine. Leur objet est de nous tenir mutuellement au courant de nos différents projets et de nous consulter sur la conduite à suivre. Or, chacun des associés réunis dans « le coin du péché » sait toujours ce que les autres sont en train de faire et les six associés de l'étage au-dessus, sauf moi, sont trop âgés pour qu'on leur confie un travail de quelque importance. Enfin, grâce à certains indicateurs, Cornelius et moi sommes parfaitement informés de ce qui se passe dans le coin du péché, aussi ne serions-nous pas privés de renseignements si les réunions quotidiennes étaient abandonnées mais, comme tous les dictateurs avisés, Cornelius entend conserver intact l'apparat de la démocratie.

Les réunions quotidiennes persistent donc, tout comme si nous y décidions tous ensemble de ce qui convient au groupe. Nous votons même à l'occasion, vote sur lequel Cornelius s'assoit tranquillement s'il se révèle contraire à ses intentions. Parfois un des associés en est fâché mais cela ne dure pas. Cornelius n'aime pas être entouré de gens mécontents et l'associé qui se plaint est aimablement invité à aller se consoler ailleurs.

— Car, après tout, lui déclare Cornelius plein de sollicitude, je ne veux pour rien au monde vous voir malheureux.

Les associés rescapés font leur profit de la leçon et s'appliquent à paraître toujours enchantés lorsque Cornelius est présent. Cornelius dispose de la direction du groupe, assortie de l'autorité absolue d'engager ou de sacquer selon son bon plaisir, aussi est-ce pure affaire de bon sens que de demeurer avec lui dans les meilleurs termes possibles. Par ailleurs, chaque associé sait fort bien qu'il n'est pas irremplaçable, il s'en faut. La « Van Zale » est une énorme entreprise. Son histoire remonte loin dans le XIXᵉ siècle et il n'y a jamais pénurie d'hommes prêts à venir travailler au coin de Willow et de Wall Street.

— Quelles sont les nouvelles au sujet d'Hammaco, Sam ? demande un associé — l'un des fameux jeunes loups qui doivent être particulièrement tenus à l'œil.

— Bonnes. La soumission sera close demain. Tout se présente bien.

— En quoi consiste exactement cette affaire Hammaco ? demande un vétéran aux cheveux d'argent qui revient tout aussi égrotant de ses vacances en Floride.

— Il s'agit d'un emprunt de quatre-vingt-dix millions de dollars pour la Hammer Machine Corporation qui a l'intention de se lancer dans les armements. Au moment où la guerre froide se réchauffe c'est évidemment une bonne affaire, surtout pour un groupe comme Hammaco. Les conditions étaient sévères — je vous en ferai parvenir une copie ainsi que de la note d'information préliminaire et du projet de déclaration de soumission. La réunion de fixation du pourcentage aura lieu demain matin et la réunion finale à deux heures de l'après-midi.

— Que se passe-t-il chez nos rivaux ? demande un autre jeune loup.
— Ces gaillards adorent me poser des questions insidieuses.

— J'ai une intelligence dans leur camp. Dès que je connaîtrai leur enchère, je vous garantis que nous ferons une offre meilleure. Je ne m'attends à aucune difficulté.

Je me tourne vers les deux associés chargés des travaux préliminaires de l'affaire Hammaco.

— Je voudrais bien échanger quelques mots avec vous après la réunion, mes amis.

On frappe et Scott entre :
— Un message important, Sam.

— Excusez-moi un instant, messieurs. Est-ce Neil ? dis-je à Scott quand nous sommes dans le coin près du téléphone.

— Non, c'est le président d'Hammaco.

62

— Dieu!

Je décroche et j'apprends que cet aimable président veut m'inviter à déjeuner. J'accepte.

— Annulez le rendez-vous prévu, dis-je à Scott, en raccrochant, et essayez de savoir si par je ne sais quel miracle nos rivaux n'ont pas pu tenir le coup plus longtemps et s'ils ont jeté l'éponge.

Je suis en train de rejoindre la table de conférence quand le téléphone sonne encore et me fait sursauter.

— Ici Keller, dis-je en reprenant l'appareil.

— Venez me voir immédiatement, dit Cornelius d'une voix hyperboréale, et il raccroche comme le couteau de la guillotine tombe sur le cou d'un criminel.

Je ne prends pas le temps de me demander ce que j'ai fait. Il est parfois mieux de ne pas réfléchir pour ne pas s'affoler et aller imaginer des catastrophes qui n'existent pas. J'allume une cigarette en demandant à l'associé le plus ancien de présider et, enfin, incapable de m'empêcher de redouter le pire — quel que ce pire puisse être — je descends en courant vers le bureau de Cornelius et je me prépare à affronter le lion dans son antre.

# 4

## 1

L'air épuisé comme s'il venait d'avoir une crise d'asthme, Cornelius attend, recroquevillé dans son fauteuil, derrière son immense bureau. Je me dispose à m'inquiéter de sa santé mais en voyant la ligne féroce de sa bouche je garde le silence. Et puis je me résous enfin à essayer de deviner quelle faute inconnue a pu susciter sa fureur.

— Si je vous pose une question très claire, commence Cornelius d'une voix patiente et lasse — celle dont il se sert avant d'exploser de colère — serait-il trop demander que d'espérer de vous une réponse très claire?

Il m'invite à prendre le taureau par les cornes.

— Qu'y a-t-il?

— Je veux dire : si je vous demande si vous avez pour habitude de répéter les conversations confidentielles que vous pouvez avoir avec moi dans ce bureau, vous n'allez pas vous lancer dans une explication incohérente et évasive qui pourrait m'embarrasser? Il me déplairait souverainement de me trouver embarrassé devant vous, Sam. Je ne le supporterais pas.

— Laissez tomber ce verbiage, Neil. Vous savez fichtre bien que je ne vais pas claironner nos conversations privées à tout un chacun.

Cornelius se dresse d'un bond, se penche en avant les deux mains sur son bureau et hurle :

— Alors pourquoi diable! avez-vous dit à Alicia que je vous avais proposé d'épouser Vicky?

— Parce qu'elle m'a donné l'impression qu'elle le savait déjà!

Mes réflexes de défense sont si bien aiguisés que c'est seulement après avoir parlé que le choc fait durement cogner mon cœur. Je croise les mains derrière mon dos, je respire à fond pour me calmer et j'engage la manœuvre classique : je passe à la contre-attaque :

— Et pourquoi diable! ne m'avez-vous pas dit que vous étiez d'accord avec Alicia pour que Vicky épouse Sebastian? Que pensez-vous que j'aie ressenti lorsque Alicia et moi tenions ce dialogue de sourds et qu'elle a compris que vous essayiez de la doubler? Je n'aime pas non plus me trouver embarrassé devant vous, Neil, et ne croyez pas que vous détenez seul le privilège de ne pas pouvoir le supporter.

Cornelius se renfonce dans son fauteuil. Une longue expérience m'a appris que lorsqu'il est mécontent de lui-même il essaie souvent de détourner sa colère sur autrui et la longue expérience qu'il a de moi lui a appris que je sais supporter sa colère sans me laisser intimider. Mais sa colère est maintenant tombée et je vois que seule sa peine demeure. Sa respiration s'entrecoupe; je me détourne lorsqu'il sort une pilule pour son asthme. Il a horreur qu'on soit témoin de ses malaises.

— Neil, croyez bien que je suis désolé s'il y a eu la moindre difficulté entre vous et Alicia mais...

— Je n'entends pas discuter de ma vie privée avec vous, ni aujourd'hui ni jamais, dit-il, mais lorsqu'il s'arrête pour avaler sa pilule j'ai l'impression qu'il a grande envie d'en parler et qu'il est retenu par des sentiments complexes que je ne comprends pas.

— Et à propos de mariage, reprend-il en respirant encore malaisément mais incapable de résister à un deuxième accès de colère, Alicia m'a dit que... deux points ouvrez les guillemets : « Vous ne pouviez pas épouser Vicky », fermez les guillemets. Cette décision m'intéresse tout particulièrement, d'autant que vous m'avez laissé entendre hier que vous étiez disposé à envisager l'idée. Pourriez-vous faire l'effort de m'en dire davantage? J'ai horreur d'apprendre les choses importantes par un tiers.

Me voilà maintenant vraiment dans le pétrin. Chassant d'une pichenette un grain de poussière imaginaire du fauteuil réservé aux clients, je m'assieds en prenant mon temps de façon à arrêter ma stratégie. Dois-je mentir, gagner du temps ou dire la vérité? Je décide que la situation est trop compromise déjà et qu'un franc mensonge serait sans intérêt mais dois-je lui dire la vérité tout entière ou partielle? Finalement, incapable de décider combien partielle devait être cette vérité partielle, je renonce à gagner du temps et me résigne à une franchise sans fard.

— Eh bien, Neil, dis-je avec le sourire qu'un ami réserve à un ami dans les circonstances difficiles, n'allez pas croire que je n'ai pas été vivement tenté par votre offre. Et ne croyez pas que je ne ferais pas normalement tout pour vous être agréable mais je ne suis pas actuellement dans une situation normale. J'aime infiniment Teresa — la gouvernante de Kevin — et je suis décidé à l'épouser.

Il me regarde sans comprendre. Ses traits classiques et délicats pourraient être ciselés dans le marbre. Il essaie finalement de parler mais sa crise d'asthme a empiré et ses paroles se perdent dans les hoquets spasmodiques de sa lutte pour retrouver son souffle.

Discrètement je vais au bar masqué par la bibliothèque et j'emplis un verre d'eau. Je me garde bien de montrer mon inquiétude ou d'appeler à l'aide. Quand le verre est devant lui, je vais à la fenêtre et, le dos tourné, je dis posément comme si de rien n'était.

— Je sais que vous aurez peine à comprendre les sentiments que je peux éprouver pour une fille polono-américaine qui sort d'une ville minière de la Virginie mais ma décision est prise et ce serait mentir que de vous laisser croire que vous ou un autre puissiez y changer quoi que ce soit.

J'aime beaucoup Vicky; elle est charmante et très jolie mais elle n'est pas pour moi, Neil, et si je l'épousais je ne rendrais service à personne et à Vicky moins qu'à tout autre.

Je m'arrête pour tendre l'oreille. Il semble respirer un peu mieux, comme si les pilules commençaient déjà à faire leur effet, et je me hasarde à me retourner.

— Préférez-vous que nous reprenions cette conversation plus tard? lui dis-je pour lui offrir l'occasion de se débarrasser de moi et de retrouver son souffle.

— Oui, murmure-t-il. Plus tard. En déjeunant?

— Je déjeune avec Fred Bucholz, d'Hammaco.

Il se remet visiblement. Sa respiration s'apaise et, au moment où la couleur revient imperceptiblement à son visage, il me regarde droit dans les yeux :

— Enlevez l'affaire Hammaco et nous oublierons tout le reste. Même Vicky.

Ce n'est pas du tout le genre de Cornelius de renoncer si facilement ou de changer aussi radicalement d'avis sans raison apparente. La soumission Hammaco est importante mais certainement pas capitale pour les affaires de la banque et, comme je le regarde, sceptique, il devine mes pensées et il sourit.

— Vous me connaissez trop bien, Sam! dit-il, toute colère enfin éteinte. Oui, la soumission Hammaco n'est qu'un problème annexe. La vérité, c'est que j'ai changé d'avis pour ce qui est de Vicky. Alicia a réussi à me convaincre hier soir que, d'une part c'est une erreur pour une jeune fille de se marier trop jeune et que, d'autre part, ce serait une erreur que Vicky vous épouse quel que soit son âge. Alors n'en parlons plus. Je suis désolé de vous avoir placé dans une situation fausse.

Je sais qu'Alicia exerce sur lui une énorme influence mais je sais aussi que Cornelius a tendance à se cramponner à ses idées les plus extravagantes et je ne peux pas encore croire tout à fait qu'il ait abandonné son projet.

— Okay. N'en parlons plus, dis-je en allant vers la porte.

— Il faudra que vous me parliez un jour de Teresa, dit-il. Peut-être quand vous serez officiellement fiancés. Vos fiançailles font toujours ma joie. Vous rendez-vous compte que vous auriez maintenant trois épouses au moins si vous aviez pu décider vos fiancées successives à vous suivre jusqu'à l'autel?

Je lui rends son sourire.

— Cette fois, je n'ai pas l'intention que l'Histoire se répète! je reviendrai vous voir plus tard, Neil, pour vous raconter le déjeuner Hammaco.

— Bonne chance!

La porte se referme. L'antichambre est sombre et froide. Je m'accorde un instant pour savourer mon soulagement et puis, encore conscient d'un certain vide au creux de l'estomac, je regagne mon bureau pour me remettre de l'entrevue. Le représentant d'une des banques les plus importantes de notre groupe est en ligne.

— Sam, je commence à m'inquiéter au sujet de l'affaire Hammaco. Avec le prix du zinc qui continue de baisser et l'acier qui ne donne aucun signe de redressement...

— J'ai des informations confidentielles du Secrétariat au Trésor : il n'y aura pas de baisse malgré toutes les rumeurs de dévaluation.

Je me débarrasse de lui après l'avoir rassuré et j'appelle mon secrétaire.

— Appelez-moi le Trésor.

J'aimerais bien un verre mais il n'est que dix heures. Alors j'allume une nouvelle cigarette et, cinq minutes plus tard, armé de renseignements confidentiels du Trésor et non plus d'une simple création de mon imagination mais d'une carte maîtresse bien réelle, je me sens assez réconforté pour appeler Teresa.

— Bonjour. Dis-moi tout de suite si j'appelle au mauvais moment mais je voulais prendre de tes nouvelles.

— Je vais bien — mais sa voix n'est pas ferme. Navrée de m'être montrée si méchante hier soir, Sam, mais j'étais en pleine déprime.

— Mais oui, je comprends. Ce n'est rien.

Puisqu'il est médicalement vérifié que les femmes sont d'humeur plus changeante que les hommes, je m'efforce de me montrer prévenant.

— J'aimerais évidemment te voir ce soir ou demain mais je veux aussi te laisser le temps de résoudre tes problèmes artistiques. De toute manière, je viendrai te prendre samedi soir, même si je dois te traîner de force! J'ai des places pour *South Pacific*.

— Ah, bien.

Il y a un silence pendant lequel j'essaie de dissimuler mon désappointement.

— Pardon, Sam. Tu as bien dit *South Pacific*? Seigneur, ce serait *merveilleux*! Comment t'es-tu débrouillé pour avoir des places? En voilà une surprise!

Je me sens mieux.

— Nous allons en faire une soirée de gala, une soirée dont nous nous souviendrons.

Puis je souffle un baiser dans l'appareil, je raccroche et, ayant retrouvé toute ma bonne humeur, je sonne Scott pour reprendre la bataille de la soumission Hammaco.


## 2


— Sam, je n'y comprends plus rien, dit Scott. L'autre camp est toujours en course. J'ai donc appelé Whitmore chez Bonner et Christopherson mais il a refusé de me parler et il est difficile de serrer quelqu'un à lui faire craquer les os quand son secrétaire ne fait que répéter qu'il est en conférence.

— Le fils de garce! Quand je pense que j'ai pratiquement mis ce salopard à la place qu'il occupe aujourd'hui en lui abandonnant une tranche du gâteau de l'affaire des chemins de fer en 1935... Whitmore n'aurait jamais épousé la fille de son patron sans ce succès à son record! Okay, allez écouter sur votre ligne Scott et apprenez comment on découpe un poisson récalcitrant.

Je me prépare alors à l'une de ces conversations qui me sont tellement familières depuis le temps que je suis le bras droit de Cornelius. En fait la méthode qui consiste à retourner insidieusement un adversaire pour en faire un allié m'est devenue une seconde nature et je pourrais conduire la conversation en dormant. J'appelle les bureaux de Bonner et Christopherson. Whitmore essaie encore de se cacher derrière son secrétaire et ça me dégoûte. J'ai horreur de la couardise chez un businessman : il faut au moins avoir le courage de payer de cynisme pour se tirer d'embarras quand c'est nécessaire.

— Expliquez à M. Whitmore, dis-je au secrétaire, que je l'appelle pour lui rendre un service. Je viens de recevoir des renseignements confidentiels de la S.E.C.

Il arrive aussitôt, haletant, au téléphone.

Renversé dans mon fauteuil, je regarde le soleil qui caresse l'acajou des meubles et je m'entends égrener un flot lénitif de clichés. Quand j'étais jeune, il m'est arrivé un jour, par excès de timidité, de me servir de clichés enjôleurs et j'ai constaté avec surprise que mes adversaires cédaient presque toujours sous l'effet soporifique de l'accumulation de tant de phrases banales. C'est une leçon que je n'ai jamais oubliée.

— Hello, mon cher Frank! Cela fait si longtemps! Comment allez-vous? Et votre femme... et les enfants... Dieu, c'est simplement merveilleux! Je suis réellement heureux de le savoir.. Dites, Frank, je vous appelle parce que vous êtes l'un de mes vieux amis, l'un de mes plus chers amis, alors je veux que vous sachiez que je peux vous rendre un signalé service. Je n'oublie jamais un ami Frank. Et s'il y a une chose que je ne peux pas supporter, c'est un homme qui oublie ses devoirs envers ses amis...

Je continue sur le même thème pendant quelque temps. Pour résumer ce flot d'eau tiède, je lui rappelle que Bonner, son beau-père, désire que Van Zale lui fasse une place dans le groupe Pan-Pacific Harvester. Je lui rappelle que Van Zale est toujours assiégé par des firmes désireuses d'entrer dans une affaire qui promet un butin opulent et qu'il est clair que certaines firmes devront être laissées de côté. Je lui rappelle que si les rapports entre la Van Zale et Bonner Christopherson se sont récemment améliorés, je peux imaginer sans peine des circonstances où ils se dégraderaient rapidement de nouveau et que, du coup, Bonner serait exclu du nouveau groupe.

— ... et votre excellent beau-père... comment va-t-il, au fait?... Vraiment?... Parfait!... Oui, votre cher patron serait réellement désappointé et s'il est une chose qui m'attriste, Frank, c'est l'idée qu'un aussi charmant homme que M. Bonner puisse être désappointé.

Etc... etc...

— ... alors j'ai pensé que nous pourrions peut-être nous voir. Rien d'officiel, bien sûr, simplement un verre tranquille quelque part dans la soirée...

— Six heures et demie à l'University Club? propose Whitmore plus mort que vif.

— Au Metropolitan Club, dis-je, et à six heures précises!

Je raccroche et je continue à regarder les rayons de soleil qui jouent sur les meubles. Scott revient.

— Félicitations, Sam! s'exclame-t-il, enthousiaste. Vous l'avez vraiment descendu les bras en croix.

Je l'examine. Il n'y a aucune raison de douter de sa sincérité et pourtant j'en doute. Le doute ne persiste qu'une seconde et je l'interprète aussitôt comme un symptôme de la gêne que je m'explique si mal. Comme toujours cette gêne s'accompagne d'un sentiment de culpabilité... pourquoi douterais-je de lui?... et pour réparer mon inexplicable suspicion, je m'efforce de me montrer gentil pendant une bonne minute avant de le renvoyer à son bureau.

Après son départ, je suis sur le point d'appeler mon secrétaire lorsqu'un coup d'œil au calendrier m'apprend que le vendredi saint est dans une semaine seulement. Pour souligner qu'il a été élevé dans le giron de l'Église épiscopale, Cornelius donne toujours congé au personnel le vendredi saint et le lundi de Pâques.

Je profite chaque fois de ce long week-end pour aller voir ma mère dans le Maine. Je décide de l'appeler pour lui confirmer mon arrivée et automatiquement, en prenant l'appareil, je la vois dans la laide petite maison de bois que je lui ai achetée à la mort de mon père. Ce n'est pas celle que j'aurais choisie mais ma mère a insisté. Elle ne veut pas d'une maison en dehors de la ville avec vue sur la mer. Elle la veut non loin des commerçants et de l'église.

Elle n'a pas voulu, non plus, d'une voiture. Je lui offre des choses pour sa maison mais elle les met de côté dès que j'ai le dos tourné parce qu'elle estime que « c'est trop beau pour s'en servir ». J'ai renoncé à l'inviter à venir vivre avec moi à New York parce que j'ai finalement compris qu'elle ne viendrait jamais. L'idée de prendre l'avion la terrifie, elle n'aime pas le train et elle juge mon offre d'un voyage en voiture avec chauffeur trop intimidante pour être prise au sérieux. En fait, derrière cette peur du voyage, il y a la conviction absolue qu'elle sera dévalisée ou tuée si jamais elle met le pied à New York. Mon père, bien plus audacieux, était fier d'oser venir me voir une fois l'an mais ni lui ni moi n'avons jamais pu débusquer ma mère du Maine.

Pendant mon séjour chez elle, je la vois peu car elle passe toute la journée dans la cuisine à préparer mes plats favoris. Généralement je vais à pied jusqu'au Mont Desert. Si je rencontre quelqu'un que je connaisse je l'invite aussitôt à venir boire une bière avec moi de façon que personne ne puisse dire à ma mère que je suis maintenant trop fier pour voir mes anciens amis mais je ne fais pas d'effort particulier pour me montrer sociable. Je veux bien écouter un compagnon de jeunesse se plaindre de sa femme, des mensualités de son hypothèque et me dire combien il lui est difficile de s'en tirer avec un salaire de trois mille dollars par an, malheureusement, je ne peux guère lui parler de ma propre existence sans susciter son incrédulité, son envie et son ressentiment.

Le soir, ma mère et moi nous regardons la télévision. La T.V. est une bénédiction car elle exige l'attention visuelle et auditive. Dans le temps, nous nous croyions obligés de faire une remarque chaque fois que nos regards se croisaient au cours d'un programme de radio. Aujourd'hui nous pouvons regarder tranquillement l'écran, certains que nous n'aurons aucune remarque à faire avant la fin de l'émission. Ma mère est fière de sa télévision; je lui offre un nouvel appareil chaque année et je suis heureux d'avoir enfin trouvé un cadeau qu'elle aime et dont elle se serve.

— Hello! lui dis-je lorsqu'elle décroche. Comment allez-vous là-bas dans l'Est?

— Très bien. Le temps est affreux, il fait froid. Mes rhumatismes me tourmentent encore mais le médecin me dit simplement de prendre de l'aspirine... il se fait payer cinq dollars juste pour me dire d'avaler de l'aspirine! Mme Hayward est morte et elle a eu un bel enterrement. Marie Ashe et son mari se sont séparés — la boisson — j'ai toujours dit qu'il n'était bon à rien. La T.V. marche toujours très bien. Il n'y a pas d'autres nouvelles. Viens-tu la semaine prochaine? Que voudrais-tu manger?

Nous parlons de cuisine. Et puis ma mère dit d'une voix brusque pour cacher son plaisir.

— Je serai heureuse de te voir. Comment vas-tu à New York?

— Très bien.

Ma mère ne me parle jamais de femmes, elle ne suggère jamais que je devrais me marier, ne se plaint jamais de ne pas avoir de petits-enfants. Elle m'a parlé un jour, il y a longtemps, de ma vie privée et mon père s'est fâché tout rouge :

— N'empoisonne pas ce garçon avec vos sacrées histoires de bonnes femmes! Tu ne comprends donc pas que si tu l'ennuies il ne reviendra plus nous voir?

Et comme je protestais il a tourné sa colère contre moi.

— Me prends-tu pour un idiot? crois-tu que je ne comprenne rien?

La rareté de nos réunions effraie ma mère et me fait penser souvent aux sacrifices que s'imposent les parents. Comment peuvent-ils accepter de travailler des années, de se priver afin de donner à leurs enfants ce qu'il y a de mieux pour voir à la fin que tout cela leur est si peu rendu... une courte visite à l'occasion d'une fête nationale et quelques heures passées devant le poste de télévision dans un silence que ni l'un ni l'autre ne sait rompre? Si seulement ma mère acceptait de profiter des cadeaux que je lui fais pour apaiser mon sentiment de culpabilité. Je voudrais qu'une parole magique puisse vaincre cette gêne. A la mort de mon père j'ai aventuré de lui dire : « Tout cela valait-il la peine? » mais elle n'a pas compris et quand je me suis expliqué elle a répondu simplement : « Bien sûr, si tu es heureux. »

— Je suis contente de te savoir heureux, Hans, dit ma mère au téléphone pendant que je regarde le soleil jouer sur tapis de mon bureau. Le prénom allemand revient plus souvent depuis la mort de mon père — Je suis heureuse que tout aille bien pour toi à New York.

— Ce sera bon de revenir à la maison, dis-je, et les mots ne sont pas plus tôt prononcés que je ressens une grande tristesse car — mes parents et moi le savons depuis longtemps — je ne pourrai jamais revenir à la maison. Je suis victime du classique dilemme qui existe sans doute dans d'autres pays mais dont j'ai toujours pensé qu'il est typiquement américain : j'ai quitté ma maison pour franchir le miroir et trouver la terre de lait et de miel et j'ai découvert ensuite que le miroir ne s'ouvre que dans un sens et qu'aussi dur que je puisse essayer je ne pourrai jamais regagner le pays que je vois si nettement au-delà de la paroi de verre. Le lait peut surir et le miel sécher, le miroir ne s'ouvrira jamais. Je suis un exilé dans le monde que j'ai choisi, un prisonnier qui purge une condamnation à perpétuité que personne ne peut interrompre.

C'est un sujet dont nous avons discuté un jour, Teresa et moi.

— Tu dois amputer ton passé, disait-elle avec force. Tu es en train de tomber dans le piège de tous les exilés : tu vois ton pays natal à travers des lunettes roses. Dieu merci, voilà qui ne m'arrivera jamais! Je me rappelle trop bien ma ville natale... la poussière de charbon, les cabanes crasseuses et les rues misérables, les gosses sans souliers et mon père qui se saoule et ma mère toujours enceinte.

— Mais c'était ton foyer, n'est-il pas vrai? Ce sera toujours une partie de toi-même.

— Je l'ai amputée, insistait-elle. C'est fini!

Je voulais lui poser d'autres questions mais elle a changé de sujet et nous n'en avons plus parlé depuis. Mais je me demande souvent si cette amputation a été tellement radicale, parce que je vois bien qu'en dépit de son amertume elle tient encore aux symboles de sa vie passée : la petite croix d'or qui représente l'église qu'elle a depuis longtemps désertée, la cuisine polonaise qu'elle préfère lorsqu'elle n'a pas à préparer un plat créole pour une occasion particulière, les habitudes frugales acquises pendant des années de misère et enfin, le plus important, ce mélange de dignité et de fierté qui l'empêche de vivre d'un homme et de s'abaisser à accepter des faveurs pécuniaires.

J'ai compris finalement que ce refus total de son passé n'est qu'une illusion. Le passé vit toujours en elle et elle est encore de l'autre côté du miroir. Elle vit loin de chez elle mais, en vertu d'un procédé que je ne peux deviner, elle a réussi à garder le contact avec sa vie d'antan. Bien qu'elle se soit fondue dans l'ambiance de New York, la corruption ne l'a pas effleurée et lorsque j'ai compris cela, j'ai compris aussi pourquoi il m'était si nécessaire de la conquérir. Je suis de plus en plus convaincu que Teresa pourrait me faire passer de l'autre côté du miroir. Je suis de plus en plus convaincu que lorsque Teresa sera à moi je pourrai enfin rentrer à la maison.

Le soleil continue de caresser le tapis de mon bureau.

— Encore autre chose, dis-je impulsivement à ma mère.

— Oui?

— J'ai rencontré une femme et je voudrais l'amener le week-end prochain pour que tu la connaisses. Elle a vingt-cinq ans et s'appelle Teresa. Elle a été élevée dans la religion catholique mais elle ne pratique plus. Il n'y a que quelques mois qu'elle est à New York. Elle a passé sept ans à La Nouvelle Orléans mais elle est de la Virginie. Elle aime faire la cuisine.

— Ah! — Ma mère semble avoir peur de dire un mot malheureux. Une énorme curiosité la dévore en même temps que la crainte de me déplaire.

— Teresa, as-tu dit? Ne serait-ce pas italien?

J'attendais la question et j'avais résolu d'être franc dès le départ pour lui donner le temps de se faire à l'idée.

— Non. Elle est polonaise.

Silence.

— Eh bien, dit-elle ensuite rapidement pour essayer de combler la brèche qui s'est creusée dans la conversation, je suis sûre qu'il y a beaucoup de Polonais très bien en Amérique. Oui, amène-la, s'il te plaît. Je ... je vais faire à fond la chambre d'amis... et sortir les draps que tu m'as donnés... ceux qui étaient trop beaux pour que je m'en serve...

— Parfait, mais ne te mets pas en quatre. Teresa est comme la fille de la maison d'à côté, ce n'est pas une princesse de la Côte Est.

Maman, à deux doigts d'étouffer de curiosité, parvient tout de même à me dire au revoir.

La conversation terminée, je ne me remets pas immédiatement au travail mais je reste à réfléchir dans mon fauteuil. Je sais que ma mère a toujours espéré que j'épouserais une fille de la société mais je sais aussi qu'elle sera beaucoup plus à l'aise avec Teresa qu'avec quelque luxueux produit de l'aristocratie anglo-saxonne. Dommage que Teresa soit polonaise, mais dès que ma mère aura des petits-enfants elle oubliera ses préjugés et, bien que je soupçonne Teresa d'avoir des idées mitigées sur la maternité, je suis persuadé qu'elle désirera des enfants lorsqu'elle verra qu'ils ne l'empêcheront pas obligatoirement de peindre. J'ai l'intention de prendre une nurse à demeure pour qu'elle puisse travailler lorsqu'elle en aura envie. Je sais tout ce que la peinture représente pour Teresa et, d'ailleurs, il me paraît une bonne chose qu'une femme puisse se distraire de ses tâches domestiques. Cornelius m'a dit dernièrement que maintenant que ses deux garçons ont grandi Alicia ne sait souvent pas trop comment employer ses loisirs.

Une douce chaleur me pénètre quand je pense à ma mère toute heureuse de nettoyer la chambre d'amis. Je suis content de la savoir heureuse. Et je vais la rendre plus heureuse encore. C'est une agréable sensation.

Avec un soupir, je reprends ma tâche et, après avoir dicté le maximum de lettres dans le peu de temps qui me reste, je quitte la banque pour me faire conduire au Colony où le président d'Hammaco m'attend pour déjeuner.

## 3

Il me semble que le déjeuner s'est bien passé mais ma satisfaction reçoit à mon retour un rude coup quand Scott m'apprend que ce même président a déjeuné la veille avec le directeur financier du groupe rival.

— Le salopard! dis-je. Nous mener tous les deux en bateau! S'il entend simplement choisir le groupe qu'il préfère pourquoi toute cette histoire de soumission en concurrence? Il peut soit observer le rite des déjeuners ou bien nous foutre la paix à tous les deux jusqu'à ce que les soumissions scellées soient déposées. Le malheur avec les clients, c'est qu'ils se prennent aujourd'hui pour Dieu le père. Je rigole tous les jours quand je lis les comptes rendus du procès antitrust et que le procureur sanglote en parlant de la conspiration des banquiers d'affaires qui terrorisent la haute industrie américaine. Je suis là, à me battre à couteaux tirés avec nos rivaux et le procureur déclare tranquillement que la concurrence n'existe pas entre les banques d'investissement! Parfois je regrette que le ministère de la Justice n'ait pas cité la Banque Van Zale dans le procès antitrust. J'aurais aimé dire une chose ou deux à ce juge Medina.

— Je n'en doute pas une seconde, dit Scott qui trouve, comme toujours, une réponse respectueuse.

Je change brusquement de sujet.


# 4


Je donne à Whitmore le numéro de ma ligne personnelle et je lui dis de m'appeler demain dès que la réunion de fixation du pourcentage de son groupe sera terminée.

— Bien sûr, Sam. Cela ne pose pas de question, aucune question.

Whitmore est tout pâle, mais il parvient à s'arracher un sourire affectueux et nous nous séparons sur une poignée de main interminable.

En arrivant chez moi, j'appelle Scott. Comme toujours il travaille tard.

— Tout est prêt pour demain, dis-je. Whitmore nous repassera tous les détails comme un bon petit garçon. Êtes-vous en train de travailler à votre rapport final sur l'état du marché?

— Bien sûr, dit Scott toujours parfait.


# 5


J'ai emporté le dossier Hammaco et je travaille jusqu'à minuit à revoir les détails et à calculer la meilleure offre que nous pourrions faire. Puis je me mets au lit et je prends quelques heures de sommeil avant de redescendre à Wall Street pour la bataille finale. Quand je rejoins Scott, à huit heures, nous examinons son rapport final sur le marché et nous mettons mon offre à jour.

La réunion matinale de notre groupe qui doit entériner notre soumission a lieu à dix heures et la réunion finale à deux heures. J'attends des nouvelles de Whitmore à trois heures ce qui me permettra de faire avec le comité les modifications éventuelles avant de présenter notre offre définitive à quatre heures. L'horaire est serré et j'ai les nerfs à vif en présidant la dernière réunion et en présentant le rapport final sur la situation du marché, ainsi qu'une revue des offres faites récemment pour des affaires d'une importance et d'un caractère comparables et enfin une évaluation de l'intérêt dont témoignent les acheteurs institutionnels à l'égard d'Hammaco.

Le second point de l'ordre du jour doit fixer le prix officiel des titres et le prix à payer à l'organisme émetteur. Comme directeur financier, je présente la proposition relative aux frais d'émission. Le groupe tout entier en discute longtemps avant de déterminer notre prix définitif. Personne ne se retire à la dernière minute, il n'y a donc pas de discussion pour la répartition des titres.

— Okay, messieurs, dis-je enfin. Et maintenant, si vous voulez bien attendre quelques minutes, je vais voir si mes « sources autorisées » peuvent me fournir quelques renseignements confidentiels.

Je me tourne vers mes deux associés du coin du péché : « Vous pouvez dire aux gens du numéro sept de terminer les papiers. Je n'attends pas de modifications importantes. »

Je cours à mon bureau.

— Appelez-moi Whitmore, dis-je à Scott dès que la porte est fermée.

Whitmore n'est toujours pas dans son bureau. Il faut croire que nos rivaux n'ont pas encore arrêté leur prix.

Je me prépare un Martini, très sec, *on the rocks*, avec deux olives et je le bois en attendant.

Le téléphone rouge sonne.

— A-t-on des nouvelles ? demande Cornelius.

— Pas encore.

Le téléphone blanc sonne à son tour. C'est ma ligne privée. Je raccroche l'appareil de Cornelius et je saisis l'autre.

— Sam ? demande Whitmore.

— Allez-y.

Il me donne l'information. Je lui raccroche au nez à lui aussi. Je me prépare un autre Martini, encore plus sec, et j'appelle Scott : « Venez ici. » J'appelle le Sept de Willow Street. « Suspendez tout. » Je vide mon Martini presque d'un trait et je viens d'allumer une cigarette quand Scott arrive en courant.

— Ils nous ont battus ! lui dis-je. Leur prix est au-dessous du nôtre.

— Mon Dieu ! Comment ont-ils fait ?

— Ils ont vraiment dû rogner leur marge. Il est impossible de proposer un tel chiffre et de s'en tirer avec un bénéfice convenable.

— Qu'allons-nous faire maintenant ?

— Descendre chez Neil.

Cornelius est en train de parler à deux de ses assistants qu'il renvoie dès qu'il me voit à sa porte.

— Alors ? demande-t-il pendant que je referme.

Je lui apprends la nouvelle. Il la prend calmement.

— Voyons, il y a deux hypothèses, dit-il en se renversant dans son fauteuil. Ou bien nos illustres rivaux ont perdu la tête ou Whitmore nous raconte des histoires.

— Bon Dieu ! dis-je, glacé. S'il m'a menti je vais le...

— Bien sûr, coupe Cornelius pour me calmer. Bien sûr, mais en attendant...

— Neil, il me semble impossible de convaincre la moitié de notre groupe de faire une offre inférieure et si nous assumons le déficit nous-même nous ne ferons aucun bénéfice.

— Je pense que Whitmore vous a doublé, dit Cornelius, mais pas de
sa propre initiative. Il n'en aurait pas le courage. J'ai l'impression que vous
lui avez tellement fichu le trac qu'il s'est précipité chez son patron pour
tout lui avouer et maintenant Bonner le manipule. Je sais bien que j'ai tiré
cette boîte de ses ennuis avec la S.E.C. l'autre jour parce que je pensais
qu'il serait plus utile de les avoir dans notre poche que toujours à grogner à
nos chausses et je sais que Bonner a grande envie de nous être agréable
pour attraper une part de la prochaine émission Pan-Pacific Harvester,
mais il est possible aussi qu'il ne nous ait pas encore pardonné d'avoir
doublé Christopherson lors de la première émission de Pan-Pacific-
Harvester en 1943; peut-être, malgré la perspective de la nouvelle affaire
P-P.H, n'a-t-il pas pu résister à cette chance unique de nous rendre la
monnaie de notre pièce.
— C'est possible.
Nous réfléchissons. Je vois Scott qui attend en silence à la porte.
— Bonner sait que descendre au-dessous de son prix équivaudrait
pour nous à nous trancher délibérément la gorge. Il veut que nous
perdions la face, dit Cornelius. Tenons ferme sur nos positions et je vous
parie que nous enlèverons cette foutue soumission les mains dans les
poches.
— Vous avez raison, dis-je, et me retournant vers Scott. Dites aux
gens du Numéro Sept de reprendre le travail immédiatement.
— Oui, Sam, dit Scott.


# 6


Le président d'Hammaco m'appelle à dix heures trois. J'étais en train
de boire du café et d'allumer une nouvelle cigarette.
— Sam!
— Hello, Fred... comment la soumission s'est-elle passée?
— Eh bien, Sam, c'était vraiment très tangent et je suis navré d'être
obligé de vous dire...
L'expression de mon visage a dû changer bien que je n'aie pas eu
l'impression de mouvoir un muscle. Je regarde Scott, de l'autre côté de
mon bureau, et lorsqu'il comprend ce qui s'est passé je pense avec une
certitude aveuglante : il est ravi.
Je ne dis rien. Après avoir raccroché, je me lève, je vais à la fenêtre et
je regarde dans le patio. Enfin, j'entends Scott dire :
— Je suis navré, Sam. Je crois que je suis presque aussi catastrophé
que vous. Nous avions travaillé si dur.
Je me tourne lentement vers lui et je m'entends dire :
— Peut-être nos rivaux avaient-ils une intelligence dans notre camp.
Tout comme nous en avions une dans le leur. Ou peut-être Whitmore
jouait-il un double jeu et renseignait-il les deux camps.
Scott demeure impassible.
— J'imagine que c'est possible mais c'est peu vraisemblable. Nos
rivaux emploieraient-ils cette sorte de tactique? Et qui, chez nous, aurait
renseigné Whitmore?

Je comprends aussitôt qu'il est innocent. Un coupable aurait fait un commentaire plus élaboré pour en finir avec ma suspicion. Mais la certitude que mes doutes à son égard sont injustifiables me pousse au contraire à perdre mon sang-froid. Incapable de résister, je demande carrément :

— Avez-vous parlé à Whitmore aujourd'hui ?

Il comprend instantanément. Sa pâleur habituelle disparaît : le rouge lui monte au visage.

— Si par cette question vous insinuez ce que je devine, Sam, répond Scott en réussissant à parler d'une voix égale, je dois vous demander non seulement de la retirer mais de me faire des excuses. Sinon, je vais de ce pas voir Cornelius pour lui dire que je ne peux plus travailler avec vous.

Pour la première fois, je revois en lui son père. On dirait que le rideau s'est levé sur un spectacle que j'ai vu et revu jadis : Steve sous pression, Steve retournant une situation défavorable, Steve se tirant d'un mauvais pas grâce à une ou deux phrases concises qui nous font rentrer sous terre, Cornelius et moi. J'avais un peu oublié la crainte que Steve Sullivan nous inspirait. J'avais oublié le soulagement mêlé d'un sentiment de culpabilité que j'avais ressenti en apprenant sa mort. J'ai fait ce qu'il fallait pour oublier, parce qu'il y a des souvenirs qu'il vaut mieux enterrer mais ils me reviennent en cet instant et maintenant je me les rappelle bien, beaucoup trop bien.

J'ôte mes lunettes et je me mets à en polir les verres avec mon mouchoir. Outre le choc — et je suis profondément bouleversé — je suis furieux d'avoir lancé cette accusation idiote qui me laisse sans défense devant une riposte aussi péremptoire. Je ne vois pas comment conclure la conversation sans perdre la face. Finalement je parviens à dire :

— Pardonnez-moi... Je ne suis pas moi-même. Perdre cette affaire est pour moi un énorme désappointement.

Cornelius sera furieux s'il apprend que j'ai accusé Scott, un Scott innocent. Il me croira à moitié fou. De toute manière il faut étouffer l'incident.

— Je retire ma question, bien sûr, et je vous présente mes excuses, évidemment. Merci pour le dur travail que vous avez consacré à cette affaire, Scott. Je n'oublie pas vos efforts et votre loyauté.

Il ne bouge pas mais je le sens se détendre.

— Merci, Sam. C'est très bien. Je sais à quel point vous êtes malheureux.

— Et maintenant, si vous permettez...

— Certes.

Il sort. Je fais un gros effort pour retrouver rapidement mon calme mais il me faut bien une minute de réflexion avant de me décider à décrocher le téléphone rouge.

— Oui, dit Cornelius.

— Nous avons perdu.

— Descendez immédiatement.

Je le trouve en train de boire du Coca-Cola dans un gobelet de cristal taillé mais à mon entrée il va vers le bar camouflé.

— En voulez-vous ? demande-t-il en sortant une bouteille de cognac.

76

— Voilà un geste humain et généreux étant donné les circonstances. Mais je ne veux pas boire seul.

Cornelius tire deux verres de la taille d'un dé à coudre et verse soigneusement quelques gouttes de cognac dans chacun.

— Alors? fait-il quand j'ai vidé mon verre d'un trait.

— Je suis navré, Neil. Que dire d'autre? Évidemment, je suis entièrement responsable.

— Non, la responsabilité m'incombe. C'est moi qui ai dit que nous devions ignorer les renseignements de Whitmore. Nous aurions dû ajuster notre prix... pas autant que Whitmore et Bonner l'espéraient, peut-être, mais nous aurions dû baisser un peu... Bon, assez pour la nécrologie!... Tout va mal en ce moment, hein? D'abord Vicky et maintenant Hammaco. Je me demande quelle sera la prochaine catastrophe. On dit que les ennuis vont toujours par trois... Sam, vous avez l'air crevé. Vous savez que je n'aime pas qu'on boive au travail mais je crois que vous devriez reprendre un peu de cognac.

Cornelius se montre tellement gentil que je commence à m'inquiéter.

— Non, je ne veux pas boire davantage, dis-je. C'est inutile. Encore une fois, Neil, je ne sais comment m'excuser de n'être pas arrivé à trouver une formule victorieuse...

— Ah, laissez donc tomber les excuses, Sam, et dites-moi ce qui vous tourmente réellement. Vous m'inquiétez. Vous buvez et vous fumez beaucoup trop... au fait, je vous en prie, faites-moi le plaisir d'éteindre cette saleté de cigarette... et aujourd'hui on dirait que vous êtes sur le point de vous effondrer. Qu'est-ce qui ne va pas? Il ne s'agit pas seulement d'Hammaco, n'est-ce pas? C'est au sujet de cette fille qui vous plaît tant? Ne serait-elle pas la véritable raison?

— Bon Dieu, non! Elle est le seul coin de ciel bleu à mon horizon.

— Alors, que se passe-t-il? Il y a autre chose, hein?

— Ma foi...

— Allons, Sam, rappelez-vous l'ancien temps. Quand l'un de nous deux commettait une boulette ou avait un ennui, l'autre venait à son secours; il fallait bien opérer de cette manière pour tenir ici. Aujourd'hui vous avez visiblement des problèmes et si vous vous effondrez ce sera la fin de tout, il faut donc que vous me parliez, Bon Dieu! C'est votre devoir moral en tant qu'associé de Van Zale!

Je sais qu'il n'est pas question de discuter avec Cornelius lorsqu'il se met à parler de devoir moral. Ce serait évidemment le moment de lui dire que je veux aller en Allemagne pour travailler avec l'A.C.E., mais bien que Cornelius paraisse particulièrement bien disposé je ne peux m'empêcher de penser que l'heure est tout à fait mal choisie. Refuser la main de sa fille, perdre l'affaire Hammaco et lui demander ensuite un long congé serait aller au-devant d'une catastrophe... à moins que? En y réfléchissant je me demande si ce n'est pas l'inverse qui est vrai et si en réalité le moment n'est pas parfait pour m'éloigner discrètement des ruines du champ de bataille. Je décide de risquer ma chance et de me confier à lui.

— Ma foi, Neil, depuis quelque temps je suis mal à l'aise d'une manière générale. Quand j'étais en Allemagne...

— Oh, Seigneur! dit Cornelius en allant au cabinet à liqueurs pour nous y verser deux grands verres de cognac. Je prie le Ciel que vous ne mettiez plus jamais les pieds en Europe. Vous savez que ça vous bouleverse. Je ne vois pas pourquoi il a fallu que vous retourniez en Allemagne le mois dernier. Si je ne vous connaissais pas si bien je dirais que c'est du masochisme.

J'éprouve un instant de solitude totale. Je sens combien je suis seul, dans l'impossibilité de partager mes sentiments les plus intimes avec ceux qui m'entourent. Je voudrais parler de l'Allemagne, me décharger des souvenirs de mon dernier voyage... voire révéler les détails du calvaire que ce fut d'être germano-américain pendant et après la Première Grande Guerre... mais personne ne veut m'écouter. Cornelius s'exaspère chaque fois que je prononce le mot Allemagne; Jake m'a depuis longtemps tourné le dos et Kevin est comme un étranger. Teresa elle-même, celle entre tous à qui je voudrais me confier, m'a inexplicablement laissé seul en se réfugiant dans son travail.

Je cherche les mots qui exprimeraient mes sentiments sans mécontenter davantage Cornelius :

— L'Allemagne représente pour moi quelque chose de très particulier, Neil, exactement ce que l'Amérique représente pour vous. Vous rappelez-vous quelle douleur vous avez éprouvée pendant la Dépression, lorsque vous avez découvert que des gens vivaient dans des grottes à Central Park? Eh bien, il y a actuellement en Allemagne des gens qui vivent dans des abris anti-aériens. Le port d'Hambourg est fermé et trente mille ouvriers y sont sans travail. Et d'un bout à l'autre de la Ruhr...

— Oui, oui, oui! me coupe Cornelius. C'est terrible, bien sûr, c'est terrible mais nous allons tout arranger. Comme d'habitude les Américains vont retaper l'Europe et nous aurons peut-être quelques années de tranquillité et de paix avant la Troisième Guerre mondiale...

Je saute sur l'occasion.

— C'est exactement ce que je veux souligner, Neil. Les Américains vont reconstruire l'Europe et je veux travailler à cette reconstruction. En fait, je le dois... c'est un devoir moral pour reprendre votre expression favorite.

— Sottise! lance Cornelius qui est plus perspicace que son penchant pour les platitudes morales puériles ne le laisserait supposer. Il ne s'agit pas là de votre devoir moral... mais de votre complexe de culpabilité.

— Okay, il s'agit d'un sentiment de culpabilité! Mon désir de prendre un congé de la banque pour aller travailler avec l'A.C.E. n'en est pas moins réel! Vous ne voyez donc pas, Neil? Vous ne comprenez donc pas? Il se présente à moi une occasion unique de travailler pour une cause juste et valable et si je la laisse passer...

— Seigneur! vous parlez comme un gosse idéaliste de dix-huit ans!

— Il ne m'a pas été permis d'être un gosse idéaliste, dis-je. Il eût peut-être mieux valu que je le sois. Il eût peut-être mieux valu que je ne connaisse jamais Paul, que je ne sois jamais venu travailler ici, que je n'aie jamais été entraîné dans une existence où je passe mon temps à faire du chantage, à tricher, à mentir... non, laissez-moi parler! Vous m'avez demandé de vous dire ce qui me tourmente, je vais donc vous l'expliquer!

L'affaire Hammaco illustre simplement tout ce qui va mal dans ma vie, Neil. Faire chanter Whitmore, essayer de doubler nos rivaux, nous faire doubler par eux en retour... et tout cela pour quoi? Pour que la Van Zale puisse mettre en caisse un million de dollars de plus! Pour qu'Hammaco puisse se lancer dans le commerce des armes et réchauffer la guerre froide! Vous ne voyez pas comme tout cela est néfaste? Ne voyez-vous pas le vide de tout cela? Et à quoi, fichtre! cela rime-t-il d'ailleurs? Vous ne vous posez donc jamais ce genre de questions? Et n'êtes-vous jamais en proie à cette espèce de doute?

— Jamais. J'aime mon travail, ma situation dans la vie et je suis totalement heureux, sans regrets ni doutes et sans aucune morbide introspection que ce soit.

— Vraiment? dis-je en buvant mon cognac trop vite. Alors permettez-moi de vous poser une ou deux questions. Pensez-vous jamais à Steve Sullivan? Ne vous rappelez-vous jamais Dinah Slade?

# 7

Je n'avais pas l'intention d'aborder ces questions. Cornelius et moi prononçons rarement le nom de Steve Sullivan, notre ancien ennemi, et nous ne faisons sous aucun prétexte allusion à Dinah Slade.

Il y a maintenant plus de vingt ans que Cornelius s'est heurté pour la première fois à Steve. Bien qu'ayant à peine plus de vingt ans à la mort de Paul, nous avions acquis en travaillant dur une certaine assurance et Cornelius commençait à supporter mal le dédain indulgent et condescendant de son associé le plus puissant. Mais lorsqu'il suggéra pour la première fois que nous devrions essayer de « persuader » — le mot est de lui — Steve d'abandonner la banque de New York pour diriger la filiale de Van Zale à Londres, je le crus devenu fou.

— Comment le forcerons-nous jamais à faire ça?

J'étais horrifié et épouvanté. L'idée de déloger Steve de Willow Street évoquait l'image de deux chatons essayant d'arracher son repas à un lion en le tirant par la queue.

— Ne soyez pas bête, Sam, disait Cornelius toujours étonné de la naïveté que je montrais parfois encore après deux ans et demi passés à la banque. Avez-vous réellement oublié ce qui s'est passé à la mort de Paul?

Pour sauvegarder la banque, après l'assassinat de Paul, en 1926, Steve avait été amené à cacher à la police les véritables raisons du crime. Il avait fait sa propre enquête discrètement avant de déclencher sa vendetta victorieuse contre les assassins. Cornelius suggérait maintenant que le moment était venu pour nous d'utiliser cette entorse à la justice comme une arme pour chasser Steve de Willow et Wall Street.

— Mais c'est du chantage! disais-je, horrifié.

— Non, non, non, répondait Cornelius calmement. Il ne s'agit pas d'une extorsion de fonds, voyons. Je vais simplement rappeler quelques faits, et utiliser un peu de persuasion. Qu'y a-t-il de mal à ça? Les commis voyageurs le font tout le temps.

Je n'ai pas assisté à l'entrevue de Cornelius et de Steve. Je suis resté dans mon bureau à attendre, la bouche sèche. Je ne croyais pas possible qu'il réussisse à « persuader » Steve mais je l'admirais beaucoup d'avoir le courage d'essayer.

Finalement il vint me rejoindre. Il était un peu pâle mais son sourire était radieux.

— Vous avez réussi? bégayais-je.

— Bien sûr.

Cornelius essayait de prendre un air nonchalant sans y parvenir. Nous nous mîmes à rire et lorsque je lui ai serré la main avec enthousiasme nous nous sommes précipités à la maison pour fêter ça, verre en main. Au moment où nous grimpions l'escalier de l'hôtel particulier de Paul et hurlions notre joie dans le hall, je me rappelle avoir pensé que Cornelius était le type le plus fantastique que j'aie jamais connu et que j'avais de la chance qu'il soit mon ami. Je savais que j'avais tout intérêt à l'aimer d'ailleurs puisqu'il tenait dans la main ma future réussite à la banque mais je ne pourrais pas travailler pour un homme que je n'aimerais pas.

Aujourd'hui qu'il est auréolé d'une solide réputation de despote, les gens ont souvent peine à croire à quel point Cornelius a été généreux à mon égard dans notre jeunesse, qu'il partageait si volontiers avec moi sa maison et sa fortune, sans prendre jamais avantage de la différence de nos situations financières et sociales et toujours prêt à se battre à mon côté, comme moi au sien, dans la lutte menée pour asseoir notre situation à la banque.

Il était toujours franc et direct avec moi, d'une honnêteté irréprochable, prévenant et d'humeur égale. Il était aussi — les gens auraient peine à le croire aujourd'hui —, il était drôle. Nous nous sommes payé maintes pintes de bon sang à l'époque, surtout pendant cet été glorieux de 1929, après avoir chassé Steve Sullivan de New York. Je n'oublierai jamais mon vingt et unième anniversaire et cette soirée de fête où nous buvions du champagne illégal en dansant avec nos petites amies préférées, sur l'air du « Alexander's Ragtime Band ».

Nous n'étions pas les seuls à nous amuser en cet été 29. Là-bas, à Londres, Steve Sullivan avait rencontré Dinah Slade, la jeune personne qui avait été la maîtresse de Paul. Comme nous savions qu'il n'attendait que l'occasion de reconquérir sa place à New York nous surveillions cette nouvelle alliance avec la plus grande suspicion.

Dinah n'était pas seulement l'ancienne maîtresse de Paul. Elle faisait également partie de la cohorte de ses fameux protégés et, en 1922, il lui avait offert à Londres une affaire de parfumerie. Elle avait sept ans de plus que nous; elle était très habile et ambitieuse et, bien que nous ne la connaissions pas, Cornelius la considérait toujours comme une menace à sa tranquillité. Cet antagonisme était probablement fondé sur la jalousie : Paul aimait et estimait énormément Dinah. Elle lui avait même donné un fils, Alan, qui fut tué à la guerre. Cornelius, qui s'était juré d'être l'héritier de Paul, n'appréciait guère l'existence de ce fils illégitime et il avait poussé un énorme soupir de soulagement quand il se révéla que l'enfant ne figurait pas dans le testament.

— Si Steve fricote avec cette fille, me dit-il en 1929 lorsque le bruit des exploits de Steve parvint à New York, c'est qu'il prépare quelque tour de sa façon.

— En tout cas, elle le tient au moins bien ancré à Londres! avais-je dit, optimiste.

Je me trompais. Le crack de Wall Street ramena Steve à New York et une fois là il eut tôt fait de s'établir sur une position imprenable à Wall et Willow. Il ne fallut pas moins de l'enquête gouvernementale de 1933 sur les banques d'affaires pour lui faire regagner l'Europe : il ne tenait pas à comparaître devant la commission d'enquête. (Comme beaucoup d'autres grandes banques d'investissement, la Van Zale n'avait pas reculé devant certaines aventures financières avant le krach.) Mais lorsque Steve eut regagné l'autre côté de l'Atlantique, nos ennuis avec lui reprirent de plus belle. Abandonnant sa femme, il renoua avec Dinah Slade. Et il l'épousa bientôt, confirmant ainsi notre impression qu'ils avaient formé une alliance indestructible. Mais avant qu'ils aient pu tenter de rétablir la maîtrise de Steve sur la banque, Cornelius les attaqua de flanc. L'associé principal de New York fut « persuadé » de prendre sa retraite. Nous avions découvert peu de temps auparavant une affaire classique de fraude fiscale et, lorsque Cornelius prit enfin la direction de la banque de New York, il eut du même coup la haute main sur Steve. Steve tenait les rênes de la filiale de Londres mais, en dernier ressort, Londres relevait de New York. Nous n'avions plus maintenant qu'à le tenir bien serré dans un coin. Et à l'abattre lorsqu'il essaierait d'en sortir.

— Cette fois nous le tenons, fis-je remarquer, soulagé.

Je me trompais car c'est maintenant Steve Sullivan qui nous attaquait de flanc. Ayant démissionné de la Van Zale, il avait employé les revenus de la parfumerie de Dinah pour fonder à Londres sa propre banque d'émission et bientôt nos meilleurs clients européens quittèrent Van Zale pour le suivre. Bien que Steve ne soit plus chez nous, la guerre ne semblait pas terminée. Au contraire, comme le faisait remarquer Cornelius, furieux, elle entrait dans une phase nouvelle et plus féroce encore.

— Qu'allons-nous faire? demandai-je au désespoir.

— Eh bien, c'est très simple : il va falloir le mettre hors d'état de nuire davantage. Il est en train de ruiner nos affaires à Londres. C'est l'existence de toute notre organisation européenne qui est en danger.

— Oui, mais comment faire ?

— Quand on attaque l'ennemi, dit Cornelius, il faut toujours viser le talon d'Achille.

— Son penchant pour l'alcool?

— Et quoi d'autre? Nous allons faire savoir qu'il n'a pas donné volontairement sa démission de la banque. Nous allons faire savoir discrètement que ce sont les associés qui l'ont amené à démissionner à cause de son alcoolisme.

— Mais c'est de la calomnie!

— Eh bien, qu'il nous attaque en justice! Je voudrais bien le voir à la barre des témoins essayer de convaincre un jury qu'il a fait vœu de tempérance!

J'étais tourmenté.

— Mais avons-nous moralement le droit de détruire sa réputation comme ça?

— Qu'est-ce que la morale vient faire ici? Il s'agit de lutte pour la vie! Nous devons sauvegarder nos intérêts en Europe!

C'était indéniable. Je fis bon marché de mes doutes et les rumeurs commencèrent à se répandre.

Peu de temps après nous apprenions que Steve avait été admis dans une clinique privée de cures anti-alcooliques. Il faisait l'impossible pour combattre son vice.

— Okay, dit Cornelius, c'est maintenant l'heure de la curée. Je vais faire savoir d'un coin de Wall Street à l'autre que Steve suit un traitement contre le delirium tremens et vous allez vous rendre à Londres pour répandre la nouvelle dans la City. Ah, et pendant que vous serez là-bas, arrangez-vous pour nous débarrasser de lui. Je dis bien : nous débarrasser. Pour tout de bon. Je veux que le monde entier et non seulement le monde financier sache que c'est un has-been alcoolique.

— Mais à moins de truquer une photo de lui dans cette clinique et de la faire publier dans un grand journal, je ne vois pas comment...

— C'est exactement ça. Allez-y!

— Mais...

— Sam, je veux que cet homme voit ce journal et qu'il comprenne qu'il est *fini*. Compris? Écoutez, ce type nous persécute depuis des années. Il a causé à Van Zale des dommages considérables et si nous le laissons aujourd'hui se tirer d'affaire, vous pouvez être sûr qu'il essaiera de nous planter un couteau dans le dos dès qu'il sera de nouveau sur pied. Il faut l'achever maintenant, Sam. Il le faut. Avons-nous le choix? C'est sa faute... c'est lui qui nous force à prendre cette décision. Nous ne sommes que des victimes qui agissent en légitime défense.

— Neil, vous ne croyez pas réellement ça? Ce n'est pas possible.

— Mais si, je le crois! me lança Cornelius, féroce, et puis d'une voix extrêmement polie il poursuivit: J'espère que nous n'allons pas nous quereller pour cela, Sam. J'espère que vous n'êtes pas en train de me dire ce que je dois faire pour le salut de ma firme?

Nous nous sommes regardés. J'ai compris aussitôt que j'étais en présence d'une vérité que je ne pouvais pas ne pas regarder en face, cette vérité est que mon meilleur ami est tout d'abord mon patron, qu'il peut me sacquer si tel est son bon plaisir. Ce fut un pénible et triste moment d'amère vérité.

Je songeais — in petto, évidemment — vous avez bien changé, Neil. Les choses ne devraient pas être comme ça entre nous. Nous devrions être encore les amis que nous étions dans les années vingt, à Bar Harbor.

Et en songeant à Bar Harbor je me rappelais Paul qui nous disait :

— Mes garçons, si vous voulez réussir dans la vie ne perdez pas votre temps à déplorer que les choses ne soient pas comme elles le devraient. Réservez toute votre attention à tirer parti des choses comme elles sont.

— Alors? fit Cornelius.

— Je fais retenir immédiatement un passage pour l'Angleterre.

Je suis arrrivé à Londres.

J'ai exécuté les ordres.

Steve est mort.

Il ne buvait plus depuis quelque temps à l'époque mais, lorsqu'il vit la photo truquée, il vida une bouteille de scotch et il essaya de venir en voiture de Norfolk à Londres pour me voir. Sa voiture s'écrasa contre un arbre du côté de Newmarket. Il n'y avait pas d'autre voiture impliquée dans l'accident. Il est mort plus tard à l'hôpital.

— Dites à Cornelius que je ne lui pardonnerai jamais, m'écrivit Dinah en réponse à ma lettre de condoléances, et que je n'oublierai jamais.

— Voilà une déclaration de guerre ou je ne m'y connais pas! dit Cornelius quand je lui fis part du message. Okay, voilà donc le moment de régler le cas de cette dame une fois pour toutes.

J'avais rencontré Dinah à Londres et elle m'était sympathique. J'étais malade du rôle que j'avais joué dans la mort de Steve et, outre mon sentiment de culpabilité, j'éprouvais de la révulsion.

— Je crois que nous en avons fait assez, Neil. Laissez-la en paix.

— Je vous demande simplement de rester assis sur la touche! Je vais régler ce problème moi-même!

— Neil, Dinah aimait Steve. Elle a suffisamment souffert...

— Fermez ça. Cessez d'essayer de me donner des ordres.

— Je n'ai pas l'intention de vous donner des ordres! J'essaie simplement de souligner...

— Ça suffit. Cette femme n'est qu'une source d'ennuis depuis des années et des années. Elle a essayé d'empêcher Paul de faire de moi son héritier. Dame! elle voulait la fortune des Van Zale pour son fils. Elle a démoli le mariage d'Emily avec Steve et vous savez aussi bien que moi qu'Emily n'est plus la même depuis que ce salaud l'a laissée tomber. Elle a fourni à Steve l'argent pour lancer sa propre affaire de banque et nous casser les reins... il n'aurait jamais pu le faire sans son appui. Et maintenant — aujourd'hui elle a le culot infernal de déclencher de nouvelles hostilités! Je suis désolé, Sam, mais ma patience est à bout. Je vais donner à cette femme une leçon qu'elle n'oubliera jamais.

Mais c'est finalement Dinah qui a donné la leçon; finalement, c'est Cornelius qui a reçu la leçon qu'il n'oubliera jamais.

Par un étrange concours de circonstances, Cornelius disposait des moyens légaux pour enlever à Dinah, Mallingham Hall, sa maison familiale. Il décida donc de commencer sans tarder à se venger en l'expulsant. Il alla lui-même en Angleterre, en 1940, pour lui administrer le coup de grâce. Je ne voyais pas comment Dinah pourrait transformer en défaite un inéluctable triomphe mais je découvris bientôt que je l'avais sous-estimée. Elle déjoua les intentions de Cornelius en mettant le feu à Mallingham Hall; elle détruisit délibérément la vieille maison de famille plutôt que de la laisser aux mains de Cornelius. Par cet acte de destruction elle lui prouva qu'il y a des choses que la fortune ne peut pas acheter, qu'aucune puissance ne peut extorquer et qu'aucun homme, serait-ce Cornelius lui-même, ne peut corrompre. Et elle ne lui donna même pas l'occasion de lui rendre la monnaie de sa pièce : le jour où la maison fut incendiée elle passa en France pour prendre part au sauvetage historique de l'armée britannique à Dunkerque. Elle n'en revint jamais et ce fut comme si elle se moquait de lui une fois de plus. Elle eut une mort héroïque et elle lui échappa une fois pour toutes. Cornelius devra vivre avec le souvenir de l'indiscutable victoire de Dinah.

— Elle a fini par gagner, lui dis-je un jour à son retour à New York.

Il fallait que je le dise. C'était une faute, mais je ne pouvais pas faire autrement. Je suppose que j'ai trop souvent envie de renverser les rôles entre Cornelius et moi mais que je n'en ai pas le courage.

Il me regarda tranquillement.

— Je refuse de discuter de cette femme avec vous, dit-il, ni aujourd'hui ni plus tard. Je ne veux même pas entendre prononcer son nom.

Et il me tourna le dos avant que je puisse répondre.

Je me suis tu depuis. Jour après jour, mois après mois, année après année je n'ai jamais évoqué ce sujet avec lui mais à la fin, en ce jour d'avril 1949, lorsque mon sentiment de culpabilité, mon dégoût de moi-même et mon insupportable solitude me firent franchir les bornes dressées par mon bon sens, je me suis entendu lui poser les deux questions qui, je le savais, ne devaient jamais être énoncées.

— Ne pensez-vous jamais à Steve Sullivan ? Et ne vous rappelez-vous jamais Dinah Slade ?


# 8


Le regard de Cornelius se perd dans le vide. Il boit lentement son cognac en regardant par la fenêtre.

— Je vois mal quel rapport Steve Sullivan et sa dernière femme peuvent avoir avec notre discussion présente.

— Mais il y en a un ! Je pense que l'affaire Sullivan montre aussi clairement que l'échec Hammaco quel genre de vie nous menons depuis que vous avez pris la direction de cette maison dans les années trente et je crois qu'il est bon de vous rappeler à l'occasion que nous avons ruiné Steve Sullivan et que nous l'avons conduit à la mort !

— Pour ce qui est de sa mort, je décline toute responsabilité. Il avait trop bu et il a jeté sa voiture contre un arbre, c'est tout.

— Il n'aurait jamais tant bu si vous ne m'aviez pas ordonné de...

— J'ai fait ce qu'il fallait faire. Il ne m'a pas laissé le choix. Sam, je vous en prie, cessez d'essayer de vous noyer dans ces remords mal placés ! J'en suis arrivé à trouver ces manifestations de culpabilité névrosée extrêmement fatigantes.

— Okay, peut-être pouvez-vous prétendre que Steve ne vous a pas laissé d'autre choix qu'une guerre totale. Mais quant à...

— Je ne vois aucun intérêt à parler de Dinah Slade. Ce n'est tout de même pas ma faute si elle s'est embarquée dans une mission-suicide ! Je nie catégoriquement toute responsabilité pour ce qui est de sa mort !

— Alors pourquoi vous êtes-vous chargé des trois gosses de Steve et de Dinah après sa disparition à Dunkerque ? Pourquoi les avez-vous fait venir ici pour la durée de la guerre ? C'est votre conscience coupable qui vous y a contraint ! Vous n'avez pas pu faire autrement parce qu'elle était morte héroïquement après vous avoir ridiculisé et fait paraître misérable et mesquin!

— Tout cela est pure sottise, Sam. Vous avez sûrement trop bu. Ce n'est pas moi qui ai décidé de faire venir ces gosses en Amérique, en 1940. C'est Emily. C'est bien d'elle d'ailleurs, de recueillir les enfants que son ex-mari a eus de la femme qui le lui avait volé.

— Vraiment! Êtes-vous sûr qu'Emily ne s'est pas chargée de ces enfants parce qu'elle est votre sœur et que, dans une certaine mesure, elle se tient pour responsable du mal que vous avez fait?

— Je crois que vous avez la manie de la persécution. Aucun être vivant ne sait aujourd'hui ce qui s'est passé dans les années trente quand Steve et moi luttions pour la direction de cette maison. Emily elle-même ne sait sans doute pratiquement rien de cette lutte.

— Mais ne la jugez-vous pas assez fine pour s'en être fait une idée? Et dites-moi aussi, Neil : croyez-vous sincèrement que Scott n'en a pas une idée non plus?

Cornelius pivote sur son fauteuil.

— Scott et moi nous entendons très bien.

— En êtes-vous si sûr? C'est cela à quoi je pensais en vous disant que vous devriez parfois prendre le temps de vous souvenir de Steve Sullivan, peut-être ne devriez-vous pas non plus continuer de vous illusionner confortablement sur votre absence de sentiment de culpabilité et de regrets. Alors, peut-être, si vous y réfléchissez suffisamment, verrez-vous que ce n'est pas moi mais vous qui perdez contact avec la réalité. Je crois que Scott est un danger, Neil. Je sais qu'il prétend avoir détesté son père du jour où il a réalisé que Steve avait plaqué Emily pour Dinah Slade. Je sais que vous assurez qu'il aime Emily plus que sa propre mère et qu'il est pour vous aussi proche qu'un fils. Mais la vérité, c'est que ni Emily ni vous ne lui êtes apparentés par le sang et que, que vous le vouliez ou non, il est le fils de l'homme que vous avez ruiné. Ne vous y trompez pas... je l'aime bien. Mais je ne me fie pas à lui. Je le vois comme une sorte de bombe à retardement qui tictaque sous nos pieds. Quand l'heure viendra, n'en faites pas un de vos associés. Aidez-le à devenir associé dans une autre maison, si vous l'aimez tellement, mais, quoi que vous décidiez, ne le gardez pas dans la maison de Willow et Wall.

Cornelius compose tranquillement le numéro de Scott sur le cadran du téléphone intérieur. Je me tais. J'entends le déclic lorsque Scott vient en ligne.

— Scott, dit Neil de son ton le plus poli, voudriez-vous descendre tout de suite, je vous prie? Merci.

Il raccroche. Nous attendons. Nous n'échangeons pas un mot, bien que je sache ce qui va se passer. En lui donnant un conseil sur la manière de mener sa banque, j'ai commis une faute énorme que Cornelius ne peut absolument pas accepter. Tout défi à son autorité le conduit toujours à faire un geste pour affirmer son pouvoir.

Scott se glisse silencieusement dans la pièce et ferme la porte.

— Oui, monsieur?

— Sam et moi nous sommes enchantés de l'effort que vous avez fait à l'occasion de la Soumission Hammaco, commence Neil courtoisement, aussi le moment semble-t-il venu de vous offrir une place d'associé.

— Cornelius! s'exclame-t-il. Ses yeux noirs étincellent et son sourire est radieux.

Je détourne la tête lorsqu'ils se serrent la main mais il faut bien que je lui tende amicalement la mienne.

— Félicitations, Scott! dis-je. Rien ne pouvait me faire plus de plaisir.

— Merci, Sam!

Sa poignée de main est ferme et calme.

Cornelius dit qu'ils discuteront les détails plus tard et, lorsque Scott sort joyeusement, je me rassois sans un mot. Le reste de mon cognac a un goût amer.

— Et maintenant, Sam, dit Cornelius avec douceur. On voit bien que vous êtes surmené; je pense que vous avez besoin de quelques jours de vacances. Je vais appeler La Guardia tout de suite et mettre mon avion personnel à votre disposition pour le week-end. Pourquoi n'emmèneriez-vous pas Teresa aux Bermudes?

Je fais un effort et je parviens à dire :

— Merci, mais j'ai des places pour *South Pacific*, demain soir.

— C'est vrai? Superbe! Cela vous distraira de vos problèmes pendant quelques heures! Et puisqu'il est question de ces problèmes, il me semble préférable de ne pas parler de l'avenir en ce moment... ce ne serait pas juste dans l'état où vous êtes.

— Neil...

— Oh, ne pensez pas que je ne comprends pas! Je comprends parfaitement. Vous souffrez d'une crise de conscience, une chose qui atteint généralement les hommes qui ont passé la cinquantaine, pas des hommes en pleine force de l'âge comme vous et moi, Sam, mais cela vous passera. Il vous faut simplement un peu de temps pour vous remettre de ce voyage en Allemagne. Vous verrez alors de nouveau les choses d'un œil sensé, logique et vous vous rendrez compte qu'il est ridicule au plus haut point de parler de prendre un congé parce que vous souffrez bêtement d'être germano-américain.

— Mais...

— Du calme! N'ayez pas la moindre inquiétude, Sam! Et n'allez pas croire que je pourrais vous abandonner au milieu de cette crise. Croyez-moi, je ne vais pas vous laisser gâcher votre existence et faire quelque chose que vous regretteriez par la suite! Après tout, vous n'êtes pas seulement mon associé, n'est-ce pas? Vous êtes pour moi comme un frère et dans ces circonstances, je considère qu'il est de mon devoir moral de veiller sur vous et de vous protéger contre vous-même...

— Neil, excusez-moi mais je ne suis pas d'humeur actuellement à accepter de vous cette bouillie morale. Laissez tomber.

Cornelius soupire.

— Je croyais que ce ton convenait étant donné que — à moins que je vous aie mal compris, Sam — vous essayiez justement de me faire un sermon au sujet de ma moralité. Je ne voudrais pas me montrer trop dur avec vous quand je vous vois si abattu mais il vaut peut-être mieux que vous sachiez que je ne tiens pas à entendre vos sermons. Quand je veux en entendre un, je vais à l'Église. « Rendez à César ce qui est à César et à Dieu ce qui est à Dieu », a dit le Christ. Il voulait dire que les églises et les banques devaient rester séparées et c'était un sacré bon conseil. Bon, je sais que je ne suis pas un saint de vitrail mais au-delà de ces murs j'ai toujours fait de mon mieux pour vivre décemment et si Dieu tient la moindre comptabilité il verra au premier coup d'œil que ma vie relève de la comptabilité en partie double... je crois qu'il verra aussi, lorsqu'il aura additionné le doit et l'avoir, qu'il y a des types bien pires que moi... Comprenez-vous ce que je veux dire?

— Le contraire serait étonnant. Ce n'est pas la première fois que je l'entends.

— Alors faites-moi un grand plaisir, voulez-vous? Appliquez donc ce que je viens de dire à l'affaire Scott. Il est sans doute possible de critiquer la manière dont j'ai résolu le cas Sullivan mais si j'ai commis la moindre faute, je l'ai réparée avec Scott. J'ai élevé ce garçon depuis ses quatorze ans. J'ai fait tout ce que je voulais faire pour lui et c'est un brave garçon, Sam. Mettez-vous bien ça dans la tête et tâchez à l'avenir de ne plus faire de crise de nerfs à propos de lui. Je suis fier de ce qu'il est devenu et si vous croyez une seconde qu'il ne m'est pas reconnaissant d'avoir ramassé les morceaux quand Steve avait fait un tel gâchis de ses devoirs paternels...

Le téléphone intérieur sonne et lorsque Cornelius abaisse le levier nous entendons le secrétaire dire :

— Monsieur Van Zale, j'ai votre sœur en ligne : elle voudrait parler à M. Keller. M. Keller est-il toujours en conférence avec vous?

Cornelius et moi nous échangeons un regard surpris.

— Oui, il est ici. Une seconde, dit Cornelius et il me tend l'appareil.

# 5

## 1

— Je voulais vous parler de Vicky, m'annonce Emily le lendemain en déjeunant. Cornelius m'a tout dit. Il a finalement cédé et il a avoué.

— Il a avoué? Euh... excusez-moi, Emily, mais pourriez-vous réellement...

— Expliquer? Voyons, Sam, je veux parler, bien sûr, de cette idée tout à fait malencontreuse que Vicky devrait vous épouser.

Vingt heures ont passé depuis que j'ai reçu la nouvelle désastreuse du président d'Hammaco. Emily et moi venons de finir de déjeuner chez moi. Nous sommes samedi après-midi. Il est 2 heures.

J'avais trouvé curieux qu'Emily veuille me voir mais l'idée qu'elle puisse parler d'un autre sujet que de sa nièce ne m'a jamais effleuré. Comme Alicia, Emily a toujours été en bons termes avec moi mais en dépit des années nos relations sont restées conventionnelles.

Emily a quarante-trois ans et elle les paraît bien. Elle ne suit pas la mode, aussi ses toilettes manquent-elles d'élégance. Elle a pris de l'embonpoint et bien qu'elle ne soit pas laide, elle paraît quelconque. Il y a vingt ans on remarquait l'air de famille d'Emily et de Cornelius mais aujourd'hui on ne peut plus deviner qu'ils sont frère et sœur. Cornelius a gardé belle mine sans effort et Emily sans plus d'effort a perdu la sienne.

Et pourtant il y a des moments où elle me rappelle Cornelius. Je dis parfois que plus ils deviennent dissemblables en apparence, plus ils deviennent semblables sur le plan du caractère. Emily, administrateur intransigeant, préside de nombreuses organisations civiques de Velletria, l'opulent faubourg de Cincinnati où elle a grandi. Selon Cornelius, ses journées sont surchargées de tâches charitables qui exigent beaucoup de travail assidu, de la détermination et le don de fouler aux pieds les obstacles qui se dressent sur son chemin.

— Dès que Cornelius m'a avoué son intention d'arranger un mariage entre vous et Vicky, dit-elle en jouant avec le verre de vin du

Rhin qu'elle a à peine touché pendant le repas, j'ai compris qu'il était vital que je vous parle.

— Oh, Emily, lui dis-je, vous pouvez vous rassurer! Neil, lui-même, m'a dit qu'il a abandonné cette idée et même s'il n'en était rien je ne m'y prêterais pas. Je suis très amoureux d'une autre.

Emily s'enfonce dans son fauteuil, visiblement soulagée.

— Merci, Sam. C'est exactement ce que je voulais savoir. Je me demandais jusqu'à quel point je pouvais croire Cornelius lorsqu'il me disait avoir abandonné cette idée. Sachant, d'autre part, qu'il est capable de traîner des gens devant l'autel dans la conviction erronée que c'est pour le bien de tous, j'ai senti que je n'aurais de repos qu'après vous avoir parlé. Je crois inutile de vous rappeler le rôle joué par Cornelius dans mon mariage avec Steve. Ce qui me terrorisait, dans sa dernière initiative matrimoniale, c'est que ce mariage se ferait facilement pour peu que vous vous fassiez le complice de Cornelius. Vous n'auriez pas grand effort à faire pour que Vicky tombe amoureuse de vous.

— Voyons, je... Emily, n'exagérez-vous pas un petit peu? Ce compliment indirect me flatte, bien sûr, mais...

— Allons, Sam, la fausse modestie ne vous sied pas. Je ne crois pas que Cornelius ait la moindre idée de la séduction que vous pourriez exercer sur Vicky si vous vous en donniez la peine. Vicky est loin d'être stupide mais elle est encore très jeune et son expérience laisse, si j'ose dire, beaucoup à désirer. Elle succomberait facilement au charme d'un homme sophistiqué de l'âge de son père et dont la séduction est légendaire depuis des années.

— Voyons, Emily, vous faites de moi un portrait fort déplaisant!

— Je n'en avais pas l'intention. J'essayais simplement d'être honnête et d'ailleurs, il se trouve que je vous tiens fondamentalement pour un gentleman qui ne voudrait nuire à Vicky d'aucune manière.

« La solution du problème de Vicky est, naturellement l'éducation. Il existe depuis toujours dans notre famille une tradition qui veut que les femmes aient une solide éducation. Donc, si l'on apprend à Vicky à réfléchir comme il convient, elle sera capable de faire face aux difficultés de sa situation d'héritière. Il faut qu'elle aille au collège. Et, alors, la maturité lui viendra comme la nuit vient après le jour.

Je m'abstiens de rappeler à Emily que ses propres études à Wellesley ne lui ont pas épargné l'erreur d'épouser Steve Sullivan.

— Vous n'êtes donc pas de l'avis d'Alicia, dis-je pour voir sa réaction. Alicia affirme que l'éducation est une perte de temps pour une fille dont le destin est de devenir une épouse et une mère?

— Ma foi, j'adore notre chère Alicia, commence-t-elle en se forçant à vider son verre, mais on ne peut vraiment pas attendre des remarques utiles sur l'éducation d'une fille intelligente de la part d'une femme dont l'occupation favorite paraît être de ne pas manquer un seul mélo télévisé.

— J'ai l'impression que Cornelius aussi se demande si le collège est bien la solution des problèmes de Vicky.

— Cornelius devrait prendre la peine d'examiner son passé. C'est une pitié qu'il n'ait jamais été au collège! Si son asthme ne l'avait pas empêché si malencontreusement de s'instruire lorsqu'il était jeune, peut-être eût-il évité la catastrophe que fut son mariage avec Vivienne et ensuite... Elle a une moue écœurée au souvenir du scandaleux enlèvement d'Alicia — Cornelius ne fut plus le même homme après qu'il eut été distingué par son oncle Paul. Ma chère mère en faisait souvent la remarque. Cornelius a changé — mais c'était un si gentil petit garçon dans sa jeunesse et d'une nature si douce!

Je hausse les sourcils mais elle ne me regarde pas.

— L'éducation, répète-t-elle d'un ton sévère pour compenser sans doute cette soudaine manifestation de sensibilité, l'éducation, voilà la solution! En sortant du collège Vicky sera mieux armée pour se marier et avoir des enfants comme les autres femmes... Non, merci, plus de café, Sam. Je dois retourner maintenant à la Cinquième Avenue. J'ai promis à Vicky de l'accompagner dans les magasins pour choisir des vêtements pour l'Europe. Les passages sont retenus pour mercredi, il n'y a pas de temps à perdre.

— Je suis heureux de savoir que vos filles seront ici demain. Rappelez-moi à leur bon souvenir, s'il vous plaît. Je ne reconnaîtrais sûrement plus Lori aujourd'hui? Elle doit avoir quatorze ans, quinze ans?

— Elle en a presque seize. Et Rose, dix-huit.

— Pas possible! Ah, comme le temps passe...

Nous nous disons au revoir avec une satisfaction polie et je suis en train d'emporter la bouteille de vin du Rhin de la salle à manger lorsque le téléphone sonne.

— Sam, dit Teresa. Je suis désolée mais ça ne va pas très fort...


# 2


Je pense à Cornelius qui dit que les ennuis arrivent toujours par trois.

— Voyons, qu'y a-t-il, chérie? Qu'est-ce qui ne va pas?

— J'ai attrapé une espèce de virus et j'ai l'impression d'avoir avalé de la boue du Mississippi. Je suis incapable de t'accompagner ce soir à *South Pacific*. Je le regrette. Tu ne peux pas savoir à quel point.

Silence, je ne peux pas surmonter ma déception, puis j'arrive à dire :

— Je le regrette, moi aussi. Quel dommage! — L'image de Teresa étendue sur son lit me vient à l'esprit... les toiles rangées face au mur derrière le chevalet, le soleil passant à travers la verrière et jouant dans sa chevelure ébouriffée. — J'espère que ce ne sera rien, dis-je tendrement, et je me rappelle soudain Emily parlant de « mon charme professionnel » comme s'il s'agissait d'une paire de gants que l'on enfile ou retire à volonté.

— Oh, je viens de prendre trois aspirines et avec un peu de chance je vais m'écrouler quelques heures et je serai mieux au réveil... Je t'appellerai demain. Okay, chéri?

— Bien sûr.

Je regarde la tête vide le living-room de douze mètres conçu, décoré et meublé pour l'homme que je suis supposé être devenu.

— Il faut que je te voie, dis-je soudain. Il le faut.

— Certainement. Nous nous verrons dès que je pourrai rester debout sans avoir l'impression que ma dernière heure est venue. Et maintenant, Sam chéri, je ne voudrais pas raccrocher mais...

— Je comprends. Repose-toi, soigne-toi et nous parlerons plus tard.

Je raccroche et je reste longtemps à regarder le téléphone silencieux. Je finis le vin et je jette les billets pour *South Pacific* dans la corbeille mais au milieu de la cigarette suivante je les reprends. Le rappel de toute la peine que j'ai eue à obtenir ces billets me fait hésiter à les jeter si vite. Je me mets à appeler mes amis pour savoir s'ils ont disposé de leur soirée. Tous semblent pris. Finalement, fatigué de leur faire la conversation après que mon offre eut été rejetée, je renonce aux amis et j'essaie de penser à quelqu'un qui se moquerait bien que j'aie envie de bavarder ou non. Aussitôt, je pense à Scott et je me dis qu'après ma malencontreuse démonstration d'hostilité il serait de bonne politique d'avoir un geste.

— Allô? répond Scott de son appartement de l'East Side.

— Ici, Sam. Aimeriez-vous deux places pour *South Pacific*, ce soir?

— Merci, mais les opérettes de Broadway ne sont pas mon fort. Je suis sûr qu'un autre y prendra plus de plaisir que moi.

— Voyez-vous quelqu'un? Je suis sur le point de déchirer les billets.

— Laissez-moi réfléchir. — Scott prend le problème comme s'il s'agissait d'une difficulté qui se présenterait à la banque. — Et si Cornelius y emmenait Vicky? Cela pourrait leur faire oublier leurs problèmes pendant deux ou trois heures.

— Je sais par hasard que Cornelius et Alicia ont un dîner ce soir. Vous ne voudriez pas avoir l'amabilité d'y emmener Vicky, Scott?

— Je dîne avec Emily. Mais pourquoi n'emmèneriez-vous pas Vicky vous-même? Ou bien est-ce vous qui n'êtes pas libre ce soir?

— Non, c'est l'autre personne.

— Alors, vous tenez la solution. Emmenez Vicky, vous ferez plaisir à tout le monde, vous compris! Vous ne voulez pas manquer le spectacle, n'est-ce pas?

— Non, sans doute. Non, évidemment. Okay, merci pour la suggestion... je vais y réfléchir.

Je me prépare un scotch et j'écoute mon enregistrement de Glenn Miller en examinant la situation. Je n'ai rien à perdre à suivre le conseil de Scott. Puisque Vicky doit partir pour l'Europe dans quelques jours personne ne pourra m'accuser de me lancer dans une manœuvre tortueuse si je l'invite et, à l'inverse des autres femmes auxquelles j'aurais pu offrir de prendre la place de Teresa, Vicky n'attendra pas que je l'accompagne au lit. Ce sera une soirée sereine, sans implication sexuelle. Je crois que je m'en contenterai après tout. C'est la chose à faire.

Je prends le téléphone et je compose le numéro.

# 3

SOUTH PACIFIC
De Rodgers et Hammerstein.
Le rideau se lève sur Mary Martin. Le rideau se lève sur Enzio Pinza. Le rideau se lève sur des acteurs vêtus d'uniformes américains et soudain je ne suis plus dans cette salle bondée de Broadway. J'en suis à cinq mille kilomètres dans la campagne tranquille, près de Munich, et dans un amalgame affreux de mes deux nationalités opposées, le G.I. à côté de moi siffle « Lili Marlène ».

# 4

Mes parents allemands ont tous été tués pendant la guerre. En 1940, mon cousin Erick, pilote de la Luftwaffe, a été abattu pendant la bataille de Londres. Des amis de Zurich m'ont appris en 1942 que la petite maison de famille, à Düsseldorf, avait été bombardée et que ma tante était morte. En 1943, c'est l'usine de mon oncle qui a été détruite. On a emmené mon oncle à l'hôpital mais il n'a pas survécu. Kristina, ma cousine préférée, est la seule qui ait connu la fin de la guerre. Je n'avais aucune nouvelle d'elle mais après V-J Day [1], j'ai reçu une courte lettre qui m'apprenait qu'elle travaillait dans un hôpital de Munich. Après la mort de sa mère, elle avait demandé à être transférée de l'hôpital militaire de Düsseldorf en même temps qu'une de ses meilleures amies. C'est cette amie qui m'écrivit trois mois après pour m'apprendre que Kristina, elle aussi, était morte, tuée d'un coup de feu. Je répondis aussitôt pour obtenir plus de détails mais, n'ayant pas reçu de réponse, j'ai compris qu'il faudrait que je trouve un jour le courage de chercher à savoir ce qui s'était passé exactement.

Il m'a fallu quatre années pour me décider. Des gens arrivaient d'Europe et traçaient un tableau affreux de la situation. C'est seulement en 1949 que j'ai pensé que les choses avaient pu s'améliorer assez pour qu'une visite me soit supportable. J'ai pris l'avion pour l'Europe au milieu du mois de mars.

Je n'ai pas eu de peine à retrouver la femme qui m'avait écrit : je l'avais connue avant la guerre à Düsseldorf et j'ai pu la rencontrer grâce à sa famille. Elle était revenue à Düsseldorf, elle avait renoncé à la carrière d'infirmière et travaillait comme hôtesse dans une boîte de nuit qui servait du saumon fumé de marché noir à douze dollars la tranche aux bandits qui pouvaient se l'offrir. Elle ne voulait pas me parler mais j'ai fini par la convaincre de venir prendre un verre à mon hôtel.

J'ai dû la questionner sans arrêt pendant une heure avant qu'elle me dise ce qui s'était passé. Elles étaient allées à une cocktail-partie. Kristina

_____
1. Le jour de la victoire sur le Japon.

en était sortie tard et elle était à mi-chemin de chez elle quand on lui avait tiré dessus. Elle était tombée dans un piège dressé pour une bande de trafiquants du marché noir : la police militaire avait ouvert le feu avant de poser une question.

— La police militaire ? avais-je répété pour être certain de n'avoir pas mal compris.

— Oui. C'était des soldats, m'a dit la fille en me fixant droit dans les yeux et elle a ajouté en anglais : des soldats de chez vous. Des Américains.

Finalement j'ai quitté Düsseldorf. Je suis allé à Bonn et à Cologne avant de sentir qu'il fallait sortir de la vallée du Rhin. J'ai pris la direction du sud, comme un touriste anonyme qui parlerait parfaitement l'allemand. Du haut des collines de Nuremberg, j'ai pu voir les ruines affreuses de l'antique cité et j'ai marché dans les rues fracassées de Munich où Kristina a passé ses derniers jours.

J'ai vu les soldats américains dans les rues mais je ne leur ai pas parlé et eux, me prenant pour un Allemand, ne m'ont pas parlé non plus. Je suis resté seul, enfermé dans ma douleur solitaire, jusqu'à un certain soir où j'ai rencontré un étranger dont l'allemand était aussi pur que le mien et nous avons bu ensemble.

Il était anglais.

— Vous ne reconnaîtriez pas le quartier de la Cité à Londres, m'a-t-il dit à un certain moment... êtes-vous jamais allé à Coventry quand vous étiez en Angleterre, avant la guerre ?

Mais quand je lui ai dit que je comprenais combien il devait haïr les Allemands il s'est mis à rire.

— Non, les Anglais haïssent les Français. Nous avons passé des centaines d'années à perfectionner cet art singulier. Nous n'avons pas encore eu le temps d'apprendre à bien haïr les Allemands.

Il était difficile de dire s'il parlait sérieusement : il était tout à fait ivre et les Anglais ont un sens de l'humour très particulier mais j'étais ivre moi aussi alors je me suis contenté de dire :

— J'en suis arrivé au point où je n'ai de haine pour personne. La haine aggrave tout. La haine vous empêche de supporter toute cette horreur, toute cette souffrance. Et il faut tout de même les supporter. D'une manière ou d'une autre.

— Ah, l'horreur, l'horreur, l'horreur ! dit l'Anglais rapidement, et maintenant je décelais le discret humour noir qu'il employait pour masquer la brutalité de notre conversation.

— Permettez-moi de vous parler de l'horreur que j'ai trouvée en me promenant aujourd'hui. Je voulais quitter Munich pour aller passer un jour tranquille à la campagne. Je suis tombé sur un endroit appelé Dachau. Bien sûr, ils ne le signalent pas comme une attraction touristique mais le G.I. de garde vous sert de guide.

— Ne me parlez pas de ça, lui dis-je. Je ne veux pas.

Mais dès que j'eus parlé, j'ai senti que je voulais connaître le moindre détail.

Le jeune homme que j'étais avant la guerre a dansé au son de la musique allemande mais il a été contraint de quitter la piste avant que l'orchestre ait terminé. L'homme que je suis devenu a étudié la musique sur partition et il sait théoriquement comment la mélodie se termine. Mais encore faut-il qu'il entende les dernières mesures. Il a besoin de savoir exactement sur quel air il aurait dansé si on lui avait permis de rester sur la piste jusqu'à la fin de la fête.

Je suis allé à Dachau.

Il y a des choses dont il est impossible de parler. J'ai rencontré un jour un homme qui m'a expliqué qu'il avait été prisonnier de guerre pendant trois ans mais, quand j'ai su qu'il avait été pris par des Japonais, la conversation s'est interrompue car je savais que rien de plus ne pouvait être dit. Si, à mon retour en Amérique, quelqu'un m'avait demandé :

« Quel endroit vous a fait la plus profonde impression en Allemagne ? » et que j'aie répondu : « Dachau », ce nom-là aussi aurait interdit que la conversation aille plus avant. Comment aurais-je pu en parler ? J'aurais pu dire peut-être que je m'y trouvais par une tiède journée de printemps, que tout y était calme et paisible mais je n'aurais pas pu parler des photos des monceaux de corps poussés par les bulldozers; je n'aurais pas pu parler des marques d'ongles qui strient les plafonds des chambres à gaz; et je ne pourrai jamais dire ce que j'ai ressenti ensuite lorsque, regagnant les portes du camp, je marchais sur la terre polluée, à côté du G.I. qui sifflait les dernières mesures de « Lily Marlène ».

# 5

Mary Martin chante « *I'm gonna wash that man right outa my hair* » et le public adore ça. Je regarde autour de moi les visages heureux, transportés de ceux qui ont survécu à la guerre et qui vivent dans un pays que la destruction n'a pas effleuré et, bien que je sois l'un d'entre eux, je me sens à l'écart, isolé dans ma culpabilité de survivant. C'est alors que j'ai compris que si Cornelius continuait à me refuser un congé, j'allais démissionner, parce qu'aucun homme, serait-ce Cornelius, ne peut m'empêcher d'écouter ma conscience et d'anéantir ce sentiment de culpabilité que je ne peux plus supporter.

Mary Martin a fini de chanter et le public crie « encore » !

Je repense à l'occasion unique qui s'offre de me débarrasser de mon complexe de culpabilité en travaillant pour l'A.C.E. En travaillant à la fois pour l'Amérique et pour l'Allemagne, je peux faire pardonner à l'Allemagne les soldats américains qu'elle a tués pendant la guerre et me faire pardonner par l'Amérique d'avoir refusé de combattre les nazis. C'est la seule solution de mon problème, ma seule chance d'échapper pour toujours aux conflits douloureux de mon passé... Soudain, dans cette salle de théâtre de Broadway, ma situation me paraît enfin claire; j'ai l'impression que ma vie a été épargnée afin que je puisse apporter ma contribution personnelle au monde de l'après-guerre et, bien que je ne sois pas superstitieux, je me convaincs alors que si je refuse ce rôle qui m'a été assigné je ne survivrai pas longtemps dans le monde vide que j'ai édifié pour moi-même à New York.

Mary Martin chante encore. La jeune fille qui est à côté de moi regarde les yeux brillants. Le spectacle dure... et dure... et dure...

# 6

— C'était un bien joli spectacle, n'est-ce pas, oncle Sam? dit Vicky enthousiaste.

Elle porte une robe du soir bleu pâle — jupe en corolle, corsage sans manches et sage décolleté — et sa chevelure lovée en chignon haut sur sa tête la fait paraître plus femme. Elle est à peine maquillée et sa peau délicate a le duvet d'une pêche qu'un maître jardinier aurait élevée avec amour.

— Bien sûr, l'opérette n'est pas un genre d'une haute tenue littéraire, dit-elle gaiement, mais je me demande si des artistes comme Wagner lui-même n'aimaient pas écouter de temps en temps une rengaine de café-concert entre deux épisodes de la *Tétralogie*. Aimez-vous Wagner, oncle Sam?

— Quoi donc? dis-je pour la taquiner et nous éclatons de rire.

— Il me semble que l'ambiance teutonne devrait vous plaire! Et il avait de nombreux points communs avec Nietzsche.

Nous sommes au Copacabana et, pour rompre un instant avec la mode de la rumba, l'orchestre joue une valse. Un garçon verse du champagne dans nos verres.

— Ah, je suis si bien! s'exclame Vicky. La vie devrait être tout le temps comme ça : le théâtre, le Copa, les valses et le champagne! Je ne sais comment vous remercier de cette soirée, oncle Sam... c'est un tel changement avec tout ce qui s'est passé ces derniers temps.

Soudain, je me rappelle la remarque d'Emily : « Cornelius était un si gentil petit garçon et d'une nature si douce! »

Je souris à Vicky.

— C'est très gentil à toi d'avoir accepté mon invitation, lui dis-je, très sincère. Le billet aurait été perdu si tu étais restée à la maison.

Je pense de nouveau à Teresa. Est-elle vraiment malade, ou dans un tel état de dépression à cause de sa peinture, qu'elle n'aurait pu supporter une soirée en ville? Je l'appellerai dès que je serai rentré chez moi.

— Avez-vous des enregistrements de cet orchestre, oncle Sam? Parlez-moi un peu de votre collection de disques.

Je commence mais en parlant de la musique de Louis Armstrong, de Kid Ory et de Miff Mole, je ne peux m'empêcher de penser à une autre musique : le froissement des vêtements que l'on quitte, les plaintes du lit, l'harmonie des soupirs et la polyphonie du plaisir. Je bois mon champagne en parlant à Vicky de tout et de rien mais en réalité je suis avec Teresa, merveilleuse Teresa! et je la vois étendue, nue sur les draps froissés, la petite croix d'or enfouie dans la vallée de ses seins.

— ...Oncle Sam? fait Vicky.

— Pardon, ma chérie... que disais-tu?

— J'aimerais bien danser, s'il vous plaît?

— Mais oui, bien sûr! dis-je en me reprochant de ne pas l'avoir invitée moi-même et en l'accompagnant sur la piste.

Sa main se pose sur mon épaule. Son corps frôle le mien. Je suis avec Teresa mais ce n'est pas Teresa; je suis couché sans l'être, je suis au ciel et sur terre tout à la fois et en même temps.

Je sens le réflexe instinctif de mon bassin et je m'écarte...

— Excuse-moi une minute, dis-je.

Et je m'en vais vite glissant entre les couples et fonçant sans regarder vers les toilettes. La solitude est un écœurant soulagement.

Et puis, dès que je me suis lavé les mains, j'essuie longuement la sueur de mon front avec mon mouchoir et je nettoie mes lunettes. J'y vois de nouveau. Dans le miroir mon visage a retrouvé son expression naturelle et, au prix d'un gros effort, je rassemble assez d'énergie pour retourner dans la salle.

Vicky, assise très droite à notre table, regarde les gens qui dansent. L'orchestre joue un fox-trot.

— Hello! lui dis-je doucement avec un sourire engageant. Pardonne-moi. J'ai dû manger quelque chose au déjeuner...

Je m'arrête. Je m'aperçois qu'elle est toute pâle et qu'elle évite de me regarder. Je me suis reculé très vite tout à l'heure sur la piste mais sans doute pas assez vite et en cette seconde désastreuse une insouciante soirée est devenue le plus écœurant des bourbiers.

Je comprends aussitôt qu'il est impossible de passer l'incident sous silence si nous voulons nous retrouver sans embarras à l'avenir. Je m'assieds donc, j'affecte la nonchalance et j'adopte mon ton le plus détendu.

— Dieu! tu dois être tellement fatiguée de tous ces hommes qui ont le même comportement en dansant avec toi! Quand je pense que je tenais tant à me montrer différent de tous ces gosses en smoking à leur premier rendez-vous! Écoute, je sais que c'est beaucoup demander, mais peux-tu faire appel à toute ta bonté et considérer mon incroyable réflexe juvénile comme un compliment? Je te jure que je ne suis généralement pas aussi... bouleversé quand je danse avec une dame!

Elle me fixe de ses grands yeux gris interrogateurs. J'attends, retenant mon souffle, mais elle a trouvé sans doute ce qu'elle désirait dans l'expression de mon visage car elle peut dire sans trop de difficulté.

— Okay. Merci pour le compliment.

Nous n'essayons pas de danser davantage. Nous prenons du café; je lui raconte mon dernier voyage d'affaires à Los Angeles et il n'y a plus aucune gêne entre nous. C'est seulement lorsque nous quittons le cabaret qu'elle me dit timidement :

— Il est aussi bien que vous ne soyez pas réellement mon oncle ou votre compliment aurait été un peu gênant, n'est-ce pas?

— Tu parles! dis-je en m'efforçant de garder à ma voix son accent détendu mais l'expression argotique de la Côte Ouest sonne faux à mes oreilles.

Elle ne dit rien d'autre. Quand mon chauffeur lui ouvre la porte, elle se glisse dans la Mercedes et je la suis sur la banquette en prenant bien soin de ne pas l'effleurer.

— C'était une charmante soirée, dit-elle courtoisement lorsque nous franchissons les grilles de la maison de son père. Encore merci.

— C'est moi qui te remercie — nous nous sommes bien amusés.

Ce sont des paroles conventionnelles. Mon naturel ne tient plus que par miracle.

— Allons, à bientôt, lui dis-je en l'aidant à sortir de la voiture et en lui donnant une brève poignée de main. Amuse-toi bien en Europe et n'oublie pas de m'envoyer une carte postale!

Elle fixe ses mains gantées.

— Vicky? dis-je brusquement.

— Je... je me sens un peu perdue... déboussolée. Je me demande même si je tiens encore à aller en Europe.

Au sommet du perron, la porte s'ouvre. Alicia, impeccable dans une robe noire sans fanfreluches, descend jusqu'à la voiture.

— Bonsoir, chérie. T'es-tu bien amusée? Bon, je suis contente. Merci beaucoup d'avoir été assez aimable pour l'inviter, Sam. Nous vous sommes tous reconnaissants. Voulez-vous entrer prendre un verre? Il a fallu annuler notre dîner... Cornelius a dû assister à une réunion d'urgence d'un sous-comité de la Fondation. Il y est encore, au fait, mais si un scotch rapide vous est agréable...

Elle fait visiblement de son mieux pour restaurer nos relations après les paroles dures qu'elle m'adressait mercredi et je souris pour lui montrer que, moi aussi, j'aspire à la trêve.

— Merci, Alicia, mais il faut que je rentre, lui dis-je en prenant bien soin de paraître le regretter et, me tournant vers Vicky, j'ajoute : l'Europe est exactement l'endroit qu'il te faut actuellement, crois-moi. Quand tu y seras, tu verras les choses sous un angle différent et tu mettras bien plus facilement de l'ordre dans tes idées que si tu restais à New York.

— Je... je voudrais le croire.

— Allons, je le *sais*, moi. Au revoir, Vicky. Bon voyage.

— Merci.

Elle ne bouge pas. Je la regarde par-dessus mon épaule mais derrière elle la lumière du hall m'empêche de voir son expression. C'est seulement lorsqu'elle reprend la parole que je comprends que nos relations sont entrées dans une phase nouvelle et irréversible.

— Au revoir, Sam, dit-elle.

# 6

## 1

En arrivant à la maison, je compose le numéro de la maison de Greenwich Village.

— Tom? répond Kevin en décrochant aussitôt. Où diable étais-tu?

— Désolé, Kevin, c'est Sam.

— Qui? demande Kevin décontenancé.

— Sam, espèce de fou! Sam Keller! Dites-moi, comment va Teresa. Se sent-elle mieux?

Silence, puis Kevin répond.

— Permettez une seconde que je reprenne pied. Seigneur! quel repos d'oublier ma vie privée pour m'intéresser à celle d'un autre! Teresa? Elle est toujours bouclée dans son grenier avec le flacon d'aspirine, Sam. Elle a demandé qu'on ne la dérange pas.

C'est à mon tour d'hésiter.

— Elle est bien là, n'est-ce pas? Vous êtes bien certain qu'elle est là?

— Mon Dieu, oui! Ne dites pas de bêtises! Sam... — Il s'arrête.

— Oui?

— Je sors à l'instant d'une mauvaise histoire sentimentale. Si vous ne savez pas quoi faire, pourquoi ne venez-vous pas vous saouler avec moi?

Kevin et moi ne sommes pas compagnons de beuveries. Une seconde, nos univers différents s'entrechoquent maladroitement avant de s'immobiliser.

— Pour l'amour de Dieu, Sam, je ne suis pas en train de vous faire de propositions malhonnêtes! Quel mauvais esprit pouvez-vous avoir, vous les hétérosexuels!

— Voyons, je ne pensais pas un seul instant...

— Je serai chez vous dans vingt minutes, reprend Kevin, et nous pouvons aller vider quelques verres dans le centre.

Il raccroche. Je reste sans bouger pendant dix secondes. Puis je descends l'escalier sans m'en rendre compte, je me retrouve dans la fraîcheur sombre de la nuit d'avril et je saute dans un taxi pour aller au Village.

## 2

La maison de Kevin a deux entrées : la porte principale et celle du sous-sol qui était jadis l'entrée de service. Je me suis souvent demandé pourquoi Kevin n'avait pas réservé le sous-sol à ses gouvernantes mais l'éclairage nord du dernier étage convenait sans doute mieux aux artistes que le jour de souffrance qui peut tomber du trottoir.

Comme Teresa, j'ai la clef de l'entrée de service. Un escalier en colimaçon s'élève du sous-sol jusqu'au grenier et donne sur les portes des couloirs du rez-de-chaussée et du premier étage.

J'ouvre la première porte et je regarde. Tout est allumé mais le silence règne. « Kevin ? » J'appelle à voix basse.

Pas de réponse. Je visite son cabinet de travail et je vois qu'il s'est interrompu non seulement au milieu d'une scène mais au milieu d'une réplique. Je vais à la cuisine. Au milieu du désordre, j'aperçois deux assiettes sales, deux verres vides et une bouteille de rouge de Californie à moitié pleine. Sur le fourneau, les restes d'une soupe au Gombo [1], l'un des plats créoles favoris de Teresa, parfume la pièce.

Je me rappelle que Teresa était « trop malade pour pouvoir faire la cuisine ». Je me rappelle que Kevin attendait un ami et qu'il avait sans doute l'intention de sortir. A la seconde même, je me retrouve dans l'escalier de service.

Au deuxième étage, je dois m'arrêter pour reprendre mon souffle. Au-dessous, l'escalier est resté allumé mais, au-dessus, le dernier étage est obscur et je n'essaie pas de faire la lumière. Accoté au mur, j'écoute mon cœur battre dans ma poitrine et je me demande si je ne suis pas sur le point de commettre une erreur désastreuse, mais je sais que même si cela est vrai rien au monde ne m'en empêchera. Il est trop tard pour reculer. Il faut aller jusqu'au bout.

Je viens de poser le pied sur la première marche lorsque j'entends Teresa crier. Le cri me plonge dans l'horreur. Je sais exactement ce qu'il signifie : le sang me monte à la tête et j'escalade les marches dans une brume de rage et de douleur. Pendant ces quelques secondes je revois tout, je me rappelle tout, la conversation entre Jake et Cornelius le mercredi précédent ; le regard de Teresa, fasciné par leur univers riche et privilégié ; Jake remarquant son expression et demandant à la revoir. La violence monte en moi. Naturellement, Jake serait trop heureux de me voler ma maîtresse. Je suis toujours nazi à ses yeux et les Juifs ne pardonneront jamais aux nazis, jamais, jamais, jamais...

J'ouvre la porte d'une poussée, j'allume et je m'arrête, pétrifié.

Il y a un sursaut du côté du lit mais je n'ai d'yeux que pour les

---

1. Soupe de légumes que l'on sert en Louisiane.

tableaux. Les toiles sont soigneusement rangées le long du mur comme pour une exposition et même le linge qui recouvrait la toile sur le chevalet a été retiré.

Personne ne dit mot. Le lit est dans le coin sombre derrière moi et, comme je sais ce que je vais y trouver, je n'éprouve nulle curiosité mais uniquement un désir instinctif de retarder la souffrance de la révélation définitive. Les tableaux fournissent l'excuse nécessaire, hypnotisé, je m'en approche.

Ce sont des scènes de la vie quotidienne dans une petite ville d'Amérique, nettes et minutieusement détaillées : petites maisons de bois toutes blanches, alignements de boutiques et le bar du coin, rassemblés au pied d'un énorme terril, des montagnes dans le lointain et une blanche petite église polonaise sur une colline. On a accordé un soin infini à chaque détail. Je comprends l'intense désir que trahit cette représentation d'un passé reconquis et j'ai la gorge serrée car je vois que, grâce à son art, Teresa a réussi l'impossible. Elle va et vient librement d'un monde à l'autre. Le miroir ne lui est pas une barrière. En puisant dans la vivante entité de son passé elle a vaincu le présent irréel et triomphé du dilemme américain qui m'a vaincu.

— Il ne comprendra jamais, lui dis-je. Jamais.

Pas de réponse. Je me retourne lentement pour leur faire face et, avec un choc qui vide mon esprit de tout sentiment, je vois que la vérité est encore plus affreuse que je ne le craignais.

L'homme à côté de Teresa n'est pas Jake. C'est Cornelius.

## 3

Teresa est tétanisée par la terreur. Ses mains écrasent le drap contre ses seins comme si elle n'était pas habituée à ce que je la voie nue et ses yeux grands ouverts et sombres, reflètent l'effroi que lui inspire ma présence. Elle voudrait parler mais elle ne trouve évidemment aucun mot.

Je ne l'ai toujours pas quittée des yeux lorsqu'il se glisse discrètement hors des draps et se baisse pour ramasser ses vêtements. Les vêtements que porte un homme riche pour aller s'encanailler : pantalon blanc, chemise à carreaux à col ouvert, mocassins et blouson de velours. Il paraît très jeune, mais jeune et impitoyable, non pas jeune et vulnérable, bouche dure et serrée, ses beaux yeux gris baissés, le geste vif et sûr. Lorsqu'il est habillé, il tourne le dos à Teresa pour me regarder et je ne ressens rien encore, ni fureur, ni douleur, ni violence. Le choc m'a littéralement lobotomisé. Je suis là stupéfié et sous mon regard fixe il vient droit sur moi et me dit avec son infernale assurance habituelle.

— C'est mal. Je suis navré.

— Garde-la, lui dit ma voix tremblante. Elle est à toi, salaud.

Et avant qu'ils puissent dire un seul mot, je les laisse et je m'en vais, titubant.

# 4

Il pleut. Je marche jusqu'au coin du bloc et je m'arrête, incapable de savoir où je suis. Aucun taxi en vue. Le Village est une masse confuse de lumières éclatantes, de fenêtres brillantes, de gens qui essaient de se mettre à l'abri. Je me rappelle vaguement m'être retrouvé un peu plus tard dans la 8ᵉ rue, à l'ouest de la Cinquième Avenue... j'ai dû repasser devant la maison de Kevin. Une fille m'accoste. Je n'entends pas ce qu'elle me propose. La voix de Frank Sinatra chante par une fenêtre ouverte.

Plus tard encore, je m'aperçois que je suis dans le métro qui fonce en ferraillant vers le haut de la ville, mais je descends à Herald Square car je sens que je vais être malade. Je vomis dans le ruisseau, j'avance de quelques pas et je vomis encore. Les passants me regardent comme si j'étais un clochard de la Bowery. Une autre prostituée m'accoste et je traverse la rue pour me débarrasser d'elle. Debout, frissonnant, devant les vitrines de Macy's, dans la lueur aveuglante des lumières de la ville, j'ai l'impression de tenir un rôle dans un drame sordide, antithèse de la peinture de Teresa, un enfer terrestre ceint de béton et de hautes portes barrées sur lesquelles on lit « Sortie interdite. »

Je finis par trouver un taxi.

— Park Avenue et...

Je ne peux pas parler distinctement. La nausée m'a laissé dans la bouche un goût amer. Pendant que la voiture fonce dans la 34ᵉ rue, je lève les yeux cherchant une image du monde normal dans le ciel humide de la nuit mais je n'aperçois que l'énorme carcasse flamboyante de l'Empire State Building et, au-delà, la lumière artificielle de l'homme qui anéantit l'obscurité naturelle.

Devant chez moi, je paie le taxi et je pénètre sans voir dans le hall d'entrée.

— Sam... enfin!

C'est Kevin. Je ne pensais plus à lui. Je m'arrête et mon regard enregistre machinalement... la silhouette qui donne du chic aux vêtements négligés, les fines rides au coin des yeux qui ignorent les lunettes, la mâchoire combative qui dément ce visage de jeune premier. C'est à cet instant, en l'observant avec le détachement d'un étranger, que je réalise à quel point il m'est inconnu. Nous avons sans doute partagé nos confidences d'adolescents dans le temps, à Bar Harbor, mais depuis nous n'avons jamais eu une seule conversation sur un sujet personnel.

Il me jette un coup d'œil et il comprend ce qui s'est passé.

— Idiot! lance-t-il, j'ai essayé de vous retenir...

— Vous en avez trop fait.

Un changement indéfinissable dans son expression fait disparaître le masque habituel de son entrain et pour la première fois je le vois non pas comme l'extroverti exubérant qui offre les meilleures cocktails-parties de la ville, mais comme une énigme qui écrit des pièces en vers libres auxquelles je n'entends goutte.

— Montons chez vous, dit-il, que je vous prépare un verre.

— Je veux être seul.

— Non. Pas en ce moment. Il vaut mieux pas.

Je n'ai pas le courage de discuter. Nous prenons donc ensemble en silence l'ascenseur jusqu'à ma penthouse. Je m'effondre sur le divan de la bibliothèque pendant qu'il verse le cognac et c'est seulement lorsqu'il s'assied devant moi que je sens combien je lui suis reconnaissant d'être resté. Des sentiments furieux se heurtent maintenant au premier plan de mon esprit et leur violence m'effraie. Je ne tiens plus à être seul.

— Quel gâchis ai-je fait au téléphone! dit-il. J'avais complètement perdu le nord.

— Racontez-moi... je veux savoir exactement...

— Il est arrivé vers 8 heures. Teresa faisait la cuisine et quand on a sonné j'ai pensé que c'était vous. Il m'est égal que Teresa utilise la cuisine pour recevoir quelqu'un à dîner du moment que je ne suis pas là et je devais sortir... mais on m'a fait faux bond. Voilà pourquoi je me trouvais là lorsqu'il est arrivé. Il a été horriblement gêné lorsque je lui ai ouvert et il a même essayé de s'embarquer dans une espèce d'explication mais je l'ai interrompu en lui disant que je ne tenais pas à l'écouter parce que j'avais mes propres problèmes. Je me suis alors enfermé dans mon bureau pour essayer de travailler. Inutile de dire que je n'ai pas pu.

Je bois mon cognac. Kevin remplit mon verre.

— Écoutez, Sam, reprend-il, c'est un désastre de taille catastrophique, je le comprends, mais, si vous et Teresa avez vraiment un sentiment l'un pour l'autre, pour l'amour du ciel essayez d'arranger les choses... non! écoutez-moi. Écoutez, c'est tout! Ce qui importe dans ce gâchis c'est que la situation n'est pas seulement horrible, elle est inexplicable.

Je le regarde sans comprendre.

— Inexplicable?

— Oui... totalement incompréhensible! Réfléchissez une seconde. Nous connaissons assez Neil, vous et moi, pour savoir qu'aussi incroyable que cela puisse paraître, il n'a rien du millionnaire ordinaire comme Jake qui se promène dans la vie en couchant avec la première qui lui fait envie. Neil est l'homme d'une seule femme. L'avez-vous jamais découvert infidèle à Alicia?

— Non, je... c'est vrai.

— Okay, convenez donc que c'est une conduite extraordinaire de sa part. Et aussi extraordinaire de la part de Teresa. Étant donné le temps qu'elle consacre à sa peinture, elle n'a simplement pas le loisir, sans parler de l'envie, de faire des galipettes dans son lit à tout bout de champ.

J'essaie de suivre son argumentation mais cela m'est difficile.

— A quoi voulez-vous en venir?

— J'essaie de vous démontrer que l'épisode de ce soir est plus vraisemblablement un accident fortuit que la scène inaugurale de quelque grande passion.

— Vous vous trompez, dis-je, les lèvres durcies et sans pouvoir encore articuler proprement. Je crois qu'elle est tombée amoureuse de lui et pour de bon.

— Pourquoi?

— Elle lui a montré ses toiles!

J'ai peine à prononcer les mots, ma main va machinalement vers mon verre de cognac.

— Doux Jésus! lance Kevin dégoûté. Elle n'est donc pas capable de voir que Neil n'est qu'un philistin. Il ne peut parler d'art qu'un chéquier et un bilan de fin d'année à la main.

Près de la porte d'entrée l'interphone appelle et nous fait sursauter. Mon verre tremble dans ma main et le cognac éclabousse la table.

— Ne bougez pas, dit Kevin. Je vais voir ce que c'est.

Mais je le suis dans l'antichambre.

— Oui? fait Kevin en décrochant. Silence. Je n'entends rien et je m'approche au moment où il dit d'un ton bref :

— Suivez mon conseil et allez-vous-en. Vous avez fait assez de gâchis pour la soirée.

Je lui arrache l'appareil. « Teresa? » dis-je.

En bas, dans le hall, Cornelius s'éclaircit la gorge.

— Montez, lui dis-je en raccrochant.

Kevin a l'air indécis.

— Êtes-vous sûr que vous pouvez le recevoir en ce moment?

— Oui. Je voudrais le tuer mais je n'en ferai rien. Je suis heureux d'avoir été trop catastrophé pour le rouer de coups dans le grenier tout à l'heure. Il me semble que vous avez raison, Kevin. La situation exige une explication. Je ne peux simplement pas croire... — Je m'arrête pour m'éponger le front puis je parviens à poursuivre d'une voix égale — Je ne travaille plus à la Van Zale. C'est terminé, fini, en même temps que mon amitié pour Neil. Mais si je réussis à emmener Teresa avec moi en Allemagne, peut-être...

— Emmener Teresa en Allemagne?

— Oui. Je vais travailler pour A.C.E. Ils ont besoin de banquiers pour reconstruire l'économie de l'Allemagne. Je vais travailler à une nouvelle Europe. Je vais tout remettre en ordre.

— Mais, Sam... Sam, Teresa serait incapable de travailler si on l'arrachait à l'Amérique pour la laisser seule dans un pays dont elle ne parle pas la langue!

— Mais elle ne sera pas seule! Je l'épouserai... je l'épouserai, certes. Nous aurons une jolie maison avec une cuisine moderne où elle pourra faire toute la cuisine créole qu'il lui plaira et nous aurons trois ou quatre enfants et... Pourquoi me regardez-vous comme ça?

On sonne et tournant brusquement le dos à Kevin j'ouvre la porte.

Cornelius, l'air frêle et transi, passe devant moi sans un mot et s'arrête sous le lustre de l'antichambre. Les poings enfoncés au plus profond de ses poches, il est pelotonné dans son blouson de velours comme s'il faisait moins dix dehors.

— Sam, puis-je vous voir seul, je vous prie? dit-il sans regarder Kevin.

— Non.

— Mais...

— Non, merde! Ne discutez pas et entrez dans la bibliothèque!

Nous nous y installons tous les trois.

— Un peu de cognac, Neil, propose Kevin.

— Non, merci. Kevin, comment, diable! vous trouvez-vous mêlé à cette scène?

— Je pourrais vous poser la même question! Sam et moi trouvons inexplicable que Teresa et vous vous soyez retrouvés couchés ensemble. Que s'est-il passé?

Cornelius se tourne vers moi.

— Sam, faut-il vraiment que nous dévoilions nos affaires les plus intimes devant quelqu'un que les femmes n'intéressent pas et qui ne comprendrait pas un seul mot de ce que nous dirions?

— Les femmes m'intéressent énormément, dit Kevin, en se levant pour nous laisser. Peut-être même m'intéressent-elles plus que vous. Mais je conviens qu'il ne m'intéresse pas de prendre la femme de mon meilleur ami. Je laisse volontiers cette sorte de passe-temps à des hommes comme vous.

— Restez ici, Kevin, dis-je brusquement. Il veut se débarrasser de vous parce qu'il a soigneusement répété sa conversation avec moi mais il n'avait pas prévu qu'elle se déroulerait devant un tiers.

Cornelius s'assied soudain au bord du divan. Sans un mot Kevin apporte un troisième verre et l'emplit de cognac. Nous buvons en silence et quand je vois Cornelius boire plus vite que nous je me sens mieux. Dès que mes nerfs sont plus calmes je lui dis :

— Okay, j'écoute. Parlez. Mais dites la vérité parce que si vous commencez à mentir je...

— Okay, dit Cornelius. Okay, okay.

J'attends. Kevin attend. Cornelius a l'air de plus en plus malheureux mais il finit par dire :

— Tout cela est une espèce d'accident. J'étais nerveux. Des problèmes intimes. Mais je tiens à dire tout de suite que j'aime ma femme et que si vous pensez que je suis sur le point de divorcer vous vous trompez lourdement.

Personne ne répond. Nous continuons de boire et d'attendre.

— Il fallait que je parle à quelqu'un, reprend Cornelius, mais je ne voyais personne à qui... Peut-être aurais-je dû aller voir une call-girl mais je pensais pas du tout à faire l'amour et, d'ailleurs, je n'aime pas ce genre d'aventures. Finalement, je me suis décidé à aller vous voir, Kevin, parce que j'ai l'impression que vous me remettez d'aplomb quand je me sens déprimé.

— Il faudrait savoir, dit Kevin. D'abord vous vous conduisez comme si mes préférences sexuelles faisaient de moi une sorte de crétin et dans la minute qui suit vous avez l'air de dire que vous recherchez ma compagnie.

— Oh, Bon Dieu! Écoutez, je suis navré...

— Okay, laissez tomber. Allez. Vous aviez envie de me parler... alors vous êtes venu chez moi et vous m'avez d'abord demandé Teresa. Essayez donc un peu de vous tirer de celle-là.

— J'ai simplement demandé où elle était parce que je voulais vous parler seul à seul! Mais vous étiez d'une humeur tellement massacrante que vous ne m'avez pas laissé le temps d'expliquer quoi que ce soit.

— Tout cela est tellement incroyable, dit Kevin, que cela doit être vrai. Mais pouvez-vous, s'il vous plaît, expliquer pourquoi, si votre visite était si spontanée, Teresa a passé deux heures à vous préparer à dîner ?

— Elle ne faisait sans doute pas la cuisine pour quelqu'un de précis. Elle dit que faire la cuisine lui est comme une thérapeutique... elle cuisine quand sa peinture ne la satisfait pas. Elle m'a expliqué qu'elle était extrêmement triste ; si déprimée qu'elle avait annulé un rendez-vous important avec vous, Sam...

— ... alors vous vous êtes assis tous les deux dans la cuisine, dis-je en me rappelant avec chagrin le gombo abandonné et la bouteille de rouge de Californie, et vous avez dîné.

— Vous êtes encore fort loin du grenier, dit ironiquement Kevin à Cornelius. Qu'est-il arrivé ensuite ?

— Eh bien, je n'avais pas grande envie de parler, après tout, mais je lui étais reconnaissant de son hospitalité, alors j'ai essayé d'entretenir la conversation. Je lui ai demandé si elle avait vu la rétrospective de Braque au musée des Arts modernes, nous avons parlé un moment de la peinture moderne et je lui ai dit que je venais d'acheter un Kandisky pour mettre dans mon bureau...

— Bon, nous avons compris. Vous avez parlé d'art. Et j'imagine que c'est à ce moment-là qu'elle vous a invité à monter voir ses tableaux.

— Erreur, dit Cornelius. Ce n'est pas ça. Elle a essayé de me raconter que ses toiles n'étaient pas assez bonnes pour être montrées. Naturellement, cela a éveillé ma curiosité. Seigneur ! quand je pense à tous les peintres de New York qui essaient de me faire avaler leurs croûtes... et cette fille-là qui paraissait préférer mourir que de me laisser voir sa peinture. « C'est de la cochonnerie ! répétait-elle. De la pure cochonnerie » ! « Et après ? ai-je dit. Ce n'est pas la cochonnerie qui manque dans le monde artistique. J'en vois assez pour ne plus en avoir peur, croyez-moi. » Et j'ai pris la direction de l'atelier. Elle a couru derrière moi et tout en montant elle me répétait qu'elle n'était bonne à rien, une sorte de Norman Rockwell [1] de cinquième ordre. Je la trouvais charmante d'être si timide... Enfin, je suis monté jusqu'à l'atelier et j'ai regardé ses toiles et ce n'était pas du tout si mal que ça, il y en avait même certaines qui me plaisaient beaucoup. Son style est Primitif américain, évidemment, mais avec de profondes harmonies classiques dans le dessin. Je lui ai dit : « Votre peinture me rappelle un peu Bruegel » et elle s'est écriée : « C'est la chose la plus merveilleuse qu'on m'ait jamais dite » et soudain... je ne sais plus très bien... elle paraissait si douce, si sincère et... le lit était tout près... c'est comme ça que c'est arrivé.

Il s'arrête. Comme personne ne parle, il vide son verre de cognac.

— Bien sûr, c'est impardonnable, reprend-il enfin. Je ne cherche pas d'excuses mais je voudrais expliquer que j'étais désorienté, bouleversé par mes problèmes intimes...

Je perds mon sang-froid et me dresse d'un bond.

— Voudriez-vous me faire croire que c'est là toute l'histoire ? dis-je d'une voix vibrante de fureur. Pensez-vous réellement que je vais croire ce conte à dormir debout ?

---

1. Peintre populaire américain auteur, entre autres, de nombreuses couvertures de magazine.

Kevin ouvre tout grand les yeux. Cornelius a l'air malade.

— Je vous avais dit de ne pas mentir! dis-je en hurlant. Je vous avais prévenu...

Kevin se place entre nous.

— Du calme, Sam. Pourquoi êtes-vous si certain qu'il ment?

— Il amalgame deux soirées distinctes! dis-je en le repoussant du coude. Vous avez couché ensemble le premier soir que vous vous êtes rencontrés, hein? — Je hurle en me tournant vers Cornelius — Vous avez couché ensemble mercredi dernier! C'est le jour où vous avez eu cette grave discussion avec Alicia à qui je venais d'apprendre que vous vouliez que j'épouse Vicky. Et c'est le lendemain matin... — jeudi — ... que vous avez eu une crise d'asthme quand je vous ai dit que j'avais l'intention de me marier avec Teresa. Elle vous avait donné à entendre que notre liaison était terminée et vous croyiez que nous avions pris cette décision d'un commun accord... vous avez été horrifié quand vous avez découvert que mes sentiments pour elle étaient bien plus profonds que ce qu'elle vous avait fait croire! En fait, vous aviez tellement de remords que dès cet instant vous vous êtes mis en quatre pour être aimable, pour me dire qu'il n'était plus question de mariage avec Vicky, de ne pas me soucier de l'affaire Hammaco et vous m'avez offert votre avion personnel pour un week-end aux Bermudes...

— Exact, m'interrompt Cornelius. Exact. Absolument exact. Oui, c'est bien ce qui s'est passé. C'est elle qui m'a donné une fausse impression de la situation. Je ne vous aurais jamais délibérément pris Teresa, Sam, je le jure.

— Alors, si cela est vrai, fils de garce! *pourquoi êtes-vous allé la retrouver ce soir* alors que vous connaissiez désormais, et parfaitement, ce qu'elle était pour moi?

— C'est elle qui m'a invité.

Kevin doit s'interposer pour m'empêcher de le frapper. Un flot de paroles m'échappent mais je parle allemand et ils ne comprennent pas. Je cherche les mots précis mais mes deux vocabulaires sont inextricablement confondus, finalement je renonce, je m'effondre sur le divan et je me prends la tête dans les mains.

— Je ne voulais pas vous le dire, reprend Cornelius, parce que je savais que cela vous ferait souffrir. C'est pour cela que j'ai essayé de faire croire que la scène de mercredi dernier s'était passée ce soir. La soirée de mercredi dernier s'est bien passée comme je le dis, mais au moment où je suis revenu chez vous, Kevin, vous étiez déjà couché et Teresa, qui mettait de l'ordre dans la cuisine, m'a offert du café et non du gombo. Je vous l'ai déjà dit : tout cela est une espèce d'accident et j'étais bien décidé à ce qu'il ne se reproduise pas. Et puis, hier soir, au bureau... vous étiez déjà parti, Sam... — Il s'arrête.

— Poursuivez, dit Kevin en voyant que je suis incapable d'ouvrir la bouche.

— Teresa m'a appelé pour m'inviter à dîner. « Vous avez un toupet du diable », lui ai-je dit mais elle ne voit pas les choses comme ça. « Je n'appartiens à personne, m'a-t-elle expliqué. Je fais ce qu'il me plaît. J'en suis désolée pour Sam. C'est un chic type. Mais il n'est pas fait pour moi et il ne le sera jamais. » « Okay, lui ai-je alors répondu, si vous l'entendez comme ça, que votre volonté soit faite, mais vous feriez mieux de tout expliquer à Sam afin qu'il sache à quoi s'en tenir. » « Certainement, a-t-elle dit, mais j'aime beaucoup Sam et je ne veux pas lui faire de peine... j'attendrai le moment opportun pour le lui dire. » « Attendez le moins possible », ai-je répondu, et j'ai raccroché. Puis je me suis mis à réfléchir. Je savais que c'était idiot, que je ferais beaucoup mieux de la laisser de côté. Mais, vous comprenez, j'avais des ennuis... — Il s'arrête encore — Je ne vois rien à dire de plus.

Silence. Je me sens soudain très, très fatigué, si fatigué que je n'ai même plus la force d'être furieux. J'aurais peut-être commis les mêmes fautes si j'avais agi sous les mêmes impressions fausses et je le crois lorsqu'il dit qu'il a menti simplement pour atténuer ma souffrance. Je préférerais voir en lui l'agresseur et en elle l'infortunée victime. Penser que les rôles sont inversés m'est intolérable.

— Je ne la reverrai plus, reprend Cornelius. Je ne pourrais pas. Pas après ce qui vient de se passer.

Je répète les mots que j'ai prononcés dans l'atelier :

— Gardez-la. Elle est à vous.

Kevin intervient :

— Il me semble que vous devriez parler à Teresa avant de juger définitivement de la situation.

— Allons, Kevin, vous ne voyez donc pas que j'ai été chassé de la manière la plus claire qu'il soit ? Ce n'aurait pas été Neil que c'eût été un autre. Teresa était visiblement décidée à reprendre sa route. Je l'ai peut-être senti inconsciemment depuis qu'elle a commencé à invoquer des excuses pour ne pas me voir.

— Oui mais... — Kevin repousse machinalement ses cheveux — Il y a des choses que je n'arrive pas à comprendre, dit-il enfin. Nous savons que Neil avait certains problèmes intimes et ignorés qui lui ont fait abandonner son personnage habituel, mais ce que nous ne savons pas encore c'est pourquoi Teresa a abandonné sa véritable personnalité, elle aussi... — pourquoi elle vous a laissé tomber et de la pire manière en vous trompant avec votre meilleur ami. C'est ce que je n'arrive pas à comprendre.

Je suis tellement épuisé que j'ai peine à hausser les épaules.

— Neil peut lui parler d'art. Il est plus beau que moi. Ne serait-ce pas un peu comme de changer la voiture de l'an dernier pour un modèle plus nouveau, plus attrayant ?

Un court silence et puis Kevin dit doucement.

— Sam, êtes-vous sûr que vous connaissez vraiment Teresa ? Ce n'est pas simplement une fille facile qui vous laisserait pour prendre un homme plus beau qui puisse parler d'art avec elle ! C'est une femme complexe qui a apparemment décidé... pour des raisons que je n'entrevois pas... que Neil peut l'aider mieux que vous à résoudre ses problèmes. — Il pose son verre et s'approche de la porte. — Allez en Allemagne, Sam, dit-il gentiment mais sans me regarder, et trouvez-y l'une de ces fameuses femmes qui ne pensent pas à autre chose que *Kinder, Kuche und Kirche* [1]. Croyez-moi, vous ne seriez jamais heureux avec une femme comme

---

1. Les enfants, la cuisine et l'église.

Teresa. Vous ne pouvez pas comprendre les batailles qu'elle livre dans son travail et même si vous le pouviez vous ne sauriez pas comment les affronter... Allez, Neil, partons. Il est temps de laisser à Sam une chance de se remettre.

Cornelius s'attarde dans l'antichambre.

— Sam, nous arriverons à oublier cela, n'est-ce pas? Je sais que c'est horrible, que cela n'aurait jamais dû arriver mais...

— Oh, pour l'amour du ciel, foutez le camp et laissez-moi tranquille!

Cornelius s'en va lentement, frêle silhouette morne à l'expression embarrassée.

Lorsqu'ils sont partis, je reste dans l'antichambre, j'entends le murmure de l'ascenseur qui les emporte et puis, enfin, lorsque le silence devient insupportable, je retourne instinctivement vers la bouteille de cognac pour me mettre hors de portée de la douleur.


# 5


Elle est venue me voir le lendemain. Elle portait une jaquette noire stricte avec sa jupe, une blouse blanche froncée et un petit chapeau noir orné d'une plume. Je l'ai à peine reconnue.

J'ai la gueule de bois et l'esprit en désordre. En entendant sa voix dans l'interphone je pense aussitôt qu'elle est venue me reprendre. C'est seulement en voyant l'aspect cérémonieux de sa toilette que je comprends que notre roman ne ressuscitera pas de ses cendres.

— Hello, dit-elle gauchement, ses mains tortillant la courroie de son sac. C'est gentil de m'avoir permis de monter. Je te promets que ce ne sera pas long.

Incapable de dire un mot, j'ouvre la porte en grand. Au moment où elle passe devant moi, j'ai une folle envie de la prendre dans mes bras. Mais avant que j'aie pu lever un doigt elle dit d'une voix sourde :

— Je suis venue parce que je te dois deux choses : une excuse et une explication.

Je refoule mes sentiments personnels afin que ma douleur reste secrète et soudain je vois mon fameux « charme professionnel » tel qu'il est vraiment : une armure qui me protège des rigueurs de la vie que j'ai librement choisie. J'essaie de quitter mon armure mais c'est impossible. Elle tient autant à ma personne qu'une greffe de la peau et si je l'arrache je sais que je vais saigner à mort.

— Ma foi, une excuse m'irait assez bien, lui dis-je avec un bon sourire. Merci!

— Je ne viens pas m'excuser d'avoir couché avec Cornelius, dit-elle d'un ton très poli.

Il n'existe pas d'armure impénétrable. Je bats en retraite.

— Viens dans le living-room et prends une chaise, dis-je en réussissant à conserver un ton calme et courtois. Pardonne-moi d'avoir l'air d'un clochard... il faudra que je me lève plus tôt le dimanche! Veux-tu que je te fasse du café?

— Non, merci.

Dans le living-room, j'allume nos cigarettes d'une main ferme. Dehors, il pleut de nouveau. Sur la terrasse l'eau vernit mes plantes et elles se balancent au vent froid qui remonte Park Avenue.

— Je viens m'excuser de ne pas avoir été franche avec toi, commence Teresa. Je viens m'excuser de ne t'avoir pas dit la vérité... Je suis tellement lâche, Sam... Je voudrais croire que je n'osais pas te parler parce que je t'aimais et que je savais combien tu m'aimais. C'était sans doute l'une des causes de mon silence. Mais il y a une autre raison. Je ne voulais pas me voir telle que je suis. Nous vivons tous avec nos petites illusions, n'est-ce pas, il est parfois difficile de renoncer à ses défenses et d'affronter le monde à mains nues.

— Je comprends.

— Vraiment? Je me le demande... Et voici le moment où nous laissons les excuses pour entrer dans les explications. Il serait si facile de dire : « Ah! tu ne m'as jamais comprise! » mais ce n'est pas aussi simple que ça. Je crois que, d'une certaine manière, tu me comprends très bien... les problèmes de l'immigrant européen, les bleus de travail originels, l'envie de réussir à New York, l'obligation constante de transiger avec les principes afin d'aller de l'avant... Elle se reprend avant de continuer d'un ton égal — Tout cela, tu le comprends. Mais tu es comme l'enfant qui essaie de résoudre une opération avant qu'on lui ait appris les maths. Tu lis bien tous les chiffres mais tu ne peux pas les combiner.

— J'ai peur de ne pas très bien te suivre.

— Je vais te donner un exemple. Tu sais *théoriquement* combien ma peinture me tient à cœur. Mais en fait, tu continues de me traiter comme si j'étais capable de mener une vie normale, il t'est impossible de m'accepter telle que je suis vraiment. Lorsque tu m'as proposé le mariage, ce n'est pas à moi que tu t'adressais mais à la femme que tu entendais que je devienne.

— Mais ce n'est pas vrai! Je n'aurais jamais essayé de te changer, Teresa, je ne t'aurais jamais demandé de renoncer à ta peinture! J'ai toujours respecté ta carrière!

— Ah, tu le dis trop facilement, Sam, mais, Seigneur! tu n'as pas la moindre idée de ce que cela représente! Tu respectes ma carrière... oh, certainement! Mais elle devrait toujours prendre la seconde place derrière *ta* carrière et ce que *tu* souhaites et ce que *tu* juges bon pour notre mariage!

— Voyons, il va de soi que le mariage comporte certaines priorités...

— Il n'est qu'une priorité, Sam, ma peinture! C'est pourquoi je ne veux vivre avec personne, ni tenir un ménage, ni placer au-dessus de tout les intérêts de mon mari comme doit le faire une bonne épouse. Peut-être commenceras-tu à comprendre ce que je veux exprimer si je te dis que la passion de mon travail est plus forte même que l'amour. J'aime faire l'amour... rien ne peut remplacer cela et cela me manquerait si j'en étais privée mais si je devais demeurer chaste je n'en mourrais pas. Mais je mourrais si j'étais privée de ma peinture. C'est pour ça que j'étais si malheureuse ces derniers temps. Ma vie personnelle m'était une telle énigme que je ne pouvais pas peindre... il m'est impossible de travailler si je n'ai pas l'esprit en paix. Mais les choses sont maintenant claires : j'ai fini par apprendre qui je suis réellement... et ne crois pas que cela a été facile. Cela a été très dur.

— Je ne comprends pas. Veux-tu dire...

— Je veux dire qu'il est plus facile de se conformer aux usages, de prétendre qu'on est semblable aux autres et d'attendre le Prince charmant pour que tintent les cloches du mariage et qu'un coup de baguette magique fasse passer tout au second plan, derrière la félicité conjugale... Je veux dire qu'il est plus facile de prétendre que l'on est douce, altruiste et bonne ménagère comme doit l'être la femme idéale. Mais je ne suis ni douce, ni altruiste, ni bonne ménagère, Sam, et qui plus est je ne le serai jamais. Je ne changerai pas et lorsque j'ai compris et accepté cette réalité, il m'a fallu aussi comprendre que je ne voulais pas de quelqu'un comme toi. Je le croyais. Je *désirais* vouloir quelqu'un comme toi. Mais je ne peux pas accepter un brave garçon avec ses inclinations conjugales normales. Il me faut quelqu'un qui accepte de passer toujours après ma peinture, quelqu'un qui ait déjà sa femme qui lui donne la vie de famille que je ne peux lui offrir, quelqu'un pour faire l'amour mais uniquement de temps en temps; en d'autres termes, quelqu'un d'aussi égoïste que moi. Il me faut quelqu'un comme Cornelius.

Un long moment passe, je me lève et je vais à la fenêtre. La pluie hache toujours le ciel et les nuages cachent le sommet des gratte-ciel. A travers le brouillard je regarde en direction de Wall Street.

— Je veux savoir exactement ce qui s'est passé, dis-je enfin.

— Je n'ai pas envie de parler de Cornelius avec toi.

— Ce ne sont pas ses qualités d'amant qui m'intéressent. Je voudrais simplement savoir comment tu en es arrivée là. — Je quitte mes lunettes pour en essuyer les verres. — Tout est peut-être fini entre nous, dis-je, mais il faut encore que j'accepte cette nouvelle situation avant de pouvoir songer à quelqu'un d'autre et je ne peux pas l'accepter tant que je ne connaîtrai pas l'entière vérité. Je veux bien croire que ce qui s'est passé était inévitable, mais il faut que j'en sois certain, tu vois? Je t'en prie... je ne te demanderais pas d'en parler si je ne pensais pas que c'est important.

— Eh bien, je... pourrais-je boire quelque chose?

— Certainement. — Je jette un coup d'œil à la pendule et je suis surpris de voir que les aiguilles indiquent midi. — Que puis-je t'offrir?

— Tu n'aurais pas de bourbon Wild Turkey, par hasard?

Nous rions une seconde : deux étrangers qui partagent un souvenir ancien.

— Tu ne voudrais pas un Martini?

— Okay.

Je prépare deux Martini, très secs, *on the rocks* avec trois olives dans chaque verre. Ce n'est pas que j'aie envie de boire mais je sais que c'est le meilleur remède contre la gueule de bois et je veux avoir l'esprit clair.

— Tu te rappelles que j'ai refusé de te laisser monter à l'atelier l'autre mercredi soir?

— Oui.

— Eh bien, après ton départ, je suis montée et j'ai essayé de travailler mais ça ne valait rien. Finalement, j'y ai renoncé et je suis descendue pour mettre de l'ordre dans la cuisine. Rien n'y a fait : je me sentais plus malheureuse que jamais. Je me suis assise et j'ai réfléchi : Regardez-moi : vingt-cinq ans, pas un sou et je n'arrive à rien. Je ne peux même pas dire que je meurs de faim pour l'amour de la peinture parce qu'en vérité, quand mes économies sont épuisées, Kevin subvient momentanément à mes besoins. Le matin, il m'avait donné quinze jours pour trouver un travail et faire face à mes dépenses mais il n'en restait pas moins vrai que pour le moment je vivais à ses dépens. Peu importe qu'il soit homosexuel. En fait, ma situation était même pire puisque j'acceptais son argent sans rien lui donner en retour. Et je me suis dit : « Quelle imposture! Quelle hypocrite suis-je! Je me vante à lui, à toi, de mon esprit d'indépendance et j'accepte de l'argent de Kevin dès que tu as le dos tourné... » Et je me suis méprisée.

« Et Cornelius est arrivé. Il était assez tard mais quand je lui ai répondu que Kevin était couché il a dit que ce n'était pas grave et il m'a demandé s'il pouvait simplement prendre une tasse de café dans la cuisine. Il paraissait bizarre... comme si une espèce de choc moral l'empêchait de parler — il s'est simplement assis à la table de la cuisine pour boire son café. C'était étrange. En temps normal, je n'aurais trop su où me mettre mais j'étais tellement surprise que je me suis dit : « Et puis je m'en fous! » et je ne me suis pas donné la peine de lui faire la conversation. Tout à coup, il a dit : « Aimez-vous le Braque que Sam a dans son living-room? » et j'ai répondu : « J'en ai vu de meilleurs. »

« On a parlé d'art pendant quelque temps. Je ne vois pas pourquoi Kevin affirme que Cornelius est un philistin parce que s'il n'est sans doute pas capable de tenir un pinceau; il me paraît avoir du goût pour l'art... il en parle certainement plus intelligemment que la plupart des gens. Et puis, il en est venu à parler de toi et je lui ai dit... — je l'avouais clairement pour la première fois — que notre liaison ne nous menait à rien et que j'avais décidé de rompre.

« C'est alors qu'il a dit : « Parfait! » Voulez-vous me faire voir vos tableaux? Et nous nous sommes mis à rire parce que c'était comme une variante du vieux cliché à propos des estampes japonaises. Lorsque je lui ai dit qu'il n'aimerait pas mon travail il a répondu : « Qu'en savez-vous? » Je ne peux pas l'expliquer mais j'ai eu soudain l'intuition que c'était exactement l'homme qu'il me fallait, alors j'ai dit : « Okay » et je l'ai fait monter. Je parlais sans arrêt pour cacher ma nervosité mais lui restait très calme et c'est à ce moment que j'ai compris que nos sentiments étaient les mêmes et que... je ne sais pourquoi... il avait décidé que j'étais celle qu'il lui fallait.

« Il a été gentil pour mon travail... très gentil. Je... c'est difficile à expliquer mais il était sincère. Je n'aurais pas supporté qu'il ne le soit pas. »

— Je vois, dis-je après un long silence.

Écrasant maladroitement sa cigarette, elle se lève.

— Je n'ai plus rien à dire et il faut que je m'en aille... Pardonne-moi, Sam. Je sais que je me suis mal conduite et je suis profondément navrée de t'avoir fait autant de mal. J'espère que tu en trouveras une autre très vite.

Je me lève pour l'accompagner à la porte.

— Je voudrais te demander de me faire un cadeau d'adieu, dis-je calmement. Voudrais-tu me vendre une de tes toiles? J'aimerais celle de la rue avec l'énorme terril à l'arrière-plan et la petite église blanche sur la colline.

Silence total. Je me retourne pour la regarder, je la vois immobile et j'imagine que nous devons paraître étranges, elle si nette dans son tailleur noir strict, moi si négligé dans ma robe de chambre fripée.

Soudain, elle commence à pleurer. Les yeux pleins de larmes qui roulent sur ses joues mais elle ne parle pas.

— Elle est vendue? dis-je.

Elle hoche la tête, cherchant un mouchoir dans son sac.

— Combien en a-t-il achetées?

— Toutes.

— Quand s'ouvre l'exposition?

— A l'automne... dans sa galerie... il réunit une collection de primitifs américains.

— Bon, bon. Félicitations.

— Oh, Sam... chéri...

— N'aie pas peur, je ne te demanderai pas s'il t'a promis cette exposition avant ou après avoir couché avec toi. Au revoir, Teresa. Nous ne finirons donc pas dans le même lit, mais nous finissons indiscutablement dans le même bateau. Si la mer devient trop dure, tu n'auras qu'à m'appeler et je ferai ce que je pourrai pour toi. Crois-moi, celui qui est la propriété de Cornelius van Zale a besoin de toute l'aide qu'il puisse trouver.


# 6


Il l'a achetée.

Je prends ma douche, je me rase et je mets soigneusement mon plus joli costume gris, une chemise blanche et ma cravate bleu marine favorite.

Je lui pardonnerais si son acte avait été l'effet de la révélation soudaine d'une entente inattendue comme leur goût pour l'art. Je lui pardonnerais s'il avait été victime d'une improbable mais non impossible catastrophe telle que le coup de foudre. Je lui pardonnerais même s'il avait découvert une félicité sexuelle qu'il ne pouvait trouver ailleurs. Mais Cornelius est riche. Il est beau. Il peut s'offrir n'importe quelle femme pour satisfaire son moindre désir si sa femme en est incapable. Il n'aurait pas dû prendre Teresa, détruire les qualités qui la faisaient unique et la transformer en une pauvre femme désorientée et que je reconnais à peine.

La vérité, c'est qu'il l'a vue, qu'elle l'a amusé et qu'il se l'est offerte comme il s'est payé la toile de Kandinsky pendue au-dessus de la cheminée de son bureau. Cela me rappelle Paul van Zale satisfaisant son obsession de puissance en gravant ses théories cyniques sur la cire vierge de l'âme impressionnable de ses jeunes protégés et je comprends quelle folie j'ai commise en introduisant Teresa dans l'univers corrompu de Paul et en croyant qu'elle n'en serait pas changée. Et n'est-il pas ironique de me rappeler que je suis resté si longtemps incapable d'envisager de l'épouser parce que je pensais qu'elle ne s'adapterait jamais à ce monde-là? Aujourd'hui, grâce à Cornelius, elle y a parfaitement trouvé place. Trop parfaitement.

Je noue ma cravate. Je brosse mes cheveux et trace soigneusement ma raie. Quand j'ai terminé, je m'examine longuement dans le miroir. Je suis parfaitement habillé, parfaitement soigné, en harmonie parfaite avec ma penthouse parfaite, alors je sors de la chambre, je retourne dans le living-room et je vide mon verre.

Il ne pleut plus. Les nuages ne cachent plus la flèche étincelante du Chrysler Building. Un moment je regarde par la fenêtre comme si j'explorais le passé à la recherche de l'image du jeune homme que j'étais à Bar Harbor. Mais ce jeune homme a disparu depuis longtemps, mon ancienne vie n'est qu'un souvenir imprécis et la voie qui mène à mon autre univers est entièrement obstruée par la boue dans laquelle j'ai pataugé en poursuivant mon rêve américain. Le passé ne se retrouvera jamais maintenant. J'aurais pu le reconquérir avec Teresa, mais Teresa a disparu, engloutie dans la boue, et je comprends enfin que je peux retourner à Bar Harbor dans l'avenir, y retourner encore et encore mais que je ne rentrerai jamais chez moi.

Le passé est scellé, comme une tombe. Reste l'avenir.

Je n'ai qu'une pensée, une seule. Je la crie au Chrysler Building.

— Il ne s'en tirera pas comme ça — et je me dis à moi-même : Il va me le payer.

L'Allemagne attendra. J'irai en Allemagne à la fin et je réparerai les maux du passé, ainsi que je le dois mais je n'en appellerai pas à l'A.C.E. pour satisfaire mes rêves : je tirerai cette satisfaction de Cornelius van Zale.

Je me rappelle ce qu'il dit si souvent : « Quand on s'attaque à un ennemi, il faut viser toujours le talon d'Achille. »

Je songe au talon d'Achille de Cornelius. J'y réfléchis longtemps.

Bien sûr, à elle, je ne ferai aucun mal. Comment le pourrais-je ? Ce sera un plaisir de veiller sur quelqu'un de si gentil, si joli et si tendre et je ferai tout ce qui est en mon pouvoir pour qu'elle soit la jeune femme la plus heureuse de New York. Elle aura une merveilleuse maison, des tas de domestiques, un compte ouvert chez Tiffany, un enfant une année sur deux et tout sera comme un bouquet de violettes au clair de lune. Ce sera bon d'être enfin marié et avec une femme comme Vicky, je ferai l'envie de tous mes amis. J'imagine l'expression de ma mère quand elle verra son premier petit-enfant. J'imagine un voyage de noces que je ferai idyllique à n'importe quel prix. Je me vois déjà dînant aux chandelles avec ma femme chaque année pour l'anniversaire de notre mariage et lui offrant des diamants, des fourrures et tout ce qu'elle pourrait désirer...

Je m'arrête pour me rappeler que je suis un esprit pratique et pour réexaminer la situation avec plus de détachement mais j'arrive à la même conclusion. J'en ai assez de cette crasse de ma vie privée. J'en ai assez des femmes qui m'abandonnent, se vendent et couchent avec d'autres.

Aujourd'hui, il me faut de l'innocence, de la pureté. Je veux un foyer normal, décent, heureux, avec une jolie et jeune épouse, quatre gosses intelligents, pleins d'avenir et une merveilleuse maison dans les quartiers résidentiels... les quartiers résidentiels de New York, d'abord, et puis ceux de Bonn...

Cornelius détestera ça, bien sûr, mais qu'y pourra-t-il? Je ferai ce qu'il me plaira. Je le tiens par les parties.

Je vais au téléphone et lorsque le maître d'hôtel britannique des van Zale décroche, je n'hésite pas une seconde.

— Ici, M. Keller, Carraway, dis-je de ma voix la plus suave. Pourrais-je parler à Miss Vicky?

*DEUXIÈME PARTIE*

# ALICIA : 1949

# 1

**1**

— Sam et Vicky sont mariés, Alicia! hoquette Cornelius.

Le souffle entrecoupé, il peut à peine parler.

Je m'accorde trois secondes pour enregistrer cette nouvelle mons-
trueuse avant de m'inquiéter de sa santé.

— Je vais te chercher ton médicament, dis-je en sortant du lit.
Étends-toi.

Il est au seuil de la porte communicante mais il obéit, vient en
chancelant jusqu'à mon lit et s'affaisse dans les oreillers. Il a une vilaine
couleur et il souffre énormément.

Je prends le flacon dans sa salle de bains, j'en sors deux comprimés et
j'emplis un verre d'eau. Il y a trop longtemps que je vis avec lui pour
m'effrayer de ses crises d'asthme mais je suis ennuyée parce que je sais à
quel point il déteste que je le voie dans un état aussi humiliant.

Une demi-heure s'écoule péniblement. Je veux faire venir le médecin
mais ma proposition est rejetée. Cornelius sait admirablement diagnos-
tiquer la gravité de chaque crise et au moment où je vais outrepasser sa
décision son état s'améliore. Mais il lui faut encore une vingtaine de
minutes avant de pouvoir prononcer ses premiers mots.

— C'est bien la pire journée de toute ma vie!

— Allons, calme-toi, Cornelius, ou ton asthme va revenir.

— Sam a épousé Vicky! hurle-t-il.

— Oui, chéri. Mais, je ne vois pas pourquoi tu es tellement
bouleversé. N'est-ce pas précisément ce que tu voulais? dis-je en me
baissant pour arranger les couvertures.

Cornelius roule sur le lit et se cache le visage dans l'oreiller en
gémissant. Ses cheveux brillent sur le linge blanc et, comme il a le dos
tourné, j'en profite pour m'asseoir sur le lit et caresser une de ses mèches.
Comme les cheveux n'ont pas de réseau nerveux, il ne sent rien mais je
retiens ma respiration de peur qu'il ne s'aperçoive de ce que je fais.

Je viens de retirer ma main à contrecœur lorsqu'il se remet
brusquement sur le dos et le mouvement rejette les draps au-dessous de sa

ceinture. Sa veste de pyjama, que j'ai déboutonnée au moment de sa crise, est ouverte et je vois qu'il est encore légèrement marqué du hâle de nos vacances de février aux Caraïbes. Au-dessous de l'ovale de ses poils dorés au creux de sa poitrine, on voit les os délicats de ses côtes et le tissu ferme et lisse de sa peau d'homme.

— J'ai entendu le téléphone sonner, dis-je enfin. D'où appelaient-ils?

— D'Annapolis. Ils ont été mariés cet après-midi à Elkton, dans le Maryland, après avoir satisfait aux formalités symboliques de résidence. Apparemment, l'histoire que Vicky nous a racontée était pure invention : elle n'est pas allée chez une amie de collège de Chevy Chase mais Sam l'attendait à sa descente du train à Washington lorsqu'elle est arrivée de Velletria.

— Je ne comprends pas, dis-je par politesse en regardant le nœud lâche du cordon de pyjama mais en détournant mon regard des formes que l'on devine sous le tissu. Pourquoi se sont-ils donné la peine de cet enlèvement?

— Sam savait que j'étais maintenant contre l'idée de le voir épouser Vicky.

— C'est vrai? Pourquoi ne me l'as-tu pas dit? Je n'en savais rien!

— Ce sujet nous avait valu une telle discussion que je ne voulais pas l'évoquer encore.

— Mais pourquoi as-tu changé d'avis?

— Je... je me suis fourré dans une sale histoire. Accidentellement. Et je ne me fiais pas à Sam pour l'arranger.

— Que diable veux-tu dire?

— Les mots essentiels sont : « Je n'ai pas confiance en Sam. » Et je désirais que Vicky épouse un homme en lequel je puisse me fier à cent pour cent.

— Mais...

— Assez. Je ne veux plus en parler.

Au ton cassant de sa voix, j'essaie de changer la conversation avant qu'il n'y mette fin en retournant dans sa chambre.

— Eh bien, dis-je vivement, ce qui m'étonne n'est pas tant qu'ils aient décidé de se marier. Après tout, Vicky est très jolie et Sam, s'il n'est pas beau, n'en est pas moins un homme plutôt séduisant. Évidemment, je doute qu'il eût songé à l'épouser si tu n'avais pas été le premier à lui mettre cette idée en tête, mais il ne s'agit plus de cela. Non, ce qui me stupéfie c'est qu'Emily se soit laissée surprendre. Vicky est sous son aile depuis deux grands mois... six semaines en Europe et ces deux dernières semaines à Velletria. Elle a certainement dû se douter qu'il se passait quelque chose! Sam devait être en relations avec Vicky, il a dû y avoir des lettres, des appels téléphoniques...

— Pas nécessairement. Il a probablement concocté tout cela lorsqu'il a fait ce voyage inattendu en Europe à la fin avril. Je n'ai jamais cru réellement à l'histoire qu'un de nos clients voulait se lancer sur le marché international.

— Mais il n'est resté qu'une semaine à Paris!

— Alicia, Sam est capable de prendre une société, d'en analyser la situation, de la disséquer, de la refondre, de répartir les parts du groupe vendeur et d'encaisser le bénéfice, le tout en moins de quarante-huit heures. Ne viens pas me dire qu'il n'est pas capable d'arranger son propre mariage en une semaine.

Le silence règne un instant pendant qu'il avale quelques gorgées d'eau. Il est allongé, accoudé, le dos tourné et j'aperçois une ouverture entre sa veste de pyjama et le pantalon. J'avance la main et je n'arrête mes doigts qu'à un millimètre de sa peau.

— Que vas-tu faire? dis-je machinalement en retirant ma main au moment où il repose son verre.

— Que puis-je faire? Il me tient par les couilles!

Cette grossière image, tellement différente du langage qu'il emploie toujours devant moi, révèle son désarroi et lui rappelle aussitôt où il se trouve. Il reboutonne sa veste de pyjama, vérifie discrètement que sa braguette est bien fermée et repousse les couvertures.

— Il faut essayer de dormir, dit-il en se levant pour aller à sa chambre.

— Mais, Cornelius... — J'espérais tellement qu'il allait passer le reste de la nuit dans ma chambre que j'essaie instinctivement de retarder son départ.

— Peut-être n'est-ce pas un si grand désastre, après tout, dis-je. Sam aime beaucoup Vicky et, en dépit de ce que tu dis, il me semble que tu peux espérer qu'il fera tout pour être un bon mari. Certes, il est dommage que Vicky n'ait pas épousé un homme qui l'aime réellement mais...

— Oh, Seigneur! ne recommence pas encore à me parler de Sebastian! Cette obsession est vraiment maladive!

— Pas autant que ta fixation pour ta fille!

Furieuse, je lui ai lancé cette réplique mais je tressaille lorsqu'il claque la porte sans me répondre.

Je me laisse tomber, tremblante, sur le bord du lit. Le temps passe, je ne bouge pas.

Je viens de me résigner à ma solitude lorsqu'il revient. Il a renoué le cordon de son pyjama mais le pantalon flotte sur ses hanches minces. Il s'assied à côté de moi et pose sa main sur la mienne.

Je regarde ses mains si belles, les mains d'un artiste et je les imagine en train de tracer un dessin exquis ou peut-être de jouer un nocturne de Chopin. Mais Cornelius ne joue d'aucun instrument et lorsqu'il trace aujourd'hui quelque chose sur le papier, c'est sa signature. Je n'ai jamais reçu de lui que deux lettres, je les ai gardées et aujourd'hui, dix-huit années après la naissance d'Andrew, je les relis à l'occasion pour me rappeler une époque où la communication entre nous, ne serait-ce que par écrit, était facile et directe.

Après une longue minute de silence, je dis d'une voix calme :

— Je suis navrée de ma stupide remarque. Il faut te coucher tout de suite et te détendre sinon ton asthme va revenir de plus belle.

Il se glisse aussitôt dans mon lit et lorsque j'éteins et que je m'étends près de lui, ses doigts viennent aussitôt s'entrelacer avec les miens. Nous demeurons ainsi, réunis mais séparés, lui avec ses pensées, moi avec les miennes et au moment où je ne peux plus résister au désir, sa main se détend dans la mienne : il dort.

J'attends qu'il soit profondément endormi. Alors, je pose sa main sur mon corps et je me presse aussi fort que je l'ose contre lui dans le noir.

## 2

Il s'éveille à l'aube. Je sens ses doigts se refermer involontairement sur ma cuisse et en une seconde je m'éveille, moi aussi, terrifiée à l'idée qu'il pourrait comprendre que j'ai placé sa main à l'endroit où je le désire, lui. Je feins d'être encore endormie, je bouge légèrement afin qu'il puisse se dégager.

Nous sommes immobiles. Rassurée, je crois qu'il s'est rendormi mais il dit doucement : « Alicia » et comme je ne réponds pas, il allume.

La lumière nous éblouit tous les deux. Quand je rouvre les yeux, il cache son visage et pendant trois secondes je peux voir la ligne de son bras et de son épaule avant qu'il n'écarte la main. Je détourne aussitôt mon regard.

— Alicia...

— Non, ne parlons pas, Cornelius. Comment vas-tu pouvoir passer toute la journée à la banque si tu ne dors pas? Ce n'est pas le moment de parler et, de toute manière, il n'y a rien à dire.

— Mon Dieu, dit-il. Il y a des moments où je me demande si nous ne ferions pas mieux de divorcer.

Il ne m'est plus possible de parler tranquillement, d'une voix calme et de feindre d'être à demi endormie. Me redressant d'un sursaut, je chasse les cheveux qui m'aveuglent et je lui crie :

— Ne dis pas ça! Comment oses-tu? Il ne faut jamais répéter ça!

— Mais je ne peux pas supporter de te voir si malheureuse. — Il est au désespoir, ses yeux brillent de souffrance. — Je t'aime tellement que je ne peux pas m'y résoudre. J'espérais que depuis avril nous avions un semblant de solution mais...

— Cornelius, dis-je en retrouvant d'un coup ma voix la plus nette, la plus raisonnable. Il me semble que ce serait une grave erreur de choisir cet instant où nous sommes tous les deux exténués pour revenir sur la décision que nous avons prise en avril, mais permets-moi de te dire ceci : cette décision était la seule possible étant donné les circonstances et je suis contente qu'elle se soit révélée si raisonnable. Tu as maintenant une maîtresse qui te plaît. J'en suis ravie. Rien ne pourrait me faire plus de plaisir. Pour le moment, j'ai choisi de rester seule mais c'est une décision que j'ai prise de mon plein gré et tu n'as aucune raison de t'inquiéter pour moi. Je te prie de croire que je suis parfaitement heureuse et bien que je regrette que nous ne soyons plus aussi proches que jadis, je veux que tu saches que j'ai accepté entièrement nos nouvelles relations et que je suis toujours aussi profondément heureuse de notre mariage.

Il reste sans bouger, fixant un point dans le vide au-dessus du tableau accroché au mur.

— Mais si tu l'as accepté, comme je l'ai accepté, dit-il lentement pourquoi ne connaissons-nous pas la paix?

— Cela demande du temps. On ne peut pas passer d'une relation sexuelle à une relation platonique comme on tourne un interrupteur. Et maintenant, Cornelius, il faut cesser de prendre cette situation comme si elle était de quelque manière bizarre ou extraordinaire. D'ailleurs, la plupart des couples ne dorment plus ensemble après dix-huit ans de mariage. Cela n'a rien d'anormal.

— Je me demande ce qui se serait passé si...

— Voilà la phrase la plus dangereuse de la langue anglaise... Je t'en prie, ne t'en sers pas. J'en ai horreur. Elle est toujours le prélude de quelque réminiscence insipide qu'il est bien préférable d'oublier.

— Mais je ne vois pas pourquoi nous devrions souffrir comme ça!

— Quelle souffrance? Nous avons beaucoup de chance et nous sommes heureux. Nous avons de l'argent, nous sommes encore beaux et si ta santé laisse parfois à désirer elle ne t'a pas empêché de réussir et de faire une carrière éblouissante. Nous avons trois beaux enfants et bien que je doive avouer que ta fille m'inquiète parfois, je l'aime du fond du cœur comme tu aimes mes deux garçons. Certes, il est malheureux que nous n'ayons pas eu d'enfants ensemble mais si je l'ai accepté entièrement — et cela est vrai — alors il me semble que tu dois l'accepter aussi. Tu ne dois pas te sentir coupable, Cornelius. Il y a maintenant des années que je te le dis mais je veux bien le répéter encore si tu finis par me croire. Ce qui est arrivé est arrivé. Tu n'as pas choisi de tomber malade en 1931. Ce n'est pas ta faute. C'est un cas de force majeure.

— Les cas de force majeure ont une fin. Ils ne durent pas éternellement.

— Tu pleures sur ton sort, Cornelius. Je sais qu'il est dur pour un homme de savoir qu'il ne pourra plus procréer mais songe à ce que serait ta vie si tu n'étais pas seulement stérile mais incapable de toute relation sexuelle. Dans l'un des mélos de la télévision, l'autre jour, le héros était frappé par la polio et il est maintenant paralysé depuis la ceinture et sa femme...

— Je t'en prie! gémit-il. La vie réelle n'est-elle pas assez difficile? Faut-il nous préoccuper aussi des problèmes imaginaires de personnages imaginaires?

Je me mets à rire et il se met à rire lui aussi. Les larmes me brûlent les yeux. Je détourne vivement la tête et je vois notre image dans le miroir, un couple heureux et beau qui plaisante dans un appartement somptueux.

— Je t'aime énormément, dit-il. Tu es la plus merveilleuse femme du monde.

— Je t'aime aussi, chéri.

Le miroir paraît boire nos paroles et les rendre aussi irréelles que notre reflet. Je songe aux articles des magazines sur le véritable amour, la félicité conjugale et à leur conclusion toujours heureuse et soudain le reflet dans le miroir n'est plus qu'un voile comme si la réalité triomphait enfin des fantasmes.

— Alicia...

Je devrais résister mais je n'en fais rien. Je suis faible et idiote, je le serre lorsqu'il se met à m'embrasser... Et c'est ensemble que nous anéantissons les pénibles progrès que nous avions dû faire pour atteindre de paisibles relations platoniques. Nous revenons au point où nous étions avant notre querelle catastrophique d'avril dernier... rien n'a changé et moins encore la peine et l'insupportable frustation.

Quand l'échec ne peut plus se dissimuler il me dit :

— Laisse-moi faire ce que nous faisions avant d'être mariés... lorsque tu étais enceinte... quand nous ne pouvions... quand je....

J'ai été faible et je paie maintenant cette faiblesse en voyant son immense humiliation et sa honte. Mais pour lui encore plus que pour moi je suis maintenant décidée à être forte.

— Non, dis-je.

— Mais ça m'est égal, je te le jure... je ferais n'importe quoi pour te rendre heureuse !

Je sais parfaitement combien il a horreur de tout ce qui peut s'éloigner d'une attitude sexuelle qu'il juge normale. La première année de notre mariage, quand notre accord physique était parfait, je m'émerveillais de ce qu'un conservatisme aussi bourgeois, si profondément imprégné de foi puritaine, puisse se révéler aussi excitant. Ce n'est que bien plus tard que j'ai compris que Cornelius me paraissait excitant non en dépit de son puritanisme mais pour cette raison même. Il évoquait pour moi les hommes de l'époque victorienne qui, habitués à des femmes caparaçonnées de la tête aux pieds dans des toilettes compliquées, manquaient s'évanouir en apercevant une cheville féminine. La vue de Cornelius quittant non seulement sa chemise mais son éducation guindée du Middle West suffit encore aujourd'hui à me plonger dans une fièvre d'excitation.

Cette excitation me fait mal. L'étouffant derrière mon air le plus impassible, je dis d'une voix neutre :

— Si tu es capable de faire n'importe quoi pour me rendre heureuse, Cornelius, alors je t'en prie revenons à l'accord que nous avions adopté en avril. Je sais que tu m'aimes plus que n'importe quelle autre au monde et cette certitude me suffit. Tu n'as pas besoin de me prouver physiquement ton amour, tu n'y es ni obligé ni astreint.

Il saute du lit et gagne rapidement la porte.

— Cornelius...

— Ce n'est rien, dit-il. J'ai été stupide. Je suis désolé de t'avoir ennuyée. Bonsoir.

La porte se ferme et je suis seule une fois de plus. J'éteins pour ne pas voir la place vide où il dormait à mon côté mais l'aube point derrière la fenêtre et quand je ne peux plus penser à autre chose qu'à ma couche désertée, le courage m'abandonne et je mets à pleurer.

## 3

Je ris bien souvent lorsque les mélos de la télévision évoquent une grande passion : elle est toujours enchanteresse, elle naît dans un monde excitant et serein plein « des sanglots longs des violons » et d'éternels crépuscules d'or. Les grandes passions ne ressemblent à rien de pareil. Elles sont terrifiantes et destructrices : elles brisent les foyers, les existences, anéantissent toute apparence de comportement civilisé et sous le vernis de la passion irrésistible il est aisé de voir le sordide et sombre stratum des souffrances et du malheur des autres.

J'ai épousé Ralph Foxworth, mon premier mari, à l'âge de dix-sept ans pour fuir un foyer désastreux. A vingt ans et enceinte de cinq mois de mon second fils, j'ai rencontré Cornelius. Trois jours après, j'allais vivre chez lui et lorsque Andrew est venu au monde, j'étais déjà embarquée dans un second mariage.

J'étais encore très jeune. J'étais certaine que Cornelius et moi nous nous aimions assez ; « les sanglots longs des violons » et les crépuscules d'or seraient toujours là lorsque nous sortirions de la nuit de mon divorce. J'ai cru que je pouvais renoncer à la lutte pour la garde de mes deux enfants puisque j'en aurais d'autre... j'ai cru que tant que Cornelius serait à moi, nous surmonterions aisément les malheurs qui pourraient nous menacer.

Mais il n'y eut pas de crépuscule d'or. Les violons ont sangloté délicieusement un moment et puis ils se sont tus. Je vois aujourd'hui la vie sous un jour différent.

Je ne suis pas pieuse, encore que j'aille à l'église pour Pâques et à Noël parce qu'il s'agit alors d'une espèce de réunion mondaine et que j'y retrouve mes amies mais je n'en crois pas moins qu'il existe certaines lois naturelles qui régissent les affaires des hommes, tout comme le monde qui nous entoure obéit à des lois naturelles. Quand j'étais petite fille j'ai appris que les grandes passions, elles aussi, opèrent selon des lois implacables ; si vous troquez votre mari et vos enfants contre le paradis, n'allez pas vous étonner si le paradis vous apporte plus — ou beaucoup moins en ce qui me concerne — que vous ne l'escomptiez.

Il m'a fallu quelque temps avant de le comprendre car les trois premières années de notre mariage furent délicieusement heureuses, obscurcies seulement par le chagrin secret que j'éprouvais à ne pas voir mes deux fils. Mais le 7 septembre 1933 — et cet anniversaire ne revient jamais sans que je ne ressente le poids du malheur — Cornelius apprit qu'il était devenu stérile à la suite d'une attaque d'oreillons qu'il avait eue deux ans auparavant. Nous n'avons pas été autrement surpris de constater que cette découverte pesait sur notre vie intime et nous avons compris qu'il nous faudrait un certain temps pour nous y habituer mais nous ignorions que notre mariage allait en être définitivement mutilé. Les choses ont marché tant bien que mal un certain temps. Finalement, Cornelius surmonta ses difficultés mais bientôt elles se reproduisirent inexplicablement. Il consulta différents médecins : tous lui expliquèrent qu'il n'existait pas de raison physique qui puisse l'empêcher d'avoir avec moi des relations sexuelles normales. Malheureusement, ce diagnostic unanime ne fit pas disparaître nos ennuis. Cornelius devint de plus en plus maladroit ; je devins de plus en plus nerveuse et même lors des rares occasions où nous consommions le mariage, l'instant était toujours trop bref, trop chargé d'anxiété pour nous offrir plus qu'un aperçu des plaisirs qui nous paraissaient si naturels dans le passé.

Comprenant que l'impossibilité de faire des enfants était à l'origine du problème, nous avons envisagé d'en adopter mais l'idée en a été rejetée lorsque Ralph s'est remarié et m'a permis de voir beaucoup plus souvent mes garçons. Peu après, Cornelius eut également le droit de voir Vicky davantage. Si bien que nous pouvions réunir les trois enfants à Noël et à Pâques, ainsi qu'au mois d'août que nous passions toujours à Bar Harbor. En 1938, je me reprochais sévèrement de désirer voir mes deux garçons davantage — alors que je n'avais pas à me plaindre à cet égard — quand Ralph fut tué dans un accident d'aviation. Sebastian et Andrew vinrent habiter définitivement avec nous.

La situation s'améliora aussitôt du tout au tout. J'étais tellement heureuse d'être enfin mère vingt-quatre heures sur vingt-quatre. Quant à Cornelius, sentant sans doute que j'étais moins tourmentée par l'impossibilité d'avoir des enfants de lui, il surmonta momentanément ses difficultés. Nous ne retrouvions certes pas l'accord parfait des premiers jours mais nous nous entendions sans doute aussi bien que la plupart des couples après sept ans de mariage et notre gêne mutuelle avait disparu. Et puis, en 1941, Cornelius obtint la garde totale de sa fille et Vicky vint vivre avec nous.

J'imagine sans peine les raisons qui firent que Vicky désorganisa notre mariage mais sans pouvoir dire précisément lesquelles. Peut-être cela vint-il de l'ensemble. Quoi qu'il en soit, notre mariage connut de nouveau des temps difficiles.

La cause principale en était peut-être que je ne m'attendais pas à ce que Vicky fût d'un caractère si difficile. Je la connaissais bien mais lorsqu'elle venait jadis à la maison elle avait toujours un comportement exemplaire. Lorsqu'elle vécut avec nous, les choses changèrent beaucoup. Certes on ne peut pas espérer non plus que le rôle de belle-mère soit facile mais je n'imaginais pas la patience, la constance et l'effort moral qu'il faut pour aider une fillette de dix ans à se faire à un nouvel environnement. Vicky était effrontée, rebelle et décidée à dramatiser la situation en me considérant comme la méchante belle-mère. J'étais bien résolue à me montrer indulgente. Je me disais que la bataille juridique l'avait marquée et que d'autre part sa mère, nymphomane invétérée, n'avait évidemment pas su élever convenablement son enfant, mais mes belles résolutions ne tinrent pas et le fardeau devint insupportable.

Je voulais aimer Vicky. J'avais toujours eu envie d'une fille et surtout d'une fille qui ressemblât à Cornelius. Je fus extrêmement déçue lorsque Vicky se révéla si différente de la fille idéale dont je rêvais. Certes, je dissimulais ma déception et je croyais l'avoir parfaitement cachée mais Cornelius devina sans doute mes sentiments et il en prit ombrage. A moins qu'il ne se soit senti coupable de m'imposer la fille d'une autre au lieu de m'en donner une lui-même. Peut-être encore l'ambiance pénible qui régnait eut-elle des répercussions dans son esprit. Je l'ai déjà dit : je peux imaginer plus d'une raison qui firent que Vicky ébranla notre mariage mais quelle que soit la véritable raison, cette fêlure devint un aspect permanent de notre vie familiale.

C'était pénible à accepter. Mon unique souci était de conserver un front égal devant les enfants et qu'ils n'aient pas à pâtir de nos problèmes, mais en 1945 eut lieu l'incident qui mit presque fin à notre mariage.

Vicky avait quatorze ans et demi et Sebastian, seize. Je ne veux pas parler de cet incident sinon pour dire que j'étais et que je reste convaincue de l'innocence de Sebastian. Par la faute de sa mère, Vicky n'avait aucune lumière sur les questions sexuelles et bien que j'aie essayé à différentes reprises de lui parler du comportement des hommes en certaines circonstances, elle s'énervait trop pour m'entendre. Cornelius n'y pouvait rien : il est incapable de garder le sens commun quand il s'agit de Vicky et il se rangeait immédiatement au côté de sa fille quand j'essayais de défendre Sebastian. Comme je ne pouvais lui pardonner certaines choses qu'il avait dites de mon fils et qu'il ne pouvait pas davantage me pardonner certaines choses que j'avais dites de sa fille, il n'est pas étonnant que nous nous soyons éloignés l'un de l'autre et que d'un an nous n'ayons pas dormi ensemble.

Et puis il m'est revenu. Il m'a expliqué qu'il avait été frustré à tel point qu'il avait demandé à Jake Reischman de lui prêter l'une de ses maîtresses — c'est tout à fait caractéristique de Jake d'en avoir plusieurs — mais l'affaire avait été si sordide qu'il était incapable de recommencer. Il m'a dit qu'il m'aimait et qu'il voulait me reprendre. Je lui suis revenue.

Nous avons été heureux un certain temps mais cela n'a pas duré. Il me semble que nous savions tous deux que cela ne durerait pas mais quelle souffrance! Je ne pouvais plus garder mon calme, un ton neutre et détaché, c'était impossible, j'étais trop malheureuse. Il est difficile de décrire ma peine : elle ne me quittait jamais, elle m'envahissait et quand je n'ai plus pu y tenir je suis allée voir le médecin pour lui dire : « Je vous en prie, *je vous en prie*, donnez-moi des tranquillisants. » Lorsqu'il m'a demandé pourquoi j'étais tellement affolée je ne lui ai pas répondu : « Mon mari est à peu près incapable de me faire l'amour. » Je lui ai dit : « Mon mari et moi n'avons pas d'enfants. »

— Mais madame Van Zale, s'exclama-t-il surpris. Vous en avez trois : vos deux fils et votre belle-fille!

— Je veux parler des autres. De ceux que nous n'avons pas eus.

Mais je ne pouvais pas lui expliquer ce vide... lui dire que Cornelius et moi avions rêvé d'avoir sept enfants... oui, sept!... une fille et six garçons... Un de plus que les Rockefeller, disions-nous souvent en riant... et que nous fêtions leurs anniversaires, que nous leur avions même donné un prénom et organisé leur existence.

— Oh, ce n'était pas un jeu pour me consoler de ne pas voir plus souvent mes deux garçons, dis-je au premier psychiatre.

— Non, ce n'était pas un jeu, dis-je au second. Ils existaient, ces enfants. J'aurais pu les décrire et, soudain, un jour ils ont disparu et je n'ai pas su... je ne le sais pas encore... comment supporter leur perte. Ils me manquent tellement. Chaque fois que je pense à eux je ne peux pas croire qu'ils n'existent pas réellement.

— Je suis tellement faite pour avoir des enfants, ajoutai-je pendant qu'il rédigeait une nouvelle ordonnance de tranquillisants. Je ne suis pas quelqu'un d'extraordinaire : ni très intelligente ni très douée mais lorsque j'ai donné naissance à Sebastian, j'ai eu l'impression pour la première fois de ma vie d'être quelqu'un, une personne bien réelle, Alicia Blaise Foxworth, brillante, unique, qui avait du talent et du succès. J'aurais eu la même impression à la naissance d'Andrew mais je savais que j'allais devoir renoncer à lui alors j'ai fait l'impossible pour me cuirasser d'indifférence. Mais je souffrais. J'ai pleuré et pleuré quand on me l'a pris mais j'ai dû sécher mes larmes parce que je ne voulais pas que Cornelius sache. J'ai dû refouler en moi tout mon chagrin et laisser croire à mon indifférence. Parfois il me semble que je n'ai rien fait d'autre depuis sinon refouler ma peine et faire semblant, faire semblant... Cornelius ne doit jamais le savoir, voyez-vous, parce que cela lui ferait trop mal. Or, j'aime Cornelius, je ne supporterais pas qu'il souffre, je préfèrerais mourir plutôt qu'il sache à quel point je regrette que nous n'ayons pas un enfant à nous.

Mais tout cela est faux. Je ne suis pas morte et je le lui ai laissé savoir. Le 6 avril 1949, l'inimaginable s'est produit, j'ai perdu mon empire sur moi-même et le lien fragile que nous avions préservé au prix de tant d'efforts, pendant tant d'années, s'est finalement brisé, définitivement.

## 4

Les ennuis ont commencé lorsque Vicky, toujours férue de mélodrame, s'est laissée grotesquement enlever par ce garçon de plage : la façade tranquille de notre fragile vie familiale a craqué une fois de plus du haut en bas. Cornelius ne savait que faire sinon demander, désespéré, quelle faute nous avions pu commettre et lorsqu'il m'a regardée, comme si j'étais la cause de la conduite égoïste et enfantine de Vicky, j'ai eu du mal à m'empêcher de souligner que le désastre venait de ce qu'il l'avait affreusement gâtée depuis sa naissance pour se consoler des enfants qu'il n'aurait jamais plus. Mais il semble que cette vérité première ait dû tout de même lui apparaître. La situation parut renforcer son sentiment de culpabilité à mon égard et nous étions sur le point de nous éloigner encore plus l'un de l'autre lorsque j'ai découvert qu'il envisageait secrètement de marier Vicky à Sam Keller.

Sam est tellement un frère pour Cornelius que je le considère comme mon beau-frère. C'est un homme qui ne donne jamais à une femme l'impression qu'elle est quelconque, aussi lui ai-je facilement accordé mon amitié mais je sais très bien que les attentions qu'il me prodigue sont dues au fait que je suis la femme de Cornelius. Si jamais nous divorcions, Sam ne m'accorderait plus un regard parce que son univers se compose uniquement de ce qui compte pour Cornelius. C'est l'un de ces hommes qu'attirent instinctivement fortune et puissance; sans avoir connu la fortune et la puissance à leur naissance, ils ont un instinct infaillible pour choisir leurs protecteurs et pour les suivre contre vents et marées. Trop intelligent pour n'être qu'un serviteur et trop avisé pour ne pas tirer tous les avantages possibles de son amitié avec Cornelius, Sam n'est pas un vulgaire parasite mais au contraire une force formidable en soi.

Évidemment ce n'est pas le mari qu'il faut à Vicky.

Je sais qu'il ne peut pas l'aimer encore qu'il puisse l'épouser simplement pour plaire à Cornelius. Il me déplaît qu'un homme épouse une femme qu'il n'aime pas vraiment. Mon premier mariage m'a durement enseigné le malheur qui attend une femme épousée sans amour et bien que j'aie secrètement grande envie de voir Vicky loin de la maison, je ne peux pas accepter l'idée que Sam soit son époux. D'autant qu'il existe quelqu'un de bien préférable et qui peut lui donner tout l'amour qu'elle ne recevra jamais de Sam.

Sebastian a toujours adoré Vicky. Il n'est là rien que de naturel. Ils ne sont pas du même sang et bien que mon mariage avec Cornelius les ait faits frère et sœur pour l'état civil ils n'ont pas vécu ensemble depuis le berceau. Personnellement, j'estime qu'il est contre nature que Sam épouse Vicky puisqu'on lui a appris dès son plus jeune âge à le considérer comme son oncle.

Sebastian est équilibré, sérieux. Il saura parfaitement contrebalancer l'exubérance de Vicky. Il est également intelligent et tout à fait digne des prétentions intellectuelles de la jeune personne. Il est vrai que Vicky est prévenue contre lui mais ce n'est que l'effet d'une méchanceté puérile; lorsqu'elle aura plus d'expérience, je suis sûre qu'elle ne manquera pas de voir tous les mérites de Sebastian.

Cela dit et pour être honnête avec moi-même, je dois admettre que je ne tiens pas à ce mariage uniquement parce que je crois ces enfants faits l'un pour l'autre. En vérité et en temps normal, je penserais que Vicky ne vaut pas Sebastian et je souhaiterais qu'il oublie cet amour puéril, mais ma situation n'est pas normale, il s'en faut.

Je désire ce mariage parce que je crois qu'il détruirait en Cornelius le complexe de culpabilité et qu'il restaurerait notre union boiteuse. Je crois que sa fille et mon fils pourraient nous donner des petits-enfants qui tiendraient la place des enfants que nous n'avons pas eus; notre vide serait comblé par la joie d'être grand-père et grand-mère. J'en suis arrivée, avec les ans, à penser que cette union est le seul remède à un mariage qui devient un fardeau trop insupportable et en ce mois d'avril 1949 le fardeau m'a amenée au bord de la dépression nerveuse.

Il m'est de plus en plus difficile de prétendre que je désire sexuellement Cornelius alors que les nuits m'inspirent de la terreur; je ne veux plus me demander anxieusement s'il voudra bien m'approcher, je redoute même les rares occasions où il arrive à ses fins parce que je suis fâchée qu'il soit satisfait quand la satisfaction m'échappe toujours. J'ai été fâchée également après l'incident de la maîtresse de Jake Reischman, bien que Cornelius ait juré qu'il avait été incapable de faire l'amour avec elle. Je pense qu'il n'a pas le droit de voir une autre femme alors que je me suis tellement efforcée d'être pour lui une bonne épouse. Je ne vois pas pour quelle raison je devrais être punie simplement parce que je sais, mieux qu'aucune autre, qu'il se sent moins homme à cause de sa stérilité. Mon ressentiment s'accroît. Je le refoule mais je ne peux pas l'éteindre et finalement il se mêle à toutes mes appréhensions et il efface le désir que j'ai de lui et qui me semblait jadis si naturel.

C'est à ce moment-là, lorsque notre mariage touchait à son déclin et que je rêvais plus que jamais d'union entre Sebastian et Vicky, que je découvris que Sam avait été désigné pour le rôle d'ange gardien de Vicky.

— Il faut que je te parle, s'il te plaît, dis-je froidement à Cornelius après que nous eûmes tiré Vicky de l'appartement de Sam, ce mercredi soir d'avril. C'est très important.

— Le temps d'accompagner Vicky jusqu'à sa chambre et je suis à toi.

Comme toujours il l'accable de son affection et comme toujours la coquine joue à fond sur la fibre paternelle.

— Attends-moi, en haut, dit-il après réflexion. Dès que Vicky sera installée je quitterai mon uniforme d'homme d'affaires.

Sans discuter je monte l'attendre dans ma chambre. Il revient dans la sienne une heure après et il lui faut cinq minutes pour changer de vêtements mais je me garde bien de lui reprocher de m'avoir fait attendre. Il a dû bavarder avec Vicky sans se rendre compte du temps qui passait mais c'est tout à fait normal. Je passe toujours au second plan lorsque Cornelius s'occupe de sa fille.

— Il faut que je te parle, lui dis-je de nouveau quand il entre — J'ai ma chemise de nuit et mon peignoir mais je ne suis pas encore démaquillée.

— Ah, mon Dieu! geint-il sans entendre un seul mot. Pauvre petite Vicky! Que vais-je bien pouvoir faire?

Je perds toute patience.

— Allons, n'essaie pas de me faire croire que tu n'avais pas arrangé tout ça!

— Que veux-tu dire? demande-t-il, les yeux ronds.

C'en est trop. Je veux bien supporter le souci sincère qu'il a du sort de sa fille mais non pas qu'il feigne l'ignorance ou qu'il conspire derrière mon dos.

— Je veux dire que tu m'as menti! Tu m'as toujours laissé supposer que tu espérais comme moi voir Vicky épouser un jour Sebastian et maintenant Sam m'apprend que vous avez pris un accord à mon insu! Certes, il m'a bien dit qu'il allait t'annoncer qu'il ne pouvait pas l'épouser mais si tu penses que je l'ai cru une seconde tu te trompes de beaucoup! Il fera exactement ce que tu lui demanderas de faire, mais je pense que c'est ignoble. Je me demande comment tu peux faire une chose pareille à ta propre fille! Comment peux-tu la donner à un homme qui ne l'aime pas alors qu'il y a ici, dans ta famille, un jeune homme qui baiserait la trace de ses pas et..

— Oh, pour l'amour du Ciel! — Il se dresse d'un bond, crispé de rage. — Ne me ressors pas encore toutes ces romanesques balivernes de bonne femme... comme si Vicky pensait une seconde à épouser Sebastian! Alicia, tu perds littéralement la tête avec ce garçon. Je ne t'en ai rien dit plus tôt parce que je ne voulais pas t'ennuyer mais je vois que nous en sommes au point où il faut en parler une bonne fois. Cette adoration aveugle pour Sebastian est d'abord injuste à l'égard d'Andrew et ensuite déplorable pour Sebastian lui-même!

— Tu n'as jamais pu souffrir Sebastian. Jamais!

— C'est tout à fait inexact et cela montre que tu n'es pas capable de juger sainement de la situation. Et maintenant, écoute bien, Alicia. Il faut que tu sois raisonnable. Il n'est pas sain de vivre comme ça à travers Sebastian et Vicky en te construisant un monde imaginaire dans lequel ton fils épouse ma fille et où ils engendrent une demi-douzaine d'enfants que tu pourras croire ceux de notre mariage. Il faut voir la réalité en face, Alicia, et comprendre que ton rêve n'a pas l'ombre d'une chance de se réaliser.

— Mais je crois sincèrement... avec le temps...

— Non. Pardonne-moi. Et ne crois pas que je ne sympathise pas, tu te tromperais. Il y a une tragédie au cœur de notre mariage et je ne l'oublie jamais. Mais nous devons nous en accommoder de notre mieux. D'une certaine manière, cela m'est plus facile parce que j'ai l'univers de mon travail à Wall Street mais tu as aussi un univers, ici, et il te serait si facile d'essayer de te faire une vie plus intéressante, plus pleine et plus enrichissante. Au lieu de passer ton temps à te gorger de mélos télévisés, pourquoi ne sors-tu pas, pourquoi ne vois-tu pas davantage tes amis, pourquoi ne t'occuperais-tu pas d'une nouvelle œuvre de charité? Si tu passais ton temps en choses plus intéressantes je suis certain que ta vie te paraîtrait moins vide, alors, je t'en prie... fais un effort pour sortir de ton ornière! Je ne veux pas arriver un soir à la maison pour te trouver en pleine dépression nerveuse.

— Si cela arrive, lance ma voix furieuse, ce sera entièrement ta faute. Ce n'est pas la mienne si nous n'avons jamais eu d'enfants!

La chambre est brillamment éclairée. Aucune ombre ne peut dissimuler l'expression de notre visage. Un moment nous restons sans mouvement, comme paralysés par l'aveuglante clarté et puis Cornelius recule d'un pas. Son visage est blanc comme la mort.

— Pourquoi ne passerais-je pas mon temps à regarder des mélos? poursuit ma voix. Cela vaut mieux que de rester à songer à tous les enfants que tu ne m'as jamais donnés. Et cela vaut mieux encore que de penser à un mari incapable de me faire l'amour.

Dans le silence qui suit, je veux croire que j'ai seulement imaginé ces paroles sans les prononcer. Il est impossible que je les aie dites parce que je suis incapable d'une telle méchanceté.

Cornelius fait un autre pas en arrière. Ses yeux brillent de douleur et je comprends alors que les paroles ont bien été prononcées et que rien ne peut plus les effacer.

Plus un mot n'est échangé. Je regarde le cher visage familier : la souffrance l'a rendu méconnaissable. Cornelius continue de reculer jusqu'au moment où il se heurte à une table, se retourne, ouvre la porte et sort en chancelant.

— Cornelius! — J'ai retrouvé ma voix mais il est trop tard. Je cours derrière lui dans la galerie, sur le tapis rouge jusqu'au départ du grand escalier, sans cesser de crier son nom. Il traverse le hall sans se retourner. L'escalier n'en finit pas. Mes mules claquent frénétiquement sur les degrés de marbre.

— Cornelius! Cornelius!

Je sanglote en franchissant la porte, je le rattrape au milieu de la cour et je le prends par le bras. Il se dégage :

— Arrête de hurler! dit-il sèchement. Tais-toi immédiatement!

— Cornelius...

— Je n'ai rien à te dire. Laisse-moi.

Il s'éloigne vers la grille et quand j'essaie de m'accrocher à son bras il me repousse si rudement que je tombe. Les pavés sont de glace. Des lampes s'allument dans la maison : les domestiques s'éveillent au bruit. Dévorée de honte, je remonte les marches. Je viens de me réfugier dans le sanctuaire de la bibliothèque lorsque les gardes du corps arrivent dans le hall.

J'espère que Cornelius va revenir pour les emmener ou pour prendre une des voitures mais il n'en fait rien. Alors, quand la maison est rendormie, je remonte sur la pointe des pieds et je m'assieds dans sa chambre pour l'attendre.

Il revient à l'aube.

Je l'attendais toujours mais j'ai pris trois tranquillisants et je suis calme.

Il entre sans regarder le fauteuil où je suis assise; il va à la fenêtre, écarte les rideaux et regarde longtemps Central Park. Finalement, il dit sans me regarder :

— Je me demande vraiment pourquoi nous avons lutté si long-temps.

— Cornelius... mon chéri...

Il se retourne.

— Je t'en prie! Pas de scène! J'en ai par-dessus la tête!

J'essaie de garder mon calme. Je sens que je ne peux atténuer sa douleur qu'en feignant le calme. Il m'est interdit de laisser deviner ce que j'éprouve. Il ne pourrait pas supporter à la fois ma douleur et la sienne.

— Es-tu allé voir quelqu'un? dis-je de ma voix la plus neutre.

— Oui.

Mon attitude paraît le rassurer. Il ne me regarde toujours pas mais il s'assied dans un fauteuil et commence à retirer ses chaussures.

— As-tu...?

— Oui. Et c'était parfait. Comme si je n'avais jamais été malade.

Il lance ses chaussures à travers la chambre et les suit du regard.

— Une call-girl?

— Dieu, non! Il est possible que tu penses que je ne suis pas bon à grand-chose mais je n'en suis pas encore au point où je doive payer pour ça.

— Et qui est-ce?

— Personne que tu connaisses. Elle s'appelle Teresa je ne sais trop quoi... un de ces Bon Dieu de nom polonais que je ne peux pas retenir. C'est la nouvelle gouvernante de Kevin.

— Kevin a une Polonaise? Je la croyais suédoise.

La conversation devient presque mondaine. En écoutant mes répliques insignifiantes je le regarde défaire le premier bouton de sa chemise.

— Ingrid est à Hollywood.

— Ah.!

Silence. Il ne se déshabille pas davantage mais ramasse sa cravate et la serre dans ses mains.

— Evidemment, tu vas demander le divorce, dit-il enfin froide-ment.

Je cherche de nouveau mes mots et lorsque je les trouve ma voix est encore plus distante que la sienne.

— Pour cause d'adultère?

Il me regarde les yeux ronds.

— Nous pouvons invoquer l'adultère comme raison juridique, certes mais ce à quoi je pensais... eh bien, je ne vois pas pourquoi, étant donné la situation, tu pourrais toujours désirer que nous restions mariés. Maintenant que je connais exactement tes sentiments, je me demande comment tu as pu supporter notre mariage aussi longtemps... ou pourquoi tu as tenu à le supporter. Par pitié? Sans doute te sentais-tu obligée de rester mais cela ne doit plus te retenir davantage. Au contraire, c'est moi qui dois te laisser partir sans plus tarder.

Je ne peux pas parler.

— A moins... — La cravate est prête à se déchirer dans ses mains. Je l'encourage d'un signe de tête mais il fixe sa cravate et ne le voit pas.

— ... à moins qu'en dépit de tout, tu croies encore...

Il lève les yeux et regarde les miens.

Le fauteuil tombe de côté lorsqu'il bondit et traverse la chambre pour venir se jeter dans mes bras.

Un instant d'éternité s'écoule... nous restons enlacés et puis lorsque nous retrouvons notre calme nous nous asseyons, main dans la main, au bord du lit et nous poursuivons la conversation dans cette espèce de sténo verbale que tant de couples mariés perfectionnent avec le temps.

— Je ne peux pas encore croire...

— Ne sois pas ridicule, Cornelius. Quand on aime, on aime, c'est tout.

— Tu ne désires pas intérieurement...

— Non. Et toi?

— Jamais. Le divorce, c'est bon pour les autres.

— Je m'en veux tellement d'avoir pu te faire penser que...

— Non, tu as bien fait de parler.

— Toutes ces horribles méchancetés que j'ai dites...

— Elles ont éclairci notre ciel. Nous avons laissé les choses aller trop longtemps, je le vois. C'est entièrement ma faute.

— Non...

— Je veux parler de ma réaction. Seigneur! Alicia me pardonneras-tu jamais d'avoir...

— Ça ne compte pas. En vérité, il vaudrait peut-être mieux que tu...

— Oui, mais seulement avec ton plein accord.

— Eh bien, si elle te convient... pas d'histoires, de complications... Est-elle...?

— Non. Ni jolie ni belle. Crois-moi, cela ira très bien. Je regrette seulement de n'avoir pas eu le courage de prévoir plus tôt, je t'aurais épargné tout le...

— Non, dans le temps, je n'aurais pas aimé du tout. Aujourd'hui, il me semble que c'est bien. Je ne sais pas pourquoi.

— Mais il faut que nous en discutions, que nous voyions bien les choses et que nous mettions fin à ces souffrances inutiles. Nous avons assez souffert, toi et moi.

Le silence règne pendant que nous mettons de l'ordre dans nos pensées et que nous rassemblons nos forces pour continuer. Je tiens toujours sa main bien serrée dans la mienne. Dans la fenêtre, le ciel pâlit au-dessus du Park.

— Commençons par ce qui s'impose, dit enfin Cornelius. Primo : pas de divorce. Nous nous aimons et la pensée que nous ne soyions plus mariés est inconcevable. Secundo : Plus de relations sexuelles. Il est clair que cela est mort et si nous voulons bien le comprendre tous les deux nous serons beaucoup plus heureux. Tertio : pas de devoir de fidélité. Il ne serait pas réaliste dans cette situation de nous promettre l'un l'autre d'être chastes, d'autant que je n'ai que quarante et un ans et toi trente-neuf.

Je suis tellement absorbée à l'imaginer avec une autre que la signification générale de sa remarque m'échappe.

— Cornelius, je préférerais que tu aies plusieurs femmes occasionnelles qu'une maîtresse attitrée qui pourrait devenir amoureuse de toi.

— Il n'y a pas l'ombre d'une chance que cela arrive avec celle-là. C'est l'une de ces artistes égocentriques qui n'a d'amour que pour son art et si même elle présentait pour moi la moindre difficulté, l'argent me débarrasserait facilement d'elle. Voilà pourquoi elle me convient parfaitement et pourquoi je préfère une maîtresse attitrée. Tout est bien plus facile. Par ailleurs, avoir une série de maîtresses serait vulgaire et désobligeant pour nous deux. Et maintenant, en ce qui te concerne... — Il respire à fond mais il est incapable d'aller plus loin.

— Oh, ne t'inquiète pas pour moi, Cornelius. Je ne demande qu'une chose, que nous retrouvions le bonheur ensemble.

— Ça, ce n'est qu'un vœu pieux. Ce n'est pas voir la réalité. Certes, il me serait agréable de penser que tu es une espèce de sainte de vitrail qui m'attend chastement à la maison pendant que je vais coucher avec ma maîtresse mais, Alicia, on ne conquiert pas une situation comme la mienne en se nourrissant d'illusions ! Il est évident qu'il te faut un amant. C'est la seule solution pratique.

— Mais je ne peux pas imaginer en désirer un autre que toi.

— Ne crois pas que la pensée de te savoir avec un autre me comblera de joie, mais ce n'est pas cela qui compte. Ce qui importe c'est que si nous voulons que ce nouvel arrangement tienne, nous devons avoir des droits égaux sinon je finirai par me sentir plus coupable que jamais et tu seras encore plus fâchée et frustrée que tu ne l'es actuellement... mais oui, sois honnête, Alicia ! Avoue-le ! Nous devons être honnêtes l'un envers l'autre !

— Oui, nous avons trop souffert de faire semblant.

— Exactement. — Il pousse un soupir de soulagement. — Tout ira pour le mieux, dit-il enfin. Le mariage doit être une association vivante qui change et se perfectionne pour refléter les sentiments des époux. Tout ira bien... en fait, je me sens déjà mieux. Discuter aussi franchement de nos problèmes est sûrement la chose la plus intelligente que nous puissions faire.

— Oui. Je te sens plus proche maintenant. Comme dans le temps.

— Nous avions de si longues et si bonnes conversations, tu te souviens ?

— Et des instants de silence si paisibles. Te rappelles-tu que je t'ai dit un jour combien j'aimais nos silences?

— Oui, je me le rappelle mais je n'y pensais plus. Nos silences étaient devenus pesants depuis si longtemps. — Il m'embrasse sur la joue. Mais tout sera différent désormais, n'est-ce pas? me dit-il en souriant. Nous allons de nouveau être heureux... Et maintenant, nous devrions essayer de dormir un peu avant que le soleil ne soit plus haut dans le ciel. Tu dois être aussi fatiguée que moi. Et il m'embrasse encore et il me dit qu'il m'aime.

— Je t'aime, moi aussi, dis-je doucement en le serrant contre moi dans un élan de bonheur et c'est alors, en sentant mon corps presser enfin le sien sans contrainte, que le désir depuis longtemps assoupi me brûle le sang et que je comprends que nos problèmes ont sans doute changé mais qu'ils ne sont toujours pas résolus.

# 2

## 1

Notre nouvelle harmonie n'a guère duré. Une autre tension a pris la place de celle que nous avions neutralisée et je dois me réfugier derrière mon masque le plus impassible pour sauvegarder l'arrangement que nous avons si péniblement édifié.

Comble d'ironie : le problème de nos relations sexuelles maintenant écarté, le stress qui étouffait mes désirs a disparu et le besoin physique que j'ai de Cornelius est revenu. Je ne songe guère qu'à ce désir lancinant et, pour tenter d'écarter Cornelius de mes pensées, je me plonge plus que jamais dans mes mélos télévisés quotidiens et mes magazines de la presse du cœur. Je fais même des rêves érotiques. J'en suis d'abord honteuse : il me semble que seuls les hommes ont de tels fantasmes et puis j'en arrive à désirer leur retour car ils apportent un soulagement à la tension.

Nous n'avions imaginé, ni lui ni moi, qu'il jugerait nécessaire de garder ses distances, comme s'il n'osait m'approcher de peur de réveiller les souvenirs de notre ancienne intimité. Bientôt ce n'est pas seulement cette intimité qui me manque mais les gestes tendres occasionnels : la pression de ses doigts enlacés avec les miens, le réconfort de ses bras dans une brève étreinte et ses lèvres sur les miennes pour un léger baiser. Théoriquement, nous devrions être tous deux tellement plus à l'aise que ces gestes devraient se multiplier mais l'expérience nous a montré que tout contact physique nous embarrasse.

Je me rends compte que je le perds de nouveau et je me le représente si nettement dans mon désarroi que je remarque des détails qui m'échappaient depuis des années : l'accent du Middle West qui lui est resté, sa marche élégante, son sourire éclatant qui frappe d'autant plus que son visage est généralement impassible et calme. Je remarque aussi son profil bien ciselé : le nez droit, le menton net, la bouche masculine, la ligne harmonieuse de son front sous sa chevelure blonde et frisée. Et je remarque aussi qu'il est petit, à peine plus grand que moi mais qu'importe, son corps est élégant : ossature fine mais puissante, épiderme sans défaut et musculature soigneusement entretenue par les séances de natation dans la piscine.

Je le vois de moins en moins. Il travaille de plus en plus tard à la banque comme si, malgré tout ce qui a été dit, son complexe de culpabilité avait résisté à l'exorcisme. Alors j'imagine que certains soirs il doit s'arrêter à la maison de Kevin dans Greenwich Village. Je me répète sans cesse combien il est bon qu'il ait trouvé quelqu'un qui lui convienne, mais ce raisonnement qui semblait supportable en avril souligne seulement la profondeur de la détresse que j'éprouve aujourd'hui quand je le sais avec une autre.

Je fais ce que je peux pour examiner rationnellement mon problème. Je ne peux rien dire à Cornelius sinon il essaiera de me faire l'amour et nous plongerons de nouveau dans le cercle infernal de la culpabilité et de la frustration. De plus, après l'avoir repoussé avec tant de méchanceté au mois d'avril, je ne me reconnais pas le droit de mettre fin à notre nouvel arrangement. C'est donc à moi qu'il incombe de m'adapter à la situation et cela semble impossible parce que, malgré tout ce que Cornelius a pu dire à ce sujet, je ne me vois pas me consolant dans les bras d'un autre.

C'est vrai : j'en ai envisagé l'idée en théorie. Aux pires moments du passé, j'ai souhaité parfois me tourner vers un autre mais je chassais immédiatement cette pensée. Non seulement parce que Cornelius est toute ma vie et que je n'imagine pas de l'abandonner même temporairement pour un discret adultère. Ce n'est pas seulement non plus parce que les autres hommes, conscients de mon amour pour mon mari, ne songent pas à me séduire. Ni parce que ma fierté me dit qu'il est humiliant qu'une femme s'offre à un homme qu'elle n'aime pas d'amour, pour calmer un simple besoin physique. Non. C'est parce que mon désir, aussi intense qu'il soit, est implacablement fixé sur Cornelius. Aucun autre n'éveille en moi le moindre désir. En fait je ne peux pas regarder un autre homme tant le besoin que j'ai de Cornelius est exclusif.

Ce problème m'absorbe tant que j'ai du mal à m'acquitter de mes devoirs de maîtresse de maison. Et, encore couchée ce matin de juin, le lendemain du mariage de Vicky, je peine à rassembler mes forces pour affronter cette nouvelle journée.

Finalement je me lève en songeant que la crise d'asthme de Cornelius m'offre une excuse pour entrer dans sa chambre et prendre de ses nouvelles. Mais, arrivée devant sa porte, j'hésite. Peut-être est-il encore trop gêné pour désirer me voir ? Je me rappelle ma faiblesse. Quelle honte de l'avoir encouragé à me faire l'amour hier soir alors que j'aurais dû lui épargner l'humiliation de l'échec inévitable ! Tout m'incite à essayer de réparer les ravages causés par mon égoïsme. J'attends de retrouver mon calme et j'ouvre la porte communicante. La gêne disparaîtra peut-être plus aisément si je parais avoir oublié la scène désastreuse.

Je jette un coup d'œil dans la chambre. Cornelius dort encore mais comme je l'observe sans oser m'approcher, il remue, s'étire et ouvre les yeux.

— Je venais simplement pour savoir comment tu vas ce matin, dis-je du ton qu'aurait une infirmière dans un hôpital bien tenu. Es-tu suffisamment remis pour aller à la banque ?

Il se dresse aussi brusquement que si j'avais claqué un fouet et je m'aperçois que j'ai perdu mon temps à m'inquiéter de sa gêne : il ne pense qu'à sa fille !

— Mon Dieu!... Vicky et Sam! Oh, Seigneur!...

Il se laisse tomber sur l'oreiller en gémissant et se cache le visage dans les mains comme pour fuir le souvenir qui revient. Puis il se redresse et se passe la main dans les cheveux.

— Dois-je les appeler, Alicia? J'ignore où ils sont descendus à Annapolis mais je peux les retrouver. Si j'appelle tout de suite, je peux les joindre avant qu'ils ne partent en voyage de noces.

— Cornelius... — sur ce sujet, au moins, je suis capable d'être raisonnable — ... à ta place, je les laisserais en paix.

— Mais imagine que Vicky soit malheureuse? Qu'elle ait besoin de moi?

— Eh bien, chéri, je ne pense pas qu'elle ait oublié ton numéro de téléphone. Si elle a besoin de toi elle t'appellera et, en attendant, je suis sûre que tu as tort de t'inquiéter : elle est probablement au septième ciel de la félicité conjugale. Alors et ton asthme?

— Laisse mon asthme!

Il faut que je prépare une déclaration pour la presse.

Le voilà de nouveau en action, tous ses ennuis personnels oubliés. Après avoir sonné son valet de chambre, il décroche son téléphone blanc :

— Taylor, appelez Hammond. Je veux dicter une déclaration au sujet du mariage de ma fille... oui, mariage. M...A...R... C'est ça.

Il raccroche et prend le téléphone noir mais il le raccroche aussitôt.

— Seigneur, je ne me sens pas capable d'appeler Emily. Voudrais-tu, Alicia...

— Oui. Je vais le lui dire.

— Et appelle Sylvia à San Francisco. Oh, Mon Dieu, ma pauvre petite Vicky...

Heureusement, son valet arrive à cet instant. Je rentre dans ma chambre, je sonne pour mon petit déjeuner avant de prendre le téléphone.

Je voudrais apprendre la nouvelle d'abord à Sylvia, la veuve de Paul van Zale mais il est trop tôt pour l'appeler : San Francisco a trois heures de retard sur New York. Cornelius adore sa grand-tante même s'ils se voient peu depuis qu'elle s'est installée en Californie. Sylvia n'est pas, il s'en faut, aussi âgée que son titre de grand-tante le laisserait supposer. Elle s'est mariée en 1939 pendant un long séjour chez ses cousins de San Francisco; son second mari est un riche homme de loi de Bay District.

Mon café arrive. Je ne peux pas reculer plus longtemps. Je serre les dents et je rassemble mes forces pour annoncer à ma belle-sœur qu'elle s'est montrée un déplorable chaperon.

Je n'aime pas Emily et elle me le rend bien mais nous nous faisons toujours de grandes démonstrations d'affection afin de ne pas déranger Cornelius. Bégueule et collet monté, Emily ne me pardonne pas d'avoir quitté mon premier mari alors que j'étais enceinte et comme je la soupçonne d'avoir autant de tempérament qu'un poisson bouilli je n'ai pas été surprise de la trouver incapable de comprendre la force de la passion qui m'a fait renoncer à mes enfants pour suivre l'homme que j'aimais. Emily parle abondamment de charité chrétienne mais comme beaucoup de bigotes, elle ne pratique pas ce qu'elle prêche. Mais eût-elle été athée que de toute manière elle eût été incapable de me comprendre car elle a décidé depuis longtemps que sa mission terrestre était de se martyriser pour les enfants — les siens ou ceux des autres — aussi place-t-elle l'intérêt de ses enfants avant son propre bonheur. Je suis persuadée que, pendant son bref mariage, son mari a été impitoyablement relégué à l'arrière-plan de la famille, malheureusement pour la pauvre Emily, elle avait mal choisi l'homme qui devait se prosterner devant sa sainteté : Steve Sullivan n'avait pas de temps à perdre avec une femme dont les inclinations sexuelles n'étaient pas aussi spontanées et flamboyantes que les siennes.

— Chérie, dis-je lorsque Emily décroche à Velletria, c'est Alicia.

— Alicia, ma chérie, quelle adorable surprise! — Emily, toujours debout à l'aube pour s'acquitter sans tarder de ses bonnes œuvres quotidiennes, est fatigante à force de bonne humeur et d'allégresse. — Comment sont les choses à New York?

— Désastreuses. Vicky vient de se faire enlever par Sam.

Silence total. Si la nouvelle n'était pas aussi désagréable pour moi qu'elle l'est visiblement pour elle, je prendrais un malin, coupable et bien humain plaisir à la stupéfaction de ma chère belle-sœur.

— Ce n'est pas possible, dit enfin Emily d'une voix étouffée. Je ne peux pas le croire. Quand est-ce arrivé?

— Le mariage a eu lieu hier. Sam a appelé Cornelius d'Anna-polis.

— *D'Annapolis?*

— Oui, Annapolis, dans le Maryland.

— Je sais fort bien, répond Emily d'une voix glaciale, qu'Annapolis est dans le Maryland. Ce que je ne comprends pas c'est comment Vicky a pu se rendre là-bas.

Je lui expose rapidement les détails que j'ai pu connaître de l'enlèvement.

— Je ne sais pas comment vous n'avez pas compris ce que Vicky avait en tête, chérie. — Je suis incapable de résister au plaisir de lui administrer quelques vérités bien senties. — Voyons, vous étiez avec Vicky quand elle a vu Sam à Paris, or les jeunes filles sont incapables de dissimuler qu'elles sont amoureuses... il faut toujours qu'elles parlent interminablement de l'homme qu'elles aiment à qui veut bien les entendre.

— Essaieriez-vous, chérie, de me faire comprendre que Cornelius me reproche *à moi* cette catastrophe? lance Emily d'une voix de plus en plus glaciale.

— Non, certes non, Emily chérie, mais...

— Parce que voyez-vous, ce n'est pas ma faute si Vicky s'est crue obligée d'épouser un homme deux fois plus âgé qu'elle afin de pouvoir échapper à son foyer!

— Emily, seriez-vous par extraordinaire en train d'insinuer...

— Je n'insinue rien. Je refuse simplement d'accepter le moindre blâme pour ce désastre. De plus, je repousse fermement vos accusations. Je ne veux pas être tenue pour responsable alors que je n'ai fait qu'essayer de vous rendre service lorsque vous avez reconnu vous-même que le problème de Vicky vous dépassait!

— Je n'ai jamais eu l'intention d'insinuer...

— Oh, que si! Puis-je parler à Cornelius, s'il vous plaît?

— Il est en train de rédiger un communiqué pour la presse.

— Très bien. Je le rappellerai lorsque je serai plus calme. En attendant vous pouvez lui dire de ma part que j'espère qu'il est satisfait maintenant qu'il a ruiné la vie de la fille.

— Emily, Cornelius ne voulait pas qu'elle épouse Sam... il avait changé d'avis! Cette nouvelle est une tragédie pour lui!

— Balivernes! Vous n'en croyez pas un mot, j'espère?

— Emily!

— Croyez-vous que je ne connaisse pas mon propre frère? Et croyez-vous que je ne connaisse pas Sam Keller? Mon Dieu, je pourrais vous raconter certaines histoires anciennes... mais je n'en ferai rien. Tout cela est du passé et je ne veux pas le ressusciter. Je dirai simplement qu'il est pour moi clair comme le jour que Cornelius a combiné tout cela de A à Z avec la complicité habituelle de son... Non, je ne ferai pas à Sam l'honneur du titre d'ami. Il a toujours eu une mauvaise influence sur Cornelius. Si Sam n'avait pas été là, toujours prêt à exécuter les ordres, Cornelius n'aurait jamais osé même en rêve réaliser quelques-unes de ses plus discutables entreprises. Je ne me fais pas la moindre illusion à l'égard de Sam Keller! Oh non! Je ne voudrais pas être taxée de parti-pris mais qu'on le veuille ou non, c'est un Allemand, n'est-ce pas? et nous savons tous aujourd'hui de quoi les Allemands sont capables!

— Oh, voilà des paroles bien peu chrétiennes, chérie! dis je, non pour défendre Sam, mais pour doucher sa vertueuse indignation. Ne devons-nous pas pardonner à nos ennemis? Ou devons-nous laisser ce soin à Dieu?

Emily raccroche. Je me verse une autre tasse de café, j'examine le gâchis que j'ai fait de cette conversation et je conclus finalement qu'Emily m'a provoquée au-delà des limites permises. Avec un peu de chance, elle rappellera pour s'excuser lorsqu'elle s'apercevra de l'injustice de son attitude, nous nous raccommoderons et Cornelius ignorera tout de notre querelle.

Je me demande vaguement à quels noirs méfaits passés elle a fait allusion mais je suppose qu'elle devait parler plus ou moins de son ex-mari, Steve Sullivan, qui est mort alcoolique dans les années 30. Cette canonisation par Emily du mari qui l'a plaquée devient vraiment assommante et l'allusion au fait que Cornelius et Sam ne se sont pas toujours conduits comme des enfants de chœur m'apparaît non seulement naïve mais stupide. Steve essayait d'évincer Cornelius de la banque qui lui appartenait de droit. Chacun sait cela. Évidemment, Cornelius a été obligé de se défendre et il a certainement dû prendre des mesures féroces mais la haute finance, comme la guerre, ne se mène pas selon les règles de la civilité puérile et honnête. Quant à moi, je ne puis blâmer Cornelius d'avoir fait ce qu'il fallait pour conserver sa banque. De toute manière, son univers à Willow et Wall ne me concerne pas. Comment en serait-il autrement? Je ne m'intéresse pas à la finance. C'est le domaine des hommes et je le leur abandonne. Ce qui m'importe c'est d'avoir un mari qui m'aime et qui, quoi qu'il arrive ailleurs, soit entièrement dévoué à son foyer.

Mes pensées reviennent à la famille et je vois qu'il est encore trop tôt pour apprendre à Sylvia la nouvelle du mariage de Vicky, alors je décide d'appeler Sebastian. Il est en train de terminer sa deuxième année à Harvard, où il prépare une licence de sciences économiques mais il ne m'a pas encore annoncé quand il viendrait à la maison pour les vacances d'été. La semaine dernière, j'ai failli succomber plusieurs fois au désir de l'appeler mais Sebastian n'aime pas que je lui téléphone si je n'ai rien d'important à lui dire et, finalement, je me suis résolue à attendre qu'il m'appelle.

En prenant l'appareil je me dis que l'un des aspects positifs de l'enlèvement de Vicky c'est qu'il me donne une excellente excuse de demander à Sebastian la date de ses vacances.

— Mon chéri, c'est moi, dis-je lorsqu'il décroche. Tu dormais?
— Oui.
— Oh, excuse-moi, je...
— Que se passe-t-il?
— Eh bien, il s'agit de Vicky... mauvaise nouvelle! Je voulais te le dire avant que tu ne l'apprennes par les journaux : elle vient de se faire enlever pour la deuxième fois.

Silence.

— Elle s'est mariée hier avec Sam Keller dans le Maryland. Cornelius et moi sommes anéantis mais évidemment nous n'y pouvons rien. Il faut faire contre mauvaise fortune bon cœur.

Le silence se prolonge. J'ai le cœur qui saigne pour lui. Finalement, je lance :

— Mon chéri, je suis tellement navrée...
— Pourquoi? Okay, merci d'avoir appelé.

Il n'y a plus personne au bout de la ligne.

— Sebastian... — Je ne sais toujours pas quand il compte venir. Je me demande si je ne devrais pas le rappeler et puis je décide qu'il vaut mieux le laisser seul se remettre du choc et de la déception. Je me sens abattue. Il faut croire que je n'aurai pas de succès avec le téléphone ce matin. Et puis, je me dis que la nouvelle est si mauvaise qu'il vaut mieux la confier à une lettre. Je sonne ma femme de chambre, je passe une de mes robes les plus chic — noire pour effacer l'image de Vicky en blanc — et je descends pour écrire à Andrew.


## 2


J'aime beaucoup mon second fils mais il s'est toujours facilement passé de moi. Cela doit ressortir à une des lois naturelles qui régissent les relations humaines; si pour vivre une grande passion vous abandonnez un enfant à sa naissance, ne soyez pas surprise plus tard si cet enfant se tourne automatiquement vers sa nourrice pour trouver l'amour maternel et s'il vous considère simplement comme une aimable étrangère qui l'embrasse un peu trop souvent.

Mais si je suis triste d'avoir manqué les meilleures années de l'enfance d'Andrew, je n'en éprouve aucune amertume parce que je sais qu'il n'a pas souffert de cet abandon. Il était non seulement le préféré de son père mais son excellente nourrice l'a élevé avec autant d'amour que s'il avait été son propre enfant, si bien que s'il en a pâti en apparence, en fait il a toujours vécu dans une ambiance de sécurité et d'affection. En vérité, c'est Sebastian qui en a souffert parce que lorsque j'ai quitté mon premier mari il était assez âgé pour se rendre compte que je lui manquais. Et je pense souvent que malgré tout l'amour que je peux lui donner je ne pourrai jamais dédommager Sebastian d'avoir fait passer Cornelius avant lui à l'époque.

J'ai essayé un jour d'expliquer à mes fils comment j'avais été littéralement ensorcelée lorsque Cornelius était apparu dans ma vie mais cela n'a pas eu l'air de les passionner.

— Je ne voulais pas vous abandonner, leur expliquais-je à mots entrecoupés parce que ce souvenir continue de m'affliger. J'ai failli en mourir mais j'étais frappée d'impuissance, comme si je n'avais plus mon libre arbitre. J'étais comme hypnotisée. Je n'ai pas pu faire autrement.

— Et après ? a dit Sebastian sans s'émouvoir. Finalement, tu nous as. Quelle importance cela a-t-il aujourd'hui ? Pourquoi ressasser le passé et te désoler comme si cela datait d'hier ?

Quant à Andrew il a dit :

— Eh, m'man, on dirait du cinéma. C'est exactement comme dans un film!

Je me suis demandé alors s'il ne m'aurait pas été plus facile d'émouvoir des filles mais mon expérience avec Vicky m'a vite désabusée. Il semble que j'éprouve toujours des difficultés à me faire comprendre de mes fils; peut-être notre longue séparation a-t-elle laissé des séquelles de gêne ou peut-être ai-je envie qu'ils m'aiment en dépit de ce que j'ai fait. Prise entre le désir de les combler d'affection et la crainte que Cornelius puisse interpréter ce zèle maternel comme une recherche de compensation — pour les enfants qu'il ne m'a pas donnés — mon attitude avec mes deux garçons va maladroitement de la chaleur à la réserve.

« Andrew chéri » — Je commence enfin après avoir mordillé ma plume dix bonnes minutes. Il ne m'est jamais facile d'écrire une lettre sauf à Sebastian. Pour m'aider à trouver les mots qu'il faut, j'imagine Andrew qui termine son dernier semestre à Groton. A quoi peut-il bien penser ? Au sport probablement. Andrew est d'un naturel si peu compliqué! Je vois ses yeux verts qui brillent de l'éclat qui manque souvent aux miens, ses mèches sombres qui balaient son front, sa bouche qui sourit joyeusement. Il est le rêve d'une mère : un fils de dix-huit ans, normal, bien dans sa peau, heureux. Je suis très fière d'Andrew. Je ne peux pas comprendre pourquoi il m'est si difficile de trouver quoi lui dire.

« Je suis sûre que tu vas être stupéfait d'apprendre que Vicky vient de se marier. — J'écris enfin, après m'y être reprise à deux fois. — Elle a épousé Sam. Cornelius et moi avons été très surpris mais nous faisons des vœux pour leur bonheur. Ne crois pas un mot des articles plus ou moins colorés que tu pourras lire dans les journaux parce que les journalistes vont certainement s'arranger pour accommoder cette nouvelle à leur façon. Si tu veux féliciter Vicky, écris-lui, je suis certaine que tu lui feras plaisir.

« J'espère que tes études avancent... tu seras bientôt à la maison! Le départ sera sans doute un peu triste, tu as passé là-bas des jours heureux, et tu as si bien travaillé. J'ai hâte de te voir, mon chéri. Toute ma tendresse... »

J'écris rarement de longues lettres. Je suis bien persuadée qu'au collège, un garçon préfère recevoir des lettres courtes, mais fréquentes, que longues, mais occasionnelles, et mes fils ne se sont jamais plaints.

Une forte envie de voir Sebastian me prend et dès que la lettre à Andrew est close je prends une feuille de papier et j'écris aussitôt.

« Mon chéri,

« Je suis absolument navrée de ce mariage insensé de Vicky. Je sais la peine que tu dois ressentir mais n'en veuille pas à Cornelius car il n'y est vraiment pour rien. Lorsqu'il a appris la nouvelle il était tellement horrifié qu'il en a fait une sévère crise d'asthme. J'en veux à Sam d'épouser ainsi une fille si jeune et je suis folle de rage à l'égard de Vicky pour avoir agi sans plus de réflexion. Évidemment, elle n'a que dix-huit ans et elle est sans expérience ; il faut en tenir compte. Et maintenant, mon chéri, je sais à quel point tu dois être malheureux mais je t'en prie essaie de voir les choses sous leur bon côté. Nous connaissons Sam et nous savons qu'il apportera à Vicky une existence selon le style qui lui convient... ce n'est pas comme si elle avait épousé ce maître nageur qui ne connaissait de la vie civilisée qu'une baraque dans un lotissement de Californie. Et il y a un autre aspect de la situation qui m'apparaît clairement à moi et peut-être à toi d'ailleurs : *ce mariage ne durera pas.* Je lui donne cinq années au maximum et songes-y : à ce moment-là tu auras vingt-cinq ans, une place bien établie à la banque et la situation sera entièrement différente... Avec tout mon amour, mon chéri... »

Après l'avoir relue deux fois, je referme avec soin cette lettre et je me résous enfin à écrire à Vicky la lettre inévitable. Après trois brouillons, deux tasses de café et quatre cigarettes — je fume rarement — j'arrive au texte suivant :

« Ma très chère Vicky,

« J'ai été évidemment surprise d'apprendre la nouvelle de ton mariage mais je ne t'en adresse pas moins mes meilleurs vœux de bonheur. Nous sommes un peu rassurés en songeant que nous connaissons si bien Sam et que nous savons qu'il possède toutes les qualités qui faisaient de lui l'un des célibataires le plus en vue de New York. Je suis persuadée que bien des jeunes filles t'envient dans ton nouveau rôle.

« Ton père accepte l'idée de ton mariage et tu peux être sûre que nous te recevrons de grand cœur à ton retour à New York. D'autre part, n'hésite pas à me dire si je peux faire quoi que ce soit pour faciliter ton entrée dans ce nouvel univers. Comme tu le sais, je me suis mariée jeune, moi aussi, et j'aurais souhaité souvent pouvoir parler à une femme plus expérimentée des aspects les moins familiers de la vie conjugale. Certes, nous avons eu des différends dans le passé mais je te demande de comprendre que je me suis toujours beaucoup souciée de toi et que, fille unique de ton père, tu occupes une place de choix dans mon cœur. Très affectueusement... »

Je suis tellement fatiguée par cet effort épistolaire prolongé que j'ai à peine la force de reprendre la plume mais je suis décidée à ne pas me dérober devant la dernière lettre. Après avoir écrasé ma cigarette dans le cendrier, j'écris d'une main ferme :

« Cher Sam,

« Je n'ai pas l'intention de vous donner un conseil puisque vous tenez si bien l'affaire en main, mais oserais-je vous recommander de nous rendre visite avec Vicky dès votre retour à New York ? Notre pauvre Cornelius est décidé à accepter la situation mais il lui est nécessaire de voir que sa fille est en bonne santé et qu'elle est heureuse. Je doute que vous ayez besoin de mes vœux pour l'avenir mais je vous les offre de grand cœur si vous pensez qu'ils peuvent améliorer les relations familiales... Bien à vous... Alicia. »

J'adresse mes deux dernières lettres à l'appartement de Sam dans Park Avenue et huit jours après, un vendredi soir, le maître d'hôtel annonce que M. et M^me Keller demandent à être reçus.

## 3

Sam est plus mince, plus élégant et il a l'œil vif. Son fameux charme éclate à l'œil nu. Ravissante dans une petite robe rose et un ruban assorti dans ses boucles blondes, Vicky est cramponnée à son bras et le regarde avec adoration. Je m'attendais bien à une espèce d'harmonie conjugale mais ce bonheur éclatant me renverse au point de me rendre muette. Affolée, je me tourne vers Cornelius mais je vois que lui non plus, hélas ! ne peut ouvrir la bouche.

Heureusement, Sam trouve comme toujours les mots qu'il faut pour nous aider à franchir ce cap difficile et quelques instants plus tard je peux dire avec sincérité à Vicky :

— Tu es superbe, chérie. Je ne t'ai jamais vue plus jolie.

— N'est-ce pas qu'elle est merveilleuse ? soupire Sam.

Un sentiment désagréable et que je ne peux définir me fait crisper les ongles dans mes paumes. Sam prend Vicky par la taille lorsqu'ils s'assoient sur le canapé, elle s'appuie aussitôt contre lui et lui sourit.

— Je ne vois pas pourquoi Carraway tarde tant avec le champagne, dis-je à Cornelius en me levant. Dois-je... ?

— Oui, sonne.

Cornelius, je ne sais pourquoi, se lève également comme s'il ne pouvait plus rester assis. Nous nous regardons sans comprendre et nous nous rasseyons et je m'aperçois avec horreur que j'ai oublié de sonner.

— Auriez-vous un cendrier, Alicia ? demande tranquillement Sam en ouvrant son étui à cigarettes.

Je profite de cette excuse pour me lever et quand j'apporte le cendrier à Sam, je l'examine attentivement pour essayer de deviner s'il a délibérément inventé ce jeu de scène pour me tirer d'embarras. C'est impossible à dire. Il sourit de nouveau à Vicky et ne paraît pas voir le cendrier que j'ai placé devant lui sur la table.

— Allons, chérie, ouvre ton sac et montre à Neil et Alicia les merveilleuses photos que nous avons prises aux Bermudes! — Il tourne la tête pour nous expliquer. — J'ai loué un yacht qui est venu nous prendre à Annapolis le lendemain matin de notre mariage.

— Ah, c'était si romanesque! dit Vicky rêveuse. Et en arrivant aux Bermudes nous avons trouvé une plage tout simplement merveilleuse et...

— Vous n'allez pas fumer, Sam, n'est-ce pas? coupe Cornelius qui n'a pas entendu un mot. Mon asthme m'a fait souffrir ces jours-ci.

Mes ongles s'enfoncent plus profondément dans mes paumes. Je comprends tout à coup qu'il me faut accueillir Sam et Vicky avec la plus grande cordialité possible bien que je ne sache pas pourquoi cela importe tant.

— Oh! ne sois pas ridicule, Cornelius. Sam est bien libre de fumer! Je vais régler le climatiseur pour chasser la fumée. Oui, Vicky, ma chérie, montre-nous vite ces ravissantes photos... j'ai hâte de les voir! Avez-vous eu beau temps? Les Bermudes sont un tel paradis... il me semble que c'est un de vos pays préférés, n'est-ce pas, Sam?

Sam commence à parler des Bermudes de sa voix profonde et calme pendant que Vicky nous montre ses photos. Je m'efforce pour la troisième fois de prendre de l'intérêt à la conversation lorsque Carraway entre enfin avec le champagne.

— Allons! dis-je nerveusement quand nous levons nos verres. A nos jeunes mariés!

— Nos meilleurs vœux pour vous deux, ajoute Cornelius un peu cérémonieux et je vois avec plaisir qu'il reprend contenance.

— Ma foi, merci beaucoup! dit Sam avec son sourire le plus cordial et le plus captivant. Cela nous fait plaisir, n'est-ce pas chérie?

— Honhon... Humm, quel merveilleux champagne!

Je remarque que nous buvons tous très vite.

— Et à vous deux aussi! dit Sam en déclenchant finalement tout son charme pour faire évoluer la scène à son gré. Merci de nous accueillir avec tant d'attentions et merci aussi de vous montrer si merveilleusement compréhensifs et généreux... non, je vous assure que je le pense! Sincèrement! Et maintenant, je vous dois à tous les deux des excuses, alors je n'attendrai pas davantage pour vous demander pardon d'avoir momentanément bouleversé votre tranquillité... mais si! je le sais. C'est vrai n'est-ce pas? Il faut appeler les choses par leur nom!... mais avec tout ce qui s'était passé déjà il ne me restait d'autre alternative que de jouer les Roméo et d'enlever Vicky. Je sais que vous n'auriez jamais consenti si j'étais venu vous dire : « Dites, c'est drôle mais j'ai réellement envie d'épouser votre enchanteresse et ravissante fille unique »... et, soyez franc Neil, vous n'êtes pas encore persuadé de ma sincérité, n'est-il pas vrai? Eh bien, vous avez tort. J'aime Vicky, elle m'aime et nous sommes et nous allons être le couple le plus heureux de New York.

Et le plus extraordinaire est que je le crois.

Après le départ des Keller, Cornelius se réfugie dans la bibliothèque pour travailler. Un peu plus tard, par la fenêtre de ma chambre, je le vois quitter discrètement la maison, suivi de son garde du corps. Il a passé une chemise de sport blanche, des mocassins, un jean et je comprends qu'il va voir la femme de Greenwich Village. La Cadillac roule lentement, les grilles se referment. Abandonnant ma fenêtre, je quitte ma chambre et me mets à marcher.

Je marche longtemps, la maison est vaste. Située au coin de la Cinquième Avenue, elle donne sur Central Park mais l'entrée principale s'ouvre sur la rue. Paul van Zale avait fait construire cette demeure pour Sylvia en 1912, après leur mariage, et à sa mort en 1926 elle est revenue à Cornelius ainsi que le reste de la fortune. Le plus curieux est que bien que Cornelius déteste secrètement la maison — la lourde architecture de style européen choque ses goûts plus modernes — il a toujours obstinément refusé de la vendre. Elle est pour lui le symbole de son pouvoir et un parfait pendant au magnifique immeuble Renaissance de Willow et Wall Street, aussi continuons-nous de vivre là même maintenant que les enfants ont grandi. Je n'y vois, moi, aucun inconvénient. Dean Blaise, mon père, lui aussi grand banquier et contemporain de Paul van Zale, avait le goût des demeures grandioses et lorsque j'eus épousé Ralph, le décor de ma vie ne changea guère. Lorsque Ralph s'était lancé dans la politique, mon père nous avait donné, à Albany, une énorme demeure pleine d'antiquités.

Je parcours longuement la maison et finalement je me retrouve dans la nursery déserte. C'est Vivienne, la première femme de Cornelius, qui l'a aménagée lorsqu'elle était enceinte mais comme ils se sont séparés avant la naissance de Vicky, la pièce est restée vide jusqu'à ce que je vienne vivre avec Cornelius. Sebastian l'a habitée quelques semaines avant que le juge ne m'ait déclarée mère inapte et l'ait confié à la garde de son père. Plus tard, j'ai essayé d'en faire une salle de jeux, mais les enfants préféraient celle dont les portes-fenêtres ouvraient sur le jardin. Cette nursery a toujours été inhabitée et elle est morne et toujours abandonnée.

Je m'assois sur un tabouret près du cheval à bascule et je me mets à réfléchir. Peut-être pourrais-je en faire changer le décor ? Vicky aura sûrement un enfant cette année.

D'un seul coup je me dresse, comme Cornelius et moi l'avons déjà fait tout à l'heure devant l'insupportable spectacle d'un couple qui a réalisé sans effort l'harmonieuse union que nous ne pouvons atteindre. Je peux maintenant définir le sentiment amer que j'ai eu tant de peine à refouler pendant cette visite. C'est la jalousie. Je suis jalouse d'une femme dont le mari lui prouve si bien son amour qu'elle est devenue l'épouse la plus radieuse que j'aie jamais vue.

Ma jalousie me fait aussitôt horreur. Bientôt je m'aperçois que je déteste Vicky de m'inspirer un sentiment aussi funeste et humiliant. Je me reprends. La vérité n'est pas que je déteste Vicky, c'est que je ne la comprends pas. Je ne comprends pas qu'elle ne m'ait jamais acceptée comme mère alors que la sienne était si lamentable. Je ne comprends pas qu'elle ait pu être si malheureuse à la maison quand je me mettais en quatre pour être patiente et aimable avec elle. Je ne comprends pas qu'elle ait choisi Sam Keller quand Sebastian l'aime tellement. Je ne la comprends en rien. Je touche au plus profond de la détresse à cause d'une énigme qu'il semble que je ne résoudrai jamais.

Je prends sur moi pour réfléchir froidement. J'ai fait l'impossible pour Vicky dans le passé et on ne peut demander plus. Pour ce qui est de l'avenir, nous nous entendrons sans doute mieux maintenant qu'elle ne vit plus à la maison. En fait, si je peux seulement vaincre cette jalousie stupide et humiliante, je ne vois pas pourquoi nous ne vivrions pas désormais dans les meilleurs termes possibles.

Je sais que ma jalousie vient de ce que Vicky me révèle le vide de ma vie. Je sais aussi que la solution qui s'impose est de m'arranger pour qu'elle le soit moins mais c'est plus facile à dire qu'à faire. Comment donner plus d'intérêt à ma vie ? Ma présentation de mode annuelle, organisée au bénéfice d'une de mes œuvres, est toujours un succès mais, au fond de mon cœur, je déteste les œuvres charitables parce que je suis timide et qu'il me manque le talent d'organisatrice. Ma secrétaire, qui est très efficace et qui m'est fidèle parce que je me mêle le moins possible de son travail, a carte blanche pour diriger à sa guise mes œuvres de charité.

Je ne suis pas ce qu'on appelle une intellectuelle, il est donc inutile que je songe par exemple à suivre un cours de français le matin et des leçons de bridge l'après-midi. Je ne suis pas musicienne et, si je dessine convenablement, je ne vois pas en quoi le dessin pourrait meubler ma vie. Peut-être pourrais-je voir plus de gens mais en qualité de femme de Cornelius j'en vois régulièrement un grand nombre et je consacre beaucoup de temps et de forces à mener la vie mondaine qu'exige ma situation. Je me demande ce que m'apporteraient des gens qui me verraient telle que je suis et non comme M<sup>me</sup> Van Zale, mais l'idée est vague et du domaine du rêve. Je *suis* la femme de Cornelius. Voilà ce que je sais très bien faire et je n'en demande pas plus.

Mais Cornelius en connaît une autre. Et ma vie avec lui est vide. Il faut donc que je m'organise une vie personnelle mais c'est terriblement difficile parce que j'ai toujours vécu pour les autres. J'ai été la femme de Ralph, la mère de Sebastian, la femme de Cornelius... et il me faut maintenant être la maîtresse d'un homme. Inutile de reculer davantage. J'ai manqué de courage en refusant de regarder en face la conclusion que Cornelius a si raisonnablement tirée en avril dernier et je vois clairement aujourd'hui qu'il vaut mieux pour tout le monde que je mette un terme à cette solitude qui me fait de plus en plus amère et névrosée.

Je me dis le plus calmement du monde, comme si c'était tout naturel : je vais avoir une aventure. Puis je me répète avec force : *Il le faut.* Mais quand je pense à Cornelius, mince et souple dans son blue-jean, ma voix crie intérieurement avec désespoir : Impossible, impossible, impossible...

# 5

— Qu'est-ce que tu as ? demande Cornelius.

— Oh, rien! Non rien. Sebastian a appelé. Il arrive demain.

— Ah, ah! Parfait. Alors, si tu permets...

C'est tellement bon d'échapper à mes problèmes insolubles. J'ai décidé que je les reprendrai plus tard, à la fin de l'été, quand nous reviendrons en ville après avoir passé le mois d'août à Bar Harbor. En attendant, je m'occupe, je suis impatiente et heureuse. L'avenir contient une promesse.

Mon premier mari pensait que Sebastian n'était pas très malin parce qu'il a parlé tard et qu'il avait peine à étudier mais quand j'ai pu voir régulièrement mes enfants j'ai acheté à Sebastian des livres pour qu'il apprenne l'alphabet et les chiffres et j'ai bien vu qu'il était intelligent. Les autres s'en sont aperçus plus tard mais j'ai été la première. Tout petit, il avait du strabisme et les dents en saillie. Cornelius le trouvait laid : il ne le disait pas mais je remarquais qu'il me faisait souvent des compliments sur Andrew sans jamais parler de Sebastian.

J'ai vu le meilleur chirurgien de New York qui a opéré cette « coquetterie » dans le regard et le meilleur dentiste pour veiller à ce que ses dents poussent convenablement. Lorsque Sebastian a connu les troubles cutanés communs à tous les adolescents, je ne me suis pas contentée de dire, comme Cornelius :

— Bah, ça lui passera!

J'ai emmené Sebastian chez le meilleur dermatologue... Bref, aujourd'hui, il a plus d'un mètre quatre-vingts, une peau sans défauts, un regard séduisant et un sourire qui laisse voir des dents égales et bien plantées. Je m'émerveille toujours de sa stature, de sa force et de son intelligence. Souvent, quand je le revois après une longue séparation, je ne peux croire au miracle qui m'a permis de lui donner le jour mais il est bien là, c'est mon fils et le souvenir toujours présent du temps inoubliable où je me suis sentie *quelqu'un* : moi, Alicia Blaise Foxworth, spirituelle, heureuse, unique.

Le matin du jour où Sebastian doit arriver, je change ma coiffure et je mets mon nouveau tailleur de lin avec sa blouse blanche à pois noirs. La jupe, plus étroite et plus courte que celles de l'an dernier, me flatte et je suis contente d'avoir veillé à rester mince. Je ne suis pas tellement satisfaite de la blouse mais on ne peut pas espérer aimer tous les détails d'une mode. Je choisis une petite toque, je prends mon sac noir et mes gants les plus chics et je vais à la gare dans la nouvelle Cadillac bois-de-rose de Cornelius.

Le train a dix minutes de retard. J'attends calmement à la sortie du quai et quand le convoi entre en gare j'essaie de cacher mon impatience de peur d'embarrasser Sebastian par des manifestations sentimentales excessives.

Sebastian n'est pas démonstratif.

Quand il avance vers moi, je lève la main, je souris nonchalamment et je fais un tout petit pas en avant. Mon cœur est prêt à éclater de bonheur. Il porte un complet d'été froissé, sa cravate préférée est bonne à envoyer

146

chez le teinturier; il est sans chapeau. Sa vieille valise fourbue doit être lourde mais il la porte aussi facilement qu'un sac de dame.

— Hello, mon chéri, dis-je, désinvolte. — Je sais qu'il est préférable de garder une certaine distance — Comment vas-tu? — Je me hausse sur la pointe des pieds pour l'embrasser.

— Okay.

Nous allons vers la voiture en gardant un silence aimable.

— Seigneur! lance Sebastian en voyant la Cadillac, quelle horrible couleur!

— Elle plaît à Cornelius. Chacun son goût.

— Son goût ne me dit pas grand-chose. Pourquoi n'achète-t-il pas une bonne Rolls-Royce comme tout le monde?

— Mon chéri, tu sais bien que Cornelius tient à soutenir l'industrie américaine.

— Il me semble qu'actuellement l'idée générale est d'inonder l'Europe de dollars. Mon Dieu, New York est de plus en plus affreux... regarde-moi ça! Non mais regarde-moi ça! Regarde toute cette poussière et la gueule de ces gens mornes et ces rues minables! Une vraie poubelle!

— Ce serait pire à Philadelphie, dis-je en reprenant une classique plaisanterie new-yorkaise.

— C'est sur la carte?

Nous rions et quand nous sommes en voiture je ne peux pas résister : je me penche vers lui pour l'embrasser encore.

— C'est bon de te revoir, mon chéri.

— Honhon. Quel est le programme? Comme d'habitude! Aucune chance de voir Cornelius annuler la grande saturnale xénophobe du Quatre Juillet et d'émigrer avant à Bar Harbor?

— Voyons, mon chéri, tu sais à quel point Cornelius tient aux traditions américaines!

— Emily et sa bande viennent?

— Pour le Quatre Juillet? Oui, bien sûr.

— Et Scott?

— Je le crois.

— Dieu merci. Il y aura au moins quelqu'un d'intéressant à qui parler.

— Mon chéri, tu ne devrais pas dire de choses comme ça!

— Personne d'autre qui vienne?

— Eh bien...

— Sam et Vicky?

— Oui. Ah, mon chéri...

— Arrête. Je ne tiens pas à parler d'elle.

Le voyage se poursuit en silence. Je voudrais prendre sa main pour le réconforter mais je sais que ce serait une faute. En arrivant à la maison, Sebastian gagne aussitôt sa chambre, ferme sa porte et commence à passer *Tannhäuser* sur son tourne-disque. Ce n'est qu'à six heures que j'ose le déranger.

— Cornelius est rentré, mon chéri, dis-je après avoir frappé à la porte. Tu ne descends pas lui dire bonjour?

Sebastian sort en bougonnant, dégringole l'escalier sans un mot et

147

entre dans le salon doré où Cornelius est en train de parcourir le *Post*.

— Hello, Sebastian!

— Hello!

Ils se serrent la main. Ils font un contraste frappant : Cornelius si blond avec son ossature délicate, Sebastian si brun et solidement bâti. Sebastian le dépasse de la tête.

— Comment vas-tu?

— Très bien.

— Bon voyage?

— Oui.

— Et Harvard?

— Okay.

— Parfait!

Silence. Je sonne.

— Qu'aimerais-tu boire, Sebastian?

— De la bière.

Nous attendons. Dieu merci! je trouve quelque chose à dire.

— Mon chéri, je t'en prie, dis à Cornelius ce que tu penses de la situation économique... quelle remarque as-tu faite déjà au sujet du plan Marshall?

La soirée passe sans trop de gêne et à neuf heures et demie Cornelius s'excuse en disant qu'il désire se coucher de bonne heure.

— Ce que tu peux être impressionnant avec tes connaissances, mon chéri! dis-je à Sebastian dès que nous sommes seuls. Cornelius en a été frappé, je l'ai fort bien vu.

— Possible.

Il s'agite, impatient. Je me demande s'il veut remonter dans sa chambre pour écouter *Tannhäuser*.

— Veux-tu aller te coucher, mon chéri? lui dis-je en sentant qu'il faut lui donner l'occasion de s'en aller s'il le désire. — Je ne veux à aucun prix le retenir ou l'accaparer.

— Non. Et, je t'en prie, cesse de m'appeler tout le temps : « Mon chéri. » Puisque tu m'as donné cet horrible nom de Sebastian, le moins que tu puisses faire est de t'en servir.

— Bien sûr! Excuse-moi. C'est drôle comme ces petits noms affectueux deviennent automatiques. — Je lui souris et je me dis : Tant d'amour et personne à qui le donner. Je jette un regard autour du salon comme si j'allais trouver un amateur attendant dans l'ombre.

— Qu'est-ce qui ne va pas, Mère?

— Rien, bien sûr. Pourquoi?

— Je te trouve un peu crispée.

Ainsi Sebastian lui-même l'a remarqué. C'est le comble de l'humiliation.

— Je vais très bien, dis-je calmement, mais je vois en cet instant plus clairement que jamais que le jour se fait de plus en plus proche où je n'aurai d'autre choix que de m'attaquer à ces problèmes qui paraissent encore bien loin d'une solution.

## 6

— Qu'est-ce qui ne va pas, Alicia? demande Kevin Daly.

Nous sommes sur la terrasse de la maison d'été, à Bar Harbor, deux mois plus tard. Cornelius n'a pas hérité de la maison d'été de Paul van Zale mais il a acheté une propriété semblable un peu plus loin. C'est une maison de style méditerranéen avec trente pièces donnant sur l'océan et cinq hectares de jardin qui descendent en pente douce vers la plage. J'y passe l'été avec les enfants et Cornelius quand son travail le lui permet, et chaque été Emily arrive de l'Ohio avec ses deux filles pour les vacances. Comme elles ont perdu très tôt leur père, Cornelius considère qu'il doit veiller spécialement sur elles et, de leur côté, elles le voient comme un remplaçant du père dont elles ne se souviennent pas.

Cornelius a toujours aimé la compagnie des enfants et comme il est bien normal qu'il aide sa sœur le plus possible, je ne trouve rien à redire à cette situation — encore que tout un été avec Emily soit bien épuisant — mais je n'en ai pas moins été étonnée que Cornelius accorde un intérêt égal aux enfants de Steve qu'Emily a pieusement recueillis. Steve Sullivan, le mari volage d'Emily, ne s'est pas contenté d'un seul mariage et ses filles sont seulement deux des enfants qu'il a engendrés au cours des ans. Il a eu ainsi deux fils de son second mariage : Tony le plus jeune, qui a été tué à la guerre, et le deuxième, Scott, l'aîné, est l'un des préférés de Cornelius qui lui a même donné un poste à la banque.

— Et pourquoi ne serait-il pas mon préféré? dit Cornelius. Je ne peux tout de même pas lui tenir rigueur d'être le fils de Steve!

Je n'essaie pas de discuter avec Cornelius et je suis même très touchée par cette clémence chrétienne et cette véritable générosité de cœur. Nous savons tous que Cornelius a pourtant de solides raisons de détester Steve. Un homme à l'esprit mesquin ne se serait même pas soucié des enfants de Steve, sauf ceux qui lui sont apparentés par Emily. Mais Cornelius s'est toujours montré charitable et il s'est chargé en 1940 des trois enfants de la dernière union de Steve, son mariage avec Dinah Slade, cette femme d'affaires anglaise. En fait, c'est Emily qui les a élevés pendant toute la durée de la guerre mais Cornelius s'est toujours soucié qu'ils ne manquent de rien. Pourquoi, je me le demande : ces enfants n'étaient ni beaux ni aimables et je crois bien qu'Emily, elle-même, malgré la vocation du martyre, n'a pas été fâchée lorsqu'ils ont été assez âgés pour retourner en Europe terminer leur éducation dans des pensions anglaises. Les deux premières années après la guerre, ils ont continué à venir passer leurs vacances avec nous à Bar Harbor mais lorsque les jumelles, Edred et Elfrida, ont eu dix-huit ans, en janvier 1948, elles ne sont pas revenues en Amérique et les chèques que Cornelius leur envoyait avec tant de générosité lui furent retournés.

— J'imagine qu'elles pensent m'avoir été à charge assez longtemps, a dit Cornelius mais j'ai bien vu qu'il était blessé.

— Pour moi, cela démontre un détestable manque de reconnaissance, n'ai-je pu m'empêcher de dire à Emily mais elle s'est contentée de me répondre :

— Il n'est pas toujours facile de grandir, surtout quand vous avez perdu père et mère dans votre tendre enfance.

A l'inverse des Sullivan d'Angleterre, les Sullivan d'Amérique sont très attachés à Cornelius et prompts à lui montrer leur affection et leur gratitude. Pendant que je bavarde avec Kevin sur la terrasse, à Bar Harbor, ils sont justes au-dessous en train de jouer au tennis avec Andrew. Andrew est le partenaire de Rose, la fille aînée d'Emily, et Scott, qui vient d'arriver pour profiter d'un long week-end, est celui de Lori, la cadette. Quant au reste de la famille, Sebastian s'en est allé seul quelque part comme d'habitude, Emily est en visite à la filiale de la Croix-Rouge, Cornelius vient d'être appelé au téléphone, je suis donc seule avec Kevin. Il est descendu chez des amis à North-East Harbor et il est venu passer la journée avec nous.

— Mais tout va bien, Kevin. Tout va très bien...

Kevin a le même âge que Cornelius et il est beau comme je pense, sans avoir jamais mis les pieds en Irlande, doivent l'être certains Irlandais. Il a d'épais cheveux bruns, le regard vif et un grand sourire engageant. Il y a douze ans, il a cessé de sortir dans le monde avec une guirlande de jolies filles et il ne s'est pas caché de vivre avec un jeune comédien dans sa maison de Greenwich Village. Le comédien n'a pas duré plus longtemps que les jolies filles mais le Tout-New York connaissait désormais les goûts particuliers de Kevin Daly et ce pauvre Cornelius, qui aime beaucoup Kevin mais pas du tout les homosexuels, s'est trouvé extrêmement embarrassé par cette affaire.

Aujourd'hui nous ne voyons guère Kevin dans le monde mais j'adore sa belle maison et j'aime beaucoup y aller dîner lorsqu'il nous invite une fois l'an. J'aime ses comédies encore que lorsque je lis les critiques je me demande si ce sont bien celles que j'ai vues. Kevin écrit en vers libres mais cela ne me gêne pas tellement parce que les acteurs sont très habiles et ils donnent à leurs répliques le ton d'une conversation ordinaire. L'intrigue est généralement triste mais j'aime les sujets qui me touchent sentimentalement. Et Kevin dépeint très bien les femmes.

— ... Du moins... enfin, non, Kevin. Cela n'est pas important. Pas vraiment.

C'est Kevin que je préfère parmi les trois compagnons que Paul van Zale avait choisis jadis pour Cornelius. Je ne me suis jamais beaucoup fiée au charme préfabriqué de Sam ni à l'aisance mondaine de Jake Reischman, mais la spontanéité de Kevin me met toujours à l'aise.

— C'est que j'ai été tellement heureuse ici, cet été, avec les enfants, dis-je en m'efforçant de répondre à sa question de manière qu'il n'aille pas imaginer Dieu sait quoi, alors que j'ai un peu peur de retourner à New York.

— Sans blague! répond Kevin en se servant un peu de bourbon et en m'offrant la carafe de xérès. Moi qui me sens devenir fou quand je passe une journée loin de New York. En fait, cette folie me gagne en ce moment. Je prie le ciel que la maison n'ait pas brûlé de la cave au grenier. Je vais appeler Mona dès que Cornelius aura libéré le téléphone.

— Mona?

— Ma gouvernante actuelle. Ah, il faut que vous la connaissiez... elle est si drôle! Elle a deux poissons rouges absolument dévergondés qui...

Dites, Alicia, vous ne voulez vraiment pas un doigt de xérès? Non? Vous avez bien raison, ça a l'air bien mauvais. Vous n'avez jamais essayé le bourbon Wild Turkey? C'est merveilleux quand on est légèrement déprimé.

Je parviens à rire mais j'ai aussitôt envie de pleurer. C'est qu'il se fait vraiment du souci. C'est très chic de sa part de perdre un moment à s'inquiéter de quelqu'un qui n'est que la femme d'un de ses vieux amis.

Faisant l'impossible pour parler du même ton léger, je dis en plaisantant :

— On m'a toujours appris que les hommes boivent du scotch, les gens du Sud, du bourbon et les dames — si elles boivent — prennent du xérès; à moins qu'elles ne vivent à New York et qu'elles ne boivent alors des cocktails à base de gin.

Mais tout en parlant je me demande avec angoisse depuis combien de temps Mona est sa gouvernante. Je comprends que cela signifie que Cornelius a dû offrir à la Polonaise un appartement lorsque j'ai accepté notre arrangement. Soudain le monde me paraît gris et les rires qui montent du court, cruels et moqueurs. Je vais être très seule à New York. Sebastian retournera à Harvard, Andrew doit s'enrôler dans l'armée de l'air pour réaliser son ambition de devenir pilote et Cornelius passera la plus grande partie de son temps à Willow Alley. Je vais être tout à fait seule, sans rien à faire, sans un endroit où aller et personne, personne, *personne* à qui je puisse...

— Ah, Kevin, dis-je, vaincue, mais je ne peux aller plus loin.

— La vie est terrible parfois, n'est-ce pas? N'avez-vous eu jamais l'envie de prendre une hache et de tout démolir autour de vous? Moi, j'en ai bien envie mais malheureusement je n'ai rien à démolir. Ma vie personnelle actuellement est comme Hiroshima après la bombe.

— Je... — Je voudrais parler mais les mots ne viennent toujours pas.

— Tenez, si j'étais à votre place, la première chose que je démolirais serait cette épouvantable maison de la Cinquième Avenue. J'ai toujours été navré de penser que vous avez épousé ce mausolée en même temps que Neil! Maintenant que les enfants sont grands, qu'attendez-vous pour persuader Cornelius de la vendre afin d'en acheter une à votre goût? Songez au plaisir que vous auriez à choisir une jolie maison et quelle joie ce serait de jeter au vent ces antiquités sans prix pour les remplacer par les meubles qui vous plaisent! On devrait vous décorer pour avoir été cette impeccable M^me Cornelius van Zale depuis tant d'années... Il me semble qu'il serait temps que vous pensiez à vous, pour changer. C'est maintenant *votre* tour de parler pour *vous-même*... et quand je dis vous-même je ne veux pas dire M^me Cornelius van Zale, je veux parler de la personne que *vous* êtes, Alicia... Quel est votre nom de jeune fille?

— Blaise.

— Alicia Blaise. *Vous*. C'est bien vous qui êtes là, n'est-ce pas, enterrée vive dans cette affreuse tombe de la Cinquième Avenue? Seigneur! Si j'avais de la dynamite je ferais sauter cette baraque aux quatre vents pour vous libérer!

Je ris, mes yeux sont pleins de larmes mais il ne les voit pas car j'ai pris soin de baisser la tête pour fixer mes mains. D'autres rires montent du court, au-dessous, mais je les entends à peine. Lorsque Cornelius revient sur la terrasse et que Kevin s'excuse pour aller au téléphone, je m'en rends à peine compte car je viens de voir mes problèmes sous un angle entièrement nouveau et j'en suis galvanisée.

Je le sens enfin : prendre un amant ne doit pas être un sacrifice accepté pour rendre la vie plus agréable aux autres... A l'inverse de ce que j'ai toujours pensé, il ne s'agit pas de renoncer à ma dignité, de m'effacer encore, dans le rôle de maîtresse d'un homme. Non c'est Alicia Blaise qui s'affirmera en prenant un amant!

C'est tout à fait autre chose.

Si je prends un amant au lieu de devenir la maîtresse de quelqu'un mon rôle sera actif et non passif. Je m'affirme moi-même sans laisser ce soin à un autre car c'est une décision que je prendrai non seulement pour moi-même mais *comme* moi-même, et il faut la prendre toute seule, sans aide. Je choisirai l'homme moi-même. J'organiserai notre première rencontre. Il faudra même que je le séduise s'il hésite à me séduire. C'est un redoutable paysage mais c'est le mien, un paysage créé par moi et dont je serai entièrement l'auteur.

Aussitôt je songe, affolée : je ne peux pas faire ça. Je ne peux pas entreprendre cela toute seule sans personne pour m'aider. Je n'en ai pas le courage.

Et puis je me rappelle les paroles de Kevin : « Votre tour de parler n'est-il pas enfin venu, Alicia ? » et je me dis : « Oui, pourquoi serais-je misérable quand les autres sont heureux et satisfaits ? Pourquoi ? » Et cette première étincelle de colère me donne le courage qui me manque.

Pour la première fois je me mets à songer non pas à un homme qui pourrait condescendre à s'intéresser à moi pour son plaisir personnel mais à un homme capable de tenir convenablement le rôle qu'il m'est si nécessaire de lui confier.

# 3

## 1

Comme chacun le sait, il est facile à un homme de trouver quelqu'un avec qui coucher. Il n'a qu'à joindre l'une des nombreuses candidates consentantes et à poser la question. Mais pour une femme, et, notamment, pour une femme comme moi, la situation est bien plus difficile.

Le monde de New York est notoirement dissolu. La plaisanterie bien connue :

— Untel et Unetelle font-ils chambre à part?

— Oui.

— Alors, c'est qu'ils sont mariés.

Cette plaisanterie a un fond de vérité. Mais je ne suis pas d'un naturel léger et mes deux maris ont été les seuls hommes de ma vie. Il est vrai que j'ai conservé ma beauté mais je sais très bien que l'attrait que j'exerce sur le sexe opposé est limité par cette réserve qui me fait paraître souvent distante et glacée. Je ne suis pas et je ne serai jamais l'une de ces femmes éblouissantes qui font la conquête d'un homme en allumant simplement une cigarette.

En prenant mon bain, avant de m'habiller pour le dîner, je vois fort bien que j'ai deux problèmes distincts à résoudre. Le premier, c'est que mon caractère et mon manque d'expérience ne me prédisposent pas à prendre l'initiative d'une aventure; le second, c'est comme toujours qu'il n'y a pas d'homme que je désire. Je décide de m'attaquer d'abord à ce dernier problème, en essayant délibérément de trouver quelqu'un qui me convienne.

Évidemment, l'homme doit être de mon rang; je ne suis pas décidée à abandonner toute discrétion et à séduire un domestique, un facteur ou un employé de chez Macy's. Évidemment, aussi — étant donné que l'homme doit être aussi solidement ancré à son foyer que je le suis au mien —, il faut qu'il soit marié, mais les seuls maris que je connaisse sont ceux de mes amies et je refuse de tromper mes amies. En fait, je n'ai pas d'amies intimes — ma réserve m'en a empêchée — mais il y a des femmes que j'aime et je suis décidée à ce qu'elles puissent continuer de m'aimer.

Restent donc les maris de mes connaissances lointaines car l'idée d'approcher un étranger est inconcevable.

Je fais couler l'eau chaude et je plonge, accablée, dans la baignoire et puis, en continuant de réfléchir, la situation me devient plus claire. Pourquoi un étranger me paraît-il tellement impossible quand la plupart des femmes préféreraient un homme en dehors de leur entourage? C'est que je me méfie d'un étranger non seulement parce que je redoute qu'il parle de moi mais surtout qu'il parle de Cornelius. Celui qui n'a jamais souffert de la plume des auteurs de potins, des « columnists », ne peut imaginer ce qu'une de leurs proies est capable de faire pour échapper à leur vigilance. Depuis que j'ai quitté Ralph pour Cornelius, j'ai tenu par-dessus tout à ce que notre vie privée demeure privée à tout prix. Or les columnists ne nous quittent jamais de l'œil parce que nous sommes très riches, que nous sommes encore relativement jeunes et les parents d'une des plus jolies héritières d'Amérique. Certes, notre vie de famille paisible n'a guère alimenté les rubriques mais je n'oublie jamais que les vautours sont prêts à foncer si nous faisons un faux pas. L'enlèvement de Vicky par le maître nageur a été rendu plus déplaisant encore parce que les feuilles à potins se sont ruées à la curée.

Donc, comme ma situation sociale n'est pas celle de la plupart des femmes, mon choix doit être différent. En fait, je n'ai guère le choix parce qu'il n'est qu'une seule voie que je puisse envisager sans crainte. Il me faut trouver un homme qui non seulement ne parlera pas de moi à ses amis mais qui soit capable de résister à l'envie de lancer dans le vestiaire du Knickerbocker Club : « Eh bien, messieurs, il en arrive une belle à Cornelius van Zale! » L'image de mon amant se précise un peu. Il devra être non seulement un ami de Cornelius mais un allié qui lui restera fidèle et, je ne le sais que trop, il n'y a dans toute la ville de New York que trois hommes en lesquels Cornelius a toute confiance. Sam est hors de question. Kevin ne peut rien faire pour moi.

Il ne reste donc que Jake Reischman.

Je saute de la baignoire en renversant mon flacon de talc sur le tapis et je m'enveloppe dans la plus grande serviette de bain qui me tombe sous la main. Ce n'est que plus tard, pendant que ma femme de chambre me brosse les cheveux, que j'ose me mettre à penser à Jake. Premier et immense avantage : il me semble que je peux me fier à lui aussi entièrement qu'à Cornelius. C'est un homme qui connaît la vie, il est marié depuis quinze ans et pourtant l'image officielle de sa vie de famille est impeccable. Il est certain qu'un homme comme lui partage ma terreur des potins et qu'il saura mener une aventure avec tact et bon sens.

Évidemment, il est juif, mais qu'importe!

J'y réfléchis tout de même. Un moment, mon rang dans l'aristocratie yankee de la Côte Est me fait hésiter et puis je me rappelle où l'anti-sémitisme a mené l'Allemagne et j'ai honte de mes pensées. Un Juif est un homme et non pas quelque étrange spécimen de la vie animale. De toute manière, Jake est blond, comme Cornelius. Si j'oublie les vilains préjugés qui m'ont été inculqués dans mon enfance, je vois qu'il est l'un des rares hommes que je connaisse qui soit physiquement attirant.

La manœuvre suivante — j'y songe en renvoyant ma camériste et en fouillant dans mon coffret à bijoux pour y prendre un collier — est de créer une occasion de lui parler seul à seule. Quand je le rencontre, il est généralement avec sa femme — une lugubre créature qui ne m'a jamais plu — et il ne serait certainement pas avisé d'écrire à Jake chez lui. Aller le voir à sa banque est hors de question. Il faudra organiser cette étape avec soin. Il ne doit y avoir ni erreur, ni faux pas.

Je descends pour le dîner.

## 2

— Quand donc aura lieu la prochaine grande exposition au musée Van Zale, chez Cornelius, demande Emily en picorant délicatement son canard rôti.

— Le lundi suivant la fête du Travail. J'ai rassemblé une collection de Primitifs américains... plusieurs déjà célèbres et un ou deux nouveaux.

— Quel dommage que je ne puisse rester à New York, pour y aller ! dit Emily. Mais je serai en pleine campagne de souscription pour les personnes déplacées d'Europe.

— J'ai horreur des Primitifs américains ! s'exclame sa fille Lori, une grande bringue de seize ans, bruyante, avec une chevelure noire brillante et des yeux bleus acérés. J'aime beaucoup les grands tableaux colorés de Rubens où l'on voit des hommes sans vêtements !

— Lori ! coupe sa sœur Rose, avec dégoût. Te crois-tu vraiment obligée d'être aussi vulgaire ?

— Mais il me semble que Rubens peignait surtout des femmes nues ? remarque Scott qui s'amuse. Tu confonds Rubens et Michel-Ange, Lori !

— Oh, je ne peux pas souffrir Michel-Ange ! Ses anges ont l'air d'hermaphrodites !

— Je t'en prie, Lori, ma chérie, dit Emily d'un ton sec.

— Mais les anges *sont* sûrement hermaphrodites, dit Scott à sa demi-sœur.

— Les anges n'existent pas, lance Sebastian en mastiquant son canard.

— Quelle bêtise ! dit Scott. Ils existent dans notre esprit.

— Cela ne les fait pas plus réels !

— La réalité n'est que ce que perçoit l'esprit.

— Mais...

— Oh, je ne peux pas supporter ces discussions intellectuelles ! dit Lori. Passe-moi le sel, s'il te plaît, Andrew.

— Tu es tellement intransigeante, Lori ! s'exclame Rose.

— Non ! Je sais ce que j'aime, c'est tout, et je n'aime pas les Primitifs américains. Pourquoi vous y intéressez-vous, oncle Cornelius ? Je croyais que vous n'aimiez que ces horribles taches de peinture rouge dans un fouillis de lignes noires que peint Picasso !

— Ne confondrais-tu pas Picasso et Kandinsky ? demande Scott.

— Je croyais que Kandinsky jouait dans l'équipe des Cincinnati

Reds, dit Andrew. Et qu'est-ce que c'est qu'un Primitif américain, d'ailleurs?

— Oh, Seigneur! souffle Sebastian.

— Andrew plaisante! dit Emily avec un rire perlé.

— Tu parles! lance Sebastian.

— Cornelius, dis-je, quand ouvre cette exposition, dis-tu? Je ne me rappelle pas avoir vu la date dans mon agenda.

— Mais elle doit y être! Mon secrétaire l'a dit à ta secrétaire...

— J'aime les Primitifs américains, déclare Rose. Leur dessin est si pur et naïf.

— Enchanteur, convient sa mère, et je dois vous dire que j'aime la peinture *figurative*.

J'interroge Cornelius :

— Y aura-t-il une grande réception pour l'ouverture?

— Oui, bien sûr. Tout le monde artistique de New York sera là.

— Avec tous les membres du comité de la Fondation?

— Certainement.

Donc Jake y sera. Je vois déjà la foule, la fumée des cigarettes, l'occasion de quelques mots dans un coin tranquille. Mais comment réussirai-je à l'éloigner de sa femme, toujours collée à lui comme une arapède? De nouveau mes problèmes paraissent insurmontables.

Quand je reviens à moi, les valets de pied desservent les assiettes du canard rôti avant d'apporter le dessert.

— Que dites-vous du problème d'échecs du *Times* de dimanche? demande Scott à Cornelius.

— Il était passionnant, hein?

Le visage de Cornelius s'éclaire à la perspective d'une discussion sur les échecs et quand il adresse à Scott son sourire le plus radieux, je vois une fois de plus qu'il y a entre eux une entente que ni l'un ni l'autre de mes fils n'a pu atteindre. Un long moment j'observe attentivement Scott mais je ne remarque que ses bonnes manières habituelles et son sourire agréable. Je pense que les femmes doivent le trouver séduisant mais il ne m'attire pas; il y a quelque chose dans son aspect qui me repousse. On dirait que sa chevelure noire et ses yeux noirs sont les signes visibles d'une personnalité sombre, secrète et je ne comprends pas comment Cornelius peut le traiter si paternellement. Mais l'attitude de Cornelius est peut-être plus fraternelle que paternelle. Il n'y a entre eux qu'onze ans de différence d'âge et Cornelius m'a dit un jour combien il aurait aimé avoir un frère. Et puis ils ont des intérêts communs : la banque, Emily et ses filles, les échecs...

— J'ai horreur des échecs, dit Lori. Tous ces petits personnages sur un damier... à quoi tout cela rime-t-il?

— Mais les échecs sont l'image de la vie, Lori, lui explique Scott en souriant. Nous sommes une foule de petits personnages qui essaient de traverser l'échiquier.

Je me remets à penser à Jake Reischman.

## 3

— Il faut que je t'avertisse, me dit Cornelius, une semaine avant l'ouverture de l'exposition, que cette femme que je... que Teresa Kowalewski est l'un des peintres dont les œuvres seront exposées et qu'elle sera là pour l'ouverture. Évidemment tu n'as pas besoin de la saluer. Je lui ai déjà recommandé d'arriver tard, elle ne sera donc pas là lorsque nous recevrons les autres artistes.

— Je vois.

Mon image de l'inconnue se précise : c'est une femme ambitieuse pour qui le lit est une voie de la réussite. Je ne la juge pas mais je remarque avec plaisir que Cornelius a probablement eu raison en affirmant qu'elle ne sera jamais amoureuse de lui.

Cornelius se plonge dans son journal. C'est le soir et nous sommes en train de prendre l'apéritif dans le salon doré.

— Ma foi, je n'ai aucun désir de lui faire les honneurs de l'exposition mais si je veux l'éviter comment la reconnaîtrai-je ?

— Elle a à peu près ma taille et des cheveux bruns frisés qui paraissent toujours en désordre. Elle aura une robe du soir rouge.

— Comment peux-tu en être aussi certain ?

— Parce que c'est la seule qu'elle ait.

— Ah.

Nous ne parlons pas davantage. Il tourne une page de son journal, Carraway annonce le dîner, nous nous levons pour aller à la salle à manger et je me remets à échafauder des plans pour éloigner Jake Reischman de sa femme.

## 4

Il entre dans la salle pleine de monde : il est grand, plus fort que jadis; ses cheveux sont plus blonds que ceux de Cornelius, plus raides et moins fournis. Ses yeux me rappellent un ciel clair, par un matin d'hiver. Je le regarde venir vers nous, il avance avec aisance, jetant un mot ici, un mot là, une légère tape sur l'épaule, le sourire plaqué aux lèvres, un pas en avant, un pas de côté, en avant encore...

Il est seul.

D'abord, je ne peux pas le croire et lorsque je comprends que mes plans compliqués ne sont plus nécessaires, je sens pour la première fois que le sort est avec moi et que la chance commence enfin à me favoriser.

Il est près de nous. « Bonsoir, Neil... Alicia. » Le sourire plaqué gagne un instant les yeux pour souligner qu'il est avec de vieux amis.

— Hello, Jake... où est Amy ? demande naturellement Cornelius.

— Il a fallu lui arracher une dent de sagesse... c'était compliqué d'un abcès qui l'a fait beaucoup souffrir la nuit dernière. Elle vous prie de l'excuser, elle est très déçue de n'avoir pas pu venir... Mais voilà Vicky ! Madame Keller, quelle vision ravissante ! Comment va la vie de femme mariée ?

— Oh, oncle Jake, quel vieux flatteur vous êtes! dit Vicky en l'embrassant cordialement.

— Laisse tomber « oncle », ma chérie, et le « vieux ». Tu oublies que je suis aussi jeune que ton mari! Hello, Sam, comment allez-vous? Les expositions artistiques ne sont sûrement pas votre fort!

— Vicky essaie de faire mon éducation... Je n'arrête pas de lui dire que c'est inutile mais elle ne se décourage pas!

Nous rions et, comprenant qu'il faut que je prenne part à la conversation pour empêcher Jake de s'éloigner, je dis vivement :

— Comment vont les enfants, Jake? Elsa se fait-elle à son nouveau collège?

— La nourriture lui plaît mais je prévois qu'elle ne sera pas plus heureuse dans celui-ci que dans le précédent, à moins qu'elle ne se décide à se mettre au régime. Il faut qu'elle perde une quinzaine de kilos et devienne svelte et élégante... comme vous ma chère Alicia, dit Jake, aussi poli que la première glace d'hiver et il me sourit d'un air détaché mais approbateur.

— Merci, dis-je, la bouche sèche.

Sam et Vicky sont déjà plus loin, en train de bavarder et un autre millionnaire entreprend Cornelius. On entend parler de dotations, de bourses d'études artistiques et de la création d'une autre fondation.

— Je ferais bien de filer avant qu'ils ne me demandent comment placer le capital, murmure Jake. Excusez-moi, Alicia.

Mon cœur s'arrête presque de battre, je défaille.

— Jake...

Il s'arrête courtoisement.

— Jake, je...

— Mon Dieu, le bruit est épouvantable! Neil a invité trop de monde. Venez par ici, ma chère, je vous entends à peine.

Nous gagnons un coin tranquille, derrière un stand de sculptures. Je passe fiévreusement les mains sur ma robe noire comme si je pouvais extraire de ses plis élégants l'assurance qui me fait défaut mais lorsque j'essaie de parler, je découvre avec horreur que j'ai oublié la phrase d'ouverture que j'avais interminablement répétée pour l'occasion.

— Alicia? Vous n'êtes pas bien?

Je retrouve ma langue.

— Ce n'est rien, tout... — je bégaie, le souffle me manque soudain et je dois m'arrêter pour le reprendre. On dirait que je me livre à un exercice extrêmement violent. — ... tout va bien. Je... Jake, pourrais-je vous voir un de ces jours, je vous prie? Il y a quelque chose dont j'aimerais discuter avec vous. Je sais que vous êtes très occupé mais...

— J'ai toujours le temps de recevoir mes amis. Quand voulez-vous que nous nous rencontrions?

— Oh, je... ma foi, je... j'ai pensé que vous pourriez passer à la maison un soir après le travail pour prendre un verre.

— Certainement, je serais enchanté. Quel jour vous conviendrait?

— Je pensais que... la semaine prochaine peut-être... jeudi... mais si cela vous dérange...

— Oh, non, bien sûr. Mais Neil ne doit-il pas aller à Chicago?

— Si. Mais il s'agit d'une chose tout à fait confidentielle, Jake. Il ne faut en parler à personne.

158

— Mes lèvres seront muettes comme la tombe, je vous le promets! — Il paraît à la fois surpris et intrigué — J'espère qu'il n'y a rien de grave?

— Oh, non. Rien de très grave. Merci beaucoup Jake.

— A jeudi, dit-il en levant la main en signe d'adieu et en s'enfonçant dans la foule. J'attends ce moment avec impatience.

Je ne le quitte pas des yeux et le bruit de la foule semble enfler au point de m'étourdir. M'adossant au mur, j'essaie de respirer posément mais je suis couverte de sueur et je me sens de plus en plus mal. J'ai l'impression d'être sale aussi comme si j'avais été contaminée par une dégoûtante maladie.

Le besoin de me tourner vers Cornelius pour trouver un réconfort est irrésistible; dès que mon étourdissement s'est dissipé je me fraie maladroitement un chemin dans la foule pour revenir à l'endroit où nous nous sommes séparés. Le trajet semble interminable. J'ai l'impression de vivre un cauchemar classique dans lequel la personne que l'on cherche est toujours hors d'atteinte.

— Cornelius!

Je le trouve enfin. Il se retourne et au moment où je soupire de soulagement la femme qui est à côté de lui cesse de parler. Je la regarde fixement. Personne ne dit mot. On dirait que toute la salle est plongée dans le silence mais le brouhaha des conversations me pilonne pourtant les oreilles à me faire mal.

— Alicia, dit Cornelius d'une voix sans expression, je te présente Teresa Kowalewski. Certaines de ses toiles sont ici, comme tu l'as vu... Teresa, ma femme.

Elle porte une robe rouge brillante et des chaussures rouges. Les deux nuances de rouge détonnent. Elle est plus grande que Cornelius et semble grosse et empotée à côté de lui.

— Hello, dit-elle, et elle paraît plus grosse et plus empotée que jamais.

— Bonsoir. — Je voudrais trouver des mots foudroyants. Dans mes mélos télévisés les épouses trouvent toujours des mots écrasants pour la maîtresse de leur mari.

Une seconde, j'hésite à croire que c'est là la femme qui couche avec Cornelius. Je savais qu'il y avait quelque part dans Manhattan une femme polono-américaine qui peignait des tableaux et n'avait qu'une robe du soir et je savais que pour certaines raisons Cornelius la voyait régulièrement mais je n'avais pas compris l'ampleur du rôle qu'elle jouait dans sa vie. Sans doute ai-je préféré ne pas affronter la vérité; peut-être, aimant Cornelius comme je l'aime, ai-je été incapable de regarder cette vérité en face. Mais maintenant toute l'étendue de l'horrible et douloureux gâchis me saute au visage et il ne m'est plus possible de l'éviter. Cette fille vulgaire, commune, à la toilette criarde, couche avec mon mari. Quelque part dans New York, il y a un lit sur lequel ils s'étendent ensemble nus et où ils échangent les gestes intimes qui me sont refusés. Elle connaît le goût de ses baisers. Elle sait comment il fait l'amour. Elle dispose de toute une somme de connaissances qui ne devrait appartenir qu'à moi et qu'elle n'a pas le droit de s'approprier.

Je regarde Cornelius et pour la première fois je me sens profondément trahie.

— C'est la journée la plus sensationnelle de ma vie! dit la femme. En fait j'ai tellement peur que je peux à peine parler.

— Ah.

— Teresa a peur des critiques, précise Cornelius sans nécessité.

— Ah.

— Tiens, voilà Kevin, s'exclame la femme. Excusez-moi mais il faut que... — Elle s'éloigne, Dieu merci.

Après un instant de silence, Cornelius, dit d'une voix tendue.

— Je suis vraiment navré. Je me demande pourquoi tu es venue nous retrouver. Je t'avais prévenue.

— Oui. Ça ne fait rien.

Je cherche sans voir autour de moi quelqu'un à qui parler. Un autre millionnaire accapare Cornelius.

Quelle sorte d'amant êtes-vous, Jake?

## 5

J'ai mis ma robe noire la plus élégante et je me demande jusqu'à quel point je dois me maquiller. Je n'aime pas beaucoup le maquillage mais lorsque le quarantième anniversaire se profile à l'horizon il est difficile de croire que l'apparence naturelle vous est la plus flatteuse. Je finis par me poudrer très légèrement, à rougir à peine mes lèvres et je donne à mes cils un coup de rimmel. J'ouvre alors mon coffret à bijoux, je laisse les diamants que Cornelius préfère, les rubis, les saphirs et les émeraudes que, secrètement, je déteste pour prendre une seule broche d'or très simple.

A six heures, je suis en bas dans l'un des salons de réception — pas le Salon doré favori de Cornelius, petit et intime, mais le Salon Rembrandt où les sombres portraits du peintre par lui-même laissent errer leur regard sur nos beaux meubles anglais du XVIII⁰ siècle. Je bois un grand Martini et j'en réclame un autre. A ce moment-là, je me demande tout à coup avec angoisse si l'ambiance du salon de Versailles n'aurait pas été moins sévère mais je n'aurais pas supporté de voir mon reflet dans tous ces miroirs dorés et biseautés. Et puis les meubles sont trop solennels. Jake sera mieux dans les meubles anglais et leur grâce aisée et, comme il vit habituellement au sein de la collection Reischman, peut-être remarquera-t-il à peine les Rembrandt « par lui-même » sur les murs.

— Monsieur Reischman, Madame, annonce majestueusement Carraway de son accent le plus britannique.

En me levant, je m'aperçois que ces Martinis inhabituels m'ont étourdie et je pose négligemment les doigts sur un guéridon proche pour assurer mon équilibre. En l'occurrence ce geste paraît non seulement puéril mais parfaitement vain.

— Alicia! lance Jake en entrant. Comment allez-vous? J'espère que je ne suis pas en retard.

Il me prend les mains une seconde. Le contact physique, de pure forme et dénué d'intentions, se termine avant que j'aie le temps d'éprouver le moindre sentiment, même de crainte. Je remarque qu'il a des mains courtes, solides, des mains de travailleur, aux doigts carrés.

— Non, non, vous n'êtes pas du tout en retard. Asseyez-vous, je vous en prie. Que désirez-vous boire! — J'essaie de ne pas parler comme une comédienne lisant un rôle peu familier.

Jake jette un coup d'œil sur mon verre vide et répond en s'asseyant devant moi.

— Un scotch *on the rocks*. Johnnie Walker Black Label, si possible.

Nous parlons de tout et de rien, de la réception pour l'ouverture de l'exposition entre autres, jusqu'à ce que Carraway revienne avec nos verres. Jake est détendu, aimable, impassible. Je veille tant à entretenir la conversation que je remarque à peine son aspect mais je note tout de même son complet sombre parfaitement coupé et ses boutons de manchettes d'or.

— ... et Vicky était ravissante! dit-il. Le mariage lui réussit, c'est visible.

— Oui, nous sommes tous tellement heureux.

Carraway se retire. Jake lève son verre.

— Je bois à vous, Alicia! dit-il avec l'aimable courtoisie d'un diplomate. Merci de m'avoir invité. Alors quelle est donc cette affaire confidentielle dont vous parlez? Je dois avouer que je meurs de curiosité!

J'ai l'impression que s'il se doutait de ce dont il s'agit il serait sûrement moins désinvolte.

— Eh bien... — Je bois une gorgée de Martini et je reprends. — C'est que... — Je m'arrête encore.

— S'agit-il de Neil? demande Jake toujours courtois mais bienheureusement direct.

— Oui, dis-je en avalant très vite une nouvelle gorgée.

Il me tend son étui à cigarettes.

— Non, merci, Jake, je ne fume presque plus maintenant. L'asthme de Cornelius...

— Je ne suis pas Cornelius et il me semble que vous devriez prendre une cigarette pour retrouver votre calme.

J'accepte la cigarette. En approchant la flamme de son briquet il dit soudain :

— Neil aurait-il des ennuis?

— Oh, non! Tout va très bien. C'est simplement que voyons... nous avons décidé de... de vivre un peu différemment, c'est tout. Entendons-nous, c'est une décision prise en commun et notre mariage demeure intact mais... eh bien, tout est un peu différent maintenant, ce n'est plus la même chose.

Silence : « Je vois », dit-il en allumant sa cigarette.

— Non, je ne crois pas que vous ayez bien compris parce que je m'explique mal. Cornelius a une maîtresse, Jake. C'est-à-dire, ce n'est pas comme lorsque vous... il ne s'agit pas d'une nuit ici et là avec la première venue. C'est une femme qu'il rencontre régulièrement. J'imagine que vous êtes au courant.

— Non. Je ne savais pas.

— Ah. J'aurais cru que vous, Cornelius, Kevin et Sam partagiez tous vos petits secrets respectifs.

— Ma chère, ces temps sont révolus... nous sommes tous maintenant à des années-lumière des étés de Bar Harbor du temps de Paul. Comment avez-vous appris qu'il avait une maîtresse?

— Mais Cornelius me l'a dit, naturellement.

Un moment de silence puis Jake répète : « Naturellement ».

— Pour diverses raisons... que je ne vous dirai pas de peur de vous ennuyer... Cornelius et moi nous avons décidé de ne plus coucher ensemble. Nous avons discuté de la chose calmement, raisonnablement et nous avons conclu qu'il devait prendre une maîtresse et que je devrais... je devrais...

— Prendre un amant? Là Neil me surprend. Je ne lui croyais pas l'esprit aussi moderne. Ressent-il à votre égard, pour je ne sais quelle raison, un irrémédiable complexe de culpabilité?

Je m'entends répondre vivement :

— Je n'ai pas l'intention de parler de ses raisons, Jake.

— Et je ne tiens pas tellement à les connaître. Alors, dit Jake en s'adossant confortablement à son fauteuil son verre dans une main, la cigarette dans l'autre, vous voilà à la recherche d'un amant.

— Oui.

Incapable d'affronter son regard, je termine mon Martini en écoutant une femme calme, raisonnable, qui ne peut être moi, parler nonchalamment de commettre un adultère.

— Évidemment, c'est très compliqué. Il faut que j'observe une discrétion absolue, c'est pourquoi je ne peux choisir que quelqu'un qui soit loyal à l'égard de Cornelius. Cela peut vous paraître absurde... voire bizarre... que je puisse demander à un loyal ami de Cornelius de faire quelque chose qui puisse apparaître comme le comble de la déloyauté...

— ... Mais quel geste plus loyal peut-on imaginer? Si l'homme prend soin de la femme de son ami quand celui-là est apparemment peu disposé à le faire, ne rendra-t-il pas en fait à chacun le plus grand service imaginable?

— Précisément. — Un énorme fardeau semble se dissiper. Une si parfaite compréhension rend inutiles d'autres explications. — Oui. Voilà... vous voyez dans quelle position délicate je suis. Il y a si peu d'hommes à qui je puisse me fier entièrement... Sam est marié avec ma belle-fille et Kevin ne saurait...

— Ma chère Alicia! — Jake pose son verre et sa cigarette et se dresse d'un bond. — Quel immense compliment! — Sans une hésitation il me saisit la main et la porte à ses lèvres avant de s'asseoir à côté de moi sur le divan. — Je suis extrêmement flatté! Et je vous remercie du fond du cœur. Mais...

— Vous refusez.

Comment vais-je supporter mon humiliation! Mon visage est déjà rouge de honte. Je regarde fixement mes mains mais au moment où je me demande avec désespoir comme j'oserai jamais le revoir maintenant il dit avec un sourire complice :

— Vous vous mésestimez, Alicia. Si vous étiez une autre que la femme de Cornelius van Zale, je vous assure que je n'aurais pas attendu votre invitation pendant des années.

Il avance la main. Je distingue nettement les ongles courts et carrés, les muscles solides des phalanges et quand cette main recouvre la mienne je sens que ces doigts épais et puissants ont une étreinte ferme et réconfortante. Puis au moment où il se penche vers moi je vois que le tissu sombre de son costume est tendu sur ses cuisses et un instant je devine la chair solide et forte qui est dessous. Mon regard remonte le long de sa cuisse et s'arrête mais ce que je vois maintenant est pure affaire d'imagination.

J'ai chaud mais cette chaleur ne vient plus de mon embarras. J'entends ma voix contenue qui dit :

— Je sais que normalement vous ne tromperiez jamais Cornelius, Jake, mais la situation est tout à fait différente. Après tout, Cornelius m'a accordé sa permission pleine et entière d'avoir une aventure avec l'homme de mon choix.

— Alicia, répond Jake, permettez-moi de vous donner un conseil. Neil se croit peut-être sincèrement capable de considérer votre adultère de l'œil glacé du penseur. Il est possible qu'il le croie honnêtement, profondément. Mais en vérité il y a fort peu d'hommes capables de tolérer l'adultère de leur femme et je doute que Neil ait jamais sa place au nombre de ces rares élus. C'est très joli de dire que vous en avez discuté tous deux de manière civilisée mais en vérité il *n'existe* pas de manière civilisée pour parler d'adultère, Alicia. C'est une question primitive qui touche des sentiments primitifs et les gens qui se fourrent dans les pires situations sont toujours ceux qui croient agir selon de prétendues ententes civilisées. Jamais! Ne lui dites jamais que vous lui avez été infidèle et veillez, veillez rigoureusement à ce qu'il ne le sache jamais.

Je me sens glacée.

— Vous pensez qu'il serait trop dangereux de vous compromettre avec moi?

— Non, ce n'est pas ce que j'ai dit.

Content de voir que j'ai pris son avertissement au sérieux, Jake se calme. De sa main libre, il prend une cigarette.

— Je crois, poursuit-il, que si nous y veillons soigneusement il y a quatre-vingt-dix-neuf chances sur cent que nous ne soyons jamais découverts. C'est seulement dans les canons de la littérature que l'adultère a toujours des conséquences désastreuses. Mais il n'en reste pas moins ce léger risque et, franchement, c'est un risque que je ne peux pas me permettre de courir. A Wall Street, je suis perpétuellement en affaires avec Neil et ses bonnes grâces sont pour moi d'importance vitale. Et d'ailleurs... — Il s'arrête.

— D'ailleurs, dis-je tristement en terminant sa phrase, malgré tout ce que l'on peut dire quand on essaie d'avoir l'esprit moderne, un homme ne couche pas avec la femme de son meilleur ami, c'est simple.

— Quelle blague! Ça arrive tous les jours. Mais des hommes comme Neil et moi-même n'ont pas d'amis selon l'acception courante du terme. Nous avons des alliés, des collaborateurs et des relations. Ou, si vous préférez, il existe ceux avec lesquels on discute, ceux que l'on achète et ceux que nous acceptons parce que cela nous convient. — Je dois avoir l'air choquée de son cynisme parce qu'il ajoute aussitôt : « Cela dit, j'aime Neil et je le respecte... encore que cela n'ait aucun rapport avec ce que j'ai l'intention de vous dire et que voici : J'ai peine à croire que je sois la meilleure solution de votre problème. Il vaut certainement mieux attendre que Neil guérisse de son accès de folie et vous revienne. Que diable fabrique-t-il avec cette bonne femme, d'ailleurs? C'est de *vous* qu'il est fou! Vous n'imaginez pas le choc que vous m'avez donné en m'apprenant qu'il a une maîtresse attitrée.

— Il n'y peut rien... Ce n'est pas sa faute... — Et à mon grand désespoir, je fonds en larme.

La main de Jake serre la mienne:

— Ne pouvez-vous pas essayer de m'expliquer le problème?

— Non, je ne dois pas... injuste pour Cornelius... personne ne doit savoir.

— Êtes-vous certaine qu'il ne vaudrait pas mieux en parler à quelqu'un? Et ne pensez-vous pas, en y réfléchissant, que la grande raison qui vous a fait m'inviter tient à ce que vous ne savez plus que faire et que vous aviez envie de vous confier à quelqu'un?

— Peut-être. — J'ai retiré ma main et je cherche un mouchoir.

Il écrase sa cigarette.

— Je ne crois pas que vous ayez le moins du monde envie de prendre un amant, dit-il en buvant une gorgée de Scotch. Je crois que vous avez simplement envie de parler à quelqu'un.

Ma voix réplique aussitôt: « Ce n'est pas aussi simple. »

— Non?

Je secoue énergiquement la tête et j'observe l'éclat brun doré du Scotch dans le verre posé sur la table.

— Il faut que je m'en aille avant de faire une idiotie, dit Jake en se levant brusquement.

Je ne réponds rien.

Il ne bouge pas. Plusieurs secondes passent. Je n'ose pas le regarder.

— Ne croyez pas que je refuse de vous aider. Je souhaiterais tellement vous donner un conseil utile.

— Partez, je vous en prie, Jake.

— Mais je veux que vous sachiez...

— Cela ne fait rien. Je comprends.

Nouveau silence et puis il dit courtoisement: « Nous devons nous revoir. Certainement. A moins que vous ne préfériez...

— C'est ça. Je veux que tout soit comme si cette entrevue n'avait jamais eu lieu.

— Comme il vous plaira. — Il va à la porte. — Pardonnez-moi, mais je suis sûr que c'est plus sage pour nous deux. »

Je hoche la tête. Je la courbe sur mes mains serrées et j'attends le bruit de la porte qui se referme. L'attente semble interminable. Mais j'entends enfin le léger cliquetis métallique de la serrure qui m'annonce que je suis seule.

— Oh, Seigneur! dis-je avec désespoir et les pleurs coulent à travers mes doigts et mon corps est secoué de sanglots.

Sa main se pose sur mon épaule.

Je sursaute. Le choc a été si grand qu'il transforme ce geste si simple en un fulgurant acte de violence.

— J'ai fermé la porte, dit-il en me prenant dans ses bras.

164

# 4

## 1

Je ne peux penser qu'à une seule chose : « Comme il est différent de Cornelius. » La bouche de Cornelius est toujours ferme, même lorsqu'il m'embrasse doucement mais les baisers de Jake sont plus moelleux, moins aisés à définir. Ses lèvres sont minces mais délicatement formées; sa langue est dure et insistante lorsqu'il entreprend d'explorer la bouche que je ne peux pas ouvrir. Je devine des sentiments complexes sous ses dehors policés, sentiments très éloignés de la franche expression de désir physique de Cornelius, et bien que j'essaie d'ouvrir mes lèvres, ma réserve s'augmente de la crainte de l'inconnu.

Jake s'arrête. Ses bras abandonnent ma taille. Ses mains n'ont pas bougé pendant l'étreinte et pourtant j'ai senti ses doigts puissants presser mon dos. De nouveau j'ai peur; les idées en désordre, je me sens perdue.

Il jette un coup d'œil vers la porte comme s'il préférait que nous allions nous réfugier en haut, dans un décor moins pompeux mais c'est évidemment impossible car un domestique nous surprendrait certainement. Finalement, pour essayer de rendre la pièce moins imposante, il demande tout bas.

— Dois-je tirer les rideaux?

Je hoche la tête et aussitôt les tentures étouffent la lumière de fin d'après-midi mais bien que le salon soit sombre je le distingue encore clairement. Lorsqu'il retire son veston, je remarque que, encore qu'il soit bien plus grand que Cornelius, il n'est pas aussi heureusement proportionné. Je songe à la ligne parfaite de la nuque et des épaules de Cornelius et soudain j'ai envie de lui, non pas seulement de sa présence physique mais de son attitude simple, sans complication dans la passion, et qui transperce toujours si aisément l'armure de ma réserve et apaise si facilement mes appréhensions les plus secrètes.

Jake dénoue sa cravate et défait le bouton du col de sa chemise.

Lorsqu'il me reprend dans ses bras je sens son désir redoubler et, me rendant compte avec angoisse que je ne peux plus reculer sans l'éloigner pour toujours, je réussis enfin à ouvrir ma bouche à la sienne. Son attitude change à l'instant. La retenue délibérée qui faisait ses baisers si curieusement imprécis et si totalement nouveaux se fond dans une ardeur sombre et agressive, complètement étrangère à l'apparence affable qu'il offre au monde et, au moment où j'ai mon premier aperçu des aspects rudes, violents, cruels de son désir, je me rends compte, horrifiée, que je vais me donner à un homme que je ne connais pas.

Impossible de chercher plus longtemps à réagir comme il le faudrait. Au moment où ses mains me pressent, où je sens la passion monter en lui, le courage m'abandonne. Tétanisée par la tension, je lutte pour me dégager.

Il me lâche aussitôt et recule. Ses yeux ont un éclat bleu insoutenable. Il m'effraie.

— Je suis désolée... Pardonnez-moi... Je ne comprends pas... J'avais tellement envie de vous...

— C'est de lui que vous avez envie.

En un éclair, je vois disparaître toute trace de la personnalité primitive et secrète qu'il vient de révéler. Avec son mouchoir, il essuie soigneusement la sueur de son front et reboutonne entièrement sa chemise. Puis il attrape son verre de Scotch, le vide et se penche pour prendre à ses pieds une cigarette dans la poche de son veston. Il l'allume, en tire une longue bouffée et la pose dans un cendrier pour renouer sa cravate.

— Jake, je ne sais vraiment pas quoi vous dire. Je suis si gênée, si honteuse...

— Ne dites pas d'absurdités. Si quelqu'un doit être gêné ou honteux, ce ne peut être que moi. Je me demande comment j'ai pu être assez naïf pour croire qu'un problème aussi compliqué pouvait se résoudre si simplement. Tenez, finissez-la. — Et il me tend sa cigarette pour remettre son veston.

Je porte la cigarette à mes lèvres mais je ne peux pas fumer. Me voilà perdue encore et ne sachant que faire mais il prend les choses en main. Il me fait asseoir à côté de lui sur le divan, nous partageons sa cigarette et il passe son bras autour de ma taille quand je me rapproche de lui pour quêter son réconfort. Un instant plus tard je retrouve assez de courage pour lui demander : « Êtes-vous très fâché ? »

— Non. Déçu, oui... je ne suis qu'un homme après tout. Mais pas fâché. Et vous ? Vous sentez-vous mieux ou pire ?

— Je n'en sais rien. Tout est confus. Est-il possible que je me sente mieux après avoir fait un tel gâchis ? Ne devrais-je pas au contraire m'effondrer en mille morceaux ?

Il rit.

— Si c'était vrai... rien ne me plairait davantage que de ramasser les morceaux ! Et maintenant dites-moi ce qui est la cause de tout ça. Ne croyez-vous pas que j'ai maintenant le droit de le savoir ?

Alors, je lui ai tout dit. Cela a pris du temps. Carraway nous a apporté des sandwiches et du café; je n'avais pas faim mais Jake a insisté, j'ai donc mangé la moitié d'un sandwich au poulet. Le café était corsé et il m'a finalement rendu mes forces.

— Votre idée ne manque pas d'intérêt, dit Jake. Oui, tout irait peut-être mieux si Vicky avait épousé Sebastian mais j'en doute. Je crois qu'il faut une secousse plus violente que ça pour remettre Neil sur ses rails.

— Que voulez-vous dire ?

— Qu'il a perdu le sens des proportions, n'est-il pas vrai ? Ses notions de valeurs sont sens dessus dessous. Tout homme sain d'esprit verrait instantanément qu'autant qu'il vous a il importe peu d'être stérile. Seigneur ! si j'avais une femme comme vous... Mais ne nous écartons pas du sujet. Ce qu'il faut à Neil, c'est qu'on lui rappelle sans aucun ménagement quelques vérités simples mais j'avoue que je ne vois pas comment on peut s'y prendre. A-t-il consulté un psychiatre ?

— Oh, non ! dis-je épouvantée. Il n'accepterait jamais ! Moi, j'en ai vu deux ou trois mais...

— Vous ! Mon Dieu, mais c'est vous qui êtes normale ! — Jake pose sa tasse de café, chasse une poussière de sa manche et se lève. — Il faut que je m'en aille ou Amy fera une scène à mon retour à la maison. Écoutez, ma chérie, nous allons nous revoir, c'est certain. Je travaille généralement jusqu'à six heures et demie, sept heures mais, une fois par semaine, je m'arrange pour quitter mon bureau à cinq heures. Quel jour de la semaine prochaine vous conviendrait ?

— C'est difficile... Vous savez, Cornelius sera de retour de Chicago.

— Oh, je n'allais pas vous proposer de nous revoir ici ! J'ai un appartement vers la 54e Rue du côté est. Si nous nous y rencontrions dans une semaine jour pour jour ?

— Ma foi, je... oui, je voudrais bien mais...

— Nous parlerons, c'est tout. C'est tout ce qu'il vous faut pour l'instant.

— Mais ce ne serait pas juste pour vous, non ?

— Pourquoi ? Serait-il plus juste si j'insistais pour que vous vous mettiez au lit avec moi quand tout ce que vous demandez, c'est de faire l'amour avec un autre ? Croyez-vous que cela me plairait davantage qu'à vous ?

Sans attendre ma réponse, il écrit l'adresse de l'appartement et me donne une clef qu'il détache de son trousseau.

— Il y a un portier dans le hall mais s'il vous arrête dites-lui simplement que vous venez voir M. Strauss.

Je prends la clef et je l'enveloppe soigneusement dans la feuille de papier qui porte l'adresse. En l'accompagnant à la porte, je voudrais lui dire des tas de choses mais les mots sont difficiles à trouver. C'est à peine, même, si je peux lui dire merci et au revoir.

Dans le hall, un valet de pied ouvre la porte pendant que Carraway reste planté au pied de l'escalier. Jake et moi nous nous arrêtons : nous sommes comme deux acteurs qui vont jouer leur première scène devant leur premier public.

— Bonsoir, Alicia. Merci beaucoup pour le café et les sandwiches.

— Tout le plaisir était pour moi, Jake. Au revoir, dis-je très mondaine, et je reste sur le seuil de la grande porte jusqu'à ce que sa voiture disparaisse dans le crépuscule.

— Je vais voir M. Strauss, dis-je une semaine après au portier en uniforme qui garde l'immeuble de la 54ᵉ Rue Est.

Visiblement ce n'est pas là un événement surprenant dans la vie quotidienne du portier. Avec un sourire, il m'indique l'ascenseur et dit :

— Appartement 6 D, M'dame.

M'efforçant de paraître habituée à venir voir M. Strauss chez lui, j'entre dans l'ascenseur, je presse le bouton et je me demande combien d'autres femmes ont tenu cette clef que je sors de mon sac. Subitement, Jake me paraît lointain, hors de portée, cuirassé par des années d'expériences extra-maritales. Il ne fait pas de doute qu'il s'intéresse à moi seulement parce que je représente pour lui une gageure après toutes ces femmes qu'il séduit habituellement sans effort. Plus morte que vive, je glisse la clef dans la serrure et j'ouvre la porte.

— Jake ?

Mon appel inquiet reste sans réponse. Je referme la porte et je traverse à pas de loup l'antichambre pour gagner le spacieux living-room. De longs divans bas de couleur pourpre écrasent un vaste tapis persan. Ils sont semés de coussins rebondis recouverts d'un épais tissu rebrodé et assorti aux lourdes tentures; les murs sont tapissés de papier floqué également cramoisi. Trois tableaux dépeignent des vues de Venise, ce sont sans doute des Canaletto empruntés à la collection Reischman. Trois tables basses de bronze donnent un accent oriental à l'ambiance somptueuse et me rappellent que Jake, s'il est germano-américain, est également juif.

Je me sens plus éloignée de lui que jamais... je quitte mon chapeau, mon manteau, je les place dans un placard près de la porte d'entrée et je fouille dans mon sac pour y prendre une cigarette. Mon briquet refuse obstinément de fonctionner. Il n'y a pas d'allumettes dans la petite cuisine alors, je respire à fond et j'entre dans la chambre. Un immense lit recouvert de mètres et de mètres de soie pourpre me rappelle non pas l'Europe, cette fois, mais l'Orient. Sur un exquis tapis de Perse et sous l'œil charbonneux d'un nu de l'école impressionniste française, le seul tableau de la pièce, j'avance jusqu'aux tables de chevet. L'une est vide. L'autre renferme un mince volume de caricatures du « New Yorker », un livre de poèmes de Goethe en allemand et trois étuis de préservatifs.

— Alicia ? appelle Jake de la porte d'entrée.

Refermant vivement le tiroir, je reviens dans le living-room.

— Excusez-moi, dis-je en bégayant, j'étais en train de... Mais que tenez-vous là ?

Jake porte un grand sac de papier marron. Nous nous embrassons aussi distraitement que si nous nous rencontrions chaque semaine depuis vingt ans et il passe devant moi pour aller dans la cuisine.

— Il y a pas mal de temps que je suis venu, dit-il. Alors, je me suis arrêté pour prendre de quoi assurer notre survie. — Il ouvre le sac, il en sort une bouteille de Johnnie Walker Black Label, un bocal d'olives, un citron, quatre bagels [1], une demi-livre de fromage blanc et des tranches de jambon fumé.

— Il nous reste ici du gin et du vermouth, dit-il. Je vous prépare un Martini?

— Mon Dieu, je bois rarement de cocktails mais peut-être...

— Une seconde. — Il est en train d'explorer le placard sous le comptoir. — La dernière passagère me paraît être partie avec deux bouteilles de vermouth et une bouteille et demie de gin. Dieu que c'est mesquin! Verriez-vous un grave inconvénient à boire du Scotch?

— Je n'en ai jamais bu. Je vais avoir l'impression de m'encanailler. Mon père avait des idées très strictes sur ce que les femmes devaient boire.

— Je vais appeler le liquoriste.

— Non, non... j'essaierai le Scotch. Mais un doigt seulement.

— Certainement, promet-il en sortant les verres. Aimez-vous les bagels?

— Je...

— Vous n'en avez jamais mangé!

Il me sourit, les yeux brillants de plaisir et aussi d'appréhension comme si j'étais pour lui quelqu'un d'aussi inconnu qu'il l'est pour moi.

— Mais si j'ai déjà mangé des bagels! lui dis-je fièrement. Et pourquoi pas? Il n'y a pas que les Juifs qui en mangent.

Il rit et la légère tension qui régnait entre nous s'évanouit.

— Bon! mais nous parlerons de nourriture plus tard. Voulez-vous que j'allume votre cigarette?

Nous allons au living-room et nous nous laissons tomber sur l'un des divans pourpres. Il est dangereusement confortable.

— Que pensez-vous de cet endroit? dit Jake avant que je puisse perdre contenance une fois de plus.

Je ne sais trop que lui répondre parce que son goût est très différent du mien. J'aime les jolies pièces pleines de couleurs pastel et de meubles légers, les pièces qui vous donnent une impression d'espace, de liberté.

— Tout cela est vraiment remarquable, dis-je, prudente.

— Mais non conforme aux usages de l'aristocratie blanche anglo saxonne! dit-il, amusé, mais avant que je trahisse mon embarras il lève son verre pour porter un toast.

— A nous deux! je suis très heureux de vous voir.

Je suis encore frappée par nos points de différence mais je lui rends son sourire en murmurant : « Merci. » Le Scotch a un goût étrange mais plus doux que le Martini cocktail. Je repose mon verre sur la table en cherchant désespérément quelque chose à dire. Et comme s'il devinait mon désarroi, il enchaîne.

— Il n'est plus de mode de parler d'aristocratie, n'est-ce pas? Mais vous rappelez-vous qu'il n'y a pas si longtemps nous disions très simplement Notre Monde et le Vôtre? Les deux aristocraties juive et

_____

1. Sorte de petit pain généralement utilisé pour les sandwiches.

yankee, les piliers jumeaux de la Société de New York, les parallèles qui ne se rencontraient jamais!

— Il me semble que nous ne devrions pas parler de... dis-je tout de suite, et je m'aperçois alors qu'il est impossible de désigner le gouffre qui nous sépare.

— Mais si, il le faut! répond aussitôt Jake. Il faut en parler sans cesse jusqu'à ce que nous soyons sursaturés du sujet ou bien ce ne sera rien d'autre qu'un boulet que nous traînerons toute notre vie!

— Je...

— Laissez-moi commencer en vous disant combien j'admire votre courage.

— Mon courage?

— Le courage de sortir des conventions qu'on nous a appris à respecter.

— Vous voulez dire...

— Les lignes parallèles ne se rencontrent jamais. Mais vous les avez prises et vous les avez courbées. Il doit être difficile à quelqu'un qui n'a pas grandi dans Votre Monde ou le Mien de comprendre quel courage il fallait.

— Non, ce n'est pas du courage, c'est... — Je m'efforce d'expliquer combien nos différences paraissent insignifiantes en l'occurrence. — Certes, on ne peut pas prétendre que les différences n'existent pas, dis-je finalement, mais aujourd'hui ce sont nos similitudes qui me paraissent compter... par exemple le fait que nous venons du même monde, même si ce monde comporte deux moitiés séparées. Il me semble que malgré tout nous devons encore parler le même langage.

— Oh, il est si difficile de parler! il est si facile de prononcer les mêmes mots anciens sans jamais rien dire de nouveau. C'est pourquoi je suis convaincu que nous devrions dire les choses que nous ne nous sommes jamais dites depuis tout le temps que nous nous connaissons... cela représente combien d'années? Vingt? Bah, peu importe depuis combien de temps nous prétendons nous connaître, cela ne compte plus maintenant, et il y a bien d'autres questions que je préfère poser. Par exemple, qu'est-ce que cela représente d'être la fille de Dean Blaise, la petite princesse Blanche Anglo-Saxonne Protestante élevée au cœur de New York?

— Jake! — La description caricaturale me force à rire et soudain le gouffre qui nous sépare ne paraît plus infranchissable. — Je ne peux pas croire que vous ayez envie de savoir ça. C'est impossible.

— Ah, ces mystérieux Anglo-Saxons! s'exclame-t-il en riant avec moi et en me serrant très fort les doigts. Si vous le pouviez, vous nieriez l'existence du monde entier, au nom de votre prétendue bonne éducation et de votre fameux bon goût! Eh bien, je préfère reconnaître franchement l'absurdité de ce monde et même en rire si cela me chante. Si l'on se donnait la peine de réfléchir un instant à la manière insensée dont l'univers est édifié, on deviendrait rapidement fou, aussi est-il bon d'en rire de temps à autre, c'est une excellente thérapeutique, elle dilue la souffrance... Et maintenant je vous en prie... parlez-moi du début de votre vie. J'ai l'impression plaisante qu'en dépit de nos différences, il ressemble bien plus au mien que Mon Monde ou Votre Monde ne voudrait le laisser croire.

170

# 3

J'ai longuement parlé au cours de nos rencontres. Nous nous retrouvions toujours le jeudi, toujours à la même heure et jamais pour plus d'une heure. J'ai expliqué à Cornelius que je faisais partie du Comité d'une nouvelle œuvre charitable et il a répondu qu'il était heureux que j'aie trouvé une occasion nouvelle d'occuper mes loisirs.

Jamais au cours de ces rencontres Jake n'a suggéré que nous passions dans la chambre à coucher. Nous nous embrassons distraitement à l'arrivée et tendrement quand nous nous séparons mais il n'y a pas d'autres gestes intimes entre nous. Et pourtant l'intimité qui existe compte de plus en plus pour moi. Nous nous asseyons pour boire son Scotch préféré et, tout en parlant, je remarque la manière dont ses doigts serrent son verre et l'angle de son profil lorsqu'il porte le verre à ses lèvres. Le dessin élégant de sa bouche m'est devenu familier, aussi familier que son front haut, son nez mince, la ligne ferme de sa mâchoire et maintenant que les jours sont plus courts, je distingue à la lumière électrique ses cheveux qui s'éclaircissent et prennent une vague teinte dorée.

Il apporte chaque fois une chose différente à manger. Les bagels, les tranches de jambon fumé et le fromage blanc ont été suivis de pastrami [1], que je n'ai pu manger, et de croquettes de pomme de terre que j'ai trouvées délicieuses. C'est le jour où je suis arrivée avec du caviar, qu'il a refusé de manger, que j'ai compris qu'il tenait surtout à goûter ce qu'on ne lui servait pas chez lui. La cuisine de la demeure Reischman dans la Cinquième Avenue est bien trop grandiose pour soupçonner l'existence des bagels et du pastrami.

D'ailleurs, Jake et moi ne mangeons guère dans cet appartement. J'ai fini par aimer le Scotch mais je veille à boire du Xérès à la maison dans le cas où Cornelius demanderait d'où me vient ce goût nouveau pour le Scotch. Je fume davantage aussi mais sans complexe parce que Jake fume « à la chaîne » et allume une cigarette au mégot de la précédente. Parfois, je me demande s'il ne fume pas autant pour supporter l'effort de m'écouter parler ou bien pour tromper son désir mais je ne le sais pas et je ne peux le deviner. Alors, je continue de parler...

Je parle de mon enfance solitaire avec une belle-mère qui ne m'aimait pas et un père absorbé par son travail... Jake fume, écoute et reste indéchiffrable... Je parle des pensionnats, des étés assommants où j'étais exilée en Europe aux soins d'une kyrielle de gouvernantes... et Jake hoche la tête, apitoyé mais insondable... Je lui dis comment j'ai épousé Ralph pour fuir la maison, j'essaie de lui décrire ce que j'ai éprouvé en mettant deux fils au monde et en devenant alors une femme unique. Je lui raconte en détail l'histoire de mon premier mariage et Jake écoute, m'encourage à parler, encore que je ne sache pas pourquoi.

Mais je parle. Je continue de parler à cet étranger dont l'aspect extérieur commence à me paraître si familier. Et puis, un jour, au milieu de notre sixième rendez-vous, les rôles se sont renversés et c'est lui qui s'est mis à parler.

---

1. Bœuf fumé et très épicé.

— C'est vrai, j'ai toujours su que nous étions différents, dit-il. J'ai toujours su que nous étions particuliers. Petit garçon, je pensais que nous étions une royauté, l'élite du Vieux New York. Mon père était comme un Dieu. Tout le monde baissait la tête et s'inclinait devant nous. Nous avions une horde de parents d'un rang inférieur qui confirmaient ma croyance puérile que nous étions le centre de l'univers. Vous imagineriez difficilement à quel point j'étais couvé et peut-être plus facilement le choc que j'ai reçu quand j'ai affronté le monde extérieur et le préjugé. Rien ne m'y avait préparé. Mon père m'avait à peine parlé quand il conçut l'idée saugrenue que je pourrais peut-être m'inscrire à Groton, mais, comme je n'en ai jamais dépassé la porte d'entrée, je n'ai pas eu l'occasion de me mêler aux jeunes garçons de l'autre monde. Les autorités de Groton remirent poliment mon père à sa place en lui disant simplement qu'elles ne croyaient pas que Groton était exactement le collège qu'il fallait et qu'elles doutaient que je puisse y être heureux.

« D'abord, je ne pouvais pas croire que j'avais été blackboulé. J'en ai beaucoup souffert et puis j'ai compris qu'il ne me restait qu'à faire contre mauvaise fortune bon cœur et qu'à dire " Et après? ". Il me semble parfois que je fais contre mauvaise fortune bon cœur et que je dis " Et après? " depuis toujours.

« Seigneur! comme je détestais Votre Monde.

« C'est alors que Paul est arrivé dans ma vie et que tout a changé. Vous connaissez l'histoire de Paul... Vous savez que c'était un aristocrate yankee qui avait fait ses classes dans une banque juive. Il était à cheval sur les deux mondes. Lui et mon père étaient aussi liés que Sam et Neil aujourd'hui. Je ne peux pas me rappeler une époque de ma vie où Paul ne fut pas présent mais je ne l'ai jamais connu parce que j'étais encore un gosse et que les enfants ne paraissaient pas aux réceptions mondaines extraordinaires qu'étaient les dîners donnés par mes parents en l'honneur des Van Zale. Pourtant Paul a dû me remarquer parce qu'il m'a invité à Bar Harbor l'été de mes dix-sept ans.

« J'étais très mal à l'aise. J'admirais Paul mais il m'intimidait. J'avais peur des trois jeunes Chrétiens qu'il avait invités à sa maison d'été, j'avais peur aussi de Bar Harbor, le havre du sang bleu le plus bleu de l'aristocratie yankee, des gens qui pensaient que Newport n'était plus ce qu'il avait été et que les plages juives de la côte du New Jersey étaient le ban de la Société. Si bien que lorsque je suis arrivé pour les vacances, j'étais armé de philosophie jusqu'aux dents, j'étais aussi très, très fier et les deux premiers jours furent un enfer.

« C'est alors que Paul nous a sortis de nos coquilles et j'ai constaté avec stupéfaction que les autres étaient aussi mal à l'aise que moi. Il nous fixait toujours un sujet à débattre après dîner et le premier qu'il choisit fut " Ce que signifie être américain ". Évidemment cela signifiait une chose différente pour chacun de nous. J'ai expliqué ce que c'était qu'un jeune Juif de la Cinquième Avenue, Kevin a expliqué ce que c'était que de sortir d'une famille irlando-américaine plongée dans la politique, Sam nous a dit ce qu'était un émigré d'Allemagne et Neil ce qu'était un garçon prude d'une banlieue résidentielle de Cincinnati dans le Middle West. Paul nous a forcés à nous connaître les uns les autres et lorsque les barrières sont tombées nous avons vu combien nous étions semblables : quatre garçons intelligents et ambitieux, matériel parfait que Paul pouvait modeler à sa guise.

« Je m'étends sur l'expérience de Bar Harbor parce que je veux que vous sachiez quel point décisif elle a été dans ma vie; je veux que vous compreniez ce que je dois à Paul et pourquoi, le moment venu, je me suis soumis à son influence. Paul a fait pour moi ce que m'avaient refusé les dieux mineurs de Groton : il m'a invité à entrer dans cet autre monde et c'était une invitation gravée or sur velin parce que, comme protégé de Paul van Zale, j'ai découvert que toutes les portes s'ouvraient immédiatement devant moi. Mais Paul a fait bien davantage. Il m'a traité exactement comme il traitait les autres et les autres, prenant exemple sur lui, m'ont traité en égal. C'était un petit monde sans préjugés et il m'a donné la confiance en moi qui me faisait tellement défaut.

« Cela, c'est l'aspect positif de l'expérience de Bar Harbor. Mais il y a aussi un aspect négatif. Il est permis de se demander si un homme d'expérience et cynique comme Paul van Zale avait le droit de prendre en charge un groupe de gosses, et des gosses non seulement indécis mais pleins de complexes — et j'étais profondément complexé à l'époque parce que je venais de réaliser que je ne voulais pas être banquier.

« Évidemment, je n'avais pas osé le dire à mon père. C'était un tyran et nous tremblions tous devant lui. Comme votre père, il était totalement absorbé par son travail, tellement qu'à notre grand soulagement nous ne le voyions pas beaucoup. Il est vrai qu'il se montrait indulgent pour mes sœurs, mais avec mon frère et moi... Saviez-vous que j'avais un frère aîné ? Il n'a jamais pu approcher le niveau rêvé par mon père, le pauvre bougre, et mon père le battait, cognait dessus sans arrêt jusqu'au jour où il s'est sauvé et n'est jamais revenu. Il s'est tué dans un accident de voiture au Texas en 1924. Dieu sait ce qu'il faisait par là et personne n'a jamais cherché à le savoir. Mon père a dit que son nom ne devait plus jamais être prononcé et je suis devenu, bien sûr, le fils unique et l'héritier...

« Le deuxième été que j'ai passé à Bar Harbor — celui de 1926 lorsque Paul a été tué — j'ai fini par trouver le courage de lui demander conseil. Mais quand je lui ai avoué que je n'osais pas dire à mon père que je ne voulais pas être banquier, Paul m'a dit simplement : " Si cela te faisait tellement horreur tu n'hésiterais pas à le lui dire. "

« Je n'étais toujours pas persuadé que c'était aussi simple que ça mais Paul m'a ramené rudement à la réalité : " Tu es ambitieux, non ? ". " Oui, ai-je répondu. " Il a ajouté : " Alors n'as-tu pas envie de te dire le soir de ton quarantième anniversaire que tu as réussi à doubler la fortune de ton père ? " Et j'ai répondu : " Si, bien sûr — mais n'y a-t-il pas dans la vie autre chose que la réussite matérielle ? ".

« Il a éclaté de rire, m'a tapé sur l'épaule comme si j'étais un malheureux simple d'esprit et il m'a dit gentiment : " Pour l'amour du Ciel, fonce dans la banque ou tu regretteras toute ta vie cette occasion perdue ! " Et il a poursuivi : " Tu es à l'âge de l'idéalisme mais quand tu sera plus vieux tu verras bien mieux que l'idéal n'est rien qu'un boulet à ton cou. Les moralistes peuvent mépriser la réussite matérielle mais en vérité l'homme est si vain et si petit qu'il pense que le succès matériel est le seul qui vaille d'être recherché. Si tu veux réussir, Jake, ne perd pas ton temps à te demander pourquoi les choses ne sont pas comme elles devraient être. Préoccupe-toi d'apprendre à t'accommoder de ce qu'elles sont réellement. "

« Et voilà... Je suis entré dans le monde de la finance et j'ai doublé la fortune de mon père mais je n'ai pas eu ces pensées satisfaites le soir de mon quarantième anniversaire. J'ai emmené ma femme dîner au restaurant sous le prétexte que j'avais envie de lui parler et puis je l'ai ramenée à la maison, je suis ressorti pour aller retrouver une femme que j'entretenais — non, pas ici, mais du côté ouest de la ville — je me suis saoulé et lorsque je me suis éveillé le lendemain matin avec la gueule de bois je n'ai pensé qu'à une seule chose : " Je me demande où j'en serais, ce qui serait arrivé si j'avais résisté à mon père, et si je n'avais jamais écouté Paul van Zale. "

« Mon ambition secrète n'avait rien à voir avec l'idée de gagner de l'argent en masse — ni, en vérité, avec l'idéal de servir l'humanité. C'était plus simple. J'avais envie de posséder un hôtel — oh, un grand hôtel, bien sûr ! Cinq étoiles dans les guides les plus réputés ! J'avais envie de posséder un hôtel en Bavière. Dieu merci, ce ne fut qu'un rêve. Dieu ! ce sauvage d'Hitler ! Je ne peux pas dire ce que j'ai ressenti en retournant en Allemagne en 1945 et que j'ai pu voir où les Nazis avaient amené le pays...

« J'étais l'un des interprètes au moment où l'on a commencé à interroger les criminels de guerre. Je n'ai pas pu le supporter. J'ai réussi à obtenir un transfert et je me suis retrouvé à Munich au moment de la découverte de Dachau. Il y a des scènes que j'ai vues — des images dont on ne peut parler et pourtant il faut bien en parler, il le faut, ou les gens oublieront... Finalement, j'ai réussi à revenir aux États-Unis, à fuir toutes ces ruines — oui, c'était les ruines que je ne pouvais pas supporter, les ruines et les G.I. qui se pavanaient en mastiquant leur chewing-gum — c'était un cauchemar... comme un viol collectif dont l'Allemagne eût été la victime et que tous, les Nazis, les Alliés, tous ne faisaient que ravager, brutaliser et détruire... Et l'Allemagne était si belle, si merveilleuse. Je n'oublierai jamais à quel point j'avais envie d'y vivre dans le temps, avant la guerre.

« Ma femme ne s'est jamais trouvée à l'aise en Allemagne, bien que sa famille soit aussi allemande que la mienne. Elle ne veut pas parler allemand non plus, elle prétend l'avoir oublié. Je me demande pourquoi je l'ai épousée — non, ce n'est pas vrai. Je le sais. Je sortais avec une chrétienne — rien de sérieux mais j'avais vingt-cinq ans et je crois que mon père a pensé qu'il y avait assez longtemps qu'il fermait les yeux. Il a dit un jour que ce ne serait pas une mauvaise idée de commencer à sortir avec Amy de temps à autre. Il n'a pas insisté mais je savais ce que c'était qu'un ordre. Amy était parfaite : elle appartenait à Notre Monde... Dix-neuf ans, élevée comme mes sœurs, un lys des champs... mais elle était plus jolie que mes sœurs. Je l'ai trouvée longtemps charmante. Dieu ! quelle erreur terrible de se marier quand on n'est qu'à moitié amoureux !...

« J'aime mes enfants et je me battrais pour eux jusqu'à la mort mais je ne sais quoi leur dire quand nous sommes ensemble. Je ne les vois pas beaucoup — je suis trop pris à la banque — et je suis très exactement dans la situation que je voulais éviter quand j'avais dix-huit ans; l'histoire se répète mais, maintenant c'est moi qui suis à la place de mon père. Je ne voulais pas finir comme lui. Pourtant c'est ce qui est arrivé et je n'y peux rien — sauf, peut-être, ne pas m'opposer à la volonté de mon fils s'il décide qu'il n'aime pas l'avenir que je ne peux m'empêcher de lui modeler.

« Mais si David se rebelle et refuse de prendre ma suite à la banque ce sera la fin des Reischman tels qu'on les a connus, et je ne peux m'empêcher de m'en attrister. La dynastie de Reischman s'éteint, elle aussi. Les démographes semblent incapables d'expliquer pourquoi une famille croît et puis s'éteint, cela doit tenir à un processus biologique naturel. Mon arrière-grand-père est arrivé en Amérique avec trois frères et ils ont engendré vingt et un fils et pourtant, aujourd'hui, trois générations plus tard, David est l'un des deux seuls Reischman mâles de sa génération. S'il n'entre pas à la banque, j'en ferai une société pour garder le nom et je me retirerai comme président du conseil d'administration, triste épilogue de l'histoire pittoresque d'une famille. Nous ne vivrons sans doute plus alors dans la Cinquième Avenue — les spéculateurs de l'immobillier semblent n'avoir qu'une idée en tête : démolir autant d'hôtels particuliers qu'ils peuvent en trouver et construire à la place des immeubles d'appartements et des magasins. L'ordre ancien évolue, comme Tennyson l'a remarqué, et il cède la place au nouveau...

« Mais cet ordre nouveau ne me dit rien qui vaille. Il semble rendre le mien non seulement périmé mais vide de sens. Mais qu'y puis-je ? Faire ce que j'ai toujours fait j'imagine : affecter un air philosophe et prétendre que je m'en fous. Mais je ne m'en fous pas du tout, du tout. J'habite la maison de notre famille et je sais que ses jours sont comptés; je travaille dans la banque familiale et je sais qu'elle aura sa fin comme banque privée; je vis avec une femme que je n'aime pas à cause d'enfants que je vois rarement et à qui je ne sais quoi dire; j'ai maîtresses sur maîtresses mais toute idée d'amour semble de plus en plus lointaine. Que signifie tout cela ? Quelle en est la raison ? Je crois que la raison est qu'il n'y en a pas. J'ai essayé il n'y a pas si longtemps d'en parler à Neil mais il a refusé d'en discuter sérieusement. Peut-être l'ai-je effrayé en soulevant des problèmes que lui-même n'est pas encore capable d'affronter, pourtant il devra bien y arriver un jour — un jour il sera forcé de se demander : " Qu'est-ce que je suis en train de foutre et à quoi diable cela sert-il ? " et j'aimerais bien connaître quel genre de réponse il déterrera pour se tranquilliser.

« Mais Neil ne me ressemble pas du tout. Il a ce merveilleux talent qui lui permet de tout voir noir sur blanc et de croire fermement que Dieu est toujours avec lui — un véritable comble d'illusion anglo-saxonne. Mais le pense-t-il réellement ? Quelqu'un qui a le cerveau de Neil — et il n'a rien d'un imbécile — peut-il être naïf à ce point ? Parfois je pense qu'il se réfugie derrière cette façade anglo-saxonne pour se protéger. Parfois je crois qu'il a trop peur pour envisager un monde où Dieu n'existerait pas ou, s'il existait, serait un Dieu hostile... Mais voilà que je sombre dans la métaphysique. Arrêtons. Avez-vous compris ce que je m'efforce de dire, ma chère Alicia, ou n'ai-je déclamé que du charabia ? »

Je verse du Scotch dans nos verres, je prends sa main dans la mienne et je lui dis gentiment.

— Parlez-moi davantage de ce merveilleux hôtel cinq étoiles.

## 5

C'est le lendemain de cette conversation que Vicky est venue me voir. Je viens de finir de jeter un coup d'œil sur le courrier avant de le donner à ma secrétaire pour qu'elle y réponde; j'ai donné mon accord à deux menus que le maître d'hôtel me proposait pour deux dîners prochains et je viens de terminer ma lettre hebdomadaire à Sebastian. Je demande qu'on m'apporte du café dans le Salon du premier où se trouvent la radio et la télévision, je termine d'arranger les fleurs dans le Salon doré et je me prépare à me détendre une demi-heure en suivant un de mes feuilletons.

Le valet de chambre fait entrer Vicky au moment où je traverse le hall.

— Alicia! s'écrie-t-elle. Je vous dérange? Je suis venue simplement en passant.

Elle est plus ravissante que jamais. Elle sort de chez le coiffeur et elle a un manteau bleu que je ne lui connaissais pas. Ses joues sont légèrement rosées. Ses yeux brillent de bonheur. Je me sens soudain vieille et sans éclat.

— Quelle joie de te voir, chérie! dis-je. Tu prendras bien du café? — Je me tourne vers le valet de chambre. — Je viens de demander du café, veillez à ce qu'il y en ait pour deux et servez-le dans le salon doré, je vous prie.

— Je voulais garder le secret jusqu'à ce soir pour le retour de Papa, dit Vicky avec entrain, mais je n'ai pas pu attendre! Alors, je l'ai appelé à la banque et il ne se tenait pas de joie mais il a tout de suite dit : « Ma chérie, appelle Alicia — elle sera tellement heureuse! » J'allais donc vous appeler mais je me suis dit, et puis non, je vais aller jusqu'à la Cinquième Avenue et lui faire la surprise...

Je me demande ce que me réservait aujourd'hui mon feuilleton. La grossesse de la sœur de l'héroïne sera-t-elle enfin confirmée et la paternité du bébé de l'héroïne établie sans aucun doute possible? Il me semble que la vie réelle est tellement moins intéressante. Dans la vie, les femmes semblent toujours savoir exactement quand elles sont enceintes et le père, tout fiérot, est généralement facile à repérer à cinquante pas.

— ... alors je suis sortie en courant et j'ai foncé dans un taxi...

En entrant dans le Salon doré, je remarque que la pendule de Sèvres et encore arrêtée. Cela m'agace. J'ai pourtant bien recommandé à Carraway d'expliquer au nouveau valet qu'elle doit être remontée chaque jour.

— Tout cela me semble passionnant, chérie, dis-je. Dois-je comprendre que...

— Oui! je vais avoir un enfant! Ah, Alicia, n'est-ce pas la nouvelle la plus merveilleuse qu'on puisse imaginer ? lance ma belle-fille radieuse en se jetant dans mes bras.

— C'est merveilleux, chérie !...

Je regarde la pendule silencieuse. Pour Vicky le temps court vers l'avenir dans un tourbillon puissant et vertigineux mais pour d'autres le temps s'est arrêté il y a longtemps et le monde est immobile derrière le cadran de verre qui les protège de la poussière.

— ... Je suis tellement heureuse. Félicitations ! Et quand...

— Au mois d'avril !

— C'est parfait ! Les baptêmes sont toujours si jolis à ce moment-là. Il faudra que je recherche la robe de baptême de la famille. — J'espère que je dis bien tout ce qu'il convient de dire mais je n'en suis pas trop sûre parce que mes pensées ne sont plus très claires. — Et comment va Sam ? dis-je en me le rappelant juste à temps.

— Complètement fou ! Il est au septième ciel !

— Oui, bien sûr. C'est bien normal. — Du coin de l'œil j'aperçois Carraway qui entre avec le café. — Carraway, la pendule est encore arrêtée. C'est très déplaisant.

— Elle est arrêtée, Madame ? Je vais la remonter moi-même immédiatement. Peut-être une simple révision ou un nettoyage...

— Elle n'a besoin que d'être remontée, Carraway, et vous le savez fort bien. Non, ne vous en occupez pas tout de suite. Je suis avec Mme Keller. Revenez plus tard.

— Comme il plaira à Madame.

Carraway se retire avec un air de résignation chrétienne et l'on sent qu'il regrette l'aristocratie britannique qu'il servait en Angleterre avant la guerre. Je me reproche cette manifestation mesquine de colère mais Vicky n'a visiblement rien remarqué ; comme toujours elle ne se préoccupe que d'elle même.

Je bois mon café, je l'écoute bavarder en gardant le sourire et je m'efforce de ne pas penser à ces instants fantastiques du temps passé où j'étais quelqu'un de tout à fait particulier, Alicia Blaise Foxworth, brillante, unique, qui avait du talent et triomphait de tout. Mais j'y pense tout de même. Et la douleur est soudain aussi acérée qu'un couteau de boucher. Je me fais horreur d'être incapable de laisser le couteau dans son étui et plus je me fais horreur et plus la douleur devient insupportable.

— Chérie, je suis navrée d'être obligée de partir, dis-je. J'aimerais tellement bavarder avec toi pendant des heures mais j'ai rendez-vous pour déjeuner.

Vicky se lève aussitôt.

— Oh, bien sûr ! D'ailleurs, j'avais l'intention de m'arrêter quelques minutes seulement mais faites-moi plaisir... venez ce soir avec Papa pour un petit dîner familial.

— Merci, chérie. Ce sera charmant. Vers sept heures ?

Je n'ai pas la moindre idée de ce que Cornelius et moi devions faire ce soir mais nous verrons cela plus tard. Le plus important pour le moment est de me débarrasser de Vicky avant qu'elle puisse me trouver indifférente ou froide. Alors je l'accompagne jusqu'à la porte et je la prends dans mes bras aussi affectueusement que possible.

— Au revoir, chérie... Merci beaucoup de t'être dérangée... Je suis si heureuse pour toi... folle de joie. — Ma voix se brise et je me détourne.

— Mais, Alicia...

Vicky semble à la fois émue et surprise. Je comprends, soulagée, qu'elle a pris mon émotion pour pure sentimentalité féminine et qu'elle en est touchée.

— A ce soir!

Je remonte aussitôt les escaliers en courant et bien qu'elle me crie quelque chose je ne me retourne pas. Je ne sais pas comment j'ai pu arriver à m'enfermer dans ma chambre avant d'éclater en sanglots et plus je pleure et plus je me déteste... et plus je me déteste et plus mes larmes coulent. En luttant pour retrouver mon calme je n'ai qu'une pensée : si jamais quelqu'un devine cette affreuse jalousie je mourrai certainement de honte.

Mais personne ne le devinera. Personne ne se soucie plus de moi. Je suis un vestige d'un monde mort comme la pendule de Sèvres, une relique que les gens admirent quelquefois sans jamais la toucher, une relique séparée du monde par un cadran de glace que plus personne maintenant ne songe à ouvrir.

Du regard, je cherche un marteau pour fracasser la glace et j'aperçois le téléphone près de mon lit.

Mes larmes s'arrêtent. Tirant l'annuaire de la table de chevet je feuillette les pages jusqu'à la lettre R.

*Reischman & Company, 15 Willow.*

Je compose le numéro. J'ai retrouvé mon calme maintenant. Mes joues sont sèches mais tirées, les larmes ont dû se mêler malencontreusement à mon maquillage.

— Reischman and Company. Bonjour. A votre service.

— Je voudrais parler à M. Reischman. — J'observe dans le miroir l'étendue des dégâts. Tout mon rimmel a coulé.

— Ici le bureau de M. Reischman. Bonjour madame.

— Est-il là, je vous prie.

— Je vais voir s'il est occupé. Qui dois-je annoncer?

Je me mets à trembler : « Mme Strauss. »

— Un instant, madame Strauss.

Il y a un déclic quand la secrétaire baisse la clef et je continue de trembler, en me demandant comment je peux avoir l'audace de l'importuner dans son travail. Je dois avoir perdu la tête. Quelle folie! Je pourrais peut-être raccrocher...

— Madame Strauss! dit Jake de son ton le plus léger et mondain. Quel plaisir! Que puis-je faire pour vous être agréable?

Je serre l'appareil. Ma voix semble incroyablement froide et lointaine.

— Bonjour, monsieur Reischman. Je voudrais savoir s'il vous est possible de m'accorder un rendez-vous.

— Mais certainement. Quand êtes-vous libre?

— Je... — Mon courage m'abandonne. Je ferme les yeux comme pour masquer le cauchemar de mon angoisse.

— J'ai un rendez-vous pour déjeuner que je peux annuler, dit Jake désinvolte.

— Oh, eh bien...

— A midi et demie, dans le centre?

— Oui. Merci. J'y serai.

Je raccroche. Un long moment je reste pétrifiée au bord de mon lit et puis je vais à ma coiffeuse pour me refaire le visage.


# 6


J'arrive de bonne heure à l'appartement parce que je voudrais avoir le temps de prendre un Scotch pour me calmer avant qu'il arrive. J'ai peur de perdre la tête et de faire une scène malencontreuse qui lui ferait regretter son invitation. J'imagine qu'il va arriver avec ce qu'il faut pour déjeuner. Je ferai semblant de manger mais j'aurai peut-être faim plus tard; je me sentirai sans doute mieux quand il sera là.

Je sors de l'ascenseur. Je cours dans le hall vers la porte de l'appartement 6 D et je cherche frénétiquement la clef dans mon sac.

— Oh, Seigneur! dis-je en ne la trouvant pas. Ah, Mon Dieu!...

La porte s'ouvre en grand.

— Vous êtes pressée? demande Jake en souriant sur le seuil.

— Mais vous voilà déjà là! dis-je comme une idiote après un sursaut de surprise.

— J'étais pressé moi aussi.

— Vous voulez dire que vous n'avez pas beaucoup de temps?

— Je veux dire que j'ai tout le temps qui me convient, dit-il en me prenant dans ses bras, et que je n'ai pas l'intention d'en gaspiller une seconde.

La porte se referme sur nous. L'éclairage paraît changé mais il est vrai que je ne suis jamais venue dans la journée. Le luxueux living-room est plongé dans l'ombre mais le mobilier somptueux ne me paraît plus étranger. J'ai l'impression de m'avancer dans un pays que je n'ai jamais visité encore mais qui m'est pourtant familier.

Ses bras me tiennent serrée. Je suis faite maintenant à l'idée qu'il soit plus grand que moi et en levant mon visage vers le sien, je ferme les yeux, non parce que je n'ai pas envie de voir un étranger mais parce que je ne veux pas qu'un ami intime voit mon désarroi.

— C'est bon de vous voir! dis-je à voix basse en me répétant sans cesse que je ne vais pas me donner en spectacle. J'avais tellement envie de vous voir.

— Mais vous ne regardez pas!

J'ouvre les yeux en souriant et les larmes roulent sur mes joues.

— Alicia...

— Oh, ce n'est rien, dis-je aussitôt. Tout va bien. Tout est parfait.

— Ah, vous, les mystérieux Anglo-Saxons! dit-il en riant. Le self-control! La discipline! La stricte impassibilité!

Je ris aussi. Je pleure et je ris à la fois mais maintenant cela m'est égal parce que mon chagrin n'a plus d'importance. Nous nous asseyons sur le lit et petit à petit mes larmes s'arrêtent de couler. Je n'ai plus le temps de pleurer parce que je l'embrasse et quand il me rend mes baisers je n'ai plus envie de m'affliger. Car je suis de nouveau quelqu'un de spécial, non pas une femme rejetée, inutile à tout le monde mais Alicia Blaise Van Zale, tout à fait brillante, unique, victorieuse et pleine de talent, et l'un des hommes les plus puissants de New York est amoureux de moi et il veut que je sois à lui.

# TROISIÈME PARTIE

# CORNELIUS : 1950-1958

# 1

## 1

Il est tout petit avec des traits fins dans un pâle visage ovale. Ses yeux sont clos. Enveloppé dans la couverture blanche de l'hôpital, il ressemble à l'une de ces poupées de cire avec lesquelles jouait ma sœur Emily dans le temps, à Velletria. Il est presque impossible de croire que c'est un être vivant, qui respire déjà, quelqu'un qui grandira et qui discutera avec moi du marché des changes. Un instant, je l'imagine adulte, de la taille de Sam mais qui me ressemblerait comme un autre moi-même, assis dans mon fauteuil à la banque, dictant sa loi aux associés lors des conseils, présidant ma Fondation artistique, dictant des communiqués à la presse, commandant la dernière Cadillac et faisant le malheur d'une jolie femme... Paul Cornelius van Zale III — car on lui donnera sûrement mon prénom — banquier d'affaires, philanthrope, mécène, fierté et consolation de mes vieux jours, à une époque encore lointaine où je ne serai plus qu'un vieil homme parcheminé, chauve, sans dents et presque sans vie dans un sinistre palais que j'aurai bricolé pour ma retraite dans un coin de l'Arizona.

— Nous l'appellerons Erich Dieter, dit Vicky en calant l'incroyable paquet dans son bras. Eric comme prénom usuel. Oh, nurse, voulez-vous le prendre, s'il vous plaît ? Merci. Oh, et apportez un vase pour ce nouveau bouquet quand vous aurez une seconde, s'il vous plaît. — Elle se renfonce dans ses oreillers et joue sans y penser avec l'un des œillets qui encombrent sa table de chevet. — Comme je le disais...

— Erich Dieter ? fais-je.

— Une seconde, Mademoiselle, lance Alicia. Vicky ton père aimerait peut-être tenir le bébé un instant.

— Voyons, Alicia, ces gestes n'intéressent pas les hommes ! Pour eux, un nouveau-né n'est qu'un petit paquet humide et qui fuit quand il ne faut pas.

— *Erich Dieter ?* dis-je une deuxième fois.

— Vicky, tu ne devrais pas afficher un cynisme moderne aussi repoussant à l'égard de ce qui est, après tout, un des miracles de la nature.

— Oh, Seigneur, à quand le message publicitaire?

— *ERICH DIETER!* — Cette fois j'ai hurlé.

Ils sursautent. La nurse manque de laisser tomber le bébé.

— Donnez-le-moi, Mademoiselle, dit Alicia en lui arrachant le paquet emmitouflé et en l'installant adroitement sur son bras. Laissez-nous maintenant, je vous prie. Mme Keller n'a plus besoin de rien pour l'instant.

— Assez! crie Vicky d'une voix presque aussi forte que la mienne. Je ne vous ai jamais dit de prendre le bébé! Je ne veux pas que vous y touchiez, ni l'un ni l'autre — il est à moi et pas à vous pour en disposer à votre idée!

C'est le moment que choisit Sam pour entrer, portant une brassée de roses thé.

— Oh, Dieu du Ciel! crie Vicky en éclatant en sanglots. Je ne veux plus voir une seule fleur — je commence à avoir l'impression de n'être qu'une sorte de machine à avaler les bouquets! Débarrassez-m'en, pour l'amour du Ciel, et laissez-moi seule — sortez tous! *Allez-vous-en!*

Et pendant que nous la regardons bouche bée, elle se rencoigne au fond du lit et cache sa tête sous les couvertures.

— Allez-vous-en, s'il vous plaît, dit Alicia à la nurse au visage écarlate.

Je caresse machinalement la forme sous les couvertures.

— Vicky chérie... pardonne-nous... je t'en prie... nous ne voulions pas t'être désagréables.

Une ombre se profile sur le lit : « Je crois que vous feriez mieux de partir, dit Sam. »

— Mais...

— Allons-nous-en, Cornelius, dit Alicia de sa voix de maîtresse d'école que je déteste.

Des sanglots étouffés agitent les couvertures.

— Vicky... chérie... — J'essaie maladroitement de baisser le drap. — D'accord... bien sûr, tu peux l'appeler Erich Dieter...

La main de Sam me saisit le poignet.

— Dehors, Neil!

— Mais...

— C'est ma femme, pas la vôtre. Dehors!

— Vous parlez d'une connerie! — Je suis tellement surpris que j'oublie de contrôler mes paroles mais l'expression d'Alicia me rappelle qu'en dix-neuf ans de mariage je n'ai jamais prononcé une telle grossièreté en sa présence.

Les draps sont violemment rejetés :

— Si vous n'arrêtez pas immédiatement de vous disputer et de parler comme des charretiers, crie Vicky, je quitterai ce lit, je sortirai de l'hôpital, et puis j'aurai une hémorragie et je mourrai!

La porte s'ouvre violemment : deux médecins et l'infirmière en chef se précipitent dans la chambre.

— Qu'est-ce qui se passe ici? Qu'est-ce que c'est que ce tumulte? Qui se permet d'énerver la malade?

— Je veux être seule, larmoie Vicky. Je ne peux pas supporter qu'ils se disputent plus longtemps mon bébé.

184

Le médecin en chef nous fixe d'un œil glacial, opaque et sombre.

— Que tout le monde sorte, s'il vous plaît. Je désire être seul avec ma patiente.

Nous partons tous sur la pointe des pieds : Sam porte toujours son bouquet de roses thé, Alicia porte toujours le bébé.

— J'espère que vous êtes content de vous, me dit Sam, blanc de colère.

— C'était une scène honteuse, Cornelius, me dit Alicia d'une voix polaire.

Je leur tourne le dos et je m'en vais.


## 2


Je dis au chauffeur d'attendre Alicia, je renvoie mon garde du corps et je quitte l'hôpital à pied. Devant moi, là-bas, se dessinent en noir les ombrages frais du Park mais ils sont plus loin que je ne le pensais et, perdant finalement patience, je saute dans un bus. Cette décision m'arrache un moment à mes problèmes. Je n'ai pas pris le bus depuis mes dix-huit ans et, d'abord, la nouveauté m'amuse : je suis là, pendu à une poignée, comme n'importe lequel de mes compagnons de voyage, fatigués par leur journée de travail. Mais je m'aperçois vite que je suis aussi seul que je l'aurais été avec Alicia sur la banquette de ma Cadillac et, arrivé de l'autre côté du Park, je ne suis pas fâché de laisser le bus et de me retrouver sur le trottoir.

Le côté ouest de Central Park est un enfer rugissant de voitures pressées. Je descends vers le bas de la ville, les mains profondément enfoncées dans mes poches, en essayant de reconnaître les différentes marques d'automobiles qui me croisent. J'aime les voitures, même si je conduis rarement, — un homme de mon rang ne s'assied pas derrière le volant de sa voiture personnelle s'il veut conserver son image de marque auprès de ceux qui travaillent pour lui —, mais il m'arrive parfois d'emprunter l'une des nouvelles autoroutes avec mon garde du corps pour seul compagnon et d'essayer de voir ce que ma Cadillac favorite a dans le ventre. J'aime la puissance de l'accélération, la force du moteur et le volant qui obéit à la moindre pression de mes doigts; mais je n'en laisse rien paraître. Cela pourrait sembler enfantin et un homme de mon rang doit veiller soigneusement à ne rien faire qui puisse paraître ridicule. Rien ne détruit plus vite une auréole de puissance que la raillerie, c'est une des vérités essentielles que j'ai apprises il y a longtemps, lorsque j'arrachais aux autres leur pouvoir afin de survivre dans un monde hostile.

Au Dakota building, je prends l'ascenseur et je monte jusqu'au 6e étage où se trouve l'appartement que j'ai loué pour Teresa, face au Park.

— Hello! dit-elle étonnée en sortant de son atelier au moment où je referme la porte. Quelle surprise! Je te croyais à l'hôpital, en train de bercer le bébé et de boire du champagne!

— Laisse tomber!

Je passe devant elle sans l'embrasser et je me traîne jusqu'à la cuisine. Comme d'habitude, c'est le chaos : piles d'assiettes, casseroles sales sur le fourneau et la table est couverte de reliefs indescriptibles dont l'odeur indique qu'ils sont bons pour la poubelle. L'énorme chat à la fourrure brune que Teresa adore je ne sais trop pourquoi est en train de mâchonner quelque chose dans un coin. Le carrelage est aussi sale que le reste.

— Chéri, ne va pas là-bas... c'est une porcherie. Viens t'asseoir dans le living-room.

— Je cherchais quelque chose à boire.

— Pourquoi ne le disais-tu pas ? Je vais te servir tout de suite.

Elle porte une blouse beige couverte de taches sur un pantalon noir qui lui colle à la peau et ses pieds sont pris dans une vieille paire de pantoufles percées l'état de sa chevelure et qui laissent paraître le vernis rouge, écaillé de ses orteils. A voir ses cheveux on penserait que tous les coiffeurs sont en grève. Sous son œil noir qui m'examine attentivement je remarque ses lèvres pleines, vierges de rouge ce qui m'indique que l'inspiration l'a empêchée de se maquiller avant de s'installer dès l'aube dans son atelier.

— Excuse-moi d'avoir l'air d'une caricature polonaise, dit-elle plus tard en me tendant un verre de Scotch à l'eau. Je vais aller prendre une douche pendant que tu te reposes.

Dès que j'entends la porte de la salle de bains se refermer, j'entre sans bruit dans l'atelier pour jeter un coup d'œil à sa toile. Cela ressemble à une scène d'enterrement mais c'est encore difficile à dire. En tout cas, il faudra beaucoup la travailler. J'aime de moins en moins cette nouvelle tendance de Teresa vers le post impressionnisme. C'est trop conformiste et cela ne se vend pas ; si les gens sont prêts à donner leur argent pour cette sorte de cochonnerie, ils veulent des œuvres de peintres reconnus, pas une imitation de troisième ordre. En tout cas Teresa gâche son talent dans cette inexplicable recherche. Son style ancien qu'elle a abandonné depuis peu — pourquoi ? Complexe de culpabilité ou manière de se reprocher de s'être vendue ? Dieu seul le sait : moi je n'en sais fichtre rien —, sa manière ancienne donc, était aux antipodes de ce nouveau barbouillage qui vise à l'effet artistique et je me demande avec inquiétude, en allant dans la chambre, si elle ne va pas en arriver à cribler sa toile de petits pois comme Seurat. J'aurai mon mot à dire si c'est le cas ; je ne pourrais pas me taire mais je me surveille toujours lorsque je parle à Teresa de son travail et, si je lui parle toujours franchement, je ne fais jamais de critique destructive. Pour un artiste, un tableau est comme son enfant et vous ne vous hasardez pas à dire carrément à une mère qu'elle n'est pas capable d'élever convenablement son gosse.

Fuyant cette réminiscence d'enfants, j'entre rapidement dans la chambre.

Le lit est encore défait, la coiffeuse couverte de camelote de quelque Prisunic, des bas traînent sur le tapis, des vêtements attendent en désordre sur un fauteuil. Un deuxième chat sommeille sur un tas de linge sale. Au-dessous d'un poster de Lénine, l'air féroce, des œuvres d'écrivains de gauche s'empilent sur le manteau de cheminée et je me dis une fois de plus qu'il va falloir que Teresa cesse de s'intéresser même occasionnellement au communisme. Il n'y a pas d'avenir aujourd'hui pour quelqu'un affligé

186

de tendances anti-américaines. Si Teresa veut tenir le coup, se bien porter et être exposée régulièrement à New York, le poster de Lénine doit disparaître pour faire place, peut-être, à un Clark Gable dans le rôle de Rhett Butler. « Autant en emporte le vent » est aussi typiquement américain que le chewing-gum.

Sans bouger, le chat ouvre ses yeux d'or pour me toiser du haut de sa pile de linge sale. Je bois mon Scotch et je le toise à mon tour. Je lui fais baisser les yeux. Il vient de les refermer lorsque Teresa, enveloppée dans une affreuse serviette rayée, sort de la salle de bains, se laisse tomber sur les draps froissés à côté de moi et étire voluptueusement ses bras au-dessus de sa tête en écartant sa serviette.

Je pose mon verre, je me déshabille et je la prends.

Le chat nous regarde parfois de ses yeux jaune-vert impassibles.

— Veux-tu un autre Scotch ? demande Teresa quand nous avons terminé.

— Non merci.

Nous restons étendus l'un à côté de l'autre. Je retrouve la même impression que dans le bus : cerné par la misère très proche d'une autre vie humaine, je suis pourtant totalement à l'écart, absolument seul.

— Veux-tu parler ? demande-t-elle.

— Pas tellement.

Je me rappelle soudain Vivienne ma première femme, furieuse qu'un homme n'ait même pas un rudiment de civilité postcoïtale, et au prix d'un gros effort je me reprends. Si j'ai l'imprudence de traiter Teresa comme un objet de location, je pourrais bien me réveiller un beau matin pour apprendre qu'elle a déchiré notre bail pour se louer à un autre.

— Excuse-moi, dis-je en baisant sa bouche et en posant un instant ma main sur ses seins, je sais que je ne suis guère aimable mais la journée a été rude.

Elle me rend mon baiser, me presse légèrement la main et se glisse à bas du lit.

— Nous allons manger. — Je n'ai rien avalé de la journée et je meurs de faim. Je vais te préparer quelque chose de bon. Qu'aimerais-tu ?

— Un hamburger.

Ce que j'aime par-dessus tout en Teresa c'est qu'elle ne me pose jamais de questions idiotes. Elle me demande simplement ce que je veux et elle se met en devoir de me le procurer. Le plus souvent elle ne demande même pas : elle diagnostique mon état et rédige son ordonnance. Je suis sûr qu'elle m'aime bien mais sous cette défroque négligée, l'esprit qui conçoit ces tableaux bien ordonnés est foncièrement désintéressé. Cela dit, je ne suis pas assez naïf, malgré tout ce qu'elle dit lorsque je suis en elle, pour croire qu'elle m'aime.

— Ketchup, marmonne-t-elle en fouinant dans les placards de la cuisine.

— Là-haut, au-dessus des boîtes de nourriture pour les chats.

Les artistes sont bizarres. Kevin me cite souvent cette remarque idiote attribuée à Scott Fitzgerald : « Les gens très riches sont très différents de vous et de moi. » Mais je suis de l'avis d'Hemingway : les gens très riches ne sont pas différents, ils ont simplement plus d'argent. Sur cette terre la véritable différence n'est pas entre les riches et les pauvres mais entre ceux qui créent et ceux qui sont incapables de créer. Je m'appelle Cornelius van Zale, quarante-deux ans, et, comme de nombreux travailleurs en col blanc qui s'efforcent de gagner leur pitance à la semaine, j'aime ma famille, je travaille dur du lundi au vendredi, j'aime boire un verre de bière par-ci, par-là, jouer aux échecs et assister à un bon match de base-ball à l'occasion. Teresa Kowalewski, vingt-six ans, aime cuisiner, aller faire les courses et toutes les activités féminines classiques autant que n'importe quelle ménagère de Westchester mais, quand son chevalet l'appelle, rien ne compte plus et si les corvées persistent à déranger son univers vous pouvez vous attendre à une explosion. Parfois, il me semble que le talent artistique est comme une mutation maligne du cerveau. Il est difficile de concevoir qu'un être puisse hanter à la fois le monde extérieur de la création et garder sa raison. Il n'est pas étonnant que Van Gogh ait perdu la sienne, que Munch ait peint les hurlements et que Bosch ait fait une fixation à l'enfer. Imaginez une seconde ce que c'est que de vivre avec de telles scènes dans la tête et d'aller acheter son pain à quelque imbécile qui vous parle de la pluie et du beau temps.

Sam pense que j'ai acheté Teresa, il se trompe. Personne ne peut acheter Teresa parce qu'aucun homme, fût-il le plus riche de la terre, ne peut contre argent comptant l'arracher à son art. Je connais les artistes. Je les ai étudiés avec le même intérêt qu'un anthropologiste étudie une espèce absolument différente de la sienne. Ce qui me passionne en premier lieu c'est qu'un artiste puisse créer, tirer quelque chose du néant. C'est une puissance, évidemment — pas une puissance comme la mienne, mais puissance tout de même — et qui, selon les circonstances, peut dépasser de loin la mienne, une force mystérieuse, un miracle énigmatique, l'imparable prise d'un lutteur sur l'éternité.

Je fais un nouvel effort pour me rendre sociable et agréable.

— Le bébé est très amusant, dis-je en regardant le ketchup couler sur mon hamburger, et si petit qu'on a peine à le croire vrai.

— Ce doit être curieux d'avoir un enfant, dit Teresa, incapable d'imaginer un désir de création qui ne touche pas la peinture mais prête à admettre que l'expérience puisse être mémorable. Vicky va bien ?

— Ils ont dit à Sam ce matin, lorsqu'il est allé la voir, que ç'avait été un accouchement sans histoires mais elle était excédée tout à l'heure. En fait, elle était hors d'elle-même. Vicky, toujours si douce, si gaie et d'humeur facile, mais tout à l'heure... elle était vraiment exaspérée. Elle a même pleuré.

— Le cafard puerpéral.

— Tu crois ? Était-ce cela ?

— On le dirait. Mais ne t'inquiète pas chéri, le cafard puerpéral est très fréquent et il ne dure jamais longtemps. Vicky sera tout comme avant dans un jour ou deux, tu verras... Café ?

— Merci. — Maintenant que je sais que l'attitude de Vicky s'explique médicalement je me sens beaucoup mieux.

— Sam et Alicia ont l'air de penser que c'est moi qui l'ai fait pleurer, dis-je sans y penser, mais ce n'est pas vrai. J'étais simplement surpris qu'ils donnent au bébé un prénom allemand.

— Fais confiance à Sam pour brandir le drapeau allemand, dit Teresa en m'apportant du lait pour le café.

— Enfin, ils vont angliciser son prénom en l'orthographiant Eric mais, personnellement, il me semble qu'il devrait porter le nom de son grand-oncle, celui qui m'a laissé sa fortune. Après tout, Paul a choisi Sam alors que ce n'était qu'un fils de jardinier taillant les haies! Il lui doit tout.

— Il te doit beaucoup à toi aussi. Le bébé devrait s'appeler Paul Cornelius.

— Ma foi, je sais que la plupart des gens n'aiment pas mon prénom — je picore mon hamburger —, mais personnellement, dis-je décidé à me confier à elle, il m'a toujours plu. C'est un nom à part. Spécial. C'est pour cela que je ne laisse personne m'appeler Neil sauf Sam, Jake et Kevin — et ils m'appellent Neil parce que Paul le leur a ordonné. Il estimait que Cornelius était difficile à porter pour un adolescent et je craignais trop Paul en ce temps-là pour lui dire que mon prénom me donnait de l'assurance. Neil est ordinaire mais Cornelius est un prénom de qualité.

— Eh bien, le prochain s'appellera peut-être Paul Cornelius. Et à ta place, chéri, je ne m'inquiéterais pas trop de la scène de tout à l'heure. — N'oublie pas que c'est un événement et que l'émotion était à son comble.

— C'est vrai. Et par ailleurs, j'aimerais bien que Sam cesse de se conduire comme s'il avait découvert le secret de l'éternelle jeunesse. Cela devient énervant — presque aussi énervant qu'Alicia parlant de mon *petit-fils* à tout bout de champ. Seigneur, tout cela parce que ma fille a un enfant, je ne vois pas pourquoi tout le monde me traite comme si j'étais bon désormais pour l'asile de vieillards!

— Finis ton hamburger, aimable vieillard, et viens donc faire un petit tour au lit.

Une heure plus tard, encore couchés, nous prenons une tasse de café, Teresa grignote du cake, je ramasse quelques miettes sur ma poitrine et je regarde l'heure malgré moi.

— Je crois qu'il vaudrait mieux que je m'en aille.

— Tu peux rester si tu veux. Je ne travaillerai pas davantage ce soir.

— Non, il faut que j'aille faire la paix avec Alicia.

— Elle a vraiment été si dure à l'hôpital? Seigneur, tu es un saint de supporter ça. Plus d'un homme aurait divorcé depuis longtemps et suivi l'exemple de Sam — cloches nuptiales, une jolie et jeune épouse et un bébé avant le premier anniversaire!

Je sors du lit sans un mot et commence à m'habiller. La chambre paraît de nouveau incroyablement sordide.

— Excuse-moi, chéri, j'ai gaffé. Je m'efforce de ne jamais critiquer Alicia mais je n'y réussis pas toujours. Ne fais pas attention à ma rosserie.

— Tu n'es pas jalouse d'Alicia, j'espère?

— Mon Dieu, pourquoi serais-je jalouse d'elle? Elle peut garder son existence vide avec ma bénédiction!

— Tu es sûre?

— Chéri, tu sais que je t'aime, que je te trouve parfait dans un lit et plus beau qu'une vedette de cinéma mais peux-tu imaginer sérieusement ce que je deviendrais si j'étais transplantée dans ton palais de la Cinquième Avenue? Je serais folle à lier au bout de vingt-quatre heures! D'ailleurs, quelle raison pourrais-je bien avoir de désirer la place d'Alicia? Je ne veux pas d'enfant et un anneau de mariage ne me ferait pas peindre mieux.

Finalement tout revient à la peinture. Les anneaux de mariage, les enfants et les palais de la Cinquième Avenue ne sont que des ombres irréelles qui veulent empiéter sur la surface éclatante de la toile. Je connais Teresa et elle se connaît bien. Je n'ai rien à craindre.

— Au revoir, chéri, dit-elle à la porte en m'embrassant. Sois sage.

— Travaille bien, Teresa.

Dehors, il fait nuit; relevant mon col pour me protéger du vent frais du printemps, j'appelle un taxi qui me catapulte à travers le Park dans un autre monde, celui de la Cinquième Avenue.


### 3


Chaque fois que je reviens de chez Teresa, je prends une douche. Cela n'a rien à voir avec l'état de son appartement. Au début de notre aventure, je prenais une douche avant de la quitter mais dès que j'étais rentré chez moi j'avais irrémédiablement envie d'en prendre une autre. J'ai médité longuement sur la signification de ce désir excessif de propreté et j'en ai conclu qu'il répondait à la nécessité de partager ma vie en deux parties bien distinctes et enfermées chacune dans un compartiment à part. La douche constitue un rite de purification apparenté à l'ancienne coutume romaine de *lustratio* dont mon tuteur des étés de Bar Harbor m'a parlé un jour. Les Romains faisaient toujours cet acte de *lustratio* après avoir célébré quelque rite païen et avant de retrouver leur vie habituelle.

Je suis en train de monter rapidement les degrés du grand escalier pour aller me mettre sous la douche lorsque Alicia m'appelle. Je ne m'arrête pas — l'appel de la douche est le plus fort — mais je tourne la tête pour la regarder. Elle porte une robe grise avec un clip de diamant à l'épaule et des pendants d'oreilles de diamant sous les boucles souples de ses cheveux. Elle est incomparablement belle. Je force automatiquement l'allure.

— Cornelius... attends!

— Donne-moi cinq minutes, veux-tu?

Je fonce dans la salle de bains, je m'y enferme, je quitte mes vêtements et je les jette en paquet derrière le panier à linge. Et alors avec une joie pure, je me mets sous la douche.

Après avoir compté lentement jusqu'à cent quatre-vingts, je ferme le robinet et je me sèche vigoureusement pendant soixante secondes. C'est apaisant de suivre la routine familière. Revigoré, je noue soigneusement la serviette à ma ceinture et m'assure que mes parties génitales sont bien cachées. C'est un aspect important dans la routine : personne, pas même

Teresa, ne doit jamais me voir nu de face. Teresa a pu me surprendre ainsi une fois accidentellement par une chaude nuit d'été alors que nous avions repoussé les couvertures et les draps que je veille pourtant à tirer toujours jusqu'à la ceinture mais elle n'a eu aucune réaction, alors j'ai fait comme si de rien n'était. Peut-être n'avait-elle rien remarqué. Les êtres humains sont tous différents et pour autant que je sache les petits testicules ne sont pas tellement rares — ils sont aussi bien l'apanage de ceux qui ont eu les oreillons que de ceux qui ne savent pas ce que signifie « orchite ». Mes testicules peuvent même peut-être paraître normaux à un regard distrait. Au mien, ils sont déformés mais comme je sais exactement à quel point ils le sont, il n'est pas étonnant que je trouve cela affreux. Je me demande souvent ce que Teresa pense de ma pudeur excessive mais telle que je la connais je crois qu'elle l'a acceptée depuis longtemps. Teresa ne s'intéresse qu'à l'essentiel. Tant que le reste de mon appareil sexuel paraît et fonctionne comme s'il était intact, ce n'est pas elle qui cherchera à savoir pourquoi je garde mon short pour me mettre au lit et pourquoi je ne le quitte que sous les draps.

La serviette bien arrimée à ma taille, j'ouvre la porte de la salle de bains et je sursaute en découvrant qu'Alicia m'attend. Je porte immédiatement les mains à ma ceinture pour m'assurer que la serviette est bien en place.

— Pardonne-moi de t'ennuyer, dit-elle, crispée, mais il y a vraiment un problème urgent. Vivienne est ici. Il est probable qu'elle a sauté dans le premier avion en partance de Miami en apprenant la naissance du bébé et maintenant elle veut savoir pourquoi Vicky ne reçoit pas de visites. Elle ne veut pas s'en aller avant de t'avoir parlé.

— Seigneur! Qui l'a laissée entrer?

— Elle est arrivée pendant que nous étions à l'hôpital et le nouveau valet de pied l'a reçue. J'ai réprimandé Carraway de ne pas lui avoir passé convenablement les consignes mais...

— Okay, laisse-moi m'occuper de ça. — Je presse le bouton de sonnette près de mon lit jusqu'à ce que mon valet de chambre m'apporte en courant mes vêtements. Je prends ensuite le téléphone intérieur : « Hammond? dis-je au chef de mes assistants. Je veux que mon ancienne femme déguerpisse de cette maison. Donnez-lui de l'argent, invitez-la à dîner, faites n'importe quoi mais débarrassez-m'en. » Je raccroche. Je change d'appareil et j'appelle Sam dans l'intention de lui expliquer que, puisqu'il est responsable de l'irruption de Vivienne à New York, il est de son devoir de la réexpédier immédiatement en Floride mais la gouvernante de la nouvelle demeure des Keller m'apprend que Sam ne dîne pas chez lui.

— Vivienne a tout l'air de croire que tu as acheté les médecins pour lui interdire l'entrée de l'hôpital, dit Alicia lorsque je ressors de la salle de bains avec mon short.

— Bon Dieu! — J'enfile un T. shirt tout frais et j'attrape le sweater que me tend le valet. — Eh bien, je ne dirai qu'une chose, fais-je en passant mon pantalon, c'est que si cette bonne femme croit qu'elle peut s'introduire dans cet hôpital et tourmenter ma pauvre fille...

Des éclats de voix dans le couloir m'interrompent et, presque avant que j'aie pu boutonner ma braguette, la porte s'ouvre violemment et, avec

191

Hammond et deux de ses gorilles sur les talons, Vivienne fait une entrée fracassante.

— Comment oses-tu donner l'ordre à tes truands de me maltraiter! hurle-t-elle. Je te traînerai devant les tribunaux, espèce de voyou!

— C'est ça, fais-moi un procès. Tu le regretteras, crois-moi. — Je me tourne vers mon aide. — Hammond, je vous sacque! Sortez! — J'ai réussi à passer une paire de mocassins avant que personne ne s'aperçoive que j'étais pieds nus. Un chef peut continuer d'exercer son pouvoir sans chaussettes mais sans chaussures il est simplement ridicule.

— Écoute-moi un peu, espèce de fils de garce... hurle Vivienne.

— Ferme ça! — Je hurle à mon tour, abandonnant mon ton retenu si brusquement que tout le monde sursaute. Comment as-tu l'audace de pénétrer ici comme si tu étais encore la maîtresse de cette maison avec le droit d'entrer et de sortir à ta guise! Et comment as-tu l'audace d'importuner ma femme avec une scène aussi dégoûtante!

— Je veux voir ma fille! Je veux voir mon petit-fils! Tu n'as pas le droit de m'en empêcher! Ils sont à moi autant qu'à toi!

Vivienne s'écroule d'un seul coup sur le lit. Elle a un tailleur bleu pastel, des talons interminables et une cargaison de bijoux dorés qui s'entrechoquent au moindre mouvement. Ses larmes creusent des sillons noirs dans son maquillage. C'est une épave, peinturlurée et écœurante.

— Cornelius, dit Alicia d'une voix calme et retenue, je sais que Vicky ne doit plus recevoir de visiteurs ce soir mais Vivienne ne pourrait-elle pas voir au moins son petit-fils quelques instants?

— Oh, pour l'amour du Ciel, arrête de répéter « petit-fils » à tout instant! Crois-tu que Vivienne ait envie qu'on lui rappelle qu'elle est maintenant tout près de la soixantaine?

— Quel salaud! lance Vivienne à Alicia. Il n'est même pas fier d'être grand-père. On pourrait penser qu'il serait fou de son petit-fils, n'est-ce pas? — d'autant qu'il n'a lui-même jamais pu faire un garçon!

J'ai la nausée. Je me détourne de peur de vomir, mais avant que j'aie pu faire un pas vers la salle de bains, Alicia dit avec la plus parfaite dignité :

— Je vous en prie, Vivienne. Je suis profondément navrée de n'avoir pu donner à Cornelius les enfants qu'il aurait certainement eus avec une autre. Vous dites tout ce qui vous passe par la tête mais, à titre de femme, je vous prie de ne pas vous mêler d'une question intime et pleine de tristesse pour moi. Quant au problème présent, je vais vous emmener moi-même à l'hôpital et je veillerai à ce qu'on vous y reçoive — si Cornelius me le permet. Me le permets-tu, Cornelius, s'il te plaît?

Je ne peux pas affronter son regard de peur d'y trouver de la pitié. Je vais simplement à elle sans un mot, je prends ses mains dans les miennes et lui baise la joue. Je me débarrasse de mes mocassins, je m'assois et je mets mes chaussettes. Les yeux me brûlent. Je suis au comble de l'humiliation : quand je songe qu'elle s'est sentie obligée de dire un tel mensonge pour moi! Et j'ai de nouveau envie de vomir quand je songe à quel point elle me juge pitoyable.

— Merveilleux! s'écrie Vivienne sarcastique. J'adore ces petits tableaux d'amour conjugal! Bon, et maintenant que tu m'as montré que tu es encore capable d'embrasser ta femme actuelle, est-ce trop te demander que de lui accorder la permission de m'emmener à l'hôpital?

— Tu as assez empoisonné Alicia pour ce soir, dis-je en remettant mes mocassins. Je vais t'y emmener moi-même.

— Merci, mais je préfère y aller avec une femme assez aimable pour comprendre que j'ai été traitée honteusement.

— Tu vas venir avec moi, que cela te plaise ou non, dis-je en la précédant dans le couloir.

## 4

— Combien de temps avons-nous passé jadis à nous chamailler, dit Vivienne en se poudrant le nez dans ma nouvelle Cadillac bleu ciel. Quand j'y pense : quel gaspillage d'énergie! Je vais te dire une chose, chéri : quand on devient vieux — vraiment vieux comme moi — on se fait une idée tout autre de l'importance des choses. Ce qui importe pour moi, en ce moment, c'est de renouer des relations avec ma fille et de voir mon petit-fils aussi souvent que possible. N'est-ce pas une veine insolente que d'avoir une Vicky? Cette lune de miel à Palm Beach, dans l'extraordinaire château de Lewis Carson — Dieu! je peux à peine y croire, tant il s'est passé de choses depuis. Tu te rappelles? Tu avais renoncé à fumer au lit et tu croquais des chips lorsque nous venions de faire l'amour? C'est drôle, mais je ne peux pas croire que toi et moi, aujourd'hui deux étrangers assis côte à côte dans cette merveilleuse voiture — chéri, quel capitonnage fantastique! —, ont été une fois deux amants emportés dans l'aventure la plus passionnée de New York! Cela ne paraît-il pas un tout petit peu extraordinaire?

— Extraordinaire, oui, mais nous n'étions pas les mêmes en ce temps-là.

— Je le crois volontiers. Mais d'une certaine manière tu es plus attirant aujourd'hui qu'à l'époque où tu n'étais qu'un joli gosse avec le visage d'un ange et cinquante millions de dollars! C'est charmant que tu tiennes tant encore à Alicia. Fais-tu des galipettes avec beaucoup d'autres femmes pendant tes loisirs?

— Occupe-toi de tes fesses!

C'est décidément mon jour : je ne suis jamais si grossier devant une femme.

— Je me rappelle que tu étais un petit garçon bien élevé qui n'aurait jamais employé ce langage devant une lady!

Je me retiens de lui administrer la conclusion qui s'impose. Si nous devons en finir avec cette visite à l'hôpital sans en arriver aux voies de fait, il faut que j'ignore toutes ses piques et son bavardage imbécile.

Il est maintenant près de dix heures mais on peut encore, même à cette heure-là, entrer à l'hôpital : on s'y efforce de plaire à la clientèle riche et il est géré comme un hôtel quatre étoiles. L'infirmière en chef du 4e étage nous confirme qu'il ne saurait être question de troubler le repos de Vicky mais une jeune infirmière nous emmène à la nursery ou Eric Keller dort avec trois autres marmots.

— Oh! s'exclame Vivienne au comble de la joie lorsqu'on nous amène le bébé. Mais il est *ravissant!* Puis-je le prendre une minute?

Elle le prend dans ses bras. La nurse sourit, indulgente. Le fils de Sam continue de dormir tranquille, les yeux fermés, son pâle petit visage ovale impassible.

— C'est fantastique, non? murmure Vivienne. Pense-donc, Cornelius — notre petit-fils! Le nôtre! N'est-ce pas merveilleux?

Je ne peux penser qu'à une seule chose : je suis là, avec une pitoyable nymphomane que je déteste et qui essaie de me persuader que le fils de Sam Keller est simplement miraculeux. L'étendue de ma souffrance me surprend. Tout en en cherchant la raison, j'examine le bébé et je tente de partager l'émotion qui bouleverse le visage hideusement artificiel de Vivienne. Mais je ne ressens rien. Me voilà de nouveau dans le bus, entouré d'êtres humains et pourtant toujours seul.

— Oui, il est superbe dis-je.

Je me demande vaguement si je ne suis pas jaloux de Sam mais je ne vois vraiment pas pourquoi je pourrais l'être. Il faut bien que le bébé ait un père et quel autre père lui souhaiterais-je que mon meilleur ami?

Mais Sam est-il toujours mon meilleur ami? Je le crois à peu près à cent pour cent mais vingt-quatre années de batailles pour survivre dans un monde où les hommes les plus inattendus deviennent tout à coup assez fous pour croire que l'on peut me trahir impunément, ces vingt-quatre années m'ont donné de l'amitié une idée plutôt sceptique. Toutefois, les craintes que j'éprouvais pour le bon sens de Sam ont considérablement diminué depuis qu'il a épousé Vicky. Je suis maintenant convaincu qu'il l'aime sincèrement. Il paraît tellement noyé dans le bonheur conjugal que je le crois incapable désormais de faire de la peine à Vicky en me poignardant dans le dos parce que je lui ai enlevé Teresa. D'ailleurs, m'en veut-il encore de lui avoir pris sa maîtresse quand elle-même considérait leur aventure comme terminée?

Je frissonne en me rappelant les circonstances de ma conquête de Teresa. Comment aurais-je pu savoir qu'elle me trompait sur les sentiments que Sam éprouvait pour elle? Et comment diable! aurais-je pu deviner que Sam, grand amateur de longues filles blondes sophistiquées, sans talent, sans cervelle et qu'il n'amènerait jamais un jour devant l'autel, que ce Sam-là, dis-je, tomberait si follement amoureux de Teresa qu'il parlerait de l'épouser? Je me suis lancé tête baissée dans la plus périlleuse des aventures et j'ai eu une sacrée chance de m'en tirer sans me faire couper la gorge. Il n'en reste pas moins que souvent je me caresse le cou avec inquiétude et que je fais des cauchemars de lames sanglantes brillant dans la nuit. Peut-être eût-il été plus sage de renoncer à Teresa, mais elle est pour moi la maîtresse idéale et quand Sam, par amour-propre, a insisté pour que je la garde, il paraissait moins gênant de la garder que de l'abandonner. En tout cas, l'amour que Sam voue à Vicky m'a convaincu depuis qu'il lui est bien égal maintenant que je lui aie un jour enlevé son amie.

Ou bien y songe-t-il toujours? Je n'aime guère qu'il ait choisi ces prénoms allemands. C'est comme un geste de défi, un acte d'hostilité pour me faire sentir qu'il a le pouvoir de baptiser le bébé à son gré et que je n'y peux rien. Je n'aime pas ce genre de situation où ma puissance est nulle et j'aime encore moins que Sam me rappelle à quel point je suis impuissant en l'occurrence.

194

Erich Dieter! Je vous demande un peu!

— Ah, je suis tellement heureuse, dit Vivienne en soupirant lorsqu'on remporte le bébé à la nursery. Chéri, si nous allions quelque part pour prendre une goutte de champagne?

— Jamais de la vie!

J'ai à peine fini de parler que je me rends compte que ma conduite à l'égard de Vivienne ce soir est le plus flagrant aveu de ma souffrance. Si je veux que personne ne sache combien je suis déçu que le père d'Eric n'ait visiblement aucune intention de partager son fils avec moi, si je veux être sûr que personne ne s'aperçoive que mes pitoyables fantasmes de ces derniers mois viennent de prendre fin, je dois faire un effort et sans tarder. La hantise de mon existence, c'est que chacun puisse me trouver secrètement pitoyable parce que je n'ai pas de fils.

— Pardonne-moi, dis-je aussitôt. Oui, je vais t'offrir du champagne mais voudras-tu m'excuser, s'il te plaît, si je ne le bois pas avec toi? J'ai passé la journée à souffrir — c'est le nouveau médicament qu'on me donne pour mon asthme. Où aimerais-tu aller fêter ton petit-fils?

— Au Plaza. Tu n'y aurais pas une suite par hasard?

— Non. Tu en veux une?

— Oh, chéri, ce serait divin! Pardonne-moi toutes ces vilaines choses que j'ai dites tout à l'heure — tu étais tellement adorable à vingt-deux ans!

— As-tu assez d'argent pour le pourboire au chasseur?

— Chéri, j'avais peur que tu n'y penses pas! Pourrais-tu...?

De la Cadillac, j'appelle le Plaza pour m'assurer qu'ils ont une suite libre, et je fais à Vivienne un chèque de mille dollars.

— Voilà, Vivienne, dis-je au moment où la voiture s'arrête devant l'hôtel, fais-toi apporter tout ce que tu veux et amuse-toi bien. Tu m'excuseras de rentrer chez moi tout de suite mais...

Sa main retient mon bras. Surpris, je me retourne pour la regarder dans le reflet du hall de l'hôtel; je vois ses yeux très bleus et pour la première fois de la soirée je retrouve en elle la femme que j'ai épousée il y a longtemps.

— Il faut que je te parle, dit-elle à voix basse. Je t'en prie, viens avec moi.

Après un instant de silence, je dis : « Okay » d'une voix neutre et je descends de voiture avec elle. Nous sommes déjà passés prendre ses bagages dans un hôtel minable près de la gare de Grand Central et, derrière le porteur, nous allons ensemble au comptoir de réception. Vivienne se fait inscrire. Nous ne parlons toujours pas et même le voyage en ascenseur se passe en silence. Dans le salon de la suite je donne distraitement cinq dollars au chasseur et je vais au téléphone pour commander le champagne.

— Celui de Californie te convient-il? dis-je en parcourant la liste des vins.

— Non, Cornelius, il ne me convient pas. Nous avions déjà ce genre de discussion dans le temps quand nous choisissions les vins à servir pour les dîners d'affaires, tu as dû l'oublier. J'imagine qu'Alicia s'est faite à ta manie de ne rien acheter qui ne vienne d'Amérique. Je prendrai du Heidsieck, s'il te plaît, et millésimé.

— Caviar?

— Oui et iranien.

Je passe la commande, raccroche et me retourne vers elle. Elle me regarde fixement. Son visage est pâle mais calme.

— Oui ? dis-je aussi aimablement que possible.

— Cornelius, il faut que nous nous mettions d'accord. J'ai décidé de m'installer à New York pour être près de Vicky et du bébé — oh, je ne peux pas me permettre Manhattan, évidemment, mais ce n'est jamais que l'un des cinq quartiers de New York, pas vrai ? Je vais louer un petit quelque chose dans Queens. Je pensais jadis que ce serait la fin du monde d'être réduite à habiter Queens, aujourd'hui je vois que ce serait la fin du monde d'être ailleurs.

Un silence et puis je dis lentement :

— Je comprends que Fort Lauderdale ne corresponde pas à ton genre de vie passée. Et si je t'achetais une maison à Palm Beach...

— Cornelius, inutile d'essayer de me persuader de rester en Floride. Je me suis mis dans la tête de revenir à New York et si je dois vivre dans la même ville que toi il me semble que, pour Vicky, nous devons essayer de rester bons amis.

— Il me semble que, pour Vicky, nous devons rester à plus d'un millier de kilomètres l'un de l'autre ! Sois raisonnable, Vivienne ! Certes, il serait préférable que nous soyons de grands amis et que le ciel se pare d'un arc-en-ciel quand nous croisons la route de Vicky mais il n'en est rien, n'est-ce pas ? Tu me détestes et je te le rends amplement et chaque fois que nous nous retrouvons c'est la bagarre. Voilà l'aspect réel de la situation et je ne m'intéresse qu'à la réalité !

— Okay, tu ne t'intéresses qu'à la réalité. Alors penche-toi un peu sur celle-là : pourquoi as-tu donné Vicky en mariage à Sam ? Ne fuyait-elle pas non seulement sa mère mais toi aussi — ne cherchait-elle pas un parent sage et omnipotent qui se chargerait d'elle comme nous n'avions pas su le faire ? Cornelius, tant que Vicky sera une petite fille qui fuit ses parents, elle ne deviendra jamais adulte mais, si nous pouvions changer, être apparemment des amis au lieu d'ennemis déclarés...

— Épargne-moi cette psychologie de quatre sous ! C'est toi qui as failli à ton devoir, pas moi ! Tu étais une mère inapte — voyons, Vicky a supplié le juge de la laisser venir vivre avec moi !

— Tu avais acheté le juge !

— Tu sais bougrement bien qu'il n'en est rien ! Seigneur ! Vivienne, tu vois, nous nous disputons encore ! Et maintenant, écoute-moi. Si tu veux venir vivre dans Queens, je ne peux pas t'en empêcher mais ne t'étonne pas que Vicky refuse de te voir, ne t'étonne pas que Sam te reçoive fraîchement et ne t'étonne pas que je fasse de mon mieux pour te voir le moins possible. Le fin fond de cette affaire — et nous le savons tous les deux — c'est que tu es une étrangère pour ta fille et que tu en es la seule responsable. « Nous récoltons ce que nous avons semé » comme ma mère disait dans le temps à Velletria...

— Et toi, quand récolteras-tu ce que tu as semé ? Tu ne voulais reprendre Vicky que parce que je t'avais trompé en t'épousant à cause de ta fortune et tu t'es vengé en me l'enlevant !

— Tu dérailles ! Mon seul souci était le bonheur de ma fille.

— Si tu avais eu tellement le souci du bonheur de ta fille tu n'aurais pas détruit le foyer heureux que je lui avais donné !

196

— Parlons-en! — l'heureux foyer où tu couchais avec un homme après l'autre pour finir avec un gangster de Las Vegas —, bel exemple pour une fillette!

— Mais je suis *mariée* avec Danny Diaconi! Oh, va-t'en, à la fin, va-t'en et laisse-moi tranquille! Toute conversation est impossible entre nous, absolument impossible!

Je la quitte avec plaisir. Dans le couloir je croise un maître d'hôtel qui porte un plateau de champagne et de caviar mais je ne m'arrête pas. Faisant un gros effort pour chasser l'idée sinistre de ma première femme campant devant ma porte et détruisant inévitablement ma tranquillité familiale, je descends par l'ascenseur dans le hall et je regagne, lassé, ma Cadillac.

Il est l'heure une fois de plus de rentrer à la maison et de retrouver Alicia.

# 5

— Madame est-elle couchée, Carraway?

— Non, Monsieur, Madame est dans le salon doré.

— Apportez-y donc un Scotch et de l'eau gazeuse, je vous prie.

Je parle du ton poli et neutre que je réserve à Carraway. Je n'aime pas ces domestiques anglais qui ont le chic pour vous faire sentir l'infériorité de vos manières, mais celui-ci est un chef-d'œuvre de l'espèce et j'ai le respect du talent. De son côté Carraway respecte le respect que je lui témoigne. Certaines expériences américaines passées lui ont appris l'horreur de servir chez des maîtres qui n'ont aucune idée de la conduite à tenir à l'égard des domestiques et il a su saisir la chance qui passait.

Il y a cinq pièces de réception au rez-de-chaussée, plus la bibliothèque, la salle à manger et la salle de danse mais généralement nous préférons le salon doré, plus petit, plus intime. C'est Vivienne qui avait choisi la décoration dorée et redorée, mais depuis, selon les goûts d'Alicia, les tentures ont été enlevées, les meubles dorés tapissés différemment et le tapis jaune d'or a été relégué au grenier. La couleur dominante du Salon doré est maintenant le vert pâle.

Quand j'ouvre la porte, Alicia et Sam sursautent aussi fort que si je les avais surpris dans une étreinte adultère.

— Hello, dis-je pour rompre le silence embarrassé. Je viens de débarquer Vivienne au Plaza et j'ai l'impression de n'avoir pas volé un verre. Heureux de vous voir, Sam. Désolé de toutes ces histoires à l'hôpital. Avez-vous revu Vicky après mon départ?

— Non j'ai pensé qu'il valait mieux la laisser. — Il se rassied mal à l'aise, un grand gaillard dans un costume coûteux, un regard inquiet derrière ses lunettes. — Je suis désolé moi aussi, Neil, de m'être montré si brusque.

— Allons donc! Vous aviez raison! C'est votre femme, pas la mienne! Oublions cette histoire, voulez-vous?

— Certainement. J'en serais ravi.

Carraway se glisse dans le salon avec mon scotch et l'eau. On dirait qu'il est né un plateau d'argent à la main.

— Merci, Carraway.

— Merci, Monsieur.

Les Anglais ne disent jamais « Je vous en prie » mais d'interminables mercis. Ils maîtrisent ainsi des situations qui autrement pourraient dégénérer en amicales causeries au coin du feu. Les Anglais sont passés maîtres dans l'art d'utiliser les chevilles de la comédie, ces petits trucs de conversation dont on peut se servir pour se tirer d'une scène difficile. De notre côté, Sam et moi ne sommes pas novices à ce jeu. L'un des aspects amusants de nos rares discussions c'est que nous savons exactement ce que l'autre pense.

— Bien! dis-je en plaisantant lorsque Carraway est reparti. Qu'étiez-vous tous les deux en train de comploter lorsque je vous ai pris sur le fait?

Je devine ce que pense Sam : c'est l'offensive. Il prend le taureau par les cornes. A neutraliser immédiatement.

Il se met à rire et étire ses longues jambes pour donner une impression de calme.

— Vous avez ouvert la porte si brusquement qu'il n'est guère étonnant que nous ayons sursauté tous les deux! Nous ne complotions pas, Neil — nous parlions simplement des prénoms du bébé. A vrai dire, j'hésite un peu à l'appeler comme mon cousin. Certes, j'aimerais beaucoup Erich mais Vicky ne l'a pas connu et ces prénoms ne lui sont rien. Je crois qu'il serait préférable d'appeler le petit Paul Cornelius, comme vous et Paul. Cela aurait une tout autre valeur sentimentale pour Vicky comme pour moi.

— Ma foi! dis-je et je pense : Piètre tentative de consolation. A liquider d'une touche de sarcasme. Garder le sourire — c'est une idée intéressante. Vous voulez mon opinion sincère?

— Bien sûr! dit Sam qui n'en a pas la moindre envie.

— Je crois que ce serait une erreur à l'égard de Paul qui avait horreur de la sensiblerie et en ce qui me concerne je suis pour la nouveauté — je ne m'intéresse pas aux échos du passé. Non, gardez donc Erich Dieter. Je reconnais que j'ai été surpris à l'hôpital mais j'avais l'impression fausse que Vicky voulait l'appeler Sam, comme vous.

Voilà une faute grave. Je viens de faire un mensonge manifeste. Dans le silence qui suit, je vois Alicia qui regarde avec embarras les bûches du feu que l'on n'a pas allumé et je me plante les ongles dans les paumes, les poings fermés derrière mon dos.

— Ma foi, dit Sam — en pensant : « Il faut s'arranger pour désamorcer ça, Dieu! que c'est embarrassant! » — ... Ma foi, si vous êtes sûr...

— Bon sang, Sam, ce n'est pas mon affaire! Je suis seulement le grand-père comme Alicia ne cesse de me le répéter! — Autre erreur grave. J'ai l'air d'être fâché et jaloux malgré mon ton désinvolte. Une sueur d'humiliation me coule dans le dos. Il faut que j'en sorte. — J'ai l'impression d'avoir soixante-dix ans et de vieillir à vue d'œil! dis-je en essayant de plaisanter mais je ne réussis qu'à augmenter l'embarras général. Je vais aller me mettre au lit pour me refaire une jeunesse. Ne partez pas, Sam. Alicia, demande à Carraway d'apporter un autre verre à Sam.

Je m'en vais, en refermant soigneusement la porte, je fais six pas dans le couloir et je reviens sur la pointe des pieds pour tendre l'oreille. De l'autre côté du panneau, Sam parle :

— Bon sang! Il est fâché, hein? Pourtant je croyais m'y être bien pris.

— En tout cas, n'insistez plus maintenant pour « Paul Cornelius » ou vous allez tout compliquer...

Je repars sur la pointe des pieds.

Réfugié au premier, je renvoie mon valet de chambre, je m'assieds sur mon lit et, les poings crispés, j'examine la situation. Comment ai-je pu mener cette scène aussi maladroitement? Peut-être étais-je désarçonné sur le plan sentimental? Mais non voyons, pourquoi le serais-je? Il y a longtemps que je me suis résigné. L'ennui, c'est qu'ils me croient bouleversé et c'est cela qui me gêne. J'ai horreur qu'ils puissent me croire névrotique, quelqu'un à traiter avec ménagement alors que j'ai les deux pieds bien plantés sur terre. Il y a maintenant seize ans, sept mois et cinq jours, très précisément — et si l'on ne peut pas se faire à cette idée au bout de seize ans —, seize ans, sept mois et cinq jours — alors je ne vois fichtre pas à quoi on peut bien être capable de s'adapter!

Certes, j'aurais aimé avoir un fils mais on ne peut pas tout avoir ici-bas, comme disait ma mère dans le temps à Velletria, et puisque j'ai à peu près tout le reste, de quoi me plaindrais-je? Je ne me plains pas, voilà la vérité, mais c'est Alicia qui essaie de me fourrer dans le crâne ses sentiments mélodramatiques de quatre sous et de me démontrer que je souffre d'une sorte de frustration. Bien sûr, je suis navré pour Alicia qui aurait tant aimé avoir d'autres enfants mais elle a ses deux garçons et je lui ai apporté une belle-fille, alors de quoi se plaindrait-elle, elle aussi? Je ne peux pas avoir de complexe de culpabilité alors que nous formons une grande et heureuse famille et tellement comblée. Pourquoi en aurais-je? D'ailleurs, je ne crois pas à ces histoires de complexes. C'est bon pour les névrotiques, incapables d'affronter l'existence. Dieu distribue les cartes, chacun joue les siennes de son mieux, un point c'est tout.

Seize ans, sept mois et cinq jours. On dirait l'énoncé d'une peine de prison. 7 septembre 1933 et le ciel était bleu avec une brume légère... C'est ce jour-là que tout a pris fin : mon rêve d'une grande famille, mes relations physiques parfaites avec ma femme, le culte du héros voué à Paul qui avait comblé le vide laissé par un père que je me rappelais à peine — même le mariage de ma sœur a connu sa fin ce jour-là et m'a lancé dans une guerre ouverte avec mon beau-frère, Steve Sullivan, ce fils de garce...

Je me mets sous la douche et je me rappelle alors que je me suis douché déjà il y a quelques instants. Je dois perdre le nord. J'essaie de deviner la signification de cette deuxième douche. Un nouveau rite de lustration? J'essaie peut-être de me laver du souvenir humiliant du rôle que j'ai joué dans la scène qui s'est déroulée dans le salon doré. Sous la douche, je n'ai pourtant jamais que des pensées agréables, claires et joyeuses.

Je passe mon pyjama, je me mets au lit et je viens de prendre un livre lorsque j'entends s'ouvrir la porte d'Alicia. J'éteins immédiatement et je reste immobile dans le noir.

Si elle me croit endormi peut-être se glissera-t-elle à côté de moi et mettra-t-elle ma main entre ses cuisses. Elle l'a déjà fait une fois par pitié et, plus tard, lorsque je suis devenu impuissant, elle a eu assez de compassion pour refuser que je la caresse d'une manière non conventionnelle. Elle sait que je n'aime pas cela et elle a sûrement pensé qu'il était tragique que je propose de lui faire une chose qui me déplaise dans la seule intention de lui être agréable. Ce souvenir me met au supplice et puis je me rappelle que je me tourmente inutilement. Nos relations sexuelles sont mortes. Il m'a fallu longtemps pour comprendre quel enfer je lui infligeais en m'obstinant à essayer de retrouver les joies du passé mais quand je l'ai compris j'y ai renoncé aussitôt.

Je ferais tout pour Alicia, absolument tout. Lorsque j'ai découvert que nous n'aurions pas d'enfant, je lui ai offert de divorcer afin qu'elle puisse en avoir avec un autre mais elle a voulu rester avec moi — et pas parce que je suis riche : Alicia a sa fortune personnelle et son rang dans la société new-yorkaise. Non, cette femme unique et si belle a choisi de rester à mes côtés dans l'adversité parce qu'elle pense que je suis le seul homme capable de la rendre heureuse. Aussi n'est-il pas surprenant que j'aie fait depuis tout pour assurer son bonheur.

Elle voulait que j'aime ses fils : je me suis mis en quatre pour les traiter comme mes propres enfants. Elle n'aime pas s'occuper d'œuvres charitables, j'ai pris grand soin de ne pas l'importuner avec mes organisations philanthropiques. Il lui fallait évidemment la plus belle demeure que je puisse lui offrir : j'ai gardé uniquement pour elle la maison de Paul qui ne me plaît guère. Elle voulait mettre fin à nos relations sexuelles, j'y ai renoncé. Si elle avait voulu divorcer, j'aurais certainement trouvé la force d'accepter cela aussi, encore que je ne sache pas comment j'aurais pu vivre sans elle. J'en suis même arrivé à lui dire de prendre un amant parce que j'ai compris qu'il valait mieux être un mari complaisant qu'un mari abandonné. Je l'aime. Je la désire plus que toute autre femme au monde et souvent, quand j'ai fait si facilement et si machinalement aussi l'amour avec Teresa, mon impuissance avec Alicia semble pareille, en effet, à une peine de prison. — Seize ans, sept mois et cinq jours d'incarcération dans un état policier où sévit sans arrêt la torture et où la justice n'existe pas. Chaque jour je m'éveille en hurlant in petto : « J'ai été assez puni. Ouvrez-moi les grilles! » et chaque jour mon gardien sans visage me rappelle qu'il a jeté au vent la clef de ma cellule. Celui qui distribue les cartes de la vie m'a donné un as de pique pour démolir ma séquence royale à carreau et parfois je me dis que ce pique m'a transpercé jusqu'à la mort.

Sous la porte qui relie nos deux chambres, le rai de lumière s'éteint mais rien ne se passe. J'attends seul dans le noir.

Je suis de nouveau dans le bus mais il est vide, sans conducteur et sa solitude est pire que ce que je peux supporter.

Je me glisse hors du lit, je vais à pas de loup à la porte et j'écoute. Rien. Indécis, je m'éloigne et j'essaie de raisonner logiquement. Puis-je lui demander franchement si elle me permet de m'allonger près d'elle et de lui tenir la main ? Non, je ne peux pas. Sa réaction immédiate serait de penser : « Ce pauvre Cornelius, toujours impuissant, essayons de lui faire plaisir, mais quel malheur ! » Et pourtant l'affreuse ironie de tout cela c'est que je ne suis pas « le pauvre Cornelius », il s'en faut de beaucoup. Je suis Cornelius, le riche, le victorieux, le tout-puissant ; je suis Cornelius qui a une maîtresse qui vient de lui dire ce soir même quel merveilleux amant il est. Donc, si je suis un raté, je le suis dans un seul cas — dans l'esprit d'Alicia, évidemment, pas dans le mien. Mon esprit est sain. Mais Alicia pense que je suis un raté, je suis donc un raté. Il y a longtemps que j'ai compris cela. Tous ces imbéciles qui dépensent des fortunes chez le psychiatre devraient essayer de temps en temps un rien d'auto-analyse bien lucide. Ils économiseraient leur argent. De toute manière, je ne crois pas aux psychiatres. Ils ne servent qu'aux femmes et aux invertis.

Je regarde mon lit.

D'avoir pensé aux invertis me rappelle Kevin et, songeant à Kevin, je me rappelle combien sont rares maintenant les gens auxquels je peux me confier. Je n'ai jamais envisagé de révéler mes soucis les plus intimes à qui que ce soit depuis que j'ai hérité de la fortune de Paul car le pouvoir, c'est que les autres vous croient omnipotent, sinon ils perdent ce respect que votre puissance leur impose. Je ne suis pas près de révéler mes ennuis à quelqu'un en qui je n'aurais pas confiance mais il y a bien peu, fort peu de gens à qui je me fie.

Je me fie à ma sœur mais nous nous sommes éloignés avec les années, surtout quand elle s'est installée dans ce trou de Velletria après la guerre. Je me fie à la femme de Paul, Sylvia, que j'ai toujours admirée, mais elle se trouve à cinq mille kilomètres. Ma mère est morte en 1929. Mon beau-père que je n'ai jamais aimé est mort quand j'avais quatre ans. Quant à Paul, le grand-oncle qui m'a couché sur son testament, il est mort depuis vingt-quatre ans — et il ne s'est guère soucié de moi du temps où il vivait. Son indifférence me fait toujours souffrir, bien que je sois le seul à connaître cette indifférence, mais il m'est facile de l'enfouir avec les autres souvenirs que j'ai décidé de ne jamais ressusciter. En vérité, j'ai fait un culte du souvenir de Paul pour que personne ne devine combien je lui en veux de son indifférence qui, s'il avait vécu, serait peut-être devenue une véritable aversion.

Cela dit, il ne fait aucun doute qu'en dépit de son indifférence, Paul m'a tout donné, et je suppose qu'il est normal que je respecte sa mémoire. Je suis indiscutablement heureux d'avoir été l'un des protégés de Van Zale. Me serais-je hissé jusqu'au sommet sans le secours de Paul ? Oui, cela ne fait guère de doute mais il m'aurait fallu plus longtemps. L'appui de Paul m'a ouvert un inestimable raccourci sur la route du pouvoir mais qu'importe aujourd'hui, c'est si lointain. Ce qui importe pour l'heure, c'est que Paul est mort et qu'il ne peut m'aider à résoudre mes problèmes présents.

Ma famille mise à part, il ne me reste que les trois amis qui m'ont connu quand je n'étais rien que le petit, l'humble Cornelius Blackett de Velletria, Ohio. Je ne suis plus certain d'avoir à cent pour cent confiance en Sam. Kevin me distrait mais il ne me viendrait jamais à l'idée d'avoir une conversation sérieuse avec un homosexuel, alors que Jake... Voilà, j'ai confiance en Jake. Il vit mon genre de vie et il connaît les mêmes problèmes professionnels que les miens. Jake est probablement le seul véritable ami qui me reste mais nous ne sommes pas intimes. Nous parlons de finances, de politique, d'art mais jamais de nos familles et je sais pourquoi. Un homme qui aime sa femme et croit fermement à la fidélité conjugale n'a pas grand-chose à dire à quelqu'un qui n'a pas couché avec sa femme depuis des lustres et qui occupe ses loisirs à collectionner les maîtresses. Je me garderai bien de critiquer Jake, il me serait difficile de le faire depuis mon affaire avec Teresa mais la différence qui existe entre nos vies privées dresse entre nous une barrière aussi peu perceptible que réelle.

Je rallume pour qu'Alicia sache que je ne dors pas. Puis j'éteins et j'attends. Toujours rien. Elle doit sûrement dormir. Heureuse Alicia! Je me demande si elle a jamais suivi mon conseil et pris un amant mais c'est peu probable. Alicia n'est pas comme ça et chacun sait que seules les femmes faciles ont des liaisons extra-conjugales. D'ailleurs les femmes n'ont pas de pensées érotiques comme les hommes. Lorsqu'elles regardent un homme elles ne se le représentent pas nu et n'essaient pas de deviner l'ampleur de son érection. Elles le voient vêtu d'un smoking et leur offrant deux douzaines de roses rouges pendant que les violons jouent « Le beau Danube bleu ». Les femmes sont romanesques. Elles rêvent d'amour et non de sexe et Alicia n'est amoureuse de personne, sinon je le saurais.

D'ailleurs, elle est certainement dégoûtée du sexe. Et je ne lui en veux pas après ce que je lui ai fait endurer.

Je me relève, je vais à la salle de bains, je tire la chasse d'eau et je reviens dans ma chambre. Planté devant la fenêtre, je regarde Central Park et je pense aux centaines de gens que je connais dans la ville, relations mondaines ou d'affaires. Il doit bien y avoir là quelqu'un à qui je puisse parler! Il n'est pas utile que ce soit une conversation importante. Un simple bavardage calmerait le mal de l'insomnie.

Je descends dans la bibliothèque.

J'ai cinq carnets d'adresses. Le premier contient le nom des gens que j'aime assez pour les inviter à un dîner intime, le second est pour les grands dîners, le troisième pour les cocktails, le quatrième pour les bals et le cinquième pour les expositions. Mon secrétaire particulier a classé tous ces gens par ordre alphabétique sur des fiches méticuleusement tenues à jour et tous les six mois, Alicia elle-même examine les carnets, reclasse les gens par catégorie, inscrit les nouveaux et élimine les anciens. Alicia sait toujours quels gens je désire voir et quand je veux les voir.

A la moitié du carnet numéro un je songe tout à coup qu'il est trop tard à New York pour appeler quelqu'un. Je continue de feuilleter les pages en me demandant si je vais appeler Sylvia à San Francisco mais je suis sûr que Sylvia voudra parler du bébé et j'ai eu assez du petit Eric Keller pour la journée.

La page S se présente et j'aperçois « Sullivan ».

En une seconde je retrouve le passé... le passé avec Steve, le passé qui me rappelle qu'il me liquidera s'il le peut, le passé de sang, de violence et de mort... je retrouve l'affreux mariage d'Emily... le passé, le passé, le terrible passé... Steve hors de la banque Van Zale mais essayant toujours de me casser les reins... alors les complots, les machinations et sa mort sur une route de la campagne anglaise... et la femme qui l'a soutenu à fond, qui a brisé le mariage d'Emily et retourné Paul contre moi, *Dinah Slade* qui m'a finalement frustré de ma vengeance par le glorieux geste suicidaire qui l'a détruite... toutes ces morts, tout le sang, tous les actes coupables... Mais non, mes mains sont pures, je les ai lavées et relavées et aujourd'hui je sais que cela n'était pas coupable... je sais que j'ai été contraint de faire ce que j'ai fait, je sais que le passé est mort, et qu'il ne ressuscitera jamais, jamais, *jamais.*

Je pose une dalle de granit sur le tombeau de mes souvenirs et je chasse toute réminiscence du passé loin de mon esprit.

Sullivan, Scott. 624 E 85, N.Y.C.

Je me calme. Scott est *mon* garçon, pas exactement un fils, parce qu'il n'a guère que onze ans de moins que moi mais peut-être un jeune frère. Steve l'a abandonné il y a seize ans — seize ans, sept mois et cinq jours, le jour même où j'ai su que je n'aurais jamais un fils. C'est aussi le jour où Steve a laissé Emily pour Dinah Slade. Il avait deux fils d'un premier mariage mais il les a jetés au rebut comme s'ils n'étaient rien, exactement comme il a rejeté les deux filles que lui avait données Emily. Le garçon le plus jeune, Tony, avait toujours été pour moi un problème mais je ne l'ai plus revu après 1939, lorsqu'il est allé vivre en Angleterre. — Il a été tué à la guerre, en 1944. Mais Scott, lui, a survécu à la guerre et il ne ressemble en rien à son frère ni à son père; en fait, je ne pense jamais à Steve ou à Tony lorsque je suis avec Scott.

Ce n'est pas un de ces bruyants garçons dans le vent qui vident Dieu sait combien de verres par jour et qui tombent toutes les femmes qui passent à leur portée. Scott est réservé. Et il est intelligent. Il connaît une foule de choses intéressantes. Il ne fait pas de grandes démonstrations mais il sait être aimable, ce qui plaît aux clients; il sait aussi se montrer intraitable et les clients le respectent. Scott *est* en acier. J'aime ça. Les hommes qui ne boivent pas, ne fument pas et ne font (peut-être) pas l'amour sont généralement des dégénérés aux perversions dissimulées mais Scott est normal — je suis sûr qu'il est normal; il y a si longtemps que je le connais que j'aurais deviné s'il y avait eu chez lui quelque chose de sérieusement détraqué. Je m'occupe de lui depuis son adolescence et je suis fier de l'homme qu'il est devenu. En fait, je le préfère de loin à mes beaux-fils mais j'ai toujours fait l'impossible pour le cacher à Alicia.

Scott est un couche-tard : il est souvent encore debout à deux heures du matin plongé dans l'un de ses livres savants. Normalement, je ne prise guère les intellectuels mais lui ne fait pas étalage de ses connaissances, il ne s'en vante jamais et ne regarde pas du haut de sa grandeur ceux qui ne sont pas autant instruits que lui. D'ailleurs, on peut discuter avec lui pendant des heures sans remarquer que c'est un intellectuel parce qu'il est aussi à l'aise avec les faits qu'avec la théorie la plus subtile. Je respecte chez lui le sens des réalités. Sam ne l'aime guère parce qu'il ignore totalement cet aspect de la personnalité de Scott.

Scott déteste son père et il l'a rayé de sa vie depuis longtemps. C'est moi qu'il aime. Je me suis occupé de lui, je me suis donné de la peine pour lui, j'ai fait l'impossible pour qu'il ait une brillante carrière — et pour Scott, cela compte. En vérité, cela compte par-dessus tout. Si nous étions des personnages dans une pièce de Kevin, il ne me pardonnerait jamais d'avoir ruiné son père et la vengeance piafferait en coulisse mais cela prouve seulement quelle camelote peut être la meilleure littérature. Scott n'attend pas l'heure de la vengeance. Il m'aime trop et même s'il m'en voulait à mort, son sens des réalités le ferait renoncer à toute idée de revanche. Il y a des hommes qui sont au-dessus de toute vengeance. Ils sont trop hommes — et c'est cela, tout bien pesé, qui constitue mon pouvoir. Je suis en communication directe avec les gens. Ils sentent qu'ils doivent se surveiller et me traiter avec respect. Scott a saisi depuis longtemps ce message, très nettement, et je sais aujourd'hui que je peux m'abandonner à mon amitié pour lui sans inquiétude ni crainte imaginaires. En fait, je compte secrètement beaucoup sur mon amitié pour Scott. Le monde me serait sans lui un endroit fort désolé.

Je décroche le téléphone.

— Oui? répond Scott à la première sonnerie.

— Hello, Scott! C'est Cornelius. Vous dormiez?

— Non, je suis en train de lire le Vénérable Bede.

Voilà ce que j'aime chez Scott. Les autres indigènes de New York sont probablement en train de dormir, de faire l'amour, de s'enivrer ou de regarder la télévision mais lui fait quelque chose de vraiment enrichissant.

— Le Vénérable qui? fais-je, déjà enchanté.

— Bede. C'était un moine très lettré du VIIIᵉ siècle qui vivait dans le nord de l'Angleterre. Je suis en train de lire son *Histoire de l'Église anglo-saxonne*.

— Ce ne doit pas être précisément le genre de sélection du « Livre du Mois »!

— Ce serait peut-être préférable. Il parle de questions d'intérêt universel.

— Lesquelles, par exemple?

— La brièveté de la vie et l'ignorance des hommes.

— Dieu du Ciel! Dites, Scott, venez donc me raconter tout ça — je vous envoie la Cadillac.

— Laissez dormir le chauffeur. Je saute dans un taxi.

Je soupire d'aise. La solitude de la nuit disparaît : je vais pouvoir pendant un moment oublier mes soucis en méditant avec Scott sur les ratiocinations d'un pauvre vieux moine. Je monte au premier, je passe un pantalon et un sweater, une paire de mocassins et je redescends l'attendre dans la bibliothèque.

# 6

Scott arrive dix minutes plus tard.

Il est grand, mince, cheveux noirs coupés court, yeux noirs enfoncés dans un visage ovale aux traits énergiques. A trente et un ans, il a l'air de quelqu'un qui compte. Cela me plaît. Je ne le sous-estime pas — je ne sous-estime jamais le danger que peut présenter un jeune homme ambitieux et décidé à se faire une niche confortable —, mais j'ai près d'un quart de siècle d'expérience de ces hommes-là et je sais comment les maintenir à leur place. Les hommes qui réussissent ne me gênent pas à moins que leur folie des grandeurs ne me place dans la pénible obligation de les rappeler durement à la réalité. Ce n'est pas le succès mais l'échec que je mésestime.

— Hello, Scott, dis-je en souriant et en lui tendant la main.

— Hello! — Il prend ma main et sourit lui aussi; je devine sa confiance en soi et son bon sens en même temps que son amitié. — Vous ne seriez pas un peu toqué par hasard? Qu'est-ce qui vous prend de me traîner jusqu'ici à une heure du matin pour discuter du Vénérable Bede?

— Allons, vous savez bien comment sont les millionnaires! Ils feraient n'importe quoi pour se distraire, comme nous le révèlent les journaux de la presse à scandale... Dites, Scott, quand nous en aurons fini avec Bede, pourrait-on faire une partie d'échecs?

— J'aurais dû me douter que Bede n'était qu'une ruse pour me faire traverser la ville!

Je vais à l'armoire à liqueurs dissimulée dans un coin derrière un rayonnage et j'en tire deux bouteilles de Coca-Cola.

— Okay, dis-je en tendant son Coke à Scott et en m'asseyant de l'autre côté de l'échiquier. Parlez-moi donc un peu des théories de Bede sur la brièveté de la vie et l'ignorance des hommes.

— Eh bien... — Scott m'offre une tablette de chewing-gum et pendant que nous sommes là à mastiquer amicalement, je pense qu'il est curieux tout de même que nous soyons tous les deux, à une heure du matin, dans un pays dont Bede n'a jamais entendu parler, en train de discuter de son opinion douze cents ans après sa mort. L'immortalité des artistes et des penseurs me frappe de nouveau et j'éprouve comme une inquiétude en songeant à ce pouvoir qui m'a échappé.

— Bede, commence Scott en mastiquant, nous conte l'histoire de la conversion au christianisme de l'un des grands rois anglais, Edwin de Northumberland. Edwin est en train de discuter avec ses barons — ses thancs — sur le point de savoir s'il doit se faire chrétien. Ils sont tous là, assis en cercle dans le Witenagenot — la salle du conseil —, essayant de se faire une opinion. La décision est importante car, si Edwin se fait chrétien, tous devront le suivre. Finalement l'un des barons dit : « Écoutez, essayons donc cette nouvelle religion — qu'avons-nous à y perdre? Nous ne savons rien de rien. La vie d'un homme est comme l'oiseau qui entre dans un hall illuminé au cœur de la nuit. Il se pose un moment pour se réchauffer et puis s'envole par l'autre porte du hall dans le froid noir » ou encore traduction libre : « Nous ne savons ni d'où nous venons ni où nous allons et notre séjour dans le hall illuminé de la vie n'est qu'un bref éclair dans l'immense nuit de l'éternité. »

J'essaie de me tenir à l'essentiel : « Edwin s'est-il fait chrétien? »

— Certes. Lui et ses thanes se sont tous dit qu'une religion qui offrait sa lumière valait d'être essayée.

— Et qu'est-il advenu d'Edwin?

— Il a été écrasé par son grand ennemi Cadwalla, un païen, et les Anglais sont retournés au paganisme.

— Ainsi tout cela a été temps perdu?

— Est-ce si sûr? Nous n'en savons rien. Il y eut certainement des gens qui se firent chrétiens à cause de la conversion d'Edwin et qui le sont restés malgré la victoire de Cadwalla. N'oublions pas que le christianisme a finalement triomphé.

— Piètre consolation pour Edwin qui a été liquidé.

— Ce n'est pas tellement certain. Edwin est mort pour une chose en laquelle il croyait, pour une foi dont il pensait qu'elle finirait par triompher.

— Oui, mais cela ne change rien au fait qu'au jour de sa mort il était un raté !

— Cela ne change rien ? Cela ne dépend-il pas de la manière dont on définit le succès ou l'échec ? Cela ne dépend-il pas de ce que l'on considère comme important ? Et n'êtes-vous pas en train d'affirmer que la mort est toujours un échec alors que rien n'est moins sûr ?

Je pense aussitôt à Dinah Slade mourant à Dunkerque pour son pays après une vie réussie et comblée.

— Scott, je me demande vraiment pourquoi vous lisez cette lugubre histoire ancienne. Jouons plutôt aux échecs.

Nous jouons. Après quelques instants je lui demande :

— Scott, le croyez-vous réellement — croyez-vous réellement que la vie n'est rien de plus que le vol d'un oiseau dans un hall illuminé ?

— Et vous ?

— Ma foi... si c'est vrai, la vie est plutôt stupide, non ?

— La vie *est* stupide, répond Scott. C'est ce qui fait si passionnante la lecture des philosophes qui s'efforcent de donner au monde un certain sens.

— Pourquoi ? Dieu a créé le monde, un point c'est tout.

— Mais croyez-vous en Dieu, Cornelius ?

— Bien sûr. Comme tous les gens sensés. La création a eu sûrement un point de départ et, ce point-là, c'est Dieu. — Je prends un pion en passant. — A vous de jouer.

— Mais c'est précisément cela qui est si passionnant, Cornelius. Tous les gens sensés ne croient pas en Dieu. Ainsi, avant la révélation du bouddhisme, par exemple, les Chinois n'avaient pas la moindre idée de Dieu. En d'autres termes, un quart de la race humaine a vécu et est mort pendant des siècles sans éprouver le besoin de croire en un être suprême.

— Mais les Chinois sont des gens étranges. Tout le monde le sait. — Je me verse un peu de Coke. — Personnellement, dis-je quand il a joué, je ne pense pas que la vie soit le moins du monde stupide, en fait elle me paraît fort bien organisée. Je sais parfaitement ce que signifie mon existence. J'ai été chargé de gérer une grosse fortune et mon devoir moral est de l'utiliser au bénéfice du plus grand nombre. Ce que j'essaie de faire grâce à ma Fondation artistique et mes œuvres charitables.

— C'est déjà beaucoup.

— J'ai une famille merveilleuse. J'aime ma profession et je mène une vie enrichissante. J'ai beaucoup de chance et je suis heureux.

— C'est parfait, dit Scott avec chaleur, mais je crois personnellement qu'il est vain de se demander si l'on mène une vie réussie car il y a peu de gens assez objectifs pour tirer là une conclusion valable. Il me semble que la grande question que doit se poser un homme n'est pas : « Seigneur ! ne suis-je pas merveilleux ? » mais plutôt : « Cela valait-il vraiment la peine ? »

— Okay. — Je pense qu'il est temps de lui renvoyer la balle. — Vous vivez comme un ascète depuis des années, Scott — cela vaut-il vraiment la peine?

— Certes! répond-il en riant. J'ai décidé il y a longtemps que les plaisirs éphémères ne m'intéressaient pas. Ils ne comptent pas. J'ai voulu étudier les suprêmes accomplissements de l'esprit humain afin de pouvoir répondre par un « oui » franc et massif lorsque je me demande : « Cela vaut-il vraiment la peine? » Le monde n'existe que par l'intelligence, si, donc, vous perfectionnez l'intelligence vous perfectionnez aussi le monde dans lequel vous devez vivre.

— Je ne vous suis plus, Scott. Tout ce verbiage intellectuel me dépasse. A vous de jouer.

Scott met son cavalier à l'abri de mon fou.

— Okay, pardonnez-moi — parlons plutôt de vous. Cela valait-il vraiment la peine, Cornelius?

— Sûrement! Et je recommencerais demain! J'ai toujours fait de mon mieux pour mener une vie décente et féconde et l'on ne peut exiger davantage.

— C'est vrai! Votre dieu doit être content de vous, Cornelius!

— Oui, oui... enfin, à dire vrai je ne me représente pas Dieu comme un personnage paternel et qui regarde constamment par-dessus mon épaule. Pour moi, Dieu est une force — une forme de puissance pure. — Je vois une superbe ouverture pour ma reine mais à jouer dans trois coups.
— Dieu m'apparaît comme une sorte de puissance impersonnelle, dis-je en me demandant si je dois prendre son cavalier. Comme la justice.

— Ah, la justice! fait Scott. Oui, la justice est un concept passionnant. A vous de jouer.

Mes doigts saisissent son cavalier.

— Vous voulez parler de revanche? dis-je d'un ton léger, très léger, et l'échiquier est loin de mon esprit. La justice de l'Ancien Testament? Œil pour œil, dent pour dent       c'est bien ça?

— Non, la justice selon l'Ancien Testament ne m'intéresse pas et je trouve la revanche intellectuellement ennuyeuse. Pourchasser un ennemi la hache d'armes au poing n'est pas une gageure pour l'esprit. La revanche, c'est l'homme qui assume le rôle de Dieu. Je préfère que Dieu assume le rôle de Dieu — ou pour user d'un jargon moins théologique je préfère la justice immanente.

— Que voulez-vous dire? Faites-vous allusion à la prétendue « justice idéale »... nous récoltons ce que nous avons semé et toutes ces fariboles?

— Cornelius, je suis aussi ignorant que le roi Edwin et ses barons — ne comptez pas sur moi pour faire la lumière! Il me semble qu'il m'importe davantage d'en savoir plus sur le sens de l'existence — comme un chevalier médiéval à la grande conquête allégorique du Graal. Connaissez-vous la légende du Roi Arthur, Cornelius?

— Oui, oui, n'était-ce pas un film avec John Barrymore? Voyez-vous Scott, il me semble que vous devriez vous marier. Toutes ces théories sur le Saint-Graal me font penser que vous devenez aussi excentrique que ce... comment s'appelle-t-il? Le type qui est parti à sa conquête — Galahad. N'était-il pas un peu toqué?

— Il était chaste. Au Moyen Age la chasteté avait la réputation de donner à l'homme une force surhumaine.

— Et plus vraisemblablement une bonne dépression nerveuse! Vous n'êtes pas réellement chaste, au moins Scott?

— Me demanderiez-vous si je suis vierge, par hasard?

— Pas exactement. Je suis bien sûr que vous avez...

— Fait l'amour? Bien sûr. Comme tout le monde, non?

— Avec des filles? dis-je, soudain pris de panique.

— Vous posez parfois les questions les plus extraordinaires, Cornelius! Oui, avec des femmes. Pourquoi enfoncer une clef dans une crevasse quand elle est si bien faite pour une serrure?

Je me calme en étouffant un soupir de soulagement. Voilà mon garçon qui reprend enfin la parole, Scott, normal, raisonnable avec son sens pratique des réalités. Je m'inquiète quand il devient trop intellectuel pour être compris.

— Je m'inquiète parfois pour vous, Scott, dis-je en souriant.

— Vraiment?

— Oui. — Je regarde l'échiquier et je vois qu'il a prévenu la manœuvre brillante que j'avais projetée pour ma reine. — Mais j'aurais tort de m'inquiter pour vous, n'est-ce pas? dis-je en le fixant du regard.

— Oui, Cornelius, dit-il en me rendant mon sourire. Vous n'avez pas à vous inquiéter pour moi.

Il y a un long silence pendant lequel j'étudie les mystères de l'échiquier qui nous sépare et puis je m'entends finalement lui dire:

— J'ai peut-être parfois l'air sentimental, Scott, mais je suis foncièrement un homme pratique. Vous le savez, n'est-ce pas?

— Mais oui, bien sûr, répond-il l'air surpris que je puisse poser une question aussi saugrenue. Comme Byron, vous vous intéressez « aux choses comme elles sont vraiment et non pas comme elles devraient être ».

— C'est Byron qui a dit ça?

— Oui, dans son « Don Juan ».

— Je n'aurais jamais cru qu'un poète puisse être aussi astucieux, dis-je. Je me détends enfin, j'avance mon fou en diagonale et je gagne la partie.

# 2

## 1

Il nous a fallu quelque temps pour nous remettre du drame que fut l'arrivée d'Eric Keller en ce bas monde, mais nous y sommes finalement arrivés. Avec le temps, le personnage principal du drame est devenu trop grand pour ses premiers vêtements, il a mangé, souri et fait ce que font sans doute tous les bébés. Toutes les femmes de la famille viennent régulièrement en pèlerinage au berceau, Sam a usé un appareil à le photographier sous tous les angles, Vicky a importé d'Angleterre une nurse britannique pour changer les langes, elle s'est offert une nouvelle garde-robe et s'est mise à lire des romans policiers. Ils apportent un message social, prétend-elle, mais cela me paraît tout à fait incertain. En fait, je la soupçonne de dire cela pour abandonner sans perdre la face son ancien personnage d'intellectuelle, mais, comme je le lui ai fait remarquer plus d'une fois, ce n'est pas *moi* qu'il faut convaincre de ce que Raymond Chandler soit plus amusant à lire que Jean-Paul Sartre.

— Les femmes ne sont pas faites pour le rôle d'intellectuelles, ai-je dit plus tard à Teresa en pensant moins à Vicky, d'ailleurs, qu'à ma mère et à ma sœur qui avaient un goût inné pour les nourritures de l'esprit. Tu peux leur fourrer de l'instruction jusque-là, tout ce qu'elles désirent vraiment c'est d'être des épouses et des mères — sauf si elles sont artistes, évidemment. Les artistes sont les exceptions qui confirment la règle mais elles ne sont pas normales.

— Merci beaucoup!

— Non, ce que je voulais dire...

— Ne va pas plus loin, chéri, dit Teresa avec bonne humeur, si tu ne veux pas que je te casse la bouteille de Ketchup sur la tête.

Je me tais mais je ne peux m'empêcher de songer qu'il est bien agréable que Vicky soit comme Emily. Imaginez que par un caprice de la nature Vicky soit devenue une artiste comme Teresa! Ou imaginez encore — et c'eût été plus probable — qu'elle se soit révélée nymphomane comme Vivienne! Je tremble d'y songer. Pourtant, Vivienne elle-même a ressenti finalement le besoin d'être épouse et mère. Cela n'a pas duré, c'est vrai, mais cela confirme mon raisonnement : toutes les femmes, sauf les artistes, sont naturellement attirées par la vie familiale.

J'ai un point commun avec ma sœur Emily : je m'entends admirablement à élever les enfants. Je conviens que j'ai peut-être été souvent trop indulgent avec Vicky mais elle sait, au moins, que j'ai toujours eu un profond souci de son bonheur et les enfants doivent non seulement être aimés mais il leur faut sentir que leurs parents les aiment assez pour décider à leur place. Vicky a peut-être eu des difficultés dans le passé mais, comme je peux le voir moi-même et comme tout le monde me le dit aujourd'hui, elle les a admirablement surmontées. J'ai eu aussi des difficultés avec mes beaux-fils mais eux aussi me font honneur aujourd'hui. Sebastian est licencié *summa cum laude* d'Harvard et Andrew est déjà officier dans l'armée de l'air. Certes, nous avons eu quelques difficultés à l'occasion mais notre vie familiale, avec ses tensions et ses contraintes coupées de longues périodes d'heureuse tranquillité, est probablement tout à fait normale. Je me suis donc acquitté heureusement du devoir d'être un bon père et je suis tout disposé à devenir un grand-père affectueux mais raisonnable.

Il ne faut plus jamais paraître sous un jour ridicule. La scène qui a suivi la naissance d'Eric a été une leçon et maintenant je fais tout pour me bien conduire dans la nursery. Je dois dire que je vais chez les Keller deux ou trois fois par semaine, que j'apporte toujours une babiole mais ces visites ne durent jamais plus de dix minutes et les babioles ne dépassent jamais cinq dollars. Tous les quinze jours, Eric vient nous voir le samedi mais je n'en fais pas toute une histoire et si la visite se trouve annulée je me contente de dire : « Allons tant pis » et je n'en parle plus. Je prends aussi des photographies mais pas tellement. Je joue avec Eric dans la nursery mais pas très souvent et quand Alicia dit gentiment : « Ce qu'il est joli ! » je réponds simplement : « Oui, il n'est pas mal. »

Les samedis où Eric ne vient pas, il va voir Vivienne qui est installée maintenant non pas dans Queens mais dans un élégant appartement de Westchester. Sam a expliqué à Vicky qu'il était préférable pour Eric que Vivienne habite un quartier résidentiel et elle n'a pas discuté. Moi non plus. Je n'interviens ni ne me plains jamais, bien que je sache que la seule vue de sa mère ennuie Vicky. Mais Sam est le chef. Il s'agit de sa famille et le problème de Vivienne lui incombe. Je me contente d'être un grand-père modèle et d'éviter Vivienne.

En avril 1952, Eric a fêté son deuxième anniversaire. Il est grand et robuste pour son âge. Il a des cheveux blonds ondulés que Vicky laisse pousser mais là encore, je ne critique ni n'interviens. Ses yeux sombres sont ceux de Sam mais la ressemblance s'arrête là. Il commence à parler. Il est très intelligent, naturellement. Je lui ai apporté une énorme girafe en peluche, un tank avec tourelle rotative et l'un de ces jouets avec des chevilles qu'il faut placer avec un maillet dans une planche de bois trouée. Je sais bien que j'aurais dû me contenter d'un seul cadeau mais un deuxième anniversaire est une grande occasion et d'ailleurs, j'ai été si raisonnable avec Eric qu'il me semble que pour une fois je peux bien ne rien me refuser.

Vivienne est de la fête d'anniversaire. Elle a apporté six cadeaux, tous grotesques, et elle bêtifie avec le petit — elle me donne envie de vomir. Alicia et moi nous partons de bonne heure.

Cela, c'était le dimanche. Le lendemain matin à neuf heures Sam entre dans mon bureau et propose que nous prenions un verre ensemble ce soir pour régler notre problème familial.

— Quel problème? fais-je imperturbable.

Il me regarde comme s'il avait peine à croire que je parle sérieusement. Mais il dit simplement :

— J'ai une réunion dans le centre cet après-midi. Je vous retrouverai au King Cole Bar du « Saint Regis » à six heures.

— Venez plutôt prendre un verre à la maison! dis-je aussitôt.

— Non, Neil. Il est préférable que nous nous voyions sur terrain neutre.

J'ai l'impression qu'un tremblement de terre secoue mon bureau et que le sol s'ouvre sous mes pieds. Dans cette épreuve de force Sam me tient.

— Okay, entendu, dis-je d'un ton léger en faisant semblant de reprendre mon travail. Il m'a placé le cou dans un nœud coulant.

Je passe la journée à essayer de deviner ce qui m'attend. A trois reprises je suis sur le point d'appeler Vicky et trois fois j'y renonce. Il est possible que Vicky ne sache rien de ce prétendu problème mais, si elle le sait, mes questions pourraient la contrarier et ce serait faire le jeu de Sam.

J'essaie de surmonter ma panique mais de sinistres pensées sortent des recoins les plus sombres de mon esprit. Est-ce là le coup de poignard dans le dos qui m'attend depuis l'affaire Teresa? Non, c'est sûrement impossible puisque Sam aime toujours Vicky et que Teresa a depuis longtemps cessé d'exister pour lui. Mais alors, que peut-il avoir en tête?

Je reste assis à mon bureau en gémissant. Une envie idiote me prend de me précipiter dans le bureau de Sam, de l'attraper par la manche et de l'implorer :

— Ne faites pas ça, Sam! Quoi que ce soit, ne le faites pas!

Comme il serait agréable de revenir aux temps anciens, retrouver cet été de 1929 où nous jetions notre gourme et nous saoulions avec du gin de baignoire et dansions sur l'air du « Alexander's Ragtime Band ».

Il faut que je me reprenne. La nostalgie ne me servira de rien. Ce serait renoncer d'avance. Il faut s'aventurer prudemment l'œil bien ouvert, prêt à tout, et si Sam essaie de frapper, le désarmer aussitôt en lui administrant une bonne taloche pour le punir d'être si bête.

Mais Sam n'est pas un imbécile. Il n'essaierait pas de me frapper s'il n'était pas sûr de me tenir par les...

— Ah, mon Dieu!... dis-je en allant à l'armoire à liqueurs mais je ne prends rien. Ce n'est pas le moment de boire. J'en aurai le temps plus tard, quand Sam m'aura révélé son jeu. Il va sans doute me reprocher simplement de trop gâter Eric. De là à voir en mon meilleur ami une espèce d'assassin et penser que je me sente coupable!... Ma conscience est pure. Teresa en avait assez de Sam. Et j'ai cru sincèrement que Sam ne tenait plus à elle. Teresa m'a en quelque sorte invité à coucher avec elle. J'ai été séduit, je n'ai pas été le séducteur; je suis la victime d'un énorme malentendu.

A qui crois-tu faire illusion, Cornelius? C'est comme ça que les choses auraient dû être mais comment ont-elles été réellement?

— Vous avez bien dû venir déjà à ma galerie Teresa?

— Bien sûr. Vos expositions sont excellentes.

— Ma foi, je choisis toujours très soigneusement les œuvres que j'expose. Il faut que j'aie une grande admiration pour un artiste avant d'envisager de le présenter... ou de la présenter...

La vérité, c'est que je détenais le pouvoir et que j'en ai joué. Teresa, sans un cent, désorientée sur le plan sentimental et incertaine de la valeur de son travail n'avait pas l'ombre d'une chance de me résister.

— Je suis désolée, Cornelius... je ne voulais pas lui parler de cette exposition mais il demandait à acheter une de mes toiles...

Je ne voulais pas que Sam soit mis si vite au courant de l'exposition. J'aurais préféré qu'un certain laps de temps ait pu estomper le rapport entre la chambre à coucher et la salle d'exposition mais il n'y a pas eu d'intervalle, il n'y a eu qu'un enchaînement désagréable entre un fait sordide et le suivant. Sam n'en pouvait tirer qu'une seule conclusion, mais il n'a pas parlé et même, plus tard, le jour de l'exposition, il n'a pas laissé supposer qu'il m'en voulait. Par la suite, j'aurais aimé qu'il parle. J'avais un argument tout prêt : « Pour de graves raisons personnelles, elle m'était plus que tout désirable..., c'était là le seul moyen de l'émouvoir — la séduire à travers son art. » Ainsi la conquête de Teresa aurait perdu l'aspect d'une transaction commerciale pour devenir le geste irréfléchi d'un homme affolé par la souffrance; ce discours aussi écœurant qu'il pût paraître à Sam aurait eu au moins le mérite d'être vrai.

Mais aucun argument ne peut empêcher que j'aie fait une proposition sordide et qu'elle n'ait pas été repoussée. Teresa aurait-elle couché avec moi sans cette proposition irrésistible? Peut-être. Peut-être pas. Puisqu'il y a maintenant trois ans que Teresa et moi sommes ensemble, il me semble que la manière dont a commencé l'aventure ne doive plus compter aujourd'hui. Mais j'ai peut-être tort. Peut-être cela compte-t-il toujours. Peut-être Sam a-t-il été plus profondément blessé par la perte de Teresa que je n'aimerais le croire.

A cinq heures et demie, j'ai l'impression que l'horloge du Jugement Dernier va sonner d'une minute à l'autre; je quitte le bureau, je me glisse dans ma nouvelle Cadillac, noire comme un corbillard, et je prends la direction du « Saint Regis ».

## 2

Le King Cole Bar du « Saint Regis » est une vaste salle habilement éclairée, idéalement disposée pour servir de lieu de rencontre à deux banquiers que l'on s'attendrait plutôt à rencontrer au Knicker bocker Club. L'interminable bar s'étire sous les fameuses fresques de Maxwell Parrish, et les tables sont assez isolées pour qu'il soit difficile de surprendre une conversation même lorsque le bar est silencieux et désert. Sam a parfaitement choisi son champ de bataille.

J'avais décidé d'arriver avec dix minutes de retard mais à mon grand regret je suis encore le premier, aussi, pour ne pas attendre Sam et ne pas perdre la face, je me précipite aux toilettes. La première personne que j'y trouve, c'est Sam. Il se lave les mains, comme un chirurgien avant une grave opération, et il regarde sa montre. Nous éclatons de rire. Égalité pour le premier round.

— Que prenez-vous? demande-t-il lorsque nous sommes assis à une table près de laquelle attend un garçon.

J'ai décidé de souligner mon absence totale de nervosité... « Je prendrai un jus de tomate » dis-je en souriant et je pense : « Ça va drôlement le démonter. »

— Un jus de tomate et un gimlet, dit-il au garçon, et je sais que j'ai enlevé le deuxième round : il n'ose pas m'affronter sans prendre une rasade de gin...

Cependant, au moment où l'on nous sert, je souhaiterais avoir commandé un jus de limon *on the rocks*, j'aurais pu changer mon verre avec le sien au moment où il aurait tourné la tête. Je suis sûr tout à coup que j'ai plus besoin que lui de gin...

— Alors, qu'est-ce que c'est que ce problème, Sam? dis-je lorsqu'il a fini de me raconter son entrevue avec le Président d'Hammaco, cette puissante société qui nous a imprudemment sous-estimé à une certaine époque et qui a découvert par la suite la gravité de son erreur. Je prends une gorgée du jus épais et douceâtre qui rougit mon verre et je me demande s'il existe un seul légume qui paraisse plus lugubre qu'une tomate pressée. « Alors, allons-y! Sam, cartes sur tables! »

— Vicky en a par-dessus la tête, lâche-t-il aussitôt en allumant une cigarette.

Il sait que je n'aime pas qu'on fume auprès de moi. A lui le troisième round.

— Vicky en a par-dessus la tête? — Il exagère certainement. — Mais pourquoi? Je ne comprends pas.

— Elle dit qu'elle en a assez de cette lutte à la corde.

— Cette lutte à la corde? fais-je repoussant le souvenir des superbes cadeaux de Vivienne mêlés aux miens.

— Ne faites pas celui qui ne comprend pas, Neil, dit Sam qui ne sourit plus maintenant. Faire l'ignorant ne vous mènera à rien.

Quatrième round pour lui. Je me ressaisis. Du moins, tout cela n'a-t-il rien à voir avec Teresa.

— Feriez-vous allusion à Eric par extraordinaire? dis-je d'un ton léger.

— Et comment! Vous et Alicia d'un côté, Vivienne de l'autre et tout le monde qui entre et sort constament de chez moi; vous qui gâtez — que dis-je qui pourrissez Eric et qui essayez de dire à Vicky comment elle doit élever notre fils!

— Sam, Alicia et moi n'avons jamais...

— La question n'est pas de savoir si vous lui donnez effectivement des ordres tous les trois. L'important, c'est que Vicky le croie. Elle est intimidée et malheureuse. Songez qu'elle n'est guère qu'une gosse et qu'elle ne peut pas se défendre contre tous ces adultes qui envahissent son domaine et lui prodiguent leurs « salutaires » conseils.

— Vous n'allez pas me faire croire que vous n'avez pas vous-même quelques reproches à nous faire, Sam! Ce problème ne concerne pas uniquement Vicky, pas vrai?

Il fait la moue. J'ai touché juste. A moi le cinquième round.

— Okay. Je le reconnais. Il ne me plaît pas que vous essayiez « d'annexer » mon fils et que vous le traitiez comme s'il était à vous. Ce serait différent si vous étiez un grand-père comme les autres et de plus de soixante ans et si je n'étais qu'un gosse d'une vingtaine d'années. Dans ce cas, je dirais sans doute : « Bah, ce pauvre ancien, il faut bien le laisser s'amuser un peu. » Mais nous avons le même âge — et pas seulement le même âge : nous avons en commun ce passé qui nous a soudés l'un à l'autre plus étroitement que les liens du sang. Parfois, je vous vois comme un « doppelgänger », comme un sosie et cela me fait froid dans le dos, cela ne me plaît pas du tout. Je veux bien vous rencontrer tous les jours à la banque mais je ne veux pas vous voir, en outre, perpétuellement chez moi. En d'autres termes, sortez de mon existence, Neil! Vous êtes fichtrement trop encombrant et, soyons sincères, n'ayons pas peur d'une vérité que nous connaissons vous et moi : depuis que j'ai épousé Vicky je ne fais plus partie de votre mobilier.

J'ai les nerfs noués au creux de l'estomac : mes cauchemars les plus nébuleux prennent corps. J'essaie de garder mon calme et je me dis : Sixième round pour Sam. Je bois une gorgée de jus de tomate et je m'efforce de prendre un ton léger.

— Mon Dieu, Sam! Qu'est-ce que c'est que cette sinistre évocation de doppelgängers? Voyons il ne faut pas perdre la tête. Que voulons-nous tous? Le bonheur de Vicky, pas vrai? Okay, bon, si nous la gênons, nous allons espacer nos visites pendant quelque temps.

— Cela ne suffit pas, coupe-t-il brusquement.

Je finis mon jus de tomate et j'appelle le garçon.

— Ça ne suffit pas? fais-je avec un léger sourire pour lui montrer que je prends encore bien la chose malgré toutes ses provocations.

— Non, ça ne suffit pas. La vérité, c'est que nous voulons avoir un autre enfant mais que Vicky refuse tant que vous serez derrière elle comme des vautours prêts à dévorer ce qu'elle mettra au monde.

— Oui, Monsieur? dit le garçon.

— Donnez-moi un Martini, très sec.

— Et le même pour moi, dit Sam en finissant son gimlet.

Je laisse au garçon le temps de disparaître, j'abandonne mon bon sourire et je fonce à l'attaque :

— Dites-donc, écoutez bien, Sam...

— Croyez-moi, m'interrompt-il d'une voix plus forte que la mienne mais d'un ton conciliant et en prenant l'expression bon enfant que je viens d'abandonner, je veux bien rester raisonnable. Vous êtes les grands-parents, vous avez certains droits et j'entends me montrer humain. Mais Vicky passe en premier. Vous êtes bien d'accord sur ce point, n'est ce pas, Neil? C'est bien ce que vous venez de dire? Le bonheur de Vicky est le plus important?

Je sens qu'il m'entraîne dans un cul-de-sac pour me rouer de coups. Je bats précipitamment en retraite, je hoche la tête en signe d'acceptation et je dis de ma voix la plus suave et la plus raisonnable :

— Certes. C'est vrai. Mais il me semble que Vicky exagère un peu, non? Elle est comme une collégienne, voyez-vous, elle s'affole trop facilement. Vous pourriez peut-être vous montrer plus ferme avec elle, prendre une attitude plus sévère? Ne pourriez-vous...

— Neil! Essayez-vous de me dire comment je dois diriger mon ménage?

— Dieu, non! Certes non. — Je cherche mon Martini du regard mais le barman est encore en train d'agiter son verre à mélange. — Une seconde. Il faut que j'aille aux toilettes. Excusez-moi.

Je me retrouve au lavabo; dans le miroir mon visage est blanc, je quitte l'urinoir, je me lave les mains et je revois mon visage livide. J'ai l'esprit aussi vide qu'une ardoise effacée.

Revenu à mon Martini, j'en avale la moitié en deux gorgées et je repose mon verre.

— Écoutez, Neil, dit Sam gentiment. — Et je sens qu'il pense : « Pauvre vieux Neil, pas un fils à lui, il ne faut pas être trop dur »... — Cette situation n'est pas exceptionnelle, on la rencontre dans toutes les petites villes d'Amérique. Une fille se marie et campe pratiquement sur le paillasson de ses parents. Et le mari doit finalement l'emmener avant qu'elle ne soit bonne pour le cabanon.

La rage me submerge soudain mais je ne change pas de visage. Un accès d'humeur le rendrait encore plus compatissant et je ne veux pas perdre la direction de l'entrevue. Chaque mot compte désormais et chaque phrase est une arme.

— Vous voulez quitter New York, dis-je.

— Oui.

— Où voulez-vous aller?

— Cela dépend de vous, Neil! — Sam sourit de nouveau, lâchant un peu la corde qui s'est tendue entre nous de façon que nous ayons davantage d'espace pour manœuvrer. — Évidemment, je ne veux pas quitter Van Zale et j'ai pensé qu'il serait peut-être temps d'ouvrir une filiale en Europe. L'économie européenne donne enfin des signes de renaissance et...

— En quel pays d'Europe?

— En Allemagne.

Je sens la morsure du poignard entre mes omoplates mais je ne prends pas le temps d'examiner la lame, d'évaluer sa taille ou de m'émerveiller de son efficacité. La première chose à faire est de prendre des mesures de défense.

— Excellente idée, Sam! dis-je d'un ton enthousiaste en manipulant le ballant de la corde pour en faire un nœud aussi solide que possible. Un nouveau Van Zale en Europe pour profiter du boom de l'après-guerre! Mais je ne vois guère l'intérêt d'ouvrir une filiale si ce n'est dans le centre financier de l'Europe et vous le savez, à cause des Russes, la situation politique allemande est toujours instable. Nous installerons ce bureau à Londres.

— Et mes relations allemandes, ma connaissance des deux langues?...

— Contentez-vous de parler anglais, Sam. J'ai eu assez de désagréments avec vos penchants pro-allemands.

— Mais je n'ai pas d'affinités avec l'Angleterre!

— Trouvez-en ou démissionnez.

La corde se tend à se rompre entre nous pendant que je le vois examiner le choix qui lui est offert. Il peut certes démissionner sans crainte que je l'écrase pour de bon parce qu'il sait bien que je ne ferai rien pour peiner Vicky. Cela dit, il a une situation de choix à Van Zale, bien supérieure à ce qu'il trouvera jamais ailleurs et à ma mort il peut mettre la banque dans sa poche. Il n'aime pas l'Angleterre mais il s'y fera. Il y utilisera son charme à soutenir qu'il est un Américain à cent pour cent et, sauf exception, les Britanniques ne s'apercevront jamais que Keller est un nom allemand, ils concluront sans doute qu'avec son teint mat et son prénom d'emprunt il est non seulement allemand mais juif.

Je souris de l'ironie de la situation. Nième round pour moi.

— Okay! dit-il, l'air généreux pour donner l'impression que c'est lui qui m'a concédé la victoire sur ce point-là, bien que nous sachions fort bien, lui et moi, que je la lui ai arrachée : Angleterre, me voilà!

Nous nous sourions. Je suis prêt à m'évanouir de soulagement. J'ai gagné. J'ai toujours la haute main. Il n'a pas eu l'audace de me pousser trop loin. Mon petit-fils ne sera pas élevé comme un Allemand et je suis toujours le patron incontesté malgré cette attaque sans précédent contre mon autorité.

— Nous allons en faire une mission de deux ans à Londres, dis-je généreusement. Vous pourrez ensuite passer les rênes à un autre et ramener Vicky chez elle.

J'ai maintenant le temps d'examiner le poignard qui m'a été planté dans le dos mais, avant que j'aie pu l'arracher, Sam respire à fond et l'enfonce jusqu'à la garde.

— Dites, Neil, je vois que je ne me suis pas expliqué convenablement. Nous ne reviendrons pas à New York.

Je ne dis rien. Il m'est impossible de parler. Il m'est à peine possible de respirer.

— Je veux bien accepter le compromis que vous m'offrez et aller à Londres, poursuit Sam calmement, parce que je reconnais que c'est préférable sur le plan des affaires. Mais dès que le bureau de Londres aura pris sa vitesse de croisière j'ouvrirai un bureau en Allemagne. Il y a longtemps que je le désire et Vicky le veut également. Neil ne vous y trompez pas : Vicky désire ce que je désire et elle veut être là où je suis et vous ne voudriez pas la peiner, n'est-ce pas, Neil? Vous aimez Vicky et vous ne ferez pas son désespoir en vous montrant moins... peut-on dire : accommodant?... qu'il ne convient.

Un terrible silence s'intalle; nous nous regardons sans ciller et je vois enfin les choses dans leur aveuglante réalité : il ne s'agit plus du mari de Vicky et de son père qui s'inquiètent uniquement de son bonheur mais de deux hommes dont l'amitié a été irrémédiablement brisée, de deux rapaces qui se pourchassent dans le ciel d'un monde mauvais, brutal, plein de jalousie et de vengeance. Je vois aussi qu'il n'y a ni blanc ni noir francs mais un boueux mélange. Sam aime Vicky. Il veut son bonheur. Mais par-dessus tout il se sert de Vicky pour obtenir ce qu'il désire et ce qu'il désire n'est pas seulement une vie indépendante en Allemagne, loin de l'ombre de son doppelgänger, mais aussi le principal et les intérêts pour le soir où il m'a surpris avec Teresa dans le grenier de Kevin. Il va m'arracher ma fille et mon petit-fils aussi complètement que je lui ai pris Teresa et je ne peux rien faire pour l'en empêcher. Si je le sacque, il ira tout de même travailler en Europe; si j'essaie de le garder à New York, il démissionnera et mettra aussitôt l'Atlantique entre nous. Il préférerait certainement rester avec Van Zale mais, s'il a le dos au mur, il démissionnera et trouvera ailleurs une situation à peu près semblable. L'ambition et la vengeance lui importent bien davantage que le lien sentimental d'une collaboration de vingt-six années.

Je contemple les débris de notre amitié et je m'entends dire d'une voix douloureuse :

— Sam... que sont devenus les deux gamins qui dansaient sur l'air de « l'Alexander's Ragtime Band » ?

Il a abandonné le masque de charme. Le visage dur, il lance brutalement : « Le disque est usé et nous avons trouvé d'autres jeux. » Il finit son Martini et se lève. « Il faut que je rejoigne Vicky, sinon elle va se demander ce que je deviens. Et je ne veux pas manquer le coucher d'Eric. »

Il a enlevé le dernier round. Je reste assis devant mon verre vide.

— A bientôt Neil. Je suis heureux que nous ayons résolu notre problème.

J'attends pour être certain qu'il est bien parti, je commande alors un autre Martini et j'essaie d'imaginer comment empêcher Alicia de me prendre en pitié quand elle apprendra l'horrible nouvelle.

### 3

— Je suis épuisée, dit Vicky. Je crois que c'est parce que j'essaie d'être trop de personnages à la fois — la femme parfaite, la mère parfaite, la fille parfaite et la belle-fille parfaite. Il faut donc que j'abandonne certains de ces rôles pour me consacrer aux plus importants.

— Et tu as choisi d'être la femme et la mère parfaites ? Eh bien, c'est excellent, ma chérie, d'ailleurs c'est tout ce que j'ai jamais désiré pour toi mais...

— Ce n'est pas que je ne t'aime pas, Papa. C'est qu'il faut que je cesse immédiatement d'être ta fille. Je ne suis plus une gamine et je veux apprendre à vivre mais quand je vous vois, toi et Mère, vous disputer Eric, cela me ramène aussitôt au passé...

— Oui. — Je tourne le dos.

— ... et je veux rompre une bonne fois avec tout ça. Sam me comprend. Je veux simplement être avec Sam.

Nous sommes dans le living-room de leur maison de la 64e Rue, le lendemain de mon entrevue avec Sam. La plupart des meubles viennent de l'ancienne penthouse de Sam sur Park avenue et ils ont ce luxueux aspect du mobilier des hôtels les plus dispendieux. Le Braque que j'ai donné jadis à Sam est accroché au-dessus d'un petit secrétaire de noyer et s'accorde mal avec le Picasso première manière que j'ai offert en cadeau de mariage. Il pleut. Je vais jusqu'à la fenêtre et je regarde le patio où les plantes de Sam venues de la terrasse de la penthouse accusent leur manque d'enthousiasme pour la vie des villes. Sur une table, près de la fenêtre, traîne un livre, « Heute Abend »; je l'ouvre et je découvre que c'est un manuel d'allemand.

— Papa, je ne veux pas que tu sois fâché.

— Je ne suis pas fâché. Je ne tiens qu'à ton bonheur, tu le sais. C'est simplement que je ne vois pas très bien... — Je referme le livre et me retourne pour regarder Vicky. — Pourquoi l'Allemagne? dis-je. Pourquoi l'Europe? Ne serais-tu pas plus heureuse en Amérique?

— Je sais que tu détestes l'Europe. Je ne m'attends pas à ce que tu comprennes.

— Je ne déteste pas l'Europe. Mais elle ne m'émeut pas comme une toile de Rubens. Vicky si je pensais que tu puisses être heureuse en Amérique, j'ouvrirais pour Sam une succursale à Boston ou à Chicago...

— Non. Je veux aller en Europe. Je veux ce que Sam désire. Je veux simplement être avec Sam.

Sam me paraît être devenu une espèce de sorcier.

Écoute, Vicky, il faut être franche avec moi. Sam te force-t-il à aller en Europe contre ton gré?

Elle me regarde comme si j'avais perdu la raison.

— Certes non! Allons, Papa, ne sois pas ridicule! Sam ne me forcerait jamais à faire quoi que ce soit contre ma volonté! Il est si bon pour moi!

— Tu es vraiment heureuse avec lui?

— Bien sûr! Quelle question! Papa, je t'en prie, cesse de t'inquiéter! Sam vieille sur moi aussi bien que tu le faisais.

— Je vois. — Je réfléchis et puis je reprends : Et tu crois que vivre en Europe te donnera l'expérience que tu recherches?

— J'en suis convaincue.

— Alors, il faut que tu y ailles.

Voyons, si Vicky veut acquérir l'expérience qui lui fait défaut, je devrais être le dernier à m'y opposer : les femmes qui ont de l'expérience savent ce qu'elles veulent beaucoup mieux que celles qui sont sous la coupe d'un mari devenu une sorte d'enchanteur.

Allons, une vague lueur d'espoir se lève à l'horizon. Il semble que le temps joue en ma faveur. Pour l'heure la balance penche du côté de Sam mais si je tiens bon, si je préserve la bonne entente, si je joue convenablement le rôle du bon patron résigné depuis longtemps à souffrir et prêt à avaler n'importe quelle couleuvre pour le bonheur de sa fille, un jour viendra peut-être où Vicky se fatiguera de l'Europe et où la balance penchera de nouveau en ma faveur. Mon premier devoir maintenant est de me réconcilier avec Sam : il ne serait pas bon, en effet, qu'il démissionne par dépit et s'en aille tout droit en Allemagne. Tant que je suis son patron, je conserve théoriquement le pouvoir de le ramener en Amérique et il est possible de passer de la théorie à la pratique.

J'ai horreur des jeux de patience. J'ai horreur de laisser Sam me fouler aux pieds et d'être contraint de sourire sans mot dire. Et j'ai horreur aussi de la perspective de voir Vicky et Eric disparaître au loin, en Europe.

Mais je sais me battre. Avec un soupir, je rassemble la ruse, la patience et l'inflexible résolution que j'ai acquises avec les années et de ma voix la plus calme, la plus douce, je réponds :

— Ne t'inquiète pas une seconde, ma chérie! Je comprends bien mieux la situation maintenant, va-t'en donc en Europe avec Sam comme tu le désires et n'aie pas le moindre regret, je suis certain que tout sera finalement pour le mieux.

## 4

J'ai joué mon rôle à la perfection jusqu'au départ des Keller pour l'Europe. Mais au moment où le *Queen Mary* commence à descendre l'Hudson, je suis plus désespéré que je l'ai jamais été de ma vie. Je désire être seul et, paradoxalement, je ne peux pas supporter l'idée de la solitude.

— Aimerais-tu aller dîner au restaurant? demande Alicia gentiment.

— Non, merci.

Je sais qu'elle souffre pour moi et cela m'insupporte. J'invoque une vague excuse, je monte chez moi et un peu plus tard, je quitte discrètement la maison pour aller voir Teresa mais je ne vais pas plus loin que le hall de son immeuble. Je suis tellement triste que je n'ai aucun désir sexuel et je n'ai guère de raisons d'aller voir Teresa si ce n'est pour faire l'amour. Je ne peux pas discuter de la situation avec elle : une discussion impliquant le personnage de Sam nous amènerait inévitablement au seul sujet que notre embarras mutuel nous interdit : la soirée à la maison de Kevin, ma proposition irrésistible, le début sordide d'une aventure qui n'aurait jamais dû commencer. D'ailleurs, je ne veux pas que Teresa sache que Sam a eu le meilleur sur moi. Il est très important qu'elle croie qu'il n'y a pas de faille dans mon armure et personne ne doit voir que je peux être vulnérable.

— Oui, Monsieur? dit le chauffeur lorsque je reviens quelques secondes plus tard.

Je réfléchis. Il faut que je parle à quelqu'un mais à qui puis-je vraiment me confier sans perdre la face? Je retrouve l'éternel problème : il y a si peu de gens à qui je puisse me fier. Cette fois, je ne peux même pas parler à Scott ou Jake; il m'est impossible en effet de faire savoir à quelqu'un de Wall Street que Sam a réussi à me faire plier les genoux. Alors, Kevin peut-être?... Kevin me rendra un peu de gaieté bien qu'on ne puisse avoir une conversation sérieuse avec un homosexuel. Mais lui, au moins, connaît les détails de la conquête de Teresa, je n'aurai donc pas à me lancer dans d'interminables explications sur l'attitude de Sam.

L'idée de ne pas avoir à donner d'explication est irrésistible.

Je prends la direction de Greenwich Village.

La cuisine de Kevin est tiède et confortable; elle me rappelle la ferme où je suis né. Je me revois confusément assis sur les genoux de ma nourrice noire, devant le fourneau de la cuisine, pendant qu'Emily joue à la poupée et que ma mère, ayant abandonné sa couture, est plongée dans un gros bouquin — je penserai plus tard que c'était la Bible pour découvrir plus tard encore que c'était, en fait, un roman de Balzac en français. L'ambiance d'une cuisine me rassure toujours et je suis content que Kevin m'invite à boire, non dans son living-room mais à la table de cuisine.

— C'est le plus haut compliment que je puisse faire à un invité, dit-il en riant et en débouchant une bouteille de Bourbon Wild Turkey. Boire à la cuisine est pour moi l'équivalent de Louis XIV accordant des audiences sur sa chaise percée!

Kevin est grand, mince et brun. Il a l'air aussi normal que ces types que les grands magasins choisissent pour présenter des jeans. Quand il ne sourit pas il paraît à la fois opiniâtre et combatif, le genre d'homme capable, après quelques verres, de déclencher une bagarre dans un bar, bien qu'il abhorre la violence — comme objecteur de conscience il a passé les années de guerre à travailler pour la Croix-Rouge. Il boit beaucoup mais c'est un artiste, alors je lui suis indulgent. Ses pièces deviennent un peu hermétiques mais aussi bien il les écrit en vers libres ce qui à mon avis est une sorte d'affectation intellectuelle. On ne va pas au théâtre pour entendre de la poésie — à moins qu'il ne s'agisse de Shakespeare — mais le premier imprésario venu vous dira que Shakespeare ne fait pas recette. Cela dit les critiques tiennent Kevin en haute estime et comme à New York les critiques font ou défont le succès d'une pièce, celles de Kevin ont généralement du succès. Une ou deux comédies de ses débuts, écrites avant qu'il ait contracté ce désastreux penchant pour les vers libres, ont été reprises avec succès au cinéma et j'ai certainement fait tout pour soutenir son œuvre même maintenant qu'il devient moins commercial.

— ... et penser que Sam vous a eu comme ça! dit-il apitoyé mais pas le moins du monde surpris. Pas étonnant que vous ayez l'air au bout du rouleau! Prenez donc un verre.

— Merci, dis-je, réconforté. — C'est énorme de pouvoir parler franchement à quelqu'un. — Et le pire, dis-je dans un accès de confiance, n'est pas que je sois séparé de Vicky et d'Eric. Il y aura des visites régulières et je crois que, si je suis malin, je finirai par les reprendre. Non, le pire, c'est que j'ai perdu Sam pour de bon. Il vous est probablement malaisé de comprendre combien mes amis de Bar Harbor comptaient pour moi mais...

— Ce doit être une question de confort moral.

— C'est vrai. Sam était au bureau le seul avec qui je pouvais être détendu. Je n'avais pas à jouer le grand dictateur avec lui... mais c'est fini maintenant. Ce sera désormais désert à Wall et Willow et je vais me sentir tout à fait... isolé. Oui, c'est le mot. Isolé. Bon Dieu, je le sens déjà! Je suis tellement retranché du monde.

— Votre place à la banque suppose inévitablement un certain degré d'isolation. Mais et votre vie privée? Il vous reste votre femme à qui parler. Et votre maîtresse.

Je me revois fuyant Alicia tout à l'heure. Je me revois incapable de monter rejoindre Teresa. Le silence se prolonge. Je regarde Kevin mais il fixe l'image du dindon sauvage sur la bouteille de Bourbon. Une boule d'angoisse durcit ma gorge; soudain mon état de dépression n'est plus diffus, c'est un désespoir qui demande à s'exprimer immédiatement : « Kevin... »

— Heu... oui?

Mais je ne sais quoi dire.

— Tout va bien avec Teresa, n'est-ce pas? attaque Kevin désinvolte, dans le silence qui se prolonge, ou bien commencez-vous à être las d'elle?

— Dieu, non! C'est seulement... Je ne sais pas. Rien. Du moins...

— Seigneur! qu'il est parfois difficile de parler, n'est-ce pas? dit Kevin. On a l'impression d'être dans une fosse, de vouloir appeler au secours mais de n'avoir plus de voix... ou de s'être égaré en chemin et de ne trouver personne qui parle votre langue. C'est comme de revêtir une armure et de découvrir qu'on ne peut la retirer.

— Une armure?

— Oui. — Mon Dieu! cela arrive tous les jours. Nous essayons de nous fuir les uns les autres. Il me semble que cela tient à ce que la vie est si fantastiquement compliquée que nous crevons tous de peur et que nous sommes incapables de l'affronter sans une armure — où à la rigueur un bon vieux masque. Mais c'est terrible d'être emprisonné derrière un masque. Je l'ai été. Alors, je sais.

— Que voulez-vous dire? Quand avez-vous jamais été emprisonné?

— Quand je prétendais être hétérosexuel, bien sûr! Que croyez-vous! Le pire était de ne pouvoir parler franchement à personne. Il est déjà assez difficile, d'ailleurs, de parler de problèmes personnels, mais quand le problème est d'origine sexuelle...

Je songe, incrédule : « Il sait. Il comprend. Non, il est impossible qu'il comprenne. Et comment aurait-il jamais pu savoir? Dois-je lui parler? Non, il ne faut pas. Comment parler à un homosexuel? Mais c'est exactement ce que je suis en train de faire. Non, ce n'est pas vrai. Je garde le silence. Il n'y a rien que je puisse me décider à dire, rien. Je suis prisonnier, comme il le dit. Prisonnier de mon armure, prisonnier de mon image de puissance.

— Kevin...

— Hum-hein?

— Ma vie intime est un chaos. Alicia est la femme que j'aime. C'est elle que je désire vraiment. Je ne vois Teresa que parce que... »

Je m'arrête. J'ai l'impression d'avoir couru un cent mètres à pleine vitesse. Le souffle me manque.

— S'il en est ainsi, dit Kevin rassurant, comme si c'était la chose la plus naturelle du monde, il me semble que vous allez voir Teresa car pour une raison quelconque vous ne pouvez pas posséder Alicia.

— Oui, mais... — Je trouve un souffle d'air, j'aspire, je prends mon verre et j'avale le reste de mon Bourbon. — Mais ce n'est nullement la faute d'Alicia, dis-je vivement. C'est pour ça que c'est un cauchemar. Alicia n'y est pour rien. Je ne veux pas dire... — Je porte encore le verre à mes lèvres mais il est vide. — Je ne veux pas dire que je suis impuissant. Évidemment, je ne le suis pas. Je peux bander mon arc comme le premier venu. Teresa est là pour le prouver. Non, ce que je veux dire, c'est...

— J'ai compris.

— Ce que je voudrais dire, c'est que tout va bien, je n'ai rien, je vais bien. C'est seulement...

A ma grande horreur, je vois que je ne peux pas aller plus loin. Je ne peux pas dire davantage de mensonges et je ne peux pas dire la vérité. Je vois bien la bouteille de Bourbon mais je n'ose avancer la main de peur de trembler et de révéler à quel point je suis malheureux. Kevin me trouverait pitoyable. Un homosexuel ayant pitié de *moi!* Dieu, quel cauchemar! Il faut que je me reprenne, il faut que...

— Seigneur, le sexe est vraiment un enfer, parfois! s'exclame soudain Kevin. L'impuissance, la frigidité, l'acte bref, l'adultère, la sodomie, la concupiscence — comment, au nom du Ciel, pouvons-nous accepter tout ça? Je crois que le sujet de ma prochaine pièce sera le bonheur d'être eunuque. Tenez, buvez donc un peu.

Je hoche le menton. Le Bourbon coule dans mon verre et le cube de glace que Kevin ajoute fait éclabousser le liquide.

— Bien sûr, le premier psychiatre venu vous dira que ces problèmes sont étonnamment communs. C'est parce que personne n'en parle jamais que chacun suppose qu'il vit un horrible calvaire solitaire.

Je vide d'un trait la moitié de mon verre. Puis j'interroge prudemment : « Faites-vous confiance aux psychiatres? »

— Je crois qu'ils peuvent soigner certaines personnes. Mais comme Dieu et le Pape, ils ne m'ont jamais rendu grand service.

— Ils n'ont pas pu vous expliquer pourquoi vous êtes homosexuel?

— Oh si, ils me l'ont dit! Ils me l'ont expliqué en détails interminables, contradictoires et atroces! Tout ce que je peux dire, Neil, c'est qu'après des heures perdues à me confier à des prêtres et après des fortunes perdues à parler à des psychiatres, je ne suis toujours pas convaincu que mes préférences sexuelles soient fondées sur une seule bonne raison. Et je vais vous dire aussi ceci : contrairement à ce que croient de nos jours toutes les grosses têtes pensantes du monde des cocktails-parties, Freud n'a pas réponse à tout. Je soupçonne le cerveau de l'homme d'être comme une sorte d'annuaire des cinq circonscriptions de New York et que, si Freud a pu explorer Manhattan et le Bronx, il n'a jamais pu arriver jusqu'à Brooklyn, Queens ou Staten Island.

— Hum, fais-je. Ma foi, je n'ai jamais cru beaucoup moi-même aux psychiatres, naturellement...

— Une bonne chose que l'on peut apprendre en les observant, c'est de savoir écouter. Savez-vous écouter, Neil?

— *Écouter?*

— Oui. Écoutez-vous quelquefois Alicia? Écoutez-vous ce qu'elle dit et ce qu'elle ne dit pas? Savez-vous exactement ce qui se passe dans son esprit?

— Je croyais que c'était le mien qui était important en ce moment.

— Mais ne voyez-vous pas, reprend Kevin, que ce qui se passe dans votre esprit dépend de ce que vous imaginez de ce qui se passe dans le sien? Avancez donc votre verre.

— Non merci. Je n'y tiens pas. Je ne veux pas arriver ivre à la maison. — Je pense à l'écrasante pitié d'Alicia, à son mépris rigoureusement dissimulé et à son absence de désir pour moi. Ah, je sais trop bien ce qui se passe dans son esprit. Ce n'est pas un mystère. C'est douloureusement aveuglant. — Bon, comme je le disais, Kevin, je ne crois pas réellement en tous ces bobards de la psychanalyse — c'est simplement comme une religion et comment un religion peut-elle vous être secourable si vous n'avez pas la foi? En tout cas, il n'existe pas de cure-miracle dans ma situation, il faut que je m'en accommode... Je n'ai pas le pouvoir de faire autre chose... Je n'en ai pas le pouvoir. Oui, c'est bien cela. C'est pour ça que j'enrage. Cela paraît tellement ridicule, d'avoir tant de puissance entre les mains et pourtant dans ce domaine de mon existence... Tout est une question de pouvoir, n'est-ce pas? La transmission des pouvoirs. Vous rappelez-vous que Paul nous l'a expliqué un jour à Bar Harbor?

— Ah, Méphistophélès! lance Kevin en partageant entre nous le reste du bourbon. Comment oublierais-je jamais Paul van Zale et toutes ses balivernes cryptofascistes!

— Kevin!

— Oh, allons donc, Neil! Ne me dites pas que vous avez encore la moindre illusion à l'égard de Paul.

— Je n'ai pas d'illusions, mais je le respecte toujours. Sa vie a été une parfaite réussite.

— Moi, je pense qu'il l'a gâchée. Je crois que c'était un homme profondément malheureux et peut-être même supplicié. Vous est-il jamais venu à l'idée qu'il était bien étrange de sa part de s'emparer, comme ça, de nous quatre et de nous initier au style de vie des Van Zale? Quand j'y songe, je me dis que ce n'était pas seulement extraordinaire mais assez effrayant. Je suis surpris que nos parents l'aient permis. Bon, mon père était probablement ravi d'être débarrassé de moi pour l'été, les parents de Sam étaient sans doute obnubilés par la perspective d'escalade sociale et le père de Jake ne valait sans doute pas mieux que Paul. Mais je me demande ce que diable en pensait votre mère. Je parierais qu'elle se posait des questions.

— Elle ne voulait pas que j'aille à Bar Harbor. Mais pourquoi croyez-vous que cette idée qu'a eue Paul de choisir des protégés signifie qu'il était malheureux et même supplicié? Il l'a fait parce qu'il n'avait pas de fils.

— Ça, c'est l'excuse qu'il laissait complaisamment circuler mais je n'en crois rien, non, plus aujourd'hui. Je pense que c'était une manière d'exercer sa puissance et aussi d'essayer de se justifier. S'il réussissait à convertir un groupe de jeunes gens intelligents à sa façon de penser, alors c'est que sa façon de penser n'était peut-être pas aussi pestilentielle qu'il le soupçonnait secrètement.

— Mais...

— Ne vous y trompez pas. J'aimais Paul pour des tas de raisons et j'ai beaucoup aimé le temps passé à Bar Harbor. Mais bien des choses qu'il visait étaient non seulement des âneries mais de dangereuses âneries.

Ainsi : « Succès à tout prix » est certainement un slogan captivant. Mais quel était *son* idée du succès? Et : « à tout prix »? laissez-moi vous le dire, Neil, ce n'est pas un principe valable pour apprendre à vivre réellement! C'est un précepte qui vous ligote jusqu'à votre mort. Si je débouchais une autre bouteille de bourbon?

— Non. Oh, et puis zut! Okay, pourquoi pas? Saoulons-nous. Kevin, je comprends ce que vous essayez de m'expliquer à propos de Paul, je ne suis pas idiot mais, voyez-vous, la philosophie de Paul n'a jamais été destinée à un homme comme vous. Vous êtes un artiste. Vous détenez une puissance particulière qui vous met à part et vous rend indépendant du genre de puissance dont parlait Paul. Lorsqu'il parlait de pouvoir et de réussite, il s'adressait en fait à des hommes comme moi — à Sam et Jake aussi, bien sûr, mais surtout à moi parce qu'il savait que je ne serais jamais heureux tant que je n'aurais pas conquis ce monde qui était le sien...

— Alors, êtes-vous heureux Neil?

— Certes oui! Oh, je sais bien que j'ai un ou deux problèmes mais seul un idiot voudrait que sa vie fût cent pour cent parfaite. Je suis vraiment très heureux. La vie est belle.

— Merveilleux! Dans ce cas, installez-vous donc confortablement et soyez content : je vais-moi, vous dire combien je suis actuellement plongé dans la tristesse et pourquoi je pense que la vie est simplement horrible.

— Cela a-t-il quelque chose à voir avec...

— Non, rassurez-vous, cela n'a rien à voir avec ma vie sexuelle! Cela intéresse uniquement ce qu'il vous plaît d'appeler un artiste. Si vous pouvez vous taire une minute, je vais essayer de vous expliquer ce que c'est qu'un auteur américain à succès et qui est presque sur le point de se couper la gorge parce qu'il ne vaut ni Eliot ni Fry.

— Je parie que vous gagnez plus d'argent qu'eux d'eux réunis!

— Mais vous ne voyez pas que c'est justement le malheur suprême? Si j'avais le cœur d'écrire le genre de pièce que j'aime vraiment, personne n'en voudrait. Eh bien, très souvent je crois que j'aimerais mieux être un raté de premier ordre qu'un auteur comblé mais de second ordre.

— Mais vous n'êtes pas un auteur de second ordre! Je vous préfère à Eliot et Fry. Je n'ai jamais rien compris à « La cocktail-party » et pour ce qui est de « The Lady's not for burning »...

— Neil, vous êtes merveilleux. Vous devriez venir trinquer ici plus souvent.

Je ne sais combien de temps plus tard, je m'entendis dire avec effusion :

— Kevin, je suis navré d'avoir été un tel salaud à votre égard lorsque vous avez laissé savoir que vous étiez homosexuel. Je suis navré de vous avoir rayé de mon carnet d'adresses numéro un pour vous transférer au carnet numéro cinq et d'avoir refusé de venir à vos cocktail-parties. Je suis très, très navré — oui, vraiment —, mais, Kevin, je veux que vous sachiez que je ne suis pas un salaud, pas réellement, pas dans le fond.

— Mais si, répond Kevin, mais c'est parfait après tout, parce que si vous pouvez m'accepter tel que je suis, alors je peux vous accepter tel que vous êtes, même si vous êtes un salaud.

Nous nous serrons solennellement la main et nous nous jurons une amitié éternelle.

C'est curieux comme la vie paraît simple et sans détours lorsque vous êtes saoul.

Moins de six semaines plus tard, nous ne nous adressions plus la parole.

# 3

## 1

L'affaire a commencé lorsque Kevin a reçu une citation à comparaître devant le Comité des activités anti-américaines. Nous arrivions à la fin de l'année 1952 et McCarthy était à son zénith au Sénat. Par la suite, j'ai tout mis sur le dos de McCarthy. Sans le discutable succès qu'il avait remporté en extirpant les communistes des cadres du gouvernement, le Comité serait resté ce qu'il avait toujours été avant cette période fatale de la fin des années quarante et du début des années cinquante : une mare réservée aux ringards racistes de la politique.

Mais, McCarthy faisant la pluie et le beau temps au Sénat, le Comité avait vu la chance d'étendre ses pouvoirs et en 1952 il a tourné son attention vers les gens du spectacle, communistes ou gauchistes, susceptibles de fournir des indications sur les Rouges dissimulés en Amérique. Kevin n'a jamais été communiste mais, comme bien d'autres écrivains et artistes, il a eu jadis des idées très libérales et il a fréquenté parfois des gens dont les convictions politiques pouvaient être jugées discutables. Il n'est donc pas surprenant que le Comité, fouinant partout pour découvrir de nouvelles sources d'information, lui ait demandé de témoigner sur ses relations présentes et passées.

En dépit de cette ambiance d'hystérie, je ressens tout de même un choc lorsque Teresa m'apprend un soir que Kevin a été appelé à témoigner. Et le choc est encore plus sévère lorsque Teresa ajoute que Kevin est bien déterminé à invoquer le Cinquième Amendement et à refuser de témoigner contre ses amis.

Je vais voir aussitôt Kevin. Je lui fais ressortir que toute tentative d'invoquer le Cinquième Amendement lui vaudra d'être inscrit sur la liste noire; que personne n'osera plus afficher une seule de ses pièces et que ce sera la fin de sa carrière.

— Vous pourriez même être mis en prison pour outrage à magistrat, lui dis-je. Regardez ce qui est arrivé à Dashiell Hammett qui a refusé de témoigner! Kevin, le seul espoir de vous en tirer est de dire au Comité tout ce qu'il veut savoir. Cela se fait tous les jours en ce moment et vos amis comprendront que vous n'aviez pas le choix.

— Mais, Neil, répond-il, la question qui se pose est que j'ai le choix justement. Vous est-il vraiment impossible de comprendre ça ?

Nous en discutons un certain temps sans arriver à nous entendre. Il prétend qu'à moins que quelqu'un ne s'insurge contre le Comité, le Gouvernement pourrait bien décider, après les communistes, de faire la chasse aux Juifs et aux homosexuels. Je prétends, moi, que l'entrée en fonction d'Eisenhower comme Président marquera le commencement d'une nouvelle conception de la guerre froide et que la persécution des communistes deviendra sans objet.

— Donc, que vous sacrifiiez ou non votre carrière pour des principes libéraux idéalistes, cela ne fera pas l'ombre d'une différence pour l'avenir de l'Amérique, lui dis-je en conclusion. Ce sera inutile. Si vous démolissez votre carrière, vous vous serez sacrifié pour une cause qui n'existe que dans votre esprit et dans celui de vos amis intellectuels.

Mais il ne veut pas le comprendre. Nous continuons de discuter jusqu'au moment où il me dit :

— Neil, je ne veux pas que cette discussion se termine par un différend grave. Allez votre chemin et laissez-moi aller le mien. C'est de mon existence et de ma carrière qu'il s'agit après tout. Non des vôtres.

Je n'en dis pas plus mais je suis naturellement bien décidé à me battre pour lui et, deux jours après, j'invoque le prétexte des affaires, je monte à bord de mon avion personnel et on m'emmène toutes ailes dehors à Washington.

Heureusement, je n'ai pas à aller jusqu'au bureau Ovale mais je l'aurais fait si cela avait été nécessaire. Je vais simplement voir mon congressman favori, celui qui s'agite le plus dans le Comité des activités anti-américaines. Je lui serre la main et je lui rappelle qu'un certain banquier l'a tiré il n'y a pas si longtemps d'un scandale menaçant. Et j'ajoute qu'il serait dommage que ce petit problème se pose de nouveau si tôt après sa réélection. Je lui dis ensuite que je serais fort heureux que le Comité veuille bien oublier un certain Kevin Daly, auteur dramatique, qui n'a jamais eu sa carte du parti et que je tiens personnellement pour un bon et loyal Américain. Je constate avec plaisir que mon congressman se montre extrêmement compréhensif et après une série de cordiales poignées de main il m'assure que je n'ai à m'inquiéter de rien.

Tout à fait content de moi, je reviens d'un trait à New York et je vais chez Teresa pour lui annoncer que le problème de Kevin avec le Comité est réglé.

Enchantée, Teresa appelle Kevin qui lui raccroche sèchement au nez. Je trouve cela curieux mais je suppose qu'il a été tellement soulagé d'apprendre la nouvelle qu'il en a perdu la parole; aussi, lorsque je le trouve chez moi en rentrant, j'en déduis qu'il est venu pour fêter son sauvetage. Son explosion de fureur, dès que nous sommes seuls dans la bibliothèque, sa fureur est un tel choc que je manque laisser tomber la bouteille de Wild Turkey que j'ai réservée pour ses visites.

— De quel droit essayez-vous de jouer les *Deus ex machina* avec mon existence, espèce de fils de garce! hurle-t-il.

— Kevin! Qu'est-ce que cela veut dire? Vous aviez un ennui, je l'ai arrangé, c'est tout! Il n'y a pas de quoi vous mettre dans cet état.

— Je ne vous ai pas demandé de jouer les bonnes fées! Je ne vous ai pas demandé de brandir la baguette magique de votre influence politique pourrie. Je vous ai demandé de me laisser tranquillement dire quelques mots bien sentis aux membres de ce foutu Comité — il y a des avocats disposés à m'aider, j'ai des supporters libéraux, j'ai des journalistes de mon côté...

— Vous auriez tous eu des ennuis et, de toute manière, je considère comme un devoir moral de vous empêcher de ruiner votre carrière!

— Si j'ai envie de ruiner ma carrière, personne ne m'en empêchera! Ce n'est foutre pas votre affaire!

— Bien, okay, mais vous pourriez au moins être reconnaissant de ...

— *Reconnaissant?* Je devrais être reconnaissant de ce que cela vous excite de brandir votre puissance comme si c'était un Colt 45... ou quelque autre symbole phallique qui vous vienne à l'idée?

— Écoutez, mon ami, dis-je en plantant d'un coup la bouteille de bourbon sur la table, comprenez-moi bien et gardez vos âneries psychologiques pour l'une de vos idiotes de pièces. A grand-peine, à grand prix et à mes propres risques, je vous ai rendu le plus signalé des services et si vous croyez que j'en tire quelque plaisir pervers il y a sûrement quelque chose de dérangé dans votre cervelle pro-communiste!

Sans un mot Kevin tourne les talons et va vers la porte.

— Kevin! — Je le suis. Une sueur froide me coule le long du dos. J'ai de la peine à respirer mais je n'y prends pas garde. — Kevin... — Je réussis à lui attraper le bras avant qu'il n'ouvre la porte mais il me repousse.

— Foutez-moi la paix! Et estimez-vous heureux que je ne vous casse pas la gueule!

— Mais, voyons, Kevin, je suis votre ami!

— Plus maintenant, répond Kevin violemment en me claquant la porte au nez.


## 2


— ... et il m'a claqué la porte au nez, dis-je à Jake une demi-heure plus tard. — Je suis à trois blocs de chez moi dans la bibliothèque de la demeure des Reischman. De vastes tentures vert olive masquent de tristes fenêtres. Du plafond, une lumière diffuse tombe sur des classiques en langue allemande et des chefs-d'œuvre de la littérature anglaise. Jake et moi, nous sommes assis dans des fauteuils de cuir de chaque côté d'une immense cheminée. Jake boit du Johnnie Walker, j'en suis, moi, au cognac sec.

— Seigneur, je suis tellement furieux ! dis-je en feignant la colère pour masquer ma tristesse. Enfin, a-t-on idée de manquer autant de reconnaissance? Je voulais simplement lui rendre service!

— Allons, Neil, dit Jake avec un de ses minces sourires, vous n'êtes pas vraiment naïf à ce point.

228

— Je voulais uniquement lui rendre service! — Je le répète obstinément mais je sais ce qu'il veut dire. A ma peine s'ajoute maintenant une certaine honte. — Oh, et zut, okay, peut-être l'ai-je fait pour l'impressionner. J'ai certainement été content d'impressionner Teresa. Peut-être l'ai-je fait, après tout, pour lui prouver quelque chose — lui prouver que je n'étais pas si fragile... que je n'étais pas de ceux desquels on a pitié... Non, ne parlons pas de ça, je retire ce que j'ai dit. Je l'ai fait pour lui rendre service, Jake! Mes raisons n'étaient pas toutes égoïstes. Mes intentions étaient bonnes, je vous le jure!

— Bien, ne parlons pas de vos raisons pour le moment. Ce qui est important, c'est que vous tiriez une leçon de vos erreurs. Vous savez lesquelles, j'espère? Primo : ne faites jamais d'un ami un débiteur en étalant votre puissance. Vos amis le sont seulement parce qu'ils aiment à croire que, sous votre montagne de dollars, vous êtes comme le commun des mortels et vous leur laissez cette illusion parce que vous avez envie de croire que vos amis vous aiment malgré tous vos millions. Mais si vous vous mettez à manipuler leur existence, aussi altruistes que soient vos raisons, vous détruisez cette mutuelle illusion et ni vous ni eux ne pouvez continuer de vivre tranquillement avec cette vérité. Et la vérité, évidemment, c'est que vous n'êtes pas le commun des mortels, que vous avez en abondance une marchandise que la plupart des hommes désirent en secret — la puissance —, ce qui vous donne sur eux plus d'empire qu'ils ne le peuvent psychologiquement supporter.

— Oui. C'est vrai. Ah, Seigneur, comment ai-je pu être si...

— Votre deuxième erreur, dit Jake en allumant une autre cigarette à la précédente dont le bout se consume entre ses doigts, c'est de n'avoir pas su comprendre l'attitude de Kevin devant son dilemme. Que vous ne puissiez pas la comprendre ne veut pas dire qu'il ne s'agit que d'une espèce de folie intellectuelle et pourtant vous vous êtes conduit comme s'il était fou à lier. Il n'est donc pas étonnant que Kevin se soit fâché. En vérité, vous insultiez sa conception de l'existence — ou de la réalité si vous préférez — en substituant votre volonté à la sienne.

— Bon sang! oui, c'est bien possible. Mais ce n'était pas mon intention! Tout ce que je voulais...

— Mais oui, nous savons ce que vous vouliez. Votre troisième erreur...

— Seigneur! il y en a encore? — Je me sens au bord du désespoir.

— ... a été de discourir comme un prêcheur de carrefour sur votre soi-disant devoir moral. Tâchez donc d'être un peu plus subtil, Neil! Ma parole, il y a vingt-cinq ans que vous êtes à New York et vous êtes encore capable de vous conduire comme un jeune péquenot de l'Ohio.

— Mais j'étais sincère en parlant de mon devoir moral!

— La sincérité manque presque toujours de diplomatie et elle est souvent désastreuse. De toute manière, je m'interroge sur cette sincérité. Vous devriez peut-être en faire autant. Votre soi-disant devoir moral n'était qu'une excuse pour intervenir et vous avez déjà reconnu que vos intentions en volant au secours de Kevin n'étaient pas aussi simples que vous aimeriez le croire.

— Oui, mais... — Je soupire. Je suis las, découragé, et mes idées se brouillent. Voyant cela, Jake se lève, me tapote l'épaule et remplit mon verre.

— Remettez-vous, Neil. Personne n'agit jamais pour des raisons absolument pures. Vous avez voulu faire ce que vous estimiez sincèrement juste et un ou deux motifs moins purs n'y peuvent rien changer. Vous avez agi à tort, le résultat a été désastreux mais je veux bien croire que vous étiez fondamentalement bien intentionné.

— Et vous comprenez ma peine?

— Bien sûr. Je sais combien vous aimez Kevin. Et je sais ce que c'est qu'un ami que l'on connaît depuis la prime jeunesse.

Je sens comme une énorme houle de soulagement et de gratitude. Tout bien pesé, je n'ai pas d'ami aussi vrai que Jake. Lui seul comprend les problèmes de la fortune et de la solitude parce que sa situation est semblable à la mienne.

— Comment me réconcilier avec Kevin? dis-je enfin, car cette question me tourmente. Dois-je lui écrire? Si je l'appelle il me raccrochera au nez. — Une inspiration me vient. — Je pourrais lui écrire de *ma propre main*. Cela lui prouverait ma sincérité. Il sait que ma correspondance est toujours tapée par les secrétaires.

— A votre place, je le laisserais tranquille. Si vous faites un pas vers une réconciliation vous l'encouragerez probablement à penser que vous usez de nouveau de votre puissance et il s'endurcira dans son hostilité. Le premier pas doit venir de lui.

— Mais il ne le fera peut-être jamais!

— C'est possible, mais quand on a commis une erreur il faut être prêt à la payer.

— Pour chaque erreur, un jour vous paierez? dis-je en citant une chanson d'Hank Williams. Vous n'y croyez pas vraiment, Jake?

Il réfléchit un instant.

— Non, dit-il.

Nous nous mettons à rire... deux New-Yorkais retors qui ont beaucoup en commun.

— Comment va Vicky? demande Jake au moment où je me lève pour partir.

— Très bien, si j'en crois ses lettres. Comment vont vos enfants?

Jake ne paraît jamais s'intéresser à ses enfants et comme la conversation s'oriente maintenant vers nos vies familiales je perçois une étrange barrière invisible qui s'élève entre nous et coupe nos voies de communication.

— Comment va Amy? dis-je complétant machinalement le rituel des questions familiales.

— Très bien... et Alicia?

— Oh, elle est en grande forme! Depuis quelque temps elle s'intéresse davantage à la vie : elle a ses œuvres et elle donne des cours d'art floral à la Junior League. J'en suis fort heureux. Je m'inquiétais constamment pour elle au moment du mariage de Vicky. C'est dur pour une femme de voir les enfants quitter leur foyer.

— Certes.

Il m'accompagne pour me voir partir. En sortant de la bibliothèque nous traversons un vaste hall lugubre et le bruit de nos pas résonne étrangement sur le marbre des dalles qui cernent une fontaine ornementale. Les tuyaux dorés d'un orgue se perdent dans l'ombre du plafond voûté.

— Que pensez-vous des dernières fumisteries du procès anti-trust? demande-t-il. Le juge Medina doit être sur les genoux en ce moment.

Je réponds de bon cœur au geste qu'il fait pour rouvrir nos lignes de communication :

— Je regrette beaucoup que la « Van Zale » n'ait pas été appelée à témoigner en même temps que les dix-sept autres banques d'affaires. J'aurais dit une chose ou deux à l'avocat général!

— Pensez plutôt aux honoraires d'avocats que vous auriez eu à payer et à tout ce temps perdu.

— C'est vrai.

Nous nous arrêtons devant la lourde porte de style médiéval pour nous serrer la main.

— Merci beaucoup, Jake. Vous êtes un véritable ami. Et j'en suis touché.

— Bonsoir Neil. Et rappelez-vous : mettez une sourdine à votre puissance devant vos amis, réservez le terme « devoir moral » pour les discussions avec le prêtre de votre paroisse et essayez de ne pas vous conduire tout le temps comme si vous étiez à peu près persuadé que Dieu est un Blanc anglo-saxon et protestant.

— Je n'en suis pas qu'à peu près persuadé, j'en suis sûr! lui dis-je, tout réconforté, et j'entends son rire éclater derrière moi quand je referme doucement la porte.

### 3

Je ne voyais toujours pas Kevin six mois plus tard quand Vicky donne le jour à un deuxième garçon que l'on appelle immédiatement Paul Cornelius. Sam et Vicky me téléphonent ensemble pour m'inviter à aller en Angleterre pour le baptême et, bien que je ne tienne pas à paraître me précipiter sur la première excuse venue pour leur rendre visite, je leur promets qu'Alicia et moi nous traverserons l'Atlantique au mois d'août. Et j'insiste sur le fait que nous descendrons à l'hôtel. Sam a acheté une maison sur Hyde Park et je ne doute pas qu'elle soit assez spacieuse pour nous recevoir mais je tiens à ne pas abuser de son hospitalité. Je ne veux pas peiner Vicky en montrant la tension qui ne manquera pas de marquer la première réunion entre son mari et moi.

Vicky semble s'être bien habituée à Londres. Elle s'était inscrite à un cours d'allemand, mais elle y a renoncé dès qu'elle a attendu son second bébé et, de toute manière, elle est trop occupée à installer sa nouvelle demeure pour étudier sérieusement. Ses lettres nous content ses batailles avec les décorateurs anglais, la première journée d'Eric à l'école maternelle, la difficulté d'observer strictement l'étiquette des domestiques britanniques — je songe à Carraway et je la comprends —, la merveilleuse qualité de la radio et de la télévision britanniques, la chronique quotidienne sur la Reine, le couronnement et le temps qu'il fait. Elle parle aussi parfois d'un nouveau film ou d'une comédie musicale importés d'Amérique qu'elle a vus dans une salle du West End, mais elle est trop occupée à recevoir les nouveaux clients de Sam pour sortir beaucoup.

Plusieurs fois par semaine, je téléphone à Sam pour suivre la marche des affaires; bien que je sache qu'il n'aime guère me sentir constamment sur son dos, je suis décidé à lui rappeler régulièrement qui est le patron. Étant donné les circonstances, je crois que c'est le moins que je puisse faire pour rétablir entre nous l'équilibre de puissance que je souhaite et c'est pour Sam le moindre prix à payer pour sa fuite en Europe. Mais je veille à garder à nos conversations un ton amical : qui nous écouterait ne devinerait jamais que nos paroles cordiales dissimulent mon amertume et une probable exaspération chez Sam — pour ne pas dire plus.

— Alors, comment vont les Britanniques, Sam? dis-je le lendemain du Couronnement. J'espère que vous avez eu le plaisir de porter un toast à Sa Majesté et d'entendre déclarer autour de vous que la volonté qui a conquis l'Everest est la même qui a permis à l'Angleterre de gagner la guerre.

— Bah, je suis tout à fait partisan de rendre à César... dit placidement Sam, et pourquoi ne porterais-je pas un toast à la reine? J'aime la famille royale. Ils sont tous allemands, d'ailleurs.

Ce n'est là qu'un de nos échanges les plus anodins — je lui rappelle constamment que vivre en Europe n'est pas toujours comme un bouquet de roses au clair de lune et lui me rétorque en se vantant de s'accommoder parfaitement de cette ambiance potentiellement hostile. Mais notre conversation la plus aigre aura pour objet l'image que devait, à mon avis, présenter la filiale Van Zale à Londres.

Notre banque possédait un bureau à Londres depuis une soixantaine d'années mais j'avais fermé ses portes et retiré notre capital d'Europe avant la déclaration de guerre en 1939. Les activités bancaires ont profondément changé au cours de ces soixante années. A l'origine, nous étions spécialisés dans les lettres de crédit et les prêts aux gouvernements étrangers, mais après la Première Guerre mondiale cette activité a disparu et, lorsque Steve Sullivan est allé à Londres en 1929 comme associé-résident, nous nous sommes consacrés à l'investissement des capitaux américains dans les affaires anglaises — tâche difficile car l'industrie britannique se procure souvent des fonds sans recourir aux banques d'affaires. Mais Steve avait fort bien tiré parti d'une situation difficile et notre filiale de Londres avait fait de bonnes affaires jusqu'à ce que la guerre imminente ne rejette à l'arrière-plan la finance européenne.

Aujourd'hui, les temps ont de nouveau changé : l'ombre s'est dissipée, les firmes américaines sont à l'avant-garde de l'invasion économique de l'Europe et elles se tournent tout naturellement vers les banques d'affaires qui ont les meilleures relations transatlantiques.

— Nous devons déclarer franchement que nous sommes l'avant-garde de l'Amérique, dis-je fermement à Sam. Après tout, il s'agit ici d'une guerre économique. Je sais que les Anglais ont une sympathie marquée pour les Américains parce que nous les avons débarrassés de

Hitler, mais la réalité économique est fort différente du tableau que les hommes d'État dépeignent pour convaincre les Russes que l'Occident est étroitement uni. La réalité économique, c'est que nous nous battons pour le contrôle de la Grande-Bretagne, de son Empire, de l'Europe et du Monde. Oubliez les politiciens qui parlent d'amitié. L'avenir, c'est une bouteille de Ketchup américain sur chaque table du petit déjeuner britannique. Je veux les locaux, le mobilier et l'équipement le plus modernes que vous pourrez trouver, et de préférence du personnel américain. Je veux un portrait de notre président dans le hall d'entrée et le « Star and Stripes » déployé à côté de l'Union Jack...

— Vous rêvez, Neil. Réveillez-vous. Les Anglais ne nous aiment pas autant que vous le croyez. Ils ne reconnaissent même pas que nous avons gagné la guerre. En vérité, ils n'ont pas oublié que nous les avons laissés livrer la bataille d'Angleterre tout seuls et, s'il y a une chose qu'ils n'aiment pas aujourd'hui, ce sont les Américains comme vous qui pensent que l'Amérique n'a qu'à se présenter pour faire du jour au lendemain de l'Angleterre un satellite des États-Unis. Il faut mettre une sourdine à l'accent américain. Nous devons être des gentlemen silencieux et discrets.

— Seigneur, ce qu'il faut entendre! Y a-t-il une loi qui dise que nous ne pouvons pas être des gentlemen silencieux et discrets dans des bureaux modernes, dotés d'un équipement moderne?

Notre ancien bureau de Milk Street, une sombre et morne relique de l'ère victorienne, a fort heureusement été dispersé aux quatre vents par une bombe, il n'est donc pas question de le reprendre. J'en suis plutôt heureux. Nous avons besoin d'une nouvelle image et, de toute manière, les vieilles baraques ne m'attendrissent pas. On se fatigue très, très vite des baignoires écaillées et des robinets qui fuient.

D'ailleurs, Sam m'explique que la situation d'un immeuble importe davantage que sa date de construction et il m'annonce bientôt qu'il a loué un étage dans une maison à côté de Lombard Street.

— De quelle année date-t-elle? — Je suis inquiet quand j'apprends qu'elle a survécu à la bataille de Londres.

— Elle est toute récente... pour l'Angleterre. Elle a été construite en 1910.

— En 1910! Vous êtes sûr qu'elle ne fait pas l'objet d'un arrêté de démolition?

Sam tente de m'expliquer que la moitié de la Cité de Londres étant encore en ruine, nous avons eu bien de la chance de trouver des bureaux convenables, mais je l'interromps :

— Seigneur, je me demande parfois pourquoi nous perdons notre temps avec cette filiale européenne, dis-je. Cela vaut-il vraiment la peine? Je suis sûr que l'Europe est de toute façon lessivée. Ce boom économique ne durera pas.

— Voyez-vous Neil, l'ennui, c'est que vous n'avez jamais vécu en Europe, vous êtes à Dieu sait combien de générations de vos derniers ancêtres qui venaient d'ici et vous n'y comprenez rien. Oubliez donc un peu votre idée américaine et simpliste de l'Europe « continent fini ». L'Europe a toujours été lessivée comme vous dites — cela ne signifie rien. Les Romains l'ont « lessivée », Attila aussi, Napoléon et Hitler l'ont lessivée à leur tour mais la vérité c'est que l'Europe ne s'use pas aussi souvent qu'on l'envoie chez le blanchisseur. L'Europe survit. Investissez en Europe! Et pour l'amour de Dieu donnez-moi carte blanche pour faire ce que j'estime être le mieux pour Van Zale — je comprends que cela vous soit pénible mais n'essayez donc pas toujours de conduire à la place du pilote.

Nous rions poliment de la plaisanterie. Je lui donne carte blanche. Nous raccrochons furieux.

— J'aimerais que vous fassiez l'effort de venir ici, me dit Sam après la naissance de son fils. Je crois que vous cesseriez de vous inquiéter pour le bureau de Londres en voyant vous-même notre réussite.

— Ce n'est pas un effort, dis-je, mais c'en est un en effet. — c'est toujours un effort que d'aller là où vous n'avez aucun espoir de vous sentir chez vous. — Bien sûr que je vais faire le voyage! Pensez-vous que j'aie envie de retarder le moment de faire la connaissance du dernier membre de la famille?

Sam se met à rire mais je me demande s'il n'espérait pas en secret que je n'aurais jamais le courage de quitter l'Amérique. Je me demande aussi, bien qu'il paraisse heureux d'être père pour la seconde fois, ce qu'il pense sincèrement d'avoir deux marmots hurlant à pleins poumons, qui martyrisent leur nurse et qui l'appellent Papa. J'imagine que cette vie nouvelle lui plaît, encore que, comme Jake, il ne m'ait jamais paru beaucoup s'intéresser aux enfants.

Cela dit, j'ai décidé qu'il était temps de prendre des vacances, s'agirait-il de vacances en Europe ! Depuis le départ de Sam et de Vicky j'ai été fort occupé; j'ai suivi les manœuvres du lobby pétrolier au Congrès, j'ai lancé plusieurs emprunts destinés à l'amélioration de notre réseau routier et j'ai tenu de nombreux conseils d'administration de la Fondation artistique Van Zale. J'ai fêté l'arrivée d'Eisenhower à la Maison-Blanche, applaudi à la déconfiture de l'interminable procès antitrusts fait aux banques d'affaires et j'ai placé quelque argent dans une peinture de Kokoschka que personne n'aime, pas même Teresa. La fin du bourbier de Corée est imminente et je prévois une demande record de capitaux dès que la paix sera revenue. Le moment paraît certainement bien choisi pour faire une pause avant que l'économie ne s'emballe et que nous recueillions les bénéfices prévisibles d'un changement de gouvernement.

Mais quand approche le moment du voyage outre-Atlantique, il s'en faut de peu que je n'y renonce. C'est tellement loin l'Europe. Devons-nous prendre des places sur l'un des stratocruisers qui s'envolent chaque jour pour Londres? Mais je n'aime pas voyager par avion, à moins de connaître personnellement le pilote. Alicia pense qu'une traversée à bord d'un navire pourrait être amusante, je dis donc à un secrétaire de nous prendre des passages à bord d'un transatlantique et de m'acheter tous les derniers guides sur l'Angleterre. Je sais qu'il faut être bien préparé pour ce voyage. Pas un Européen ne doit *me* prendre pour un de ces Américains barbares incapables d'approcher un pays étranger avec la considération voulue. Je me plonge dans mes guides et je les lis souvent tard dans la nuit.

— Ce voyage ne me plaît pas le moins du monde, je te l'avoue, dis-je enfin à Alicia. Ce serait tellement mieux d'aller à Bar Harbor comme d'habitude.

— Voyons, Cornelius, songe à ta joie de revoir Vicky!

— Sans doute, dis-je, mais il ne m'est jamais rien arrivé de bon en Angleterre. — Je repense à mon voyage précédent, en 1940, quand ma vieille ennemie Dinah Slade s'est jouée de moi. — J'ai le pressentiment qu'il m'arrivera quelque chose de désastreux dès que je poserai le pied sur le sol de la vieille Angleterre.

— C'est ridicule! dit Alicia d'un ton définitif, et elle se met à parler de la suite qui nous a été réservée à bord du navire.

Elle semble attendre ces vacances avec plaisir, encore que je sache qu'elle n'aime pas mieux l'Europe que moi, et elle est très excitée à l'idée du voyage.

— Alors, tu auras la même cabine que ta femme! dit Teresa quand je lui parle enfin des détails de mon départ. C'est parfait! Et j'imagine que je dois m'effacer avec grâce et applaudir pendant que tu vas t'offrir une seconde lune de miel.

— Il n'en est pas question! — Je proteste mais je suis plutôt flatté de cette manifestation de son instinct de propriété. — Certes, nous devons partager la même suite pour garder les apparences mais elle est meublée de lits jumeaux.

— Vraiment? répète Teresa. Bah, amuse-toi bien, mais si tu ne reviens pas ici tirant la langue et prêt à sauter dans le lit avec moi tu en entendras parler de tes fameux lits jumeaux!

— Je ne l'oublierai pas! — Je promets, de plus en plus flatté; quelle chance que nous nous entendions si bien après plus de quatre ans. Je me demande parfois si elle m'est infidèle mais son désordre invétéré me rassure : elle ne pourrait pas me le cacher longtemps. Elle se conduit indiscutablement comme si elle m'aimait. Et elle me plaît de plus en plus à mesure que les années passent.

— A bientôt, Teresa, lui dis-je la veille de mon départ. Sois sage.

— Toi aussi, mon ange. Pas de galipettes!

Nous nous embrassons gentiment et nous nous séparons.

Je soupire. L'Europe se profile à l'horizon, aussi glaciale et rébarbative qu'un iceberg. Je m'efforce de ne pas me sentir voué au sort du « Titanic », — célèbre victime d'un iceberg —, je regagne la Cinquième Avenue et je me mets au lit avec le « Times » de Londres.

# 4

## 1

Alicia n'emmène que sa femme de chambre mais je traîne moi, deux secrétaires, mon valet et mon garde du corps. J'aime être à l'abri des inconvénients des voyages mais avec mes secrétaires qui se chargent des détails ennuyeux, un valet qui veille à ce que mes vêtements soient toujours impeccables, et un garde du corps pour écarter toute intrusion de la presse, des tapeurs ou même des simples curieux mon voyage s'est déroulé sans anicroche.

Il se déroule également sans contrainte. Je m'inquiétais de ce qu'Alicia puisse regretter en secret 'd'être obligée pour sauvegarder les apparences de voyager dans le même appartement que moi mais notre suite est si spacieuse et les lits jumeaux si largement séparés que nous nous rassérénons. Bientôt j'éprouve même une sorte de bonheur; après des années de chambres séparées, il est douloureusement excitant de dormir de nouveau si près d'elle. Certes, je sais que je ne dois jamais la troubler par quelque avance irréfléchie mais je la regarde furtivement se brosser les cheveux ou se maquiller — comme elle est belle!

C'est un peu comme de la revoir après une longue absence et plus nous nous éloignons de New York plus il me semble incroyable de pouvoir coucher avec une autre. Heureusement, le transatlantique touche Southampton avant que mes illusions d'un renouveau miraculeux ne triomphent de mon bon sens mais je crois qu'Alicia a senti que j'étais heureux de vivre de nouveau près d'elle car son habituelle politesse guindée a fait place à une attitude plus chaude, plus tendre.

J'avais dit à Vicky qu'il était inutile de venir nous attendre au bateau car Southampton est assez éloigné de Londres mais elle est là, bien sûr, avec Eric, la nurse et le nouveau bébé. Paul Cornelius Keller est brun et maussade. Je me penche avec soulagement sur Eric. Il a trois ans maintenant et il ressemble plus que jamais à Vicky mais il semble devenu très timide et il est difficile de lui arracher un mot.

— Ce n'est qu'une période qu'il traverse actuellement, explique Vicky embarrassée.

— Sans doute! je comprends, dis-je, mais je m'attendais à un accueil plus enthousiaste et je ne peux m'empêcher d'être désappointé. Comment va Sam?

— Oh, très bien! Il est tout à fait navré de n'avoir pas pu venir te recevoir mais il avait une réunion très importante...

— C'est vrai, les affaires sont les affaires! dis-je, mais je n'aime pas que Sam ait éludé le devoir de venir me recevoir.

Mes secrétaires ont prévu deux limousines pour nous amener à Londres mais je voyage avec Vicky dans l'inévitable Mercedes-Benz de Keller. Sam se sert de l'autre voiture, la Daimler, dont la fonction est surtout d'impressionner les clients anglais de la Cité.

A travers les glaces de la Mercedes, je jette un coup d'œil circonspect sur l'Angleterre. Pendant que la voiture quitte Southampton et roule sans à-coups à travers le paysage du Hampshire, je sens renaître en moi la tension bien connue qui me crispe les nerfs. Je ne peux pas mieux la décrire qu'en disant que j'ai comme l'impression d'être nu — nu comme un soldat désarmé fonçant sur un nid de mitrailleuses à travers un champ de bataille en pleine action. J'aperçois les champs coquets, les petits villages pittoresques et je me sens non seulement étranger mais privé de la personnalité qui me protège à New York. Là-bas je suis quelqu'un de bien défini : Cornelius van Zale, le célèbre banquier et philanthrope. Ici je ne suis personne, un simple exilé sur une terre qui m'est aussi étrangère que la face cachée de la lune.

Je retrouve mes années d'adolescence, accablé par un sentiment d'infériorité, terrifié à l'idée que les gens vont rire de moi, redoutant leur indifférence. La colère revient aussi, cette colère de ma jeunesse que je me rappelle si bien. Et la même voix intérieure me dit : Personne ne rit de moi impunément. Alors en traversant une petite ville je regarde les Britanniques et je me dis : « Je vais vous faire voir. »

— N'est-ce pas que l'Angleterre est belle? dit Vicky avec un soupir. Et n'est-il pas bon de songer que la plupart de nos ancêtres étaient anglais?

— Oui, dis-je, mais je ne peux pas imaginer que mes ancêtres aient pu se trouver chez eux dans un autre pays que l'Amérique. Je ne peux même pas imaginer mes ancêtres. Le seul qui m'ait jamais intéressé était mon père et seulement parce que le présent était un tel enfer que, pour une fois, le passé paraissait avoir quelque chose à m'offrir. Je me trompais. Il n'y avait rien là. Mon père a pu être assez tenace pour transformer une humble exploitation en un fief rural vaste et prospère; il a pu avoir l'audace d'épouser une fille qui n'était pas de son rang et assez fort pour supporter la désapprobation des Van Zale; il est possible qu'il ait été le genre d'homme avec lequel je me serais entendu. Mais en quoi cela importe-t-il puisqu'il est mort quand j'avais quatre ans et que je ne peux pas communiquer avec lui aujourd'hui? Avant la guerre, j'ai racheté la ferme de mon père dans l'espoir que cela raviverait mes souvenirs mais ce fut une perte d'argent et de temps. Le passé est mort. Il est terminé, enterré et croire autre chose est pure fantaisie.

— Aimes-tu vraiment l'Angleterre, Vicky?

— Oh *oui*, Papa! Tout y est tellement civilisé et j'adore son cérémonial, ses traditions et...

Je préfère ne rien dire mais je me sens profondément déçu. J'espérais que Vicky serait déjà lasse de cette nouvelle ambiance, mais j'espérais trop et trop tôt.

Ma déception s'accroît quand nous arrivons à Londres. Cette ville a quelque chose de cauchemardesque : ses rues grises qui s'étendent sans fin dans tous les sens, ces énormes constructions hautaines, ces parcs maladivement manucurés, ces habitants hostiles qui parlent anglais dans toute une gamme d'accents inintelligibles. Londres est une sorte de labyrinthe raffiné destiné à un Minotaure dont le formalisme toucherait à l'obsession. Je songe à New York, à Manhattan, compressé, bouillonnant de couleur et de vitalité, hérissé de gratte-ciel brillants, troué d'échappées sur ses fleuves, semé de vues ravissantes dans leur simplicité géométrique et lorsque nous arrivons à l'hôtel Savoy j'ai tellement le mal du pays que je ne voudrais pas descendre de voiture.

Je me reprends tout de même. C'est le moment de faire bonne impression car, aux yeux du personnel du Savoy, je ne suis qu'un touriste américain de plus, qui saura ou ne saura pas se tenir en public. Je suis heureux de voyager avec un convoi de deux Rolls-Royce et d'une Mercedes-Benz, en compagnie de cinq domestiques, d'une femme éblouissante et d'une montagne de luxueux bagages de cuir. Les Anglais peuvent voir que je ne suis pas quelque courtier immobilier de Californie ou, pire encore, quelque seigneur toucheur de bœufs du Texas sous un chapeau de feutre large comme un parapluie. Je jette un coup d'œil sur mon complet noir, j'époussette mes manchettes en dissimulant ma nervosité derrière mon expression la plus impassible et je me prépare à représenter mon pays avec toute la dignité concevable.

Mes secrétaires ont travaillé dur. En arrivant dans le hall, je suis accueilli avec effusion et on m'accompagne dans une suite gargantuesque avec vue sur le fleuve. Il y a des fleurs partout. Un magnum de champagne « avec les compliments de la direction » attend dans un seau à glace. On me présente le maître d'hôtel qui s'engage à veiller à mon confort gastronomique.

— Merci beaucoup, dis-je, le visage toujours impassible, pour qu'ils voient bien que tous les Ritz du monde n'ont pas de secrets pour moi et je fais signe à mes secrétaires de procéder à la distribution des pourboires.

Je me sens bien mieux maintenant. Le Savoy a reconnu que j'étais un personnage important et je commence à croire que je vais retrouver bientôt ma personnalité new-yorkaise. J'aperçois un téléphone et je décroche. Cela aussi me met à l'aise et en composant le numéro je sais que bien que ma puissance ait été momentanément interrompue, comme un courant électrique, elle recommence sans peine à faire son effet.

— Je te laisse t'installer, dit Vicky quand je raccroche après avoir parlé à Sam, mais tu vas venir le plut tôt possible, n'est-ce pas ? Eric tient à te montrer sa nursery.

J'appelle encore une ou deux relations d'affaires pour relever le voltage de mon fluide électrique et je me sens si complètement remis maintenant que j'ai peine à abandonner le téléphone.

— Passez-moi donc la dernière lettre de ma sœur, dis-je tout à coup à un de mes secrétaires.

Il m'apporte la lettre en courant.

— Qui appelles-tu maintenant, Cornelius? lance Alicia d'une autre pièce.

— J'ai promis à Emily de téléphoner à ses belles-filles. Je voudrais me débarrasser de cela pour être tranquille le reste de notre voyage. — Je trouve leur numéro à Cambridge et je le fais appeler par un secrétaire.

— Il me semble que nous devrions les voir puisque nous sommes ici, dit Alicia du seuil du Salon.

— Non, je ne vois vraiment pas pourquoi? Elles ne nous ont pas donné signe de vie depuis des années. Je n'ai pas voulu m'en plaindre à Emily, qui prétend toujours qu'elles lui tiennent à cœur mais je suis plutôt blessé de leur ingratitude.

— Tu aurais dû le lui dire. Elle adore peut-être jouer les éternels martyrs et prétend raffoler des enfants qu'a eus son mari avec une autre mais je ne vois pas pourquoi tu devrais l'imiter.

— Il suffit déjà qu'Emily et moi ne soyons pas d'accord sur cette espèce de canonisation de son ancien mari. Je ne tiens pas à envenimer les choses en discutant également de ces gosses.

— Le téléphone sonne, Monsieur, dit mon secrétaire. Allô? M. Cornelius van Zale désirerait parler à Miss Elfrida Sullivan — est-elle là, je vous prie? Merci, ne quittez pas, s'il vous plaît?

Il me passe l'appareil et je prends un ton neutre.

— Elfrida?

— Oui. — La monosyllabe est sèche et glacée.

— Hello! Comment vas-tu? dis-je gardant mon ton neutre de moins en moins facilement. Je suis de passage à Londres et Emily m'a prié d'appeler. Comment vont Edred et Georges?

— Très bien.

— Parfait. Y a-t-il un message à transmettre à Emily?

— Non.

Je me rends compte que la conversation est malaisée à enclencher.

— As-tu vu Vicky dernièrement? dis-je. Elle ne m'a pas parlé de vous mais j'imagine que vous vous voyez.

— Non.

— Tiens! Et y a-t-il une raison particulière?

— Oui.

— Ah? Laquelle?

— Vous avez tué mon père, répond Elfrida Sullivan en raccrochant.

## 2

Naturellement, il n'en est rien. La mort de Steve Sullivan a été un accident. Quand j'ai donné à Sam mes dernières instructions, en 1939, je ne lui ai pas dit : « Tuez-le! » Je lui ai dit... Bah, les paroles exactes n'ont pas d'importance. Il y avait des années que Steve me persécutait et il ne me restait d'autre choix que de veiller à ce que cette bataille se termine sur les ruines de sa carrière. Ce n'est pas ma faute s'il s'est révélé incapable de supporter l'existence après que Sam et moi eûmes révélé partout qu'il était un alcoolique invétéré; qui sortait d'une célèbre clinique de Londres spécialisée dans les cures anti-alcooliques.

— Réglez-lui son compte, ai-je dit à Sam. Et définitivement.

Je me rappelle l'émotion dans la voix de Sam quand il m'a appelé ensuite de Londres.

— Quand Steve a vu cette photo et qu'il a compris qu'il était fini, il a vu une bouteille de Scotch et pris sa voiture pour venir me voir...

Mais il n'y a aujourd'hui aucun être vivant qui sache exactement ce qui est arrivé à Steve en 1939, personne sauf Sam et moi — et Elfrida Sullivan, apparemment.

La signification cachée de cette vilaine réalité me vient soudain à l'esprit. *Comment* Elfrida peut-elle savoir? Depuis quand sait-elle? Et qui a bien pu le lui dire?

— Comment va Elfrida? demande Alicia de sa chambre.

— Très bien.

Je suis tellement secoué que je peux à peine parler. Je m'assois et au prix d'un effort énorme j'essaie de disposer les faits connus dans une sorte de déroulement cohérent.

Il est possible qu'après la mort de Steve Dinah, sa femme, ait clabaudé un peu partout des rumeurs nauséabondes mais les faits tendent à démontrer qu'elle en a parlé à peu de gens. Si elle avait fait tout un scandale, j'en aurais entendu parler, mais il n'en a rien été et j'en ai conclu qu'elle était trop affligée pour aggraver sa détresse en l'affichant maladroitement en public. Sa douleur était peut-être telle que Dinah était incapable de parler de la mort de Steve même à ses proches mais ce n'est qu'une hypothèse. Le seul fait que j'aie appris après sa mort à Dunkerque, c'est que deux personnes seulement semblaient connaître entièrement l'affaire : Alan Slade, témoignage vivant de la fameuse liaison de Dinah avec Paul Van Zale dans les années 20, et Tony Sullivan, le frère cadet de Scott et le second fils de Steve.

J'étais en Angleterre à l'époque et je les ai vus tous les deux à Londres. Emily m'a câblé qu'elle était disposée à prendre soin des trois enfants de Steve et de Dinah. Comme Alan et Tony venaient à peine de terminer leurs études, il leur était difficile de s'occuper de leurs jeunes demi-frères et demi-sœur, la solution d'Emily était donc préférable. Alan hésitait. Voir les enfants partir avec moi pour l'Amérique ne lui plaisait guère. Mais Tony, qui avait été élevé comme Scott par Emily après la mort de sa mère, avait convaincu son frère des qualités sans égales de leur belle-mère.

En dépit de l'accord qui allait suivre, l'entrevue avait été hostile et même après cet accord Tony insistait pour dire aux enfants que j'étais responsable de la mort de leur père. Une scène affreuse s'était déroulée alors et elle n'avait pris fin que lorsque j'avais fait observer avec raison que les enfants n'accepteraient certes pas de me suivre en Amérique s'ils pensaient que j'étais un assassin et qu'il était donc préférable pour tout le monde de ne plus parler de la mort de leur père. Tony, stupide sous bien des aspects, n'en prétendait pas moins obstinément qu'à l'âge de dix ans Edred et Elfrida pouvaient entendre la vérité mais Alan, plus intelligent, comprit la logique de mon raisonnement et, finalement, il fut convenu de garder momentanément le silence.

Alan et Tony furent tués tous les deux en 1944 et, pour autant que je le sache, ils sont morts sans avoir soufflé mot à Edred, Elfrida ou George. Les enfants, élevés par Emily avec son talent habituel, me traitèrent fort civilement pendant leur séjour en Amérique et même après être retournés en Angleterre, ils acceptaient volontiers de venir passer l'été à Bar Harbor. Mais le jour anniversaire de leurs dix-huit ans, en janvier 1948, les jumeaux me retournèrent le chèque que je leur avais expédié pour le Nouvel An et depuis je n'ai jamais plus entendu parler d'eux. A l'époque, j'ai été surpris de cette impolitesse mais, franchement, je les avais toujours trouvés difficiles et, de toute manière, dix-huit ans est l'âge où bien des adolescents se conduisent inconsidérément. La pensée qu'Edred et Elfrida aient pu découvrir la vérité sur la mort de leur père m'est bien venue un instant à l'esprit mais je l'ai rejetée parce que j'étais certain que personne ne leur en avait parlé. C'était impossible.

Et pourtant c'est bien ce qui est arrivé.

Je me reprends suffisamment pour dire à mon assistant :

— Appelez ma sœur, à Velletria.

Il faut quelque temps pour obtenir Emily au téléphone mais on me passe finalement l'appareil.

— Cornelius? Pourquoi m'appelles-tu? Il y a un ennui?

— Emily, qu'as-tu dit exactement aux Sullivan d'Angleterre au sujet de mes démêlés avec Steve?

— Tes démêlés avec... Mais rien, voyons! Je ne leur ai rien dit que tout le monde ne sache — je leur ai dit que vous aviez eu un désaccord qui avait amené Steve à quitter Van Zale et à s'établir à Londres. Cornelius, que signifie tout cela? Tu sembles bouleversé. Que se passe-t-il?

— Elfrida vient de m'accuser d'avoir tué son père!

Silence total.

— Évidemment, c'est une calomnie, dis-je, et j'essaie de remonter jusqu'à son origine. Elfrida semble avoir adopté cette opinion à l'époque de son dix-huitième anniversaire mais en janvier 1948 il ne restait pas un être vivant qui puisse lui donner une version aussi malveillante de la réalité. A moins, bien sûr, que tu n'aies toi-même tiré une malencontreuse conclusion du passé et qu'à mon insu, tu n'aies écrit aux jumeaux à l'occasion de leur dix-huitième anniversaire...

— Je n'ai jamais fait une chose pareille!

J'éprouve un instant de profond soulagement mais ma surprise n'est pas dissipée.

— Je vais écrire à Elfrida, martèle Emily. Je trouve cela désespérant. La haine est tellement destructive. Elle doit être très malheureuse.

Cela, c'est bien d'Emily. Comme toujours elle n'a rien compris et elle se perd dans l'aspect moral du problème. Les conséquences de la haine ne m'intéressent pas. Je ne veux même pas savoir si les trois gosses cadets de Steve me haïssent. Ce qui m'intéresse, c'est que Steve était aussi le père de Scott. Si quelqu'un a donné à Elfrida un tout autre aspect du passé, qui a pu l'empêcher de l'apprendre à son demi-frère de New York? Et qui empêcherait Scott de la croire et de se retourner contre moi? Certes, j'ai élevé Scott en lui donnant ma version du passé mais supposons qu'il apprenne... Je cesse de penser à ce que je ne désire pas que Scott sache et j'éponge la sueur de mon front.

— Emily, tu n'as pas compris. Écoute-moi, Emily...

— Je te promets de faire l'impossible pour persuader Elfrida de te pardonner. Tu as pu mal agir jadis mais tu as fait de ton mieux pour le racheter, il ne nous appartient pas de juger autrui. Cela appartient à Dieu.

Je suis tellement horrifié que je ne peux même pas raccrocher et m'épargner tout ce radotage de sacristie.

— Qu'est-ce que tu racontes, Bon Dieu?

Imperturbable, Emily poursuit en citant la Bible : « Ne juge pas si tu ne veux pas être jugé... »

— Non, non, pas ça! Que veux-tu dire avec le mal que j'aurais pu faire jadis? Pour l'amour du Ciel, est-ce que quelqu'un t'a retournée contre moi, toi aussi? Je n'ai fait aucun mal, Emily! Steve et moi nous sommes livrés une bataille sans merci, j'en conviens, mais c'est lui qui a commencé. Je n'ai fait que me défendre.

La communication transatlantique ronronne entre nous.

— Emily!

— Oui, Cornelius.

— Écoute, que se passe-t-il? Qui t'a parlé? Qui m'a calomnié? Qui...?

— Si tu es si certain de ton innocence, pourquoi te mets-tu dans un tel état? De quoi as-tu peur?

— Je n'ai pas peur! Je suis simplement... eh bien, à dire vrai, je suis inquiet pour Scott. Je ne veux pas qu'on l'ennuie avec les invraisemblables accusations d'Elfrida. Tu sais combien je l'aime et combien il m'aime. Tout cela serait affreux pour nous deux.

— Oh, ne t'inquiète pas au sujet de Scott, dit Emily, et comme si elle pensait que ses paroles demandent une explication elle poursuit après un silence. Tes relations avec Scott te montrent sous ton jour le meilleur, Cornelius. Je suis fière de la manière dont tu t'es chargé de lui lorsqu'il était un gosse de quatorze ans, difficile à tenir et plutôt perdu, et que tu l'aie élevé aussi merveilleusement. Tu peux être fier, toi aussi. Cela te fait honneur.

La honte m'assaille si soudainement et si violemment que je reste sans voix. Je songe : voilà comment les choses auraient dû être. Mais est-ce ainsi qu'elles ont été réellement? Et je me dis alors avec une terrible et insoutenable clairvoyance : « Quel affreux gâchis ai-je fait de ma vie personnelle! Seigneur, j'ai été si malheureux. Seigneur, je suis tellement malheureux! »

Je renvoie aussitôt cette pensée au néant, je baisse les stores sur cette clairvoyance aussi inexprimable, j'enclenche l'interrupteur de mes réflexes protecteurs et je me prépare à m'installer une fois de plus dans la cellule d'acier que j'ai si soigneusement édifiée autour de moi avec les années.

— Oui, je suis fier de la manière dont j'ai élevé Scott, dis-je. A parler franc, je suis fier de tout mon passé. Je n'ai rien fait de quoi je puisse avoir honte. Dieu distribue les cartes et chacun les joue de son mieux, c'est tout. Ce n'est pas ma faute, s'il m'échoit parfois une mauvaise donne.

— Oui, mon chéri, dit Emily, et elle s'éclaircit la gorge. Dis bien toute mon affection à Sam et Vicky, veux-tu? Et aux bébés aussi, bien sûr! Dis à Vicky que j'attends avec impatience des photos de Paul! J'espère que personne n'a été trop désappointé que ce ne soit pas une fille.

Je ne réponds même pas. Qui pourrait être désappointé d'avoir deux fils? Je lui dis au revoir et je raccroche avant de m'apercevoir que je ne sais toujours pas qui a pu parler du passé à Elfrida.

Je pense à cela sans arrêt. J'examine constamment tous les aspects du problème jusqu'au moment où, finalement, inévitablement, mes pensées se portent sur Tony Sullivan. Je me rappelle combien il a insisté pour que les enfants sachent la vérité.

Je me suis chargé de Tony en 1933, en même temps que je me suis chargé de Scott mais Tony et moi nous ne nous sommes jamais entendus. Finalement, il m'a tourné le dos et s'est embarqué pour l'Angleterre pour y aller vivre dans la dernière famille de son père. Steve était déjà mort mais Dinah a installé Tony avec Alan et les trois jeunes enfants à Mallingham, dans le Norfolk, où sa famille vivait depuis des siècles. Scott, qui m'était déjà inconditionnellement fidèle, s'est disputé avec Tony à peu près à la même époque, et quand Tony a été installé en Angleterre les frères sont restés chacun de leur côté et ne se sont plus jamais vus. Évidemment, cela a été pour moi un grand soulagement. Je savais quel genre d'histoires Tony entendrait à mon sujet dès qu'il serait à Mallingham.

Je continue de penser à Tony. Je n'éprouve aucune émotion. Elles sont taries depuis longtemps. En 1931, Tony m'a donné les oreillons, le mal de ce gosse imbécile a gâché ma vie et, quand j'ai appris que j'étais stérile, je n'ai jamais pu le regarder sans me le rappeler, me le rappeler, et me le rappeler... Je ne le lui reprochais pas précisément — après tout, c'était à peine sa faute — mais je me souvenais. Il ressemblait à Steve. Cela réveillait d'autres souvenirs. Il me rappelait beaucoup trop de choses. J'avais également l'impression étrange qu'il serait pour moi une perpétuelle Némésis. C'est curieux : il semble que la route de certains êtres croise périodiquement la vôtre, et si cette rencontre a parfois un résultat bénéfique ses conséquences sont aussi parfois désastreuses et Tony Sullivan a toujours été pour moi un signe avant-coureur de catastrophe.

Cette nuit-là, l'inquiétude me tient éveillé, je me dis : « Tony est à l'origine de cela. Mais comment? Il est mort en 1944. A moins que... Peut-être a-t-il survécu... prisonnier de guerre... amnésique... il vient de guérir... il est retourné à Mallingham... »

Miséricordieux, le sommeil a mis fin à mes fantasmes mais en m'éveillant le lendemain matin je recommence à m'inquiéter. Toute la journée, je ne cesse de me répéter : « Le passé est mort. Le passé ne peut plus rien contre moi. » Et puis la foudre s'abat.

Elfrida arrive au Savoy et demande à me voir.

## 3

Je suis en train de m'habiller pour le dîner. Sam et Vicky doivent nous emmener au spectacle.

— Une certaine Miss Sullivan est en bas, Monsieur, me dit mon secrétaire. Elle veut savoir si elle peut monter.

J'ouvre la bouche pour dire « Non » mais les mots qui me viennent sont : « Je vais la recevoir. » Il faut que j'élucide ce mystère avant de quitter l'Angleterre. C'est très joli de me rassurer en me disant que personne ne peut rien prouver et que Scott acceptera toujours ma parole contre celle d'Elfrida, mais je ne veux pas qu'on ennuie Scott. Je prends l'appareil et je dis aimablement.

— Tiens, c'est toi? J'espère que tu ne joues plus les procureurs. Quelles accusations as-tu à lancer aujourd'hui?

— Je suis venue vous parler de Mallingham, dit Elfrida.

La maison de famille de Dinah est tombée entre les mains de Paul en 1922 et lorsqu'il est mort, quatre ans plus tard, elle m'est revenue en ma qualité d'héritier. La maison est une ruine calcinée mais la terre est toujours à moi. J'avais eu vaguement l'idée de la transmettre au National Trust puisque la propriété se trouve dans une zone qu'ils tiennent à préserver, mais je n'ai jamais trouvé la force d'âme nécessaire pour donner les instructions à mes avocats. Je m'efforce toujours d'oublier Mallingham qui me rappelle inévitablement Steve, Dinah et toute une suite d'événements que je crois plus sage d'oublier. Je ne tiens pas à y penser ce soir, en tout cas.

— Écoute, Elfrida, je suis très occupé et je n'ai pas de temps à perdre à remuer avec toi les cendres du passé...

J'imagine qu'elle voudrait retrouver son ancien foyer. Je vois aussitôt comment je pourrai peut-être la calmer et neutraliser le danger qu'elle représente.

— Okay, monte, dis-je en raccrochant brusquement.

## 4

C'est maintenant une grande fille osseuse et masculine, aux cheveux frisés coupés court. Elle n'est pas maquillée et sa tenue est sans recherche, ses yeux d'un bleu clair étincelant.

J'ai pris deux pilules pour mon asthme et ma respiration est régulière. J'ai éloigné tout le monde sauf Alicia et sa femme de chambre. On les entend parler dans la chambre quand je vais ouvrir la porte de l'antichambre.

Elfrida a vingt-trois ans. Elle a une licence d'anglais de l'université de Cambridge et elle a consacré un an à obtenir un diplôme d'enseignement avant de trouver une situation dans une école privée près de Cambridge. Edred, son frère jumeau, enseigne la musique dans la même institution mais, d'après ce que dit Emily, il essaie de se joindre à un orchestre. Le cadet, George, termine sa dernière année de pensionnat et doit entrer l'automne prochain dans l'une des Universités les plus modernes d'Angleterre. Emily m'a dit ce qu'il allait étudier mais je l'ai oublié. Je voudrais pouvoir oublier tous les Sullivan d'Angleterre, ainsi que l'Europe et en vérité tout ce, choses et gens, qui se trouve au large de la côte Est de l'Amérique.

J'ouvre la porte et je fais entrer Elfrida.

— Bon, dis-je en la menant au Salon mais sans la prier de s'asseoir; je suis sur le point de sortir mais je peux t'accorder une minute ou deux. Tu aurais dû appeler pour demander un rendez-vous. Alors, qu'est-ce qui t'amène? Tu voudrais peut-être la terre de Mallingham? J'avais l'intention de l'offrir au National Trust mais, si cela te fait plaisir, je te la donnerai à toi. Je vous l'aurais offerte il y a longtemps mais après qu'Edred et toi avez rompu délibérément toutes relations avec moi...

— Merci, fait Elfrida d'un ton bref, j'accepte votre offre. C'est très aimable à vous. Et, pendant que vous y êtes, faites-moi donc un chèque d'un million de dollars.

J'en suis renversé. Ce n'est pas simplement la demande d'argent : j'ai l'habitude d'en recevoir. Ce n'est pas simplement non plus la somme exorbitante, je sais que les quémandeurs perdent souvent le sens de la réalité. Ce qui me choque, c'est le vague aspect d'extorsion de fonds de sa demande et l'implication que je lui dois cette somme énorme pour l'indemniser d'une perte considérable. Ce qui me choque, c'est ce passé enterré qui sort de son cercueil bien scellé et qui semble curieusement renaître. Sa mère, Dinah, a réclamé un jour dix mille livres à mon grand-oncle, Paul.

— Un million de dollars? fais-je. — Je sais que je devrais éclater de rire et m'exclamer : « Tu plaisantes! » mais tout ce qui me vient, c'est : « Qu'est-ce que cela veut dire? »

— Je veux fonder une école, dit Elfrida avec une sereine assurance. J'ai décidé de reconstruire Mallingham Hall, de le restaurer autant que possible et d'en faire un pensionnat de jeunes filles. Il portera le nom de ma mère. Elle s'intéressait beaucoup à l'éducation des femmes.

— Je vois, dis-je en me contenant. Une idée tout à fait recommandable!

Le ton est trop doucereux, trop faux. J'en adopte un autre, plus égal, celui d'un philanthrope tout disposé à encourager un projet plein de mérites.

— Voyons, dis-je calmement, je suis charitable, tu le sais, et depuis des années je consacre une partie de ma fortune à un fonds pour l'éducation. Je ne vois pas la raison de ne pas venir à ton aide mais, évidemment, il faut demeurer dans les limites raisonnables. Je ne peux pas comme ça te faire un chèque pour une somme qui me semble absolument excessive.

— Vous me le devez jusqu'au moindre cent!

— Je ne le crois pas, dis-je toujours très calmement. J'ai fait tout ce que je pouvais pour tes frères et toi lorsque vous avez perdu votre père et, en dépit de tes accusations calomnieuses de l'autre jour, je suis prêt à faire encore de mon mieux aujourd'hui en te mettant en relation avec les avocats de la banque et ma fondation pour l'éducation.

Silence. Je calcule rapidement. Évidemment, la somme sera déductible de mes revenus. Mes comptables en seront fort heureux et moi aussi. La perte sèche pour moi sera minime et j'aurai la satisfaction de savoir que j'ai muselé définitivement la plus dangereuse des Sullivan d'Angleterre en l'accablant de ma charité chrétienne. Même Emily me donnerait son approbation.

Elfrida a l'air incrédule. Malgré son inexpérience des affaires, la fille n'est visiblement pas une imbécile.

— Je veux tout cela par écrit, dit-elle.

— Certainement. — à la condition que tu cesses de répéter aux quatre coins du royaume que j'ai tué ton père. Si j'apprends jamais que tu te conduis de nouveau de manière aussi irresponsable, je te retire immédiatement mon appui financier.

Elle me jette un regard qui me rappelle son père, on y lit une expression amusée teintée de dédain, d'ironie et de mépris.

— Donnez-moi l'argent, dit-elle, mais épargnez-moi votre aveu de culpabilité.

Je me mets à rire et je lui offre mon sourire le plus radieux.

— Bien sûr que tu auras l'argent! Je suis ravi de te le donner. Je veux seulement m'assurer que nous nous comprenons bien. Je ne suis pas l'ogre que tu crois! Au fait, puisqu'il est question de ce que tu crois... qui donc a essayé de te persuader que je suis responsable de la mort de ton père?

Elfrida relève brusquement la tête. Son expression me surprend. Elle paraît totalement ahurie.

— Ne me dites pas que vous ne le savez pas! répond-elle.

J'ai le pressentiment d'une nouvelle catastrophe. Je reste impassible mais je serre à me faire mal les mains derrière mon dos.

— Certes non, je ne le sais pas! Sinon j'attaquerais ce voyou en justice pour diffamation!

— On ne traîne pas un mort devant les tribunaux!

Je la fixe. Son regard soutient le mien. Elle ne croit toujours pas à mon ignorance. Finalement elle ouvre son sac et en tire une enveloppe froissée.

— J'ai apporté la lettre mais je ne croyais pas qu'il serait nécessaire de vous rappeler son existence.

Je sais que je suis sur le bord d'un horrible précipice et je sais aussi que je ne peux rien faire pour n'y pas tomber. Je continue de fixer Elfrida. Puis je m'aperçois que c'est la lettre que je fixe. La douleur de la tension commence à me tenailler les poumons.

— Ne me dites pas que personne ne vous a montré la lettre de Tony! s'écria Elfrida incrédule. Ne me dites pas que personne ne vous l'a jamais mise sous le nez pour vous demander une explication!

— Tony! fais-je. Oui, je pensais bien que c'était lui. Il faut que ce soit Tony, toujours Tony... Il a écrit une lettre?

— En 1944, juste avant d'aller en Normandie. Alan avait été tué et Tony voulait être sûr que, s'il était tué à son tour, Edred, George et moi ne resterions pas ignorants des circonstances de la mort de nos parents.

— 1944! Il a écrit cette lettre en 1944?

— Oui. En trois exemplaires.

— Trois exemplaires, dis-tu?

— Oui. Il les a mis sous enveloppe et il a laissé le tout aux avoués de ma mère, à Norwich, avec la recommandation de conserver l'original jusqu'à ce qu'Edred et moi ayons dix-huit ans. Ne vous êtes-vous jamais étonné de n'avoir plus jamais entendu parler de nous après janvier 1948? C'est à ce moment-là que nous avons reçu l'original de la lettre de Tony.

— Et les deux copies...

— ... ont été expédiées en Amérique. Dès que Tony a été tué en 1944. L'une fut envoyée à Emily. Tony se reprochait de l'avoir abandonnée pour aller vivre à Mallingham et il estimait nécessaire d'expliquer à Emily pourquoi il s'était aussi entièrement retourné contre vous. Enfin, la dernière lettre est allée tout naturellement à...

— A Scott? dis-je.

— Lui-même, dit Elfrida.


# 5

Je surveille attentivement ma respiration — aspirer, souffler... aspirer, souffler. Il faut que je surveille mon souffle. Je ne peux pas m'offrir une crise d'asthme. Aspirer, souffler... aspirer, souffler.

— Tony voulait que Scott aussi sache tout, poursuit Elfrida. Il était peiné de ne plus le voir et il espérait que si Scott lisait toute l'histoire dans une lettre posthume il pourrait au moins croire la vérité. Tony projetait bien de voir Scott après la guerre et de faire un nouvel effort pour le convaincre mais il voulait mettre tous les atouts dans son jeu. Cette lettre était une assurance que la vérité ne disparaîtrait pas.

Je ne peux pas penser à Scott. Je le voudrais mais je sais que cela me secouerait de la tête aux pieds. Je voudrais dire à Elfrida de se taire mais je n'ose pas ouvrir la bouche. Il me faut attendre. Je ne dois rien faire pour contrarier le rythme de ma respiration. Oserai-je tendre la main ou bien cet infime effort peut-il m'être fatal? Aspirer, souffler... aspirer, souffler. Si, il faut prendre ce risque. Il faut que je sache.

Je tends la main. Elle me donne la lettre. Un long moment j'écoute ma respiration laborieuse puis je m'assois, j'ouvre l'enveloppe et je mets le pied dans la fusée qui me projette dans le passé.


# 6

J'ai lu la lettre. Il a été difficile ensuite de trouver quelque chose à dire. Je savais ce que j'éprouvais mentalement mais il était tellement difficile de trouver les mots pour l'exprimer. Je ne suis pas un intellectuel, je n'ai donc pas le don de considérer les abstractions métaphysiques comme si elles étaient des faits concrets. Le langage des philosophes m'est étranger et, si je peux parler de morale aussi couramment que tout homme qui a été élevé religieusement, il m'apparaît maintenant que ce langage-là aussi m'est étranger, que je l'ai appris par cœur et qu'il ne sert à rien dans une controverse intellectuelle. D'ailleurs, je me suis toujours méfié de ce genre de discussions. Elles ne peuvent qu'obscurcir votre conception de la réalité. Il est beaucoup plus réaliste d'examiner une situation donnée en noir et blanc tout simplement, sans nuances qui ne pourraient que compliquer le problème. C'est de cette manière qu'on peut faire le bon choix. Et, bien sûr, pour se hisser au sommet et réussir dans la vie, il faut toujours faire le bon choix.

Mais aujourd'hui, un autre utilise cette technique contre moi. Tony Sullivan voit le passé en noir et blanc mais ses noirs sont mes blancs et ses blancs sont mes noirs, aussi sa conception du passé est-elle opposée à la mienne. Je voudrais expliquer cela à cette fille qui est là, devant moi, mais je sais que mon commentaire serait insuffisant. Il faut que je la persuade que le tableau peint par Tony avec son absence de nuances, même de gris et de blanc cassé, n'est pas plus vrai que ma vue stylisée du passé qui m'a soutenu si longtemps, mais la vérité est un sujet tellement abstrait que je suis incapable de m'expliquer.

Je me rappelle soudain une remarque faite par Kevin quand nous nous demandions pourquoi les gens s'abritent derrière un masque : « Je crois que cela vient de ce que la vie est si fantastiquement compliquée. »

— La vie est tellement compliquée, dis-je enfin, tellement trompeuse. Chacun voit la vérité sous un jour différent. La vérité diffère selon les êtres. Des témoins oculaires peuvent donner chacun une version différente du même événement. Je respecte l'opinion de Tony car il est évidemment sincère mais ce qu'il explique dans cette lettre n'est pas toute l'affaire.

— Ah ? fait la fille, amère. Nierez-vous que vous aviez tellement soif de puissance que vous avez tout fait pour démolir la carrière de mon père et ruiner l'existence de ma mère ?

Je me garde bien de lui lancer une réponse brutale. Au contraire, je réfléchis et je me bats pour trouver les mots justes, les mots qui semblent le mieux refléter la vérité.

— Je ne crois pas, dis-je enfin lentement, que j'avais davantage soif de puissance que ton père. Mais peut-être la vérité est-elle que le pouvoir m'était plus nécessaire qu'à lui. C'était un grand type, un athlète, solide et coriace, avec une personnalité attirante et il n'avait pas réellement besoin de puissance, il la possédait. Il avait d'autres moyens d'être remarqué, vois-tu. La puissance n'était pas son unique moyen de communication.

— *Communication ?*

Elle me regarde comme si j'étais fou. Peut-être le suis-je. Je voudrais de nouveau pouvoir exprimer mieux ces notions abstraites. Je voudrais disposer de quelques faits solides mais il n'y a que la vérité, incertaine et ténébreuse, et la certitude que pour une fois il me faut l'affronter au lieu de me réfugier derrière un écran de clichés réconfortants. Je me les rappelle : « ... J'ai été amené à faire ce qu'il fallait que je fasse... je suis plus à plaindre qu'à blâmer... j'ai considéré comme mon devoir moral... » et les phrases familières, d'habitude si réconfortantes, sonnent creux dans ma conscience. Soudain, je me sens fatigué, éreinté. Je voudrais tellement me retirer dans mon univers familier blanc et noir mais il y a la lettre, ce monde blanc et noir retourné contre moi et les accusations qui s'amassent ligne après ligne.

« Cornelius a chassé Papa de la banque Van Zale mais ce n'était pas suffisant... il l'a persécuté... essayé de démolir sa nouvelle entreprise... des rumeurs sur le prétendu alcoolisme de Papa répandues des deux côtés de l'Atlantique... Sam Keller a truqué une photographie... Papa a compris qu'il était fini... il roulait... une route déserte.... et même alors Cornelius n'a pas laissé Dinah en paix... il l'a persécutée... mais elle s'est moquée de lui... elle a gagné... »

Elle a gagné.

— Je t'en prie, va-t'en maintenant, dis-je à Elfrida.

— Mais n'y a-t-il rien d'autre que vous puissiez dire? demande-t-elle d'une voix attristée. *Rien?*

— Que pourrait-on dire de plus? Je pourrais passer des heures à te raconter l'histoire de ma vie, à t'expliquer pourquoi j'ai agi comme je l'ai fait, mais à quoi bon? Ce n'est pas moi qui t'intéresse ni même la vérité sur ce qui s'est réellement passé dans ces années trente. C'est à toi que tu t'intéresses d'abord. Tu essaies d'anesthésier la douleur que t'a causée la mort de tes parents en accusant quelqu'un et, bien sûr, je suis le personnage idéal pour ce rôle. Okay, vas-y. Accuse-moi. Je ne prétends pas être un saint. Je ne prétends pas n'avoir jamais fait de choses que je n'aie regrettées par la suite et je ne prétends pas n'avoir jamais commis d'erreurs. Mais en suis-je pour autant un monstre? Non, et il s'en faut fichtre! de beaucoup. Cela ne fait de moi qu'un être humain et peut-être, quand tu seras un peu plus âgée, beaucoup plus sage et plus tolérante, auras-tu une vague idée de l'enfer que m'a fait subir ton père, jour après jour, avec ses sarcasmes, ses railleries et ses... Mais non, je n'en dirai pas plus. Je m'arrête à l'instant. Rien de ce que je peux dire aujourd'hui ne peut changer le passé, alors à quoi bon en parler? Le passé est terminé, le passé est mort.

— Mais nous devons tous vivre avec lui, dit Elfrida. Le passé n'est jamais terminé. Le passé reste présent.

— Ce raisonnement est irréel, dis-je d'une voix trop forte. — Je souffre abominablement, ma poitrine aussi me fait souffrir. Je sais que je vais avoir une crise. — Ce raisonnement est une illusion d'intellectuel. Ce raisonnement, dis-je, ce raisonnement... n'est pas... acceptable... ne peut être acceptable pour moi ni aujourd'hui... ni en aucun autre temps.

Je la laisse là. Il le faut. Je réussis à aller jusqu'à la salle de bains voisine et je m'assois sur le rebord de la baignoire. Je hoquette en cherchant mon souffle, je lutte, couvert de sueur, pour le retrouver mais je reste calme et j'use de toute ma volonté pour vaincre cette pression suffocante dans ma poitrine. Après un moment, je sens que je vais réussir. Ma respiration devient plus régulière et la douleur s'apaise. Peu après, il m'est possible de bouger. En m'accrochant au porte-serviettes je me remets tant bien que mal sur pied, je me repose un instant pour m'assurer que la crise ne reviendra pas et, très lentement, je rentre dans le salon.

Elfrida est partie. Alicia, en toilette de soirée, s'est installée devant la télévision pour m'attendre.

— Cornelius, es-tu malade ? demande-t-elle en m'apercevant.

— Mon asthme... guère possible de sortir... dis à Sam et Vicky que je suis désolé.

— Est-ce la faute d'Elfrida ? Je vous ai entendus crier et je me suis demandé...

— Je ne tiens pas à parler de ça.

Elle se lève en silence, ses mains gantées crispées sur sa minaudière de pierrerie et j'ai grande envie d'elle bien que je sache qu'elle est hors de mon atteinte.

— Kevin avait raison, dis-je plus pour moi que pour elle. Essayer d'émouvoir, de toucher les gens... difficile... et pourtant personne ne désire être seul. Être seul est pareil à la mort. Alicia...

— Oui ? — Elle est pâle ·d'inquiétude maintenant, affligée par mon malaise. Je la vois tordre entre ses mains la poignée de sa minaudière.

— Te rappelles-tu, la semaine dernière... dans le journal,... l'article sur la mort du dernier des Stuyvesant ?

Elle est visiblement surprise mais elle répond.

— Oui... pauvre vieil homme ! Il était le dernier de cette famille historique de New York et il vivait en reclus depuis des années. C'est plutôt tragique, non ?

— Il est mort tout seul ! L'un des hommes les plus riche de New York !... tout seul dans sa demeure de la Cinquième Avenue... *il est mort tout seul.*

— Cornelius, assieds-toi et j'appelle immédiatement le médecin. As-tu ton médicament, ou bien est-il dans la salle de bains ?

— Il était resté absolument seul, dis-je. Il n'avait plus aucune relation avec personne... plus d'espoir de communiquer... Tout est affaire de communication, vois-tu. Elfrida ne le comprend pas mais tout est dans la possibilité de communication. Il me faut la puissance, il faut que je puisse communiquer et comment le pourrais-je sans la puissance ? Personne ne m'accordera la moindre importance. Steve Sullivan... ne m'accordait aucune importance... mais je l'ai obligé à me considérer. J'ai réussi à communiquer. De la seule manière... pour quelqu'un comme moi... mais pourquoi cela n'opère-t-il pas mieux ? Pourquoi suis-je si seul ? Alicia, me comprends-tu ? Entends-tu ce que je veux dire ?

— Oui, mon chéri, mais ne parle plus. C'est très mauvais pour toi lorsque tu respires comme ça... Mademoiselle ? Envoyez-moi un médecin immédiatement. C'est extrêmement urgent.

— Alicia, tu ne m'écoutes pas. Alicia, écoute-moi. Alicia...

Finalement, ma respiration s'arrête. Le cercle de fer bloque ma poitrine et je vois avant de perdre connaissance l'image d'Alicia qui accourt vers moi et qui en même temps se perd étrangement au lointain.

250

# 7

Plus tard, lorsque je reviens à moi, le souvenir de cette scène me gêne, mais, heureusement, Alicia doit être aussi embarrassée que moi car elle n'en a plus jamais parlé. Divaguer à propos du dernier des Stuyvesant, radoter longuement sur le pouvoir de communication — je frissonne au souvenir d'une attitude aussi ridicule et j'en conclus que j'ai été momentanément détraqué par le choc. Je suis encore ébranlé par les révélations d'Elfrida mais j'ai décidé de n'y plus penser tant que je serai malade. Ma première tâche est évidemment de retrouver la santé.

On a dû me transporter à l'hôpital. Je n'avais pas été hospitalisé depuis mon enfance et j'avais oublié à quel point j'ai horreur des hôpitaux.

— Sors-moi d'ici! dis-je à Alicia dès que j'ose consacrer un peu de souffle à une conversation. Sors-moi de ce pays! Sors-moi d'Europe c'est tout!

Nous partons au début de septembre, interrompant nos vacances, et, dès que l'Europe disparaît à l'horizon, je me sens mieux. Je ne passe plus de nuits éveillé, à me demander si le souffle va me revenir. Maintenant je peux me permettre de m'étendre sur cette horrible interview avec Elfrida. Et maintenant, il me faut bien me tourner vers l'énigme de Scott.

Je n'arrive pas à comprendre pourquoi Scott ne m'a jamais parlé de la lettre de Tony. Pour Emily, c'est différent. Je sais très précisément pourquoi elle ne m'a jamais montré cette lettre. Elle avait trop honte. Elle a mis en pratique ce qu'elle prêche et m'a pardonné de son mieux mais je vois maintenant pourquoi elle est retournée à Velletria et je comprends pourquoi, lorsque nous nous voyons, nous trouvons si peu à nous dire.

Emily est facile à comprendre.

Mais Scott reste une énigme.

Je pense à Scott et à l'intérêt qu'il professe pour la justice, moderne chevalier en quête d'un mystérieux Saint-Graal qu'il n'a jamais défini exactement; et plus je pense à lui et plus clairement je le vois : intelligent, inflexible, capable Scott! toujours si *intéressant*; agréable, sociable, respectueux Scott! qui m'est toujours un tel réconfort, toujours là quand je le désire, antidote parfait contre la solitude.

Et je songe : Évidemment, il va falloir me débarrasser de lui. Après ce qui vient d'arriver, je serais fou d'agir autrement.

# 8

— Hello, Cornelius! s'exclame Scott une semaine plus tard. Comment allez-vous?

Je remarque aussitôt combien il paraît dispos et calme. Il porte un léger costume clair à cause de la chaleur de septembre et la nuance souligne son teint hâlé. Ses yeux noirs brillent.

Je vais bien, dis-je. Avez-vous passé de bonnes vacances?

— Merveilleuses! — Scott est toujours discret au sujet de ses vacances et je le soupçonne de les passer à jouir abondamment des délices de la chair. — Je suis allé en bateau en Alaska. Seigneur! il faut voir la Piste Intérieure!

— Hmm.

— Et vous, Cornelius, comment se sont passées vos vacances? Il vous a donc fallu les écourter.

— Le climat britannique est mauvais pour mon asthme.

— Quel dommage! C'est désolant.

— Oui, ce n'est pas de chance... Au fait, j'ai vu votre demi-sœur, à Londres. Avez-vous eu de ses nouvelles ces derniers temps?

— Non, nous ne correspondons qu'à l'occasion de Noël. Comment va-t-elle? Mais vous avez l'air bien grave! J'espère que cela s'est bien passé.

— Parfaitement. Elfrida et moi nous avons mis au point un projet. Elle veut fonder une école à Mallingham, en souvenir de sa mère. Je donne la terre et je finance l'école avec la Fondation Van Zale pour l'enseignement.

— Merveilleuse idée! Il est bien agréable que vous vous entendiez aussi facilement tous les deux!

— Oui... Mais Elfrida m'a pourtant donné l'impression qu'elle prenait une sorte de revanche.

— Vraiment? — Scott paraît trouver cela très amusant. Au point même d'en rire. — Quelle naïveté!

— Que voulez-vous dire?

— Mais ça ne vous coûtera pas un cent, voyons! Tout cela est déductible de vos revenus.

Je me lève sans dire un mot et je gagne l'autre moitié de la pièce. Nous sommes à la banque. Au-dehors, le soleil incendie le patio, mais ici le climatiseur donne à mon bureau la fraîcheur d'une glacière. Je vais jusqu'à la cheminée pour jeter un coup d'œil à la pendule avant de revenir à mon bureau pour examiner le Kandinsky, au-dessus du manteau de cheminée. Scott est imperturbable et pourtant, maintenant, il doit avoir compris qu'il se passe quelque chose de grave. Le dialogue, coupé de mes silences tendus et de mes répliques insignifiantes, est bien éloigné de nos habituelles conversations familières.

Je me retourne pour le regarder. Il lève les sourcils d'un air interrogateur en me souriant : « Qu'y a-t-il? » demande-t-il d'un ton incroyablement naturel. Il doit avoir des nerfs d'acier.

Je lui jette brusquement.

— Elfrida m'a montré la lettre de Tony.

— Ah oui? fait-il sans s'émouvoir. Je me suis toujours demandé quand ce vieux squelette sortirait de son placard. A l'époque, j'ai dit à Emily que nous devrions vous montrer cette lettre mais elle ne voulait rien savoir et, par respect, je n'ai pas discuté. Elle avait l'air de croire que cela vous bouleverserait. Je ne vois pas pourquoi. Il me semble que vous deviez savoir que Tony vous en voulait à mort et il m'a toujours paru évident que sa propre version du passé ne pouvait ni vous surprendre ni vous choquer. J'espère que je ne me trompais pas.

Je ne réponds pas directement. Je suis trop pris d'admiration pour la manière dont il mène la conversation. Mais peut-être ses réponses étaient-elles préparées depuis des années. Il a toujours existé, en effet, une chance que je tombe sur cette lettre.

Je n'ose pas me sentir ragaillardi. Pas encore. Pas avant d'être certain à cent pour cent que ce réconfort soit justifié.

Un silence. Et puis je dis : « Que pensez-vous de cette lettre ? »

— Pas grand-chose, dit-il comme si nous parlions d'un entrefilet du *New York Times*. Comme la tentative de revanche d'Elfrida, elle m'a paru plutôt naïve.

— Ah ?

— Oui, certes ! Voyons, Cornelius, je ne suis pas un enfant, je sais comment va le monde. Vous et mon père avez eu une lutte de puissance à puissance. Ces choses-là sont fréquentes dans le monde des affaires. En fait, cela arrive tous les jours. Vous avez gagné. Mon père a presque certainement commis l'erreur, comme bien des gens en ce temps-là, de vous mésestimer. C'est dur. Pas de veine, Papa, mais tu aurais dû être un peu plus futé. Alors qu'imagine ensuite mon père pour rétablir sa fortune ? Il passe en Angleterre. Il a alors une merveilleuse occasion de faire une rentrée fracassante mais en tire-t-il parti ? Non. Il gâche toutes ses chances parce qu'il ne peut pas laisser une bouteille en paix. Il meurt. Cela aussi c'est dur mais les alcooliques meurent toujours, généralement plus tôt que plus tard. Mais, vous, cela vous laisse vivant, solide et régnant sans partage au Numéro Un de Willow street. Devrais-je vous prendre pour un saint ? Sûrement pas. Les saints n'occupent pas le fauteuil directorial du Numéro Un de Willow street. Vous êtes un despote, puissant, dangereux, sans scrupule et celui qui travaille ici et ne sait pas cela doit être atteint de débilité mentale. Ce n'est pas mon cas. Je... dois-je poursuivre ? Je ne veux pas vous ennuyer en rappelant tout cela inutilement mais, peut-être, étant donné les circonstances...

— Continuez. — Je ne peux plus rester debout. Le soulagement me coupe les jambes. Je m'assois assez lourdement dans le fauteuil directorial.

— Vous disiez que vous n'étiez pas atteint de débilité mentale...

— Non, ce n'est pas mon cas. Je suis ambitieux comme vous le savez, et je veux me hisser au premier rang, comme vous le savez aussi, et je saisirai toutes les occasions qui se présenteront ainsi que cela doit vous paraître aveuglant de clarté maintenant. Pourquoi me donnerais-je la peine de le nier ? Et pourquoi vous donneriez-vous la peine d'en être troublé quand vous avez et aurez toujours le contrôle absolu de ma carrière chez Van Zale ?

— Pourquoi en effet ?

Je sais à peine ce que je dis. Le soulagement est tellement immense à ce moment-là que je me demande, horrifié, si je ne vais pas me mettre à pleurer.

— Alors, je vous le demande, reprend Scott, qu'est-ce que c'est que ce charivari à propos de cette fichue lettre ? Tony a peut-être eu plaisir à vous présenter comme une espèce de Dracula en complet veston mais, franchement, je m'en fous éperdument. Je ne m'intéresse pas davantage à ce que vous *pourriez* être — un moderne Dracula — qu'à ce que vous *devriez* être — un ange blond avec son halo et ses ailes. Ce qui m'intéresse, c'est ce que vous êtes réellement. Et savez-vous pourquoi cela seul m'intéresse, Cornelius?

— Dites-le-moi. — Je reprends des forces à chaque seconde. Je parviens même à lui sourire.

— C'est ce que vous êtes réellement qui m'intéresse parce que vous êtes mon patron et le maître de mon avenir — et croyez-moi, Cornelius, seul l'avenir m'intéresse. Pourquoi devrais-je me tourmenter de ce qui a pu se produire ou non dans le passé? Vous m'avez appris a être un lutteur pragmatique, Cornelius! Regardez-moi et félicitez-vous de ce que je suis devenu!

J'éclate de rire. Il rit aussi et soudain je suis de nouveau heureux, comme si j'avais retrouvé une bourse pleine d'écus d'or après de longues et pénibles recherches. Ma solitude et ma peine disparaissent aussitôt. Je voudrais seulement que nous soyons chez moi pour pouvoir faire une partie d'échecs et parler de l'éternité comme d'habitude.

— Ainsi, je vous ai fait à ma propre image, pas vrai, Scott? dis-je en plaisantant. Puissant, dangereux et sans scrupules — ce sont bien les mots que vous avez employés?

— Exactement.

— Cela me fait peur. Je n'aime pas trop ça.

— Mais si, Cornelius! Vous ne voudriez pas que je sois autrement.

Nous rions encore et toutes mes craintes paraissent si irréelles, si étrangères au climat d'affection qui règne entre nous. Je comprends que j'ai été plus tourneboulé en Angleterre que je ne le croyais. J'ai dû perdre la tête. Scott est toujours mon *garçon*. Steve ne l'intéresse pas et le passé est bien emmuré comme il se doit.

— Évidemment, je devrais me débarrasser de vous! dis-je et l'idée me paraît grotesque dès que je l'exprime.

— Ma foi, ce serait assez désespérant, répond franchement Scott, et je dois avouer que j'en souffrirais énormément mais, je l'ai déjà dit, je suis un lutteur pragmatique et je ne crois pas qu'il me serait difficile de trouver ailleurs une situation équivalente.

— Hé là! Je ne vais pas laisser partir mon meilleur homme!

— Merci, mon Dieu! Vous m'avez fait peur. J'ai cru que vous alliez me mettre en petits morceaux et me donner à manger aux pigeons du patio.

— Pour rien au monde! J'aime beaucoup trop ces bons oiseaux! Dites-moi, à propos d'oiseaux... quel est donc le nom de ce type qui a écrit quelque chose sur cette hirondelle dans le hall brillamment éclairé?

— Bede-le-Vénérable.

— Venez donc ce soir à la Cinquième Avenue pour m'en parler encore. Je ferai servir du Coca-Cola et épousseter votre échiquier préféré.

Scott dit qu'il voudrait déjà y être.

Plus tard, quand je suis seul, je reste assis à mon bureau quelque temps à griffonner sur mon buvard et je revois la situation d'un œil froid, pratique et rationnel. Et, en appuyant sur le bouton pour appeler mon secrétaire, je pense : Oui, j'ai confiance en lui. Mais j'ai tort.

# 5

## 1

Je n'ai pas revu Emily avant le printemps. D'habitude, elle vient fin novembre passer la journée de Thanksgiving avec nous mais un bobo quelconque l'a retenue à Velletria et quand je l'ai invitée pour Noël elle a dit qu'elle avait une grande réception à l'orphelinat de la ville. Rose, sa fille aînée, a terminé ses études à Wellesley cet été et elle aide Emily dans ses bonnes œuvres en attendant de savoir ce qu'elle va faire dans la vie. Pendant ce temps-là, Lori, qui avoue franchement que les bonnes œuvres lui « sortent par les yeux et les oreilles », est passée de Foxcroft à une École Suisse de perfectionnement et elle est en train, actuellement, de perdre encore un peu plus son temps à suivre un cours de cuisine d'avant-garde aux environs de Cincinnati. Elle voudrait quitter le foyer familial mais Emily, à juste titre à mon avis, refuse d'en entendre parler tant que Lori n'aura pas vingt et un ans. Les jeunes filles ont besoin d'être tenues; surtout celles qui, comme Lori, portent des sweaters moulant et ont un poster de Marlon Brando affiché au mur de leur chambre.

— Lori est simplement fantastique! nous dit un jour Andrew. Mon vieux, ils l'ont drôlement perfectionnée dans cette école suisse de perfectionnement! La première fois que je suis allé à Velletria après son retour de Suisse, j'avais peine à croire que c'était la même fille que la petite peste qui cassait les cordes de ma raquette à Bar Harbor. Elle était assise sur le divan, les jambes croisées comme Rita Hayworth, une longue mèche lui cachait un œil comme Lauren Bacall, elle fumait une cigarette les yeux mi-clos comme Marilyn Monroe... je la regardais bouche bée, comme un péquenot juste sorti de son étable quand elle m'a dit : « Hello, Roméo. J'adore ton uniforme. » J'en avais les quatre fers en l'air! C'était merveilleux! Pourtant le living-room de Tante Emily n'est pas exactement l'endroit où l'on s'attendrait à rencontrer un symbole sexuel, hein?

Emily va avoir des problèmes avec cette fille, ai-je prédit à Alicia, mais je me suis trompé.

Finalement, Emily n'a pas eu le moindre problème parce que Lori a décidé non seulement de se marier mais d'épouser quelqu'un que nous ne pouvions guère récuser. Elle a choisi Andrew. Je ne pense pas, d'ailleurs, qu'Andrew ait eu grand-chose à dire en l'occurrence. Au cours de l'été de 1953, pendant que j'étais en Europe, il a été transféré à une base de l'Armée de l'air près de Cincinnati et à Noël, Lori et lui étaient fiancés et ils annonçaient leur mariage pour le printemps suivant.

— Te rends-tu compte, Cornelius! dit Alicia les yeux brillants de joie encore qu'elle n'ait jamais beaucoup apprécié Lori, mon fils va épouser ta nièce!

— Humm, fais-je, mais je ne me sens aucun lien de parenté avec Lori dont la vitalité étourdissante me rappelle trop son père, Steve Sullivan. J'espère qu'elle se conduira bien pendant qu'Andrew sera dans les nuages aux commandes de son avion. Il paraît que la vie sur ces bases aériennes est plutôt corsée.

Alicia n'en a plus parlé mais je la sens désappointée et je m'aperçois qu'elle croit que ce mariage la consolera un peu de son rêve mélodramatique manqué du mariage entre Vicky et Sebastian.

J'aime beaucoup plus Andrew que Sebastian bien que nous n'ayons de commun que notre goût pour le base-ball. Il est direct et aimable, le type parfait du jeune Américain. Une légère ressemblance avec sa mère me le rend d'ailleurs facile à aimer et bien que son caractère extroverti soit bien différent du mien je n'ai pas de mal à me rappeler qu'il est le fils de la femme la plus importante de ma vie et un garçon à qui je dois tous mes soins paternels. Intellectuellement, on ne peut pas le comparer à Sebastian mais il n'en est pas moins intelligent. Je suis sûr qu'il réussira dans sa carrière et, bien que l'aviation ne m'intéresse guère, je l'ai soutenu à fond quand il s'est engagé dans l'Armée de l'air. Comme je savais qu'il ne ferait jamais un banquier j'ai été grandement consolé quand il a choisi une manière aussi respectable et patriotique de gagner sa vie. Il est sorti décoré de la guerre de Corée et, maintenant, il cherche à se faire transférer en Allemagne parce que Lori pense qu'un séjour en Europe serait « un enchantement ».

— Cette fille va mener Andrew par le bout du nez, fais-je remarquer à Alicia, peu avant leur mariage.

— Andrew prétend qu'il adore être dirigé.

Je n'en dis pas plus mais je crois du fond du cœur qu'un homme doit être le patron chez lui. Je déteste les femmes impérieuses, tyranniques, forte tête et volonté de fer. Si Dieu avait voulu que les femmes fussent ainsi il n'aurait créé qu'un seul sexe, masculin, et agencé la reproduction par division comme pour les amibes.

Mais j'oublie les réserves que m'inspire Lori quand Vicky arrive à la maison afin d'assister au mariage. Sam vient plus tard et ne passe que quelques jours en Amérique avant de reprendre l'avion pour Londres où l'appelle le soin des affaires, mais Vicky et les enfants passent le mois de mai avec nous.

A mon grand désespoir, je découvre Vicky encore entichée de l'Europe. Et, horreur! elle me déclare qu'elle apprend l'allemand. Et — ô rage, ô désespoir! — je constate que Sam recommence à me pousser à ouvrir une filiale en Allemagne.

— Deux ans à Londres! lui dis-je. C'était bien entendu.

— Oui, mais l'an prochain nous serons en 1955 et le bureau de Londres aura deux ans. Si nous ne dressons pas nos plans maintenant pour la filiale allemande nous serons en 1956 avant que je mette les pieds en Allemagne.

Cela donnerait à Vicky une année de plus pour retrouver le sens commun et pour succomber enfin au mal du pays.

— Il y a si longtemps que vous attendez de faire votre entrée en Allemagne, fais-je remarquer à Sam. Qu'importe une année de plus?

— Écoutez, Neil...

— Non, je refuse de me laisser forcer la main. J'accepte en principe la création de la filiale allemande mais je ne veux pas envisager notre expansion en Europe avant que nous y soyons bien préparés. Ne m'est-il pas permis d'être prudent et raisonnable quand il s'agit de votre chère Allemagne?

Il me regarde. Si un regard pouvait tuer, j'aurais à l'instant même un arrêt du cœur mais je continue de sourire et je lui tends même la main. Je vois qu'il est tenté de démissionner sur l'heure mais évidemment il ne le fait pas. Il est préférable de patienter un an de plus sous le parapluie lucratif de Van Zale avec, à son côté, une Vicky heureuse et sans souci. Sam joue une partie considérable et il n'y renoncera pas à moins que je ne refuse carrément de l'envoyer en Allemagne.

Il finit par me serrer la main et nous nous séparons bons amis dans une ambiance d'une hostilité à couper au couteau.

Après cette conversation épuisante, c'est presque une joie de quitter New York pour aller à Velletria pour le mariage. Velletria, ce faubourg de Cincinnati où j'ai passé ma vie dans un ennui hallucinant de l'âge de cinq ans jusqu'à ma dix-huitième année. Je ne suis pas fait pour la vie quotidienne d'un faubourg prospère du Middle West que de nombreux citoyens pourtant recommandables trouvent délicieuse. Dieu lui-même n'a pas fait une action plus belle lorsqu'il a arraché les enfants d'Israël à l'Égypte que Paul van Zale en m'arrachant à Velletria, Ohio, pour m'amener à New York.

Le mariage a lieu à la même église épiscopale où j'ai enduré d'innombrables sermons lugubres pendant toute ma jeunesse; Emily reçoit les invités au Country-Club. Le mariage est très réussi bien que Lori porte une toilette moulante qui me fait penser à une sirène. Je me demande s'il est possible qu'elle soit encore vierge mais je n'y crois guère. Emily pleure pendant toute la cérémonie, de soulagement sans doute. Après avoir conduit la future devant le prêtre mon regard erre sur les vitraux et je me demande ce que ma mère aurait pensé de tout ça. C'était une femme déterminée qui a gouverné son second mari, et sans doute son premier, avec une formidable efficacité domestique. J'ai dû résister sans cesse pour l'empêcher de m'étouffer; comme ma volonté était plus forte que la sienne j'ai gagné mais je ne l'en ai pas moins aimée et j'ai souffert lorsque je l'ai perdue. Elle était autoritaire et obstinée mais elle m'aimait et elle a fait tout son possible pour moi: on ne peut en demander davantage à une mère. En fait, je suis tellement attendri par le souvenir de ma mère ce jour-là que je saute sur l'occasion de veiller avec Emily et de rappeler mélancoliquement notre passé commun.

Comme je me le suis dis après, on ne peut pas commettre d'erreur plus grave que de se laisser emporter par le sentiment.

— Ah, c'était vraiment un beau mariage, dit Emily en se tamponnant de nouveau les yeux avec son mouchoir.

— Lori était très jolie, dis-je gentiment en la prenant par l'épaule et en la serrant un instant contre moi. — Je suis vraiment d'une humeur trop dangereusement sentimentale.

— Ce cher Steve aurait été si fier! murmure-t-elle.

— Il serait probablement dans un fauteuil roulant. Quel âge aurait-il aujourd'hui? Soixante-dix ans?

— Soixante-sept, dit Emily, glaciale. Comme tu as l'esprit mesquin parfois, Cornelius, et que tu manques de générosité! J'aurais cru que ce soir entre tous — pour une fois — tu aurais le cœur de te montrer charitable à l'égard de Steve.

— Mais je n'ai rien dit contre lui! Je n'ai parlé que de son âge!

— En le faisant passer pour un vieillard sénile. Il y a des années, Cornelius, que je supporte tes remarques désobligeantes, tes commentaires acides, tes...

— Eh, là, une minute, s'il te plaît! Tu ne voudrais tout de même pas que je suive ton exemple et que je canonise Steve!

— Je ne canonise pas Steve! Je n'aurais jamais dû l'épouser et il m'a rendu malheureuse comme les pierres mais il m'a, du moins, donné deux filles merveilleuses — et j'ai en tout cas la décence chrétienne de me rappeler ses bons côtés comme les mauvais et de lui pardonner le mal qu'il m'a fait! Mais il y a longtemps que j'ai renoncé à te voir montrer un peu de charité chrétienne. Paul a effacé tout cela en t'accablant de sa fortune. Parfois, je suis heureuse que notre pauvre maman soit morte si tôt. Je remercie le Ciel qu'elle n'ait pas connu, comme moi, certaines de tes actions.

— Oh, Seigneur, Emily, assez de boniments! Simplement parce que Tony Sullivan a écrit une lettre mélodramatique...

— Qui t'a parlé de la lettre de Tony?

— Elfrida me l'a montrée quand j'étais à Londres au mois d'août. J'en ai été renversé et horrifié. Pourquoi ne m'en as-tu jamais parlé? Pourquoi l'as-tu rabâchée en secret pendant des années? Ne crois-tu pas que tu avais le devoir moral d'entendre *ma* version des faits avant de me passer en jugement et de conclure que j'étais aussi coupable que Tony le prétendait? Tu sais que Tony me haïssait. Pourquoi as-tu automatiquement accepté la parole d'un jeune emporté plein de parti pris sans daigner entendre la parole de ton propre frère, je n'en sais rien mais je peux dire que j'en suis profondément blessé. Je n'en aurais jamais soufflé mot mais puisque tu en parles...

— C'est toi qui as prononcé le nom de Tony — ton complexe de culpabilité sans doute. J'ai toujours pensé qu'il était honteux d'avoir traité ce garçon comme tu l'as fait. Tu ne lui parlais pour ainsi dire jamais — c'était toujours Scott par-ci, Scott par-là, Scott, Scott, Scott! Je suis sûre que c'est parce que Tony ressemblait à Steve alors que Scott avait les traits de Caroline — Scott est le seul que tu puisses regarder sans être accablé de remords!

— Ce n'est pas vrai. Écoute...

— Non, c'est à toi de m'écouter! C'est vrai que j'ai tenu ma langue depuis des années et, oui, c'est vrai aussi que c'était peut-être mal —

peut-être aurais-je dû parler depuis longtemps et te sauver malgré toi!

— Oh, Seigneur!

— Abandonne cette banque, Cornelius. C'est la source de tous tes maux présents et de tes péchés passés. Renonces-y pour te consacrer entièrement à ta Fondation artistique et à ta fondation pour l'enseignement. Ce serait à la fois digne et raisonnable.

— La profession de banquier est digne et raisonnable! Et comment diable! peux-tu croire que la fondation et le fonds sont comme un ordre religieux dans lequel je peux aller faire retraite afin de mener une vie pure et sans tache? Seigneur! tu devrais assister à certains conseils d'administrations pour voir ces millionnaires se chamailler pour une préséance — ça te ferait perdre du coup tes illusions!

— Je vois que tu as choisi délibérément de ne pas me comprendre. Permets-moi d'essayer encore. Cornelius, tu prends de l'âge...

— Merci, mais je considère que je suis encore très jeune!

— ... c'est le moment de revoir ta vie passée et ta notion des valeurs. Prends-tu jamais le temps de le faire, Cornelius? Ou bien ta fortune t'a-t-elle fait perdre totalement le sens des réalités?

— C'est toi qui as perdu le sens des réalités! Ton malheur, Emily, c'est que tu mènes une vie si cloîtrée dans ce maudit trou que tu n'as plus la moindre idée de ce qui se passe dans le monde. Pourquoi ne te remaries-tu pas? Tu devrais te remarier ou prendre un amant ou perdre dix kilos ou teindre tes cheveux gris ou partir en croisière, ou enfin, bon sang! faire quelque chose d'intéressant pour changer! Toutes ces sempiternelles bonnes œuvres et un lit désert le soir suffiraient à faire dérailler la femme la plus équilibrée!

— Et voilà! Je m'y attendais, dit Emily en se levant pour mettre fin à la conversation. Je sais depuis toujours que tu es obsédé par le sexe.

— Et je sais depuis toujours — je crie en me levant pour lui faire face — que tu idéalises tes pulsions sexuelles en te conduisant comme une grenouille de bénitier!

Comme dans toutes les querelles violentes les éléments absurdes mêlés aux accès de rage donnent une puissance sauvage à l'éruption. Je crois qu'Emily le réalise comme moi et un long moment nous restons figés face à face, comme si nous essayions de décider si nous allons nous embrasser en riant ou nous quitter fâchés. Mais il n'y aura pas de réconciliation.

— Notre pauvre maman doit se retourner dans sa tombe en nous entendant nous quereller si honteusement, dit Emily, d'un ton glacé. Je te prie de m'excuser d'avoir essayé de te parler si franchement et j'espère que tu me pardonneras en pensant que j'ai agi uniquement par souci et par affection. Quoi que tu fasses, tu es toujours mon frère et je ne dirai jamais un mot contre toi à personne mais n'imagine pas que cette fidélité soit une approbation de tes opinions ou de ta manière de vivre. Et maintenant, s'il te plaît, oublions cette scène et n'y faisons plus jamais allusion.

Elle se précipite hors de la pièce. Je ris dans l'espoir de me convaincre que je n'ai pas perdu la face mais je n'y réussis pas. Un peu plus tard, je me couche et je reste longuement éveillé dans le noir mais avant de m'endormir j'ai pris ma décision et le lendemain je dis humblement à Emily :

— Écoute, je suis navré pour hier soir. Tu sais combien je t'aime et tout ce que tu représentes pour moi. Je voudrais reprendre toutes les choses idiotes que j'ai dites.

— Ce chapitre est clos, dit Emily en coupant la conversation avec une rudesse qui me renverse. Tu peux t'excuser si le cœur t'en dit, bien sûr, mais personnellement, je n'ai rien à ajouter.

Il y a une lueur glaciale dans ses yeux gris et je sais qu'elle est perdue pour moi. Mais peut-être l'ai-je perdue il y a bien longtemps, quand je l'ai encouragée à épouser Steve Sullivan afin de m'assurer une sécurité temporaire à la banque.

— Emily...

— Oui, cher ?

— Non, rien — ça n'a pas d'importance, dis-je, le cœur meurtri et je m'éloigne brusquement.

## 2

Dix mois après le mariage d'Andrew et de Lori, Vicky met au monde une fille mais, cette fois, mon immense désir de voir les miens ne me fera pas mettre le pied sur un bateau à destination de l'Europe. Le bébé est baptisé Samantha. Je ne dis pas un mot de ce prénom épouvantable et j'envoie simplement de chez Tiffany le cadeau de baptême normal. Pourtant l'idée d'une petite-fille qui ressemblerait à Vicky m'attire et je viens d'écrire aux Keller qu'ils devraient venir passer le mois d'août à Bar Harbor quand je dois soudain consacrer toute mon attention à une affaire dont Sebastian est le protagoniste.

Ce n'est pas que je déteste Sebastian mais il est très, très difficile. Ma tâche de beau-père eût été plus aisée s'il ressemblait à Alicia. Mais j'ai toujours eu peine à croire qu'elle ait mis au monde un tel enfant. Cela dit, comme il est son fils, j'ai décidé d'avoir d'aimables relations avec lui et logiquement, cela aurait dû être facile ; Sebastian a eu d'excellentes notes à Harvard, il n'a jamais varié dans la décision qu'il a prise d'être banquier et il a travaillé dur dans nos bureaux depuis la fin de son service militaire. (J'ai usé discrètement de mon influence pour lui éviter la Corée).

Pendant son enfance, il n'a pas eu besoin d'une grande discipline paternelle, Andrew passait perpétuellement d'une bagarre à une autre mais Sebastian, qui était toujours seul, n'a jamais mérité qu'une réprimande occasionnelle. Je reconnais que l'envie m'a souvent démangé de le frapper mais c'est parce qu'il m'exaspérait et non parce qu'il se conduisait mal.

Le malheur de Sebastian, beau-fils théoriquement parfait donc, c'est qu'il est absolument dénué de charme. Réservé et morose, il reste comme un gros lourdaud à la table de la salle à manger, gai comme une tête de mort. Je voudrais pouvoir l'aimer mais mes efforts ne nous ont jamais menés nulle part. Sa désespérante personnalité rébarbative me fait aussi douter de son avenir à la banque.

Notre profession ne consiste pas seulement, en effet, à mener à bien un emprunt avec le flair d'un financier et à le lancer dans le public. Un banquier doit aussi inviter des clients à déjeuner, s'enquérir affectueusement de leur petite famille... et aussi de leur solvabilité. Or, je commence à douter que Sebastian soit jamais capable d'autre chose que d'un salut cérémonieux, de quelques grognements d'orang-outang et d'interminables silences gênés.

Il m'est une perpétuelle source d'inquiétude. La situation se complique du fait qu'Alicia idolâtre son fils, alors je vis dans la terreur en songeant que si je repousse Sebastian le moins du monde, Alicia s'éloignera de moi pour tout de bon. Les heures les plus difficiles de notre mariage n'ont pas été celles du début de mon aventure avec Teresa, non : nous n'avons jamais été si proches d'un divorce qu'en 1945 lorsque nous nous sommes querellés au sujet de Sebastian.

Pour résumer cette vilaine affaire en quelques mots, je dirai seulement qu'il s'est exhibé indécemment à Vicky un jour de nos vacances à Bar Harbor. Au prix d'un effort surhumain, j'ai contrôlé ce jour-là ma fureur et mon dégoût et je l'ai renvoyé à ses parents Foxworth sans lui administrer la correction qu'il méritait, mais Alicia et moi nous avons eu une discussion épouvantable et pendant des mois je ne suis pas rentré chez moi sans redouter qu'elle ne soit partie. Mais elle m'est restée et petit à petit, toujours au prix d'un effort surhumain, je me suis efforcé de considérer l'incident avec un certain détachement. Après tout, bien des jeunes garçons ont une puberté difficile et Vicky était exceptionnellement séduisante. Vicky et Sebastian ne sont pas parents par le sang. Ils n'ont même jamais vécu sous le même toit avant l'âge de leur puberté. Par ailleurs, leur jeunesse a dû compliquer encore une situation rendue difficile par la querelle légale qui opposait leurs parents à propos de leur garde. Tout cela bien considéré, j'ai conclu que Sebastian était plutôt à plaindre.

D'ailleurs, c'était là mon intérêt et je tiens toujours compte de mon intérêt dans les circonstances délicates : je suis un pragmatique.

Son service militaire terminé, Sebastian a vécu quelque temps à la maison mais peu après le mariage de Velletria, il s'est installé dans un sombre appartement de Murray Hill. Lorsqu'il nous a finalement invités — non sans réticence — à le visiter nous y avons découvert de la moquette noire, des chaises tapissées de noir et une table basse noire devant un divan de cuir noir. Deux reproductions de Jérôme Bosch ornaient les murs et une espèce d'horreur de Dali — d'avant l'époque civilisée où il s'est mis à peindre des Vierges — déparait un coin de l'antichambre. Dieu sait ce qu'on devait trouver dans la chambre à coucher.

Je me suis longuement demandé avec inquiétude si ce décor sinistre ne trahissait pas quelque perversion sexuelle, mais la rubrique Freud de l'Encyclopédie britannique, les explications du psychanalyste sont un tel ramassis de fariboles que je ne me suis pas donné la peine de lire jusqu'au bout.

— Pourquoi aimes-tu tellement le noir? ai-je demandé à Sebastian, faute d'avoir trouvé une réponse dans Freud mais Sebastian impassible m'a répondu simplement : « Parce que c'est noir. »

Je n'ai pas insisté, en me disant que j'avais fait tout ce qu'un père peut faire pour élever un fils normal et que si Sebastian est bizarre je n'y suis pour rien. Si mon beau-père ne m'a jamais donné le moindre conseil même élémentaire, j'ai tenu, moi, à ce que mes beaux-fils abordent l'existence en sachant qu'un préservatif n'est pas un accessoire de cotillon et que V. D. [1] ne désigne pas une victoire de la Deuxième guerre mondiale.

Nous sommes au printemps de 1955, lorsque l'affaire Sebastian éclate. Il fait un temps merveilleux, la bourse est à la hausse et je viens d'acheter une nouvelle Cadillac blanc-crème capitonnée de bleu pâle. Je suis tellement de bonne humeur que j'achète une bouteille de champagne pour Teresa mais en arrivant au Dakota building je la trouve d'une humeur de chien. Sa peinture traverse une mauvaise période. J'ai bien réussi à lui faire abandonner le poste-impressionnisme mais elle vient de succomber à la toquade à la mode : la peinture abstraite et l'influence maléfique de Jackson Pollack me narguent sur chaque toile. Je lui ai dit avec toute la diplomatie désirable qu'elle devrait revenir à son style primitif. A quoi elle m'a répondu qu'elle voulait être autre chose qu'une deuxième Grand-maman Moses et que je ferais bien mieux de m'occuper de mes affaires.

Nos relations sexuelles sont devenues tristement machinales. Je lui ai même demandé un jour si elle ne voulait pas mettre fin à cette aventure mais elle m'a dit fort poliment : « Non merci » et pour ma visite suivante elle m'a fait un superbe steak sauce béarnaise. Un peu après, elle m'a demandé à son tour si je voulais mettre fin à notre aventure et je lui ai dit, fort poliment moi aussi : « Non merci » et je lui ai offert une gourmette d'or de chez Cartier. J'espérais que nous serions ensuite plus détendus l'un et l'autre mais en arrivant au Dakota ce soir-là, Teresa m'a dit que les complications mensuelles étaient là, qu'il n'était donc pas question de divertissement amoureux et que la dernière toile était une catastrophe. Elle a raison. La toile est bonne à gratter au couteau. Je refuse l'offre d'un hamburger, je laisse le champagne dans le réfrigérateur et je regagne la maison dans ma Cadillac.

En entrant dans le hall, la première personne que je trouve, c'est Jake Reischman.

— Neil! s'exclame-t-il. Dieu merci, vous voilà! J'étais sur le point d'aller vous chercher au Dakota. Teresa décroche-t-elle généralement son appareil à cette heure-ci ?

Qu'il parle de Teresa ne me surprend pas : il la rencontre chaque fois que j'expose ses œuvres et il sait depuis des années que je l'ai installée au Dakota. Mais c'est sa présence qui me surprend.

— Que faites-vous ici ? dis-je bêtement.

— Alicia m'a appelé, affolée. Elle a essayé de vous trouver mais vous aviez déjà quitté votre bureau, alors, comme vous n'étiez pas encore arrivé chez vous, elle s'est adressé à un ancien de la vieille Fraternité de Bar Harbor, quelqu'un que l'on peut appeler en cas d'urgence — mais la voilà! Oui, Alicia, c'est lui, il est là. — Il me prend par le bras et me pousse dans la bibliothèque. — Asseyez-vous, je vais vous servir un verre, Alicia, voulez-vous que j'explique à Neil ce qu'a déclaré la police ? Vous devriez aller vous étendre.

---

1. (Veneral Disease) Maladie vénérienne.

Alicia est pâle comme la mort.

— Je ne pourrais pas, Jake, mais restez je vous en prie et expliquez tout à Cornelius, dit-elle avant d'aller s'asseoir, crispée, sur une chaise près de la porte.

Jake est déjà auprès du cabinet à liqueurs : « Scotch, Neil ? »

— Okay. Mais que diable ?...

— Laissez-moi d'abord préparer le Scotch. Je vous assure que vous allez tous en avoir besoin.

— Okay, mais... une seconde. Jake, Alicia ne boit pas de Scotch.

— Mais si j'en bois depuis quelque temps, Cornelius, explique Alicia machinalement.

Jake dit aussitôt.

— Vous buviez un Scotch quand je suis arrivé. Alors j'ai pensé...

— Mais oui, c'est vrai, Jake. J'en veux bien un autre. Merci.

— Sacrénom, ce n'est pas le moment de discuter de ce que boit ou ne boit pas Alicia ! — J'en suis presque à m'arracher les cheveux tellement je suis exaspéré. — Que se passe-t-il Jake ? Que fait ici la police ? Y a-t-il eu un cambriolage ou Dieu sait quoi ?

— Non, Neil, il s'agit de Sebastian. Il a des ennuis. La police prétend qu'il a battu une femme.

Je repose aussitôt mon Scotch, je prends le téléphone et me mets en action. « Middleton, appelez-moi le directeur de la police. » Je compose un autre numéro. « Schuyler, envoyez-moi ici mes avocats immédiatement. » Je raccroche le téléphone intérieur et je prends une ligne de la ville pour appeler l'appartement de Sebastian.

— Allô ? répond Sebastian, laconique.

— Sebastian, que se passe-t-il, Bon Dieu ? Les policiers sont chez toi ?

— Oui. Ils ont fait une erreur idiote. J'ai appelé mon avocat.

— Ne dis pas un mot avant qu'il ne soit là. J'arrive.

Je raccroche. Le téléphone sonne aussitôt : « Oui ? ».

— Le directeur de la police est en ligne, Monsieur.

— Passez-le-moi. Allô ? Oui, ici Cornelius van Zale. Qu'est-ce qui vous prend de persécuter mon beau-fils ?... Comment ? Vous l'ignoriez ? Alors, puis-je vous prier de vous informer immédiatement ? Mon beau-fils s'appelle Sebastian Foxworth et certains de vos hommes sont en train de lui chercher des histoires chez lui, au 114 Est, 36ᵉ Rue. Appelez votre chef de commissariat et dites-lui que je ferai automatiquement un procès en cas d'arrestation arbitraire.

Je raccroche. Le téléphone sonne de nouveau aussitôt. Mon avocat personnel est en ligne.

— Que se passe-t-il, Cornelius ?

— Combien en coûterait-il pour faire sauter une accusation de voies de fait ?

Alicia se plie en deux sur le point de s'évanouir. Jake va automatiquement vers elle puis s'arrête et reste planté comme un mannequin de cire et ne sachant que faire.

— Mais bon sang, Jake ! — Je crie, interrompant mon avocat qui est en train de m'énoncer je ne sais quelles balivernes sur la corruption de fonctionnaire. — Étendez Alicia sur le divan et sonnez la femme de chambre ! Bon Dieu !

Jake obéit et essaie de se rendre utile. Je raccroche le téléphone sans écouter davantage mon avocat et je commande la voiture.

— Je vais là-bas tout de suite, dis-je à Alicia en l'embrassant. Ne t'inquiète pas, je vais arranger cela sans histoires. Jake, je vous rappellerai. Merci d'être venu.

Et je me précipite chez Sebastian pour tenir ma promesse.

La chose n'est pas si facile étant donné que la plaignante, une prostituée, a conservé le portefeuille dans lequel se trouve le permis de conduire de Sebastian et son ancienne adresse Cinquième Avenue. Mais la fille se montre extrêmement compréhensive dès qu'elle aperçoit la couleur de mon argent et les policiers se laissent complaisamment persuader qu'elle a été frappée par son concubin qui l'a découverte avec Sebastian. Personne ne tient à perdre de temps à instruire une simple affaire de voies de faits quand il y a tant d'assassinats, de viols et d'incendies volontaires qui attendent une solution.

Quand je reste finalement seul avec Sebastian, je lui dis :

— Nous ferions aussi bien d'aller dormir le reste de la nuit mais je veux que tu sois dans mon bureau à neuf heures demain matin et si tu as une seconde de retard ce sera la porte!

— Okay, dit Sebastian.

Je le regarde. Je ne dis rien mais cinq secondes plus tard il cesse de s'accoter au mur, il se redresse, rougit et murmure : « Oui, Père. »

Je lui tourne le dos et je m'en vais.


# 3


Il frappa à la porte à 9 heures précises. Je me lève et l'emmène dans la seconde des deux pièces qui forment mon cabinet de travail. Du temps de Paul, la pièce qui donne sur le patio était une bibliothèque et de l'autre côté de la porte voûtée l'autre pièce servait de salon où une compagnie choisie prenait le thé l'après-midi. J'ai mis fin à cette tradition du XIXᵉ siècle. La pièce principale est maintenant un bureau sévère, pendant que l'autre — comme j'ai entendu un de nos jeunes associés le murmurer — est devenue le cabinet des supplices. C'est l'endroit où je sacque les gens, où je les remets rudement dans le droit chemin. C'est aussi l'endroit où je reçois les clients qui pensent que leur banquier a été créé uniquement pour leur tenir patiemment les mains pendant que leurs lingots d'or se multiplient.

— Assieds-toi, dis-je à mon beau-fils qui est déjà livide.

Il s'assied lourdement sur le divan; je reste debout près de la cheminée, une main posée sur la tablette de marbre.

— Alors? dis-je brusquement.

Il s'éclaircit la gorge. Le bruit se répercute du plafond blanc cassé aux murs nus. Le tapis est gris acier. Derrière mon dos, la pendule laisse couler le rouge fluide du temps qui tombe dans l'éternité.

— Alors, Sebastian? dis-je encore pendant qu'il s'efforce de reprendre contenance.

— Merci d'avoir arrangé cette histoire, Père. Je suis navré que vous y ayez été mêlé. Je vous demande pardon de vous avoir ennuyé.

C'est un long discours pour Sebastian mais je ne dis pas un mot. Le silence se prolonge. Je reste immobile comme une statue. Il commence à s'agiter sur de divan.

— J'attends toujours, Sebastian.

— Excusez-moi, Père, je ne comprends pas...

— J'attends ton explication.

— Ah. — Il se remue encore, pour trouver une position confortable mais, je le sais fort bien, le divan, qui n'a qu'une barre de teck comme dossier, interdit toute espérance de confort.

— Je voudrais savoir, dis-je d'un ton contenu, pourquoi un garçon intelligent, élevé dans un foyer heureux et disposant de tous les avantages que donne la fortune peut se conduire d'une manière aussi incompréhensible que sordide.

Il ne répond pas. Je sens la colère monter en moi. Je quitte soudainement la cheminée pour me camper devant la fenêtre. Mon geste est si soudain qu'il sursaute. — T'est-il jamais venu à l'idée, lui dis-je, de sortir avec une fille convenable, de l'emmener au restaurant et au cinéma ?

— Non, Père.

— Pourquoi donc ?

— Je préfère aller au restaurant et au cinéma tout seul.

— Pourquoi ?

— Je n'aime pas la conversation des imbéciles.

— Eh bien, sors avec une fille intelligente.

— Elles ne m'intéressent pas.

— Pourquoi donc ?

— Parce que je ne m'intéresse nullement à leur esprit et elles sont assez intelligentes pour trouver cela désobligeant.

La conversation s'arrête là. Assis sur le bord du divan, Sebastian fixe le tapis. Je m'exaspère en voyant qu'au lieu de se lancer dans un flot de paroles pitoyables il se raidit dans un silence rebelle.

Retournant à la cheminée, je pousse légèrement du pied le pare-étincelles.

— Sebastian, lui dis-je le dos tourné mais en l'observant dans le miroir, je te prie de m'aider de ton mieux à aller au fond de ce problème. Tu ne vois pas que si nous ne trouvons pas une solution tout cela recommencera demain ? Et maintenant expose-moi simplement les faits. Et ne crains pas de me choquer parce que je peux t'assurer qu'on ne me choque pas facilement. Commençons par le commencement : Pourquoi as-tu frappé cette femme ?

Sebastian lève la tête. Ses yeux noirs sont durs comme pierre.

— Pourquoi ne lisez-vous pas plutôt le marquis de Sade ? demande-t-il.

Il a réussi à me choquer. Agrippant le manteau de la cheminée je me répète que c'est là le fils d'Alicia, que je l'ai élevé depuis l'âge de neuf ans et qu'il est au fond — qu'il ne peut qu'être — un bon et gentil garçon.

— Ce qui signifie, lui dis-je, que tu éprouvais un plaisir sexuel à battre cette femme ?

— Exactement.

Aiguisé par vingt-cinq ans de luttes dans les situations les plus difficiles, mon esprit discerne aussitôt une fausse note dans sa voix.

— Ce n'est pas vrai, Sebastian, dis-je froidement. Je te prie de ne me pas faire perdre mon temps inutilement. Cela ne peut qu'aggraver le dégoût que m'inspire ta conduite.

Il rougit et refuse de me regarder.

La sévérité ne paraissant ne mener nulle part je change de ton, je m'assieds près de lui et lui passe le bras autour des épaules.

— Écoute, lui dis-je, dis-moi la vérité. Je suis ton père et je veux t'aider.

— Vous n'êtes pas mon père, répond-il en se levant et s'éloignant.

Je serre les poings. Je me lève d'un bond mais avant que j'aie le temps de parler il marmonne :

— Elle a dit une imbécillité et je me suis mis en colère. J'ai horreur des gens stupides. — Il commence à aller et venir dans la pièce, s'arrêtant parfois pour racler du pied le tapis. — Elle a dit que je lui faisais mal, murmure-t-il. Elle l'a dit comme si je le faisais exprès. Ce qui m'a fâché, c'est que c'était idiot de dire ça. Qu'est-ce qu'elle attendait ? Que je me fasse plus petit ? Et elle a choisi le plus mauvais moment, juste quand je... Alors elle a essayé de s'écarter, je me suis mis en rage, je l'ai repoussée d'un coup, elle est tombée du lit et sa tête a cogné contre la table de chevet, elle s'est mise à saigner du nez et à hurler... tout cela était tellement *idiot* que j'aurais voulu être à des milliers de lieues. Je suis parti aussi vite que possible, mais dans ma précipitation j'ai laissé mon portefeuille chez elle et quand elle a vu mon adresse Cinquième Avenue elle s'est dit que l'occasion était trop belle pour la laisser passer... Je suis désolé, Cornelius, mais vous voyez ce qui est arrivé, ce n'est qu'un accident trop bête et qui ne se reproduira pas. Vous n'avez donc pas à vous en inquiéter, je vous le jure.

— Mais je me fais beaucoup de souci pour toi, Sebastian, dis-je avant de réfléchir.

J'oublie mon exaspération, l'ambiance glaciale du cabinet des supplices et la chorégraphie clinique de l'autorité. Je suis avec un jeune homme malheureux dont j'ai la responsabilité et pour l'amour de sa mère je dois lui offrir tout l'appui possible. Sachant qu'il repoussera toute manifestation d'affection je lui dis lentement de ma voix la plus raisonnable.

— Je crois que tu devrais essayer d'établir une espèce de... relation socialement acceptable avec un membre du sexe opposé. Je ne peux pas croire que tu puisses obtenir une... — je m'arrête pour essayer de trouver les mots exacts — ... satisfaction constante de ces épisodes tout à fait transitoires. Tu devrais essayer de trouver une fille intelligente qui t'attire physiquement et ensuite — après une période d'essai — lui proposer le mariage. Tu as vingt-six ans et il me semble que tu devrais essayer de contenir tes besoins physiques très naturels dans une limite considérée par la convention et la sociologie actuelles, comme un cadre sexuel convenable.

— Qui ne contient pourtant pas très bien vos besoins physiques à vous, n'est-ce pas ? s'exclame Sebastian. Et de quel droit osez-vous me reprocher de fréquenter les prostituées ?

Je fonce sur lui et je le gifle.

Nous tremblons de fureur tous les deux. Je lui en veux de m'avoir fait perdre mon sang-froid alors que je voulais tellement me montrer secourable. Il me déteste pour des raisons que je préfère ne pas approfondir mais qui viennent probablement de ce que je l'ai privé de sa mère quand il était enfant. Et maintenant mon apparent abandon d'Alicia lui fournit un nouveau grief.

— Pardon, Cornelius, mais...

— Tais-toi! Et maintenant, écoute-moi bien : je ne fréquente pas les prostituées. Depuis six ans, j'ai une maîtresse, une seule pour épargner à ta mère un aspect de notre mariage qui lui est maintenant désagréable. Écoute, maintenant, et écoute-moi bien. Si tu veux faire ton chemin dans cette maison il faut que tu apportes de sérieux changements dans ta vie privée. Je ne choisis pas mes associés parmi les névrosés déboussolés incapables de mener une vie normale. Si tu es actuellement contre le mariage, cela peut certainement attendre — je ne veux pas t'obliger à épouser la première venue. Mais je te recommande fortement de trouver une amie attitrée d'ici à la fin de l'année sinon tu n'auras plus qu'à déchiffrer les petites annonces pour trouver du travail. Okay? Compris, me suis-je bien fait comprendre?

Il a l'air terrifié. Évidemment il ne peut pas deviner que je bluffe. Je ne me vois pas en train d'annoncer à Alicia que je viens de sacquer son fils, mais Sebastian ne peut pas comprendre ce que sont exactement mes relations avec sa mère et il a grandi dans une maison où ma parole fait loi.

— Oui, Père, murmure-t-il.

— Bien. Et maintenant, fous-moi le camp et retourne à ton bureau.

Il s'en va d'un pas rapide mais incertain et je me laisse tomber, épuisé, dans le fauteuil le plus proche.

Il me faut quelque temps pour me remettre de cette scène mais quand je la revois, je crois que j'ai donné à Sebastian de bons conseils. Cela ne lui fera aucun mal, au contraire, de sortir régulièrement avec la même fille et, bien que je craigne qu'il ne conserve son goût pour les prostituées, je suis assez sensé pour comprendre que j'ai peu de chance de le changer à cet égard. Il y a des hommes qui pour de mystérieuses raisons préfèrent ce genre de femmes.

Mais j'ai tout de même réussi à lui faire ressortir l'importance qu'il y a à présenter au monde une façade familiale normale et j'imagine que finalement, quand il atteindra la quarantaine, peut-être, et pour le plus grand bien de sa carrière, il épousera la femme qu'il lui faut. En attendant, il demeure pour moi un souci perpétuel mais ce n'est pas nouveau : je suis fait depuis longtemps à ce fardeau et j'ai appris à le supporter.

Avec un soupir de résignation, j'écarte mon inquiétude, j'appelle Jake pour le remercier du soin qu'il a pris d'Alicia si gentiment pendant le désordre d'hier soir.

# 4

Sebastian lâche sa bombe sur ma tête deux mois plus tard, en juin. Il arrive un dimanche à midi, quand il sait qu'Alicia et moi déjeunons seuls et nous annonce, comme en passant, sans crier gare, sans l'ombre d'un préambule, qu'il va se marier.

— Te marier? — nous en sommes pétrifiés Alicia et moi,. Nous déjeunions tranquillement sur la terrasse, un grand parasol fleuri protégeant du soleil la table de fer forgé. Devant nous, le jardin s'étend tranquillement jusqu'au court de tennis. Un appareil automatique arrose la gazon, les oiseaux chantent dans les buissons et seul le ronronnement de la circulation, de l'autre côté des hautes murailles de briques, nous rappelle que nous sommes au cœur de la ville.

— Oui, je me marie, dit Sebastian en lorgnant le pichet de cristal sur la table roulante. Qu'est-ce que c'est que ça? Du Tom Collins?

— Mais Sebastian... — Alicia s'est dressée puis elle retombe dans son fauteuil.

— Est-ce une carafe de Tom Collins? répète Sebastian.

— Non, de la citronnade. — J'essaie de retrouver mes esprits. — Et nous sera-t-il permis, par faveur spéciale, de connaître le nom de l'heureuse fiancée.

— Elsa. — Il se tourne vers le valet hypnotisé par la scène. — Apportez-moi un Tom Collins, s'il vous plaît.

— Elsa? — Alicia et moi lançons le nom d'une voix assez forte pour qu'on l'entende à trois blocs d'ici, dans la demeure des Reischman.

— Oui. La fille de Jake. La grosse. — Il prend une assiette et se sert une portion d'œufs bénédictine.

D'un geste je renvoie les domestiques qui rentrent dans la maison. Alicia m'implore désespérément du regard, ses yeux verts ternis par l'émotion. Je suis tellement furieux que j'ai peine à parler. Pour me calmer, je verse du café dans ma tasse et je prends un petit pain mollet.

— Je ne savais pas que tu sortais avec la fille de Jake, dis-je du ton le plus aimable qui me puisse venir. Depuis combien de temps?

— Environ deux mois. Je l'emmène tous les vendredis soir dans un cinéma en plein air de New Jersey.

Il nous dirait qu'il l'emmène arpenter la face cachée de la lune que nous ne serions pas plus stupéfaits. Nous le regardons dans un silence de mort.

— J'aime le New Jersey, dit Sebastian, en prenant une chaise. J'aime les comptoirs à hamburgers, les grandes pancartes publicitaires et les boutiques qui ont l'air en plastique, le long de la route 22, et j'aime aussi cette partie de l'autoroute qui passe entre les raffineries de pétrole. C'est tout à fait surréaliste. Comme les bistrots de routiers, ajoute-t-il. J'aime rouler, rouler et les restaurants vous offrent partout le même menu. On dirait un film de science-fiction.

— Je vois, dis-je. Ainsi tu ne sors avec Elsa qu'une fois par semaine!

— Bon Dieu, non! Je la vois bien plus souvent que ça. Elle vient fréquemment dans le bas de la ville à l'heure du déjeuner et nous prenons ensemble le ferry-boat pour Staten Island.

— Staten Island!

Sebastian détourne son regard de ses œufs bénédictine.

— C'est très bien Staten Island, dit-il, l'air surpris. J'aime bien quand le ferry s'en éloigne : on voit d'un coup la curieuse silhouette des gratte-ciel de Manhattan, on dirait une mâchoire de dinosaure. On en a vraiment pour ses vingt-cinq cents.

— Heu-heu, fais-je en m'apercevant que je ne peux pas dire autre chose. Heu-heu.

— Chéri, demande Alicia, encore pâle mais qui retrouve son impeccable sang-froid, les Reischman savent-ils que tu sors avec leur fille?

— Certes non! Pourquoi irions-nous au-devant des complications? Elsa leur a expliqué qu'elle couchait le vendredi soir chez Ruth à Englewood.

Ruth est l'aînée des filles Reischman : elle vient de se marier.

— Elle couche... le vendredi soir...

— Sebastian, es-tu en train d'essayer de nous faire comprendre que...?

— Pas de problème, fait tranquillement Sebastian, Ruth a promis à Elsa de lui servir d'alibi — en fait, elle nous a dit qu'elle aurait bien voulu que quelqu'un lui en donne un, *à elle*, quand elle se demandait comment elle pourrait bien fracturer sa ceinture de chasteté... Dites, qu'est-ce que fabrique Carraway avec mon Tom Collins? — Il jette un regard furieux par-dessus son épaule avant de s'en prendre de nouveau à ses œufs bénédictine.

— Cornelius... dit Alicia d'une voix mourante.

Je prends la direction des opérations.

— Ainsi. D'après ce que tu dis, fais-je en martelant chaque mot pour qu'il n'y ait pas d'erreur d'interprétation, chaque vendredi soir depuis deux mois...

— Non, un mois seulement, explique Sebastian. Nous sommes d'abord sortis simplement en copains, mais ensuite, oui, nous descendons dans un motel près de l'autoroute. — Il abandonne ses œufs, pose sa fourchette et me regarde droit dans les yeux.

— J'ai suivi vos conseils, poursuit-il. Et à la lettre. J'ai trouvé une fille intelligente qui m'attire physiquement, je suis sorti plusieurs fois avec elle et puis — après un essai concluant — je lui ai proposé le mariage. N'est-ce pas ce que vous m'aviez conseillé?

Carraway sort de la maison, son plateau d'argent étincelle dans le soleil : « Votre Toms Collins, monsieur Foxworth. »

— Parfait. Et vous pouvez nous apporter une bouteille de champagne. Je viens de me fiancer.

— Félicitations, monsieur Foxworth...!

— Merci. — Il avale la moitié de son Tom Collins et entreprend de terminer ses œufs. — Dites, vous devriez suivre l'exemple de Carraway et me féliciter au lieu de me poser des tas de questions sur ce que je fais quand je sors avec une fille.

— Cornelius, murmure Alicia, lui as-tu vraiment dit de...

— Jamais. Je ne lui ai jamais rien dit...

— Oh mais si! s'exclame Sebastian.

Je me lève d'un bond mais Alicia me retient par le bras et ne me laisse pas le temps de parler.

— Cela suffit, Sebastian! dit-elle. Je t'interdis de parler sur ce ton à ton beau-père — et *cesse de manger, redresse-toi et regarde-moi quand je te parle!*

Sebastian serre sa fourchette dans son poing, se redresse et fixe un point légèrement à gauche de l'épaule de sa mère : « Pardonnez-moi, Mère, mais... »

— Et ne m'interromps pas! — Je n'ai jamais entendu Alicia lui parler aussi durement. — Comment oses-tu te conduire de la sorte — comme si tes escapades ne nous suffisaient pas. Je n'ai, de ma vie, jamais eu tellement honte de toi! Tu as pris la fille de l'un des plus vieux amis de Cornelius et tu l'as traitée comme une vulgaire prostituée!

— Mais il...

— Et ne me dis pas que c'est Cornelius qui te l'a conseillé!

— Pardonnez-moi, Mère, mais il m'a dit de faire l'amour avec une fille que j'avais l'intention d'épouser et franchement cela me semble un excellent conseil. Pour rien au monde, je ne voudrais me marier avec une fille avec laquelle je n'aie pas couché. Je suis désolé que vous trouviez cela choquant mais...

— Tu n'as pas l'intention d'épouser Elsa, j'imagine?

— Oh, mais si! dit Sebastian la bouche pincée d'obstination.

Je réussis enfin à placer un mot.

— Alicia. Je crains fort que Sebastian ne soit en train de me faire payer une conversation fort désagréable que nous avons eue après son incident avec la police.

— Vous n'y êtes pas du tout, dit Sebastian. Je pense que vos conseils étaient excellents. En fait, je me disais qu'il serait idiot de ne pas les suivre quand j'ai rencontré Elsa devant chez Korvette. Bon. Je lui fais : « Hello! » et elle me fait : « Hello! » et je me dis : « Elle fera peut-être l'affaire. » Alors nous sommes allés au café le plus proche et nous avons pris une ou deux tasses de chocolat. Elle est timide. Nous ne parlions pas beaucoup. Je lui ai demandé si elle avait un copain, elle m'a répondu que non, qu'elle croyait que les hommes la trouvaient trop grosse.

« J'ai trouvé ça amusant. J'aime les filles assez grosses. Bref, on s'est mis à parler et j'ai pensé qu'elle était assez intéressante. Elle suit des cours de dessin aux Beaux-Arts et lorsqu'elle m'a montré ses dessins par la suite ils m'ont paru fantastiques — surréalistes. Elle m'en a donné un pour accrocher chez moi. Et puis nous avons parlé des tableaux de Dali et nous sommes allés au musée des Arts Modernes. Comment se fait-il que vous n'ayez jamais rien acheté de Dali, Cornelius? Je voudrais bien peindre comme Dali ou dessiner comme Elsa. Bon. Lorsque nous nous sommes revus je lui ai dit : « Je vais te faire voir quelque chose de *vraiment* surréaliste. » Alors nous avons pris la route 22 et nous avons vu un vieux film sur un loup-garou. C'était très drôle. Bon. Une quinzaine de jours plus tard — c'était après la première fois que nous étions allés dans ce motel...

— Cornelius, coupe Alicia, je ne pense pas qu'il soit utile que nous en entendions davantage, n'est-ce pas?

— ... nous avons trouvé un distributeur de Coca-Cola qui ressemblait exactement à un robot surréaliste et alors, mon vieux, on a vraiment rigolé! Bon, nous avons pris chacun un Coke, nous nous sommes mis au lit et c'était très agréable — et puis, après, nous avons branché la T.V. et nous avons regardé une rediffusion de *I love Lucy* — et alors, mon vieux, ce que nous avons pu rigoler encore! C'était l'un des épisodes les plus drôles que j'aie jamais vu — vous vous le rappelez peut-être? C'est celui où Ricky dit à Lucy...

Les portes-fenêtres s'ouvrent et Carraway, flanqué de deux valets, fait une entrée solennelle avec le champagne.

— ... et Lucy dit à Ricky...

Je reste comme rivé à mon fauteuil. Carraway débouche la bouteille. J'ai entièrement perdu le contrôle de la situation.

— ... et alors Fred et Ethel arrivent...

Les domestiques finissent par s'en aller.

— Et maintenant, à Elsa et moi! dit Sebastian, en portant son verre à ses lèvres. — Le champagne lui a fait perdre le fil de *I love Lucy*.

Ni Alicia ni moi ne touchons à notre verre.

— Sebastian, dit Alicia qui me surprend encore en reprenant l'initiative de la conversation, je suis désolée... Je comprends que tu aies passé des moments agréables avec Elsa mais il m'est absolument impossible d'accepter de te laisser épouser une grosse fille, juive et laide, sans allure ni charme, quand tu peux tellement trouver mieux.

— Seigneur! Sebastian. — Je tremble en volant à la rescousse d'Alicia. — Si jamais Jake découvre que tu as couché avec sa fille il te cassera non seulement en deux mais il me cassera en deux du même coup.

— Ça m'étonnerait rudement! dit Sebastian. — Ses yeux noirs ont une expression dure et amère —. Pourquoi ne coucherais-je pas avec sa fille quand lui cavale avec votre femme?

Rien ne bouge. Le calme est absolu. Puis un oiseau voltige au-dessus de la balustrade, gazouille doucement, et s'enfonce dans un buisson. La sueur commence à couler entre mes épaules.

Le visage d'Alicia est comme sculpté dans l'ivoire, lisse, impénétrable, exquis :

— Quitte cette table, je te prie, Sebastian, dit-elle sans élever la voix. Je comprends très bien pourquoi tu as voulu me blesser en inventant un si horrible mensonge. Mais, lorsque tu seras assez calme pour examiner les raisons qui me font m'opposer à tes plans, peut-être alors trouveras-tu bon de présenter tes excuses. Et maintenant, va-t'en, s'il te plaît.

Sebastian vide son verre, attrape la bouteille de champagne et s'en va dans la serre.

— Alicia, es-tu...?

— Ne sois pas ridicule, Cornelius. Me vois-tu vraiment avoir une aventure avec un Juif?

Non, je ne la vois pas. J'éponge la sueur de mon front.

— Mais qui diable a bien pu donner cette idée à Sebastian? dis-je perplexe.

— Dieu sait! Non, attends donc — ce doit être le jour où... mais c'est complètement idiot! Jake est venu un jour quand Sebastian habitait encore ici — ce devait être peu de temps après son retour de l'Armée. Tu étais d'ailleurs — n'était-ce pas à Boston? Je ne me le rappelle pas. N'importe, Jake pensait que tu devais partir le lendemain seulement et il s'était arrêté en passant, à la fin de la journée, pour te voir à propos de la Fondation artistique. — Tu ne te rappelles pas? Je te l'ai expliqué à ton retour.

— Oui, il me semble me le rappeler? Mais pourquoi Sebastian...?

— Naturellement, j'ai invité Jake à prendre un verre et Sebastian nous a trouvé dans le Salon Doré au moment où Jake me racontait une longue histoire à propos d'une de ses filles. Si Sebastian a pu croire qu'il s'agissait là d'un rendez-vous illicite il est complètement fou mais je suis certaine qu'il a fait cette remarque pour la seule raison qu'il est furieux que je ne veuille pas qu'il épouse cette énorme fille flasque, laide comme un potiron et qui ne dit jamais un mot. Oh, mon Dieu, Cornelius, qu'allons-nous faire?

Carraway, qui travaille certainement d'arrache-pied en ce dimanche, rouvre la porte-fenêtre.

— Je vous demande pardon, Monsieur, mais Monsieur et Madame Jacob Reischman...

Les Reischman font irruption, écartant notre maître d'hôtel avec l'aisance de l'Argent qui traite volontiers un domestique comme un meuble.

— Bonjour, Neil, dit Jake, livide de rage. Bonjour, Alicia. Je vous en prie, pardonnez-nous d'interrompre votre déjeuner.

Nous nous levons tous les deux d'un même mouvement.

— Bonjour, Jake, bonjour, Amy, dis-je.

— Bonjour, Amy, bonjour Jake, dit Alicia.

— Bonjour, Cornelius, Alicia, dit Amy.

— Asseyez-vous, je vous en prie, fais-je aimablement. Puis-je vous offrir à boire?

— Non, merci. Mais nous allons nous asseoir. Assieds-toi, Amy.

Amy, une grosse femme endimanchée, ses cheveux gris serrés dans une permanente en fil de fer, obéit et s'assied dans le fauteuil que Sebastian vient d'abandonner et j'en apporte un pour Jake. En m'asseyant, je presse le pied d'Alicia sous la table et je pointe discrètement un doigt sur ma poitrine pour lui conseiller de me laisser parler. En dépit de la visible colère des Reischman j'ai l'impression qu'ils en savent moins que nous : Elsa se couperait plutôt la gorge que d'avouer à ses parents qu'elle a perdu sa virginité dans un motel du New Jersey en assistant à une retransmission, aussi amusante soit-elle, de *I love Lucy*.

— J'imagine que vous avez appris, comme nous venons de l'apprendre, dit Jake, que votre fils rencontre notre fille à la dérobée au cours de ce qu'il faut bien appeler des rendez-vous galants?

— Vous voulez dire qu'ils sortent ensemble? fais-je.

— Il ne nous en a jamais demandé l'autorisation!

— Jake, nous sommes en 1955. Dans quel siècle croyez-vous vivre?

— Votre fils a persuadé ma fille de concocter avec sa sœur un alibi extravagant de manière que nous ne sachions pas qu'il l'emmenait dans toutes sortes de cinémas en plein air du New Jersey!

— Jake, je n'ai pas la responsabilité de vos filles. C'est vous. Et qu'est-ce que vous avez à reprocher aux cinémas « drive-in » ?

— Quelle vulgarité! murmure Amy en frissonnant. Quelle immoralité!

— Tais-toi, je t'en prie, Amy. Je suis sûr que nous savons tous ce qui se passe dans ces cinémas de plein air. Pourquoi Sebastian ne sort-il pas ma fille dans des endroits respectables, je l'ignore! Ma fille ne mériterait-elle pas d'être invitée dans des endroits convenables? Ce serait bien différent s'il l'avait emmenée au Carnegie Hall ou au Metropolitan Opera mais filer en douce avec elle dans les drive-in de New Jersey n'est rien moins qu'une insulte à la personne de ma fille, à sa famille, à son éducation...

— Oh, laissez tomber, Jake, dis-je avec bonne humeur. Essayez de vous rappeler ce que c'est que d'être jeune! Je sais qu'il nous paraît aujourd'hui idiot d'aller dans un cinéma drive-in du New Jersey mais est-ce tellement différent du temps, en 1928, où vous, moi et nos petites amies nous allions en douce lorgner Mae West dans *Pleasure man* avant que la police n'interdise le spectacle?

— Vous faisiez réellement ça, Jacob? demande Amy, fort intéressée.

— Tais-toi, je t'en prie, Amy. Et maintenant, écoutez-moi, Neil. Ne faites pas semblant d'ignorer de quoi je veux parler. J'ai une fille de dix-huit ans et elle sera vierge le jour de son mariage et je n'ai pas l'intention de la laisser fréquenter les drive-in du New Jersey avec un garçon qui, vous me le concéderez, est loin de manquer d'expérience.

— Je ne vois pas pourquoi vous me dites tout ça, à moi. Sebastian a plus de vingt et un ans. Il est donc majeur. Pourquoi ne lui parlez-vous pas?

— Vous le savez très bien. Parce qu'il faut que nous nous coalisions tous les quatre contre l'idée totalement folle que Sebastian et Elsa vont se marier après deux mois de fiançailles entrecoupés de séances de cinéma en plein air.

Le silence règne pendant que nous nous laissons aller tous les quatre dans notre fauteuil, soulagés à l'idée que nous allons rester amis malgré ces circonstances difficiles.

— Naturellement, reprend Jake, je suis — et vous aussi sans doute — contre le principe du mariage hors de votre propre religion et de votre propre culture. Le mariage est déjà bien difficile dans le meilleur des cas. Se marier avec ce handicap serait pure folie. Je parle, bien sûr, sans aucun préjugé religieux ou culturel. Je rappelle simplement les faits.

J'accorde à sa tirade inévitable la moitié de mon attention. L'autre moitié me rappelle combien j'ai été heureux avec Alicia lorsque j'étais jeune. Je me rappelle un jour, il y a longtemps, où nous avons bien ri tous les deux à propos d'un sac de cacahouètes. La télévision n'existait pas en ce temps-là, nous étions simplement couchés sur un lit circulaire tout à fait érotique, moi avec un problème de mots croisés, elle avec un magazine de la presse du cœur et la vie était belle et bonne et nous étions heureux. La nostalgie me saisit. Je pense à Sebastian et Elsa naïvement heureux devant l'appareil de télévision et pour la première fois de ma vie je me sens tout à fait en harmonie avec mon beau-fils. Peut-être l'ai-je trouvé difficile à comprendre, peut-être ai-je fait des erreurs mais maintenant je me trouve dans une situation qui va me permettre de racheter mes fautes.

— Jake, arrêtez-vous un instant et examinez ce que vous venez de dire. Je ne vais pas vous accuser de préjugé racial mais pensez seulement à ce que vous avez dit et voyez si vous ne voulez rien y changer. Cette tentative de discrimination à l'égard de mon fils ne me plaît pas.

— Je ne fais pas de discrimination à l'égard de votre fils!

— Ah? en êtes-vous bien sûr? Écoutez, Jake, il y a bien longtemps que les deux castes de New York demeuraient côte à côte comme l'eau et l'huile sans jamais se mêler. Mais pourquoi n'auriez-vous pas un chrétien dans votre famille et moi une juive dans la mienne? Nous sommes des New-Yorkais, n'est-ce pas? Nous vivons dans la ville la plus cosmopolite du monde, qui est peut-être l'équivalent de l'ancienne Rome où toutes les races se retrouvaient et se mêlaient. Rappelez-vous ce que nous avons appris dans le temps, à Bar Harbor, pendant ces horribles cours de latin! Dans la Rome ancienne, se trouvait l'aristocratie latine en même temps que l'étrusque. Demeurèrent-elles éternellement distinctes? Que non pas! Elles se fondirent l'une dans l'autre pour former une seule élite romaine!

— Votre mémoire m'éblouit, Neil. Mais, si même nous écartons les obstacles culturels et religieux, il n'en reste pas moins qu'Elsa et Sebastian sont tout à fait mal assortis...

— Vraiment? dis-je.

— Cornelius! — Alicia ne peut se contenir plus longtemps. — Vous n'êtes sûrement pas partisan de ce... ce n'est pas possible!

— Écoutez, dis-je à Alicia, à Jake et même à l'obéissante Amy qui me regarde les yeux ronds, laissons de côté tous ces mythes, ces préjugés et ces ridicules conceptions moyenâgeuses et voyons la situation sous son véritable jour. Sebastian n'est pas facile à comprendre et il a eu des difficultés c'est vrai, mais c'est un brave garçon qui a fait déjà sa place au soleil et l'améliorera encore. Il n'était jamais sorti avec une fille bien parce qu'il était trop timide mais maintenant qu'il s'est enfin décidé vous pouvez être assurés qu'il appréciera mieux Elsa que tous ces jeunes godelureaux qui passent leur temps à courir les bals de débutantes de New York chaque saison. Il veut se marier et être un bon mari — et il a choisi pour femme votre fille qui est timide, elle aussi, qui n'a jamais eu un petit camarade et qui — puis-je le dire franchement? — n'a pas grande chance d'enlever jamais le titre de Miss Amérique. Avouez-le, Jake! Sebastian est un bon parti pour Elsa. Amy, je suis sûr que vous le reconnaîtrez même si Jake ne le veut pas!

— Un instant, s'il te plaît, Amy, dit Jake au moment où elle ouvre la bouche et sortant un mouchoir il s'éponge le front. Neil, je ne peux pas croire que vous parliez sérieusement.

— Vous avez raison, Jake, dit Alicia.

— Mais, je suis on ne peut plus sérieux! Ma chérie — afin de lui prouver que je suis sincère, j'ai choisi un terme tendre que je n'ai pas prononcé depuis des années — je viens de comprendre que c'est peut-être la grande chance de Sebastian. Rappelle-toi la Californie, en décembre 1930, et comme nous étions heureux.

— Sebastian est *vraiment* beau garçon, Jacob, hasarde Amy. Et intelligent. Ne sera-t-il pas à la tête de la Van Zale un jour, Cornelius?

— Amy, comment pourrais-je prédire l'avenir?

— Il n'aura jamais la banque, Amy, dit Jake. Neil prendra l'un des petits Keller et le dressera pour en faire un Paul Cornelius van Zale III. Ils sont du même sang...

— Excusez-moi, dit Alicia à Amy, mais ce mariage ne doit pas se faire. Cela n'a rien à voir avec un préjugé quelconque. Je suis sûre que Sebastian aime beaucoup Elsa mais qu'il ne l'aime pas d'amour...

— Je suis entièrement de votre avis, dit Jake. Et Elsa n'est pas non plus amoureuse de Sebastian. Ce n'est qu'une toquade de jeune fille.

— Bien sûr, les enfants seraient élevés comme de bons Juifs, me dit Amy.

— Amy, je suis certain que Sebastian et Elsa trouveront un arrangement! — Je m'adresse maintenant à son mari. — Allons, Jake, dis-je gaiement. Voyez la réalité en face. Si vous persistez à vous cacher la tête dans le sable, Sebastian et Elsa pourraient bien décider de passer des cinémas à un motel du New Jersey!

— Dieu du ciel!

Jake en frissonne. Il prend un verre sur la table roulante et se sert de la citronnade : « Est-ce du Tom Collins? »

— Non. Carraway!

Il est sur la terrasse en deux secondes. Évidemment, il avait comme les autres valets l'oreille collée à la porte-fenêtre la plus proche. J'ai l'impression d'être Aladin au moment de frotter la lampe merveilleuse.

— Apportez une autre bouteille de champagne, je vous prie.

— Je m'oppose à ce mariage, déclare Jake. Je m'y oppose.

— Vous n'empêcherez pas une fille de se marier si elle y est décidée, Jake, lui dis-je aimablement. J'ai fait personnellement l'expérience de cette dure vérité et si vous vous entêtez à agir comme si nous étions en 1855 et non en 1955, vous aussi vous pourriez bien vous retrouver avec une fille en train de se marier dans une mairie de Maryland.

— Oh, Jacob, dit Amy, il faut qu'Elsa ait un grand mariage! Si Elsa n'a pas un mariage merveilleux, j'en mourrai!

— Amy, ne comprends-tu rien? Elle n'est pas amoureuse de lui!

— Oui mais, Jacob, elle ne trouvera peut-être plus jamais l'occasion d'épouser un garçon qui n'en veuille pas à son argent — tu risques de ruiner toute l'existence de ta fille! Et Sebastian est si beau garçon, si grand, si viril! Ce serait le rêve pour Elsa. Tu ne sais pas à quel point ta fille a pu être malheureuse, à pleurer et pleurer tous les soirs parce qu'elle est grosse, laide et qu'elle n'a pas de petit ami...

— Assez! hurle Jake.

— Voyons, Jacob, tu veux que ta fille soit heureuse, n'est-ce pas?

Jake regarde la carafe de citronnade comme s'il allait la fracasser contre le mur : « Je ne pense pas que Sebastian puisse la rendre heureuse! »

— A mon avis, ce mariage serait un désastre, dit Alicia, mais le malheur, Jake, c'est que personne ne veut nous entendre. D'autre part, il est difficile de ne pas voir la situation comme la voit Cornelius. Sebastian est décidé à l'épouser, je le sais, et Elsa est fort capable de suivre les traces de Vicky dans le Maryland. Dans l'ancien temps nous aurions peut-être pu trouver un moyen de les séparer, mais aujourd'hui les enfants font ce qui leur plaît et au diable les parents!

Jake grince des dents. Tout le monde attend. Finalement, il se prononce : « Un an de fiançailles! » lance-t-il.

— Oh, Jacob, dit Amy. De nos jours, les jeunes filles ne peuvent pas attendre un an et les jeunes gens encore moins!

— Voyons, nous pourrions peut-être envisager des relations prémaritales, dis-je avec prudence.

— Absolument pas! lance Jake violemment. Pas question de cela pour ma fille! Bon, neuf mois alors!

— Un mariage au printemps, soupire Amy, enchantée, et du coin de l'œil je vois Carraway glisser majestueusement vers nous avec le champagne qui doit sceller notre accord.

# 5

Ce même soir, je suis seul dans la bibliothèque en train de travailler à une évaluation des coûts de fabrication de mon nouveau magazine artistique quand Sebastian frappe à la porte et jette un coup d'œil dans la pièce. Je ne l'ai pas revu depuis qu'il a quitté la terrasse, la bouteille de champagne sous le bras, bien qu'Alicia l'ait appelé chez lui après le départ des Reischman et lui ait demandé de revenir.

— Hello! fais-je, inquiet. Entre.

Il traverse la bibliothèque, vient se replier dans un fauteuil de l'autre côté de mon bureau et me regarde, l'air lugubre. Son expression, mi-renfrognée mi-révoltée, démontre qu'après l'euphorie de la mi-journée il a retrouvé son humeur habituelle. Il dit froidement : « Merci ».

— Comment? Ah, oui; de rien, Sebastian. Je crois sincèrement que ce mariage est exactement ce qu'il te faut.

Le silence gêné habituel s'installe. Faisant un gros effort pour relancer la conversation, je dis d'un ton plaisant : « Je ne savais pas que tu étais un fan de *I love Lucy*! » et je ressens aussitôt une pointe de culpabilité. J'aurais dû me douter.

— Oui, *Lucy* est parfaite.

Le silence renaît. Il remue dans son fauteuil : « Cornelius... »

— Oui, fais-je avec patience.

— Je suis désolé. — Il ravale. — Vraiment désolé.

— Heu... — J'essaie de deviner pourquoi il s'excuse. — Ça va, Sebastian, dis-je vivement. Ne t'inquiète pas.

— Je sais que Mère ne ferait jamais chose pareille.

Pendant une seconde, je suis de nouveau sur la terrasse et le petit oiseau gazouille sur la balustrade. Je reste immobile dans mon fauteuil.

— J'étais tellement fâché qu'elle ait dit qu'Elsa était une grosse Juive laide sans allure et sans charme. C'était vraiment rosse.

— Oui, cela manquait de tact, dis-je prudemment, mais n'oublie pas

276

que ta mère venait de subir un choc... Dis-moi, entre nous... qu'est-ce qui t'a poussé à faire cette remarque extraordinaire à l'égard de ta mère et de Jake.

— Oh, rien. Je les ai simplement trouvés un soir en train de prendre un verre en ton absence, c'est tout.

— Oui, ta mère me l'a expliqué. Elle me l'avait même dit à l'époque. Mais qu'est-ce qui a bien pu t'amener à remarquer un incident aussi banal pour que tu te le sois rappelé et que tu nous l'aies resservi déformé deux mois après.

— Je ne sais pas, dit Sebastian.

Il fronce les sourcils et semble réfléchir, comme ces figurines de plastique que l'on trouve dans les boutiques de nouveautés, ces singes qui examinent un crâne humain et, au moment où je crois qu'il est inutile d'attendre une explication logique d'une conduite aussi illogique, il dit soudain : « Je crois que c'est parce que Mère buvait du Scotch. »

# 6

## 1

Dans la bibliothèque, le silence est absolu mais en moi j'entends ma voix qui dit comme l'autre jour : « Sacrenom, ce n'est pas le moment de discuter de ce que boit ou ne boit pas Alicia ! »

Le souvenir se précise. C'est automatique, irréversible. L'incident banal revit facilement dans mon esprit.

« — Jake, Alicia ne boit pas de Scotch.

« — Mais si, Cornelius, j'en bois depuis quelque temps.

« — Vous buviez du Scotch quand je suis arrivé. Alors j'ai pensé...

« — Mais oui, c'est vrai, Jake... »

Je les revois comme des acteurs : Alicia manquant sa réplique et Jake la rattrapant ; Alicia passant si vite sur son erreur que, moi dans le public, emporté par le drame qui se déroule hors de la scène, je ne fais pas attention au drame secret qui se révèle pendant une seconde sous mes yeux.

Je regarde Sebastian. Il parle de nouveau. J'essaie de réserver toute mon attention à ce qu'il dit mais une autre partie de mon cerveau s'obstine à dire : Ce n'est pas vrai, impossible que ce soit vrai, jugement téméraire, esprit malade, je ne crois pas, je ne peux croire, je ne veux pas croire, fantasme maladif, je perds l'esprit.

— Oui, poursuit Sebastian pensivement, c'est probablement ça. Vous savez que Mère a encore ces drôles d'idées d'un autre âge sur ce que les femmes doivent boire. Vous savez qu'elle ne boit jamais que du Xérès — à moins d'un accident, comme à Bar Harbor, le jour où Andrew s'est cassé la jambe et où vous lui avez fait prendre un Martini. Eh bien, quand je suis entré dans le Salon doré ce soir-là et que Mère l'a invité à prendre un verre avec eux, j'ai tout de suite vu que Jake buvait du Scotch. Je l'ai d'autant plus remarqué qu'il y avait sur la table, près du seau à glace, une bouteille d'excellent Scotch, Grant ou un autre, non : Johnnie Walker carte noire, pas ce machin de roturier que vous aimez, j'ai même été tenté d'en prendre. Et j'ai été très étonné de voir qu'il n'y avait pas de verre de

Xérès sur la table et que Mère buvait la même chose que Jake. Ma foi, il n'y a pas de raison que Mère ne se mette pas au Scotch à son âge mais c'est à cause de ça sans doute que l'incident m'est resté dans la mémoire parce que je me suis dit : « Bon sang, pour Mère c'est presque de la débauche, déguster du Scotch avec un autre homme que son mari ! C'est idiot, hein ? Je veux dire, s'il y a quelque chose que nous savons tous de Mère c'est qu'elle ne voudrait jamais.

— Oui, c'est vrai.

— Seigneur, je n'avais jamais remarqué à quel point elle est antisémite ! — Il se lève lourdement et va à la porte. — Je crois qu'il est temps que je m'en aille. Au revoir, Cornelius. Merci encore.

— Bonne nuit, Sebastian. »

Il s'en va. Je reste assis à mon bureau. Puis je me dis qu'il doit exister une explication très simple et que si je le demande à Alicia elle me le dira et que je serai rasséréné. J'essaie de formuler la question : « Excuse-moi, Alicia, mais comment se fait-il qu'il y a des mois que tu bois du Scotch secrètement et que Jake est parfaitement au courant de cette habitude alors que je ne le suis pas ? »

Absurde. Et idiot. Si je révèle à Alicia que je sais, elle va me prendre en pitié, et nos relations, si calmes actuellement vont immédiatement se remettre à grincer si horriblement que je refuse d'y penser. Quoi qu'il arrive, ni elle ni Jake ne doivent apprendre que je sais.

Et que sais-je après tout ? Pas grand-chose. En 1949, il y a six ans, j'ai dit à ma femme de prendre un amant et à un moment donné de ces six années elle en a pris un. C'est tout à fait raisonnable de sa part et parfaitement conforme à l'accord que nous avons pris. Elle a même choisi à New York le seul homme de qui l'on puisse être absolument certain qu'il n'ouvrira pas la bouche et qu'il ne profitera pas de son succès pour rire de moi derrière mon dos. Je m'émerveille de tant de bon sens. Je suis rassuré en songeant à l'absolue discrétion de Jake. Quel homme raisonnable suis-je ! Si capable d'accepter une solution pragmatique pour les problèmes les plus délicats de l'existence ! Nous sommes tous trois des gens vraiment civilisés et évolués. Tout est parfait.

La photo d'Alicia est sur mon bureau et après un certain temps je me surprends à la regarder... Sa douce chevelure d'un noir luisant... ses grands yeux gris-vert qui remontent au-dessus des pommettes, et soudain je me rappelle avec une précision déchirante sa peau sans tache, ses petits seins arrondis en pomme, ses...

J'ai envie de le tuer...

Je fonce sans regarder vers le cabinet à liqueurs, je verse je ne sais quoi dans un verre, je n'en sens pas le goût, tous mes sens sont anesthésiés, je suis aveugle, sourd et assommé par la douleur. J'essaie comme toujours d'abaisser un rideau de fer sur cet insoutenable sentiment mais le rideau est bloqué, je ne peux pas le mouvoir et je ne peux pas supprimer cette souffrance. Elle roule dans mon esprit en désordre et mon corps tremblant et je n'ai qu'une pensée : « Je ne peux pas supporter cette douleur, je ne peux pas vivre avec, je n'ai pas le *pouvoir* de vivre avec elle... Et le mot « pouvoir » se répercute dans mon esprit déchiré et j'ai l'impression de saigner à mort.

On frappe à la porte.

Je suis près du cabinet à liqueurs, un verre vide à la main. Une bouteille de Canadian Rye est débouchée, je la prends et j'en verse dans mon verre.

— Oui? dis-je.

La porte s'ouvre : « Cornelius... »

Il m'est impossible de la regarder. Je lève mon verre et je bois. Mes mains tremblent encore.

— Je te demande pardon mais je voulais savoir si Sebastian était bien venu s'excuser avant de partir.

— Il l'a fait, oui.

Je lui tourne le dos pour regagner mon bureau. Mon état des coûts de fabrication est là où je l'ai laissé, relique archéologique d'un monde englouti.

— Bien. Ah, Cornelius, ce mariage me désespère! Je sais bien qu'il faut que je me reprenne et que je me montre une belle-mère raisonnable mais il m'est difficile d'être raisonnable : je n'arrive pas à comprendre ce que Sebastian peut bien trouver à cette fille.

— Oui.

— Voyons, tu comprends *toi* ce qu'il lui trouve?

— Non.

Silence.

— Cornelius; qu'y a-t-il? reprend-elle.

— Rien. Depuis quand bois-tu du Scotch?

— Pardon?

— J'ai dit : Depuis quand bois-tu du Scotch?

— Ah...

Je m'aperçois que je la regarde mais je ne me rappelle pas m'être retourné. Elle ne me regarde plus. Ses yeux ont une expression d'absence comme si elle observait le passé.

— Il y a quelque temps, reprend-elle enfin. Je ne te l'ai pas dit pour ne pas te contrarier. Je sais que tu aimais mes idées un peu démodées sur l'alcool.

Elle me regarde franchement pendant moins de deux secondes mais dans ce bref regard la vérité se dresse entre nous. Lorsque deux êtres ont longtemps vécu ensemble, qu'ils se sont aimés profondément, il y a des moments où la dissimulation est impossible.

— Eh bien, continue donc de boire du Scotch, dis-je. De quel droit t'en empêcherais-je?

Elle réfléchit un instant puis elle dit :

— Je n'en ai plus la moindre envie. — Et elle quitte aussitôt la bibliothèque.


## 2


Je passe la nuit à essayer de trouver un moyen de reprendre la conversation mais bien sûr, cela se révèle impossible. Il n'en existe simplement aucun. Elle est aimable mais elle garde ses distances. Un jour j'ai failli lui crier : « Il faut que nous en parlions! » mais je me suis retenu. J'avais trop peur de ce que je pourrais entendre et j'ai compris petit à petit qu'elle aussi se demande avec crainte comment cette conversation pourrait se terminer. Alors nous continuons ensemble de vivre seuls, deux êtres tenaillés par la terreur de rompre le faible lien qui les unit encore, tous deux exprimant des formules aimables, refoulant toute émotion et la pression commence à s'élever en moi jusqu'à ce que je ne puisse imaginer comment éviter une violente et catastrophique explosion.

# 3

— ... ce sera donc un très gros emprunt, dit Jake en buvant une gorgée de vin. Pas comme celui de General Motors en janvier dernier, d'accord, mais une chose tout de même très convenable. Deux cent cinquante banques d'affaires y seront intéressées, d'une côte à l'autre. Comme d'habitude, le gros problème est de savoir jusqu'à quel point les principaux actionnaires lèveront leur option.

— Certes.

Nous déjeunons à « L'Aiglon », deux jours après l'annonce des fiançailles de Sebastian. Jake préfère déjeuner dans le centre bien qu'il sache que je me serais contenté d'un coin tranquille de la salle à manger des associés. Il y a vingt ans qu'il maintient qu'il est impossible de trouver une cuisine européenne passable au-dessous de Canal Street. Il a commandé des escargots, un filet de sole aux amandes et une bouteille de vrai Chablis. J'ai picoré la moitié d'un pamplemousse et je regarde en ce moment d'un œil torve la moitié d'un bar poché. Un garçon remplit mon verre de vin. J'ai pris deux Martini ce matin avant de quitter le bureau.

— Le plus gros porteur de titres d'Hammaco est maintenant Pan-Pacific Harvester, dit Jake. Le saviez-vous? Il me semble que c'est une information assez curieuse. Ils possèdent apparemment dix millions d'actions et s'ils lèvent leur option ils auront à payer pas loin de quarante millions de dollars — et ça fait, certes, beaucoup d'argent dans n'importe quelle monnaie du monde.

— Beaucoup, oui.

Impossible de le regarder, alors je parcours du regard la salle, la clientèle élégante, les garçons immaculés et le décor luxueux. Jake n'a cessé de parler affaires depuis que je suis allé le prendre à la banque Reischman, dans ma nouvelle Cadillac menthe verte.

— En ce moment nous établissons la liste des courtiers-clients qui interviendraient dans le cas où Pacific Harvester se retirerait. Évidemment, c'est une énorme entreprise mais, à mon avis, elle n'est pas chimérique. Il est tout à fait naturel qu'Hammaco ait besoin de cent vingt-cinq millions pour faire face à leurs nouveaux besoins de machinerie et d'outillage... Neil, m'écoutez-vous bien?

— Mais oui. Cent vingt-cinq millions. Nouveaux besoins d'outillage.

Je parviens à le regarder. Il a un complet gris uni et, comme toujours, il exprime une assurance discrète mais certaine. Il est difficile de croire que son arrière-grand-père a débuté en Amérique comme colporteur. Bien qu'il n'ait aucun des traits stéréotypés, caricaturaux du Juif tel que le présentent les Chrétiens ignorants, son visage n'en est pas moins pour moi indubitablement juif. Il possède cette subtile et remarquable élégance qui lui vient d'une vaste intelligence mêlée d'une sensualité contenue, un trait que l'on retrouve parfois dans les portraits anciens des Juifs Sephardi encore que je ne sache pas qu'il y ait du sang Sephardi dans la famille Reischman. J'ai toujours pensé qu'il devait plaire aux femmes et c'est une réputation qu'il a soigneusement entretenue.

— ... Rosenthal de P.P.H. dit que la Bourse l'inquiète mais je me demande comment il peut s'inquiéter quand la production d'acier va certainement battre son record.

Je suis incapable d'avaler mon poisson. Je fais signe au garçon de remplir mon verre.

— ... et il s'est mis à parler des répercussions sur l'économie que peut avoir le crédit à la consommation... Neil, votre poisson n'est pas bon ?

— Non. Il est très bien. Je suis simplement fatigué de parler affaires, c'est tout. Pourquoi faut-il toujours, toujours que nous parlions affaires ? Pourquoi ne pas parler de nous pour changer ? Je voudrais parler de questions personnelles. Il me semble qu'il en est grand temps.

La fourchette de Jake reste immobile au-dessus de son assiette.

— Que voulez-vous dire ? Y a-t-il une affaire personnelle dont vous aimeriez discuter ?

— Oui, il y en a une, en effet. Depuis combien de temps exactement baisez-vous ma femme ?

Les conversations ronronnent autour de nous. A deux pas un garçon vient d'attaquer le rituel de la préparation d'une crêpe Suzette et du coin de l'œil j'aperçois les flammes qui dansent dans la poêle. Mes doigts se crispent dans ma poche sur mon médicament mais ma respiration est normale, inspirez, expirez... inspirez, expirez... et mon cœur bat sans effort dans ma poitrine.

Jake pose sa fourchette.

— Il est visible qu'il doit y avoir une erreur, dit-il... — un aristocrate contraint de s'adresser à quelque vulgaire trimardeur qui ne sait pas se conduire dans un monde civilisé. — J'admire beaucoup votre femme mais c'est de vous qu'elle a toujours été amoureuse.

— Qui donc lui a appris à boire du Johnnie Walker carte noire ?

Jake avale une gorgée de vin, une toute petite gorgée, non parce qu'il a soif mais parce qu'il lui est indispensable de faire un geste banal pour montrer à quel point il déplore un tel manque de savoir-vivre. Son visage est très pâle.

— Oh, ça ? dit-il. Cela remonte à bien loin en arrière, une plaisanterie entre nous. Je l'avais presque oubliée.

— Espèce de...

— Je crois qu'il vaut mieux nous en aller, dit Jake en faisant signe au maître d'hôtel.

— Je suis au courant de ce qui se passe. Pourquoi essayer de dissimuler? Pensez-vous que je sois complètement idiot? Combien de temps pensez-vous m'abuser avec vos mensonges?

— L'addition, s'il vous plaît, dit Jake au maître d'hôtel.

— Excusez-moi, Monsieur, mais le repas ne vous a pas plu?

— L'addition!

— Oui, Monsieur, tout de suite. — Il s'éloigne rapidement.

— J'imagine qu'elle vous a parlé de nos problèmes, prononce ma voix. J'imagine qu'elle vous a tout dit, qu'il n'y a rien que vous ne sachiez.

— Je ne sais absolument rien, dit Jake. Rien de rien et moins que rien.

— Voici l'addition, monsieur Reischman. — Le maître d'hôtel reste planté, désolé, encore surpris par notre déjeuner interrompu.

Jake signe. Il réussit à signer sans bavure mais il se trompe en calculant le pourboire. Il rature deux fois les chiffres et il écrit toujours lorsque je me lève pour sortir. Ma Cadillac est le long du trottoir mais je ne m'en soucie pas. J'attends et quand Jake sort du restaurant je lui dis les mâchoires serrées :

— Vous allez la laisser tranquille. Si vous la touchez encore du doigt, je...

Soudain, ses nerfs craquent.

— Allez vous faire foutre! dit-il d'une voix basse, frémissante de rage. J'en ai marre de vos conneries! Vous avez la femme la plus merveilleuse de ce foutu monde et qu'est-ce que vous faites? Vous lui dites de prendre un amant! Et lorsqu'elle en prend finalement un — pour assurer la paix de *votre* conscience — êtes-vous capable de l'accepter? Non, pas question! Non seulement vous n'êtes pas assez homme pour faire l'amour à votre femme, mais vous n'êtes pas assez homme non plus pour faire face aux conséquences!

Un long moment nous restons là, l'arrière-petit-fils d'un colporteur allemand, devant l'arrière-petit-fils d'un fermier de l'Ohio, et puis trois générations d'éducation, de culture et d'éducation s'échappent de nos veines et coulent au ruisseau.

Je bondis sur lui. Mon poing lui cogne si durement le visage que ma peau se fend mais quand il essaie de riposter mon garde du corps se place entre nous et l'en empêche. Je m'avance pour frapper encore. J'ai l'impression de me déplacer dans un brouillard torride. Des larmes me brouillent le regard. Je respire à grands hoquets douloureux.

— Du calme, Monsieur, dit mon chauffeur en me saisissant le poignet. Du calme.

J'essaie de le frapper. Et quand mon garde du corps me retient respectueusement, je me retourne contre lui. Je voudrais me battre contre tout le monde, contre l'univers tout entier.

— Hola! Arrêtez, les gars! Qu'est-ce qui se passe ici?

C'est un policeman. Un cercle s'est formé et au-dessus de nous le ciel est d'un bleu brûlant, comme en ce jour de 1933, il y a longtemps, où mes rêves d'une nombreuse famille ont pris fin si douloureusement.

Un autre monde meurt aujourd'hui. C'est la fin d'une époque commencée au XIXᵉ siècle lorsque Paul van Zale a sollicité un emploi à la Banque Reischman et en regardant Jake essuyer le sang qui coule de sa bouche, je vois en même temps le lien brisé avec mon précieux passé de Bar Harbor.

J'ai du sang sur les mains, sur mes vêtements; il y en a sur le trottoir. Je le regarde, stupide. Tant de sang! Je regarde encore mes mains avec surprise. D'où vient tout ce sang? Comment est-ce arrivé? Comment est-il possible que je me trouve dans une arène aussi misérable? J'ai l'impression que le sang m'étouffe. J'ai envie de vomir mais je n'ai qu'un haut-le-cœur.

— Venez, Monsieur, dit mon garde du corps en m'emmenant à la Cadillac comme si j'étais gravement blessé. Mon chauffeur s'est déjà remis au volant.

— Hé, là-bas! crie le policeman. Ne vous sauvez pas comme ça!

Mon garde du corps sort un billet de cinquante dollars, celui qu'il garde toujours pour les imprévus et la dernière chose que je vois c'est le visage béat du flic qui glisse le billet dans sa poche d'uniforme.


# 4


Je rentre à la maison et je reste longtemps enfermé dans ma chambre. Quand j'en sors il fait sombre et je ne vois pas tout de suite le pli à demi glissé sous ma porte. Je le ramasse et je reviens sur mes pas pour lire le mot qui est dans l'enveloppe. C'est Alicia qui l'a écrit.

« Je pense aller passer quelques jours chez Andrew et Lori. Ne serait-ce pas préférable? Dis-moi ce que tu crois que je doive faire. »

Je descends en courant. Elle n'est pas en bas. Affolé, je remonte l'escalier quatre à quatre et je la trouve dans la salle de télévision. Le poste est éteint. Elle a un magazine à la main mais elle ne l'a pas ouvert. Un verre vide est sur la table mais on ne voit pas de bouteille.

— Ne pars pas. Je t'en prie, dis-je.

— Je pensais que cela aurait été mieux, pour quelques jours seulement.

— Non, s'il te plaît.

— Très bien.

— Tu veux t'en aller?

— Non.

— Veux-tu que nous... — Mais comme toujours le mot « divorce » me reste dans la gorge.

— Sûrement pas.

— Ah! Je me disais que peut-être... étant donné tout le bien qu'il pense de toi...

— Oh, cela est tout à fait terminé, dit Alicia. — Elle ouvre son magazine et se met à feuilleter les pages.

— Depuis quand?

— Dimanche soir. Quand j'ai compris que tu savais, je l'ai appelé et je lui ai dit que c'était fini. C'est normal.

— Mais... — Je cherche mes mots. Elle continue de feuilleter son magazine. — Qu'a-t-il dit?

— Il ne me croyait pas. Il pensait que c'était moi qui imaginais que tu savais. Et puis il m'a appelée cet après-midi pour me dire qu'il s'était trompé. Il voulait me voir mais j'ai refusé. Je n'en trouvais pas l'utilité. C'est alors que l'idée m'est venue que je pourrais peut-être m'éloigner — de lui, pas de toi. Je voulais faire un geste qu'il puisse comprendre. Je suis sûre qu'il doit me comprendre maintenant.

Elle se tait mais je continue d'écouter comme pour entendre l'explication qu'elle a omise. Finalement, je dis :

— Bah, j'imagine que tu en trouveras un autre.

— Après cela ? Es-tu fou ? Crois-tu que j'aie vraiment envie de revivre ces dernières quarante-huit heures ?

— Excuse-moi.

Désespéré, je vois que mon attitude stupide, égoïste, l'a privée de toutes possibilités intimes de bonheur et l'a enfermée une fois de plus dans un mariage vide. Assommé de honte je devine à quel point, et comme Jake, elle doit me mépriser.

— Nous allons divorcer, dis-je d'un trait. C'est la seule solution. C'est trop de gâchis... de souffrances... trop injuste de te demander de le supporter plus longtemps.

— Ah, non ! dit-elle violemment. Pas de divorce ! Pas après ce que j'ai dû endurer ! Si je te perds maintenant, cela signifiera que j'ai subi tout ça pour rien, eh bien, excuse-moi mais je ne l'accepte pas. Si tu essaies de divorcer, je...

— Je n'ai pas envie de divorcer.

— Alors pourquoi en parler ? — Elle jette son magazine et se lève. — Je crois que je vais aller chez Andrew et Lori, finalement. J'y passerai une semaine et à mon retour je ne veux plus entendre parler de ça, *jamais*, tu comprends ? Nous continuerons comme avant et nous ferons comme s'il ne s'était rien passé. C'est le mieux. Les gens disent un tas d'imbécillités, ils prétendent que l'hypocrisie est une chose affreuse, eh bien, ils n'y connaissent rien. L'hypocrisie vous sauve la raison. C'est le bouclier derrière lequel on se cache quand la vérité est trop pénible à affronter. Combien d'êtres ont-ils réellement le courage de vivre dans la vérité absolue ? Certainement pas moi, en tout cas. Ni toi non plus. Il est plus difficile de vivre selon ce que les choses devraient être, plutôt que de se crucifier à tenter de vivre comme elles sont réellement. Bonne nuit, Cornelius. Il faut que j'aille me coucher. Je suis très fatiguée. Excuse-moi.

## 5

Je vais dans la bibliothèque et j'y demeure seul très longtemps. J'appellerais bien Scott mais je n'ai pas envie de jouer aux échecs et je ne peux guère lui parler de ma vie intime. Scott et moi nous nous entretenons d'affaires ou de l'éternité et il n'y a pas de refuge intermédiaire. Je me rappelle le hall brillamment éclairé de Bede et je songe : Il n'est pas aussi brillamment éclairé que Bede le prétend ; les ombres s'épaississent à mesure que l'on approche de l'extrémité.

Je me rappelle le dernier des Stuyvesant mourant tout seul après des années de solitude dans sa demeure de la Cinquième Avenue. Non, cela ne m'arrivera pas à moi. Il y aura toujours un être vers lequel je puisse me tourner quoi qu'il arrive. Il y aura toujours en ce monde quelqu'un qui peuplera ma solitude.

J'écris *Vicky* sur mon bloc et j'entoure le mot magique d'un cercle.

Je comprends en cet instant qu'il faut que je la ramène. J'ignore le prix qu'il me faudra payer mais cela importe peu : Vicky doit revenir ici, en Amérique, avec moi. Je le veux et personne, pas même Sam Keller, ne se dressera sur mon chemin.

# 6

Les Keller ne peuvent pas venir passer le mois d'août à Bar Harbor. Sam est engagé dans un « coup » impressionnant et Vicky doit veiller à la bonne ordonnance des importants dîners d'affaires qui sont de règle. Je leur propose en revanche de revenir à New York en novembre passer la fête de Thanksgiving en famille.

La réponse de Vicky me change littéralement la vie. Elle écrit qu'il serait merveilleux de n'avoir pas à faire appel à Fortnum & Mason pour dénicher de la gelée d'airelles importée et qu'elle est impatiente de déguster une vraie tarte américaine au potiron.

Enfin, elle s'ennuie de sa patrie!

Le sort est en train de changer.

Quand j'appelle Sam par téléphone transatlantique, il commence à parler de l'Allemagne mais je lui coupe la parole.

— Je n'ai pas la tête à cela pour le moment. J'ai suffisamment de problèmes ici pour essayer de rester en bonnes relations avec les Reischman. Je vous ai parlé, je crois, de la vilaine discussion que j'ai eue avec Jake à cause des propos antisémites qui ont circulé quand Sebastian et Elsa ont annoncé leurs fiançailles?

— Seigneur, tout cela n'est-il pas encore enveloppé et ficelé?

— Ce n'est pas du papier ni de la ficelle qu'il faudrait, c'est du ciment. La rupture est grave. Je serai même peut-être forcé de vous rappeler à New York, Sam.

— Mais...

— Okay, restez en Angleterre, mais oubliez l'Allemagne pour le moment. Je ne veux pas en entendre parler.

Le silence qui suit est plein de fureur. Puis il me rappelle que j'ai promis de lui laisser ouvrir une filiale en Allemagne en 1956, mais je l'interromps.

— Vicky m'a l'air tout excitée à l'idée de revenir à la maison pour Thanksgiving, dis-je d'un ton léger. Est-ce mon imagination ou n'est-elle pas prise d'un certain mal du pays ces derniers temps?

Nouveau silence et puis Sam lance brutalement :

— Vicky ne ressent de nostalgie que lorsqu'elle est déprimée et elle ne souffre de dépression que lorsqu'elle est enceinte. Cela n'a rien d'extraordinaire, dit le médecin.

— Hum-hum.

Encore un silence; j'attends qu'il reparle de l'Allemagne mais il n'en fait rien et je réalise alors avec une profonde satisfaction que je ne me suis pas trompé. Le fléau de la balance penche de nouveau en ma faveur. Sam en est enfin exactement là où je l'attendais.

Mais avant que je puisse manœuvrer pour en finir avec sa passade européenne, Vicky m'appelle de Londres. Elle appelle plus souvent maintenant.

— Toute dernière heure, Papa! — J'attends un bébé pour l'été prochain! J'espère que ce sera une fille pour tenir compagnie à Samantha!

— En voilà une merveilleuse nouvelle, dis-je allègrement, mais je vois avec regret qu'il me faudra repousser ma passe d'armes finale avec Sam jusqu'après la naissance du bébé. — Je ne veux pas tourmenter Vicky quand elle est enceinte, d'autant que cela lui arrive si peu de temps après la naissance de Samantha. Je me rappelle ce qu'a dit Sam de la dépression puerpérale et je suis inquiet.

— Comment te sens-tu, ma chérie? dis-je tout à coup. Tout va bien?

— Bien sûr! Comment tout n'irait-il pas bien quand je suis si heureuse et quand j'ai tout ce qu'une femme peut souhaiter? Tiens, je me réveille souvent la nuit pour me dire et me répéter combien je suis heureuse!

Je suis certain qu'elle sera plus heureuse encore si je peux la ramener pour tout de bon à New York mais je n'en dis pas davantage pour lui éviter le souci de ma prochaine épreuve de force avec son mari. De toute manière, les femmes ne doivent pas être mêlées aux affaires de leur mari. Les femmes doivent se contenter de mener leur maison et leurs enfants et j'estime que mon devoir moral — mon véritable devoir moral — est de protéger Vicky des péripéties sordides des épreuves de force de manière qu'elle puisse continuer d'être une femme et une mère parfaites. Je commence à penser que l'unique succès de ma vie est l'admirable réussite de Vicky.

Je soupire en songeant à Sam mais je ne me désole pas trop pour lui. Il aurait probablement fini par détester de vivre constamment en Allemagne. Je sais qu'il s'imagine être un Allemand, anxieux de retrouver sa terre natale mais je suis prêt à parier que les Allemands n'hésiteraient pas à le traiter comme un Américain expatrié — ce qu'il serait, évidemment; les Allemands ne sont pas des imbéciles — alors la désillusion suivrait, aussi naturellement que la nuit suit le jour. En fait, en rappelant Sam à New York je lui épargnerai bien des peines — c'est du moins ce que je me dis, mais, bien sûr, je sais que Sam ne verra sans doute pas ma décision du même œil. Il faudra procéder très prudemment. Le fléau de la balance peut fort bien pencher actuellement en ma faveur mais Sam est un dangereux adversaire, tout à fait capable de ramener le fléau vers lui si j'entame maladroitement les négociations. Toute mon habileté diplomatique et mon sens du marchandage ne seront pas de trop pour le ramener de ce côté-ci de l'Atlantique : oui, ce sera certainement le plus rocailleux des itinéraires rocailleux.

# 7

## 1

Au mois de mai Vicky met au monde une seconde fille appelée Kristin (américanisation d'un prénom allemand) et après l'échange de joyeuses conversations téléphoniques à travers l'Atlantique, Sam m'écrit un long mémorandum. Il y déclare qu'il a ajourné assez longtemps ses projets allemands et il propose : un voyage d'études de trois semaines à Bonn, au moins de juin, une conférence à New York en septembre et l'ouverture de la filiale allemande en janvier 1957.

Je vois qu'il a décidé de passer à l'attaque dans l'espoir que j'hésiterais devant un règlement de comptes définitif. Je souris tristement en hochant la tête. Il m'apparaît maintenant clairement que Vicky en a assez de l'Europe et, bien qu'elle n'en ait jamais rien dit, je sens qu'elle meurt d'envie de rentrer à la maison.

J'envoie à Sam une réponse subtile. Je lui avoue avec tristesse que j'ai décidé de ne pas fonder de filiale en Allemagne car je crois qu'une succursale de plus alourdirait l'entreprise Van Zale au point de m'empêcher de la superviser comme chacun est accoutumé de me le voir faire. Avec un enthousiasme éhonté je le félicite pour sa réussite à Londres. Puis j'explique que j'ai l'intention de procéder à une réorganisation du numéro Un Willow Street et que je l'attends.

Sa réponse par câble est la suivante : « Arriverai Idlewild 14 heures 30 mercredi pour discuter avenir stop Sam. »

Mercredi, c'est demain. J'envoie une Cadillac l'attendre à l'aéroport mais je veille à ce que ce soit un modèle de l'an dernier.

Il m'appelle de l'hôtel Pierre :

— Merci de m'avoir retenu cette admirable suite! s'exclama-t-il, soulignant si habilement le fait qu'il n'a pas été invité à la maison que cela atténue la froideur de mon accueil. Je vais prendre quelques heures de sommeil. Peut-être pourrions-nous dîner ensemble ce soir?

Je ne peux absolument pas laisser passer ça. Si je lui laisse fixer l'heure de notre rencontre, je me placerai dans une position de faiblesse.

— Je vous attends ici dans une demi-heure, dis-je, et je raccroche.

Il est à l'heure. Il a évidemment décidé de ne pas prendre le risque de m'indisposer davantage par un retard.

Quand on le fait entrer dans mon bureau, je l'examine de la tête aux pieds, comme un boxeur mesure son adversaire au centre du ring, et je remarque des détails qui m'ont échappé lors de nos entrevues d'affaires ou de nos réunions familiales. Sa chevelure noire est maintenant entièrement grise et les rides se sont creusées dans son visage. J'ai pris de l'âge certes, moi aussi, mais les blonds supportent mieux le poids des ans : mes cheveux sont moins éclatants mais les fils d'argent ne s'y remarquent pas à distance et, bien que mon visage ait aussi ses rides, je n'ai pas de poches sous les yeux ni de bajoues aux mâchoires. L'exercice quotidien et le fait que je ne fume pas m'ont conservé en bonne condition physique malgré ma faiblesse respiratoire et j'ai cessé de boire autant qu'après la découverte de l'aventure d'Alicia. Sam est visiblement hors de forme et sitôt que nous nous asseyons, après le cérémonial démonstratif de bienvenue, il est obligé d'allumer une cigarette pour calmer sa nervosité.

Bien sûr, je sais approximativement ce qui va se passer : le brouillon du scénario a été tapé il y a longtemps. Sam a su se mettre en position de me dire qu'il existe — et c'est vrai — de puissantes et alléchantes raisons de multiplier nos positions en Europe. Il aurait pu essayer de me forcer la main sans se soucier de se placer dans une position aussi avantageuse mais il me connaît assez pour savoir que la meilleure méthode ne consiste pas à me matraquer pour obtenir ce que l'on désire mais de m'y amener progressivement jusqu'à ce que je n'aie plus de raison valable de refuser ce qu'on me demande. Il est clair que, par égard pour Vicky, il lui a fallu faire l'effort de m'approcher avec des gants et d'éviter de me contrarier inutilement.

Un homme seul peut mener un cheval à l'abreuvoir mais vingt ne le forceront pas à boire. Après m'avoir encouragé à venir au bord de l'eau et m'avoir montré quel merveilleux rafraîchissement il m'offrait, Sam aurait raison de perdre patience si je refuse obstinément d'être un cheval sensé et de boire et je le vois très bien menacer alors de démissionner. Mais je le vois mal en train de présenter sa démission. La faiblesse de sa position, c'est qu'il hésite sûrement à s'en aller ; il ne peut pas tourmenter Vicky en me quittant pour tout de bon et il ne peut pas compromettre l'avenir de ses enfants en les privant de la fortune des Van Zale. Si Sam menace de démissionner et que je lui dise « chiche ! », je lui prédis une foule d'ennuis.

Je souris afin de montrer que je suis sûr de moi, mais il ne me regardait pas. Il est en train d'allumer son empoisonnante cigarette.

— Nous allons uniquement parler d'affaires, si vous voulez bien, dit-il en éteignant son allumette. Si nous abordons le domaine personnel, nous nous laisserons emporter par les sentiments.

Une discussion d'affaires ne peut avoir qu'une conclusion : elle lui permettra de démontrer avec une humiliante facilité à quel point je me montre obtus, déraisonnable et aveugle en refusant d'accepter notre installation en Allemagne. Il saura sur le bout du doigt les derniers renseignements et les chiffres et, en cinq minutes, j'aurai l'air d'un parfait idiot.

— Eh, zut, Sam ! dis-je avec bonne humeur. Faites-moi plaisir, voulez-vous ? Changez de disque ! Je ne veux pas entendre les raisons que vous avez de désirer ouvrir une filiale allemande — je les connais si bien que je pourrais les répéter en dormant ! Les Britanniques sont finis d'après vous, ils sont incapables de travailler, ils restent à prendre le thé et se bercent d'illusions depuis que Mac Millan leur a expliqué qu'ils n'avaient jamais été aussi heureux. Pendant ce temps-là, les Allemands travaillent comme des Noirs, ils s'extraient de leurs ruines et se redressent en tirant sur leurs bottes. Le mark monte régulièrement. Bientôt la livre ne vaudra plus un picaillon. Si j'ouvre une filiale en Allemagne aujourd'hui, je gagnerai tant d'argent que je pourrai acheter l'Angleterre et en faire un parc d'attractions pour les touristes — allons, Sam, je pourrais continuer comme ça pendant des heures. Et si nous laissions tomber toutes ces fariboles pour parler de ce qui nous préoccupe vraiment ? Et ce qui nous préoccupe réellement n'a rien à voir avec les affaires.

— Je ne veux pas avoir de discussion avec vous au sujet de Vicky.

— Il me semble qu'il le faudra bien pourtant. Parlons des choses telles qu'elles se présentent réellement. Je ne vous ai pas envoyé en Europe uniquement pour gagner de l'argent pour Van Zale. Je vous y ai envoyé parce que Vicky avait un problème en 1952 et qu'il était bon de l'éloigner de l'Amérique.

— C'est vrai. Mais...

— Or, aujourd'hui, dis-je en me rasseyant dans mon fauteuil et en me balançant doucement, aujourd'hui Vicky ne pense plus aux problèmes passés. Aujourd'hui Vicky veut rentrer à la maison. Et pourquoi non ? Elle a passé quatre ans en Europe et elle y a fait un merveilleux séjour. Mais aujourd'hui elle veut voir la bannière étoilée flotter un peu partout et non plus l'Union Jack — elle a envie de véritables dîners de Thanksgiving à la maison, de voir Walter Cronkite à la TV, elle a envie d'un compte ouvert chez Saks et que ses enfants aient l'accent américain. Et permettez-moi de vous dire une chose, Sam : je crois qu'elle a raison. Je supporte mal les expatriés qui pensent que l'Amérique ne vaut pas de vivre sur son sol.

Silence. Finalement, Sam ôte ses lunettes et il en polit les verres.

— J'espérais que nous n'en arriverions pas là, Cornelius, et ce prénom dont il n'use jamais me signale qu'il a ramassé le gant que je viens de lancer à ses pieds. Voilà une bien triste fin pour une amitié de trente années.

— Qu'est-ce que vous me chantez là ? — Je pose la question mais je sais fort bien qu'il est en train de mettre en scène le grand acte de sa démission.

— Qu'est-ce que vous croyez? dit-il en engageant le fer mais je sais qu'il ne s'agit pas d'un tournoi d'escrime; il s'agit d'une partie de poker et nous triplons la mise sur chaque carte. Neil, je me demande vraiment si vous vous rendez compte de ce que vous faites. Pour parler sans détour, vous êtes en train d'essayer de démolir mon mariage. Je veux rester en Europe et je suis en droit d'attendre que ma femme épouse toutes les décisions qui intéressent ma carrière mais vous essayez d'intervenir, d'exploiter la nostalgie momentanée de Vicky et d'affirmer que nous allons désormais être tous heureux comme des coqs en pâte si Vicky revient près de Papa! Eh bien, pardonnez-moi mais je ne suis pas disposé à accepter ce genre d'ingérence dans ma vie privée. Si vous n'êtes pas prêt à réagir comme un businessman sensé et rationnel et à entériner la création d'une filiale allemande, je m'en vais. J'ai une excellente réputation en Europe et d'autres accepteront volontiers mon projet si vous ne le faites pas.

— Et qu'allez-vous expliquer à Vicky? dis-je négligemment en continuant de me balancer dans mon fauteuil.

Il se contente de me regarder et de lancer :

— Cela n'a rien à voir avec vous. Cela, c'est *mon* affaire.

Ce refus de voir la réalité en face m'agace. J'arrête de me balancer.

— En d'autres termes, vous allez continuer de rendre ma fille malheureuse?

Il se dresse d'un bond : « Écoutez, mon vieux... »

— Asseyez-vous, Sam, pour l'amour du Ciel, et ne nous énervons pas!

— Taisez-vous. Je pense qu'il est temps de vous réveiller et d'affronter les dures réalités. Vicky est ma femme. Elle m'aime et elle ne songe pas à me quitter pour se réfugier sous votre aile. Je suis le maître chez moi et si j'annonce que nous allons vivre en Allemagne, eh bien, nous irons nous installer en Allemagne. Et si vous refusez de me voir davantage, c'est Vicky que vous refusez également de voir.

Il bluffe, évidemment, mais il me semble extrêmement convaincant. Je commence à éprouver un certain malaise. Je respire régulièrement mais j'ai les mains moites et la bouche sèche. J'ai une irrésistible envie de mettre fin à l'entrevue afin de jouir en paix de ma victoire. Je n'aime pas imaginer que je vais être vaincu d'une minute à l'autre.

— Allons, n'essayez pas de m'avoir, Sam! dis-je irrité. Vous n'êtes pas prêt à quitter Van Zale! Vous êtes obligé de penser à vos enfants! Imaginez que je les déshérite?

— Je commence à croire que c'est ce qui pourrait leur arriver de mieux.

J'ai un moment d'affolement total. Ce n'est plus un bluff. Il est réellement prêt à quitter la banque. Il vient de couper ma carte maîtresse. Il va emmener Vicky en Allemagne! Elle ne me reviendra donc pas. C'est la défaite! Je vais me retrouver seul.

— Voyons, une minute, dis-je. Attendez une minute, bon sang! Nous pouvons sûrement nous mettre d'accord là-dessus. Inutile d'envenimer les choses, n'est-ce pas? Pour l'amour du Ciel! Nous pouvons sûrement trouver un terrain d'entente. Heu... Je vois bien maintenant que j'ai mal engagé la discussion. Voyez-vous, Sam, la vérité, c'est que j'ai vraiment besoin de vous à New York. C'est bien ce que je vous disais dans ma lettre, n'est-ce pas? Oui, eh bien, je ne voulais pas recourir à cet argument parce que j'étais à peu près sûr que vous ne renonceriez pas à l'Allemagne simplement parce que j'avais besoin de vous à New York. C'est pourquoi je me suis embarqué dans ce plaidoyer au sujet de Vicky et des enfants. C'était une erreur — je le vois maintenant et il est normal que vous vous soyez fâché. Je suis navré. Bien sûr que Vicky est votre femme et je sais que je n'ai pas le moindre droit de m'immiscer dans votre vie conjugale.

Et je n'ai certes aucune envie de déshériter les enfants. Vous savez ce qu'ils représentent pour moi. Je suis désolé de vous avoir menacé, c'était idiot, mais la vérité, Sam, — je m'arrête pour chercher mon souffle et l'inspiration — la vérité, c'est que je ne sais comment arranger le différend Reischman, ses répercussions, le malaise, l'impossibilité de négociations raisonnables avec Jake dans des domaines où nous avons depuis toujours des intérêts communs... Je ne peux plus négocier directement avec lui et nos associés ne sont bons à rien, ils ne lui arrivent pas à la cheville : je les lance à l'abordage et il me les renvoie à l'état de beefsteak haché... Je sais bien que Jake et vous n'êtes plus des amis, mais vous pouvez au moins parler avec lui d'égal à égal, il respecte au moins vos qualités et vous ne reviendrez pas, vous, sur une civière après chaque entrevue avec lui.

Je continue longtemps dans la même veine, mêlant la réalité et la fiction aussi adroitement que possible afin de le persuader qu'il m'est désormais indispensable et j'attends qu'il m'interrompe. Mais il n'en fait rien. Il me laisse parler. Il allume même une cigarette comme s'il n'était pas pressé de partir. Tout d'abord, je suis trop réconforté pour me demander pourquoi il a fait taire soudain son artillerie lourde, bientôt je m'en étonne et finalement je m'en inquiète. Je parle, parle toujours et Sam m'écoute en hochant la tête quand soudain la vérité me frappe avec une telle brutalité que je manque m'évanouir. Je n'exagère pas. Le souffle m'échappe et mon diaphragme semble soudé à ma cage thoracique.

Sans un mot, Sam m'apporte un verre d'eau et s'en va à la fenêtre attendre que le spasme asthmatique soit passé.

— Vous voyez, n'est-ce pas? dis-je dès qu'il m'est possible de parler de nouveau. Vous comprenez pourquoi je désire tellement que vous reveniez?

— Oui, dit Sam. — Il se rassoit. Silence. Puis il se met à parler lentement. — Je ne prétends pas pouvoir imaginer des circonstances dans lesquelles il serait plus attrayant pour moi de revenir à New York que d'aller en Allemagne. Cela demande beaucoup d'imagination. Peut-être pouvez-vous venir au secours de la mienne?

— Oh, sans doute, fais-je. Je suis très imaginatif. Voyons. Oui, cela représentera, évidemment, plus d'argent mais cela va sans dire, n'est-ce pas? Je n'espère pas que vous renonciez à vos rêves germaniques sans une compensation substantielle...

— Associé directeur-adjoint.

— Pardon?

— Je reviendrai à New York si vous me nommez associé directeur-adjoint.

— Oh... voyons... euh... oui, pourquoi pas au fait? C'est-à-dire... je ne pense pas pouvoir *tout* partager fifty-fifty mais le titre, certainement...

— Ce sera suffisant pour commencer. Je suis certain que vous trouverez de nombreuses occasions de vous montrer généreux.

— Mais oui, dis-je. Je suis sûr qu'il s'en présentera très vite.

Nous nous regardons. Le silence règne un bon moment. Je me demande pourquoi il m'a accordé la victoire alors que la défaite me fixait dans les yeux mais je me garde bien de l'encourager à aller plus loin en cherchant à le savoir. J'ai gagné. C'est tout ce qui importe. J'ai gagné et Vicky rentre à New York.

— Vous êtes bien sûr de vouloir que je revienne? demande Sam.

— Cent pour cent certain, oui.

Nouveau silence puis Sam dit à voix basse :

— Neil, j'ignore quels sont vos problèmes mais croyez-moi, cette décision ne les résoudra pas.

— Eh bien, pourquoi n'essayons-nous pas au moins de le savoir? dis-je, enfin détendu et avec un sourire, mais au moment où je prononce ces paroles je me demande si mon triomphe ne se révélera pas en fait une victoire à la Pyrrhus.

## 2

Il se passera six mois avant que je revoie Vicky. Il a fallu choisir le successeur de Sam, l'envoyer à Londres et le présenter aux clients; Sam a dû terminer les affaires en cours et Vicky a dû affronter une fois de plus les tracas d'un déménagement transatlantique. Après qu'elle eut vendu sa maison, donné congé aux domestiques et confié les meubles à l'expéditeur, je ne suis guère surpris qu'elle m'écrive qu'elle a grande envie de passer cinq jours tranquilles en mer.

Elle arrive à New York une semaine avant Noël, avec Sam, les quatre enfants et les deux nurses et je suis naturellement au premier rang de la foule qui se presse sur le quai pendant que les passagers débarquent du *Queen Elizabeth* et passent par la douane. Le secrétaire particulier de Sam s'occupe de la montagne de leurs bagages, nous n'avons donc pas à attendre. Vicky est presque la première personne que j'aperçois et, dès qu'elle me voit, elle vient en courant à la barrière.

Elle est plus jolie que jamais. Elle a un manteau de caracul avec une toque assortie et, de loin, elle me rappelle Vivienne dont elle a la silhouette. Après avoir quitté son appartement de Westchester, il y a deux ans, Vivienne a loué une maison sur la côte sud de l'Angleterre et Sam l'a généreusement autorisée à voir ses petits-enfants une fois par mois. Reviendra-t-elle à New York, je l'ignore, mais j'espère que sa situation financière la convaincra de ce que l'Europe lui offre davantage qu'une vie mesquine à New York. J'ai la ferme intention de dire à Sam, qu'à mon avis il a fait assez pour elle et qu'il n'est plus nécessaire de supporter ses envies de pouponner.

— Papa! s'écrie joyeusement ma fille en franchissant la barrière pour se jeter dans mes bras.

Je songe à Scott qui disait : « Tout cela valait-il la peine? » et une voix répond en moi : « Oui, oui, mille fois oui! » Je ne suis plus seul. Rien n'existe à part cela.

Quand finalement je cède Vicky à Alicia, Sam est près de moi.

— Hello, dit-il.

— Hello, dis-je à voix basse en reprenant mon calme.

Les deux garçons restent timidement derrière lui et, plus loin, les nurses retiennent les petites filles. Les enfants ont beaucoup grandi depuis un an et Kristin, qui a sept mois, est déjà un gros bébé. Je remarque qu'elle a les yeux noirs de Sam comme ses frères et sœurs.

— Allons, les petits! lance Sam en poussant légèrement Eric. Réveillez-vous!

Eric a six ans maintenant, il est blond comme Vicky mais il lui ressemble moins qu'avant. Obéissant à son père, il avance et me tend la main : « Hello, grand-papa! » dit-il de son raide accent britannique.

— Voilà qui est mieux, dit Sam qui leur a visiblement fait la leçon. Et maintenant, à toi Paul! A toi de parler!

Paul, qui a toujours ressemblé à Sam, est un gros garçon de trois ans apparemment privé de parole.

Une charmante petite chose accourt en sautillant. « Hello! » dit-elle en continuant à sauter sur place comme un chiot qui attend qu'on le caresse.

Je prends Samantha dans mes bras et lui donne un baiser. Elle a une petite robe rose, un ruban rose dans ses cheveux blonds bouclés et je revois immédiatement Vicky « Hello!... mais qui êtes-vous? » fais-je comme si je ne la connaissais pas. Et je pense en même temps qu'il est curieux tout de même qu'ils aient tous les yeux de Sam.

— Samantha est charmante, dis-je à Vicky pendant que nous traversons la ville dans ma nouvelle Cadillac chocolat mais je ne peux pas m'empêcher de penser : « Oui, mais Samantha ne peut pas reprendre la banque. »

J'essaie de faire la conversation à mes petits-fils mais j'y renonce vite. S'ils sont un exemple de l'éducation anglaise il n'est pas surprenant que la Grande-Bretagne s'en aille à vau-l'eau.

— Je t'en prie, Papa, ne t'offusque pas de la timidité des garçons, dit plus tard Vicky, embarrassée, alors que nous sommes dans le Salon Rembrandt. Cela vient de ce que tout est pour eux nouveau et étrange.

Je me reproche aussitôt de n'avoir pas su dissimuler mon impression.

— Ma chérie, je t'assure que je trouve tout naturel qu'ils soient timides. Moi aussi j'étais timide quand j'étais petit.

— Ils sont tous réellement très gentils, dit Vicky et soudain, sans raison, elle se met à pleurer.

Cela me donne un choc.

— Mais ils sont merveilleux, ma chérie! Que peut-il bien te passer par la tête...

— J'ai fait de mon mieux pour te donner ce que tu désirais, me coupe-t-elle, le visage inondé de larmes. J'ai fait de mon mieux pour être la fille dont tu rêvais, je voulais tellement me faire pardonner de n'être pas un garçon.

— Vicky? — J'en suis pétrifié. De l'autre coin du Salon, Sam laisse Alicia et s'avance vers nous. — Vicky, je t'aime telle que tu es; je n'aurais jamais voulu que tu sois différente! Vicky, je préfère t'avoir toi que tous les garçons du monde!

— Okay, Neil, dit Sam doucement. Je vais m'occuper d'elle. Viens, mon amour. Tu es très fatiguée. Je t'accompagne : tu vas monter te reposer.

Toujours en pleurs, Vicky se laisse entraîner. Les nurses emmènent les enfants à la nursery mais je le remarque à peine. Je reste figé dans mon fauteuil jusqu'à ce qu'Alicia vienne enfin vers moi.

— Que s'est-il passé, Cornelius ? demande-t-elle, étonnée.

— Je ne comprends pas, dis-je. Il n'est pas possible qu'elle croit réellement... — Je m'interromps puis je reprends : « Je ne comprends pas. »

— A ta place, je ne m'inquiéterais pas. Elle est probablement surmenée. Ces six derniers mois ont dû être éreintants pour elle.

— Mais qu'avait-elle en tête ? Elle a dit... Alicia, depuis que nous sommes mariés, t'ai-je jamais dit, une seule fois, que j'aurais souhaité que Vicky fût un garçon ?

— Non, mais j'imagine que tu l'as parfois pensé.

— Jamais ! — Je suis bouleversé. — Je l'ai toujours aimée telle qu'elle était !

— Mais qu'était-elle, Cornelius ? Nous savons tous que tu l'as toujours adorée mais qui aimais-tu en fait ? Était-ce Vicky ? Ou une image idéale qui n'existait que dans ta pensée ? Et si c'est vraiment Vicky que tu aimes, alors *qui est* Vicky, Cornelius ? Je ne suis pas du tout certaine de le savoir. Après tant d'années, je pense que je peux t'avouer aujourd'hui que Vicky m'est une énigme. Je ne l'ai jamais comprise et je doute de jamais la comprendre.

Nous restons silencieux puis elle dit enfin, avec tendresse :

— Allons, Cornelius ? Sois sincère. Connais-tu réellement ta propre fille ?

— Tu dis des bêtises, dis-je rudement en quittant le salon.


### 3


— Papa, dit Vicky le lendemain matin pendant que nous nous promenons dans le jardin après le petit déjeuner. Je te fais des excuses pour cette malheureuse crise d'hier. Il me semble que les complications du déménagement ont dû me faire perdre la tête ! Je t'en prie : peut-on faire comme si rien ne s'était passé ?

Je pense à Alicia qui me disait, il y a dix-huit mois : « Nous ferons comme s'il ne s'était rien passé... Combien d'êtres ont-il réellement le courage de vivre dans la vérité absolue ? Certainement pas moi, en tout cas. Ni toi non plus. »

Machinalement je m'entends dire :

— Vicky, il faut être absolument franche avec moi. Tu es celle qui compte le plus pour moi et s'il est quoi que ce soit qui te rende malheureuse je veux le savoir pour y porter remède. N'es-tu pas heureuse avec Sam ?

— Mais si, bien sûr ! Mon Sam ! c'est tout simplement un ange — vraiment, Papa, on ne peut pas avoir un mari plus patient, plus gentil, plus compréhensif. Je suis tellement heureuse, vois-tu... toujours tellement heureuse.

— Cela t'ennuie-t-il que Sam ait décidé d'acheter une maison à Westchester. Est-ce un problème? Cela t'ennuie-t-il d'aller t'installer en dehors de New York?

— Mais non, je suis sûre que c'est préférable pour les enfants — je suis sûre que Sam a raison. Sam a toujours raison. Il est tellement gentil de prendre toutes les décisions importantes et de m'épargner tous les soucis et inquiétudes. Je ne sais pas ce que je deviendrais sans lui.

— Tu es vraiment sincère?

Elle me regarde de ses grands yeux gris candides.

— Bien sûr que je suis sincère! répète-t-elle avec impatience et puis elle m'embrasse, glisse sa main dans la mienne et s'écrie en riant :

— Oh, Papa! Je t'en prie, arrête de poser des questions aussi stupides...

## 4

Quatorze mois nous séparent encore de la catastrophe mais ils passent à une cadence de plus en plus accélérée. Au début, Vicky est toute à la recherche d'une maison et ensuite, lorsque Sam a approuvé son choix, il lui faut décider des modifications à lui apporter avant d'y installer les meubles. Je la vois bien moins que les enfants qui demeurent dans la maison de la Cinquième Avenue pendant ce bouleversement domestique. D'autre part, Sam a demandé à Alicia si elle voulait bien aider Vicky et chaque fois qu'Alicia ne s'occupe pas de ma famille elle doit veiller sur la sienne.

Sebastian, qui a épousé Elsa au printemps précédent, est vite devenu père pendant qu'Andrew et Lori se multiplient avec une régularité monotone. Alicia n'a sans doute plus d'amant mais elle ne peut guère se plaindre de ne savoir que faire de son temps.

Sam et moi sommes également très occupés... l'un de l'autre. Après m'avoir demandé de le nommer associé directeur-adjoint, je ne comptais pas le voir reprendre son simple rôle d'homme de confiance mais je suis tourneboulé lorsqu'il révèle non seulement un penchant à l'autocratie mais encore l'intention bien arrêtée de ne pas me laisser en paix tant que le titre « d'associé directeur-adjoint » ne sera pas inscrit en bonne et due forme dans les actes d'association. Avant que Sam ne revienne d'Europe, j'étais sans conteste le patron de ma propre banque mais depuis il use et abuse de son titre flambant neuf et j'ai dû faire concession sur concession à tel point que j'ai fini par comprendre que j'étais en train d'amputer mon domaine pour tenir l'ennemi en respect.

Glacé, j'ai vu Sam engager autant d'assistants que j'en ai et réclamer autant de bureaux; il a même eu l'audace de suggérer que je divise mon bureau et que je lui en donne la meilleure partie, celle qui ouvre sur le patio. Il y a certes un précédent à cet égard; il remonte à l'avant-guerre mais il n'existait pas alors comme aujourd'hui un associé principal omnipotent depuis vingt ans. Je rejette sa demande et, en rongeant mon frein, je lui accorde ailleurs un espace comparable. Et rongeant toujours mon frein, j'autorise les dépenses somptuaires qu'il entreprend pour s'offrir les aménagements les plus modernes et autres gadgets électroniques.

Le frein devient de plus en plus dur à ronger. J'ai dû tailler une large part de mes profits personnels afin de satisfaire les exigences abusives de Sam sans indisposer les autres associés mais, comme les vulgaires maîtres chanteurs, Sam n'est jamais rassasié : il réclame bientôt une augmentation qui mettrait sa part à égalité avec la mienne.

En attendant, il a demandé sa part des voyages de prestige que je fais à Washington pour voir le ministre des Finances et, parfois, le Président. Il discute avec Morgan des questions les plus importantes sans me consulter. Il exige deux voyages d'affaires en Europe par an pour inspecter le bureau de Londres. Il essaie d'expliquer à Scott comment il convient de négocier avec Hammaco. On m'a rapporté qu'il a même essayé de régenter Jake et qu'il n'y a renoncé que lorsque Jake l'a fait recevoir par un de ses associés rescapé de Dachau. Jake est visiblement le seul à New York capable de remettre à sa place mon monstre d'associé.

Je suis constamment dans un état de rage, d'inquiétude et d'épuisement nerveux et le pire, comme je m'en doutais depuis toujours, c'est que si je veux que Vicky reste à New York, je dois me garder de contrarier Sam. Il s'est laissé contraindre à revenir d'Europe — pour des raisons que je n'ai pas encore élucidées; sans doute parce qu'il ne voulait pas perdre l'occasion de devenir associé directeur-adjoint — mais Sam n'a pas le goût du martyre et je sais que si je ne le traite pas royalement, il démissionnera et repartira pour l'Europe avec Vicky. Et Vicky, naturellement, le suivra. Elle adore son mari, ses enfants, c'est une épouse et une mère parfaites, elle n'aura pas d'autre choix.

Mil neuf cent cinquante-sept a été l'année terrible.

Mil neuf cent cinquante-huit menace d'être pire et lorsque au mois de février Sam demande à me voir au Saint Regis en fin de journée, je m'attends aussitôt à de nouvelles atrocités.

Je reste impassible mais je dois être pâle car Sam dit aussitôt :

— Inutile de vous inquiéter — je n'ai pas de coup d'État en tête. Dieu sait que je suis bien trop fatigué de la banque pour désirer en parler.

Rien ne peut m'inquiéter davantage : Sam ne peut pas cesser de s'intéresser à la banque... Dieu ne s'est pas arrêté au milieu de la création; ce n'est pas concevable.

J'avais rendez-vous ce jour-là avec le Président de la Van Zale Manhattan Trust, notre banque commerciale, mais à 5 heures et demie je suis au Saint Regis. Sam m'attend déjà dans un coin discret du King Cole Bar, un Martini à demi terminé devant lui.

— Faites donc comme moi, prenez un Martini, dit-il.

— Pourquoi ? Je vais en avoir besoin ?

— Oui.

Le garçon m'apporte mon cocktail.

— De quoi s'agit-il ? fais-je, osant à peine poser la question.

— Je ne sais pas trop comment vous le dire.

Prenant une gorgée de Martini, j'essaie de respirer comme si je ne craignais pas une catastrophe.

— S'agit-il de la banque?

— Non, dit-il

Pris de panique, je me rappelle un ancien associé de Van Zale qui avait eu des ennuis tellement graves qu'il avait comploté de commettre un meurtre.

— Seigneur, Sam, s'agit-il d'argent?

— Non, Neil, ce n'est pas une question d'argent.

— C'est votre santé? — J'ai posé la question au hasard. Des idées de cancer du poumon me viennent. Sam fume beaucoup trop.

— Non, mais celle de Vicky. Elle est de nouveau enceinte, Neil, et je ne sais simplement pas quoi faire. J'ai l'impression de perdre la tête.

Je suis paralysé: « Elle est en danger? »

— Non, c'est notre mariage qui l'est. Neil, puis-je sincèrement vous parler? Pourrions-nous revenir à l'époque où nous étions deux amis qui se fiaient entièrement l'un à l'autre — à l'époque où je ne vous avais pas encore trouvé avec Teresa? Je sais que je vous ai empoisonné l'existence l'an dernier mais j'étais tellement furieux de vous voir prêt à abuser de nouveau de votre puissance à mes dépens que je n'ai pas pu résister au plaisir de vous administrer un peu de votre médecine.

— Je vois. Je comprends. Eh bien, oui, nous pouvons parler comme avant. Certainement. — Je suis tellement renversé que je ne sais pas trop ce que je dis. Je viens de comprendre qu'il est sur le point de s'effondrer et qu'il compte sur moi pour l'en empêcher. J'essaie de prendre l'initiative de la conversation. — Allons, calmez-vous, Sam, et commencez par le commencement. Pourquoi cette dernière grossesse est-elle un désastre?

— Chaque grossesse est un désastre, Neil : Scènes, larmes, porte de chambre à coucher verrouillée, toute la lyre. Puis, lorsque le bébé a vu le jour et que nous venons de reprendre une vie à peu près normale... Pan! Nouvelle grossesse. Oh, je ne viens pas me plaindre d'être sevré de vie sexuelle. C'est un problème que je peux résoudre — je l'ai déjà résolu dans le passé; peut-être pas toujours de la manière la plus subtile mais au moins, sans torturer Vicky. Malheureusement Vicky est aujourd'hui totalement détraquée.

— Il faut qu'elle voit un psychiatre.

— Seigneur! il y a des années que nous sommes jusqu'au cou dans les psychiatres! Elle a vu un par un les plus éminents de Londres!

— Vous voulez dire.. — Je peux à peine parler. — Qu'il y a des années... Depuis quand exactement?

— Depuis notre arrivée en Angleterre et cela va de pire en pire. Pourquoi pensez-vous que je vous ai laissé finalement me contraindre à revenir? Parce que je tremble pour Vicky. Je croyais qu'elle se remettrait en revenant ici et cela a été vrai pendant quelque temps mais aujourd'hui les choses sont pires que jamais. Ce que je redoute le plus, c'est qu'un jour elle me quitte.

— Comment? — J'essaie de me lever mais je retombe dans mon fauteuil. Ma respiration est entrecoupée. Je cherche mon médicament dans ma poche.

— Croyez-moi, Neil, quand je dis que notre mariage fait naufrage, cela ne signifie pas que *j'ai* l'intention de *la* quitter. Pensez-vous que je serais en train de vous dire tout ça si c'était le cas? Je suis là parce que je suis fou d'elle et qu'il faut que je me confie à quelqu'un et je pense que vous ne serez pas insensible quand vous saurez combien je l'aime. Je ne l'aimais pas comme ça avant de l'épouser, je l'avoue, mais après je... elle est si jolie, si douce, si jeune et... je...

Il va s'effondrer. La scène tourne au cauchemar. Je prends un mouchoir et lui pose la main sur le bras pour le réconforter : « Calmez-vous, Sam. » Mes paroles impuissantes sombrent inutiles dans l'océan de son chagrin. Je doute qu'il les ait entendues. Allons, il faut parler net et sans faire de sentiment si je veux ramener la conversation sur terrain ferme; il est donc essentiel d'oublier que Vicky est la cause de son chagrin; je m'efforce de la voir simplement comme une femme que j'ai rencontrée dans le monde, ou la femme d'un associé, une femme comme les autres.

— Revenons au problème présent, Sam. Ce bébé que l'on attend... j'imagine que c'est un accident?

— Seigneur! Depuis Paul, tous ont été des accidents. Avant, je me servais de protections parce que je pensais qu'elle n'était pas assez âgée pour lui parler de contraception mais après Paul, c'est elle qui a dit qu'elle voulait porter un diaphragme; Okay, ai-je répondu, essaie toujours si tu veux. Mais cela ne s'est pas révélé très efficace ou bien nous avons été imprudents... Samantha est venue. Ensuite j'ai dit : Zut, ne reprends pas ce diaphragme nous essaierons de nouveau les protections et elle a dit : Okay... et puis elle a pensé qu'elle serait à l'abri d'une nouvelle grossesse si elle nourrissait le bébé — elle avait lu quelque part que les mères des Indes réussissent à espacer leurs grossesses en donnant le sein, alors elle a essayé de nourrir son bébé au sein mais cela n'a pas donné grand-chose... et elle s'est trouvée enceinte de Kristin. Mon cher, cela a été un véritable coup dur. Puis elle a entendu parler d'une certaine pilule mais le médecin n'a pas consenti à la lui prescrire, c'était une cause de cancer, disait-il... alors, Okay, je n'ai pas pris de risque et je me suis de nouveau servi d'une protection... après la naissance de Kristin.

Je voudrais lui demander pourquoi Vicky est tellement contre cette méthode mais je ne le peux pas. Parce que je sais qu'il s'agit de Vicky. Comment poserais-je une question pareille. Je refuse même d'y penser.

— Ma foi, reprend Sam, ça a bien marché. Tout allait bien jusque... Bon sang, vous savez ce que c'est que d'avoir quarante-neuf ans — mais le savez-vous, au fait? Je ne sais plus rien de votre vie sexuelle maintenant. Bref, je travaillais très dur pour exploiter la nouvelle puissance que je vous avais arraché, alors je me suis mis à boire un peu pour tenir le coup... J'avais toujours envie de faire l'amour mais j'ai bien vu que je n'y arrivais plus comme avant... à cause de cette foutue protection...

Je me répète : c'est une femme quelconque, une relation, quelqu'un que je connais à peine.

— ... alors je l'ai supprimée et, catastrophe! je ne me suis pas retiré à temps... Oh, Dieu! quelle déveine de se faire pincer si bêtement— non, ce fut pire que de la déveine, ce fut l'enfer, le plus grand désastre, comme une atroce punition...

J'interviens de mon ton le plus impersonnel.

— Voyons, Sam, il est absurde de vous torturer comme ça. C'est mauvais pour la santé mentale de Vicky et la vôtre. Il n'y a qu'à mettre un terme à cette grossesse.

— Vous avez raison. C'est exactement ce que j'ai dit. Dieu sait que j'ai toujours été contre l'avortement mais...

— Quand Vicky se fait-elle opérer?

— Elle ne se fait pas opérer.

— Pas opérer? — Je me demande si j'ai bien entendu.

— Non, tout était prêt. Mais en arrivant à l'hôpital elle n'a plus voulu. Je l'ai ramenée à la maison. Elle pleurait sans cesse.

— Quand cela s'est-il passé?

— Hier. Neil, j'ai horriblement peur qu'elle s'en aille. Je crois qu'elle me déteste, qu'elle déteste les enfants. *Et je ne sais pas pourquoi*, Neil! Si je le savais, je pourrais faire quelque chose, arranger les choses d'une manière ou d'une autre. Et le plus tragique, Neil, c'est que je crois que Vicky *ne le sait pas non plus*. C'est fou! Il me semble que nous perdons complètement la tête, elle et moi.

— Voyons, il est clair que Vicky souffre d'une espèce de dépression nerveuse. Il faut qu'elle soit hospitalisée et si vous n'étiez pas si près de la dépression vous-même, vous le verriez aussi clairement que moi. Je vais parler à mon médecin et la faire accueillir dans la meilleure maison de repos.

— Elle n'ira pas, Neil, et je ne veux pas la contraindre. Elle a sans doute une dépression mais pas de ce genre-là — elle n'a pas de visions, ni l'impression que de petits hommes verts sont à ses trousses. Elle tient encore le coup. Elle dissimule devant les enfants... et devant vous aussi, Neil. Quoi qu'il arrive, pas un mot à Vicky, je vous en prie. Je crois que cela la tuerait. Elle tient par-dessus tout à ce que vous soyez persuadé qu'elle est en bonne santé, heureuse et que son mariage est un triomphe.

J'ai l'impression d'être égaré dans une sombre vallée et d'apercevoir là-haut, sur la pente, les lumières d'une merveilleuse maison... à l'intérieur, derrière les fenêtres éblouissantes de lumière, il y a tous ceux qui sont si loin de moi... Emily et Alicia et Sebastian, Andrew même et Kevin et Jake, et maintenant Vicky y est aussi, son visage pressé contre la vitre dans un muet appel au secours. Mais je suis séparé d'elle. Je ne peux pas sortir de la vallée et bien que je cherche le chemin qui conduit à cette maison, je demeure perdu dans le noir.

— Seigneur! regardez l'heure qu'il est! dit Sam, inquiet. Il faut que je m'en aille, Vicky peut avoir besoin de moi. — Il écrase sa cigarette, termine son Martini et il ajoute, feignant courageusement l'optimisme : « Bah, nous ne sommes pas encore morts — Je l'aime et c'est le plus important, n'est-ce pas? Nous finirons bien par sortir de ce tunnel. »

— Bien sûr, Sam, si je peux être utile...

— Ma foi, je ne vois pas pour l'instant. Mais c'était bon d'en parler. Merci de m'avoir écouté, Neil. Cela a dû vous être pénible et j'en suis navré.

— Je suis heureux que nous ayons parlé.

Sur le trottoir de la 55e rue, il fait froid et un vent glacé souffle des plaines gelées du centre de l'Amérique au moment où nous nous serrons la main avant de reprendre notre voiture.

300

— Tout va bien maintenant, n'est-ce pas? demande-t-il soudain.

— Oui, Sam. Tout va bien.

— Nous écouterons encore « Alexander's Ragtime Band »?

— Oui, en bavardant. Comme avant.

— Parfait. Vous m'avez manqué, Neil. Cela a été bien long... Au fait, voyez-vous toujours Teresa?

— Je vais chez elle de ce pas.

— C'est curieux comme tout cela paraît sans importance aujourd'hui... Bon, eh bien, dites-lui bonjour pour moi, sans faute, hein? Je l'aimais bien.

Il monte dans sa Mercedes et quand la voiture s'éloigne, il se retourne et salue de la main. Je lui fais signe, moi aussi. Puis je m'installe dans ma Cadillac aussi péniblement que si l'on m'avait rompu tous les os un par un et la voiture m'emporte vers le Dakota.

## 5

Nous sommes maintenant, Teresa et moi, comme bien des couples mariés : nous nous disputons à l'occasion, nous faisons l'amour machinalement, nous passons plus de temps devant la télévision qu'au lit et nous savourons discrètement cette tranquille vie domestique. Nos relations sont devenues une affaire d'habitude mais une habitude difficile à perdre, comme celle de fumer.

Teresa a changé depuis que nous nous connaissons. Elle est revenue finalement au style naturel de ses débuts : elle peint moins mais mieux et, maîtresse désormais de son art, elle se préoccupe davantage de son cadre. L'appartement est en ordre, elle s'habille avec chic lorsqu'elle pose ses pinceaux et elle s'efforce même de perdre quelques kilos superflus. Les bouquins gauchistes ont disparu depuis longtemps des rayons; ils ont été remplacés d'abord par des romans puis par des ouvrages de vulgarisation sur la psychologie et la diététique. Elle a oublié les oripeaux de la vie de bohème pour les toilettes de la classe moyenne et je la soupçonne de commencer à considérer notre liaison moins comme une aventure amoureuse que comme une sorte de mariage officieux. Je lui ai proposé de lui ouvrir un compte chez Saks et elle m'a dit qu'elle préférait Bloomingdale. Je lui ai dit de choisir un cadeau chez Tiffany : elle n'a pas souri avec dédain mais elle a passé une demi-heure à choisir une affreuse broche en or. Chaque année je dîne avec elle à l'occasion de son anniversaire. Au début, elle m'emmenait dans un restaurant exotique du Village; nous allons maintenant dans les restaurants élégants du centre.

Nous parlons parfois peinture mais généralement toute conversation intelligente nous est un trop gros effort. Nous bâillons en parlant de choses et d'autres, de sujets décousus et regardons quelque feuilleton de la télévision et même, une reprise de *I love Lucy* qui me rappelle aussitôt les exploits de Sebastian sur les rives de l'autoroute du New Jersey.

Quand j'arrive, ce soir-là, Teresa a une élégante robe de lainage rouge qui fait honneur à ses seins, une écharpe de soie noire et la broche de Tiffany.

— Pourquoi n'as-tu pas téléphoné que tu serais en retard, bon sang, dit-elle, fâchée, au moment où je passe la porte. Le poulet Kiev sèche dans le four depuis plus d'une demi-heure!

— Oh, je t'en prie, Teresa! J'ai eu une journée épouvantable. — Je lui donne un coup de bec sur la joue au lieu d'un baiser, je gagne à pas lent le living-room et je me laisse tomber sur le vilain divan orange qu'elle a acheté il y a longtemps pour faire pendant à un fauteuil de repos de la même vilaine nuance d'orange.

Sans plus de questions, elle me verse un verre, allume la télévision et annonce qu'elle va servir le dîner.

— Pardonne-moi, Teresa, mais je ne pourrais pas avaler une bouchée. J'ai eu de très mauvaises nouvelles de Vicky et je suis affreusement inquiet. Je ne veux pas entrer dans le détail et je te demande de garder cela pour toi mais elle est très malheureuse.

D'un ton neutre Teresa dit : « Pauvre gosse » et elle éteint la télévision.

— Je n'y comprends rien, Teresa. Il faut absolument que j'arrange ce problème mais je ne vois pas comment.

— Fais un chèque pour quelqu'un. Allez, bois ton verre et tu iras mieux après.

— Teresa, je t'en prie, ne tourne pas cela en plaisanterie. Cette question ne peut pas se régler au moyen d'un chèque.

— Dans ce cas, inscris-toi donc au club des quatre-vingt-dix-neuf virgule neuf pour cent de gens qui ne peuvent pas non plus résoudre leurs problèmes en faisant un chèque! Okay, ne te trompe pas — crois-moi, je serais navrée que ta gosse soit malheureuse mais, si tu veux savoir la vérité, je te dirai que je n'en suis pas autrement surprise. L'histoire recommence, vois-tu. Tu ne m'as jamais beaucoup parlé du temps où Sam et toi étiez encore des gosses mais qui donnaient déjà la colique à Wall Street avec leurs cinquante millions de dollars. Or, je vois toujours Kevin de temps à autre et il m'a dit une ou deux choses sur certains aspects de votre passé. Tu donnais les ordres et Sam les exécutait, pas vrai? Eh bien, c'est ce qui se passe aujourd'hui! Tu as donné à Vicky l'ordre d'être heureuse et Sam, en beni-oui-oui, s'est décarcassé pour t'obéir, mais, malheureusement pour tout le monde, cet ordre était une erreur et Sam ne l'en a pas moins exécuté.

J'essaie de deviner ce qu'elle peut vouloir dire.

— Tu pourrais aussi bien parler chinois, Teresa. Que veux-tu dire exactement?

— Vicky n'aurait jamais dû épouser Sam. Bon Sang, Sam a été mon amant pendant quatre mois — je sais de quoi je parle! Si Vicky avait été une grande personne comme moi, elle s'en serait peut-être sortie, mais ce n'était pas une grande personne, n'est-ce pas? Ce n'était qu'une gosse, qui fuyait ses parents et qui est tombée par accident — était-ce bien *réellement* par accident? — dans le lit d'un homme qui malgré ses belles paroles n'a pas grand succès avec le sexe opposé.

— Pas de succès? *Sam?* Voyons, il a toujours eu des femmes à ne pas savoir où les mettre!

302

— Oui, et les meilleures l'ont toutes laissé tomber, pas vrai ? N'importe quelle femme un peu évoluée laisserait tomber Sam Keller — il a une idée bien arrêtée de ce que doit être une femme : douce, empressée et soumise à son autorité. Mais, parlons franc, — ce ne sont pas toutes les femmes qui accepteraient aujourd'hui ces fariboles, reliquats du XIX° siècle, il y a des femmes qui ne veulent pas passer leur vie à mettre dans du coton le *moi* d'un homme, il y a des femmes qui croient qu'il existe des manières plus enrichissantes de passer leurs temps !

— Teresa ! De quoi diable ! veux-tu parler ?

— Je parle du monde réel, Cornelius, de celui que tu traverses chaque jour bien à l'abri dans la bulle de cristal de ta Cadillac, le monde que tu tiens à distance en signant des chèques. Je ne parle pas de tes fantasmagoriques allusions masculines sur ce que doivent être les femmes, je te parle de ce que sont les femmes réellement ! Crois-moi, j'aime bien Sam et s'il veut pour femme une poupée qui pleure et qui rit, qui marche, dort et mange, je la lui souhaite de bon cœur — chacun son goût ! et c'est notre droit à tous, mais il aurait dû choisir une femme qui *est* comme ça, une femme qui *veut* être comme ça et non pas une petite fille désorientée qui ne sait ni qui elle est ni ce qu'elle veut.

Je la regarde, ébahi.

— Okay, dis-je, peut-être Vicky n'aurait-elle pas dû épouser Sam mais il lui fallait tout de même un mari, non ? Il valait beaucoup mieux pour elle qu'elle se marie jeune... et j'ai toujours voulu ce qu'il y avait de mieux pour elle !

— Tu n'as pas la moindre idée de ce que peut être le mieux pour une femme — tu ne sauras jamais que ce qui est le mieux pour ta banque et surtout s'il s'agit d'une affaire de plusieurs millions de dollars ! Veux-tu me dire pourquoi il était préférable qu'elle se marie jeune ? Non, ne me raconte pas de salades sur l'héritière qui doit être protégée des vilains gigolos ! Tu n'as eu de cesse de la marier parce que tu as un besoin psychologique de la voir comme l'épouse et la mère parfaites — tu ne pouvais plus attendre de réaliser tous ces fantasmes qui te sont visiblement si indispensables !

— Quels boniments ! Quelles âneries !

— Tu crois ? Il y a maintenant neuf ans que je vis avec toi et je commence à croire, mon chéri, que je te connais mieux que tu ne te connais toi-même. Ton malheur, c'est que tu as une fixation : il faut que tu sois, ouvrez les guillemets, une réussite exemplaire dans la vie, fermez les guillemets. Pourquoi cavales-tu après l'argent et la puissance chaque jour que Dieu fait ? Parce que, il y a longtemps, quand tu apprenais à vivre, quelqu'un — Oncle Paul ? — t'a enseigné que pour cinquante pour cent de la population mondiale — c'est-à-dire : les hommes — la seule équation valable si l'on veut être heureux et homme est celle qui s'énonce : argent plus puissance égalent bonheur. Et pour l'autre moitié de la population du monde ? Quelle est la formule magique qui doit lui assurer le bonheur d'être femme ? Mais, voyons ! c'est très simple : mariage plus maternité égalent succès pour toutes les femelles ! Mariage plus maternité égalent *bonheur* ! Peu importe qui t'a appris cela — ta mère ? ta sœur ? — cela n'a pas d'importance. Tu aurais pu l'apprendre partout. C'est l'un des contes de fées les plus répandus de notre époque.

J'ai peine à garder mon sang-froid. D'une voix où résonne une logique calme et mesurée, je dis d'un ton égal.

— Je voulais que Vicky soit heureuse. J'ai pensé qu'elle serait heureuse comme épouse et mère. Par conséquent, si j'estime que ce bonheur constitue la réussite, veux-tu, je te prie, me dire pourquoi je n'aurais pas dû le désirer pour ma fille?

— Pourquoi? Je vais te le dire! Parce que ce n'est pas pour elle que tu désirais ce genre de bonheur mais pour toi-même! Tu voulais — et tu le veux encore — une fille heureuse pour que le monde entier puisse dire, admiratif : « Seigneur, quel père heureux qui a une fille si heureuse! » Sam n'est pas le seul de notre entourage qui ne soit pas aussi sûr de soi qu'il le paraît, Cornelius, et il n'est pas le premier type que j'aie rencontré qui utilise les femmes pour affirmer sa personnalité!

— Seigneur Dieu! — Je crie mais je parviens tout de même à garder mon sang-froid — Écoute, j'en ai par-dessus la tête de ces boniments à la noix que tu me sers depuis cinq minutes. Où as-tu pris tout ça? Dans ces bouquins de psychologie que tu ramasses au super-marché? Revenons-en aux faits. Je ne m'intéresse qu'aux faits. Fait numéro un : Vicky désire sincèrement être épouse et mère. Fait numéro deux : toutes les femmes souhaitent essentiellement être épouses et mères...

— Non, mon cher, tu te trompes. Désolée, mais les femmes n'y tiennent pas. Les cinquante pour cent de l'humanité auxquels j'appartiens ne sont pas un monde de poupées de plastique. Nous sommes des êtres humains, tous différents et, aussi incroyable que cela puisse te paraître, nous ne voulons pas du tout être les mêmes. En fait, la vérité vraie, c'est que nous sommes toutes aussi différentes que l'autre moitié de la race humaine, la moitié à laquelle tu es si fier d'appartenir!

Je me contiens mieux maintenant mais je suis encore raide de colère.

— Je ne nie pas la diversité de la race humaine! Je parle de l'instinct primitif de l'accouplement et de la reproduction que chacun connaît! Bien sûr qu'il existe différents types de femmes. Dieu sait qu'aucune femme ne peut moins te ressembler que Vicky!

— Comment peux-tu affirmer une chose pareille? Tu ne sais rien de rien de moi! Et tu ne sais probablement rien de ta fille non plus! Tu ne vois pas plus loin que le bout de ton nez!

— Bon sang! Il y a neuf ans que je couche avec toi et je ne te connaîtrais pas? Tu...

— Je m'appelle Teresa Kowalewski et j'ai besoin d'une toile et d'un endroit pour peindre et d'un peu d'argent et — oui, d'une bonne séance au lit de manière régulière; je crois que cela me manquerait si j'en étais privée bien que cela représente souvent plus de tintouin que cela n'en vaut la peine. Mais comme je sais que tu ne vois guère les femmes que sous un seul aspect, tu crois probablement que nous sommes toi et moi à peu près comme un autre couple marié — Oh, je suis bien un peu excentrique, c'est vrai mais, fondamentalement, je n'existe pour toi que lorsque tu viens, quand je peux jouer à la maîtresse de maison, te faire un bon petit plat et que tu me vois comme une heureuse ménagère de la classe moyenne. Eh bien, je vais te dire une chose : j'ai de mon côté toute une existence pleine de sens et tout à fait indépendante de toi et, bien que je sois heureuse que tu viennes ici de temps en temps, tout ce que tu représentes pour moi, c'est une érection et un carnet de chèques. Voilà le monde réel, Cornelius. Voilà comment sont les choses. Commences-tu à me comprendre ou bien est-ce que je parle toujours chinois ?

On sonne à la porte.

Nous nous regardons. On sonne encore.

— Merde, dit Teresa. Il vaut mieux que j'aille voir.

Elle va à l'antichambre.

Je reste assis sur le divan à contempler mon verre de stcoch intact mais je commence à percevoir des voix.

— Je suis désolée mais il faut que je le voie.

— Hé là, une seconde ! Que diable...

— Excusez-moi, s'il vous plaît.

Mes deux univers bien séparés grincent soudain l'un contre l'autre. Le parc s'est volatilisé. La Cinquième Avenue roule le long de Central Park ouest comme une autoroute grondante et je suis prisonnier sur un refuge de ciment, au beau milieu.

Je me dresse lorsque Alicia paraît sur le seuil et, comme je la regarde sans comprendre, Teresa l'écarte et entre.

— Qu'est-ce que c'est que cette histoire ? Écoutez-moi tous les deux. Si vous devez avoir une grande scène de rupture, j'aimerais que vous alliez faire ça ailleurs que chez moi !

Les yeux d'Alicia trouvent les miens. Mon cœur se met à battre imperceptiblement, comme la mer qui déferlerait au loin.

— Cornelius, si Alicia doit faire une scène emmerdante, voudrais-tu, s'il te plaît, la faire sortir immédiatement ?

Le visage d'Alicia est impassible mais assombri par la douleur. Mon cœur se met à battre plus fort, les vagues s'écrasent plus distinctement sur la plage déserte.

— Seigneur, qu'y a-t-il ? Pourquoi diable personne ne parle-t-il ? Que se passe-t-il, pour l'amour du Ciel ?

Nous sommes encore à mi-chemin du hall brillamment éclairé de Bede mais quelqu'un est passé avant l'heure dans l'obscurité.

— Il s'agit de Sam, Cornelius, dit Alicia.

La vague se rue sur moi et tout se perd dans le grondement du ressac.

— Sam ? demande Teresa incrédule. Qu'a-t-il fait ?

Je ne réponds pas... je suis à des années de cette minute, dans une autre ère... les années se déroulent devant mes yeux et je vois un grand gars dégingandé qui me tend la main à Bar Harbor et s'exclame : « Hello, heureux de vous connaître ! » Le kaléidoscope du temps tourne encore. Je suis à Willow et Wall Street ; les assassins de Paul viennent de se suicider et Sam tremble autant que moi quand nous aidons Steve Sullivan à se relever... Je suis maintenant à la Cinquième Avenue dans ce bel été de 1929 et les jours joyeux paraissent ne devoir jamais finir... Je danse avec des filles depuis longtemps oubliées... Je suis ivre de gin de contrebande... Je suis le garçon le plus heureux du monde avec le meilleur ami que j'aurai jamais et, au loin, j'entends Miff Mole et ses Molers attaquer le « Alexander's Ragtime Band ».

— Il a eu une crise cardiaque en rentrant chez lui, dit Alicia. Le chauffeur l'a emmené immédiatement à l'hôpital le plus proche mais il était trop tard. Il est mort presque tout de suite.

Je repense à Scott qui disait : « Cela valait-il vraiment la peine ? » et en cet instant, en revoyant mes batailles avec Sam je comprends aussitôt qu'elles étaient vides de sens. Tout est vide de sens, tous ces projets de revanche, de contre-revanche, toutes ces vaines recherches de puissance — la puissance elle-même est finalement dénuée de sens parce que lorsqu'on arrive à l'extrémité de ce hall brillamment illuminé il n'existe aucune puissance terrestre qui puisse vous sauver de la nuit.

Mon univers tout entier oscille sur son axe, avant de se fracasser comme s'il venait d'être bouleversé par un tremblement de terre. Si la puissance est finalement dénuée de sens, alors il n'importe plus que je sois ou non capable d'engendrer des enfants. Finalement il est sans intérêt que j'aie une fille ou dix garçons. Finalement, stérile ou fécond, nous mourrons tous.

Le seul fait immuable, c'est la mort, et en osant pour la première fois la regarder carrément en face, je me dis qu'il faut trouver un moyen de vivre avec l'insupportable compagnie de la mort. Il me faut trouver un antidote pour supprimer l'horreur du non-être et l'antithèse du non-être est sûrement *l'être* — il faut donc que je sois, que je vive, mais plus selon l'ancienne manière qui consistait à communiquer avec les hommes par la puissance. La puissance m'a simplement retranché des hommes mais maintenant il me faut les toucher, il me faut sortir de cette cellule d'acier que ma puissance a forgée autour de moi; il me faut communiquer avec les autres pour éviter cette mort vivante qu'est la solitude.

Je regarde Alicia et je vois que son masque théâtral s'est brisé. Je vois au-delà de son impeccable self-control, au-delà de ses défenses, au-delà de la peine et de la souffrance qui nous séparent depuis si longtemps. Je la regarde et je vois qu'elle souffre pour moi, que cette pitié qui m'a tant blessé n'est pas de la pitié banale mais un sentiment plus élevé, une compassion incapable de mépris et un altruisme qui fait qu'aucun sacrifice ne lui est trop grand. Je la regarde et je vois que le passé est transformé.

Jake ne compte plus, pas plus que Teresa. Inutile de me demander davantage pourquoi elle l'a abandonné dès que j'ai découvert l'aventure : je sais que c'est parce qu'elle m'aime trop pour me contraindre au rôle de mari complaisant et trop aussi pour me blesser encore en se tournant vers un autre amant. Elle m'aime depuis toujours, comme je l'aime depuis toujours, et par un miracle presque trop grand pour être compris je la regarde et je vois qu'elle m'aime encore.

Teresa murmure d'une voix entrecoupée :

— Mais quelle horrible nouvelle... horrible. Il était si jeune — il n'avait même pas cinquante ans, n'est-ce pas ? Mon Dieu, je ne peux pas le croire... Sam...

Je l'entends mais je ne la regarde pas. Mes yeux ne voient qu'Alicia. Je commence à avancer sur le tapis épais.

Teresa est en train de dire :

— Chéri, j'ai de la peine... ce doit être terrible pour toi. Mais vous n'étiez plus intimes depuis des années, je crois ? Vous n'étiez plus réellement des amis.

Alicia dit sèchement de sa voix la plus nette :

— Miss Kowalewski, ne voyez-vous pas ce que cette mort fait à Cornelius? C'est comme s'il avait été amputé. Ne voyez-vous donc pas à quel point il se sent seul?

Mais je ne suis pas seul après tout. J'avance toujours, un pas après l'autre, devant le vilain sofa orange, devant le vilain fauteuil orange, et tout en marchant je me dis : « Il faut que j'aille jusqu'au bout. Il faut que j'y arrive. »

Mais finalement je ne fais pas tout le chemin. Alicia vient à ma rencontre. Elle avance, elle ouvre les bras et alors quand je la serre contre moi notre long cauchemar prend fin.

Ses larmes me mouillent les joues. Les yeux fermés, je la tiens serrée dans le noir et, pendant que toutes nos tribulations s'évanouissent, je lui dis seulement :

— Emmène-moi à la maison.

# QUATRIÈME PARTIE

# SEBASTIAN : 1958-1960

*Douze février 1958.* Sam Keller meurt et je renais, moi, parce que cela m'offre une nouvelle chance d'obtenir ce que je veux et cette fois j'y parviendrai.

Cornelius est là : il a l'air d'un spectre souffrant de tuberculose. Je ne sais quoi lui dire. Finalement, j'arrive à marmonner : « Désolé. » Il me regarde comme il regarderait une sorte de primate mais il enregistre mes condoléances.

Il ne saura jamais à quel point j'ai toujours détesté Sam.

*Dix-sept février.* Funérailles de Sam. Vives couleurs sur le décor hivernal du sinistre cimetière de Westchester. Cornelius a fait une place dans le carré funéraire de la famille Van Zale pour son frère d'élection. La mère de Sam est morte l'an dernier et il n'avait pas d'autres parents.

Le soleil brille. La foule des affligés s'agglutine autour de la tombe. Sam s'est fait un tas d'ennemis dans sa dernière année d'existence en écrasant tout autour de lui et en s'efforçant d'être encore un plus parfait salaud que Cornelius mais tout est oublié maintenant et les gens se rappellent seulement combien il fut populaire : tout le monde évoque le fameux charme de Keller.

Les fleurs brillent outrageusement dans le paysage glacé. La repoussante cérémonie se déroule à pas lents. Affreux. Pourquoi ne nous débarrassons-nous pas plus élégamment de nos morts ? Ils faisaient mieux dans la Rome antique : un énorme bûcher funéraire accompagné d'une somptueuse oraison funèbre. Les Celtes eux-mêmes étaient plus humains, avec leurs lamentations et leurs veillées. Certaines tribus germaniques incinéraient d'abord leurs morts en grande cérémonie mais dès que les Angles et les Saxons furent définitivement réunis, ils adoptèrent l'écœurante habitude de creuser furtivement de petits trous et de recouvrir furtivement les morts de terre, comme les chats enterrent leurs déjections. A vomir. Je me demande ce que les Reischman pensent de tous ces visages fermés anglo-saxons qui s'efforcent de garder un silence cérémonieux. Je n'ai jamais assisté à des funérailles juives. Un plaisir en perspective. Oh, Seigneur!

J'aperçois Mère avec le visage d'une statue de marbre. Pourquoi ne pleure-t-elle pas? Pourquoi personne ne pleure-t-il? Ce n'est pas naturel. Nous devrions crier, hurler et nous arracher les cheveux de fureur devant l'horreur de la mort. Voilà qui ferait un tableau intéressant. Dali le peindrait admirablement : une foule de visages torturés, des couronnes mortuaires jaillissant de leur bouche, sur un décor de désert pour exprimer la vanité des sentiments réprimés. Mais Bosch l'aurait peut-être mieux rendu : une toile semée de petits personnages torturés et de sombres horreurs tapies dans les clairs-obscurs.

Voilà Andrew en uniforme et Lori, superbe, à son côté. Leur aîné n'a que trois ans, aussi ont-ils laissé leurs enfants à Manhattan. Il me semble que les enfants, quel que soit leur âge, devraient assister aux funérailles; ils pourraient apprendre aux grandes personnes à se conduire avec plus de naturel. Je voudrais bien parler à Andrew mais c'est difficile. Que se passe-t-il dans sa tête? Peut-il vraiment être aussi heureux qu'il le paraît? Oui, sans doute. Il se peut qu'il soit assez futé pour piloter un avion sans le démolir mais on peut aussi enseigner des tours aux animaux les plus obtus et Andrew a je ne sais quoi de sérieusement obtus. Les gens obtus sont les plus heureux, certes. Ils n'ont pas l'intelligence de comprendre combien la vie est moche. Mais j'aime bien Lori. Je me demande ce qu'elle peut donner au lit. Oh, bon.

Il y a aussi Tante Emily, qui a l'air d'une vierge, et à son côté Rose qui est indiscutablement et restera toujours vierge. Comme Tante Emily, Rose est asexuée, pas idiote mais son angle de vision est limité, comme celui d'un cheval de course harnaché d'œillères. Il me semble que j'aime bien Tante Emily et Rose aussi mais le courant ne passe pas. Rien à leur dire.

Et voilà les associés de la Van Zale, les cols durs, tous plus obtus que moi, Scott excepté. Je remarque surtout Scott, avec ses cheveux et ses yeux noirs et son visage pâle et tendu. Le Réformiste Wycliffe ressemblait probablement à Scott — tous les hérétiques médiévaux ressemblaient probablement à Scott lorsqu'ils montaient au bûcher prêts à mourir pour une chose qui n'existe que sur un plan purement cérébral. Il y a en Scott quelque chose de très étrange. De fantomatique. Pourtant c'est un rude joueur de squash et il est habile en affaires. Il a disséqué l'autre jour l'emprunt de la Coastal Aluminium avec l'aisance d'un maître d'hôtel préparant une sole.

Et voilà la Fraternité de Bar Harbor, quadragénaires grisonnants vêtus de noir, le visage marqué par le chagrin. Cornelius et Jake sont séparés de quelques pas mais Kevin est à côté de Cornelius et lorsqu'ils se sont vus avant la cérémonie ils se sont serré la main et ils ont parlé quelques instants. J'aime bien Kevin Daly mais je le connais peu et ne le connaîtrai probablement jamais davantage. Que j'aimerais être comme Kevin Daly, toujours brillant, jamais en peine d'un mot spirituel, toujours plein de charme — mais pas le charme semblable au fameux maniérisme de Sam qui pour moi puait l'artifice. Le charme de Sam était comme l'eau coulant d'un robinet, celui de Kevin est comme l'eau pétillante jaillissant d'une source. Oui, j'admire Kevin Daly et j'aime ses comédies. Il est meilleur que Tennessee Williams encore que j'aime les pièces de Williams, son érotisme méridional et sa tension nerveuse. Kevin aussi joue sur le sexe et les tensions nerveuses mais il s'intéresse moins aux mécanismes sexuels. Le sexe l'intéresse davantage sous la forme d'une communication qui peut aller si étonnamment de la perfection la plus sereine à la faillite la plus infernale. Il m'arrive de penser que Kevin est l'égal de Miller et pourtant je ne crois pas qu'il y ait un dramaturge américain vivant qui puisse faire mieux que « La mort d'un commis-voyageur ».

Oui, Kevin est vraiment doué... Je me demande ce que représente de faire ça avec des garçons. J'aurais peut-être dû essayer moi aussi, mais non, tout ce qu'ont les femmes me manquerait. Curieux, ce penchant sexuel de Kevin. Il ressemble tellement à cette partie de la population américaine que Kinsey a été assez généreux — ou obtus — pour déclarer normale.

Kevin est le seul de la Fraternité de Bar Harbor que je puisse voir sans avoir envie de casser quelque chose. Jake a l'air désolé, ce vieil hypocrite : il détestait Sam qui appartenait à la Race des Maîtres. Mais cela doit vous faire un coup lorsque l'un de vos contemporains meurt brusquement, même si ce contemporain était un ancien Nazi qui vous a toujours donné envie de vomir. Dieu que les Juifs ont souffert pendant cette guerre !

Voilà Cornelius qui a l'air d'un cadavre. Il sera un cadavre un jour et où serai-je moi ? Sur le velours, avec un peu de chance — le velours du bureau de l'associé-gérant à Willow et Wall Street. Je n'aime guère Cornelius et il ne m'aime pas non plus mais je le respecte. Il me semble qu'il me respecte un peu, lui aussi. Il va falloir qu'il me respecte davantage. On dirait qu'il s'en doute. Je dois au moins lui reconnaître une chose : s'il est extraordinairement obtus sous bien des rapports, ce n'est pas un idiot lorsqu'il a franchi le seuil de Willow et Wall. En vérité, pour ce qui est de se défendre à Wall Street, c'est le type le plus retors que je connaisse. Et il faut consentir un certain effort pour admirer un homme qui ouvre rarement un livre et qui pense surtout à l'art sous l'aspect d'un investissement financier mais c'est un effort rentable car il ne vaut rien de mésestimer Cornelius. A Willow et Wall, nous en sommes tous bien persuadés parce que le taux de chômage parmi ceux qui l'oublient est toujours de cent pour cent.

Il y a d'autres banquiers aussi ; et des agents de change, des hommes de loi, des policiers, des files et des files de visages vides. Tous sont venus dans ce cimetière sordide pour respirer l'air pollué par les fleurs nauséabondes — tous, sauf la personne la plus importante, la femme qui sera mienne un de ces jours, l'héroïne que je vais sauver. Vicky est à l'hôpital : épuisement nerveux. Trois médecins ont affirmé qu'elle était incapable d'assister aux funérailles de son mari.

J'aime Vicky. Le poète anglais John Donne a écrit : « Pour l'amour du ciel, retiens ta langue et laisse-moi aimer. » Si Vicky consentait seulement à cesser de parler pour écouter mes silences elle apprendrait tant de choses. Je n'ai pas assez de mots pour tout ce que je veux dire mais si la chance m'était offerte je pourrais si bien prouver combien je l'aime. Quel stupide système que le langage ! Qu'il est donc étrange que nous puissions communiquer en ouvrant la bouche, en agitant la langue pour émettre de petites sonorités. Il devrait exister une manière plus concise de communiquer; nous devrions avoir des voyants lumineux au front ou des mains de cinquante doigts qui taperaient impeccablement un code sans ambiguïté. S'il y a un Dieu, ce dont je doute, il a prodigieusement échoué pour ce qui est de la communication.

— Ah, Sebastian, soupire Elsa, ma femme, au moment où nous partons. C'était un bel enterrement tu ne trouves pas?

J'aime bien Elsa. Elle est idiote mais je l'aime quand même. Au début je l'ai crue intelligente parce qu'elle dessine bien mais ce n'est qu'un hasard. J'ai entendu parler d'un débile mental incapable d'écrire son nom mais qui calculait de tête des logarithmes. C'est exactement le cas d'Elsa. Elle dessine ces motifs extrêmement originaux d'yeux humains sur un fond richement orné mais ils n'ont aucune signification particulière. Je l'emmène souvent dans le New Jersey parce que je trouve que c'est un reflet amusant et étrange de notre abominable culture mais bien qu'elle en rie avec moi elle aime cet endroit. J'ai compris Elsa du jour où je lui ai demandé où elle voulait aller passer notre lune de miel. « Las Vegas », a-t-elle répondu le plus sérieusement du monde. Je lui ai proposé toute l'Amérique du Sud — l'Europe me sort pour le moment par les oreilles après ma période obligatoire d'esclavage comme officier en Allemagne occupée. Je lui ai offert Rio de Janeiro, les ruines incas du Pérou, même les plages élégantes du Chili, elle a répondu non, Las Vegas, et je t'en prie, descendons dans un motel. Alors, c'est ce que nous avons fait et je dois dire qu'en comparaison le New Jersey a l'air d'un patronage. Seigneur, quelle culture est donc la nôtre! Tout cela sera anéanti un jour, bien sûr. Je lui donne cinquante ans. De tous les grands empires que le monde a connus, le nôtre aura été le plus bref. Deux cents années passées à la poursuite de l'omnipotent dollar et qu'avons-nous produit? La bombe A et *I love Lucy*.

Mais j'ai toléré Las Vegas parce que Elsa est si gentille, idiote mais gentille, et j'aime veiller sur elle. Jamais encore je n'avais eu a m'occuper de quelqu'un : Cornelius s'occupe de tout le monde dans la famille. J'aime aussi faire l'amour chaque fois que l'envie m'en prend. Elsa ne dit jamais non et je suis tellement heureux qu'elle ne paraisse pas regretter de ne voir guère de Las Vegas que notre chambre! Mais, après tout, les lunes de miel sont faites pour ça.

Quand nous nous sommes installés dans notre appartement de l'est de New York, j'ai dit que nous ferions aussi bien d'avoir un enfant, elle a dit okay et nous avons eu un enfant. Sans autres problèmes. J'ai aimé la voir enceinte et j'ai été content que le bébé soit un garçon. J'aurais été aussi heureux d'une fille mais je crois qu'il est toujours mieux d'avoir le garçon d'abord, de façon qu'il puisse plus tard veiller sur ses sœurs. Mais il était dit que notre garçon n'aurait pas de sœurs. Peu après sa naissance, Elsa a eu des ennuis ovariens et le médecin a dit : désolé mais pour les enfants, c'est terminé. C'est dommage. J'aime ce petit, tout rouge avec des cheveux noirs et les yeux fermés la plupart du temps. Il m'intéresse. Je l'aime sans doute bien que le sentiment que j'éprouve ne ressemble en rien à l'affection à son sens habituel. Mais si quelqu'un essayait d'enlever cet enfant je foncerais sans réfléchir, je mettrais le gars en pièces pour reprendre le bébé. Elsa se plaint de souffrir de donner le sein et elle gémit que ses hémorroïdes la rendent folle mais le petit bébé reste au chaud tranquille dans son berceau, sans rien dire de stupide, un minuscule individu avec ses idées bien à lui. Malin, intelligent, ce petit. Idiote, stupide Elsa. Pauvre Elsa. Je l'aime de bien des manières.

Une partie des ennuis avec Elsa, c'est que sa culture me reste étrangère. Je me suis efforcé de l'étudier mais je n'ai rien trouvé qui puisse m'attacher à ses aspects orientaux. Je me rendais constamment compte d'autre part que je resterais toujours un intrus, un Chrétien qui avait eu la scandaleuse audace d'épouser quelqu'un de la Grande Maison des Reischman! Je constate aussi combien les Juifs sont différents, ni inférieurs, ni supérieurs, non, uniquement différents, différents. Ils voient le monde sous un angle différent, l'histoire d'un point de vue différent et ils ont différents mécanismes de défense pour s'accommoder de leur immense conscience collective de souffrance et de douleur.

Certes, il est erroné aujourd'hui de généraliser sur les groupes raciaux, culturels ou religieux. Dans le passé, lorsque les groupes étaient nettement délimités, la chose était excusable : les Celtes étaient roux et moustachus, les Anglo-Saxons, de grands blonds et ainsi de suite... Chaque groupe était tellement homogène qu'il était possible à un étranger d'avancer certaines généralisations intelligentes avec une chance de tomber juste. (Cependant, il est permis de s'étonner de certaines préventions dans les observations d'historiens comme César et Tacite.) Mais aujourd'hui nous sommes tous si inextricablement mêlés que toute généralisation doit être sûrement bonne à jeter au panier et toute forme de préjugé doit être insoutenable du point de vue anthropologique aussi bien que moral. Mais cela n'empêche en rien les Reischman de me traiter comme un membre d'une race inférieure et cela ne m'empêche pas de me demander tristement s'ils n'ont pas raison.

Ma belle-mère n'est pas un problème — je crois qu'elle me trouve sexuellement attirant — mais mon beau-père est une véritable calamité. J'espérais tout d'abord qu'il ferait un effort pour se montrer aimable, puisque Cornelius est l'un de ses plus vieux amis mais quelque chose a dû le fâcher à l'époque de mes fiançailles avec Elsa : on dirait en tout cas que je lui rappelle une grave injure personnelle. L'antisémitisme instinctif de Mère a dû finir par lui apparaître et quand je me rappelle certaines des remarques qu'elle m'a faites lors de mes fiançailles je n'en suis pas du tout surpris.

A de rares exceptions près, les autres Reischman sont également désagréables. Elsa a un jeune frère, un brave gosse qui trouve l'ambiance familiale aussi pénible que moi mais la sœur mariée qui habite le New Jersey est aussi lugubre que la mère et les relations de la famille sont sinistres. Je ne fais pas d'antisémitisme. Certains de mes parents Foxwoth sont assez sinistres de leur côté mais au moins je sais comment les prendre parce que je les vaux.

Je me suis résolu à apprendre à vivre avec les Reischman et tout naturellement j'ai appelé ma culture à la rescousse. Si les Juifs peuvent fêter Passover, leurs Pâques, si les Irlandais peuvent faire appel aux mânes de leur vieux Roi Brian Boru pour les soutenir dans un milieu hostile, ce serait bien le diable que je ne découvre pas quelque part un vieux squelette anglo-saxon!

C'est à ce moment-là que j'ai découvert que je ne savais à peu près rien de mes ancêtres éloignés. Comme ils ont amplement rossé et soumis le monde occidental, les Anglo-Saxons ne s'intéressent guère à leurs origines — pourquoi perdre son temps à fouiner dans une foule de mythes antédiluviens quand vous pouvez vous contenter de jouir de votre position au sommet de la pyramide? D'autant que le présent si exquisement civilisé, tellement riche de privilèges, de snobisme et de puissance est autrement attrayant que ce passé violent, sauvage et nettement ténébreux. Oui, croyez-moi, je sais exactement ce que c'est que d'appartenir à la minorité privilégiée! Mais ce que les Reischman sont parvenus à m'apprendre contre toute attente c'est l'enfer d'appartenir à une race persécutée : six mois après mon mariage ils m'avaient réduit à un état constant d'humiliation, de mortification et de fureur.

Qu'on ne s'étonne donc pas que j'aie décidé de prendre des mesures. J'ai riposté. Scott m'a conseillé de lire un ou deux bouquins et, encore enragé d'être traité comme un citoyen de deuxième ordre, j'ai fait des recherches. A ce moment-là, j'ai rapidement oublié ma fureur. Je suis même reconnaissant à ma belle-famille de m'avoir involontairement lancé dans l'étude des races anciennes et d'avoir ranimé mon intérêt à l'égard de l'Histoire.

J'ai d'abord été navré d'apprendre que les Anglo-Saxons n'étaient pas exactement les vilains que dépeignent leurs ennemis. Mais après avoir surmonté mon désappointement d'avoir découvert qu'ils n'étaient pas simplement une bande de rustres pouilleux qui brûlaient chaque ville romaine sur leur passage, j'ai été enchanté de faire leur connaissance. L'histoire du Roi Alfred, le plus grand Saxon de tous, m'a littéralement passionné. Il était le dernier-né de quatre garçons. Quand il était enfant il ne faisait guère autre chose que de s'embrenner hors de propos, aussi les gens le croyaient-ils obtus mais Alfred-le-mal-aimé lutta contre les envahisseurs danois jusqu'à ce qu'il en sorte non seulement Roi du Wessex, la terre de ses ancêtres, mais aussi Roi d'Angleterre, Roi de tout le diable et son train. Il admirait la culture; il apprit tout seul à lire à l'âge de trente-huit ans, et il acquit des goûts intellectuels que pourraient envier bien des Américains. Oui j'aime Alfred. Je l'aime énormément et dans ma nouvelle position d'Anglo-Saxon persécuté je me fortifie de sa gloire.

Lorsque mon fils est venu au monde, j'ai été informé par les Reischman, sans un « avec votre permission » ou « s'il vous plaît », que le bébé serait appelé Jacob Isaac.

— Pas question, dis-je.

Je dois avoir l'air d'un Nazi mais il n'en est rien. J'ai épousé volontairement une Juive et j'ai été ravi de le faire. Il est vrai que je n'aime pas les prénoms Jacob ou Isaac mais celui de Jake me plaît beaucoup en dépit de tous les efforts que mon beau-père a faits pour lui donner le sens d'une injure. Cela dit, personne, Juif ou Chrétien, ne pourra brandir devant mes yeux la bannière du préjugé et me dicter le nom de mon fils.

— Il s'appellera Alfred, dis-je fermement lors de l'inévitable entrevue avec Jake Reischman.

— Alfred? lance l'heureux grand-père qui n'en croit pas ses oreilles. *Alfred?* Qu'est-ce que c'est que ce prénom-là?

— Il est saxon. C'est une question de fierté raciale, culturelle et religieuse.

On dirait qu'il va avoir une attaque d'apoplexie. D'habitude, Jake est pâle avec des yeux bleus couleur de glacier mais le voilà soudain écarlate. Après quelques secondes il parvient à bredouiller.

— S'agirait-il d'une sorte de plaisanterie?

— Non, Monsieur. Je suis issu d'une grande race et je veux que mon fils en soit fier. Alfred a triomphé des Danois païens et l'Angleterre est restée chrétienne. C'était un fameux gaillard.

— Mon peuple, dit Jake, et la colère l'amène à commettre la faute que j'attendais, mon peuple était déjà civilisé que les aïeux d'Alfred n'étaient qu'une bande de sauvages analphabètes hurlant des injures à César à travers le Rhin.

— Vos aïeux étaient des parasites errants. Les miens ont édifié le monde.

— Espèce de...

— Exactement, dis-je durement. Vous savez maintenant ce que je ressens quand vous me traitez comme un malpropre! Cela me rend enragé et j'ai envie de cracher toutes sortes d'obscénités comme cette dernière remarque que vous et moi savons fort bien n'être qu'une écœurante imbécillité. Je n'aurais jamais dit ça si vous n'aviez pas accueilli le prénom Alfred avec mépris. Et maintenant, écoutez-moi bien. Je suis disposé à respecter votre civilisation mais je veux bien être pendu si vous ne me payez pas de retour. Il faudra m'accorder un certain respect, à moi aussi, et vous pouvez commencer à l'instant en respectant l'idée que je suis le père de cet enfant. Je l'appellerai Jacob et aussi Alfred mais à la condition que vous me traitiez avec le respect qui m'est dû.

Silence. Puis Jake souffle finalement : « Et sa religion? »

— Chrétienne. J'ai le droit de choisir, vous pas.

— Elsa...

— Elsa fera ce que je déciderai. — Je m'arrête pour lui laisser le temps d'enregistrer et j'ajoute : « Si tout va bien et si je n'ai plus l'impression d'être mal accueilli dans cette maison, je veillerai à ce qu'il soit convenablement instruit dans la culture hébraïque. Sinon, pas question. Vous aurez un petit-fils cent pour cent chrétien et que vous ne verrez sûrement pas très souvent. »

Nouveau silence. Puis Jake dit aimablement :

— Je vois. Oui, tiens, je viens de me rappeler que l'un des Seligman s'appelle Alfred — et puis il y a aussi Alfred Heidelbach, de Heidelbach, Ickelheimer... Un bon vieux nom allemand. Pourquoi se disputer? Une véritable tempête dans un verre d'eau!

Jake est un vieux chameau rusé et il sait maintenant exactement ce que je vaux. Il m'a déjà évalué mieux que Cornelius mais Cornelius y arrive lentement, en cherchant sa voie à tâtons. Après cet incident, Jake et moi nous nous accordons beaucoup mieux parce qu'il me respecte de lui avoir tenu tête. C'est ce qu'il faut faire avec ce genre d'hommes et quand je dis « ce genre d'hommes », je ne parle pas des Juifs. Je parle des gens comme ceux de la Fraternité de Bar Harbor, d'hommes comme Paul van Zale destinés à la réussite. Il faut parler à ces gens-là dans leur langue, or je peux parler ce langage quand je le désire et les mots sont là bien classés dans ma tête.

On disait que Paul Van Zale choisissait souvent des protégés inattendus, des garçons que d'autres auraient ignorés.

Je crois qu'il aurait choisi quelqu'un comme Alfred de Wessex.

Je crois qu'il m'aurait choisi.

*26 février.* Je vais voir Vicky. Il y a quinze jours qu'elle est à l'hôpital et elle doit le quitter demain. C'est pourquoi j'ai choisi cette soirée pour lui rendre visite. Je suis resté à l'écart assez longtemps. Je ne voulais pas la voir au milieu d'une foule de visiteurs mais j'imagine qu'il n'y aura personne ce soir, la veille de son départ. Ils attendront qu'elle soit rentrée chez elle.

Vicky occupe une chambre particulière, pleine de fleurs éclatantes comme si les gens tenaient absolument à la faire participer à l'écœurante chienlit qu'elle a manquée lors des funérailles. J'aime les fleurs mais elles devraient rester dans les jardins, à leur place — et sinon dans les jardins, en plein air, au moins, comme le magnolia du patio de Willow Street. La fleur du magnolia est merveilleuse au printemps.

Comme Vicky.

Vicky porte une chemise blanche bordée de dentelle blanche et un ruban blanc retient ses cheveux. Elle est extrêmement surprise de me voir et pas le moins du monde enchantée, quoi qu'elle en dise pour être polie.

— Sebastian! Comme c'est gentil à toi d'être venu mais tu n'aurais pas dû te déranger.

— Ce n'est rien.

Je prends une chaise et m'assied près de son lit. Je ne lui demande pas comment elle va. C'est une question idiote. Il est évident qu'elle est malheureuse. Je ne lui dis pas que je suis navré pour Sam. Elle doit avoir atteint le point où elle se met à hurler quand quelqu'un lui dit ça. D'ailleurs, je lui ai envoyé un mot le jour où il est mort.

« Chère Vicky. Je suis absolument navré. Sam sera beaucoup regretté. Amicalement, Sebastian. »

Je lui ai apporté un petit recueil des poèmes de John Donne. Pas de fleurs, de chocolats ou de magazines. Je ne veux pas lui offrir les mêmes choses que les autres et, à l'inverse des autres, j'ai pris grand soin à choisir mon cadeau et j'ai veillé à ce qu'il ne soit pas insignifiant.

— Tu connais Donne? lui dis-je.

— J'en ai entendu parler, évidemment, dit-elle poliment. Oui, je crois bien avoir lu un ou deux de ses poèmes, il y a des années.

— On devrait lire davantage Donne au collège au lieu du sempiternel Shakespeare. J'ai connu un type qui avait passé deux ans à étudier *Hamlet.* Ce devrait être interdit par la loi. Deux ans à traîner dans les gravats d'Elseneur et Shakespeare lui-même prendrait *Hamlet* en grippe. Cette classe aurait plutôt dû lire Donne une bonne partie de ces deux années. Aujourd'hui quand on prononce le terme « poète » on pense immédiatement à un beatnik crasseux en train de faire la manche en Californie, mais dans l'ancien temps « poète » voulait vraiment dire quelque chose. On disait « littérature » et l'on entendait « poésie » et la poésie était communication. Donne est émouvant. Son style est solide et dur; il a un don fantastique de la syntaxe et une âme qui a triomphé des imperfections du langage. Le langage est un enfer et la plupart des gens sont incapables d'exprimer verbalement leurs sentiments mais Donne a fait du langage le miroir de l'âme. Avec lui, le langage n'est pas vain. Il est vivant.

Elle me regarde de ses grands yeux gris. Jamais je ne l'ai vue si étonnée. Elle me tient pour un primate incapable d'enchaîner plus de deux phrases. Elle croit réellement que j'aime les cinémas de plein air et les films de loups-garous.

— Ah, dit-elle gauchement à la fin. C'est sûrement un bon bouquin. Je le lirai.

Je jette un coup d'œil sur la table. Des magazines. Et un livre : un roman d'espionnage, conte de fées moderne pour ceux qui veulent échapper à l'enfer du modernisme.

— Kevin Daly vient de terminer une pièce qui débute à Broadway le mois prochain, dis-je. Tu aimes ce qu'il fait, n'est-ce pas?

— Oui. Généralement.

— Veux-tu voir sa nouvelle pièce? Je t'y emmènerai, si tu veux. Elle a l'air circonspect.

— Avec Elsa?

— Non. Elsa ne comprend rien aux comédies de Kevin. Elle pense qu'elles dépeignent des couples mariés qui se traitent avec politesse au lieu de se disputer.

— Mais ne paraîtrait-il pas bizarre que tu m'y emmènes sans Elsa?

— Non. Pourquoi ne sortirais-je pas ma belle-sœur un soir après tout cet enfer? Et si elle veut aller voir une pièce qui ne plaît pas à Elsa, qu'y a-t-il d'extraordinaire à ce qu'Elsa reste à la maison?

Je la vois ravaler très vite au rappel de son drame. J'efface aussitôt de mon esprit l'image qui la montre au lit avec Sam — exercice de volonté facile pour moi : il y a neuf ans que je le pratique assidûment — mais je ne la quitte pas des yeux et je me demande quelle sorte de gâchis il a pu faire de sa vie. Si je pouvais ouvrir la tête de Vicky pour voir ce qu'elle renferme, j'ai l'impression que j'y trouverais quelque chose comme une pelote de laine que deux chats se sont disputée pendant des heures. Avant que l'on puisse de nouveau se servir de la pelote, il faudra que quelqu'un démêle le fil et le rembobine correctement, quelqu'un qui l'aime assez pour avoir la patience nécessaire mais Keller n'était pas patient. Il n'en avait pas le temps. Il était trop pressé de s'affirmer aux autres et à lui-même; il a tenté de montrer qu'il était plus malin que Cornelius — il ne l'était pas — et aussi impitoyable qu'un autre aristocrate de la Côte Est — il l'était —, et aussi anti-hitlérien que Churchill, Roosevelt et notre bon oncle Joe Staline — il ne m'a jamais trompé une seconde. La vérité c'est que c'était un fils de chien travailleur sans imagination, sans goûts intellectuels, sans indépendance — Cornelius l'avait acheté et le possédait de pied en cap depuis des années — et sans aucun désir de démêler une pelote de laine. Il se vantait souvent d'être capable de démonter et remonter un appareil de télévision — il faut une machine pour refaire une machine, disait un jour au bureau une mauvaise langue avant que les plaisanteries sur les races ne finissent par me répugner, mais j'ai l'idée que pour ce qui est de réassembler sa propre femme il n'aurait pas su par où commencer.

— Ma foi, dit Vicky, hésitante, c'est gentil à toi, bien sûr, de vouloir m'emmener au théâtre, Sebastian, mais...

La porte s'ouvre. Entre Cornelius. J'aurais dû me douter qu'il lui était impossible de passer une soirée sans traiter Vicky comme si elle était Électre, fille bien-aimée d'Agamemnon. Ces anciens Grecs n'avaient pas leurs pareils pour connaître les secrets de famille. J'admire les Grecs. Dommage que leur civilisation les ait mis en pièces mais il semble que ce soit le destin de l'homme, qu'il joue un rôle dans une magnifique civilisation classique ou dans une culture moderne de pacotille : travaille dur, enrichis-toi, roule-toi dans le luxe et disparais. Cornelius, archétype de notre société matérialiste, paraît exactement sur le point de tomber en pièces mais au Numéro Un Willow Street nous savons tous qu'on ne pourrait pas l'entamer avec un diamant de vitrier. Et il sera sans doute le dernier de son espèce à échapper à la décadence. Les fils de Vicky deviendront plus tard disciples de Jack Kerouac — ou de ce que le *Time Magazine* appellera alors la Génération perdue des années 60. Le nom changera mais le scénario restera le même : de la drogue à pleines louches, de l'inertie et tous crevant d'ennui de long en large.

— Hello, me fait Cornelius, après avoir bavoté sur Vicky.

— Hello.

Il attend que je m'en aille. Je reste. Nous pensons tous aussitôt à l'incident stupide de Bar Harbor le jour où il a fait cette scène épouvantable. Je lisais un livre sous les rayons du soleil au bord de la piscine, *la Terre Vaine*, d'Eliot — je me le rappelle parce que j'étais beaucoup trop jeune pour en saisir toutes les intentions — et je venais de lever les yeux lorsque Vicky est sortie de la maison pour venir se baigner Je ne nageais plus dans la journée alors parce que je ne voulais pas que l'on remarque combien j'étais velu. Cela m'est égal d'être poilu mais je n'aime pas qu'on ait l'air de le remarquer. L'un des bons côtés d'Elsa, c'est qu'elle m'aime comme ça. Elle dit que c'est excitant. Personne ne me l'avait jamais dit avant elle ou n'avait jamais réagi comme si cela pouvait être vrai.

Vicky porte un maillot une pièce bleu marine mais il est trop petit pour elle maintenant et son décolleté déborde. Elle est belle, quatorze ans, comme Juliette, et je comprends fort bien ce que ce pauvre bougre de Roméo devait éprouver.

Bon, elle s'assied en me tournant le dos comme si je n'existais pas, elle bat des jambes dans l'eau et contemple l'horizon. Il me vient une érection. Salement gênant. Alors j'ouvre ma braguette, j'essaie de dissimuler, la chaise de rotin grince et à l'instant même Vicky voit ce qui se passe.

Catastrophe. Pleurs et scènes. Mère me regarde comme si les parties nobles de l'homme étaient la chose la plus répugnante jamais inventée mais elle essaie quand même de me défendre. Cornelius est fou furieux, me traite comme un violateur et m'envoie terminer les vacances chez des cousins Foxworth que je déteste. Finalement, Cornelius se calme, comprend qu'il a réagi comme dans un exemple de Freud et nous fait jurer à tous d'oublier l'incident. Nous jurons mais nous n'oublierons pas.

Vicky n'entend rien aux relations sexuelles, c'est incontestable, mais ce n'est pas ma faute. Une fille normale, voyant son demi-frère tripoter avec embarras sa braguette, se contenterait certainement de dire, avec agacement : « Qu'est-ce que tu fabriques ? » Ou bien, si elle est timide, elle détournerait les yeux et ferait semblant de n'avoir rien vu. Mais avoir une crise de nerfs et courir en pleurs se jeter dans les bras de Papa n'est pas normal et, en revoyant aujourd'hui l'incident, je me demande à nouveau comment elle a pu s'entendre avec Keller. Tout le monde répète que ce mariage était une merveille et un exemple de bonheur conjugal mais j'en doute. J'en doute sérieusement même.

— Eh bien, merci d'être venu, Sebastian, dit Vicky, non pour se débarrasser de moi mais parce qu'elle voit que Papa veut rester seul avec elle et Vicky s'efforce toujours de faire ce que Papa désire. Et merci pour le livre. C'est très gentil à toi.

J'ai envie de l'embrasser, simplement pour horrifier Cornelius, mais je me retiens. J'effleure sa main gauche posée sur le drap et je lui dis : « A bientôt. »

Je ne prends pas la peine de lui demander ce qu'elle fera après avoir quitté l'hôpital. Je sais ce qui se passera. Cornelius va s'empresser de vendre la maison de Westchester, d'expédier les quatre gosses et les nurses à la Cinquième Avenue et de ramener Vicky dans le giron familial. Cornelius va tout prendre en main comme d'habitude et il fera une marmelade de la vie de sa fille.

Mais j'aime Vicky et je vais la sauver. Cornelius pense que le problème est résolu parce que je suis marié mais il se trompe. Cornelius est un type intelligent mais dès qu'il s'agit de sa fille sa tête résonne tellement de tragédies grecques qu'il n'y voit plus clair.

Mais je vois clair, moi. Tu te berces d'illusions, Cornelius ! Tes ennuis ne font que commencer.

*Six mars.* Cornelius annonce : « Scott déjeune aujourd'hui avec Jake pour arranger le malentendu à propos de la Pan Pacific Harvester. »

Il s'est passé quelque chose entre Jake et Cornelius mais personne ne sait quoi. Pour diverses raisons d'ordre pratique et financières Reischman et Van Zale continuent de faire des affaires ensemble mais chacun peut voir que l'ancienne relation amicale est en train de sécher sur pied faute d'affection. Jake et Cornelius ne traitent plus jamais directement ensemble et chaque fois qu'ils se rencontrent par mégarde dans une réunion mondaine, ils sont exquisement réservés et polis comme deux vieux mandarins. Des rumeurs circulent à propos de cette rupture mais jusqu'à présent personne n'a mieux à offrir que ma théorie : tout cela a commencé lors de mes fiançailles. Les propos antisémites que l'on lançait alors ! Il fallait l'entendre pour le croire et, connaissant maintenant les Reischman, je parierais que les propos antichrétiens impardonnables ne manquaient pas non plus dans leur camp.

— Jake en personne déjeune avec Scott ? fais-je à Cornelius.

La réputation de mauvais coucheur de Jake, qui se perfectionne chaque jour davantage à Wall Street, est une garantie qu'il critiquera tous les représentants de Cornelius. En fait, après un ou deux rendez-vous, il désigne toujours quelqu'un pour le représenter. Et il vient, dit-on, de refuser de discuter avec Scott — nommé agent de liaison après la mort de Sam — sous le prétexte que Scott est trop jeune. A l'entendre on jurerait que Scott est un adolescent, un débutant alors qu'il a trente-neuf ans et une solide expérience.

— Je croyais que Jack avait désigné Phil pour traiter avec Scott, dis-je, surpris.

— Jake l'a sacqué.

— Dommage pour Phil, dis-je, sans plus, tout en imaginant sa tête roulant dans le panier de son. Qu'avait-il fait ?

Cornelius haussa les épaules : une exécution ne l'intéresse que s'il a signé de sa main l'arrêt de mort.

Mais lui et Jake représentent une espèce en voie d'extinction. Les grandes banques d'affaires privées sont de plus en plus une institution du passé. Vis-à-vis du fisc, il leur est bien plus profitable de se transformer en sociétés anonymes et, même si le président de la société s'efforce de se montrer aussi dictatorial qu'il l'était en qualité d'associé-gérant, le conseil d'administration le tient mieux en lisière. L'attitude générale a changé, elle aussi : la guerre et la situation de l'emploi encouragent un homme à réfléchir avant de remettre sa carrière au pouvoir d'un autocrate et le conseil d'administration offre non seulement une sécurité plus grande au banquier d'après guerre mais aussi une plus grosse part du gâteau.

— En vérité, dit Cornelius, Jake a visiblement décidé de donner à Scott une seconde chance. Ce n'est pas tout : c'est lui qui invite Scott à déjeuner et il a suggéré que tu y ailles également. Il sait que tu as aidé Scott à démêler l'affaire P.P.H.

— Okay, fais-je laconique, mais je suis tout excité parce que Jake ne déjeune généralement jamais avec qui n'est pas associé en titre. Cette invitation est pour moi un grand pas en avant et Cornelius le sait — il sait que bien que je sois un beau-fils Van Zale, Jake ne s'intéresserait pas à moi s'il ne pensait pas que j'en vaille la peine.

Je décide qu'il est temps d'énoncer discrètement quelques réalités que Cornelius a sans doute plus ou moins oubliées.

— Jake sait que j'aurai trente ans l'an prochain, dis-je, que je ne suis donc plus un enfant.

— Hum-hum.

— Jake m'a dit qu'il avait été nommé associé chez Reischman à l'occasion de son trentième anniversaire.

— Je me le rappelle fort bien ! — Cornelius prend une expression mélancolique mais, en fait, il réfléchit profondément. — Au fait, cela me rappelle Sebastian. — J'avais l'intention de t'en parler plus tard mais puisque l'occasion se présente...

Il m'offre un fauteuil d'associé. Je l'accepte.

— Bien joué ! dit Scott qui est de dix ans mon aîné et qui est associé, lui, depuis quelque temps déjà.

Il a l'air sincèrement heureux mais que cherches-tu exactement, Scott ? Tu es sans doute le type le plus malin de la boîte, à part moi et Cornelius, et Cornelius t'aime beaucoup, beaucoup plus que moi. Je t'aime bien aussi, mais tu as quelque chose d'étrange, Scott Sullivan. Ce n'est pas simplement que tu ne boives pas, que tu ne fumes pas et que tu habites une espèce de cellule d'ermite que personne n'est jamais invité à visiter ; ce n'est pas que tu sois tellement obsédé de littérature médiévale que tu as l'air dégoûté quand j'essaie de te parler d'un chef-d'œuvre du

XXᵉ siècle comme les *Quatre quatuors* d'Eliot. Ton ascétisme ne me gêne pas parce que tu n'es pas assez poseur pour afficher tes discutables vertus et ce ne sont pas, non plus, tes goûts intellectuels, aussi excentriques soient-ils, qui puissent me gêner puisqu'ils nous permettent de communiquer.

En vérité, c'est même pour moi une joie de parler à quelqu'un qui ne soit pas irrémédiablement obtus mais, pour autant que tu me plaises, je me rends de plus en plus compte qu'il y a chez toi quelque chose qui cloche. Par exemple, tu passes ton temps à nous raconter des fariboles sur la chasteté qui donne à l'homme une force surhumaine mais tu n'expliques jamais la raison de ta maladive fascination à l'égard de la continence et tu n'expliques jamais pourquoi cette force surhumaine t'est tellement nécessaire. D'ailleurs, je ne te crois pas chaste. Je crois que lorsque tu vas en vacances au Mexique, en Californie ou en Alaska, tu lâches la vapeur et pas à petites bouffées. Je crois cela parce que pour moi, la chasteté est inconcevable? Possible mais ce n'est pas certain. Lorsque tu reviens de vacances, il y a une étincelle dans ton regard et je doute qu'elle te vienne uniquement des joies du bain de soleil.

Mais que signifie tout cela?

Je n'en sais rien mais je sais que j'ai décidé de te tenir à l'œil, Scott Sullivan. Je te surveille et je trouverai.

*Pâques 1958.* Il se passe quelque chose entre Mère et Cornelius. Ils sont tout le temps à se presser les mains et à échanger des sourires complices. Si cette femme n'était pas ma mère je jurerais que Cornelius est actuellement fort heureux en ménage. Mais deux personnes qui frisent la cinquantaine, qui sont mariées depuis près de trente ans, peuvent-elles avoir encore quelque chose qui ressemble à une vie sexuelle excitante — ou même une simple vie sexuelle? Cela paraît incroyable mais que penser? Le voilà qui recommence, qui lui sourit comme si elle était la femme la plus excitante depuis que Mae West battait des cils pour Cary Grant, encore que Dieu sait que ma mère serait la dernière personne qui puisse me faire penser à Mae West. Mère a l'air de croire en ce moment que les parties nobles d'un homme pourraient bien être après tout une agréable invention. Inconcevable qu'on puisse imaginer ses parents en train de faire l'amour! Mère est certainement frigide mais c'est peut-être bien moi qui plonge trop dans Freud en ce moment, qui joue Œdipe pour Mère Jocaste — ou serait-ce pas Oreste pour Mère Clytemnestre? Dans son malheur, Œdipe, du moins, ne savait pas que Jocaste était sa mère. Il faudra que je trouve une traduction d'Eschyle, et que je relise *l'Orestie* et les tragédies thébaines de Sophocle. J'y découvrirai peut-être quelque chose.

Vicky se trouve un peu délaissée à cause de cette idylle qui fait rage entre nos parents. Elle ne dit rien — elle goûte probablement cette occasion de se reposer. J'ai rencontré ses gosses pendant la tumultueuse célébration familiale de Pâques. Il y a une charmante petite fille, Samantha, que tout le monde gâte horriblement. L'autre fille, Kristin, est aussi laide que Sam mais pleine de gaieté. Les deux garçons qui étaient revenus aux États-Unis trop timides pour dire un mot sont maintenant criards et mal élevés mais Cornelius paraît penser qu'il faut bien leur permettre de se battre dans les coins, de casser la porcelaine la plus précieuse et de manger à table avec leurs doigts. « Les garçons seront toujours des garçons ! » dit-il, tout content. Il ne disait pas ça quand Andrew et moi avions fait tomber une de ses toiles de Kandinsky au cours d'une bagarre. Je me demande si ses petits-fils vont le rendre gâteux, gâteux au point de sortir de son personnage impitoyable et retors. Non, je dois rendre à Cornelius cette justice de reconnaître qu'il lui serait impossible de se montrer stupide quand il s'agit de la banque. Si les deux gosses sont un poids mort, il les passera par profits et pertes.

Que valent-ils, au fait, ces deux garçons ? Impossible à dire. Ils doivent être intelligents si l'hérédité signifie quoi que ce soit. Eric réussira peut-être : ses boucles blondes lui donnent une vague ressemblance avec Vicky. Mais Paul pourrait être le plus malin. Il faut attendre et voir.

Vicky va avoir un autre enfant, m'apprend Mère. Bon sang ! Cela signifie que Vicky sera prise par la reproduction jusqu'à la fin de l'été. Mais c'est peut-être une bonne chose : on jugera sans danger que je l'emmène au théâtre. Personne ne songerait à séduire une femme enceinte — Sauf Cornelius, évidemment, à l'époque où il a enlevé Mère à Papa, mais aussi nous savons bien que Cornelius est capable de tout.

Pâques n'est pas d'habitude une fête aussi importante que Thanksgiving mais Andrew bénéficie cette année d'une permission exceptionnelle, et Lori et lui ont amené les gosses en vacances à New York. Ces gosses sont tous heureux et normaux comme Andrew, et comme Lori qui est normale, elle aussi — elle parle mode avec Mère et lui explique qu'elle suit des cours de cuisine française. Est-il concevable que des gens soient aussi normaux ? Il faut croire.

— Comment cela va-t-il ? fais-je un peu sceptique à Andrew quand tout le monde est gavé de la dinde rôtie du déjeuner de Pâques et que nous nous levons plutôt péniblement de table.

— Ça marche ! Il y a un nouvel avion, quelque chose de fantastique...

Dieu qu'Andrew est rasoir ! Il pense probablement que je le suis aussi.

— Et toi comment vas-tu, mon vieux pote ? demande-t-il cordialement en m'administrant une claque dans le dos. Toujours en train de rendre la monnaie en comptant les nickels et les dimes [1] ?

Andrew a grandi dans notre célèbre famille de banquiers mais je suis persuadé qu'il croit encore que Van Zale est une banque commerciale. Il existe, c'est vrai, une banque commerciale Van Zale, la Van Zale Manhattan Trust, et les deux maisons travaillent la main dans la main mais je suis, moi, un banquier d'investissement qui rassemble le capital public pour le prêter à long terme aux grandes entreprises et non pas un simple caissier qui accepte le chèque d'un client de deux sous payé à la semaine.

— Ça va pas mal, dis-je à Andrew. — Que dire d'autre à quelqu'un d'aussi obtus ? Comment communique-t-on avec un cerveau aussi vacant ?

Il commence à parler de certains de nos cousins Foxworth. Tous les

___

1. Pièces de monnaie américaine de cinq et dix cents.

Foxworth adorent Andrew. Je crois qu'Andrew tient beaucoup de Papa, c'est sans doute pourquoi il s'entend si bien avec cette famille. Papa devait être borné, lui aussi, pour abandonner la banque et se lancer dans la politique, pour lâcher le monde fascinant de la finance pour le monde synthétique des chasseurs de bulletins de vote en quête d'une puissance largement illusoire. Le pouvoir m'attire, je le reconnais, mais pas le pouvoir du politicien. Cette sorte de puissance est bien mesquine quand on la compare à celle que détiennent les grands de la communauté financière qui dirige l'économie de ce pays.

Cependant, je ne suis pas dans la banque simplement pour la puissance, comme Cornelius, et je n'y suis certes pas non plus pour la fortune et le standing social, comme Sam Keller. Mon grand-père maternel m'a laissé un tas d'argent et je suis né dans ce qu'on appelait jadis l'aristocratie yankee. Je suis dans la banque parce que j'aime ça. J'aime les chiffres. J'aime résoudre une affaire difficile. Et j'y suis habile. Je n'ai peut-être pas le charme préfabriqué de Sam Keller ou la férocité de Cornelius, mais j'ai une chose que je les soupçonne de n'avoir jamais eue : une véritable tête financière.

Si je dis que j'aime l'argent, l'impression que je donne est fausse : on pense aussitôt à un avare cachant ses pièces sous son matelas ou à un héros matérialiste de notre culture actuelle pourchassant le tout-puissant dollar. Non, j'aime, moi, le caractère abstrait de l'argent, ses propriétés mathématiques, j'aime les variations passionnantes des théories économiques et, mieux encore, j'aime les défis qu'acceptent peu d'hommes de notre monde synthétique et riche : l'affrontement constant entre l'argent et la morale, batailles qui ne peuvent que nous amener à toujours méditer davantage sur la valeur précise, la finalité et la réalité même et l'énorme richesse de notre sombre monde chaotique et tragique, notre redoutable XXe siècle.

Je ne suis pas un philosophe mais la philosophie m'intéresse. (Seuls les hommes comme Cornelius disent que c'est un jeu de salon pour grosses têtes.) Je ne suis pas un primate insensible. Je suis fatigué de voir dépenser des milliards de dollars pour tuer des hommes. Je suis las de voir les citoyens privilégiés du pays le plus riche du monde se vautrer dans le luxe pendant que des millions d'hommes vivent dans une infernale pauvreté. Je ne le clamerais certes pas sur les toits : on me qualifierait « d'idéaliste », on me classerait parmi les « irresponsables » et on veillerait à ce que ma carrière se termine « dramatiquement » — avec une généreuse indemnité de licenciement après la classique dépression nerveuse —, mais je rêve souvent d'être le président d'une banque qui essaierait de répartir les richesses non seulement entre les pauvres mais aussi entre ceux qui vivent au-dessous du niveau de la pauvreté ici-même, en Amérique, *mon* Amérique, que j'aime et déteste à la fois, l'Amérique que j'aime assez pour la juger sans aveuglement, non pas l'Amérique de la Bombe A et de *I love Lucy* mais celle du plan Marshall.

— Eh! tu es bien silencieux aujourd'hui! constate mon frère bruyamment en m'administrant une nouvelle claque dans le dos comme un candidat à la députation à un électeur récalcitrant. Une fois de plus, je me rappelle mon père. J'imagine qu'il m'aimait bien mais s'il a fait tant d'histoires pour me garder légalement c'est surtout qu'il voulait punir

Mère d'avoir suivi Cornelius et il était fâché de voir combien elle me manquait. Je dois reconnaître que Mère m'aimait quand personne ne m'aimait. Je l'aime aussi dans le fond mais elle me rend fou. Les mères devraient se garder d'être obsédées par leurs enfants mais, pauvre Mère! je ne peux pas lui en vouloir de m'avoir pris pour combler le vide affectif de son existence. Être la femme de Cornelius n'est pas toujours un lit de roses. Mère pense qu'elle me comprend mais elle se trompe et je ne la comprends guère non plus encore que souvent je la devine malheureuse et que j'en veuille automatiquement à Cornelius. Mère et moi ne nous ressemblons pas, bien qu'elle dise que je tienne de sa famille. Elle dit que je lui rappelle Dean Blaise, son père, qui était à la tête de la banque d'investissement Blaise, Bailey, Ludlow et Adams. J'avais six ans lorsqu'il est mort mais je me le rappelle fort bien. Il restait à toiser les gens qu'il avait invités à dîner et si l'un avait l'impudence de faire une sotte remarque il grognait : « Sacrée lavasse d'idiotie! » C'était un des grands de Wall Street. On dit qu'il était l'un des seul capables de rendre à Paul van Zale la monnaie de sa pièce. Un coriace. Intelligent. J'espère que je tiens de lui.

— Alors, quand Elsa et toi allez-vous nous offrir un deuxième neveu? demande lourdement Andrew.

— Occupe-toi de tes affaires!

— Okay, okay, okay! Seigneur, te voilà aussi aimable qu'un grizzly en rut! Je voulais simplement te témoigner de l'intérêt, pas plus. Dis, ce n'est pas chouette d'être père? Moi, j'adore ça. J'aime jouer de nouveau aux cow-boys et aux Indiens et réparer le train électrique de Chuck...

Scott vient à mon secours. Beau-fils d'Emily, il fait partie de la famille et il prend toujours part à un grand repas au moins dans ces réunions familiales.

Il s'empare d'Andrew. Il lui demande ce qu'il ressent quand il vole à vingt mille pieds.

— Formidable! répond Andrew, tout joyeux. Je regarde en bas et je me dis : Bon sang! quelque part là-dessous, Chuck s'amuse avec son chemin de fer électrique, Lori est en train de préparer un merveilleux plat français et la nurse va changer les langes du bébé...

Scott parvient à soutenir la conversation. Comment y arrive-t-il, je n'en sais rien. Seigneur! Scott est vraiment fort!

— Tu devrais te marier, Scott! proclame Andrew plein d'entrain. C'est tout simplement fantastique!

Mère s'approche furtivement de lui et se hausse sur la pointe des pieds pour lui donner un baiser.

— C'est bon de te voir si heureux, mon chéri!

Ils sont là à trouver que le mariage est merveilleux pendant que je me demande une fois de plus ce qui diable a bien pu se passer entre Mère et Cornelius pour déclencher cette résurrection conjugale. J'aimerais que Mère ne se teigne pas.

Elsa nous rejoint avec son bébé. Ce pauvre Scott doit être terrassé par tant de bonheur conjugal.

— Hello, dis-je à Elsa en lui faisant un sourire rassurant.

Pâques dans la demeure des Van Zale lui donne l'impression d'être une intruse, alors je m'efforce de ne pas m'agacer qu'elle me suive pas à pas comme si elle avait peur de me perdre de vue : « Hello, Alfred ! » dis-je en tendant un doigt à mon fils. Alfred a sept mois et il gesticule et marmonne déjà pour essayer de faire comprendre ce qu'il veut. Alfred essaie de communiquer et il a découvert que la plupart des grandes personnes sont idiotes. Ce doit être dur d'être un bébé. Chacun semble croire qu'il est merveilleux de n'avoir à faire que de manger, dormir et jouer mais songez à la difficulté de se faire comprendre.

Alfred se tortille dans les bras d'Elsa. Il repousse mon doigt.

— Pose-le par terre, Elsa. Il a envie de se dégourdir les membres.

Alfred entreprend de traverser la pièce à quatre pattes.

— Qu'il est amusant ! dit Andrew en riant.

Amusant ! Alfred est plus intelligent que tous les gosses d'Andrew réunis.

Vicky est assise sur le divan au fond de l'immense salon, bien à l'écart des gosses qui se pourchassent en essayant de s'entretuer. Je m'approche d'elle au moment où Mère demande aux nurses de renvoyer à la nursery tout ce qui n'a pas plus de dix ans.

— Un peu lasse des grandes réunions familiales ? fais-je.

Vicky lève les yeux et se met à sourire. J'ai soudain un pain de glace au creux de l'estomac.

— Sûrement pas ! répond-elle. C'est charmant de voir toute la famille réunie.

Elle n'en pense pas un mot. Ces rassemblements sont épuisants et ils n'ont rien à voir avec le véritable esprit de Pâques. Elle le sait aussi bien que moi mais elle est enfermée dans le dilemme mondain classique qui consiste à se croire obligée de dire une chose alors qu'on pense secrètement le contraire. J'essaie de lui faire oublier ses entraves psychologiques en lui annonçant :

— J'ai des places pour la nouvelle pièce de Kevin. Cela te fera du bien de sortir un peu d'ici et de dégeler ce cerveau que tu gardes depuis si longtemps au réfrigérateur.

— Peut-être, en effet, dit-elle avec un sourire hésitant. Merci. Papa disait justement l'autre jour que cela me ferait du bien de sortir — Il m'avait même invitée à aller dîner avec lui et Alicia au Colony mais je n'ai pas accepté. J'avais l'impression que ce serait une sorte de... que je serais de trop.

— Tu l'as remarqué hein ?

— Bien sûr ! C'est tellement voyant. Mais pourquoi ai-je aussi le sentiment que c'est tout à fait bizarre ?

— Je suis en train de relire Sophocle et Eschyle pour essayer de le découvrir. Soupe avec moi après le théâtre et je te dirai pourquoi nous ne pouvons pas supporter le spectacle de nos parents en train de folâtrer comme si faire l'amour venait d'être inventé.

Elle se met à rire. J'ai un nouveau pain de glace au creux de l'estomac.

— Okay, dit-elle. J'attends avec impatience.

La pièce m'intéresse. Le sujet traite d'un chef politique irlando-américain du début du siècle ; j'imagine qu'il s'agit du père de Kevin, qui, à l'époque, tirait les ficelles de la politique dans le Massachusetts.

Jouissant avec délices de l'apparat du pouvoir le politicien est soudain épouvanté de découvrir que la voie du pouvoir est aussi celle de la solitude — et finalement celle de la mort de l'âme, de la mort physique, l'enfer définitif sur terre. Cet homme ne peut communiquer que par l'exercice du pouvoir mais, paradoxalement, l'exercice de son pouvoir lui interdit toute communication sincère. Il perd ses amis, sa femme et finalement les élections. La dernière scène le montre avec sa maîtresse et elle se termine non pas par les répliques mais dans le silence.

— Pourquoi ne disent-ils rien? demande un crétin derrière nous.

J'ai le pressentiment que la pièce sera un four. Une forte partie du public de Broadway ne comprend que l'opérette et la farce et, dans une vaste proportion, il n'apprécie pas qu'on lui rappelle ses échecs sentimentaux que Kevin dissèque avec une belle franchise. La critique continuera peut être de louanger Kevin mais l'un des imprésarios qui tiennent les cordons de la bourse va probablement lui demander de cesser d'écrire en vers libres et d'arranger une fin heureuse pour faire plaisir aux crétins.

J'aimerais dire à Kevin que sa poésie est un instrument remarquable. J'aimerais lui dire non seulement d'envoyer paître l'impresario mais aussi ceux des critiques qui lui diront que le dialogue du xxᵉ siècle, dans le genre de « Avez-vous du feu pour allumer ma cigarette? », par exemple, ne supporte pas le vers libre qu'il rend gauche et désuet. Kevin n'est pas Eliot ni Fry, mais il est quand même l'un des rares auteurs dramatiques de langue anglaise qui ose rechercher l'élégance littéraire en repoussant la discipline du mètre. On devrait l'encourager sans fin ni cesse. Il devrait être acclamé par ceux qui aiment l'art dramatique du xxᵉ siècle.

Par une étrange coïncidence qui vous ferait presque croire à ces termes ridicules de « sort » ou de « destin », nous nous trouvons nez à nez avec Kevin en sortant du théâtre. Il est accompagné d'un jeune et beau comédien et il se rend chez Sardi [1]. Je sais que je n'ai que quelques secondes pour exprimer ma pensée; je cherche les mots pour remercier Kevin des heures et des heures de travail qu'il a dû passer à sa pièce. Dire simplement : « Merci » serait plat. Dire : « J'ai beaucoup aimé votre pièce » pourrait signifier que je ne l'ai pas aimée mais que je suis poli. Je veux le féliciter mais je ne peux pas dire quelque chose d'aussi insignifiant que : « C'était rudement chouette! » Il faut que je lui dise les mots auxquels personne n'a pensé : il faut que je sorte de mon vocabulaire quelque chose de fulgurant. Peu importe que j'exagère. Si je touche la corde originale qu'il faut je suis sûr qu'il comprendra aussitôt le sens de ce que je veux dire.

— C'est un triomphe de notre langue, dis-je. Vous me rappelez John Donne.

— Mon Dieu! s'exclame Kevin. Pourquoi diable n'es-tu pas le critique du *New York Times*!

Le comédien consent à rire mais Kevin, exubérant comme toujours, dit simplement :

— Ne fais pas attention à lui! Il croit probablement que John Donne

---

1. Célèbre restaurant de nuit de New York.

est l'un des signataires de la Déclaration d'Indépendance — peut-être parent de Thomas Jefferson par les femmes! Écoute, pour l'amour du ciel! viens boire un verre avec nous — Vicky essaie de le convaincre!

— Ce sera pour une autre fois, lui dis-je en souriant, parce que nous allons souper. Merci quand même, Kevin.

— Alors, viens donc me voir au Village un de ces jours, me jette Kevin par-dessus l'épaule. Le jeune comédien fait la moue mais il n'a rien compris. Il est comme Elsa. Il ne comprendra jamais combien il est merveilleux pour Kevin d'être comparé à un poète mort depuis plus de trois cents ans.

Nous avons communiqué.

— Kevin est si sympathique! soupire Vicky. Quel dommage!

— C'est l'amour seul qui compte. Peu importe comment ou qui tu aimes du moment que tu es capable d'amour parce que si tu es incapable d'amour autant mourir. C'est un thème d'Ingmar Bergman. As-tu déjà vu un film de Bergman?

— Non, Sam n'aimait que les westerns et les films policiers.

Nous allons au Chanteclair, dans la 49e rue, et nous prenons une soupe à l'oignon, des ris de veau et une bouteille de Bourgogne blanc.

— C'est bien bon de boire du vin français, remarque Vicky en se rappelant des années de Hockheimer avec Sam et de vinasse de Californie avec Cornelius.

Nous en venons à nos parents.

— Que penses-tu qu'il soit arrivé?

— Nous ne le saurons jamais

— C'est tout de même *étrange!*

— Peut-être pas tellement, dis-je. Nous connaissons si mal ce qui se passe dans l'existence des autres.

— C'est vrai. — Elle paraît soudain mal à l'aise.

— Chacun se cache si soigneusement derrière une façade.

— Oui, c'est vrai, dit-elle le regard lourd de souvenirs.

Je ramène aussitôt la conversation sur la pièce et je m'aperçois très vite qu'elle en a compris chaque réplique. C'est merveilleux de parler à une femme dont la conversation ne traite pas uniquement de son foyer, de ses gosses et du dernier vison qu'elle a choisi chez Bergdorf Goodman.

Je la ramène chez elle... sans l'effleurer du bout du doigt.

— Dis, Vicky, il faudra recommencer. C'était très agréable.

— Eh bien, je... Sebastian cette soirée a été vraiment merveilleuse, un tel changement mais...

— C'est très convenable, n'est-ce pas? dis-je d'un ton léger. Je suis le beau-frère sagement marié. Tu es la veuve enceinte. Si Cornelius est capable de voir là ce qu'il a vu dans cette idiote de scène de Bar Harbor il est bon à enfermer.

— Ah... — Elle est embarrassée. — Ma foi...

— Évidemment, je parierais que tu te fiches pas mal aujourd'hui de ce qui s'est passé il y a tant d'années. Tu as vécu neuf ans avec un homme et tu sais qu'un homme s'excite facilement à la vue d'une jolie fille en maillot. Et tu sais bien, comme moi, que ce n'est pas toi qui m'avais excité

— je veux dire *pas toi, Vicky* — mais simplement le spectacle d'un corps féminin à demi nu. Cela n'avait rien de dramatique, pas plus que la vue d'une grosse bonne femme en train de saliver devant la vitrine d'un pâtissier et il n'y a rien de moins dramatique, non?

Son expression grave et embarrassée disparaît soudain. Elle rit.

— Tu veux dire que je ne comptais pas plus qu'un éclair au chocolat?

— Non, tu as toujours compté beaucoup pour moi, Vicky. Mais c'est l'incident qui était si remarquablement banal.

Elle y réfléchit. Elle n'a probablement jamais voulu affronter ce souvenir dans tous ses détails depuis ce jour-là. J'attends. Je ne la presse pas. C'est extrêmement important.

— Oui, je crois que tu as raison, dit-elle enfin d'un accent désinvolte. — Elle n'ose pas encore me regarder carrément mais sa voix est calme. — Toute une histoire pour pas grand-chose, hein?

Belle oraison funèbre pour un cadavre que nous pouvons maintenant enterrer formellement et enfouir sous les fleurs. Je me garde toujours de l'effleurer mais j'en ai grande envie. Je veux qu'elle sache combien elle m'est chère. Mais je ne voudrais pas qu'elle sache que mon seul désir en cet instant est de la déshabiller, de l'embrasser et de lui faire l'amour toute la nuit.

Vicky prendra du temps et j'entends le lui laisser. Je veux qu'elle sache que je suis patient comme si j'avais l'éternité devant moi.

— Okay, Vicky, dis-je gaiment en la déposant devant la maison de son père. A bientôt. Je t'appellerai.

Mais malgré ces paroles désinvoltes je crève d'excitation. Les fondations de mon rêve viennent d'être creusées dans le granit et je peux envisager enfin la maison que je désire construire depuis si long-temps.

A la maison, Elsa attend, ramassée dans son lit, le courroux de Dieu sur le visage — son Dieu, à elle, celui qui est d'une permanente méchanceté, le Dieu qui a envoyé l'une après l'autre les Dix Plaies pour faire un enfer de la vie des Égyptiens. Plus j'avance en âge et plus je plains le Pharaon.

— Alors, où étais-tu? me demanda-t-elle ne me fixant de ses yeux pâles comme ceux de son père. Que t'est-il arrivé?

— Qu'est-ce que tu crois? Que j'étais au lit en train de culbuter une femme enceinte?

— Le sexe, tu ne penses qu'à ça, dit-elle en écrasant une larme.

— C'est toi qui veux que je ne pense qu'à ça, dis-je en la secouant à lui couper la respiration et la parole.

— Oh, Sebastian, fait-elle en se glissant dans mes bras. Pardonne-moi de m'être fâchée.

J'aime bien Elsa. Elle est tiède, et confortable. Je l'aime surtout quand je suis au lit avec elle et c'est sans doute là qu'elle m'aime le mieux, elle aussi. Je ne parle ni de sexe ni d'affection mais de ce simple sentiment agréable qu'on éprouve auprès d'une femme que l'on sait son amie.

Elsa s'endort, gros corps pressé contre le mien et qui me rappelle combien elle est douce, tiède et féminine. Je reste éveillé dans le noir. Je n'envisage aucun conflit dans l'avenir. Épouser Vicky ne m'intéresse pas. Le mariage fait partie de la façade que vous érigez pour le monde. Il m'a fallu du temps pour le comprendre mais Cornelius me l'a finalement épelé : « Je ne choisis pas mes associés parmi les névrosés incapables de mener une vie normale. » J'ai compris son avertissement. Pour se pousser dans ce monde il vous faut faire croire que vous êtes normal et rangé. Évidemment, il n'existe pratiquement personne qui le soit, surtout à Wall Street, mais la question n'est pas là. La question, c'est que chacun doit faire semblant de croire que celui qui n'est pas dans une maison de santé est une sorte de robot avec le mot *normal* gravé au front. Quand vous vous mariez vous radiodiffusez du coup le message *Normal!* et chacun cesse de s'inquiéter à votre sujet. Vous vous rangez, vous installez votre femme dans une jolie maison, vous fondez une famille et commandez des fleurs et du champagne à chaque anniversaire de mariage. *Normal, normal* pianotent vos signaux pour annoncer à la ronde que vous êtes un type comme les autres.

Je m'approche d'Elsa dans le noir en pensant qu'elle est vraiment gentille. Nous sommes mariés pour toujours, Elsa et moi, pas d'ennuis, pas d'histoires. Il ne peut y en avoir, d'ailleurs, car les Reischman s'empareraient immédiatement d'Alfred.

Or personne ne m'arrachera jamais Alfred.

Mais Vicky va devenir une part importante de ma vie, elle aussi. Vicky ne voudra pas d'un mariage. Elle sait ce que c'est maintenant et elle en a par-dessus la tête. Je la connais et je la comprends mieux que personne.

Nous aurons ce que l'on appelait au bon vieux temps : une liaison. C'est un terme parfait. Il évoque l'image de femmes séduisantes à demi étendues sur un divan Récamier. Paul van Zale a eu pendant une trentaine d'années une liaison avec une femme, Elizabeth Clayton, qui est morte aujourd'hui. La femme de Paul le savait, Monsieur Clayton aussi, mais ils acceptaient la situation et s'en accommodaient. Ce n'était pas normal mais ils s'employaient tous avec tant d'ardeur à garder à leur mariage une façade respectable que l'on passait sur l'irrégularité.

Mon mariage sera toujours très présentable. Elsa, au début, n'aimera guère ma liaison. Il y aura des larmes et des scènes mais elle finira par se rendre compte qu'elle est une grosse femme laide, vraisemblablement incapable d'attirer un autre homme, alors elle sera furieuse quelque temps certes mais elle se calmera en comprenant que j'ai l'intention de lui rester et d'offrir au monde une façade présentable. Nous continuerons d'émettre les signaux *Normal, normal!* et personne ne la regardera de travers.

Vicky continuera d'habiter chez Papa pour que Papa satisfasse son désir d'élever les gosses. Je louerai quelque part un appartement, sur Sutton Place, peut-être, et elle viendra m'y rejoindre chaque fois que nous aurons envie de nous voir. Nous décorerons l'appartement nous-mêmes. Il y aura un lit aux draps de satin noir dans une chambre tapissée de blanc. J'aime le mariage du blanc et du noir. Érotique. Je tâcherai de trouver un ou deux dessins de Beardsley, en blanc et noir, pour les accrocher aux murs. Non, pas Beardsley. Trop décadent. Quelque chose d'un trait élégant et net, quelque chose de pur. Une gravure japonaise peut-être. Ou un croquis de femme nue de Picasso.

Vicky pourra décorer le living-room mais nous choisirons les livres ensemble. Beaucoup de poésies. Tous les poètes habituels plus *Beowulf* dans le texte. Qu'importe que nous ne lisions l'anglo-saxon ni l'un ni l'autre et que *Beowulf* soit l'un des poèmes les plus ardus jamais écrits. Nous l'aurons pour la même raison que les Romains gardaient le buste de leurs ancêtres dans leur atrium. Et nous apporterons aussi Bede-le-Vénérable, pour tenir compagnie à Beowulf. J'ai encore la traduction que Scott m'avait conseillée quand j'avais le sentiment d'appartenir à une race persécutée. Je me demande si Vicky connaît le passage sur l'oiseau dans le hall illuminé.

En songeant à Bede, je reviens à Scott.

Scott est la grande anomalie, c'est certain. Il est l'exception qui confirme cette règle qui veut que les gens soient mariés pour être déclarés normaux. Il lui est permis d'échapper à la règle parce qu'il donne tout de même l'impression d'être aussi normal que la tarte aux pommes, ce classique dessert américain, mais il ne l'est pas, il s'en faut. Plus je pense à lui et plus je le trouve malin. Il l'est tellement que j'en ai des frissons dans le dos. Il représente tout ce que Cornelius déteste : primo, il est célibataire; secundo, intellectuel; tertio, chaste (généralement); et, quarto, il est le fils de Steve Sullivan. Et pourtant Cornelius a fait de lui son chouchou.

Tout cela ne me plaît pas du tout. Me donne la chair de poule. Mais est-ce un danger pour moi? Je ne vois pas comment. Jamais Cornelius ne donnera un poste de commande à un fils de son ancien ennemi Steve Sullivan, donc mon avenir est aussi bien gardé qu'un diamant dans une chambre forte bourrée de gardiens mais il n'empêche que je n'aime pas que Cornelius ne voie que par lui. Peut-être devrais-je le faire comprendre à Cornelius? Non, il vaut mieux se taire. On ne sait jamais quelle pourrait être sa réaction.

Que Cornelius va-t-il penser de ma liaison avec Vicky? Cela ne lui plaira pas mais Mère sera ravie. Mère sera aux anges et Cornelius ne demande que ça, surtout en ce moment où ils folâtrent tellement dès qu'ils sont en tête à tête.

Dieu que c'est étrange!

Elsa gémit doucement dans son sommeil et je la prends dans mon bras pour la calmer. Je t'aime bien, Elsa. C'est une chance que de t'avoir à moi. Et merci de faire croire à tout le monde que je suis un type si gentil, si normal, sans problèmes...

*Samedi 7 juin 1958.* Scott et moi nous faisons une partie de squash au Club et je gagne. Nous prenons une douche et j'avale un ou deux verres de bière pendant qu'il boit du Coke.

— ... la question qui se pose, dit Scott, est donc de savoir si la légende anglaise de Childe Roland a vraiment un rapport quelconque avec Roland, le neveu de Charlemagne, le héros de la fameuse chanson de geste.

— Comment n'y en aurait-il pas? Si l'on relit le poème de Browning...

Scott rejette Robert Browning qui a été incapable de naître au Moyen Age; il s'en faut d'au moins trois bons siècles.

— Selon Dorothy Sayers, il n'existe aucun rapport. Elle dit...

Auteur d'histoires de détectives, Dorothy Sayers, comme Browning, a échappé à l'attention de Scott mais comme savant réputé dans l'étude du Moyen Age elle a tout son respect.

J'écoute aimablement et je me dis que Scott et moi nous avons consacré assez de notre temps libre penchés sur le Moyen Age. Il me semble qu'il est temps de descendre de la tour d'ivoire de nos préoccupations médiévales pour reprendre l'exploration des sombres étendues de la jungle du xxᵉ siècle où nous passons notre vie chaque jour.

— A propos de Roland, de la Tour noire et autres baraques médiévales, dis-je, comment va la vie à Mallingham en ce moment ?

Mallingham est ce village médiéval du Norfolk où Steve, le père de Scott, dort de son dernier sommeil et où Dinah Slade, l'ennemie jurée de Cornelius, régnait jadis sur le manoir. Je ne sais pas grand-chose de Dinah Slade, sinon qu'elle a brisé le mariage de Steve avec Tante Emily, qu'elle a amassé un tas d'argent, qu'elle a empoisonné la vie de Cornelius et qu'elle a eu une mort héroïque à Dunkerque.

— Oh, tout va bien à Mallingham, répond Scott aimablement comme n'importe quel type normal qui parle de sa famille. Elfrida est absorbée par la direction de son école — elle est plus occupée que jamais depuis qu'Edred a abandonné. Mais je crois qu'il est finalement préférable qu'il se soit engagé dans cet orchestre. Elfrida n'aimait pas la manière dont il enseignait la musique et il y avait des scènes.

Edred et Elfrida sont le demi-frère et la demi-sœur de Scott, les jumeaux que Steve et Dinah avaient eus avant de se décider à se marier. Seul le dernier enfant, George, a eu la chance de naître après la noce.

— C'est gentil à Cornelius d'avoir financé Elfrida, non ? dis-je d'un air innocent.

Scott a un large sourire.

— Pure charité chrétienne ! dit-il, et nous nous mettons à rire.

Je m'arrête un instant pour envisager la manœuvre suivante. Au numéro Un de Willow Street tout le monde sait que Cornelius et Steve se sont livré un duel à mort dans les années trente; nous savons tous aussi que ce fut un combat sordide, que tous deux frappaient le plus souvent au-dessous de la ceinture mais personne ne connaît les détails du grand chelem — et ceux qui les connaissent ne parlent pas. Je ne suis jamais arrivé à connaître le fin mot de l'affaire mais je ne pense pas que quel qu'il soit j'en serais autrement surpris. Quand il s'agit de Cornelius, je m'attends toujours au pire et le pire est généralement vrai.

Mais que croit Scott, lui ? Avec son intelligence et l'expérience qu'il a de Cornelius, il ne peut certainement pas se laisser abuser par la version que présente Cornelius : il est impossible qu'il croie que Steve écrasait tout sur son passage comme un autre Attila et que Cornelius, cet innocent agneau qui venait de naître, a été contraint de riposter pour se défendre. Je peux admettre que Scott se soit éloigné de son père — les flibustiers du genre Sullivan vivent le plus souvent à un tel rythme que leurs enfants finissent oubliés quelque part sur le parcours — mais jusqu'à quel extrême cet éloignement allait-il ? Je ne me rappelle pas Steve Sullivan qui a quitté définitivement l'Amérique en 1933 mais Tony, le frère de Scott, me racontait un jour que son père lui avait construit une cabane sur la plage devant leur maison de Long Island.

J'avais répondu à Tony avec envie : « Tu as de la chance d'avoir un père qui passe tant de temps avec toi ! »

Et je me rappelle que Tony m'avait dit avec la naïve franchise qui lui interdisait de dissimuler : « C'est le papa le plus merveilleux du monde. »

Ce témoignage est frappant et il l'est encore plus quand on le compare aux déclarations de Cornelius qui affirme que Steve était un père totalement inapte et qu'il avait fait un gâchis affreux de ses devoirs paternels. (Cornelius a une préférence toute victorienne pour le mot « devoir » : il le considère comme un sorte de maître mot destiné à clore victorieusement toute discussion morale.)

Mais Scott a-t-il toujours partagé l'indéfectible fidélité de Tony à l'égard de son père ? Les deux frères étaient fort différents de caractère et d'intelligence et ils étaient séparés depuis des années lors de la mort de Tony. Le caractère de Tony était ouvert et clair. Celui de Scott est secret et impénétrable. Ces deux garçons étaient-ils unis dans une vue identique du passé ? Impossible à dire, impossible à deviner.

En regardant Scott, je ressens un désir intense de fracturer cet esprit énigmatique et fermé.

— À ton avis Cornelius a-t-il financé Elfrida pour apaiser un sentiment de culpabilité ? dis-je soudain. Crois-tu qu'il essaie de se faire pardonner d'avoir évincé ton père dans les années trente ?

— J'en doute, répond calmement Scott sans une seconde d'hésitation. Je le vois bien agir par lassitude : « Débarrassons-nous de cette fille en lui donnant ce qu'elle désire ! » Je le vois aussi agir par bon sens : « Si je lui suis agréable elle me fera moins d'ennuis ! » et je le vois enfin obéir à sa fameuse charité chrétienne : « Si je l'aide, j'en serai moralement réconforté ! » mais je ne l'entends certes pas se dire : « Oh, mon Dieu ! laissez-moi racheter mes péchés en offrant à cette fille une école ! »

J'éclate de rire mais je suis impressionné aussi : cette claire et objective analyse des motivations de Cornelius sonne si juste et l'affection plaisamment exprimée paraît si évidemment sincère que je commence à me demander si je ne souffre pas de paranoïa en imaginant de la traîtrise là où il n'en est point. Je me répète qu'il est parfaitement possible que Scott ait entièrement rejeté son père et parfaitement possible qu'il aime Cornelius sans pour autant se faire d'illusions sur lui. Je n'ai jamais très bien compris que, bien que je déteste Cornelius, il y a parfois des moments où je l'aime beaucoup et où, Dieu me pardonne ! je l'admire. Je l'aimais bien le jour où il m'a fait cette conférence rabelaisienne sur les précautions sexuelles quand je suis entré à Groton et je l'aimais bien quand il a non seulement approuvé mon mariage mais qu'il m'a soutenu à fond jusqu'à l'autel. Et j'admire le courage qu'il montre devant son asthme, luttant constamment, sans jamais se plaindre, sans jamais rechercher la pitié. J'aimerais le détester à cent pour cent mais cela m'est impossible. Alors, si je peux avouer des moments d'affection pour Cornelius, pourquoi Scott ne partagerait-il pas mes sentiments ? Scott est sincère. Il le faut. Il a simplement des manies singulières et son âme n'est pas si secrète ni opaque après tout.

Mais est-ce bien vrai? Pourquoi faut-il que je continue de croire contre toute vraisemblance que Scott joue dans une sorte d'allégorie médiévale le rôle du Châtiment poursuivant le Mal et le Saint-Graal de la Justice? Oui, je suis sûrement paranoïaque. Toutes ces fariboles médiévales que Scott nous sert à tout bout de champ ont fini par me déranger la cervelle. Il faut que je me reprenne avant de me laisser emporter par le désir de broder sur les *Contes de Canterbury*.

— Comment était ton père, Scott? dis-je soudain, surpris moi-même par ma question. Tout le monde affirme que c'était simplement une sorte de franc buveur d'Irlandais rouge brique mais il devait être bien autre chose que ça.

— Il n'était pas irlandais. Il voyait le monde de l'œil d'un Anglo-Saxon et il considérait que son nom irlandais était un simple accident.

Nous sommes là sur un terrain familier. Lorsque, après avoir épousé Elsa, j'ai eu l'impression d'appartenir à une race persécutée, Scott et moi nous avons longuement discuté des races anciennes.

— Mais ton père n'avait-il pas des caractéristiques celtes? fais-je légèrement en me préparant à une expédition en territoire ethnique ancien.

— Dieu non! Il ne connaissait qu'un monde, qu'une époque et qu'une vérité — ce que les Anglo-Saxons appellent « logique », « bon sens » et « pragmatisme », ce qui caractérise l'univers occidental aujourd'hui.

— *Mon* univers, lui dis-je en souriant.

— Le tien, oui. Mais pas le mien.

Ça y est! C'est incroyable mais il a fait la faute. Le rideau s'est relevé une seconde et j'ai pu lancer un bref coup d'œil dans cet esprit secret.

— Non, mais écoute-moi un peu! s'exclame-t-il en se forçant à rire. C'est complètement fou! Ce n'est pas ce que je voulais dire. Nous savons bien tous deux que je ne suis pas plus celte que tu n'es anglo-saxon — nous sommes simplement deux Américains qui vivent dans ce grand creuset de New York et prétendre que nous sommes autre chose serait pure fantaisie.

— Pure fantaisie, en effet, dis-je pour le rassurer.

— Et d'ailleurs, ajoute Scott, qui cherche à toutes forces à baisser le rideau, ne m'as-tu pas dit qu'il était insensé de faire des distinctions entre races à notre époque, alors que l'humanité est tellement mêlée et que l'on ne compte plus les mariages inter raciaux?

— Je l'ai bien dit, en effet. Et je continue de le tenir pour exact, dis-je pour le rassurer, mais en même temps je me rappelle que Jung énonce que nous n'appartenons ni à aujourd'hui ni à hier mais à un âge indéterminé.

Ainsi, tu t'identifies aux Celtes, hein mon bon Scott? Très intéressant. Merci de m'avoir offert cet aspect de ta personnalité qui me manquait. Sois bien persuadé que j'en ferai bon usage.

Je connais fort bien les Celtes. Je suis tombé et retombé sur eux en faisant mes études sur les Anglo-Saxons. Les ennemis des Celtes ne les ont jamais compris. Deux peuples aussi logiques, pratiques, terre à terre que les Romains et les Anglo-Saxons devaient être confondus par cette race dont la conception de la vie était si étrangère à la leur. Les Celtes étaient mystiques et tout à fait à part. Leur littérature révélait mondes sur mondes, le surnaturel s'y mêlait librement à la réalité dans une étrange disjonction du temps et de l'espace. Ils croyaient en une vie future, aussi n'avaient-ils nulle terreur de la mort. En fait, leur société était fondée sur la mort car entre toutes les caractéristiques des Celtes — que leurs ennemis organisés et disciplinés trouvaient si barbares — dominait l'impérieuse tradition de la vendetta. Ainsi les Celtes se tuaient-ils aussi allègrement les uns les autres qu'ils tuaient leurs ennemis.

Quand vous êtes celte et qu'un homme tue votre père, vous ne pouvez avoir de repos qu'après l'avoir tué. Votre honneur tout entier en dépend. « Pardonne et oublie » sonne comme une extravagance chrétienne aux oreilles d'un bon païen de Celte, non seulement parce que le pardon lui est inconcevable mais parce que l'oubli lui est impossible. Les Celtes n'oublient jamais le passé. Il fait partie du présent et demeure toujours vivant de par le refus celte de considérer le temps comme le calculent leurs ennemis. Le passé, le présent et l'avenir se retrouvent simultanément dans leur monde où la mort, la seule réalité, est le mythe qui leur permet de passer sans regret leur vie à la poursuite d'une juste revanche.

— Tu penses encore aux défunts celtes et anglo-saxons? demande Scott en riant.

— Défunts! Les Irlando-Américains et les WASP [1]? Dis-moi, as-tu jamais rencontré Jack Kennedy dans un de tes voyages à Washington?

Nous parlons des Kennedy, clan aussi tribal et hiérarchisé que les grandes familles celtes du passé. Ces Kennedy bien décidés à prendre leur revanche sur ces aristocrates WASP qui les ont tellement méprisés jadis, mais je ne cesse de penser à Scott couronnant sa croyance innée en la vendetta du harnois intellectuel de la légende médiévale.

Car le Saint-Graal de Scott, c'est la vengeance. J'en suis certain, comme je suis certain qu'il a pardonné à son père les péchés d'autrefois. Mais c'est là tout ce dont je suis certain. Bien que j'aie fait d'énormes progrès, je me trouve toujours devant un mur parce qu'il m'est absolument impossible de deviner ses intentions. Que *peut-il* faire? Serait-il assez fou pour imaginer qu'il pourra jamais s'emparer de la banque, quand on sait que Cornelius est capable de discerner à cinquante pas l'ombre d'une hypothèse de traîtrise et d'écraser son adversaire sans prendre même le temps de souffler? Ce serait insensé. Mais si Scott ne concocte pas un méchant tour spectaculaire que diable! prépare-t-il?

Cela me dépasse. Mais une chose est certaine, il faut que je sache. La partie est trop importante : si Scott a un as dans sa manche le moins que je doive faire pour protéger ma mise est de connaître les cartes qu'il a en main. Scott est peut-être un danger non seulement pour Cornelius mais pour moi aussi.

Pour la première fois, je vois Scott non comme un ami mais comme un rival.

---

1. *White Anglo-Saxon Protestants.* Protestants anglo-saxons de race blanche. L'élite, pour une certaine classe de la société américaine.

*Quatre juillet 1958.* Nouvelle réunion de famille ridicule mais plus réduite. Andrew et Lori font la fête à leur base aérienne. Rose, qui enseigne l'anglais dans une sévère pension réservée aux jeunes filles, près de Velletria, est allée en Europe pour recueillir quelques théories éducatives auprès d'Elfrida. Tante Emily est presque décidée à rejoindre Andrew et Lori mais elle atterrit finalement à la Cinquième Avenue. Je crois bien que Mère a dû faire savoir que Vicky l'inquiétait et Tante Emily adore voler au secours des gens en détresse.

Vicky se porte bien, elle est simplement fatiguée d'être enceinte et traitée comme un vase sans prix de la dynastie Tang. Naturellement, elle s'impatiente de n'avoir aucune occupation. Dieu sait que je serais, moi, bon à enfermer s'il me fallait vivre dans cette baraque avec quatre gosses qui démolissent tout ce qui leur tombe sous la main et Cornelius et Mère reprenant leur idylle amoureuse dès qu'ils croient n'être pas vus. J'apporte à Vicky une nouvelle traduction de la « Correspondance » de Cicéron. On le retrouve là si vivant qu'on s'attend à le rencontrer en train de boire un verre au Knickerbocker Club ou de donner une conférence de presse et de tonner contre quelque magouille de Wall Street. J'aime le passage où il a écrit qu'il redoute César comme il redoute le reflet miroitant de la mer. Oui, César était secret et il tenait les cartes de son jeu bien serrées contre sa poitrine.

Comme Scott.

Actuellement, ma première préoccupation est d'essayer de me mettre à sa place pour imaginer ce que je ferais si je voulais venger mon père. Le choix qui s'impose serait évidemment de prendre la direction de la banque — et peut-être alors de remplacer le nom de Van Zale par celui de Sullivan afin de tirer un trait sur le règne de Cornelius et d'élever une sorte de mausolée à la mémoire de Steve. Steve serait joliment vengé et le passé désastreux joliment récrit. Ou, comme T. S. Eliot aurait pu dire : assurer que ce qui aurait pu être a pris une réalité égale à celle de ce qui existe vraiment. En songeant à cela je ne me trompe certes pas en imaginant que Scott a l'intention de prendre la place de Cornelius : cette hypothèse s'impose. Le seul malheur est qu'elle ne tient pas debout.

Scott ne peut pas s'emparer de la banque. Il pourrait peut-être parvenir à mettre la main dessus si elle était une oligarchie. Elle ne l'est pas. C'est une dictature sous la poigne de Cornelius et Scott ne peut lui arracher le contrôle de l'association.

Nous voici donc revenus au point de départ, avec la certitude que si Cornelius ne peut être contraint à abandonner la banque il faut qu'il y renonce volontairement, et, s'il existe une certitude en ce bas monde c'est que Cornelius ne fera jamais don de l'œuvre de sa vie au fils de Steve Sullivan.

Je pousse un soupir de soulagement mais le plus curieux c'est que je ne me sens pas vraiment rassuré et bientôt je suis plus inquiet que jamais. Cornelius est-il psychologiquement capable d'offrir sur un plateau d'argent la banque au fils de Steve ? Certainement pas. Et ses petits-fils alors ? Ce sont encore des enfants et ils ne vaudront peut-être pas grand-chose plus tard. N'importe, Cornelius fera certainement tout son possible pour se maintenir jusqu'à ce qu'Eric ait dix-huit ans... Mais pourra-t-il se maintenir ? Peut-être sa santé se détériorera-t-elle. Et puisque nous parlons de se maintenir, que signifie cet invraisemblable discours sentimental qu'il a prononcé dernièrement pour son cinquantième anniversaire, dans lequel il disait qu'il y avait dans la vie des choses plus importantes que la puissance et la fortune? Il est même allé jusqu'à annoncer qu'il songeait à se retirer de bonne heure et à aller s'installer avec Mère en Arizona! Tout cela était si risible que je ne l'ai pas pris au sérieux mais peut-être aurais-je dû. Peut-être me trompais-je en riant à l'idée de Cornelius s'installant dans le désert pour méditer sur les méfaits du matérialisme?

Je réfléchis. Si Cornelius prenait une retraite prochaine — ou s'il mourait — pendant que ses petits-fils sont encore mineurs, la banque irait soit à moi son petit saint de beau-fils si dévoué, si patient, efficace et véritable tête financière — le choix qui s'impose —, ou bien à Scott, le seul autre type aussi intelligent que moi. Mais elle n'ira pas à Scott à cause de son père. Et dois-je croire un instant que Cornelius a fait sérieusement ces larmoyantes remarques à propos d'une nouvelle vie? Non, voyons! Il était probablement bouleversé par la mort de Sam, il venait de tomber amoureux de Mère comme au premier jour, il n'avait sûrement plus sa tête à lui. Les gens évoluent à mesure que les années passent mais ils ne changent pas du tout au tout; toute conversion brusque à une prétendue « vie nouvelle » doit donc être accueillie avec le plus grand scepticisme. Cornelius peut certes croire qu'il serait heureux d'abdiquer et de se consacrer à l'inaction sous le soleil de l'Arizona mais il s'illusionne. Ce léopard-là n'est pas près de devenir un agneau bêlant.

Et pourtant Scott doit jouer sur la perspective de la retraite prochaine de Cornelius. Il doit bien savoir qu'il n'aura jamais l'occasion de mettre la main sur la banque lorsque les petits-fils seront majeurs.

Peut-être Scott travaille-t-il Cornelius pour le persuader de se retirer de bonne heure. Il est difficile d'imaginer que Cornelius sera jamais la proie d'une influence extérieure; mais si, par hasard, il est atteint d'un certain ramollissement du cerveau dû à son âge, tout peut arriver. Dieu seul sait ce qui se dit au cours de ces parties d'échecs nocturnes! Scott prétend qu'ils parlent de l'éternité. Je t'en fiche! un homme capable d'amener Cornelius à parler d'éternité mériterait presque de prendre la banque! Cela dit, la pensée de Scott jouant le rôle de Raspoutine outre celui de chouchou de Scott m'inquiète beaucoup. Il faut absolument que je sache ce qui se trame. Il faut que je fasse parler Scott dans l'espoir qu'il fera un nouveau faux pas et qu'il laissera, par mégarde, échapper un autre indice.

— En êtes-vous toujours à parler d'éternité, le soir, dans ces parties d'échecs? fais-je à Scott vers la fin du mois de juillet. — Nous venons de finir une partie de tennis sur le court de la résidence d'été de Cornelius et nous buvons un Coke dans l'ombre du patio. Je n'ai pas fini de poser la question que je sais que c'est une erreur — c'est trop direct, trop voyant. Scott écartera ma manœuvre avec le panache d'un Manolete.

— Non, nous avons laissé la spéculation théologique, dit-il en débouchant un autre Coke. Nous en sommes actuellement à la méditation philosophique.

— La philosophie? *Cornelius?* Seigneur, Scott, c'est un miracle — je me demande comment tu t'y prends!

— Ce n'est pas un miracle. Pourquoi Cornelius ne commencerait-il pas à réfléchir sérieusement à l'approche de la vieillesse? Et il serait moins agaçant si au lieu de commencer une phrase par : « Je considère qu'il est de mon devoir moral de faire ci ou ça... », il disait parfois : Je considère qu'il serait plus proche de la théorie du bien absolu de Platon si je faisais ceci, cela et le reste!

— Dieu du ciel! Euh... tu lui distilles Platon, maintenant, alors? Que pense-t-il de Platon?

— Il le trouvait très bien au début. Et puis il a su que Platon était homosexuel, alors il l'a laissé tomber.

Nous rions de bon cœur. Comme prévu, le matador a manié sa muleta d'un geste élégant et il a écarté la charge brutale du toro. J'attends le moment propice pour foncer une seconde fois.

— En fait, poursuit Scott, je crois que Cornelius est plus en accord avec Descartes. J'ai l'impression qu'il expérimente de nouvelles théories et met en doute ses anciennes valeurs. Son cinquantième anniversaire l'a beaucoup impressionné.

— Ou la mort de Sam, plus vraisemblablement.

— Peut-être. En tout cas, les deux événements l'ont certainement secoué.

— Combien cela durera-t-il?

Scott lève rêveusement les yeux au ciel.

— Qui sait? son horizon s'est peut-être élargi de manière définitive. J'ai toujours pensé que tu mésestimais Cornelius, Sebastian — non, pas à la banque mais dans la vie privée. Si on néglige son affectation despotique et ses manières de dur à cuire, on est surpris de le trouver sensible. Et il est très seul.

— Tu rigoles, Scott! C'est un égocentrique affolé de pouvoir!

— A la banque, oui. Mais ce n'est pas le même homme à une heure du matin devant un échiquier.

— Je te crois sur parole. Si je devais me trouver régulièrement face à face avec Cornelius au-dessus d'un échiquier à une heure du matin je serais bon à enfermer en trois jours. Alors, que va-t-il se passer, Scott? — On dirait que je ne peux pas me retenir de poser des questions brutales mais celle-ci paraît assez naturelle dans le contexte de la conversation alors cela n'a peut-être pas d'importance. — Cornelius va-t-il réellement se retirer d'ici cinq ans pour aller s'installer dans l'Arizona?

— Je crois qu'il sangloterait d'ennui après une semaine d'Arizona mais ne va pas lui raconter que j'ai dit ça. Quand à sa retraite... là encore, qui sait? Moi, je l'ignore. Je me contente de l'écouter rêver.

Je suis surpris de ce manque d'intérêt pour les projets de retraite prochaine de Cornelius. Si Scott veut arriver à ses fins, il faut que Cornelius se retire jeune.

— Je croyais que tu passais ton temps à lui parler de Platon!

— Seulement lorsqu'il m'en prie!

Il sourit tranquillement, il est si calme, si serein, si confiant, on dirait qu'il ne doute pas une seconde de s'emparer finalement de la banque. On dirait qu'il est sûr de lui quoi qu'il arrive — je ne compte pas, les petits-fils et les autres associés ne comptent pas parce que Scott et Cornelius se disputent la banque aux échecs et que Scott sait exactement quand il dira : Échec et mat.

Cette fois le matador n'a pas seulement fait voltiger sa cape mais il m'a lancé de la poussière dans les yeux. Je ne vois plus rien. Je suis confondu et mystifié.

— Bah, dis-je en renonçant et en me préparant à quitter l'arène, dans cinquante ans nous serons tous morts, alors qu'est-ce que ça fout? Je me rappelle ces vers d'*East Coker* dans les *Quatre quatuors*. — Dis, Scott, je voudrais te convertir à T. S. Eliot...

— Je m'y suis converti dernièrement. Et je me demande maintenant pourquoi je l'ai toujours trouvé illisible. Quels vers d'*East Coker*?

— Ceux au sujet de la mort : « Ô noir noir noir. Tous s'en vont dans le noir, dans les vides espaces interstellaires, dans le vide au-dedans du vide, les capitaines... »

— ... les banquiers négociants! complète-t-il et nous nous mettons à rire. C'est ainsi qu'ils appellent les banquiers d'affaires en Angleterre. Eliot a été banquier.

— C'est la vie! dis-je flegmatiquement. Cornelius lui-même s'en ira dans le noir un jour.

— Oui et j'imagine qu'il a découvert comment il s'arrangera avec son inflexible Dieu du Middle West quand il arrivera à l'extrémité du hall brillamment illuminé.

C'est cela. Je sais que c'est cela. Je ne sais pas précisément ce que « cela » signifie mais je le chercherai plus tard. En attendant, continuons de bavarder, agissons avec naturel et ne lui laissons pas voir que je sais.

— Oh, il s'arrangera avec son Dieu, sans douleur, sans problèmes, dis-je vivement, et il ira par le sentier bordé de roses vers la grande banque qui l'attend au Ciel.

Scott éclate de rire et renverse son Coke sur le plastron de sa chemise.

— Regarde un peu ce que tu as fait, Sebastian!

— Moi?

— Oui, toi! Personne n'est capable de me faire rire comme toi!

Aimable conversation entre deux bons amis. Conversation difficile entre deux rivaux récents qui pourraient devenir de grands ennemis. J'attends qu'il s'en aille changer de chemise et je reste dans le patio à réfléchir, réfléchir, réfléchir.

Voyons un peu : Cornelius, qui commence à envisager sa propre mort, a finalement commencé à se sentir coupable de son passé. Un homme aussi amoral que Cornelius est-il capable d'un sentiment de culpabilité? Oui. Qu'importe qu'il soit amoral ou immoral. La vérité, c'est qu'avec son éducation religieuse exigeante il est sans doute actuellement bourré de remords. D'ailleurs, ces gens qui se comportent comme s'ils ignoraient le sens du mot « coupable » sont très souvent ceux qui en souffrent le plus intensément. Leur culpabilité est tellement énorme qu'ils ne peuvent même pas supporter de reconnaître son existence.

Je parierais que Cornelius est tenté de donner la banque à Scott afin de racheter sa culpabilité à l'égard de Steve. Il y verra le seul moyen d'apaiser ce sévère Dieu du Middle West, le seul moyen d'affronter le noir à l'extrémité du hall brillamment éclairé.

Il est vrai que Scott travaille depuis des années pour forger son état d'esprit. Il s'y est consacré, sans faillir, fanatiquement. Il veut la justice —

« la justice immanente », dirait-il, qui suppose une force inexorable qui est ou n'est pas entre les mains de Dieu. Mais Scott obtiendra-t-il cette justice de son Dieu? je me le demande. Différentes choses peuvent bouleverser ses plans. Par exemple, Cornelius peut oublier son complexe de culpabilité et ne plus s'intéresser à lui. Ou Cornelius peut tout simplement résister à l'idée de prendre sa retraite et vivre très longtemps, plus longtemps que Scott qui a seulement onze ans de moins que lui.

Que fera Scott si la justice immanente ne lui apporte pas exactement ce qu'il espère? Et au fait, en quoi consiste ici la justice immanente? Dois-je croire qu'il soit juste que Scott me prenne la banque sous le nez? Certainement pas.

La justice immanente existe peut-être. Dieu existe peut-être. Je ne le sais pas. Je n'ai pas l'arrogance intellectuelle de croire que je sais tout. Mais il est une chose dont je suis certain : s'il y a un Dieu, je crois fermement qu'il aide ceux qui s'aident eux-mêmes.

Je suis bien décidé à m'aider moi-même. Par ailleurs, je pense que Scott en fera autant s'il y a bataille et le pire c'est qu'il pourrait bien se trouver en position victorieuse. Car il est clair qu'il a placé Cornelius dans un carcan sentimental il y a des années et des années et un de ces jours, quand Cornelius sera fatigué et vulnérable, Scott commencera à serrer l'étau.

Le lendemain, c'est Scott qui gagne notre partie de tennis. Cela me fait l'effet d'un mauvais présage et lorsque nous buvons un Coke à l'ombre du patio, je suis plus silencieux que d'habitude.

Que dois-je faire pour ce qui est de Scott? Si je pouvais démontrer à Cornelius à quel point cet homme est dangereux, je me débarrasserais du coup d'un rival mais comment obtenir une preuve concrète de ce que Scott a en tête? Par ailleurs, je ne peux pas croire que Cornelius, avec son sens inné de la lutte pour la vie, n'a pas le moindre soupçon de l'ambition à long terme de Scott. Cornelius n'aurait-il pas senti qu'il est comme un cobaye sous l'œil d'un savant particulièrement doué? Scott a dû l'endormir mais du diable! si je sais comment il s'y est pris. Ce n'est pas dans la nature de Cornelius de ne pas tenir à l'œil quelqu'un qui lui puisse être un danger. Dès qu'un homme paraît potentiellement dangereux il se retrouve sur le pavé. Alors pourquoi Cornelius n'a-t-il pas sacqué Scott? Pourquoi persiste-t-il à rester aveugle lorsqu'il s'agit de lui?

J'essaie d'imaginer ce qui se passe dans la tête de Cornelius. Peut-être n'est-ce pas aveuglement mais optique déformée d'un autocrate? Cornelius est depuis si longtemps tout-puissant qu'il lui est devenu impossible de concevoir une situation dans laquelle il ne pourrait plus maîtriser Scott.

Mais je n'en suis pas là.

Supposons que Scott se lasse d'attendre et qu'il donne un coup de pouce à la justice immanente. Supposons que Cornelius tombe malade, très malade, si malade qu'il doive déléguer la plupart de ses pouvoirs et qu'il devienne incapable de faire autre chose que de signer là ou le lui indique Scott. Supposons que Scott ait un accord secret avec les autres associés, qui ont tout intérêt à combattre la royauté absolue de Cornelius et à le contraindre à mettre la banque en société. Scott serait le président de cette nouvelle société, bien sûr, et Cornelius, affaibli par la maladie, serait placé sur une voie de garage comme simple président du conseil d'administration. Ce serait impossible si, comme je le croyais tout d'abord, Cornelius se garde comme de la peste de Scott, fils de Steve. Mais ce serait possible si, comme je le crois aujourd'hui, Cornelius a oublié Steve et le ténébreux passé et s'il a réussi à se convaincre, pour des raisons que je ne discerne pas bien encore, que Scott ne sera jamais pour lui un danger.

Voyons le choix qui s'offre à moi. Je peux me taire. Ou, si je parle, je peux essayer d'annoncer à Cornelius, avec tous les horribles détails, ce qui peut se produire si Scott vient à l'aide de la justice immanente.

Cornelius m'écoutera-t-il? Mais non. S'il a réussi à se persuader que Scott n'est qu'une sorte de bouffon du roi et non pas un atout redoutable dans la partie, il rira de ma description dramatique de son sort éventuel.

Mais j'y songe, non il ne rira pas: il sera furieux. Il pensera: cet affreux Sebastian, jaloux de Scott, veut m'inquiéter avec ses théories absurdes, paranoïaques et dénuées de preuves. Sebastian: ma croix, mon fardeau, la plaie à mon flanc. Au diable Sebastian! se dira Cornelius et il tiendra à Scott plus que jamais.

Il faut adopter une tactique d'attente. Je n'ai d'autre alternative que de veiller, d'écouter et d'espérer qu'à un moment donné je tomberai sur la preuve qu'il me faut.

— Seigneur qu'il fait chaud, non? dit Scott.
— Oui.
— Mais la brise de mer est bien agréable.
— Hon-hon.

Cela ne suffit pas, ce simple échange de mots laconiques est mauvais. Il faut garder la communication ouverte pour qu'il ne soupçonne rien.

Scott piste Cornelius. Et je piste Scott.

Hallucinant.

*Onze août 1958.* Vicky accouche. Un autre garçon qui grandira peut-être pour me compliquer la vie à la banque. Je souris aimablement et je dis: « Bravo. »

Vicky ne veut pas lui choisir tout de suite un prénom et l'appelle seulement Posthume. Je sais pourquoi si personne ne s'en doute. Il y a quinze jours à Bar Harbor, pendant une discussion des lettres de Cicéron, j'ai fait remarquer à Vicky avec quel bon sens les Romains baptisaient leurs enfants. Ils pouvaient choisir seulement parmi une douzaine de prénoms si le bébé était un garçon et, si c'était une fille, vous n'aviez même pas besoin de choisir: on la nommait automatiquement de la forme féminine du nom de famille du père, à moins qu'on ne veuille la distinguer de ses sœurs en l'affublant d'un vocable comme Prima ou Secunda. Un enfant mâle né après la mort de son père recevait le nom de son père et le surnom « Posthume ». Les parents qui, aujourd'hui, peinent si longtemps sur les calendriers peuvent s'arrêter un moment pour envier aux Romains leur superbe manque d'imagination à l'égard de cet éventuel champ de batailles familiales.

— Mon petit Keller Posthume, dit Vicky, l'œil innocent, sans penser à Sam, sans songer à rien sinon au terme de l'épreuve de l'accouchement et à sortir enfin de l'ombre prolongée de son mariage. Pauvre petit Posthume, ajoute-t-elle.

Cinq jours après l'accouchement, elle m'appelle à la banque.

— Sebastian, pourrais-tu passer cet après-midi à l'heure des visites et mettre tout le monde dehors si je commence à hurler?

— Certainement.

Les visiteurs sont admis dans cet hôpital à n'importe quel moment de la journée mais Vicky a demandé à son médecin de restreindre les heures de visites. Les visiteurs sont fatigants, surtout lorsqu'il s'agit de Mère et de Cornelius qui continuent de se conduire comme deux jeunes mariés.

Lorsque j'arrive, Vicky est avec deux vieux amis. J'attends donc près de la fenêtre en regardant couler la pollution, la boue de l'East River. Puis arrivent Cornelius et Mère avec les gosses et la nurse; les vieux amis se retirent discrètement.

Comme toujours, Eric et Paul essaient aussitôt de s'entretuer et ils renversent une coupe de fruits.

— Faites-les sortir, s'il vous plaît, dit Mère à leur nurse. Vicky, je les avais prévenus qu'ils devaient se bien conduire s'ils voulaient venir.

— Oui, Alicia, dit Vicky machinalement.

La petite Samantha saute sur place et gazouille : « M'man, je peux voir Posthume? »

Elle est si drôle que tout le monde rit.

— Tu sais, chérie, le bébé ne s'appelle pas vraiment Posthume! dit Vicky. — Elle adore Samantha.

— Au fait, quel sera son nom, ma chérie? demande Cornelius. Tu sais, je songeais que mon père a un nom bien américain. Je ne parle pas de mon beau-père, Wade Blackett, qui m'a élevé mais de mon père qui est mort quand j'avais quatre ans. Pourquoi n'appellerais-tu pas le bébé...

— Non, coupe fermement Vicky, tu ne choisiras pas son prénom. Je n'ai pas dit un mot pendant des années pendant que Sam et toi décidiez du prénom de mes enfants mais c'est terminé. Ce bébé est à moi et personne ne le baptisera à part moi. Posthume s'appellera Benjamin.

— *Benjamin*? s'exclament les grands-parents horrifiés.

— Mais c'est un prénom juif! ajoute Mère comme c'était à prévoir.

— Je me moquerais bien qu'il soit chinois! dit Vicky, ou même martien! C'est le prénom que je préfère. Sebastian me comprend, n'est-ce pas, Sebastian? Tu n'as permis ni à Jake ni à Amy de baptiser Alfred à leur idée, n'est-ce pas?

— Exact, dis-je à mon tour. Appelle Posthume, Benjamin. Excellent choix.

Cornelius et Mère se tournent pour me regarder. Je vois qu'ils se rendent compte qu'une espèce de changement est intervenu dans la structure de la famille. C'est la première fois que Vicky et moi nous nous liguons contre eux.

— Mais Sebastian, dit Mère, piquée, je ne vois pas en quoi cela te regarde.

— Cela ne regarde pas non plus ni Cornelius ni toi. Le choix appartient à Vicky et nul autre n'a le droit de le faire pour elle.

Mère et Cornelius paraissent abasourdis. Je suis planté près du lit de Vicky comme un menhir de Stonehenge. Vicky sonne.

— Ah, Nurse, voulez-vous m'amener le bébé, s'il vous plaît? dit-elle un peu essoufflée par sa victoire.

C'est le premier geste d'adulte que Vicky ait jamais fait de sa vie. C'est un grand pas en avant : elle vient de se lancer enfin dans le voyage expérimental de sa propre personnalité.

Spontanément, je lui pose un baiser sur la joue pour lui faire comprendre que je suis à fond avec elle.

Elle me regarde surprise mais elle sourit et je vois que nos parents font les yeux ronds.

Vicky et Sebastian. Sebastian et Vicky. Serait-il... Serait-il possible?

Je vois presque les idées de Mère qui lui courent dans la tête comme une meute de lévriers derrière le lièvre électrique.

Cornelius est littéralement paralysé de stupéfaction.

— Voici Posthume, Madame Keller, dit la nurse en apportant le petit colis.

C'est curieux comme ce vieux prénom romain est facile à retenir. Je me demande si nous ne trouverons pas malaisé de l'appeler Benjamin.

*Vingt-huit août.* Sans crier gare, la mère de Vicky arrive d'Angleterre, où elle vit maintenant, et elle demande à voir son dernier petit-fils. Vicky m'appelle affolée pour dire qu'elle ne veut pas la voir. Sam l'obligeait à être aimable avec elle mais elle ne peut plus s'y résoudre : sa mère la rend malade, sa mère est une sorcière, une catin et le Mal en personne.

— Okay, dis-je laconiquement en imaginant cette femme comme un sosie de la mère de Grendel dans *Beowulf*. Je vais la recevoir.

La mère de Vicky s'appelle maintenant Vivienne Diaconi et elle est descendue dans un hôtel qui serait plus à sa place dans la Bowery. Il est 6 heures et je lui ai donné rendez-vous dans le hall de son « sans étoiles ».

J'attends la mère du Monstre Grendel, j'aperçois une jolie vieille dame, teinte, manucurée et toute pomponnée; elle a une voix de gorge et une allure excitante qui aurait figé sur place Beowulf lui-même.

— Hello, lui dis-je. Je m'appelle Sebastian Foxworth.

— Bonjour vous! me répond-elle.

Elle me regarde de haut en bas comme si j'étais le type le plus sexy qu'elle ait vu depuis une éternité et je me retrouve en train de me demander qui peut bien être toqué : moi, Vicky, Vivienne ou Cornelius? Le seul mal que cette vieille petite dame paraît capable de commettre est de voler une boîte de bonbons.

— Puis-je me permettre de vous offrir de boire quelque chose quelque part? lui fais-je poliment.

— Comme c'est aimable à vous de me le proposer, mon chou! J'adorerais un verre de champagne au Plaza.

Très bien. Okay. J'aime les vieilles petites dames qui savent ce qu'elles veulent. Nous allons en taxi au Plaza, nous nous installons au Palm

Court et je commande du champagne. Pendant ce temps-là elle parle sans arrêt pour me dire que Cornelius est un monstre qui a réussi à troubler l'esprit de Vicky au point qu'elle ne peut plus supporter la vue de sa propre mère.

— Oui, dis-je au moment où elle s'interrompt pour respirer et boire son champagne. Okay. Bien, cela c'est le passé. Parlons de l'avenir. Vous n'êtes pas venue à New York simplement pour vous plaindre de Cornelius. Alors, voilà : je peux dire à la nurse de vous amener tous les enfants, y compris Benjamin, mais je crois qu'il serait préférable que vous ne restiez pas dans cet hôtel où vous êtes descendue.

— Pas de problèmes, dit-elle. — Le Plaza fera parfaitement son affaire et serait-il possible que sa suite donne sur le Park, s'il vous plaît?

— Bien sûr, fais-je. Je vais arranger cela avant de partir.

Elle dit que je suis mignon, je la regarde, l'œil glacé mais cela ne marche pas. Je ne peux pas garder mon sérieux et quand elle se met à rire, je ris avec elle.

Me voilà le copain de Maman Grendel.

— J'imagine que vous désirez revenir à New York pour être près de vos petits-enfants, dis-je pendant que nous vidons le champagne; sous le maquillage, le petit visage se durcit.

— Je ne veux pas déranger ma fille. J'ai quitté la Floride pour New York et New York pour l'Angleterre afin d'être près d'elle mais ça ne m'a avancée à rien. Je ne peux pas continuer de la suivre et de l'ennuyer. Je n'ai plus maintenant qu'à attendre dans l'espoir qu'elle changera un jour. Je suis convaincue que si elle pouvait seulement échapper à l'influence de Cornelius...

— Vous serait-il possible de me donner une idée du problème, Vivienne, sans mentionner le nom de Cornelius?

Non, elle ne peut pas. Cornelius fait partie de son mythe personnel. Il faut qu'elle reproche à quelqu'un de n'être plus, après une vie séduisante, qu'une pauvre femme seule pour affronter la vieillesse et il lui est plus facile de le reprocher à Cornelius qu'à elle-même.

Elle affirme que Cornelius a fait tout pour tourner Vicky contre elle. Il paraît que mère et fille s'entendaient d'abord à merveille. Bien sûr, son aventure avec Danny Diaconi était une erreur mais elle l'a réparée en devenant sa femme. D'ailleurs, Danny est très gentil. Un véritable père de famille. Tous trois étaient si heureux avant que Cornelius n'arrive et ne démolisse leur foyer.

Je me demande comment je vais la détourner de ce méchant Cornelius mais elle est fine; elle voit que sa conférence sur le passé commence à m'ennuyer :

— Pour en venir au présent... dit-elle soudain.

— Oui, venons-y.

— Il me semble que vous parliez de Vicky d'un ton très particulier. Seriez-vous... êtes-vous?...

— Oui. Je l'aime. Je l'avoue.

— Mon chou! C'est merveilleux!

Je lui offre une cigarette et elle s'incline élégamment pour que je la lui allume. Elle devait être sensationnelle il y a une trentaine d'années. Il n'est pas surprenant que Cornelius ait eu un tel coup de foudre qu'il n'ait compris que par la suite qu'il avait été épousé pour son argent.

— Et Vicky? vous aime-t-elle? demande-t-elle, empressée, la voix enrouée à l'évocation d'une idylle possible.

— Je fais ce que je peux pour ça.

Vivienne bat des cils et déclare qu'elle sera ravie de m'avoir pour gendre un jour.

Je ne lui explique pas que Vicky et moi nous ne nous marierons jamais, pas plus que je ne lui explique ma conception de notre liaison. Non, je me contente de l'installer dans la suite la plus chère du Plaza, je commande six bouteilles de champagne pour lui tenir compagnie et je lui dis que je suis heureux qu'elle ait maintenant l'environnement qui lui convient, parce que sa beauté serait gâchée ailleurs que dans une suite du Plaza ornée de Dom Pérignon.

Ses yeux s'embuent de douceur. Elle reconnaît qu'elle aime les grands types forts et silencieux et au cœur d'or.

Je descends, je vais voir l'employé chargé de la réception et je lui dis d'envoyer la note à Cornelius.


Vivienne reste deux bonnes semaines et voit ses petits-enfants chaque jour. Elle me demande de lui prêter cent dollars pour de menues dépenses comme les pourboires au Plaza; je lui en donne deux cents en lui recommandant de ne pas s'inquiéter de me les rendre. Je lui réserve ensuite un passage en première classe à bord du *Queen Mary* et je veille à ce qu'il y ait du champagne lorsqu'elle arrivera dans sa cabine.

Vicky, qui a fait l'effort de voir deux fois sa mère pendant ces quinze jours, en fait un dernier et amène les enfants au quai pour le départ du navire.

Nous parlons de Vivienne par la suite. Nous n'en disons pas grand-chose parce que Vicky ne peut discuter rationnellement de sa mère mais il me semble qu'il est bon qu'elle en parle à quelqu'un. Je pense que lorsque les relations entre une mère et une enfant se détériorent à ce point le problème doit être évoqué tranquillement de temps à autre au lieu d'être balayé sous le tapis du subconscient pour s'y envenimer à loisir. Je me rappelle la désastreuse scène de « Roméo et Juliette » à Bar Harbor. Le pire que nous ayons fait ce jour-là était de jurer à Cornelius de ne plus jamais dire un mot de cet incident.

Évidemment, je suis désolé de l'état des relations entre Vicky et sa mère. Il est visible que Vivienne aime sa fille. Il est également visible qu'elle a été jadis une « femme fatale [1] » mais cela ne signifie pas qu'elle était automatiquement incapable d'être une bonne mère. Je vois bien qu'elle a probablement été sotte de s'acoquiner avec un membre de la famille Diaconi de Californie qui produit des gangsters à la chaîne mais elle n'a pas rencontré Diaconi au cours d'une existence vouée au crime : elle l'a rencontré par l'intermédiaire de son cousin Greg Da Costa qui travaillait dans l'Ouest pour le père de Danny dans une affaire d'hôtellerie. Alors pourquoi Vicky parle-t-elle de sa mère comme d'une reine du crime, d'une coquine qu'il ne faut pas approcher? Je n'y comprends vraiment rien.

---

1. En français dans le texte.

— Ta mère est pleine de bonnes intentions, dis-je vaguement, en utilisant une phrase creuse pour diminuer la tension qui accompagne toujours ce sujet.

— Peut-être. Mais elle me révolte.

— Pourquoi? Elle n'est pas si mauvaise : ce n'est qu'une vieille petite dame pleine d'allant. Je la trouve très gentille.

Vicky hausse les épaules sans rien dire.

— Vicky. Que s'est-il passé réellement, quand ton père a obtenu légalement ta garde? Danny aurait-il eu des idées à ton égard et ta mère, furieuse, s'est-elle débarrassée de toi en t'envoyant vivre avec Cornelius?

— Sebastian! — Elle est sincèrement choquée de mon imagination colorée. Il est clair que je suis loin de la vérité. — Certes non! En voilà des choses à dire! Mon Dieu, je n'avais que dix ans!

— Il y a des hommes qui aiment les petites filles. Lis donc Nabokov.

— Mais Danny n'était pas Humbert et je n'étais pas Lolita.

— Alors, je ne comprends pas. Une pièce du puzzle m'échappe. T'accordais-tu avec Danny?

— Oui. Je l'aimais bien au début mais non plus par la suite, quand il s'est mis à en vouloir à Papa. Il était gentil. Bien plus jeune que maman et il ressemblait un peu à Elvis Presley. Elvis me plaît assez, ajoute-t-elle après coup, je ne sais pas pourquoi.

Je le sais moi. Elvis est sans danger. Juste un reflet sur un écran et Vicky peut se laisser sans risque gagner par son attrait physique. Je suis maintenant convaincu que son mariage avec Sam s'est terminé par une catastrophe sexuelle et je voudrais bien ouvrir la porte de l'âme de Vicky pour en extraire ce gâchis. Qu'a-t-il pu faire pour lui inspirer cette peur de l'amour? Non, une seconde, je porte peut-être là un jugement téméraire. Je sais maintenant que l'idée sexuelle lui répugne mais ne pas aimer faire l'amour et en avoir peur n'est pas nécessairement la même chose. Et le plus drôle, c'est que bien que le sexe lui répugne, elle s'y intéresse tout de même assez pour ressentir une vague attirance pour Elvis. Son cas n'est donc pas désespéré. Si elle pensait réellement que faire l'amour est un passe-temps diabolique elle réclamerait à cor et à cri que Presley soit crucifié devant le Capitole.

Si je dois jamais faire la conquête de Vicky, il faut que j'essaie de démêler cet écheveau pour y voir clair. Réfléchissons. Réfléchissons. Réfléchissons.

Il semble que Vicky ait toujours été terrifiée par l'idée de l'amour. La scène de Bar Harbor le prouve et, à la lumière de ce que je sais maintenant, je commence à croire qu'elle a passé son adolescence dans la terreur d'être un jour comme sa mère. Cela expliquerait pourquoi elle s'est mariée jeune, pourquoi elle s'est mariée vierge et pourquoi il n'existe pas l'ombre d'une hypothèse qu'elle n'ait pas été cent pour cent fidèle à Sam. Les femmes aussi jolies que Vicky ont pourtant d'innombrables occasions mais Vicky avait trop peur pour en profiter. Lorsqu'elle m'a surpris dans une situation embarrassante à Bar Harbor, ce n'est pas la vue de mon corps gauche d'adolescent qui l'a horrifiée, elle a peut-être trouvé au contraire l'incident captivant et c'est alors l'idée qu'elle allait devenir comme sa mère, la mangeuse d'hommes, qui l'a terrifiée.

Oui, c'est une intéressante théorie pour expliquer Vicky jeune mais elle explique mal la Vicky actuelle qui est maintenant bien loin de Bar Harbor, de la virginité et de la terreur adolescente à l'égard du sexe. Je pense qu'elle a vaincu son appréhension en plaçant ses pulsions sexuelles dans le mariage. Pour Vicky, le mariage était à l'époque l'unique solution. Avec l'exemple de sa mère au premier plan de ses pensées, elle devait se dire : l'amour hors des liens du mariage est horrible et condamne à la damnation éternelle mais l'amour conjugal est bon, l'amour conjugal est parfait, je peux m'y détendre et y prendre plaisir. Cornelius a dû lui énoncer cela un jour. Je l'entends d'ici. Et je parie que Vicky n'est pas la seule de la maison de la Cinquième Avenue qui ait été terrifiée à l'idée de devenir comme Vivienne.

Nous n'avons toujours pas découvert pourquoi Vicky est déterminée à considérer sa mère comme une mangeuse d'hommes mais laissons cela de côté pour le moment. Oublions un instant Vicky pour Cornelius. Il va sans dire que Vicky fait une fixation paternelle, comme la plupart des filles, et cela ne présage pas toujours un désastre. Mais en épousant un personnage d'aspect paternel elle a sans doute pu conjurer les effets pernicieux de ce sentiment en assouvissant et neutralisant ces fantasmes d'Œdipe, probables sinon certains. Dieu qu'Œdipe a mauvaise presse! Freud l'a vraiment maltraité. Pauvre Œdipe! Pour l'amour du Ciel comment aurait-il pu savoir que Jocaste était sa mère puisqu'il n'était encore qu'un bébé lorsqu'il en avait été éloigné? Il y a des types qui n'ont vraiment pas de veine...

— Sebastian, dit Vicky, tes silences sont vraiment agaçants. A quoi penses-tu en ce moment? Non, ne me le dis pas : laisse-moi deviner. Tu penses que je suis toquée.

— C'est vrai. Et je suis ravie que tu sois toquée. Je n'aime pas les gens normaux. Ils sont généralement rasoir et idiots. S'il existait beaucoup plus de gens anormaux comme toi et moi, le monde serait autrement meilleur.

Elle rit : « Mais je ne suis pas anormale, Sebastian! »

Oh si, tu l'es, Vicky, mais tu ne veux pas l'admettre. Tu es anormale dans le meilleur des sens possibles : tu es originale, différente, tu n'es pas sotte, ennuyeuse ni stéréotypée. C'est pour ça que je t'aime. C'est pour ça que je t'adore. Et c'est pourquoi je vais faire l'impossible pour t'extraire de cette prison de normalité où tu as été incarcérée injustement depuis si longtemps.

Où en étais-je avant de m'emballer à propos d'Œdipe? Il me semble que j'avais atteint la consternante conclusion que le mariage de Vicky et de Sam Keller était probablement ce qu'il y avait de mieux. Il a permis à Vicky d'affronter l'amour et de se débarrasser de son complexe paternel. Tout devrait donc être pour le mieux dans le meilleur des mondes. Mais loin s'en faut. Je pense que tout s'est bien passé pourtant pendant la première année. Chacun pouvait voir qu'elle était au septième ciel du bonheur conjugal, donc l'aspect sexuel dut être d'abord parfait. Alors que s'est-il passé? De tellement, tellement mal?

— Tu ne m'écoutes pas, Sebastian! dit Vicky fâchée. Je te disais que je n'étais pas anormale!

— Bien, bien. Peut-être « anormal » est-il un terme inexact. Que dirais-tu « d'originale » ?

— Qu'y a-t-il de moins original que d'être une épouse et une mère ? D'ailleurs, je ne veux pas être originale. Il faut bien être conventionnel, pas vrai, quand on veut s'intégrer à la société et réussir dans la vie ? Et je veux réussir dans la vie. Je veux la victoire et non pas un échec retentissant.

— Ce que tu peux faire de mieux, c'est d'essayer de savoir qui tu es et alors d'être toi-même. C'est une grave erreur que d'essayer d'être quelqu'un que l'on n'est pas. C'est une sorte d'assassinat — tu assassines ta véritable personnalité. Ce n'est pas la voie du bonheur. C'est la voie qui mène à la dépression et au désespoir.

Ses yeux s'ouvrent. J'ai touché son point sensible. Finalement, elle s'écrie :

— Mais suppose que tu n'aimes pas ta personnalité vraie ? Suppose qu'elle soit socialement inacceptable ?

— Ma foi, si tu passes ton temps à malmener la loi, tu as, en effet, un problème mais si tu es une citoyenne respectueuse des lois, dotée d'un niveau intellectuel normal, avec un comportement à peu près humain, pourquoi diable ne t'aimerais-tu pas ? Si les gens te critiquent et te donnent à penser que tu ne vaux rien pourquoi supposer automatiquement qu'ils ont raison ? Qui leur donne le droit d'édicter les lois, d'ailleurs ? Qui leur donne le droit de te juger ? Et pour qui fichtre ! se prennent-ils ?

Elle réfléchit. Le silence règne un instant puis elle dit :

— Je ne suis même pas certaine de connaître ma vraie personnalité. Parfois il me semble que je ne sais pas qui je suis réellement. Mais je sais qui je devrais être et rien n'est plus simple, Sebastian. C'est sage et bien défini et je sais que ceux que j'aime seront heureux si j'essaie d'être celle qu'ils souhaitent.

— Non, Vicky, lui dis-je doucement. Ce n'est pas simple. C'est même cela qui a failli te tuer. De toute manière, pour citer une des maximes les plus éprouvées de ton père, je ne m'intéresse pas à celle que tu devrais être, mais à celle que tu es réellement.

*Sept septembre 1958.* Alfred a un an. Il rampe très vite comme un mini-taureau mais il ne marche pas encore. Il me reconnaît. Il sourit quand il m'aperçoit et comme je ne suis pas démonstratif je crois que personne ne peut imaginer pourquoi il paraît si heureux mais Alfred sait que je sais toujours ce qu'il veut.

Alfred et moi nous nous comprenons.

Alfred est brun et costaud comme moi. Il dévore du regard l'unique bougie de son gâteau d'anniversaire, ses yeux bleu pâle reflètent ses visions de triomphes futurs. Elsa le serre contre elle, toute la famille Reischman bêtifie jusqu'à l'écœurement et Mère paraît sur le point d'exploser de fierté.

Laissez-le tranquille, bande d'idiots ! Ne voyez-vous pas qu'il a envie de rêver un peu ?

Vicky est là avec ses enfants. Eric et Paul essaient de s'entretuer, comme toujours. Dommage qu'ils se ratent. Le petit Posthume dort. Les nouveau-nés sont très intelligents.

— Sebastian...

C'est Vicky, l'air affolée. Kristin a vomi sur le tapis, Samantha fait une grosse colère et les deux garçons se disputent les toilettes. La nurse est invisible. Elle s'est dissimulée dans un coin ou elle s'est sauvée et qui oserait la blâmer?

— Sebastian, je n'en peux plus!

Pas de larmes, rien qu'une gaieté tendue à se briser; le calme avant la tempête.

— Va dans la salle de bains près de notre chambre et enferme-toi.

Je tire Mère de la horde des adorateurs d'Alfred : « Mère, aimes-tu toujours les enfants? »

— Chéri, quelle question incroyable! Bien sûr!

— Alors charge-toi donc des petites-filles de ton mari.

Voilà pour Kristin et Samantha. Je prends ma respiration et je vais aux deux garçons, je les empoigne par la peau du cou et leur annonce que je vais leur tanner les côtes jusqu'à ce qu'ils se tiennent tranquilles. Les gosses aiment assez qu'on fasse la grosse voix à l'occasion. C'est très bon pour eux. Ils me regardent bouche bée et je comprends que personne ne leur a jamais encore parlé sur ce ton.

Vicky aura des ennuis avec ces deux gaillards-là. Cornelius se résoudra peut-être à jouer son rôle de subrogé-tuteur quand ils auront passé l'âge de la puberté mais pour le moment il est trop grand-papa-gâteau pour être utile à quoi que ce soit.

Je cogne à la porte de la salle de bains : « La voie est libre, Vicky! »

— Doux Jésus!

Elle sort en chancelant, elle n'est plus affolée, elle a sincèrement envie de rire. Je lui touche légèrement le bras et je la fais entrer dans notre chambre.

— Assieds-toi un instant et détends-toi.

— Et quand on songe que ce n'est que le premier anniversaire d'Alfred! — Elle se laisse tomber au bord du lit. — Comment pourrons-nous survivre aux autres? Elsa n'est pas trop furieuse de tous ces dégâts?

— Je me fous bien d'Elsa, dis-je en m'asseyant à côté d'elle. — Elle s'éloigne aussitôt.

— Ça ne fait rien, dis-je sans réfléchir. J'attendrai.

— Sebastian, je ne veux pas que cela tourne comme ça...

— Parfait.

— Je ne crois pas que je pourrais jamais faire l'amour avec quelqu'un.

— Sans doute.

Elle est là, dans une robe lilas, ses jolis seins ronds pleins de sève. Je me demande si elle nourrit Posthume.

— Était-ce vraiment si mal avec Sam? dis-je.

Je sais que je ne devrais pas poser cette question, mais je ne peux m'en empêcher. Bien que je souhaite avoir la patience d'un saint, je ne suis qu'un être humain et encore fort éloigné de la canonisation.

— C'était affreux à la fin, dit-elle en retenant ses larmes.

350

— Mais c'était bon au début? dis-je sans me préoccuper de ses larmes. Il y a autour d'elle assez de gens pour pleurer avec elle.

— Oui, c'était bien. J'aimais Sam. Il était si gentil, si tendre, si compréhensif...

Je serre les dents mais, ô miracle! sans les faire grincer. Elle a retenu ses larmes mais par amitié je lui donne tout de même mon mouchoir.

— C'est pour cela que c'était si terrible, dit-elle les yeux baissés sur le mouchoir. Je l'aimais et pourtant, à la fin, je ne pouvais plus supporter qu'il m'approche... Ah, je me sens tellement coupable en y pensant! Pourquoi ne pouvais-je plus l'aimer comme je l'aurais dû? Qu'est-ce qui s'est cassé?

J'ai une révélation qui n'est pas affaire de brillante intuition mais de simple bon sens. J'essaie de superposer le portrait qu'elle trace d'un Sam gentil, tendre et compréhensif avec celui de l'implacable mécanique égoïste dont je me rappelle et je n'y parviens pas. Les êtres humains sont souvent complexes mais les personnages du genre Jekyll-et-Hyde, qui gardent leurs personnalités distinctes dans des compartiments bien étanches, sont heureusement rares. Sam peut fort bien avoir gardé sous clef l'aspect gentil, tendre et compréhensif de sa nature dès qu'il franchissait le seuil du Numéro Un Willow Street mais puis-je croire qu'il cessait d'être une implacable mécanique égoïste en franchissant le seuil de sa maison?

Non.

— Comment pouvais-tu continuer d'aimer quelqu'un qui te traitait avec tant d'égoïsme?

Ma révélation se précise. Je peux maintenant saisir d'un seul coup d'œil le panorama tout entier de leur mariage. J'en ai les jambes coupées... d'horreur, de soulagement ou par le simple effort mental? Je n'en sais rien. — Pense un peu, Vicky — pense à toutes ces années d'exil que tu as subies afin qu'il puisse poursuivre *ses* ambitions, tous ces cours de philosophie que tu n'as pas suivis afin de veiller à *ses* besoins, toutes ces grossesses que tu as endurées pour affirmer *son* ego...

Mais c'est inutile. Je vais trop vite, trop loin et elle ne peut pas accepter ce tableau, pas encore. Il lui faut croire à ce personnage mythique : Saint Sam, tant elle se reproche de n'avoir pas été l'épouse modèle et désire se punir. Dès que je prononce le mot « grossesse » elle dit : « J'aime mes enfants, Sebastian. » Elle peut au moins se consoler en s'imaginant être une mère modèle.

— Oui, je sais que tu les aimes, Vicky, lui dis-je, mais je pense : Tu les aimes comme j'aime ma mère — affection sincère mêlée d'une perpétuelle exaspération bougonne, comme une rage de dents. Je voudrais lui demander combien de ses enfants elle a vraiment désirés et à quel point ils l'ont rendue heureuse ou satisfaite, mais je ne peux pas. Je suis allé trop loin déjà et il serait dangereux de détruire d'un coup toutes ses illusions. Les illusions lui sont nécessaires actuellement; ce sont les béquilles qui affermissent ses pas chancelants sur la route de la guérison : on ne retire pas ses béquilles à un blessé. Vous vous contentez de lui donner le bras jusqu'à ce qu'il soit prêt à les jeter de lui-même au feu.

Je ne me fais pas d'illusions sur la maternité. Peut-être parce que je suis un homme et que je peux donc aborder ce sujet sans excessive sentimentalité; mais non, les hommes sont souvent à ce sujet plus sentimentaux que les femmes. (Nous revenons à Œdipe.)

Je n'ai pas vu beaucoup ma mère quand j'étais jeune, je n'ai donc jamais pensé qu'elle m'était due, mais je l'ai vue au contraire avec assez de recul pour comprendre quelle chance j'avais d'être le fils d'une femme qui désirait vraiment être une mère. Elles ne sont pas rares, ces femmes, et on devrait les encourager à avoir le plus grand nombre d'enfants possible. Ce qu'on devrait décourager c'est la maternité pour l'amour de la maternité.

Il n'est pas nécessaire d'être assistante sociale spécialiste de l'enfance déshéritée pour savoir qu'il y aura toujours des mères qui n'auraient jamais dû l'être — et je ne parle pas uniquement de ces alcooliques bourreaux d'enfants qui sont à l'échelon le plus bas de la société. En grandissant, j'ai bien vu que certaines riches amies de ma mère tenaient leur rejeton pour une espèce d'objet à exhiber, comme une nouvelle cape de vison, puis à réexpédier à la nursery. J'ai mieux compris alors ce qu'était pour nous ma mère et je me suis rendu compte de notre bonheur.

J'ai été malheureux le jour où elle a essayé d'expliquer à Andrew et à moi pourquoi elle nous avait abandonnés pour Cornelius. Elle était tellement bouleversée et c'était tellement inutile. Ce n'est pas parce qu'elle avait momentanément perdu la tête qu'elle avait cessé de nous aimer. Chacun pouvait voir qu'elle aimait toujours ses enfants. C'était aveuglant. Pauvre Mère. Je voudrais lui dire un jour combien je suis heureux qu'elle ait toujours été une mère si aimante et attentionnée mais je ne le ferai jamais parce que: a — elle fondrait en larmes et je ne pourrais pas le supporter; b — cela ressemblerait trop à de la sensiblerie fadasse et, c — le point « b » me donnerait envie de vomir. Que les relations mère-fils sont donc ardues! — mais il est vrai que toutes les relations parentales sont hérissées de difficultés, c'est pourquoi personne, *personne*, ne devrait se risquer à fonder une famille sans savoir exactement ce que cela implique et sans être prêt à en affronter les responsabilités.

— Je ne sais pas ce que je deviendrais sans les enfants, dit Vicky en s'appuyant lourdement sur ses béquilles psychologiques, mais la minute suivante elle s'essaie soudain timidement à tenir debout sans elles. Le malheur, c'est que je ne sais pas non plus ce que je vais devenir *avec* eux. Je ne sais pas du tout me débrouiller seule. C'est pourquoi je renvoie toujours au lendemain les grandes décisions qui intéressent l'avenir.

— Tout à fait raisonnable. Il te faudra du temps.

— Il me manque certainement quelque chose. Je me sens si désarmée. Papa me répète toujours gaiement : « Ne te fais donc pas de soucis, ma chérie, en tout cas tu n'as pas à t'inquiéter pour l'argent » mais cela n'arrange pas les choses. L'argent les rend seulement différentes.

— L'argent résout de nombreux problèmes et il les remplace par d'autres.

— C'est vrai. Bien sûr, je sais que j'ai beaucoup de chance de n'avoir pas de soucis d'argent. Je sais que j'ai bien de la chance d'avoir des gens pour s'occuper des enfants. Mais plus j'ai de domestiques et plus la vie semble se compliquer et puis — Seigneur! j'ai honte de l'avouer parce que cela paraît si bête et c'est pourtant la vérité — je ne sais pas tenir une maison. Sam se chargeait de tout, vois-tu. Lui, ses secrétaires et ses assistants étaient toujours là pour régler les factures, engager le personnel ou le congédier, bref, pour prendre toutes les décisions importantes. Papa dit que je pourrai avoir des secrétaires autant que j'en veux mais il ne comprend pas du tout. Je n'aime pas avoir tout le temps ces gens sur le dos, je n'aime pas du tout qu'on me croie stupide, j'ai horreur de ne pas pouvoir éternuer sans que quelqu'un me tende un mouchoir...

— Ce doit être infernal, c'est vrai. Je me demande souvent comment Louis XIV pouvait supporter Versailles.

— Je voudrais simplifier ma vie et non la compliquer mais comment la simplifier avec cinq enfants? J'ai d'abord pensé qu'il était plus simple d'habiter chez Papa parce que ça m'évitait l'ennui d'installer une maison indépendante mais finalement je me demande si c'était une si bonne idée. Je ne peux plus souffrir cette maison de la Cinquième Avenue. Je ne sais pas pourquoi. Alicia et moi nous entendons miraculeusement bien maintenant. Je crois que le problème ce doit être Papa mais ne me demande pas de te l'expliquer parce que j'en suis incapable. Avec lui, je fais de la claustrophobie, j'ai l'impression d'être dans une camisole de force. Comprends-tu ce que je veux dire?

— Dieu Tout-Puissant, Vicky, c'est précisément l'histoire de ma vie! Bon, écoute bien : Tu vas rester encore un peu à la Cinquième Avenue — tu ne dois pas en faire trop tout de suite sinon tu vas craquer. Mais tu devrais louer un petit appartement sur Sutton Place, par exemple, ou ailleurs, avec une vue sur la rivière. Il te faut un endroit où tu puisses être *toi* — pas simplement la veuve de Sam, ou la fille de Cornelius, ou la mère de tes enfants. Tu as besoin de penser tranquillement. C'est très important. Les gens qui ont un cerveau ont besoin d'être seuls parfois pour réfléchir. Et puis, quand tu t'en sentiras capable, tu pourras t'attaquer à cette tâche énorme : choisir une maison pour toi et les enfants.

— Ah, comme tu vois clair, Sebastian! Quelle bonne idée! Mais je n'en parlerai pas à Papa. Cela lui ferait de la peine. Il veut que je reste Cinquième Avenue jusqu'à ce que je me remarie. Je me demande parfois s'il ne parle pas de tous ces secrétaires et de ce personnel dont j'aurais besoin si j'installais une maison pour me faire peur de façon que je reste chez lui.

— Vicky il faut absolument — *absolument*, tu m'entends — que tu aies un appartement particulier où tu puisses avoir une vie personnelle. Je t'en trouverai un, si tu veux. Et quand j'aurai signé le bail tu pourras me donner un coup de main pour le meubler et le décorer.

Ses yeux s'éclairent.

— Ça me plairait beaucoup, dit-elle l'air pensif. Je voulais installer moi-même notre maison de Londres mais Sam a décidé que nous prendrions un grand décorateur pour que tout soit parfait... — Sa voix se perd puis elle reprend soudain. — J'étais très malheureuse vers la fin en Europe. Tu avais raison tout à l'heure de dire que j'étais en exil. Londres encore, c'était agréable, mais j'avais peur d'aller en Allemagne. Je n'ai pas le don des langues... J'avais peur de décevoir Sam... peur de le désappointer...

— Sam t'a-t-il jamais demandé si tu n'avais pas envie de retourner en Amérique? Quand tu disais en bonne épouse : « Oui, Sam, je ferai ce que tu voudras. » S'est-il jamais assis à côté de toi pour te dire : « Mais que désires-tu faire, toi? Et *où* as-tu envie de vivre? »

— Oui, vers la fin. Après la naissance de Kristin, j'avais avalé une grosse poignée de somnifères. Je ne voulais pas me tuer. Je voulais... voyons... communiquer avec lui, il me semble. Mais c'était méchant de ma part. Pauvre Sam — il était complètement affolé. Je me suis sentie coupable et j'ai eu honte.

Je me sens coupable et honteux moi aussi — oui, pour Sam Keller, cet égoïste salaud qui a conduit sa femme au bord du suicide et lui a donné de plus un complexe de culpabilité qui a failli l'anéantir.

— Qu'il aille se faire foutre! dis-je maladroitement malgré moi. — Il ne faut jamais critiquer son rival devant une femme : elle se sent moralement obligée de le défendre.

— Mais il m'aimait, reprend-elle avec vivacité. C'est vrai. Il m'aimait énormément et il était si gentil, si tendre, si...

J'ai encore envie de grincer les dents et Dieu sait comment j'arrive à me retenir.

— Oui. Bon... mais c'est bien fini maintenant, n'est-ce pas, Vicky? dis-je d'une voix calme. C'est fini et une vie toute nouvelle s'ouvre devant toi.

— Quel ravissant appartement! s'exclame Vicky. Et quelle merveille de posséder un endroit où je serai seule sans avoir tout le temps quelqu'un sur le dos! Regarde-moi cette jolie petite cuisine! Sebastian, je vais apprendre à faire la cuisine. Viendras-tu à mon premier dîner?

— Qu'est-ce qu'il y aura? Des œufs durs?

Il m'a fallu quelque temps pour trouver cet appartement parce que je voulais qu'il soit parfait. Il est situé au nord de Sutton Place et le living-room et la chambre donnent sur le fleuve. L'immeuble date de l'après-guerre, il est bien tenu, impeccable. J'inspecte tous les placards mais il n'y a pas l'ombre d'un cafard. L'installation électrique, la plomberie sont toutes neuves. Le sol est parqueté. Le chauffage central fonctionne. Et il est climatisé.

— Sebastian, je n'ose pas songer à ce qui arrivera si jamais Papa apprend ça. Lorsqu'il sera revenu de son chagrin, il fera venir des décorateurs et me donnera des tableaux de sa collection. Et j'en serais navrée. Je suis tellement heureuse en songeant que nous allons l'installer nous-mêmes. Quand pouvons-nous aller acheter des meubles? Le week-end prochain?

— Okay. Tu les choisiras, je les paierai et tu pourras me rembourser.

— Cela coûtera cher?

— Oui. Il faut que tu apprennes ce que c'est que l'argent, Vicky.

— Mais je veux bien apprendre, Sebastian. J'ai toujours eu envie d'apprendre.

Vicky est un exemple de croissance interrompue. Elle peut avoir près de vingt-huit ans mais après que Sam, pendant neuf ans, l'eut protégée de tout ce qu'il y a sous le soleil, sauf les grossesses — la seule chose dont elle aurait dû être protégée —, on dirait souvent qu'elle n'a pas plus de dix-huit ans.

— Ne t'inquiète pas, dis-je pour la rassurer. Je t'apprendrai tout ce que tu voudras.

— Oh, Sebastian, c'est tellement amusant! Le living-room est si joli — l'appartement est un vrai home, pas un musée. Et comme tu es gentil d'avoir acheté tous ces livres pour que la pièce ait l'air habitée!

— Ne dis pas de bêtises, je les ai achetés pour que tu les lises! Dis donc, je sais bien que c'est *ton* appartement mais pourrais-je venir de temps en temps pour lire?

— Bien sûr! Quand tu voudras. Et maintenant comment allons-nous arranger la chambre à coucher?

— Je vais te le dire : tu me laisses ce soin et je te ferai une grande surprise!

— D'accord! tu laisseras la porte fermée et ce sera pour moi comme une sorte de cadeau de Noël.

— Veux-tu me faire plaisir, Vicky? Ne viens pas ici pendant trois jours, que j'aie le temps de tout arranger. Okay? — On n'attend que mon ordre pour livrer l'ensemble mais elle l'ignore.

— Okay, Sebastian! Et un million de mercis!

Elsa est allée à un dîner de femmes chez l'une de ses amies. J'emmène Vicky dîner au Colony... Huîtres Rockefeller, langouste et champagne.

— Au nouvel appartement! dis-je en levant mon verre.

— Je meurs d'impatience de voir la chambre à coucher, Sebastian!

Nous rions tous les deux. Pour le dessert nous prenons un sorbet à la fraise, puis du café noir et du Courvoisier.

— Dis, Sebastian, je me sens un peu grise. Je n'ai pas l'habitude de boire autant.

— Alors Posthume risque d'être gris lui aussi demain matin?

— Je ne lui donne pas le sein. Et arrête d'appeler Posthume, Posthume!

Nous rions encore. Pourquoi ne nourrit-elle pas son bébé? Nourrir au sein est un sujet intéressant. Quand on songe combien nous sommes loin de l'ordre normal des choses dans notre civilisation du plastique, il est miraculeux qu'une fonction aussi naturelle que nourrir au sein se pratique encore. Cela donne un peu d'espoir en l'avenir. Peut-être l'homme naturel survivra-t-il à la civilisation du plastique après tout, au lieu de devenir un robot informatisé.

Nous rentrons à l'appartement. Le living-room est magnifique, les plus jolis meubles de W. & J. Sloane dans un décor d'épaisse moquette noir et blanc, de glaces et une aquarelle que Vicky a payée cinq dollars à Greenwich Village pour la seule raison qu'elle lui plaisait. C'est une vue de montagnes couronnées de neige avec un premier plan de lac; cela me rappelle Tahoe, dans le Nevada, mais au dos l'auteur a écrit : « L'Ile du Sud vue de la côte près de Wellington. » Et nous comprenons qu'il s'agit de la Nouvelle-Zélande, un merveilleux pays aux cinq cents diables, un endroit où il faudrait aller un jour comme au paradis.

J'ai mis du champagne dans le réfrigérateur et je fonce à la cuisine pour le déboucher.

— Non, Sebastian! Je ne peux plus boire une goutte!

— Un seul verre!

Nous arrivons près de la porte de la chambre, notre verre à la main.

— Okay. *Musique maestro, please!...* Et voilà!

J'ouvre la porte et j'allume. Un décor blanc et noir danse devant nos yeux. Clair-obscur. Érotique. J'ai des papillons au creux de l'estomac. J'avale mon champagne d'une lampée.

— Mon Dieu! dit Vicky impressionnée. Elle s'avance en vacillant sur la pointe des pieds jusqu'au dessin de Picasso accroché au mur.

— Est-ce un original?

— Certes non, dis-je. Je trouve obscène de dépenser des milliers de dollars pour des originaux hors de prix. C'est une épreuve de premier tirage et elle coûte vingt dollars, ce qui, à mon avis, est exactement ce que vaut ce dessin. Mais c'est beau, n'est-ce pas? J'aime la longue ligne du cou et du dos.

— C'est superbe. La chambre est magnifique.

Vicky s'assied, les jambes un peu coupées, et elle renverse à moitié son verre de champagne sur le tapis.

— Oh, non! La moquette! Vite, où y a-t-il un chiffon?

J'en rapporte deux et, à quatre pattes, nous nous mettons à éponger furieusement.

— Je crois que c'est très bien comme ça, dit Vicky au bout d'un moment.

— J'en suis sûr, dis-je en la regardant fixement.

Elle remarque le ton de ma voix et recule jusqu'au pied du lit.

Silence. Puis elle dit:

— Dieu que j'ai été bête!

— Non, tu n'es pas bête à ce point, Vicky. Tu t'y attendais fort bien mais tu voulais te convaincre du contraire car tu étais fâchée d'y penser — pas effrayée mais fâchée — et tu ne voudrais pas être fâchée contre moi. Mais je ne vais pas te traiter comme tu l'as été dans le passé, Vicky. Je t'aime, je te respecte et tout sera tout à fait différent.

— Je ne vois pas de quoi tu parles, répond-elle, je ne suis pas fâchée. Personne ne m'a mise en colère. Personne ne m'a mal traitée.

Je me lève, je reprends la bouteille dans la cuisine, je remplis nos verres et j'avale autant de champagne que je peux sans respirer. Puis je dis du ton le plus lointain, le plus académique du professeur essayant de se faire comprendre d'un élève intelligent mais obstiné:

— Okay. Tu n'es pas fâchée. Tu n'aimes plus faire l'amour, c'est tout. Et après? Il y a des tas de gens comme toi, de nos jours. Toute une industrie est fondée sur les gens qui n'aiment pas faire l'amour. Ce n'est pas interdit par la loi. Nous vivons dans un grand et merveilleux pays et il n'est pas obligatoire d'aimer le sexe comme on doit aimer sa mère, le drapeau et la tarte aux pommes. Mais pourquoi ne pas accorder une nouvelle chance à ce pauvre amour? Pourquoi ne pas lui offrir une seconde occasion? Après tout, tu as sur toi tout ce qu'il faut pour ça et ce serait dommage de ne pas s'en servir de temps en temps. As-tu jamais lu les comédies de Middleton?

Cela lui fait perdre le fil : « Qui ? » dit-elle.

— Thomas Middleton, un contemporain de John Webster et de Cyril Tourneur. Il s'est servi de ce genre de situation mais il l'entourait de tout le mélodrame du XVIIᵉ siècle. Le vilain courtise l'héroïne. Elle le repousse. Le vilain parvient à la faire céder et — ô surprise! — l'héroïne découvre qu'après tout c'est très agréable. — Je l'effleure du doigt et elle ne recule pas. — Je ne te ferai jamais de mal, Vicky, dis-je d'un ton pressant en me rapprochant d'elle et elle ne recule toujours pas; ma main avance vers sa cuisse. J'ai l'impression d'avoir l'estomac en flammes. Je voudrais quitter mes vêtements. — Tout ira bien, dis-je à voix basse. Je ne suis pas comme Sam. Tous les hommes sont différents. Ils ne font pas tous l'amour de la même façon. Pas plus qu'ils n'ont la même écriture. — Je suis tout près d'elle. Ma main est sur sa cuisse puis sur sa poitrine. Je baise son cou. Mon sang est une sorte de liquide inconnu, bouillant dans un fantasme surréaliste. — Je veux te faire l'amour *à toi*, Vicky. Pas simplement à un corps féminin pourvu de tous les attributs nécessaires mais à *toi*, à celle qui va voir les comédies de Kevin avec moi et qui les comprend, celle qui sait que Cicéron était un philosophe et aussi un orateur, celle dont la couleur préférée est le bleu, qui aime les huîtres, les lumières chatoyantes reflétées sur les trottoirs mouillés, la fontaine devant le Plaza, Frank Sinatra et Gervase de Peyer à la clarinette. Toi, toi, toi.

Elle se laisse embrasser. Elle ne dit pas un mot. Je dois transpirer par tous les pores. Je ne veux pas me déshabiller en pleine lumière parce que cela risquerait de lui rappeler la scène de Roméo et Juliette à Bar Harbor. Alors, je déboutonne sa robe. Elle me laisse faire. Mes doigts sont maladroits, ils obéissent mal à mon cerveau. Impossible de dégrafer son soutien-gorge. Oh, zut! Ne pas être maladroit. Je t'en prie, mon Dieu, donne-moi, s'il te plait l'aisance, le calme et l'assurance de la voix de Frank Sinatra, autre métal liquide coulant sans effort du haut-parleur.

Elle n'a plus de vêtements maintenant. Elle ne bouge pas, ne parle pas. Je l'embrasse partout dans l'espoir qu'elle répondra à ma caresse mais non et soudain je sais que je ne peux pas attendre davantage. J'écarte les couvertures et je l'étends sur les draps de satin noir. Seigneur! J'essaie d'éteindre la lampe, je la renverse et elle s'éteint toute seule. Quel idiot! Il faut absolument que je me calme. Impossible. Tout est en fusion maintenant, pas moi seulement mais tout, comme si j'étais charrié dans la coulée de lave rougie à blanc qui s'est échappée du Vésuve en l'an 79. Dans le noir, je quitte mes vêtements et les draps de satin sont comme de la glace; on devrait entendre le sifflement de cette coulée de lave dans cette eau glacée mais il n'y a que Vicky, ferme, ronde, magnifique, parfaite...

Il doit y avoir un Dieu quelque part puisque je suis au paradis. Je suis au paradis mais toujours vivant. La joie absolue.

Elle hurle.

Je lui dis que tout va bien. Je ne sais pas ce que je dis. Je ne sais plus rien sinon que je ne peux pas m'arrêter.

Elle me plante les ongles dans le dos, elle essaie de me repousser.

Elle a peut-être peur que je lui fasse un enfant mais ne t'inquiète pas,

Vicky, je ne suis pas un crétin de gosse, je sais ce que je fais même quand j'ai presque perdu la tête, presque, presque... Seigneur, il s'en est fallu de peu. Mais j'ai réussi. Je me suis retiré à temps.

La prochaine fois je me garnirai d'une protection mais aujourd'hui c'était unique. Il fallait qu'il n'y ait que toi, moi et rien entre nous.

Oh, Dieu. Dieu. Dieu. Mon Dieu que je suis heureux.

Je reste là, immobile, essoufflé sur les draps de satin mais Vicky repousse mon corps, elle court à la salle de bains et s'y enferme.

Je l'entends sangloter. Je me lève d'un bond et je cogne à la porte. J'ai les jambes molles.

— Ça va, Vicky? — Question idiote. Ça ne va certainement pas. Je secoue le bouton de porte. — Vicky, laisse-moi entrer, je t'en prie.

J'entends le crépitement de la douche. Elle est en train de se laver de tout, de mes baisers, de ma sève, de tout le bataclan. Question : Fait-elle toujours cela ou est-ce parce que je l'ai dégoûtée?

Je n'en sais rien. Espérons que tout est pour le mieux. Je rallume et je me rhabille rapidement. Je ne veux pas qu'elle soit révoltée davantage en me voyant sans vêtements. Et puis je me sers un autre verre de champagne et je le vide d'un trait.

J'attends.

Après une éternité elle sort enveloppée dans une serviette rouge. Je voudrais lui parler, communiquer, mais je ne trouve pas mes mots.

Mon silence la désoriente, bien à tort. Détournant ses yeux gonflés, elle dit :

— Tout va bien. C'est toujours infernal la première fois après l'accouchement. Ça ne fait rien.

Je voudrais la prendre dans mes bras et la serrer tendrement mais je sais qu'elle me repousserait. Je ne suis qu'une brute velue, suante et maladroite qui lui a fait mal dans sa chair intime. Seigneur, par quel enfer passent parfois les femmes et par quel enfer passent les hommes quand les femmes passent par l'enfer.

— Je t'aime, dis-je enfin.

— Oui, répond-elle machinalement mais sans comprendre.

Je n'ai pas réussi à communiquer.

— J'achèterai de la crème lubrifiante, dis-je.

Elle ne répond pas. Elle pense à autre chose à moins qu'elle ne soit dans une sorte d'état second. Elle ramasse ses vêtements et retourne à la salle de bains pour se rhabiller. Je l'entends pousser le verrou.

Je bois encore du champagne. J'en suis écœuré maintenant. On dirait une limonade bizarre, du Schweppes éventé. Je finis la bouteille et la jette à la poubelle.

Quand elle reparaît, elle est fraîche et nette mais ses yeux sont encore gonflés.

— Je voudrais rentrer à la maison tout de suite, dit-elle.

— Okay.

Je la ramène Cinquième Avenue.

— 'Soir, dit-elle quand le taxi s'arrête.

— 'Soir.

Pas un baiser, pas même une pression de main. Je suis seul, elle est seule et nous sommes tous les deux en enfer.

Je rentre chez moi, je retrouve Elsa et tout ce que j'ai bu me fait perdre connaissance à l'instant où elle hurle pour demander au nom du Ciel où j'étais passé.

*Quinze janvier 1959.* J'écris un mot à Vicky parce que je ne peux pas lui parler.

« Chère Vicky. Je t'aime infiniment. Je veux que tout aille bien. Laisse-moi essayer de réparer, je t'en prie. Sebastian. P.S. : Je voudrais voir le dernier film d'Ingmar Bergman, *le Septième sceau,* pour la troisième fois. Veux-tu venir avec moi ? Ce n'est pas pour faire l'amour après. Je veux simplement être avec toi. »

Elle m'appelle à la banque : « Merci pour la lettre. »

— Okay. On va au cinéma ?

— Pourquoi pas ? Si tu veux.

— Hum-mm. Vicky... ?

— Oui ?

— Quel film as-tu envie de voir, *toi ?*

Silence. Puis :

— Elvis Presley dans *Jailhouse Rock.*

— Parfait. C'est comme si nous y étions !

C'est un film assez ancien mais Sam a dit qu'il ne valait rien quand il est sorti, peu de temps avant sa mort, et il n'a pas voulu emmener Vicky le voir. Je parierais moi aussi qu'il ne vaut rien. Mais peu m'importe. Si cela fait plaisir à Vicky, je n'en demande pas plus. Nous descendons vers le bas de la ville où le film passe dans une incroyable salle de l'avenue B.

J'ai raison. Sam avait raison. C'est un navet. Nous retombons dans la civilisation du plastique et jusqu'à son plus bas commun dénominateur, mais ça ne fait rien, le film est risible — nous en rions tous les deux. La seule défense à opposer à la civilisation du plastique c'est de rire de son côté affreux sinon on se retrouve au cabanon. Vicky le sait, elle aussi, et soudain nous sommes de nouveau en communion, riant à en avoir mal aux côtes quand Presley traverse en se déhanchant un décor raffiné et qu'il chante d'une voix rauque son séjour en prison. *Jailhouse rock* est un film en blanc et noir. Clair-obscur. Excitant.

Quand je prends la main de Vicky, elle ne la retire pas et à la fin du film elle accepte que nous nous arrêtions pour grignoter un hamburger dans un café de Greenwich Village.

— Vicky. Faisons-nous un saut à l'appartement, lui dis-je après avoir longtemps hésité. Ou n'y tiens-tu pas ?

— Okay.

Nous y arrivons et c'est une charmante surprise : elle a remis de l'ordre et il y a un cadeau pour moi sur la table.

Je suis ébahi à en rester muet. J'ouvre maladroitement le paquet et je trouve une édition de deux comédies de Middleton : *The Changeling* et *Women beware Women.*

Je l'embrasse et l'embrasse encore. Finalement nous nous couchons. Je me contrôle mieux cette fois et j'y veille de toutes mes forces parce que je sais que cette seconde occasion est vraiment une marque de chance insolente. J'agis avec la plus grande douceur et j'ai assez de crème lubrifiante pour graisser le plancher d'une salle de bal.

Elle ne crie pas.

J'aimerais prendre ma douche avec elle mais je ne veux pas qu'elle me voie en pleine lumière. Plus tard, peut-être, quand je serai plus sûr de nous. Nous nous habillons. Je prends un Scotch et elle un Coke. Assis sur le divan du living-room, nous regardons scintiller les lumières de la ville. Je me sens mieux. Je n'ose pas encore être heureux mais j'espère l'être bientôt.

— Comment va Posthume? dis-je après un de mes longs silences que Vicky paraît accepter enfin.

— Posthume est très gentil. Il fait de beaux sourires maintenant.

— Je l'aime bien. J'ai parfois l'impression qu'il est à moi.

Vicky réfléchit.

— Parce que tu m'as soutenue quand j'ai décidé de l'appeler Benjamin?

— Euh... oui. Et parce qu'il est né après que tu m'as appelé à ton secours. Parce que je t'aimais déjà quand tu étais enceinte et après aussi. Parce que Sam n'est pas là pour me rappeler que le bébé n'est pas de moi.

Elle me demande si Elsa a envie d'avoir un autre enfant.

— Elle ne peut plus en avoir. Dommage. Enfin, nous aurons toujours Alfred.

— Sebastian... où en est *exactement* la situation avec Elsa?

Je lui explique ma conception de notre liaison et j'ajoute pour m'en assurer.

— Tu ne tiens pas au mariage, n'est-ce pas?

— Non, répond-elle machinalement, mais elle poursuit aussitôt. Je veux dire : pas pour le moment. Mais je sais qu'évidemment il faudra que je me remarie un jour à cause des enfants.

— Et à cause de toi aussi, non?

— Oui, bien sûr! Il n'y a pas d'autre alternative acceptable.

— Il y a l'alternative que nous vivons actuellement.

— Oui mais le mariage est...

— Le mariage n'est qu'un mot de code qui désigne l'effort tenté par la société pour mettre de l'ordre dans le chaos qui règne entre les sexes. Comme les philosophes parlent d'Absolu et d'Unité quand ils essaient de mettre de l'ordre dans un monde cahotique. Mais on peut philosopher sans se référer à l'Absolu et on peut aimer quelqu'un sans parler de mariage.

— Tu parles comme si la moralité n'existait pas. Notre liaison nous convient parfaitement sans doute mais et la pauvre Elsa? Comment peux-tu justifier moralement ta liaison avec moi quand tu sais qu'elle en sera malheureuse?

— Elle ne le sera pas! Il ne faut pas grand-chose à Elsa pour être heureuse : une belle maison, un compte ouvert dans quelques magasins, Alfred et un moment au lit par-ci, par-là... Euh, ça ne t'ennuie pas que je couche avec Elsa de temps en temps pour lui faire plaisir, au moins?

— Si. Cela m'ennuie. Et beaucoup.

J'en reste bouche bée. Je me tais mais j'en ai le souffle coupé.

— Je pense qu'il est mal d'avoir deux femmes en même temps, dit Vicky, avec force. Les Musulmans s'en accommodent mais regarde un

360

peu leurs femmes! Des paquets anonymes sous leur voile! Mais les femmes ne sont pas seulement des paquets anonymes, Sebastian! Ce sont des êtres humains qui peuvent souffrir.

— Seigneur, Vicky, inutile de me dire ça! D'autres hommes peuvent considérer les femmes comme du bétail mais cela ne m'arrivera jamais.

— Alors comment ne vois-tu pas qu'Elsa est un être humain et non une espèce de chose étiquetée « épouse »? Elle a des sentiments, comme tout le monde.

— Mais je les respecte! — Vicky a pris son manteau et je cours derrière elle vers la porte. — Et je continuerai à prendre soin d'elle!

— Et de l'humilier, oui!

Vicky est maintenant furieuse. Nous quittons l'appartement et je la suis quand elle se précipite vers l'ascenseur.

— Écoute, Vicky...

— Okay. Ne te gêne pas! Va donc l'humilier! Ton mariage ne me regarde pas!

— Dis-donc, on dirait que tu es jalouse! dis-je sachant fort bien qu'elle ne l'est pas mais j'essaie de dissiper sa colère avec un zeste d'humour. Elle me jette un regard dédaigneux quand l'ascenseur atterrit au rez de chaussée.

— Bonne nuit, Sebastian. Je rentrerai seule, merci.

Je la fais monter dans un taxi et je la regarde s'éloigner.

Oh, Bon sang! Oh, Seigneur! *Oh, merde!*

*Quinze mars 1959.* Alfred me regarde de ses yeux clairs rieurs et il dit, tout heureux : « Papa! »

Intelligent petit bonhomme. Il reconnaît bien ceux qui le comprennent. Je le prends dans mes bras et il me donne une bonne tape sur l'oreille. Pas de sensiblerie, espèce de grand escogriffe, songe-t-il, ne sois pas bête, Papa. Comme si je n'avais pas déjà assez de toutes ces bonnes femmes qui me pouponnent!

Je le remets dans son parc. Je le regarde s'amuser. Il a un petit xylophone sur lequel il tape et je vois son visage, tendu par la concentration quand il cherche quelle touche il doit frapper.

Une ombre se profile dans la nursery ensoleillée : Elsa.

— Alfred, mon trésor, mon ange...

Elle le prend, l'arrache à son xylophone et l'accable de babillage puéril. Alfred hurle de rage.

— Pose-le donc, pour l'amour du Ciel, Elsa!

Elle me foudroie du regard bleu glacial de son père : « Il faut que je te parle. »

Alfred est remis dans son parc mais il est fâché. Il continue de hurler son indignation. La nurse accourt et le reprend. Nouveaux hurlements. Pauvre Alfred. Je suis seul à te comprendre.

Elsa et moi entrons dans notre chambre. Elsa claque la porte.

— Tu couches avec elle, n'est-ce pas?

Seigneur, ça y est! mais je devais m'y attendre tôt ou tard. Autant discuter de l'affaire maintenant et en terminer.

— D'où sors-tu ça? dis-je pour avoir le temps de reprendre contenance.

— Parce que je ne suis honorée qu'une fois par semaine désormais et cela laisse six soirées complètement inexpliquées!

Vicky et moi nous n'avons fait que cinq fois l'amour ces deux derniers mois parce que chaque fois que nous sommes au lit il y a une scène, ce qui lui permet de me tenir à distance pendant quelques jours. Mais je suis patient : j'attendrai qu'elle soit mieux disposée et qu'elle accepte de faire l'amour plus souvent. Elle n'en a pas horreur. Sinon je ne la contraindrais pas mais elle n'en est pas encore à imaginer que cela peut être agréable. Pour le moment, c'est simplement une chose qu'elle consent à faire pour être polie et aimable, comme de boire du champagne rosé offert par un vieil ami plein d'expérience. Mais je conçois qu'un changement de dispositions exige un certain temps et, en attendant mieux, lui faire l'amour même rarement est paradisiaque quand je songe à toutes ces années où je ne le lui faisais pas. Cela dit, malgré tous mes efforts, je ne peux plus m'intéresser à Elsa. Cette liaison, aussi imparfaite soit-elle encore, semble empiéter sur mon mariage bien plus que je ne l'aurais jamais imaginé.

— Espèce de salaud! hurle Elsa à me faire sursauter.

Je me remets.

— Okay. Oui, je couche avec elle mais tu n'as pas à t'inquiéter — je n'ai pas l'intention de te quitter! Je resterai avec toi et je serai un bon mari, mais en vérité il y a fort peu de bons maris fidèles à leur femme — demande donc à ton père, si tu ne me crois pas. Ton père a toujours pris soin de sa famille comme doit le faire un bon mari mais il est de notoriété publique qu'il a toujours eu un tas d'autres femmes...

— Mon père, répond Elsa, est un vieil hypocrite. — Elle se laisse tomber sur le pouf devant sa table de toilette et se regarde dans le miroir. Elle est froide, calme et maîtresse de soi. Pas de larmes, pas de crise de nerfs, pas de désespoir.

C'est étrange. Il se passe quelque chose. La scène ne se déroule pas dans les règles.

— Ma mère s'est bien trop laissé faire par mon père depuis des années, dit Elsa en regardant toujours son gros visage vulgaire. Mais pauvre Maman, elle n'avait pas le choix. Elle a été victime de son monde, de son éducation et de son époque. Mais je ne suis pas comme ma mère et je ne suis pas de son époque. Je ne te laisserai pas me traiter comme l'a traitée mon père. Tu crois que je ne suis qu'une grosse femme qui pèse soixante-quinze kilos et qui n'a rien dans la cervelle mais tu te trompes, Sebastian. Et de beaucoup!

J'ai soudain une bouffée de chaleur. Je suis obligé de déboutonner mon col. Je suis mal, très mal à mon aise. Est-ce bien Elsa qui parle? Est-il vraiment possible que ce soit la même Elsa, bêtasse et gentille, qui se pelotonne dans mes bras quand nous sommes au lit et qui me dit combien je suis sensationnel? Il y a quelque chose de déréglé quelque part. Une donnée essentielle a dû m'échapper. J'ai sûrement fait une erreur de calcul.

— Écoute, mon gars, continue Elsa aussi dure qu'un film de James Cagney et que le granit dans lequel est taillé le clan des Reischman, je vais t'expliquer une bonne chose... Le mariage est le mariage. Tu m'as promis fidélité devant témoins et je ne te tiens pas quitte de cette promesse. Si tu n'étais pas prêt à respecter ta parole, alors tu n'aurais pas dû m'épouser. Je suis ta femme, je ne te partagerai avec personne et moins encore avec Vicky. Il va falloir choisir, Sebastian. Ou bien tu rentres à la maison, tu y restes, tu dors à côté de moi toute la nuit et tu te conduis comme un vrai mari ou bien je vais voir mon avocat et je t'attaque en divorce jusqu'à ce que mort s'ensuive.

J'essaie de me réveiller, mais non, il ne s'agit pas d'un mauvais rêve, c'est la réalité et je me débats en plein dedans. Mais c'est peut-être un coup de bluff?

— Essaie donc de divorcer! Tu sais parfaitement que tu ne trouveras jamais un autre mari!

— Qu'est-ce que tu paries? me demande-t-elle froidement.

J'en suis abruti — c'est-à-dire : stupide et muet.

— Mais tu ne... tu n'oserais pas divorcer! — J'en bégaie.

— Et comment! lance Elsa, et ses yeux bleus gèlent la glace du miroir.

Je tourne les talons et je sors. Pour être plus précis, je sors en chancelant. Je vais à tâtons dans le living-room, je me sers un triple Scotch et je bois.

Il y a un portrait d'Alfred sur la table près de la fenêtre; ce petit futé d'Alfred, à l'âge de six mois, qui se rend compte qu'un crétin d'adulte trouble son univers en roucoulant pour le faire sourire à l'objectif.

Quand le Scotch est terminé, je retourne à la chambre à coucher mais Elsa n'y est plus. Je vais à la nursery : elle est en train de fourrer Alfred dans un costume neuf pour l'emmener chez sa mère pour la visite rituelle du dimanche après-midi. La nurse est allée chercher son manteau et ses souliers.

Elle ne dit rien, moi non plus. Nous nous regardons, c'est tout.

— Papa! dit Alfred, joyeux, en pointant sur moi son petit doigt.

J'ai envie de casser quelque chose... toutes les assiettes de la cuisine et de battre Elsa. Mais je ne le fais pas. Et qui plus est, je ne le ferai jamais. J'ai perdu une fois mon sang-froid avec une femme, je lui ai donné une telle poussée qu'elle s'est assommée sur le coin d'une table de chevet et j'ai fait alors le vœu de ne jamais plus me laisser aller à la violence. La violence est une faute. C'est écœurant. La violence et non le sexe est la véritable obscénité de notre culture.

Chassant toute idée de violence de mon esprit, je prends Alfred dans mes bras et je dis à Elsa d'un ton monocorde : « Allons ensemble chez ta mère. »

J'appelle Vicky : « Vicky, il faut que je te voie. » Je ne l'appelle jamais « chérie » ou « mon amour » ou « mon chou ». Tous ces mots, des gens qui ne l'ont jamais comprises les lui ont répétés à satiété.

Nous nous retrouvons dans l'appartement.

— Je suis en pleine bagarre, lui dis-je, et je lui raconte la scène avec Elsa. — Je bois du Scotch comme si toutes les distilleries allaient fermer. — Nous ne pouvons plus venir ici car elle peut me faire suivre. Il faudra que nous nous voyions à la Cinquième Avenue. Les détectives peuvent user leurs godillots à me suivre jusqu'à la maison de ton père; ils ne pourront jamais affirmer que je n'y vais pas simplement voir ma mère.

— Dieu du Ciel, je ne vois rien de plus réfrigérant que de se faufiler dans ce vieux mausolée en essayant d'éviter Papa et Alicia! Je me demande ce qu'ils vont penser.

— Ils seront ravis. Ils en tireront une sorte de jouissance par personne interposée.

— Sebastian, mon chéri, ils n'ont pas besoin de ça. Ils ont toutes les jouissances réelles qu'il leur faut.

— Seigneur! Cela dure encore?

Nous examinons plus longuement la situation et nous échafaudons des plans.

— Le malheur, conclut Vicky avec un soupir, c'est que nous ne pourrons plus aller ensemble au cinéma ou au théâtre. Nous allons jouer une version moderne de *Back street* — encore que la Cinquième Avenue n'ai rien d'une ruelle adjacente. Triste perspective, non?

Je m'approche d'elle.

— Vicky, je quitterais Elsa demain mais...

— Je sais. Il y a Alfred. Je comprends.

Je voudrais lui faire l'amour mais elle refuse : c'est le moment critique du mois. Je prends rarement garde à ce détail avec Elsa mais je respecte la réserve de Vicky, je l'embrasse et je m'en vais. Mais je suis inquiet, dévoré d'inquiétude même, et je ne pense qu'à une chose en me traînant vers la maison, je n'ai pas encore vu la fin de mes ennuis, il s'en faut de beaucoup.


Nous nous retrouvons désormais après ma journée de travail, une fois par semaine, dans l'aile gauche inhabitée de la demeure des Van Zale et ce n'est pas aussi morose que nous le craignions. Nous avons adopté l'une des chambres les plus éloignées : Vicky a apporté son tourne-disque et ses enregistrements de Franck Sinatra et moi mes chefs-d'œuvre de Mozart ainsi que Gervase de Peyer dans le solo triomphal d'un concerto pour clarinette. J'essaie d'initier Vicky à Wagner mais elle ne peut pas s'y faire. Dommage. Alors j'en reviens prudemment à Beethoven, j'y glisse un soupçon de Brahms à l'occasion mais je fais encore chou blanc avec Bruckner, quant à Mahler il a pour effet d'expédier Vicky chez le disquaire le plus proche pour y acheter un classique de Presley.

C'est curieux de faire l'amour sous le toit de Cornelius; cela nous donne l'impression de commettre un inceste mais nous avons apporté nos draps de satin et nous recommençons à prendre notre plaisir. C'est vrai pour moi, en tout cas, et j'imagine que ce ne doit pas être tellement indifférent à Vicky puisqu'elle me permet bientôt de lui faire l'amour deux fois par semaine. C'est très encourageant mais je souhaiterais qu'elle y prenne plus de plaisir. Il est très malaisé de parler de la mécanique de l'amour sans avoir l'air d'un imbécile mais je parviens quand même à lui dire comme en passant.

— Tu devrais me dire s'il n'y pas quelque chose que je puisse faire pour que tout cela te soit plus agréable.

— Que veux-tu dire? demande-t-elle, soupçonneuse.

— Eh bien... — Je sens que je patine sur une glace si mince qu'elle ne supportera pas mon poids. J'essaie de me reprendre. — Je ne veux pas dire que la vie soit incomplète sans un orgasme occasionnel mais...

— Ne prononce jamais ce mot! hurle-t-elle. Ne le prononce plus jamais, jamais!

Elle saute du lit, folle de colère, et s'enferme dans la salle de bains pour reprendre son calme sous la douche.

Je m'habille, je prépare deux grands verres et lorsqu'elle reparaît je m'emploie de mon mieux à résoudre le mystère. Il est certain que Sam a eu le même problème mais comme il est Sam Keller il s'est contenté de lui dire que toutes les femmes connaissent l'orgasme à un moment quelconque et que si Vicky y échappe c'est qu'elle a sûrement un problème particulier et qu'elle devrait consulter un psychiatre.

— Et qu'a dit le psychiatre? fais-je.

— Pas grand-chose. Je ne pouvais pas réellement parler à aucun de ceux que j'ai vus. J'ai eu un jour l'impression que je serais plus à l'aise avec une femme mais Sam a dit que les meilleurs psychiatres étaient des hommes.

— Tu penses! dis-je en prenant la bouteille par le goulot et en me servant un double Scotch. Je m'en doute. Et qu'a-t-il dit quand tous ces merveilleux « psy » n'ont pas réussi à te guérir?

— Oh mais il a cru que je l'étais! Je le lui ai finalement affirmé. Cela me paraissait la solution la plus facile. Je ne voulais pas que Sam continue de s'inquiéter et qu'il soit malheureux parce que je n'étais pas normale.

— Je vois. Oui. Tu as donc assumé toute la culpabilité, l'inquiétude et les chagrins à sa place. C'est merveilleux! Veinard de Sam! Je le salue bien bas! dis-je en levant mon verre.

Elle me regarde, les yeux ronds.

— Que veux-tu dire?

— Je veux dire qu'il faut être deux pour faire l'amour, Vicky, et que si tu n'y arrivais pas c'est que peut-être — je dis bien peut-être — ton excellent mari en était-il partiellement responsable. Et même s'il ne l'était pas, même s'il était si extraordinaire et que tu n'arrivais pas à te mettre à l'unisson, il aurait dû faire plus d'efforts pour essayer lui-même de résoudre le problème au lieu de te repasser à une série de psychiatres à qui tu ne pouvais pas te confier!

— Allons donc, Sam était merveilleux, si tendre, si aimable...

J'en ai assez. Je ne peux plus rester là une seconde de plus à grincer des dents, je plaque mon verre sur la table et je me tourne vers elle.

— Vicky, il est possible que Sam ait été tout ce que tu dis mais s'il t'a laissée assumer l'entière culpabilité de vos problèmes conjugaux il n'est pas tout à fait le héros que tu imagines. Ce n'est peut-être pas un misérable mais, crois-moi, ce n'est pas un héros.

— Mais...

Je la prends par les épaules et je la secoue pour lui montrer combien il est important qu'elle ne voie plus Sam avec le halo que son complexe de culpabilité lui fait accorder à son souvenir.

— Ne canonise pas Sam, dis-je en martelant les mots. Ce serait une erreur fatale. Sam n'était pas un saint, Vicky. C'était un être humain et il avait ses défauts comme nous tous, mais il les dissimulait si bien sous son fameux charme que tu ne les voyais sans doute pas. Tu as tous les droits de lui reprocher amèrement certaines choses et de l'aimer pour d'autres.

Allons, fâche-toi! Mets-toi en colère! Ne te contente pas de dire : « Oh, tout cela était ma faute... Je suis l'épouse qui a failli à son mari. » Ne détourne pas sur toi cette colère. Essaie plutôt de dire : « Ce salaud de Keller... il m'a tourné le dos quand j'avais besoin de lui, c'est un mari qui a failli à sa femme! » Ce ne sera peut-être pas la vérité chimiquement pure mais je parierais jusqu'à mon dernier dollar que ça l'approche bougrement plus que ce mythe de faillite et d'imperfection que tu coltines depuis si longtemps sur ton dos!

Elle me fixe jusqu'à ce que j'aie l'impression d'être un miroir, un de ces miroirs que l'on voit dans certains films d'horreur et qui reflètent une tête de mort au lieu de celle du personnage qui s'y contemple. Je verse du Scotch et lui mets le verre dans la main.

— Je suis désolé, dis-je doucement.

— Non. Ne dis pas « désolé » et ne...

— Et ne dis pas « orgasme » non plus? Okay, comme tu voudras Vicky. A l'inverse de Sam, je ne vais pas m'inquiéter parce que tu ne te démènes pas au lit comme une prêtresse en train d'honorer Dionysos. A dire vrai, je me moque de ce que tu peux faire tant que je ne te rends pas malheureuse. Est-ce que je te rends malheureuse?

Elle m'embrasse : « Non. Tu me rends très, très heureuse. Tu me ferais croire... » Elle s'interrompt.

— En toi? Ai-je réussi à te faire croire en cette femme abandonnée depuis trop longtemps et que cache cette apparence ratée? Derrière cette névrosée qui avait horreur d'être une épouse de vitrine, une mère modèle et de faire ces choses que toutes les femmes sans exception sont supposées trouver merveilleusement satisfaisantes et enrichissantes? Te sens-tu moins coupable, grâce à moi, de ne plus être si heureuse d'avoir étouffé ta personnalité et de t'être sacrifiée pour ton mari? T'ai-je enfin convaincue que la relation normale entre un homme et une femme est affaire de concessions mutuelles? Et qu'un côté ne doit pas tout recevoir pendant que l'autre s'efface, se soumet et détruit son âme?

Elle ne répond rien. Les larmes coulent sur son visage. Puis elle dit enfin :

— Tout cela n'a été qu'une longue erreur, n'est-ce pas? Ce ne devrait pas être ainsi. Je suis comme ces prisonniers de guerre en Corée. Ceux dont on a lavé le cerveau?

Je la prends dans mes bras et je la serre contre moi. Il y a un nouveau silence prolongé mais lorsqu'elle dit : « Je crois que je suis en colère », je sens qu'elle a enfin abandonné ses béquilles et qu'elle vient de commencer à remonter la pente, qu'elle s'éloigne de l'enfer et approche d'une vie nouvelle.

Je vais chez F.A.O. Schwarz pour choisir un cadeau pour Posthume. L'an dernier Alfred a eu un collier de perles de couleur qu'il pouvait mâcher sans s'empoisonner. Il me semble que Posthume lui aussi aimera cette babiole.

En sortant de chez Schwarz, je saute dans un taxi pour aller Cinquième Avenue. Tout à coup je me rappelle que je n'ai plus de Trojans [1]. Zut! où est le drugstore le plus proche?

---

1. Préservatifs.

— Allons dans Madison Avenue, dis-je au chauffeur.

Il se demande si je sais ce que je veux mais nous filons dans Madison où l'on ne trouve que des boutiques de mode.

— Allons dans Lexington.

— Que cherchez-vous à la fin, mon vieux?

— Un drugstore.

— Fallait le dire.

Le chauffeur tourne dans Madison, remonte trois blocs et s'arrête devant un drugstore. Je lui dis d'attendre.

Pas de Trojans. Je prends une autre marque et reviens au taxi en courant. Il fonce vers la Cinquième Avenue. Cela a pris du temps et il faut que je sois à la maison à huit heures sinon Elsa ne croira pas que j'ai travaillé tard.

Je tombe sur Mère dans le hall. Bon Dieu!

— Ah, mon chéri! Je croyais que c'était Cornelius! Viens prendre un verre avec nous. Il sera là d'une minute à l'autre.

— J'apportais un cadeau à Benjamin. Peut-être...

— Hello, Sebastian! lance Vicky du haut de l'escalier pour venir à mon secours. Tu parlais d'un cadeau pour Benjamin? Quelle surprise... monte vite à la nursery!

Cornelius arrive : « Sebastian! Viens prendre un verre! »

D'habitude, je m'arrange pour arriver avant ces invitations mais la visite chez Schwarz et la chasse aux Trojans ont démoli mon horaire.

— Viens et donne-nous les dernières nouvelles d'Alfred! dit Mère. — Elle tient vraiment à me voir et je me sens coupable de m'être si souvent faufilé par l'escalier de l'aile gauche pour aller voir Vicky.

Tout le monde se retrouve dans le Salon doré. Cornelius et Mère sont assis sur le divan et se tiennent les mains. Vicky et moi nous sommes assis face à face et nous essayons d'avoir l'air innocent. L'ambiance est saturée de sexualité. Les Grecs eux-mêmes l'auraient trouvée irrespirable.

Quand nous pouvons enfin nous échapper, nous nous précipitons vers la chambre à coucher en oubliant Posthume.

— Il faut que je me sauve dans dix minutes! fais-je.

— Est-ce bien la peine de faire l'amour? Prenons plutôt un verre en bavardant.

— Non. Je ne fermerais pas l'œil de la nuit en pensant à toi.

Nous nous jetons dans le lit et tout est parfait pendant quelques précieuses minutes puis il y a un accident idiot, de ceux qui n'arrivent qu'aux autres, généralement aux jeunes qui se fournissent de préservatifs dans les distributeurs des toilettes publiques. Celui-là n'aurait jamais dû sortir de l'usine. Le contrôle de qualité a fait une erreur.

Je ne dis rien mais je prie silencieusement. Vicky ne dit rien non plus et file sous la douche.

Mais pour une fois nous avons de la chance : l'accident restera sans conséquences. Dix jours plus tard Vicky m'annonce que la mauvaise heure mensuelle vient de sonner. Et je dois avoir une telle expression de soulagement qu'elle ajoute :

— Écoute, Sebastian, pourquoi ne me chargerais-je pas de la contraception pour changer? Je me suis servie jadis d'un diaphragme pendant quelque temps et je suis prête à essayer de nouveau.

— Tu es sûre?

— Certaine.

Nous essayons et en ce qui me concerne c'est bien préférable. Je lui demande plusieurs fois si le changement la satisfait. Elle n'en est pas folle dit-elle, mais elle se sent plus en sûreté qu'avec ma méthode.

C'est alors que je comprends qu'elle ne se fie pas aux méthodes de contraception quand c'est le partenaire qui l'exerce et en y réfléchissant je n'en suis pas surpris. Sam Keller devait pratiquer cela comme un candidat au suicide pratique la roulette russe. Vicky me prie de la laisser se servir de son diaphragme et quand je lui réponds que la roulette russe n'est pas mon passe-temps préféré, ses yeux s'emplissent de larmes. De mauvais souvenirs du passé lui reviennent. Je la prends dans mes bras pour les chasser.

Je ne suis pas Sam Keller et je ne chausserai jamais ses bottes.

*Douze juin 1959.* Dans sa nursery, Posthume mâchonne ses perles et sourit d'un air méditatif à ce gentil Oncle Sebastian. Ses deux frères sont assez futés pour ne pas se monter quand je suis là mais la petite Samantha me fait du charme et Kristin me réserve la fameux sourire de Sam Keller.

A la maison, Elsa a adopté à mon égard une attitude neutre et polie; elle se teint les cheveux d'un blond plus léger et elle a acheté un ouvrage sur les régimes amaigrissants. Alfred court en rond en traînant ce qui reste de son xylophone et il essaie de décorer le couloir à son idée avec le vernis à ongles d'Elsa. Je lui donne une solide claque sur le derrière. Cris et rugissements. Elsa me traite de brute. Mais Alfred me fusille de ses yeux clairs et me respecte. Il ne recommencera pas.

Tout semble se passer de manière satisfaisante mais au cours de l'été un petit nuage apparaît à l'horizon et grossit de jour en jour.

Vicky et moi attendons le mauvais moment du mois mais il ne se décide pas à venir et nous réalisons peu à peu que nous attendons en vain.

L'heure du désastre a sonné.

Vicky est enceinte.

— Comment, fichtre cela a-t-il pu nous arriver?
— Le médecin dit que le diaphragme aurait dû être rajusté.
— Mais... — Les mots qui expriment mon incrédulité horrifiée ne viennent pas. — Tu n'en avais pas fait faire un nouveau? dis-je enfin, abasourdi.
— Mais si. L'ancien paraissait avoir un défaut, alors je m'en suis procuré un au guichet d'un des grands drugstores du centre. — Tu comprends, je ne voulais pas en demander un à mon médecin car il sait que je suis actuellement sans mari. Il m'aurait sûrement fait la morale.
— Il t'aurait sûrement *quoi?*
— Oh, les médecins sont toujours en train de faire la morale à leurs patientes — tu n'as pas idée de ce que c'est. Quand je pensais à me faire avorter au moment de Posthume, ils n'arrêtaient pas de me sermonner. Je n'en pouvais plus. Depuis j'ai horreur des médecins, des gynécologues en particulier...

— Okay. Ça suffit. Je sais : les médecins sont des prêcheurs-nés formés aux techniques d'interrogatoires du K.G.B. et qui terrorisent les femmes de Park Avenue. Mais il y a des cliniques où l'on pense qu'il n'est rien de plus normal que de donner un diaphragme à une femme de moins de trente ans qui a déjà cinq enfants! Pourquoi n'as-tu...?

— Tu ne comprends pas. Tu ne vois pas du tout de quoi il s'agit. Je ne croyais pas qu'il était nécessaire qu'un nouveau diaphragme soit ajusté. Je connaissais la mesure qu'il me fallait et je pensais que cela ne changeait jamais — comme une pointure de chaussures. Après tout, on ne vérifie pas sa pointure chaque année.

— Mais *quelqu'un* avait bien dû te dire!

— Non, personne. Tu sais, je ne me suis servie d'un diaphragme que peu de temps pendant mon mariage, moins d'un an. Quand le médecin m'avait donné l'ancien il m'avait dit de le faire vérifier tous les ans, sans préciser pourquoi. J'ai pensé qu'il fallait simplement s'assurer qu'il n'était pas cassé. Et puis je me suis trouvée enceinte une fois de plus et par la suite Sam a tenu à se charger de nouveau de la contraception...

— ... avec tout le zèle d'un homme qui se préparerait à paraître dans une campagne publicitaire sur la virilité. Okay, maintenant réfléchissons. Nous sommes assez ennuyés pour l'heure, inutile d'évoquer les désastres passés. Occupons-nous du présent.

Je lui donne un mouchoir pour sécher ses larmes et je me débarrasse mentalement des bottes de Sam Keller qui semblent prêtes à se glisser à mes pieds. Je me dis d'abord nettement que je suis pas dans la circonstance un témoin innocent : je ne peux pas me contenter d'annoncer que rien de cela n'est ma faute. Je sais trop bien que Vicky, grâces en soient rendues à Sam, a été constamment maintenue dans l'ignorance des vérités les plus élémentaires. Eh bien, on ne confie pas l'entière responsabilité du contrôle des naissances à une personne aussi foncièrement innocente sans avoir examiné à fond le sujet afin qu'il ne subsiste aucune zone d'ignorance fatale. Vicky a peut-être fait une faute mais j'en ai fait une grosse moi aussi, et il me revient maintenant de rester à son côté et de conjurer la tragédie de mon mieux.

Je verse deux grands verres, je la prends par la taille et je commence :

— Vicky, je ne vais pas te dicter ta conduite. Tu as connu ça neuf ans avec Sam et je ne ferai pas comme lui. La faute nous revient à tous les deux et j'en prends l'entière responsabilité mais il n'en reste pas moins qu'il s'agit de ton corps. C'est toi qui porteras cet enfant neuf mois. C'est toi qui connaîtras le calvaire de la naissance. C'est à toi de décider de ce que tu entends faire, mais, auparavant, je veux te dire ceci : quelle que soit ta décision, je suis avec toi. La décision te revient mais tu n'en assumeras pas seule les conséquences. C'est le moins que je puisse te promettre.

Elle me baise la bouche. « Je t'aime, dit-elle. »

Je la serre fort pour lui rendre son baiser. Rien d'autre ne compte, rien au monde. Je voudrais parler. Impossible. En l'embrassant encore je fouille dans mon vocabulaire et j'arrive enfin à lui demander : « Sais-tu ce que tu veux faire, Vicky? En as-tu la moindre idée? »

— Oui. Je veux t'épouser, répond-elle.

Willow et Wall Street. Je vais voir Cornelius. Il est derrière un énorme bureau dans une pièce triste qui pourrait être belle s'il l'avait meublée avec goût. Imaginez un Kandisky pendu au-dessus d'une cheminée d'Adam! Typique.

— Monsieur — je l'appelle généralement ainsi à la banque pour essayer de me sortir des ombres du népotisme — je viens vous demander un congé de trois mois. Je vous prie de m'excuser de vous ennuyer.

Flairant un pépin, Cornelius est immédiatement sur ses gardes :

— Pourquoi as-tu besoin de ce congé?

— Je veux aller à Reno pour y établir résidence. J'ai décidé de divorcer.

— Assieds-toi, Sebastian.

Il est glacial. Le divorce n'est pas chose normale. Cela arrive, bien sûr, mais ce n'est pas dans l'ordre habituel des choses. Il faut manier cette affaire avec des gants si l'on veut empêcher le monde de formuler des jugements malencontreux. Que ce Sebastian est donc assommant, songe-t-il, toujours comme une plaie à mon flanc.

— Sebastian, je me reproche infiniment de n'avoir pas eu plus tôt avec toi une franche conversation. Évidemment, je n'ignore pas ce qui se passe mais je ne m'en suis pas mêlé, en partie parce que tu as été très discret et en partie parce que... — Il ne sait plus quoi dire.

C'est un passage difficile pour Cornelius. Il sait que Mère est ravie que Vicky et moi soyons enfin réunis et il désire que Mère soit heureuse. Mais il n'aime pas du tout l'idée que Vicky couche avec un autre qu'un époux devant la loi et n'est pas près d'accepter cela avec sérénité. Mais au-dessus de cet embarras sentimental il y a la loi d'airain de son pragmatisme et comme toujours le pragmatisme triomphe.

— Ne t'y trompe pas, ajoute-t-il lentement. Je désapprouve l'immoralité, mais comment refuser à Vicky un peu de bonheur avec quelqu'un qui l'aime? Ce serait mal... et inutilement inflexible. Je n'ai nulle intention de te faire des reproches, Sebastian, mais je suis persuadé que ta liaison avec Vicky ne justifie pas de ta part une décision précipitée. Ne serait-il pas préférable d'observer momentanément le statu quo?

J'en ai assez de l'entendre me sermonner du haut de son ignorance des faits, je lui décoche donc la vérité à bout portant.

— Vicky attend un bébé. Nous nous marierons à Reno dès que je serai divorcé.

Cornelius n'en croit pas ses oreilles; il ne peut pas imaginer que j'aie été assez crétin pour faire à Vicky un enfant en dehors des liens du mariage. Puis la fureur intervient : je suis le saligaud qui a engrossé sa fille. Mais finalement une expression de satisfaction involontaire se lit dans son regard. Contre toute attente, le rêve feuilletonnesque de Mère se réalise : Cornelius et elle vont enfin avoir un petit-fils bien à eux. A la trappe, Eric, Paul et Benjamin! Ce ne sont que les fils de Sam. Vicky et Sebastian vont apporter le fils que lui et Mère n'ont jamais eu et tout le monde va nager dans la félicité familiale jusqu'au jugement dernier.

Cornelius tremble soudain d'excitation.

— Je vois, dit-il en s'efforçant de paraître calme. Oui... Oui, il est évident que vous devez vous marier! — Et puis son sens pratique habituel intervient : « Que savent exactement les Reischman? »

Jake est un problème. Cette aventure pourrait être le dernier clou planté dans le cercueil de la tacite association entre la Maison des Reischman et de la Maison des Van Zale?

— Elsa m'a déjà menacé de divorcer mais comme le temps est mesuré à Vicky, je ne veux pas attendre ici à ne rien faire pendant qu'Elsa met en branle la désagréable procédure de divorce prévue par les lois de l'État de New York. D'ailleurs, je crois qu'elle sera heureuse que j'aille à Reno et que je règle l'affaire aussi vite que possible. Elsa est tout à fait décidée, c'est pourquoi je crois que Jake ne sera pas catastrophé en apprenant la nouvelle. Ce serait différent si Elsa était désespérée, comme Vicky lors de la mort de Sam, mais elle ne l'est pas. Elle tient le coup, elle est prête à classer ce premier mariage dans la rubrique « Expériences » et elle cherche déjà quelqu'un d'autre. Elle sera aussi enchantée que Jake d'être débarrassée de moi.

Cornelius est favorablement impressionné par mon analyse rassurante. Il songe déjà à recommander à Scott de prendre des gants avec Jake.

— Ma foi, cela ne semble pas se présenter si mal, dit-il, calmé. Bon. Je suis sûr que tout ira bien. Quand pars-tu?

— Demain à midi si vous m'accordez mon congé.

Cornelius me l'accorde. Il est maintenant dévoré d'impatience et au moment où je quitte son bureau il prend le téléphone pour appeler ma mère.

*Vingt-neuf septembre 1959.* J'annonce que je descends au bureau mais je vais discrètement faire mes valises. Elsa a rendez-vous chez le coiffeur tous les mardis matin et elle déjeune ensuite avec une amie.

Mes valises faites, je vais à la nursery.

Alfred s'efforce de faire entrer des cubes de différents profils dans les alvéoles d'une belle boîte rouge. La nurse est dans sa chambre où elle range du linge.

Je regarde Alfred.

Il y a un vers de John Donne qui commence par : « Me pardonneras-tu? ». J'essaie de me rappeler le reste mais je ne le retrouve pas. Me pardonneras-tu Alfred? Non, probablement pas. « Sacré bougre! » diras-tu sans doute quand tu seras déjà grand. Tu me tourneras le dos et je ne pourrai pas t'expliquer que je suis, moi, incapable de te tourner le dos. Les apparences sont peut-être contre moi mais dans mon esprit je te verrai toujours en train de prendre tes petits cubes et de les mettre à leur place dans cette boîte gaiement décorée.

— Qu'il est intelligent! fais-je.

Alfred lève les yeux. « Papa! » dit-il, et il me lance un cube. Je le ramasse et lui montre l'endroit où il faut le placer.

Il le case et me sourit.

Alfred et moi nous venons de communiquer pour la dernière fois.

Je voudrais l'emmener avec moi à Reno, ou chez Mère, mais à quoi bon? Les Reischman le reprendraient. Elsa est l'épouse innocente et abandonnée et on lui confiera la garde de son enfant. Je ne me battrai pas non plus pour garder Alfred. Je le laisserai partir — et pas uniquement parce que je n'ai aucun espoir de l'emporter sur le terrain légal. Je le laisserai partir parce que je me rappelle trop bien ce que c'est qu'un enfant que se disputent ses parents. Si cela ne tient qu'à moi, mon fils n'aura pas ce genre de souvenirs.

Avec le temps, j'aurai probablement le droit de visite. Elsa perdra une vingtaine de kilos et elle se montrera plus généreuse quand elle sera remariée. Mon père a oublié ses ressentiments quand il a trouvé une seconde femme.

Je reverrai Alfred un jour. C'est aujourd'hui la fin d'une époque, ce n'est pas la fin du monde.

J'en ai pourtant bien l'impression. C'est la fin du monde. Pire, même.

Je prends Alfred et je le serre dans mes bras. Puis je le repose, je sors en courant de la nursery; je prends le portrait d'Alfred à six mois dans le living-room, je le fourre dans une de mes valises et je sors à l'aveuglette. Je hèle une voiture jaune. Ce n'est pas un taxi.

J'ai le regard brouillé.

C'est idiot. J'ai horreur des idioties. Les larmes sont idiotes; elles sont permises aux femmes et à tous les peuples du monde sauf aux Anglo-Saxons.

Peut-être ne suis-je pas tellement anglo-saxon après tout.

Nous allons à Reno et nous nous vautrons dans la civilisation du plastique pendant six semaines. Quand j'obtiens mon titre de résident, j'introduis une action en divorce et j'arrose généreusement fonctionnaires et hommes de loi pour faire activer au maximum la procédure. Elsa signe les papiers voulus et le lendemain du divorce, Vicky et moi nous nous marions dans une officine spécialisée, qui disparaît sous des buissons de fleurs artificielles.

L'après-midi nous volons à Los Angeles et le lendemain à Hawaii pour y passer une semaine.

J'attendais avec impatience cette lune de miel mais Vicky souffre maintenant quand nous faisons l'amour. Alors je vais me promener seul sur des plages magnifiques — c'est très romantique — et j'écoute le chant des vagues en essayant de ne pas trop penser à Alfred. Vicky et moi nous causons un peu mais elle reste tendue. Finalement nous concluons que le moment est mal choisi pour une lune de miel, nous prenons donc l'avion pour rentrer à New York et Vicky attend avec impatience le moment de retrouver la Cinquième Avenue et ses enfants.

J'assiste à leur joyeuse réunion et je pense à Alfred. Pour l'heure, je salue Posthume qui a maintenant un an, d'épais cheveux brun-roux, les yeux bleus et le regard effronté. Il me sourit gaiement et je lui souris aussi en essayant de me persuader qu'il est mon fils mais non : c'est le fils de Sam Keller et le frère des deux petits monstres, Eric et Paul. L'idée d'être le beau-père de ces deux-là ne me réjouit guère. Il faudra bientôt se mettre à la recherche d'une maison assez vaste pour abriter la famille et les domestiques mais je souhaiterais laisser les quatre aînés à Mère et à Cornelius et n'emmener que Posthume. Je crois que cela ne déplairait pas non plus à Vicky mais elle ne le fera jamais — et pas parce qu'elle aime tous ses enfants. Elle ne les laissera jamais parce qu'elle ne pourrait jamais supporter le complexe de culpabilité qu'elle en éprouverait.

Vicky et moi, nous ne sommes pas destinés à avoir toute une nichée. Certains couples le sont, d'autres pas. Elsa et moi aurions pu avoir une demi-douzaine d'enfants et en être satisfaits. Si Elsa s'attendrit tellement sur Alfred, c'est qu'elle sait qu'elle ne pourra plus avoir d'autres gosses, et si elle en avait beaucoup elle s'organiserait vite pour jouer à la perfection le rôle de *mater familias*.

Mais Vicky ne sera jamais une *mater familias*.. Ses enfants sont pour elle un mystère. Elle les comble d'affection, ce qui est bien, mais à part cela elle semble n'avoir aucune idée de ce que doit-être le comportement d'une mère. Dès qu'il y a une scène désagréable, elle se réfugie derrière la nurse. Elle est non seulement incapable de supporter les querelles qui surgissent tout naturellement dans une famille nombreuse mais elle ignore en outre que lorsqu'on aime ses enfants il faut sévir à l'occasion pour qu'ils comprennent bien qu'il n'est pas permis de cavalcader dans la vie en piétinant tout le monde pour s'emparer de ce que l'on désire.

Ce besoin de démontrer son affection par une prodigalité de baisers et une permissivité inconsidérée lui vient peut-être du sentiment inconscient qu'en vérité elle n'aime pas ses enfants comme elle le devrait. Mais elle ne reculera devant rien pour le leur cacher, pour le cacher au monde et à elle-même. Alors, elle se creuse la cervelle pour essayer d'être une bonne mère avec ce résultat que ces petits monstres, gâtés, pourris, la martyrisent. Elle y perd, naturellement, sa confiance en soi. Et moins elle est sûre de soi, plus elle mendie leur affection et les gâte, dans l'espoir illusoire d'en faire des filles et des fils aimants.

Je n'aperçois à l'horizon qu'une lueur d'espoir mais elle est bien faible et ce n'est peut-être qu'un mirage dû à mon profond désir d'envisager l'avenir avec optimisme. Il est possible, possible seulement, que Vicky, à l'inverse des autres mères, soit capable d'élever ses gosses quand ils seront adolescents. Il me semble qu'elle est capable de se rappeler sa propre adolescence et d'en tirer des conclusions claires et raisonnables. En attendant, elle a cinq enfants de moins de dix ans et elle en perd la tête.

Avec le soutien d'un mari compréhensif Vicky pourrait peut-être réussir à élever un enfant. Deux compliqueraient déjà les choses mais avec un peu de chance et le même soutien d'un mari compréhensif elle s'en tirerait probablement encore. Mais cinq enfants sont un désastre et six une véritable invitation à la tragédie. Comment allons-nous nous arranger, je l'ignore, il ne nous reste qu'à essayer.

A nous deux nous pourrions probablement élever Posthume et le bébé que nous attendons. Nous n'éprouverions aucune difficulté à élever le prochain bébé tout seul. Mais à dire vrai, nous étions faits pour être un couple sans enfants. Je l'ai toujours senti, je crois. C'est pourquoi une simple liaison me paraissait être une si bonne idée. Mère et Cornelius peuvent avoir la larme à l'œil en pensant au bébé à venir mais Vicky et moi nous sommes au fond absolument terrifiés.

Ce sont là des pensées prohibées. Ne pas désirer d'enfants est chose anormale. Déclarer que certains couples sont mieux sans enfants est une insulte à la société. Vicky et moi gardons donc pour nous nos inquiétudes et nous prétendons être ravis, comme tout bon couple marié annonce « NORMAL, NORMAL! » à tous ceux qu'il rencontre dans la vie.

— Tu es sûre de ne pas vouloir d'un avortement? ai-je demandé à Vicky plus d'une fois.

— Je ne pourrais pas. Je crois que les femmes devraient toujours avoir le droit de décider. Moi, je ne pourrais jamais réclamer un avortement à moins que ma grossesse ne soit le fruit d'un viol ou que les médecins m'affirment que le bébé serait un monstre. C'est mon complexe de culpabilité. Je suis terrorisée. J'aurais trop peur de craquer.

Elle a raison. Vicky traîne depuis si longtemps un tel complexe de culpabilité que même si j'ai pu dans une faible mesure l'aider à s'en décharger elle n'est pas en état de courir le risque d'y ajouter si peu que ce soit. Certes, il y a des femmes à qui la perspective d'un avortement ne donne aucun complexe, mais, si vous avez tendance à souffrir d'un complexe de culpabilité ou bien si vous avez été jadis sur le point de vous suicider parce que vous vous sentiez infirme et en étiez dévorée de honte, vous ne courez pas le risque de vous débarrasser d'un fœtus. Cela tombe sous le sens. Vicky le sent fort bien, il faut donc que je le sente aussi.

— Tu as envie que je me fasse avorter, n'est-ce pas, Sebastian?

— Non, je veux ce qui est le mieux pour toi et, pour autant que je sache, tu as pris la seule décision possible en l'occurrence. Mais je voulais être certain que tu ne désirais pas changer d'avis pendant qu'il en est encore temps.

— Je ne pourrais... ne pourrais...

— Alors, pas question. Tu as raison. Je suis heureux. Nous nous arrangerons.

— Je l'aimerai quand il sera là, dit Vicky, recourant à une platitude pour écarter notre détresse.

— Moi aussi.

C'est vrai. Nous l'aimerons. Mais cela ne change rien au fait que cette naissance est une énorme faute qui aura des conséquences d'une portée incalculable et peut-être désastreuses.

Nous renonçons à nous installer dans une maison à nous avant la naissance du bébé. Nous restons donc à la Cinquième Avenue et, quand nous ne pouvons pas supporter une seconde de plus la vie dans la demeure des van Zale, nous courons nous réfugier dans l'intimité bénie de notre appartement.

C'est bon de s'y retrouver. Vicky est heureuse aussi mais elle se sent vite de nouveau misérable. Elle sait que j'ai envie de faire l'amour et elle est désolée de ne pas pouvoir répondre à mon désir. Alors sur le plan sentimental elle passe de l'infirmité à la culpabilité et à la honte.

— Écoute, lui dis-je, ne t'en fais pas. Je m'arrangerai. Je ne vais pas en mourir. Il a bien fallu que je vive en célibataire au collège, eh bien, je recommencerai pendant quelque temps, c'est tout. Ce n'est pas terrible. Personne ne t'oblige à quoi que ce soit.

Elle me regarde de ses yeux gris inquiets:

— Me seras-tu infidèle?

— Ça ne m'intéresse pas. Les autres femmes n'existent pas.

— Mais comment feras-tu?

Elle est souvent tellement naïve que l'incident du diaphragme me revient. Je lui explique comment je m'arrangerai, porte fermée, dans la salle de bains.

— Sam faisait probablement la même chose sans t'en parler, dis-je d'un ton léger pour lui montrer combien la chose est peu importante, mais tout en la rassurant je me dis que ce serait bien digne de Sam Keller de se persuader que l'invalidité de Vicky lui donnait une légitime excuse pour la tromper.

Je sens les bottes de Sam Keller glisser à mes pieds et elles me serrent un peu cette fois mais avec un effort je peux encore les quitter. Je ne chausserai jamais les bottes de Sam Keller parce que j'aime Vicky et que, quoi qu'il arrive, je la sauverai : je vais lui rendre cette vie que Sam a été près de détruire.

J'appelle Elsa. C'est idiot mais je ne peux pas résister. Il faut que j'aie des nouvelles d'Alfred. Sa grand-mère dit qu'il va bien mais qu'elle ne l'a pas vu depuis que Vicky et moi sommes allés à Reno parce que Amy Reischman a emmené Elsa et Alfred en Europe et qu'ils viennent tout juste de revenir.

— Hello, dis-je à Elsa. Ne raccroche pas. Comment va-t-il?
— Très bien. — Elle raccroche.
Je suis furieux. La colère est salutaire. Je rappelle.
— Je veux le voir.
— Ah? Cause toujours! — Telle est sa première réaction mais elle finit par se radoucir et je vais voir Alfred. Il se rappelle. Sa frimousse s'éclaire. Il accourt et se met à jacasser. Son discours n'est pas encore très explicite mais je le comprends. Je reste dix minutes à le regarder jouer. Je n'ai pas aperçu trace d'Elsa. La nurse m'accueille et me reconduit.
Voir Alfred m'a réconforté.

Noël arrive puis s'en va. Une nouvelle décennie commence. Vicky et moi nous n'essayons plus de faire l'amour mais l'un des bons côtés de notre mariage, c'est que nous pouvons sortir sans plus nous soucier des détectives d'Elsa. Nous allons au théâtre, dans les galeries de peinture, au concert — et même au dernier film de Presley, *King Creole*, qui reparaît périodiquement pour donner une raison de vivre aux fans qui étouffent en attendant la nouvelle aventure cinématographique de leur idole. Nous nous amusons beaucoup, nous avons des tas de conversations passionnantes. Cela compense presque l'absence de sexe mais le sexe reviendra sans doute quand le bébé sera né. Je n'ai qu'à me satisfaire d'une vie sexuelle de collégien jusqu'au mois de mars — non, avril ou début mai. Le bébé est attendu pour mars mais il faudra laisser du temps à Vicky pour ses relevailles.
Le Seigneur, cela en fait du temps à attendre!

*Vingt et un mars 1960.* Vicky met au monde notre fils. Je suis heureux mais Cornelius et Mère le sont encore plus. J'espère qu'ils ne vont pas fatiguer Vicky qui est pâle et défaite.
— Je vais très bien, me dit-elle, mais ce n'est pas vrai. Quelque chose lui trotte par la tête. Elle réfléchit, réfléchit et réfléchit. Elle est à des millions de kilomètres.
Je lui ai appris à réfléchir. Je lui ai montré ce que l'on peut apercevoir d'une nouvelle fenêtre ouverte sur le monde. Je l'ai encouragée à penser qu'elle est une personne dotée d'une âme bien à elle. L'ironie suprême sera-t-elle...?

Mais non, je ne veux pas envisager cela. Je refuse.

Reviens, Vicky. Reviens, je t'en prie. Je t'aime et je crois profondément que nous pouvons être heureux ensemble.

Peut-être Sam Keller a-t-il dit les mêmes paroles dans le temps? Me voilà de nouveau dans ses bottes mais cette fois elles tiennent bon et je ne peux pas les quitter. N'aurais-je pas fait mieux que Sam Keller? Peut-être.

Mais non, j'ai sûrement fait mieux! J'aime tellement Vicky, je la vois avec une telle clairvoyance que je peux non seulement identifier sa souffrance mais aussi en découvrir infailliblement la cause.

Je la comprends. Je sais exactement ce qu'elle a subi et je l'ai aidée à survivre. Qu'aurais-je pu faire de plus?

Et pourtant il se passe quelque chose de grave. Après tout, c'est peut-être moi et non pas Elsa le fameux « savant idiot » incapable d'écrire son nom bien qu'il puisse de tête calculer des logarithmes. Je peux être très savant pour ce qui est de Vicky sans l'être pour autant à l'égard des femmes en général — le fait que j'aie mésestimé Elsa le prouve. Lorsque les circonstances s'y prêtent, je peux montrer un merveilleux talent d'analyste amateur. Mais que se passe-t-il réellement dans mon esprit, derrière l'écrasante pulsion de mon amour, de ma pitié et de mon souci.

Il est possible que je ne désire pas tant guérir Vicky pour elle-même que pour moi. Peut-être, comme Sam, suis-je en train d'essayer de faire d'elle ce que je veux qu'elle soit — une compagne intellectuelle, une partenaire passionnée dans l'amour, une maîtresse qui me permette de jouir au maximum de l'existence. Mais que désire réellement Vicky elle-même? Je croyais qu'elle aimerait le rôle que je lui destinais, il me semblait que notre liaison allait être parfaite. Mais il ne s'agit pas de ça. La vérité, c'est d'abord que Vicky ne contrôle pas encore sa propre existence et qu'ensuite notre liaison a vécu. Vicky n'est plus ma maîtresse. Elle est ma femme et je ne crois pas qu'elle soit plus faite pour être une épouse que Sam Keller ne l'était pour être un mari.

Puis-je croire sérieusement que Vicky sera plus heureuse aujourd'hui de veiller sur une maisonnée et une portée de gosses qu'elle ne l'était au temps de Sam? Mais non, je ne le crois pas. Et puis-je croire sérieusement qu'après avoir terminé ces travaux domestiques herculéens il lui restera plus de force pour moi qu'il ne lui en restait pour Sam? Non, je ne le crois pas. Et puis ne parlons pas de moi — oublions un instant ma personne. En vérité, il ne restera pas assez de force à Vicky pour vivre une vie à elle, le seul destin que je lui aie constamment conseillé. Elle va simplement s'enliser de nouveau dans un système d'existence qui ne l'intéresse pas et elle n'aura jamais l'occasion de découvrir le genre de vie qui lui convient le mieux. En d'autres termes, en dépit de tous mes efforts, elle se retrouvera de nouveau à la case numéro un.

Si seulement nous avions pu préserver notre liaison! Je vois plus clairement que jamais maintenant que nous étions faits pour être des amants, non pas un couple marié fabriqué par notre civilisation du plastique, et pourtant nous en sommes là : un couple marié avec un bébé, cinq autres gosses au second plan, et tout cela est une catastrophe et nous le savons secrètement tous les deux.

Je souffre tant que je ne peux pas analyser davantage la situation, ni trouver la réponse convenable — s'il en existe une, ce dont je doute. Tout ce que je constate c'est que nos ennuis s'aggravent en même temps que notre souffrance et que nos relations se détériorent.

Au moment où je doute que la souffrance puisse être plus poignante elle empire.

Le bébé tombe malade. Nous l'avons appelé Edward John. Il pèse plus de quatre kilos, il est rose et blanc et n'a pas un cheveu. Je l'aime beaucoup, beaucoup, et lorsqu'il tombe malade je suis très, très inquiet. Il est placé dans un incubateur et il lutte pour respirer.

Le médecin dit qu'il s'agit d'une dégénérescence fibro-kystique.

Les bébés qui en sont atteints ne survivent guère.

Edward John meurt après être resté six jours sur cette terre.

Je bois trop. Je demande à Mère si elle pourrait se charger des enfants pendant quelques jours. Cornelius et elle parviennent finalement à expédier tout le monde, eux compris, en Arizona. Cornelius y a acheté récemment une résidence d'hiver et non seulement parce que l'air y est bon pour son asthme mais aussi parce qu'il se donne l'illusion de se préparer à une retraite prochaine au milieu des cactus.

Je reste seul Cinquième Avenue et je bois. Je vais voir une assistante sociale de l'hôpital et j'organise avec elle de mini-funérailles pour un mini, mini-cercueil. Je suis seul dans l'assistance et le service funèbre ne dure pas dix minutes. Je bois encore et je vais voir Vicky à l'hôpital.

Il n'est pas facile de parler mais il faut essayer.

— Cela a été infernal, n'est-ce pas? dis-je. Que pouvons-nous faire maintenant? je peux t'emmener ailleurs... ou nous pouvons nous installer dans l'appartement si tu ne tiens pas à voyager.

Elle a le regard fixé sur ses draps. Finalement elle se décide à dire : « Je veux être seule, Sebastian. »

C'est ce que je craignais.

— Pour réfléchir?

— Oui. Pour réfléchir.

— Okay. — Les bottes de Sam me sont rivées aux pieds et elles me serrent étroitement. J'ai mal partout. Je me demande comment je pourrai supporter cette souffrance.

Je la conduis à l'appartement.

— Appelle-moi quand tu seras prête à me voir, lui dis-je en lui posant un baiser rapide sur la joue.

Elle hoche la tête. Je m'en vais.

Je regagne la demeure des Van Zale et je me demande combien de temps il me faudra attendre.

Elle appelle enfin. Elle est restée seule pendant quinze jours. Cornelius ne cesse de téléphoner frénétiquement d'Arizona pour dire que la perte de son enfant a dérangé Vicky mentalement et qu'elle est capable de se tuer. Comme il m'est impossible d'avoir avec lui une conversation sensée, je demande à Mère de lui expliquer que Vicky désire être seule et que personne, et lui le premier, n'a le droit de la déranger. Rendons cette justice à Mère : elle semble avoir compris et elle me promet d'empêcher Cornelius de voler au chevet de Vicky.

Je suis sur le point de quitter le bureau lorsque Vicky téléphone.

— Peux-tu venir me voir au Plaza?

Je la trouve dans le hall de réception. Elle porte un manteau beige. Comme elle ne s'est pas coiffée, ses cheveux ne sont pas bouclés, ils ondulent simplement. Cela la rajeunit et soudain je me la rappelle telle qu'elle était lorsqu'elle jouait inconsciemment le rôle de Juliette pour le désastreux Roméo de Bar Harbor.

Nous prenons un verre à une table du Oak Bar.

— Comment vas-tu? lui dis-je.

— Mieux. Tout semble enfin plus clair.

Nous sommes dans un coin du bar et je bois du Scotch très vite pendant qu'elle fait tourner dans ses doigts son verre de Tom Collins sans le boire. Sa voix est calme, ses yeux secs. Elle continue de faire tourner et tourner son verre. Elle ne peut pas me regarder.

— La mort du bébé a été terrible, tu ne trouves pas? dit-elle enfin. Il semble tellement inutile de mettre un bébé au monde pour six jours seulement. C'est cela qui me fait mal. Il me semble qu'il doit y avoir une raison. Je ne peux pas croire que nous avons subi tout cela pour rien.

— Oui. Futile. Dieu n'existe pas. C'est clair. Ça me rend furieux. — Je vide mon Scotch d'un trait ou presque et je fais signe qu'on m'en serve un autre. — Mais ça ne compte plus maintenant — rien ne compte du moment que nous sommes de nouveau ensemble.

Je ne voulais pas le dire mais cela m'a échappé et c'est moi maintenant qui fixe mon verre et qui ne peut plus la regarder dans les yeux. J'entends sa voix:

— Sebastian. Je t'aime pour bien des raisons et je n'oublierai jamais que je te dois pour m'avoir soutenue quand je désespérais mais...

— N'en dis pas plus. Ne dis rien. Je t'en prie.

— Il le faut, dit-elle. Il faut que j'accepte de voir les choses comme elles sont réellement. C'est pour moi une question vitale.

Je la regarde et, pour la première fois, je retrouve Cornelius dans son regard. Il y a, certes, une ressemblance physique mais rien dans son caractère ou sa personnalité n'avait jamais rappelé Cornelius. Pendant une seconde, je vois la nouvelle Vicky — non ce n'est pas la nouvelle Vicky, c'est la véritable Vicky, celle que personne, pas même moi, n'a vraiment jamais tenté de voir.

— Je pourrais continuer de me bercer d'illusions, poursuit-elle. Je pourrais dire qu'Edward John est venu et qu'il est mort pour nous confirmer dans les liens sacrés du mariage et pour que nous soyons heureux à jamais. Je me le suis dit un moment parce que, sans cela, sa brève apparition eût paru sans signification et puis j'ai commencé à comprendre qu'il ne s'agissait pas de vivre les mêmes mensonges passés. La signification de sa vie et de sa mort était de me mettre face à face avec la réalité, et la réalité, bien sûr, c'est...

— Je sais que nous n'aurions jamais dû avoir Edward John mais...

— Non, probablement pas, mais ce n'est pas le point essentiel. La vérité c'est que je n'aurais jamais dû t'épouser. Je sais que j'ai eu avec toi des relations plus vraies que je n'en ai jamais eu avec Sam, mais cela ne nous a pas empêchés de finir dans le même gâchis, n'est-ce pas? Tu es si tendre, si gentil et si compréhensif que je t'ai laissé me faire l'amour non parce que j'en avais envie mais parce que je le devais, me semblait-il — ne vois-tu pas la même situation qui se répète ? Et, reconnaissons-le, notre vie amoureuse a été un désastre, n'est-ce pas ? Tu as certainement passé de meilleurs moments avec Elsa qu'avec moi.

— Non, Vicky. C'est avec toi que j'ai passé les instants les plus merveilleux de ma vie. — Mon Scotch arrive. J'en prends une ample gorgée mais j'ai peine à l'avaler. — Vicky, je crois que tout peut s'arranger. Je suis sûr que nous pouvons résoudre nos problèmes. Nous nous entendons sur tant d'autres points.

— Oui, c'est vrai, mais notre vie sexuelle est simplement une catastrophe. Et pour deux raisons, pas pour une seule. S'il n'y en avait qu'une peut-être pourrions-nous nous arranger, en effet, mais...

— Je ne vois pas ce que tu veux dire, fais-je. — Mais je le vois fort bien.

— Eh bien, la première raison est physique — nous ne sommes pas, semble-t-il, construits l'un pour l'autre. Tu dois bien le savoir — tu as dû t'en rendre compte. Nous sommes physiquement mal assortis.

— Dans ton esprit seulement, Vicky.

— Mais...

— Ce que tu affirmes est physiquement faux. Ce n'est qu'un de ces vieux mythes sexuels que tout le monde croit mais qui sont sans fondement médical.

— Si tu tiens à t'en persuader je ne peux pas t'en empêcher, dit-elle avec un haussement d'épaules.

Je bois une autre gorgée de Scotch. Elle n'a toujours pas touché son verre. Et je revois Cornelius jouant avec un verre de Xérès de la taille d'un dé à coudre tout en menant une discussion qui exige toute son habileté et sa concentration. « Si tu tiens à t'en persuader, je ne peux pas t'en empêcher » Je discerne le pragmatisme derrière les monosyllabes concises et impitoyables et de nouveau j'aperçois l'étrangère redoutable et familière, l'étrangère qui sait ce qu'elle veut.

— Vicky...

— Bon, ce n'est pas ton avis. Alors permets-moi de te donner l'autre raison qui fait que notre vie sexuelle ne vaut rien. C'est que mes raisons de coucher avec toi sont toutes mauvaises. Elles l'étaient aussi avec Sam. Ce que je vous ai dit à tous deux en fait c'est : « Viens à mon secours, veille sur moi, je ne peux pas affronter la vie toute seule. » C'est ce que je t'ai dit quand j'étais enceinte et terrifiée, même si les mots que j'ai prononcés étaient : « Je veux t'épouser. » Sebastian, il faut que j'apprenne à lutter seule. Si je continue de vouloir un homme pour veiller sur moi je finirai toujours dans le même chaos — ne le comprends-tu pas ? — parce que, en réalité, j'échange mon corps contre un appui paternel. Je me prostitue sans cesse — aussi n'est-il pas surprenant que j'éprouve si souvent une répulsion à l'égard du sexe ! Il est même miraculeux que je parvienne à faire l'amour avec quelqu'un. Il faut donc que je rompe ce cercle vicieux, Sebastian. Il faut que j'en sorte et que je me libère.

Je ne lui réponds pas, je ne peux pas répondre. Elle a probablement raison, je sais qu'elle a raison mais où cela me laisse-t-il ? Comment continuer de vivre dans un monde où Vicky ne veut plus que je lui fasse jamais l'amour ?

— Je ne t'ai pas toujours fait mal, tout de même, Vicky?
— Généralement, si.
— Jamais de plaisir? Pas le moindre?
— Aucun.

Que la vérité peut donc être dure! Il n'est pas surprenant que nous passions tant de temps à nous mentir les uns les autres et à nous tromper nous-mêmes. Il est dangereux de fixer le soleil à l'œil nu. Le soleil peut vous aveugler. Vous pouvez en rester infirme pour la vie.

— Sebastian...
— Non, ne dis plus rien. Inutile.

Que reste-t-il à dire? Je l'aime. Je l'aimerai toujours et un jour peut-être me reviendra-t-elle. Mais pour l'heure, ce qui compte c'est que je ne peux plus lui être d'aucun secours et que, si je l'aime, je dois la laisser partir.

Je sors un billet de cinq dollars et le pose sur la table pour le garçon.

Tout à coup, elle se met à pleurer et c'est l'autre Vicky qui revient, désorientée, perdue, malheureuse et qui se tourne vers le mâle protecteur le plus proche pour le soutien auquel elle a recours depuis tant d'années. C'est une habitude que Cornelius lui a inculquée et je sais que je dois faire aujourd'hui tout mon possible pour l'en débarrasser.

— Pardon, Sebastian. Cela me fait mal de te faire souffrir comme ça... Je t'aime trop... Oh, Sebastian, n'y pensons plus, allons à l'appartement et essayons encore...

— Et Edward John aura vécu et sera mort pour rien. — C'est à mon tour de présenter la vérité brutale. — Bien sûr, tu m'aimes, Vicky — comme une sœur aime son frère. Ne parlons plus de tout cela, veux-tu?

Je me lève. Je ne la touche pas. Je ne lui donne pas un baiser d'adieu. Mais je dis doucement de ma voix la plus sincère : « Bonne chance, Vicky. Je te souhaite toute la chance du monde. Et rappelle-toi, où que tu sois et quoi qu'il t'arrive je suis avec toi de tout mon cœur. »

Elle ne peut pas parler, elle se couvre le visage de ses mains.

Je m'en vais.

La douleur m'aveugle. Je marche sans savoir où je vais. A un moment je m'arrête dans un bar mais je ne peux pas boire mon verre. Je voudrais parler à quelqu'un mais je ne trouve pas mes mots.

Dois-je retourner à Elsa? Non, elle ne voudrait plus de moi. Je sacrifierais volontiers ma fierté pour retrouver Alfred mais Elsa est une Reischman et elle ne me pardonnera jamais de l'avoir quittée.

Je me demande ce que je vais faire désormais, pour ce qui est des femmes. J'imagine que je me retrouverai avec l'une d'elles un jour, bien que cela semble actuellement inconcevable. Je n'éprouve aucun désir. Je suis mort, de la ceinture à la pointe des pieds.

Je marche et marche et je sais qu'il se fait tard parce que je rencontre de moins en moins de gens dans les rues. Il faut rentrer à la maison mais quelle maison? Celle d'Elsa, celle de Vicky ou celle de Mère? Aucune ne me semble être la mienne en ce moment. Il faut que je me trouve un refuge. Un studio peut-être. Je voudrais vivre dans une cellule, comme un moine. Je me demande qui habite le grenier de Kevin en ce moment.

J'aimerais parler à Kevin Daly. J'aimerais parler à cet homme capable de comprendre que deux êtres peuvent s'aimer et pourtant ne pas se comprendre réellement : j'aimerais parler à l'homme qui sait que l'amour n'est pas toujours plus fort que tout.

Mais Kevin est si célèbre, si populaire, tellement occupé. Mieux vaut ne pas le déranger.

Où diable suis-je? Je m'arrête pour m'orienter. Il me semble que je suis dans la Huitième rue, à l'Ouest de la Cinquième Avenue. Pas loin de chez Kevin.

Dans une cabine publique je décroche et l'opérateur me donne le numéro. Le téléphone sonne.

— Allô? dit Kevin.

— Hello, fais-je. — J'ai peine à parler mais je parviens à lui dire mon nom.

— Oh! dit Kevin, toujours gai. L'homme qui m'a comparé à John Donne! Quand allez-vous vous décider à venir me voir?

Je voudrais être poli et bien élevé, mais c'est impossible. Je dis seulement : « Maintenant? »

— Okay. Vous connaissez l'adresse, n'est-ce pas?

— Oui.

Je dis au revoir, je raccroche et je regarde ma montre : il est une heure et demie du matin.

Kevin me reçoit en pyjama bleu uni sous une robe de chambre blanche. Il ouvre la porte et annonce qu'il est en train de faire du café. Cela m'ennuierait-il de venir à la cuisine?

J'essaie de m'excuser mais il écarte cela d'un geste et réussit à me mettre à l'aise. La cuisine est confortable et accueillante. Je le lui dis et cela lui plaît.

Nous nous asseyons pour prendre le café. Je ne sais pas trop quoi dire — je ne sais même pas si j'ai envie de parler —, mais j'aime être là dans une pièce bien éclairée avec quelqu'un d'amical, et non plus seul dans le noir.

— Alors, comment allez-vous, Kevin? dis-je, sentant que je dois faire un effort pour parler à un homme si aimable avec moi.

— Horriblement, dit Kevin. Ma vie privée est comme Hiroshima après la bombe. Comment allez-vous?

Il ment probablement mais cela ne compte pas parce que en fait il dit quelque chose qui n'a rien à voir avec son extravagante déclaration. Il a vu que j'étais désespéré. Il reconnaît que l'existence est souvent infernale. Il dit en fait que si je désire parler il est prêt à m'écouter.

Je parle un peu. Pas beaucoup car je crains de ne me pas comporter en bon Anglo-Saxon.

— Seigneur, ce café est excécrable! dit Kevin. Prenons un verre.

Le médecin rédige son ordonnance.

— Okay.

— Vous avez une préférence?

— Non.

Kevin sort une bouteille. J'aperçois un oiseau sur l'étiquette. Bientôt la conversation devient plus facile. Je ne peux pas lui dire tout mais ça n'a pas d'importance, parce que Kevin recueille mes phrases décousues et il en déchiffre la signification comme aucun autre ne le pourrait faire.

Nous reprenons un verre.

— Je ne cesse de me demander ce qu'elle va devenir, dis-je enfin. Sera-t-elle jamais capable de lutter seule ? Et si elle y parvient, préférera-t-elle cette nouvelle existence à celle qu'elle abandonne aujourd'hui ? Que signifie, d'ailleurs, l'indépendance pour une femme ? N'y a-t-il pas contradiction entre les deux termes ? Comment une femme peut-elle concilier la notion d'indépendance avec le fait biologique que dans la relation homme-femme les deux parties sont généralement plus en harmonie si l'homme est le partenaire dominant ?

— Oui, mais est-ce biologie ? dit vivement Kevin, ou simple convention sociale ? Je me rappelle avoir discuté jadis de ce problème avec ma sœur Anne et elle m'a dit... — vous ai-je jamais parlé de ma sœur Anne ?

— Je ne pense pas.

— Non, il est vrai que je ne parle plus beaucoup d'elle maintenant. Eh bien, Anne appelait ce problème : le classique dilemme féminin et, il y a des années, après la mort de son mari — à moins que ce ne soit après qu'elle l'eut quitté ? les deux événements ont été presque simultanés —, nous étions assis à cette table et nous discutions ensemble de ce sujet. J'avais adopté l'attitude optimiste : je lui disais que si une femme a seulement le courage d'être vraiment elle-même elle aura plus de chances de trouver un homme qui ait, lui, le courage de la considérer comme une créature indépendante même si elle ne correspond pas au type idéal de femme selon notre société. Mais ma sœur Anne déclarait que je me faisais des illusions, que ce que je prétendais n'était que pur idéalisme romanesque.

— Votre sœur me paraît d'un cynisme décourageant.

— Ma sœur Anne est belle, intelligente, spirituelle et douée. Mais elle prétend qu'une femme qui se veut indépendante se coupe automatiquement des hommes dans cette société machiste qui est aujourd'hui la nôtre parce que notre société affirme que les hommes n'acceptent que leur conception artificielle de la femme. Anne ajoute que du moment que notre société a dressé ces pauvres bougres d'hommes à faire la guerre et à pourchasser le tout-puissant dollar, il ne leur reste plus assez d'énergie pour vivre avec une femme un peu plus intelligente qu'une poupée. Anne dit que tant que la société ne changera pas, l'attitude des hommes à l'égard des femmes ne changera pas non plus, mais elle ne voit guère d'espoir d'un changement tant que le monde sera uniquement occupé de guerre et de matérialisme. Elle m'a recommandé de prier pour un monde meilleur.

— Et vous avez prié ?

— Non, j'ai décidé de lui laisser ce soin. Elle est nonne aujourd'hui et je veux bien être pendu si je peux dire qu'elle l'est devenue afin de prier pour un monde meilleur ou parce qu'elle est convaincue qu'il n'existe pas un homme qui lui convienne. Tous les ans, à la Noël, je vais la voir dans le Massachusetts et chaque fois j'en reviens fou de rage. Anne dit que je suis jaloux de Dieu. Elle a peut-être raison. Seigneur! Buvons un coup.

— Okay. Dites, Kevin, votre sœur...

— Ah oui. Nous sommes unis seulement par les liens du sang, rien d'anormal, de sensationnel, mais j'ai été fort heureux tout de même quand son mariage s'est cassé — c'était après la guerre; j'avais acheté cette maison et elle devait venir vivre avec moi, j'avais installé le grenier. Elle faisait de la peinture — Dieu que j'aimais ses toiles! J'aurais voulu que Neil lui en achète une mais vous connaissez Neil, il a probablement pensé que ce n'était pas un bon placement.

— Oh oui, c'est tout à fait de lui.

— Et puis Anne est entrée au couvent et je suis resté là avec le grenier arrangé pour un artiste et pas d'artiste à y installer. C'est à ce moment-là qu'a commencé le fameux défilé de mes gouvernantes. Je n'ai pas besoin de la moindre gouvernante, bien entendu, mais personne n'a paru trouver cela extraordinaire. Cela vous montre que si vous agissez avec assurance les gens l'acceptent sans poser de questions. Incroyable. Personne n'a-t-il réellement trouvé curieux que je prenne une gouvernante? Vraisemblablement pas... Mais je me demande vraiment pourquoi je vous raconte tout ça. Généralement je me garde bien de parler de mon comportement bizarre.

— Je ne le trouve pas bizarre. Avez-vous jamais trouvé une femme qui vaille Anne?

— Non, évidemment pas. Et même si je l'avais trouvée, j'aurais été bien incapable de ne pas la traiter comme une sœur. Dieu, la vie est vraiment un enfer! Un peu plus de glace?

— Non merci. Dites, Kevin, à propos de gouvernantes, y en a-t-il une dans votre grenier en ce moment?

— Non. C'est que je viens de vivre une aventure épouvantable. Ma dernière gouvernante était amoureuse de moi. Vous n'imaginez pas le drame! J'avais alors quelqu'un qui vivait ici — tout à fait à l'inverse de mes habitudes : je n'aime pas avoir qui que ce soit sur le dos quand j'ai envie d'écrire — et dans un moment d'inattention j'ai couché avec les deux. Pas en même temps, bien sûr — je suis trop vieux pour ces orgies —, et alors, bon sang! voilà qu'ils se rencontrent, ils bavardent et c'est la catastrophe. Le plus bête c'est que j'aurais préféré vivre en compagnie de Betty, ma gouvernante — vivre est une manière de parler, vous me suivez? —, mais qu'au lit ça ne collait pas, évidemment, pendant qu'avec mon autre invité... bien, n'en disons pas plus. La vérité c'est que je suis incapable de vivre constamment avec l'un ou l'autre sexe. C'est un défaut de mon système de communication. Je m'exprime en écrivant et non dans l'amour. Mon prétendu talent n'est qu'un moyen rentable d'utiliser une vaste impotence.

— Seigneur, Kevin! si un impotent est capable d'écrire des pièces comme les vôtres, je prierai à genoux pour qu'il y ait beaucoup d'impotents de votre espèce dans le monde!

— Quelle flatterie éhontée! Et que c'est agréable à entendre! Buvons un verre.

Je ris, il rit, nous rions. Est-ce bien moi qui rit? Mais oui. Cela dit, il ne faut pas penser à Vicky sinon je recommence à souffrir. Ah, Seigneur!

— Et maintenant, dites-moi pourquoi vous voulez savoir si le grenier est libre, dit Kevin en emplissant nos verres.

— Je me demandais si je pourrais le louer pendant quelque temps. Je ne sais pas où aller et je vous promets de rester dans mon coin et de ne pas vous déranger.

— Okay. Je vous jetterai à la porte si vous me compliquez la vie. Oui, vous pouvez prendre le grenier. Restez-y aussi longtemps qu'il vous plaira. Je crois que la longue dynastie de mes gouvernantes est en train de s'éteindre.

— Quel loyer désirez-vous que je vous paye?

— Ne soyez pas ridicule. Offrez-moi de temps en temps une bouteille de Bourbon pour remplacer celles que boit votre beau-père.

— Cornelius vient-il souvent?

— A peu près une fois par mois. Après la mort de Sam, Neil et moi nous sommes aperçus qu'il est réconfortant de parler de temps en temps à un ami de trente ans. On devient affreusement sentimental, voyez-vous, quand on a dépassé la cinquantaine.

— Dieu du Ciel! Je me demande ce que pensera Cornelius quand il saura que je me suis installé ici.

— Le pire, bien sûr, dit Kevin impassible.

Nous nous mettons de nouveau à rire et je suis de nouveau étonné qu'il me soit possible de rire. J'en suis extrêmement reconnaissant à Kevin mais je ne sais pas comment le lui exprimer sinon en ne prolongeant pas outre mesure ma visite. Je me lève pour partir.

— Où allez-vous? demande Kevin, surpris. Il me semblait que vous ne saviez pas où aller.

— Mais, il y a la Cinquième Avenue...

— Ne parlons pas de ça. Vous vous couperiez la gorge de chagrin avant d'avoir passé la porte. Le grenier est en pagaille pour le moment mais il y a deux chambres d'amis. Prenez-en une.

C'est ce que je fais. Je m'y assois seul et je réfléchis : se comprendre est semblable à l'amour. Il n'importe guère de savoir où, comment et avec qui vous faites l'amour du moment que vous le faites... sinon c'est la mort.

Il faut vivre.

Je m'étends sur le lit en me disant : je ne dormirai pas.

Et je m'endors.

# CINQUIÈME PARTIE

# SCOTT : 1960-1963

# 1

## 1

Le téléphone sonne.

— Scott? Cornelius. Dernière péripétie de la crise : Sebastian dit qu'il veut aller travailler au bureau de Londres — Il estime préférable de s'éloigner pour le moment et je suis personnellement de son avis, je suis même tout à fait d'accord : je ne tiens pas à le voir soupirer, se lamenter ici et troubler Vicky. Naturellement Alicia est désespérée à l'idée que Sebastian s'en va si loin, alors elle a dit à Vicky des choses que je ne peux pas accepter...

« La vie à la maison est un enfer, je peux vous le dire, et je commence à devenir fou. Tout serait tellement plus simple si Alicia et moi nous savions pourquoi ce mariage a fait naufrage mais personne n'explique rien, personne ne nous dit rien et nous ne pouvons qu'essayer de deviner, comme s'il s'agissait d'un jeu radiophonique...

« Croyez-vous que l'aspect sexuel y soit pour quelque chose? Voyons, si deux personnes s'entendent parfaitement mais se séparent tout de même, cela ne signifie-t-il pas que l'on se trouve sans doute devant un problème sexuel insurmontable? Seigneur! Ce crétin de Sebastian! D'abord, il abandonne Elsa et maintenant c'est le tour de Vicky — ce garçon est visiblement dérangé. Je ne vous en ai jamais parlé, Scott, mais il s'est passé une ou deux choses dans le temps, l'une à Bar Harbor et l'autre ici à New York... Qu'est-ce que vous disiez? Oui, oui, je sais que c'est Vicky qui a rompu, en fait. Je sais que Sebastian ne semble pas être le coupable, mais dites-moi ce que pouvait faire d'autre ma petite fille en découvrant qu'elle avait épousé un pervers sexuel?... Que dites-vous?... Oh, taisez-vous donc, bon sang! Que savez-vous du mariage, d'ailleurs? Vous n'êtes qu'un célibataire de plus de quarante ans qui n'a même pas une liaison!... Allez au diable! hurle Cornelius, fou furieux, en raccrochant.

Le téléphone sonne de nouveau cinq minutes plus tard.

— Hello, Scott, c'est encore moi. Écoutez, je suis désolé de vous avoir parlé comme ça tout à l'heure — la vérité, c'est que je suis si malheureux que j'en perds la tête. Vicky s'est réfugiée dans son appartement de Sutton Place, Alicia ne me parle plus et j'ai renoncé à discuter avec Kevin parce qu'il prend le parti de Sebastian et ne dit que des idioties comme : « Laissez tomber, Neil, et mêlez-vous de ce qui vous regarde. » Mais cela me regarde justement ! C'est mon petit-fils qui est mort et ma fille dont on a brisé le cœur et ma femme qui... Bon, ne parlons pas d'Alicia. J'ai essayé d'expliquer tout ça à Kevin mais il a raccroché et je me suis senti si découragé et si déprimé que j'ai automatiquement composé votre numéro... Que dites-vous ?... Une partie d'échecs ? Ma foi, je serais horriblement gêné de vous imposer ça, Scott, parce que je sais qu'il est très tard... Vous voulez bien ? C'est merveilleux à vous, Scott — merci, merci beaucoup. Seigneur, je me demande parfois ce que je deviendrais sans vous...

— C'est l'un des derniers hôtels particuliers de la Cinquième Avenue, n'est-ce pas ? dit le chauffeur de taxi cinq minutes plus tard. Eh bien, qu'est-ce qu'il doit payer comme impôts ! Comment le vieux peut-il se permettre de vivre ici ? Moi, à sa place, je vendrais la baraque aux types de l'immobilier et j'irais m'installer quelque part du côté de Miami et je me rôtirais au soleil toute la journée jusqu'à la fin de mes jours...

Le chauffeur bavarde... il ne pense pas, il ne sent rien, il ignore qu'il n'est qu'un simple point microscopique emprisonné dans la camisole de force du temps. Scott vit dans ce temps-là mais *moi* j'en suis au-delà. Scott remarque l'intérieur minable du taxi et l'accent hispanique du chauffeur mais *moi*, en voyant les hautes grilles de la demeure des Van Zale, je pense comme cela m'est déjà arrivé souvent : « Le chevalier Roland à la Tour Noire est venu ».

C'est Scott qui entre lorsque le porte lui est ouverte mais *je* suis là aussi, avec lui, comme je le suis toujours et dans mon inexpugnable invisibilité, par ses yeux souriants j'observe son univers avec détachement.

— Scott ! Je suis vraiment touché que vous soyez venu...

Enfoui dans trois sweaters, Cornelius est recroquevillé sur les bûches électriques qui étincellent dans l'âtre là-bas, au fond de la bibliothèque. Il lit un roman d'Harold Robbins. Il fait certainement plus de 25° dans la pièce.

— Que prendrez-vous, Scott ? Coke ? Schweppes ? Jus de fruit ?

Une fois encore, Cornelius me rappelle l'image de saint Jean dans « le Tribut », la peinture de Masaccio. L'artiste a voulu que saint Jean soit très beau. Il a les cheveux bouclés et dorés, les yeux gris et des traits délicatement modelés mais en dépit de cette image radieuse le visage est dur et les paupières baissées lui donnent un air sinistre. Masaccio a bien rendu l'humanisme de la Renaissance mais sa vision idéaliste est marquée par le despotisme féroce des Médicis.

— Il fait froid, hein? Je souhaiterais être en Arizona mais Dieu seul sait quand j'y retournerai! Alicia m'annonce carrément qu'elle en a horreur et qu'elle n'a pas l'intention d'y passer désormais plus de quinze jours par an. Mon rêve d'une retraite prochaine et de finir ma vie dans mon ranch s'en va en fumée...

« Mais qu'importe. Je viens de découvrir que Dieu ne désire pas que j'aille vivre à Tucson, Arizona, pas plus qu'il ne désirait que je vive à Velletria, Ohio. A dire vrai je ne sais pas trop ce que je ferais là-bas pour m'occuper. Je pourrais peut-être fonder un musée mais je ne crois pas qu'il serait aussi intéressant que celui de New York — en fait je ne vois pas ce que je pourrais y faire qui m'amuse autant qu'ici et, d'ailleurs... que ferais-je si je n'avais plus la banque? Au fond, je ne dois pas être bâti pour la retraite...

« Oui, je reconnais que lorsque Sam est mort, je ne pensais qu'à prendre mes dispositions pour tout planter là et aller vivre tranquillement, en paix, avec ma femme quelque part loin de New York mais je devais être en état de choc, ce n'était pas une attitude raisonnable. Si mon asthme m'oblige un jour à me retirer, okay, qu'il en soit ainsi. Mais en attendant...

« Oh, bien sûr, je sais que j'accorde trop d'importance à l'argent et à la puissance mais la banque a été toute ma vie et, bon sang! il faut bien que quelqu'un dirige les banques de ce pays. Voyons si Dieu n'avait pas voulu que je sois banquier pourquoi m'a-t-il fait comme je suis? Si Dieu nous accorde un talent particulier ne devons nous pas en tirer le meilleur parti possible? Il me semble que mon devoir moral est de continuer de travailler. »

— Cornelius, vous me surprenez toujours quand vous vous attaquez à ces questions métaphysiques! Qu'attendons-nous pour jouer aux échecs?

Une demi-heure passe. Deux bouteilles de Coca-Cola sont vides et la douce lumière de la lampe éclaire les figurines d'ivoire qui se meuvent lentement sur l'échiquier.

— Vous êtes fâché, Scott?

— Pourquoi le serais-je, Cornelius?

— Parce que j'ai renvoyé aux calendes le moment de prendre ma retraite.

— Non. Il est visible que vous essayez de faire ce qui est le mieux pour vous et pour la banque. Je ne vois pas pourquoi vous feriez autre chose.

— Bien sûr, mais je veux être juste aussi. Je veux aussi que tout le monde soit satisfait.

— Voilà un louable désir.

— Sérieusement, Scott. C'est ce que je veux. Écoutez, voilà ce que je me dis : J'ai cinquante-deux ans et, à moins que ma santé n'en décide autrement, je continuerai de travailler jusqu'à soixante. A ce moment-là je réduirai mes activités, j'abandonnerai la banque pour conserver seulement la Fondation artistique et les œuvres charitables — les entreprises bienfaisantes, vous me suivez...?

— Hum, humm.

— Et je vous confierai la banque. Quand j'aurai soixante ans vous n'en aurez que quarante-neuf. La seule condition que je poserai sera que vous transmettiez un jour la banque à mes petits-enfants mais ça vous est égal, hein? Vous n'avez pas d'enfants et vous pouvez en faire vos héritiers, comme je vous ferai le mien. Vous serez une sorte de régent pendant un interrègne de la dynastie des Van Zale... c'est la solution logique, n'est-ce pas? Vous êtes bien d'accord?

— Je suis d'accord. A vous de jouer, Cornelius.

Le cavalier fait un saut et un pas de côté  Un pion s'avance pour protéger la reine.

— En vérité, dit Cornelius, bien que j'aie voulu abandonner à la mort de Sam ce n'était simplement pas possible. Vous l'avez bien compris, hein? Il me fallait le meilleur homme pour prendre soin de la banque avant de la transmettre à mes petits-fils et quand Sam est mort il y a eu une sorte de vacance du pouvoir — c'était lui le meilleur. Et même lorsque vous êtes sorti vainqueur de la mêlée des associés, j'avais encore les mains liées parce qu'il m'était impossible de passer par-dessus la tête de Sebastian sans briser mon bonheur avec Alicia. Il n'y aurait eu aucun problème si c'était un imbécile mais, comme nous le savons bien vous et moi, ce n'est pas un imbécile. Il connaît bien le métier, il est tout à fait qualifié et capable. Jusqu'à présent je n'avais pas la moindre excuse pour lui passer par-dessus la tête mais maintenant... — Cornelius manœuvre sa tour. — ...maintenant ce sera plus facile.

— Je comprends.

— Je fixerai Sebastian en Europe, avec un généreux budget de faux frais et une grande liberté et Alicia ne s'apercevra pas qu'il a été mis à l'écart. Avec le temps, j'arriverai même à lui donner l'illusion qu'il a reçu de l'avancement mais cela ne se fera pas tout de suite, Scott, c'est pourquoi j'ai tant besoin de travailler encore pendant quelques années. Il faut que j'aie le temps de neutraliser totalement Sebastian avant de vous passer la direction. Vous serez patient, n'est-ce pas? C'est votre intérêt comme le mien.

— Bien sûr.

— Vous vous conduisez très habilement avec Sebastian, Scott. J'ai remarqué le souci que vous aviez de vous entendre avec lui. A vous de jouer.

— Cela peut vous surprendre, Cornelius, mais sincèrement j'aime bien Sebastian.

Cornelius rit de bon cœur d'une idée aussi extravagante et il me dit affectueusement : « Dieu que vous êtes fort, Scott! ». Et je le vois crisper discrètement les poings en guettant l'erreur que je dois faire pour lui donner le gain de la partie.

Le temps passe. L'aube se lève sur Central Park. Entre les lourdes tentures, le ciel vire du noir au bleu sombre, à l'azur et finalement à un très léger bleu gorge-de-pigeon. L'excitation de la partie colore légèrement l'épiderme délicat du visage de Cornelius; la lumière brille sur l'argent de sa chevelure et se reflète dans ses yeux étincelants.

— Échec et mat! Je vous ai eu, Scott.

— Zut!

Rires. Le roi tombe de côté sur l'échiquier.

— L'heure de vérité! dit gaiement Cornelius.

— Oui. « Le chevalier Roland à la Tour Noire est venu. »

— Je n'ai jamais bien compris cette histoire, dit Cornelius en débouchant nos deux dernières bouteilles de Coke. Rappelez-la-moi donc. Voyons : ce chevalier Roland est lancé dans une conquête d'après vous, mais on ne dit pas au lecteur du poème l'objet de sa quête. Vous ne trouvez pas un peu agaçant de ne pas savoir exactement ce qu'il cherche? Puis il arrive devant la Tour Noire et il pense : « Je suis arrivé! » et il aperçoit ses anciens compagnons d'armes qui l'observent du haut d'une colline mais ils sont tous morts. C'est plutôt morbide, à mon avis. Alors il porte son cor à ses lèvres, il le fait sonner et cela s'arrête là. Pourquoi Browning termine-t-il là son poème? Je ne vois pas du tout.

— Roland apprend son destin en portant le cor à ses lèvres.

— Mais quel est son destin?

— La vie ou la mort. Peut-être la mort. Quand Galahad arrive au terme de sa quête, il meurt. Ce que veut dire T.H. White c'est que, lorsqu'on atteint à la perfection, on meurt parce qu'il ne reste rien à désirer.

— Bah! Encore des balivernes métaphysiques. Vous êtes obsédé par la mort, Scott — voilà votre malheur!

— Mais ne le sommes-nous pas tous, consciemment ou inconsciemment? Après tout, comme a dit Spenser : « Toutes les choses se flétrissent et de leur fin sans cesse s'approchent. »

— Je ne sais vraiment rien de plus déprimant! Je n'aime pas du tout vous entendre parler comme ça... on dirait que quelqu'un parle par votre voix... Seigneur, écoutez-moi donc! En voilà une ânerie — votre tendance morbide a dû me contaminer! Okay. Scott, il est temps de se séparer et d'essayer de faire un somme. Encore merci d'être venu. Vous m'avez vraiment fait plaisir. A bientôt.

— A bientôt, Cornelius, dis-je en le regardant par les yeux de Scott et je m'en vais en songeant à l'avenir, au jour où je viendrai voir Cornelius; une fois de plus, moi, le Président de l'empire Sullivan tout juste fondé, lui l'associé-gérant mis à la retraite, tassé dans son fauteuil roulant, ses petits-fils sacqués et dispersés dans la foule des chômeurs de Wall Street. « Bonjour, Scott », dira-t-il, mais intérieurement il m'appellera du nom de mon père car je serai en fait le fantôme de mon père prêt à le chasser du hall brillamment illuminé de la vie et il verra alors le passé tel que je l'aurai récrit : la défaite de mon père transformée en victoire éclatante et son propre triomphe dévoré par les flammes de l'enfer.

## 4

Par la fenêtre d'une chambre d'hôpital, le soleil joue sur le lit où Emily se remet d'une opération de la vésicule biliaire. Ses cheveux sont complètement gris maintenant, son visage ridé et amaigri.

— Scott, mon chéri, comme c'est gentil à toi d'être venu jusqu'à Velletria pour le week-end — cela me fait réellement plaisir! Désolée de t'avoir appelé mais j'étais tellement déprimée à l'idée d'aller à l'hôpital. C'est curieux, j'étais persuadée que j'allais mourir ici mais ce n'était qu'une réaction bêtasse parce que j'ai horreur d'aller à l'hôpital... Bon, ne pensons plus à la mort. Donne-moi des nouvelles. Oserai-je te demander comment se présentent les choses à New York?

— Mieux. Sebastian est parti pour l'Europe, et Alicia semble avoir compris enfin qu'elle ne peut rien pour raccommoder ce mariage. Vicky a décidé qu'il lui fallait un foyer à elle alors elle cherche un appartement assez grand pour elle, les enfants et le personnel.

— J'aimerais pouvoir faire quelque chose pour cette petite mais elle semble tellement lointaine maintenant. Exactement comme Cornelius. Mais je ne dois pas avoir de regrets pour Cornelius. J'ai fait tout ce que je pouvais pour lui et je ne peux pas plus. Mais j'aimerais pouvoir aider Vicky... et toi aussi, Scott. Mais oui! Je pense souvent que je n'ai pas fait mon devoir à ton égard.

— Pas fait votre devoir? Je n'ai jamais entendu pareille énormité!

— Si seulement j'avais été plus âgée quand j'ai épousé Steve, assez âgée pour que tu puisses me considérer comme une mère! Mais tu ne m'as jamais vue comme une mère, n'est-ce pas? J'étais toujours une sorte de princesse de conte de fées, de quelques années ton aînée, et lorsque Steve est parti j'ai été transformée du coup en héroïne abandonnée. J'aurais dû dire quelque chose alors, j'aurais dû te parler, j'aurais dû avoir avec toi une sérieuse conversation...

— Emily, je vous en prie! Cessez de vous tourmenter!

— ...mais je me suis tue. J'ai tout laissé aux mains de Cornelius. J'ai été faible, lâche et, prise tout entière par mon malheur personnel, j'ai laissé Cornelius s'emparer de toi pour combler le vide de sa propre existence.

— Voyons, vous parlez de cela comme si c'était une épouvantable tragédie. Tout s'est plutôt bien terminé, non?

— Mais ce n'est pas terminé! Cela continue et t'oblige à mener cette vie anormale. Oh, ne crois pas que je devine pas ce qui se passe! Lorsque j'ai lu la lettre de Tony...

— Oh, oubliez donc cette lettre pour l'amour du Ciel!

— Mais elle m'a fait comprendre ce que tu dois éprouver à l'égard de Cornelius!

— Oh, j'en doute beaucoup. Mes sentiments envers Cornelius importent réellement très peu, Emily.

— Tu dois lui pardonner, il le faut! Sinon tu ne connaîtras jamais la paix intérieure, tu ne pourras jamais avoir une vie normale...

— Emily, cela m'ennuie d'avoir à vous le dire, mais vous n'y comprenez absolument rien.

Silence. Elle hausse légèrement les épaules et détourne son visage:

— Si tu ne veux pas être franc avec moi, je crois qu'il est inutile de te parler.

— Mais c'est vrai! Le ressort de ma vie n'est pas la haine de votre frère. La situation est bien plus complexe que votre examen simpliste des faits ne le laisse paraître.

— Je ne comprends pas.

Nouveau silence.

— Tu ne peux pas m'expliquer...?

Le silence persiste.

— Ah, Scott! s'écrie-t-elle, désolée. Tu ne sais pas combien j'aimerais que tu me parles! N'y a-t-il personne à qui tu puisses te confier? Je suis désespérée de te sentir si lointain, si seul.

— Mais j'aime ma solitude!

— Ce n'est pas de la solitude, dit Emily. C'est une sorte de réclusion. Une vie pire que la mort.

— Bon, c'est ce que vous pensez, Emily, et c'est votre droit mais il se trouve que je ne suis pas du tout de votre avis. Et maintenant, je vous en prie — si nous parlions de choses plus gaies?

## 5

Emily est morte une semaine plus tard d'une embolie pulmonaire. Il y a eu de grandes funérailles familiales à Velletria. Cornelius pleurait. Il ne restait plus personne maintenant de sa jeunesse lointaine, c'était donc un peu comme si l'on enterrait avec Emily une partie de son passé dans ce Middle West qu'il avait détesté.

— Tu es poussière et tu retournes à la poussière, dit le pasteur.

Des souvenirs renaissent : souvenirs d'une Emily à la chevelure d'or, bien-aimée Emily qui métamorphosait jadis une triste maison, souvenirs heureux d'un temps passé depuis longtemps mais jamais oublié, d'un temps où la mort semblait aussi lointaine que la neige par une belle journée d'été, d'un temps où toute douleur se noyait dans la paix.

Une nouvelle rafale de vent glacé. Les yeux de Scott voient le soleil de cette fraîche journée de printemps commençant mais dans les miens tout est sombre et une haute horloge sonne midi. Dans le monde de Scott, le pasteur lit le rituel chrétien mais, si j'entends bien ses paroles, elles ne signifient rien pour moi car je me trouve bien au-delà d'elles dans le temps, loin, très loin dans le recoin le plus éloigné du plan hérité de mon père et dans mes souvenirs familiers des étés oubliés je trouve un autre code moral. Le sang appelle le sang, la violence appelle la violence : le christianisme n'est qu'un fragile vernis, la civilisation ne va pas plus profond que l'épiderme et il n'y a rien ici-bas que l'éternelle extase délirante de l'ombre.

Devant la tombe, Scott, vêtu de noir, tête basse, communie avec le deuil des autres mais je m'éloigne de Scott maintenant, j'échappe à son chagrin, je dérive loin de lui dans l'autre monde, le monde de ma solitude, le monde de mes rêves.

# 6

Il m'arrive de rêver que je suis le chevalier dans *Le Septième Sceau*, le film de Bergman. Le chevalier joue aux échecs avec la Mort en cagoule sur une splendide plage déserte et, avant que la Mort ne remporte l'inéluctable victoire, le chevalier l'implore de lui laisser un peu plus de temps pour vivre.

J'ai souvent l'impression de demander à la Mort de m'accorder un répit. J'ai tellement peur de mourir avant de réaliser mon ambition — ou avant « de terminer ma quête » comme je le dis dans mes rêves depuis que j'ai abandonné le personnage du chevalier de Bergman pour la légendaire image de Roland, le héros du poème que j'ai essayé d'expliquer à Cornelius. Parfois, même bien éveillé, il me semble que je vis un mythe, celui du chevalier médiéval qui consacre sa vie à une haute quête spirituelle et bien que je garde ma vision mythique de moi-même et la conscience du réel en deux compartiments séparés je sais qu'ils se retrouvent dans mes rêves et j'espère qu'un jour peut-être ils se rencontreront et se mêleront aussi dans ma réalité. Une part de la fascination qu'exerce sur moi le Roland de Browning vient peut-être de la conviction qu'un jour je devrai affronter ma propre version de la Tour noire de Roland et que, comme Roland portant le cor à ses lèvres, il me faudra faire le geste héroïque qui me permettra, ma quête achevée, de connaître ma destinée.

Mais ce sont là mes fantasmes personnels. Le monde de ma solitude, le monde de mes rêves est bien loin de celui de Scott Sullivan, le banquier méticuleux qui se rappelle sans faute les anniversaires de ses sœurs, qui écoute patiemment Cornelius s'inquiéter de la vie privée de plus en plus mouvementée de Vicky et qui assiste ponctuellement aux réunions familiales à l'occasion des grandes fêtes nationales.

— Allô, Scott? Ici, Alicia. Serez-vous comme d'habitude des nôtres cette année pour Thanksgiving?

« ... pour Noël... »

« ... pour Pâques... »

« ... pour la Fête de l'Indépendance... »

Les fêtes passent. Les années défilent. La crise de 1960, lorsque Vicky a quitté Sebastian, s'estompe de plus en plus dans le passé. 1961 s'écoule. Puis 1962. Et en 1963...

— Hellô, Vicky! Comment allez-vous?

— Hellô, Scott! Comment va?

Paroles vides échangées par deux étrangers qui se connaissent vaguement depuis des décennies. J'examine Vicky par les yeux de Scott et je ne vois que la fille de Cornelius van Zale, une femme agitée, insatisfaite, qui a impitoyablement divorcé de l'homme qui l'aimait et qui perd maintenant son temps dans les boîtes chics de Manhattan. Cornelius a renoncé à lire les journaux qui publient une rubrique de potins et il a décidé, tout dernièrement, à mon grand soulagement de ne plus me parler désormais de sa fille.

— Comment va Papa? demande-t-elle. Je ne l'ai pas vu ces derniers temps.

— Il va très bien.

Après plusieurs mois de bouleversements, Cornelius s'est installé dans un triplex, au vingtième étage d'un nouvel immeuble de la Cinquième Avenue. Il s'y est décidé dans une certaine mesure parce qu'il était fâché de ce que Vicky ait refusé de continuer de vivre avec lui dans la demeure des Van Zale et aussi parce qu'il s'est persuadé qu'il n'était pas raisonnable du point de vue économique de conserver un fief dans la Cinquième Avenue. Je crois également qu'Alicia désirait un changement et que Cornelius a saisi cette occasion de l'apaiser après l'orage du départ de Sebastian pour l'Europe. La demeure des Van Zale, inhabitée sauf par quelques gardiens, est maintenant administrée par le conseil de la Fondation artistique Van Zale et elle doit être prochainement ouverte au public. On prétend que Mme John F. Kennedy doit présider à l'ouverture.

— Je crois que Cornelius et Alicia ont eu du plaisir à installer leur nouvel appartement, dis-je à Vicky.

— Sans doute mais ils vont sûrement en faire une atrocité — Papa a tellement mauvais goût. Avez-vous vu ce nouveau jeu d'échecs dont chaque pièce est un astronaute? Il l'a fait faire spécialement pour commémorer le discours du Président à propos du projet d'envoi d'un homme sur la lune.

— Non seulement je l'ai vu mais j'ai même joué avec! Bon, si vous voulez bien m'excuser, Vicky...

La cocktail-partie s'éternise, assommante pour qui ne boit pas, une perte de temps et d'argent mais, longtemps après l'avoir quittée, je revois Vicky riant au sein d'un cercle d'hommes et l'hôte qui met un autre verre de Martini dans sa main tendue.

# 2

## 1

— Je ris de voir Kevin courir à Washington pour faire sa cour aux Kennedy installés dans leur version moderne de Camelot, dit Jake Reischman pour terminer la conversation à bâtons rompus qui précède toujours nos discussions d'affaires. En fait, je ris de voir les Kennedy jouer les familles royales. Je me rappelle ma jeunesse et Joe Kennedy en train de carotter son premier dollar dans Wall Street — non, j'ai commandé une demi-bouteille de vin et non une entière et apportez un autre Schweppes à Monsieur. Qu'est-ce qui se passe dans ce restaurant aujourd'hui? Vous n'êtes plus capable de prendre une commande correctement? Et ces clams sont trop durs — remportez-les.

C'est une tradition chez Jake de donner ses déjeuners d'affaires dans les restaurants élégants du centre où il est plus libre d'exercer sa tyrannie que dans la salle à manger des associés de sa banque ou celle des clubs dont il est membre. Ce gros quadragénaire dont les cheveux se font rares crée sans effort une ambiance boréale de mécontentement.

— Je ne trouve pas étrange que les Kennedy désirent élever le niveau culturel de Washington, Jake. Quand les Celtes sont au pouvoir ils favorisent toujours les arts. C'est pourquoi les écrivains et les artistes occupent toujours un rang privilégié dans la société celte.

— Vous voulez dire que je devrais me montrer charitable et dire que les Kennedy constituent un bienheureux changement après tous les philistins anglo-saxons qui ont jusqu'à présent siégé à la Maison-Blanche? Parfait, je veux bien être charitable. Mais à mon avis il n'y a rien derrière cette légende celtique soigneusement entretenue sinon le désir typiquement américain de richesse et de puissance. Et à propos du tout-puissant dollar...

C'est ça, revenons-en aux affaires.

— ... je dois vous dire, Scott, que l'avenir des relations entre nos deux maisons me préoccupe de nouveau sérieusement. Je veux parler, vous vous en doutez, des activités de votre filiale de Londres.

Jake porte un complet aussi gris que le ciel que l'on aperçoit par les hautes fenêtres du restaurant et ses yeux paraissent gris aussi mais c'est une illusion d'optique : ses yeux sont normalement d'une couleur qui rappelle l'éclat bleuâtre de certaines pierres par temps de pluie. Pendant qu'il parle ses vilains doigts courts s'emploient à émietter un petit pain ; sa voix, douce comme le miel malgré un accent métallique, peut donner un ton menaçant à un compliment.

— Il y a trois ans que Neil a expédié Sebastian à Londres et où en sommes-nous ? Sebastian se hisse à coup de matraque à l'échelon le plus élevé — une manœuvre concoctée sans aucun doute par Neil pour faire plaisir à Alicia — et, avant que j'aie le temps de me retourner, Sebastian fait de son mieux pour que ma succursale de Londres ait autant de coups durs que possible ! Eh bien, vous pouvez dire à votre patron que j'en ai assez de voir Monsieur Sebastian Foxworth braconner sur mes terres. Je suis furieux.

— Je reconnais qu'il s'est produit un incident malheureux..

— Ne me vendez pas ce genre de salades. Il ne s'agit pas d'un incident mais de toute une série de catastrophes. Vous direz à Neil que je veux qu'on rappelle Sebastian à New York où on pourra le museler définitivement. Je sais qu'il est inutile d'espérer que Neil le fiche dehors. Seigneur, qui aurait dit que Neil laisserait sa femme porter la culotte !

Le maître d'hôtel reparaît avec une demi-bouteille de vin et un quart de Schweppes ; derrière lui un garçon s'est chargé d'un nouveau plat de clams. Jake interrompt sa tirade pour goûter les clams : il ne parvient pas à leur trouver un nouveau défaut — le maître d'hôtel lève les yeux au ciel et se retire.

— Je vous accorde que Cornelius est toujours empressé de plaire à Alicia, Jake, mais je ne dirai pas pour autant...

— Bah, n'en parlons plus, je m'en fous, leur ménage ne m'intéresse pas, je m'en fous, vous dis-je, mais nous parlons de ce salopard de Sebastian. La vérité, c'est que Neil le laisse à Londres parce qu'il ne peut pas le souffrir mais il n'ose pas le sacquer de peur de chagriner Alicia...

— C'est vous Jake qui revenez sans cesse au ménage des Van Zale et non pas moi ?

— Et vous, vous êtes ravi de voir Sebastian à Londres parce que son absence vous permet d'assurer votre position comme bras droit de Neil. Vous vous bercez de l'illusion que si vous vous y prenez bien, Neil vous offrira la banque sur un plateau d'argent, mais ne vous y trompez pas, Scott ! Il n'a pas l'intention de vous repasser la banque. La seule raison qui l'ait forcé à vous garder si longtemps c'est que vous êtes un contrepoids au pouvoir inévitablement croissant de Sebastian — tant qu'il pourra vous opposer l'un à l'autre, il sera libre de s'incruster jusqu'à l'heure où il lui sera possible de transmettre directement la banque à ses petits-fils. Croyez-moi ce sont finalement les petits-fils qui auront la banque. Le sang est toujours le plus fort et celui qui coule dans vos veines, Scott, est impropre à ce genre de transfusion.

Les lumières changeantes de la fontaine qui orne le centre de la salle se reflètent sur les verres et les couverts d'argent disposés sur une nappe d'un blanc chirurgical.

— Où voulez-vous en venir, Jake? Si j'ai bien compris, vous me dites qu'il est inutile de m'arranger pour que Sebastian reste à Londres parce que bien que je sois le plus qualifié pour succéder éventuellement à Cornelius, le patron lui-même n'est pas assez malin pour choisir le meilleur homme?

— Je veux dire que vous feriez mieux de laisser tomber Sebastian et Cornelius et de passer sous mon étendard.

— Excusez-moi, mais je n'ai pas bien entendu. Avez-vous dit...?

— Oui, c'est ce que j'ai dit. Vous savez, évidemment, que j'ai l'intention de mettre mon affaire en société? Eh bien, j'ai décidé que mon dernier geste de despote serait de court-circuiter mes crétins d'associés qui espèrent chausser mes bottes quand je serai bombardé président du conseil d'administration. Je vais choisir un président en dehors de la firme et le meilleur que je puisse trouver, qu'il soit Juif ou Chrétien. En d'autres termes, il me faut quelqu'un qui ait toutes les qualités de votre père et aucun de ses vices. Faites votre prix. Le poste est à vous.

— Ma foi je... Je suis très flatté, certes...

— Vous pouvez même avoir votre nom dans la raison sociale : Reischman et Sullivan. Qu'est-ce que vous en dites? Est-ce une compensation suffisante pour la chute retentissante de votre père dans les années trente? Et ne croyez pas que je ne vous ai pas jugé! Il y a longtemps que je vous observe et je suis certain à cent pour cent que vous êtes l'homme qu'il me faut comme successeur.

— Vous voulez blouser vos associés? Ou bien Cornelius? Qui visez-vous exactement, Jake? Et pendant que nous y sommes qu'est-ce qu'il y a de cassé entre vous et Cornelius depuis 1955? S'agirait-il par hasard d'Alicia?

Jake hausse un sourcil sarcastique, il me regarde comme pris d'une profonde pitié pour quelqu'un capable d'imaginer de telles fantaisies et il dit sèchement :

— Si Neil n'a jamais été assez bête pour vous le dire, je ne suis certainement pas assez bête pour me lancer dans des explications inutiles et qui ne vous regardent pas. Revenons-en à nos moutons. Alors? Qu'en dites-vous? Êtes-vous prêt à examiner mon offre?

— Certes. C'est une proposition intéressante au plus haut point je le comprends fort bien. Si je peux avoir le temps d'y réfléchir...

— Nous déjeunerons ensemble à votre retour de vacances. Et en attendant, faites bien comprendre à Neil, je vous en prie, qu'il est urgent de mettre une sourdine aux activités de Sebastian à Londres. Je peux me tromper, certes, mais je crois que Neil tient encore assez à ce que les relations entre nos deux maisons restent bonnes pour accorder à mon mécontentement toute l'attention qui convient.

## 2

— Cornelius, Jake prend très mal les randonnées de Sebastian sur ses terres de Londres.

— Franchement, Scott, je n'en suis pas surpris. Qu'est-ce qui peut fichtre! bien passer par la tête de Sebastian?

— Ma foi, il ne s'agit peut-être pas d'une vendetta contre la Maison des Reischman mais ça commence à y ressembler sérieusement.

— C'est très gênant. Je ne veux pas avoir avec Jake un différend au sujet de Sebastian.

— Voulez-vous que j'aille à Londres pour essayer de savoir? Je peux annuler mes vacances.

— A aucun prix! Vous avez travaillé dur et vous avez besoin de repos. Mais je vais faire venir Sebastian et quand vous serez de retour nous ferons un examen approfondi pour découvrir pourquoi Sebastian joue les Robin des Bois sur les terres de Reischman... Okay, voyons un peu... reste-t-il quelque chose à régler avant que vous partiez en vacances?

— Non, rien pour ce qui est de l'affaire Reischman. Mais je voudrais vous parler un instant d'un client possible, un jeune personnage qui s'appelle Donald Shine...


# 3


— Salut, Scott! Heureux de vous voir! Vous avez l'air en pleine forme! Comment va?

Donald Shine a vingt-deux ans, une longue chevelure brune qu'on vient de laver, de grands yeux bruns innocents et un complet veston d'un goût douteux. Il parle d'une voix forte dont l'accent vient tout droit de Brooklyn.

— Hello, Don! Asseyez-vous.

Donald s'assied, toujours souriant, toujours plein d'enthousiasme, toujours persuadé qu'il sera multimillionnaire avant ses trente ans.

— J'ai dit un mot à M. Van Zale et il accepte de vous recevoir mais je dois vous avertir : c'est un personnage de l'ancienne école et il se méfie de la technologie moderne. Il accueillera probablement votre projet de location d'ordinateurs par : « Il n'y a pas de marché pour cela » ou « Laissons tout cela à I.B.M. ». Que votre speech soit bref et sensé et en tout cas ne vous laissez pas emporter et n'allez pas faire un numéro trop exubérant. M. Van Zale attend des faits, et non pas un boniment de camelot ou un one-man-show.

— Compris. Je me tiens comme un Anglo-Saxon blanc, protestant très collet monté, et non comme une « Yiddishe Momma ». Okay, pas de problème.

— Vous seriez sans doute plus à votre aise dans une maison un peu moins conservatrice...

— Écoutez, Scott, comme je vous l'ai déjà dit : je me suis juré de voir M. Van Zale parce que je crois qu'étant donné qu'il avait fait fortune à vingt-deux ans il ne me claquera pas la porte au nez parce que je sors à peine du collège. D'autre part, je ne veux pas perdre mon temps. Si je dois passer par un banquier d'affaires je veux que ce soit le meilleur — pas un prêteur sur gages à la sauvette! Laissons tomber tout ce qui est de second ordre. Le temps passe, bon Dieu! et je veux que cette affaire démarre avant que j'aie les cheveux blancs. Je ne veux pas attendre la réussite pendant des années et des années, il me la faut *tout de suite!*

— Hum-hum. Okay, vous êtes pressé mais avez-vous une minute à m'accorder pour me permettre de vous donner un ou deux conseils en ce qui concerne votre apparence? Avant de rencontrer M. Van Zale, passez chez le coiffeur, prenez un complet sombre — oh! achetez aussi une cravate si vous n'en avez pas — fourrez vos mocassins dans un placard et portez des chaussettes noires et une paire de souliers noirs classiques. Et veillez à ce que votre chemise soit blanche — vu? B-l-a-n-c-h-e. Si vous voulez faire votre entrée dans le club de la Côte Est il faut que vous paraissiez n'avoir jamais entendu parler du verset : « L'ancien ordre change et fait place au nouveau. »

— Bah, pas de problème : je ne l'ai jamais entendu. Qui a dit ça? Ed Murrow [1]? Hé, Scott, j'ai vraiment eu de la veine le jour où j'ai bousculé votre secrétaire pour entrer dans votre bureau! J'aimerais mieux faire affaire avec vous au lieu d'aller débloquer avec un vieux jeton comme Van Zale! Dites, si vous me donniez vous-même les un ou deux millions qu'il me faut?

— Aussi tentante que soit votre proposition, Don, j'ai grand-peur d'être obligé de la repousser. Je ne voudrais pas que M. Van Zale m'attrape un jour par la manche pour me demander : « Dites-moi, qu'est-ce que c'est que ce Donald Shine, cet enfant prodige, et comment se fait-il qu'on ne m'ait pas donné l'occasion de le rencontrer? » Je préfère me couvrir et vous exhiber sans attendre. Je crois qu'il est inutile de vous dire que vous n'avez rien de commun avec nos clients habituels.

— Mon vieux, c'est l'âge de la jeunesse! Aujourd'hui les banquiers d'affaires financent des types comme moi dans le commerce des disques, des vêtements, de la publicité, de...

— Les banques d'affaires de second ordre ont parfaitement le droit de prendre des risques inconsidérés. Les maisons comme celle de Van Zale sont généralement trop sollicitées. Trois heures demain, Don, et rappelez-vous : chemise blanche.


# 4


— Avez-vous perdu la tête? me lance Cornelius furieux. Ou croyez-vous que j'ai perdu la mienne? Pensez-vous sérieusement que je vais financer un garçon qui se présente les cheveux sur les oreilles, dans un complet qui semble avoir été chapardé à un homme du milieu et qui me raconte qu'il y a un marché pour la location d'ordinateurs quand chacun sait que la technique de l'informatique évolue si rapidement que le seul espoir de ne pas être débordé est de s'offrir le dernier modèle d'ordinateur chez I.B.M.? Je vous accorde que le gosse pourrait faire un bon vendeur— de voitures d'occasion chez un marchand en plein vent de Brooklyn —

---

1. Le plus célèbre des commentateurs politiques de la télévision américaine.

mais imaginer que nous puissions financer son illusion de devenir un Titan de la finance...

— Une seconde, Cornelius. Le gosse est voyant et vulgaire, d'accord. Il vient d'un milieu qu'il vous est difficile d'imaginer, sans parler de l'accepter, et il faut voir son veston pour le croire. Mais c'est un garçon intelligent, Cornelius. Je sais qu'il n'a fréquenté qu'un collège de quartier mais il a tout de même une éducation universitaire et il en tire le meilleur parti. Il connaît de A à Z la technique des ordinateurs — il en sait sans doute autant que le premier technicien venu de chez I.B.M. — et je crois qu'il a eu une idée qui est désormais dans l'air. Risquons le coup et aidons-le.

— Ce n'est pas un client pour nous, Scott. Je sais qu'aujourd'hui nous devons nous disputer la clientèle mais il y a tout de même des clients que nous ne pouvons accepter.

— Vous faites une erreur. Qu'est-ce qui vous taquine? Sa jeunesse? Vous n'avez pas toujours eu cinquante-cinq ans, rappelez-vous! D'autre part, la vie change tous les jours...

— Oui, et pas pour le mieux! Désolé, Scott, mais je refuse de financer un gosse qui ressemble à un hippy bon à rien et qui parle comme un comique juif, il n'en est pas question.

## 5

— Jake, vous intéresseriez-vous à un client assez déconcertant qui a, je crois, de grandes possibilités mais que Cornelius a envoyé paître?

— Possible. Parlez-moi de lui.

— C'est un garçon de vingt-deux ans, frais émoulu du collège et un expert en ordinateurs; il s'appelle Donald Shine...

## 6

— Que pensez-vous de ce garçon, Jake?

— Donald Shine? Je le trouve assez affreux. Évidemment, j'ai accepté sa proposition. — Jake soupire et regarde par la fenêtre. — Il va gagner de l'argent. D'une manière ou d'une autre, il va gagner de l'argent. Il faudra le surveiller de près mais cela est vrai aussi de certains de mes vieux clients d'apparence plus conventionnelle.

— Vous avez eu raison de ne pas avoir de préjugés à son égard.

— J'en ai énormément au contraire, répond Jake ironiquement à Cornelius. Comment n'aurais-je pas de préjugés à l'égard d'un jeune gars à cheveux longs qui ressemble à un garçon de course de la Septième Avenue et qui parle comme dans une mauvaise histoire juive? Mais il faut faire la part des choses, après tout. Tout le monde ne peut pas venir au monde avec une cuiller d'argent dans la bouche... Pourquoi souriez-vous?

• — Je me disais qu'en fin de compte, Marx a raison. Ce n'est pas la race qui différencie les hommes, ni la religion, c'est leur classe.


## 7


— Salut, Scott, je viens seulement pour vous dire un grand merci de tout ce que vous avez fait pour moi. J'ai l'impression que Jake Reischman est un très brave type. J'ai pu lui parler tranquillement, vous savez, nous nous sommes très bien entendus. Dites, je voudrais vous inviter à déjeuner un jour de la semaine prochaine en remerciement?

— Merci, Don, mais je pars en vacances. Peut-on remettre ce déjeuner à plus tard?

— Bien sûr. Où allez-vous? En Europe?

— Dans les Caraïbes.

— Je vous envie. Eh bien, amusez-vous bien au pied de ces cocotiers exotiques et nous nous retrouverons après. Eh, Scott... Donnez mon meilleur souvenir à ce vieux schnock de Van Zale et dites-lui que je lui ferai cirer mes bottes un de ces jours, me lance Donal Shine avec un rire un peu grinçant en raccrochant.


## 8


CONVERSATIONS

Paroles prononcées par la bouche de Scott. Scènes vues par les yeux de Scott. Mais Scott n'existe que dans l'esprit des autres, car Scott n'est qu'une apparence créée par un effet de la volonté, la volonté qui est la mienne, celle de la créature cachée dans l'ombre derrière les apparences — et, comme le philosophe médiéval William of Ockham l'a écrit il y a longtemps : la créature cachée dans l'ombre est l'unique réalité.

Scott a dit à tout le monde qu'il allait en vacances mais c'est un mensonge. Scott n'a jamais quitté New York. C'est toujours *moi* qui quitte la ville et c'est toujours *moi* aussi qui me détends dans son appartement lorsque Scott revient chaque jour de la banque.

Scott rentre chez lui en ce soir de novembre 1963 et comme toujours il cesse d'exister lorsque la porte se referme et c'est *moi* qui entre dans la chambre et qui me regarde dans le miroir. Je quitte ensuite les vêtements de Scott, le complet sombre, la chemise blanche et la cravate unie, symboles d'une existence que je méprise. Je prends une douche pour chasser la fange de cette existence et quand je suis enfin propre je mets *mes* vêtements : le pantalon blanc, la ceinture à boucle d'argent et la chemise bleue éclatante que je ne boutonne pas. A la cuisine je me prépare un verre, non pas celui que je suis toujours tenté de boire lorsque je suis moi-même mais la boisson de Scott qui, je le sais, ne me fera jamais mal : le grand verre de Coke marron qui pétille sur la glace avec un trait de jus de citron pour en chasser le goût sirupeux.

Mon verre à la main, je m'assieds sur le divan, je pose mes pieds sur un pouf et je soupire lentement d'aise. L'alpiniste est revenu au camp de base après une nouvelle et éreintante escalade. Quinze jours de détente et de repos s'étendent devant moi.

J'examine mon appartement. Il est situé sur le Carl Schulz Park, tout en haut de la partie Est de la ville mais je travaille si tard à la banque que j'aperçois rarement l'East River au grand jour. Mais pendant le week-end, je guette les jeux du soleil sur la surface du fleuve en buvant mon bol de café noir matinal. Le fleuve est fangeux mais il est beau dans le soleil qui se lève : il me rappelle le paysage marin imaginaire où je rêve de vivre en paix, ma quête achevée. Je ne l'ai jamais rencontré, ce paysage marin parfait, bien que je le voie si clairement dans mon esprit : la merveilleuse plage déserte qui borde une mer sombre et unie comme un miroir. Le sable est propre, blanc et pur; il me semble qu'il y a des montagnes à l'horizon mais c'est difficile à dire.

Je ne reçois jamais personne chez moi car j'ai besoin de chaque instant de mes heures de loisirs pour me remettre de l'effort d'être Scott, aussi ne me suis-je jamais soucié de posséder plus que les meubles indispensables : le divan et le pouf sur le tapis, les murs couverts de livres; dans un coin de larges étagères portent ma stéréo et ma collection de disques. Je n'ai pas la télévision. Comme je passe la plus grande partie de mes journées dans l'insignifiant et le banal, je ne tiens pas à retrouver la même ambiance dans mes heures de loisirs. Plutôt que de regarder la télévision, je lis beaucoup sans suivre, comme tout le monde le croit, un régime soutenu de littérature médiévale mais en passant du roman à l'histoire, à la psychologie, à l'anthropologie et à la philosophie. En fin de semaine, je joue au squash et je fais de longues marches mais parfois, lorsque l'intervalle entre les vacances me semble trop long, je prends l'avion pour n'importe où — les Bermudes, le Canada ou même tout simplement une autre grande ville américaine — à moins que je ne change simplement d'activité physique.

Après la guerre, quand j'ai renoncé à l'alcool, j'ai compris aussitôt qu'il me fallait une autre voie d'évasion quand le stress me rendait la vie impossible. Mais bien que je tienne les voies d'évasion comme autant de dangers éventuels pour ma discipline intérieure, je me suis imposé des règles qui réduisent ce danger au minimum. Je m'efforce toujours de couper court une liaison avant qu'elle n'ait la possibilité de se transformer en dangereuse obsession. Mes aventures sont donc brèves et se déroulent toujours loin de chez moi.

Cette recette de satisfaction intime peut sembler insuffisante à beaucoup mais la vérité c'est que le sexe ne me préoccupe pas autrement. Si je dois soulager un simple désir sexuel, je préfère le faire moi-même, car si une tierce personne n'intervient pas, je n'ai pas à redouter de perdre mon self-contrôle quelques secondes. Mais c'est plus qu'un soulagement physique que je recherche quand je pars pour des villes lointaines. J'aime la fièvre de la chasse et le contact, si bref soit-il, avec une autre créature humaine, c'est la détente mentale et non physique qui m'est si précieuse, qui me fournit l'occasion d'échapper provisoirement au fardeau de ma solitude.

Même avant d'adopter, la guerre finie, la décision qui allait transformer ma vie, je ne suis jamais parvenu à vivre une aventure au-delà des premiers rendez-vous. L'idée d'être amoureux me terrifie. J'avais quatorze ans lorsque mon père a laissé Emily pour poursuivre son obsession de Dinah Slade et je sais trop bien que ces obsessions ne valent que souffrances et malheurs aux innocents laissés à l'écart. Après la catastrophe que fut la désertion de mon père, je me suis défié de toutes les femmes sauf de ma bien-aimée Emily et, pendant des années, j'ai menti constamment à Cornelius lorsqu'il me posait de paternelles questions sur ma vie intime. Dans la marine, j'ai eu peur de me singulariser et de passer pour homosexuel alors, un soir de sortie, je me suis saoulé et je me suis conformé à la conduite habituelle du marin à terre. Après cette aventure, je ne me suis plus jamais demandé si je n'étais pas homosexuel. Mais Cornelius, qui pense fermement que tout homme normalement constitué doit prouver sa virilité au moins trois fois par semaine pour respecter les normes du Rapport Kinsey, s'inquiète souvent de ne me voir montrer aucun goût pour le mariage.

L'idée de mariage m'a toujours paru lointaine mais après la guerre, lorsque j'ai définitivement orienté mon existence, l'idée ne me paraissait plus non seulement lointaine mais inconcevable. En fait, je suis tellement opposé à toute liaison durable, qu'il s'agisse ou non de mariage, que je ne suis pas surpris lorsque les femmes devinent cette répugnance et réagissent en conséquence. Avec mes ambitions soigneusement cachées et un voile tiré sur le malheureux passé, je représente une énigme qu'elles trouvent inexplicable et même désagréable lorsque ma réserve se révèle impénétrable. Je sais trop bien que si je commets jamais l'erreur de prolonger une liaison, la femme trouvera bientôt une excuse pour me quitter.

Mais l'aspect ironique de ma situation, c'est qu'en dépit du peu que j'ai à offrir je ne suis jamais à court de partenaires. J'ai d'abord été surpris que tant de femmes aient envie de m'accorder leurs attentions car je n'étais ni aussi beau ni aussi bien bâti que mon frère Tony mais j'ai compris, finalement, que les goûts féminins sont inexplicables et que j'aurais bien tort de ne pas en tirer parti. Aussi, lorsque je prends le chemin de l'évasion, je m'efforce toujours de rencontrer le plus de femmes possible, ce qui conduit à un autre aspect ironique de ma vie étrange : je ne peux pas profiter entièrement de ma bonne fortune. J'ai trop peur de perdre mon contrôle.

Dans la marine, tout allait bien. Mes craintes d'une liaison anesthésiées par l'alcool, il ne m'était pas difficile de produire des performances sexuelles que le grand Kinsey lui-même aurait certifiées normales. Les choses ont changé après la guerre, lorsque j'ai renoncé à l'alcool et que je me suis uniquement préoccupé d'acquérir la maîtrrise de moi-même. Depuis des années je ne parviens jamais à terminer l'acte sexuel mais, heureusement — et c'est l'ironie suprême de cette situation ironique — la plupart des femmes ne réalisent jamais les raisons de ma « réserve » et elles en déduisent avec une profonde gratitude que je prolonge l'acte pour leur être agréable.

404

Il m'arrive de le regretter mais cela est rare. Il existe des problèmes sexuels bien pires que celui-là. De quoi se plaindre, en effet, quand la plupart des femmes vous prennent pour un étalon plein d'égards? J'ai assez de bon sens pour apprécier l'aspect comique de la situation aussi, quand je suis sur le point d'en être fâché, je souris, je hausse les épaules et je me dis que tout cela n'a guère d'importance. Tant que les apparences permettent de croire que je trouve comme il se doit mon plaisir, qu'importe la réalité?

Mais la réalité, c'est de se réveiller seul dans une chambre d'hôtel dans une ville loin de la mienne. La réalité est une poursuite sans fin, un désir que personne ne satisfait et une victoire sur la peur que je n'obtiens jamais. La réalité est solitude, une vie morte ou, comme Emily me le disait avant de mourir, une vie pire que la mort.

Je reste longtemps dans le noir à penser à Emily et puis je me lève et je retourne à la cuisine pour ouvrir une autre bouteille de Coca-Cola. Je ne veux pas être triste ce soir. Plus tard, après mes vacances, je pourrai me permettre quelques instants de mélancolie mais pas ce soir alors que mes vacances commencent à peine et que j'ai l'occasion de passer quinze jours sur les routes de l'évasion, loin de la routine de Scott à Willow et Wall.

De songer à la banque me rappelle Cornelius et je regarde le tableau sur le mur. Je n'en ai qu'un chez moi et je l'ai accroché au-dessus de l'évier parce qu'il aurait détonné dans la chambre ou le living-room. C'est un détail « du Tribut », un agrandissement du sinistre portrait de Saint Jean par Masaccio. Je me demande si Cornelius se reconnaîtrait dans cette toile mais je ne le crois pas. On ne se voit jamais tel que les autres vous voient.

J'allume la lampe à col de cygne du living-room et je prends mon exemplaire de « J.K.F. : l'homme et le mythe » mais le portrait malveillant de Kennedy par Victor Lasky m'agace et je pose le livre. Il est de bon ton, aujourd'hui, d'éreinter Kennedy mais je refuse de faire chorus. Nous avions à peu près le même âge, Jack et moi, et son courage, son charme et le fait qu'il ait réalisé les rêves de son père m'encouragent souvent à poursuivre ma quête. Il était la vivante preuve que les sacrifices ont leur prix; il a démontré que l'ambition permet d'avancer sans cesse vers la réalisation d'un rêve.

Je mets un disque de jazz de Dave Brubeck et je songe à mes rêves.

Je suis satisfait des progrès que j'ai réalisés. Ma position est excellente. Il n'est naturellement pas question que j'accepte la proposition de Jake, mais il est politique de le flatter en prenant tout mon temps avant de rejeter son offre. Plus tard j'en parlerai à Cornelius et nous en rirons ensemble. Cornelius en sera ravi et sa confiance en moi augmentera d'autant. Jake a fait une analyse complètement erronée de la situation mais ce n'est pas étonnant : il n'est qu'un étranger qui s'efforce de déchiffrer de loin un problème très compliqué.

A moins que je ne devienne fou ou que je ne fasse une faute inconcevable, je l'obtiendrai cette banque. Le complexe de culpabilité dont souffre Cornelius, et que j'ai exploité si soigneusement depuis si longtemps, ne lui donnera pas de repos tant qu'il ne m'aura pas accordé plus de pouvoirs qu'il ne lui serait bon et, à ce moment-là, ma quête se terminera en un clin d'œil. Nous sommes encore à cinq années de mil neuf cent soixante-huit, l'année où il a promis de se retirer pour me laisser la place, mais je me demande souvent s'il tiendra jusque-là. Il a maintenant cinquante-cinq ans et son asthme le tourmente de plus en plus. Il a vécu déjà trois ans de plus que mon père.

Je pense un moment à mon père. Je n'y pense pas souvent consciemment mais il ne me quitte jamais : une ombre dans mon esprit, un poids sur mon cœur, un souvenir gravé en lettres de feu dans mon âme et j'ai si complètement absorbé l'essentiel de sa personnalité qu'en général je *suis* lui, bien que je puisse parfois prendre du recul et l'examiner sans passion comme une entité distincte. Je voudrais avoir mieux compris ce qu'il avait trouvé en Dinah Slade. Je peux aujourd'hui accepter l'idée que l'obsession sexuelle lui a fait perdre la tête mais l'absurdité de sa conduite me surprend toujours. « Dinah était l'amour de sa vie », a écrit mon frère Tony dans la fameuse lettre qui a donné à Cornelius une telle frayeur mais j'ai lu ces mots et mon étonnement ne s'est pas dissipé. *Dinah Slade*? Je me rappelle une grande femme commune avec un accent anglais fatigant. J'ai pardonné à mon père mais je suis encore loin de l'avoir compris.

Je médite sur ce phénomène extraordinaire qu'est l'attirance sexuelle et presque aussitôt je pense à Sebastian ruinant sa carrière à la poursuite de son obsession insensée de Vicky. *Vicky*? Je ne vois vraiment pas ce qu'il lui trouve. Elle est jolie, c'est vrai, mais son esprit est aussi limité que celui de son père et sa personnalité frivole est bien trop vide pour captiver un homme du calibre de Sebastian. Son engouement pour elle me semble aussi incroyable que celui de mon père pour Dinah et je m'étonne une fois de plus qu'une personne sensée puisse penser que l'amour est un rêve romanesque. L'amour n'est pas un rêve romanesque. L'amour est un cauchemar.

Je soupire en pensant à Sebastian. Il me manque. Je me dis : Si Sebastian était ici nous pourrions parler du concept d'Eros chez les Grecs et le comparer à la convention médiévale de l'amour courtois. Sebastian dirait que la chevalerie n'était qu'un mythe et nous en viendrions alors à débattre sur le point de savoir si le mythe est supérieur à la réalité. Je défendrais le mythe en citant Finn Mac Cool et Cuchulainn, les héros légendaires de l'Ilyade de l'Irlande mais comme Sebastian pense que les légendes celtiques sont incompréhensibles, il rameuterait tous ses héros Anglo-Saxons pour prétendre que la réalité est toujours supérieure. Et il s'écrierait : « Donnez-moi Alfred... ou Edwin... ou Oswald traînant sa lourde croix au combat — ceux-là ont existé! » et nous éclaterions de rire comme les amis que nous devions être et non les deux rivaux toujours plus divisés par leur ambition que nous sommes devenus.

Je me lève, impatient, pour aller à la fenêtre et j'écarte les lames des stores pour regarder les lumières de Queens au-delà du parc. La pensée de mon ambition me rappelle de nouveau Cornelius. Quels sont mes sentiments à son égard? Une aversion exaspérée? Non, pas même cela. Dans le temps, je l'ai haï, mais cette haine chauffée à blanc a consumé tout sentiment et laissé seulement les cicatrices desséchées de l'indifférence. Scott y a veillé. Scott sait qu'un homme sous l'influence de la haine commet des fautes tout comme il en commet sous l'influence de l'amour.

Scott m'a montré clairement qu'il n'y a pas de place dans ma vie pour les extravagances du sentiment et, d'ailleurs, il aime Cornelius et le trouve amusant. Cornelius s'est montré d'une grande bonté à l'égard de Scott, ce qui pour moi ne compte pas mais il n'est pas surprenant que Scott lui en soit reconnaissant.

En vérité, Cornelius n'est aujourd'hui, pour moi, qu'un objet, une figurine d'ivoire reculant sur l'échiquier devant mon attaque et, l'un de ces jours prochains, je pourrai avancer la main au-dessus de l'échiquier, ramasser la figurine et *le* jeter à la poubelle avec ses petits-enfants. Éprouverai-je alors une émotion? Oui, j'éprouverai probablement un immense soulagement de ce que la partie soit enfin terminée et alors... *Alors* je pourrai oublier enfin ma crainte de la mort, alors je pourrai vivre une vie normale...

Le téléphone sonne.

— Hello, Scott. C'est Cornelius... non, du calme! Je n'ai pas l'intention de vous traîner jusqu'ici pour une partie d'échecs — je sais que vous vous préparez à partir en vacances. Je tenais simplement à vous dire de bien vous amuser et de m'envoyer une carte si vous avez une minute... au fait, si vous me disiez où vous allez? Vous êtes toujours si secret lorsqu'il s'agit de vos vacances!

— Je vais en Californie.

Je mens souvent à Cornelius sur ma destination parce que je ne tiens pas à ce qu'il me rappelle à la banque en cas de crise inopinée.

— Cela me paraît parfait. Et novembre est la bonne époque pour aller à la poursuite du soleil.

— C'est vrai.

— Okay. Eh bien... je crois que c'est tout. A bientôt et bonne chance!

Scott lui dit au revoir et disparaît. Je raccroche et je me demande avec une curiosité purement intellectuelle s'il est anormal d'éprouver une telle absence d'émotion. Et puis je me dis que, anormal ou non, l'absence d'émotion est plus sûre. Elle prouve simplement que j'ai une maîtrise totale de mon comportement.

Je me couche, je rêve que j'ai bu une demi-bouteille de Scotch et que j'écrase contre un mur une tête anonyme couverte de sang.


# 9


Je suis plein d'allégresse. Je me suis débarrassé du poids mort — le personnage de Scott — et mon humeur est aussi légère que le 707 de la Panam qui court sur la piste de New York et monte, monte et monte dans le soleil coruscant de ma libération. La banque est loin aujourd'hui, aussi loin que la vie recluse que je dois mener chez moi pour récupérer après mes heures de travail... aussi loin que le Moyen Age où le mythe et la réalité se mêlent si aisément dans un décor déchiré par la guerre, infesté par la peste et peuplé par la mort. Je suis dans le présent du XXe siècle, entouré par la technologie du XXe siècle. Je suis un Américain du XXe siècle avec le *Time* magazine à la main et une jolie stewardess à mon côté.

— Désirez-vous boire quelque chose, Monsieur?

Je lui souris et elle devient délicieusement rose. Il me faut soudain tous les plaisirs : du champagne jaillissant du col doré d'une bouteille, du caviar, un lit vaste comme une arène avec un miroir au-dessus, six femmes les unes après les autres... je veux dépenser mille dollars à la minute pendant vingt-quatre heures de suite... je veux chacun des sept péchés capitaux enveloppé dans du papier doré et noué d'une faveur rose.

Je me mets à rire et la jolie stewardesse rit avec moi sans comprendre mais pour répondre instinctivement à mon humeur.

— Que diriez-vous d'un champagne maintenant? dit-elle en se rappelant que je l'ai refusé tout à l'heure.

— Donnez-moi plutôt un Coca-Cola. Dites, combien de temps restez-vous à Porto-Rico?

Il est 6 heures du soir quand j'arrive à l'hôtel Sheraton de San Juan pour m'installer dans une suite qui donne sur l'océan. L'entrée, la chambre et la salle de bains sont plus grandes que l'ensemble de mon appartement de New York. Après une douche, je vais m'essuyer devant la fenêtre ouverte sur la mer et j'imagine à quel point l'intellectuel, l'ascétique Scott détesterait les luxueux hôtels américains d'outre-mer, mais je m'amuse de leur opulence xx° siècle et de la vulgarité de ce personnel célébrant la vie aussi crûment.

Je descends au bar.

Une brunette d'âge plus incertain que ses charmes tue le temps en buvant des daiquiris avant de se rendre à l'aéroport pour y prendre un avion à destination de La Nouvelle-Orléans. J'offre de payer les consommations et l'on accepte. Deux heures plus tard, après l'avoir expédiée en taxi, je n'ai que le temps de remonter dans ma chambre et de refaire le lit avant que la jolie stewardesse ne s'annonce par le téléphone du hall.

La stewardesse a été obligée de repartir à 9 heures le lendemain matin... à 9 heures et demie je rôtis sous le soleil, au bord de la piscine. J'ai passé mon short le plus blanc et le plus collant mais il était bien inutile de me donner tant de mal. Il suffit de rester sur mon transatlantique au soleil et d'apprécier l'originalité que montrent toutes les femmes pour entrer en conversation.

Je passe la journée exactement comme j'ai passé la nuit et je passe la nuit suivante exactement comme j'ai passé la journée. Je quitte alors le Sheraton pour le Hilton afin de changer de piscine et de fauteuil. A ce moment-là je suis parfaitement convaincu que je vais passer d'excellentes vacances. Jusqu'à présent les femmes ne m'ont fait que des compliments et lorsque j'ai dû glisser en passant sur certaines restrictions, j'ai délivré mon boniment avec une habileté digne d'un escroc.

— Je tiens à économiser mes forces... Je ne veux pas me retrouver sur les genoux au beau milieu de mes vacances.

Ces paroles idiotes me feraient rire si la chose était moins embarrassante et lorsque les femmes ont accepté pourtant cette absurdité sans sourciller, j'ai souvent ri, en effet, surtout lorqu'elles y ajoutaient des remarques admiratives sur ma technique, mon endurance et ma considération à l'égard de ma partenaire. L'une d'elles m'a même demandé si je n'avais pas quelque truc qu'elle puisse repasser à son amant en rentrant chez elle. Et quand je me contente de sourire, elles croient que c'est pure modestie. Ainsi j'ai pu mentir à maintes reprises et me tirer de chaque rencontre sans rien autre qu'un corps bien entraîné et un certain étonnement de ce qu'il soit aussi facile de tromper les femmes.

Et puis, un après-midi, je me retrouve au lit avec une institutrice à l'air réservé — je suis toujours attiré par l'apparence de réserve — mais en quelques minutes j'ai compris que sa pudeur était autant illusoire que mon orgasme et qu'elle était de plus assez maline pour rire du boniment que je pourrais lui présenter si je devais m'expliquer.

La situation ne m'est pas entièrement inconnue mais elle ne manque jamais de me consterner. Un escroc n'aime pas être démasqué. L'embarras aurait réduit beaucoup d'hommes à l'impuissance mais il eut sur moi l'effet opposé. Dès que j'eus compris que j'étais sur le point d'être découvert, il ne fut plus question pour moi d'orgasme ni de me retirer de crainte que mon absence de satisfaction n'éclate au grand jour.

— Qu'est-ce qui t'arrive? demanda la chaste institutrice lorsqu'elle fut satisfaite au point de n'en pas vouloir plus.

— Rien de particulier. Je...

Je n'arrivais pas à décider de ce que je devais faire. Avec une femme moins expérimentée j'aurais pu truquer : cela suffit souvent, encore que les femmes puissent s'interroger à l'égard de la preuve évidente — ou de son absence. Je me demande aussi si je ne pourrais pas invoquer une attaque de sciatique ou le déplacement d'un disque vertébral au mauvais moment. Je suis là, accoudé, transpirant, soufflant, l'air aussi ridicule que possible et, avant que j'aie trouvé un moyen de me tirer d'affaire, c'est la femme qui prend l'initiative.

— Bien, n'en parlons plus pour aujourd'hui, non? dit-elle en me repoussant de deux mains décidées. J'ai déjà connu des gars comme toi. Ce n'est pas ta partenaire qui t'intéresse — tu n'en as pas le temps. Tu es trop préoccupé par ton ego et tu te demandes pourquoi diable! ton superbe outillage ne veut pas fonctionner convenablement!

Je parviens à m'écarter et à tirer le drap sur moi mais je tremble de la tête aux pieds et c'est à peine si j'arrive à faire le plus faible mouvement. J'éprouve aussi un profond malaise physique. Alors, sans la regarder, je lance : « Mon outillage me convient. S'il ne te convient pas fais la tournée de tes fournisseurs habituels » et je vais à tâtons dans la salle de bains pour me soulager. Il me faut plusieurs minutes avant de retrouver le courage de revenir dans la chambre, mais quand j'ouvre la porte le lit est vide et je sens que je suis seul dans une nouvelle chambre d'hôtel, loin de chez moi, atrocement seul, atrocement humilié et atrocement conscient d'une atroce faillite.

Je voudrais me reposer. Impossible. Je m'habille, je vais droit au bar le plus proche et je lève une autre femme. Le même processus se répète point par point mais cette fois ma partenaire s'en va heureuse et sans se douter de rien. Moi, je suis toujours seul et toujours un raté. Je me dis à voix haute : « Ça n'a pas d'importance, aucune importance. » Mais cela en a. Je voudrais m'enivrer mais je sais que c'est la seule voie d'évasion qui me soit interdite. Alors, je vais au casino et je laisse un millier de dollars sur les tables. Il me faut toute la nuit pour les perdre mais cela m'est bien égal parce que cela m'évite de rentrer dans ma chambre vide.

Je suis heureux d'avoir à quitter l'hôtel le matin pour aller sur le port prendre le bateau qui va m'emmener en croisière. Comme l'expérience me l'a enseigné, il est à peu près impossible de se sentir seul à bord d'un navire de croisière. C'est l'une des raisons qui me font passer si souvent mes vacances en mer; l'autre raison étant, bien sûr, qu'une croisière apporte d'innombrables occasions de rencontres féminines.

Oubliant jusqu'au souvenir de ma désastreuse expérience avec l'institutrice, je demande ma note, je descends vers le port en taxi et j'embarque sur le blanc navire européen, bien décidé à retrouver mon optimisme et à sauver mes vacances.

Ma cabine sur le pont A me paraît plus que favorable aux aventures nocturnes. Je sonne la stewardesse qui se révèle sans intérêt. Alors, je défais ma valise avant d'aller sur le pont-promenade jeter un coup d'œil sur les aménagements du navire. Les bars, que j'espère bien fournis en Schweppes, sont luxueux, le grand salon, vaste sans exagération, l'inévitable salle de jeu confortable et discrète. Comme toujours, mes compagnons de voyage sont une inconnue, mais comme la croisière est de courte durée il est probable qu'ils seront généralement jeunes : j'évite toujours les croisières prolongées fréquentées en majorité par les représentants de la gérontocratie.

Je songe avec satisfaction que je vais passer dix journées agréables et dix nuits également divertissantes sur mon navire quand une troupe d'étudiantes dorées sur tranche me demandent où se trouve le bar de la poupe et je m'arrête pour les orienter. Devant moi, j'aperçois le grand salon et, après avoir expédié les jeunes filles par l'escalier le plus proche, je me dirige vers le bureau du commissaire pour changer un chèque de voyage.

Le grand salon est envahi — les passagers continuent d'embarquer — et en faisant un pas de côté pour éviter un marin qui pousse un chariot à bagages, je heurte une femme plantée devant un tableau d'affichage et qui me tourne le dos. Son immense chapeau de paille manque de tomber et la bride de son sac glisse de son épaule, elle se retourne, agacée, pour me faire face.

— Excusez-moi! dis-je. Je..,

Les mots me manquent.

Scott essaie de se glisser devant moi mais il est à New York et je ne peux pas le ramener. Je reste planté là, dépouillé de mon personnage, et je me sens aussi désarmé que si l'on m'avait lié à un poteau planté dans une fourmilière.

— Scott! — La voix bien connue est ennuyée.

Comme le claquement de doigts de l'hypnotiseur, le son de ce nom me remet en action. Il est inutile de prétendre être Scott, Scott ne mettrait jamais le pied à bord d'un navire de croisière, il ne porterait jamais de vêtements pimpants, moulants, ni un médaillon d'argent... il ne se trouverait jamais face à face avec la seule femme à ne pas rencontrer, ni en cet endroit, ni en cet instant.

— Scott? Scott, c'est bien toi, n'est-ce pas? ou bien est-ce ton double?

— Mais non, c'est bien moi! dis-je en riant mais au ton de sa voix je comprends, étonné, qu'elle est aussi abasourdie que moi. Car elle a laissé

Vicky là-bas à New York comme j'y ai laissé Scott et, comme moi, elle est montée à bord sous sa seconde identité pour rechercher ce fruit du XXᵉ siècle : le plaisir sans complication, le refus absolu de s'engager le moins du monde.

— Quelle bonne surprise de te voir, Vicky! dis-je d'un ton joyeux. Sois la bienvenue au pays du plaisir!

# 3

## 1

Elle porte une robe de soleil orange foncé, décolletée et un mince collier d'or autour du cou. Sa chevelure blonde coupée court est à peine visible sous l'énorme chapeau. Elle est déjà légèrement hâlée. Ses grands yeux gris sont encore effarés

— Mais pour l'amour du Ciel que fais-tu ici, Scott?

— Devine.

Je ne l'ai jamais vue aussi abasourdie.

— Du calme, Vicky, il n'y a rien de cassé! Nous allons faire un pacte. Tu suis ton chemin, je suis le mien et ni toi, ni moi ne soufflerons jamais un mot à Cornelius, ou à qui que ce soit à New York. Okay?

— Okay... Si j'ai bien compris, tu n'es pas tout à fait un eunuque, après tout?

Je me contente de rire.

— Excuse-moi, je sais que je dis des idioties, fait-elle en rougissant, mais j'ai été tellement surprise de te trouver ici...

— Eh bien, je vais te laisser le temps de reprendre tes esprits. A tout à l'heure, Vicky — amuse-toi bien.

Je me fraie un passage dans la foule des passagers et quand j'arrive au bureau du commissaire, je me retourne et je vois qu'elle n'a pas bougé, qu'elle a toujours la même expression étonnée mais aussi un léger sourire sur les lèvres. Je vois aussi que sa bouche ferme et bien ourlée ressemble à celle de son père.

## 2

Le navire fait route vers l'île de Saint-Thomas. Les passagers ont vite dépouillé les manières distantes et conventionnelles du XX⁰ siècle pour retrouver la camaraderie paillarde des pèlerins de Chaucer dans leur

412

célèbre voyage à Canterbury. J'abandonne jusqu'au souvenir du personnage de Scott, le banquier rigoriste de New York, pour prendre le rôle du chevalier et je me dispose à observer le monde avec mon code très personnel de chevalerie bien présent à l'esprit. Une jeune femme attire mon regard mais je ne m'y arrête pas : elle semble trop vulnérable ; en voici une plus âgée, non, trop sensible. Je n'ai pas envie de leur faire de peine. Quelques heures plus tard, je fais la connaissance d'une veuve d'Atlanta ; elle a le même âge que moi et la même conception des vacances et nous nous démontrons mutuellement bientôt l'exactitude de notre conviction que la croisière offre bien davantage de possibilités que les vacances à terre.

Je fais de mon mieux pour éviter Vicky mais sur un navire il est bien difficile sinon impossible de ne pas remarquer une séduisante et jeune divorcée qui monopolise plus que sa part de l'attention générale. Resplendissants dans leur uniforme blanc, les officiers papillonnent autour d'elle dès le coucher du soleil ; les cadres de la croisière, aimables jeunes gens chargés de veiller au confort des passagers, ignorent sans vergogne les voyageuses qui font tapisserie et dansent avec elle. On dirait d'abord que Vicky préfère les cadres parce qu'ils ne l'accablent pas de leurs attentions mais elle passe bientôt l'équipage en revue et choisit le chef mécanicien. Le capitaine, homme impassible qui opère avec une parfaite discrétion, a probablement fait comprendre qu'il est disposé à attendre.

La veuve d'Atlanta est fort agréable mais il est évident que je ne peux pas en rester là : le désastre de San Juan n'a fait qu'augmenter la crainte que mon infirmité ne soit découverte si je ne change pas régulièrement de partenaire. Mais c'est avec un regret sincère que je m'éloigne d'elle. Je fais un bref essai avec une autre veuve avant de nouer une relation fugitive avec une stewardesse du pont B qui se révèle frigide. Je commence à éprouver de nouveau un certain découragement lorsqu'en approchant de la Martinique, je repère une personne digne d'intérêt qui partage une cabine avec une matrone que le bateau tout entier appelle bientôt à cause de la coloration de sa chevelure « Casque Bleu ». La personne digne d'intérêt, pas très jolie mais admirablement tournée, est une parente pauvre de cette redoutable matrone de Miami qui lui a offert cette croisière à la condition de lui servir d'esclave de l'aube à la nuit tombée.

Je tourne prudemment autour d'elles. J'ai pensé d'abord qu'une femme d'une trentaine d'années, célibataire et forcément chaste, serait très exigeante si je m'intéressais à elle mais j'ai changé d'avis. La tristesse de l'existence comme bonne à tout faire de « Casque Bleu » n'a pas dû encourager cette femme à espérer l'impossible et elle accueillera sans doute avec reconnaissance une aventure, si brève soit-elle.

Je décide à l'instant même de lui offrir un voyage dont elle se souviendra.

— Hello, Judy ! fais-je un après-midi en la croisant à la porte de la bibliothèque. Êtes-vous libre pour une partie de palets ?

Ce n'est pas une attaque autrement spirituelle mais en croisière, les propositions même les moins originales suffisent.

Judy est visiblement flattée d'avoir été remarquée mais elle décline mon invitation. Elle vient de choisir un livre à la bibliothèque et elle retourne auprès de son tyran pour lui faire sa lecture vespérale.

— Et si nous prenions un verre ce soir ? — J'insiste, mes intentions ne sont pas plus voyantes qu'un placard en première page du *Times*.

— Ah, je serais ravie mais... — Judy est captivée par l'idée mais elle craint Casque Bleu.

— Je peux attendre que Madame de Miami soit au lit avec ses bigoudis.

— Ma foi...

— N'oubliez pas, dis-je aimablement en entrant dans la bibliothèque. Je vous attendrai au bar de l'avant.

Judy bégaie des remerciements et retourne en courant vers son tyran. J'ai l'impression qu'aurait le Père Noël après avoir vidé sa hotte aux pieds d'un enfant pauvre et méritant et j'entre dans la bibliothèque.

Vicky est près de la porte, assise en tailleur sur un canapé.

— Hello! dis-je. Tu lis quelque chose d'inoffensif ?

— Merveilleusement banal, répond-elle en me montrant le titre d'un de ces romans confectionnés en série et nous rions.

Je suis plus à l'aise avec cette nouvelle Vicky parce que je suis déjà habitué à la considérer comme entièrement différente de la Vicky que Scott voit à New York. Celle-là a un esprit étroit et rudimentaire et agace Scott avec ses prétentions intellectuelles. La Vicky en croisière est assez intelligente pour savoir que toute pose est une perte de temps. La Vicky de New York, encombrée d'enfants, de domestiques et d'un mari ou d'un père radotant de tendresse, est énervée et maussade, engoncée dans le mécontentement d'une femme riche et gâtée. Celle-ci est spontanée et calme comme son père lorsque Scott le rencontre le soir pour une partie d'échecs.

Je regarde le roman préfabriqué qu'elle a dans la main et je pense à Cornelius qui lit les œuvres d'Harold Robbins. C'est curieux que Vicky me rappelle Cornelius et non Emily mais il y a longtemps que je sais que Vicky est l'antithèse de sa tante et que j'ai compris l'ironie implicite de la situation. Cornelius désirait une fille, copie fidèle de sa sœur qui personnifiait pour lui toutes les vertus traditionnelles de la femme, mais il a eu une fille beaucoup trop à sa propre image pour qu'il ose l'accepter telle quelle.

Si Cornelius était capable de voir sa fille comme il ne s'inquiéterait pas qu'elle puisse boire, se droguer ou faire l'amour à droite et à gauche à s'en faire mourir. Cette fille-là est un combattant-né. Elle a le même aspect fragile et délicat que Cornelius a mis au point pour tromper ses ennemis mais elle ne m'abuse pas une minute. Je vois au contraire fort clairement que cette femme-là a survécu à un foyer brisé, à deux mariages malheureux, à cinq enfants, à la fortune des Van Zale et aux efforts de Cornelius lui-même pour la modeler à l'image d'Emily — et qu'elle est sortie de la bataille avec assez de ressources pour se forger une vie personnelle. Cela me rappelle l'enfance recluse de Cornelius, sa santé délicate, sa mère tyrannique, ses années d'ennui abrutissant dans le monde médiocre de Velletria — et je songe qu'il est non seulement parvenu à en sortir mais encore à gagner la banque Van Zale et le respect forcé de ceux qui le considéraient comme une nullité.

Mais pour aussi admirables que puissent être leurs succès ce genre d'individus doit être traité avec circonspection. Ils sont tenaces, bien décidés à obtenir ce qu'ils désirent sans se laisser détourner de leur objectif et cette obstination peut-être dangereuse. Ayant depuis longtemps classé Vicky dans la même catégorie que son père j'ai également résolu de la tenir constamment à distance respectueuse.

— Ces croisières sont vraiment extraordinaires, non? remarque-t-elle, amusée. Je n'avais jamais mis le pied dans un monde aussi irréel!

— Je ne vois rien d'irréel à ce que chacun obéisse à ses instincts primitifs. On pourrait même prétendre que ce monde-ci est plus vrai que celui que nous connaissons à New York.

— Tu parles d'une réalité! Dis, Scott, j'espère que Judy pourra s'échapper ce soir. Si j'étais à sa place, j'aurais assassiné cette vieille sorcière dès la sortie du port de San Juan!

— Je te crois volontiers!

Je m'éloigne en songeant involontairement à la différence entre les vacances de Judy et celles de Vicky. Vicky a laissé le chef mécanicien après l'escale de la Martinique et à l'étonnement général elle a annexé le second avant les Barbades. Le capitaine attend toujours discrètement dans la coulisse. J'imagine qu'il lancera son offensive lorsque nous laisserons Curaçao pour le retour à Porto Rico.

Je reviens à ma cabine pour faire une sieste et rattraper une partie du sommeil perdu. Deux enveloppes ont été glissées sous ma porte pendant que je dormais. La première est une invitation à un cocktail. L'autre est un petit mot :

« Hello! Je serai ravie de vous voir ce soir mais pas au bar, je vous en prie : madame B. ne doit rien savoir de cette rencontre. Ne pouvons-nous pas nous retrouver dans votre cabine? Madame B. s'endormira vers 11 heures et demie, je pourrai donc m'échapper vers minuit. Si vous êtes d'accord mettez pour le dîner un œillet blanc à votre boutonnière. Judy.

« P.S. : Je vous en conjure, pourriez-vous laisser votre cabine dans le noir absolu? Je n'ai pas l'habitude de ce genre d'aventures et je suis *très, très timide*. »

Je siffle de plaisir. Il est vrai que la vieille « Casque Bleu » conduirait un dragon de vertu à accepter un rendez-vous galant avec un Dracula. Il est vrai aussi qu'à bord tout peut arriver mais je suis encore impressionné par le panache de la contre-proposition de la jeune femme. Un œillet blanc au dîner, suivi — sans autres préliminaires superflus — par un rendez-vous de minuit dans ma cabine! Je ne suis pas seulement enchanté par ce curieux mélange de romanesque et de paillardise mais mon palais qui commence à être cuirassé donne de nouveaux signes d'excitation. J'oublie aussitôt mon impression de découragement et après avoir acheté chez la fleuriste un œillet de la taille d'un chou moyen je fonce vers la salle à manger avec une impatience retrouvée. Si je buvais moi-même, je commanderais volontiers du champagne pour toute la table.

Je souris à Judy de loin et elle me rend mon sourire.

Après avoir passé le temps au casino sans y trop laisser de plumes je reviens à ma cabine et à minuit je suis pelotonné sous les draps dans le noir. Dire que je suis simplement excité serait la litote de l'année.

La porte s'ouvre.

Je ne vois rien car ma cabine a la forme d'un L. Comme mon lit est dans le coin le plus éloigné, je ne peux apercevoir dans mon entrée que la rangée de placards qui court le long d'une paroi. Lorsque la porte de la cabine s'ouvre furtivement, je ne la vois donc pas, je distingue seulement un rais de lumière venu de l'extérieur.

La porte se referme. Le rais de lumière disparaît. Dans le silence, nous retenons tous deux notre souffle.

— Bonsoir! dis-je enfin doucement. Vous y voyez quelque chose? Vous êtes sûre que vous ne voulez pas un peu de lumière?

— Non, c'est très bien ainsi, murmura-t-elle. Pas de lumière. Je vous en prie. Je ne saurais plus où me mettre.

— N'ayez pas peur! Je vous admire d'avoir eu le courage de vous évader pour vous distraire un peu! Vous êtes merveilleuse!

Ces mots semblent lui donner l'encouragement qu'elle attendait. Elle vient à tâtons près du lit et j'entends un froufrou au moment où elle quitte sa robe. Quelques étincelles d'électricité statique jaillissent du nylon tiède mais je n'aperçois qu'une ombre indistincte.

Elle se glisse entre mes bras.

Étant donné cette situation unique, même pour un homme qui a une grande expérience des croisières, et comme je pense que l'originalité de cette femme mérite la meilleure récompense possible, je décide de faire de mon mieux pour qu'elle se souvienne de ce voyage. Je prends donc tout mon temps pour prolonger chaque caresse et à mesure que mes mains parcourent son corps je découvre avec surprise qu'elle est encore mieux faite que je ne l'imaginais.

Ses réponses sont muettes mais ardentes. Nous nous tordons pendant de longues minutes avec une ardeur croissante et lorsqu'il me semble enfin avoir achevé la reconnaissance préliminaire je déchaîne mes désirs les plus vifs et je fais mon entrée.

Visite tout à fait remarquable.

Le trait le plus érotique, c'est qu'elle garde un silence total. Je n'avais jamais encore fait l'amour à une femme aussi muette mais je devine grâce aux mouvements de son corps et au contact de sa chair intime que l'expérience lui est aussi exceptionnelle qu'elle l'est pour moi.

Elle respire à petits coups pressés mais pas un murmure ne passe ses lèvres et brusquement le caractère anonyme de son silence efface toute tension de mon esprit. Je commence à avoir l'impression de faire l'amour non pas à une femme bien définie mais à tout un monde dont l'entrée m'avait été interdite et j'en suis extasié, emporté toujours plus totalement jusqu'à ce que le mot « défendu » ne signifie plus rien et que tout ce qui importe soit la lumière magique de cet autre monde, le monde qui existe dans une dimension où la mort n'a nul rôle à jouer. Alors, les mots ne pouvant plus distraire mon attention, toutes traces de ma personnalité enchaînée désormais effacées, je me sens libre de laisser mon esprit et mon corps célébrer cette évasion du monde de la mort que je redoutais tellement. Je me sens libre d'aller au-delà de la crainte qu'un seul faux pas me précipite dans la tombe et que l'ambition de toute ma vie reste irréalisée. Je me sens libre d'être libre, libre d'être moi-même et libéré, libéré, libéré de ma frayeur de perdre mon contrôle...

416

## 3

— Mon Dieu! s'écrie sous moi la femme, me ramenant du coup dans le monde de chaque jour et son coup de reins involontaire nous jette tous les deux contre la paroi de la cabine.

Le choc me parcourt comme une étincelle de quelques millions de volts. Je connais cette voix et ce n'est pas celle de Judy.

Je presse le bouton.

Elle hurle.

Une seconde, nous restons une main devant les yeux pour nous protéger de l'éclat de la lumière et lorsque notre main retombe nous nous regardons fixement, incapables de détourner le regard. Ses pupilles sont absolument opaques, ses iris d'un gris de pierre.

Nous ne disons pas un mot.

Une seconde plus tard, je réagis. Je repousse le drap froissé en tampon et je me lève. Le plancher est froid sous mes pieds. Je suis tellement ahuri que je dois m'appuyer de la main contre le mur mais je finis par atteindre le refuge de la salle de bain et je mets le verrou dès que j'ai claqué la porte.


## 4

Vicky frappe timidement : « Scott ? »

Je ne réponds pas. J'essaie d'ouvrir le robinet d'eau froide mais je n'ai plus de force dans les doigts. J'essaie encore, à deux mains et aussitôt l'eau froide me brûle comme un jet d'éther. Je me bassine le visage et je me hasarde à jeter un coup d'œil au miroir : l'image qu'il me renvoie est celle que j'attendais et je sais alors que tout va bien. J'avais peur d'y voir Scott. Cela eût été très grave mais Scott est certainement toujours à New York avec la Vicky de New York et je suis toujours moi-même. Il s'agit simplement d'une nouvelle nuit, d'une nouvelle rencontre de hasard. C'est un problème acceptable. Du genre de ceux que je peux résoudre d'une seule main. Une chose que je peux contrôler.

J'attrape une serviette, je l'enroule autour de ma taille et j'ouvre la porte.

La voilà. Pour cacher sa nudité, elle a passé une de mes chemises et elle la tient étroitement serrée contre elle. Sa chevelure blonde est en désordre. Elle meurt de peur.

— Oh, Scott...

— Tu veux aller à la salle de bains ? Elle est à toi. Désolé d'avoir été si long.

Je passe à côté d'elle et quand la porte se referme doucement je me mets à retaper le lit comme si je pouvais défaire ce qui s'est passé là. J'arrange les couvertures mais je suis obligé de m'asseoir. Je suis éreinté et soudain je discerne les draps froissés, l'odeur de sexe, la satiété dans le bas-ventre, le danger, l'horreur, la peur... Le choc m'atteint enfin et je suis stupéfait. Je n'éprouve nulle joie, nulle impression de triomphe, nulle excitation. Maintenant que je sais qui elle est, le triomphe ne se répétera plus et le succès n'est plus un succès mais un irrémédiable manquement à la discipline.

Le choc augmente de violence. Je renonce à retaper le lit et je commence à chercher mes vêtements. Je suis incapable de penser clairement. Je sais à peine ce que je fais.

La porte de la salle de bains s'ouvre.

— Scott... Non, je t'en prie! Laisse-moi parler! Il faut que je te dise à quel point je suis navrée — il faut au moins que je te demande de me pardonner. C'était une chose moche, vulgaire, dégradante et... Oh, Mon Dieu, je n'irai plus jamais en croisière, jamais, jamais, jamais...

Elle s'interrompt. Je sais d'instinct, comme un grand comédien qui aborde une tirade célèbre de Shakespeare, que c'est le moment de montrer le résultat de mes années de discipline, mon expérience et ma classe. J'essaie de retrouver mon identité — mais laquelle? Pas celle de Scott. Il ne se serait jamais fourré dans un tel bourbier. Il ne reste que moi, l'infirme qui fait croire à ses partenaires qu'il ne l'est pas et je vois aussitôt, à mon profond dégoût qu'alors même que je viens de prouver qu'il n'est pas nécessaire d'être infirme il faudra quand même poursuivre mon existence incomplète. La seule manière de me préserver du danger, c'est de continuer d'être un escroc. Je dois continuer de mentir, d'échouer, de tricher.

— Ne t'en fais pas, Vicky! dis-je en riant. Épargne-moi la grande scène de la confusion! Qu'est-ce qu'il y a d'extraordinaire? C'était agréable! Certes, tu n'aurais jamais fait un truc pareil sur la terre ferme, et après? Le plaisir de ces croisières, c'est justement qu'on y fait tout ce qu'on n'oserait pas faire ailleurs! Et maintenant parlons franc : Je dois, dire que c'était une performance brillante et parfaitement exécutée et nous y avons pris grand plaisir. Alors si nous allions fêter ça? Je vais t'emmener au bar d'arrière pour prendre un verre et puis nous reprendrons chacun notre chemin.

Après un silence, elle dit d'une voix égale : « Bien sûr. Okay. Pourquoi pas? » et elle m'offre un demi-sourire.

Tout va bien pour l'heure mais la tension me fait transpirer. Il ne m'a jamais paru plus difficile ni aussi déplaisant de jouer le rôle du play-boy. L'effort de parler dans le ton de ce personnage est si grand que je peux à peine articuler les mots. Enfin je parviens à dire sans trop bégayer :

— Veux-tu prendre une douche avant de te rhabiller?

— Tu parles! répond-elle et le tour populaire est étrange, il réduit à rien l'effort qu'elle fait pour paraître naturelle et sophistiquée.

Nous restons à nous observer. Elle a toujours ma chemise. J'ai dû enfiler mon short à un moment donné mais j'essaie de reprendre le personnage du play-boy : je le laisse tomber à mes pieds et je vais à la salle de bains.

Elle est toujours d'une immobilité de pierre. J'avance vers elle — elle est sur mon chemin; c'est alors que je me rends compte qu'elle est aussi désemparée que moi — et prisonnière, elle aussi, d'un rôle qu'elle n'a nulle envie de jouer.

J'abandonne alors toute affectation. Ce n'est pas une décision réfléchie mais simplement le besoin irrésistible d'être moi-même. En regardant Vicky je sens que je ne dois pas déchirer ainsi mon laissez-passer pour un monde dorénavant transformé.

Nous ne sommes jamais allés jusqu'à la douche ni jusqu'au bar pour fêter notre nuit. Nous n'allons même pas jusqu'au lit. J'avance au moment précis où elle ouvre les bras et dans la lumière douce qui brille derrière nous je l'écrase sur ma poitrine et je la prends contre la paroi.


## 5


Aux premiers rayons de l'aube nous commençons à parler.

— As-tu une maîtresse à New York?

— Non, là-bas je ne suis pas le même.

— Moi non plus. Je ne peux pas y vivre comme il me plairait.

— Qui le peut? La liberté est une grande illusion. Nous faisons ce qu'il convient de faire, il est impossible d'y échapper.

— Et que dois-tu donc faire, Scott?

— Je croyais que c'était clair. Je dois racheter l'échec de mon père et me hisser au sommet de ma profession. N'importe quel psychanaliste trouverait sûrement ma conduite tout à fait prévisible.

Silence.

— Est-ce vraiment aussi simple? dit-elle enfin.

— Pourquoi dis-tu ça?

— Parce que la vie l'est si rarement. Que penses-tu réellement de mon père?

— Vicky, ne va pas croire, comme Sebastian, que je suis secrètement lancé dans une titanesque tragédie de revanche. La vérité est autrement compliquée.

— Mais quelle est cette vérité?

Je reste silencieux puis je lui réponds.

— J'aimerais pouvoir te le dire. Je crois que je te le dirais si je pensais que tu puisses jamais comprendre. Un jour peut-être...


## 6


Plus tard, elle est couchée — le soleil entre par le hublot et la mer est d'un bleu pur et translucide — elle me dit :

— Et tu n'as vraiment pas le loisir ou le désir d'une vie personnelle à New York?

— Est-ce si difficile à comprendre?

— Non, ce n'est que trop facile. Je suis moi aussi embarquée sur le même bateau. La vie de famille que je suis contrainte de mener ne me laisse ni le loisir ni le désir d'une vie personnelle. La différence, c'est que je ne suis pas poussée, comme toi, par l'ambition mais par le sentiment de ma culpabilité.

Je me lève et vais au hublot. Il m'est brusquement impossible de parler.

— Je ne crois pas que nous fassions ce que nous devons faire. Je crois que nous faisons ce que notre complexe de culpabilité nous contraint à faire.

Je ne peux toujours pas parler.

— Il y a des moments où il est impossible d'oublier ce sentiment de culpabilité, dit-elle en essayant sincèrement de s'expliquer. Tu le voudrais mais tu ne peux pas. Il est rivé à toi, et si tu essaies de l'arracher, tu saignes jusqu'à la mort et, près de toi des innocents souffrent. Alors, tu continues de faire ce que ton complexe te dicte et la seule évasion possible est de construire une sorte de double vie — de diviser ta personne en deux. C'est un lourd fardeau, certes, mais il est plus pénible encore de vivre chaque jour avec un complexe de culpabilité insupportable.

Les mots ne me viennent toujours pas. Mes yeux me brûlent et je vois trouble.

— Pardon, dit-elle. Tu dois penser que je dis des âneries. N'en parlons plus.

— Vicky...

— Ça ne fait rien. Viens près de moi.


# 7


Plus tard encore, c'est elle qui est devant le hublot et je vois que sous le hâle sa peau est d'une délicate teinte ivoire.

— Nous approchons de Curaçao, dit-elle, je crois que le moment est venu de retourner discrètement à ma cabine en plein jour et en robe du soir... A quoi penses-tu?

— Je pense que tu ressembles à la Reine Maeve et à Grainne [1] ou plutôt qu'elles auraient dû te ressembler.

— De qui diable parles-tu? Non, ne me le dis pas. Je ne suis pas d'humeur à m'instruire. Écoute, pourquoi ne descendrions-nous pas à terre ensemble quand le navire sera à quai? Je devais déjeuner avec le Capitaine mais je peux refuser.

— Non... je ne descendrai pas à terre.

Elle ouvre de grands yeux désappointés.

— Pourquoi pas?

— Je suis fatigué. Je ne suis pas Superman. Il faut que je me repose. Et Curaçao n'a rien de bien folichon, ce n'est qu'une île que les Hollandais ont oubliée par distraction

— Oui, mais... Bon, okay, si tu y tiens. Je vais peut-être me reposer aussi et ce soir... — Elle s'arrête.

— Ce soir. Oui. Je t'appellerai.

—————————

1. Personnages de la légende irlandaise.

Elle sourit. Je la regarde s'habiller. Quand elle est prête, elle ne s'approche pas mais, de la porte, elle m'envoie simplement un baiser.

— A tout à l'heure!

Ses yeux brillent. Elle est radieuse. Je voudrais qu'elle parte, je voudrais fermer la porte et jeter la clef par le hublot mais je n'en fais rien. Je suis paralysé par un conflit intérieur, déchiré entre le rêve d'une vie normale et la réalité du devoir d'achever ma quête; et dès que je suis seul, je comprends que je n'ai d'autre choix que de me reprendre et d'affronter la réalité. Le rêve est fini : je dois me battre et me protéger. Il me faut retrouver Scott sans plus tarder.

Quand nous touchons Curaçao, j'ai pris toutes mes dispositions avec le commissaire : dès que la passerelle est baissée, je quitte le navire et je me dispose à regagner New York.

# 8

Dans la première lettre que je voulais lui laisser, j'écrivais :

« Vicky chérie,

« Je veux d'abord te remercier de m'avoir séduit de manière aussi remarquablement originale — tu aurais fait la joie de Chaucer! Je le vois très bien en train d'écrire « Le conte de la dame de New York » en améliorant beaucoup « Les contes de Miller » dans lesquels toutes sortes d'accouplements se déroulent sous le couvert de l'obscurité. Si tu peux imaginer Chaucer écrivant « Le conte du banquier d'affaires » — à moins qu'il n'ait choisi de m'appeler « Le riche Lombard » — j'espère que tu crois qu'il m'aurait décrit aussi généreusement qu'il t'aurait sans aucun doute décrite toi-même.

« Et voilà pour le Moyen Age.

« Malheureusement, nous devons vivre au présent, et je ne vois aucune possibilité de continuer de jouer notre version moderne des « Contes de Canterbury ». Après de nombreuses croisières, je sais fort bien que la réalité qui existe à bord ne survit jamais à la réalité du retour à terre. Aussi bien, comme nos relations nouvelles, aussi agréables soient-elles, sont sans avenir, je ne vois pas la nécessité de les prolonger jusqu'au terme de la croisière. Il vaut mieux le souvenir unique d'une nuit parfaite que le souvenir pénible d'une espèce d'imbroglio sentimental que nous tenons à éviter tous deux, j'en suis sûr.

« Je te souhaite un heureux voyage de retour et toute la chance du monde pour l'avenir, Scott. »

C'est seulement en signant son nom que je m'aperçois que je me suis efforcé d'écrire à la manière de Scott. Je relis ma lettre et je suis aussitôt frappé non par sa froideur, sa pédanterie et son affectation intellectuelle encore que tout cela soit bien présent, mais par le caractère artificiel qui s'en dégage du début au point final. Ce que j'ai écrit ne traduit en rien ce qui se passe réellement dans mon esprit.

Je plie la lettre mais je comprends que je ne peux pas la lui envoyer. Je la déchire. Le navire va accoster dans quelques minutes et le temps me fait défaut mais je sais qu'il m'est impossible de débarquer sans lui laisser un mot. Finalement, comme une explication est impossible et que des excuses me feraient passer non seulement pour un lâche mais aussi pour un salaud, j'écris simplement :

« Vicky,

« Il faut couper court à notre rencontre. Je ne le désire pas mais il le faut. Si nous continuons, je ne vois devant nous que des problèmes insolubles, aussi notre seul recours sensé est-il la séparation. Mais je te supplie de me croire quand je dis que je me souviendrai toujours de toi comme je t'ai connue la nuit dernière et que tu as donné vie aussi fugitivement que ce soit au mythe romanesque. »

Je ne veux pas signer du nom de Scott, alors je m'arrête là. Je cachette l'enveloppe, je la laisse aux bons soins du commissaire et j'essaie de ne pas penser à ce qu'elle ressentira quand elle la recevra et qu'elle apprendra que j'ai refermé la porte qu'elle avait magiquement ouverte entre nous.

# 9

A l'aéroport, il y a quatre heures d'attente pour le seul vol direct pour New York. Dès que mes bagages sont enregistrés, j'achète des magazines mais je ne parviens pas à lire. Finalement, je les pose à côté de moi et je reste là, à penser à elle. Je me répète que l'épisode n'est rien qu'une réaction chimique entre deux êtres qui, dans une situation bizarre, se sont vus sous une lumière irrésistiblement séduisante mais je n'arrive pas à me persuader que notre rencontre puisse être résumée si simplement. Je ne comprends toujours pas pourquoi ma découverte de son identité n'a pas détruit la magie de l'aventure. Comment ai-je pu continuer de lui faire l'amour et si totalement lorsque j'ai su qui elle était ? Désorienté, j'essaie de trouver une explication rationnelle. Je commence à croire que ma raison chancelle.

Ses paroles résonnent dans ma tête.

— As-tu une maîtresse à New York ?

— Non, là-bas je ne suis pas le même.

Elle ne m'a même pas demandé ce que je voulais dire. Elle savait que je n'étais pas Scott. Elle savait ce que je suis et, mieux encore, elle m'accepte tel que je suis. Et je sais et j'accepte aussi celle qu'elle est. Non pas la fille de Cornelius van Zale ou l'ancienne femme de Sebastian ou la mère exténuée de tous ces gosses bruyants et mal élevés. Non, c'est un compagnon d'armes qui joue elle aussi avec une double vie. C'est un compagnon d'armes tourmenté par les exigences de sa discipline et poussé par des raisons que personne ne comprend. C'est la compagne dont j'ai toujours rêvé pour mettre fin à mon isolement. C'est la femme que j'étais certain de ne jamais trouver.

Je ne regrette même pas qu'elle connaisse si bien le monde de Scott. Au contraire cela ajoute à notre compréhension mutuelle parce qu'il n'est pas nécessaire de lui expliquer Scott. Elle sait exactement qui il est, si bien que nous sommes déjà au-delà de toutes les questions oiseuses que posent les autres femmes : « Où habites-tu... que fais-tu... as-tu déjà été marié ? » Je pense à toutes ces questions et je me réjouis qu'elles n'aient pas été posées. Et puis je me rappelle lui avoir dit pendant la nuit : « Mais Tony était celui qui était beau — comment peux-tu imaginer que je suis plus attirant que lui ? » et elle a répondu distraitement : « Oui, il était beau mais je l'ai toujours trouvé un peu ennuyeux comme Andrew. » Et au sein de toutes mes joies j'ai soudain compris qu'il est merveilleux qu'elle connaisse Andrew et Tony et qu'il soit inutile de m'embarquer dans des explications emberlificotées.

Vicky peut donc alléger le fardeau de ma réserve par le simple fait qu'elle connaît tant de mon passé et en réfléchissant à ce passé je découvre un autre privilège de Vicky : peu lui importe l'argent que je gagne et le genre de vie que je peux mener. Elle est si riche elle-même que ma fortune ne l'empêche nullement de me juger clairement. Ce fait en soi suffit à la rendre tout à fait différente de la plupart des femmes que j'ai rencontrées au cours de mes voyages.

Tout à coup j'ai grande envie de la revoir.

En une seconde je suis debout. Je suis bien éveillé mais il est clair que je vis dans un rêve. Je suis apparemment prisonnier d'un fantasme sans relation avec la réalité de ma vie à New York mais je suis effrayé de découvrir que maintenant c'est ma vie à New York qui paraît être un fantasme et que Vicky est la seule réalité d'un monde confus et en désordre. Je me rassois. Je m'efforce de retrouver mon calme. Mais je suis évidemment profondément bouleversé. C'est pourquoi il m'est si malaisé de distinguer entre les fantasmes et la réalité et c'est pourquoi aussi mon instinct de préservation m'entraîne à New York où Scott pourra reprendre le contrôle de ma vie.

A moins que Scott ne soit un fantasme ?

Non, Scott est peut-être un mythe mais il appartient toujours à ma réalité car, à l'inverse des fantasmes, les mythes sont seulement d'autres aspects de la réalité. C'est pourquoi les mythes peuvent être aussi importants que la réalité et c'est pourquoi, dans les vies les plus réussies, ils ne s'opposent pas à la réalité mais ils la complètent, si bien que mythe et réalité vont de pair dans le temps.

Je feuillette l'un de mes magazines et j'y vois une photo de John Kennedy. Il est allé en Floride pour déclarer qu'il n'est pas l'adversaire du monde des affaires et il est maintenant en route pour le Texas où il doit expliquer la même chose. Cela c'est la réalité mais le mythe est présent, là aussi ; il l'accompagne dans toute sa vie : la légende de J.F.K. l'homme qui a poursuivi l'ambition de son père jusqu'à l'accomplir. Un jour, le mythe et la réalité de mon existence se rejoindront pour toujours et je pourrai commencer à vivre comme je le désire mais il me faut d'abord terminer ma partie d'échecs avec la Mort, déborder l'ennemi et survivre.

Ce soir, je serai à New York. Demain le Président Kennedy sera à Dallas, au Texas. Voilà la réalité. Mais au terme de la voie de l'ambition est la lumière et la vie et en regardant le visage souriant de John Kennedy je songe que la Mort n'a jamais paru aussi lointaine.

La Compagnie des « Eastern Airlines » annonce le départ du vol pour New York...

Je me contrains à monter dans l'appareil.

— Désirez-vous prendre quelque chose? demande la jolie stewardesse qui s'est arrêtée près de mon fauteuil.

Je voudrais bien lui répondre mais je crains de commander quelque chose qu'elle n'aurait pas. Je me sens crispé. Mon voisin demande un Scotch.

— Du café, peut-être?

Comme j'acquiesce, je me rends compte que mon état est pire que ce que je craignais et qu'il est grand temps que j'arrive à New York. Scott m'y attend avec le carcan dans lequel je me réfugierai avec soulagement. Ce sera alors la fin de toutes ces dangereuses illusions, et le retour bienvenu à la réalité.

L'avion vole tranquillement vers Idlewild.


# 10


J'ai à peine posé le pied à New York que je cherche Scott. Je vais aux toilettes et j'inspecte le miroir en me lavant les mains mais je n'y vois que mon visage, terni par la fatigue, et mon propre regard qui souligne ma confusion. Plus tard, lorsque le chauffeur de taxi attend que je lui dise où aller, j'espère entendre la voix ferme de Scott donner l'adresse familière mais c'est ma propre voix inquiète qui dit : « Manhattan, 85ᵉ et York » comme si j'étais un étranger que ses amis ne sont pas venus accueillir à l'aéroport.

Je regarde le dessin familier de gratte-ciels de Manhattan, curieusement transformé par le nouvel immeuble de la Pan Am et la modification du paysage habituel disloque et incurve dans mon esprit la structure verticale du temps. Les gratte-ciel sont comme des dolmens géants disposés dans un ordre aussi sinistre que les cercles mégalithiques des rives de l'Europe. Je sens que je m'aventure dans une sorte de macabre verger sacré où des vies humaines sont chaque jour sacrifiées pour l'apaisement de dieux insatiables. Pendant une seconde, j'ai l'impression que les dolmens ruissellent de sang mais ce n'est qu'un mirage, le reflet du soleil couchant dans les fenêtres.

— Bienvenue au foyer! Vous voilà chez vous! s'écrie gaiement le chauffeur en franchissant le pont de la 59ᵉ Rue.

Mais je ne rentre pas au foyer. Je ne peux pas supporter davantage que mon foyer se trouve au sein de ces dolmens ensanglantés où ma vie s'écoule chaque jour dans la prison du personnage de Scott.

— Okay, mon vieux? dit le chauffeur en s'arrêtant devant l'immeuble de Scott.

Je suis tellement désorienté que je ne peux pas lui répondre. Je lui glisse un billet de vingt dollars et sans attendre ma monnaie je me précipite dans l'immeuble et l'ascenseur me hisse au douzième étage.

Je suis pris de panique. Dès que les portes de la cabine s'ouvrent je fonce dans le corridor jusqu'à la porte de mon appartement. La clef glisse au moment où j'essaie de l'enfoncer. Elle tombe, je la ramasse et j'essaie encore. J'ouvre en grand et j'entre.

Odeur de renfermé, comme si quelqu'un était mort ici et avait été embaumé. Je referme. Le claquement de la porte se répercute dans les pièces sombres et funèbres mais je ne m'attarde pas à l'écouter. Je vais droit à la salle de bains pour affronter le miroir.

Ce n'est pas lui que je vois. Je vais à tâtons à la cuisine pour lui préparer sa boisson favorite : un grand verre de Coke sur la glace avec un trait de jus de citron concentré mais c'est moi qui le bois et c'est moi qui laisse le verre vide dans la cuisine. Dans la chambre, je mets ses vêtements : le complet sombre, la chemise blanche et la cravate sévère. Je prends même un de ses livres sur un rayon du living-room mais c'est moi qui m'assois dans le fauteuil de repos et c'est moi qui attends et attends l'homme qui ne vient pas.

Alors la vérité se fait jour dans mon esprit pendant que je reste assis bêtement avec le livre dans les mains : Scott n'est pas là et il ne reviendra pas.

Scott est mort.
Je suis seul.

# 4

## 1

Je retourne dans la salle de bains mais maintenant le miroir reste vide. Le choc de n'y voir aucune image, même pas la mienne, est si violent que j'en ai le souffle coupé mais quand je comprends que l'hallucination ne résulte pas d'une confusion mentale mais de l'épuisement physique, le diagnostic essentiellement sensé produit dans mon cerveau la réaction chimique nécessaire : dès que je cesse de me frotter les yeux mon image apparaît dans le miroir. J'ai l'air non seulement malade mais complètement affolé alors je ris pour reprendre courage et je lance à mon reflet : « Tu as besoin de boire un verre. »

Cela ranime ma frayeur, alors je m'enferme dans la chambre où il n'y a aucun annuaire téléphonique où je puisse trouver le numéro du débitant de spiritueux le plus proche; je saisis le bloc et le crayon près du téléphone sur la table de chevet. J'imagine que si je me conduis autant que possible comme Scott et que je dresse une liste des choses à faire, je retrouverai plus ou moins mon état normal.

J'écris : 1, Défaire mes bagages. 2, Acheter de la nourriture. 3, Préparer le linge à blanchir. 4, Manger. Et puis je déchire ma liste, j'écris « Dormir » en lettres géantes sur la page suivante et je dénoue ma cravate.

Je suis tellement épuisé que je perds conscience à l'instant où ma tête touche l'oreiller. Une seconde je pense : il faudra bien que je vive sans lui d'une manière ou d'une autre et la seconde suivante les lumières se succèdent devant mes yeux pendant que je plonge du sommet du building de la Pan Am dans le fleuve de sang qui roule à je ne sais combien d'étages au-dessous.

Je me sens mieux quand je m'éveille. J'ai dormi quatorze heures, ce qui me fait comprendre à quel point j'étais fatigué car je dors rarement plus de six heures. Dans la salle de bains je me regarde prudemment dans le miroir mais je me rase d'une main ferme. Je passe ensuite une paire de jeans et un T. shirt et je cours, affamé, à la cuisine. Je me rappelle alors que je n'ai pas de vivres frais. J'appelle le charcutier le plus proche et je commande. Une demi-heure plus tard, ayant préparé des œufs au jambon, des toasts et du café, je me sens non seulement plus dispos mais plus optimiste. Scott est mort, c'est vrai, mais est-ce une si grande perte ? Il faut maintenant prévoir comment je vais m'adapter à cette nouvelle situation sans compromettre mon ambition.

Scott me conseillerait d'oublier Vicky mais Scott était un intellectuel raseur et bégueule qui n'a jamais pris un risque qui aurait pu donner quelque sel à son existence. Au diable Scott ! Évidemment, je ne peux pas renoncer à mon ambition ; il n'en est pas question, mais je ne vais pas non plus renoncer à Vicky. Il n'en est absolument pas question non plus.

Certes, Cornelius va recommencer à s'interroger à mon égard mais si j'annonce clairement mes intentions, je ne vois pas pourquoi il pourrait conclure que je veux le priver de sa famille en épousant Vicky. Je n'ai pas l'intention de me marier avec sa fille ni de le priver de tous ses détestables petits-enfants.

Je ne crois pas au mariage. Le meilleur mariage ne dure pas et les autres s'en vont boitant maladroitement jusqu'aux portes du cimetière. Le mariage engendre le chagrin et la souffrance : je me le rappelle fort bien.

Je ne crois pas davantage à la cohabitation. Il me faut un certain degré de solitude pour me remettre de la fatigue de ma vie quotidienne à Wall Street et cela me dispose mal à toute vie conjugale, que ce soit ou non dans les liens du mariage. Je ne peux pas ajouter aux contraintes de ma vie privée en essayant de vivre d'une manière qui ne me soit pas naturelle. Je vis déjà sous une tension qui me paraît souvent insupportable.

Mais il est certain que je veux voir Vicky régulièrement et il est certain aussi que j'ai envie de lui faire l'amour. Heureusement, je ne vois rien qui puisse m'empêcher d'avoir exactement ce que je désire. Je crois que Vicky est tout à fait décidée à accepter ce que je peux lui offrir : elle n'a pas plus que moi besoin d'ajouter au fardeau de sa double vie et elle ne tient probablement pas plus que moi à s'aventurer dans une cohabitation déclarée.

Mes pensées reviennent à Cornelius. Pourquoi s'opposerait-il à ce que Vicky et moi vivions une discrète aventure si cela ne contrarie en rien sa vie avec ses enfants ni mon travail à la banque ? Il est évident que Vicky fera l'amour avec quelqu'un. Alors, après les gigolos et les hommes du monde de ces trois dernières années, Cornelius étouffera sans doute de soulagement en apprenant que je vais essayer de faire le bonheur de Vicky pendant quelque temps. Cornelius sait que je ne commettrais pas une ânerie et j'entends lui prouver bientôt que je ne veux pas le décevoir.

Chassant soudain de mon esprit toute pensée de Cornelius, j'enfile un sweater, un blouson de cuir et je descends pour acheter le journal mais il me semble que quelques pas me feront du bien. Je traverse la ville à la 86ᵉ Rue et au moment ou j'arrive aux feux de signalisation de Lexington Avenue, un inconnu, livide et visiblement en état de choc, m'accoste en me disant : « Avez-vous entendu la nouvelle ? »

— Non, laquelle ?

— On a tiré sur lui.

— Sur qui ?

— Sur Kennedy.

— Sur qui ?

— On a tiré sur le Président John F. Kennedy à Dallas, au Texas.

— C'est impossible.

— Il est mourant.

Une voiture s'arrête près de nous. Le conducteur passe la tête par la portière : « Est-ce vrai ? »

Les gens descendent de leur voiture. Je regarde autour de moi sur le trottoir : les passants se sont arrêtés.

— Est-il mort ? Est-ce vrai ? Est-il mourant ? Est-ce vrai ? Est-ce vrai, est-ce vrai... vrai... vrai... ?

L'horrible question se répète comme un leitmotiv dans une fugue de Bach et, dans le tréfonds de ma mémoire, je me rappelle Emily passant un disque de la Passion selon saint Matthieu sur son phono le jour de Pâques. Je me rappelle le moment où les douze Apôtres apprennent du Christ que l'un d'entre eux va le trahir et qu'ils chantent en un céleste contrepoint : « Est-ce moi ? Est-ce moi ? »

Terribles questions. Terribles réponses. Terrible, atroce réalité.

J'entre dans un bar en annonçant : « Kennedy a été tué » mais ils le savent déjà. La télévision transmet en noir et blanc une épouvantable réalité, quelqu'un parle au micro d'une voix incohérente. Le barman me regarde et il dit simplement : « Il est mort. »

— Donne un verre à cet homme, Paddy, ordonne un Irlandais à côté de moi et je m'aperçois que je suis dans un bar irlandais. Il y a des trèfles peints sur les glaces et des affiches touristiques de l'Irlande aux murs, et en voyant ces images des falaises de Moher, de l'Anneau de Kerry et des Douze Bens de Connemara j'imagine le merveilleux pays de légende où le mythe de Jack Kennedy se noie dans le sang et sombre dans l'ombre.

Le verre de whisky irlandais est devant moi sur le bar mais une nausée me monte à la gorge. Je me retourne, je sors en courant pour vomir dans le ruisseau.

— Avez-vous entendu... est-ce vrai. Il est mort... mort... mort...

Je reprends ma marche. Je marche, marche et marche. Je ne m'arrête pas de peur d'entrer dans un autre bar mais je passe devant des boutiques de spiritueux, l'une après l'autre, et je vois toutes les bouteilles, rangées après rangées, étalages après étalages... Beefeater gin, Cinzano, Tanqueray, J. & B., Hennessy, Grand Marnier, rhum Ronrico, Drambuie, Remy Martin, Cutty Sark, Harvey's Bristol Cream, vin rosé Lancers, Kahlua, Pernod, John Jameson, Dubonnet et vodka — et la crème de menthe n'a jamais paru si verte, la Chartreuse si jaune et les étiquettes de Johnnie Walker si rouges ou si noires et je continue de marcher, marcher et marcher.

Autour de moi, le ton des voix commence à changer. Les gens disent : « Que faisait son équipe de protection ? » et « Quel est le fou qui a fait une chose pareille ? » et « Ces salauds de Texans, rien que des bêtes sauvages ! » et, finalement, réalisant toute l'horreur de la tragédie : « Quand on pense qu'il a couru le monde entier et qu'il est tué ici, dans son propre pays — tué par l'un des nôtres... » Et je vois enfin le sombre dessous du mythe que personne n'a vu. Le roi Arthur n'a pas vécu heureux jusqu'à la fin de ses jours à Camelot. Il a été tué par l'un de ses hommes et tout ce que Camelot représentait s'est enfoncé avec lui dans le néant.

Sur la Cinquième Avenue et dans la vitrine de Best se dresse un drapeau américain noué d'un crêpe. Chez Saks, un portrait de Kennedy est flanqué par des urnes de roses rouges. Et tout au long de mes pas, les employés de bureaux s'échappent des immeubles, tous parlent d'une voix basse et brisée, et au-dessus de leurs murmures endeuillés, le gros bourdon de Saint Patrick commence à sonner le glas pour l'Amérique et les lourdes portes s'ouvrent toutes grandes à la foule qui envahit la nef.

— Comment cela a-t-il pu arriver ? Qu'avions-nous donc fait ? répètent les gens et je monte avec eux les marches de la cathédrale comme si je croyais aussi qu'il doit se trouver une réponse à ces questions insolubles. Pendant longtemps je reste dans la pénombre de cette grande église édifiée par les Irlandais pour donner à leurs rêves une réalité de pierre et de vitraux. J'attends, et j'attends sans savoir quoi et soudain il se fait un hiatus dans le service improvisé, un silence magique suivi bientôt de l'immense rumeur dramatique de milliers de voix chantant à l'unisson. L'évêque a demandé à la congrégation d'entonner l'hymne national.

Plus tard, je reprends ma marche, retraversant la ville dans le soir qui tombe. Dans Times Square la foule pleure et le célèbre bar de l'hôtel Astor est désert et silencieux.

— Oui, Monsieur ? demande le barman.

— Donnez-moi un Coke.

— Un Coke ?

Je tourne les talons et je sors. Aux portes de l'hôtel je m'arrête pétrifié. Les lumières de Times Square s'éteignent. Je regarde, cloué sur place, et dans ma mémoire j'entends les paroles célèbres de Sir Edward Grey : « Les lampes s'éteignent dans l'Europe tout entière : nous ne les verrons plus briller de nouveau de toute notre vie. » Et je vois en esprit l'Amérique tourner une page immense, s'arrêter un moment pour pleurer la fin d'un passé innocent et simple, avant de s'avancer dans le monde inconnu et infiniment plus complexe qui s'ouvre devant elle.

La dernière lumière s'éteint. Je reprends le chemin de la maison mais à côté de moi, comme toujours, marche la Mort, compagne familière et je lui dis en esprit, je lui répète : « Pas encore. Laisse-moi le temps. »

Mais le temps a été refusé à John Kennedy à Dallas. Et le temps a montré qu'au terme de la route de l'ambition il n'y a rien, rien qu'une balle et la tombe.

Rien de plus.

Rien, rien, rien...

# 3

Le lendemain j'achète un poste de télévision et je passe la journée devant son écran. Tous les programmes habituels ont été annulés et dans le reportage continuel qui les remplace, la mort de Kennedy n'est plus un événement mondial distant mais un deuil très intime et très proche. Parfois, je me lève, bien décidé à ne plus regarder mais je ne peux pas me résoudre à tourner le bouton. Je suis écartelé entre le désir de ne pas en voir davantage et l'envie incontrôlable de ne pas manquer la dernière information. Je bois sans arrêt — Coca-Cola, Schweppes, limonade, jus de fruits. Je prends le temps de préparer chaque verre et de l'agrémenter de tranches de citron ou de cerises au marasquin et j'évite de le terminer trop vite en buvant seulement trois gorgées à la fois. J'oublie de manger sinon de temps en temps une tranche de toast. Plus tard, je sors : Times Square est encore plongé dans les ténèbres et la ville est comme une morgue.

Le jour se termine, un autre commence et le rideau se lève sur de nouvelles violences. Ruby assassine Oswald. J'assiste au meurtre à la télévision mais ce que l'on voit sur l'écran ressemble tellement au fantasme d'un esprit totalement dérangé que je me demande si ce n'est pas moi qui ai imaginé cet épisode. C'est un soulagement que de sortir et de découvrir des gens qui parlent de ce dernier assassinat. Dans toute cette horreur, je me sens tout de même délivré de savoir que je n'ai pas d'hallucinations. Non, nous sommes bien en Amérique, le 24 novembre 1963, le Président a été assassiné et quelqu'un vient de tuer le tueur. J'erre dans Central Park au milieu de gens qui écoutent la radio et, enfin, incapable d'y tenir plus longtemps, je rentre chez moi retrouver la télévision.

La journée se termine. Lundi commence. New York est comme une immense église et, comme une église, la ville est silencieuse et sombre. Tout le monde regarde la télévision. Tout le monde assiste aux funérailles.

Je regarde, moi aussi et puis, incapable de rester enfermé plus longtemps, je sors. Mais je n'échapperai pas à la télévision. Dans le hall de la gare de Grand Central, des milliers de personnes regardent sans un mot un énorme écran et bien que j'essaie, c'est pour moi impossible : je ne peux pas supporter la vue de ce cheval sans cavalier. Je quitte la gare et je traverse une fois de plus la ville par la 42e Rue.

A midi la police arrête la circulation à Times Square et, pendant que les passants courbent la tête, on entend un clairon sonner aux morts du haut de la marquise de l'Astor.

Le soleil brille dans un ciel sans nuages. La journée est splendide. Je reste au soleil et je voudrais croire que la mort n'est qu'une simple pause entre notre monde et l'autre, celui où nous serons tous éternellement jeunes et beaux et où le soleil brille toujours. Mais le xxe siècle a dû opérer une mutation dans l'organigramme de mon hérédité car je n'arrive pas à croire à la vie future. Certes, je crois à cet autre monde mais je crois aussi qu'il n'existe que dans mon esprit.

Je rentre chez moi et je vide une demi-douzaine de bouteilles de Coke, variant chaque fois d'assaisonnement et de verre. La télévision ronronne toujours mais je suis enfin capable de l'arrêter. Kennedy est mort, Oswald est mort, Scott lui-même est mort mais je ne peux plus regarder la Mort droit dans les yeux. Elle est toujours là, me faisant face de l'autre côté de l'échiquier mais aujourd'hui je peux lui tourner le dos un moment et ne penser qu'à moi car aujourd'hui Vicky doit revenir des Caraïbes. Je regarde ma montre, je débouche une bouteille de Schweppes et je compose le numéro de l'aéroport pour savoir quand arrivent les vols en provenance de Porto Rico.

## 4

— Mme Foxworth, je vous prie, dis-je au portier.

Il est 7 heures et demie et c'est lundi. J'estime que Vicky doit être revenue depuis trois heures, assez longtemps pour avoir pu s'échapper des embrassades familiales et avoir envie d'un dîner tranquille et discret. J'espérais bien vaguement qu'elle m'appellerait mais j'ai vainement attendu. Le téléphone n'a sonné qu'une fois : Cornelius, sachant que je devais rentrer de vacances dans la soirée de dimanche, m'a appelé lundi matin de bonne heure pour parler de l'assassinat. Normalement, j'aurais dû le voir à la banque mais tout a été fermé dans le pays pour les funérailles de Kennedy.

— Qui dois-je annoncer, Monsieur? demande le portier de l'immeuble de Vicky.

— Sullivan.

Le portier prend le téléphone intérieur mais la gouvernante du duplex lui répond que Mme Foxworth vient de se rendre dans son appartement du troisième étage. Le portier appelle et Vicky lui répond mais lorsqu'il prononce mon nom elle raccroche si violemment qu'il sursaute.

— Je crois que Mme Foxworth ne reçoit personne pour le moment, monsieur Sullivan.

Je lui tends vingt dollars pour acheter son silence et je prends l'ascenseur.

Je ne suis jamais allé dans l'appartement privé de Vicky et pour autant que je sache Cornelius lui-même n'en a pas franchi le seuil. La rumeur publique veut que Vicky n'invite jamais personne dans son appartement sauf ses amants.

Je sonne, j'attends un certain temps et j'entends un léger grincement lorsqu'elle découvre le judas.

— Désolé, dit-elle à travers la porte, il n'est pas question d'amours passagères ici ce soir mais il y a une call-girl célèbre à l'appartement 5 G. Vous devriez aller voir, un de ses clients lui a peut-être fait faux bond.

— Je ne cherche pas une call-girl, dis-je d'un ton neutre sans la moindre trace d'arrogance mal avisée. Je m'appelle Pierre Abélard et je cherche Héloïse.

J'ai passé mon temps dans l'ascenseur à me maudire d'avoir été assez bête pour imaginer qu'elle allait me recevoir à bras ouverts après que je l'aie si cavalièrement abandonnée à Curaçao. Dans le corridor du troisième, j'ai encore passé plus d'une minute à essayer de trouver une bonne entrée en matière. Sachant qu'elle s'est intéressée assez longtemps à la philosophie, j'ai pensé que le nom d'Abélard éveillerait peut-être son attention mais comme le silence se prolonge je me demande, découragé, si son prétendu goût de la philosophie n'était pas pure affectation.

— Vicky... — Je me lance mais elle me coupe.

— Oui, dit-elle froidement. Ma foi, je suis désolée mais les amours passagères ne sont pas davantage pour vous, Pierre Abélard, mais si vous avez quelque chose digne d'intérêt à déclarer au sujet de l'opposition entre les doctrines aristotélique et augustinienne vous pouvez entrer, naturellement.

La porte s'entrouvre. Nous nous regardons. Dans ma poitrine, la douleur diffuse devient un bloc de souffrance solide.

— Merci, dis-je lorsqu'elle ouvre plus grand la porte. Il me semble être pris d'un besoin insurmontable de démontrer mon talent dialectique.

Je franchis le seuil et nous restons face à face à quatre pas l'un de l'autre dans la petite antichambre. Elle a un sweater blanc, une jupe noire et des souliers noirs à haut talon. Le soleil des Caraïbes a éclairci le blond de ses cheveux et semé son nez de taches de rousseur. Sous son hâle doré, elle n'est pas maquillée.

— Quelle journée épouvantable, dit-elle brusquement, pensant peut-être que parler effacera la tension de notre silence. Quand on songe à ce soleil éblouissant! Cela faisait mal de voir Washington si jolie, comme une ville de rêve avec ses immeubles si classiques, si blancs — le décor rendait le cortège encore plus macabre... Ah, c'était insoutenable avec ce cheval nerveux, sans cavalier, et qui piaffait d'angoisse... Seigneur! quel cauchemar! Comment est-il possible que tu ne sois pas ivre? Tu n'as pas envie d'un verre?

Je voudrais la prendre dans mes bras mais je sais qu'elle parle pour m'empêcher d'approcher et, avant que je puisse lui répondre, elle tourne les talons.

— Viens donc dans le living-room, dit-elle brièvement en passant la double porte de l'antichambre.

Je la suis. « Tu as vu les funérailles? dis-je en faisant appel à toute ma volonté pour continuer de discuter des événements de la journée. Tu as dû revenir plus tôt que je ne croyais. »

— J'ai pris l'avion samedi dès que le bateau a touché San Juan. Tu imagines que j'allais traîner là-bas et m'amuser après ce qui s'est passé vendredi à Dallas?

— Je...

— Oh, laissons donc tout ça! Je suis lasse d'entendre parler d'assassinats et de violence, j'en suis malade — j'ai ressenti un tel choc en voyant Jackie dans ses vêtements couverts de sang. J'avais l'impression que c'était *à moi*, pas à elle, que cela arrivait et j'ai eu une frayeur épouvantable... Alors, maintenant je veux laisser tout cela derrière moi. Je ne peux plus supporter davantage cette horrible réalité. Je voudrais parler de choses très anciennes et cérébrales comme la philosophie médiévale, par exemple, et c'est pour cela que je t'ai invité à franchir ce seuil. Alors, commence, Abélard. Parle-moi.

— Okay, dis-je. Parlons de William of Ockham.

Elle me jette un regard dédaigneux.

— Je ne crois pas que tu le puisses, Abélard. Tu étais mort depuis longtemps lorsqu'il est né.

Je reste muet. Elle rit.

— Que crois-tu donc que je fasse ici ? demanda-t-elle, des orgies ? Demande à n'importe quelle mère de cinq enfants, elle te dira qu'à la fin d'une journée normale tout ce qu'elle désire ce n'est pas de faire l'amour mais tout simplement la tranquillité et la paix. Je viens ici pour être seule. Je viens ici me reposer du genre de vie que je suis mal armée pour mener. Et je lis. Un tas de choses, des âneries généralement mais, parfois, quand je me sens particulièrement intelligente et ambitieuse — ce qui n'arrive pas souvent — je lis des choses sur des gens dont tu penses que je n'ai jamais entendu parler, des gens comme Pierre Abélard et William of Ockham et...

— Johannes Scotus Erigène ?

— Ah, l'Irlandais ! Okay, je veux bien parler de Johannes Scotus. Il était, naturellement, néo-platonicien...

— ... formé par la pratique du grec.

Pour la première fois, j'ose me détendre assez pour observer autour de moi et je vois que Vicky s'est gardée des meubles antiques qui ont été le décor obsédant d'une grande partie de son existence. L'ameublement est ultra-moderne. De longs divans bas, capitonnés de vinyl blanc, rappellent les halls d'aéroports. Deux poissons roses tournent dans un aquarium près d'une fenêtre et trois tableaux modernes, abstraits, ornent les murs blanc uni. Au-dessus de l'aquarium, on a fixé un dessin primitif d'une grosse femme à cheveux jaunes et, en approchant, je vois que l'artiste a écrit au crayon noir : « MA MAMAN par SAMANTHA KELLER, huit ans. »

— Johannes Scotus Erigène — je m'entends parler tranquillement pendant que Vicky se baisse pour cueillir une cigarette dans une boîte sur le plateau de verre d'une table basse. — Erigène prétend que dans l'état de déchéance où il est, l'homme a perdu le pouvoir de percevoir directement la vérité et qu'il ne peut la connaître que par l'intermédiaire des sens... ce qui m'amène précisément à ce que je suis venu dire...

— Mon Dieu, il faut vraiment te voir pour le croire !

— ... qui est ce qui suit : Vicky, d'après l'expérience des sens que j'ai conduite avec toi j'ai atteint une vérité que j'ai eu le tort absolu de dénier dans la lettre que je t'ai laissée...

— As-tu du feu ?

— Certes non, je ne fume pas.

Elle referme le boîte de cigarettes et sort de la pièce. Quand elle revient, la cigarette allumée entre ses doigts, j'essaie de reprendre la parole mais elle m'interrompt.

— Écoute, Scott, j'ai assez de problèmes personnels sans avoir à m'occuper des tiens aussi. Si tu as choisi de t'enfuir pour éviter une sorte d'engagement sentimental, ne change surtout pas et bonne chance. C'est ton problème et je ne suis pas assez idiote pour penser que je pourrai jamais le résoudre. Mais, je t'en prie, ne te mêle pas davantage de ma vie. Je ne veux pas me lier à quelqu'un qui ne veut pas se lier lui-même. Je ne peux pas imaginer pour moi une plus grande perte de temps et d'énergie.

— J'avais cru pourtant... à bord... que tu ne désirais pas une liaison permanente...

— Cela se passait dans un monde, dit Vicky. Nous sommes ici dans un autre. Je ne pourrais pas vivre ici comme j'ai vécu à bord. C'est trop destructeur. Je le sais, j'ai essayé. A New York je veux une liaison, je veux un appui, je veux quelqu'un qui soit bon à autre chose qu'à faire l'amour. Et tu ne corresponds pas au signalement. Désolée. C'était bon mais c'est terminé. Il le faut. Tu as tout dit dans cette lettre et il n'y a rien à ajouter.

— Mais tu te trompes! La situation est bien plus compliquée qu'elle ne le paraissait à bord! Je te jure que je ne suis pas venu simplement pour faire l'amour avec toi...

Elle me rit au nez : « Vraiment? »

Le téléphone sonne.

— Laisse sonner! dis-je exaspéré par cette interruption.

Elle prend aussitôt l'appareil : « Allô? »

Un silence puis je vois son regard s'adoucir, le dur pli de sa bouche s'effacer. Elle me tourne le dos.

— Oh, hello!... Oui, Alicia m'a dit que tu arrivais aujourd'hui... Tu veux te reposer du voyage? Je te comprends. J'ai eu un vol épouvantable en revenant de Porto Rico samedi... Oh, c'était des vacances. De l'humidité et des gens affreux — je ne veux plus voir un palmier de ma vie... Que dis-tu? Ah, un cadeau pour Posthume? Oh, il sera sûrement enchanté! Passe donc demain... A n'importe quelle heure. Posthume se lève à 5 heures et demie, à 6 heures les jours fastes et il va à la maternelle à 9 heures moins le quart. Il en revient à 11 heures et demie, martyrise sa nurse jusqu'à 4 et regarde ensuite la T.V. d'où il faut l'arracher à la force des baïonnettes... Oui, ils vont bien, merci. Éric entre à Choates l'an prochain — comme le temps passe, hein? Bon, écoute, très cher, je... Dîner demain? Je ne sais pas trop... Crois-tu que ce soit une bonne idée? Nous allons probablement nous attendrir et alors... Okay, tu passes avec le cadeau de Posthume et nous verrons bien... Oui, c'est affreux, cette mort du Président. Écoute, il faut que je te laisse — j'ai quelque chose sur le feu... Okay. Au revoir. — Elle raccroche et reste à regarder l'appareil.

— Sebastian? dis-je enfin. Qu'est-ce qu'il vient faire à New York?

Elle me regarde, surprise :

— Je croyais que tu étais au courant. Alicia dit que c'est un voyage d'affaires.

Je me rappelle vaguement que Cornelius avait promis de rappeler Sebastian, pour discuter de l'histoire Reischman à Londres.

— Oui, c'est vrai. Je me le rappelle maintenant. Cela m'était sorti de l'idée.

Elle va à une desserte et se verse un verre.

— Veux-tu t'en aller maintenant? jette-t-elle par-dessus son épaule.

434

J'en ai assez de te voir rôder ici comme un personnage dans une pièce de Tennessee Williams. Comment t'arranges-tu pour paraître si excitant? Je croyais que tu redevenais toujours le chaste Scott en mettant le pied à New York!

— Scott est mort.

Le Martini se renverse à demi. Elle se retourne pour me faire face et nous nous regardons mais elle ne me demande pas ce que j'ai voulu dire.

Je m'approche de l'aquarium où les deux poissons roses se pourchassent dans un rituel amoureux ésotérique, mais quand je me retourne pour la regarder elle dit seulement : « Ta phrase n'a rien à voir avec la réalité. Ce sont seulement des mots. »

— Mais quelle est donc la réalité? dis-je sans une seconde d'hésitation. Il me semble que nous voilà revenus à William of Ockham. Il croyait que l'individu était la seule réalité. Il croyait que tout le reste n'existait qu'en esprit. Il croyait... — Je suis à côté d'elle, près de la desserte. — ... il croyait à la puissance de la volonté.

— La puissance de la volonté, dit-elle. Oui.

Ses yeux clairs brillent d'une émotion qui refuse d'être réprimée et soudain je me rends compte que cette émotion est la mienne projetée dans ses pensées et qui me revient par le miroir de son âme. L'impression d'un courant électrique qui passerait entre nous est si nette que j'hésite même à la toucher de peur de provoquer l'explosion d'une force plus puissante que ma volonté.

— Salaud! s'écrie-t-elle soudain. Me laisser tomber comme ça et espérer quand même que je...

— Nous faisons tous des erreurs.

— Tu parles! et je suis sur le point de faire la plus grave erreur de ma vie, espèce de... de... de...

Les mots lui manquent. Elle tremble de rage.

— ... fils de garce! crie-t-elle finalement à travers ses larmes quand je la prends dans mes bras et aussitôt elle attire mon visage vers le sien et elle me mord la bouche.

# 5

## 1

— M'man! crie de loin un clair et insistant soprano et j'entends le court ronflement d'une perceuse électrique.

Un instant je pense que l'interruption vient de mon frère Tony. Je le vois très bien : il a six ans, les cheveux frisés et les yeux bleus de mon père et je sais qu'il s'agit d'un de ses tours habituels... il m'emprunte mes jouets et les casse, il est toujours en travers de mon chemin. C'est une plaie pour un garçon de neuf ans civilisé que d'avoir un jeune frère aussi mal dressé.

— *M'man!* reprend l'impétueux soprano et je sais qu'il se passe quelque chose de grave car ma mère a exigé que nous l'appelions « Mère » dès que nous avons été capables de le dire sans bégayer. La perceuse électrique ronfle de nouveau et je comprends soudain que ce n'est pas une perceuse mais la sonnette. Soudain, je suis bien éveillé, je me redresse d'un bond dans le lit de Vicky pendant qu'elle se bat nerveusement avec sa robe de chambre.

— Qu'est-ce que ce sacré...?

— Ce n'est rien. C'est Benjamin qui vient me dire bonjour en partant pour la maternelle.

Elle sort en courant et claque la porte si maladroitement qu'elle se rouvre. Je saute instinctivement du lit pour veiller à ce que l'on ne puisse pas du hall voir la chambre à coucher. Mais avant que j'aie eu le temps de refermer, Benjamin entre au galop dans le hall et il pépie : « Hello, M'man! Surprise! L'Oncle Sebastian est là! »

Je suis pétrifié. A quelques pas de moi, Vicky reste sans voix. Finalement Sebastian annonce de sa manière monosyllabique caractéristique :

— Hello! On dirait que j'ai gaffé. Idiot de ma part! Je reviendrai quand tu seras habillée. A t't à l'heure!

— Non... attend, Sebastian! Excuse-moi, je suis tellement surprise... Je ne t'attendais...

— Je suis réveillé depuis cinq heures. Le changement d'horaire. Je me suis rappelé aussi que Posthume se lève tôt alors je suis venu de bonne heure.

— Bien sûr. Oui. Alors...

— Dis, M'man! crie Benjamin en interrompant cet échange embarrassé. Regarde le beau cadeau que m'a apporté l'Oncle Sebastian! Un tank qui tire de vraies balles!

— Oh, Sebastian tu n'as pas peur de donner des jouets comme ça aux enfants?

Elle commet l'erreur de poursuivre la conversation sans l'inviter à entrer. Sebastian va deviner qu'elle n'est pas seule — s'il ne l'a pas deviné déjà. Je me demande pourquoi elle n'agit pas avec plus de naturel en l'invitant à entrer dans le living-room mais la réponse me tombe sur le crâne quand je m'éloigne sans bruit de la porte et que je cherche quelque chose à me mettre : mes vêtements ne sont pas là. Ils sont éparpillés sur la moquette du living-room où Vicky et moi nous avons commencé de faire l'amour sous le regard réprobateur des poissons roses.

— La guerre est une des réalités de la vie, non? répond Sebastian. Voudrais-tu que Posthume grandisse sans savoir exactement ce qui se passe sur cette terre?

— *Ne m'appelle pas Posthume, Oncle Sebastian!* M'man, j'peux emporter mon tank à l'école?

— Cette machine ne tire pas de vraies balles, j'espère, Sebastian?

— Certes non! Quelle question!

— M'man, j'peux...

— Ma foi, je me demande si...

— *Oh, M'man!*

— Oh, okay, oui, emporte-le. Sebastian, je te rappellerai plus tard quand je serai bien réveillée et d'attaque. Pour l'instant, je...

— Hé, M'man, j'peux donner à manger aux poissons?

— Tu vas être en retard pour l'école!

— *Oh, s'il te plaît!*

— Mais ce n'est pas encore l'heure de leur déjeuner!

— *Oh, m'man!*

— Hé là, dit Sebastian, tu fais bien du bruit pour un petit garçon. Plus doucement, s'il te plaît!

— Viens voir les poissons, Oncle Sebastian! on les a appelés Don et Phil comme les frères Everly!

— Attend, Benjamin... J'ai à la cuisine de très bon chocolats que tu n'as pas goûtés encore...

— Dis, M'man, qu'est-ce que c'est que toutes ces affaires sur le tapis du living-room?

— *Ben, veux-tu faire ce qu'on te dit et sortir de là immédiatement!* Allons, Nurse t'appelle! Tiens, chéri, voilà un chocolat à l'écorce d'orange...

— J'peux en avoir deux?

— Ma foi...

— Oh, M'man!

— *Oh, bon!* Tout pour avoir la paix! Et maintenant, sauve-toi, chéri!

— Dis-moi, Vicky est-ce que ce gosse fait toujours tout ce qu'il veut ?

— Oh, tais-toi, Sebastian ! Benjamin et toi à la fois, c'est trop pour moi ! Et maintenant, dehors Benjamin ! avant que je me fâche sérieusement ! Et n'oublie pas de remercier l'Oncle Sebastian pour...

La porte claque : Benjamin s'en va triomphant avec un tank et deux chocolats.

Silence. Je ne peux pas y résister : je reviens à la porte et je regarde par l'entrebâillement. Sebastian est au seuil du living-room et je le vois prendre quelque chose sur la table près de la porte.

— Très joli, dit-il aimablement à Vicky. Où l'as-tu trouvé ?

C'est un médaillon d'argent que j'ai rapporté d'Irlande.

— Au Mexique, dit Vicky après un silence.

— Vraiment ? On dirait un bijou celte.

Il le repose sur la table, jette un coup d'œil nonchalant sur le living-room en désordre et se détourne comme si ce qu'il a vu n'avait pour lui aucune importance.

— Sebastian...

— Okay, je m'en vais — tu ne seras pas obligée de me jeter dehors. Désolé de t'avoir embarrassée en venant au mauvais moment.

— Sebastian, je voudrais simplement de dire...

— Ne te donne pas la peine. Je n'ai pas à savoir quels vêtements tu choisis pour décorer ton living-room. Son goût ne me dit pas grand chose, au fait : des jeans et un blouson de cuir noir, Mon Dieu ! J'ai l'impression que tu as réussi à arracher Elvis Presley au grand écran ! Non ne me réponds pas. N'en parlons plus. D'accord pour le dîner, ce soir ? Je te promets de ne pas m'attendrir — d'ailleurs, je n'en aurai pas le temps, j'aurai trop de choses à dire. Il y aura grosse bagarre à la banque aujourd'hui et je me crois capable de forcer Cornelius à me faire revenir d'Europe. Il n'en a pas envie, bien sûr, mais j'ai délibérément fichu la pagaille à Londres et comme il ne peut pas me sacquer de peur que Mère ne se fâche et ferme la porte de sa chambre...

— Sebastian, excuse-moi mais je n'ai pas la tête à tout cela pour le moment. Voudrais-tu...

— Okay, je m'en vais. Au revoir. A bientôt. Désolé.

La porte d'entrée se referme brusquement. Des pas s'éloignent. Assis sur le lit, j'attends en silence qu'elle revienne.

Elle revient. Mes vêtements et mon médaillon d'argent tombent à mes pieds. Je lève les yeux mais elle est déjà repartie.

— Vicky, je suis navré. Je vois que tu es fâchée. Mais il doit bien penser que tu n'as pas vécu comme une nonne depuis votre divorce !

— Faire des suppositions abstraites mais sensées est une chose : voir la preuve sordide qui confirme ces suppositions en est une autre et tout à fait différente. Veux-tu partir, s'il te plaît ?

Je dis d'une voix aussi neutre que possible : « On dirait que tu l'aimes encore. »

Elle se retourne brusquement et me lance :

— Oui, je l'aime. Je l'aimerai toujours. Il m'a relevée quand j'étais à terre, knock-out, les bras en croix et il m'a sauvé la vie — c'est la vérité. Je n'exagère rien. Avant, j'existais, c'est tout. Je n'étais personne, rien que l'accessoire de certains êtres qui me modelaient à leur fantaisie. Et maintenant, veux-tu t'en aller, s'il te plaît, et me laisser la paix? Il y a à peu près six heures que tu devrais être parti.

— Que veux-tu dire? fais-je stupéfait.

— Je ne t'ai pas invité à passer la nuit, si mes souvenirs ne me trompent pas.

— Voyons, j'ai tout naturellement déduit...

— Mais oui, bien sûr! Voilà bien l'ennui avec les hommes qui ont trop de succès auprès des femmes : ils ne peuvent pas imaginer qu'ils sont parfois résistibles!

— Dis-donc, attend une minute...

— Non, je n'attendrai pas. Je me sens moche, minable et furieuse et je veux être seule! Pour l'amour de Dieu, tu ne le sens donc pas? hurle Vicky maintenant folle de rage et elle me claque au nez la porte de la salle de bains. Une seconde plus tard, le sifflement de la douche noie toute possibilité de conversation.

Je suis là, nu comme un ver et tiraillé par une foule de sentiments, tous désagréables, qui s'entrechoquent dans mon esprit : je suis furieux, je souffre, je suis exaspéré et jaloux. Je me sens coupable aussi, d'une certaine manière, bien que je sois sûr que c'est ridicule puisque Vicky n'est plus mariée avec Sebastian. J'enfile mon short et je me dis que Vicky n'est pas raisonnable mais cela me rend simplement plus furieux, plus blessé, plus exaspéré et plus jaloux. Cette tempête d'émotions violentes m'étourdit. Je n'en ai pas l'habitude et je ne sais comment y faire face. Au moment où je pense que Scott aurait été horrifié par le désordre de mon esprit je jette un coup d'œil à la pendule de chevet et toutes mes tentatives d'introspection sont aussitôt balayées par la panique. Il est plus de neuf heures! Je devrais déjà être au bureau. Scott y serait lui, car il n'arrivait jamais en retard et être en retard aujourd'hui serait un début désastreux pour la nouvelle carrière du comédien qui interprète le rôle de Scott.

Enfilant mes vêtements à toute vitesse, je retourne à la porte de la salle de bains.

— Chérie, je suis désolé de ce qui s'est passé! Sincèrement navré, je te le jure! Je te rappellerai plus tard, okay?

Elle ne répond pas et la douche s'ouvre à fond pour noyer ma voix.

Je fonce à la porte et ce que Sebastian a avoué avoir fait pour qu'on le rappelle d'Europe me revient tout à coup. C'est un renseignement de premier ordre et si je m'en sers habilement il peut me permettre de l'emporter. Je reviens en courant dans la chambre et je compose le numéro du triplex de Van Zale mais Cornelius n'y est plus, évidemment : il est déjà parti pour la banque. Je me passe distraitement la main dans les cheveux en me demandant si je ne suis pas en train de perdre le nord. Ce n'est pas le moment de s'agiter et de tout compliquer. Il faut que je retrouve mon calme et le personnage de Scott, mais je ne suis plus Scott et, bien que je m'efforce au calme, je continue de m'affoler.

Je ressors en courant, je piétine en attendant l'ascenseur et je suis sur le point de dégringoler les escaliers lorsque le voyant rouge signale enfin l'arrivée de la cabine. Elle met une éternité pour atteindre le rez-de-chaussée. La sueur me coule dans le dos et dès que les portes s'ouvrent je fonce dans le hall.

A l'instant, tous mes muscles se tétanisent. Je reste sur place. Le choc me tombe comme un bloc de plomb au creux de l'estomac : Sebastian est planté devant la table du portier !

J'essaie de me cacher mais il est trop tard. Il surveillait les portes de l'ascenseur pour apercevoir l'homme qui porte la tenue étrange que Scott n'aurait jamais imaginé de revêtir. Il m'a vu immédiatement.

Nous restons paralysés tous les deux. Les gens passent auprès de nous en disant bonjour au portier avant de gagner la rue et chaque fois que la porte s'ouvre le soleil fait briller le médaillon que Sebastian a si bien examiné tout à l'heure. Aucune erreur d'identification n'est possible. Je le vois me passer en jugement et me condamner en trois secondes et en trois secondes notre vieille amitié meurt brusquement.

Il n'y a rien à dire et nous ne parlons ni l'un ni l'autre. Il doit être aussi assommé que je le suis par le choc et c'est lui qui finalement me tourne le dos et sort. J'arrive sur le trottoir pour l'entendre dire au chauffeur de taxi : « Willow et Wall ».

Je n'ai qu'une pensée : il faut que je voie Cornelius le premier. Un long moment je reste à regarder couler la circulation ralentie du matin puis je cours au coin de la rue et je descends quatre à quatre l'escalier du métro.

## 2

Je suis à mi-chemin lorsque je m'aperçois que je perds la tête : je ne peux pas arriver à la banque avec une barbe de la veille, des jeans et un blouson de cuir noir. Je remonte en courant, j'attrape le premier taxi qui passe et pendant qu'il me ramène chez moi, assis sur le bord de la banquette, ce n'est pas à Cornelius que je pense mais à Sam Keller qui me reprochait, il y a des années, de me présenter devant lui décoiffé alors que je venais de passer la nuit à travailler dans mon bureau.

Le souvenir de Sam Keller, l'homme qui a poussé mon père sur la route du suicide, me fait toujours crisper les poings mais aujourd'hui ils le sont déjà. J'ai l'impression d'être dans un avion sur le point de s'écraser.

— Alors quoi ? Vous ne pouvez pas aller plus vite ? dis-je au chauffeur.

— Qu'est-ce qu'il y a ? Vous voulez qu'on se tue ?

Je laisse tomber cinq dollars sur le siège à côté de lui : « Fonce ! »

Les avertisseurs mugissent, furieux, quand nous passons au rouge, un chauffeur de taxi nous injurie et les pneus hurlent dans les virages.

Chez moi, le jet de la douche me brûle la peau, la serviette me râpe le visage. Je me rase, je prends d'autres vêtements et je décroche le téléphone.

— Est-il arrivé ? — J'interroge le secrétaire de Cornelius, le téléphone coincé entre l'oreille et l'épaule, tout en enfilant mon short.

— Pas encore. La circulation est impossible ce matin. Dois-je lui transmettre un message, Monsieur Sullivan?

— Non. Si. Attendez, laissez-moi réfléchir.

En fait, la direction des opérations échappe tellement à mon contrôle que la panique m'entraîne dans une série de décisions inconsidérées et plus malencontreuses les unes que les autres. Il est temps que je me reprenne pour examiner les données que je ne peux pas modifier : il m'est impossible d'être au bureau avant Sebastian ni de l'empêcher de m'accuser devant Cornelius mais même dans ce cas ma position n'est peut-être pas irrémédiable. Cornelius déteste Sebastian, il a horreur que l'on m'attaque, moi, son associé favori et il a horreur qu'on lui rappelle que sa fille n'est ni remariée ni chaste. Si je paie d'audace, si je cesse de m'énerver comme un play-boy en faute pour lancer une solide contre-attaque, il me reste une chance d'éviter le désastre et de me tirer d'affaire.

Mon médaillon d'argent, symbole d'une race dont la parole est d'argent, est sur la table de chevet près du téléphone. De ma voix la plus suave, la plus aimable je dis au secrétaire :

— Voudriez-vous dire à Monsieur Van Zale, je vous prie, que j'ai été retardé involontairement mais que je serai là dès que possible. Merci infiniment! Et vous pourriez peut-être lui suggérer de reporter la réunion au sujet de la filiale de Londres à dix heures et demie? Je vous remercie.

Je raccroche, je jette un coup d'œil à ma montre et je me dis que, puisque j'ai obtenu un délai, je ferais aussi bien d'en profiter. Dès que je suis habillé, je prends tranquillement un bol de café noir et finalement, quand il est impossible de reculer davantage, me sentant aussi nu qu'un ancien Celte se ruant en hurlant à la bataille, je descends vers Wall Street de l'allure mesurée, feutrée, du banquier classique : le nouveau Scott va se battre pour sauver sa carrière.

## 3

Le soleil brille lorsque je passe devant la banque Morgan pour arriver au coin de Willow et Wall Street. Le portier de la banque m'accueille avec un sourire et je me force à traverser lentement le grand hall en échangeant quelques mots avec ceux de mes associés qui y travaillent. Au fond du hall je passe rapidement devant les portes closes du bureau de Cornelius, je monte l'escalier mais avant d'entrer dans mon bureau je m'assure que je respire normalement. C'est ma répétition des couturières. Il faut que je sois aussi calme et détendu qu'un célibataire sans souci qui vient de passer d'heureuses vacances dans les Caraïbes.

Je pousse vivement ma porte. Ma secrétaire et mon assistant sont devant mon bureau comme des otages qui attendent le peloton d'exécution et je me rappelle un peu tard que Scott ne parlait jamais de ses vacances mais qu'il se mettait immédiatement en devoir de faire tenir vingt-cinq heures de travail dans une journée de vingt-quatre heures.

— Hello! dis-je en songeant à l'enfer que ce devait être de travailler avec Scott. Quoi de neuf?

Ils me regardent bouche bée et concluent que mon allégresse relève d'une aberration temporaire.

— Scott, M. Van Zale veut vous voir immédiatement...

— ... il y a un coup dur chez Hammaco...

— ... l'ordinateur est en panne...

— ... et il y a des messages urgents de ...

Je songe que la vie de Scott était bien assommante quand on pense qu'il fallait qu'il s'occupe tous les jours d'âneries pareilles.

— Pas tout à la fois! dis-je en protestant. Du calme! Tout cela peut attendre. Comment allez-vous tous les deux?

Ils ouvrent maintenant une bouche comme un four.

— Eh bien, dit enfin ma secrétaire, je crois que nous ne sommes pas encore tout à fait remis de l'assassinat. Scott, vous ne croyez pas que vous devriez appeler Monsieur Van Zale? Il avait dit : Immédiatement.

Le téléphone sonne.

— Je ne suis pas encore arrivé, fais-je en quittant mon manteau.

Ma secrétaire éconduit le correspondant.

— Qui était-ce? dis-je en jetant un vague coup d'œil au courrier accumulé sur mon bureau.

— Donald Shine.

— Donald qui?

Cette fois ils me regardent tous les deux comme si j'étais bon pour le cabanon.

— Donald Shine! Ne nous dites pas que vous avez oublié ce jeune garçon de Brooklyn qui veut se lancer dans la location d'ordinateurs! Il voulait savoir quand vous pourriez déjeuner avec lui.

— Ah oui, Donald Shine! Bien sûr. Rappelez-le et arrangez un rendez-vous. Qu'attend donc cette merveilleuse blonde du bureau des dactylos pour m'apporter mon café?

J'entends nettement leur hoquet de stupéfaction. Ma secrétaire en laisse tomber son bloc. Je suis encore en train de rire lorsque le téléphone rouge sonne et me fait sursauter. Je prends bien soin de le laisser sonner trois fois, puis, m'asseyant sur le coin de mon bureau, je prends l'appareil et je dis joyeusement : « Sullivan! »

Silence. C'est alors que je me rappelle que Scott disait toujours « Oui? » ou « Hello! » en répondant au fameux téléphone rouge.

— Cornelius? dis-je vivement.

— Scott? — Il a l'air surpris. L'inflexion de sa voix fait de mon nom une interrogation.

Nouveau silence. Puis il reprend de sa voix la plus aimable :

— Pourriez-vous venir me voir immédiatement, s'il vous plaît?

— Certainement. Je descends tout de suite. — Je raccroche et me lève. — Okay, vous deux, à tout à l'heure et surveillez bien la boutique.

Ils me regardent encore, les yeux écarquillés, quand je ferme la porte.

C'est seulement en arrivant devant le bureau de Cornelius que mes nerfs reprennent le dessus et que je dois m'arrêter. Je suis effaré de constater que j'ai peur — et pas seulement de la bataille qui approche et que je me crois encore capable de gagner. J'ai peur de Cornelius. Je ne suis plus l'impavide Scott aux nerfs d'acier qui pouvait l'approcher sans trembler. Je ne pense qu'à une seule chose : puisque Scott est mort c'est *moi* maintenant qui dois affronter cet homme qui a modelé ma vie d'une manière que Scott ne m'a jamais permis d'approfondir. J'y réfléchis maintenant. J'ai la nausée. Je n'ai pas seulement peur, je suis malade de frayeur et de révulsion.

Je pousse la porte. Il est là. J'entre. Il me semble que je pourrais trembler, frissonner même, mais j'avance aussi sereinement que si je n'avais pas un souci au monde et Cornelius est tout aussi flegmatique lorsqu'il se lève et qu'il fait le tour de son bureau pour venir à ma rencontre. Derrière lui, le soleil brille d'un reflet pâle sur les branches raides du magnolia du patio. Au-dessus de la cheminée les rouges et les noirs violents du tableau de Kandinsky paraissent comme un corps mutilé peint par un fou. Les portes coulissantes qui divisent son bureau sont closes et la pièce en paraît plus sinistre et confinée.

Je m'arrête mais Cornelius continue d'avancer. Il vient jusqu'à moi la main tendue et m'offre son sourire le plus cordial.

— Hello! dit-il. Bienvenue au voyageur! C'est une joie de vous revoir!

Je lui serre la main sans un mot. Je suis aussi désorienté que dans mes jeunes années lorsqu'il redoublait d'amabilité à mon égard tout en me dressant contre mon père. J'avais oublié cette intolérable impression de confusion. Scott me protégeait de Cornelius derrière une muraille d'indifférence. Aujourd'hui le mur est en ruine et toutes les anciennes blessures se rouvrent en moi. Je ne savais plus qu'on peut souffrir à tel point et rester conscient. Je rêve d'un cognac, d'un flot de cognac sans eau, dans un grand verre.

— Vous êtes souffrant? demande Cornelius.

Je pense à mon père qui s'est tué parce qu'il était ivre. Mon envie de cognac disparaît. Ma peur aussi. Devant cet homme, je ne ressens plus rien qu'une fureur noire, primitive.

Je la retiens, je lutte et je parviens à la contrôler. C'est peut-être l'effort de volonté le plus fort que j'aie jamais fait. Et j'arrive à dire d'un ton calme :

— Non, merci, je vais très bien, j'ai eu simplement une rude matinée. Mais je ne veux pas vous ennuyer avec les tribulations et les ennuis de ma vie privée. Je sais que vous n'aimez pas que vos associés parlent ici de leurs affaires personnelles.

— C'est vrai, me dit-il avec un sourire devant cette preuve de mon bon sens et se tournant vers la porte coulissante qui sépare les deux pièces. Au fait, ajoute-t-il par-dessus l'épaule, j'ai renvoyé la réunion au sujet des affaires de Londres. J'ai pensé qu'une discussion préliminaire serait utile.

— Une discussion préliminaire? fais-je surpris. Okay. Bien sûr. Comme il vous plaira.

Il ouvre les portes et me fait signe d'entrer dans l'autre partie de son bureau. Je passe devant lui et je m'arrête.

La fameuse pendule est bien à sa place sur le manteau de la

cheminée. Le fameux divan scandinave est toujours devant l'âtre comme une dalle vacante à la morgue. Et Sebastian est planté devant la fenêtre.

# 4

— Sebastian est venu m'exposer différentes choses, dit Cornelius en rompant le silence pendant qu'il promène un doigt sur le manteau de la cheminée et nous observe dans la glace. Sebastian avance un certain nombre de théories intéressantes et dramatiques. Je crois que vous devriez les écouter, Scott, car il se trouve que vous en êtes le sujet.

— Parfait! dis-je aussitôt. Eh bien, j'ai aussi quelques théories à ma manière et il se trouve que Sebastian en est le sujet. Pourquoi ne les comparons-nous pas?

— Pourquoi pas? accepte aimablement Cornelius. Mais avant de commencer je tiens à ce que vous compreniez bien une chose tous les deux : le nom de Vicky ne sera pas prononcé au cours de cette discussion. Sa vie privée est son affaire et j'ai décidé depuis longtemps de ne m'en plus mêler. Donc si l'un de vous envisageait de se servir de Vicky comme argument qu'il s'en garde bien. Je ne tiens pas à savoir qui est son amant du moment. C'est absolument sans intérêt pour moi.

— Une seconde! lance Sebastian.

Je sursaute mais il ne me regarde pas. Il regarde son beau-père et Cornelius arbore une expression patiente et lasse.

— Que signifie cette comédie? continue Sebastian. J'ai peine à croire que vous puissiez être naïf à ce point. Ce type vous trompe de A à Z, Cornelius! Et quand il aura réussi à vous rayer de la carte, ce n'est pas votre portrait qu'il exposera sur le mur de ce bureau, après avoir donné à la banque le nom de Sullivan — ce sera celui de son père!

Cornelius soupire, s'adosse d'un air las au manteau de la cheminée et se tourne vers moi avec résignation.

— Okay, à vous, Scott. Vous voulez lui répondre? Allez-y. Vous le faîtes toujours si bien — il y a longtemps que je vous admire de répondre toujours si parfaitement à ces accusations embarrassantes qui surgissent de temps à autre.

— Et j'admire depuis toujours que vous ayez l'intelligence de voir la vérité, Cornelius. Sebastian, si tu crois que je suis poussé par quelque désir de revanche, tu n'y comprends absolument rien...

— Ne parlons pas de tes motivations! crie Sebastian. Tu es si dérangé, si vil et tellement faux-jeton que tes raisons n'ont pas d'importance. Ce qui importe c'est que tu veux cette banque et que lorsque tu l'auras, tu effaceras toute trace de Cornelius aussi complètement qu'il a effacé toute trace de ton père. C'est clair comme de l'eau de roche...

— C'est certainement très clair... pour un homme qui crève de jalousie!

— Espèce de...

Je me tourne vers Cornelius qui nous observe comme Zeus au sommet de l'Olympe, Dieu tout-puissant jetant un regard intéressé sur les querelles de deux déités mineures.

— Il n'est pas difficile de deviner ce qui motive Sebastian, Cornelius — ses motifs au moins sont parfaitement clairs! Il sait que vous ne le rappellerez jamais de Londres alors il s'est mis dans une situation telle que vous n'ayez d'autre choix que de le faire revenir ici et quand il sera de retour, il utilisera l'influence qu'exerce sur vous sa mère pour obtenir la place qu'il désire ici. Et lorsqu'il l'aura obtenue, pensez-vous réellement, Cornelius, qu'il lèvera plus tard un doigt en faveur de vos petits-fils qu'il a toujours détestés? Pensez-vous sincèrement qu'il gardera à la banque Van Zale le nom d'un homme qu'il a toujours secrètement méprisé? C'est lui qu'il faut surveiller, Cornelius! C'est lui qui a résolu de semer la pagaille! Ma conduite à New York a toujours été exemplaire mais pouvez-vous en dire autant de sa conduite à Londres?

— Okay, okay, okay, dit Cornelius. Très bien parlé. Très convaincant, j'ai compris votre raisonnement. Et maintenant, calmons-nous, si vous le voulez bien, mes enfants, et discutons de cela raisonnablement. Je ne tiens pas à vous entendre vous abreuver d'injures comme deux héros d'Homère. Sebastian, qu'est-ce que c'est que cette ânerie selon laquelle il fallait que tu manœuvres pour te faire rappeler d'Europe? C'est toi qui a décidé en 1960 d'aller à Londres, souviens-toi, et cette décision déplaisait souverainement à ta mère. Si tu voulais revenir à New York, tu n'avais qu'une chose à faire : le demander.

— Espèce de vieil hypocrite! hurle Sebastian avec une telle force que Cornelius a un mouvement de recul. Il est possible que j'aie pris la décision d'aller quelque temps à Londres, c'est vrai, mais vous en étiez ravi — vous ne pouviez pas retarder d'une minute le moment de vous débarrasser de moi! Et vous ne vouliez pas vous débarrasser de moi parce que vous pensiez — comprenant tout à l'envers comme d'habitude lorsqu'il s'agit de Vicky — que j'avais ruiné l'existence de votre fille! Vous vouliez me voir ailleurs parce qu'ainsi Mère pourrait se consacrer entièrement à vous. Seigneur! quand je pense que vous supportez de me laisser accuser de jalousie par ce malade! Alors que vous avez toujours été jaloux de la place que j'occupe dans le cœur de Mère!

Cornelius avance vers la porte coulissante.

— La discussion est terminée. Je n'ai pas le temps à perdre pour écouter des discours hystériques et insensés.

— Il ne s'agit pas de discours insensés, Cornelius — j'appelle simplement un chat, un chat! Okay, j'accepte votre bluff. Rappelez-moi ici! S'il suffit que je le demande, okay, je vous le demande. Mais je tiens à vous dire une chose : si je reviens ici, il faudra que *lui* s'en aille. Il vous plaît peut-être d'attendre patiemment pendant qu'il vous baise votre banque et votre fille mais...

Cornelius dit simplement : « Je te sacque » et, retournant dans la partie principale de son bureau, il ouvre la porte-fenêtre et sort dans le patio sans un regard derrière lui.

Silence. Sebastian et moi nous restons abasourdis. Dans le patio, Cornelius a trouvé le sac de graines qu'il garde pour les oiseaux et donne à manger à un couple de pigeons.

Finalement Sebastian avance en se cognant maladroitement contre le bureau et frappe du poing une porte-fenêtre.

— Vous êtes fou. Vous ne pouvez pas faire ça. C'est impossible.

— Je suis l'associé-gérant de cette banque avec pouvoir absolu pour engager ou congédier comme je l'entends et personne pas même le chouchou de ma femme ne peut me dire ce que j'ai à faire.

Cornelius remet le sac de graines dans un vase ornemental, s'essuie les mains et revient dans son bureau.

Sebastian le suit. Je reste toujours cloué sur place.

— Sors, je te prie, dit Cornelius en s'asseyant à son bureau et en feuilletant une pile de lettres. Je doute que tu puisses ajouter quoi que ce soit d'utile à cette conversation.

— Mais Scott — que devient Scott?

— La situation de Scott ne te regarde pas, plus maintenant.

— Mais...

Cornelius se dresse si brusquement que Sebastian recule. Puis, s'appuyant des deux mains sur son bureau, il dit de sa voix la plus tranchante :

— Cette conversation et ta carrière chez Van Zale sont définitivement terminées. Compris? C'est terminé. Fini. C'est tout ce que j'ai à te dire.

Sebastian devient livide. Sans un mot, il va à la porte mais avant de sortir il se retourne : « J'espère qu'il vous doublera jusqu'à la tombe, espèce de salaud! dit-il d'une voix entrecoupée. Mais si vous êtes encore vivant quand il en aura fini avec vous, ne venez pas m'implorer de vous aider à reconstruire l'œuvre de votre vie — à moins de m'offrir le fauteuil d'associé-gérant et votre propre démission. »

La porte claque. Cornelius se rassied, dénoue sa cravate, et prend une pilule dans une petite tabatière d'or. J'attends. Finalement, il lève les yeux sur moi. Son regard est lointain, glacé, vide.

— Et maintenant, venons-en à vous, dit-il. Pouvez-vous me fournir une seule et bonne raison pour que je ne vous sacque pas à la suite de Sebastian comme vous le méritez si amplement?

# 5

— Il est trop tard maintenant, dis-je. Sacquez-moi et je vais de l'autre côté de la rue chez Reischman en emmenant vos meilleurs clients avec moi. Jake m'a déjà offert la place de P.D.G. de sa future société. Je suis dorénavant en bonne position pour vous tailler en pièces, ne l'oubliez jamais.

A peine ai-je fini de parler que je me rends compte que j'ai fait une faute épouvantable. La réussite tout entière de Scott vient de ce qu'il a pu convaincre Cornelius que bien qu'il espère prendre la banque un jour il n'apporte dans cette entreprise aucune animosité. Il a bien fait comprendre que si Cornelius avait la générosité de lui donner ce qu'il désirait, il serait à son tour assez généreux pour ne pas changer le nom de la banque et pour veiller sur les petits-fils. C'est là ce que Cornelius tient tant à croire et c'est l'histoire que Scott s'est tant employé à répandre. Et voilà qu'en une déclaration brutale, j'ai détruit la séduisante illusion que Scott a mis des années à créer. Cornelius tressaille et quand je le vois me dévisager avec effroi, je sens qu'il voit soudain en moi le fils de mon père, ce qui l'oblige à plonger un instant un regard horrifié dans un passé intolérable.

— Bah, au diable tout ça! dis-je soudain, sachant que mon salut est en péril et en rassemblant toute mon audace. Pourquoi nous parlons-nous sur ce ton-là? Pourquoi nous conduisons-nous en ennemis? L'horrible scène qui vient d'avoir lieu a dû nous faire perdre la tête!

Je m'arrête. Silence. Cornelius semble rapetissé et vieilli. Il tripote de nouveau sa cravate et prend une autre pilule. Il ne me regarde plus.

— Écoutez, dis-je en trouvant je ne sais où un ton de voix mesuré et raisonnable. Pardonnez-moi, je sais que Sebastian s'est lui-même passé la corde au cou et vous a contraint à le chasser, mais je suis également à blâmer : c'est moi qui, le premier, l'ai mis hors de lui. Je me suis engagé sur un territoire qu'il considère visiblement toujours comme le sien, mais croyez-moi, Cornelius, je ne tenais pour rien au monde à ce que Sebastian connaisse les détails les plus récents de ma vie privée! Tout cela est un déplorable accident!

— Je croyais que vous n'aviez pas de vie privée.

— Ma foi, non... c'est vrai mais...

— C'est là l'exception qui confirme la règle? Okay, n'en parlons plus. Cela n'a pas d'importance. Votre vie privée ne m'intéresse pas.

— Je voudrais profiter de cette occasion pour vous faire bien comprendre...

— Inutile.

— ... que je n'ai pas l'intention d'épouser Vicky...

— Épouser Vicky? *Vous*? Épouser une divorcée avec cinq enfants? Ne me faites pas rire!

— Non, je comprends fort bien que vous vous inquiétiez au sujet de Vicky mais...

— Non, je ne m'inquiète pas pour Vicky, dit soudain Cornelius, Vicky n'est pas aussi naïve que certains le croient. C'est pour vous que je suis inquiet.

— Je vous assure qu'il est inutile...

— N'essayez pas de me faire avaler ce genre d'idioties.

— Sacré Bon Sang! je n'ai pas envie d'aller chez Reischman! J'ai dit cela parce que vous vous montriez si dur!

— Mais Jake vous a offert cette place!

— Oui mais..

— Et vous pourriez me faire une vie infernale si je vous sacque!

— Dieu Tout-Puissant! Cornelius, calmez-vous, je vous en prie. Je ne veux pas vous faire une vie infernale! Je ne suis pas Dracula, ni Frankestein, ni Jack l'Ev...

— Je sais très bien qui vous êtes.

— Alors dans ce cas, cessez donc de vous comporter comme si j'étais un tueur à gages. Et maintenant, je vous en prie — essayons de voir calmement les choses, sans nous fâcher. La situation exacte est celle-ci : Je désire rester à la banque pour des raisons que nous connaissons fort bien tous les deux. J'ai toujours travaillé de mon mieux chez vous et si je reste je continuerai — vous n'avez pas le droit de douter de ma loyauté parce que Jake m'a offert une situation, et que je me suis bêtement laissé emporter et que Sebastian a fait une scène impossible. Écoutez, permettez-moi de vous prouver ma bonne foi et combien je désire conserver le statu quo et les relations cordiales qui régnaient entre nous : je vous demande de me laisser me racheter de cette scène désastreuse. Que dois-je faire ? Dites-le moi. Donnez simplement l'ordre et je l'exécuterai de mon mieux.

— Parfait, répond Cornelius. Vous allez partir pour l'Europe et relever les décombres que Sebastian a laissés derrière lui.

— Certainement. Quand désirez-vous que je parte ?

— Le plus tôt sera le mieux.

— Okay. Et quand je reviendrai...

— Vous ne reviendrez pas.

J'ai l'impression qu'il m'a frappé au-dessous de la ceinture :

— Vous voulez dire que...

— Cela veut dire qu'il ne s'agit pas de quinze jours de vacances à Londres. Vous y allez en poste pour quatre ans — disons jusqu'au 1ᵉʳ janvier 1968. Ce sera une année capitale, parce que j'atteindrai ma soixantième année et que le moment sera venu pour moi d'organiser l'avenir et de prendre des décisions définitives. Allez à Londres et si vous avez le souci de votre avenir, employez ces quatre années à me convaincre que vous en avez un. C'est tout ce que j'ai à dire.

J'hésite. Que ferait Scott à ma place ? Je n'en sais rien et cela n'a pas d'importance. Je sais ce qu'il me reste à faire. Je n'ai pas le choix. On me pousse doucement vers un coffre de bois et plus j'en approche, plus je vois distinctement qu'il s'agit d'un cercueil.

— Cornelius...

Il me regarde de ses yeux gris vides.

— Je suis prêt à partir pour Londres, dis-je. Je suis prêt à y rester quatre ans et à y faire un travail de premier ordre. Mais je dois vous demander une garantie écrite dans mon contrat d'associé; une garantie aux termes de laquelle je serai rappelé ici, à Willow et Wall, le 1ᵉʳ janvier 1968. Vous ne vous débarrasserez pas de moi comme vous vous êtes débarrassé de mon père.

La peau délicate du visage de Cornelius paraît presque diaphane. Il ne répond rien.

— Je préfère démissionner que de partir pour l'Europe sans la garantie que j'en serai rappelé.

Toujours le silence. Au fond de la pièce, l'aiguille de la pendule scintille sur son cadran rouge. J'aperçois la lueur du coin de l'œil.

— Je ne vous demande pas d'autres garanties d'avenir, dis-je, parce que je suis certain de vous démontrer que je suis toujours votre meilleur associé, mais je tiens à cette garantie précise. Il faut que je me protège contre votre hostilité visible mais temporaire, je l'espère. Je ne voudrais pas que vous soyez pris d'une crise d'insécurité soudaine et que vous me sacquiez en mon absence... ou qu'un léger accès de paranoïa ne vous persuade de me laisser en Europe après le début de 1968. Est-ce déraisonnable ? Je ne le crois pas. Ne demanderiez-vous pas une garantie semblable si vous étiez à ma place ?

— Si j'étais à votre place, la chose que je ne ferais jamais serait de démissionner. C'est une menace en l'air.

— Eh bien, voyez donc si je bluffe et essayez de m'expédier en Europe sans cette garantie. Certes, je préfère rester chez Van Zale mais, je vous en prie, ne faites pas l'erreur de mésestimer la proposition de Jake. Il a vraiment fait l'impossible pour la rendre séduisante. Il m'a même offert de modifier le nom de la société pour y inclure le mien. Généreux de sa part, non ? Et, bien sûr, l'aspect financier est des plus intéressants.

Rien. Étincelles rouges sur la cheminée à droite. Respiration courte et faible de Cornelius. La sueur me coule dans le dos.

— Hum, dit enfin Cornelius, bien, okay... comment avons-nous pu créer une telle ambiance ? Ce que vous dites est assez raisonnable, en effet, mais, comme vous le savez, je n'aime pas qu'on essaie de me donner des ordres et de me forcer la main. Mais n'y pensons plus puisque vous vous montrez respectueux et conciliant. C'est une attitude qui me plaît et que je tiens à encourager. Donc, pourquoi n'avons-nous pas une conversation sérieuse au lieu d'un échange de déclarations mélodramatiques ? J'aime les discussions sérieuses. Elles sont sensées, apaisantes et rationnelles. Elles permettent de garder le sens des proportions et c'est ce qui nous convient pour le moment, n'est-ce pas, Scott ? Le sens des proportions. Le souci du présent, non du passé ou de l'avenir. C'est du présent que nous devons nous préoccuper actuellement.

— C'est bien mon avis.

— Bien. Voilà donc ce que nous allons faire : Je vais appeler nos avocats et modifier les actes d'association pour en exclure Sebastian et pour vous donner la garantie que vous serez rappelé ici au plus tard le 1er janvier 1968. Je vais aussi garantir que vous ne pouvez pas être congédié pendant cette période sans le consentement de chacun de nos associés.

— Sans...

— Soyez raisonnable, Scott ! C'est là que vous devez, vous aussi, faire une concession. Supposons que vous fassiez des âneries en Europe ? Il me faut une clause de sauvegarde.

— Okay. Mais tous les associés devront être consentants.

— N'est-ce pas ce que je viens de dire ?

— Il faut que cette clause stipule que je ne peux pas être congédié, même avec l'approbation de tous les associés, à moins de m'être rendu coupable d'agissements contraires à la prospérité de la banque.

— Okay. Cela vous met à l'abri du fait que tous les associés sont plus ou moins des bénis-oui-oui. Pas de renvoi sans cause valable... Est-ce tout ? Pouvons-nous respirer maintenant ? Ou allez-vous changer encore d'avis et exiger de nouvelles garanties ?

— Non, plus maintenant que ma situation est assurée jusqu'en 1968. Certes, j'aimerais bien d'autres garanties mais ne vous inquiétez pas. Je ne vous bousculerai pas.

— Quelles garanties ?

— J'aimerais la garantie que si vous décidez de faire de la banque une société avant 1968, je serai le président de cette nouvelle société. Et je ne serais pas opposé à une garantie prévoyant que si vous mouriez pendant mon séjour en Europe je reçoive votre part d'associé avec la réserve de transmettre en fin de compte le contrôle de la banque à vos petits-fils. En d'autres termes, Cornelius, il ne me déplairait pas d'être assuré d'obtenir ce que vous me promettez depuis si longtemps. Il ne me déplairait pas d'être certain que Sebastian ne vous a pas donné une telle trouille que vous puissiez être tenté de me doubler au dernier moment.

Cornelius arbore un sourire passable, ni radieux, ni amical mais amusé et agréable :

— Il en faut un autre que Sebastian pour me donner la colique!

— Je l'espère.

— Vous pourrez toujours me faire confiance, Scott — si vous pouvez me convaincre de vous faire encore confiance.

— Vous me jugerez d'après mon travail à Londres!

— Je ne vous quitterai pas de l'œil.

Il me sourit de nouveau. Je me demande ce qu'il pense réellement. Je crois que je l'ai eu mais je n'en suis pas certain. Je sais qu'il voudrait encore se fier à moi. Si seulement je peux trouver le bandeau qui convient, je sais qu'il se le posera lui-même sur les yeux mais en dépit de mes efforts je ne trouve pas le bandeau.

— Vous savez ce que je redoute réellement, Scott?

Je pense d'abord que c'est une question purement académique mais je vois qu'il attend ma réponse : « Je... je ne veux même pas essayer de le savoir, dis-je, mal à l'aise. » Mais je le sais. J'ai deviné. Je sais exactement ce qui va suivre.

— Eh bien, je vais vous le dire, annonce Cornelius. Ce que je redoute, c'est de vous voir vous efforcer de ressusciter le fantôme de votre père. Mais sachez bien que je ne le redoute pas pour moi mais pour vous. Votre père a pris jadis des décisions fort malencontreuses, Scott. Je redoute de vous voir faire comme lui.

Silence. Et puis je réponds :

— Il y a peu de chance qu'il en soit ainsi, n'est-ce pas? Après tout, je n'ai pas été formé par mon père. J'ai été formé par vous et Sam.

Nous nous dévisageons et soudain Cornelius se met à rire. « Dois-je me sentir rassuré pour autant? » demande-t-il en riant toujours et cet humour noir qui est l'un des traits les plus attrayants de sa personnalité chasse la tension qui régnait entre nous. « Ma foi, pourquoi pas ? » Il sourit, hausse les épaules et esquisse de la main un geste de congédiement. « Bon Dieu, de quoi sommes-nous vraiment en train de parler? Rien n'a changé, n'est-ce pas, sauf que nous sommes débarrassés de Sebastian et c'est ce que vous et moi attendions depuis des années. Je reconnais que j'en étais d'abord fâché parce que cela va sûrement me valoir mille ennuis avec Alicia mais cela en vaut sans doute la peine; peut-être cette méchante scène est-elle un bienfait, après tout.

— Je l'espère vraiment.

— Et je reconnais aussi que j'étais un peu agacé d'apprendre votre affaire avec Vicky mais il s'agissait sans doute comme d'habitude d'un excès de mon amour paternel. Après tout, Vicky est maintenant une grande personne qui peut conduire sa vie sans qu'il lui arrive rien de catastrophique. Pourquoi en serait-il autrement? Je suis convaincu que vous pouvez avoir une aventure discrète sans courir au-devant d'un accident.

— Vous avez raison. Et je vous promets que vous n'aurez rien à regretter.

— Je suis désolé aussi pour Londres, Scott, mais d'un point de vue pratique je crois que c'est ce qu'il faut. Dieu sait dans quel état la filiale doit être en ce moment! Il faudra certainement un homme de votre trempe pour la remettre sur pied.

— Vous savez que vous pouvez compter sur moi à cet égard.

— Je le sais, oui. Vous ne prenez pas cela pour une rétrogradation, j'espère? Je vais autoriser une augmentation de vos indemnités de séjour pour assurer votre confort et puisque nous révisons l'acte d'association je vais augmenter aussi votre part de bénéfices pour compenser votre départ de New York.

— C'est très généreux à vous. Merci.

— Mais je tiens à être généreux, Scott. J'y tiens beaucoup... Vous ne vous inquiétez pas pour les autres garanties, n'est-ce pas — ce qui se passerait si je mourais avant 68 et le reste?

Nous y voilà. Si je me montre méfiant, il continuera de ne pas me faire confiance. Il faut que je le rassure. Je saute sur le bandeau qu'il me tend et je me dispose à le lui passer gentiment sur les yeux.

— Non, Cornelius, je ne m'inquiète pas. J'ai posé la question de garanties supplémentaires parce que j'étais mortifié de me voir expédié à Londres mais étant donné les efforts que vous faites pour rendre la situation aussi agréable...

S'il meurt, je mettrai la main sur la banque d'une manière ou d'une autre; aucun des autres associés n'a les reins assez solides pour m'en empêcher. Et même si Cornelius essaie de mettre la banque en société avant 1968 il ne peut guère le faire derrière mon dos et dès que je le saurais j'agirais immédiatement pour sauvegarder mes intérêts. D'ailleurs, il ne voudra pas entendre parler d'une société avant 1968. Il se cramponnera à son sceptre aussi longtemps qu'il le pourra. « ... et, au fait, Cornelius, vous n'avez pas précisé encore quand vous désiriez que je parte. »

— Aujourd'hui en huit?

— Une semaine seulement! Si vite!

— Voyons, cela ne vous pose pas de problèmes, n'est-ce pas? Vous êtes célibataire, sans fil à la patte et avec un appartement de poche. Je sais qu'il y a... un intérêt romanesque dans votre vie pour le moment mais rien de dramatique, n'est-ce pas? Ce n'est qu'une distraction passagère... des deux côtés! Oh, ne croyez pas que je n'y comprenne rien. Je ne suis pas aussi obtus que l'on semble le croire ici! Enfin... c'est bien ce qui se passe, n'est-ce pas, Scott? Je ne me trompe pas?

— Non, Cornelius. C'est bien ça.

C'est bien ce qu'il faudra que ce soit. Une semaine. Une semaine seulement. Oh, Seigneur...

— Il y a quelque chose qui vous ennuie, Scott?

— Oui, un peu : mon travail. Il me reste beaucoup à faire avant de partir.

— Déjeunez donc avec moi et nous verrons comment nous pouvons en disposer au mieux.

— Okay. Merci.

— Et... Scott... — Je sais que cela ne me regarde pas... et vous n'êtes certes pas forcé de me répondre... mais... pourquoi, au nom du Ciel, avez-vous soudain décidé de séduire Vicky?

— Je ne l'ai pas séduite. C'est elle qui m'a séduit.

Il reste bouche bée. Il en est terrassé. J'ai eu le dernier mot de la conversation mais il s'est, lui, fort bien arrangé pour rire le dernier. Je prends congé, je retrouve tant bien que mal le chemin de mon bureau et je me laisse tomber dans le fauteuil le plus proche.

# 6

## 1

Quand je rentre enfin chez moi, ce soir-là, le téléphone est en train de sonner. Je suis tellement épuisé que j'ai peine à m'en approcher. Me massant le cou, chaque muscle douloureux, je m'effondre dans le fauteuil incliné et je décroche.

— Oui?

— Scott?

C'est Vicky. Vaguement je me rappelle lui avoir promis de lui téléphoner. J'essaie de me la représenter mais elle semble trop lointaine pour que je la voie clairement. Je ferme les yeux pour essayer de mettre son image au point.

— Es-tu fâché avec moi à cause de ce matin? demande-t-elle, inquiète.

— Non.

— Ah. Je pensais que c'était à cause de ça que tu ne m'avais pas appelée.

— Pour être franc, je n'y ai même pas pensé. J'ai eu une sacrée journée à la banque.

— Ah, je vois. Eh bien, confidence pour confidence, j'ai eu une rude journée à la maison moi aussi — si nous récupérions ensemble ce soir?

Mes idées embrumées se remettent vite en place au souvenir de nos nuits.

— Très bien, dis-je. Je n'aimerais rien de mieux que de ne plus penser à rien, que de sauter dans un lit et de faire l'amour. Mais il faut absolument que je reste d'abord seul un certain temps. Passe ton négligé le plus affolant, défais le lit et je m'arrangerai pour être avec toi vers 10 heures.

Elle raccroche avec une violence qui me sort de ma stupeur de fatigue et je jure d'exaspération. Je viens d'avoir une attitude que la plupart des femmes ne manquent jamais de trouver injurieuse. Un instant, je voudrais bien que nous soyons encore à bord où l'envie de faire l'amour était considérée comme naturelle et non comme une pratique ésotérique qui exigerait le maximum de circonlocutions.

Je la rappelle. Le téléphone sonne dix-huit fois avant qu'elle ne décroche.

— Oui? interroge-t-elle froidement en imitant le ton de mon premier mot dans notre conversation de tout à l'heure.

— Écoute, je suis navré d'avoir paru dire que tu n'étais qu'un accessoire de chambre à coucher, comme une sorte de couverture chauffante. Voudrais-tu aller dîner dans un coin tranquille? Je peux passer te prendre dans une demi-heure. A moins que... Tu ne devais pas dîner avec Sebastian?

— Il s'est décommandé.

— Sais-tu pourquoi?

— Je crois qu'il a renoncé à cette idée. J'étais sortie lorsqu'il a appelé, c'est ma gouvernante qui a pris le message.

— Hon-hon. — Le moment est venu de lui expliquer ce qui est arrivé à Sebastian. — Alors dans ce cas...

— Scott, j'aimerais beaucoup que nous dînions mais il y a une complication. J'ai pris des places pour la nouvelle comédie de Kevin Daly — je les avais prises aujourd'hui pour faire une surprise à Sebastian mais comme je ne le verrai pas... — Elle s'interrompt et comme je ne dis rien elle reprend aussitôt. — Qu'as-tu? Tu n'as pas envie d'aller au théâtre?

Je voudrais lui dire que j'ai envie d'une chose, une seule mais je me contente prudemment de dire : « Je n'aime pas le théâtre de Kevin. »

— Pas possible? — Elle semble stupéfaite.

Silence embarrassé. Je comprends que j'ai encore fait un faux pas et je suis de nouveau furieux contre moi-même. Au prix d'un gros effort je fais une nouvelle tentative pour lui être agréable.

— Mais j'aimerai peut-être sa dernière pièce, dis-je vivement. C'est une comédie, n'est-ce pas? Parfait. J'ai envie de voir quelque chose qui n'exige pas d'effort intellectuel. Je passe te prendre dès que possible — disons dans une vingtaine de minutes. Il ne faut pas manquer trop de répliques du premier acte.

Elle m'attend déjà dans le hall de son immeuble lorsque j'arrive une demi-heure plus tard. Elle a un manteau de vison blanc, une robe bleu ciel trop décolletée, des chaussures à haut talon aiguille et toute une vitrine de diamants.

— Je croyais que tu allais me poser un lapin! dit-elle gaiement. — Elle serre si fort sa bourse qu'elle en a les phalanges exsangues. — J'étais déjà prête à me fâcher.

— Excuse-moi, j'ai eu du mal à trouver un taxi. — Je l'embrasse et, sachant qu'il faut la complimenter sur sa toilette, je jette un nouveau regard sur la fourrure et les bijoux que je déteste.

— Tu fais très Hollywood, ce soir! lui dis-je en souriant.

— Je suis mal habillée? répond-elle, tendue d'inquiétude.

— Mais non, ton décolleté est superbe! Que nous faut-il de plus? dis-je en souriant toujours.

Elle rougit brusquement et rapproche les revers de son manteau pour cacher sa poitrine : « Partons. »

— Eh! Excuse-moi, je ne voulais...

— Non, c'est très bien!

Elle sourit aussi. Elle essaie désespérément de dissiper le malaise et en cherchant vainement les mots qui nous rendraient notre insouciance, je ne peux m'empêcher de trouver bizarre que nous ayons adopté pour la soirée un programme si éloigné de l'intimité que nous désirions. Mais je suis résolu à ne pas la contrarier en refusant de jouer le jeu comme elle semble en avoir envie. Il est préférable de subir une pièce de Daly et de souper dans un restaurant à un prix exorbitant que de risquer de me retrouver tout seul au lit à la fin de la soirée.

Le malheur, pour ce qui est du théâtre de Daly, c'est qu'il n'a rien à dire. Il dissimule généralement le vide du dialogue de ses pièces en les écrivant en vers démodés qui plaisent aux intellectuels, persuadés qu'une pièce en vers mérite forcément les louanges de la critique. Mais celle-là est en prose. Pour autant que j'en puisse juger, elle est insignifiante et je comprends fort bien qu'elle ait été éreintée par les intellectuels : ils ont fini par s'apercevoir qu'ils avaient été abusés. Je ne suis guère pris par l'intrigue : il s'agit d'un riche homme d'affaire qui tombe éperdument amoureux de sa secrétaire et renonce à la célébrité et à la fortune pour vivre heureux dans l'indigence et l'obscurité. Les spectateurs écoutent avidement et rient beaucoup. J'ai l'impression que ce genre de comédie représente à peu près la limite du talent dramatique de Kevin. Il possède, certes, un esprit facile et le don d'écrire un dialogue brillant mais son théâtre est incapable d'atteindre une véritable profondeur.

J'étouffe un bâillement, je presse ardemment ma cuisse contre celle de Vicky et finalement mon esprit s'en va explorer l'avenir. J'ai encore mis Cornelius dans le sac mais nous nous sommes joliment fait peur l'un l'autre avant que j'aie réussi à prendre l'aiguille et commencé de coudre. En vérité, tant que j'irai bien gentiment à Londres, que je me conduirai impeccablement et que je montrerai une loyauté sans tache pendant les quatre années prochaines, je ne risque pas de me faire couper la tête. Cornelius ne demande qu'à être rassuré. Il n'a pas plus envie d'avoir mauvaise opinion de moi qu'il n'a envie de me congédier. Je lui suis trop précieux tant sur le plan professionnel que personnel.

Je regarde furtivement Vicky dans la pénombre et je me demande si Cornelius est heureux d'avoir eu l'occasion de mettre fin à notre aventure. La réponse est très certainement affirmative. S'il se fiait à moi, il aurait probablement accepté les relations que je pouvais avoir avec sa fille mais sa confiance étant ébranlée temporairement il a sans aucun doute décidé que le mieux était de nous séparer.

Mais fort heureusement pour Vicky et moi-même Cornelius a mal évalué l'étendue de l'Atlantique en notre âge d'avions à réaction. Il peut bien se vanter de n'être pas obtus mais s'il croit qu'en m'exilant à Londres il met automatiquement fin à mon aventure avec Vicky il n'a visiblement aucun contact avec l'ère moderne. Qu'importent quelques milliers de kilomètres pour deux amants qui ont de l'argent à jeter aux quatre vents du ciel ? Je reviendrai régulièrement à New York pour affaires et il n'y a aucune raison que Vicky, elle aussi, ne fasse pas de visites régulières à Londres. Et ses visites pourraient bien se faire de plus en plus longues... Cornelius et Alicia seront là pour garder les enfants... Malgré les craintes que j'éprouvais d'abord à l'égard d'ennuis éventuels, il me semble maintenant, au contraire, que l'avenir est très prometteur.

Je saisis la main de Vicky et, dans le noir, je la promène légèrement sur mon corps. C'est un plaisir exquis. Lorsque les lustres se rallument un instant plus tard, à la fin du premier acte, j'ai l'impression d'avoir été dérangé en train de faire l'amour et au plus malencontreux moment.

— Veux-tu t'en aller? demande Vicky à voix basse.

— Ma foi, oui, pourquoi pas? dis-je avant de pouvoir me reprendre; heureusement elle n'a pas compris la cause de mon impatience.

— La pièce ne me plaît pas beaucoup non plus, dit-elle pendant que nous allons vers le hall. Je ne crois pas que ce genre de comédie creuse soit dans les cordes de Kevin.

— En tout cas, sa pièce est sans prétentions. Ses autres comédies visaient à la profondeur mais, en vérité, leur message était aussi vide que leurs vers.

Elle s'arrête et me regarde.

— Mais tu n'as pas compris! dit-elle. Je sais que souvent les personnages semblent n'avoir rien à se dire mais Kevin exprime ainsi le vide par absence de communication!

— Oui, c'est ce que dit la critique. Mais je ne m'en suis pas aperçu.

Nous sommes dans la rue. L'air est froid. A quelques pas, le néon baigne de sa lumière inhumaine l'aride désert clinquant de Broadway. Je me sens m'enfoncer dans la lande, dans la lande désolée que Roland, le héros de Browning, a traversée pendant les années de sa quête interminable et soudain la solitude me semble insupportable. Je prends la main de Vicky et je la serre fort dans la mienne.

— Allons chez toi.

— Dois-je me passer de souper?

— C'est vrai! Pardonne-moi. J'oublie souvent de manger.

Je regarde son vison, ses diamants et je me demande où je pourrais bien l'emmener. Personnellement, je m'arrêterais volontiers au drugstore du coin pour une saucisse et du jus d'orange.

Un taxi répond à mon signal. « Aux Quatre-Saisons, s'il vous plaît », dis-je en ouvrant la portière à Vicky.

— Merveilleux! s'exclame Vicky! J'adore les Quatre-Saisons! Quelle bonne idée!

Il paraît que j'ai enfin réussi à faire quelque chose de convenable.

Au restaurant, Vicky prend un grand Martini qui la détend suffisamment pour lui permettre de s'attaquer aux huîtres et à la sole. Elle boit aussi une demi-bouteille de champagne. Je me fais servir de l'eau gazeuse avec un zeste de citron, la moitié d'un pamplemousse, un filet mignon et de la salade. J'ai peine à manger.

Je suis en train de me demander si nous pourrions partir sans perdre de temps avec le dessert lorsque quelqu'un s'approche de notre table et Vicky pousse un cri de joie.

— Kevin, quelle bonne surprise!

— Vicky chérie, tu n'as jamais été aussi ravissante! — Il regarde de mon côté et m'adresse un signe de tête.

Je le lui rends. Kevin et moi n'avons jamais trouvé grand-chose à nous dire. Il sait depuis toujours que ses œuvres ne m'impressionnent guère et son amour-propre en a naturellement souffert. Il dit souvent à Cornelius des rosseries à mon égard. Je le sais, car Cornelius me les rapporte fidèlement en croyant avec raison que je serai moins fâché qu'amusé par cette enfantine manifestation de ressentiment. Je suis plutôt désolé pour Kevin. Ce ne doit pas être drôle d'être un vieil homosexuel et il réagit maintenant comme la vieille folle qu'il est.

— Comment allez-vous? demande affectueusement Vicky. Quelles nouvelles?

— Chérie, je suis ravi que tu poses la question. Je suis si outrageusement heureux que ceux qui me rencontrent tournent la tête, écœurés. La vie commence à cinquante-cinq ans, ma chérie, et ne laisse personne te dire que tu es finie à vingt et un ans — ou à l'âge que tu peux avoir actuellement! Viens une minute à ma table que je te présente Charles. C'est un Anglais de mes amis qui est venu de Londres pour affaires. Par une étrange coïncidence, je l'ai connu grâce à Sebastian quand j'étais à Londres l'été dernier et... Bon sang, cela me rappelle... écoute, j'ai été catastrophé en apprenant ce qui est arrivé à Sebastian. J'ai l'impression que Neil a définitivement perdu la tête.

Je me lève aussitôt : « Vicky il est temps de partir. Voulez-vous nous excuser, Kevin? »

— Mais Scott... attends une minute! fait Vicky étonnée. De quoi voulez-vous parler, Kevin? Qu'est-il arrivé à Sebastian?

Il paraît surpris : « Scott ne te l'a pas dit? Je pensais que puisqu'il était l'un des premiers rôles du drame qui s'est déroulé ce matin à Willow et Wall...

— Quel drame? »

J'interviens : « Je comptais te l'apprendre tout à l'heure, dis-je à Vicky. — J'essaie d'étouffer ma colère mais c'est difficile. — Je ne voulais pas gâcher notre soirée.

— M'apprendre quoi? De quoi s'agit-il? Au nom du ciel, que s'est-il passée? — Vicky est maintenant très inquiète et fâché. »

Je me tourne furieux vers Kevin : « Dites-le-lui. Il est visible que vous en mourez d'impatience. Je me demande pourquoi les gens comme vous sont tellement friands de commérages.

— Les gens comme moi? dit Kevin. Vous voulez parler des gens qui prennent sincèrement part aux ennuis des autres, à l'inverse des gens comme vous qui vivent prisonniers dans un monde dont ils ont délibérément exclu les autres? »

Je perds mon sang-froid. J'ai eu une journée pénible, j'étais impatient que Vicky et moi nous puissions être seuls et l'intervention malveillante de Kevin en cet instant est plus que je ne puisse supporter.

— Non, fais-je. Je veux parler des gens comme vous qui ne peuvent pas baiser normalement et s'excitent en entendant raconter des histoires sur ceux qui le peuvent.

— Scott! s'exclame Vicky.

— Dieu qu'il est drôle! répond Kevin. Comment résister à un tel esprit? Permettez-moi de vous offrir de l'eau gazeuse ou une limonade, peut-être, Scott — de l'eau gazeuse aux Quatre-Saisons! C'est vraiment le comble du chic! — Et vous m'expliquerez ensuite comment vous définissez le terme « normalement » quand il est employé associé au terme « baiser ».

— Un autre jour. — Je suis furieux de m'être laissé prendre à son jeu. Je jette quelques billets sur la table et je m'approche de Vicky. — Viens, chérie, dis-je en lui posant la main sur le bras. Je vais te ramener chez toi.

Vicky dégage son bras : « Un instant, je veux savoir ce qu'il est arrivé à Sebastian. »

Je me contiens par miracle et je réponds d'un ton neutre : « Il a été chassé de chez Van Zale. Par sa propre faute. Il a essayé de dire à ton père comment il devrait diriger sa banque. »

— Pardon, intervient Kevin d'une voix suave, mais ne pensez-vous pas que Vicky devrait connaître la vérité et non pas votre version grossièrement déformée des faits?

Je me tourne vers lui : « Ne vous mêlez pas de ça! Que diable connaissez-vous d'ailleurs de la vérité en ce qui concerne cette affaire privée?

— A peu près tout ce qu'il faut en savoir, dirai-je. Sebastian et Neil se sont succédé chez moi et ont vidé tout mon bourbon...

— Dans ce cas vous êtes sans doute trop ivre pour écouter ma version de l'affaire!

— Je ne suis jamais trop ivre pour écouter mais je vous soupçonne d'être toujours trop bloqué mentalement par votre personnage pour pouvoir parler. J'en suis désolé pour vous, dans une certaine mesure. Vicky chérie, comprends-tu bien quels genres de problèmes tu vas affrontez avec ce personnage?

— Espèce de foutu salaud...

— Scott, s'il te plaît! Kevin...

— Ce garçon est un danger public, chérie. Il a l'esprit trop biscornu pour avoir des relations normales avec qui que ce soit — il n'a qu'une chose en tête : son ambition. S'il n'était pas si dangereux il serait pitoyable.

— Salaud! fils de putain! Malheureux pédé...

— Évitons l'aspect sexuel, voulez-vous? C'est tellement ennuyeux et hors de propos.

— Qui vous donne le droit de me passer en jugement? Qui vous autorise à croire que vous avez le don divin d'analyser les gens et d'établir sans connaissances spéciales un diagnostic pseudo-psychologique quand vous ne connaissez même pas l'ensemble des faits? Vous ne savez rien de moi et rien, rien, *rien* de ma situation! Et maintenant foutez le camp de mon chemin et laissez-nous tranquille ou je vous jure que je vais vous faire avaler votre dentier et vous mettre la gueule en bouillie! »

Je parlais doucement mais ma voix s'enfle peu à peu et quand je cesse enfin de parler je comprends pourquoi. Notre discussion a attiré l'attention et tout le monde a les yeux fixés de notre côté. Le maître d'hôtel, craignant une rixe, nous observe avec crainte.

Silence. J'ai l'impression fugitive des yeux gris de Vicky, sombres dans son visage tendu mais je ne m'occupe que de Kevin. Je vois très bien maintenant qu'il est loin d'être à jeun mais il supporte si bien l'alcool qu'il ne donne aucun signe visible d'ivresse. Il est parfaitement immobile, il ne vacille pas le moins du monde. Ses paroles sont claires et distinctes; pas de consonnes bredouillées. Seule son attitude le trahit : son aimable spontanéité habituelle a disparu pour révéler la profonde et intraitable cruauté de son caractère et un instant la vérité peut se lire sur son visage. La fossette de son menton s'est enfoncée, derrière leurs longs cils ses yeux clairs étincellent, sa mâchoire carrée s'est durcie. Il a l'air prêt à frapper mais je sais qu'il n'en fera rien. Ces gens-là ne frappent jamais.

— Dieu, quelle violence! dit enfin Kevin d'une voix aimable en retrouvant son personnage habituel. J'ai horreur de la violence. Mais peut être cette démonstration vous donne-t-elle l'impression d'être plus viril. Bonsoir, Vicky. Je me retire avant que Scott puisse transformer cette scène en une bagarre de bar. Je suis désolé que nous ayons pu t'ennuyer.

Il s'éloigne. Je me rassois brusquement.

— Un dessert, Monsieur? murmure le maître d'hôtel anxieux de voir l'ambiance redevenir normale. Café? Liqueurs?

Cognac. Courvoisier, Remy Martin, Hennessy. Cognac d'ambre brun, cognac d'ambre brûlant, cognac riche et mordant, je le hume, je le sens sur ma langue et soudain je me retrouve dans ce port de la Méditerranée et le bateau de guerre tout gris attend que ma permission à terre se termine. Je vois les bouteilles brisées, les meubles fracassés; j'entends le Capitaine qui dit : « Les types comme vous sont un danger public! »; je sens de nouveau la brûlure quand le médecin du bord panse l'entaille que j'ai sur le crâne et, pire encore, je me rappelle la honte ressentie au réveil le lendemain quand je me suis dit que je n'étais pas digne de vivre.

— Pas de cognac, dis-je à haute voix dans le restaurant élégant de New York vingt ans plus tard. Rien, merci.

— Pas de bière, ai-je dit au patron du bar de Mallingham après être allé sur la tombe de mon père en 1946. Une simple limonade.

Vicky est debout : « Je voudrais partir maintenant », dit-elle dans la salle des Quatre-Saisons et en 1963.

— Prends tout ton temps, dit la Mort au chevalier de Bergman dans l'univers de mes fantasmes, mais si tu fais un seul faux pas, je serai là.

Cette image de la Mort est si précise qu'en sortant dans Park Avenue je cherche à mes côtés cette compagne fidèle mais je ne vois que la masse flamboyante du building de la Pan American. Je hèle un taxi, j'ouvre la porte et j'hésite au moment de donner l'adresse.

— Veux-tu venir chez moi? dis-je à Vicky.

— *Chez toi!* dit-elle d'une voix dure et brusque. Dieu! je croyais que personne n'y était jamais invité!

— Je voudrais que tu y viennes, *toi*.

Ses yeux s'emplissent de larmes mais elle dit seulement : « Merci, cela me ferait plaisir. » Et quand je lui prends la main elle ne la retire pas.

Le taxi démarre. Nous restons silencieux un certain temps; puis je dis enfin :

— Pardonne-moi. Je ne sais pas ce qui m'a pris. Mais la journée a été terrible.

— C'est tout ce que tu as à dire?

— Je...

— Kevin a-t-il raison? Es-tu toujours mentalement trop bâillonné pour pouvoir parler?

— Mais je... Vicky, il ne faut pas l'écouter...

— Non, c'est toi que je veux écouter. C'est ce que je suis en train de faire mais je n'entends rien.

— Je... Écoute...

— Oui?

— Je veux parler. Je te le jure. C'est pourquoi je t'ai invitée à venir chez moi. Je... je ne veux plus jamais y rester seul... coupé de... exilé...

— Oui, je sais. C'est très bien. Je te comprends. Attendons d'être arrivés.

Je l'embrasse et je suis soudain pris de peur et c'est d'autant plus grave que c'est inattendu : je me demande si mon infirmité va renaître quand nous ferons l'amour. On dirait que Kevin a détaché Vicky de moi et qu'elle dérive progressivement au lointain. Je suis au désespoir, je sais que je ferais n'importe quoi pour la reprendre. L'idée d'être condamné de nouveau à mon ancienne existence double m'est désormais absolument insupportable.

Le silence se fait soudain dans le taxi et je m'aperçois que le chauffeur a coupé le contact. Et il confirme bientôt qu'il y a déjà quelques instants que nous sommes arrivés devant mon immeuble :

— Avez-vous l'intention de descendre? demande-t-il. Ou désirez-vous que je vous apporte des oreillers et des couvertures?

Je le paie et sans un mot je fais monter Vicky chez moi.

## 2

Finalement c'est Vicky et non pas moi qui nous ramène l'un à l'autre. Je n'y serais pas arrivé moi-même. Et un instant, j'ai craint qu'elle ne puisse mettre fin à ce mouvement qui nous éloignait mais elle est si déterminée que cela m'entraîne et me donne la force de l'aider.

Elle parle dès que nous entrons chez moi.

— Kevin a tort, n'est-ce pas? dit-elle. Il a tort d'insinuer que c'est l'ambition qui commande toute ta vie — comme si seuls t'importaient l'argent, la puissance et le succès. Tu n'y tiens pas réellement, n'est-ce pas?

— Non.

— Et Sebastian avait tort aussi de dire que le moteur de ton existence est la vengeance. Tu n'es pas un personnage dans une œuvre de Middleton ou de Tourneur?

— Certes non.

Nous sommes devant la fenêtre du living-room, sous nos yeux brillent les lumières de Queens. Je tiens sa main étroitement serrée et je voudrais parler davantage mais ma gorge est trop serrée et j'ai une migraine effroyable.

— Personne n'a jamais compris, n'est-ce pas?

Je secoue la tête.

— C'est ton complexe de culpabilité, hein?

Les lumières de Queens commencent à se brouiller.

— Tu es comme moi, poursuit Vicky. J'ai fini par m'en apercevoir. Ce qui commande ta vie c'est le sentiment d'être coupable. Tu te sens affreusement, irrésistiblement coupable. Mais pourquoi? Qu'as-tu fait? Peux-tu me le dire?

Je hoche la tête. Elle attend. Mais je reste muet.

— Il est arrivé quelque chose dans les années trente?

Je hoche la tête encore.

— Entre toi et mon père?

Je secoue la tête. Et je dis : « Mon père. » Une seconde plus tard je me demande si j'ai bien prononcé les mots à voix haute. Je les répète : « Mon père, dis-je. Le mien. »

— Il s'est passé quelque chose entre ton père et toi? Je vois. Que s'est-il passé?

— Je...

— Oui?

— J'ai été complice...

— *Complice?*

— ... par instigation...

— *Par instigation?* Quelle instigation?

— ... de son assassinat, dis-je. Mais oui, quoi d'autre?

Et je m'écroule sur le divan en me cachant le visage entre les mains.


# 3


— Mais ton père n'a pas été assassiné, dit Vicky.

— Si. On l'a poussé à l'alcoolisme et à la mort. Et j'étais là et j'ai laissé faire. J'ai abandonné mon père. Je n'ai été loyal qu'à l'égard de celui qui l'a tué.

— Mais ton père t'avait lui-même abandonné!

— Non, il a toujours désiré que Tony et moi vivions avec lui. C'est Emily qu'il a abandonnée mais pas nous.

— Oui, mais...

— J'étais furieux parce que j'aimais beaucoup Emily. Je n'avais que quatorze ans et je ne comprenais pas. Puis Cornelius est venu et il s'est chargé de moi. Je n'aurais pas dû accepter mais je n'ai pas refusé. C'était une chose horrible à faire. J'ai tourné le dos à mon père et j'ai décidé de ne plus le revoir.

Elle est épouvantée : « Tu veux dire que mon père...? »

— Il ne s'agit pas en ce moment de ton père. Ne t'égare pas. Le grand problème ici, c'est mon père et moi. Ton père n'est qu'une pièce sur un échiquier, un pion que je dois manipuler pour retrouver mon père et me racheter à ses yeux. Il faut que je me rachète, vois-tu. C'est l'unique justification de mon existence sinon je suis indigne de vivre. J'ai fait une chose tellement horrible... me ranger du côté de son assassin, fermer les yeux sur ce crime... Comment peut-on faire cela et survivre? Mon père est mort, mon frère est mort, ma mère est morte — mais moi je suis *vivant.*

Cela paraît tellement injuste! C'est pour cela que je dois me justifier, je ne peux pas mourir sans avoir justifié d'avoir survécu. Si je peux consacrer une vie imméritée à récrire un passé immérité... Tu comprends, n'est-ce pas? Dis-moi que tu comprends.

— Il est impossible que tu aies agi avec ton père comme tu le prétends! Tu étais si jeune, si troublé, tout cela s'est exagéré dans ton esprit...

— Mon père m'aimait. Je le détestais et je souhaitais qu'il meure. J'ai été heureux lorsqu'il est mort. J'ai dit textuellement à Cornelius : « Dieu merci, il n'est plus là pour nous ennuyer davantage. » Peux-tu croire cela? J'ai dit textuellement...

— Tout cela est la faute de Papa, j'en suis sûre! Tu n'as pas le droit de te faire de tels reproches.

— Je n'aurais pas dû me laisser influencer par Cornelius. Tony s'en est gardé, lui. Il ne s'est pas laissé abuser.

— La situation de Tony était sans doute différente de la tienne. Il était plus jeune, à un âge moins vulnérable. Et Papa n'a jamais aimé Tony. Pas vrai? Donc Tony n'a probablement pas été soumis à son influence. Tu ne peux pas comparer ton attitude avec celle de Tony.

— Mais j'ai même tourné le dos à Tony et je n'ai jamais eu l'occasion de me réconcilier avec lui. Je n'ai jamais eu non plus la chance de me réconcilier avec mon père. Ils sont morts et je suis resté sans aucun moyen de me débarrasser de l'horreur de mes fautes — sans moyens sauf un seul et c'est celui qu'il m'a fallu choisir... Seigneur! vois-tu avec quel passé il m'a fallu vivre dès que j'ai pu lire la dernière lettre de Tony et que j'ai pu comprendre ce que j'avais fait? Mais, évidemment, il m'était en vérité impossible de vivre avec ce passé-là. J'ai vu aussitôt qu'il fallait que je le reconstruise en me servant de Cornelius et de la banque. Je n'avais pas d'autre choix. Je n'avais rien d'autre à faire. J'ai vraiment pensé à me tuer mais...

— Scott!

— Oui j'y ai pensé! Bien sûr! Et si je ne parviens pas à récrire ce passé je penserai encore à me tuer parce qu'alors je n'aurai plus de raison de vivre.

— Il ne faut pas parler comme ça! C'est mal! C'est affreux!

— Pourquoi? La mort et moi, nous sommes de vieilles connaissances — je pense souvent à elle, je vis constamment avec elle. Parfois, je la vois m'observer quand je me regarde dans une glace alors je vais dans la salle de bains et je prends le rasoir, quelquefois je fais même couler l'eau dans la baignoire... C'est comme ça que les Romains se suicidaient — un bain chaud, les veines tranchées et la mort arrive sans souffrances, paisiblement, tu sombres dans l'inconscience mais je me dis toujours, non, je ne dois pas mourir encore, je ne peux pas mourir avant d'avoir achevé ma quête et avoir réussi là où mon père a échoué...

— Scott... écoute, Scott... je t'en prie, Scott...

— Ah, Vicky, Vicky, tu n'as pas connu mon père... c'était un homme tellement merveilleux, si plein de vie — oui, c'est cela que je me rappelle le mieux, je me rappelle qu'il était plein de vie et c'est pourquoi je dois continuer, Vicky, c'est pour cela que je dois vivre comme je le fais, c'est pourquoi rien ne m'importe que de récrire le passé, de ramener mon père d'entre les morts et *de lui rendre la vie*...

462

# 4

Je suis dans la cuisine plongée dans le noir, secoué de sanglots silencieux et j'ai les yeux brûlés par la douleur. Je n'ai pas l'habitude de pleurer et je ne sais que faire de cette humiliation. Je ne peux qu'attendre que cela passe.

— Scott... — Elle parle du seuil du living-room. Sa voix est pleine de tendresse.

J'essaie de lui dire que je vais bien mais je ne peux pas parler.

— Désires-tu rester seul? Veux-tu que je m'en aille?

Il n'est pas difficile de dire : « Non. » C'est un mot si simple, l'un des premiers qu'apprennent les enfants. Mais je ne peux pas le prononcer.

— Ne te presse pas de me répondre. Prend ton temps.

Elle s'enfonce dans le living-room et je reste seul pour lutter contre mon humiliation. J'essaie de me rappeler quand j'ai pleuré pour la dernière fois. Il me semble que c'était après la mort de ma mère : j'avais dix ans mais Emily était là, alors, et Emily n'était pas surprise de ce que des enfants privés de leur mère puissent pleurer et j'ai pleuré. En vérité, je n'avais guère vu ma mère. Tony et moi avons été élevés par une succession de nurses et l'une des images qui m'est restée de mon enfance n'est pas celle de ma mère, trop occupée par sa vie mondaine, mais celle de mon père. Mon père travaillait toute la semaine à New York mais chaque week-end il venait à la maison de Long Island pour jouer avec nous et nous emmener en promenade.

J'ouvre la porte du réfrigérateur et j'examine les bouteilles.

— Seigneur, je boirais bien quelque chose, dis-je et je suis surpris de m'entendre parler normalement. — Peut-être le moyen de se remettre plus vite est-il de faire des remarques banales.

— Eh bien, pourquoi ne bois-tu pas? demande Vicky. Tu n'es pas alcoolique que je sache?

— Non, je n'ai jamais été alcoolique. Mais l'alcool ne me réussit pas, dis-je en essayant de déboucher maladroitement une bouteille de Coke. Je me suis bien trouvé d'y avoir renoncé.

— J'admire ta volonté. Je sais que je bois trop en ce moment.

— Tu ne sais pas ce que ces mots signifient vraiment.

— Oh, bien sûr, je ne bois pas comme un trou! Mais je prends deux Martinis par jour et, à mon avis, c'est au moins un de trop... Cela t'ennuierait-il que je prenne du café? Je le ferai moi-même, si tu veux.

— Non, je m'en charge.

J'allume et j'emplis la bouilloire. Le gaz est bleu sur le fourneau. Je pose la bouilloire et je reste à regarder la flamme.

— Il y a des années que j'ai décidé de ne plus boire, dit-elle en regardant la flamme à côté de moi. Mais on dirait que je ne peux pas passer la journée sans un Martini pour tenir le coup.

— Plus le play-boy du moment?

— Oh, ça? Ils n'ont jamais compté. Je voulais simplement vérifier que je n'étais pas frigide.

— Frigide? — Pour la première fois je peux la regarder franchement. J'espère que je n'ai pas les yeux rougis par les larmes. — Toi? Je ne le crois pas!

— Si je te disais la vérité sur ma vie amoureuse que l'on prétend si brillante, tu aurais la tête tellement enflée que tu ne pourrais pas passer par la porte!

J'essaie de comprendre. Je me sens mieux mais encore étourdi, je dois faire effort pour me concentrer.

— Et si je te disais, moi, la vérité sur ma si brillante vie amoureuse, lui fais-je, ta tête serait du coup aussi enflée que la mienne.

Cela semble assez spirituel. Je nous vois soudain tous les deux en train d'échanger des répliques amusantes, piquantes, tout en surveillant la bouilloire.

— Tu as l'air de dire que nous souffrons tous les deux du même problème, répond Vicky, surprise. Mais les hommes n'en sont pas atteints... je ne crois pas.

— Les hommes ont toutes sortes de problèmes, crois-moi.

— Tu veux dire que tu ne peux pas te... dresser?

— Non, ça c'est facile.

— Je vois. Alors tu veux dire que tu ne peux...

— Oui. Bien sûr, tout cela est très banal.

— Bien sûr. Mais ne crois-tu pas que ce sont ces banalités qui donnent le plus de souffrance, lorsque leur accumulation devient un fardeau assez lourd pour vous casser les reins?

— Seigneur, tu peux le dire! — La bouilloire commence à chanter. Je prends la main de Vicky.

— Je me dis souvent que l'amour est semblable à l'argent, dit-elle. Quand tu en as tu n'y penses jamais mais quand tu n'en as pas tu ne penses qu'à ça.

Je presse étroitement sa main tout en surveillant la bouilloire.

— Comment saurais-tu ce que c'est que de n'avoir pas d'argent!

— Quelle remarque désobligeante! Crois-tu que je sois totalement dénuée d'intelligence et d'imagination? Crois-tu que je ne me sois jamais demandé ce que c'est que de vivre dans la pauvreté, en ne mangeant que du riz, avec dix enfants au-dessous de dix ans autour de tes jupons et pas de contraceptifs?

— A ce sujet...

— Oui, je me demandais quand tu allais chercher à savoir. Je prends une petite pilule rose. Pas de problèmes pas de complications, pas d'erreurs. Sebastian appellerait certainement cela le produit idéal de la civilisation du plastique.

— Et comment l'appelles-tu toi?

— Libération.

Nous prenons notre café dans le living-room. Elle a tenu à s'asseoir sur le divan et je m'assois sur le fauteuil incliné, mais après quelques instants cela nous gêne, nous nous retrouvons assis sur le tapis, le dos appuyé au mur et nous nous tenons la main.

— Que fais-je dans l'amour que les autres ne fassent pas? dis-je enfin par curiosité.

— Rien de particulier, il me semble. Oh, mon Dieu, excuse-moi. Ce n'est pas très flatteur, hein? Certes, tu es très bien. Cela va de soi mais ce que je voulais dire, en fait...

— C'était l'anonymat, n'est-ce pas? Le secret c'est que je te prenais pour une autre. Tu étais libre de laisser parler ta nature.

— Oui. C'est exactement ça. Et ensuite...

— Tu t'étais fait une nouvelle identité et tu n'étais plus prisonnière.

— Ensuite, rectifie Vicky fermement, je me suis aperçue que tu étais l'homme le plus excitant que j'aie jamais connu.

— Je suis flatté! Mais je t'en prie ne te crois pas obligée de m'anesthésier de compliments.

— Certes non. Mais puisque nous sommes tous deux en veine de franchise...

— Oh, oui, Seigneur! Et c'est un plus grand soulagement que tu ne peux l'imaginer.

— Tu serais surpris de savoir ce que je suis capable d'imaginer. Je sais ce que c'est que d'être ligotée dans un carcan, avec un bâillon sur la bouche et les mains liées derrière le dos.

Je l'embrasse.

— Veux-tu que nous nous couchions maintenant? demande Vicky un peu plus tard.

— Oh oui. Mais je suis encore tellement secoué que je ne serai probablement bon à rien.

— Bah, nous ne sommes pas obligés de faire quoi que ce soit. Nous ne sommes pas des phénomènes de foire, n'est-ce pas? Personne ne nous regarde alors qui chercherions-nous à épater?

— Mon Dieu, quelle femme merveilleuse tu es! dis-je en l'emmenant à la chambre à coucher.

— Je ne vois vraiment pas pourquoi tu t'inquiétais, remarque-t-elle plus tard lorsque je lui allume une cigarette.

— Je ne le vois pas non plus. — Je vais à la cuisine et j'en rapporte deux bouteilles de Coke.

— Scott...

— Oui?

— Si ma question t'ennuie, n'y répond pas... Papa s'est-il vraiment efforcé de te retourner contre ton père? Je veux dire, il ne s'agissait pas d'une ou deux remarques en passant, n'est-ce pas? C'était réellement un véritable lavage de cerveau?

— Oui.

— Quelle horreur! Et quelle perversité! Dis-tu vrai quand tu assures qu'il est aujourd'hui sans importance à tes yeux? Tu dois sûrement le détester, le haïr.

— On ne peut pas vivre chaque jour sous l'empire d'émotions violentes, Vicky. Pour les supporter, il faut prendre du recul. Par ailleurs, il est peu probable que Cornelius ait délibérément voulu se montrer cruel. Comme je le connais, il est plus vraisemblable qu'il s'était persuadé d'agir pour les raisons les plus pures.

— Mais cela le fait paraître sous un jour encore plus répugnant! Comment pouvais-tu travailler jour après jour à la banque et lui permettre de te traiter comme un fils?

— Mais ce n'est pas cela. Moi, je restais à la maison. C'est Scott qui allait à la banque et qui avait affaire à Cornelius.

Elle allume. Nous sommes très serrés sur mon étroit lit de célibataire et j'ai senti le frisson qui a crispé son corps dans mes bras.

— Pardon, fais-je. Grosse erreur. Maintenant, tu me crois fou.

— Non. Je suis simplement horrifiée en pensant à la contrainte sous laquelle tu devais vivre.

— Mais ne le vois-tu pas ? Scott était la solution qui me protégeait de toutes contraintes... Scott était ma façon de m'épargner ces émotions violentes que je n'aurais pas pu supporter tous les jours.

— Mais ne m'as-tu pas dit hier que Scott était mort ?

— Oui, il fallait qu'il meure. Tu n'avais pas de place dans sa vie. Je devais choisir entre vous deux. C'est toi que j'ai choisie.

— Je vois. Oui. Mais puis-je te demander comment tu vas faire sans lui maintenant ?

— Je m'arrangerai. Je t'ai, toi, au moins. Tout va bien.

— Parfait. Et mon père ? Est-il au courant de la mort de Scott ?

— Tu te moques de moi.

— Je te jure que non. Il n'y a pas là de quoi rire, je crois ?

Je me rassure.

— Oui, ton père est au courant.

— Un coup très désagréable pour lui ?

— Oui. Il venait de se débarrasser de Sebastian et il se retrouve soudain enfermé avec un tigre dans une cage qui rapetisse à vue d'œil.

— Dis-moi ce qui s'est passé. Tout. Il faut que je sache.

Je parle pendant que Vicky fume une seconde cigarette. Quand j'ai terminé, elle se borne à dire : « Pauvre Sebastian ».

— Il se débrouillera. Il n'aura pas de mal à trouver ailleurs une situation semblable.

— Il aimait tellement travailler à la Van Zale.

— Je le sais. Je suis navré pour lui, moi aussi, mais il l'a bien cherché. Il s'est conduit comme un gamin.

— Que va-t-il se passer maintenant ?

— Nous allons laisser retomber la poussière et les gravats de l'explosion et reprendre une vie normale. Je crois qu'en m'y prenant bien je pourrai étaler ce coup de gros temps.

— Très bien. Je veux que tu prennes la banque. Je suis persuadée que c'est justice après ce que Papa a fait et j'aime par-dessus tout la justice... Que feras-tu lorsque tu en auras pris la direction ? Tu ajouteras le nom de Sullivan à celui de Van Zale dans la raison sociale ? Ce serait justice, cela aussi, n'est-ce pas ?

— Eh bien...

— Je ne vois pas pourquoi Papa s'y opposerait. La banque reviendra finalement à la famille Van Zale puisque tu n'as pas d'enfants. Alors pourquoi ne se montrerait-il pas généreux ?

— Euh...

— C'est curieux, Eric a envie d'être banquier. Je me demande pourquoi mais j'en suis heureuse pour Papa. Pauvre Papa. Je ne peux pas m'empêcher de le plaindre malgré tout. Est-ce aussi un complexe de culpabilité? Je me le demande. C'est peut-être vrai. J'ai toujours pensé que sa vie eût été entièrement différente s'il avait eu un fils au lieu d'une fille.

— J'en doute beaucoup. Cornelius était fasciné par l'idée d'avoir un fils. On a toujours envie de ce que l'on n'a pas. Il aurait probablement été déçu s'il avait eu vraiment un fils.

— Peut-être... Mais je ne voudrais pas que tu penses que tu aurais déçu Steve. S'il était le père merveilleux que tu m'as dit, il t'aurait pardonné tes fautes, non?

— Cela rend simplement le fardeau de ma culpabilité plus pesant. S'il m'avait pardonné malgré tout — tu ne vois donc pas que j'en aurais été plus honteux encore?

— Mais il faut voir les choses sous un autre aspect. Sinon tu ne connaîtras jamais la paix. Tu resteras toujours prisonnier de cet affreux cercle vicieux...

— Quand je posséderai la banque, je serai en paix.

— Je me le demande. J'ai peine à le croire.

Je me redresse : « Que veux-tu dire? »

— Eh bien, j'ai l'impression décourageante que quoi que tu fasses pour venger ton père, tu ne penseras jamais que c'est assez. Je soupçonne que ta quête, comme tu dis, n'a pas de fin.

— Mais si. Tu te trompes! Lorsque j'aurai récrit le passé...

— Ah, Scott, ces paroles sont tellement vides — ta phrase n'a pas de signification vraie! On ne récrit pas le passé. Le passé a vécu, le passé est révolu et parler d'un passé ressuscité relève, si je puis dire, d'un romantisme fin-de-siècle classique sans racines véritables dans la réalité!

— Tu ne vois pas le temps comme moi. Mon temps n'est pas le tien.

— Mais c'est pure... — Elle se retient puis elle reprend avec ferveur. — Scott, es-tu incapable de voir ta situation sous son vrai jour? Tu dilapides ton existence entière à poursuivre une chose que tu ne désires pas réellement et à rechercher la guérison d'une souffrance qui existe surtout dans ton imagination. Tu t'es ligoté sur une sorte de manège de cauchemar mais rien ne t'y oblige, rien ne t'oblige à tourner et à retourner sur toi-même — tout cela n'est qu'un autre fantasme! Si tu pouvais seulement te pardonner, tu pourrais descendre de ce manège, te libérer de toutes ces illusions, tu pourrais commencer enfin de vivre la vie dont tu as réellement envie!

— Non, je n'aurais plus le goût de vivre. Je suis désolé que tu voies la situation sous cet angle. Je suis navré que tu ne comprennes pas. — Je vais pour descendre du lit mais elle me prend par le bras et me retient.

— Excuse-moi, dit-elle vivement. Ne te fâche pas. Je t'aime. Ne te détache pas de moi. Je te jure que j'essaie de comprendre, je le désire tellement. Je t'en supplie, crois-moi.

— Chut. — Je lui ôte sa cigarette, je l'éteins et je me mets à l'embrasser. — Ne parlons plus. Nous avons parlé tout notre saoul tous les deux et il nous reste si peu de temps.

Les mots m'ont échappé avant que je réalise ce que j'ai dit. Ses yeux s'agrandissent, elle retient brusquement son souffle et je me maudis d'avoir déclenché la grande scène que j'avais décidé d'ajourner.

— Que dis-tu? demande-t-elle. Pourquoi nous reste-t-il si peu de temps?

Et c'est alors, à mon corps défendant, que je lui annonce que son père m'a transféré à Londres.

## 5

— Descends de ce manège, dit Vicky. Renonce. Le moment est venu de te laver les mains de ce gâchis et de commencer une nouvelle vie. Tu ne veux pas aller à Londres, n'est-ce pas?

— J'imagine que tu penses à nous deux. Eh bien, je reconnais que ce sera incommode mais...

— Incommode? Tu dis *incommode*?

— Mais nous continuerons de nous voir! Je reviendrai régulièrement à New York pour affaires et, évidemment, tu pourras aller à Londres aussi souvent que cela te sera possible.

— Une aventure amoureuse intercontinentale — oui, je vois, dit-elle. Merveilleux! Quel enchantement! Que pourrais-je demander de plus? — Elle fond en larmes.

— Vicky...

— Ah, tais-toi! Tu ne vis pas sur terre, c'est tout! — Elle saute du lit et cherche ses vêtements à tâtons.

Je cherche moi aussi à tâtons — je m'efforce de comprendre ce qu'elle a en tête. Un peu tard, je me rappelle qu'elle a dit qu'elle voulait quelqu'un qui soit davantage qu'un amant de passage et je comprends que je dois la rassurer. Une idylle intercontinentale ne lui suffit pas. Il faut que je la convainque que je désire davantage qu'une romance à temps partiel : il faut que je lui propose quelque chose qui la rassure.

— Viens à Londres avec moi, lui dis-je brusquement. Nous vivrons ensemble. Je ne désire pas plus que toi cette séparation.

Elle cesse de pleurer pour me regarder : « Et les enfants? »

— Eh bien... — Je m'aperçois soudain que je ne sais pas du tout quoi lui dire. — Eh bien, je suis sûr que tu adores tes enfants mais je pensais quand même... si une autre existence t'était offerte... Je suis certain que Cornelius t'aiderait à t'organiser.

— Comprenons-nous bien, dit-elle. Je ne vais pas abandonner mes enfants. Où je vais, ils me suivent.

— Mais il me semblait t'avoir entendu dire à bord que tu détestais ta vie ici et que tu ne restais avec tes enfants que par sentiment de culpabilité!

— C'est exact. Il est vrai que je me sens coupable. J'ai mis ces enfants au monde alors que je ne les désirais pas et rien ne peut être plus coupable! Le moins que je puisse faire pour me racheter est de rester auprès d'eux, et de m'efforcer, tant bien que mal, de leur montrer que je les aime.

— Mais si tu ne les aime pas, c'est de l'hypocrisie?

— Mon Dieu! on voit bien que tu es un célibataire sans enfants!

J'aime mes enfants. Je les aime beaucoup. Je les aime et les déteste à la fois parce qu'ils brisent ma vie et qu'ils m'épuisent sentimentalement un peu plus chaque jour. Mais si tu es incapable de renoncer à la vie que ton complexe de culpabilité te fait mener, pourquoi espérer que je renonce à la mienne?

Je sors du lit et je vais à la salle de bain pour réfléchir sérieusement trois bonnes minutes. Puis je reviens dans la chambre. Elle est encore à demi nue mais elle a allumé une cigarette et elle est debout, tendue, près de la fenêtre.

Je mets ma robe de chambre et je noue la cordelière : « Allons boire un peu de café. »

Nous nous asseyons et nous buvons en silence.

— Il doit exister un moyen de nous organiser, dis-je enfin. Je comprends tes sentiments mais essaie de te mettre à ma place. Je n'ai pas l'habitude des enfants. Je n'ai même pas l'habitude de vivre avec quelqu'un. J'aimerais pouvoir te dire que je suis capable de m'occuper de vous tous avec une main attachée dans le dos mais ce serait un mensonge. Pour que je m'y fasse, il faut me laisser le temps.

— Mais c'est que nous n'avons pas le temps, justement!

— Oui, mais si nous continuons à nous voir... Je reconnais que tu ne peux pas renoncer à ta vie ici pour vivre complètement avec moi à Londres mais...

— La vérité, coupe-t-elle, c'est qu'un roman d'amour intercontinental avec tous ses accessoires de prestige ferait admirablement ton affaire. Tu as l'habitude des longues périodes de célibat ponctuées de crises d'activité intense et si j'acceptais ce régime tu n'en demanderais pas plus, hein?

— Quand je reviendrai à New York...

— Dans quatre ans! Excuse-moi, tu es peut-être capable de vivre cette existence pendant quatre ans, moi pas. Je craquerais bien avant. Je ne supporterais pas les fatigues, la tension et la douleur des séparations et la frustration car tu ne serais jamais là quand j'aurais le plus besoin de ta présence — Dieu! tu ne vois donc pas comme ce serait désespérant? En tout cas, ma vie privée est déjà assez pleine de difficultés, je ne suis pas armée pour en accepter davantage.

Silence. Nous finissons notre café. Elle éteint sa cigarette.

— Et voilà, dit-elle, pour l'insoluble avenir. Mais nous avons eu plus qu'assez ce soir de l'intolérable passé. Il reste le présent. Ce n'est pas énorme mais il paraît que c'est tout ce que nous avons.

— Je ne peux pas me résigner comme ça.

— Ah Scott, moi non plus...

Elle est dans mes bras. Ma robe de chambre s'ouvre. Elle écarte ses dessous. En quelques secondes nous sommes couchés et le temps cesse enfin de compter et la nuit explose en un geyser flamboyant devant nos yeux.

# 6

Elle m'appelle le lendemain soir à 9 heures — je suis en train de dicter ma dernière note dans le dictaphone. J'ai la migraine et la lueur de ma lampe de bureau me fait mal aux yeux. La sonnerie du téléphone de ma ligne extérieure est tellement stridente que je grimace.

— Hello! dit-elle. Comment t'en sors-tu?

— Mal. Désolé de ne t'avoir pas appelée.

— Veux-tu venir chez moi quand tu auras terminé?

— Bien sûr. Mais je suis éreinté. Je ne serai pas un agréable compagnon.

— As-tu mangé?

— Non. Si, une minute : j'ai mangé la moitié d'un hot-dog sur mon bureau mais je n'ai pas eu le temps de le finir. Il y a tant de choses à régler avant mon départ.

— Sors de cette sinistre caverne et viens immédiatement chez moi.

Je pars.

Quand j'arrive, elle porte une robe de chambre de piqué blanc, elle n'est pas maquillée et ses cheveux dorés sont lisses et doux sous mes doigts.

— Il y a du poulet rôti et des frites du traiteur du coin, dit-elle, et six bouteilles de Coca-Cola. J'ai pensé qu'il nous fallait un contraste après les Quatre-Saisons.

Nous ne laissons rien du poulet, ni des frites, ni du Coke.

— Tu te sens mieux?

— Je suis comme neuf.

Nous nous mettons au lit.

— Tu n'as rien d'autre à boire? dis-je plus tard.

— J'ai une espèce d'eau gazeuse à la quinine, le machin que les Anglais appellent « Tonic » et qu'ils boivent avec du gin. Si tu vas à Londres, tu feras bien de t'y habituer.

Sans un mot, je sors du lit et je vais à la cuisine. L'eau de quinine est au bas de la porte du réfrigérateur.

— Je vais te donner un rond de citron pour mettre dans ton verre, dit-elle.

Je ne dis toujours rien.

— Excuse-moi, dit-elle. Je n'aurais pas dû reparler de « Londres » mais c'était plus fort que moi. J'ai réfléchi à l'avenir toute la journée.

Je prends une gorgée de Tonic et je trouve ça buvable. J'en bois une autre gorgée.

— Y a-t-il un espoir que Papa revienne sur sa décision?

— Aucun.

— Mais tu lui manqueras tellement! Avec qui jouera-t-il aux échecs la nuit?

Je ne réponds pas.

— Il vit dans un enfer en ce moment, poursuit-elle. Alicia ne lui parle plus à cause de Sebastian. Ce pauvre Papa est simplement misérable.

— Dommage. — Je me sers un peu de Tonic et j'y ajoute un cube de glace.

470

— Penses-tu qu'il puisse te rappeler au bout de quelques mois?

— Aucune chance.

— Supposons... supposons...

— Oui?

— Supposons que tu refuses carrément de partir. Te sacquerait-il?
Il ne pourrait pas, je crois, puisque tu m'as dit qu'il tremblait à l'idée que
tu puisses devenir président chez Reischman.

— Non, il ne me chasserait pas maintenant. Il attendrait l'occasion
de pouvoir le faire sans risques.

— Mais il t'aurait peut-être pardonné à ce moment-là!

— Non. Jamais. Aucun homme, pas même moi, ne peut défier
Cornelius à ce point et l'emporter en paradis.

— Mais supposons... supposons... que nous soyons mariés.

Je tourne la tête et je regarde les deux poissons roses qui flottent
rêveusement dans leur aquarium.

— Tu ne comprend pas? dit Vicky d'une voix tremblante. Si tu
m'épouses tu es certain de rester à la banque et d'obtenir ce que tu veux.
Comment Papa pourrait-il passer par-dessus la tête de son gendre?

Je continue de boire mon Tonic et de regarder les poissons.

— Je sais que tu as horreur des enfants mais...

— Je n'en ai pas horreur, dis-je en repoussant le souvenir de Rose et
de Lori qui accaparaient Emily dans le passé.

— ... mais Eric et Paul seront bientôt au collège pendant la plus
grande partie de l'année et les filles ne sont pas si gênantes — les filles sont
plus faciles que les garçons — il reste bien Benjamin mais il est vraiment
très gentil et j'en fais ce que je veux. Je ne le laisserais pas
t'ennuyer...

Elle s'interrompt. Puis elle dit avec un rire embarrassé:

— Je n'ai pas pour habitude de proposer le mariage aux hommes
crois-moi, mais c'est la seule solution que j'aie pu trouver à notre
problème.

Je sens qu'il me faut choisir mes mots avec le plus grand soin.

— C'est la solution la plus séduisante, dis-je avec chaleur en lui
donnant un baiser. Et, en théorie, c'est une brillante idée.

— En théorie? Pas en pratique? Tu ne crois pas que cela
marcherait?

— Non. Le moment est des plus mal choisis. — Je ne me hasarde pas
à l'embrasser mais je prends ses mains dans les miennes. — Écoute, Vicky.
La vérité, c'est que si je t'épouse maintenant et que je n'aille pas à
Londres, Cornelius sera fou furieux. Il ne croira jamais que je t'épouse
parce que je t'aime. Il sera instantanément persuadé que je fais cela pour
assurer mon avenir et en l'occurrence qui lui reprocherait de tirer cette
conclusion?

— Oh, ne t'inquiète pas de Papa! J'en fais mon affaire!

— Je crois que tu te fais des illusions. Tu as certainement une
énorme influence sur lui mais pas lorsqu'il s'agit de la banque.

— Je vois. Alors tu n'as pas le courage de m'épouser parce que tu as
peur de fâcher Papa! — Elle dégage ses mains et se lève.

— Ce n'est pas aussi simple. Supposons que nous nous mariions et
que notre mariage ne dure pas. C'est fort possible, tu sais. Nous nous

entendons bien, mais le mariage n'est jamais un lit de roses et nous pouvons avoir des différends. Et alors où me retrouverais-je? Je reconnais que j'aurais Cornelius «dans la poche» si j'étais son gendre mais que deviendrais-je si je n'étais plus son gendre au moment de la date fatidique du premier janvier 1968? Je serais liquidé et sur le pavé.

— Je vois maintenant ce que Kevin voulait dire, l'autre soir, dit-elle. Je commence à croire qu'au fond il a raison. Tu ne te soucies pas sincèrement des autres. Tu n'es attaché qu'à ton ambition.

— Voyons, une minute — laisse-moi parler! Je ne veux pas dire que nous ne devons jamais nous marier! Je tiens beaucoup à t'épouser. Je dis simplement que ce serait une erreur que de se précipiter tête baissée dans un mariage actuellement. Je crois que nous devrions mettre longuement notre liaison à l'épreuve.afin de régler toutes les petites difficultés qui ne nous manqueront pas. Je pense que nous devrions nous marier à mon retour à New York, en 1968.

— Merveilleux, dit-elle. Ce serait, en effet, le moment idéal pour assurer ton avenir une fois pour toutes sans te fâcher avec Papa. Il ne pourrait guère s'opposer à la régularisation d'une liaison qui durerait depuis quatre ans.

— Mais Vicky, je sens très sincèrement...

— Tu ne sens rien. Tu ne tiens pas à moi. Tu ne tiens qu'à cette maudite banque. Cette conversation peut se résumer en quatre mots très simples : tu ne m'aimes pas.

— Mais si je t'aime! Je suis fou de toi! C'est toi qui ne m'aimes pas. Si tu m'aimais, tu ne me laisserais pas aller seul à Londres! Tu partirais avec moi. Quand une femme aime vraiment, rien ne compte pour elle que d'être avec son amant — ses enfants, même, ne la retiennent pas! Regarde ce qui s'est passé quand Alicia a connu Cornelius!

— Je n'ai pas besoin de regarder ce qui s'est passé. Je l'ai vécu pendant des années. J'en ai été l'une des victimes.

— Oui, mais...

— Okay, disons si tu veux que je ne t'aime pas! Tu as peut-être raison! Peut-être est-ce simplement ta manière de faire l'amour que j'aime! En vérité, je suis furieuse, hébétée, blessée, je me sens tellement rejetée et tout simplement malheureuse que je ne sais plus où j'en suis. Et maintenant, voudrais-tu t'en aller, s'il te plaît? Je ne veux plus faire l'amour avec toi. Je ne le supporterais pas.

— Vicky... — Je suis au désespoir. — Écoute, nous trouverons une solution. J'en suis absolument sûr.

— Oh, pour l'amour du Ciel, vois donc les choses comme elles sont! Il ne s'agit pas d'un conte de fées! Ce fut une aventure merveilleuse mais maintenant elle est finie. Il faut qu'elle finisse. Elle ne peut pas aller plus loin.

— Mais, mon chou... ma chérie...

Elle me fixe durement de ses yeux gris. Les larmes coulent sur son visage sans qu'elle s'en rende compte.

— Je voudrais être avec Sebastian! lance-t-elle sauvagement. Lui m'aimait vraiment! Et lui ne m'a jamais dit de ces mots stupides, insignifiants et vides!

La jalousie me saisit avec une telle violence que je vacille sous le choc.

Je recule en chancelant, je heurte la table et le Tonic jaillit à moitié de mon verre.

— Okay, va le retrouver, dis-je. Qu'attends-tu? — J'arrive dans la chambre et je passe mes vêtements et je crie. — S'il a la clef de tous tes problèmes, va le retrouver. Très bien. C'est parfait. Et bonne chance!

J'entends des sanglots étouffés. Je noue ma cravate, j'arrange mes cheveux d'une main tremblante et je me retrouve dans le living-room. Elle est étendue sur le divan, les mains devant le visage.

— Alors, qu'est-ce qui t'inquiète? dis-je. Peut-être Sebastian ne fait-il pas l'amour en virtuose mais pourquoi t'en inquiéter maintenant? Si jamais tu as envie d'un véritable récital, tu n'auras qu'à sauter dans l'avion pour Londres et peut-être, si je ne suis pas trop pris, te réserverai-je une ou deux heures. C'est tout ce que tu attendais de moi, d'ailleurs, n'est-ce pas? Tu te servais de moi pour te prouver quelque chose et maintenant que tu as la preuve que tu attendais, tu peux te passer de moi!

Elle relève son visage marbré et gonflé par les larmes. Je revois tout à coup Emily pleurant l'abandon de mon père.

— Vicky, excuse-moi. Pardonne-moi... je ne voulais pas dire ça.

— Tais-toi! hurle-t-elle. Va-t-en! Tu as assez gâché ma vie comme ça! Fiche-moi la paix! Seigneur! quand je pense que tu as l'audace de m'accuser de m'être servie de toi! C'est toi qui t'es toujours servi de moi! C'est tout ce que tu attends des femmes! Tu es un malade! Peu importe que tu fasses bien l'amour — mais sur ce plan tu ne serais jamais qu'un raté, parce que tu n'es rien qu'un infirme du point de vue des sentiments!

Je prends le verre de Tonic et je le lance contre le mur. Vicky hurle. Des morceaux de verre rebondissent sur le tapis. Je me retourne. Le cabinet à liqueurs est là. Je prends la bouteille de gin et je la fracasse aussi contre le mur. Nouveau bruit de verre brisé, nouveau hurlement et puis le relent écœurant de l'alcool.

— Non, assez! hurle Vicky. Assez! Ou j'appelle la police! Assez!

Je m'aperçois que j'ai à la main une bouteille de Scotch. Je la remets lentement à sa place et je me passe le dos de la main sur les yeux.

— Excuse-moi, dis-je stupéfait. Je ne sais pas ce qui m'a pris. Je n'ai jamais fait une chose pareille.

Elle s'éloigne de moi. Je vois bien qu'elle a peur.

— Va-t'en maintenant, s'il te plaît, demande-t-elle d'une voix perçante.

— Je suis absolument navré. Pardonne-moi...

— Va t'en, c'est tout.

— Je te rappellerai.

Elle ne répond pas et je ne regarde pas derrière moi. Je vais à tâtons à la porte d'entrée. Je retrouve mon chemin je ne sais comment dans les corridors, le hall éclairés et je m'enfonce dans l'obscurité qui m'attend dehors.

# 7

## 1

— Vous allez bien? demande Cornelius.

— Très bien.

— Vous pensez toujours pouvoir partir mardi?

— Ma secrétaire a retenu ma place dans l'avion.

— Bien... Pas de problèmes?

— Aucun.

Je l'ai appelée dès mon arrivée au bureau. Je voulais attendre jusqu'au soir mais j'ai compris que je ne pouvais pas. Il fallait que je lui parle immédiatement

Son appartement ne répond pas, j'appelle donc le duplex et c'est la gouvernante qui m'apprend que...

— M^me Foxworth est en voyage pour quelques jours, Monsieur. Elle est partie il y a une heure.

— Où est-elle allée?

— Je l'ignore mais elle a laissé l'adresse à son père en cas d'urgence. Je suis sûre que si vous demandez à M. Van Zale...

Je raccroche. Je ne suis plus surpris maintenant que Cornelius se soit enquis si affectueusement de ma santé. J'appelle les résidences d'Arizona et de Bar Harbor mais on n'y attend pas M^me Foxworth. Je rappelle plus tard : elle n'est toujours pas arrivée.

Je ne sais pas trop comment se passe le reste de la journée mais en rentrant chez moi le soir je trouve une lettre expédiée par exprès :

« Je ne veux pas te revoir avant ton départ et je ne veux pas que tu m'appelles de Londres. Il est vraisemblable que nous nous rencontrerons un jour mais pour l'heure il me faut le temps d'oublier. J'espère de tout cœur que tu seras heureux à Londres et que la vie te donnera ce que tu attends. J'ai parfaitement compris et j'accepte que ce ne soit pas moi. »

Pour faire diversion, j'allume mon poste de TV mais c'est peine perdue. J'éteins le poste et je relis sa lettre. Je commence à me demander si je ne vais pas appeler le détaillant en liqueurs pour lui commander de l'alcool et j'ai peur. Alors je me verse un grand verre de Coke avec un énorme zeste de citron mais je m'aperçois avec effroi que je l'ai avalé en quelques secondes. C'est mauvais signe. Je m'efforce toujours de boire lentement. Je n'ai plus de Schweppes. Il ne faut pas que je boive aussi vite. Le supermarché vend-il de l'Indian Tonic? Je ne me le rappelle pas. Je vais aller demander au détaillant en alcools le plus proche.

J'arrive devant le magasin mais je songe alors qu'il serait plus facile — pas plus intelligent, ni plus sage, mais plus facile — d'aller plutôt au supermarché et j'en rapporte six bouteilles d'Indian Tonic.

Rentré chez moi, je me confectionne un faux Tom Collins et je le bois très lentement. J'ai trouvé du papier et j'écris sur la table de cuisine.

« Chère Vicky » mais cela paraît trop cérémonieux. J'arrache la page pour recommencer. Les mots ne viennent pas. Je me rappelle que Vicky m'a dit : « Descend de ce manège! » et brusquement je me dis que ce serait merveilleux d'être libre. Que ferais-je? Je pense que j'aimerais vivre avec Vicky sur un bateau, loin, très loin. J'aime la mer et je suis bon marin. Mon père avait un yacht et l'été, pendant le week-end, il m'emmenait naviguer sur le Sound, entre Long Island et la Côte Est.

Je me lève d'un bond. Mon verre est vide. Je me prépare un autre Tom Collins imitation, je prends le bloc et je dresse une liste des choses qui restent à régler avant mon départ pour l'Europe. Ensuite, j'appelle le gardien de l'immeuble et je le prie de sous-louer mon appartement, puis je cherche dans l'annuaire un garde-meubles qui puisse déménager et garder mes maigres possessions, enfin je fais une liste des livres et des disques que je veux qu'on m'expédie à Londres. Cela prend quelque temps. Je me prépare un hamburger mais je n'arrive pas à le manger. Un quart d'heure passe mais la soirée s'étend toujours interminable devant moi. Écartant mon verre, j'essaie de nouveau d'écrire à Vicky.

J'y parviens cette fois :
« Vicky, je t'aime infiniment. Je crois que tu t'es trop hâtée de dire que tout était fini et je sais que j'ai eu tort de ne faire aucun effort pour trouver un compromis. Consentiras-tu à me rencontrer une dernière fois avant mon départ afin que nous voyions si nous ne trouvons pas une solution? Tu avais sûrement raison de penser à un mariage et je suis navré d'avoir apparemment si mal réagi. Je t'en supplie, accorde-moi une dernière chance de remettre les choses en ordre. La maison est bien déserte sans toi. Avec tout mon amour, Scott. »

## 2

La lettre terminée, je reprends confiance en l'avenir. Je suis sûr que si je peux arranger une réconciliation elle acceptera de venir en vacances à Londres l'an prochain et, quand nous aurons été quelques jours ensemble là-bas, il lui paraîtra plus facile d'y revenir. Évidemment, je lui offrirai une bague de fiançailles pour lui bien montrer que je suis décidé au mariage et quand elle verra que j'ai engagé ma parole il lui sera plus facile d'accepter l'idée de fiançailles prolongées. Je reconnais volontiers que de longues fiançailles ne sont pas une situation idéale mais elle n'est pas nouvelle et on s'y fait. Dans la marine, j'ai connu beaucoup d'hommes, fiancés depuis des années, qui voyaient leur future femme très irrégulièrement et personne ne trouvait cela extraordinaire.

— Pourriez-vous faire parvenir cette lettre à Vicky, s'il vous plaît ? dis-je à Cornelius le lendemain. C'est très important et je sais que vous avez son adresse.

C'est la fête de Thanksgiving et la banque est fermée. Mais je vais y aller pour terminer mon travail. Je me suis fait excuser hier pour le dîner de famille. En arrivant au triplex des Van Zale je tombe sur Cornelius : il a fini son petit déjeuner mais il s'attarde dans la salle à manger devant une dernière tasse de café.

Il me jette un regard dur : « Elle ne veut être dérangée par personne. Elle est très nerveuse. »

— Je le sais. L'intention de cette lettre est de la calmer. Voulez-vous la lire ? Allez-y, je vais pour décacheter l'enveloppe.

— Mon Dieu, non ! Je n'ai pas l'intention de lire votre correspondance personnelle. Ce qui se passe entre vous et Vicky ne me concerne pas.

— Alors vous allez envoyer la lettre ?

— Okay. — Il examine l'enveloppe d'un œil glacé.

Je m'assieds avec lui à la table du petit déjeuner.

— Je suis désolé de vous ennuyer Cornelius.

— Et vous avez bigrement raison. Vous avez gâché ma soirée de Thanksgiving. Je comptais que Vicky serait là. Alicia est allée en Californie chez Andrew et Lori et je ne sais quand elle reviendra.

— Je suis... je suis certain qu'elle ne sera pas longtemps absente.

— Non, sans doute, mais tout de même... Vous n'avez pas idée de ce qui s'est passé ici. J'ai eu une autre scène avec Sebastian.

— Une autre scène ? Seigneur ! A quel sujet ?

— Eh bien, je... vous savez que je ne reviens jamais sur une décision importante mais...

— Vous lui avez offert de le reprendre ? — J'essaie de dissimuler ma consternation

— Oui, ma foi. Voyez-vous, Alicia était tellement désespérée... alors, je me suis dit que j'avais peut-être agi un peu vite et... oh, au diable tout ça, qu'est-ce que ça peut bien faire ! Sebastian a repoussé l'idée de toute manière, nous voilà donc revenus au point de départ.

— Sebastian a refusé votre offre de le reprendre ? — Je ne peux pas cette fois cacher mon expression d'incrédulité.

— Exactement. « Je ne retire pas un mot de ce que j'ai dit quand vous m'avez chassé, m'a-t-il déclaré. Je ne reviendrai que si vous démissionnez et me nommez associé-gérant. » Alors, j'ai été pris d'une telle fureur que je lui ai annoncé que je veillerais à ce qu'il ne trouve pas une seule situation à Wall Street et savez-vous ce qu'il m'a répondu : « Ne vous égosillez pas. Je renonce à la profession. J'en ai marre. Faites tout ce qui vous chantera, je m'en fous. Je pars pour l'Europe. C'est le seul endroit civilisé où l'on puisse vivre. J'en ai marre des barbares, des philistins et de le civilisation du plastique. »

— Il est cinglé ! — Je sais que Sebastian adore New York. — Il ne parle pas sérieusement.

— Exactement ce que je lui ai dit. « Tu ne vas pas faire ça! lui ai-je dit. Et ta mère? Tu ne peux pas t'en aller vivre à des milliers de kilomètres d'elle! Que deviendrait-elle? » « C'est votre affaire, m'a-t-il répondu, et je vous souhaite bien du plaisir à la régler! » Et il est sorti. Seigneur! croyez-moi, ces quarante-huit heures ont été terribles!

— Je suis désolé... navré. Je sais qu'on peut avoir l'impression que tout cela est ma faute...

— C'est vrai. Mais nous aurons peut-être un peu la paix quand vous prendrez la route de l'Europe. Dieu merci, vous vous envolez bientôt, dit Cornelius et, glissant la lettre à Vicky dans sa poche, il sort sans un mot de plus.

### 3

Le vendredi, mes biens terrestres ayant été emmagasinés ou expédiés à Londres, je quitte mon appartement pour l'Hôtel Carlyle afin d'y attendre le moment du départ. Comme j'ai passé le week-end à travailler, je n'ai pas beaucoup vu l'hôtel, et lorsque j'en ai terminé à la banque je suis tellement éreinté que je me demande si j'aurai jamais la force de regagner ma suite. Je suis sur le point de quitter mon bureau pour la dernière fois lorsque le téléphone rouge sonne.

Apparemment Cornelius aussi a dû travailler tard, peut-être pour reculer le moment de retrouver son triplex déserté. Alicia est encore en Californie et Vicky n'a pas répondu à ma lettre. Je suis à peu près persuadé maintenant qu'elle ne l'a jamais reçue.

— Oui? dis-je sèchement à l'appareil.

— En avez-vous encore pour longtemps?

— Je partais.

— Okay. Je vous ramène dans le Centre.

Dans sa Cadillac, nous restons un long moment silencieux, mais, peu après Canal Street, il me demande : « Avez-vous eu des nouvelles de Vicky? »

— Non.

— Oh, je lui ai pourtant expédié la lettre. Je suis sûr que vous pensez que je ne l'ai pas fait.

— C'est vrai.

— Eh bien, vous avez tort.

— Okay, j'ai tort.

Nous remontons toujours la ville.

— Désolé de m'être fâché l'autre matin, dit Cornelius. Finalement, Thanksgiving s'est passé agréablement. Ces enfants me plaisent énormément. J'ai une sacrée chance d'avoir cinq petits-enfants.

La Cadillac s'arrête au feu rouge. Par la glace, j'aperçois les terrains vagues et, dans mon état de fatigue, ils ne m'ont jamais paru plus sinistres.

— Évidemment, ils sont encore très jeunes, poursuit Cornelius. Ils sont très gentils mais je ne peux pas leur parler vraiment, vous comprenez, je ne peux pas encore... Je ne sais pas trop comment expliquer ça. J'ai essayé d'enseigner les échecs à Eric et à Paul mais on dirait qu'ils n'ont pas envie d'apprendre. Heu... Scott... que diriez-vous d'une petite partie en vitesse ce soir? La dernière avant votre départ?

Je ne vois qu'une réponse qui ne soit pas une preuve d'hostilité : « Okay. »

— Mais nous ne jouerons pas si vous êtes trop fatigué, dit-il, inquiet. En tout cas, venez dîner avec moi et boire une ou deux bouteilles de Coke.

— Très bien. — Je me reprends avec effort. — Merci.

Cornelius ouvre deux bouteilles de Coke pendant que nous attendons qu'on nous grille deux steaks.

— Que pensez-vous de cette affaire du Sud-Est asiatique? dit-il. Je me demande si Johnson a raison d'y continuer la politique de Kennedy. Il est vrai que la guerre est bonne pour les affaires. Rappelez-vous la Corée.

— C'est vrai.

— J'espère qu'Andrew ne sera pas envoyé là-bas. J'ai fait de mon mieux pour le lui éviter mais maintenant c'est lui qui veut y aller. Ce serait évidemment la fin de tout pour Alicia. Seigneur, cette année aura vraiment été terrible. Au fait, qu'est-ce que vous pensez des dernières révélations sur l'assassinat? Il s'agit d'un complot communiste, c'est très clair. Comme je le disais à Sam, en 1949...

Je coupe mentalement la communication pendant que Cornelius continue de parler. Mon regard se promène sur l'ameublement laid, les tableaux abstraits qui expriment obscurément une certaine idée de violence, les rayons de livres qu'on ne lit pas, le triste décor d'une morne existence.

Nous mangeons notre steak en silence. Rompant avec ses habitudes, Cornelius débouche une demi-bouteille de vin rouge et la vide jusqu'à la dernière goutte.

— Je vois que vous êtes fatigué, dit-il finalement. Pardonnez-moi, j'ai été fort égoïste de vous traîner jusqu'ici pour dîner. Mais la vérité, c'est que je ne suis pas du tout enchanté de vous voir partir demain. Vous allez me manquer énormément.

— C'est vous qui l'avez voulu, Cornelius. Pas moi.

— Voulu. Voulu. Qu'entendez-vous par-là? Non, ne répondez pas, Scott. ... Nous nous séparons bons amis, n'est-ce pas?

— Bien sûr.

— Bon. Je vous demande de croire que je vous suis très reconnaissant de monter sur la brèche à Londres — vous savez que je sais fort bien montrer ma gratitude le moment venu.

Après un instant de silence, je réponds : « Merci. Je ne crois pas que vous serez déçu par mon travail à Londres. »

— J'ai toute confiance en vous. Bien. Je suis heureux que nous soyons de nouveau d'accord.

Le dîner terminé, il m'accompagne dans le hall.

— Eh bien, je crois que c'est tout, dit-il. Le moment des adieux est venu.

Il me tend timidement la main. Je la regarde puis je la lui serre et la laisse retomber : « A bientôt. »

Il me regarde. Ses yeux brillent de larmes. Le vin à dû le rendre sentimental et cette manifestation d'émotion m'est désagréable.

— Je vous considérerai toujours comme un fils, Scott, dit-il, quoi qu'il arrive. Ne l'oubliez pas.

Je pense qu'il a assassiné mon père et j'ai envie de vomir ; je voudrais le mettre en charpie ; je voudrais le prendre par le cou et le serrer longtemps, longtemps pour qu'il ressente pleinement l'horreur d'une mort lente. Mais je ne fais pas un geste, je me borne à penser d'une manière vague que je l'exterminerai un jour et je lui dis seulement : « Je n'oublierai pas. »

Puis je le laisse et je regagne le Carlyle.

## 4

Il n'y a toujours pas de lettre de Vicky à l'hôtel ni de message pour moi lorsque j'appelle sa gouvernante. Je comprends maintenant que Vicky est bien décidée à rompre. Je me demande si je ne pourrais pas retarder mon départ, attendre son retour et essayer de la convaincre de changer d'avis. Mais je songe qu'il serait dangereux d'ajourner mon voyage. Si je l'ajourne une fois je serai peut-être tenté de recommencer. Je pourrais perdre courage. Il me semble que je suis sur un chevalet de torture et que je pourrais bien ne m'en pas tirer vivant.

La nuit s'écoule lentement. Je sens la Mort qui s'approche. Je ne cesse de penser à Vicky en me demandant comment continuer de vivre si elle persiste à rompre.

La chance de survivre ne tient plus soudain qu'à un fil ténu qui peut se briser à tout instant et lorsque, l'aube paraît enfin sur l'East River, je vois la Mort qui s'avance vers moi, de l'autre côté de l'échiquier, sur la plage déserte.

## 5

Et c'est ainsi que mes fantasmes rejoignent la réalité et que je vis enfin le mythe qui m'hypnotise depuis si longtemps. En pénétrant dans le hall de départ de la BOAC de l'Aéroport international John-F.-Kennedy, c'est le paysage désolé de la quête de Roland qui s'étend devant moi et dans l'étendue sinistre de verre et de ciment je reconnais la lande qui entoure la Tour noire.

Je m'arrête net sous l'empire de cette fulgurante révélation. Je sais qu'il doit exister un signe, un signe qui indique que le moment inéluctable est venu de prendre la décision qui scellera mon avenir. En me retournant, j'aperçois le panneau des départs et je lis le mot « Londres ».

Je vois aussitôt l'avion qui va m'emmener en Angleterre. Je le vois aussi nettement que Roland voyait la Tour noire et soudain je réalise que c'est le moment, que c'est l'endroit, que c'est ici que je dois décider de poursuivre mon ambition ou d'y renoncer, c'est ici que Roland, en portant le cor magique à ses lèvres, aura la révélation de son destin

Quelqu'un crie mon nom. Je me retourne et *elle est là*, tout en blanc, à l'inverse de l'image drapée de noir de mes fantasmes, et elle se serre frileusement dans son vison blanc pour échapper au froid de la mort. Et en accourant vers moi à travers la foule, elle tend les bras et s'écrie : « Scott ! Ne pars pas ! »

Au-dessus de nos têtes, une voix lointaine psalmodie : « La British Overseas Airways annonce le départ du vol 510 pour Londres...

— Vicky, Vicky... »

Elle est dans mes bras. Un instant rien ne compte plus que cela et je vois bien alors ce que je dois faire.

— Oh, Scott, je t'en prie — tu ne dois pas partir, tu ne le dois pas ! Tu ne vois donc pas ce qui se passe ? Tu ne comprends donc pas ?

« ... les passagers munis d'une carte d'embarquement sont priés de se rendre à... »

— Je laisserais tout, j'irais à Londres avec toi mais ce serait inutile car le problème qui te paralyse n'en serait pas pour autant résolu et tant que ce problème existera il n'y aura pas assez de place pour moi dans ta vie...

« ... Air France annonce le départ de son vol pour Paris, Rome, Beyrouth... »

— Accorde-toi ton pardon, pardonne à mon père, arrête, renonce, reste, vivons. — Je t'aiderai, je te le jure, reste avec moi, je sais que nous pouvons être heureux ensemble, je sais que nous le pouvons, je le sais.

Je le sais aussi. La partie raisonnable de mon cerveau le sait. La partie qui aime Vicky le sait. Je regarde le passeport que j'ai à la main, je regarde la carte d'embarquement, je la prends entre mes doigts pour la déchirer mais à ce moment-là le passé surgit, me pétrifie et mes doigts se paralysent.

Le cor magique est sur mes lèvres mais la sonnerie libératrice ne retentira jamais et, pendant que je lutte en vain pour trouver un souffle qui me donnerait la vie, j'aperçois non pas le destin que je souhaite mais celui que je ne puis éviter : il vient s'emparer de ma vie et m'entraîner vers la Tour noire.

— Je ne peux pas rester, dis-je. Je le voudrais mais je ne le peux. Je ne peux pas. C'est impossible. Impossible.

Elle s'écarte de moi.

— Alors, je ne peux rien de plus. Je ne peux pas t'aider ni t'émouvoir. Et je ne te reverrai jamais.

Nous n'échangeons plus un seul mot. Elle me regarde, glacée, trop accablée pour exprimer ses sentiments profonds, trop lasse pour poursuivre une discussion rationnelle, et elle s'éloigne enfin en chancelant vers la sortie.

« Dernier appel pour les passagers du vol 510 de la British Overseas Airways à destination de Londres... »

Je traverse le hall, je gagne les limites de cette lande désolée de verre

480

et de béton, j'avance en compagnie de Roland que j'ai fait mien, j'avance vers la Tour noire et j'y pénètre.

— Première classe, Monsieur? Par ici, s'il vous plaît. La place près du hublot... Voulez-vous me donner votre manteau?

Je m'assieds, j'attends et un peu plus tard quelqu'un me parle de nouveau.

— Monsieur. Voudriez-vous prendre un rafraîchissement avant le décollage? me demande une jolie stewardess.

Je la regarde et j'ai envie de mourir. Le douloureux fardeau de la vie m'est insupportable.

— Oui, dis-je. Je boirais volontiers. Apportez-moi un double Martini *on the rocks*.

# SIXIÈME PARTIE

# VICKY : 1963-1967

# 1

## 1

— Bonjour, madame, répond la voix désincarnée. Ici la ligne personnelle de M. Van Zale. A votre service.

— Ici Madame Foxworth, dis-je. Passez-le-moi.

Silence réprobateur. Les femmes de la haute société elles-mêmes doivent pourtant savoir avec quel respect il convient de s'adresser à la secrétaire d'un P.-D.G.

— Je suis désolée, M<sup>me</sup> Foxworth, mais M. Van Zale est en réunion...

— Appelez-le, je vous prie.

— Mais...

— *Appelez-le.*

Elle en a un hoquet. Puis elle abaisse sa clef et je n'entends plus rien. Après avoir allumé une cigarette, je prends une autre pièce de dix cents dans le cas où l'opératrice le réclamerait mais le silence ne s'interrompt que pour la voix de mon père qui dit, essoufflé :

— Vicky? Ma chérie, que se passe-t-il? D'où m'appelles-tu? Tu es toujours au Ritz Carlton de Boston?

— Non, je suis à l'aéroport Kennedy.

— Qu'y a-t-il? S'agit-il de Scott? Son avion s'est écrasé? Est-il?...

— Scott vole vers Londres, dis-je, et je crois qu'il est temps que tu relèves les ruines que tu as faites de sa vie et de la mienne. Viens immédiatement, s'il te plaît. Je t'attends dans le hall d'arrivée des lignes internationales.

— Mais, ma chérie... mon petit... certes, je comprends fort bien que tu sois bouleversée et je vais aller te retrouver dès que je le pourrai bien sûr, mais je suis pris par une réunion extrêmement importante et...

— Au diable ta réunion! C'est de *ma vie* qu'il s'agit actuellement! Tu arrives immédiatement ou je saute dans le premier avion pour Londres.

# 2

Trois quarts d'heure plus tard, la Cadillac s'arrête le long du trottoir et, flanqué de deux de ses assistants et d'un garde du corps, mon père en descend avec l'aide de son chauffeur. J'attendais, le manteau de vison pèse sur mon bras comme un boulet. J'ai pris du café après avoir téléphoné et j'ai refait mon maquillage pour qu'on ne voie pas que j'ai pleuré.

Le chef des assistants se précipite vers moi : « Nous pourrions aller dans le salon réservé aux V.I.P., M^me Foxworth...

— Parfaitement inutile. Nous irons au bar.

— Mais son asthme...

— Oh, laissez tomber ces boniments au sujet de son asthme! Viens Père, je vais t'offrir un cognac qui te ragaillardira tout de suite. »

Mon père me lance un regard furieux et commence à marmonner quelque chose dans son fameux souffle d'asthmatique mais je l'interromps.

— Allez attendre dans la voiture, tous les deux, dis-je aux assistants, et j'ajoute à l'intention du garde du corps : Vous pouvez venir avec nous mais vous irez vous asseoir de l'autre côté de la salle.

Les trois hommes me regardent comme si un petit homme vert venait de leur tomber sur le dos. Puis ils regardent mon père. Il hoche douloureusement la tête. Son visage est couleur de cendres et sa respiration fait mal à entendre.

— Viens, Père, dis-je en le prenant par le bras. Par ici.

Nous entrons au bar et je l'installe dans un coin avant de commander un Martini et un double cognac. Le garde du corps s'assied avec sa bière à une table assez éloignée. Nous sommes seuls.

— Je ne devrais pas boire du cognac, murmure mon père.

Mais il le boit. Il avale d'abord une petite gorgée, puis une plus grande et, ne sachant que faire de ses mains, il tapote ses manchettes, s'éclaircit la gorge et s'attaque à une tache sur la table. Quand il a enfin mis au point ce qu'il voudrait dire, il commence d'un ton gêné :

— Je suis navré que tu sois bouleversée à propos de Scott. Certes, je n'aime pas que tu m'appelles affolée à ce point, que tu me déranges dans une réunion d'une importance capitale pour me traîner jusqu'ici mais je sais que les femmes agissent sans réflexion quand on contrarie leurs amours et je veux bien t'excuser. Il serait bon maintenant que tu te calmes et que tu ramènes cette affaire à ses justes proportions. Je parie que tu crois que j'ai expédié Scott à Londres pour mettre fin à votre aventure. Eh bien, il n'en est rien. J'ai obéi uniquement à des considérations d'affaires. Je n'interviens plus désormais dans ta vie privée, tu le sais. Je reconnais volontiers que tu es une femme adulte et que tu dois vivre à ta guise.

Il s'arrête et me regarde. Son regard est direct et candide, son expression sincère. La franchise timbre chaque inflexion de sa voix. J'en ai la nausée.

— As-tu terminé? fais-je.

— Mais, ma chérie...

— Pas de « ma chérie », s'il te plaît! Ce que tu veux dire c'est que, ayant ruiné l'existence de Scott au point qu'il est maintenant incapable d'agir raisonnablement, tu as l'intention de t'en laver les mains, comme Ponce Pilate, et de dire pieusement : « Je suis innocent! Je n'y suis pour rien! »

— Je ne comprends pas ce que tu dis.

— Tu ne comprends pas que nous subissons tous les deux les conséquences de ce que tu as fait?

— Mais je n'ai fait aucun mal! Je n'ai jamais désiré que ton bonheur et celui de Scott!

— Alors pourquoi as-tu soumis Scott à un tel lavage de cerveau qu'il en est arrivé à haïr un père qui l'aimait?

— Oh, mais...

— Oserais-tu le nier?

— Tu ne comprends pas! Vois-tu, ce n'est pas du tout ce qui s'est passé.

— C'est exactement ce qui s'est passé, Père. Ce n'est pas du tout ce qui aurait dû être. Mais c'est ce que cela a été en réalité.

— C'était justifié. Steve ne méritait pas un fils comme Scott. Il était déchu de ses droits.

— Je n'en crois rien. C'est ce que tu tenais à croire alors mais...

— Steve s'en moquait. Et pourquoi pas? Il faisait des enfants à gauche et à droite — que lui importait un fils de plus ou de moins? Il fallait bien que quelqu'un se charge de Scott. J'ai pensé qu'il était juste. J'ai pensé que c'était Dieu qui...

— Toi et ton Dieu! Ne viens pas me parler de tes conceptions de Dieu et de la morale! Tu as commis une action mauvaise et égoïste et il est grand temps que quelqu'un ose te le dire! Tu ne vois donc pas ce que tu as fait? Tu as estropié Scott au point qu'il est incapable d'avoir une vie normale! Tu l'as mutilé!

— Pure sottise féminine! Remets-toi, je t'en prie, et arrête cette scène d'hystérie. Scott est un homme qui a brillamment réussi.

— *Réussi?* Tu oses dire *réussi?*

— Certes oui!

— Que signifie la réussite à ce prix-là?

— Allons, Vicky écoute...

— Tu l'as *détruit*, Père. Voilà la vérité. Tu ne veux pas en convenir mais ce n'en est pas moins la vérité. Tu as détruit Scott.

— Comment l'aurais-je détruit, crie mon père, quand je ne désirais que...

— Ne me répète pas cette antienne que tu ne voulais que son bonheur. Tout ce que tu as jamais désiré c'est *ton* propre bonheur. Mais dis-moi : si tu avais tellement envie d'un fils dans les années trente, pourquoi n'en as-tu pas fait un toi-même? Pourquoi es-tu resté marié tant d'années à cette garce frigide, à cette femme qui t'as rendu si malheureux?

Mon père a une grimace douloureuse. Il n'essaie pas de répondre mais la souffrance l'accable et lui donne une expression de honte et de désespoir qui me fait reculer.

— Ah, Vicky... dit-il. Si tu savais. Si seulement tu savais.

Mais je le sais. Je les vois, tous les détails de l'univers dans lequel il est enfermé depuis son mariage. Je le connais. J'y ai vécu moi-même.

Ma colère s'évanouit et il ne reste plus que l'amour filial.

## 3

— Tu ne peux pas comprendre, dit-il. Je me sentais coupable, inutile; j'étais un raté, le partenaire inadéquat d'un merveilleux mariage. Je le voyais s'écrouler et je savais que c'était ma faute. Tu ne peux pas savoir ce que j'ai vécu. Tu ne peux pas comprendre.

— *Je ne peux pas comprendre?* Dis-moi, Papa, n'as-tu pas une idée, pas la moindre idée de ce qu'ont été mes deux mariages?

Nous nous regardons longuement. Longtemps, longtemps. Puis il dit, en hésitant sur les mots : « Alors tu dois comprendre... ce qui s'est réellement passé. »

— Plus tu étais persuadé d'être un raté et plus il était important qu'il y eût dans ta vie des êtres — des enfants de préférence — qui continuent de t'aimer et de te voir comme un héros.

— Oui.

— C'est pour ça que tu n'as reculé devant rien pour arracher Scott à Steve.

— Oui.

— Tu savais que c'était une mauvaise action mais tu ne pouvais pas t'en empêcher.

— Oui.

— Tu te disais que du moment que tu étais le meilleur père possible pour Scott tout finirait bien et que personne n'en souffrirait.

— Oui. C'est cela. C'est ainsi que les choses auraient dû être. J'ai remué ciel et terre pour qu'il en soit ainsi. Je ne sais pas, je ne comprends vraiment pas ce qui s'est passé... Je m'étais donné tant de peine.

Je finis de boire mon Martini et je me lève.

— Où vas-tu? demande mon père, affolé.

— Commander à boire.

Quand je reviens, il est tout à fait immobile, mince et frêle silhouette perdue dans son pardessus noir; ce n'est plus un monstre maintenant, mais l'espèce de raté qu'il a toujours si ouvertement méprisé, touchant et pitoyable, malheureux et désorienté. Je ne peux ni le juger ni le condamner : j'ai trop conscience de mes propres échecs. Car, même avec Scott, j'ai finalement échoué. Je n'ai pas su le garder, pas su le guérir, et peut-être même ne l'ai-je pas assez aimé... Des larmes me brûlent les yeux et je me rappelle alors ce que Sebastian me disait un jour : « Fâche-toi. Mets-toi en colère! » et je me dis furieusement : Non, ce n'est pas moi qui ai failli à l'égard de Scott. C'est *lui* qui a failli à mon égard!

J'observe mon père et je me demande ce qu'il peut savoir.

— As-tu bien compris Scott, Papa? lui dis-je brusquement.

Son visage las paraît vieillir davantage encore.

— Trop bien, dit-il.

— En es-tu certain? — Je prends une gorgée de Martini. — Ce que je n'arrive pas à comprendre c'est pourquoi tu t'es laissé si longtemps manœuvrer par lui.

— Il ne me manœuvrait pas.

— Mais...

— Tu te trompes complètement, Vicky, tout comme les autres. Scott ne me manipulait pas. C'est moi qui l'ai manipulé. J'ai trompé tout le monde et Scott lui-même, depuis toujours.

## 4

Je suis confondue · « Que veux-tu dire? »

— Tu ne vois toujours pas les choses comme elles sont réellement?

— J'ai l'impression que nous jouons aux propos interrompus... ou qu'il y a entre nous un quiproquo fondamental...

— J'en doute mais revoyons la situation telle que la voit Scott pour nous assurer que rien ne nous a échappé. Scott s'imaginait, n'est-ce pas? que s'il travaillait à la banque comme un esclave et consacrait son existence à me devenir indispensable, il réussirait l'exploit apparemment impossible de m'amener finalement à lui offrir la banque. Il a échafaudé une théorie extraordinaire, qu'il m'a souvent laissé entendre au cours de nos parties d'échecs nocturnes, théorie aux termes de laquelle je finirais, poussé par mon complexe de culpabilité, par lui offrir la banque; ce serait de ma part une noble offrande expiatoire au moment de prendre ma retraite... Pourquoi me regardes-tu comme ça? Tu n'es pas d'accord avec moi?

Je ne peux que répondre : « Ainsi, tu savais? Tu savais tout? »

— Bien sûr! Scott l'a exprimé très clairement à sa manière indirecte et mystique. Incroyable, les âneries que peuvent imaginer ces intellectuels quand ils s'y mettent. Ils ont un goût pour les conceptions tarabiscotées qui n'existent que dans leur imagination et Scott le premier adore ce genre de choses — mythes, allégories, bataclan médiéval et magie en général... Je n'y ai moi-même jamais rien trouvé de passionnant mais, s'il y tenait tant, pourquoi l'aurais-je empêché de se poser ce bandeau médiéval sur les yeux?

J'en suis malade mais je me borne à lui dire : « Continue. »

— Je ne dirai pas que je n'éprouve pas un certain sentiment de culpabilité quand je songe au passé, reprend mon père. Ce serait mentir. Steve et moi nous sommes livré une bataille à couteaux tirés et je ne l'ai pas gagnée en respectant les règles les plus pures de la chevalerie mais il faut se rappeler deux choses avant de m'attribuer le rôle du traître... avant d'attendre que je dresse moi-même la croix de ma conscience coupable pour y être crucifié. Primo : si je n'avais pas coupé la gorge de Steve, il aurait certainement coupé la mienne. Et, secundo : étant donné que Paul m'avait clairement désigné comme son successeur, j'avais plus de droits que n'en avait Steve Sullivan sur cette banque. On oublie généralement ces deux faits. Je me demande pourquoi car ils sont extrêmement importants. C'est pour cette raison que, si je me sens coupable pour certains aspects du passé, je n'arrive pas à regretter ce que j'ai fait. Je ne serai certainement jamais assez tenaillé par le remords pour faire une dépression nerveuse et jeter au vent l'œuvre de ma vie afin d'apaiser ma conscience... Tu me suis toujours ? Et commences-tu à voir la situation non du point de vue de Scott mais du mien ?

Incapable de parler, je hoche la tête.

— Bien, poursuit mon père, nous entrons maintenant dans le vif du sujet et le voici : Je ne remettrai jamais la banque à un homme qui ne me plaise pas entièrement mais, tout bien pesé, Scott ne me déplaît pas. En d'autres termes, tout bien pesé, il était bien inutile que Scott essaie de me vaincre avec des arguments indirects irréels et tarabiscotés.

— Tu veux dire que tu voulais... que tu as toujours voulu...

— Oui, dit mon père. Toujours ! J'ai toujours désiré que Scott reprenne la banque.

Je le regarde les yeux écarquillés, la bouche sèche.

— Papa, il ne faut pas, il ne faut jamais qu'il le sache. Il ne faut pas que tu lui dises qu'il a gaspillé toutes ces années à tenter de ravir à l'ennemi de son père ce que cet ennemi avait décidé de lui donner. S'il apprend jamais que sa quête n'était qu'une immense illusion il sera perdu.

— Crois-tu ? Je me le demande. Scott est très solide, tu sais. J'ai toujours admiré sa force... Mais tu comprends maintenant, n'est-ce pas ? Ce n'est pas le complexe de culpabilité qui me faisait agir. La culpabilité n'a rien à y voir. J'ai toujours voulu que Scott reprenne la banque parce que...

— Parce qu'il est le frère cadet que tu n'as jamais eu et le fils que tu as toujours désiré et tu as toujours considéré qu'il était ton fils. Pour toi, sa parenté avec Steve n'est qu'une péripétie biologique.

— C'est vrai. Je voulais que Scott obtienne la banque parce que je l'aime. C'est curieux comme cela paraît simple quand je le dis comme ça. Je ne l'ai jamais dit encore à voix haute — j'avais peine à me l'avouer à moi-même, j'avais trop peur de trahir mes sentiments.

— Tu voulais cacher la vérité ?

— Mais oui, si je tenais à obtenir ce que je désirais je ne pouvais pas avouer la vérité. Tu vois maintenant dans quelle situation difficile je suis ? Il fallait avant tout que je pense qu'Alicia désirait fort naturellement que je fasse de Sebastian mon héritier. Il n'était guère possible de lui dire que je voulais passer par-dessus la tête de Sebastian et qu'en fait je ne me souciais guère de ses deux fils. Mais, finalement, Alicia ne représentait qu'un problème secondaire. Le problème essentiel, je l'avais compris dès le début, ce serait Scott lui-même.

— J'imagine, dis-je lentement, que tu craignais qu'il ne disparaisse au lointain s'il apprenait que son rêve aboutissait en fait à combler tes vœux.

— Non, tu vas trop loin et trop vite. Tu oublies le fait essentiel qui est que pendant des années je n'ai pas compris que Scott était un ennemi. Nous nous aimions beaucoup avant la guerre et, lorsqu'il en est revenu, il n'a pas donné le moindre signe que ses sentiments aient pu changer. Non,

490

le problème tel qu'il m'apparaissait alors n'était pas qu'il puisse s'éloigner de moi et disparaître s'il apprenait la vérité : je craignais simplement que s'il apprenait qu'il pouvait obtenir la banque sans effort ou presque, il perde tout intérêt pour la profession de banquier ou qu'il en adopte une autre afin de se prouver à lui-même qu'il était plus fort, plus intelligent et plus sage que ne l'avait été son père.

— Je crois avoir compris. Tu veux dire que Scott recherchait une épreuve. Il lui fallait se mortifier en accomplissant une tâche surhumaine.

— Ma foi, je ne suis pas grand psychologue et je n'ai pas étudié Scott à fond mais l'instinct me dit qu'il désirait croire — qu'il avait besoin de croire — que nous étions engagés tous deux dans une grande bataille mythologique et que si je voulais jamais obtenir ce que j'attendais il fallait que je joue le jeu avec lui. Il fallait donc laisser Scott franchir tous ces obstacles imaginaires — et pourquoi pas? A l'époque ils ne me paraissaient pas sinistres. Ils confirmaient pleinement ma théorie selon laquelle Scott fait un complexe à l'égard de son père et que c'était là le moyen qu'il avait trouvé pour s'en débarrasser. Je te répète qu'il n'a jamais montré le moindre signe d'hostilité, jamais. Il m'a trompé aussi habilement que je l'ai trompé moi-même, vois-tu.

— Quand as-tu commencé à deviner son jeu?

— En mil neuf cent cinquante-cinq. Jusqu'à cette date tout s'est très bien passé mais quand je m'y reporte je suis surpris d'avoir si bien réussi à créer l'illusion qu'il n'était pas question pour moi de considérer Scott comme un successeur. Mais deux indices permettaient de deviner la vérité. Le premier, c'est que j'ai fait entrer Scott à la banque. Des gens comme Emily, par exemple, pensaient que c'était par pure charité chrétienne. C'était évidemment une erreur — je ne l'aurais jamais engagé si je ne l'avais pas voulu. Et le second indice, c'est que je ne l'ai jamais chassé. Sam l'aurait voulu. Des tas de gens ont essayé de l'écarter à un moment ou à un autre mais je l'ai gardé, protégé, et je l'ai aidé à tous les instants — jusqu'à ce que je réalise enfin, bien sûr, que je creusais ma propre tombe.

Mon père cesse de parler. Il respire maintenant et son visage, encore pâle et tiré, est moins couleur de cendre. Il boit un peu de cognac. J'entends la rumeur de l'aéroport, le piétinement des gens qui arrivent et qui partent, le murmure des conversations et la psalmodie des haut-parleurs.

— Que s'est-il passé en 1955? fais-je.

— J'ai appris que Tony Sullivan avait laissé une lettre posthume. — Mon père réfléchit avant d'ajouter lentement. — Elle présentait la version du passé selon Tony. Naturellement, j'avais élevé Scott selon la mienne.

— Mais pourquoi Scott aurait-il rejeté ta version pour adopter celle de Steve?

— La lettre de Tony était très convaincante. — Mon père s'arrête comme pour reprendre sa phrase mais il la confirme en répétant : Très convaincante. Naturellement elle était inexacte et de parti pris mais...

— Vraiment? Tony a toujours été si honnête et franc! Il eût été le dernier, je crois, à inventer un tissu de mensonges!

— C'est vrai et c'est pourquoi, évidemment, cette lettre ne pouvait manquer d'influencer Scott. Mais il y a différentes manières de considérer la vérité et, je l'ai déjà dit, si j'admets que j'ai eu une bataille féroce avec Steve, je n'en ai jamais éprouvé de véritables remords parce que j'ai toujours pensé que mes actions étaient justifiées.

— Scott croit que tu as tué Steve.

Mon père pâlit de nouveau : « Il te l'a dit ? Mais... »

— Ne crains rien, je n'ai pas pris cela très au sérieux. Scott déraisonne quand il s'agit de son père et il est clair qu'il ne voit pas le passé sous ses justes proportions. — Je soupire et je m'efforce de ramener la conversation au présent. La mort de Steve a sans doute été une tragédie mais je ne vois pas pourquoi je devrais m'attarder aujourd'hui sur tous ses détails secondaires. C'est Scott qui m'intéresse et non son père. — Quand Scott a-t-il lu la lettre de Tony ? fais-je soudain.

— Après la mort de Tony, en 1944, mais, hélas ! je n'ai jamais su que cette lettre existait qu'en 1955. Or, dès que je l'ai lue, j'ai compris que Scott serait mon ennemi — je savais qu'il faudrait m'en séparer.

— Mais pourquoi ne l'as-tu pas fait, alors ? Que s'est-il passé ?

— Eh bien, vois-tu Vicky, dit mon père qui paraît soudain plus vieux et très las, je ne suis pas vraiment aussi dur que j'ai toujours voulu le croire. En fait, il y a des moments où je suis si faible qu'il m'est impossible de faire face à la réalité. Scott n'est pas le seul qui éprouve parfois le besoin d'un certain soutien psychologique.

— En d'autres termes, tu n'as pas pu te résoudre à le chasser.

— Oh, je l'ai envisagé ! Je chasse invariablement l'associé dans lequel je n'ai plus une confiance absolue — c'est une sorte de réflexe et c'est tellement plus rapide et plus sain que de les garder et de se torturer en attendant leur prochain coup de poignard dans le dos. Non, j'ai envisagé de sacquer Scott mais je me suis convaincu que c'était inutile. J'ai pensé que je pouvais le neutraliser. C'est probablement la pire décision que j'aie jamais adoptée.

— Mais je ne comprends toujours pas pourquoi...

— Cela se passait à une mauvaise période de ma vie privée et je ne pouvais pas accepter l'idée que Scott ne serait plus auprès de moi. Et d'ailleurs, je croyais qu'il m'aimait toujours. Il fallait que je le croie, vois-tu. C'était *mon* mythe à moi. Un mythe nécessaire. Il me protégeait d'une réalité que j'étais incapable de supporter.

— Mais tu savais qu'il t'était hostile !

— Je savais qu'il voulait la banque non seulement pour retrouver la paix de l'âme mais pour venger son père. Je savais qu'il demandait justice mais je me disais. « Okay il désire une certaine justice, et pourquoi pas ? » Et je m'imaginais que je pourrais encore trouver une solution qui fasse le bonheur de tous. Je pensais qu'il pourrait se charger de la banque entre le moment où je prendrais ma retraite et où mes petits-fils seraient en âge de me succéder. Je ne le considérais toujours pas comme un ennemi. Peut-être un antagoniste... déterminé... difficile... mais non délibérément *hostile*. Jusqu'à la fin j'ai cru qu'il m'aimait à sa manière et malgré tout.

— Et c'est alors que la fin est venue.

— Oui, dit mon père, alors la fin est venue.

— Il y a une semaine, n'est-ce pas? Quand il est revenu à la banque après ses vacances.

— Oui. Il a détruit mon mythe et me l'a jeté à la face. On aurait juré que Scott, le Scott que je connaissais depuis des années, était mort et qu'un autre, violent et dangereux, avait pris sa place. C'est la violence qui m'a bouleversé le plus. Il la contrôlait, certes, mais elle était là, presque palpable, aussi claire que le fait qu'il me haïssait. Il est impossible de te dire ce que j'ai ressenti alors. Je me demandais si cette conversation prendrait jamais fin. J'avais l'impression que je ne tiendrais pas jusqu'à son terme.

— Mais tu as tenu, non? Tu t'es repris, tu as ficelé Scott et tu as décidé de l'expédier par avion en Europe!

— Que pouvais-je faire d'autre? Je ne peux pas le chasser où il fera de Reischman une arme pour m'abattre. Je ne peux pas le garder à New York — je n'aurais jamais un instant de paix. Tout ce qui me restait à faire, c'était de m'isoler un moment pour réorganiser mon plan de défense...

— Papa...

— Oui?

— Papa, tu ne le chasseras pas, j'espère, dès que tu pourras te risquer à le faire? Je veux dire qu'en dépit de ce qui s'est passé, tu ne voudrais... tu ne pourrais...

— Je ne peux pas le chasser avant 1968. Il existe un engagement écrit...

— Mais même après 1968... Papa, si tu aimes Scott le moins du monde...

— Bien sûr, je l'aime. Il sera toujours mon fils, quoi qu'il arrive. Je le lui ai dit avant son départ, m'explique mon père en me regardant avec une inquiétude croissante. Je commence à penser que tu n'as pas envisagé toutes les conséquences de l'hostilité de Scott à mon égard.

— Oh, mais si! Il est peut-être hostile mais pas tellement à ta personne. Son objectif primordial est de prendre la banque « afin de faire revivre son père », comme il dit, et quand tu lui auras donné ce qu'il attend je ne crois pas qu'il te sera hostile. Au contraire, je crois que tu découvriras alors qu'il pourra enfin pardonner et se réconcilier avec toi.

Mon père reste un moment silencieux puis :

— Je suis désolé, Vicky, mais c'est là pur romanesque féminin.

— Mais non! Comment peux-tu dire ça? C'est injurieux!

— As-tu jamais songé qu'il puisse avoir envie de me liquider, de changer le nom de la banque pour celui de Sullivan et de veiller à ce que mes petits-fils ne franchissent jamais le seuil de Willow et Wall?

— Quelle supposition ridicule! Et quel fantasme typiquement masculin, plein de puissance et d'agressivité.

— Okay, okay, dit vivement mon père, ne te fâche pas. Nous avons une si bonne conversation. Va, chérie, ne te fais aucun souci — je sais que tu aimes Scott et que tout cela est très désagréable pour toi. Mais ne t'inquiète pas, je trouverai une solution, tu verras. Nous avons simplement besoin, Scott et moi, d'un peu de temps pour retrouver notre calme, c'est tout. Nous arriverons à établir un nouveau *modus vivendi* et tout ira pour le mieux... s'il est raisonnable. Ma seule crainte est qu'il essaie de se servir de toi pour me trahir.

— Tu as même pensé à cela, hein ? Encore une aberration !

— Je reconnais qu'il n'a pas essayé jusqu'à présent et je t'avoue que j'en ai été très heureux. Naturellement, dès que j'ai appris son aventure avec toi, je n'ai pas pu m'empêcher de penser...

— Père, dis-je, écoute-moi bien : la première fois que Scott a fait l'amour avec moi il ne savait même pas qui j'étais.

Mon père en est stupéfait : « Bon Sang ! que veux-tu dire ? »

— Ce que j'ai dit, très précisément. Seigneur, n'as-tu pas encore réalisé que je ne suis pas la princesse de contes de fées de tes rêves ? lui dis-je. — La colère me reprend et c'est alors que nous avons notre première et franche conversation au sujet de mon malencontreux passé.

## 5

— Pauvre Sam, dis-je. — J'ai repris mon calme, ma voix est égale et détachée. — Notre mariage a été pour lui aussi un désastre, n'est-il pas vrai ? Il était si malheureux déjà et je n'ai fait que le rendre plus malheureux encore. Quelle vie inutile que la sienne, tous ces rêves jamais réalisés ! mais je crois qu'il n'aurait pas été plus heureux avec Teresa... Papa, qu'est-elle donc devenue au fait ? J'ai souvent désiré te le demander mais je n'ai pas osé. J'aimais bien bavarder avec elle quand je la rencontrais aux expositions.

Mon père est stupéfait mais il dit simplement : « Elle s'est mise avec un riche Mexicain et elle vit à Acapulco. Elle peint maintenant à la manière de Diego Rivera. C'est affreux. Je n'exposerai sûrement plus ses toiles. » Il regarde tristement la pluie qui ruisselle sur la route.

Nous roulons dans sa nouvelle Cadillac — orange —, le garde du corps est assis à côté du chauffeur et les assistants suivent en taxi. Mon père me tient la main et j'ai la tête trop vide pour m'en rendre compte : je n'ai rien mangé de la journée sauf les olives des Martini.

— Je t'en ai dit bien plus que je n'aurais dû, dit mon père. Plus j'en parle et mieux je vois quel rôle impardonnable j'ai joué dans ton premier mariage. J'aurais mieux fait de me taire.

— Tu te trompes complètement, Papa. Tu ne crois pas que, quatorze ans après, j'ai le droit de savoir pourquoi Sam avait décidé de m'épouser ?

— Sans doute, mais tu dois être tellement fâchée !

— Au contraire, mon sentiment le plus clair est celui d'un énorme soulagement. J'ai tout reconstitué enfin. Il n'y a plus de raison que je sois fâchée.

— Je ne comprends pas très bien. Tu veux dire...

— Je veux dire que, maintenant que je sais que ce mariage était condamné dès le départ, il m'est plus facile d'en accepter la faillite. Je n'ai plus à me tourmenter avec des souvenirs et me dire : « Peut-être aurais-je dû faire ceci... Peut-être aurais-je dû faire cela. » Je me dis tout simplement : « Ce mariage aurait échoué de toute manière, quoi que je fasse. » C'est tout.

— Plus de sentiment de culpabilité ?

— Non. De la tristesse, oui. Mais pas de remords. Je peux me souvenir de Sam désormais et penser aux jours heureux. Il y a des années que je m'efforçais de ne plus penser à lui parce que j'avais peur de ce que je pourrais me rappeler.

Silence. La voiture roule sous la pluie. Et puis mon père dit :

— Vicky, je voudrais que nous puissions parler maintenant de toi et de Scott aussi raisonnablement et tranquillement que nous venons de parler de Sam. Voyons, que voulais-tu dire exactement tout à l'heure quand... ?

— Je ne crois pas que tu serais tellement heureux de le savoir, Papa, dis-je en lui retirant brusquement ma main. Vraiment pas. Je sais bien que nous venons de parler et de constater que je n'ai jamais pu devenir une réplique de tante Emily mais de là à...

— Je suis tellement heureux maintenant que tu ne sois pas une réplique d'Emily ! dit mon père.

— Mais j'ai toujours cru que c'était ce que tu désirais !

— Oui mais c'était aussi une aberration comme de souhaiter parfois que tu sois un garçon. Je me demande aujourd'hui comment j'ai pu être aussi stupide. Si tu étais un garçon imagine un peu où nous en serions maintenant ! Tu essaierais de me régenter, de me forcer à prendre ma retraite au plus vite, bref tu me rendrais la vie impossible et j'aurais les cheveux tout blancs et un pied dans la tombe ! Seigneur, j'en ai les jambes coupées rien que d'y penser ! Ah, je l'ai échappé belle ! Quelle chance invraisemblable !

La voiture approche du Midtown Tunnel.

— Dois-je comprendre, dis-je prudemment, que cet hymne d'actions de grâces signifie que tu m'aimes telle que je suis ?

— Oui mais la grande question maintenant est de savoir si tu peux en dire autant pour moi ? Dieu sait ce que tu dois penser de ton père après cette conversation à cœur ouvert. Comment pourrais-je espérer que tu aies encore les mêmes sentiments pour moi ?

— Peut-être pas, en effet, mais est-ce si mal ? Nos relations passées ne me laissent pas l'impression d'une grande perte, elles étaient fondées sur des illusions et des platitudes.

— Oui, mais tu m'aimais au moins ! dit mon père décidé à rester sur le plan sentimental. — Si son chagrin n'était pas si évident je n'aurais sans doute pas résisté à la tentation de répondre à sa sensiblerie par une ou deux remarques caustiques mais je lui dis seulement :

— J'aimais l'homme que je te croyais être comme tu aimais la fille que tu voulais que je sois. Nous aimions tous les deux un être qui n'existait pas et était-ce si merveilleux ? Je préfère avoir des relations vraies avec un être qui existe qu'un lien imaginaire avec un être irréel.

— Mais comment pourrais-tu m'accepter tel que je suis ? demande mon pauvre père d'un ton à la fois pathétique et exaspérant ; il semble à la fois très vieux et curieusement enfantin, revenu de tout et pourtant naïf.

— Papa, si tu as le cœur de m'accepter *telle que je suis*, comment n'aurais-je pas le cœur de t'accepter tel que tu es ?

La voiture s'engouffre dans le tunnel et change la résonance de nos voix. Nous nous regardons, incertains, dans la pénombre.

— Que penses-tu réellement, Vicky?

— Je ne sais pas. Je te détestais ce matin quand j'ai vu à quel point tu as démoli Scott.

— Oui.

— Mais à dire vrai, mes pensées sont trop confuses en ce moment pour me permettre une bonne haine bien tranchée. Notre franche conversation aurait dû m'éclairer, tu ne crois pas? Eh bien, je me sens plus perdue que jamais. Où cela nous conduit-il?

— Eh bien, avance timidement mon père, comme un étudiant en philosophie hasarderait une nouvelle théorie révolutionnaire, peut-être arriverons-nous à être de bons amis.

— Ce devrait être impossible. Mais pourquoi ai-je cette terrible impression que tu as peut-être raison?

— Parce que rien n'est impossible quand on le désire assez ardemment, dit mon père.

La voiture s'échappe du tunnel dans les rues luisantes de pluie du côté Ouest de Manhattan.

— Je ne sais pas si nous pouvons être amis, lui dis-je en prenant sa main dans les miennes. J'ignore si les parents et leurs enfants peuvent être amis dans toute l'acception du terme. Il y a généralement entre eux trop d'amour ou trop de ressentiment. Peut-être réussirions-nous mieux à coexister tout simplement.

— J'admire ton merveilleux pragmatisme! Il me semble que nous allons avoir une merveilleuse coexistence.


# 6


Il renonce à retourner à Wall Street.

— Je ne veux pas te détourner de ton devoir, lui dis-je.

— Oublions le travail. Toi d'abord.

— Mais je me sens très bien.

— Non pas. Tu recommences à pleurer.

Nous allons à son triplex et nous nous installons dans la bibliothèque, une belle et vaste pièce, toute de glaces et de meubles ultramodernes qui lui donnent l'ambiance d'un décor de film de science-fiction. Le parc s'étend à nos pieds sous un voile de bruine. Il pleut toujours.

Mon père me prépare un Martini — quatre doigts de Noilly et un doigt de gin — et me le sert dans un verre à liqueur. Je suis tellement fatiguée que je n'ai pas la force de protester. J'accepte gracieusement le cocktail et il s'assied à côté de moi sur le divan.

— Je ne suis pas encore persuadé que ce n'est pas Scott qui a comploté votre aventure, dit-il. Je sais que cela ne me regarde pas et que je dois me garder d'être indiscret. Mais je voudrais tellement être rassuré. Il faut que tu saches qu'il n'est pas facile de me choquer.

— Mais tu serais choqué. Je l'ai été moi-même après. C'est pour ça que je ne veux pas te le dire. Je n'ai pas peur de froisser ta sensibilité, inexistante au demeurant. J'ai peur d'avoir honte de nouveau à en parler, et pourtant je n'éprouve réellement aucune honte, je suis même heureuse que cela se soit passé comme cela, je suis heureuse d'avoir pris l'initiative.

— Vicky, tu me fais tourner en bourrique avec toutes ces circonlocutions et ces allusions! Pour l'amour du Ciel parle une bonne fois ou tais-toi!

— Okay, je vais te raconter. Je suis trop fatiguée pour résister. Je vais tout te dire et si cela te déplaît rappelle-toi que c'est toi qui as demandé à savoir.

Je commence à égrener la saga de ma croisière dans les Caraïbes. Comme on pouvait s'y attendre, les exclamations du genre de « Mon Dieu! », « Seigneur! » et « Tu n'as pas fait ça? » échappent de temps à autre à mon père.

— Et maintenant, dis-je d'un ton las quand je le regarde de nouveau et en voyant son expression, tu vas me déshériter?

— Ai-je eu l'air horrifié une seconde? répond-il. Je pense seulement à toutes ces vacances perdues sur mon yacht alors que j'aurais pu être en croisière et me faire séduire par un tas de jolies filles!

Je ris, je pleure et finalement je me mets franchement à rire : « Papa, je crois que c'est ce que tu m'as jamais dit de plus gentil! »

— Eh là, ma chérie...!

— Non, ne reviens pas là-dessus! Seigneur j'avais horreur de cette croisière. Ce n'était pas amusant, finalement, Papa. L'ambiance à bord était écœurante, tous ces gens qui se pourchassaient et qui copulaient comme des bêtes.

— Écœurant, dit mon père.

Je le regarde d'un air soupçonneux mais il est impassible.

— C'était vraiment dégoûtant, je t'assure!

— T'ai-je dit le contraire?

— Hypocrite!

Mon père me tapote la main.

— Okay, tu m'as convaincu que ce n'est pas Scott qui a commencé. Mais quand a-t-il essayé de profiter de votre aventure?

— Jamais. Il a d'abord pensé que c'était un désastre. Ensuite, il a considéré que c'était un obstacle à son ambition et qu'il fallait m'écarter de son existence.

— Si cela est vrai pourquoi a-t-il voulu renouer après la fin de la croisière?

— Il a senti que j'étais, entre mille, la femme qu'il lui fallait, comme il était, entre mille, l'homme qu'il me fallait.

— Vicky, fais attention à ce que tu dis et aie pitié de moi, je t'en prie! C'est le genre de répliques dont Alicia s'abreuve à longueur de journée dans les feuilletons télévisés dont elle se régale!

— Je n'y suis pour rien. Je t'expose les faits. Tu m'as posé une question, j'y ai répondu franchement. Si tu trouves cela trop romanesque pour toi, c'est ta faute, pas la mienne.

— C'est que cela paraît tellement...

— En fait, ce n'est pas tellement romanesque, c'est bien davantage une des vérités de l'existence.

— Tu fais allusion à l'aspect sexuel? Tu ne vas pas me dire que Scott t'a vendu un boniment à propos d'un certain problème que tu étais seule capable de résoudre?

— Je l'ai résolu.

— Je veux bien qu'on me...! Il est impuissant?

— Oh, Papa, tu n'as rien compris!

— Peut-être quelque malformation de son appareil génital...

— Certainement pas! Il était exactement de la même taille que Sebastian, ce qui est tout à fait extraordinaire parce que je croyais toujours...

— Une seconde, dit mon père. Il me semble qu'un père et sa fille ne doivent pas parler de ce genre de choses. La conversation ne s'est-elle pas un peu égarée?

— J'essayais seulement de t'expliquer...

— Okay, tu me l'as expliqué. Maintenant répète-moi exactement ce que Scott t'a dit de moi.

Je résume la longue confession que Scott m'a faite après la dispute avec Kevin aux Quatre-Saisons.

— Voilà pourquoi je suis certaine qu'il ne t'est pas aussi hostile que tu pourrais le craindre, lui dis-je. Il n'a jamais parlé d'effacer le nom de Van Zale de la banque ni d'en écarter Eric.

— Vicky, tu me parais bien naïve pour une femme de ton intelligence.

— Et voilà une remarque bien caustique même pour un homme qui se vante de son cynisme! Réveille-toi, Papa — sois logique! Descends de ces nuages de cynisme! Je voudrais que tu sois bien certain que Scott ne voudra jamais me faire le chagrin de s'attaquer à ma famille. Si seulement nous pouvions nous marier...

— *Vous marier!* Qui parle de mariage?

— Moi. Je veux l'épouser. Pour moi, il n'y a que lui au monde.

— Tu ne parles pas sérieusement? demande mon père qui est devenu livide. Ce n'est pas possible. J'avais cru comprendre que c'était une aventure.

— *Une aventure sans lendemain?* C'est vrai, tu pouvais le penser étant donné la manière curieuse dont elle a commencé mais, Papa, je t'ai dit tout à l'heure que Scott était entre mille l'homme qu'il me fallait!

— Oui, mais il s'agissait de l'aspect sexuel. Pour l'amour du Ciel, Vicky qu'est-ce qui t'arrive? Je ne peux pas croire que tu l'aimes. Ce n'est pas possible!

— Papa, je suis désespérément, horriblement et totalement amoureuse de lui! Crois-tu que je désirerais l'épouser si je ne l'étais pas?

— Mais... — Mon père en perd momentanément la parole puis il reprend en balbutiant. — Mais Scott ne veut pas se marier! Tu n'arriveras pas à le convaincre!

— Vraiment? Mais ne viens-tu pas justement de me dire que rien n'est impossible à celui qui le désire ardemment? — Des larmes recommencent à rouler sur mes joues mais je les laisse couler. — Papa, je n'y peux rien, je suis folle de lui. Je sais qu'il ne voudra sans doute pas, mais peu m'importe. Je sais qu'il est malade mais je crois pouvoir le guérir, d'une manière ou d'une autre. Dieu! si je pensais que cela peut être utile, je courrais derrière lui, j'irais vivre à Londres avec lui, j'abandonnerais même mes enfants...

— Je rêve, dit mon père. Cette conversation n'est qu'un rêve. Elle n'est pas réelle. C'est un cauchemar. Je vais me réveiller dans un instant à moins que ce ne soit toi qui t'éveilles pour me jurer que tu n'as pas perdu complètement la tête. As-tu réellement dit que tu abandonnerais tes enfants?

— Oui, mais si Scott pense qu'il y a une chance que j'aille vivre avec lui sans les enfants, il ne m'épousera jamais. C'est pourquoi je n'ai pas cédé quand il a essayé de me persuader de le suivre à Londres. Je dois avouer aussi que je croyais que c'est lui qui allait céder mais... il n'en a rien été. Oh, Seigneur, non! Il a relevé mon défi et il est parti. Je croyais tellement qu'il ne partirait pas, qu'à la fin c'est moi qu'il choisirait mais non... il *ne pouvait pas*... il est infirme... il ne pouvait faire rien d'autre... ce n'est pas sa faute... — Je m'effondre, je craque et je ne peux plus dire un mot.

Mon père me tend un mouchoir, me tapote l'épaule et reste à côté de moi aussi immobile qu'une statue jusqu'à ce que je retrouve un peu mes esprits.

— Pardonne-moi, lui dis-je. Il faut que je me reprenne.

— Exact, dit mon père, et le ton brusque de sa voix me fait sursauter. Il le faut. Regarde les choses en face. Il t'a abandonnée. Tu as parié sur le mauvais cheval. Cet homme n'épousera jamais personne. Pour lui, tu n'es qu'une maîtresse agréable!

— Non! Ce n'est pas cela!

— Si, Vicky, c'est la vérité, mais je ne vois aucun moyen de te le démontrer sinon en te disant okay, vas-y, va vivre avec lui à Londres et débarrasse-toi de cette obsession. Je m'occuperai des enfants. Cela ne durera pas longtemps, d'ailleurs — l'affaire sera réglée en moins de six mois. Nous imaginerons une histoire pour les gosses de façon qu'ils ne sachent jamais; et quand ce sera terminé tu reviendras tranquillement reprendre le cours de ta vie normale.

Long silence. Et puis je m'essuie les yeux, je finis mon Martini et je réponds :

— Non. Ton scénario est sans doute bon pour terminer une aventure amoureuse embarrassante mais il ne s'agit pas de cela. Je veux l'épouser et je ne dois pas faire un seul faux pas. Je ne vais pas me précipiter à Londres où lui tomber dans les bras, pâmée, lorsqu'il reviendra ici à l'occasion de son premier voyage d'affaires. Il faut qu'il sache bien qu'il ne peut pas faire de notre liaison une aventure amoureuse intercontinentale et, de plus... — Je repose brusquement mon verre vide. — De plus, je ne pourrais pas vraiment abandonner mes enfants. Je ne le supporterais pas longtemps. Je me mépriserais trop.

Mon père ne dit pas un mot. Un moment passe.

— Je l'aime, Papa, je l'aime vraiment.

— Ah, oublie-le, Vicky, renonce à lui, Seigneur! Dieu du Ciel! je préférerais même que tu te remaries avec Sebastian! Il y a peu de chances que cela arrive, je pense, mais...

— Aucune chance. Je ne pourrai jamais faire l'amour avec un autre homme que Scott. C'est lui que je veux. Et c'est lui que j'aurai. Pardonne-moi, Papa. Ce n'est pas ainsi que devraient être les choses. Mais c'est comme ça qu'elles sont en réalité.

# 2

## 1

« *Chère Vicky*, j'espère qu'il m'est permis de t'écrire. Sinon, dis-le-moi et je m'abstiendrai. Comment vas-tu ? Étant donné que tu es là-bas et qu'il est ici, peut-être n'es-tu pas tellement satisfaite de l'ordre des choses. Je ne dirai rien de lui mais je serais navré que tu ne sois pas heureuse.

« Finalement, j'ai décidé de ne pas vivre à Londres car les gens que j'y connais ont plus ou moins de rapports avec la banque et je ne veux plus entendre parler de ce monde-là. Je me suis installé à Cambridge. J'y suis allé en touriste il y a un ou deux ans et je suis tombé sur Elfrida Sullivan à la King's College Chapel ; elle m'a gentiment servi de guide. Elle a fait ses études à Cambridge et elle connaît bien la ville. C'est un endroit tout à fait charmant. Je m'y plais. C'est à des années-lumière de la civilisation du plastique. Dieu merci, mon grand-père m'a laissé de l'argent, je ne suis donc pas obligé pour gagner ma vie de perdre mon temps à faire quelque chose d'aussi crétin que la banque.

« Je vais écrire un livre. Je n'en ai pas tellement envie mais les recherches seront passionnantes. Peut-être même n'aurai-je pas à écrire ce livre — je me contenterai d'avoir fait des recherches. Elfrida Sullivan affirme que le monde entier réclame la véritable histoire économique de la Grande-Bretagne à l'époque romaine et que je n'ai qu'à l'écrire. Elle est très intelligente. Mais je la crois lesbienne. Ton ami, Sebastian Fox-worth. »

## 2

— Vicky, ma chérie, dit ma cousine Lori, tu as une mine épouvantable. Ça ne va pas ?

Je la regarde et je pense à Scott. Il n'y a pas de ressemblance physique particulière entre eux mais je vois très nettement maintenant qu'ils ont eu le même père. Elle paraît n'avoir rien de la Tante Emily. Lori est chic, sexy et dure comme une pierre sous son superbe hâle californien et elle a parfaitement organisé son existence. Ses enfants sont intelligents, beaux, bien tenus et courtois, son mari qui est actuellement au Vietnam a toujours été parfaitement heureux sous la férule de sa femme; l'association des parents d'élèves, ses œuvres charitables indispensables et ses organisations féminines classiques sont menées avec un entrain et un flair incomparables. Lori est l'image parfaite de la réussite et elle en est consciente. Son attitude à mon égard va de la critique à la condescendance. Je la déteste.

— Je vais très bien, Lori, dis-je. Très bien.

— Tu ne devrais pas boire de Martini, Vicky, dit Rose, la sœur de Lori qui ressemble chaque jour davantage à Tante Emily. — Rose est un professeur renommé dans l'un des pensionnats de jeunes filles les plus exclusifs du Middle West. Toutes ses élèves obtiennent généralement des bourses pour les meilleurs collèges. Elle m'examine pour le moment comme si j'étais un spécimen qui aurait besoin de toute la charité chrétienne qu'elle est capable de rassembler. Je la giflerais avec plaisir.

— Tais-toi, lui dis-je. Je bois ce qui me plaît. Pourquoi ne bois-tu pas un ou deux Martini de temps en temps? Tu y gagnerais beaucoup.

— Allons, chérie! coupe Lori en déployant tout le célèbre charme des Sullivan. Pas de disputes à Noël! Personnellement, je n'aime pas les Martini : cela a un goût épouvantable. La crème de menthe est assez agréable, je suis folle de ce parfum de menthe mais, personnellement, je me demande pourquoi certaines gens boivent chaque jour — la vie est si belle, si magnifique pourquoi la perdre dans une espèce de brume? C'est pour moi un mystère mais j'imagine que quelqu'un de malheureux ou Dieu sait... Vicky, pardonne-moi de me mêler de cela, mais tu ne crois pas qu'il serait bon pour toi de t'occuper de quelque chose de constructif, pas nécessairement d'œuvres charitables parce que, soyons franches, nombre de ces œuvres-là sont simplement une sorte de merde. — Oh zut! pardonne-moi, Rose chérie, mais il y a un tas de choses intéressantes à faire à New York. Si tu suivais, par exemple, des cours d'art floral...

— Lori, quand j'aurai besoin de ton avis pour mener mon existence je te le ferai savoir. En attendant, ne t'en mêle pas.

— Mais je voulais seulement te rendre service!

— Nous sommes tellement inquiètes à ton sujet...

— *Fermez ça!* — Je lance cela à ces deux toupies et je me précipite hors de la pièce.


### 3


— Qu'arrive-t-il à Vicky, Cornelius? Elle paraît tellement déprimée, bien davantage que d'habitude. Ne crois-tu pas que tu devrais lui parler ? Je trouve navrant qu'elle ne puisse pas le dissimuler devant les enfants.

— Alicia, voilà exactement le genre de critique qu'il faut épargner à Vicky en ce moment.

— Bon, je suis désolée mais je trouve mauvais qu'après avoir gâché l'existence de mon fils, elle puisse gâcher la sienne et rendre tout le monde malheureux autour d'elle.

— Elle n'a pas gâché la vie de Sebastian ! C'est lui qui a librement décidé de renoncer à la banque bien que je lui aie offert de la reprendre et il a aussi librement décidé d'aller vivre en Angleterre. Et Vicky ne rend personne malheureux autour d'elle ! Elle ne me rend pas malheureux ! Laisse-lui la paix !

— Chut... la voilà !... Hello, chérie, comment vas-tu ?

— Hello, Alicia. Très bien. Hello, Papa.

— Hello.

Un silence et puis je dis aimablement : « Merci de vouloir bien me garder les enfants aujourd'hui. J'espère que la nurse les tiendra bien en main et qu'ils ne seront pas trop encombrants. »

— Non, chérie, certainement pas.

Nouveau silence.

— Vicky, dit soudain mon père, viens me voir après dîner tout à l'heure et je t'apprendrai à jouer aux échecs.

— Oh, Papa, je suis si fatiguée, si crevée, si... Tu parles d'échecs ? Mais tu m'as toujours dit que c'était un jeu d'homme !

— J'ai dit ça ! Eh bien, plus je vieillis et plus je m'étonne des idioties que j'ai pu dire quand j'étais trop jeune pour comprendre. Les échecs sont un jeu merveilleux et qui t'empêche de penser à autre chose. Tout le monde devrait y jouer.

— Je suis trop sotte. Je n'apprendrai jamais.

— A qui essaies-tu d'en faire accroire ? Tu n'es pas une de ces blondes écervelées. Ne sois ni aussi modeste ni aussi égoïste ! Aucun de mes assistants actuels n'est un partenaire convenable et je n'ai personne avec qui jouer. Si tu avais un sou d'amour filial pour ton pauvre vieux père...

— Papa, tu es un monstre, tu es pire que Benjamin. Lui aussi obtient toujours ce qu'il veut. Bon, j'essaierai. Si tu penses que c'est mon devoir moral, je ne discuterai pas, mais je suis sûre que tu t'apercevras que tu perds ton temps à vouloir m'apprendre.

## 4

— M'man, dit Eric, peux-tu dire à Paul de baisser sa cochonnerie de phono ? J'en ai par-dessus la tête !

— Mais il passe un disque des Beatles ! coupe Samantha les yeux brillants, et ils sont sensass !

— Je m'en fous ! Il pourrait bien passer « Alleluia » chanté par le Bon Dieu... S'il n'arrête pas ce machin, je jure que je vais chercher un hachoir et que...

502

— Seigneur! Quelle belle journée sera celle qui te verra partir pour Choates! crie Paul du seuil de la porte. Le temps me dure d'être débarrassé de toi!

— Oh, ne vous disputez pas! Pas de disputes! pleurniche la petite Kristin. J'ai peur quand tout le monde se dispute!

— M'man, dit Benjamin, ma souris blanche s'est sauvée!

— M'man, je ne veux pas qu'ils se disputent!

— Paul, passe donc celui où chante Ringo — celui où il dit qu'il veut être riche.

— Si tu passes une seule mesure de ce disque merdeux je...

— Ce n'est pas Ringo! C'est le Solo de John Lennon dans « Money »!

— Madame Foxworth, Madame Foxworth, il y a des souris blanches plein la cuisine!

— M'man, j'peux prendre un gâteau?

— Madame Foxworth...

— Seigneur! c'est vraiment tarte d'être enfermé dans un appartement en ville avec une bande de crétins. M'man, on pourrait pas retourner à Westchester comme du temps de Papa? Je voudrais un jardin, de l'espace pour respirer à mon aise, je voudrais vivre dans un coin où je pourrais échapper à cette saloperie de phono...

— *M'man, la cuisinière a tué ma souris préférée!*

— Madame Foxworth, je vous donne mes huit jours. Je ne peux pas endurer ça une minute de plus, ma'am.

— Oh, M'man, ma pauvre petite souris...

— M'man...

— M'man, tu m'écoutes pas!

— M'man, *M'man*, M'MAN...


# 5


« La question que Kierkegaard évoque dans son œuvre est essentiellement : " Que signifie la vie de l'homme? Quelle est la raison de son existence? Quelle est la finalité des événements de son existence? " Dans son œuvre littéraire Kierkegaard tente de révéler de la vie un aspect angoissé et absurde, poignant et dénué de sens. »

Je referme le livre. Il est minuit dans le petit appartement que je réserve à mon usage personnel, la retraite dans laquelle je me réfugie quand je ne peux plus supporter le brouhaha des voix, le havre précieux où j'ai fait l'amour avec Scott.

Je voudrais penser à lui mais je sais qu'il ne faut pas. Je voudrais boire mais je sais que je ne le dois pas non plus. Je m'inquiète maintenant de ce que je bois, non parce que je redoute de sombrer dans l'alcoolisme mais parce que je grossis. Je me suis donc rationnée à un verre de vin par jour. C'est surprenant mais renoncer aux Martini a été facile. Ensuite, j'ai voulu fumer moins mais cela a été dur. Je regarde le programme que je me suis fixé et j'y vois, comme je le savais déjà, qu'il ne me reste qu'une cigarette pour finir la journée. Je la fume en me demandant si je ne pourrais pas tricher et en prendre une autre. Je me l'interdis. Il faut que je fasse autre chose tout de suite pour ne pas penser à cette cigarette que je ne fumerai pas.

J'aimerais avoir une imagination créatrice. Je pourrais me consacrer à faire quelque chose qui vaille la peine. Mais je ne sais rien faire d'intéressant. Je ne peux même plus me consacrer à la lecture sérieuse. Mon absence de dons me donne le sentiment d'être inutile et pourtant je suis certaine que je pourrais mener une vie mieux remplie si seulement je pouvais trouver quelque chose à faire. Il me semble que mon intelligence est comme deux yeux atteints de strabisme : ils pourraient donner une image passionnante s'ils étaient mis au point. Mais j'en suis encore à essayer de mettre mon univers au point, à chercher une manière de vivre qui me permette de m'éveiller chaque jour dans la joie et non dans la crainte et l'apathie. Je commence à croire que je ne parviendrai jamais à mettre mon univers au point. Je ne suis plus tellement jeune et ma vie continue de couler comme l'eau d'un robinet qui fuit.

— Je me sens tellement coupable, disais-je un jour à Sebastian. Comment est-ce possible quand j'ai tout ce qu'une femme peut désirer ?

— Tu veux dire que tu as tout ce que certaines femmes peuvent désirer, m'avait répondu Sebastian. Mais toi que *désires-tu*, Vicky ?

Et il m'avait paru tellement bête de courber honteusement la tête et de dire que je n'en savais rien.

— D'ailleurs, c'est sans intérêt, lui avais-je dit. Même si je le savais, je ne pourrais pas le faire. Les enfants me vident de mes forces.

Quand j'ai un instant de répit, je suis généralement trop éreintée pour faire autre chose que de me laisser tomber dans un fauteuil et de fixer le mur.

— Je vais avoir bientôt trente ans, disais-je à Sebastian en 1960, et je n'ai rien accompli et tout le monde pense que je suis stupide, frivole et superficielle; pourtant je sens bien que j'ai quelque chose là, si seulement je pouvais savoir quoi.

— César n'avait rien fait avant sa quarantième année, m'a répondu Sebastian. Il était riche et beau et tout le monde le tenait pour un oisif inutile. Mais peu après avoir dépassé quarante ans il est parti pour la Gaule et dix ans plus tard il avait conquis le monde. Pas trop mal pour un homme que les Romains tenaient pour stupide, frivole et superficiel!

Je me rappelle le moment où Sebastian a dit cela aussi clairement que si c'était hier, et soudain je m'écrie dans la pièce silencieuse : « Ah, Sebastian, tu me manques tellement! » Et je pense, sans le dire : Tu me manques surtout les jours comme celui-ci, quand tout va mal à la maison, quand Kierkegaard me dit que la vie est désespérante et absurde et quand je n'ai rien d'autre à faire que de penser que j'ai raté tout ce que j'ai entrepris.

Je me lève brusquement. M'apitoyer sur moi-même ne me mènera à rien. Je prends une plume, du papier et je m'assois à mon bureau avec la lettre que Sebastian m'a écrite il y a quelques semaines et je me dispose enfin à lui répondre.

# 6

« Chère Vicky, la lecture de Kierkegaard ferait marcher n'importe qui sur la tête. Laisse la philosophie de côté pour le moment. En tires-tu réellement quelque profit? Tu me parais trop déprimée pour concentrer proprement ton attention aux questions du genre : « La-vie-a-t-elle-réellement-un-sens-et-si-elle-en-a-un-quel-est-il? » qui sont à peu près aussi réconfortantes qu'un croque-mort par temps de déprime.

« Pourquoi ne lirais-tu pas des choses *intéressantes*? Quelque chose de violent, de sanglant, de brutal comme « Les hauts de Hurlevent » (je me demande comment le mythe selon lequel ce bouquin serait un roman a bien pu se répandre?) et si cette œuvre géniale, obsédée par l'idée de la mort, ne parvient pas à te faire sentir combien il est merveilleux d'être au monde et d'y voir clair dans l'Amérique du XX$^e$ siècle, alors je me permets de te recommander d'essayer plutôt un chef-d'œuvre plus moderne, les *Quatre Quators* de T. S. Eliot. Oui, c'est de la poésie. Non, n'aie pas peur. C'est écrit dans une langue très simple et claire qu'un enfant comprendrait. Le secret c'est qu'Eliot évoque des choses qui existent seulement à la périphérie de la pensée. Cela piquera peut-être ta curiosité philosophique. Je te mets au défi de le lire. Et n'aie pas ensuite l'audace de me dire que tu t'es dégonflée et que tu as choisi Heathcliff.

« Tu trouveras mon vieil exemplaire des *Quatre Quatuors* dans la deuxième chambre d'amis de l'affreux triplex de ton père : quatrième livre en partant de la droite, sur le rayon du haut. Ton ami et mentor, Sebastian. P.-S. : l'offre que t'a faite Cornelius de t'enseigner les échecs m'inspire les soupçons les plus graves. *Ne le laisse pas s'emparer de toi une fois de plus.* Tu n'es pas son reflet féminin. (Dieu merci!) Tu es *toi*. Ne l'oublie jamais. Sebastian. »

# 7

— Il revient, dit mon père en avançant un pion-astronaute. A toi de jouer.

L'échiquier devient aussitôt un dessin dénué de sens et qui me fait mal aux yeux. Je détourne le regard : « Quand? »

— Dans quinze jours. Il descendra au Carlyle. Pourquoi ne changerais-tu pas d'avis et n'irais-tu pas le voir quand il sera là? Je doute qu'il puisse te rendre plus malheureuse que tu ne l'es depuis son départ.

— Papa, je ne croyais pas qu'un jour tu m'encouragerais à aller me coucher dans le lit de quelqu'un qui ne soit pas mon mari. — J'avance carrément ma tour.

— Coup idiot, dit mon père en la prenant avec son fou.

J'oublie toujours que le fou se meut en diagonale.

— Allons, Vicky, tu connais mon opinion sur cette affaire. La morale ne sert pas à grand-chose en l'occurrence. Je voudrais que tu ne l'aies plus dans la peau.

— La morale n'est pas faite pour être utile. Mais que fais-tu?

— Je te rends ta tour. Tu pensais à autre chose en jouant ce coup-là. Recommence.

— Certes non. J'ai perdu ma tour et je ne la reprendrai pas!

Mon père soupire et avance un pion apparemment inoffensif le long de l'échiquier. « Tu ne diras pas que je n'ai pas essayé de t'aider. »

— Je n'ai pas besoin de ton aide. Seigneur! avec un ami comme toi on peut se passer d'ennemis!

— Mais chérie...

— Oh, tais-toi, Papa, et laisse-moi réfléchir. Tu détournes délibérément mon attention de l'échiquier.


## 8


Au réveil, ma première pensée est que Scott est à New York. Sautant du lit, je cours à la fenêtre et j'écarte les tentures : le soleil du printemps se jette dans la chambre. Il n'y a pas un nuage dans le ciel bleu et le Carlyle est à cinq minutes à pied.

Je soigne tout particulièrement ma toilette dans le cas où il viendrait sans prévenir, comme après les funérailles de Kennedy, et lorsque les enfants sont partis pour l'école, je descends en courant à mon appartement personnel et je m'installe près du téléphone.

J'ai décidé que je ne ferai pas l'amour avec lui ce soir. Il faut qu'il comprenne bien qu'il ne peut pas reprendre sa place dans ma vie comme ça, sans effort. Évidemment, nous dînerons ensemble et, évidemment, il sera ici, à quelques centimètres seulement de moi, et rien, et surtout pas ces derniers six mois, ne comptera plus. Je repense aux larmes secrètes versées dans ma chambre, à l'effort épuisant déployé pour paraître heureuse devant les enfants, aux critiques apitoyées de mes cousines, au ressentiment mal dissimulé d'Alicia, à mes idiotes d'amies m'appelant à propos de bottes sans réaliser, sans avoir le moindre soupçon de l'enfer dans lequel je me débats mais je repousse ces souvenirs. Je vais revoir Scott. L'avenir sera tout différent.

J'ai compris depuis quelque temps que je m'étais montrée trop inflexible en décidant de rompre toute communication avec lui pendant qu'il était en Europe. Il tombe sous le sens que je dois le voir à l'occasion pour lui rappeler que j'existe. Les femmes ne lui permettront sans doute pas de conserver mon souvenir éternellement vivace. Et s'il avait trouvé une femme qui le satisfasse complètement? Il n'y a pas de raison qu'il n'en trouve pas une autre, surtout s'il croit que je ne l'aime plus. Je vois clairement aujourd'hui que si je veux jamais épouser Scott il faut que notre aventure se poursuive au moins dans certaines limites. Je refuserai toujours de voler à Londres à intervalles réguliers mais je suis prête à m'installer au Carlyle chaque fois qu'il reviendra à New York pour affaires.

J'attends près du téléphone.

La journée se traîne interminablement. Mais je finis par penser qu'il est probablement trop pris à la banque pour téléphoner si vite. J'en conclus qu'il n'appellera pas avant le soir.

Après être remontée au duplex pour voir les enfants, je recommence à monter la garde auprès du téléphone de ma chambre. L'heure du dîner sonne mais je suis incapable d'avaler une bouchée. Je ne peux même pas venir à bout d'un Martini. Je déclare que j'ai la migraine. Les heures passent, j'attends toujours dans ma chambre : une nuit sans nouvelles succède à cette journée sans nouvelles. Je demeure seule.

Le lendemain matin, je l'appelle au Carlyle : il est déjà parti pour la banque.

— Voulez-vous laisser un message ? demande le concierge.

— Non. Aucun.

J'appelle la banque, à Willow et Wall Street.

— Van Zale et Compagnie, chantonne le téléphoniste. Bonjour, Madame. A votre service.

Après un silence je dis : « Excusez-moi, je me suis trompée de numéro », et je raccroche. Je tremble de la tête aux pieds. Je me dis qu'il faut attendre encore quelque temps avant de l'appeler; si je cours derrière lui la réconciliation sera beaucoup plus facile qu'il ne le mérite. Il faut que je montre une réserve pleine de dignité et non pas cet affolement fiévreux qu'il finirait par mépriser.

Je recommence à monter la garde près du téléphone. Je me demande s'il n'hésite pas à appeler de peur d'une rebuffade : les femmes cèdent toujours avec reconnaissance aux avances les plus désinvoltes. Je repense à la pauvre Judy dont j'ai pris la place dans le lit de Scott à bord du bateau. Elle était attendrissante de reconnaissance qu'il l'ait remarquée. Combien elle a dû être désespérée de l'attendre vainement! Je me regarde dans le miroir. Finalement, je n'aurai peut-être pas plus de chance que Judy. Au fond, peut-être Scott ne se soucie-t-il pas plus de moi qu'il ne s'est soucié d'elle.

Des heures plus tard, je ne peux plus échapper à la vérité : Scott n'appellera pas. La vérité, c'est que rien n'est changé depuis que nous nous sommes quittés au mois de novembre — sauf peut-être qu'il est plus déterminé que jamais à m'éliminer de son existence. Mon père a eu raison de me dire que j'ai parié sur un mauvais cheval et maintenant que la course est indiscutablement terminée je vois trop bien la faute que j'ai commise.

Le visage dans les mains je me demande du plus profond de mon malheur comment je pourrai jamais regagner ce que j'ai perdu et continuer.

# 9

— Alors, comment allait ce voyou ? dis-je à mon père lorsque nous reprenons place devant l'échiquier pour la première fois depuis quinze jours. Il ne m'a pas appelée.

— Oui, il a clairement laissé entendre qu'il considère que cette aventure est terminée. Excuse-moi mais je ne peux pas m'empêcher d'en être soulagé.

— Je me suis vraiment conduite comme une idiote, n'est-ce pas? Mais j'ai réussi au moins à ne pas tomber au plus bas en l'appelant pour mendier un rendez-vous! Alors? Tu ne veux pas me dire comment vous vous êtes accordés tous les deux? Êtes-vous de nouveau amis intimes, tout étant oublié et pardonné?

— C'est lui qui a donné le ton et je n'ai pas vu de raison de le décourager.

— Positivement écœurant! Dieu merci il a renoncé à moi! Et comment va-t-il? On dirait qu'il est complètement remis de sa crise de novembre.

Mon père a un sourire mi-figue, mi-raisin.

— On le dirait, en effet. Mais il y a un changement tout de même. Il ne boit plus uniquement de l'eau maintenant.

— Il boit de l'alcool? Je ne peux pas le croire! Mais comment va-t-il? Le supporte-t-il?

— Apparemment bien. Je ne l'ai jamais vu boire plus de deux scotch à l'occasion et je ne l'ai, certes, jamais vu ivre. En fait, je trouve que l'alcool lui réussit — il est bien plus détendu et bien moins ennuyeux.

— Je vois. Bien, il a visiblement retrouvé son parfait équilibre après un accès de folie temporaire. Merveilleux. Je l'envie. Veux-tu me commander un Martini, s'il te plaît?

— Vicky, dit mon père, il me semble que l'heure a sonné pour toi de faire autre chose que de boire des Martini et de jouer aux échecs avec moi. Tu devrais te...

— Ne commence pas à me dicter ma conduite. Je ne l'accepterais pas. Plus maintenant!

— ... te secouer les fesses : t'intéresser à quelque chose de nouveau, trouver un travail, faire l'amour...

— *Papa!* — Je suis vraiment choquée.

— ... sors-toi de cette ornière, pour l'amour du Ciel! Tu viens de vivre six mois d'enfer, je le sais fort bien, mais il est temps de te reprendre — non, je ne joue pas les dictateurs! Je n'essaie pas non plus de faire de toi une autre personne. J'essaie simplement de t'aider à vivre une vie meilleure telle que tu es. Alors, écoute. Je me suis renseigné et j'ai appris qu'il y a un excellent cours de sciences économiques à la New York School...

— Pas question!

— Okay, alors que dirais-tu d'un cours de philosophie?

— C'est un cours d'été : je le connais déjà par cœur sans doute.

— Alors essaie de suivre le cours complet.

— Papa, c'est un beau rêve, mais tu ne vois pas qu'il est tout à fait irréalisable. C'est une question d'énergie morale. Je ne crois pas que je pourrais même suivre un cours d'été jusqu'à son terme. Je ne pourrais même pas suivre un séminaire de fin de semaine. Je suis trop vieille, trop fatiguée, trop fourbue. J'en ai ma claque. Je sais maintenant que mes chances d'une vie d'études sont mortes, alors pourquoi me martyriserais-je en suivant des cours qui me rappelleraient seulement la vie que je n'ai pas réussi à mener?

— N'est-ce pas là une attitude un peu négative?

— Non. Elle est simplement réaliste. Il me conviendrait mieux d'apprendre un métier que d'essayer de vivre une existence studieuse, mais quelle situation pourrais-je bien trouver? Je ne vois pas à quoi on peut m'employer et, même si on me trouve une situation, je crois que je ne pourrais pas tenir le coup. Quiconque n'est pas la mère de cinq enfants ne pourra jamais comprendre...

— Mais tu as des gens pour s'occuper des enfants! Tu as tant de chance! Que ferais-tu si tu étais comme ces mères qui n'ont d'autre choix que d'aller travailler pour élever leur famille?

— Je n'aurais pas pu. Je sais combien ma vie eût été différente si j'avais été pauvre.

— Tu t'en serais sortie d'une manière ou d'une autre.

— Qui peut le dire? Mais je sais que je ne suis pas comme Lori qui peut d'une seule main tenir une maison, son mari, ses enfants et Dieu sait quoi encore. Chaque fois que j'essaie d'être une superfemme, je tombe en morceaux.

— Je pourrais peut-être te trouver une petite place à la Fondation artistique, rien de bien astreignant mais qui puisse t'arracher à toi-même et t'éviter la dépression.

— Oui, une petite sinécure bien tranquille serait peut-être mieux que rien mais pas tout de suite, Papa. Plus tard. Je ne peux simplement pas biffer Scott et embrayer aussitôt sur une vie nouvelle et enrichissante. Il faut que tu me donnes une chance d'oublier le gâchis dans lequel je me noie. Il faut me laisser un peu plus de temps.


# 10

Je reçois de mon comptable une lettre avec des renseignements sur de nouveaux titres que mon agent de change vient d'acheter. Je jette la lettre à la corbeille. Puis comme je n'ai rien de mieux à faire, je la reprends et la lis plus attentivement. Mon comptable m'a connu toute petite fille et le ton de sa lettre est un peu condescendant. Cela ne me plaît pas. Satanés hommes, me dis-je, toujours à m'embêter, à se prendre pour Dieu le père et à me prendre, moi, pour une idiote. Je vais leur faire voir.

Je relis la lettre. Je sors, j'achète le *Wall Street Journal* : j'ai décidé de suivre des cours sur la Bourse.


# 11

*Le temps présent et le temps passé*
*Sont tous deux présents peut-être dans le temps futur*

*Et le temps futur contenu dans le temps passé.*
*Si tout temps est éternellement présent*
*Tout temps est irrémissible.*

Je pense immédiatement à Scott, obsédé par le temps et forçant le passé à embrasser l'avenir.

Le téléphone sonne.

— Hello, chérie, c'était intéressant, ton premier cours? De quoi était-il question? Vous étiez nombreux?

— Je n'y suis pas allée. La nurse est malade. La femme de chambre a pris un jour de congé et le médecin dit que Kristin a la varicelle. Papa, tu veux bien que je te rappelle?

*Ce qui aurait pu être est une abstraction*
*Qui ne demeure un perpétuel possible*
*Que dans un monde de spéculation.*
*Ce qui aurait pu être et ce qui a été*
*Tendent vers une seule fin, qui est toujours présente.*

La porte s'ouvre.

— M'man, Samantha m'a donné un coup et elle a dû me casser le bras en trois endroits et puis j'ai un énorme bleu à la jambe et plein de sang sur le genou.

— Hum. Voyons un peu.

— *Mmm'mman!*

— Oh, tais-toi, Ben! Tu veux parler de cette égratignure qu'on ne peut même pas voir à la loupe? Va vite demander pardon à Samantha. Tu as dû lui faire quelque chose d'affreux pour qu'elle essaie de te battre.

— Eh bien, sans le faire exprès, je me suis assis sur sa meilleure photo des Beatles...

*Des pas résonnent en écho dans la mémoire*
*Le long du corridor que nous n'avons pas pris*
*Vers la porte que nous n'avons jamais ouverte*
*Sur le jardin de roses.*

Je m'arrête, puis je relis le passage. Je le lis une troisième puis une quatrième fois. Je songe à mes années de collège passées à étudier la philosophie et soudain j'entends dans *ma* mémoire l'écho des pas résonner le long du corridor que je n'ai pas pris vers la porte que je n'ai jamais ouverte sur mon propre jardin de roses.

Je continue de lire. Les mots simples et limpides qui expriment leur pensée complexe se glissent silencieusement dans mon esprit et me mettent au supplice. Je comprends et pourtant je ne comprends pas. Et puis je me demande si j'y comprends vraiment quelque chose. Ou la vérité n'est-elle pas plus simplement que je comprends bien mais que je ne trouve pas les mots pour exprimer ce qui se déroule furtivement dans mon esprit? En fin de compte, il m'importe peu de savoir si je comprends. Je continue simplement de lire, m'arrêtant seulement pour goûter la saveur de certains vers : ... « Les roses avaient l'air de fleurs regardées... Dans la durée seule le moment au jardin des roses peut être remémoré... Et c'est dans le temps seul que le temps est conquis. »

Je m'arrête encore. J'ai fini de lire le premier des *Quatre Quatuors* de T. S. Eliot. Refermant le livre, je m'assieds à ma table et je commence à écrire à Sebastian.

## 12

« Chère Vicky, ne t'inquiète pas d'avoir abandonné ces cours sur la Bourse. Ils ne t'auraient probablement rien appris que tu ne puisses apprendre seule. Je suis enchanté de ton idée d'allumer un pétard sous le siège de tes conseillers financiers. N'y renonce pas et fais-leur des misères.

« Tu me demandes si Eliot affirme qu'aucune occasion n'est jamais totalement perdue. Est-il possible de revenir sur ses pas, de marcher le long du corridor que l'on n'a jamais pris vers la porte que l'on n'a jamais ouverte sur le jardin des roses? Peut-être. Si j'en crois l'un de ces commentateurs, ce qu'Eliot exprime dans *Burnt Norton* c'est qu'il existe des moments où ce qui a été et ce qui aurait pu être *existent* véritablement. Travaille un peu sur celle-là entre deux Martini! Au fait, je t'envoie par avion un exemplaire de « La réunion de famille », une comédie d'Eliot qui comporte d'autres allusions au jardin de roses, y compris la possibilité de franchir réellement la porte qui n'a jamais été ouverte sur le, etc. Je suis heureux que tu aimes Eliot. Je considère comme un devoir moral (sic) de t'élever l'esprit bien au-dessus du niveau de celui de ton père (ce qui n'est pas une entreprise insurmontable étant donné que le sien vole très bas).

« Je vais bien, merci. J'habite une maison qui tiendrait dans une aile du triplex de ton père. Je n'ai pas de domestiques sauf une gouvernante (une vieille sorcière brèche-dent) qui vient chaque jour. J'ai commencé un travail de recherches. J'ai finalement décidé d'écrire — tiens-toi bien! — un historique de la banque de placements. On dirait que je suis plus pris par ce sujet que je ne l'avais cru mais je n'en reste pas moins : ton heureux exilé de la civilisation du plastique, Sebastian Foxworth, Esquire. P.-S. : Mes amitiés à Posthume et ne te laisse pas dévorer par lui. »

## 13

« *Et ce qui ne s'est pas produit est aussi vrai que le réel,*
*Oh, ma chérie,* et tu as franchi la petite porte
*Et j'ai couru à ta rencontre, dans la roseraie.* »

Le téléphone sonne, je pose mon exemplaire si souvent feuilleté de « La réunion de famille » pour décrocher.

— Vicky? dit mon père. Écoute, je viens de parler à Kingsley Donahue qui me dit que tu as sacqué non seulement ton comptable mais aussi ton agent de change! Est-ce bien prudent, ma chérie? Es-tu bien sûre que c'était une chose à faire? Kingsley est vraiment fâché!

— Tant pis, dis-je, mais il se fera une raison.

— Mais je ne comprends vraiment pas pourquoi tu as fait ça!

— Oh Papa, ils sont tellement timorés, tellement ennuyeux... Il me semble que lorsqu'on a un peu d'argent, jouer à la Bourse devrait être intéressant et passionnant! Jake m'a recommandé un jeune agent de change audacieux et très gentil, Jordan Salomon, et j'ai décidé de l'essayer.

— Jake! Qu'est-ce qui te prend de t'adresser à lui? Je croyais qu'il t'en voulait encore d'avoir ruiné le mariage de sa fille!

— Maintenant qu'Elsa est remariée, il n'y pense même plus et, d'ailleurs, sa nouvelle maîtresse est une de mes anciennes camarades de collège. Il a été très aimable quand je l'ai rencontré l'autre jour, à la cocktail-partie qu'elle donnait.

— Une cocktail-partie? Alors tu recommences à sortir? Ma chérie, tu ne peux pas savoir comme j'en suis heureux! Tu rencontreras peut-être une nouvelle tête.

— Oh, je rencontre tout le temps de nouvelles têtes : chasseurs de dots, gigolos, amateurs de chair féminine, le banal, l'ennuyeux, le stupide. La terre est peuplée de têtes nouvelles qui n'ont de cesse de me rencontrer. La vie est merveilleuse.

— Allons chérie, pas de cynisme.

— Et toi ne commence pas à dire des âneries. Bonne nuit, Papa. J'ai horreur qu'on m'interrompe quand je suis en train de lire T.S. Eliot. Je te rappellerai à un autre moment.

### 14

Je m'éveille et je sens aussitôt que cette journée-ci ne sera pas comme les autres. Edward John aurait aujourd'hui cinq ans. Dans les rayons du soleil qui filtrent entre les tentures, je me le représente très bien : il est blond aux yeux gris, pareil à un petit enfant de chœur, ni brutal, ni tapageur comme les autres, ceux qui sont vivants, mais docile et doux, gentil et aimant. J'évoque son image : il accourt vers moi à travers le jardin de roses, les bras ouverts, et soudain il me semble insupportable de ne pouvoir ouvrir la porte et traverser la roseraie pour l'embrasser.

Une sonnerie retentit sur ma table de chevet. Je prends l'appareil.

— Quelqu'un appelle de Cambridge en Angleterre pour parler à Madame Foxworth.

— Ah! oui... oui, c'est moi.

— Parlez, Monsieur.

— Hello, Vicky.

— Hello. — Je me suis redressée d'un seul coup dans mon lit. — Comment vas-tu?

— Très bien. Je voulais simplement t'appeler aujourd'hui.

— Oui?... Merci.

Silence embarrassé.

— As-tu gagné de l'argent à la Bourse ces derniers temps? dit enfin Sebastian.

— Eh bien, oui, imagine-toi. Je l'ai donné à une œuvre qui s'occupe des orphelins de guerre vietnamiens. Il me semble que j'ai finalement trouvé un genre d'activité charitable qui me plaise.

— Parfait. La Bourse est en hausse, hein, en plein boom... Je reçois le *Wall Street Journal* par avion.

— Oh, Sebastian, on dirait que tu as le mal du pays.

— Non, j'ai simplement envie de savoir ce qui se passe. Sur quels titres as-tu gagné de l'argent?

— J'ai joué sur un client de Jake. As-tu jamais entendu parler d'un certain Donald Shine?

— Bien sûr. Location d'ordinateurs. Mon vieux, tu as le flair, Vicky! As-tu encore sacqué quelques agents de change démodés ces derniers temps?

Nous rions. Je commence enfin à me détendre.

— Ton livre avance?

— Pas mal mais je vais bientôt l'abandonner un moment, Alfred doit venir passer quinze jours avec moi. Elsa est tout sucre et tout miel depuis qu'elle est remariée. A quoi ressemble son nouveau mari, le sais-tu? Ce doit être une espèce de saint pour entrer dans cette famille!

— C'est un Juif, alors il n'aura pas les mêmes problèmes que toi. Je ne l'ai pas vu mais on m'a dit qu'il était charmant. Elsa est simplement sensationnelle maintenant. Je l'ai vue chez Tiffany l'autre jour — j'étais au fond du magasin en train de commander du papier à lettres. Elle était devant dans la salle d'honneur; elle essayait des diamants. Elle avait l'air d'une vedette de cinéma.

— Seigneur, curieux tout de même comme on peut changer.

— Curieux, oui.

Nous nous taisons et je sais que nous pensons tous deux à Edward John.

— Eh bien, Sebastian, merci d'avoir appelé...

— As-tu trouvé le jardin de roses?

— Pas encore. Je sais où il est mais je ne trouve pas le chemin pour y arriver. J'en suis même à croire que si je le trouve je ne reconnaîtrai peut-être pas la roseraie quand j'y serai parce que je n'ai pas une idée très claire de ce que c'est.

— C'est comme un éléphant. Difficile à décrire mais instantanément reconnaissable.

— Peut-être.

— Ne change rien, Vicky. Continue de résister à tes enfants, de martyriser ton agent de change et de donner du riz aux orphelins vietnamiens. Personne ne peut te demander plus pour le moment.

— Oui. C'est vrai. Eh bien...

— Okay, à bientôt. Porte-toi bien. Ne t'inquiète pas — je ne te bombarderai pas de coups de téléphone transatlantiques. Je voulais simplement te parler aujourd'hui parce que...

— Oui, dis-je les yeux pleins de larmes lorsqu'il s'interrompt. Je suis si heureuse que tu aies appelé. Merci. Au revoir.

— Au revoir.

Nous raccrochons et je l'imagine, à des milliers de kilomètres, le regard toujours fixé sur son téléphone comme je fixe le mien. Je réussis tout de même à ne pas pleurer mais je reste longtemps immobile, à penser à Sebastian, à Edward John, à penser avec une intolérable clarté à ce monde qui aurait pu être.

# 15

— Vicky, ma chère, m'a dit Jake Reischman, à la cocktail-party, permettez-moi de vous présenter un de mes clients, Donald Shine.

C'est un grand et mince jeune homme avec de longs favoris épais et des cheveux qui retombent sur son col. Il a une chemise rose, une cravate rose fleurie assortie et un complet qui semble avoir traversé l'Atlantique à l'instant même où il s'est échappé de Carnaby Street.

— Hello, lui dis-je. Félicitations pour votre rachat de la Syntax Data Processing!

— Merci beaucoup! J'espère que vous y avez gagné beaucoup d'argent. Jake me dit que vous suivez ma chance!

Il me tend une main ferme, chaude, cordiale avec un grand sourire engageant. J'ai l'impression que sa personnalité m'enveloppe et s'empare de la dernière once de mon admiration afin de la mettre de côté pour l'avenir.

— Je suis curieuse de savoir ce que sera votre prochaine opération, dis-je. A moins que ce ne soit un secret d'État?

— Ma foi, tout le monde sait plus ou moins aujourd'hui que j'ai de vastes projets, dit Donald Shine, en dissimulant sa vanité sous un joyeux enthousiasme si bien qu'il réussit l'impossible gageure de paraître modeste. A mon avis, et personnellement, il me semble que la structure de la corporation financière a grand besoin d'un sérieux coup de plumeau pour l'avenir à l'époque du Verseau.

Je m'efforce de dissimuler ma surprise. Cet homme est-il vraiment la révélation financière de l'année? Il me fait plutôt l'effet d'un disque-jockey incapable de discuter d'un autre sujet que le dernier classement des best-sellers du spectacle et, en continuant de l'observer, je vois très exactement pourquoi le monde de Wall Street, si réservé, rassis et conservateur, est tellement désorienté et offensé par sa réussite.

— ... il faut donc que je voie les occasions qui se présentent, poursuit-il. Dites, Jake est un type extra, non? Comment l'avez-vous connu?

— C'est un vieil ami de mon père.

— Qui est votre père?

— Cornelius Van Zale.

Donald Shine éclate de rire : « Sans blague! »

— Vous connaissez mon père?

— Et comment! Il m'a envoyé me faire blanchir un jour. J'ai été nettoyé, repassé, empesé, emballé et jeté à la rue en moins de trente secondes. Je ne l'ai pas oublié, dit Donald Shine avec un nouveau sourire engageant, et je vous parie que je ne l'oublierai jamais.

Je suis gênée : « Je suis navrée que vous n'ayez pas un souvenir plus agréable de mon père, lui dis-je. Mais mon père doit regretter maintenant de ne pas vous avoir laissé une meilleure impression.

— Possible! — Il rit encore et hausse les épaules. — Il est tout à fait comme un tas d'autres types avec lesquels je fais des affaires. Ne te fie jamais à quelqu'un de plus de trente ans, c'est ma devise.

— Voilà la réplique qu'il me fallait pour sortir de scène. Si vous voulez bien m'excuser...

— Hé, ne vous fâchez pas parce que je ne suis pas membre du club des fans de votre père! Avez-vous réellement plus de trente ans? Vous êtes si sensationnelle que je croyais que nous étions tout à fait, comme qui dirait, contemporains!

— Vicky, dit Jake en volant à mon secours, je voudrais vous présenter un autre de mes amis — excusez-nous, Donald... »

Je plonge avec reconnaissance dans la cohue.

— Quel drôle de type! dis-je à Jake. Je suis étourdie, comme si quelqu'un m'avait soulevée et secouée à me faire claquer les dents.

Les lèvres minces et aristocratiques de Jake relèvent leurs commissures avec mépris mais il dit seulement : « Ma chère, continuez d'acheter ses actions. »

## 16

— Désolée, Jordan, mais je ne peux pas aller si loin. J'ai bien réfléchi, ce n'est pas possible. D'ailleurs, je me demande s'il est tellement bon qu'une femme fasse l'amour avec son agent de change.

— C'est parce que je suis encore marié? Le divorce sera prononcé avant peu.

— Cela n'a rien à voir avec votre divorce.

— C'est parce que je suis plus jeune que vous?

— Non, Jordan. D'ailleurs, vous n'avez que deux ans de moins. Cessez de parler comme si je sortais d'un asile de vieillards!

— Est-ce parce que...

— Assez! Je ne veux pas que cette conversation dégénère et devienne comme la parodie d'un jeu radiophonique!

— Mais quel est votre complexe?

— Je suis frigide, voyons! Comme tout le monde, non?

— Frigide? Que ne le disiez-vous pas? Écoutez, Vicky, je connais un truc formidable...

— Désolée, je ne fume pas de « Marie-Jeanne ». J'ai suffisamment de problèmes avec le tabac et l'alcool.

— De la Marihuana! Je suis un agent de change respectable, Vicky! Je parlais seulement d'un manuel sexuel formidable...

— Jordan, mon cher, voudriez-vous être assez aimable pour déguerpir avant que je vomisse?

— Vous vous sentez malade? Il fallait le dire! Okay je vous appellerai demain.

— Inutile. Vous perdriez votre temps.

— En êtes-vous si sûre?

— J'en suis sûre. Croyez-moi, absolument sûre.

— Mais...

— Bonsoir, Jordan...

Je me débarrasse enfin de lui et je claque la porte.

Et puis je me couche et je pense à Scott.

J'ai beaucoup, beaucoup appris depuis novembre 1963 et je peux maintenant parfaitement mener sans lui cette vie nouvelle mais l'idée de la partager avec un autre est toujours intolérable.

Il y a plus de trois ans maintenant que je l'ai vu. Il vient à New York deux ou trois fois par an mais je veille toujours à n'être pas en ville pendant qu'il y séjourne de peur d'être assez folle pour m'abandonner à la plus destructive des impulsions pour courir au Carlyle et ramper à ses pieds. Lorsque je reviens de ces vacances forcées, je m'enquiers poliment de sa santé et mon père me répond poliment qu'il va bien. Je me suis délibérément contrainte à le tenir pour mort mais à chaque nouveau printemps je sais qu'il est vivant, et lorsque les arbres du Park ouvrent leurs tendres feuilles nouvelles et que le ciel de New York retrouve son bleu original si rare, je pense à lui et je revis chacune des heures de mes souvenirs.

Le printemps est là de nouveau, le printemps de 1967. Eric a dix-sept ans; il réussit à Choates et il porte des lunettes qui font de lui une copie de Sam en plus jeune et en très sérieux. Paul garde ses cheveux longs et s'est voué maintenant au nihilisme torride des Rolling Stones. Samantha, de plus en plus obsédée par les garçons, insiste pour que je lui achète des soutiens-gorge rembourrés et elle a accroché un poster de Mick Jagger au chevet de son lit. Kristin a d'autres problèmes : elle est régulièrement la dernière de sa classe et se lamente chaque jour avant d'aller à l'école. Benjamin poursuit sa carrière de petit monstre; je l'ai surpris un jour en train de renifler de la colle dans un placard et je l'ai fessé avec tant d'entrain qu'on ne l'a pas entendu de deux jours.

Mon père m'a déclaré sévèrement que je devrais sermonner les enfants sur les dangers de la drogue. Je lui ai répondu que je voulais bien administrer des conseils mais certainement pas des sermons qui ne pourraient que trancher nos rares et faibles liens de communication. Au cours d'une discussion familiale, Rose m'a expliqué que la jeune génération est bien différente dans le Middle West : les jeunes n'y brûlent pas leur convocation à l'Armée et ne traînent pas partout en fumant de la marijuana. Sur quoi Lori a déclaré qu'elle est absolument persuadée que ses merveilleux enfants ne lui poseront jamais l'ombre d'un problème et qu'il est bien dommage que je ne puisse pas en dire autant des miens, il s'en faut. Alicia a fait remarquer tristement que nous vivions une époque terrible et je sais qu'elle pensait à Andrew qui est sorti sain et sauf d'une première période au Vietnam et qui vient d'y retourner pour une seconde : il écrit régulièrement à la maison pour raconter la guerre.

L'herbe a poussé sur la tombe de John Kennedy mais le sang coule toujours en Amérique et l'escalade de la violence semble gagner jusqu'à l'air qu'on respire.

— Quoi de neuf? dis-je en arrivant à la table du petit déjeuner en ce gai matin de printemps 1967.

— Pas grand-chose, répond Paul en levant à peine les yeux du *World Journal Tribune.* Il y aura une manifestation la semaine prochaine *en faveur* de nos troupes au Vietnam — incroyable, non? La liste des pertes est en hausse. Il y a eu un autre assassinat de groupe inspiré par ce type de Chicago qui a tué neuf infirmières l'an dernier. Ah, et puis une nouvelle émeute s'est déroulée quelque part et un autre leader noir a lancé un appel à la révolution totale. Bref, rien que le même train-train quotidien, rien de nouveau.

— Mon Dieu! dis-je. Je me réveille parfois en me disant que l'Amérique est devenue folle. Sebastian a sans doute été bien inspiré en allant vivre en Angleterre.

— L'Angleterre! souffle Samantha. Les Stones! Mick! Oh la la!

— Oh, ferme ça! dit Paul. C'est éreintant de vivre dans le même appartement qu'une fille de douze ans obsédée par le sexe.

— Tu dis ça parce que tu n'es qu'un morveux boutonneux de quatorze ans qui n'oserait pas demander à une fille de sortir avec lui!

— Paul, Samantha... je vous en prie! Je ne peux pas supporter cela au petit déjeuner avant ma première tasse de café!

Le téléphone sonne.

— Je vais répondre! piaille Samantha qui m'a laissé une note de téléphone de trois cents dollars pour parler à un de ses compagnons de classe qui vient d'aller s'installer en Californie. Je lui crie :

— Si c'est Billy, je te prie de t'assurer qu'il n'appelle pas en P.C.V.!

Les parents de Billy ont éventé plus vite que moi le truc de ces conversations d'une côte à l'autre.

Il y a une pause, un bienheureux instant de paix : Paul lit les pages de sport en silence, je bois mon café. Kristin et Benjamin sont avec leur nurse dans une région éloignée du duplex. J'entends Benjamin hurler mais je ne m'émeus pas.

— M'man... c'est pour toi, dit Samantha, déçue.

— Okay. — Je me lève de mauvaise grâce. — Qui est-ce? Le sais-tu?

— Je crois que c'est l'Oncle Sebastian. La téléphoniste a dit que c'était un appel d'Angleterre.

— Ciel! — Très surprise je cours à ma chambre pour répondre. Sebastian n'appelle jamais sauf pour l'anniversaire d'Edward John. J'espère qu'il ne se passe rien de grave.

— Allô? dis-je anxieuse, Sebastian? Quelle bonne surprise! Tout va bien?

Silence, meublé seulement par le ronronnement de la ligne transatlantique.

— Allô? dis-je. Allô, m'entends-tu ? — Je ressens soudain comme une faiblesse. Mon cœur se met à battre trop vite.

— Parlez, Londres, dit la téléphoniste.

— Allô? dis-je. Allô...

— Allô, Vicky, dit Scott. Ne raccroche pas. Il faut que je te parle.

# 3

## 1

J'avais oublié le timbre de sa voix mais dès ses premiers mots j'ai l'impression que je l'ai entendue chaque jour depuis notre dernière rencontre. Son accent sourd et neutre de la Côte Est n'est ni agréable ni remarquable mais il a le don de parler sans hésiter, ce qui lui donne de l'autorité et que l'on croit aisément qu'il est bien déterminé à obtenir toujours ce qu'il désire.

— Vicky? — Son ton est net, assuré et froid.

— Oui, je suis là. — Des frissons chauds me parcourent la peau. Je me frotte les yeux et lorsque je les rouvre la pièce n'est plus brouillée par le choc mais claire à aveugler, les couleurs soutenues éclatantes et les nuances plus nettement tranchées.

— Écoute, je t'appelle au sujet de ta mère.

J'essaie de faire attention à ce qu'il dit mais c'est difficile parce que je n'aime pas penser à ma mère. Ma mère a maintenant soixante-quatorze ans et elle vit à Londres. Je ne lui écris jamais. A l'occasion de chaque fête de Noël je lui envoie la dernière photo des enfants et elle répond en janvier pour me dire qu'elle est heureuse de pouvoir tenir son album à jour.

— Vicky? La ligne est très mauvaise. M'as-tu entendu?

— Oui, tu veux me parler de ma mère. Que s'est-il passé? Elle est morte?

— Elle a eu un accident. Elle est à l'hôpital avec une fracture de la hanche.

— Oh.

En fait, je me vois encore dans ses bras. Je sens les muscles tendus de sa poitrine et j'entends son râle de plaisir qui souligne les vagues de passion retenue qui déferlent entre nos corps. Un nouveau vertige me saisit.

— Je l'ai arrachée à un service à la Dickens dans un hôpital public de cauchemar pour la mettre à la Clinique de Londres. La police m'a appelé en trouvant le numéro de la banque dans son sac. Elle n'a visiblement pas d'amis ici et pas de parents, évidemment. Elle n'a pas d'argent non plus.

L'augmentation du prix de la vie a réduit sa pension et elle habite maintenant quelque chose comme un taudis au sud du fleuve.

Je suis brutalement tirée de mes souvenirs.

— Excuse-moi, dis-je, mais veux-tu répéter ta dernière phrase?

Il la répète et ajoute : « Laisse-moi appeler la téléphoniste, cette ligne est impossible.

— Non, je t'entends bien. Mais je ne comprends pas. Pourquoi ne m'a-t-elle pas demandé de l'argent?

— Elle a dit qu'elle ne voulait plus être pour toi un fardeau.

— Oh, mais j'aurais tenu pour mon devoir moral de...

— Oui, elle dit qu'elle connaît fort bien tes sentiments à son égard. Écoute, tu devrais venir et régler cette situation. Quand peux-tu prendre l'avion?

— Oh, mais... il ne me paraît pas possible de... Je vais lui câbler de l'argent, évidemment...

— Vicky, il y a ici une pauvre personne âgée qui te réclame. Que tu le veuilles ou non, elle est ta mère. Elle a veillé sur les dix premières années de ta vie, il est donc à présumer que tu lui dois quelque chose, quelles que soient les fautes impardonnables qu'elle ait pu commettre par la suite. Et es-tu tellement certaine que ces fautes étaient si impardonnables? Et, simple curiosité, puis-je te demander si tu as commencé de ton propre chef à haïr ta mère? Ou bien si tu n'y aurais pas été encouragée par un autre, un autre qu'il est inutile de désigner? »

Je ne peux pas dire un mot mais une voix crie en moi : « Non, ce n'est pas possible, il n'a pas pu, il n'aurait pas... »

J'ai l'impression d'être liée à un chevalet de torture. J'essaie toujours de parler sans y parvenir.

— Câble-moi ton heure d'arrivée, dit Scott. Je t'enverrai une voiture et je réserverai une suite au Savoy. Il n'y a pas de raison que nous nous voyions si cela t'est désagréable.

— Désagréable?

Silence. Et puis : « Je n'ignore pas complètement ce qui se passe à New York, reprend Scott, et j'ai entendu dire de différents côtés qu'il y a un nouvel intérêt sentimental dans ta vie. Je comprends donc parfaitement que tu n'aies pas envie de te rappeler un passé que tu préfères oublier.

— C'est de Jordan Salomon que tu veux parler? Mais...

— Cela n'a pas d'importance. Ce qui importe pour le moment, c'est que tu me câbles aussitôt que possible afin que je prenne mes dispositions. J'y compte. Au revoir.

—Scott... »— J'ai le souffle coupé mais il a raccroché. Et je reste là, tremblant de la tête au pied, je tiens toujours l'appareil et je murmure : « Scott... Scott... Scott... » jusqu'à ce que la téléphoniste revienne en ligne pour me demander si la communication est terminée.

Je raccroche mais je reste assise au bord du lit. J'écarte la pensée de ma mère. Il y a une sorte de réalité apocalyptique dans cette pensée mais ce n'est rien, j'ai appris depuis longtemps à la refouler. Je le fais une fois encore et voici mon esprit entièrement libre de penser à Scott.

Tout à coup, j'aperçois les rais de lumière qui filtrent dans ma chambre. Je vais à la fenêtre, vibrante d'excitation. Au dehors, le monde baigne dans l'éclatante lumière du soleil et soudain je n'ai plus l'impression d'approcher l'âge mûr. Mon désespoir s'en est allé. En même temps que le sentiment de mon inutilité et du temps perdu : j'ai trente-six ans, la vie commence demain, l'homme que je désire a visiblement décidé que nous nous reverrions bientôt.

## 2

Je ne dirai rien à mon père. Il croit que je suis complètement guérie de Scott et je ne veux pas le détromper. Bien qu'il m'ait encouragée à poursuivre l'aventure en 1963, alors que l'on pouvait croire à un engouement passager de ma part, je crains que son point de vue ne soit aujourd'hui, en 1967, entièrement différent si l'aventure reprenait longtemps après qu'elle aurait dû mourir de sa belle mort.

D'autre part, il ne reste plus que quelques mois avant que Scott ne soit rappelé définitivement à New York. Je me doute que mon père s'inquiète et qu'il se débat dans les machinations machiavéliques de l'épreuve de force qui l'attend. Il prêtera sûrement à Scott toutes sortes de sinistres intentions si notre aventure renaît de ses cendres. Je vois aussi qu'il est inutile d'attendre d'eux une attitude raisonnable lorsqu'il s'agit de la banque. Il est évident qu'il faudra que j'assume le rôle d'intermédiaire. Ils ne se feront jamais assez confiance pour signer la paix si je ne leur impose pas une solution qui mette fin une fois pour toutes à cette lutte ridicule.

Je me rends compte, et ce n'est pas la première fois, que les hommes peuvent être tout à fait puérils et stupides. Ne nous étonnons donc pas que notre monde, conduit par les hommes, soit un tel gâchis quand ils s'obstinent à s'enfermer dans des impasses dont ils ne peuvent sortir que par la violence. Il est vraiment incroyable qu'ils n'aient jamais compris l'inanité de la guerre. Sans les femmes, l'homme aurait disparu depuis longtemps de l'univers, détruit par sa propre stupidité, mais les femmes non plus ne sont pas très intelligentes qui laissent les hommes agir à leur guise et qui acceptent leur violence comme un fait inévitable.

Je n'ai nullement l'intention de considérer ce conflit forcené comme inévitable. Depuis trois ans, je n'ai pas voulu me préoccuper de l'avenir de Scott mais avec le temps j'ai constaté son extraordinaire réussite à Londres. J'ai espéré qu'il parviendrait à une entente nouvelle avec mon père, entente qui leur permettrait de rester en étroites relations d'affaires même s'ils demeuraient étrangers sur le plan personnel. Je ne crois pas sérieusement que mon père, qui aime vraiment Scott, prenne une décision délibérément hostile à son égard; je ne crois pas davantage que Scott, s'il est équitablement traité, sera jamais un danger pour mon père. Si j'arrive à mettre fin à cette hostilité, il me semble que leurs relations d'affaires, dénuées alors d'amertume et de soupçon, s'arrangeront d'elles-mêmes. Il ne manque à mon père et à Scott qu'une occasion de reprendre une coexistence normale et rationnelle sans que l'un ou l'autre ne pense qu'on le berne et je vais me mettre en quatre pour créer cette occasion. Ces deux hommes doivent être réconciliés. C'est une réconciliation qu'il me faut et c'est ce que je vais obtenir car, pour une fois, voilà une situation dont j'ai le contrôle.

Un sentiment de puissance m'envahit comme un aphrodisiaque. Je me sens tout à coup assez forte pour conquérir le monde et, souriant au souvenir du portrait tracé par Sebastian du futile Jules César devenu l'homme le plus puissant de la cité, j'appelle la *Pan American Airways* et je commande mon billet pour Londres.


## 3


J'annonce à la famille qu'une ancienne camarade de collège vient de m'inviter à passer quelques jours chez elle en Virginie et je mets uniquement la nurse dans la confidence. C'est indispensable en cas d'urgence mais je lui dis que je garde le secret sur mon voyage en Angleterre afin que les enfants ne s'inquiètent pas pour leur grand-mère.

Je fais ma valise avec soin parce que je me rappelle que les printemps anglais peuvent être très frais. Je me rappelle également que Scott aime qu'une femme soit aussi sobrement vêtue que Tante Emily, aussi j'ajoute aux jupes et sweaters une robe sans décolleté. Puis je jette un coup d'œil au calendrier, je vois qu'il n'y a pas de temps à perdre et je me précipite à la clinique la plus proche pour y prendre un nouveau contingent de pilules. J'en ai abandonné l'usage lorsque Scott m'a abandonnée et je ne l'ai repris que pendant quelques jours lorsqu'il semblait que je pourrais avoir une aventure avec Jordan.

Je vais prendre l'avion à l'aéroport pour entreprendre le long voyage vers l'Orient et un autre monde. Nous volons interminablement au-dessus d'une mer indistincte et, lorsque le long crépuscule tombe, l'appareil amorce lentement sa descente et aussi loin que portent mes regards, le reflet du néon de Londres s'étend enfin devant nous.


## 4


Dès que je quitte le hall de la douane, je le sens là, tout près. Je dévore fiévreusement du regard la foule pressée contre les barrières mais dans la masse confuse je ne découvre aucun signe qu'il soit venu m'attendre.

Et puis, je l'aperçois. J'ai dépassé la foule de visiteurs et je jette un regard derrière moi lorsqu'il pousse la double porte d'entrée. Il y a une vingtaine de mètres entre nous.

Il m'adresse un sourire bref et poli et lève le bras pour saluer.

J'essaie de m'avancer à sa rencontre mais il m'est impossible de bouger. Je reste là, ma valise à la main, et je suis frappée aussitôt par le sentiment non que le temps s'est arrêté mais qu'il recommence à s'écouler après un interminable hiatus.

J'oublie mon analyse si précise de l'avenir dans laquelle je réglais avec tant de maestria les problèmes de chacun. J'oublie la frustration du présent dans lequel je me sentais enchaînée par mes faute anciennes. Et j'oublie encore mieux les souffrances du passé où je me demandais chaque jour comment ne pas mourir d'être seule. A la seconde même où je l'aperçois, mon esprit s'attache à sa présence avec une telle intensité que chacun de ses gestes semble la révélation d'une fascinante vérité et que chaque détail de sa silhouette prend une lumineuse signification.

Ses cheveux grisonnent davantage sur ses tempes, ils sont aussi plus longs comme le veut la mode. Je ne m'étais jamais aperçue qu'il les portait si courts auparavant. Au premier coup d'œil, il me semble qu'il est toujours entièrement rasé mais une seconde plus tard, je vois qu'il porte de longs et minces favoris. Il est un peu plus gros aussi mais cela lui va bien : il était un peu trop maigre dans le temps. Ses yeux sont d'un noir étincelant comme de l'obsidienne polie. Ses pas sont rapides mais réguliers et très assurés. Il porte un complet impeccablement coupé avec une chemise rayée discrètement de bleu et une cravate bleu marine. Ses chaussures brillent. Ses boutons de manchettes sont d'argent. J'ai tellement envie de lui que j'en vacille.

— Hello! dit-il. Comment vas-tu? Bon voyage? Okay, donne-moi ta valise. La voiture est à la porte. Et il commence à s'éloigner ma valise à la main.

Je me laisse entraîner, je ne sais trop comment, dans son sillage. Le souffle coupé je me sens submergée d'une vague de chaleur insupportable. Impossible d'enchaîner deux idées.

Au-dehors, un policier, un policier anglais, casqué mais sans arme, bavarde aimablement avec le chauffeur d'une Rolls-Royce couleur de lait. Au moment où nous passons la porte, il se retourne vers nous et le chauffeur se précipite pour nous ouvrir la portière.

Scott pose la valise sur le trottoir : « Désolé, Monsieur l'agent, nous partons immédiatement. »

— Très bien, Monsieur, mais voudriez-vous avoir, s'il vous plaît, la bonté de dire à votre chauffeur d'attendre la prochaine fois dans le parking, si possible.

Je me rappelle du coup que je suis une étrangère, dans un pays où même les remontrances ou les menaces sont enveloppées d'une exquise politesse. Je jette un coup d'œil mal assuré autour de moi et j'aperçois toutes ces petites voitures disgracieuses avec leur volant mal placé, la foule en vêtements élimés et la bruine douce qui tombe inlassablement du ciel étranger couleur de néon.

Soudain, je me rends compte que tout le monde n'attend que moi : je me courbe pour entrer dans la Rolls et je m'effondre sur la banquette. Scott est assis à côté de moi. Nous ne parlons pas. Nous attendons que le chauffeur mette la valise dans le coffre et reprenne place derrière le volant.

La voiture s'éloigne du trottoir.

— J'ai parlé à ta mère aujourd'hui, dit Scott avec aisance alors que je me torture encore l'esprit pour trouver un sujet de conversation. Elle va beaucoup mieux. Je ne crois pas qu'elle doive rester longtemps encore à la clinique. J'ai demandé à ma secrétaire de trouver une maison de convalescence convenable sur la côte sud.

— Ah. Oui. C'est une bonne idée! Merci beaucoup.

La voiture se dirige vers le tunnel de sortie de l'aéroport.

— Elle veut te voir, naturellement.

— Oui. Mais oui. Très bien.

Je n'ose pas le regarder de peur de perdre mon sang-froid et de faire je ne sais quoi de stupide qui le contrarierait. Son calme glacé laisse clairement entendre que la dernière chose qu'il attend de moi serait une embarrassante manifestation de tendresse.

Le voyage se poursuit en silence jusqu'au moment où, jugeant que la question la plus banale est préférable à ce mutisme, je dis :

— Es-tu satisfait de vivre à Londres?

— Pas tellement.

— Ah? Pourquoi donc?

— Tu en es à cinq mille kilomètres.

Je ne peux m'empêcher de le regarder : pas un muscle de son visage ne tressaille. Et puis, lentement, il se met à sourire.

— Dieu du Ciel, Vicky, il y a si longtemps!

— Oh, mon Dieu, Scott... Je... Ah mon Dieu...

— Je suis navré de ce qui s'est passé. Je n'espère pas que tu me le pardonnes mais...

— Mais si tu l'espères! Tu me fais du charme et tu crois que je vais me rouler à tes pieds, égoïste, salaud, espèce de...

Il se met à rire : « Je n'ai rien fait d'autre que de te présenter mes excuses! »

— Je vais t'expliquer ce que tu peux faire de tes excuses! dis-je, mais je ne le ferai jamais. Je lève mon visage vers le sien au moment où il se penche pour m'embrasser et aussitôt je sens ses cheveux drus dans mes doigts, ses mains dures sur mon corps et sa bouche est sèche lorsque ma langue passe entre ses lèvres.

La Rolls poursuit sereinement sa route vers Londres.


## 5


— Très bien, espèce de voyou, mets-toi à table : pourquoi ne m'as-tu pas appelée?

— Je n'avais rien de nouveau à t'offrir. Pourquoi aurais-je rouvert les anciennes blessures alors que je n'avais toujours pas la solution des problèmes qui nous ont séparés en 63?

— Mais n'as-tu jamais été tenté?...

— Tenté? Tu penses bien que je l'ai été! J'ai failli t'appeler maintes et maintes fois pour te proposer le même voyage vers la même impasse mais je me suis toujours dit que je n'avais pas le droit de te faire ça. Je t'aime trop. Et ensuite ton père m'a dit...

— S'il a menti, je le tuerai. Je le tuerai! J'en ai assez de ses mensonges. Il a tout démoli!

Scott se met à rire : « Tu n'as rien à reprocher à ton père cette fois. Ce sont d'autres qui m'ont dit que tu avais une nouvelle vie, que tu t'intéressais à la Bourse, que tu surveillais ton portefeuille, que tu allais à des cocktails, que tu te faisais de nouveaux amis et même... »

— Non. Tu peux oublier les rumeurs à propos de Jordan.

— Dieu, mais il y a dû y en avoir d'autres que lui. Je le comprends fort bien.

— Non.

— Non?

— Non. Je suis dégoûtée des aventures sexuelles sans intérêt et je ne désire que toi. Mon Dieu, pourquoi dois-je te le dire? Il faut que je sois folle. Ton ego n'a vraiment pas besoin d'une femme qui avoue qu'elle dort seule depuis trois ans et demi parce qu'elle ne pense qu'à toi.

— Vicky... Ne te fais pas tant de reproches.

— Que faire d'autre? Il semble que je ne sois pas bâtie pour t'en faire à toi. On n'est pas plus sotte.

— Chut. — Il recommence à m'embrasser. — Tout va s'arranger Vicky. Notre impasse va s'ouvrir sur une superbe avenue. Dans quelques mois maintenant je serai de retour à New York et alors...

— Le Savoy, Monsieur, dit le chauffeur en ouvrant la porte.

Nous échangeons un baiser de plus. Scott renvoie le chauffeur et la voiture et me suit à l'hôtel.

# 6

— Okay, dis-je, j'ai été franche avec toi — bien trop — et maintenant j'aimerais bien être payée d'un peu de franchise à mon tour. Raconte-moi en détail les moments les plus sensationnels de ta vie intime depuis trois ans et demi.

Scott sourit. Nous sommes adossés à une colline de coussins et nous buvons une bouteille de champagne qu'il a trouvée dans l'armoire à liqueurs réfrigérée de ma suite. Pour Scott il est 2 heures du matin, mais pour moi il n'est que 9 heures du soir. Je me sens dispose, alerte et euphorique.

Je l'observe. La lueur de la lampe de chevet éclaire le lit en désordre. Un drap froissé passe sur mes pieds, sur ses cuisses avant de revenir couvrir mon ventre. Mes seins sont pommelés de taches plus foncées comme si la nouveauté de ce qui vient de se passer les avait talés. J'attire le drap pour dissimuler leur couleur incongrue; je découvre en même temps Scott et je suis frappée par la puissance de son corps, sa robustesse et le dessin de sa toison sur sa poitrine et son ventre.

— Bon, dis-je. Vas-tu te décider à me raconter les merveilleuses aventures amoureuses d'un banquier américain à Londres?

Je souris pour lui montrer que je me soucie peu de ce qu'il a pu faire mais je m'en soucie énormément au contraire. La moitié raisonnable de mon cerveau comprend qu'il a bien dû connaître d'autres femmes mais la moitié instinctive me rend jalouse et me fait souffrir. Je ne peux pas accepter de l'imaginer avec une autre. Mais je n'accepte pas non plus qu'il mente pour me faire plaisir.

— Je veux la vérité! dis-je fermement sans le regarder. J'en ai le droit. Tu me la dois!

— C'est vrai. — Il me prend la main et en caresse doucement le dos avec son index. — J'étais très déprimé lorsque je suis arrivé en Angleterre, dit-il, et je croyais que mon salut était de te remplacer le plus vite possible. J'ai eu une aventure avec une bibliothécaire. Elle n'était pas jolie mais intelligente et elle me plaisait. Cela me paraissait suffire. Nous avons vécu six semaines ensemble. Et puis elle est partie.

J'attends une explication mais quand elle ne vient pas, je lui demande :

— Elle en avait trouvé un autre?

— Non, elle m'a trouvé impossible à vivre... Je buvais beaucoup à ce moment-là. — Il regarde le verre de champagne qu'il a à la main et je remarque pour la première fois qu'il y a touché à peine. — Mais j'ai résolu ce problème en abandonnant l'appartement que j'avais loué pour m'installer dans un petit hôtel particulier où j'ai dû avoir des domestiques. Ainsi, obligé de veiller aux apparences aussi bien à la maison qu'au bureau, il a bien fallu que je boive beaucoup moins.

— Je vois. — Je ne sais trop pourquoi je ne tiens pas à en savoir davantage sur le chapitre de l'alcool. — Est-ce que la femme suivante a duré plus longtemps?

— La suivante? Oh, après l'échec avec la bibliothécaire je n'avais plus envie de m'aventurer à vivre avec une autre. Je suis revenu quelque temps à mon ancienne méthode d'une femme pour chaque nuit mais ça n'a pas marché non plus. Je redoutais trop que mon premier problème ne renaisse et j'ai vite découvert en effet que je ne pouvais avoir d'intimité avec une femme tant que je n'avais pas bu — c'était risquer le désastre, je m'en suis rapidement aperçu. Bon. Je savais qu'il fallait contrôler l'alcool, alors je me suis dit : au diable les femmes! Pourquoi me donner tant de peine, pourquoi essayer le sexe comme détente quand cela n'apporte pas l'effet escompté? — Il rit pour se moquer de lui-même et de ces absurdités passées mais il y a une souffrance dans son regard. Et puis, il détourne la tête, pose son verre et il reprend : Finalement, le bon sens a prévalu, la raison a triomphé et les aventures sensationnelles de ma vie amoureuse ont connu une fin prématurée. Tu te dis sûrement que je n'ai que ce que je mérite après ma conduite à ton égard à New York. C'est en tout cas mon opinion et je comprends que tu la partages.

Je pose ma main sur la sienne et je la retiens. Il éteint pour n'avoir plus à faire l'effort de dissimuler son visage. Nous demeurons un long moment côte à côte dans l'obscurité apaisante. Il reprend peu après :

— Je me demandais comment je pourrais passer toutes ces années sans toi. J'ai souvent cru que je n'y arriverais pas.

Je lui pose doucement mes doigts sur la bouche. Puis je l'embrasse et, un peu plus tard, je lui dis : « Je serais venue à Londres, j'aurais fait n'importe quoi. Si seulement... »

— Non, dit-il, pas de « si seulement ». Si tu étais venue vivre avec moi ici cela aurait peut-être résolu certains problèmes mais en en créant d'autres — et ceux-là auraient fort bien pu nous faire une vie tout autant impossible. Crois-tu que je n'ai pas envisagé toutes les solutions donc? Crois-tu que je n'ai pas examiné la situation une fois, deux fois, dix fois?

L'unique solution que je voyais, c'était de tenir seul à Londres à tout prix et d'espérer un miracle qui te ferait libre et disposée à me revoir au moment propice. — Il rallume et se force à terminer son champagne. — C'est curieux poursuit-il en regardant son verre, je n'aime même pas tellement l'alcool. Je bois du Scotch parce que je ne suis jamais tenté d'en prendre deux verres — le goût ne me plaît pas. L'alcool que j'aime, c'est la vodka. Tu peux l'accommoder de telle manière que tu n'as jamais l'impression de boire de l'alcool... mais cela présente peut-être aussi des désavantages. J'ai eu un ou deux coups durs dans la Marine parce que... Mais ces souvenirs ne comptent plus maintenant que je n'abuse plus, alors pourquoi les évoquer? Parlons d'autre chose. — Il se penche sur moi et passe lentement ses doigts dans mes cheveux. — Je t'aime avec tes cheveux longs.

— Tant mieux. Alicia dit que j'ai l'air d'un mouton déguisé en agneau.

— Alicia est jalouse de toi, ce n'est pas nouveau!

— Oui, mais ça ne me trouble plus. Je m'en fous complètement.

— Comment les choses se passent-elles entre eux, en ce moment?

— C'est difficile à dire. J'ai eu un moment l'impression qu'ils étaient de nouveau sur le point de divorcer, mais pour l'heure je les crois mariés, on ne peut plus mariés. J'en suis arrivée à cette conclusion troublante qu'à leur manière personnelle ils forment un couple remarquable et que je devrais cesser de ricaner de leur mariage pour l'admirer. Te rends-tu compte qu'ils sont maintenant mariés depuis trente-six ans? C'est quelque chose, non? Dieu Tout-Puissant! Ce que ce doit être que d'être marié avec la même personne depuis trente-six ans!

— Si nous essayions?

Je renverse la moitié de mon verre de champagne sur le lit : « Est-ce une demande en mariage? »

— Que crois-tu que c'était? Une proposition de participation à une expérience scientifique?

— Oh, Scott... mon amour...

Toute souffrance est oubliée. Il se met à rire, je ris aussi et dans une brume de joie nous nous jetons dans les bras l'un de l'autre.


# 7


— Es-tu bien sûr d'avoir envie de m'épouser? lui dis-je, inquiète, un peu plus tard. Je me rappelle que tu prétends n'être pas fait pour le mariage.

— Tout ce que je sais, c'est que je ne suis pas fait pour vivre sans toi. Du moment que nous serons ensemble, je me moque bien que nous soyons mariés, que nous vivions dans le péché ou en cage dans un zoo.

— Dans ce cas, tu auras à la fois le mariage et le zoo! Scott, es-tu bien sûr que les enfants ne te rebutent pas? Je sais ce que tu ressens à propos de...

— Ne parlons pas de ce que je ressens mais de ce que tu ressens toi. Je sais combien tu tiens à tes enfants. Je sais que tu veux vraiment un homme sur lequel tu puisses compter et il n'y a pas de doute que tu préfères que cet homme soit ton mari et non simplement ton amant. Rien de tout cela n'est déraisonnable. En vérité rien ne pourrait être plus naturel. J'espère que tu ne me crois pas incapable de comprendre ton point de vue, de le respecter et de m'y conformer?

— Voyons, bien sûr que je ne te crois pas sentimentalement dérangé mais...

— Je ferai de mon mieux pour les enfants, Vicky, je te le promets. Ce ne sera peut-être pas un mieux sensationnel dès le début mais je m'appliquerai. Je t'aime et je ferais n'importe quoi pour te rendre heureuse. Ne t'inquiète pas davantage au sujet des enfants.

Des larmes m'emplissent les yeux : ces assurances sont exactement celles que je voulais entendre. Je murmure des remerciements et je lui pose un petit baiser sur la joue.

Nous restons un moment sans parler. Il est maintenant très tard et j'ai sommeil.

— Évidemment, dit Scott à un certain moment, tout cela ne va pas beaucoup plaire à ton père.

Du coup, me voilà bien réveillée. Je remarque pour la première fois la moulure ovale au centre du plafond et celles semblables qui ornent ses quatre coins.

— Ton père et moi, nous accordons très bien en ce moment, poursuit-il. Je crois que nous avons réussi à effacer les fissures qui s'étaient faites entre nous en 1963. Mais malgré cela il ne manquera pas de regarder notre mariage d'un œil extrêmement soupçonneux. Tu t'en rends compte, non? J'espère que tu ne te laisseras pas impressionner.

— Qu'il essaie seulement. — Je continue d'examiner le plafond. La douce lueur de la lampe de chevet se reflète dans les cristaux du lustre.

— Mais vous vous entendez beaucoup mieux, dit Scott. Je l'ai compris en l'entendant parler de toi.

— Oui, nous nous entendons. Sans plus.

— S'il essayait de te retourner contre moi...

— Scott, j'ai trente-six ans, je suis majeure, maîtresse de mes actes et aucun homme ne me dit plus comment je dois conduire mon existence.

— Okay. Parfait. Je voulais seulement te prévenir...

— Très bien. Tu m'as prévenue. N'en parlons plus. Je suis en rage quand je pense que mon père et toi vous livrez, l'un, l'autre, à des jeux affreux, ténébreux et destructifs. Dieu merci! il n'en sera plus question quand nous serons mariés! Je ne vous vois guère en train d'essayer de vous jeter l'un sur l'autre si je suis plantée entre vous, un rameau d'olivier dans une main et le drapeau blanc dans l'autre.

— L'arbitre au centre du ring? dit-il en riant.

— Et pourquoi pas? — J'abandonne la contemplation du plafond et je tourne la tête vers lui : « Il serait temps que quelqu'un s'efforce de vous mettre à tous deux un peu de plomb dans la tête. »

Il me sourit : « Mon Dieu, ne prends pas cet air sévère! Je ne demande

que la trêve! C'est ton père qui va te poser des problèmes! »
— Ne t'inquiète pas pour lui. Je m'en charge.


# 8


Après, bien après, j'ouvre les yeux et je le découvre penché sur moi. Il est près du lit et rhabillé. Une lumière brille dans le petit couloir qui relie le salon à la chambre de ma suite.

— Je dois rentrer chez moi, Vicky. Il faut que je me rase et que je me change avant d'aller au bureau. Appelle-moi quand tu auras vu ta mère et nous organiserons notre soirée.

— Hmmm... — Je marmonne du fond de mon sommeil.

Ses lèvres effleurent les miennes. Je distingue son ombre qui s'éloigne et un peu plus tard la lumière s'éteint dans le couloir.

— J'espère que tout ira bien avec ta mère.

— Hmm.

— Je t'aime infiniment.

La porte se referme doucement au loin, très loin.

Je dors.


# 9


Je rêve de l'enfant que j'ai été, l'enfant aux robes sur mesure, nurse anglaise, placards bourrés de jouets, amies soigneusement sélectionnées, garde du corps à temps partiel (le kidnapping du petit Lindbergh avait profondément impressionné ma mère) et manteau de vison miniature. J'étais très riche et très heureuse mais ma nurse faisait tout pour veiller à ce que je ne sois pas aussi très gâtée. Elle a dû souvent penser qu'elle livrait une bataille perdue d'avance.

Ma mère craignait que la nurse ne soit trop sévère mais j'aimais, au contraire, mes heures très strictes avec Nounou parce qu'elles donnaient davantage de prix et de piment aux heures que ma mère passait à me gâter. Aurais-je été gâtée continuellement que j'eusse été très malheureuse. C'est une leçon dont je me suis souvenue lorsque je suis devenue mère à mon tour et mon premier enfant n'était pas encore au monde que j'avais déjà décidé de faire appel à une nurse anglaise de façon qu'il y eût toujours à la maison une personne au moins qui refuse de laisser les enfants faire leurs quatre volontés. J'avais réfléchi que la richesse leur donnerait plus tard beaucoup trop d'occasions d'obtenir ce qu'ils désiraient; le moins que je puisse faire pendant qu'ils sont encore enfants est de les protéger aussi longtemps que possible de l'influence dangereuse d'une trop grande richesse.

Je vivais alors dans une demeure de style espagnol à Palm Beach et ma mère, cette fée qui papillonnait autour de moi toujours somptueusement habillée et ornée d'un fume-cigarette incrusté de diamants, ma

mère vivait avec moi. Elle ne m'appelait jamais Vicky mais « mon
amour » et elle était si fière de moi qu'elle m'exhibait régulièrement à ses
réceptions où je devins vite fameuse pour mes remarques « si drôles » —
c'était l'époque de Shirley Temple. Nounou parvint je ne sais comment à
m'empêcher de me faire une trop flatteuse idée de mon importance mais
j'ai tout de même grandi persuadée que ma mère n'avait qu'à saisir sa
baguette magique pour éloigner de moi le malheur.

Et puis Danny est arrivé. Ma mère l'avait rencontré en Californie des
années auparavant et en 1940, passant ses vacances en Floride, il est venu
nous rendre visite.

Danny était grand et mince; il avait un regard mélancolique et
d'excellentes manières. Il n'avait pas d'accent mais un jour qu'il
téléphonait à son père, il lui a tout naturellement parlé italien.

— Quelle jolie langue! soupirait ma mère, incurablement romanesque. Elle était folle de joie d'avoir fait sa conquête; Danny avait dix ans de
moins qu'elle et bientôt, comme son séjour s'éternisait à Palm Beach — il
n'avait visiblement pas besoin de travailler pour vivre —, c'est lui qui fut
le pôle d'intérêt des réceptions et je dus me contenter du second rôle.

Cela ne me plaisait pas du tout et cela plut peut-être moins encore à
mon père.

La lutte juridique pour trancher le problème de ma garde reprit de
plus belle. J'aimais beaucoup ces batailles. Elles me donnaient le
sentiment de mon importance et il m'était fort agréable de voir mes
parents se disputer constamment le privilège de ma compagnie. Je ne me
suis jamais vue comme l'enfant d'un foyer brisé puisque le foyer était déjà
brisé avant que je ne vienne au monde. Je n'avais donc nul souvenir d'un
foyer et les rapports entre mes parents étaient si détestables que je n'ai
jamais pensé un instant qu'ils pourraient jamais se réconcilier. Ce qui
m'importait, c'est que je les aimais et qu'ils m'aimaient. Il m'était égal
qu'ils vivent chacun chez soi. Il m'était même bien égal qu'ils se détestent,
encore que je me dise parfois qu'il était dommage que les deux êtres que
j'aimais le plus ne puissent être bons amis. Mais comme je les avais toujours
connus à couteaux tirés, j'acceptais leur antagonisme comme chose
normale, qui ne pouvait m'atteindre puisque j'étais assurée qu'ils
m'aimaient.

Dans l'attente de la prochaine bataille, je me demandais simplement
quelle toilette je devrais porter pour aller voir le juge.

— Ne t'inquiète de rien, mon petit, me dit Danny en m'offrant une
nouvelle boîte de chocolats. Je vais épouser ta mère et enterrer ton père
sous un tombereau de fleurs d'oranger. Il est fâché parce qu'il me prend
pour un Rital bon à rien qui vit sur la pension alimentaire de ta mère mais
j'ai de l'argent, j'ai des ressources dont il n'a pas la moindre idée et au
diable sa pension! Je m'en fous, ça ne compte pas pour moi. Et quand
Vivienne et moi serons mariés elle retrouvera un statut normal et la
demande de garde présentée par ton père ne tiendra pas debout, tu
verras. Alors ton salaud de père pourra toujours aller se faire voir chez les
Grecs...

Cette dernière remarque fut l'erreur fatale de Danny. Après ces mots
grossiers et vulgaires, je ne l'ai plus vu comme un gentil fournisseur de
boîtes de chocolats dont le seul défaut était d'accaparer un peu trop ma

mère : je l'ai vu désormais comme l'ennemi de mon père. Seule ma mère pouvait traiter mon père de salaud. Elle en avait le privilège à titre d'ancienne épouse. Mais aucun autre n'avait le droit d'insulter mon père en ma présence. Personne et jamais.

J'ai décidé que Danny devait disparaître. Je me suis fait un devoir moral, moi, jeune personne intelligente et vieille de dix ans déjà, de sauver ma mère d'un mariage désastreux.

— Je dois vous l'avouer franchement, dis-je au juge alors que nous bavardions dans son bureau, cette situation m'inquiète beaucoup. Je ne me suis jamais inquiétée des autres amis de ma mère mais, cette fois, c'est différent. Je sens qu'il va lui briser le cœur. Je crois que dès qu'ils seront mariés il courra après d'autres femmes. Je crois — et je prends mon sourire le plus entendu —, je crois qu'il pourrait bien courir même après *moi*. Il m'offre toujours des boîtes de chocolats et il m'embrasse quand Maman ne regarde pas.

J'étais aux anges en quittant le bureau du juge : ça lui apprendra, me disais-je sereinement en pensant à Danny. Le juge allait déclarer maintenant à ma mère qu'il n'était pas question qu'elle épouse Danny si elle désirait conserver ma garde et ce serait terminé. En y réfléchissant, j'étais fière de la manière dont j'avais réglé la situation en accommodant la vérité à ma manière. Je connaissais, vous pensez bien, les fameuses choses de la vie... Si vous êtes femme, vous tombez un jour ou l'autre follement amoureuse de l'homme de vos rêves, vous vous mettez au lit à côté de lui, vous l'embrassez sur la bouche au comble de la passion et vous êtes aussitôt transportée de bonheur. Ma mère disait qu'on se croit alors au ciel. J'attendais impatiemment le moment de goûter de telles délices et je passais mon temps à guetter les premiers signes de la puberté.

— Comment as-tu osé dire au juge des mensonges aussi dégoûtants? hurlait ma mère après que le juge eut prononcé son verdict accordant ma garde à mon père.

Sa fureur me laissa interloquée. Je m'attendais à du chagrin, pas à cet accès de rage. Mon impression de victoire fit place à la peur.

— Danny a dit de vilaines choses sur mon père! hurlais-je à mon tour. Alors pourquoi ne dirais-je pas de vilaines choses sur lui?

— Mais espèce de petite imbécile, tu ne te rends donc pas compte de ce que tu as fait? dit ma mère en sombrant dans un torrent de larmes.

Ses pleurs me rassuraient. Je m'attendais à ce qu'elle pleure à l'idée de perdre Danny, j'avais donc l'impression que les choses se déroulaient enfin selon mes plans : « N'aie pas de chagrin, M'man, tout est pour le mieux : quand Danny sera parti, nous vivrons heureuses comme avant. »

— Parti? s'exclamait ma mère. Mais il ne part pas! Je ne veux pas le quitter!

C'est ce qu'elle a fait. Et finalement, c'est moi qui ai dû partir.

— Je ne veux pas te quitter! disait violemment ma mère. Je ne veux pas quitter Danny non plus. Nous allons retourner chez le juge pour lui dire qu'il y a eu un malentendu.

D'autres audiences s'ensuivirent mais elles ne m'amusaient plus. Je ne mangeais plus et peu m'importait la robe que j'allais mettre pour aller chez le juge. Un beau jour, je m'effondrai et je fondis en larmes devant lui, tant j'avais honte.

— Cette enfant est visiblement perturbée, dit le juge. Il n'est pas possible de laisser cette situation se prolonger.

Ma mère eut des crises de nerfs : elle restait étendue des heures dans sa chambre sans lumière, à tel point que je la croyais morte et que j'étais responsable de sa mort. Un jour, incapable de supporter davantage mon chagrin, je me jetai dans sa chambre en criant : « Je veux mon papa! Il m'aime lui, si tu ne m'aimes pas! » C'était la chose la plus fausse que je puisse dire : ma mère eut une nouvelle crise de nerfs et j'en fus plus terrifiée que jamais.

— Mais je t'aime, ma chérie, je t'aime, je t'aime mais tu ne comprends pas que je ne *peux* pas quitter Danny! L'homme de ma vie... Ah, ma chérie, tu ne peux pas savoir ce que c'est, tu ne peux pas imaginer ce qu'une femme ressent quand elle approche la cinquantaine, tu n'as pas idée de l'horreur qu'elle éprouve à se sentir vieillir, à sentir que bientôt les hommes s'éloigneront d'elle... je ne peux pas le supporter! J'ai tellement peur de vieillir seule et délaissée... sans personne qui m'aime...

— Mais, je t'aime, moi, M'man!

— Oui, ma chérie, tu es charmante, gentille, la petite fille la plus adorable du monde mais...

— Tout ça, c'est à cause de ces choses de la vie dont tu m'as parlé. C'est tout ce qui compte vraiment pour toi. Tu ne m'aimes pas du tout. Tu seras heureuse de m'expédier chez Papa parce que, comme ça, tu pourras passer tout ton temps à jouer aux « choses-de-la-vie » avec Danny...

— Non, Vicky! Chérie... mon amour... Oh, mon Dieu, je n'en peux plus, je ne peux plus être déchirée entre vous deux... Bon, oui, je vais le quitter.

— Inutile, dis-je. N'en parlons plus. Ça m'est bien égal. Je vais aller vivre avec Papa et je ne te reverrai plus jamais.

Je suis allée vivre avec Papa. Mais c'était aller vivre aussi dans une énorme et froide demeure à New York avec deux demi-frères que je détestais et une belle-mère qui a chassé la nounou que j'aimais parce qu'elle jugeait bon pour moi de prendre « un nouveau départ », une belle-mère qui a distribué mes robes préférées à des œuvres parce qu'elles prétendaient qu'elles étaient « impossibles ». Certes, mon père m'aimait mais comme je ne l'avais jamais vu régulièrement dans le passé, je ne savais pas qu'il travaillait énormément et qu'il était peu à la maison. Dans mes rêves de vie nouvelle nous n'étions que deux : mon père et moi. Dans la réalité de ma nouvelle vie, nous n'étions plus que deux : Alicia et moi. Sebastian et Andrew étaient au collège et je restais toute seule, jour après jour, avec une belle-mère dans cette vaste demeure sonore de la Cinquième Avenue.

La puberté que j'attendais impatiemment pendant les années ensoleillées de mes jeunes années m'est arrivée un sombre matin de neige. Je ne la désirais plus. Alicia me fit d'interminables sermons sur l'usage des serviettes hygiéniques et sur ce que je pouvais attendre des garçons maintenant que je devenais grande. J'en avais la nausée. Elle m'exposa aussi les choses de la vie, les vraies, non pas les illusions romanesques que m'avaient transmises ma mère. J'étais épouvantée. Je me disais : C'est pire, bien, bien pire que je ne le croyais. Et ma mère a voulu se débarrasser de moi pour faire ces choses-là. Incroyable. Dégoûtant. Obscène.

Mais j'étais pourtant persuadée que ma mère ne voulait pas me quitter. Je savais qu'elle m'aimait. Et je savais que tout ce gâchis était ma faute. J'avais menti au juge et maintenant, non seulement en étais-je punie mais ma mère l'était également. Il me semblait parfois que j'allais mourir de remords. Et parfois il me semblait que je ne pourrais pas vivre tant j'avais honte.

Alors mon père est venu à ma rescousse — ce merveilleux Papa, toujours si bon avec les enfants, si affectueux, si patient et attentif —, il a compris aussitôt qu'il se passait quelque chose : il a compris que j'étais malheureuse.

— Allez, raconte-moi tout, ma chérie. — Et je l'ai fait, je lui ai raconté toute l'histoire et il hochait la tête, il écoutait et me serrait contre lui.

Et il a rétabli les choses.

— Chérie, il ne faut pas que tu te reproches ce qui est arrivé. C'est la faute de ta mère, du début à la fin. Si elle ne s'était pas amourachée d'un gangster comme Danny Diaconi tu n'aurais jamais été obligée d'agir comme tu l'as fait. Ta mère est une femme mauvaise, sans principes, amorale : elle n'est pas digne d'élever une petite fille innocente comme toi ? Et il a continué de m'expliquer combien il était immoral que ma mère passe d'un homme à l'autre et à mesure qu'il parlait je me rassérénais parce que je sentais peu à peu que je n'avais pas à me reprocher les circonstances qui m'avaient conduite à New York. J'étais de plus en plus convaincue que ma mère était véritablement pour moi le pire exemple et que mon père avait eu parfaitement raison de réclamer ma garde longtemps après que je me fus rétractée et que j'eus demandé au juge la permission de rester avec ma mère.

Tout devenait très simple : si je détestais ma mère, je n'avais pas à me reprocher ce que j'avais fait et, si je la tenais pour une mauvaise femme, alors je n'avais pas à reprocher à mon père de m'avoir prise à elle.

— Je ne veux pas être comme elle quand je serai grande ! Jamais ! disais-je en sanglotant.

— Mais tu ne seras jamais comme elle, ma chérie. Tu seras toujours une fille parfaite et quand tu seras amoureuse, tu te marieras et tu seras une épouse, une mère parfaites et tu seras toujours heureuse. C'est bien ce que tu désires, n'est-ce pas ? Tu es une fille parfaite et tu veux que je sois fier de toi ?

Et il avait raison, évidemment. C'est exactement ce que je voulais car j'aimais mon père, mon merveilleux papa qui était arrivé sur son blanc palefroi pour m'arracher au péril et pendant toutes les années qui suivirent j'ai tout fait pour lui montrer à quel point il était aimé. Car si je ne l'avais pas tellement aimé, j'aurais pu peut-être recommencer à aimer ma mère et je n'aurais peut-être pas pu continuer de la croire aussi mauvaise qu'on me l'avait raconté, et lorsque j'aurais commencé à ressentir ces doutes j'aurais pu peut-être même commencer à me demander si c'était bien *ma mère* qui était si mauvaise et sans principes, mais, bien sûr, ces affreux dilemmes ne se poseraient pas parce que je ne leur donnerais pas vie en imaginant qu'ils puissent exister. Tant que j'aimerais mon père et que je détesterais ma mère je serais en paix, et c'est pourquoi un changement d'attitude à l'égard de mes parents était littéralement inconcevable... inconcevable... inconcevable...

## 10

— Inconcevable! — J'ai crié et je m'éveille et je soupire en m'apercevant que je suis dans ma suite du Savoy.

Il n'est que cinq heures à New York mais à Londres la matinée est déjà bien avancée et il est temps que je me lève. Je sais que je serai incapable de prendre un petit déjeuner anglais complet, je demande donc simplement du café. Lorsque je suis habillée, j'appelle la Clinique de Londres où l'on me dit que je peux venir voir M<sup>me</sup> Diaconi quand il me plaira car elle est presque rétablie.

Je reste assise au bord de mon lit. Je me sens abattue, saisie d'une vague appréhension qui me donne envie de demeurer enfermée pour le reste de la journée. Et soudain je me surprends à penser à Danny. Il a été tué lors d'une fusillade dans l'un des casinos de son père, à Las Vegas. Je suppose que ma mère a dû en être bouleversée. Ils étaient mariés depuis cinq ans mais je n'ai rien su de leur vie parce que mon père s'est toujours opposé à ce que je leur rende visite.

Je quitte l'hôtel et je prends un taxi.

Londres défile sous mes yeux à travers la glace. J'ai une fugitive impression de ciel gris, d'immeubles gris, d'une foule grise et de pigeons gris. Les autobus vermillon font une heureuse tache de couleur dans ce sombre paysage. Mais la ville me demeure froidement étrangère; elle me rappelle mes dernières années malheureuses avec Sam. Je me demande comment Scott a pu supporter ses années d'exil et puis je m'aperçois que je ne peux pas penser à lui. Pour l'heure, je ne peux penser qu'à ma mère.

— Pouvez-vous m'arrêter chez une fleuriste, s'il vous plaît?

Dieu merci, je me suis rappelé les fleurs! On apporte toujours des fleurs dans un hôpital. Je me rappelle les brassées de fleurs que l'on m'apportait à l'hôpital après la mort de Sam; tout le monde sauf Sebastian qui m'avait, lui, offert un recueil de poèmes.

Nous arrivons à la Clinique de Londres. Ma patience est à bout, je mets cinq livres dans la main du chauffeur et je tourne les talons sans attendre ma monnaie. A la réception on m'indique l'étage mais il me faut faire un effort pour écouter les indications.

— Oh, M<sup>me</sup> Diaconi va être *tellement* heureuse de vous voir... Vous venez de New York? Ah, elle va être folle de joie! Il ne fait pas très beau, n'est-ce pas? Mais on dit que le soleil va se lever un peu plus tard...

Les platitudes de l'infirmière ruissellent sur moi mais je les entends à peine. Nous arpentons un long corridor et quelques secondes plus tard, elle m'ouvre une porte tout au fond.

— Bonjour, madame Diaconi! Tenez, voilà une charmante surprise!

La chambre est claire, aérée, nouvellement refaite et éclatante de propreté. La secrétaire de Scott a pensé aux fleurs, aux bonbons et aux magazines. Au prix d'un immense effort, je réussis à regarder, au-delà de ce décor de chambre de malade, celle qui occupe le lit.

Je ne l'ai pas revue depuis 1959, depuis son dernier passage à New York, et à l'époque, Sebastian m'a aidée à supporter sa visite. Je me rappelle une femme aux cheveux teints en noir, au lourd masque maquillé, au bavardage faux, insipide et aux manières affectées. Son imitation des idoles sexuelles d'Hollywood devenait de plus en plus repoussante avec les années. A l'époque, elle était grotesque. Le simple fait de la voir m'avait révoltée.

Toute prête à être révoltée une fois de plus, je la regarde mais je ne sens rien. Car je ne suis plus la femme que j'étais il y a huit ans, à New York — et elle n'est pas non plus la même.

Une femme âgée, avec de ternes cheveux gris, un visage ridé et un informe corps flasque, m'accueille adossée à ses oreillers. Seuls ses yeux sont inchangés, les yeux bleus dont Benjamin a hérité, encore que j'aie toujours refusé de l'admettre. Elle me regarde et l'amour attendrit ces fameux yeux-là.

— Ah, Vicky, dit-elle. Tu es bonne, si bonne de venir.

Soudain, je n'entends plus rien que la voix de mon père résonnant à travers les années et je me rappelle avec une douloureuse précision la scène à l'aéroport Kennedy après le départ de Scott pour l'Europe. Je me rappelle sa confession sur la misère de sa vie intime. Et je me rappelle lui avoir dit : « C'est pourquoi tu n'as reculé devant rien pour arracher Scott à Steve », et tout de suite, avant que je puisse empêcher la pensée de se former dans mon esprit, je m'entends ajouter les paroles qui n'ont jamais été prononcées : « Et c'est pourquoi tu n'as reculé devant rien pour m'arracher à ma mère. »

Je vois alors très exactement sa machination.

Il savait que j'aimais ma mère. Il avait peur que je ne retourne vers elle quand j'étais si malheureuse dans cette triste demeure de la Cinquième Avenue. Alors il a déformé la vérité, il l'a tordue et tressée de mensonges de façon que j'en arrive à détester davantage ma mère et à l'aimer, lui, toujours davantage.

Je reste à regarder cette mère qui m'aimait et n'a cessé de m'aimer pendant toutes les années où je l'ai abandonnée et enfin — et pour la première fois depuis si longtemps — je la vois telle qu'elle était réellement : ni un monstre, ni la personnification obscène de vices inavouables mais une femme absurde qui a fait des fautes et les a payées, une mère comme bien d'autres, pas aussi bonne que certaines mais meilleure que d'autres et tout simplement l'une des victimes de mon père.

Mon père est à l'aéroport lorsque je reviens à New York quatre jours plus tard après un long week-end avec Scott. J'avais câblé à mon père pour lui dire d'être là. Il a appelé aussitôt les grands hôtels de Londres pour essayer de me retrouver mais j'ai refusé son appel quand il en est arrivé au Savoy.

En sortant de la douane je l'aperçois, frêle et inquiet, derrière les barrières. Comme d'habitude, il se trouve trois ou quatre satellites en orbite autour de lui mais je n'y prête aucune attention. Je vais droit à lui et je lui dis : « Il faut que je te parle. »

— Vicky qu'es-tu allée faire à Londres ? Que s'est-il passé ? Tu as des ennuis ?

Je le dépasse sans répondre et il se précipite sur mes pas. Dehors, sa dernière Cadillac, une déplaisante mécanique couleur crème, attend le long du trottoir.

— Vicky... — Il cherche son souffle. Il trébuche en s'installant sur la banquette à côté de moi et quand, je me tourne pour le regarder, je vois que ses mains tremblent en ouvrant sa boîte de pilules : « Tu dois me le dire... s'il te plaît... »

Je vérifie la glace qui nous sépare du chauffeur et du garde du corps : elle est hermétiquement close et je sais que l'on ne peut nous entendre. Mon père fait toujours insonoriser ses Cadillac car il discute souvent de choses confidentielles avec ses assistants pendant ses aller et retour entre la banque et la Cinquième Avenue.

— Ma mère était malade, dis-je sèchement. J'ai dû aller à Londres pour prendre des dispositions pour sa convalescence. J'ai également vu Scott mais nous en viendrons à lui plus tard. Pour le moment, je veux te parler de ma mère. Je vais la faire revenir et l'installer à New York. Elle prendra un appartement au Pierre et tu en paieras la note.

— Moi ? dit mon père, livide, en soufflant et hoquetant. Je ne comprends pas.

— Allons, tu comprends très bien ! Tu m'as prise à ma mère et tu m'as empoisonné l'esprit à son égard !

— Oh, mais... Vicky, tu comprends sûrement comment étaient les choses ? Ta mère ne méritait pas d'avoir près d'elle une merveilleuse petite fille comme toi.

— C'est toi qui ne méritais pas de m'avoir ! J'aimais ma mère comme elle m'aimait mais tu l'as effacée de ma vie — Seigneur, c'est comme si tu l'avais tuée !

— Mais il fallait que je vienne à ton secours. Tous ces hommes... l'immoralité...

— Oh, ne me ressasse pas tous ces boniments une fois de plus ! Ma mère était une femme trop séduisante et écervelée qui s'est trouvée dans le pétrin. Oui, bien sûr, elle a eu des aventures après le divorce — ce n'était pas une nonne ! Mais elle a toujours souhaité se remarier et après des années de réflexion, pour être certaine de ne pas faire la même faute qu'elle avait faite en t'épousant, elle a trouvé quelqu'un dont elle était sûre qu'il la rendrait heureuse, c'était Danny Diaconi. Okay, c'était peut-être un gangster. Et peut-être bien ne l'était-il pas : la chaîne d'hôtels Diaconi était parfaitement légitime. Peut-être était-il plus commode de le prendre pour un gangster parce qu'il était italien et que son père avait des relations douteuses, mais que signifie le mot « gangster », au fait ? Quand je te regarde, je me demande si tu n'es pas un pire gangster que ne le fut jamais Danny Diaconi.

— Mais, Vicky, tu le détestais !

— J'étais jalouse de lui. J'étais une petite fille inconséquente et tu en as profité pour me séparer de ma mère et me garder toute à toi !

— Mais je croyais sincèrement que c'était ton intérêt !

— Pardon ? Était-il vraiment de mon intérêt d'être soumise à un tel lavage de cerveau ? J'en étais arrivée au point d'avoir la nausée chaque fois que j'entendais prononcer le nom de ma mère ! Tu as causé d'incalculables souffrances non seulement à ma mère mais à moi aussi !

— Mais, je... Écoute, je... Vicky ne te fâche pas, pardonne-moi, je t'en prie, je ne pourrais pas supporter que... Écoute, donne-moi simplement l'occasion de me racheter. Tu as dit le Pierre ? Okay, elle y aura le meilleur appartement.

— Tu peux le dire ! Et ce n'est qu'un commencement. Écoute-moi bien, maintenant. Je ne veux plus t'entendre dire un mot sur ma mère de toute ta vie. Tu la traiteras désormais décemment et avec respect, comme un être humain. Entendu ? Okay, alors écoute aussi ceci : si tu fais jamais un pas de travers tout sera fini entre nous. Je ne plaisante pas. Il ne faut pas croire que tu peux ruiner la vie des gens à ta guise pour satisfaire ton égoïsme sordide et t'en tirer comme ça. Tu es mon père et, en dépit de tout ce que je viens de dire, je t'aime encore — je t'aimerai probablement toujours, quoi que tu fasses —, mais il y a un moment où il faut résister, même à ceux que l'on aime, et ce moment est venu, Père, c'est fini, je ne dépasserai pas ce point-là. Tu es au bord du précipice. Arrête, je t'en prie, et nous continuerons de coexister en paix. Mais si tu fais un pas au-delà de ce point, je t'abandonne pour tout de bon. Je te pardonne ce que tu as fait à Scott. Je te pardonne — tout juste — ce que tu m'as fait. Mais je ne peux pas te pardonner plus longtemps, Père. Je ne suis pas une sainte, je suis ta fille et c'est la dernière chance que je t'offre de changer de manière de faire.

Je m'arrête. Long silence.

— Alors, Père ?

— Okay.

— Entendu ?

— Entendu.

Nous nous regardons. Il transpire légèrement et il y a une expression de souffrance dans ses yeux.

— Ton asthme te fait souffrir ?

— Hm.

— Y a-t-il un bar dans cette affreuse voiture ? Je te ferais boire un peu de cognac.

Mais il n'y a pas de bar, pas de cognac. Je le regarde encore et je vois qu'il a posé sa main droite entre nous sur la banquette. Je fixe cette main un instant puis je la prends. Et ses doigts étreignent les miens, affectueusement, avec reconnaissance.

Nous n'échangeons plus un mot pendant le reste du voyage mais lorsque nous arrivons devant chez moi je l'invite à monter — non au duplex, mais à mon appartement particulier où nous serons seuls.

— Tu voulais me parler d'autre chose? murmure mon père, inquiet, quand nous entrons.

— Oui, dis-je en allant à l'armoire à liqueurs et en lui servant un double cognac. Je veux te parler de Scott.

# 4

## 1

— Scott et moi allons nous marier, lui dis-je. Ce sera un mariage discret, le mois prochain à Londres.

Je pensais vaguement que mon père allait s'évanouir mais je me trompais. Il ne s'affole pas non plus, il ne perd pas la tête ni ne boit son cognac d'un trait, non, il ne montre aucun signe de désarroi. Au contraire, il me prouve qu'il peut se reprendre avec une remarquable rapidité. Mes révélations sur ma mère lui ont été un choc, ce que je lui annonce pour Scott est quelque chose qu'il devait déjà redouter en 1963 et en le regardant boire une gorgée de cognac pour gagner du temps, je me demande s'il n'essaie pas de se rappeler un monologue appris par cœur il y a longtemps.

— Dieu! quelle surprise! dit-il. Moi qui croyais que Scott était totalement opposé au mariage. Comme je suis heureux de m'être trompé!

Je le regarde d'un air extrêmement soupçonneux sans dire un mot. Mon père fait un nouvel effort : « As-tu ta bague de fiançailles? demande-t-il naïvement. »

Je quitte mon gant et lui montre les diamants.

— Très jolie! dit-il. Félicitations — tu dois être très heureuse et très impatiente... C'est un peu soudain non? Ou bien étiez-vous secrètement en relations depuis quelques temps?

Je lui explique l'enchaînement des événements.

Nous sommes assis sur le long divan blanc, lui à un coin, moi à l'autre, il y a un grand espace vide entre nous. Près de la fenêtre, mes deux poissons roses, soignés par Benjamin en mon absence, flottent rêveusement dans leur aquarium. La pièce est fraîche dans sa pénombre.

— Père, je sais fort bien ce que tu penses mais...

— Je t'en prie, Vicky, ne m'appelle pas : Père. C'est trop glacial. Si tu ne veux plus dire « Papa » tu peux m'appeler « Cornelius ».

— Certes non! Je n'aime pas que les enfants appellent leurs parents par leur prénom! Oh, Papa, je t'en prie, sois raisonnable.

— Ai-je l'air affolé? M'entends-tu bafouiller d'inintelligibles protestations? Ne t'ai-je pas offert, au contraire, mes sincères félicitations?

J'ai nettement l'impression d'être surclassée et manœuvrée.

— Étaient-elles si sincères? — C'est tout ce que je trouve à répondre.

— Certainement. Une femme capable d'amener Scott Sullivan jusqu'à l'autel mérite mes plus sincères félicitations.

— Tu crois qu'il se sert de moi, n'est-ce pas? Tu lui prêtes toutes sortes de desseins ténébreux!

— Je crois simplement que ce n'est pas l'homme qu'il te faut, dit-il. Et puis après? Ce n'est pas mon affaire. C'est la tienne, il s'agit de ta vie. — Il se lève.

— Où vas-tu? lui dis-je surprise.

— Au bureau. Réunion importante. Mais je t'offre à dîner ce soir pour te convaincre que je n'ai pas l'intention de me montrer désagréable ni de m'opposer à tes projets.

— Ah, fais-je en pataugeant dans ma surprise. Bon, merci... mais peut-être pas ce soir. Je serais trop fatiguée — le changement d'horaire — si nous déjeunions demain?

— Entendu, dit-il en promenant un regard admiratif sur la pièce paisible et intime. Pourrait-on déjeuner ici? Je suis tellement fatigué des restaurants de luxe — à moins, bien sûr, que tu n'aies envie d'un déjeuner élégant, je serais alors ravi de...

— Non, je sors tout juste d'une série de déjeuners élégants à Londres. Je préfère ton idée d'un déjeuner sans cérémonie. Que voudrais-tu manger? Je le commanderai au Paradis du Hamburger.

Mon père réfléchit sérieusement.

— Un hamburger à point avec tout le tralala sauf les rouelles d'oignon. Des frites et une grande bouteille de Coke. — Son visage s'illumine. — Je me régale d'avance!

Je lui souris en me levant : « Il faut que je monte voir si les enfants sont revenus de l'école. »

Dehors, dans le corridor, nous nous arrêtons devant la cage de l'ascenseur.

— Je ne veux que ton bonheur, Vicky, tu peux me croire.

— Ne me fais pas peur, Papa. Tu as été si gentil jusqu'à présent.

Nous nous embrassons en riant et malgré mon scepticisme je ne peux m'empêcher de songer avec soulagement : Tout s'arrangera, tout ira bien, je finirai par l'emporter.


## 2


— Une double portion de frites! dit joyeusement mon père, en en plongeant une dans sa coupe de Ketchum. Merveilleux! Merci, ma chérie.

540

— De rien. Et maintenant, tu vas peut-être m'expliquer pourquoi tu tenais tant à ce déjeuner dans l'intimité.

Le visage de mon père s'altère légèrement, se vide de toute expression et laisse voir nettement son contour. Sa silhouette mince et son allure le font paraître extraordinairement jeune surtout lorsqu'il a le dos à la lumière et ses cheveux, toujours fournis s'ils ont perdu de leur franche couleur, ajoutent à son air de jeunesse. Ses yeux sont en ce moment particulièrement clairs et brillants.

— Je voulais bavarder un peu plus avec toi de l'heureuse nouvelle, Vicky.

— Je m'en doutais.

— Malheureusement, je ne crois pas que ce sera si facile.

— Je n'en suis nullement surprise.

— J'espère que nous pourrons en parler raisonnablement, sans nous fâcher.

— Je l'espère aussi.

Nous nous examinons aimablement un moment. Puis mon père se met à jouer avec son hamburger : il arrange une feuille de laitue, déplace une tranche de tomate, examine son cornichon.

— Je te répète ce que je disais hier, dit-il enfin. Va, épouse-le. Je ne veux pas en faire une histoire et je le recevrai dans la famille comme mon gendre.

— Parfait, merci.

— Mais je voudrais t'offrir une simple suggestion. Évidemment, tu n'es pas obligée d'en tenir compte.

— Évidemment.

Mon père soupire, prend une bouchée de viande, la mastique, l'avale et verse du Coca-cola dans son verre. J'ai mangé deux frites et je m'aperçois que je ne peux plus avaler une bouchée. Je laisse mon Coke et je vais au cabinet à liqueurs pour me faire un Martini.

— Je voudrais en appeler à ton bon sens et à ta raison, reprend mon père.

— Ça me paraît littéralement enivrant. J'espère que ma raison et mon bon sens seront à la hauteur.

— Je l'espère aussi. Vicky, ne précipite pas ce mariage. Pars pour l'Angleterre le mois prochain, pour passer l'été avec lui, mais installe-toi là-bas comme sa maîtresse, pas comme sa femme.

Je ne souffle mot.

— Tu n'en as pas parlé hier mais j'imagine que tu avais l'intention de passer l'été avec lui pendant que les enfants seront à Bar Harbor comme tous les ans.

— Oui. Il me semble qu'il faut qu'il s'habitue à l'idée d'avoir une épouse avant de revenir à New York où il devra s'habituer à mes cinq enfants.

— Bon. Oui, c'est bien ce que je pensais. Mais pourquoi ne pas vous marier l'an prochain après son retour définitif à New York ? Voyons, Vicky, oublions un instant qu'il s'agit de Scott. Qu'il s'agisse de lui ne fait que compliquer le problème. Je te donnerais le même conseil quel que soit celui que tu épouses. Tu as déjà deux mariages à ton actif et l'on ne peut pas dire qu'ils ont été des succès indiscutables. Ou, pour parler plus clairement, tu as vécu avec deux hommes et chaque fois cela s'est terminé par une catastrophe. Tu ne peux pas te permettre une troisième erreur. Ce serait tragique pour toi et pour les enfants. Si tu te remaries, il te faut être certaine du succès. C'est pourquoi je crois que tu serais folle de ne pas faire un essai avant de tout risquer dans un troisième mariage.

Je bois une gorgée de Martini en regardant mon hamburger intact. Bientôt mon père reprend :

— Je n'ai pas l'intention de faire des observations sur la possibilité — ou l'impossibilité — pour Scott de s'adapter à la vie conjugale. Je me contenterai de dire ceci : pour autant que je sache Scott n'a jamais réussi à vivre avec quelqu'un. Ne crois-tu pas qu'il ne serait qu'équitable pour son plus grand bien que tu vives avec lui avant de le lier légalement dans une union que — avec la meilleure volonté du monde — il sera peut-être incapable de supporter? Cela me paraît non seulement raisonnable et prudent mais aussi gentil et prévenant.

Il s'interrompt mais je suis encore incapable de répondre. Je fais tourner et retourner entre mes doigts mon verre de Martini.

— Va vivre avec lui cet été à Londres, dit mon père. Reviens cet automne à New York pour y préparer votre mariage. Et épouse-le l'an prochain...

— ... après que tu l'auras sacqué!

Mon père fait une moue de reproche.

— Ne dis pas de bêtises, Vicky. Je ne ferais rien qui sois susceptible de te faire de la peine. Allons, reprend tes esprits. La situation est assez désagréable sans que tu m'y fasses jouer le rôle du traître.

— Peux-tu me promettre de ne pas le chasser lorsqu'il sera mon mari?

— Naturellement! Crois-tu que je ne tienne pas à ce que nous restions bons amis?

— Je veux entendre ta promesse.

— Très bien. Je promets de ne pas le chasser lorsqu'il sera ton mari. D'ailleurs, tu sais bien que je ne peux pas me séparer de lui avant 1968 à moins qu'il ne se rende coupable d'une grave faute professionnelle et même dans ce cas il me faut l'accord de tous les associés. Mais épouse-le avant le premier janvier si tu as tellement peur de moi.

— Sois tranquille, j'ai l'intention bien arrêtée de l'épouser avant. Et l'avenir? Te retires-tu l'année prochaine? Et dans ce cas, que se passe-t-il?

— Je redoutais que tu me poses la question, dit mon père en arrangeant toujours la même feuille de laitue sur son assiette. Vicky, nous voici arrivés, je le crains, à la partie la plus délicate de cette conversation et au moment où il me faut te dire ce que tu n'as pas envie d'entendre. En vérité, que tu épouses ou n'épouses pas Scott, j'ai décidé que, sous aucun prétexte, il n'aura jamais la direction de la banque.

# 3

Silence de mort. Et puis, je me sens tellement effondrée que je bois le reste de mon Martini et que je me lève pour aller m'en préparer un autre.

— D'ailleurs, pas de panique, me dit mon père. Ce n'est pas la catastrophe que tu imagines. Tu es incapable de bien voir Scott maintenant parce que tu l'aimes mais je le vois, moi, très clairement et j'ai pensé à tout — oui, laisse donc ce Martini. Tu n'en auras pas besoin et de toute manière tu ne devrais pas le boire. N'oublie jamais que lorsque tu es engagée dans une discussion difficile, la première consigne est de ne pas toucher à l'alcool.

— Ah, la barbe! Tais-toi. — Mais j'abandonne mon Martini et je viens me rasseoir devant lui à la table.

Il me verse du Coca-Cola et il reprend :

— Je vais rester à la banque jusqu'à ce que j'en puisse passer directement les rênes à Eric. Mon asthme n'est ni mieux ni pire. Je crois tenir le coup. Il le faut. Je n'ai pas d'autre solution. Je sais trop bien qu'aucun de mes associés n'est capable de me succéder. Si Scott doit rester dans la société il les mettrait dans sa poche dès que j'aurais tourné les talons.

— Papa...

— Non, laisse-moi finir. J'aurai des égards pour Scott. Je me montrerai bon. Je ne lui dirai pas brutalement qu'il n'obtiendra jamais ce qu'il désire. Je laisserai les années lui apprendre progressivement la vérité. Je remettrai toujours l'heure de ma retraite. Je refuserai de prendre des engagements pour l'avenir. Je ne serai pas dur avec lui, je te le promets, et il se fera à l'idée et s'accommodera de la situation, j'en suis certain. Scott est beaucoup plus fort que tu n'imagines.

— Non, dis-je, il est beaucoup plus vulnérable que tu pourras jamais l'imaginer.

— D'une certaine manière, peut-être — pour certains côtés de sa vie privée. Mais sur le plan professionnel il est solidement cuirassé. C'est pourquoi, si je le garde dans l'association, — et je le garderai si tu le veux — il me faut prendre certaines précautions. Pour commencer, je ne peux pas le laisser ici, à New York. Je ne le renverrai pas en Europe parce que je suis sûr que vous considéreriez cela comme un bannissement mais j'ai pensé à le charger d'ouvrir une filiale en Californie. Que dirais-tu de quelques années à San Francisco? Ce n'est qu'à quelques heures d'avion et tu serais toujours en Amérique, dans ta patrie. Sylvia serait tellement heureuse que tu t'installes à San Francisco! Elle a plus de quatre-vingts ans maintenant mais elle est toujours très alerte...

— Papa, je t'en prie... je t'en prie...

— Je suis navré. Je savais que tu aurais de la peine mais je n'y peux rien. Je ne chasserai pas Scott. Mais si je le garde, il faut que ce soit à mes conditions. S'il ne peut pas les accepter, alors il est, évidemment, libre de passer dans une autre firme.

— Non, il n'est pas libre. Il ne l'a jamais été. Il est prisonnier du passé et tu lui refuses la clef qui lui permettrait d'en sortir!

— Je ne considère pas que la situation soit aussi dramatique, dit paisiblement mon père. Je crois que la réalité est bien plus prosaïque. Scott avait l'ambition parfaitement compréhensible de s'emparer de la banque. Il ne l'aura pas mais il a déjà fait une carrière de premier ordre et il a certainement prouvé à tous qu'il est bien supérieur à ce qu'était son père — et cela, si tu veux mon avis, est l'essentiel. S'il a été capable de faire cette démonstration — et elle a été indiscutable — je crois qu'il finira par constater que sa vie n'est pas un si grand désappointement. Surtout si tu es à ses côtés pour le rendre heureux. En vérité, tu joueras un rôle très important dans sa réadaptation. Tu combleras un certain vide en lui donnant une nouvelle raison de vivre. Il sera heureux. Tout finira pour le mieux, crois-moi.

— Mais je me demande pourquoi tu refuses de lui faire confiance! Voyons, quand nous serons mariés, tu n'imagines pas qu'il puisse faire quoi que ce soit qui me fasse souffrir?

— Pourquoi pas? Un mari fait le plus souvent souffrir sa femme. Le père de Scott a pratiquement anéanti ma sœur. Scott lui-même peut fort bien te détruire. Je ne peux vraiment pas lui offrir la banque sur un plateau parce qu'il a eu l'admirable perspicacité de t'épouser pour éviter d'être sacqué.

Je me lève d'un bond.

— C'est immonde! Comment oses-tu insinuer chose pareille! Comment oses-tu, comment peux-tu tout déformer, tout défigurer, tout polluer...

— Ce n'est pas ma faute, cette fois, Vicky. Le fleuve est déjà pollué. Je me contente d'analyser son eau boueuse. Merci pour ton déjeuner. Je suis désolé que cette conversation ait été si désagréable et je t'en prie, ne me fais pas regretter de t'avoir parlé franchement. J'espère que tu suivras le conseil que je te donnais tout à l'heure même si tu ne tiens pas compte de. mes dernières remarques.

Il va vers l'antichambre et il ouvre la porte avant de regarder derrière lui.

— A bientôt, Vicky. Appelle-moi lorsque tu auras eu le temps de réfléchir à ce que je t'ai dit.

La porte d'entrée se referme doucement.

J'écoute ses pas tranquilles s'éloigner dans le corridor et puis, en me frottant les yeux comme pour en effacer une image désagréable, je décroche l'appareil pour appeler Scott.


# 4


— Hello! dit Scott. Quelle coïncidence! — j'étais sur le point de te téléphoner.

— C'est vrai?

— Oui, il semble que je serai à New York dans une quinzaine de jours. Une affaire se présente et il faut que j'en discute avec Cornelius.

— Merveilleux! — J'essaie de reprendre mes esprits — Quelle bonne nouvelle!

— Comment vas-tu?

— Eh bien, si tu veux le savoir, j'ai l'impression d'avoir reçu des coups de matraque sur la tête. Est-ce une illusion ou bien devient-il plus dur de s'adapter au changement d'horaire lorsqu'on vieillit?

— J'ai pensé un instant que tu allais me dire que tu venais de te battre corps à corps avec ton père! Comment a-t-il accueilli la nouvelle?

— Pas trop mal. Et même bien, en fait. C'est pour cela que je t'appelais mais maintenant que je sais que tu viens je te donnerai tous les détails quand nous nous verrons. Mais ne t'inquiète pas, mon chéri. Il accepte l'idée de ce mariage et il m'a montré qu'il n'avait pas l'intention de se rendre désagréable.

— Toujours pragmatique! Mon Dieu que Cornelius est donc intelligent!

Silence.

— Vicky? Tu es toujours là?

— Oui, dis-je. Mais oui, je suis là. Chéri, je ne veux pas t'empêcher davantage de travailler. Je te parlerai plus tard, bientôt.

Il me dit qu'il m'aime et il raccroche.

Je reste près du téléphone muet.

### 5

— Papa, excuse-moi de t'appeler à ton bureau mais j'ai pensé que tu aimerais savoir que j'ai décidé de suivre ton conseil au sujet du mariage à l'essai et de renvoyer le mariage officiel jusqu'à mon anniversaire, la veille de Noël. Après l'enlèvement par Sam dans le Maryland et celui à Reno avec Sebastian, il me semble qu'il est temps de me marier normalement, en famille, à New York — pas de fanfare, rien de grandiose, une simple réunion familiale avec tous les enfants.

— Je suis heureux. Je suis sûr que tu as raison, se borne à dire mon père. Merci, Vicky... L'as-tu annoncé à Scott?

— J'attends qu'il soit à New York.

— J'espère qu'il ne se fâchera pas et ne m'accusera pas de t'avoir manœuvrée.

— Ne t'inquiète pas, Papa, Scott sait qu'on ne me manœuvre pas comme ça.

### 6

Quinze jours plus tard, je suis avec Scott au Carlyle. C'est le début de la soirée. Son avion était à l'heure et après être allée le chercher à l'aéroport je l'ai amené à l'hôtel en voiture, le petit modèle sport britannique dont je me sers rarement. Scott est un passager nerveux : le voyage le secoue un peu mais il s'en tire sans une égratignure.

— Veux-tu te reposer ? lui dis-je, anxieusement, mais il s'est remis très vite et m'invite à le suivre dans son appartement.

Plus tard, beaucoup plus tard, il s'étire voluptueusement à côté de moi sur le lit et s'exclame, ayant retrouvé son énergie : « Nous allons sortir pour aller fêter ça ! »

— Okay. — Je suis acccoudée et je fume nonchalamment une cigarette en regardant la lumière qui brille sur les fils d'argent de ses favoris. Il croise les mains derrière sa tête, j'admire la ligne de ses épaules, de ses flancs et je promène lentement mon index de sa bouche à son nombril, jusqu'aux muscles durs de ses cuisses.

— Où aimerais-tu aller ?

— Prenons quelques minutes de plus pour y réfléchir, dit-il en me souriant avec ses yeux noirs et ardents et en m'attirant à lui pour un nouveau baiser.

Je remarque l'épaisseur de ses cheveux sur sa nuque que je tiens dans ma main et je m'aperçois que ses joues sont râpeuses : son coup de rasoir matinal à Londres est déjà loin. Vus de près, ses favoris ne sont plus minces et bien coupés mais épais et ébouriffés, de brun et d'argent mêlés. Ses dents, vierges de nicotine, sont très blanches ; j'oublie toujours, si je ne fixe pas attentivement sa bouche, qu'elles ne sont pas parfaitement égales, les canines sortent légèrement de l'alignement. Sa bouche, si sensuelle au repos, est généralement dure et obstinée, la lèvre inférieure charnue retenue par la pression continue de la lèvre supérieure plus mince. De fines rides marquent la commissure des yeux et trahissent une souffrance ancienne durement dominée. C'est un visage énergique mais sans gaîté naturelle.

Il commence à me faire l'amour. L'intense concentration qu'il y apporte pourrait le faire croire préoccupé surtout de soi mais je trouve cela extraordinairement excitant, encore que je ne sache pas pourquoi. Une partie de son succès pourrait être attribuée à son attrait physique mais une partie seulement ; c'est une des curiosités de l'existence que les hommes les plus séduisants ne le sont pas forcément au lit. Peut-être la vérité est-elle qu'en fait je désire être séduite et que je sais que Scott a le don de me détendre totalement. Avec lui, je sais qu'aucune maladresse ne créera une situation embarrassante. Aussi sa technique aisée, accomplie et apparemment inextinguible, qui pourrait fort bien glacer de nombreuses femmes, est précisément ce qu'il me faut pour surmonter ma frayeur de faire un geste maladroit et de brouiller notre duo par mon incompétence. J'ai fait constamment confiance à sa maîtrise instinctive et je n'ai jamais été déçue et pourtant, en dernière analyse, ce n'est pas cette technique bienheureusement impersonnelle que je trouve tellement érotique, c'est la puissante libération de ses émotions réprimées et de cette âme fermée, indéchiffrable et infiniment mystérieuse.

— Allons, Monsieur-le-Mystérieux, dis-je. Allons-nous prendre ce verre.

— Pourquoi « mystérieux » ?

— Tu es tellement différent. Si nous étions les personnages d'un film de science-fiction tu serais l'extra-terrestre qui aurait pris une apparence humaine.

— Si nous étions les personnages d'un film de science-fiction, j'ai nettement l'impression que je serais le seul être humain parmi des extra-terrestres déguisés en robots!

Nous nous rhabillons en riant et nous partons tranquillement.

— Je commence à avoir l'impression d'être un touriste ici, dit Scott en hélant un taxi, alors jouons aux touristes et allons à la Beekman Tower regarder le soleil se coucher derrière le panorama des gratte-ciel de Manhattan.

— Charmante idée mais pourquoi un taxi? Ma voiture sport ne te plaît pas?

— Au nom du Ciel! Je n'ai pas envie de commencer la soirée en buvant deux ou trois cognacs pour me remettre! dit-il et nous rions en montant en taxi et nous passons le trajet à nous embrasser sur la banquette comme deux collégiens sous l'œil envieux du chauffeur.

Loin au-dessus des toits de la Cinquième Avenue, dans le bar de la tour du Beekman, nous trouvons une table près d'une fenêtre dans laquelle les gratte-ciel étincelants de Manhattan se découpent sur un ciel incroyablement pourpre.

— Madame prendra un Martini, extra-dry, avec une olive, annonce Scott au garçon, et moi... — Il s'arrête pour réfléchir au vaste choix qui lui est offert. — ... Donnez-moi donc une vodka, dit-il, *on the rocks*, avec un zeste de citron. Une double vodka, au fait. — Il voit que je l'observe et il ajoute en souriant : « Il me faut quelque chose pour me réveiller! Il est à peu près minuit en Europe et j'ai eu une journée chargée. »

— Je ne comprends pas comment tu peux être encore tellement en forme. Ce vol d'est en ouest au-dessus de l'Atlantique est vraiment tuant.

— Je suis sur le point d'ajouter autre chose quand j'aperçois un jeune homme très brun assis à une table voisine. Il est accompagné d'une ravissante brunette qui en d'autres temps aurait travaillé à Hollywood mais qui, aujourd'hui, gagne probablement sa vie devant le micro d'un studio d'enregistrement de Manhattan.

— Mon Dieu! fais-je, surprise. C'est Donald Shine!

Scott se retourne. Le jeune homme ne nous a pas vus. Il est trop occupé à écouter sa compagne.

— Tu ne m'avais pas dit que tu le connaissais! remarque Scott.

— Vraiment? Je l'ai rencontré à un cocktail chez Jake il y a près de deux ans. Shine venait de reprendre cette société de reproduction.

— Il a fait du chemin depuis, dit Scott avec un sourire en coin.

C'est indiscutable. Donald Shine vient de mettre la main sur la Stamford-Hartford Reliance, l'une des plus grandes et des plus anciennes sociétés d'assurances du pays et il s'est empressé de déclarer que cette compagnie s'appellerait dorénavant la «Shine and General», un trust spécialisé dans la finance. Wall Street le regarde désormais avec la fascination apeurée d'une portée de lapins vieillissants acculés par un jeune cobra affamé.

— Ton père a failli avoir une attaque quand la Stam-Hart Reliance est tombée entre les mains de Shine, dit Scott au moment où le garçon nous apporte nos apéritifs. Il m'a tenu une heure entière au téléphone pour me raconter les méfaits « de ce galopin de Brooklyn qui donne des ordres à des hommes d'âge mûr, des Anglo-Saxons blancs et protestants, des anciens des plus grands collèges d'Amérique ». L'affaire lui a fourni une merveilleuse occasion de dénoncer les maux qui affligent notre pays et tu connais ton père quand il est sur le chapitre des déserteurs, des anarchistes noirs et des jeunes drogués... Au fait, puisque nous parlons de ton père, raconte-moi comment il a accueilli la nouvelle de nos fiançailles. Je suis heureux de ne pas le trouver ouvertement hostile.

— Oui... Et tu auras peine à le croire mais il m'a même donné des conseils judicieux. Du moins me le paraissent-ils. J'espère que tu seras du même avis.

— T'a-t-il demandé de retarder notre mariage?

— Oui, en effet, dis-je étonnée.

— Mon Dieu, ne me dis pas que tu as cédé!

— Ce n'est pas exactement cela, dis-je et je sens mon visage rougir. Un mariage à Noël présente quelques avantages. Il me semble que...

— En d'autres termes, et en résumé, Cornelius t'a manœuvrée et il a réussi à te faire remettre ton mariage. — Il avale sa vodka et appelle le garçon le plus proche : « Une autre vodka, double. »

— C'est faux et injuste. — Je commence à m'énerver. — Outre le fait que j'aimerais un mariage en famille à New York quand tu auras terminé ton séjour en Europe, j'estime que nous devons faire un essai véritable et sérieux au lieu de ces brèves rencontres entre deux avions! Je désire t'épouser plus que tout au monde mais je ne veux pas que tu te retournes plus tard contre moi pour m'accuser de t'avoir contraint au mariage alors que nous étions encore des étrangers!

— *Des étrangers!*

— Oui, des étrangers! Nous avons passé une semaine ensemble à New York en 1963, un long week-end à Londres au début de l'année et nous allons maintenant passer quelques jours encore à New York. Bon, c'est merveilleux, c'est passionnant, c'est sublime mais c'est tellement loin d'une vie conjugale régulière que ce pourrait aussi bien être un rite nuptial sur une autre planète! Mon père nous conseille de vivre ensemble à Londres cet été et d'avoir des relations qui ressemblent davantage au mariage. Certes, un essai ne peut pas être tout à fait comme un véritable mariage mais du moins aurons-nous ensuite une idée de ce que sera notre vie conjugale. Pardonne-moi mais je crois que mon père a raison. Il ne s'agit pas là d'une manœuvre. C'est ma décision toute personnelle.

— Ton père cherche à gagner du temps. Il espère que tu te lasseras de moi et que tu rompras notre engagement — ou que tu le retarderas jusqu'à l'année prochaine et qu'il aura alors l'occasion de me sac-quer...

— Assez! je commence à être fatiguée de ces soupçons que vous nourrissez l'un envers l'autre! Rassure-toi, Scott. Papa m'a donné sa parole qu'il ne te chasserait jamais et je le crois. Il ne fera jamais rien qui puisse me le faire détester.

— Quand il s'agit de la banque, Cornelius ne recule devant rien. Okay, que t'a-t-il promis encore?

Je le regarde perplexe : « Que veux-tu dire? »

— Tu le sais bien! Si Cornelius t'a promis de ne jamais me chasser, cela signifie que vous avez parlé de mon avenir à la banque. Quand va-t-il se retirer et désigner son sucesseur?

— Je... Je ne le lui ai pas demandé.

— Allons, Vicky. Ne me sers pas de tels bobards! Tu le lui as demandé et il te l'a dit!

— Non, il me suffisait d'être certaine qu'il n'avait pas l'intention de te chasser.

— Tu ne t'imagines pas un instant que je vais croire ça, non? Pourquoi me mens-tu? De quel côté es-tu, à la fin?

Le garçon apporte une double vodka.

— Scott si tu perds ton sang-froid et te mets à me parler sur ce ton, tu ne feras qu'affirmer ma conviction que cet essai est indispensable. Et, s'il te plaît — t'est-il nécessaire de boire tellement et si vite? Tu m'as toujours dit que cela ne te valait rien.

Il prend son verre et avale de nouveau sa vodka d'un trait.

— Je voudrais m'en aller et tout de suite, dis-je en me levant.

Il ne répond pas. Il examine son verre avec une expression de profonde surprise comme s'il se trouvait tout à coup dans une situation ennuyeuse sans se rappeler comment il y est arrivé. Il le repose doucement et pose les mains sur la table comme pour maintenir son équilibre, puis il dit avec une humilité qui me touche tant elle est sincère : « Pardonne-moi. Je suis désolé. C'est tout à fait idiot. »

Je me rassois et pendant le silence qui suit je me rends compte que mon geste a attiré l'attention de Donald Shine. Je ne regarde pas directement de son côté mais du coin de l'œil je le vois se retourner pour observer notre table.

— Il n'y a qu'une seule raison qui te retienne tellement de me répéter ce que ton père a dit, reprend Scott d'un ton calme. Il doit avoir décidé de ne pas me donner la place. Il ne me chassera pas — il me gardera dans l'association pour rester en bons termes avec toi mais il veillera à me fourrer dans un coin où je ne puisse pas le gêner. Qu'a-t-il proposé? L'Europe encore? Non, il n'acceptera jamais de te voir t'en aller une seconde fois en Europe — en supposant, bien sûr, que le sort ne comble pas ses vœux et qu'il ne réussisse pas à empêcher notre mariage. Boston? Non, c'est trop près. Il ne pourrait plus fermer l'œil s'il me savait à une heure d'avion de la navette de La Guardia. Et la Californie? Les banques sont florissantes sur la Côte Ouest et il sait que tu as toujours aimé San Francisco...

— Mais, Dieu me pardonne! c'est bien eux!

Nous sursautons et une ombre s'allonge sur notre table.

C'est Donald Shine.

— Scott Sullivan! Hé, comment ça va? C'est chouette de vous revoir! Vous êtes toujours en train de martyriser les Anglais ou bien vous êtes revenu à New York pour de bon? — Il se tourne vers moi avec son plus large sourire et son incroyable exubérance me submerge comme pour forcer ma sympathie : « Hello, la belle! Votre prénom ne me revient pas mais je me souviens de vous — un visage pareil, ça ne s'oublie pas! Vous êtes la fille de Cornelius Van Zale.

— Je m'appelle Vicky Forworth. Hello, Monsieur Shine.

— Félicitations, Don, lui dit Scott en souriant.

— Pourquoi ça? Oh, pour cette vieille histoire d'assurance, là-bas, dans le Connecticut! Oui, ils sont encore en train de s'torcher tellement j'leur ai fait peur, mais au diable! c'est déjà de l'histoire ancienne et qui s'intéresse au passé? Nous sommes la génération du « Tout et tout de suite »! Hé, Scott, vous êtes pour quelque temps? Je vous paie à déjeuner demain! » — Il se tourne vers moi, ses cheveux longs flottent sur ses oreilles et il m'offre un sourire plus large encore que le premier. — Vous ne le savez sans doute pas, ajoute-t-il, mais il me plaît beaucoup votre gars. C'est lui qui m'a donné ma première chance quand j'étais encore un môme en jeans et en baskets. — En riant à ce souvenir il se retourne vers Scott. — Alors, ami, ça vous va? Midi et demie demain au Twenty-one?... allez, dites oui!

Scott l'examine un moment, je vois ses doigts se crisper sur son verre vide. Puis il se met soudain à rire et répond : « Bien sûr, pourquoi pas? Merci. »

— Parfait! A d'main. — Il s'arrête pour me faire un clin d'œil : « Au r'voir, la belle! »

Il disparaît et soudain, miraculeusement, notre tension disparaît aussi. Nous nous regardons en essayant de cacher notre envie de rire.

— N'est-il pas épouvantable! fais-je.

— Ne sois pas snob! Personnellement, j'aime beaucoup Donald Shine. J'admire quelqu'un qui court avec tant d'obstination après ce qu'il désire.

— Le fait est qu'il poursuit ce qu'il désire, en effet — avec la retenue d'une horde de loups et la délicatesse d'un tank en manœuvre! Il est possible que je devienne conservatrice avec l'âge mais pour une fois je suis d'accord avec Papa — je n'aime guère l'idée que Donald Shine puisse convertir Wall Street en un terrain de jeux pour la génération du « Tout et tout de suite »... Ah, Mon Dieu, pourquoi faut-il que je cite encore Papa? Scott...

— Ne t'en fais pas. Tu as raison et c'est moi qui ai des idées fixes. Si tu crois vraiment de ton propre chef que nous devrions attendre avant de nous marier, je suis tout à fait d'accord.

— Tu en es sûr? Tu le penses vraiment? Ah, Scott, ne t'inquiète pas — je suis certaine que tout sera finalement pour le mieux.

— Bien sûr, dit-il gentiment. Bien sûr. — Sa main se referme sur la mienne et l'étreint. — Je suis désolé d'avoir parlé si stupidement tout à l'heure. Il faut croire que je suis plus fatigué que je ne le pensais.

— Rentrons à l'hôtel.

Le taxi s'arrête à un feu rouge et Scott me dit comme en passant : « Avais-je raison? »

— A propos de quoi?

— De la Californie?

Long silence. Et puis, ne voyant pas de raison de ne pas dire la vérité puisque nous croyons tous les deux que je parviendrai à persuader mon père de changer d'avis, je dis : « Oui, San Francisco ».

Scott me serre les épaules pour me rassurer : « Je te parie qu'il ne croit toujours pas que nous allons nous marier! Je serai bougrement heureux de lui prouver qu'il se trompe! »

— Scott, je t'épouse demain si tu y tiens vraiment. Tu n'as qu'à le dire, tu sais.

— Non, relevons son défi et attendons le mois de décembre. Donnons-lui le temps de s'apercevoir que c'est là une partie d'échecs qu'il ne gagnera pas.

— Chéri, tu es bien persuadé, n'est-ce pas, que je finirai par tout arranger avec mon père? Jure-moi que tu le crois!

— Quand tu me regardes comme ça, je croirais n'importe quoi! répond-il avec une gaieté qui me comble de soulagement et de bonheur et il me couvre la bouche d'un baiser soyeux.

# 5

## 1

« Chère Vicky, ma mère m'a dit que tu serais bientôt à Londres. Te verra-t-on par hasard du côté de Cambridge? C'est à moins de deux heures de Londres par le train, tu pourrais donc faire l'aller et retour dans la journée. Je te ferai visiter la ville et je t'offrirai à déjeuner. Je te promets de ne commettre aucun acte d'exhibitionnisme, de viol ou autre faux pas social. Nous pourrons parler d'Eliot, d'Elvis et de l'Éternité. Affectueusement, Sebastian. P.S. : Ne t'inquiète pas, je sais que tu seras chez Scott. »

## 2

« Vicky, ma chérie, Neil vient tout juste de m'apprendre au cours d'une interminable conversation téléphonique transatlantique — Dieu que ces banquiers peuvent jeter l'argent par les fenêtres! — que tu seras à Londres cet été et j'ai pensé immédiatement à t'écrire pour t'inviter à dîner afin de célébrer tes fiançailles. Ne manque pas de m'appeler dès ton arrivée de façon que nous puissions fixer la date.

« Il y a maintenant plus d'un an que je suis à Londres et je trouve difficilement mes mots pour te dire quel merveilleux changement cela représente avec l'espèce de dépotoir à l'embouchure de l'Hudson. Au risque de passer pour l'un de ces sinistres vieux raseurs que chacun fuit dans les cocktails, je veux te dire qu'il me semble que New York n'est plus ce qu'il était — Bon pour les chiens, ma chère, comme disent les anciens colonels de l'Armée des Indes dans les romans d'Agatha Christie — ce qui me fait penser que si tu m'apportes une bouteille de Bourbon Wild Turkey je te ferai la faveur de t'emmener voir « The mousetrap » qui est ici une sorte d'institution de l'art dramatique.

« En tout cas, je suis tellement conquis par cette ville si magnifiquement civilisée (le croirais-tu? Ils ne savent pas encore ce que c'est que d'être attaqué à un coin de rue) que je songe à vendre ma maison de Greenwich Village; l'ennui c'est que je me fais difficilement à l'idée de me séparer de ma cuisine. Charles pense que je suis timbré mais il est trop britannique et poli pour le dire. Je sais que tu n'as pas eu l'occasion de connaître Charles le soir où je suis venu à ta table, au restaurant des Quatre-Saisons et que j'ai excité Scott à me lancer des rosseries sur les homosexuels mais ne l'as-tu pas rencontré par la suite? Ma mémoire se désintègre visiblement sous l'empire de la terreur que m'inspire l'idée d'atteindre la soixantaine l'année prochaine! Bien, ma chérie, assez de bavardage futile — viens à Londres et ressuscite au sein de la renaissance créatrice qui submerge le pays! J'attends impatiemment de te voir. Très affectueusement, Kevin. P.S. : C'est tout simplement merveilleux d'écrire de nouveau des romans après avoir abandonné Broadway à Neil Simon! P.P.S. : Viens dîner avec Scott, évidemment. Je ne suis pas homme à garder longtemps rancune. »

# 3

« Chère Vicky, cette lettre vous sera sans doute une surprise puisque nous n'avons jamais été précisément les meilleures amies du monde mais j'espère que vous l'accepterez en signe de paix. Je vous écris, évidemment, pour vous offrir mes vœux les meilleurs à l'occasion de vos fiançailles. J'espère que vous et Scott serez très heureux. Bien que Scott soit mon demi-frère, je le connais en fait assez peu; premièrement, parce qu'il est bien plus âgé que moi; deuxièmement, parce que je le voyais à peine quand j'étais enfant et troisièmement, parce qu'il était — et qu'il est toujours — difficile de le connaître bien. Aujourd'hui encore, après ces trois années qu'il vient de passer à Londres et ses visites fréquentes à Mallingham, j'ai toujours le sentiment qu'il m'est un peu étranger mais je le crois un homme de valeur qui ressent sincèrement le besoin de partager sa vie avec quelqu'un. C'est bien à vous d'avoir réussi à le persuader enfin de renoncer au célibat! Et c'est bien de la chance aussi — j'ai toujours pensé que Scott est l'un des hommes les plus séduisants que j'aie jamais rencontrés. Bien à vous, Elfrida. P.S. : Edred et George vont vous écrire aussi mais vous attendrez sans doute leur lettre quelque temps, ce sont des épistoliers catastrophiques.

# 4

« Cher Sebastian, merci pour la lettre et l'invitation — je t'appellerai de Londres. Affectueusement, Vicky. P.S. : Elfrida Sullivan n'est absolument pas lesbienne. »

# 5

— Oh, M'man!

— Mariée!

— Encore? Tu n'es pas un tout petit peu âgée pour ce genre de truc?

— Certainement pas, Paul! Évite ces remarques s'il te plaît! Et maintenant, vous serez peut-être tous assez surpris mais l'homme que j'ai décidé d'épouser, c'est Scott.

— *Scott!*

— Scott comment?

— Scott Sullivan? Pourquoi?

— Je n'aime pas Scott, annonce Benjamin. Il ne m'apporte jamais rien. Dis, M'man, pourquoi ne te maries-tu pas encore avec Oncle Sebastian? Lui, il me fait réellement de chouettes cadeaux!

— Scott n'a jamais manifesté le moindre intérêt à notre égard, dit Eric qui est venu de Choates pour passer le week-end à la maison. M'man, je ne voudrais pas paraître impoli mais es-tu bien sûre de ce que tu fais?

— Pourquoi faut-il que tu épouses des hommes que tu connais depuis des années et des années? Tu ne pourrais pas épouser un étranger pour changer?

— Voilà une question intéressante, Samantha. Ce n'est pas par accident que j'ai toujours épousé des hommes que je connaissais depuis longtemps mais ce sont les seuls qui soient capables de voir, au-delà de mon physique, et de mon carnet de chèques, la personne que je suis vraiment. Je crains fort que lorsque tu seras en âge, tu ne viennes à réaliser que...

— Quand te maries-tu?

— A la Noël. Mais j'ai décidé que je devais aller passer l'été à Londres afin de...

— Tu vas vivre avec lui? demande Samantha avec un regard de lynx.

— C'est un peu immoral, non? dit Paul. Si tu passes l'été à faire l'amour et à avaler des Martini pourquoi ne puis-je pas passer mon été à fumer de la marie-jeanne?

— L'amour et les Martinis ne sont pas interdits par la loi. Fumer de la marihuana, l'est.

— Mais la loi est ridicule!

— Comme bien d'autres lois, dis-je. Demande plutôt aux femmes! Mais ce n'est pas la question. La question c'est que nous devons obéir aux lois sous peine de sombrer dans l'anarchie. Si les lois ne te conviennent pas, travaille donc à les changer, mais ne rase pas les gens à gémir contre leur injustice. Et maintenant, écoutez-moi, mes petits...

— M'man, cela signifie-t-il que tu approuves le sexe pré-conjugal?

— Je pense que le sexe, conjugal ou pré-conjugal, est une chose qu'il faut toujours approcher avec précaution, soin, amour et respect. Ce n'est pas n'importe quoi qu'on fait pour passer le temps, comme on prend une glace fraise-vanille. Et maintenant...

— Mais, M'man...

— *Silence!* J'en ai assez d'être bousculée! Je voudrais pouvoir m'entendre réfléchir un tout petit moment! Voilà. Merci. Maintenant, ce que je voulais vous dire...

— Qu'est-ce que c'est que le sexe pré-conjugal? demande Benjamin.

— M'man, je ne comprends pas pourquoi il faut que tu t'en ailles à Londres, dit Kristin en se mettant à pleurer.

— *Oh, M'man!* hurle Benjamin qui essaie comme toujours de pleurer plus fort que Kristin.

— Kristin, ma chérie, c'est exactement ce que je voulais expliquer mais personne ici ne me laisse placer un mot. *Assez Benjamin!* Voilà, c'est mieux. Eh bien, la vérité c'est que Scott et moi avons un tas de choses à discuter avant de nous marier. Et aussi il faut que nous prenions l'habitude de rester longtemps ensemble et ce n'est pas toujours aussi simple que vous pourriez le croire.

— Alors tu vas *vraiment* vivre avec lui! dit Samantha, transportée. Ça c'est cool, M'man! Je trouve Scott « extra »!

— Tu es complètement givrée, lui dit Paul, écœuré. Tu es une maniaque sexuelle! Tu es obscène!

— Bah! Tu es jaloux parce que tu sais que tu ne peux pas rivaliser avec un homme grand, brun, beau, séduisant, sexy et *plus âgé!*

— Voilà autre chose, au fait, dit Paul. Scott est si vieux chronologiquement! Je parie qu'il n'a même pas entendu parler des Rolling Stones!

— Veinard de Scott, dit Eric en se levant.

— M'man, oh, M'man, comment pourrons-nous vivre sans toi tout cet été? Nous mourrons tous sans doute! dit Benjamin, puis très frappé par cette éventualité, il ajoute : « Et tu le regretteras! »

— Ne fais pas attention à ce qu'il dit, M'man, dit Eric. Cette petite peste oublie jusqu'à ton souvenir en mettant le pied à Bar Harbor. Il est tellement occupé à se faire gâter par grand-père qu'il ne parle jamais de toi.

— Sale menteur! hurle Benjamin.

— M'man, quel genre de contraceptif vas-tu utiliser?

— Samantha, mon hygiène intime ne te regarde pas mais je vais te dire une chose : J'ai bientôt trente-sept ans et j'essaie de vivre en femme responsable qui juge important de respecter certains principes. Je n'y réussis pas toujours, d'ailleurs, je ne suis pas une sainte et je ne suis pas parfaite mais je fais de mon mieux. Ni toi, ni personne, n'a le droit de me questionner au sujet de ma vie privée mais si je vis avec Scott et si je me sers de contraceptifs, c'est que j'essaie d'assumer mes responsabilités et d'aboutir à un heureux mariage et non pas, comme je le disais à l'instant, de passer le temps. Okay, avez-vous d'autres questions à poser ou puis-je enfin appeler Scott pour lui dire à quelle heure il peut venir dîner? Je veux qu'il vous voie tous avant de repartir demain pour Londres.

— M'man, encore une toute petite question à propos du sexe pré-conjugal...

— Dieu du Ciel! dit Eric. Pour une fois je suis d'accord avec Paul. Y a-t-il rien de plus assommant qu'une fille de douze ans en pleine puberté?

— Et comment! réplique Samantha. Il y a la conversation d'un garçon de dix-sept ans qui n'a jamais eu de petite amie, qui n'en désire pas apparemment et qui passe tous ses loisirs à parler à des pots de fleurs! Quelle espèce de phénomène es-tu, finalement?

— Qu'est-ce que c'est que la puberté? demande Benjamin.

— M'man, dit Kristin, combien de fois par jour nous appeleras-tu de Londres?

— Mais, ma chérie, j'appellerai aussi souvent que possible...

— Je vais arroser mes fleurs.

— Moi, je crois qu'il est amoureux de ses plantes d'appartement, explique Samantha à Paul. Tu piges? Voyons : Freud. Appartement, ment, m'man!

— Tu n'es pas folle? Eric n'est pas amoureux de maman.

— M'man, tu nous promets de nous appeler chaque jour sans faute?

— *M'man, qu'est-ce que c'est que la puberté?*

# 6

— Comment cela s'est-il passé entre Scott et les enfants? demande mon père lorsque Scott est reparti pour Londres.

— Admirablement, surtout avec Samantha et Kristin. Il profite sûrement de l'expérience qu'il a retenue de l'époque où Rose et Lori étaient petites. Il a fait de son mieux avec les garçons mais Eric est toujours très timide et Paul ne sait pas dire un mot à quelqu'un qui ait plus de vingt-cinq ans. Benjamin a été infernal comme toujours. Il était jaloux de l'attention que Scott accordait aux filles.

— Sebastian était le seul qui sache tenir Benjamin.

Je ne réponds pas.

— Le verras-tu lorsque tu seras en Angleterre?

— Peut-être.

Nouveau silence.

— C'est curieux, dit enfin mon père songeur, je n'aurais jamais cru cela possible mais parfois il me semble que je regrette Sebastian.

Je ne réponds toujours pas. Je suis trop occupée à compter les jours qu'il me reste à passer à New York, trop occupée à songer au moment où je serai avec Scott à Londres.

# 7

Scott a pris un petit hôtel particulier entre Knightsbridge et Belgravia, une étroite et haute maison blanche à trois étages sur un sous-sol qu'habitent son chauffeur et sa gouvernante. La salle à manger et la bibliothèque ouvrent sur le hall du rez-de-chaussée, et, à l'étage au-dessus, se trouve le grand salon où Scott donne les réceptions que lui impose sa situation d'associé-gérant à Londres. A New York, il vivait en reclus et il invitait ses clients au restaurant mais à New York sa situation était inférieure à celle de mon père qui assumait tout naturellement l'obligation de recevoir chez lui les clients de la banque.

Je me demande comment Scott a pu se faire à cette nouvelle vie mondaine qui lui doit être étrangère et désagréable. Je sais que la solitude lui est nécessaire pour conserver l'équilibre que sa situation nouvelle doit si souvent compromettre. Or, ses moments de solitude sont fort réduits, alors je m'interroge : a-t-il dû beaucoup recourir à l'alcool pour supporter l'ennui et les désagréments? Sans que j'ose me l'avouer, les doubles vodkas de la Beekman Tower m'inquiètent.

Scott ne s'intéresse ni à la décoration d'une maison, ni à la possession de peintures ou de sculptures, ni à l'aménagement d'un foyer du moment qu'il a un toit sur la tête et le minimum de confort. C'est l'homme le plus nomade que j'aie jamais rencontré et sa maison, décorée par des spécialistes, reflète l'indifférence qu'il ressent pour son environnement. A l'inverse de Sam, chatouilleux sur le plan de sa nationalité au point d'en être névrotique, et à l'inverse de mon père qui devient déraisonnablement xénophobe dès qu'il quitte les États-Unis, Scott accepte sans s'émouvoir une nouvelle ambiance et ses bons comme ses mauvais côtés. Il le peut parce que, vivant très replié sur soi-même, il dépend moins que la plupart des autres de la société qui l'entoure. Mais cet étrange nomadisme qui lui permet de s'adapter si facilement à un milieu étranger sans s'y attacher réellement me paraît non seulement curieux mais anormal.

Le mot « foyer » et tout ce qu'il implique est pour moi très important. Je suis newyorkaise, dis-je souvent et cela signifie en fait que New York est pour moi un foyer, un lieu où je me sens détendue et où j'éprouve ce mystérieux confort intime qui vient du fait que j'appartiens à une certaine culture, un certain monde et à une certaine manière de vivre. Je suis certes capable de m'installer dans un autre pays pour un certain laps de temps et même d'y apprécier un nouveau style de vie mais quel que soit le temps passé à l'étranger, New York sera toujours mon foyer. Pour Scott le nomade, le foyer est en son for intérieur, c'est un état d'esprit. « Je suis newyorkais », dira-t-il sans hésiter mais il n'éprouve rien de cet amour agressif, exaspéré, passionné que ressent pour sa ville le véritable New-yorkais. New York n'est qu'un décor, l'endroit où il vit et travaille et maintenant qu'il est à Londres on dirait que rien n'a changé pour lui sauf le décor. C'est le paysage de son âme qui est pour Scott plus vrai qu'aucun autre au monde.

J'ai passé des heures à me demander comment trouver le bonheur avec un être qui n'est pas seulement un solitaire mais qui voit le monde sous un aspect qui m'est tellement étranger. Le lendemain matin de mon arrivée à Londres, pendant que nous prenons le café dans le patio du jardin derrière la maison, je lui dis posément :

— Scott, ne te crois pas obligé d'être tout le temps avec moi afin de me tenir compagnie. Je sais que tu as de longues heures de travail, je sais qu'il te faut aussi des moments de solitude et je n'espère ni ne souhaite que cela change. Il m'appartient, à moi et non à toi, d'assumer cette situation qui risque de devenir insupportable. Je vais prendre des dispositions pour que ma vie ne se borne pas à attendre un coup de téléphone qui m'apprenne que tu rentreras tard. J'ai donc décidé de m'organiser une certaine vie personnelle et de m'inscrire à un cours.

— Un cours?

— Oui, maintenant que je n'ai plus d'enfants qui vrombissent constamment à mes oreilles, je me crois capable d'avoir une certaine forme d'activité cérébrale. J'ai toujours dédaigné les cours d'été mais sans doute parce que je n'avais ni le temps ni la force de les suivre. Or j'ai aujourd'hui le temps et je dois avoir aussi la force, je ferai donc l'effort. J'aimerais bien vééérifier que je ne suis pas totalement idiote et que les Martinis ne m'ont pas ramolli la cervelle.

— Okay, dit Scott.

J'attends mais il n'ajoute rien. Je me demande s'il n'est pas fâché — il est possible qu'il soit de ces hommes qui n'aiment pas que leur femme ait une activité quelconque en dehors de sa maison, mais non, il paraît calme et indifférent. Et je me rends compte soudain que c'est justement pour cela que sa réaction me surprend : cela lui est indifférent. Ce que je fais de mes loisirs n'a pour lui aucune importance pourvu que je sois là quand il a besoin de moi.

Je me rappelle alors qu'il n'a pas l'habitude de vivre avec quelqu'un et je m'efforce de n'être pas mortifiée.

— Eh bien, tu pourrais au moins témoigner une certaine curiosité, lui dis-je en souriant. Je compte m'intéresser à ton travail, tu pourrais bien t'intéresser au mien, non?

— Oh, je ne parle jamais de mon travail, dit-il. Dès que j'ai quitté mon bureau, c'est fini. Et la dernière chose que j'aie l'intention de faire en rentrant à la maison, c'est de te dire ce que j'ai fabriqué toute la journée.

Je suis tellement stupéfaite que je ne trouve d'abord rien à répondre. Ni Sam, ni Sebastian ne m'ont abreuvée de détails sur les émissions, les appels d'offres, les fusions et autres délices de leur profession. C'est à mon père qu'est revenu le soin, au cours d'innombrables soirées de ces trois dernières années, de me confier ce genre de révélations sur le monde où mes deux maris passaient le plus clair de leur existence. Sebastian me contait des tas d'anecdotes amusantes sur la vie quotidienne du bureau. Sam, lui, parlait interminablement de l'importance des gens qu'il conseillait. Cela m'intéressait parfois ou bien m'assommait mais je sentais qu'ils faisaient un effort, même limité, pour partager avec moi l'énorme part de leur existence de laquelle j'étais exclue. La pensée de Scott menant une vie à laquelle je n'aurais pas accès équivaut pour moi à ouvrir les rideaux sur une matinée ensoleillée, pour découvrir que la fenêtre a été murée pendant la nuit.

— J'en sais probablement davantage que tu ne crois sur les affaires de banque, lui dis-je enfin en hésitant. Et j'aime beaucoup surveiller les cours de la Bourse.

— Parfait. Ce genre de connaissances te sera très utile quand il me faut donner un de ces fichus dîners. J'espère que tu ne les trouveras pas trop ennuyeux.

Il ne reste plus qu'à abandonner ce sujet. J'avale une gorgée de café, je regarde vaguement autour du patio en essayant de ranimer la conversation. Il fait frais dans ce jardin mais l'absence d'humidité est si agréable qu'elle me console de la chaleur de New York. D'énormes nuages blancs flottent dans le ciel d'été, de petits rouge gorges britanniques chantent, perchés sur le mur de briques et au-delà de la table de fer forgé, de petits rosiers arborent leurs bouquets de fleurettes rouges. C'est un beau samedi matin.

— Londres ne m'a jamais plu beaucoup, dis-je. Mais je comprends l'attrait du rythme tranquille de la vie anglaise. Kevin semble parfaitement heureux ici... Au fait, Kevin voudrait nous inviter à dîner. Tu es d'accord?

— S'il est capable de faire l'effort de m'inviter, je peux bien faire l'effort d'accepter.

Ce n'est pas très encourageant.

— Peut-être vaut-il mieux que je l'appelle pour lui proposer un déjeuner en tête à tête?

— Oui, je crois que ce serait préférable.

Je sens que ce n'est pas le moment de parler de Sebastian. Je branche immédiatement la conversation sur notre programme de l'après-midi. Nous devons aller voir ma mère, fort bien installée maintenant dans un luxueux hôtel de la côte sud réservé aux convalescents. J'ai décidé de retourner à New York avec elle par mer à la fin du mois d'août.

— Ma mère est littéralement folle de toi, lui dis-je en souriant. Elle est ravie que nous passions l'été tous les deux... Scott, ma présence ici, avec toi, ne posera pas de problèmes, j'espère? Je sais que nous vivons dans une ville qui se prétend « libre » mais comment ces gentlemen de la Cité avec leur visage de marbre et leurs femmes impeccablement habillées, prendront-ils le fait que nous vivions ensemble sans la bénédiction de l'Église anglicane?

— Ce qui compte, c'est que tu n'essaies jamais d'expliquer ta présence ici — que tu n'y fasses jamais allusion. Les Britanniques accepteraient à peu près n'importe quoi d'un couple qui aurait le bon goût de se comporter comme des hermaphrodites.

Nous nous mettons à rire.

— D'autre part, reprend Scott, nous n'allons pas passer tout notre temps à Londres au milieu de businessmen et de leurs femmes. J'ai l'intention de t'emmener à Mallingham voir Elfrida. Tu n'es jamais allée à Mallingham, n'est-ce pas? C'est un endroit très intéressant. Je suis sûr qu'il te plaira.

Je reste muette. Mallingham est précisément ce que je n'ai pas envie de connaître. C'est là que Steve Sullivan est enterré et il s'y trouve une stèle à la mémoire de Tony, le frère de Scott. Mallingham représente le passé qui essaie encore de priver Scott de l'avenir qu'il mérite. Mallingham résume en un seul mot tout ce qui menace notre bonheur. Je ne veux pas en approcher à moins de cent lieues.

— Que présente donc Mallingham de si particulier? dis-je en m'efforçant de ne pas paraître hostile.

— C'est une oasis hors du temps présent.

Silence. Je cherche une réponse. Une image me vient en tête : nos deux esprits sont comme deux circonférences qui se touchent sans se recouper.

— Je ne vois pas très bien ce que tu veux dire par là.

Il paraît gêné, comme s'il venait de faire un faux pas en s'exprimant dans un langage que je ne peux pas comprendre.

— Je veux dire que c'est très ancien et très paisible.

— Ah, je vois.

— Au fait, ma vision personnelle de ce temps hors du présent est un paysage marin, une mer sombre déferlant sur une plage blanche au pied de montagnes bleues. Mallingham est tout à fait différent. La maison est plantée dans un paysage plat et marécageux à deux kilomètres de la côte mais il y existe cette absence du présent. J'y pense toujours comme à un endroit où il est peut-être possible pour un court moment de franchir le temps présent et de pénétrer dans cet espace où le temps n'existe pas. Je suis heureux que mon père soit enterré à Mallingham. Il est bon qu'il soit là. C'est pour lui un véritable asile où il peut reposer en paix. Un véritable asile ne peut pas exister dans le temps car le temps détruit tout. Un véritable asile n'existe qu'au-delà du temps, dans des endroits comme Mallingham.

Je n'ai jamais autant senti combien mon âme est inflexible. Et, en essayant avec précaution de la courber pour rencontrer la sienne, je vois exactement pourquoi Scott m'a toujours paru si mystérieux. Son univers n'est pas borné comme le mien par la logique et le bon sens. Son univers donne sur d'autres mondes uniquement limités par son intelligence et son imagination.

— Tu penses que Mallingham est pour toi un peu comme la roseraie de T.S. Eliot, un lieu magique où tout se retrouve, se rassemble et... où ce qui aurait pu être et ce qui a été coexistent et... *sont*.

Le seul effort que je fais pour exprimer ces pensées tellement éloignées pour moi de la réalité me coupe bras et jambes.

— C'est cela, dit tranquillement Scott, ce parfait esprit bilingue qui passe sans effort d'un langage à l'autre. Mallingham est comme Burnt Norton. — Soudain, il revient dans mon univers et s'exprime dans mon langage. — Hé, tu ne m'avais pas dit que tu avais lu T.S. Eliot!

— Oh, je ne suis pas la béotienne que tu imagines.

— Je réponds vivement mais bien que nous soyons de nouveau dans le même univers, je ne lui dis pas qui m'a fait lire les « Quatre quatuors ».

Il me semble plus avisé, je ne sais trop pourquoi, de ne pas prononcer le nom de Sebatian.

## 8

Je ne suis pas surprise mais épouvantée par le travail qu'il s'impose. Mais comme je m'attendais à ses retours tardifs, à son épuisement et à son besoin de solitude réparatrice, je ne me plains pas et je ne l'oblige pas à parler dès qu'il arrive à la maison. Au contraire, je le laisse se reposer seul dans la bibliothèque, sa retraite, la seule pièce dans laquelle je ne pénètre que rarement. Il y boit deux verres, tranquille et seul, et il lit pendant une demi-heure. Il me semble que nous pourrions au moins boire ensemble l'un de ces deux verres mais Scott a refusé : ce qu'il aime, c'est de les boire seul. Je me rappelle certains articles sur l'alcoolisme que j'ai lus afin d'entretenir en moi une crainte salutaire. J'ai eu immédiatement des soupçons et je vérifie chaque jour le niveau des bouteilles mais les gros malins peuvent bien prétendre que boire seul est la voie qui mène au désastre, Scott ne semble jamais boire plus de deux verres au cours de ses moments de récupération solitaire. Finalement rassurée, je comprends qu'il boit seul parce qu'il aime être seul et que ce goût particulier n'est pas plus dangereux que celui de lire seul ou d'écouter seul de la musique.

Vers neuf heures et demie, nous dînons ensemble. Scott, que les raffinements culinaires ne troublent pas, n'a apparemment jamais faim mais, moi, je défaille dès le début de la soirée et je me suis arrangée avec la gouvernante pour prendre un petit en-cas à basses calories vers sept heures. Après dîner — Scott ne boit pas pendant le repas mais je prendrais, moi, volontiers un peu de vin — nous lisons dans le salon ou nous écoutons de la musique classique mais il n'est pas question de télévision puisque Scott n'a pas de récepteur. Soyons justes, je dois avouer qu'il m'a offert d'en louer un mais il m'a semblé que je ne mourrais pas de me passer de télévision pendant un mois ou deux.

A minuit, nous montons nous coucher et le plus souvent les choses en restent là : nous nous déshabillons, nous nous mettons au lit et nous dormons. Cette fin de journée prosaïque m'a d'abord déroutée mais comme pendant le week-end Scott ne fait guère autre chose que l'amour, j'ai vite cessé de déplorer la monotonie de ces soirées de semaine. Et, à ma grande surprise, j'ai commencé à goûter cet aspect inattendu de notre vie intime avec ses extrêmes d'abstinence et d'excès. L'abstinence rend l'excès plus excitant, accroît la tension magnétique qui règne toujours entre nous et atteint un point presque insupportable vers la fin de la semaine.

— Ces gens de l'époque victorienne n'étaient peut-être pas aussi sots que nous le croyons pour ce qui est du sexe, fais-je un jour remarquer à Scott. Imagine à quel point il devait être excitant de faire l'amour quand ils en retardaient l'instant sans cesse jusqu'à en perdre la tête!

— C'est le mariage qu'ils retardaient mais non l'acte sexuel. C'est un mythe qui veut que les « Victoriens » l'aient tenu à l'écart. Leur réalité, c'était les prostituées, la pornographie et la terreur des maladies vénériennes.

— Oui, mais... — Je soupire, Scott me donne souvent le sentiment de ma profonde ignorance. C'est involontaire : il puise automatiquement dans les ressources de son instruction supérieure à la mienne mais ce n'en est pas moins déprimant. J'ai essayé un soir de lui parler des cours que je suis — je me suis inscrite dans une université des environs de Londres qui dispense des cours sur l'existentialisme dans la littérature moderne — mais la connaissance qu'a Scott de la littérature et de la philosophie m'a simplement fait comprendre l'ampleur de ces deux sujets et que je les connais à peine. Mais j'ai décidé une fois pour toutes de ne pas me décourager puisque j'ai toutes les raisons d'être heureuse. Alors j'évoque l'ennui de ma vie avec Sam dont le passe-temps favori était de démonter les appareils de télévision et je songe à la chance que j'ai de vivre maintenant avec un homme comme Scott qui éveille chaque jour mon intelligence et ma culture.

— Je me demande comment tu peux lire ces idioties, Vicky, dit-il un jour en me trouvant plongée comme d'habitude dans le *Daily Express* pendant le petit déjeuner.

— J'aime beaucoup la rubrique de William Hickey. D'ailleurs, mon chéri, il me faut un peu de distraction, surtout au moment du petit déjeuner! Je ne peux pas rester vingt-quatre heures par jour sur les hautes cimes intellectuelles!

— Sans doute pas, répond Scott en ouvrant le *Times*.

— Tiens, il y a une photo d'Elvis. Il vient sans doute de tourner l'un de ces fameux navets.

— Qui?

— Elvis Presley.

— Ah.

Je me dis avec reproche : Il faut que je téléphone à Sebastian, c'est affreux de ne pas l'avoir appelé encore. Et puis je regarde Scott et je conclus : Plus tard.

Nous ne sommes pas encore allés à Mallingham. Elfrida, prise par la fin du semestre d'études, a suggéré que nous allions la voir plus tard mais malgré le renvoi de notre voyage à Norfolk, nos week-ends ont été fort occupés : nous faisons de la voile dans le Sussex, de la marche dans le Surrey et nous allons retrouver Shakespeare, chez lui, à Stratford-on-Avon. Bientôt nous sommes même pris pendant la semaine. Je découvre que j'aime assez les dîners qui ennuient tellement Scott. Bientôt même je me fais deux ou trois amies et je commence presque à me sentir chez moi dans cette ville étrangère où j'ai été si malheureuse dans le temps. Enfin plus détendue et enfermée dans ma chambre, je fais des essais de mini-jupes, je me laisse pousser les cheveux un peu plus long et je me demande jusqu'à quel point je pourrais modifier le maquillage de mes yeux. Pourtant je n'oublie pas que Scott entend que mes toilettes soient très réservées, je resterai donc une adepte clandestine de la mode britannique dans le vent mais il n'empêche que je m'amuse beaucoup.

Et puis, un beau jour du mois d'août je pense tout à coup : je ne peux pas remettre ce coup de téléphone une seconde de plus. Il faut que je parle à Sebastian, il faut donc que je parle de lui.

— Quelque chose qui ne va pas? demande Scott. — Nous venons de faire l'amour après le petit déjeuner et nous pensons qu'il est grand temps de nous lever. C'est dimanche.

— Non. Je me demande simplement si cela t'ennuierait que j'aille passer une journée à Cambridge cette semaine. Sebastian m'a écrit il y a longtemps pour m'inviter à déjeuner et je me dis que je ne peux vraiment pas passer tout un été en Angleterre sans faire l'effort d'aller le voir.

Silence. Puis, sans un mot, Scott se lève et prend sa robe de chambre.

— Scott, je ne croyais pas qu'il me serait nécessaire de te le dire mais tu n'as aucune raison de t'inquiéter. Sebastian et moi, nous sommes simplement de bons amis. Je sais que ça a l'air banal...

— Pas seulement banal : inconcevable.

— Mais Scott...

— Vicky, à qui penses-tu faire illusion ? Tu as vécu avec cet homme, tu as eu un enfant de lui, il a été — et il est probablement encore — obsédé par toi. Crois-moi, s'il y a au monde une chose que Sebastian et toi ne serez jamais c'est « de bons amis » ! Vous avez été beaucoup trop l'un pour l'autre.

— Mais tu ne comprends pas !

— Je comprends fichtre trop bien ! Laisse Sebastian de côté !

— Mais enfin tu n'imagines pas qu'il songerait à flirter avec moi quand il sait que je vais en épouser un autre !

— Qu'il se conduise comme un voyou ou comme un chevalier dans sa blanche armure n'a rien à voir ici. Ce qui importe, c'est qu'il a te troubler en ranimant un passé qu'il convient d'oublier.

— Cela te va vraiment bien de me faire un sermon sur l'oubli du passé !

La bouche de Scott se durcit. J'ai pendant une fraction de seconde l'impression d'une rage folle emprisonnée derrière l'ossature dure et sévère de son visage.

— Okay, dit-il, voyons donc si j'ai bien compris. — Il n'élève pas le ton. Au contraire sa voix prend une qualité particulièrement inanimée, comme si tout sentiment en avait été impitoyablement retranché mais il n'en émane pas moins une immense colère. — Tu vas m'épouser. Nous vivons maintenant un mariage à l'essai et puisqu'il en est ainsi, il me semble que j'ai les droits d'un mari à l'essai ; il me semble que j'ai le droit de te dire de ne pas approcher d'un homme dont l'unique raison d'être est de se retrouver de nouveau au lit avec toi.

— Mais et moi, alors ? Ne suis-je qu'une poupée sans cervelle ? N'attaches-tu aucune importance à ce que *je désire* faire ? Je ne veux pas me retrouver au lit avec Sebastian ! Je veux seulement...

— Ce que tu veux visiblement, c'est te conduire comme une idiote !

— Écoute, Scott, si tu avais été marié tu saurais que le mariage ne consiste pas seulement à donner des ordres et à parler de ses droits chaque fois que l'on se trouve dans une situation déplaisante. Il y a des moments où il faut faire confiance à son compagnon, des moments où il faut faire des concessions mutuelles...

— Oui, mais il ne s'agit pas d'un de ces moments-là. Excuse-moi.

Il claque la porte de la salle de bains. Je m'accorde une bonne minute pour me calmer puis je vais dans l'autre salle de bains pour me calmer davantage dans un bain bien chaud. Quand j'en sors, Scott a disparu. Je m'habille rapidement et je descends à la bibliothèque. Comme personne ne répond quand je frappe, j'en déduis que la pièce est vide. Je vais m'en aller lorsque l'instinct me retient, me fait frapper de nouveau, pousser la porte et jeter un coup d'œil.

Il est debout devant la fenêtre, un verre à la main, la bouteille de vodka débouchée sur la table.

— Oh! fais-je. — Je suis tellement surprise que je ne peux rien dire. Je reste plantée bêtement sur le seuil.

Il tourne la tête : « Je veux être seul, dit-il. Si tu ne le comprends pas, je m'en vais. »

— Bien sûr. Okay. Excuse-moi, dis-je en reculant et en refermant tout doucement la porte comme si je craignais qu'elle ne se fracasse sous ma main.

Au premier, dans le living-room, je regarde le téléphone mais je me garde bien d'appeler Sebastian. Je m'assieds simplement et j'attends. Quoi? Je l'ignore.

Il sort dix minutes plus tard. Quand j'entends la porte d'entrée se fermer je cours à la fenêtre et je le vois s'éloigner rapidement sous la pluie. Dans la bibliothèque, je retrouve la bouteille de vodka. Elle est vide.

Sur le manteau de la cheminée, la pendule m'apprend qu'il est onze heures du matin.

## 9

J'ai attendu son retour toute la journée. Une fois ou deux, je me suis mise à pleurer puis j'ai retenu mes larmes et je me suis contrainte à rester calme. Je n'ai pu ni manger ni boire. J'attends et j'attends, impatiente de pouvoir lui dire que je n'irai pas voir Sebastian s'il doit en être fâché, parce que le plus important pour moi c'est qu'il sache bien que je l'aime assez pour que personne ne puisse nous séparer.

Il est plus de onze heures du soir lorsqu'il revient. Je suis dans notre chambre devant la coiffeuse en train de brosser mes cheveux, mais dès que j'entends la porte d'entrée se refermer, je bondis vers le palier.

Je m'attends à le voir ivre, battant d'un mur à l'autre dans le hall, chantant à tue-tête peut-être. Mais je me trompe. Il ne chante ni ne titube. Il reste adossé nonchalamment à la porte d'entrée et c'est seulement lorsque je crie son nom et qu'il lève la tête que je m'aperçois qu'il est très loin de son état normal.

Ses yeux sont deux cavernes obscures. Ils me regardent sans me voir. Très lentement il s'éloigne de la porte et se redresse; il ne trébuche ni ne tangue. Son self-contrôle paraît irréprochable, comme toujours, et pensant avec soulagement qu'il est fâché mais sobre, je commence à descendre pour le prendre dans mes bras.

Je ne vais pas plus loin que la cinquième marche. Je m'arrête. Sans doute parce qu'il est trop immobile. Cette immobilité me donne la chair de poule. Soudain, je sens les ondes de sa violence franchir les quelques mètres qui nous séparent et je comprends que son irréprochable self-contrôle n'est qu'une illusion, une façade qui s'écroule sous mes yeux.

Je lui crie : « Une minute — je reviens tout de suite », mes lèvres sont si crispées que je peux à peine parler. Dans notre chambre, j'ai à peine le temps de passer des jeans et un sweater avant qu'il ne se jette dans la pièce

Ce qui me terrifie surtout c'est son incroyable rapidité. Et puis, le sentiment que j'ai peur me terrifie littéralement. J'essaie de surmonter ma terreur en me disant que tout ira bien mais je suis certaine maintenant de ce que mon instinct m'a appris dans l'escalier : tout n'ira pas bien. Tout va même aller mal, très mal.

Il ouvre la porte en grand et, de toutes ses forces, il la claque dans son cadre. Le bois se fend. Le bruit se répercute à me faire mal aux oreilles. Il se bat un instant avec la serrure mais la porte doit être faussée et la clef refuse de tourner. Furieux, il l'arrache et la lance contre la coiffeuse. Le miroir vole en éclats. Les morceaux de verre parsèment le tapis et mon cœur cogne dans ma poitrine.

J'essaie de rester calme et raisonnable : « Scott, lui dis-je gentiment, je suis véritablement navrée... »

— Ferme ça! me crie-t-il. Ferme ça, putain!

Je m'en rends compte alors : il est ivre-mort. Le fait que cela soit si peu apparent augmente mon effroi. Je commençais à croire que ce n'était pas l'alcool qui lui avait fait perdre la tête et j'aurais continué de le croire s'il n'avait pas heurté la table de chevet et perdu son équilibre. Le choc le rend enragé. Furieux d'avoir trébuché il saisit la lampe pour l'écraser contre le mur mais elle glisse de ses doigts et lorsqu'il se met à jurer en bégayant je comprends enfin que bien qu'il fasse appel à toute sa volonté pour dissimuler les signes de son ivresse, cette volonté lui échappe à mesure que le poison de l'alcool gagne son cerveau.

Du ton le plus calme que je puisse prendre je dis : « Je vais aller te faire un peu de café » et j'essaie de me glisser entre la porte et lui.

Il m'attrape le poignet et me tord le bras derrière le dos avec une telle force que je hurle de douleur. Je le repousse. Je hurle de nouveau, je trébuche et tombe sur le lit.

— Scott...!

— Tais-toi ou je te tue!

Je comprends alors qu'il ne sert de rien de paraître calme et de lui parler raisonnablement. Il est bien au-delà de tous les mots d'amour et de consolation. Je ne peux plus rien faire pour lui. Il ne me reste qu'à le fuir.

Si c'est possible.

Il fait un pas vers le lit. Je roule sur moi-même pour m'éloigner de lui mais j'ai l'impression que mes membres sont de plomb. Il commence à parler. Je n'entends pas tout de suite ce qu'il dit car le sang bat trop fort dans mes oreilles mais lorsqu'il force la voix et que je l'entends enfin je souhaiterais que la terreur m'ait rendue sourde. Il crie que je n'ai pas à lui donner d'ordres car c'est lui qui commande : c'est lui qui donne les ordres et qui distribue les punitions. Il dit qu'il déteste les gens qui lui font mal mais que c'est très bien ainsi, que c'est parfait, car c'est la haine qui fait vivre l'homme. Et que l'amour le tue.

— Tu entends bien ce que je dis? me demande-t-il en hurlant. Pourquoi ne réponds-tu rien? Tu n'entends pas?

— Mais si, je t'entends. — Je voudrais quitter le lit mais j'ai peur de faire un mouvement qui puisse déclencher en lui je ne sais quelle force incontrôlable; alors je reste immobile et je l'entends expliquer que l'amour détruit les gens, que la femme détruit l'homme, que la femme doit être punie, doit être battue, qu'il faut l'écraser, la...

Je me bouche les oreilles.

— Non, tu vas m'écouter! — Il se jette sur moi et écarte mes mains. — Écoute-moi! Je vais te donner une leçon, une leçon que tu n'oublieras jamais, je vais te...

Je ne crois pas pourtant que dans son état il soit encore capable de faire l'amour et ce qui me terrifie surtout c'est ce qu'il pourrait faire lorsqu'il découvrira son impuissance.

Mes pensées maintenant ne se déroulent plus sous forme d'images inarticulées : elles transmettent de courts messages en style télégraphique. Détourner son attention. Impossible d'imaginer comment. Il ne doit rien remarquer. Ne voit plus rien. Me voit à peine. Ne perçoit que des images. Il se noie dans sa propre obscurité, s'étouffe de son propre sang.

Il jure encore en se débattant dans ses vêtements et en s'apercevant qu'il commande mal ses doigts. Sa fermeture Éclair se bloque, s'ouvre puis se bloque encore.

Ne pas montrer de panique. Ne pas trahir ma peur. La terreur ne fera que le surexciter.

— Chéri, tu es tellement excitant comme ça! dis-je. Mais attend... ne casse pas cette fermeture. Allons laisse-moi faire!

Ses mains s'écartent instinctivement, laissent son corps sans défense. Je le frappe, je frappe de toutes mes forces et je prends la fuite. Je cours, je cours, je passe la porte, je descends l'escalier, je me heurte à la porte d'entrée, je me bats avec la serrure et il est derrière moi, hurlant et courant à une vitesse démoniaque; enfin la porte s'ouvre, la nuit est noire, humide et froide, et je cours, je cours, je cours pieds nus sur le trottoir jusqu'à ce que je voie enfin des lumières, des maisons des gens — je suis à Knightsbridge, un taxi passe, je l'appelle, il s'arrête et je m'effondre sur la banquette.

— Où allons-nous, M'dame? demande le chauffeur d'un ton las.

Je murmure : « N'importe où! Roulez, c'est tout.»

Il démarre. Nous faisons trois fois le tour de Hyde Park Corner et avant de commencer un quatrième tour, j'ai trouvé où je veux aller.

Dix minutes plus tard, je sonne d'une main tremblante à la porte de la maison de Kevin, à Chelsea.

# 10

— Prends un peu de whisky irlandais, ma chère, me dit Kevin. Après deux ou trois gorgées à te faire dresser les cheveux sur la tête ça te plaira beaucoup. Non, ne répète pas qu'il est fort tard, de combien tu es fâchée de me déranger et que diable! va penser Charles. Il dort et ne se réveillera sans doute pas, je me moque pas mal de l'heure qu'il est et j'adore être dérangé par les jolies femmes en détresse. Les distractions de ce genre se font de plus en plus rares à mon âge. Scott t'a mise à la porte?

— Je me suis enfuie, dis-je et je m'effondre, secouée de sanglots, les larmes ruisselant sur mes joues, le whisky irlandais sautant de mon verre.

— J'aime mieux ça, dit Kevin. C'est très normal. — Je sens son bras passer autour de mes épaules quand il me prend le verre des mains. Puis il ajoute : « Je vais aller te chercher un sweater et des chaussettes. Tu es gelée. »

Je continue de pleurer mais lorsqu'il revient, je retiens enfin mes sanglots et j'essuie mes larmes.

— Tiens, dit-il. Enfile cela et enroule-toi dans la couverture. Je vais te préparer quelque chose de chaud à boire.

Il disparaît de nouveau, et, gauchement, je passe une paire de chaussettes de laine grise sur mes pieds nus. Il me faut quelque temps car mes doigts sont raidis par le froid. Puis j'enfile l'épais sweater bleu et je me recroqueville dans la chaude couverture au moment où Kevin m'apporte un grand bol de thé noir et sucré.

Nous restons un moment en silence sur le divan. Peu à peu, je me réchauffe. Tout en buvant mon thé, je remarque l'élégance fanée typiquement britannique du confortable living-room, les meubles anciens qui paraissent être nés là il y a des années et des années, les livres pêle-mêle sur les rayons près de la cheminée, les papiers épars sur le bureau et, sur une table, un vase de cristal de Waterford plein de roses jaunes.

— Les roses avaient l'air de fleurs regardées, me dis-je et soudain je m'aperçois que j'ai prononcé le vers d'Eliot à haute voix.

— Elles sont affreuses, non ? dit Kevin. Charles ne cesse d'en acheter mais je pense que leur splendeur plastique donne à la pièce une ambiance tout à fait irréelle... As-tu l'impression de revenir à la réalité ou te crois-tu encore en proie à un cauchemar ?

— Je me sens mieux. Mais...

— Mais tout est encore un cauchemar ? Raconte-moi ça. Un cauchemar partagé est souvent un cauchemar ramené à de justes proportions. D'autre part, comme je n'aime guère Scott, je ne risque ni d'être désillusionné ni choqué.

— Vous allez être choqué.

— Tant mieux. Je suis tellement difficile à choquer maintenant. Cela rend la vie bien prosaïque. Allez, choque-moi !

Je parle quelques minutes en phrases discontinues et lorsque je m'interromps pour regarder Kevin je vois qu'il est bel et bien choqué.

— Kevin...

— Oui. Pardonne-moi de rester muet. J'essayais simplement de réfléchir. Tu as compris, j'espère qu'il est alcoolique ?

— Mais c'est justement le plus extraordinaire, Kevin. Il ne l'est pas ! Il est parfaitement maître de boire ou ne pas boire.

— Ma chère, si c'est vrai, que fais-tu ici ?

— Mais c'est la première et la seule fois que cela lui arrive !

— Crois-tu sincèrement que cela ne lui est jamais arrivé auparavant ?

Je repense à certaines choses de Scott : la brusque fin de son aventure avec la bibliothécaire... « J'ai eu des histoires dans la Marine »... et l'aveu qu'il a renoncé aux aventures de rencontre quand il s'est aperçu qu'il était obligé de recourir à l'alcool.

Je reste muette.

— Tu peux parier que ce n'est pas la première fois, reprend Kevin, et tu peux parier que ce ne sera pas la dernière, à moins qu'il ne renonce totalement à l'alcool. Dieu sait que je bois ma part mais au moins je ne rends pas la vie impossible à ceux qui m'entourent. Tu vas le retrouver?

— Mais oui, il le faut! dis-je en me remettant à pleurer. Il faut que je l'aide... que je le sauve... cela dépend de moi!

— Non, Vicky. Cela dépend de lui. Mon Dieu, cela me gêne de l'avouer mais je vais reprendre un verre. Quelle horreur! Il faut croire que je suis effrayé de te voir tous les symptômes du complexe du rédempteur. Ne succombe pas au complexe de la rédemption, Vicky. C'est une voie sans issue.

— Mais je l'aime!

— Oui, c'est visible mais ce qui l'est moins c'est la raison. Je ne peux pas réellement croire que tu fasses un complexe de rédemption. Tu ne m'apparaîs pas comme une masochiste amoureuse d'un homme non pas malgré ses tares mais à cause d'elles. — Kevin soupire, verse un peu d'eau gazeuse dans son whisky et revient s'asseoir à côté de moi sur le divan. — D'une certaine manière, tu me rappelles ton père. Tu trouves le grand amour de ta vie et lui ou elle — parlons de Scott et disons : lui ou il — il se révèle qu'il est bloqué sur le plan sentimental et qu'il n'est pas très doué pour exprimer ses sentiments. Mais cela ne t'effraie pas parce que tu as cette conviction très américaine que ce qui est endommagé peut être réparé. Tu te mets en devoir de réparer les dommages — ce n'est qu'une affaire de volonté — et tu découvres à ton grand dam que tu n'es pas tout à fait la reine du bricolage que tu pensais. Résultat : désillusion, désespoir et une grande passion détruite. Est-ce que je te décourage? Okay, alors essaie donc un peu cette autre théorie pour voir : ce n'est pas de l'amour que tu éprouves à l'égard de Scott mais un sentiment de culpabilité. Tu te crois obligée de réparer les fautes de ton père.

— Oh, mais...

— Non? Simplifions donc encore a théorie et disons que toute ta grande aventure est simplement un acte de rébellion contre ton père.

— Kevin...

— Oui, la vérité est souvent amère, n'est-ce pas? Mais peut-être suis-je loin de la vérité?

— On ne peut plus loin. Scott est le seul homme avec lequel je me sois sentie en véritable communion.

— Quelle diabolique coïncidence! Et quelle phrase diabolique « être en communion » a pu devenir! Aujourd'hui, elle s'applique à tout, de la poignée de main machinale à l'orgasme mais, bien sûr, nous ne parlons pas ici de simples poignées de mains machinales, n'est-ce pas? Dommage! Je souhaiterais qu'il ne s'agisse que de ça.

— Mais, nous ne parlons pas non plus uniquement d'orgasme. Écoutez Kevin, la raison qui me fait aimer Scott importe peu...

— Okay, j'y renonce. C'est lui que tu veux.

— Oui.

— Quand il n'a pas bu.

— Oui.

— Et seulement s'il jure de renoncer pour toujours à l'alcool?

— Oui.

— Que ta volonté soit faite. Je n'ai pas le droit d'intervenir davantage. Et maintenant, je vais te préparer la chambre d'amis... tu dois être éreintée.

Je l'empêche de faire le lit. Je me glisse sous une pile de couvertures je reste à frissonner longtemps mais finalement mes frissons disparaissent, mes yeux se ferment à la lumière de l'aube et je finis par me reposer.

# 11

— Excuse-moi, dit Kevin, mais je ne te laisserai pas retourner seule dans cette maison. Je suis sûr qu'il a pour le moment davantage envie de vomir que de se conduire comme un aliéné mais je ne veux pas courir le risque, je t'accompagne.

Nous sommes seuls dans la cuisine ancienne. Je dois être condamnée à ne jamais faire la connaissance de Charles : il est parti depuis longtemps à son bureau lorsque je parviens à me tirer du lit vers dix heures. J'ai retrouvé mon calme mais je suis incapable d'avaler une bouchée.

— Un peu plus de café? propose Kevin.

— Merci. — Je le regarde prendre la cafetière. Kevin touche à la fin de l'âge mûr : il a perdu son apparence un peu bohème et il a l'air d'un homme de lettres distingué. Ses cheveux, longs sur la nuque, mais soigneusement coupés, sont d'un blanc neigeux et bien qu'il soit plus corpulent que dans sa jeunesse il a gardé le chic qui donne de l'élégance aux vêtements les plus banals. Son accent, qui tenait jadis de l'école préparatoire de la Côte Est et du théâtre de Broadway, emprunte beaucoup maintenant à la B.B.C. Il porte des lunettes mais il les quitte sans arrêt, comme s'il craignait qu'elles ne soulignent son âge, et il les manie en parlant. Cela ajoute d'ailleurs à son aspect inattendu de distinction.

— Nous allons prendre un taxi, dit-il comme nous sortons de chez lui. Je n'ai conduit qu'une fois dans ce pays et cela a été un désastre. J'ai une incurable tendance à tenir ma droite.

Je souris à peine. Je ne pense qu'à Scott. L'inquiétude me dévore.

En arrivant à la maison, c'est à peine si je peux faire entrer la clef dans la serrure et Kevin est obligé de m'aider à ouvrir la porte. Nous entrons dans le hall. La gouvernante passe l'aspirateur au premier, dans le living-room, et le bruit familier me réconforte et me donne le courage de frapper à la porte de la bibliothèque.

— Scott?

Pas de réponse. Nous nous regardons.

— Mon Dieu, dit Kevin est-il possible qu'il ait pu aller travailler ce matin?

Scott paraît sur le seuil.

Il est rasé de frais et impeccablement habillé et en songeant à l'effort immense qu'il a dû faire pour retrouver son apparence, les larmes me montent aux yeux. Il est mal en point. Ses yeux sont rouges et son visage a perdu toute couleur. Il ne tente pas de parler mais se borne à me regarder et sa douleur muette m'attire instinctivement vers lui.

— Scott... chéri... nous pensions... nous nous demandions...

Je le vois avaler sa salive mais il ne dit pas un mot. Je me tourne vers Kevin.

— Tout va bien maintenant, Kevin. Merci pour tout.

Kevin répond simplement : « Appelle-moi plus tard » et il s'en va lentement. La porte d'entrée se referme derrière lui.

Les premières paroles de Scott sont : « Ne m'abandonne pas. Je t'en supplie, ne m'abandonne pas. Je ne pourrais pas le supporter. Je ne pourrais pas continuer de vivre.

— Chéri, je ne t'abandonnerai pas. Sûrement pas.

— Je ne peux pas vivre sans toi, je préfère mourir. Je voulais me tuer ce matin quand j'ai compris ce que j'avais fait. Je ne mérite pas de vivre. Je fais des choses tellement horribles.

— Chut. — Je le prends dans mes bras et je caresse ses cheveux quand il se presse contre moi.

— Je croyais que tu ne reviendrais pas, dit-il. J'ai cru que c'était fini. J'ai même fait couler le bain et j'avais sorti le rasoir...

— Viens t'asseoir. »

Nous entrons dans la bibliothèque et nous nous asseyons sans parler sur le divan. Au loin, comme dans un autre monde, la gouvernante continue de passer l'aspirateur.

— Scott, dis-je, il faut te soigner. Veux-tu, je t'en prie, aller voir un médecin ?

Il secoue énergiquement la tête : « Je prendrai des médicaments. Ils m'aideront à passer les premiers jours. Je ne boirai plus jamais, jamais, je le jure. »

Je l'embrasse et le serre contre moi : « Je ne parle pas seulement de l'alcool. Je veux qu'on te soigne pour t'aider à vaincre ces sentiments violents enfouis en toi. »

Il paraît surpris : « Si je ne bois pas, je n'ai pas de sentiments violents. »

— Scott, l'alcool n'a pas de vertu créatrice. Ce n'est pas lui qui provoque sans raison ces crises de violence. Ces sentiments violents sont constamment présents en toi mais tu les réprimes. L'alcool ne fait que vaincre ta volonté et les libérer.

Il réfléchit. A un moment, il porte la main à son front comme si sa tête le faisait tellement souffrir qu'il ait peine à penser mais il ne se plaint pas d'être malade. Finalement, il dit : « Ma foi, peut-être. Oui, c'est possible. Mais la guérison n'appartient pas aux psychiatres. Elle est en moi. Lorsque j'aurai rendu à mon père ce que je lui dois, je serai en paix avec moi-même et alors toute ma violence sera une chose du passé. »

Un silence puis je lui réponds : « Je pense qu'il y a longtemps que ton père doit estimer que tu lui as tout rendu. Je pense qu'il désire maintenant que tu te préoccupes de toi. Si tu consentais à parler à un médecin... »

— A un psychiatre, veux-tu dire.

— Oui, un psychiatre. Ce n'est pas que je te croies fou...

— Je parie que c'est au contraire ce que tu penses exactement. Et après ce qui s'est passé hier soir, je ne te le reproche pas, crois-moi.

— Ce n'est pas que je te croies fou, dis-je de nouveau. Mais je crois que tu supportes chaque jour trop de souffrances. Alors, pourquoi continuer de souffrir lorsque peut-être, je dis bien : peut-être, un médecin pourrait soulager ta détresse ? N'est-il pas sage d'essayer de guérir ?

— Bien, je ferai ce que tu voudras, évidemment, dit-il. N'importe quoi. Si tu veux que j'aille voir un psychiatre, j'en verrai un.

Je me rends parfaitement compte qu'il accepte de voir un médecin pour toutes sortes de raisons erronées. Je soupire profondément et je fais un nouvel effort pour que nous nous comprenions bien.

— Il faut que tu aies le désir de guérir, Scott, lui dis-je. Sinon, un psychiatre ne peut rien pour toi.

— Je veux guérir. J'ai passé ma vie depuis la guerre à essayer de me guérir grâce à la seule méthode qui puisse jamais réussir.

Nous tournons et tournons inutilement dans un cercle vicieux. A mon corps défendant, je comprends que je n'ai plus d'autre choix que de me montrer brutale.

— Il faut que tu saches une chose, lui dis-je calmement. Si tu ne peux pas maîtriser cette violence, tu ne pourras pas me garder. Je pensais que jamais rien ne se dresserait entre nous mais c'était une grande prétention de ma part ; je me prenais pour une sorte de super-femme capable de tout arranger si elle s'en donne vraiment la peine. Mais je ne suis pas une super-femme... et je ne suis pas masochiste non plus. J'excècre la violence et je ne la supporterai pas dans ma vie privée. Il faut que tu le saches. Cela t'aidera à me croire quand je te dis que si tu répètes jamais la scène de la nuit dernière...

— Je te le promets. Je te jure que la scène d'hier soir ne se produira plus jamais, jamais, jamais.

— Je suis sûre que tu renonceras à l'alcool. Je te fais entièrement confiance sur ce point.

— Alors, tu peux te rassurer. Tu n'as rien d'autre à craindre.

Je ne dis rien.

J'irai voir aussi un psychiatre, bien sûr, reprend-il bientôt, mais pas ici. J'attendrai d'être de retour à New York. Je ne crois pas qu'un psychiatre européen soit capable de comprendre mon atavisme américain.

Cela, je le comprends volontiers. Je repense aux psychiatres que j'ai vus il y a des années à Londres et je me rappelle combien ils m'étaient étrangers. J'étais absolument incapable de leur confier mes sentiments.

— Très bien, dis-je. Je comprends. Attend de rentrer aux États-Unis.

Il m'embrasse et je le serre de nouveau contre moi en lui caressant les cheveux. Nous restons longtemps silencieux et puis il reprend à voix basse :

— Et maintenant, je voudrais te dire quelque chose à propos de Sebastian.

Je m'écarte d'un sursaut : « Non, dis-je, le nom de Sebastian ne doit plus être prononcé entre nous. Je lui écrirai pour lui dire que je ne peux pas aller le voir.

— Mais ce serait une erreur, l'erreur la plus grave! — Scott semble toucher au désespoir. — Mais si, nous devrons prononcer son nom de temps à autre et, bien sûr, tu dois aller le voir pendant que tu es ici... oui, tu le dois! Je le veux! C'est indispensable! Je ne me pardonnerai jamais ce qui s'est passé hier soir mais il me sera au moins plus facile de supporter ce souvenir si je sais qu'après tout je ne t'ai pas empêchée de voir quelqu'un qui a eu une place aussi importante dans ta vie. Je t'en prie, appelle-le tout de suite et prend rendez-vous.

Les larmes me montent de nouveau aux yeux parce que je sens l'effort qu'il fait pour me toucher. Je sens son esprit se heurter gauchement au mien, je me rappelle les deux cercles qui se rencontrent sans se recouper. Je voudrais retenir son esprit en place, l'apaiser et l'empêcher de glisser de nouveau dans l'isolement.

Je ne peux pas le regarder mais je le prends dans mes bras et je peux lui dire enfin doucement : « Okay. Merci. Je vais l'appeler tout de suite. »


# 12


— Voilà ma voiture, dit Sebastian. Et ne ris pas!

Je ris. C'est un mini-car, rouge vif avec de petites roues et une carrosserie de la taille d'un panier-repas.

— Comment y entres-tu?

— De plus grands que toi y ont tenu. Hé, tu vas du mauvais côté... à moins que tu ne veuilles conduire.

Nous nous tassons à l'intérieur, Sebastian parvient Dieu sait comment à s'installer derrière le volant et lorsque la voiture démarre en grondant et fonce dans les rues étroites de Cambridge, j'aperçois des alignements de petites maisons, des arbres verts et des clochers lointains.

— Oxford est bien, dit Sebastian, mais c'est mieux ici. Nous ne traversons pas les lieux pittoresques en ce moment mais je t'y emmènerai plus tard et tu pourras claquer des mains, dire : « Gee whitz »[1] et faire tout l'accompagnement sonore que l'on attend d'un touriste américain.

Sebastian est habillé comme un Anglais : large pantalon de flanelle grise, vestige d'une époque révolue, veste de tweed élimée et renforcée aux coudes par des pièces de cuir et chemise de sport qui était peut-être blanche jadis mais qui a maintenant une teinte légèrement grisâtre. Ses cheveux s'éclaircissent sur son crâne et il ne cherche pas à le cacher. Il conduit très adroitement et jure entre ses dents quand une voiture plus grosse ne lui laisse pas assez de place.

— Comment va New York? demande-t-il. Il paraît que Donald Shine, l'affreux Jojo, est encore en train de terroriser Wall Street. Quel est son prochain objectif? Quelqu'un en a-t-il la moindre idée?

_____

1. Exclamation américaine : déformation populaire de Jésus-Christ.

— La rumeur publique prétend qu'il est sur la piste d'une autre compagnie d'assurances mais personne n'en est certain. — Je suis trop prise par le décor pour parler de Donald Shine. Devant nous une vaste étendue de gazon rappelle la pelouse communale d'un village anglais et une seconde plus tard, en tournant autour d'un carrefour, Sebastian me dit : « Nous voici à Midsummer Common et ma maison est là, au bord, la noire avec une porte blanche. »

Dans une rangée d'autres maisons semblables, elle est petite, carrée, avec une façade agréablement symétrique. Un jardinet jouxte la pelouse. Il nous faut donc laisser la voiture dans l'allée qui s'ouvre derrière et entrer par la cour.

— Qu'en pense Alfred? — Je n'ai pas pu m'empêcher de poser la question car je sais qu'Elsa aime les grandes maisons modernes et que son nouveau mari partage son goût. Ils ont une demeure à Westchester et une penthouse de quinze pièces à Manhattan.

— Alfred veut que je la lui expédie brique par brique aux États-Unis, pour la remonter dans son jardin et s'en servir comme maison de jeu.

Sebastian me fait entrer dans un charmant living-room et pendant qu'il prépare les verres je regarde ses tableaux, ses gravures et ses livres. Nous ne parlons pas mais le silence est agréable. Il y a longtemps que je me suis faite à ses silences.

— Comment va ton livre? lui dis-je lorsqu'il me tend un Martini.

— Mal. J'ai découvert que mon style ne convient pas à un ouvrage sur la banque d'investissement.

— Tu veux dire que tu vas y renoncer?

— Probablement.

— A quoi vas-tu t'occuper alors?

— Je ne sais pas. Je crois que je suis cinglé. Voilà que je me mets à regretter non seulement la banque mais la civilisation du plastique. Tout de même... — Il jette un coup d'œil sur le calme pastoral de Midsummer Common. — ... cela aura été une agréable révolution. Chacun devrait avoir dans sa vie au moins une chance de tout laisser tomber et de galoper vers l'horizon comme le héros de ces vieux films de cow-boys qui voit la fille qu'il aime partir au bras de son meilleur ami... Je me demande souvent ce que deviennent ces vieux cow-boys. Vont-ils mourir, le cœur brisé, au pied d'un lointain cactus-cierge? Non, sans doute pas. Je parie qu'ils finissent par revenir dans la prairie, pour gagner leur vie de la seule manière qui leur plaise, dans le seul environnement, aussi rébarbatif soit-il, qui leur offre la chance de rester eux-mêmes.

— C'est sérieux? Tu veux réellement partir? Je croyais que tu adorais l'Angleterre!

— Et c'est vrai. Mais je ne suis pas bien dans ma peau, ici, Vicky. Peut-être suis-je trop jeune pour goûter une paisible retraite dans un asile intellectuel civilisé. Ou peut-être suis-je simplement trop américain. Être étranger n'est pas tout rose même si tu es tombé au milieu de gens relativement amicaux.

— Tu seras comme le personnage d'un roman d'Orwell, lui dis-je en souriant. On lira sur ton épitaphe : « Il en vint à aimer la civilisation du plastique! »

— Peut-être. — Sebastian paraît mélancolique. Il soupire et il dit avec un sourire forcé : « Lorsqu'ils sont allés en Europe Henry James et T.S. Eliot ont été fâchés de la trouver décadente. Je suis venu en Europe et je suis fâché qu'elle soit aussi ennuyeuse. J'ai envie de retourner au cœur de l'action. Le plaisir indirect que m'a donné la dernière conquête de Shine était positivement obscène... Okay, allons déjeuner. Je connais un coin charmant, près de la rivière. »

Nous prenons du vin blanc et une omelette fines herbes près de la fenêtre du premier étage d'un restaurant qui semble se pencher sur l'eau. Au-dessous de nous, de jeunes promeneurs glissent dans leur bateau plat et, au loin, au-dessus des pignons et des toits, les clochers des collèges se dressent dans le ciel de l'été.

— Sebastian, dis-je soudain, je suis des cours sur l'existentialisme dans la littérature et bien que je comprenne à peu près un mot sur dix, je trouve cela passionnant. As-tu jamais lu les trois volumes des « Chemins de la liberté » de Sartre ?

— J'ai aimé le premier, détesté le second et je n'ai jamais ouvert le troisième.

Nous nous chamaillons amicalement sur Sartre pendant quelque temps mais lorsque nous terminons l'omelette et que la servante nous apporte le café, Sebastian ramène la conversation sur terre en parlant des enfants. Je lui dis que je m'inquiète pour Eric que les filles ne paraissent pas l'intéresser, que je m'inquiète aussi pour Paul qui doit fumer du chanvre en douce, pour Samantha qui ne pense qu'aux garçons, pour Kristin qu'éclipse la beauté de sa sœur et pour Benjamin parce qu'il est Benjamin. Sebastian éclate de rire et dit qu'il est autrement intéressant d'avoir des enfants qui ont de la personnalité et non des robots bien élevés comme la progéniture d'Andrew et de Lori. Et il m'est bien agréable de parler des enfants avec Sebastian parce qu'il me donne toujours l'impression que je ne les élève pas si mal et même que je m'y prends assez bien.

Après déjeuner nous faisons quelques pas.

— Je vais t'emmener visiter les Backs [1] dit Sebastian.

Nous arrivons, dans sa petite voiture rouge, près des prairies, derrière les grands collèges. Nous allons à la rivière par une avenue bordée d'arbres. On n'entend aucun bruit, les champs sont pleins de fleurs. Sur le pont de Clare, nous nous penchons sur le parapet pour apercevoir les saules pleureurs, et j'admire le reflet du soleil sur les vieux murs des collèges.

— Penser que l'on peut étudier dans une ville aussi belle ! dis-je avec envie.

— Ces petits sacripants n'y font sans doute pas attention. Viens, je vais te faire voir la Chapelle du King's College. C'est un piège à touristes mais on ne peut pas quitter Cambridge sans l'avoir vue.

La chapelle se révèle non pas une simple chapelle mais une véritable église et quand nous nous en approchons je vois les miracles d'architecture qui ont fait si justement sa gloire. Je suis en train d'admirer les voûtes et les hautes fenêtres en ogive lorsque je m'arrête, figée sur place : « Mon Dieu ! », dis-je bouleversée.

---

1. Les pelouses derrière les collèges de Cambridge.

— Qu'y a-t-il?

— Les rosaces! Regarde ces merveilleuses rosaces de pierre, Sebastian. Et il y en a encore d'autres là-bas! Comment les tailleurs de pierre ont-ils pu les réaliser? C'est splendide!

— Les Anglais d'aujourd'hui les trouvent vulgaires. Elfrida les appelle « les excès caractéristiques des nouveaux riches de l'époque Tudor ».

— Je la giflerais avec joie. Que lui as-tu répondu?

— Que je préférais l'excès *nouveau riche* à la décadence *Ancien Régime*. Elfrida a refusé l'un et l'autre et elle s'est mise à parler des temples de la Grèce antique.

— Elfrida est une Miss Je-sais-tout. — J'observe les hautes voûtes et j'ai l'impression que les minces colonnes qui les soutiennent se dressent dans un élan mystique inexprimable en parole. — C'est ravissant, dis-je sans trouver le mot pour exprimer ce que je ressens.

— Oui, c'est bien. Seigneur! encore un plein char à bancs d'Américains! Le mois d'août à Cambridge est comme une réunion extra-territoriale des Nations Unies. Allons nous asseoir sur la pelouse derrière les Backs et faisons comme si nous avions toujours vécu ici.

Nous trouvons un banc devant la vaste pelouse qui s'étend entre la rivière et les murs du King's College. Nous y restons un long moment au soleil. Tout est calme et paix.

— Je ne vois pas comment tu pourrais quitter cet endroit merveilleux, Sebastian.

— C'est idiot, hein? Pourquoi suis-je un banquier-né et ai-je pour New York l'instinct du pigeon voyageur? C'est incompréhensible!

— En tout cas, je suis sûre que tu n'auras pas de mal à trouver une bonne situation à Wall Street.

— Il n'y a qu'une situation qui puisse m'intéresser.

Nous sommes toujours assis sur le banc. Le soleil continue de briller sur le tableau paisible mais je frissonne et je cherche une cigarette dans mon sac.

— Mais c'est parfait, dit Sebastian. Ce n'est pas un problème parce que, finalement, Cornelius me rappellera — et à mes conditions. Poussé par Mère, il ravalera son amour-propre et fera un effort pour me supplier à genoux de revenir et *ce sera* la justice que Scott a toujours recherchée : Cornelius devra donner l'œuvre de sa vie non pas à Scott, celui qu'il a toujours secrètement préféré, mais à moi, celui qu'il a toujours secrètement exécré. Seigneur, quelle ironie! Je rirai à en avoir mal aux côtes en retournant à la banque.

— Et Scott? prononce ma voix.

Sebastian paraît surpris.

— Quoi, Scott? Cornelius a visiblement renoncé à l'idée de faire de Scott son successeur — pour qu'elle autre raison l'aurait-il exilé si longtemps en Europe? Avec de la chance, Scott pourra peut-être conserver son poste d'associé mais il n'ira pas plus loin. Il a brûlé ses dernières cartouches. Cornelius a fini par comprendre. A mon avis, Cornelius attend que ton aventure avec Scott soit terminée pour le liquider.

— Mais je vais l'épouser, Sebastian. Nous n'avons pas l'intention de rester éternellement fiancés. Nous devons nous marier à Noël.

Silence. Une cloche tinte quelque part et nous pouvons entendre au loin le rire des jeunes gens qui glissent dans leur plate sur la rivière.

— Heu, heu. Ma foi, si c'est ce que tu veux, bonne chance, dit enfin Sebastian. Je t'ai toujours dit de faire ce que tu désirais, Vicky. Je t'ai toujours dit de ne pas laisser les autres te dicter ta vie. Et j'ai toujours dit que, quoi qu'il arrive, je serais de ton côté jusqu'au bout.

Je ne peux pas dire un mot. J'ai l'impression que quelqu'un tourne et retourne un poignard dans ma poitrine et en cet instant j'ai l'esprit plus confus encore depuis le jour où, au Oak Bar du Plaza nous avons décidé de mettre fin à notre mariage.

Une bande de touristes passe devant notre banc et un petit garçon au yeux bleu, cavalcade devant ses parents, une guirlande de marguerites à la main.

— L'âge qu'aurait Edward John, dit Sebastian, exprimant ce que nous pensons tous deux. C'est curieux de penser à lui. J'imagine qu'aujourd'hui il serait un petit monstre et nous martyriserait à longueur de journée mais je ne le vois jamais sous cet aspect. Je le vois, je l'entends dire : « s'il vous plaît », « merci », et t'offrant des fleurs pour la Fête des Mères et allant dans un coin pour lire « l'Ile au trésor » à ses moments perdus. Comme on idéalise les morts! Ils ne vieillissent pas comme nous, ce sont ceux qui restent qui vieillissent... Au fait, j'avais toujours cru que ce vers était de Rupert Brooke mais j'ai découvert l'autre jour que l'auteur en est un certain Binyon. Je voudrais avoir le temps de t'emmener à Grantchester, la ville natale de Rupert Brooke — ce n'est qu'à trois, quatre kilomètres — mais il me semble qu'il est temps d'aller à la gare. Il ne faut pas que tu manques ton train.

Nous revenons en silence à la voiture et le silence persiste jusqu'à la gare.

— Je ne vais pas t'accompagner sur le quai, dit Sebastian. Cet aimable masochisme est bon pour les vieux films britanniques. Au revoir. Merci de ta visite. Bonne chance.

— Sebastian...

— Il faut faire ce que l'on doit. Je le sais. Tu n'as rien à expliquer.

— Je voudrais tellement...

— Non, je t'en prie, C'est inutile. Appelle-moi en cas de besoin. Et maintenant, descends en vitesse, je t'en prie, avant de manquer ton train et avant qu'on ne pense à Londres que je t'ai enlevée.

Je m'extirpe de la voiture et je gagne la gare d'un pas incertain. Dans ma confusion d'esprit, je ne distingue clairement qu'une chose : Scott avait raison de me défendre de voir Sebastian. Il avait prévu que cette rencontre me bouleverserait et me voilà, en effet, absolument bouleversée. Je me répète que je n'aurais pas dû aller voir Sebastian, que je n'aurais pas dû aller à Cambridge, que je n'aurais pas dû me mettre dans cette situation impossible mais quand je me demande ce qu'est précisément cette situation, je suis incapable de la définir.

Je songe à Edward John et je gagne en pleurant à chaudes larmes l'extrémité du quai pour attendre mon train.

# 6

## 1

— Je vous appelle pour vous présenter toutes mes félicitations, dit Jake Reischman. On m'a dit que vos fiançailles sont maintenant officielles.

Nous sommes au mois de septembre. Les enfants ont repris leurs études et je suis revenue à New York après avoir traversé l'Atlantique avec ma mère sur le *Queen Elizabeth*. Scott doit revenir à New York pour affaires en octobre, notre séparation sera donc de courte durée mais je n'aime pas le savoir seul. Mais après tout un été passé loin de la maison, je sais que mes enfants doivent maintenant passer avant tout, et, au prix d'un gros effort, j'ai résisté à la tentation de rester à Londres.

— Oh, Jake, comme c'est aimable à vous!

Je suis dans ma chambre, en train de mettre une robe avant la visite hebdomadaire chez mon père pour une soirée à bavarder et à jouer aux échecs. Près du téléphone, sur la table de chevet, j'ai placé ma meilleure photo de Scott et tout en parlant à Jake je me rappelle la brise de la mer qui ébouriffait les cheveux de Scott pendant qu'il souriait à la caméra. Ce jour-là, nous faisions de la voile le long des côtes du Sussex et il venait de renoncer à l'alcool. Pour lui tenir compagnie, je m'étais mise aussi au régime sec et j'avais été enchanté de voir que j'avais maigri et que j'étais en meilleure santé. J'avais même décidé qu'il n'y avait aucune raison de recommencer à boire de l'alcool quand j'avais embarqué avec ma mère à bord du *Queen Elizabeth*... moins d'une demi-heure après je cherchais partout un Martini. Ma mère m'a beaucoup amusée pendant le voyage : elle flirtait avec un aimable veuf de soixante-dix-huit printemps, en buvant du champagne de l'aube au crépuscule et en se rappelant interminablement « le bon vieux temps », comme le font toutes les vieilles gens.

— C'est vraiment très aimable à vous de m'appeler. — Je le répète en essayant de m'intéresser à la conversation tout en regardant Scott me sourire dans son cadre.

Mais Jake ne prononce pas une fois le nom Scott. Il ne pose non plus aucune question sur mon mariage proche. En fait il dit : « J'ai une faveur à vous demander. Quand allez-vous voir votre père ? »

— J'y vais à l'instant.

— Alors, voudriez-vous, je vous prie, lui dire qu'il est de toute importance que nous ayons une conversation ? J'ai essayé de l'appeler mais je n'obtiens que ces jeunes gens qu'il emploie à faire ses courses et bien que je lui laisse des messages, il ne me rappelle jamais. Je vous serais infiniment obligé de me rendre ce service.

— Entendu. — Je suis un peu fâchée que mes fiançailles lui aient simplement fourni l'excuse de m'embaucher comme intermédiaire mais comme Jake a toujours été gentil pour moi, qu'il a oublié mon rôle dans la déconfiture du mariage d'Elsa et qu'il m'a conservé son affection en dépit de sa discorde prolongée avec mon père, je cache mon dépit. — Comment allez-vous, Jake ? dis-je aimablement. Il y a bien longtemps que je vous ai vu.

— Je ne vais pas très bien, malheureusement, et c'est l'une des raisons pour lesquelles il faut absolument que je parle à votre père d'une affaire qui nous concerne tous les deux. Mon ulcère me fait de nouveau une vie impossible. J'entre à l'hôpital Mount Sinaï demain pour y être opéré.

— Oh, je suis désolée d'apprendre cela. — Je suis émue, mon dépit est oublié. — Eh bien, je vous fais tous mes vœux — et je veillerai à ce que Papa vous appelle ce soir, c'est promis.

— Je vais vous donner le numéro de mon nouvel appartement. Il ne l'a sûrement pas. — Il me dicte rapidement le numéro et ajoute de cette voix sans timbre que les autocrates prennent quand ils s'efforcent de ne pas paraître donner des ordres : « Ne le laissez pas vous dire qu'il m'appellera plus tard, Vicky. Faites qu'il m'appelle en votre présence et s'il se dérobe, dites-lui... » Il s'arrête un instant comme pour choisir soigneusement ses mots puis : « ... Dites-lui que je deviens sentimental avec l'âge. Dites-lui que la Fraternité de Bar Harbor signifie davantage pour moi que la nouvelle génération qui dirige cette désastreuse et décadente décennie. »

Je me rends soudain compte qu'il est peut-être vraiment très mal et qu'il tient à liquider les anciennes querelles avant de se remettre entre les mains des médecins.

— Ne vous inquiétez pas, Jake. Je vous donne ma parole qu'il vous appellera.

## 2

— Viens voir mon nouveau joujou, dit mon père très excité. C'est une sorte de magnétophone qui s'enclenche au son de la voix — c'est ça qui aurait fait plaisir à Sam ! Je vais l'installer dans mon bureau afin de pouvoir enregistrer discrètement toutes les conversations. Tu te rends compte, les clients ne sauront même pas qu'on les enregistre ! Ce n'est pas fantastique ? Quand je pense au temps où Sam devait se battre avec la Vox Diktiermaschine et le Dailygraph...

— C'est merveilleux, Papa. Écoute...

— ... mais aujourd'hui il me suffit de dire à la secrétaire de veiller à ce qu'il y ait toujours une bobine vierge sur la machine. Et alors, je pourrai *moi-même* oublier que la conversation est enregistrée! Il n'y a pas de leviers à abaisser, de boutons à presser, pas de... Pardonne-moi, tu voulais me dire quelque chose?

Je lui répète ce que Jake m'a dit.

Nous sommes dans la bibliothèque. Au-delà des fenêtres le soleil se couche derrière les arbres de Central Park. Le nouvel enregistreur est posé sur une table basse à côté d'un exemplaire de *The Economist*. Les pions-astronautes attendent impatiemment face à face sur l'échiquier, auprès des rayonnages d'acier. Plus loin, au-dessus de l'appareil de télévision, pend le dernier tableau acheté par mon père : une bouteille de Ketchup d'Andy Warhol.

Mon père était penché sur son magnétophone mais à mesure que je parle il se redresse et semble contempler le couchant. Son visage m'est presque caché et les derniers rayons du soleil me dissimulent son expression.

— Tu vas l'appeler, hein, Papa? dis-je en posant le numéro de Jake près du téléphone. Je t'en prie!

Il prend la feuille de papier mais je sais qu'il ne voit pas le numéro; il voit le court de tennis de Bar Harbor et les quatre garçons qui jouaient et riaient ensemble là-bas, sous le ciel sans nuages de l'été.

Sans un mot, il décroche et compose le numéro.

— Monsieur Reischman, je vous prie. Ici Cornelius Van Zale.

Il s'est assis à son bureau et pendant qu'il attend, il prend un crayon-bille d'argent et dessine une figure sur son buvard. Je viens de m'apercevoir que les rectangles forment un court de tennis quand il se remet à parler :

— Jake? Vicky m'a transmis votre message.

Mon père ne dit pas un mot pendant que Jake parle longuement. Ma main caresse l'un des pions mais je ne quitte pas mon père de l'œil. Il pose lentement son crayon et tourne son fauteuil pour faire face à la fenêtre.

Finalement, il dit : « Je vois. Oui. Merci. » Puis, après un autre silence : « Je suis navré de l'apprendre. Dites-moi si je puis faire quoi que ce soit. » Et enfin : « Oui, je vais m'en occuper. Merci encore. »

Il fait de nouveau pivoter son fauteuil et raccroche l'appareil. Son visage est grave, ses traits immobiles et ses yeux d'un gris clair inexpressif.

— Va-t-il mourir?

— Oui, dit mon père. Il y a cinquante de chances sur cent qu'il meure demain sur la table d'opération. S'il survit, il en aura pour un an. Cancer. Quelqu'un me disait encore l'autre jour qu'il avait énormément maigri.

Je songe à l'Oncle Jake que j'ai connu jadis et le chagrin me prend à la gorge.

Nous restons silencieux quelque temps. Mon père regarde le court de tennis qu'il a dessiné sur son buvard. Je reste dans mon fauteuil à l'observer. Et puis je lui demande : « Papa, que s'est-il passé entre toi et Jake? »

— Cela n'a plus d'importance maintenant.

Les minutes passent, il ne bouge toujours pas. Enfin, quand je commence à me remettre de l'émotion, je comprends que lui est encore traumatisé.

— Quelle est donc cette affaire dont il voulait discuter avec toi?

Mon père est d'une pâleur d'ivoire. Au moment où il pivote encore pour faire face à la fenêtre, le long crépuscule a fait place à l'obscurité, la nuit tombe sur la ville.

— Ce n'est rien, dit mon père. Tu me pardonneras, Vicky, mais nous jouerons aux échecs la prochaine fois.

— Bien sûr. — Je suis touchée de le voir si affecté par la maladie de Jake. Je traverse la pièce et je me penche pour lui baiser le front. — Veux-tu que je reste un peu pour bavarder? Ou préfères-tu rester seul?

— Il faut que je sois seul. Et que je réfléchisse.

— Certainement. Eh bien, bonsoir, Papa, dis-je en l'embrassant encore et je le laisse seul avec ses pensées dans la pièce qui s'assombrit.

### 3

Jake a survécu à l'opération mais les visites ont été interdites pendant les trois premiers jours sauf pour les membres de la famille. J'apprends que Ruth, sa fille aînée, deux fois divorcée et qui vit maintenant en Europe, est venue par avion et qu'elle est allée le voir avec Elsa mais son fils David, qui s'est perdu quelque part en Californie, n'a pas pu être retrouvé et Amy, sa première femme, est restée en Floride. Lorsque les visites sont enfin autorisées, j'hésite à aller à l'hôpital de peur d'y rencontrer Elsa mais après une semaine je me décide, j'achète un petit bouquet et je m'aventure dans le hall de réception du Mount Sinaï.

— J'aimerais bien voir M. Jacob Reischman quelques minutes, dis-je à l'infirmière chargée de l'étage où se trouve la chambre de Jake.

Dans le court silence qui suit, je remarque qu'elle a les yeux bleus, cernés de fines rides, et de souples cheveux noirs sous sa coiffe. Puis elle dit d'une voix compatissante : « Je suis désolée mais j'ai une mauvaise nouvelle à vous apprendre : M. Reischman a eu une rechute ce matin et il est mort il y a une demi-heure. Êtes-vous de sa famille? »

Je dis : « Non. » Puis je me reprends : « Oui. D'une certaine manière. Excusez-moi. » Et tournant les talons, je file le long du corridor, je laisse les ascenseurs et je dévale en courant les escaliers qui conduisent au hall de réception.

### 4

Je trouve Alicia dans l'antichambre de l'appartement de mon père. Elle est comme d'habitude, habillée non pas sans élégance, ses vêtements sont admirablement coupés, mais sobrement, d'une jupe et d'une jaquette bleu marine uni, d'une blouse blanche, sans un bijou. Un petit chapeau également bleu marine couvre en partie sa chevelure teinte.

— Bonjour, ma chérie, dit-elle. J'allais justement sortir pour déjeuner. Mais tu es toute pâle! Qu'y a-t-il?

— Oh, Alicia! dis-je, et les mots se bousculent sur mes lèvres. Quelle tristesse! Je viens d'aller à l'hôpital et l'on m'a dit que Jake était mort ce matin. Je ne sais pas pourquoi je suis si triste, je ne le voyais plus beaucoup depuis quelque temps, mais je ne sais pas, il représentait le passé. Quelque chose maintenant parti pour toujours...

Je m'arrête. C'est l'expression que je lis dans son regard. Son visage est resté impassible, ses traits demeurent le masque inexpressif qui m'a toujours repoussée, mais dans ses yeux brille un souvenir et avant même qu'elle ne parle, je sais qu'elle l'aimait.

## 5

— Certes, je n'ai jamais songé à quitter ton père, dit-elle. Je l'ai toujours aimé plus que tout au monde. Mais nous avons eu des moments difficiles.

Nous sommes assises devant la fenêtre de sa chambre sur l'inconfortable chaise-longue qu'Alicia, Dieu sait pourquoi, a toujours préférée. Elle fume une cigarette. Devant nous, la cruche de Martini est vide mais nos verres sont encore pleins.

— ... alors tu vois quel gâchis ce pouvait être, dit cette femme extraordinaire que je ne connaissais pas. Je suis tellement exaspérée actuellement que l'on dépeigne l'adultère comme un innocent passe-temps d'adolescents. Je sais bien que c'est la mode, aujourd'hui, de condamner l'hypocrisie mais tout ce que je peux dire c'est que nous vivons une époque malhonnête. Nous ne sommes pas des poupées mécaniques réglées pour faire l'amour à tout bout de champ et prétendre que nous le sommes — comme la plupart des jeunes d'aujourd'hui — me paraît non seulement dangereux mais pitoyablement naïf. Quelle ironie de voir que le terme à la mode soit « Cool »! Plaisanter avec les sentiments des autres n'est pas « cool ». C'est allumer un incendie et marcher dans les flammes.

Silence. Elle éteint sa cigarette et je lui en offre une autre.

— Bon, nous nous sommes tous fait du mal, reprend-elle quand sa cigarette est allumée, mais après la mort de Sam les choses se sont arrangées. Cornelius a abandonné Teresa et j'avais déjà renoncé à Jake. Il me semble que Teresa était heureuse de partir mais Jake... Ce n'était pas un homme à renoncer aisément. Il est revenu à la charge après que Sebastian eut été chassé de la banque et que la vie fut redevenue difficile entre Cornelius et moi, mais il n'était certes pas question pour moi de reprendre cette aventure parce que je savais alors que Cornelius et moi pouvions retrouver notre bonheur passé, aussi éloignés l'un de l'autre que nous puissions l'être. Nous avions découvert cela après la mort de Sam et je pensais que si j'étais assez patiente nous retrouverions encore le bonheur.

— Et vous l'avez retrouvé?

— Non. Et je doute que nous le retrouvions jamais maintenant. J'ai attendu en vain... Mais comprends-moi bien! Certes nous ne sommes plus aussi proches l'un de l'autre, mais il n'y a pas de querelles et nous nous aimons beaucoup et c'est bien davantage que ce que peuvent dire la plupart des couples après trente-six ans de mariage. Je suis heureuse. J'ai mes fils et mes petits-enfants. Je suis en bonne santé et je suis encore assez belle. Dans l'ensemble, la vie a été bonne pour moi. C'est seulement par des journées comme celle-ci, quand la vie semble tellement s'amenuiser, que j'ai envie de pleurer sur le passé et sur ce que la vie aurait pu être.

— Alicia, j'aurais tellement aimé que nous parlions comme ça jadis!

— Nous n'avions rien à nous dire. Nos vies étaient deux lignes parallèles qui ne pouvaient pas se rencontrer. Mais je suis heureuse de t'avoir parlé de Jake. Il y a des années que j'avais envie de parler de lui mais il n'y avait personne. — Par-dessus son épaule, elle jette un coup d'œil à l'appareil téléphonique. — Je me demande si je dois prévenir ton père. Non, que quelqu'un d'autre lui apprenne la nouvelle. C'est préférable.

Après un moment, je dis : « Je vais l'appeler » et je commence à composer le numéro de la banque.

## 6

Le 22 novembre, un mois exactement après que cinquante mille manifestants eurent marché sur Washington pour protester contre la guerre, l'Armée des États-Unis capturait la colline 875 près de Dak To, après l'une des batailles les plus sanglantes de la guerre du Viet-Nam; en regardant le reportage de la télévision j'ai l'impression que le sang coule jusque dans mon living-room. Ce soir-là, j'écris à Sebastian : « Il faut mettre fin à cet inutile gaspillage de vies humaines. Quelqu'un doit prendre la décision », mais personne ne prend la décision et la vie continue avec son bilan quotidien de tués et de blessés, les promesses quotidiennes du Président Johnson de lancer sa « Grande Société », les rappels quotidiens de nos divisions et de la mort. Et pendant que les tambours de la violence roulent dans un perpétuel crescendo, je suis frappée par la musique d'accompagnement du temps dont le ton change. En effet, les compositeurs abandonnent l'innocente chanson d'amour pour célébrer la drogue qui devient de plus en plus à la mode.

— Je ne tolérerai pas ce genre de musique, dis-je après avoir été forcée d'entendre un certain « tube » de la première à la dernière note.

— *Oh, M'man!*

— Tu peux crier tout ton saoul mais je ne serai ni fausse ni faible et je ne dirai pas que je tiens ça pour un chef-d'œuvre. Vous ne voulez pas que je sois hypocrite, n'est-ce pas?

— Mais, M'man, tu ne piges pas du tout!

— « Je pige » très bien et assez en tout cas pour savoir que je ne veux pas de ça chez moi. Cet inepte repli dans l'introspection par la drogue est aussi écœurant que l'inepte escalade de la violence ici et outre-mer. Seigneur, je me demande parfois comment nous sortirons de cette désastreuse et décadente décennie! dis-je violemment et je me rends brusquement compte que j'ai repris les mots dont Jake s'est servi pour repousser une culture qu'il aimait et qui s'effondre aujourd'hui. — Désolée, dis-je aux enfants, je ne voudrais pas paraître aussi désespéré-ment « rétro » mais essayez de vous mettre un instant à ma place. Il est dur pour quelqu'un comme moi, qui a connu une époque plus heureuse, de garder le sourire pendant que notre pays sombre dans une dépression nerveuse aussi affreuse. Il n'est pas facile de subir un traumatisme national sans être secouée lorsque toutes les anciennes valeurs familières des usages et du comportement s'en vont à vau-l'eau, mais peut-être sont-elles toujours présentes après tout, peut-être n'est-ce seulement qu'en apparence que les choses ont changé, peut-être la jeunesse actuelle est-elle en fait semblable à ce qu'elle a toujours été...

— Qu'est-ce qu'elle raconte?

— Elle est en train de nous dire que notre génération n'a rien d'anormal. Quelle injure! Chacun sait que nous sommes l'inimitable produit de la bombe H et de la civilisation post-industrielle — chacun sait qu'il n'y a jamais eu une génération comme la nôtre dans toute « l'histoire de l'humanité »!

— M'man le sait parfaitement — elle s'efforce simplement d'être gentille avec nous! Arrête d'être aussi méchant avec elle!

— Je ne suis pas méchant avec elle! Je dis simplement qu'il est impossible à quelqu'un d'aussi vieux qu'elle de voir à quel point nous sommes uniques.

— Cesse de parler de moi comme si j'étais sénile. Et cesse d'être aussi fichtrement arrogant! Vous avez raison — votre génération *est* unique! C'est la première assez rustre pour penser que les bonnes manières n'ont aucun intérêt!

— Pas de panique, M'man. Peu importe que tu sois vieille. On t'aime quand même.

— Ces gosses me rendront folle, dis-je à mon père le soir même au moment où nous nous asseyons pour jouer aux échecs. Cette jeune génération me rend folle. Quand je vois quelqu'un de moins de vingt-cinq ans aujourd'hui j'ai envie de hurler.

— Je te comprends, dit mon père, l'air sombre. J'ai renvoyé deux employés aujourd'hui : ils vendaient de la marijuana dans le bureau des dactylos. Eh bien, quand j'ai raconté ça à Harry Morton en déjeunant avec lui au Trust il m'a simplement répondu qu'on se droguait pas mal maintenant dans le petit personnel de Wall Street. Tu te rends compte! J'étais choqué mais Harry a simplement haussé les épaules en disant que c'était un signe des temps.

Harry Morton est le président du Van Zale Manhattan Trust, la banque commerciale du groupe, et il a quinze ans de moins que mon père. Mon père a essayé dans le temps de manigancer une idylle entre nous mais les hommes du genre Harry Morton, deux fois divorcé, entièrement marié à sa situation et qui ne s'intéresse à rien à part la banque et le moteur à réaction de son avion personnel, ne me séduisent pas.

— Ne pouvez-vous rien faire pour dérider votre père? m'a demandé Harry à la fin du mois de novembre au cours d'un des dîners Van Zale habituels. Il parle et se conduit comme si c'était la fin du monde.

— Nous y touchons peut-être, dis-je ironiquement. Deux jours plus tard se produit le premier d'une série d'événements destinés à mettre fin au monde sur lequel mon père régnait depuis plus de trente ans. Un grand article à la une du *Wall Street Journal* annonce que le fameux groupe Donald Shine and General envisage d'acquérir non pas une nouvelle compagnie d'assurances cette fois mais le Van Zale Manhattan Trust, l'auxiliaire essentiel de la banque d'investissement de mon père.

## 7

— Voyons, je ne comprends pas, dit Eric. — Paul et lui sont retournés à Choate après ce bruyant week-end à la maison qui m'a inspiré une telle aversion pour la jeune génération, mais dès que l'article a paru dans le *Wall Street Journal*, Eric m'a appelée. — Comment cela peut-il être un danger pour grand-père? Le Van Zale Manhattan Trust n'est-il pas totalement étranger à la Van Zale?

— Légalement, oui mais en pratique il ne l'est pas. En fait, c'est comme s'ils formaient une seule et grande banque. Le Trust offre les services que la Van Zale offrait avant que la loi bancaire Glass-Steagall n'ait établi une distinction entre les banques commerciales et les banques d'affaires en 1933. Les deux banques Van Zale actuelles sont les deux moitiés de l'ancienne entité unique et si l'une disparaît en route l'autre ne peut qu'en souffrir.

— Mais Shine ne pourra jamais s'emparer de la Van Zale! s'exclame Eric, horrifié. Van Zale est encore une association et non une société comme le Trust! Grand-père a certainement le moyen d'interdire indéfiniment à Shine l'accès à Willow et Wall.

— Si le Trust tombe entre les mains de Donald Shine, les jours de la Van Zale sont comptés. Ton grand-père est peut-être capable de préserver la banque jusqu'à sa retraite ou à sa mort mais ensuite, Shine arrivera. Des pressions s'exerceront pour mettre la banque en société, les associés vendront leur part pour un siège au nouveau conseil d'administration et Shine pourra placer un homme à lui dans le fauteuil du président. Cela mettra Shine à la tête d'une banque d'affaires, d'une banque commerciale et d'une compagnie d'assurances et Shine and General sera un groupe spécialisé dans une vaste gamme de services financiers, comme Shine l'a toujours envisagé.

— Mais il est impossible... impossible que Shine y réussisse!

— Oui, ton grand-papa paraît confiant mais je me demande si ce n'est pas simplement une attitude. Tout le monde semble persuadé que la chose ne tient qu'à un fil.

# 8

— Eric m'a appelée, dis-je à mon père, et il te souhaite toute la chance du monde pour la bataille proche. Comment cela se présente-t-il ? Quel est ta prochaine ligne de manœuvre ?

— Nous mettons au point une attaque sur les titres de Shine and General et pour affaiblir l'artillerie de Shine.

— Mais le « bear raid »[1] n'est-il pas illégal ?

— Certes, me dit mon père avec un sourire cynique.

Je commence alors à me faire une idée plus claire de ce qui se passe. Dissimulé derrière une banque du New Jersey, Donald Shine s'est lancé dans la même manœuvre qui a déjà triomphé de la société d'assurances Stamford-Hartford Reliance. Shine and General s'est mis, à acheter d'importants paquets d'actions du Van Zale Manhattan Trust mais à l'insu de Shine, mon père a eu vent de sa manœuvre et ses achats supposés secrets ont été enregistrés et contrôlés. Shine et ses lieutenants sont en train de terminer la mise au point de leur offre — offre qu'ils imaginent que les actionnaires de la banque trouveront irrésistible — et ils continuent d'acheter les titres nécessaires lorsque mon père, en la personne d'Harry Morton, force Shine à sortir de la clandestinité, au moyen d'une indiscrétion délibérée publiée par le *Wall Street Journal*.

Pris à contre-pied, Shine est contraint de faire une déclaration ambiguë qui ne réussit qu'à amplifier la publicité désastreuse de l'affaire et le lendemain du jour où mon père m'a cyniquement confirmé que le « bear raid » était illégal, les titres de Shine and General commencent à descendre.

— Mais comment t'y prends-tu ? dis-je à mon père. Les rumeurs d'acquisition font généralement monter un titre !

— Shine and General n'est pas aussi solide que beaucoup le croient. Nous avons fait secrètement notre enquête depuis le début de septembre et il ne nous a pas fallu longtemps pour découvrir que l'affaire était trop lourde du haut et trop dispersée. Donald Shine est peut-être un garçon brillant mais tous nos renseignements indiquent qu'il a eu les yeux plus grands que le ventre. La jeunesse est tellement impétueuse, termine mon père en souriant.

— Mais je ne comprends toujours pas comment tu peux faire baisser ses titres.

— C'est une méthode appelée « multiple flogging » : une autre dénomination pour l'ancienne pratique du « bear raid » mais que les autorités sont incapables de détecter.

Quarante-huit heures plus tard, gêné par la publicité indésirable et par la baisse de ses actions, Shine appelle Harry Morton pour lui demander un rendez-vous. Jouant sur le fait que la Van Zale et le Trust sont officiellement deux entités distinctes, mon père ne se montre pas et se contente d'écouter l'enregistrement de l'entrevue brève et hostile. Morton déclare à Shine qu'il est un peu naïf s'il pense s'emparer si facilement d'une banque commerciale aussi importante mais Shine persiste à

---

1. Manœuvre de spéculation à la baisse.

585

affirmer qu'il n'a que de bonnes intentions et qu'il désire seulement améliorer les services bancaires du pays en les démocratisant.

Une conférence stratégique se tient ensuite au siège du Van Zale Manhattan Trust. Mon père et le conseil du Trust y assistent, évidemment, mais aussi les responsables des grosses banques qui ont intérêt à s'opposer aux entreprises de Shine.

— Car, après tout, m'explique mon père, si Shine réussit son coup à nos dépens qui sait quel sera son prochain objectif?

On envisage diverses stratégies. On va même jusqu'à imaginer une association du Trust avec une société de location d'ordinateurs, ce qui aurait pour effet de créer une situation dans laquelle Shine ne pourrait pas reprendre la banque sans violer la loi anti-trust. Mais la stratégie qui prévaut consiste à soumettre une proposition de loi pour rendre illégale l'entreprise imaginée par Shine. Pendant ce temps, le titre de la Shine and General s'est stabilisé à la Bourse et Shine rassemble toutes ses ressources pour se lancer à l'attaque.

C'est le moment que choisit mon père pour inviter Shine à déjeuner.

Shine accepte et se voit attablé devant un menu frugal — steak, pommes de terre bouillies, salade, eau pure — dans la salle à manger des associés à Willow et Wall.

Mon père parle du détriment que causerait à la banque un rachat imposé et hostile, il souligne que le directorat donnerait certainement sa démission et que les principaux clients s'en iraient ailleurs. Shine affirme qu'il n'a nulle intention de réaliser un rachat hostile, qu'il vise uniquement le bien de la banque et celui des actionnaires et qu'il faut étendre les services offerts aux clients. Mon père déclare aimablement que Shine est un jeune ignorant incapable de diriger une banque. Shine laisse entendre qu'il est temps que la vieille garde fasse place à un sang nouveau. Mon père répond qu'il lui offre une dernière chance de se retirer avec grâce avant que tout ce sang nouveau ne coule dans les ruisseaux de Wall Street.

Donald Shine se contente de rire et de dire : « Je voudrais bien voir ça! »

Mais l'après-midi même, il commence à recevoir des coups de téléphone des principales banques d'investissement, y compris celle de Reischman. On lui explique qu'à aucun prix ces banques ne s'associeront à une offre de Shine and General pour le rachat du Van Zale Manhattan Trust. Quarante-huit heures après, Shine est avisé que le Trust a convaincu les deux cabinets de mandataires les plus importants de lui refuser leurs services.

Les actions de Shine and General recommencent à baisser. Le titre est maintenant à 120 et en pleine chute. Au début de décembre, les avocats de Van Zale rédigent les projets de loi que pourrait adopter le Parlement d'Albany afin d'empêcher le rachat de banques comme le Trust, par exemple, par des groupes comme celui de Shine and General, justement. Par ailleurs, à Washington, le Ministère de la Justice écrit à Shine pour lui dire que bien que ses projets ne paraissent pas violer la législation antitrust, la fusion envisagée soulève certaines questions que le Ministère aimerait bien discuter avec lui.

Les actions de Shine and General tombent à 115.

A Washington, Shine découvre que les membres du Comité du Sénat chargé des questions bancaires et monétaires sont fermement opposés au rachat; comme l'est la majorité du Conseil de la Federal Reserve Bank. Il découvre en même temps qu'on le tient pour un pirate et, comprenant enfin que les grandes entreprises et le gouvernement lui sont fermement hostiles, il voit qu'il n'a d'autre choix que de se rendre.

Shine et ses lieutenants rencontrent pour la dernière fois Harry Morton et l'état-major du Van Zale Manhattan Trust. Shine annonce alors qu'il va déclarer publiquement qu'il retire son offre de rachat. Lorsque ses adversaires ont fini de se congratuler et que l'explosion de leur joie s'apaise, la première personne qu'appelle Harry Morton, c'est mon père.

# 9

— Maintenant que l'alerte est passée, me dit Harry le lendemain en buvant un verre de champagne à la réception offerte par mon père, je dois reconnaître que nous avons eu chaud. Dieu seul sait ce qui serait arrivé si nous n'avions pas eu le temps de terminer notre enquête sur Shine and General et de les forcer à se découvrir avant qu'ils n'aient rassemblé toutes leurs forces pour l'attaque.

Un valet remplit mon verre : « Ce qui signifie, dis-je en m'efforçant de me concentrer dans le vacarme d'une centaine d'invités qui fêtent la victoire, que vous avez eu une sacrée chance de connaître à l'avance les plans de Shine. Mais Harry... — Je dois élever la voix pour me faire entendre dans l'explosion de rires qui vient d'éclater derrière moi. — ... Harry, qui vous a prévenus? Un des lieutenants de Shine l'aurait-il trahi ?

— Mon Dieu, votre père ne vous l'a pas dit? C'est Jake qui nous a alertés, Vicky, Jake Reischman !

J'ai l'impression qu'un silence de mort vient de se faire dans la pièce. Je distingue toujours la foule qui m'entoure mais elle semble maintenant composée d'ombres et je suis seule avec Harry sur une scène nue et glaciale.

— Vous plaisantez, lui dis-je.

Harry se met à rire. Il est grand, presque aussi grand que Scott, et il a cette sorte d'élégance sympathique que l'on rencontre souvent dans les conseils d'administration de sociétés où une apparence distinguée est si utile pour déguiser un comportement qui l'est souvent moins. Ses cheveux bruns sont marqués d'argent là où il le faut; ses yeux bleus reflètent la franchise et ses dents remarquablement égales se découvrent chaque fois qu'il sourit. Elles lui donnent un air carnassier que son charme ne parvient pas toujours à dissimuler. Sebastian dit de lui qu'il ressemble à un barracuda.

— Mais c'est vrai, je vous le jure! s'exclama-t-il en riant. Quelle ironie, tout de même! Shine avait une confiance absolue en Jake et il le respectait parce que Jake représentait l'élite des Juifs américains. Et Jake le détestait, évidemment. Jake était un peu snob; il appartenait à l'ancienne école. Rappelez-vous que lorsque les Juifs russes affluèrent à New York au début du siècle, ce ne sont pas les Chrétiens mais les Juifs allemands du haut de la ville qui, d'horreur, se voilèrent la face.

Je pense au court de tennis dessiné sur le buvard de mon père et j'entends Jake parler mélancoliquement de la Fraternité de Bar Harbor. J'essaie de parler mais Harry m'entraîne déjà dans un coin retiré du living-room et me dit négligemment : « Nous serons mieux ici — on ne s'entend pas réfléchir là-bas. Voyons, êtes-vous sincèrement surprise au sujet de Jake? Cornelius m'a dit que vous aviez été son intermédiaire.

— C'est exact. Mais j'ignorais ce qui se passait. Mon père ne m'avait rien dit. — Et dans mon esprit une voix demande aussitôt : Pourquoi? Et une autre répond immédiatement : Qu'importe, c'est fini maintenant.

— Ma foi, je crois qu'il a dû penser que c'était strictement une affaire d'hommes, dit Harry pour excuser mon père. Non, le véritable mystère n'est pas de savoir qui nous a prévenus. Le véritable mystère est de savoir qui a renseigné Donald Shine. »

J'ouvre de grands yeux et je lui demande : « Que voulez-vous dire? »

— Enfin, Vicky! Il a été renseigné, lui aussi!
— Pourquoi? Sur quoi? Comment?
Harry paraît plus indulgent encore.

— Ma chère, il fallait que Shine ait des renseignements sur le Trust pour calculer la meilleure manière de s'en emparer et tout indique que ses renseignements étaient vraiment très précis. Je ne voudrais accuser personne du conseil mais les renseignements dont disposait Shine semblent lui avoir été fournis à ce niveau-là et, au-delà du conseil, je ne vois personne — sauf votre père et un ou deux de ses associés — qui ait été à même de donner à Shine les données qu'il lui fallait.

— Un peu de champagne, Monsieur? propose un valet.

Le champagne est couleur d'or pâle. Je le regarde perler dans le verre d'Harry pendant qu'il ajoute : « Nous ferons une enquête approfondie, évidemment, et cela m'ennuie vraiment. Comme votre père, je ne suis qu'un brave homme qui a horreur des complications. »

Je coupe son verbiage : « Quand croyez-vous que Shine ait eu l'idée de s'emparer du Trust? »

— Je dirais : au printemps. Jake est mort en septembre et à ce moment-là, il semble que Shine avait déjà tous les éléments nécessaires et qu'il construisait son plan d'attaque. Si nous imaginons qu'il a travaillé sur cette idée pendant trois mois au moins cela nous ramène à juin... ou à mai peut-être.

— Il faisait très beau en mai. Je me rappelle avoir admiré, avec Scott, un magnifique coucher de soleil du haut de la tour du Beekmann... mais non, je ne suis pas tellement certaine, après tout, ce n'est qu'un souvenir très vague. — Je vide mon verre et je fais demi-tour. — Excusez-moi, je vous en prie, Harry.

Je contourne la foule pour gagner la porte mais je ne quitte pas mon père du regard. Il est sous le lustre au milieu d'un groupe de ses vieux amis. Il m'aperçoit, me sourit et je lui souris parce que je ne veux pas qu'il sache que quelque chose me tourmente. Il faut que personne ne sache. Je ne voudrais même pas le savoir moi-même et la voix intérieure se remet à parler pour me dire que si je cesse de penser aux révélations d'Harry elles s'évanouiront.

Je rentre à la maison et je m'occupe des détails de mon mariage et de cette soirée de Noël.

## 10

— Hello, chérie, comment vont les choses là-bas?

— Pas trop mal. Que c'est bon d'entendre ta voix! Je reviens à l'instant d'une éreintante bacchanale chez Papa — tout le monde est fou de joie. Je les ai laissés en train de boire du champagne à seau. Ils vont maudire Shine encore plus demain lorsqu'ils se réveilleront avec la gueule de bois!

— Dire que j'ai raté ça! fait Scott en riant.

— Ne regrette rien. Toute cette joie était assommante et d'ailleurs... Oh, j'en ai par-dessus la tête de Donald Shine! Je ne veux plus en entendre parler — pour moi, c'est de l'histoire ancienne et pour l'heure, seul l'avenir m'intéresse. Ah, mon chéri, que je suis impatiente d'aller t'attendre à l'aéroport! Je fais réviser la M.G. tout spécialement pour ton arrivée!

— Laisse-la, je t'en prie! Pourquoi n'empruntes-tu pas une Cadillac et un chauffeur à ton père? Tu installerais un grand lit derrière et on baisserait les stores. Au fait, ton père va bien? Il n'était pas au bureau ces jours-ci quand je l'appelais mais j'imagine qu'il était pris par la tentative de rachat.

— Oh, ne t'inquiète pas au sujet de Papa! Je ne l'ai pas beaucoup vu non plus ces derniers temps, mais il va bien, très bien, ne t'inquiète surtout pas de lui.

— Chérie, il y a un ennui? Tu as l'air un peu...

— Non, je suis simplement affolée par tout ce qu'il y a à faire avant notre mariage et j'ai sans arrêt des rêves névrotiques...

— Érotiques? Moi aussi! Je ne peux plus m'en passer!

— Non. Névrotiques... névrotique comme dans psycho et dingue et perdre les pédales. Chéri, je t'en supplie, ne te fais pas renverser par un bus, écraser dans un accident de voiture ou enlever dans un détournement d'avion, je veux dire : fais bien attention, veux-tu? Tu me le jures? Je rêve constamment que nous ne nous reverrons plus.

— J'espère que ce n'est pas un vœu pieux!

— Oh, Scott — chéri, si seulement tu savais à quel point je t'aime et combien rien ne m'importe que l'avenir — notre avenir...

— Alors, calme-toi. Tu as une attaque de cafard prénuptial. C'est très commun paraît-il.

— Je... Oui, c'est possible... Es-tu inquiet toi aussi?

— Oui — à l'idée de monter dans ta voiture! Tu ne pourrais pas en faire cadeau à quelqu'un? Afin que nous puissions penser tranquillement à la longue et heureuse vie qui nous attend?

Je ne peux m'empêcher de rire : « Je me sens mieux de t'avoir parlé. »

— Chérie, ne te fais aucun souci. Je n'ai pas l'intention de passer sous un autobus, crois-moi. Viens simplement à l'aéroport et surveille la sortie de la douane. J'y serai.

— Je le sais. J'en suis sûre.

— Tout ira bien, dit-il. Tout ira merveilleusement bien.


# 11


— M'man, demande Eric, puis-je te parler une minute s'il te plaît ?

Nous sommes à la veille de l'arrivée de Scott à New York ; Eric et Paul sont en vacances de Noël. Je suis à mon bureau, dans ma chambre, en train de régler les gages des domestiques. Nous allons dîner dans une demi-heure.

— Oui, bien sûr, Eric. Entre.

Il s'assied dans le fauteuil voisin de mon bureau et me regarde gravement. C'est un de ses traits : il est très sérieux. Il est aussi grand que Sam maintenant, mais plus mince et plus anguleux et ses cheveux, qui le faisaient me ressembler dans son enfance, ont viré au brun. Ses yeux sont graves derrière ses lunettes, et, comme je le vois ravaler gauchement sa salive, je comprends, stupéfaite, qu'il a peur. L'idée qu'un de mes enfants puisse avoir peur de moi est si nouvelle qu'il me faut quelque temps avant de lui demander ce qui le tourmente.

— Deux de mes plus belles plantes sont mortes, dit-il.

— Oh, Eric ! Quel malheur ! Et la nurse qui les soigne si bien quand tu n'es pas là !

— Ce n'est pas la faute de la nurse. C'est l'air. Je suis sûr que la pollution s'aggrave et c'est pourquoi je... Je suis tellement sûr qu'il faut faire quelque chose pour sauver l'environnement. En fait, j'ai décidé que lorsque je serai au collège... — Il s'arrête, tout pâle et je le vois lutter pour me confier la vérité qu'il ne peut plus garder pour lui. J'avance jusqu'au bord de mon fauteuil et je me penche vers lui.

— Quand tu seras au collège ?...

— Quand je serai au collège, je voudrais — *je dois* — faire des études utiles. Je suis désolé, M'man, mais je ne peux plus te le cacher : Je ne veux pas faire les sciences économiques. Je ne veux pas être banquier. Je veux décrocher un diplôme de sciences naturelles et travailler ensuite à la protection de l'environnement.

Je sais qu'il faut que je me ressaisisse mais l'effort est pénible. Je suis trop triste et trop déçue en songeant aux projets de mon père.

Mais une nouvelle surprise m'attend : Eric se penche vers moi et me dit avec insistance : « Maman, essaie de comprendre. Cette prétendue Grande Société dévaste notre planète et cette société est alimentée par l'argent d'institutions comme Van Zale. Voilà pourquoi *je ne peux pas* devenir banquier. Sous aucun prétexte. Je sais que j'ai des devoirs à l'égard de grand-père, étant donné en particulier que Paul ne veut visiblement pas songer à la banque et qu'il est difficile d'imaginer que Benjamin sera jamais autre chose qu'un casse-pieds, mais je ne peux pas renoncer à mes principes pour travailler à quelque chose en quoi je ne crois pas. Ne vois-tu pas à quel point ce serait grave ? Je m'efforcerais d'être quelqu'un que je ne suis pas et bientôt je me ferais certainement horreur, je détesterais ce que je fais et je jugerais que je gâche ma vie... N'essaie pas de faire de moi ce que je ne suis pas, Maman. Je t'en prie... permets-moi d'être moi-même ! Laisse-moi faire ce que je désire sincèrement. »

Maintenant tout est extrêmement clair, bien plus que je ne l'avais jamais imaginé, alors, bien sûr, je trouve la force de surmonter ma tristesse en songeant que ma déception compte peu à côté du bonheur d'Eric. J'ai failli commettre la faute commise par mon père lorsqu'il essayait de me modeler à l'image d'Emily mais je ne suis pas mon père : je ne ferai pas les mêmes erreurs. Je suis moi-même, Vicky, et quand je parle c'est avec ma propre voix et non celle de mon père : « Certes, tu dois faire ce que tu aimes, Eric. Je suis fière que tu aies trouvé le courage de parler et tu peux compter que je te soutiendrai jusqu'au bout. »

Il se jette maladroitement dans mes bras et me donne un baiser gauche. Je suis émue parce qu'il est généralement très réservé et en un éclair, je comprends pourquoi il a toujours été tellement lointain. Il se débat dans ce conflit depuis l'âge où il a compris qu'il était destiné à succéder à son grand-père.

— Maman, grand-père...

— Ne t'inquiète pas, je lui expliquerai. Mais je ne le lui dirai sans doute pas tout de suite. Je dois attendre le moment opportun.

Il m'embrasse encore et il me dit d'une voix étouffée : « Il ne comprendra jamais, hein ? »

— Non, sans doute pas. Mais je crois que ton père, lui, aurait compris. Il a passé une si grande partie de sa vie à faire une chose qu'il n'aimait pas vraiment.

Eric se sent moins coupable. Il dit qu'il aurait aimé connaître mieux son père et nous parlons de Sam. Le temps passe. La gouvernante passe la tête pour dire que le dîner est servi. Nous rejoignons le reste de la famille dans la salle à manger. Mais ce soir-là je reste debout longtemps après que les enfants sont couchés et je me demande sans cesse : « Comment pourrai-je jamais expliquer cela à mon père ? Comment trouverai-je jamais les mots pour lui apprendre cette nouvelle ? »

Et puis, avant les premiers rayons du jour, je songe que la décision prise par Eric renforcera ma position de conciliatrice lorsque le moment viendra de ménager une trêve entre mon père et Scott. Si ses petits-fils ne veulent jouer aucun rôle dans l'avenir de la banque, mon père pourrait peut-être au moins accepter de revenir à Scott et de consentir à une grande réconciliation avec son fils adoptif.

Cela m'apparaît comme une possibilité non seulement raisonnable mais éminemment probable.

Je sombre aussitôt dans un sommeil sans rêves.

# 7

## 1

Scott sort de la douane et je cours vers lui. Il porte à la main une petite valise et son imperméable sur le bras; il les laisse tomber pour m'embrasser et le goût familier de sa bouche me donne un vertige de bonheur : rien n'a pu nous séparer. Je passe mes doigts sur sa nuque et je presse son visage contre le mien, ses bras se nouent et m'écrasent contre sa poitrine.

— Sois le bienvenu! puis-je enfin lui murmurer.

— Tu vois? dit-il en riant. Je suis vraiment là!

Un porteur entraîne déjà le reste de ses bagages et, dehors, le chauffeur attend avec la dernière Cadillac de mon père.

— Y a-t-il des stores et un lit à deux places?

— Non, rien que des glaces fumées.

— Alors tu m'as écouté pour ta voiture de sport?

— J'ai été prise de terreur à l'idée d'avoir un accident en allant à l'aéroport.

— Ma pauvre petite chérie! dit-il, surpris, en prenant au sérieux mes craintes irraisonnées pour la première fois. Je suis fâché d'avoir ri de toi au téléphone.

— Cela n'a pas d'importance — rien ne compte plus maintenant que tu es là.

Nous nous enfonçons dans la banquette de la Cadillac et il m'attire dans ses bras.

Comme il semble probable que nous soyons obligés d'aller habiter la Californie l'an prochain pour satisfaire la peur paranoïaque qu'éprouve mon père à l'idée d'avoir Scott près de lui, je n'ai pas pris la peine d'organiser à New York un foyer pour nous deux mais j'ai fait de mon mieux pour adapter la place disponible dans le duplex à ma vie nouvelle d'épouse. Je ne crois pas que notre séjour en Californie sera très long mais je pense que si je me montre aujourd'hui agréable à mon père, il sera mieux disposé plus tard quand je commencerai à le presser de nous rappeler à New York. Me débattre dans ces manœuvres diplomatiques indispensables est éreintant et ennuyeux mais rien, pas même la paranoïa de mon père, ne pourra me décourager lorsque je serai la femme de Scott et qu'il n'y aura plus l'océan Atlantique entre nous.

— Comment vont les enfants? demande-t-il.

— Très bien.

Avec des enfants pubères à la maison, j'ai jugé que ce serait une erreur de le recevoir chez moi avant que nous soyons mariés et Scott a décidé de passer les derniers jours de sa vie de célibataire au Carlyle. Je lui ai bien proposé mon appartement personnel mais il a préféré disposer du service de l'hôtel.

— Et ton père?

— Oh, il va bien. Chéri, j'ai hâte de te montrer les changements que j'ai pu faire dans l'appartement — la décoration de notre future chambre est entièrement nouvelle et le cabinet de toilette a été transformé pour toi en fumoir. J'ai ses doigts dans les miens et j'ai peine à croire qu'il est là, tout près de moi. Chaque détail de sa main, chaque mouvement de ses doigts me paraissent d'une importante infinie.

— Ce doit être merveilleux, me dit-il en souriant. Il me tarde de voir tout ça!

Un vertige de soulagement me saisit encore mais je ne comprends pas pourquoi.

— Tu es si détendu, si calme, dis-je. Je m'attendais à te trouver presque aussi nerveux que moi.

— Pourquoi donc? L'Europe est maintenant derrière moi, nous sommes presque mariés déjà et je suis à New York! S'il y a jamais eu une occasion d'être détendu, c'est bien celle-là!

— Bien sûr! Que je suis bête... Mais vois-tu, ces derniers mois ont été terribles... Les décorateurs déchaînés dans l'appartement, Donald Shine déchaîné dans Wall Street...

— Pauvre Donald! dit Scott avec gentillesse. La Côte Est a donc fini par lui apprendre que le *chutzpah* [1] n'est pas invincible — c'est dur à avaler pour lui! Il a dû se montrer trop audacieux après avoir obtenu l'appui de Jake pour le rachat du Trust.

Je crois d'abord avoir mal entendu : « Excuse-moi — voudrais-tu me répéter ta dernière phrase? »

Il la répète. Mon cœur cogne dans ma poitrine.

— Mais, Scott, Jake n'appuyait pas Shine.

— Mais si voyons! Il fallait que Shine obtienne tous les renseignements sur le Trust et Jake était la source rêvée. Jake connaissait tous les membres du conseil du trust et il a dû en trouver au moins un qui s'est laissé acheter. Maintenant que Jake est mort, je ne crois pas que nous saurons jamais qui c'était. N'importe, il faut bien qu'Harry Morton s'offre une chasse aux sorcières et une campagne d'épuration. Je vais demander à ton père ce que cela donne mais, à mon avis, c'est du temps perdu... Mais que se passe-t-il? Pourquoi me regardes-tu comme ça? Qu'est-ce qu'il y a de cassé?

— A peu près tout, dis-je d'une voix blanche. Jake était bien l'indicateur mais pour notre camp. C'est pour cela que nous avons

---

1. Terme yiddish équivalent de : culot, effronterie, etc.

remporté la victoire. Il nous a prévenus dès le mois de septembre que Shine allait s'attaquer au Trust.

Le silence se fait, troublé seulement par le ronronnement discret de la Cadillac. Nous quittons l'aéroport et prenons la direction de l'autoroute. Les vitres fumées dénaturent le gris du ciel.

— Personne ne te l'avait-dit? fais-je. Personne?

— Non. — Il hésite un instant à peine. Puis il reprend : « Mais cela n'a rien d'extraordinaire. Je me trouvais coupé de tout à Londres et il y a des choses dont il vaut mieux ne pas discuter par téléphone. Tout de même, j'hésite à croire... Chérie, es-tu sûre de ce que tu dis? Voyons, Jake était pour Shine un allié naturel. Et il détestait ton père depuis des années. »

— Mais à la fin, quand il a senti sa mort prochaine, rien de tout cela ne comptait plus.

— Mais même dans ce cas... Es-tu sûre — tout à fait certaine...?

— Scott, tu es resté éloigné si longtemps que tu ne peux pas imaginer les sentiments que les financiers si conservateurs de Wall Strett éprouvaient à l'égard d'un jeune spéculateur comme Shine, cet intrus dans la communauté financière! Jake a été fidèle à son personnage. Comme toute la vieille garde, il regardait Shine avec prévention, colère et une totale révulsion.

— Mais si Jake n'a pas renseigné Shine, qui s'en est chargé alors?

Je hoche la tête et secoue les épaules : « Je n'en sais rien. Je crois que personne ne le sait. N'est-ce pas pour cela qu'Harry pratique cette autopsie au Van Zale Manhattan Trust? »

— Dieu sait ce qu'Harry a en tête. Je n'y comprends rien et je n'arrive pas à croire cette histoire au sujet de Jake. Qui te l'a dit?

— Harry lui-même.

— Avait-il parlé directement à Jake?

— Non.

— Eh bien, voilà! Tout cela n'est qu'une rumeur idiote — tu n'imagines pas quelles rumeurs peuvent se répandre après une alerte pareille. Je me demande où Harry l'a ramassée. Je ne le croyais pas si crédule.

— Harry le tient de mon père.

— *De ton père?*

— Jake a parlé à mon père avant de mourir.

— Mais ce n'est pas possible! Ils ne s'étaient pas dit un mot depuis plus de dix ans!

— J'étais là lorsque mon père l'a appelé. Jake m'avait demandé de persuader mon père de lui téléphoner. Tout cela est vrai, Scott. Ce n'est pas une rumeur. C'est un fait!

Il me fixe un instant. Il ne dit rien. Puis il tourne la tête et regarde par la glace les vilains faubourgs de Long Island que nous traversons.

— Oui, j'étais bien dans la pièce, dis-je, mais je n'ai pas pu entendre un mot de Jake et mon père n'a rien laissé deviner. Il paraissait bouleversé après mais j'ai cru que c'était à cause de la maladie de Jake. Je n'ai pas songé une minute, à ce moment-là, qu'ils pouvaient parler de... Oh, qu'importe de quoi ils parlaient, cela n'a plus d'importance maintenant, je m'en moque. Le Trust est sauvé, Shine s'est retiré, et c'est tout. Oh Scott, je t'en prie! Oublions tout ça! Ne pourrait-on pas parler d'autre chose?

— Certainement. — Il est immobile et continue de regarder par la portière. Son visage est sans expression : « Oui, excuse-moi, dit-il enfin... parle-moi un peu des enfants. Quelle est l'impression de Paul après son premier semestre à Choate? »

Je me mets à parler de Paul. Je me demande si je dois lui parler de la décision qu'a prise Eric de renoncer à la banque, mais j'ai tellement horreur d'évoquer un sujet qui touche le Numéro un, Willow Street, que je n'en dis rien. Je parle donc de mes projets pour notre Noël en famille et pendant que je bavarde j'aperçois les tours pointues de Manhattan qui montent dans le ciel gris au-dessus du ruban de ciment gris de l'auto-route.

En arrivant dans sa suite au Carlyle, je n'ai qu'un désir : me mettre au lit et laisser le monde de l'autre côté de la porte verrouillée, mais Scott dit : « Si tu commandais à boire pendant que je prends une douche? » et il me laisse seule dans le salon.

Je commande six bouteilles de Coca-Cola, un seau de glace et un Martini double. Cela fait, je me rassois et je fixe la porte de la chambre. Le temps passe. Près de moi le téléphone tinte faiblement et je sais que Scott a décroché l'appareil de sa chambre.

Je me dis qu'il ne faut pas écouter, que je n'écouterai pas mais je ne peux pas résister. Une seconde plus tard, ma joue brûlante collée contre le panneau de la porte, j'entends Scott dire d'un ton bref : « Est-il là, s'il vous plaît? Okay, voulez-vous lui dire de rappeler Scott Sullivan à l'hôtel Carlyle? Merci. » Il repose l'appareil et au moment où il ouvre la porte je suis déjà près de la fenêtre.

Il s'est changé, non pas pour des vêtements de repos mais pour un autre complet, avec une chemise fraîche et une cravate et je suis sur le point de lui demander pourquoi il se croit obligé à tant de cérémonies lorsque le valet arrive avec nos verres.

Le téléphone sonne au moment où Scott cherche l'argent du pourboire.

— Veux-tu que je réponde? lui dis-je, mais il a déjà la main sur l'appareil.

— Allô? dit-il, mais il est visible que ce n'est pas l'appel qu'il attendait. Je le vois se détendre et soudain se crisper de nouveau puis il me tourne le dos comme pour m'exclure de la scène.

— Certes, répond-il. J'arrive immédiatement. Pas de problème. Comment allez-vous, Cornelius?

Mais il n'y a plus personne à l'appareil. Il le regarde un instant avant de se tourner vers moi en haussant les épaules : « C'était ton père, dit-il. Une nouvelle crise. Il veut me voir tout de suite. »

— Oh, mais... — J'ai le souffle coupé. C'est tellement étrange. Il me semble que mes poumons ont perdu leur rythme. Je me demande si je n'aurais pas sur le tard hérité de l'asthme paternel.

— Oui, c'est vrai, il est impossible, s'empresse d'expliquer Scott, mais que faire avec un despote sinon le ménager? Je me garde bien de discuter avec ton père quand il décide de jouer les dictateurs! Écoute, chérie, je n'ai aucune idée du temps qu'il va me retenir, pourquoi ne rentres-tu pas chez toi et je t'y rejoindrai dès que possible?

— Okay. — Je respire de nouveau mais péniblement. Je me laisse aller lentement sur le bord du divan. — Vas-y. Je vais finir mon Martini.

— Bien sûr. — Il se penche pour m'embrasser, ses lèvres effleurent mon front et il s'en va aussitôt.

Je bois mon verre mais cela ne desserre pas l'étau que j'ai dans la poitrine. Je viens de réaliser que je n'ai jamais éprouvé une telle frayeur de ma vie quand le téléphone sonne.

Je suis tellement terrifiée qu'il me faut plusieurs secondes pour oser décrocher.

— Allô? dis-je dans un souffle.

Une voix d'homme dit prudemment : « Vicky? »

— Oui.

— Allô, hello, ma belle! — je pensais bien c'était vous! C'est Donald Shine.

## 2

— Dites, Scott est là? demande-t-il. Je viens d'appeler mon bureau : on m'a dit qu'il m'avait téléphoné et je me suis aperçu que je n'étais qu'à deux blocs du Carlyle, alors j'ai décidé de passer par ici. Je suis en bas à la réception. Je peux monter?

Pendant les quelques secondes où il a parlé, je revis toute une existence d'amour, de haine, de fureur et de souffrance, mais quand je lui réponds ma voix est sans expression.

— Bien sûr, dis-je. Pourquoi pas? — Et coupant la conversation je vais l'attendre à la porte.

Il est très élégant dans un complet vert foncé bien coupé avec une chemise rayée vert olive et une cravate assortie. Ses cheveux, toujours luisants, bouffants et comme fraîchement lavés, sont plus longs et lui tombent artistiquement sur les oreilles. Malgré ses déboires récents, ses yeux marron n'ont rien perdu de leur éclat et dès qu'il entre je constate que son comportement est toujours aussi optimiste.

— Hello, dit-il en passant le seuil avec l'assurance de quelqu'un qui aurait acheté tout l'hôtel il y a quelques instants. Où est Scott?

— Il n'est pas là. Mais je voulais vous parler.

— Tiens donc? dit-il en se tournant brusquement pour me faire face.

Ma poitrine ne me fait plus souffrir. Maintenant que je connais la vérité, je ne suis plus paralysée par la crainte d'apprendre des faits insupportables. Soudain, il m'est facile d'être calme, aussi facile que de lui dire de mon ton le plus poli : « Voulez-vous vous asseoir, je vous prie, Monsieur Shine. »

— Eh là, une minute! Si vous avez l'intention de râler à propos du Trust, je préfère rester debout! Écoutez, en ce qui me concerne le Trust est mort et enterré et même s'il ne l'était pas ce n'est pas avec vous que j'en discuterais après le coup que vous m'avez fait!

— Le coup que *je* vous ai fait? Qu'est-ce que vous racontez?

— Allons, c'était bien vous, pas vrai? Vous avez profité de confidences sur l'oreiller comme disait Doris Day à Rock Hudson avant de perdre sa virginité. Au fait, la perdait-elle? Je crois que je n'ai jamais vu ce film.

— Qu'essayez-vous de me dire...

— Oh, voyons, Vicky! Soyez régulière! Scott vous a fait confiance au lieu de fermer son bec — d'accord? Et vous courez tout droit chez Papa lui apporter la mauvaise nouvelle dès que Scott a tourné le dos! Comment Cornelius Van Zale aurait-il découvert mes plans tellement à l'avance? Bon Dieu, ça m'étonne que Scott aille encore avec vous mais il doit se dire que vous êtes son filet protecteur — il peut tomber du haut de son fil de fer, du moment qu'il se marie avec vous il finira quand même un jour président de la Van Zale quand le vieux aura cassé sa pipe!

— Mais...

— Et Bon Dieu pourquoi ne vous épouserait-il pas? Vous êtes si jolie que même *moi* je ne peux pas rester fâché avec vous! Scott est un sacré veinard de fils de garce et vous pouvez le lui répéter! — Il sourit sans rancune et va à la porte. — Bon, si vous voulez bien m'excuser...

— Ce n'est pas moi qui ai prévenu mon père, c'est Jake Reischman.

Il se retourne et je remarque qu'il y a des éclairs verts dans ses yeux sombres et que leur pupille semble s'agrandir à mesure que l'expression optimiste disparaît de son visage. «Vous blaguez, hein?»

— Non. Il m'a dit que les anciens amis comptaient davantage pour lui que les relations d'affaires récentes.

Long silence.

— Merde alors, dit enfin Donald Shine. Eh ben, *merde!* — Il ouvre la porte mais, pris par le désir d'exprimer sa fureur, il la referme et se tourne pour me regarder. — Si cette histoire est vraie, lance-t-il d'un ton féroce, votre amoureux est dans un drôle de pétrin. Car Jake savait tout. Il savait que Scott m'avait conseillé au mois de mai de m'attaquer au Trust et il savait que Scott m'avait livré tous les renseignements nécessaires. Je n'avais caché aucun détail de l'affaire à Jake.

— Merci. Je suis sûre que c'est exactement ce que Scott cherchait à savoir quand il vous a appelé. Au revoir, Monsieur Shine.

— Et vous pouvez dire à votre père...

— La porte est juste derrière vous. Sortez, je vous prie.

— Allez au diable! — allez tous aux cinq cents diables, tas de salauds de snobs! hurle Donald Shine en disparaissant de mon existence et, lorsqu'il claque la porte, je me retrouve enfin seule avec les horribles décombres qu'il laisse derrière lui.

# 3

Sans bien voir, je descends, j'appelle un taxi et je demande au chauffeur de me conduire à Willow et Wall. Mon calme a disparu, la peur m'étreint de nouveau jusqu'aux limites de la panique. Je ne pense à rien qu'à retrouver Scott le plus tôt possible.

— Oui, M'dame, dit le nouveau gardien de planton à la porte de la banque. Qu'y a-t-il pour votre service?

— Je voudrais voir M. Sullivan, l'un des associés — un grand monsieur brun d'une quarantaine d'années —, il a dû arriver il y a une demi-heure.

— Oh, il est reparti, M'dame. Il n'est pas resté longtemps.

— Reparti? Vous dites qu'il est reparti? Vous êtes sûr? Bien, alors je vais aller voir mon père — M. Van Zale.

— M. Van Zale est parti aussi, M'dame. Il est parti en voiture peu après M. Sullivan.

— Je vois. Excusez-moi, mais il faut que je m'assoie. Je ne me sens pas très bien. Avez-vous une chaise?

Il me fait aussitôt entrer dans le hall où je m'effondre dans un fauteuil devant les piliers qui encadrent la vaste salle mais, avant que j'aie le temps de lutter contre la nausée, l'un des associés quitte son bureau et se précipite vers moi.

— Vicky! Vous vous sentez mal?

— Peter... Oui, je me sens très mal. Y a-t-il du cognac quelque part? Dans le bureau de mon père peut-être... Je sais qu'il est déjà parti mais je pourrais peut-être me reposer un instant dans son bureau...

— Mais oui. Je vais vous y emmener moi-même. Voulez-vous que j'appelle un médecin?

Je finis par réussir à lui dire que ce n'est pas nécessaire.

Nous traversons le hall et je garde les yeux baissés pour n'avoir pas à saluer les autres associés en passant devant eux. Le bureau de mon père se trouve au fond. Dès que j'y suis, je me débarrasse de mon chevalier servant, je bois le cognac qu'il m'a servi et je m'affaisse dans le fauteuil de mon père. Il y a plusieurs téléphones sur son bureau. J'essaie d'abord l'appareil noir et après un moment j'obtiens une ligne extérieure.

La réceptionniste du Carlyle me dit que Scott n'est pas encore rentré. Je rappelle cinq minutes plus tard mais la suite ne répond toujours pas. Alors, j'appelle l'appartement de mon père.

Il vient tout juste d'arriver dans le hall.

— Vicky? dit-il lorsque le maître d'hôtel lui passe l'appareil.

— Oui. — Je ne peux pas dire un mot de plus.

— Où es-tu?

— A Willow et Wall.

— As-tu parlé à Scott?

— Non, mais j'ai parlé à Donald Shine.

Mon père dit aussitôt : « Je viens tout de suite. Reste où tu es, je t'en prie. Je ferai aussi vite que possible. »

— Papa...

— Qu'as-tu appris exactement?

— Tout. Tout, mon Dieu!

— Alors, tu dois comprendre que je n'avais pas d'autre choix que de ...

— Non... non, tu ne l'as pas chassé... je t'en prie, je t'en supplie, dis-moi que tu ne...

— La décision n'est pas venue de moi seulement, Vicky. Je n'avais pas le pouvoir de le congédier avant l'année prochaine mais, évidemment, lorsque les associés ont appris sa conduite, quand ils ont su qu'il n'avait pas seulement mis en péril le Trust mais le groupe entier de Willow et Wall...

— Papa, il ne faut pas faire.ça. Il ne faut pas. Il faut le reprendre. Tout cela est un épouvantable malentendu — il n'aurait jamais rien arrangé avec Shine s'il n'avait pas eu l'impression que tu voulais l'évincer complètement de la banque!

— Voyons, calme-toi, Vicky! Ne t'affole pas! La situation n'est pas aussi catastrophique que tu le crois. Naturellement, Scott a compris que je n'avais d'autre alternative que de le chasser de la banque — il est venu me voir prêt au pire, il y était même résigné. Il n'y a pas eu de grande scène mélodramatique. Au contraire! Nous avons eu une discussion posée et raisonnable et je lui ai proposé de faire tout mon possible pour qu'on lui offre ailleurs une situation d'associé équivalente. Je lui ai expliqué clairement aussi que, bien qu'il me soit impossible de le conserver comme associé, je tenais absolument pour toi à ce que nous restions en termes amicaux. Les choses s'arrangeront, Vicky. C'est une catastrophe, je ne le nie pas, mais nous nous en remettrons tous. Tu m'entends? Tu m'écoutes? Nous nous en remettrons, Vicky. Tout va s'...

Je raccroche et j'appelle le Carlyle mais personne ne décroche dans la suite de Scott. Je sais qu'il faut que j'y coure sans perdre une minute mais lorsque je me lève, des taches noires dansent devant mes yeux et je suis obligée de me rasseoir. Je me verse un peu de cognac et comme je reste là, assommée, dans le fauteuil de mon père, une pensée se détache du tourbillon d'impressions qui me tourmentent et tournent, tournent dans ma tête : je ne crois pas mon père, je ne crois pas un mot de ce qu'il dit.

Je fixe le dessus de son bureau. Il me semble que je cherche quelque chose mais je suis incapable de dire quoi. Il y a des lettres sous un presse-papiers de verre, une photographie d'Alicia, une autre de moi, un sous-main de cuir, deux dossiers peu épais et, chose inattendue : un grand coffret à cigarettes en argent. Mon père n'offre jamais de cigarettes aux gens qu'il reçoit et même il ne les encourage pas à fumer en sa présence.

Je soulève le couvercle.

— Mon Dieu! dis-je, et, dans le coffret à cigarettes, le minuscule magnétophone se met automatiquement à tourner au son de ma voix.

C'est le dernier joujou de mon père.

Je le manie maladroitement un instant mais finalement la bobine est remontée et j'ai compris le fonctionnement de l'appareil. J'appuie sur le bouton. La machine se met en marche.

Pendant deux minutes j'entends la voix de mon père qui parle avec Harry Norton. La conversation est à peine terminée qu'une voix de femme annonce par le téléphone intérieur : « Monsieur Sullivan demande à vous voir, Monsieur Van Zale. »

— Faites-le entrer.

Nouveau silence. La porte s'ouvre. La voix de Scott lance aimablement : « Cornelius! C'est un plaisir de vous revoir! »

J'attends, retenant mon souffle, mais il y a un silence rompu brusquement par Scott qui dit d'une voix sèche : « Eh bien, si vous ne voulez ni me parler ni me serrer la main, vous pouvez au moins vous expliquer. »

Mon père parle enfin. Il dit d'une voix aussi neutre que celle d'un joueur d'échecs préparant un coup avec une habileté consommée : « Je vais d'abord vous offrir un verre. »

## 4

J'écoute, témoin muet du massacre — les petites bobines tournent dans la boîte d'argent. Le monde s'est réduit à un sous-main, à cette petite boîte et aux voix que j'entends mais que bientôt je ne reconnais plus parce qu'il semble qu'elles n'aient aucun rapport avec les deux êtres que j'aime. Je me persuade que j'écoute une conversation entre deux étrangers, que c'est une hallucination, que je mets en scène des cauchemars qui errent dans mon subconscient; je me dis que je suis une autre, ailleurs, et que je finirai par sortir de ce monde illusoire pour reprendre pied dans le monde réel.

Mais bien que je me répète ces mensonges désespérés, je sais que ces bobines qui tournent *sont* la réalité et que c'est bien moi qui les entends jeter tous mes rêves au plus profond du néant.

— Vous avez tout simplement gâché votre vie, Scott. Votre faillite est aujourd'hui aussi totale que celle de votre père. Et l'ironie de tout cela, c'est que depuis des années et des années j'ai toujours désiré que finalement la banque vous revienne. En vérité, bien que vous l'ignoriez, vous avez consacré votre vie à m'offrir ce que je voulais par-dessus tout.

Je ne peux me retenir de crier vainement : « Non! Ne lui dis pas ça! Ne le lui dis jamais, jamais! »

Mais les bobines continuent de tourner et la voix de mon père poursuit :

— Mais il ne vous suffisait pas de prendre la banque, n'est-ce pas? Vous avez le cerveau tellement dérangé que vous ne pourriez être satisfait qu'après avoir détruit tout ce que j'aime, alors vous vous êtes attaqué à ma fille et à me séparer de ceux que j'aime.

— Non! dis-je en sanglotant. Non, non, non!

— Non! hurle Scott. Tout cela est faux! C'est vous qui avez l'esprit dérangé, qui déformez les choses et qui inventez que je n'aime pas Vicky!

— Eh bien, vous pouvez maintenant oublier Vicky! Elle ne veut plus vous voir. Elle me l'a dit. Dès que Jake lui a appris la vérité, en septembre, elle a vu que vous vous serviez d'elle pour assurer votre avenir!

— C'est un mensonge!

— Vraiment? Je vous le répète, elle voulait rompre dès ce moment-là mais je l'ai persuadée de tenir jusqu'à ce que j'aie réglé le compte de Shine. Elle ne voulait pas — elle a peur de vous. Il y a pas mal de temps qu'elle a peur de vous — n'avez-vous pas remarqué combien elle était tendue et nerveuse? Elle ne voulait même pas vous revoir aujourd'hui mais je lui avais donné ma parole de vous convoquer dès votre arrivée à l'hôtel. Je ne voulais pas courir le risque que vous lui fassiez du mal.

— Mais je ne ferai jamais de mal à Vicky, jamais!

— Seigneur, vous avez une certaine audace de me dire une chose pareille — et c'est moi que vous accusez de mensonges! Vous êtes encore plus fou que je ne le pensais!

— Je vous jure que je ne ferais de mal à Vicky pour rien au monde!

— Ne me racontez pas d'histoires! Vous avez failli la tuer au mois d'août.

Je songe vaguement : Kevin m'a trahie. Finalement, il a trouvé comme Jake qu'il devait d'abord fidélité à leur alliance, une alliance formée des années avant ma naissance.

— Elle m'a tout dit. Vous l'avez rudoyée, frappée. Vous l'avez menacée de la tuer. Elle ne l'a jamais oublié, jamais, et elle ne l'oubliera jamais mais elle avait trop peur de vous pour rompre sur-le-champ vos fiançailles. Ce n'est qu'en revenant à New York, lorsqu'elle a appris la vérité sur vos manigances avec Shine, qu'elle a compris à quel point vous aviez usé et abusé d'elle!

— Vous mentez, vous me mentez comme vous m'avez menti jadis au sujet de mon père!

— Vous savez bien que je ne mens pas. Vous savez que je dis vrai. Vous ne pouvez pas l'admettre, c'est tout. Vous êtes trop malade. On devrait vous enfermer. Le moins que je puisse faire, c'est de veiller à ce que vous ne retrouviez jamais une situation dans la banque et le moins que je puisse faire aussi, c'est de vous empêcher de continuer de terroriser ma fille. Et je veillerai aussi à ce que tout Wall Street sache comment vous m'avez trahi avec Donald Shine. J'ai déjà engagé des gardes du corps pour protéger ma famille nuit et jour. Faites une tentative — une seule — pour revoir Vicky et je vous fais arrêter par voies de fait et ne me dites pas que je ne le pourrais pas parce que vous êtes bien persuadé du contraire. Vous êtes fini. Compris? Je ne veux plus entendre parler de vous, Vicky ne veut plus entendre parler de vous, personne ne veut plus entendre parler de vous. Vous avez fait faillite. Vous êtes fini. Et maintenant sortez et partez quelque part, très loin, pour vivre avec ces vérités — si vous le pouvez. Dès cet instant, je me moque de ce que vous deviendrez car je ne veux plus vous revoir. C'est terminé. C'est la fin. C'est tout ce que j'ai à vous dire.

J'interromps le magnétophone. Et je dis à haute voix : « Je ne peux pas entendre tant de méchancetés » mais je n'ai pas fini de parler que je déclenche de nouveau l'enregistreur. « Je ne peux pas écouter, dis-je. C'est impossible. » Mais j'entends mon père parler avec une habileté empoisonnée et détruire une vie qui m'est tellement chère... et j'entends Scott hurler des injures qui se répercutent contre les murs du bureau... et puis les gardes du corps de mon père arrivent et il y a des bruits de mêlée... et quelqu'un, il est impossible que ce soit Scott, quelqu'un d'absolument fou qui lance des menaces et mon père dit : « Encore une menace comme celle-là devant témoins et vous vous retrouvez dans une cellule capitonnée de la prison la plus proche avant le coucher du soleil! » et au moment où

Scott lance de nouvelles insultes, je coupe l'enregistrement. Mais cette fois je ne l'enclenche plus de nouveau. Ahurie, je fixe longtemps les petites bobines. Puis je remonte la bande, je prends l'enregistrement et je le glisse dans mon sac. J'ai les yeux secs maintenant et mes mains ne tremblent plus.

Je sors. Je marche tout le long du hall sans regarder d'un côté ni de l'autre et quand le portier me propose d'appeler un taxi, je lui dis : « Oui. Merci, vous êtes très aimable », aussi calmement que si j'allais prendre le thé chez une amie.

A mi-chemin, je suis sur le point de demander au chauffeur de m'arrêter à une cabine téléphonique publique mais je sais qu'il est inutile de rappeler le Carlyle. Scott ne répondra certainement pas.

Arrivée à l'hôtel, je paie le chauffeur et je traverse le hall pour aller prendre l'ascenseur. Il me semble que je vis un rêve; le monde semble vivant mais lointain, comme vu par le petit bout d'une lorgnette, et je n'entends plus les voix des gens.

D'une main toujours ferme, je prends ma clef pour ouvrir la porte de la suite et j'entre. Il y a une lettre, évidemment.

« Vicky chérie, ne crois rien de ce que te dira ton père. Je ne me serais jamais acoquiné avec un Donald Shine mais je savais que ton père était résolu à me frustrer de ce qui me revenait fort justement et Shine représentait ma dernière chance d'atteindre à la paix de l'esprit que je désire depuis si longtemps.

« Mais je sais maintenant que je n'obtiendrai jamais la justice ni la paix. Je ne pourrai jamais réparer le tort fait à mon père comme je ne pourrai jamais réparer le tort que je t'ai fait en t'amenant à croire que je pouvais te donner le bonheur que tu mérites. Je vois aujourd'hui que nous nous trompions quand nous pensions avoir un mariage heureux. Je suis indigne de toi, je n'ai pas le droit de vivre. La violence est en moi.

« J'ai pu tenir toutes ces années parce que je dirigeais cette violence vers l'extérieur. En la canalisant dans mon ambition, j'ai pu vivre avec moi-même mais comme mon ambition est maintenant anéantie, ma violence n'a plus d'issue, elle ne peut donc plus que se retourner contre moi. Mais après tout, peut-être l'ai-je toujours souhaité. Mourir n'est pas toujours ce qui peut être pire pour un homme. Le pire pour lui, c'est de vivre avec les conséquences de ce qu'il a fait — ou de ce qu'il n'a pas été capable de faire.

« Je t'aime tant que je ne peux pas imaginer que tu as cessé de m'aimer mais si tu ne m'aimes plus, je te prie de me pardonner la souffrance et le malheur que je t'ai causés et je te supplie de croire que je m'en irai dans la nuit en pensant à toi et en te remerciant de toutes les heures ensoleillées que nous avons partagées.

« Mon amour pour toujours, Scott. »

Dans la salle de bains, je m'agenouille près de l'eau rouge de sang. Son corps est encore tiède mais il est bien mort. J'appuie longtemps ma joue contre la sienne et en caressant ses cheveux, je songe à Kennedy mourant à Dallas et au tailleur de Jackie couvert de sang, à la boue sanglante du Vietnam et aux villes d'Amérique dévorées par les flammes

— toutes ces images de violence se mêlent pour former la toile de fond de notre aventure et il me semble alors que Scott et moi ne sommes plus au centre de la scène mais que nous disparaissons dans le sang qui coule de ce décor et nous engloutit, on dirait que la violence s'est emparée du centre de la scène pour dominer et détruire notre existence.

Je dis à voix haute : « Il faut l'emmener dans un endroit tranquille. » Et j'ai soudain soif de paix et de voir la fin des intolérables souffrances causées par la violence. J'ai envie de partir, loin, très loin, j'ai envie d'un nouveau commencement mais ce désir paraît si inaccessible, il évoque un autre monde vu par le petit bout de la lorgnette et je ne vois pas comment je l'atteindrai jamais. Je reste longtemps agenouillée près de l'eau ensanglantée, à lui caresser les cheveux, jusqu'au moment où je dis : « Il y a certainement quelque chose à faire tout de suite. » Et je retourne dans le living-room. Je pense alors que je ne veux pas qu'on nous interrompe et je vais suspendre à la porte la pancarte « Ne pas déranger ». Après cela, il semble qu'il n'y ait plus rien d'autre à faire et je m'assieds sur le divan.

Je reste ainsi longtemps. La nuit tombe peu à peu. Je me demande si je dois appeler la police mais je suis incapable de parler à qui que ce soit. En temps normal, j'aurais fait appel à mon père mais je ne le peux certes plus désormais.

Lorqu'il fait nuit, j'allume et je vais à la salle de bains pour être de nouveau près de lui mais quand j'arrive à la porte je suis incapable de l'ouvrir. J'entends ma voix dire : « Scott est mort » et je me vois soudain dans le haut miroir, une femme en manteau bleu, une femme qui est loin, très loin, dans une sorte d'enfer personnel où personne ne peut aller à son secours, une femme suspendue dans le temps, empalée sur le passé, paralysée par le présent et incapable d'envisager l'avenir.

— Scott est mort, dis-je, mort.

Il me vient alors à l'esprit que les morts doivent êtres enterrés et je suis heureuse de me rappeler cela car je sais aussitôt où je dois l'emmener. Je me demande comment je pourrai faire transporter le corps en Angleterre. Ce sera probablement très compliqué. Je comprends aussi qu'il me faut tout de suite l'aide de quelqu'un. Je me sens beaucoup mieux après avoir pris cette décision car je vois à quel point je suis restée raisonnable. Je vais au téléphone, je demande le réseau international et j'appelle la petite maison de Sebastian à Cambridge.

## 5

Sebastian décroche à la deuxième sonnerie.

— Oh, allô, dis-je. C'est moi. Écoute, je suis navrée de venir t'ennuyer mais Scott est mort — il s'est suicidé — et je me demande ce que je dois faire : je suis auprès de lui pour le moment et je ne vois pas très bien comment je vais me débrouiller avec les formalités pour l'emmener à Mallingham. Que dois-je faire maintenant à ton avis ? Je ne peux pas le demander à mon père. Tu le comprends bien, n'est-ce pas, Sebastian ? Je ne veux rien demander à mon père.

— Attends un instant!

J'attends sagement.

— Okay, allons-y pas à pas. Est-tu sûre qu'il soit mort?

— Oui, très sûre

— As-tu appelé la police?

— Non, pas encore.

— Où es-tu?

— Dans sa suite, au Carlyle.

— Bon. Voilà donc ce que tu vas faire. Prends ton sac et tout ce qui t'appartient mais laisse ta clef de la suite sur la coiffeuse de la chambre. Compris? Okay, fais-cela et reviens me parler.

Je fais ce qu'il a dit.

— Parfait, poursuit Sebastian quand je reprends l'appareil. Maintenant, quitte l'hôtel de ton air le plus naturel et rentre chez toi. Ne prends pas de taxi. Comme tu dois le comprendre l'objet de ces précautions est de t'éviter de laisser des traces de ton passage au Carlyle. Si tu fais cela, il est probable que la police commencera son enquête par Willow et Wall et là ton père pourra les neutraliser avant qu'ils viennent t'ennuyer.

— Je vois. Oui.

— Maintenant, quand tu seras chez toi, regarde dans les pages jaunes de l'annuaire, à la rubrique « Services de Sécurité » et engage deux gardes pour interdire ta porte pendant les trente-six heures prochaines. Dis-leur bien que personne n'a le droit de franchir le seuil excepté tes enfants et ton personnel. Je t'appellerai dès mon arrivée. Si je peux attraper l'avion du matin pour New York je serai chez toi vers quatre heures demain après-midi. Tu as bien compris? Veux-tu que je te répète un point quelconque?

— Non, c'est inutile.

— Autre chose : y a-t-il des traces de sang?

— Oh oui, dis-je surprise. Il s'est ouvert les veines. L'eau de la baignoire est toute rouge.

Un silence avant que Sebastian ne reprenne : « Bien, je comprends. Oui. Okay. Avant de quitter la suite vérifie qu'il n'y a pas de traces de sang sur tes vêtements. Il ne faut pas que les gens puissent le remarquer quand tu t'en iras. »

— Non. Tout le sang est dans la baignoire.

— Oui... J'imagine qu'il doit y être. Vicky, quand tu seras rentrée chez toi, veux-tu appeler un médecin et lui dire de te soigner pour traumatisme nerveux?

— Ce n'est pas la peine, Sebastian. Je me sens bien mieux depuis que je sais ce que j'ai à faire. J'avais simplement besoin de quelques conseils.

— Oui, oui. Appelle tout de même un médecin, veux-tu? Simplement pour me faire plaisir?

— Bon, comme tu voudras.

— Merci. N'oublie pas : je serai avec toi dès que possible. Tâche simplement de tenir le coup jusqu'à mon arrivée.

— Bien sûr. Ne t'inquiète pas pour moi, dis-je, et je viens de raccrocher l'appareil lorsque je sombre dans le noir comme une pierre.

604

# 6

Je reste inconsciente très peu de temps mais lorsque je reviens à moi je me sens si malade que je crois d'abord que je serai incapable de partir de l'hôtel. J'y parviens tout de même. Obéissant aux conseils de Sebastian, je rentre à la maison, j'appelle un médecin, j'engage deux gardes du corps et je me mets au lit. J'explique aux enfants que je crains d'avoir la grippe et je leur explique ensuite la présence des deux gardes en disant que j'ai été avertie qu'on avait l'intention de me voler mes bijoux. Le téléphone sonne plusieurs fois mais je répète que je suis trop malade pour répondre.

Le médecin arrive, me prescrit un calmant mais je dors très peu. Au milieu de la nuit, je suis prise de vomissements, cela ne m'inquiète pas car je me sens mieux ensuite. Je bois un peu d'eau mais je suis incapable de manger.

Le lendemain matin, le téléphone continue de sonner à intervalles réguliers et à un certain moment j'entends un bruit de voix dans le hall comme si quelqu'un cherchait à entrer mais les deux gardes font leur métier et personne ne franchit ma porte.

La police ne se présente pas mais des lettres arrivent l'une après l'autre, glissées sous la porte d'entrée. Mon père dicte toujours ses lettres mais il a écrit celles-là à la main. Il a une petite écriture précise, les lignes sont droites, largement espacées et sans une rature. Il a sans doute passé la nuit à écrire et récrire ce qu'il veut dire.

« Vicky, ma chérie, ne t'ayant pas trouvée à la banque après notre conversation téléphonique, je suis allé au Carlyle en pensant que tu y étais peut-être avec Scott mais la suite ne répondait pas. Je suis rentré chez moi mais je me suis tellement inquiété de ne pas parvenir à vous contacter l'un ou l'autre que je suis retourné au Carlyle et j'ai insisté pour que le directeur m'ouvre la porte de la suite. Ce que j'ai alors découvert a été pour moi un choc épouvantable. Comme tu refuses de me voir, je pense, naturellement, que non seulement tu sais ce qui est arrivé mais que tu m'en tiens en partie pour responsable. Ma chère petite fille, c'est une affreuse tragédie et à laquelle j'étais à cent lieues de m'attendre — je te supplie de ne m'en tenir responsable d'aucune manière. Je te jure que je peux tout t'expliquer si tu consens à m'en donner l'occasion. En attendant, ne t'inquiète ni de la police, ni de l'enquête. Je me charge de tout mais permets-moi de te voir, je t'en supplie. Avec toute mon affection, Papa. »

« Ma Vicky chérie, puisque tu continue de refuser de me voir, il serait peut-être bon que je t'expose les faits aussi clairement et froidement que possible, de façon que tu puisses me juger sur ce qui s'est passé réellement et non sur ce que tu imagines qui a pu se passer entre Scott et moi.

« Comme tu le sais, j'aimais beaucoup Scott et j'ai été terriblement traumatisé lorsqu'il m'a fallu, en novembre 1963, admettre une vérité que j'aurais dû comprendre depuis longtemps : mon affection n'était pas payée de retour, Scott était bien décidé à tirer vengeance de la mort de son père. J'ai compris alors qu'il me faudrait me séparer de lui dès que j'en aurais la liberté. Naturellement, Scott le sentait aussi bien que moi et il s'est résolu à déjouer mes plans une fois pour toutes pendant le sursis de quatre ans à Londres qu'il avait obtenu.

« Tu étais impliquée dans son plan car il était bien évident que s'il se servait habilement de toi j'aurais toujours les mains liées lors de son retour à New York. Je sais que c'est l'accident de ta mère qui a été à l'origine de la reprise de votre aventure mais tu peux être sûre que, même sans cela, Scott aurait manigancé votre réconciliation par quelque autre moyen. Je ne prétends pas qu'il n'ait pas été en partie sincère. Tu es charmante, très belle et je suis certain que ta compagnie lui a été agréable mais en acceptant de t'épouser, je crains qu'il n'ait surtout pensé à la réalisation de son ambition, qu'il faut bien appeler une dangereuse obsession.

« Il a évidemment pensé que grâce à toi il ne me forçait pas seulement à lui conserver sa situation mais aussi à lui donner plus tard la direction de la banque. Mais je me suis arrangé pour lui faire savoir — par toi, car je pensais bien que tu le lui répéterais mot pour mot — que j'étais bien décidé à ce que la banque ne lui tombe jamais entre les mains. J'imaginais que, sachant cela, il renoncerait à t'épouser. Mais Scott était déterminé à me priver de ma banque et de toi. C'est à ce moment-là qu'il a décidé d'utiliser Donald Shine pour réaliser son plan. S'il avait réussi, il aurait fini par obtenir à la fois la banque et toi. Il aurait peut-être dû attendre quelque temps mais son avenir de président de la société Van Zale au sein du groupe Shine and General eût été assuré.

« Tu étais avec moi ce soir de septembre, lorsque Jake m'a révélé les plans de Shine et la trahison de Scott. Je crois inutile de te rappeler combien j'étais bouleversé et que j'ai dû rester seul pour me remettre de ce coup terrible.

« J'ai décidé de m'attaquer d'abord à Shine. Si j'avais renvoyé Scott sur-le-champ — comme j'en avais le droit étant donné sa manœuvre — les autres associés m'auraient soutenu sans l'ombre d'une hésitation mais Shine aurait compris que nous connaissions ses plans. J'ai donc laissé Scott dans l'ignorance — et il fallait aussi que tu le sois. J'étais certain que tu n'étais qu'un pion innocent dans le jeu de Scott. Mais il me fallait tout de même envisager la possibilité que tu prennes son parti et que tu me combattes en secret. Une femme amoureuse est capable de tout et son jugement peut la pousser alors à Dieu sait quelle extrémité.

« Débarrassé de Shine, je savais que je devais continuer de laisser Scott dans l'ignorance jusqu'à notre confrontation définitive — il eût été trop dangereux autrement. J'ai donc ordonné à Harry de prétendre qu'une enquête approfondie se déroulait au Trust car personne ne savait qui nous avait trahis au bénéfice de Shine. Je dois t'avouer franchement que j'avais alors peur de Scott. Il a visiblement l'esprit dérangé — j'ai été horrifié lorsque Kevin m'a rapporté la scène qui s'est déroulée à Londres au mois d'août. N'en veux pas à Kevin de m'avoir mis au courant. Il était sincèrement convaincu d'agir dans ton intérêt en m'informant de la situation et sérieusement inquiet à l'idée que tu puisses épouser cet homme. Je savais qu'en chassant Scott je lui enlevais la raison qu'il avait de t'épouser. Tu peux donc m'accuser d'être intervenu une fois encore dans ta vie privée mais tu comprendras que je devais le chasser pour raisons professionnelles et que, finalement, tu seras plus heureuse sans cet homme instable et dangereux qui s'est servi de toi comme il l'a fait.

« Mais je comprends fort bien que tu l'aimes. C'est pourquoi tu dois me croire quand je te dis que je suis désespéré pour toi et que je veux faire l'impossible pour calmer ta douleur. Comprends bien qu'en dépit de tout je suis moi aussi profondément affligé. Il était toujours *mon garçon*, comme je le disais. L'un des aspects les plus douloureux de la vie d'un père c'est qu'il continue d'aimer son enfant quel que soit le mal que celui-ci lui ait fait.

« Je te supplie de me laisser venir te voir pour que nous puissions nous consoler mutuellement. Ton père qui t'aime toujours. C.P.V.Z. »

« Chère Vicky, j'ai finalement compris pourquoi tu ne réponds pas à mes lettres et comme on vient de me confirmer que la dernière bobine a disparu du magnétophone de mon bureau, j'ai décidé non sans regret qu'il me faut enfin parler carrément.

« Tu dois comprendre d'abord que j'ai été profondément blessé de la mauvaise action de Scott, que j'étais au comble de la colère, assez amer et assez fâché pour sortir de mes gonds et dire des choses qui n'auraient jamais dû être dites. Quand quelqu'un te frappe, l'instinct t'ordonne de riposter. Ce n'est sans doute pas une attitude très chrétienne mais j'oserai dire qu'elle est très humaine.

« En vérité, je ne pouvais accepter que Scott m'ait repoussé aussi délibérément — mais je m'y fais mieux maintenant que j'ai compris qu'il n'y pouvait rien. Il a l'esprit dérangé. Son suicide le prouve. Rappelle-toi : *les gens sains d'esprit ne se suicident jamais.* Les autres se tuent parce qu'ils ont perdu l'esprit. Je suis convaincu que Scott était malade depuis longtemps. En tout cas il avait perdu le sens des réalités. Cela, au moins, est indiscutable.

« *Je ne pouvais* pas te laisser épouser un tel homme. Il était nécessaire de te protéger contre lui. J'avais peur qu'après que je l'aurais congédié, il ne te tue dans un accès de violence incontrôlable. C'est pour cette raison que j'ai menti et que j'ai tenu à ce qu'il croie que tu ne voulais plus de lui. Il fallait le chasser non seulement de ma vie mais de la tienne — *il le fallait*, Vicky, ne le comprends-tu pas ? Je l'ai fait pour toi. Je l'ai fait parce que je t'aime. *J'ai fait tout cela pour toi.*

« Il faut que tu acceptes de me voir et que nous parlions. Ne me fuis plus, je t'en prie, et voyons-nous en tête à tête. C.P.V.Z. »

« Vicky, *je t'en supplie*. Il m'est insupportable de rester séparé de toi plus longtemps. Tu es plus pour moi que tout au monde et tu me fais souffrir atrocement. Tu sais que bien que j'aie beaucoup d'amis, il n'y a personne à part toi et Kevin à qui je puisse vraiment parler, or il semble que Kevin se soit installé à Londres pour toujours et je ne le vois presque plus. Certes, j'aime Alicia mais nous n'avons rien en commun et il est difficile de parler. Tu es tout pour moi Vicky, avec mes petits-enfants. Ils sont merveilleux, c'est vrai, mais la jeune génération est bien étrange aujourd'hui, et souvent je ne sais pas quoi leur dire. Il nous faut donc oublier cette tragédie et regarder l'avenir ensemble. Voyons, ne serait-ce que pour les enfants, nous ne pouvons pas demeurer comme deux étrangers! J'attends vraiment avec impatience le moment de prendre Eric à la banque — j'espère tenir jusqu'à ce qu'il ait vingt-cinq ans et qu'il soit capable de se faire une situation. Je suis très fier d'Eric. Il donnera de nouveau un sens à ma vie et me consolera de l'affreuse trahison de Scott. Tout finira par s'arranger, tu verras. Tu en trouveras un autre, tu trouveras l'homme qu'il te faut, cette fois, et un jour, tu connaîtras de nouveau le bonheur, je te le jure. Et maintenant, ma petite fille aimée, écris ou appelle-moi — je resterai à tes côtés, je t'aiderai à traverser ce mauvais passage, je ferai tout, absolument tout, pour arranger les choses. Avec toute ma profonde affection et pour toujours, Papa. »

« Père, Eric ne sera pas banquier. Lorsqu'il entrera au collège, ce sera pour y étudier la protection de l'environnement. Sa décision est définitive et je l'appuie à cent pour cent.

« A mon avis, une rencontre entre nous serait sans intérêt. Tu as tué l'homme que j'aimais. De quoi pourrions-nous parler? Vicky. »


# 7


Sebastian arrive, il annonce simplement : « Je me charge de tout » et il se met au travail. Il parle aux enfants et prend avec la nurse des dispositions pour qu'ils viennent me retrouver en Europe pour que nous passions les fêtes de Noël ensemble après les funérailles. Il pense même à retenir pour ma mère un billet pour une croisière afin qu'elle ne soit pas seule pendant les vacances de Noël. Il reçoit la police, les médecins, les fonctionnaires. Il organise le transport du corps de Scott à Mallingham. Les deux gardes du corps resteront pour éloigner les importuns. Sebastian parle aux assistants de mon père afin de veiller à ce que l'inévitable publicité soit réduite au minimum. Il rencontre mon père mais il refuse de me faire part de ce qu'ils se sont dit. Et, finalement, il m'emmène en Angleterre.

Les Sullivan d'Angleterre nous attendaient à l'aéroport : les demi-frères de Scott, Edred et George, et sa demi-sœur, Elfrida. Je ne les ai pas vus l'été dernier. Scott avait fini par accepter que je n'aille pas à Mallingham et sa famille anglaise, contrariée, a refusé de venir nous voir à Londres. Nous nous sommes donc ignorés, pourtant dès que je les aperçois maintenant je sens que toute animosité a disparu. Mais je dois faire un effort pour me rappeler qu'ils sont les plus proches parents de Scott. Ils me paraissent tellement étrangers avec leur accent anglais, leurs vêtements anglais et leurs manières anglaises mais ils se montrent aimables, avec cette réserve si typiquement anglaise. Ils me disent combien ils sont navrés et de ne pas me préoccuper pour les funérailles : toutes les dispositions ont été prises. Enfin, ils veulent savoir ce que j'entends par « Martini », est-ce un Martini cocktail ou simplement un vermouth? et ils me conduisent à un hôtel de Londres. J'y trouve un lit confortable et je dors.

Rose arrive de Velletria le lendemain, sans Lori qui n'assistera pas à l'enterrement. Elle vient d'apprendre que l'avion d'Andrew a été porté disparu au Vietnam, son fils a été arrêté pour trafic de drogue et son psychiatre lui a déconseillé ce long voyage en Europe.

— C'est à n'y rien comprendre, dit Rose qui ne sait pas que je l'entends. C'est Eric, le fils de Vicky, qui est réellement un garçon exemplaire, alors que Chuck, le fils de Lori, plaque l'école pour revendre du L.S.D.! Comment est-ce possible? Quelle erreur a bien pu faire Lori?

— C'est peut-être Vicky qui n'en a pas fait, dit Sebastian. As-tu jamais envisagé cette possibilité?

— Le malheur, pour Lori, dit Elfrida, très directrice d'école, c'est qu'elle voit ses enfants comme des personnages à deux dimensions qui flattent son ego et n'existent que pour orner l'intérieur de sa belle maison. Je me méfie toujours des mères qui répètent sans arrêt que leurs enfants sont la perfection même. Cela signifie généralement qu'elle n'ont pas la moindre idée de ce qu'ils font.

— Vicky sait ce qu'ils font, dit Sebastian. Elle écoute lorsque ces petits monstres lui parlent. Vicky communique, ajoute-t-il en guise de conclusion, mais ils ont le droit de penser que cette opinion est bien aventurée car pour le moment je ne peux communiquer avec personne. C'est à peine si je peux parler, manger et respirer cet air que Scott ne respirera plus, mais lorsque j'arrive enfin à Mallingham je reconnais cette oasis hors du temps, et en voyant le monde avec ses yeux je peux enfin sortir de mon deuil et accepter sa mort comme il l'a acceptée lui-même : comme le terme de la violence et l'anéantissement de la structure du temps qui le retenait prisonnier. Rien ne compte plus désormais sinon qu'il va reposer en paix avec son père dans un lieu où la brise de la mer murmure sur les marais d'une terre antique, lointaine et merveilleuse, rien ne compte désormais sinon que je l'ai ramené à sa terre d'élection.

J'entends de nouveau leurs voix, elles me parlent parfois ou elles m'effleurent ou elles parlent de très loin quand on croit que je n'entends pas.

— Vicky semble sur le point de s'effondrer.

— Pourra-t-elle tenir pendant les funérailles?

— Vicky, ma chérie, ne crois-tu pas que tu devrais aller t'allonger?

— Peut-être un médecin...

— Ne vous inquiétez pas pour Vicky, dit Sebastian. Elle va bien...

Voix, voix, voix qui flottent dans l'espace... gens qui passent comme dans un rêve et moi je regarde au-delà de la pelouse l'eau du lac ou je me penche par la fenêtre pour que la brise de la mer me rafraîchisse le front sans jamais cesser de penser à cette beauté, à ce calme et de me dire que Scott avait vraiment raison de vouloir venir ici.

— Écoutez, Vicky, me dit vivement Elfrida qui me trouve en train de me promener dans le jardin le matin des funérailles, je vais être très Marie-j'ordonne avec vous, je vais me mêler de ce qui ne me regarde pas et vous dire le fond de ma pensée parce que je pense sincèrement qu'il est temps que quelqu'un vous rappelle certaines choses. Je vous en prie, ne voyez rien là d'inamical, ce serait fort éloigné de la vérité. Mon expérience de directrice d'école m'a appris que des parents impossibles peuvent donner le jour à des enfants tout à fait convenables, je ne nourris donc plus de préjugés à votre égard à cause de votre père — je vous vois telle que vous êtes et je vous apprécie selon vos mérites.

« Bon, vous me semblez intelligente et plutôt agréable, il n'y a donc pas de raisons, lorsque tout sera terminé, que vous n'ayez pas une vie satisfaisante et qui vaille la peine. Mais il faut vous reprendre et commencer à faire des projets. Pourquoi ne resteriez-vous pas quelque temps ici, loin de cet affreux New York ? Sebastian dit que vous avez souvent envisagé de prendre un diplôme, alors me permettez-vous de vous dire qu'il ne suffit pas de l'envisager ? L'heure est venue d'agir ! Cela vous donnera non seulement une nouvelle cause d'intérêt mais aussi une nouvelle vie, et c'est à mon avis exactement ce qu'il vous faut pour vous remettre de cette catastrophe. Pourquoi n'essaieriez-vous pas de vous inscrire à Cambridge, mon ancienne université ? Ils acceptent des étudiants de votre âge, sans qualifications particulières à la condition qu'ils soient raisonnablement intelligents et qu'ils aient le ferme désir de s'instruire. Mon ancien professeur y enseigne toujours, je vous la présenterai et je suis sûre qu'elle se mettra en quatre pour vous aider. Et puis, Sebastian aussi peut vous être utile — il connaît assez Cambridge pour vous aider à vous y installer.

« Oui, je sais ce que vous allez dire ! Vous allez dire : « Je ne peux pas, c'est impossible, les enfants ont besoin de moi ! » Allons Vicky, il faut être réaliste. Vos enfants grandissent et si vous ne vous occupez pas aujourd'hui de votre avenir, vous allez vous éveiller un beau matin pour découvrir que les oiseaux ont quitté le nid, que votre vie est complètement vide et qu'après la leur avoir consacrée il ne vous reste rien. Ce syndrome se répète constamment chez les mères de mes élèves et, croyez-moi, ces femmes-là sont bien à plaindre.

« Non, n'essayez pas de discuter ! Eric et Paul termineront évidemment leurs études en Amérique mais il n'y a aucune raison que Samantha et Kristin n'entrent pas dans une pension anglaise — Seigneur, je les accueillerais volontiers ici ! Nous ne sommes pas tellement loin de Cambridge et, de toute manière, un bon pensionnat comme le mien faciliterait leur installation dans un nouveau pays et elles s'y feraient vite des tas d'amies. Quant à Benjamin il a exactement l'âge d'entrer à l'école préparatoire... mais oui ! Ne me dites pas qu'il est trop jeune ! Ici, on envoie les garçons à l'école, même très jeunes, quand on le peut financièrement — les parents savent que c'est bien meilleur pour eux que d'être dorlotés à la maison. Les Anglais font du sentiment pour les animaux et non pour les enfants. D'ailleurs, d'après ce que je sais de Benjamin, l'école préparatoire lui fera le plus grand bien.

« Ainsi, tous les enfants étant à l'école, vous serez très souvent seule et bien que je comprenne que l'idée vous en fasse horreur, je voudrais vous suggérer... Mais Vicky qu'y-a-t-il ? Pourquoi riez-vous ? Oh, mon Dieu, Vicky, vous n'allez pas avoir une crise de nerfs j'espère ?

Je me reprends et je l'assure qu'il n'en est pas question. Et comme pour lui prouver — et me le prouver à moi-même — à quel point je suis calme et raisonnable, j'oublie un instant les enfants, et je lui pose enfin la question qui me poursuit depuis que j'ai lu l'explication de mon père sur le rôle qu'il a joué dans la mort de Scott.

— Elfrida, dis-je, avez-vous encore la lettre posthume de votre frère Tony ?

# 8

Je la lis deux fois : la première rapidement, la seconde très lentement. Et je me demande alors comment j'ai pu jamais considérer que les circonstances de la mort de Steve appartenaient au passé et ne me concernaient pas. Et je me demande aussi pourquoi j'ai toujours pensé instinctivement que Scott délirait lorsqu'il disait que mon père était un assassin et aussi pourquoi je n'ai pas interrogé mon père avec plus d'insistance lorsqu'il me parlait avec tant de réticence de cette lettre de Tony.

Mon ancienne attitude à l'égard de ma mère me revient alors à l'esprit. Ai-je toujours su inconsciemment la vérité ? Peut-être, par un réflexe défensif classique, ai-je estimé moins pénible de refuser d'admettre les faits que je ne désirais pas connaître.

Ces faits, je les examine aujourd'hui. Je les examine avec le calme détachement qui souvent suit les moments d'intense émotion. Je les tourne et les retourne longtemps.

Par suite des manœuvres délibérées de mon père, Steve Sullivan s'est enivré un jour de 1939, il a pris sa voiture et il a trouvé la mort en s'écrasant contre un arbre sur une petite route déserte. La vérité, c'est que mon père a poussé impitoyablement Steve dans cet accident, qu'il a poussé Scott dans son bain de sang — et que dans ces deux cas il n'a cessé de répéter que ces crimes injustifiables étaient justifiés.

La pensée que ces actes pourraient demeurer impunis me fait horreur. Ce serait tellement injuste mais je ne vois pas ce que je puis y faire. Je tremble et je ne raisonne plus logiquement, je me dis donc que je m'occuperai de mon père plus tard, après l'enterrement.

Je descends rejoindre les autres qui m'attendent pour aller à l'église et bientôt les conversations recommencent à bourdonner autour de moi — voix, voix, voix qui parlent toutes de l'avenir, du présent, du passé mais je suis hors de leur portée avec mes souvenirs de Scott et, à mesure que le moment des funérailles approche, je suis de nouveau consciente de voir ce monde de Scott avec son regard et d'aller vers lui par-delà les frontières du temps.

— Être conscient, dis-je, c'est n'être pas dans la durée.

— C'est de T.S. Eliot, n'est-ce pas ? dit Rose. J'ai toujours pensé que ce poète est très surfait.

Mais Sebastian me prend par la main pour aller à l'église et il me dit, citant les *Quatre Quatuors* : « Ce que nous nommons le commencement est souvent la fin et faire une fin c'est commencer. La fin est là d'où nous partons... »

# 9

Le ciel est gris au-dessus de la tour carrée de l'église de Mallingham et les arbres sans feuilles au-delà du cimetière. Le service religieux est bref. Le cercueil est maintenant dans la terre, le pasteur ferme son livre et le froid vent d'est venu de la mer ébouriffe les couronnes de fleurs. J'ai commandé beaucoup de fleurs, pas seulement pour Scott mais pour Steve et Tony, pour Dinah et son fils Alan, tous enterrés ou commémorés sous les rameaux du cerisier que Dinah a planté et qui fleurit à chaque printemps.

J'essuie mes larmes et je contemple toutes ces fleurs. Ce sont des chrysanthèmes jaunes et couleur de bronze. J'éprouve du plaisir à les regarder mais Elfrida murmure : « Vicky... » et je sais qu'il faut partir.

Alors Sebastian lui dit : « Elle aimerait rester seule un instant. »

Ils partent et je suis seule.

Aussitôt, je vois par le regard de Scott et je suis consciente, comme il l'aurait été, du temps qui s'incurve de telle manière que le passé et le présent semblent se fondre dans un cercle ininterrompu. Je promène mon regard dans le petit cimetière de l'église et bien que le cerisier ait perdu ses feuilles je le vois par je ne sais quel miracle en pleine floraison. Je lève les yeux vers la tour de l'église et pendant une seconde, une seule, un millier d'années coexistent simultanément dans un unique accord du temps.

Les larmes sèchent sur mes joues. Je reste totalement immobile de peur de briser le sortilège et puis j'entends au loin le déclic du porche et je sens aussitôt que mon père vient d'entrer dans le cimetière.

Il vient lentement vers moi. Il porte un complet noir très simple et paraît humble et vieux.

— Tu as osé venir, lui dis-je quand il s'arrête. Ils ne le croyaient pas mais moi j'étais certaine que tu viendrais.

Sa respiration est égale mais bruyante comme lorsqu'il vient d'avoir une grave crise d'asthme. « Oui, répond-il, il le fallait. » Son regard se porte, derrière moi, sur les fleurs et soudain des larmes brillent dans ses yeux. « Vicky, dit-il, Vicky, je t'en prie... pardonne-moi et reviens à la maison. Je t'en prie, Vicky. Je t'en supplie. »

Je le regarde et, quand j'aperçois dans ses yeux mon image, j'y vois en même temps un châtiment qu'aucun de nous, pas même Scott, n'aurait pu imaginer. Je vois aussi que la justice immanente est terrible dans son impitoyable pureté, bien plus terrible qu'aucune justice administrée par l'homme et à cet instant je sais non seulement ce que j'ai à faire mais que je n'ai pas d'alternative. Je suis comme un instrument forgé par des forces qui ne seront jamais qu'imparfaitement comprises. Au mieux, je ne suis qu'une créature privée par les circonstances de sa liberté de choix.

— Nous ne nous reverrons jamais, dis-je calmement à mon père.

Il commence à étouffer.

— Voyons, Vicky... Ah, mon Dieu, Vicky... Vicky, je t'en prie, il faut que tu m'écoutes...

Et je vois alors très clairement ce qui l'attend. Il vivra longtemps après que tous ses amis seront morts, il vivra en sachant que je vis moi aussi mais que nous ne nous reverrons sans doute jamais, il vivra jusqu'à un âge très avancé car la mort ne sera pas son châtiment, il devra vivre avec toutes les conséquences de ce qu'il a fait.

— Vicky, il faut me pardonner, tu le dois...

Le moment est venu. Il est temps de prononcer la condamnation, je tends l'oreille et j'entends ma voix qui dit, pour l'anéantir avec les mêmes paroles dont il s'est si souvent servi pour anéantir les autres :

— C'est terminé. C'est la fin. C'est tout ce que j'ai à te dire.


# 10


Je l'abandonne au milieu des tombes. Je m'en vais par le sentier et au moment où la cloche de l'église sonne l'heure, je m'arrête à l'ombre du porche.

Toutes les voitures sont parties, à l'exception de la limousine noire de mon père et du mini-car rouge de Sebastian, et je crois d'abord qu'il ne reste personne dans le sentier. Mais j'aperçois Sebastian. Il est à quelques pas en train d'arracher une branche de houx à la haie.

C'est alors que je remarque les branches de rosiers sauvages et soudain je vois la haie au printemps aussi nettement que j'ai vu le cerisier du cimetière : le sentier tout entier est en pleine floraison. Roses, roses après roses, taches de lumière dans un monde incompréhensible, ravissants symboles d'une victoire sur le temps.

Je prononce le nom de Sebastian. Il se retourne, sourit et vient vers moi, le rameau de houx luisant à la main.

La vie se remet à couler dans mes veines. Je tends la main, je soulève le loquet de la barrière, je passe enfin la porte que je n'ai jamais ouverte et j'entre dans le jardin de roses.

Imprimé aux Etats-Unis, 1982